国家古籍整理出版专项经费资助项目

国家社科基金重大项目『中国近代日记文献叙录、整理与研究』

（项目编号：18ZDA259）阶段性研究成果

本书出版受全国高等院校古籍整理研究工作委员会资助

晚清珍稀稿本日记

主编——

徐雁平
马忠文

（清）楼汝同 著

付佳 都轶伦 整理

楼汝同日记

（上）

凤凰出版社

图书在版编目（CIP）数据

楼汝同日记 /（清）楼汝同著；付佳，都轶伦整理.
南京：凤凰出版社，2024.12. --（晚清珍稀稿本日记 /
徐雁平，马忠文主编）. -- ISBN 978-7-5506-4443-4

Ⅰ. I264.9

中国国家版本馆CIP数据核字第2024PD9003号

书　　　名	楼汝同日记	
著　　　者	（清）楼汝同	
整　理　者	付　佳　都轶伦	
责　任　编　辑	孟　清	
装　帧　设　计	姜　嵩	
责　任　监　制	程明娇	
出　版　发　行	凤凰出版社(原江苏古籍出版社)	
	发行部电话 025-83223462	
出　版　社　地　址	江苏省南京市中央路165号，邮编：210009	
照　　　排	南京凯建文化发展有限公司	
印　　　刷	江苏凤凰通达印刷有限公司	
	江苏省南京市六合区冶山镇，邮编：211523	
开　　　本	880毫米×1230毫米　1/32	
印　　　张	43.125	
字　　　数	1121千字	
版　　　次	2024年12月第1版	
印　　　次	2024年12月第1次印刷	
标　准　书　号	ISBN 978-7-5506-4443-4	
定　　　价	380.00元(全三册)	

（本书凡印装错误可向承印厂调换，电话：025-57572508）

惜分陰軒日記

乙酉正月至六月

《惜分阴轩日记》封面书影

光緒十一年歲次乙酉

正月初一辛丑日晴早間出門拜年與四叔
分拜上下城未刻回家喫飯中初復出門
至浙衞車家麥下轎少坐傍晚玉舊宅喫
飯三鼓歸

初二壬寅日晴午刻陰雨雪來初樑敬丼丈
招領座有鍾仲龢王鄰徐寅○君皆能歌
吾儕晚散晚与家人領任頗多

初三癸卯日晴雪霽早間童子蔴來拜年晤
談少頃去下午黄雅人來拍曲十敦遍遠
出來少刘去

29539

光绪十一年日记书影

序

明清时期,写日记已是蔚然成风。不少文人、官员和学者,出于各种目的,基本都有记日记的习惯,只是本人刊行的日记比较少。究其原因,可能在时人观念中,日记还算不上"著述",不值得去刊刻传世;当然,更主要的原因或许在于,日记的私密性太强,不便拿给外人看。所以,大部分日记还是以稿本或钞本的形式被保留在子孙、门生手里,一代代传承下来。自古迄今,经历种种劫难,存世的稿钞本日记已经不多了。据统计,有日记留存于世的近代人物只有 1100 人左右。因此,今天保存于公、私收藏机构或个人手里的稿本日记,无不享受着善本的待遇,备受世人的关注和珍爱。

如人们所知,日记属于一种比较特殊的文献,具有全面记载生活各个侧面的综合性特点。日记永远都能以第一现场的感觉,将阅读者带入特定场景,沿着作者的心路,去体会当年的生活、境遇与情感,熟悉已经远去的风俗习惯和历史细节;哪怕从其中的任何一天读起,也可以读得下去,因而被视为一种很容易与读者产生共鸣的"有温度"的文献。人们喜爱日记正是源于其自身所具有的独特魅力。当然,注重个性化材料和社会日常生活的研究取向,也推动了学界对日记的重视和利用,以日记为核心材料从事研究的学术成果也越来越多。

目前,日记的出版主要通过原稿影印和整理标点两种形式。原稿影印日记始于 20 世纪石印、珂罗版技术被大量采用的时代。20世纪 20 年代,商务印书馆陆续影印出版有李慈铭《越缦堂日记》和翁同龢《翁文恭公日记》。同为晚清著名日记,比起同时代排印的《湘绮楼日记》,李、翁的日记都是根据稿本影印的,因而使人们能够更为真切地感受日记的原始样貌,甚至作者的书法风格、涂改痕迹,都得以原原本本地保留下来。时至今日,先进的数字扫描和印制技术,进一步促动了新一轮稿本日记的大批量出版,使"久藏深闺"的珍稀稿本日记,得以更多地呈现在研究者面前。可是,对学术研究而言,影印本虽然保存了日记原貌,出版周期也相对较短,但卷帙庞大,且日记多为行草书书写,字迹不易辨识,阅读和利用并不及整理标点本方便。所以,根据原稿本或影印本将日记内容加以点校,一直是文献整理者的重要任务。近些年影印出版的近代人物日记,如钱玄同、绍英、皮锡瑞、朱峙三、徐乃昌、江瀚、张枫、王伯祥等人的日记,也陆续经学者整理后出版了点校本,大大方便了学者利用和研究。由凤凰出版社推出的"中国近现代稀见史料丛刊",自 2014 年以来,已经出版 10 辑 100 余种,其中日记占到三分之一以上,诸如孙毓汶、有泰、张佩纶、邓华熙、袁昶、耆龄等人日记都是据稿本或稿钞本影印版整理出来的,上述日记一经刊行就受到学界的广泛欢迎。整理本还有一个优势,便是对日记中的讹误做出校订,加补公元纪年,方便读者查核。不惟如此,整理本日记除学者外,也受到不同兴趣读者的欢迎。这几年,出版界、读书界兴起的"日记热",都与整理本日记的大量印行密切相关。可见,持续推进稿本日记的整理出版工作,对普及中国传统日记知识,增进读者对传统文化的亲切感,具有积极的作用。

在全国古籍整理出版规划领导小组和凤凰出版社的积极支持下,"晚清珍稀稿本日记"得以立项,精选十一种有重要价值的晚清珍稀稿本日记邀请专家进行整理。这批日记分藏于清华大学图书馆、上海图书馆、浙江图书馆、苏州博物馆、常熟市图书馆等机构,一部分尚未影印出版。这次整理,在做好字迹辨识、释文、标点的前提下,更提倡以研究为基础,撰写有学术深度的导言,搜集传记资料作为附录,并尽可能编制人名索引,来为读者和研究者提供更多的学术支持和便利条件。这十一位日记作者，既有状元洪钧，探花潘祖荫、吴荫培，传胪华金寿，翰林秦绶章，也有满洲官员、驻藏大臣斌良，兵部侍郎文治，还有像楼汝同、黄金台、柳兆薰、萧穆这样的地方官员、学者和士绅贤达。这批日记的内容十分丰富，举凡晚清重大历史事件、典章制度、教育考试、金石学术、社会风俗、人物交往、文艺创作、生活琐事等，靡所不包，合而观之，不失为观察晚清社会的一面镜子。另外，此次所选日记多为首次整理。

总之，这批稀见稿本日记具有极高的学术价值，是研究文学史、政治史、经济史、社会史、军事史、教育史、文化史、生活史、气象史、思想史的珍贵史料，参加整理者都是长期从事文史研究和文博事业的专家学者，具有扎实的文献学功底和整理经验。相信这套书的出版，将对传播优秀传统文化、推进中国近现代历史和文化研究发挥重要作用。当然，由于在文字识别等方面实际存在的困难，难免会存在一些问题。在此，我们诚恳希望读者不吝批评指正，以便今后的工作精益求精，不断提高。

目　录

前　言

　　《惜分阴轩日记》,清楼汝同撰。楼汝同(1858—?),字子乐,浙江杭州人。光绪十一年(1885)以附贡报捐管河通判入仕,至光绪二十七年(1901)累迁山东候补道员。《惜分阴轩日记》起于光绪十年(1884),止于宣统三年(1911),记录了作者近三十年的仕途和生活情况,其间鲜有辍笔中断,内容涉及河运、官场、气候、医疗、交通、教育、日常生活等诸多方面,共计百万余字。《惜分阴轩日记》仅以一部稿本存世,藏清华大学图书馆,属稀见文献,多年来几乎无人问津,2019年才影印出版,至今方整理点校完毕,尚未在相关研究中得到利用,文献价值有待发掘。兹就其中有关河政、捐纳、日常生活、医疗及气候等方面的史料价值略作说明。

一

　　《惜分阴轩日记》内容最富特色之处在于对清末运河河政工作的翔实记载。京杭大运河是中国历史上最重要的水利工程,也是南粮北运的要道。尤其是明清两代,京城极度依赖南方的粮食供给,"廪官饷兵,一切仰给漕粮。是漕粮者,京师之命也"①。大运河的漕运通塞直接影响着国家的粮食安全,是为经济、政治之命脉。楼汝同于光绪十一年报捐管河通判,分发东河,在开封需次三年,光绪十四年(1888)实授山东运河道下河通判,光绪二十三年(1897)改上河通判,光绪二十五年(1899)升运河同知,光绪二十六年(1900)一度代理山

---

　　①　(清)陆耀《切问斋文钞》卷十七,清乾隆刻本。

东运河道员。按照清代制度,河政官员为朝廷专设,河政系统最高级别为河道总督,督下设道,道下设厅,厅下设汛、闸等。楼汝同所在山东运河道隶属河南山东河道总督(简称东河总督),所任通判、同知皆属河政体系中厅一级,通判秩正六品,同知秩正五品。运河道通判、同知都是亲临一线的官员,负责催趱漕船、闸坝堤岸维修、疏浚河道,并管理下辖汛、闸官吏①,宗旨是为保证漕运通航。光绪二十七年,朝廷宣布废止漕运,楼汝同之任职正历经了古代运河漕运走向衰亡这一特殊历史时段。

山东是京杭运河流域中通航条件最差的区域,故山东运河道官员的治河任务也是最艰巨的。《惜分阴轩日记》中于公事披载尤详,其中最引人注目的当数对送漕(指运河官吏护送漕船安全渡过辖下河段)经历的逐日完整记载。这些送漕经历发生在作者历任的各级职位上,所辖河段不同,面临的局面各异,对中下层河道官员的工作情状作了淋漓尽致的展现。其中尤以光绪二十四年(1898)楼汝同在上河厅任上的送漕最为艰险。上河厅辖境在东昌一带,所辖为人工修筑的运河会通河北段,是整条京杭运河的瓶颈所在,沿岸闸坝林立,全靠水利工程调节、输送沿途其他河湖之水作为运河水源。咸丰年间,黄河改道北上,穿运河而过,上河主要依靠北调黄河水浮送漕船,此即水利史上备受争议的"借黄济运"。因为黄河水泥沙量大,"借黄济运"导致泥沙淤积、河床抬高,造成了运河淤塞,而且黄河水量巨大,使得闸坝调节工作难度剧增。若黄河来水过大,运河疏导、排泄不及,河水漫溢,容易导致堤坝决口,引发汛情;若黄河闸坝提前关闭,水源不畅,不及浮送漕船过境,又会导致淤浅。光绪二十四年

---

① 据《清通典》:"凡河务自管河同知以下为专司,知县为兼职,各掌沿河堤堰、坝闸岁修、抢修及挑浚淤浅,引导泉流,并江防、海防各工程。同知、通判总理督率,州同、州判以下分汛防守。"引自(清)嵇璜等《皇朝通典》卷三十三,光绪八年浙江书局刊本。

楼汝同在日记中记述的上河通判任上的送漕经历,可谓清末漕运抢险的典型案例。堤坝决口与漕船淤浅两种险情在该年送漕时均发生了。自该年的六月初起,楼汝同于日记中详细记录了漕船由黄河进入运河,先后遭遇运河决堤、水低搁浅的险情,以及在运河前线送漕的河官指挥疏浚河道、操控闸坝、拖拉漕船,与漕船官协商合作,至六月二十九,才勉力将漕船送出上河厅境。前后历三十日,书写计数千言,不仅充分展现了清末山东运河漕运的艰难,还有作者"余日夕如坐针毡,亦苦矣哉"(光绪二十四年六月二十六日)、"此十日来,极生平未历之苦境,心力、财物交尽其瘁矣"(光绪二十四年六月二十八日)等个人的心境体验。

　　除了送漕,《惜分阴轩日记》中还详细记录了运河的日常检修、维护工作。运河山东段闸坝众多,且淤塞严重,为了使闸门正常启闭、堤埝稳固、河道通畅,每年春夏的河道疏浚、闸坝维修是河道官员的一项例行工作。楼汝同于光绪二十四年、二十五年的日记中连续数月记录了河道工程情况,凡人员安排、账目款项、工程进展及质量一一具陈,这也是难得的第一手河政实录资料。同时,楼汝同以十余年运河道仕宦生涯的所见所感,从微观的视角,呈现出清末河政的种种弊端。河道官员专业素质欠缺,态度敷衍,行事以钱财利益为出发点,且与地方官员、漕运官员利益冲突、纷争不断。如前述光绪二十四年上河厅送漕之所以险情迭出,除了河道通航条件恶劣等自然环境所限,行政体制和官员斗争等人为因素亦占据重要成分。光绪年间,山东运河处于运河道和山东地方共管的局面,权责不清。据《惜分阴轩日记》所载,当年送漕之际,楼汝同与山东巡抚辖下运工局官员崔绥五互相推诿,双方都不愿多出人力、物力来疏浚河道、引入水源,坐看漕船日益淤浅,因私废公。这亦可为揭示清末河政弊端、解析运河衰落之缘由提供新的材料和思路。

　　楼汝同于山东运河道任职十三年,《惜分阴轩日记》中与河政工作相关的文字逾十万,涉及运河山东段大部分运道,为我们了解中下层河官的送漕、护漕、水利工程维修等工作提供了一个个翔实而生动的案例。相较史书、政书,《惜分阴轩日记》中所载的事件是完整而连续的,叙述是线性的、动态的,而且有着作者的鲜活态度,展现了具体而充实的历史细节。

二

楼汝同以附贡生捐纳出仕,之后每次升迁皆出于捐纳,故《惜分阴轩日记》中涉及捐纳的内容颇多。以他首次捐官为例,他于光绪十一年三月,筹措白银万两,决定捐朝廷所设"海防新班"出仕。四月,赴京城办理捐纳手续。六月,走完捐纳流程,获得了担任河道通判的候补资格。九月,到开封东河总督处报到。光绪十四年三月,东河总督奏报实授楼汝同山东运河下河通判一职。十四年十一月,到济宁上任履职。即使是耗资巨大,以补缺甚速标榜的"海防新班"捐项,仍历时三年余方获得实际官职。楼汝同在日记中记录了此次捐纳授官的每一个环节,所涉的费用、步骤、手续及相关经手人员都有详细记载,是一个连续的、完整的清代捐纳案例。不仅此次捐纳实官,清末纷繁的捐纳名目如捐升、改捐、分发、指省、翎衔、封典、加级、纪录等,楼汝同都经历过,并于日记中一一载录,可谓将清末的捐纳制度作了一番生动的实例演绎。如光绪二十七年八月,"接阅电抄,谕旨永停捐纳实官,余踌躇再四,自维历官丞倅已十有七年,始膺卓荐,继摄监司,若必恋此同知一缺,势难于停捐后再办过班,且运河各缺难保不议裁并,及今不豫为地,一旦裁缺,将为另补同知,尤无味矣。乃决意捐过道班,指分江苏,取其近家便于祭扫,他非所敢知也"(光绪二十七年八月初二日)。由同知捐升道员乃捐升,"指分江苏"即捐纳中的"指省"。

对于清末捐纳"官商合流"的现象,日记中也有体现。由于捐纳程序复杂、花样繁多,一般人难以应对,就出现专门的中介机构(银号、钱庄等)来代理业务。楼汝同初次进京捐"海防新班",日记中写道:"早起访忠甫,晤谈良久,偕往祥和银局,将捐事托罗君俊材办理。

午后，复将贡照、官照、履历一并交与罗君，汇款信皮亦交罗俊材，手嘱其代为上兑。"（光绪十一年四月三十日）之后的上兑、印结、验看、领照事宜，皆由祥和银局的店员打理，楼汝同只需付足款项，坐等消息即可，银局会代理完成全套手续。而捐纳、候补过程中，经管部门、人员趁机盘剥，楼汝同所行的每一步都需花钱打点、交易。如他获补东河道通判缺，上任之前赴东河东督衙门禀辞，写道："岳庆（楼汝同家仆）至院辕将应给各项开发清楚，余带来百五十金，尚差三十余金，只可俟旋省找给。甚矣！浮费之巨也。"（光绪十四年十月十三日）到任山东运河道，又写道："岳庆以到任开销道辕各丁役及到此布置各物用项账单呈阅，计需百金以外，当即付之。噫！出项如此之多，良足惧耳。"（光绪十四年十一月二十七日）

　　除了对捐纳制度、流程和陋规的详尽展现，《惜分阴轩日记》中更值得注意的是楼汝同本人对捐纳的态度，即作为清代奉行捐纳制度的当事人，他是如何看待捐官入仕的。过去对清代捐纳制度的研究中，多指出捐纳者将捐官视作以本逐利的权钱交易，批评捐纳为官者的无能与腐败，而从楼汝同所记来看却不尽然。他在日记中对为官的收入每多抱怨，感叹俸禄微薄、入不敷出，却对获得的头衔和殊荣深感庆幸。他曾两次去京城叩见光绪皇帝，都详述见闻感受，一再表示"叨荷纶音，良深荣幸"（光绪二十三年三月二十七日）。又如他花费数百两，为自己与妻子捐得封诰，写道："适高秋航孝廉至自京师，带到季卿叔岳手书，并为余请得本身妻室正四品覃恩封典，将诰轴领到交来，因敬谨祗领。于是汝同授为中宪大夫，室人吴氏封为恭人，一介书生，忝叨宠锡，良深荣幸也。"（光绪二十一年五月初六日）类似的记载在日记中还有多处，可见楼汝同更在意的是富贵之"贵"。这一方面是因为他作为官宦世家子弟，想要光耀门楣、延续家族声望。另一方面，出仕为官仍是读书人实现自我价值、取得社会地位的首选途径。楼汝同在日记中也表达这样的心声："余以一官故，奔驰数月，远妻孥而逐风尘，视彼村氓熙熙皞皞，骨肉相依者，孰得孰失，不待智者而已知。窃念人情,居山林辄思轩冕之荣泪乎身,入宦途往往见隐逸而艳羡,亦不知其所以然。第静言思之,读圣贤书,所学何事?夫子一生,惟以仕教人,从未教人隐也,吾侪虽无大学问、大经济,然苟得一官以自效,亦不负读书素志,仕故不为谬也。”(光绪十一年七月初九日)“学而优则仕”的传统主流价值观,是驱使楼汝同这样的读书人捐纳出仕的内在动因,在科举难第的大环境下,捐纳便成为了普遍选择的出仕途径,这也是捐纳制度饱受非议仍得以长盛不衰的原因之一。对于一路靠捐纳得官、升迁,楼汝同偶尔也表现出些许复杂的心态,如他写道:“余遂托淡人至豫省顺直善后赈捐局报捐候选道,并捐免离同知本任,即日填给部照收执,共捐库平实银壹千七百金,输之于赈济,固心安理得也。”(光绪二十七年四月二十一日)他特意写到捐银是用于赈济,可以心安理得地获取相应官职,或许正是通过这样的自我安慰,从而抹去某种心理上的羞耻感。伍跃在《中国的捐纳制度与社会》一书中写道:“笔者的关心在于,明清时期的中国人是如何观察这一制度,他们在社会中为了自身地位的上升以及为了维持自身地位究竟是如何利用这一制度的。也就是说,分析生活在那一时代的人如何看待捐纳,尝试从他们的角度观察这一臭名昭著的制度,进而探寻该制度虽然受人诟病,但是却一直‘顽强地’延续到清朝统治末年的社会原因。”①可见捐纳者的心态也是相关研究着意关注的问题,可惜伍先生并未得见《惜分阴轩日记》,楼汝同所书种种心路历程对于观察清人之于捐纳的态度、分析捐纳的社会需求,能够提供更充分的、直接的且富有新意的材料支撑。

　　此外,还值得一提的是,在清末废除科举时,楼汝同表现得十分从容、淡定。他在日记只简单地评说了一句:“数百年之旧例,一旦决然舍去,诚所谓维新之政矣。”(光绪二十四年五月十五日)不见任何心里的波澜,并不似当时有些读书人因之遭受毁灭性的打击,如清末

---

　　①　伍跃《中国的捐纳制度与社会》,江苏人民出版社,2013 年,第 301 页。

山西举人刘大鹏听闻科举制度废除后,在《退想斋日记》中写道"万念俱灰",并不断向人诉说这是对读书人的一场巨大灾难①。或许正是早早通过捐纳出仕,并非寒窗苦读死守科第一条出路,使得科举对自身的绑缚并不那么紧密,故而楼汝同对于废除科举的变故接受起来也较容易,并且很快适应了局势的转变。之后他便让儿子们上新式学堂,并支持他们出国留学。

除了楼汝同个人的仕途之路,《惜分阴轩日记》还描绘了清末官员众生相。一是河政官员群体,上至河道总督,下至胥吏幕僚。光绪年间成孚、吴大澂、许振祎、任道镕等几任东河总督,楼汝同都有直接接触,不仅记录了他们的言行事迹,还对其有所议论。他对几任山东运河道员耆安、罗锦文、崔永安均颇有微词,多记彼此的利益冲突,足见他与顶头上司的关系一直紧张。同为厅官的龚秉彝(淡人)、查筠(筹青)、姚延寿(眉生)、任来茹(浚声)、文铨(量甫)、管晏(敬伯)、水恩绥(惠轩)、广恩(锡三)等在日记中出场频率最高,他们与楼氏不仅有公事上的交集,也是他生活中的主要交往对象。楼汝同辖下还有汛闸、武备等不入流的官吏,如把总鲍凯臣、马庆澜,汛闸官靳春铭、李庆纶、龚菊人等,日记中对他们具体工作内容、俸禄、考核、升迁等也有记录。楼汝同任上河通判之后,身边有几位常侍的幕僚,如经营运河工程的宋峙鲁、郑继芬,负责文案的胡聘之、顾翰仙等,能够一定程度上反映这些不曾正式入仕的官场边缘人物的生存状态。二是乡邦官员群体,主要是以清末重臣王文韶为核心的杭州官员,如孙宝琦、徐琪、王稚夔、葛味荃等。王文韶与楼汝同之父为至交,两家过从甚密,《王文韶日记》中也对楼氏父子有所记载。乡邦官员的援引对楼汝同的仕途起到了重要作用,楼汝同的几次升迁、嘉奖都跟王文韶向其上司举荐有直接关系。他也通过王文韶结识了更多的乡邦官

①　参考(英)沈艾娣著,赵妍杰译《梦醒子——一位华北乡居者的人生》,北京大学出版社,2013年,第71页。

员,其中最重要的是孙宝琦。他在济南候补道员,潦倒数年,直到宣统年间孙宝琦出任山东巡抚对其加以提携,境遇才得以改善。

三

大量的日常生活描写是日记文献特出价值所在,《惜分阴轩日记》亦是如此,属于私人、家庭的日常生活占了大半篇幅。日常生活史研究所包含的基本层面如消费活动、交际关系、礼俗观念等①在楼汝同笔下都有细致的展现。

不同于一般不过问家庭琐事的官员,楼汝同是直接管理家中账目开销的,也热衷于购物,对物价非常敏感。凡支出花销,如衣物、食品、书籍、字画、古玩、火车票、船票等价格,轿夫、裁缝、私塾先生、账房、奴仆、裱工、房屋修缮等工钱,以及房屋租售价格、礼金额度等皆一一记录,从他的日记中似可整理出清代普通官僚家庭的日常花销账册和物价清单。日常经济活动中,借贷也是重要组成部分。楼汝同与同僚之间的借贷是十分频繁的,相应而来的就是不断的催讨、索债。同时,也有许多需要周济、打点之处,日记中凡提及亲朋、族人来访、来信多半都为抽风告贷。交际应酬,是中国古代人情社会得以展开和维持的基础活动,在楼汝同这样的中下层官员群体中显得尤为重要。《惜分阴轩日记》中占据篇幅最多的内容就是交际应酬,只要不是特殊情况如生病、旅途、送潮等,几乎每天都在拜客、待客或聚会饮宴,为此投入了大量的时间、精力和财力。

在日常生活观念上,楼汝同最突出之处在于对礼的坚守。身处中西文化激烈碰撞的时代,楼汝同对西方的技术、事物、制度都能轻松接受,日记中也多记他与洋人互访、吃西餐、发电报、看电影等。但思想上却未见受到西方礼仪文化影响,他一再强调古礼不可废,处处

---

① 参考常利兵《日常生活研究的理论与方法——对一种社会史研究的再思考》,《山西大学学报》(哲学社会科学版)2009 年第 2 期,第 68 页。

以古礼作为行为准则,遵守奉行。但凡年节、先祖忌辰,他都会一丝不苟的敬谨祭祀,每逢初一、十五的官祭,他也甚少缺席。传统社会的妻妾嫡庶尊卑之道,也在日记中体现得十分明显。日记中有大量关于其妻吴氏的内容,如妻子出门、生病、购物、闲谈等,也毫不讳言自己对妻子的感情,在妻子暂别返乡期间还写了不少寄情诗作。对于年轻时即纳的姜室徐氏,几十年间对其的记录只有进门、生子、侍候等寥寥几条,文字也十分简略。姜生子女的记录也相对少很多,对其重视、珍爱程度也较低。光绪十一年,妻子所生大儿子夭亡,楼汝同深感悲痛,用大量文字表达了自己的伤心和自责。而之后姜生子夭亡,他写道:"姜生子阿诜竟于申刻殇去,余尚能达观,内子独哭之恸。"(光绪二十年六月二十一日)仅一句话即毕,且只记妻子为此伤怀而一字不提生母姜室的感受,他自己对此也反应冷淡。对于他认为不合礼法的行为,楼汝同也会严肃地批评和抗争。如"有余端伯姬人来谒,内子于客座延见之。闻端伯已于客冬立其姬人为正室,予则服膺古人无以妾为妻之训,仍视作友人之妾可也"(光绪十七年一月初二日)。对于朋友抬妾为妻之举,他认为不合古礼,并不认可。又如"闻今日孝钦显皇后、德宗景皇帝遗诰、遗诏始行颁到,时已逾大丧二十七日,缟素之服早释。迎宣诰诏,例应青长袍褂、冠摘缨顶将事,乃当事传令重服缟素,并欲重行哭临三日之礼。噫!此真骇人听闻矣。余宁违众,不敢从也。午后,至筱虞寓斋小叙。候至傍晚,绍侯、宾谷、佩瑜、迪吉诸人才至,则皆追随中丞服缟素行迎宣诰诏礼者,余决计不与。诸君到后,入座小叙,亥刻散。彼等尚欲明日往行哭临礼,殊可怪耳"(光绪三十四年十二月初八日)。他认为山东地方要求重服素缟迎光绪、慈禧遗诏不符古礼,不愿屈从,而是力排众议,拒绝参与以示抗议。"嗣闻今晨诸同寅均诣舜皇庙缟素伺候哭临,至则已撤位停止,乃各散去。盖中丞亦自知礼无复行之理,电请江督明示而止,彼等当服余之有定见也。"(光绪三十四年十二月初九日)第二日当局停止了素缟哭临,楼汝同也认为这是坚守古礼的胜利,对自己的定见表现出欣慰和振奋。

生病就医在家庭生活中占据重要位置。病痛是家庭成员面临的最大困境,生病就诊也是日常生活中最令人焦灼、痛苦的经历,楼汝同对自己及家人的病情、就诊情况也多有记述,尤其是对第三子及三个女儿从发病、寻医、服药直至去世的过程都有完整的记录。就《惜分阴轩日记》来看,清末民众普遍身体素质低下,楼汝同自己及身边的家人、朋友都在频繁地生病求医,他所记录的大多数人的死亡年龄皆不及六旬。民间的医疗条件也是落后的,中医对诸多病症无能为力,即使楼汝同这样有能力及时寻医就诊的官宦人家,十个孩子中活到成年的只有三个,其中五个是在十余岁染病而亡。从医学史研究的角度,日记文献的价值在于从患者的角度提供了关于病症、就医习惯和医患关系等信息①。对于就医,楼汝同一般不会选择职业医师,而是寻找身边兼擅医术的亲朋、同僚等。如他的幕僚顾翰仙、州衙书记张诗岩、同僚吴竹楼的叔父等。病患人家一般也不必每次都向这些"兼职"医者支付定额费用,而是在治疗一段时间或病人康复后奉上谢礼。楼汝同日记中反映出的医患关系也是较为紧张的,病患对医者的选择普遍存在迫切性和焦虑感,对每位医者都不完全信任。他们经常会延请多个医师同时看诊,医师之间所持的意见也常不一致,病患家属不得不自行作出判断。如"内子疾稍间。闻张君梅庵精医术,因延其来诊,据云前服张诗岩所开柴胡、细辛大误,是以疾转加增,不如暂为停药数日,俟前药性过再为徐徐调治,遂依其说,拟停药三数日再看情形可耳"(光绪二十三年六月二十四日)。且病患及家属对于医药本身也是持怀疑态度的,在就诊吃药的同时还会寻求巫

---

①　有别于过去医学史研究围绕医者和医书展开,近年学者也关注患者的就医体验、与医者的互动等,日记文献中的相关记载逐渐得到重视。参考张瑞《晚清日记中的病患体验与医患互动——以病患为中心的研究》,《历史教学》2012年第22期。

蛊之术的护持,对所谓"仙方"的依赖有时并不亚于医药。如"傍晚回寓,内子呻吟床蓐不已。初更时,又延诗岩来,据云暑邪内伏未净,复用柴胡桂枝汤表散,余疑其说不确,未敢煎服。夜半,祷求吕祖仙水服之,甚觉舒畅,殆默邀神佑欤"(光绪二十三年六月二十三日)。在病患医治无效的情况下,常会责怪医师的无能和误诊,对医师颇有怨言,甚至愤恨。如"病者(指楼汝同第三子楼榕)亦自知不起,促制敛服。晚间,遍呼父母兄弟姊妹诀别,词意惨不忍闻,并谓我何尝欲去,药误我至此。余闻其语,悔恨无地,为之父者,未能豫为慎医,致杀吾儿,不觉捶胸顿足,泪涌如泉"(光绪二十五年十二月十五日)。这种对医师的信任危机皆是针对中医,对待西医则经历了由疑到信。楼汝同一家是从光绪二十八年(1902)迁至济南后开始接触西医,最初请西医尚有所迟疑,会同时请中医会诊。至光绪三十年(1904)楼汝同后背患痈疮,经西医手术得以痊愈,并在住院期间将大烟也戒除了,开始对西医笃信不疑。"往医院已匝月,剧疾危而复安,且能将烟癖屏绝,实为厚幸,今而复愈服西医矣。且儿孙辈偶尔抱恙,服西药亦都应手,而愈真神乎技也。"(光绪三十年七月初十日)之后他向同僚亲朋推荐西医,并给他治病的医院年捐十两银子。他的儿子一辈则更偏信西医,如"兆梧(楼汝同第四子)不甚信中医,每有小恙,总主西法为治,辄亦奏效"(光绪三十二年四月二十六日)。

此外,《惜分阴轩日记》中值得关注的还有气象史料。一般日记皆记每日天气情况,楼汝同记之尤详。他对冷暖感知敏锐,多记一日天气之变,如"自八月至今,亢旱已久,日间似有欲雪之意,而天气极暖,不似隆冬气候。至日夕,微雨数点,雪仍未降,所谓冬行春令,非好气象也"(光绪二十四年十一月三十日)。出于河道工作需要,他对晴雨旱涝也十分关注,随时留意降雨对运河水量的影响。如"午后大风雨一阵,傍晚雨止,似有晴意,初更时又复阴雨。甚矣!雨师之作虐也。敬五于下午过谈片刻,云欲报漕船出境禀,交余携至德州代填时日,代为发递,渠盖不往下汛矣。夜间雨复大作,终宵倾泻不止"(光绪十六年六月初四日）。相较其他日记中的泛泛描述，楼汝同对气象的记录也更为精确。他使用了温度计来测量气温，如"今日为入冬第一日，大冷，寒暑表至二十度"（光绪三十一年十一月十七日）。对雨量、雪量也有数值呈现。如"自辰至申，雨雪寸余，天气转冷"（光绪二十五年十一月二十三日）。可以为气象史的定量研究提供难得的数据。他虽辗转数地，但居住时间不短，日记中所涉之地杭州一年（1884）、开封三年（1885—1887）、济宁十五年（1888—1902）、济南十年（1902—1911），其中对气候变化的持续记录对于研究区域气象史有重要价值。

四

综上，《惜分阴轩日记》是一部体量庞大、内容丰赡，在多方面具备史料价值的珍稀文献。作者楼汝同的主要身份是一位中下层河官，日记中记载了他十余年运河任职的情况，相关内容长达十几万字，极为具体翔实，目前未见其他日记中有如此大篇幅的运河河政史料。同时，该日记所记时段为光绪后期，正值清代河政与漕运的最后阶段，对于水利史、运河文化、漕运史研究皆具特殊意义。楼汝同以捐纳出仕、升官，日记中对捐纳步骤、费用和经手人员的描写极为细致，且呈现出史书、政书中所缺乏的捐纳者内心观照和自我省视，对于深入研究捐纳制度的盛行原因有重要价值。日记中大量日常生活的记录，不仅是了解清末物价经济、人情交流的一手材料，对于观察中西文明碰撞中普通官员对西方文化的接受层面和程度以及面临社会大变革时期的心态、选择尤具价值。其中关于生病求医、诊疗过程的记录，以患者为中心，反映了当时人身体素质、就医习惯、医疗费用及医患关系，为近年医学史研究的新动向提供了新的材料。其他诸如气象史、交通史、教育史、妇女史等研究亦可从该日记中发掘史料。

点校者

2024 年 11 月

点校说明

一、本书底本采用清华大学图书馆藏《惜分阴轩日记》稿本。

二、《惜分阴轩日记》稿本原为五十册，并非皆以整月为起始。本书按年月编排，并添加年份、月份为标题，底本各册封面所题起止日期不录。

三、稿本中夹存的信札、名帖、公文等不全录，择与日记内容相关者录入。

四、稿本中小字夹注，用脚注形式录入。

五、稿本文字如有衍文、脱文或其他错讹疑误等有碍文意者，以脚注形式加以说明。

六、稿本中纪日干支有误处以脚注形式加以说明。

七、稿本中显系书写、笔画有误之字均加改正，不予出注。

八、稿本中有残缺或模糊难辨之字用□替代。

九、稿本中表示敬称之抬头、空格，一律取消。

十、稿本中人名、地名书写多不一致，如陈研香又作陈砚香，钱小修又作钱筱脩、钱筱修，兴济又作兴集，清吟巷又作青吟巷等，类似情况很多，难以一一考证、出注，故仍其旧，不作统一修改。

十一、日记中有关天气记录，不能独立成句者归入首句中。

光绪十年(1884)甲申^①

正 月

正月初一日(1884年1月28日)　阴,大雨。早间,出门至四弟处公同开单拜年,两人分拜,余专拜下城。巳刻,到姑母处,登堂。至福圣庵蔡家,亦下轿。未刻,回寓吃饭。申初,复出门。申正,到王夔石尚书年伯处,登堂,并晤稚夔。傍晚,复至老宅一转,遂回寓。晚饭后,清如来谈,亥子时方去。

初二日(1月29日)　阴。早间大雪。童子岁来拜年,晤谈片刻去。饭后,至清如房闲话。未刻,四弟来,相与掷状元筹以为乐。傍晚,四弟去。亥刻,雪更大,厚盈三寸,终夜未止。

初三日(1月30日)　阴。雪止,早间甚冷,院中积雪寸余,犹未融。去冬三月无雪,今正初二即大沛雪泽,可称瑞雪焉。午后,清如来谭,傍晚甫去。晚间,循俗例祀祖。

初四日(1月31日)　阴。雪又降。午后,又掷状元筹。未刻,王年伯来晤,并拜先人像,少顷即去。晚又掷状元筹。

初五日(2月1日)　阴。早间,出门拜客,一永日仅晤童子岁及史仁朴二君,余均不见。傍晚,至旧宅,饭后归。

初六日(2月2日)　阴。早间,雪甚大。黄绶卿表侄来拜年,晤。清如来谈,拟游山,因道路泞泥,恐致倾跌,不果。新正以来,闷坐寓斋,颇觉无聊。忆去岁此日,与大兄同处一室,尚不寂寞,今已远

---

①　本册日记首页首行题"光绪十年岁次甲申春王正月起"。

离,刻尚未接其抵汴安信,怅念俱深。午刻,四弟来,亦有游山之愿,因与清如三人鼓兴,呼舆前往。行至半山,但见四围皎洁,下视屋庐树木,一片皆白,景致殊佳。至四景园茶居,饮茶看雪,推窗远眺,豁人心目。复至城隍庙内楼上小坐,又至赵恭毅公、阮文达公二祠一游。比回寓,已黄昏矣。四弟晚饭后甫去。夜间,雪更大,厚盈四五寸。

初七日(2月3日) 阴。大雪一永日,屋脊厚七八寸矣,庭院街衢如之。午前,修发。清如来谭,少顷即去。下午,雪更厚,约一尺二三寸。傍晚,登楼望雪,亦颇足观,黄昏时甫下楼。通宵雪未止。

初八日(2月4日) 阴。立春祀祖。早间雪止,晴光仍未放也。午后,四弟有字来,邀余往吃羊肉火锅,乘舆往。街中积雪厚尺余,天寒未能融化,舆夫行走颇苦。晚饭后回寓。

初九日(2月5日) 阴,寒甚。早间,蔡少卿之弟来贺岁,晤。饭后,作大兄书,即寄交鼎臣转交,时未得兄抵汴信,不知住处,故仍交鼎臣也。未刻,略放阳光,天公已有晴霁之意。连日冷风侵入,筋骨又作酸楚,殊苦之。下午,四弟来,傍晚去。

初十日(2月6日) 晴,寒甚。延吴医诊脉,下午来开方,服药。余感风,嗽殊甚,终日吐痰盈器,亦苦矣哉。早间,稚夔夫人来拜年。下午,余作札邀稚夔十二晚间来饮,并邀夏松孙、厚庵两昆仲,叶作舟、浩吾两昆仲,主人则余兄弟也,即预饬厨子定做肴馔。

十一日(2月7日) 晴。是日为先祖妣诞辰,循例祭祀。午间,子先至自余杭,衣冠来贺岁。清如来谈,出许文恪手札见示,余亦出沈文定致先人手札与观,名臣手迹,以获睹为快也。

十二日(2月8日) 晴,天寒殊甚。午前,叶作舟作札告辞,浩吾亦因病不到,余以汪同伯补其缺。饭后,四弟来,复作字坚邀作舟。申刻,稚夔到,厚庵、同伯、作舟亦旋至,松孙最后来。席间皆熟人,畅谭畅饮,惜厨子做菜不佳耳。二鼓各散,四弟仍留,复偕余及清如三人话至夜分始去。

十三日(2月9日)　晴。在寓观书。未刻,华射侯来晤,少顷即去。余旋至清如斋中,闲谭片刻。晚间甚冷。

十四日(2月10日)　晴。饭后,至日升昌取洋钱,复至庆余换钱,下午归。清如邀四弟、同伯暨余四人晚酌,三鼓甫散。

十五日(2月11日)　阴。午刻,夏松孙邀饭,座有三许君、一孙君、一稚夒暨余兄弟。傍晚散,四弟复来,少坐即去。

十六日(2月12日)　晴。早接王丈手字,嘱饭后往谭。巳刻,接大兄信,知已到汴,一切均安,甚慰。饭后,往王丈处谈俄顷。复在稚夒书斋小坐,晤周桐侯孝廉。下午回寓,四弟在此晚饭。复接冯小侣叔信。

十七日(2月13日)　晴。早间,至梦九处,晤谭。复至吴朴臣处就医。午后,写大兄复信,未寄。是日午前,蔡吉人来晤。

十八日(2月14日)　阴。早间,发大兄信。是日为先慈诞辰,午间,祭享如礼。下午,清如来谭,相与阅汪龙庄诗。龙翁诗极佳,而诗名不显,亦可怪也。晚饭后,清如邀余往谭,殊有联床风雨之概,并出其尊人子双先生日记见示,读之觉前数年在粤光景历历在目,不觉有今昔之感焉。

十九日(2月15日)　阴。积雪渐融,日夜闻淅沥声。四弟午后来谈,至亥刻去。清如亦同晚饭也。

二十日(2月16日)　晴。早起,临率更书数十字。饭后,看书阅文。傍晚,偕妇稚掷状元筹。

廿一日(2月17日)　晴。早间,接日升昌来信,知蔡君汝端欠大兄·款已于日前交还二百金。足见蔡君诚挚信实,求之今人,颇为难得,亦见大兄取友之端也。上午,天气清朗,颇动游湖之兴。忆去岁春初,兄弟三人同作湖游,大兄曾有流连山水之意,盖以服阕后即欲出山,斯游不能多得也。今余与四弟约日内泛舟西湖,念及大兄,有"遍插茱萸少一人"之怅。饭后,乘舆往日升昌取银,复至庆余为两妹存放款项。回至旧宅,与四弟食水角,傍晚归。作剑田信,告知蔡款已收到,此信即晚发递矣。黄昏时微雨,恐来朝未必能游湖也。

廿二日(2月18日)　阴。临帖、读书。饭后,四弟来,约清如同出游。甫行至巷外,似有小雨,适遇汪同伯,遂回寓,邀同伯来谈,少顷各散。

廿三日(2月19日)　阴,微雨。早间临帖。饭后,清如来小坐。申刻,接大兄初五来信,知病后身子仍多不适,精神亦未充,殊为悬念,当即作札复大兄,拟明日封发交局。傍晚,四弟来,饭后去。

廿四日(2月20日)　阴。早间,用宾来,为六一叔葬事索余帮资。余允付大衍之数,计已敷用,因先以卅元予之,令其承办。饭后,发大兄信。至姑母处取经折,代为取余杭息银。至旧宅一转,即回寓。作札致子先,缮就未寄。

廿五日(2月21日)　晴。早间,寄子先信。已刻,偕清如携梓儿出涌金门。一面作字邀四弟,我等先在望云居坐候,至午正后四弟才到,即共登舟至三潭印月处。西北风吹面,甚冷。在厅小憩,复回船,开至蒋公祠。甫上岸,遇稚夔,遂同至祠内小坐。我等复到楼外楼吃饭,邀稚夔,不果来。申刻,至俞楼行宫一游,遂返棹。风猛舟钝,泊泊岸已黄昏矣。回寓,适上灯,四弟亦归,未来此。

廿六(2月22日)　晴。天朗气清,较昨日和暖。自已至未,临率更字一百四十余。饭后,四弟来谈,至亥刻甫去。晚间,余觉头痛,终夜不适。

廿七日(2月23日)　晴。早间,头仍痛,遍身躁热,殆前日受风之故。午后,又发冷,延吴医诊视,方用温散之品。下午服午时茶一杯,晚饭后服药,旋就寝。本日午前,用宾来,即将祀产租折交其送交浒墅本家处。

廿八日(2月24日)　晴。昨宵仍不适,早服二煎药,食粥饭不甚有味,头痛亦未减。复延吴医复诊,云风邪未散,仍用疏散之剂。下午,四弟同周志师同来,少坐即去。晚间,觉遍身发痒,出有颗粒,似是水痘,然风湿当可从此出矣。

廿九日(2月25日)　晴。早间作札致吴医,请其改方,觉头痛稍减,仍有乍寒乍热光景。医者嘱余避风,故在屋亦带风帽。

卅日(2月26日)　晴。身犹未愈。下午,四弟来,傍晚去。清如嘱余问公当事,余以病未能出门,亦属诸四弟焉。胡箓丈有信来,将黄处息金九番寄来。

二　月

二月初一日(2月27日)　阴。住屋厅事地砖朽坏,是日铺换新砖。午后放晴。下午,吴医来,方用清凉之剂。

初二日(2月28日)　阴。痘证略减。下午,四弟来,即嘱其至王丈处取银。傍晚,四弟复来,旋去。大姑母亦来,即将胡处息银交其带回。

初三日(2月29日)　阴。迁至西院居住,腾出住屋修葺之。午后,清如来谭。吴医来诊脉,仍用清凉之剂。接廖孟扬自嘉定来信,知其太夫人仙去,为之扼腕。函中仍提及为余经手之事,孟扬真笃信君子也。下午,清如出率更皇甫碑、鲁公多宝塔见示。申刻,四弟来,黄昏去。

初四日(3月1日)　阴。仍避风在房,终日精神疲倦思卧。偶阅《啸亭杂录》数页。晚饭后早眠,夜梦大兄,见其病状委顿,醒后深念之。

初五(3月2日)　阴。天渐暖。早间,阅王菊人与邵汴生少宰唱和诗章。汴翁去岁作古,王君踪迹更无从探悉矣。下午,四弟来。郑宅息洋送到,余亦饬仆往松泉处取利,各分其半。傍晚,四弟去,余作唁函慰孟扬,送交钱甘卿转寄。晚间风甚大,余眠极早。

初六日(3月3日)　阴。北风更大,甚冷。早间作札复子成兄,未寄。晚更冷。吴医来诊,换立方剂,仍系凉药,并用羚羊角,以清肝热。

初七日(3月4日)　晴。早间,写冯小侣叔信。午前,子先来,因办葬事而来,葬期已择定三月十三日。下午,去寄冯、楼二信。下午,四弟借紫芎来。少顷,子芎去,四弟傍晚去。清如亦来谭。

十八日(3月5日) 晴。风和日朗,余疾亦瘳,出院一览,颇豁心目。下午,子香来,少顷即去。晚间,子香借银鼠裰、琥珀朝珠。

初九日(3月6日) 阴,小雨。午后,迁屋,住房略加粉饰,居然改观。下午,吴医来诊,方用养阴之剂。傍晚,清如来谈,余赠以毡冠朱纬,时清如适属除服,故需此也。

初十日(3月7日) 阴,雨仍未止。两妹来住。清如是日释服,余往拜其尊人遗像。清如即以馂余邀余饮,四弟亦在座,晚饭后甫散。是日,作大兄信。子香来还外裰、朝珠。志鸿来即去。

十一日(3月8日) 晴,颇和暖。早间,发大兄信,临率更字数十。午后,写四叔信,并寄铭嫂月费六千文,交四叔转交。信局寄带洋钱,每元需带费卅文,较汇费为尤昂焉。

十二日(3月9日) 晴。早间,接堂侄祖寿来信,索寄月费,适余昨日先已寄去,遂作函复之。饭后,至旧宅,清如亦去,傍晚同归。

十三日(3月10日) 晴。天朗气清,致足喜也。是日,犹子阿春周岁。饭后,四弟来呼膳夫做扬州面,而膳夫已他出,只好买烧饼作点心矣。晚饭后,至清如处小坐,闻荐桥不戒于火,延烧十数家矣。

十四日(3月11日) 晴。早起,吃扬州面。辰刻,接大兄信,正月廿三日发,知去腊初六余所发信尚未收到。胡万昌信局如此迟延,可恶之至,即饬仆往斥之,令将号资缴回。巳刻,往石牌楼吴医处就诊。归即复大兄信,饭后,交正大信局寄汴,不与胡万昌交易矣。傍晚,东风甚大,冷甚。

十五日(3月12日) 晴,仍甚冷。巳刻,接大兄正月廿四来信,即刻作复,仍交正大信局寄汴。饭后,至四弟处,偕往孩儿巷探大姑母病。复往访志鸿,不遇。仍回至旧宅小饮,清如亦在座,以酱鸡下酒,颇佳。晚饭后才归。清如复至余处清话,至夜分始散。黄松泉、童子香来访,余均未晤。

十六日(**3月13日**)　阴,巳午间放晴。午后,清如以祖先牌位嘱书。饭后,四弟来,汪同伯亦来,遂偕往丰乐桥吃点心。四弟同归,傍晚去。

十七日(**3月14日**)　晴,甚热。早间,往奠高仲瀛祖太夫人,遇金少伯丈,午前回寓。饭后,四弟来,同往大街闲步。余至皮货铺买羊皮袍褂统一副、珠皮风毛两张、银鼠袖头二付,共费番饼四十枚。又买元色宁绸羊皮褂一件,费番饼十八枚。傍晚才归,四弟亦回寓矣。

十八日(**3月15日**)　晴。午未间奇热,仅衣乙棉尚觉暖。午前,为清如写祖牌。未刻,督缝人治衣,视其裁罢方令去。晚饭罢,偕家人掷状元筹。

十九日(**3月16日**)　阴。早间仍热,午后雨,即转凉。清如嘱余代作书院试帖一首,题为"云烂星辉得辉字"。未刻,范吉如来谢孝,晤谈少顷。其人为楣孙方伯之子,年四十余,与余不过数面之识,坚欲相见。余延之入,所说之话毫无伦次,殆仍系苦愧中昏迷之性耳。申刻,雨更大。沽酒以酌,兴颇饶也。饭后,阅《仓山诗集》。亥刻寝,丑刻甫交睫,寅刻复起更衣一次。

二十日(**3月17日**)　阴,微雨天凉。辰初即起。巳刻,冒雨步行至旧宅。未刻,黄绶卿来,申刻归。

二十一日(**3月18日**)　晴。饭后,至旧宅与四弟闲步,至保佑坊买李壮烈伯谕祭文一篇,郭莆田廷尉书以刻石者也。遇一满人,袍服修洁,气宇轩昂,年约五旬余,殆本城驻防武员也。四弟同余归,在巷口遇清如出买物,少顷即返,同至余斋清话。四弟傍晚去。清如家制磁坛蒸肉,分以饷余,颇佳。

二十二日(**3月19日**)　晴。早间,督仆晒皮衣。志鸿约今日有事于伊处,迟至未刻未来邀。余作札致钱甘卿取子金,饬人送去后,余至四弟处,偕访志鸿,亦未遇。在旧宅遇汪同伯。清如往喭叶春伯归,亦至旧宅一转。余与四弟复往王丈处,未晤。稚夒出见,知年伯母病甚剧,闻之代为焦虑。归途过丰乐桥小酌,醉饱而归。晚接甘卿回字,以钱不应手,子金未能如期而付,请稍缓时日,姑且待之。晚饭后,清如复在余屋清话,夜分始散。

二十三日(3月20日)　晴。早间晒皮衣,午后抖皮衣。未刻,延吴医来为三儿诊治,余亦令其换方。下午暖甚,余方隐几假寐,清如适来,少顷便去。傍晚,清如复来,谭至二鼓去。

二十四日(3月21日)　晴。早间,晒羊皮统,阅《前汉书》列传。饭后,至四弟处,遇周志鸿,遂偕往志鸿处,遂前日之约,惜但观大略,未窥全豹耳。少顷,仍回至四弟处,傍晚归。早间曾询问王年伯母病,幸未加剧,可保无虞,为之快慰。

廿五日(3月22日)　阴,微雨。为人写小条一方,阅《汉书》列传。饭后,写大兄信,即交正大信局寄去,是为第七号安信。明日为四弟生日,因饬庖人预备精馔为家宴之需。

廿六日(3月23日)　阴。早间,阅《汉书》列传。下午,四弟来,先吃面,晚间畅饮,夜分始罢。上灯至二鼓,微雨不止。

廿七日(3月24日)　晴。早间,至日升昌,知上海同文局《陈书》已寄到,并陆续取书单廿三纸,均由沪号友人邱君取出寄来。《陈书》六本,纸张、字迹均佳。邱君信内提及欲还存款之事,下午作书复之,即令将存款汇来。午后,至四弟处。傍晚归,携《湖海文传》一部,灯下消遣,颇饶雅趣。

廿八日(3月25日)　阴。奇冷,颇似隆冬天气。读《湖海文传》,甚乐。巳刻,汪同伯来,有乞贷之意,余无以应之也。饭后雨,仍凉甚,可衣两狐裘。

廿九日(3月26日)　阴。午前,阅《湖海文传》。午后,四弟、清如均来谭。晚饭后,结家用账,发厨子工资,三鼓甫寝。夜间雨。

三　月

三月戊辰初一日丙子朔(3月27日)　阴,稍暖。午后风雨大作,又转冷矣。四弟来,吃坛子肉、芝麻烧饼,傍晚去。

初二丁丑日(3月28日) 晴,更冷。辰初起,至望江门外海潮寺拜郑子惠太夫人寿。归与四弟出钱塘门,至龙居邬、玉屏山两处上坟,即在榴下镇饭馆午饭。西北风吹面,甚冷。余衣丝棉小衣、狐皮袍,尚不足以御寒。黄昏时回寓,接淮安堂侄祖寿信。

初三戊寅日(3月29日) 晴。早间,往大姑母处送胡宅利金。谒夔丈,未见。午刻,回寓吃饭。饭后,四弟来,云亦自王丈处归,知其太夫人忽然抱病,甚亟,速饬人往询,云已无碍。

初四日己卯(3月30日) 阴。早间雨。内子携榕儿赴余杭候送外姑殡。饭后,余往拜张菊甫丈,晤谭良久。复至夔丈处,谭良久。遇郑子惠,随往日升昌取大兄汇来"毛诗"一款。接读大兄信,并王勤斋别驾致范吉如唁函,嘱代办祭幛致送。傍晚回寓,携梓儿同卧。

初五日庚辰(3月31日) 阴。早间,写大兄复书,饭后封发,是为第八号家信。晚间,清如来谈,少顷旋去。

初六辛巳日(4月1日) 晴。北风甚厉,冷极,季春时节而有隆冬光景,大奇。早间,发孟扬唁信,并送奠分四番,交信局寄嘉定。饭后,复祖寿侄书,并附子绥弟信,即交局寄淮。下午,四弟来,少顷即去。

初七壬午日(4月2日) 晴。仍甚冷,无异三冬。饭后,接四叔信。下午,四弟来,傍晚去。是日后半天稍暖,夜间仍冷,覆棉被三尚不足以御寒也。

初八癸未日(4月3日) 晴,仍冷。接子先信,知榕儿欲吃八珍糕,为买四两寄去。午后,四弟来,傍晚去。申刻,志鸿来,出《申报》见示,少顷即去。

初九甲申日(4月4日) 晴。是日为清明佳节,设祭祀祖。饭后,同伯来谭,良久甫去。下午,天转和暖。

初十乙酉日(4月5日) 晴,甚暖。午后,修发。未刻,四弟偕志鸿同来。少顷,志鸿去。王年伯来,坐良久才去。四弟傍晚去。夜半月色大佳,清如来谈,至亥刻去。后半夜雷电风雨大作。

十一丙戌日(4月6日)　阴,雨仍未止。早起,知昨夜有穿窬贼窃去呢门帘一条,系由西偏院钻墙隙而入,墙脚有穴,高尺余,宽亦如之。当即饬仆报有司踏勘访缉。此次虽失物无多,恐其再来问津也。饭后,作大兄第九号书,告以公当股份嫌多,止其毋庸汇银来杭。未刻,雨仍未止,忽又奇冷,酌汾酒以解寒。申刻,四弟来,晚间吃面,亥刻甫去。

十二丁亥日(4月7日)　阴。巳刻至未刻雨甚大。饭后,往访钱甘卿,托以向施九韶索款之事。顺道谒朱茗丈,未晤。申刻归,北风迎面,奇冷。下午雨渐止,似有晴意。

十三戊子日(4月8日)　晴。早间,接大兄两信。饭后,挈梓儿往丁家山送外姑葬,晤子先、子扬。酉刻归,内子亦回寓。四弟来,出大兄信与看,少顷即去。晚间月色大佳。

十四己丑日(4月9日)　晴。早间,往见王丈。复至旧宅偕四弟往丰乐桥吃面,即代午膳。旋至方谷园巷张菊丈处看屋,菊翁已行,余与四弟小坐片刻。屋中花园甚好,住屋亦修洁轩敞。归途过马市巷,清如旧宅在焉,亦入门一览,遂回寓,修发打辫。申刻,复至夏松孙处,谈良久。晚间雨。

十五庚寅日(4月10日)　阴。早间复大兄书,饭后封发,是为第十号,即交正大信局寄汴。饭后,四弟拜廪生归,来余处,傍晚去。酉刻月食,亥刻复圆。

十六辛卯日(4月11日)　晴。天朗气清。早间,临帖。饭后,访弟,遇志鸿,偕往涌金门外三雅园茶居啜茗,小坐即归,志鸿同来,少顷才去,四弟亦同去。

十七日壬辰日(4月12日)　晴。早间,夏松孙来谭,欲假余空屋居住,余因出入均由余窗口经过,有所未便,辞之。饭后,过旧宅,遇汪同伯、周志鸿,复往第一处酒肆小饮,酉刻归。用宾来,出子成复信。甘卿有字来,知施九韶处月杪先还二数。接孟扬复信。

十八癸巳日(**4月13日**)　晴,稍冷。早间,作书复子成,即交用宾带去。据用宾言,月内有镇江之行故也。饭后,清如以新罗山人画觅售,余姑留之,以俟就正方家。下午,四弟来,傍晚去。申刻微雨。

十九甲午日(**4月14日**)　阴。接大兄信,并银三千二百两,即乘舆至日升昌取银,易洋四千七百元,交夔丈转存鼎记钱铺,午前回寓。饭后,复大兄书,是为第十一号,仍交日升昌寄回汴省。未刻,四弟来,偕往送夏厚庵行。回寓后,复作七律二章赠之,灯下送去。清如晚饭后来,亥刻去。

二十乙未日(**4月15日**)　阴。早间,写四叔信,饭后交信局发寄。夏厚庵将登舟,过余话别,将去时,甫登轿,适四弟来,厚庵又进来小坐才去。申刻,往三元坊纸铺买纸条四幅,拟嘱清如转托徐君小勿书之,傍晚才归。

二十一丙申日(**4月16日**)　晴。饭后,至四弟处,傍晚归。灯下,掷状元筹,亥刻寝。夜间甚热,有暮春光景矣。

二十二丁酉日(**4月17日**)　晴。午前,临欧书。午后,志鸿来,傍晚去。谭及接阅电报,有本月十三日所奉懿旨,政府五大臣均获重遣,云南、广西两巡抚均褫职拿问,皆因法越交涉事。闻懿旨有千数百字之长,惜未之见。下午,《申报》来,此事尚未登载。四弟访稚夔归,与余谈片刻即去。

二十三戊戌日(**4月18日**)　晴。早起,往电报局索阅懿旨,适局员张君既耕外出,各处电报均锁于房内,晤局友陈谷孙,谈片刻即归。道经吴朴臣门首,因就其诊脉开方,午刻回寓。饭后,郑子惠来,谈良久才去。申刻,四弟来候《申报》阅看。傍晚,《申报》送到,迭次谕旨均已登载,阅之顿释盼望之情。

二十四己亥日(**4月19日**)　早间,临帖。饭后热甚,偕四弟往珠宝巷取洋钱,即开成票据,致夔丈处托其转交公当。晤稚夔。往红蝠山房看牡丹,傍晚归。

二十五庚子日(4月20日)　晴。丑刻起,送四弟赴县试。丑正三刻,到县署,已将封门,赶即补接试卷。遇童子芗于头门,余即乘舆归,时明星犹未烂也。复就枕,未成寐。巳刻,至旧宅午饭,与庶母谈良久。申刻归,过夏松孙门口,知其已迁居,即入室一览。屋为许氏旧居,年久失修,极颓败矣。戌刻,四弟出场,过余小坐,场作尚无疵。

二十六辛丑日(4月21日)　晴。早间,临帖。饭后,过四弟处,遇童子香、汪同伯、周志鸿,均来望四弟考者也。申刻,偕往青凝巷望稚夒考,遇许子社。复遇周桐侯之弟,貌与桐侯无异,余乍见之,以为桐侯也,而周君茫然若不相识,问之,方知乃桐侯之弟。傍晚,王丈出见。善兴、善庆两典收据已交来,余遂携回。过丰乐桥,吃面一碗。四弟同归,饭后才去。

二十七壬寅日(4月22日)　晴。早间,子先来。是日为先慈钱夫人忌辰,祭享如礼。子先在此午饭,未刻去。申刻,余往四弟处听出案消息。傍晚,稚夒有字来,知四弟名列十三,稚夒第九。晚饭后,余回寓。

二十八癸卯日(4月23日)　晴,甚暖。是日换戴凉帽。午前,稚夒来,适余修发,少顷即去。饭后,四弟来,遂偕往保佑坊买夹马褂。傍晚,四弟去,料理明日初覆事宜。

二十九甲辰日(4月24日)　晴。丑刻起,促四弟来吃水角,后即送其入场,候至寅正三刻甫点名。遇蔡又臣、吉人昆仲,稚夒已先在焉。余回寓,天已黎明,即不复卧,走笔作大兄书。饭后,至黄保如处,晤谈片刻。复访郑子惠,未晤,其侄出见,余少坐即兴,旋回寓。下午,朱茗丈来谈,意欲大兄将汇往汴中之款全数汇来,嘱余作书告知。适余正在写信,遂附提数语。亥刻,四弟出场,来此一转。

四　月

四月己巳初一乙巳日(4月25日)　晴。早间,发大兄信,是为第十二号。午后,代四弟做《孝经》论一篇,题为"因严以教敬论"。未刻,四弟自来抄卷。下午雨,汪同伯冒雨来。晚间,许沐生来,未晤。亥子时风雨雷电交作,通宵颇凉。

初二丙午日(4月26日)　晴。早间,复胡鹿丈信,交子先转送。旋乘舆至庆余钱庄为两妹存放洋钱,午前回寓。饭后,至四弟处一转,遂往大姑母处送胡宅息洋。傍晚,稚夔来晤。县中初覆案出,稚夔第八,四弟十六。

初三丁未日(4月27日)　晴,稍冷。早间,包子庄虎臣来晤。子庄为清如亲戚,留其在余处下榻。午前,复剑田信,并将大兄致伊之信寄去。午后,四弟来,遂偕往珠宝巷买朝珠背云、坠脚。至荐桥直街买烧鸭、油鸡,坐酒肆饮酒二杯,遂归。遇稚夔于申报馆,复同至保佑坊,四弟尚与稚夔徘徊,余独自先归,比至家,已上灯矣。

初四日戊申(4月28日)　晴。早间,复孟扬信。是日县试二覆,四弟进场,余未送。午后,课儿读书。下午,往买条幅,拟托包君写篆字。酉刻,四弟即出场,与余遇于途,遂回旧宅,晚饭后才归。

初五己酉日(4月29日)　晴。早间,修发。清如以《随园琐记》见示。饭后,四弟来。少顷,汪同伯亦来,谈少顷同去。余以宣纸托清如代索包子庄篆书,适包君明日即归,只好携回湖州加墨矣。

初六庚戌日(4月30日)　晴,甚热。饭后,四弟来,少顷即去往朱茗丈处,申刻复回,傍晚去后,又偕稚夔来,在此小饮,晚饭后才散。是日,施九韶处还洋钱二百。

初七辛亥日(5月1日)　晴。早间,临帖。饭后,代四弟作“性理论”,往羊坝头看屋。傍晚,与清如闲谭。晚间,阅《鸿雪姻缘图记》。夜半,觉浑身微热,咽喉干痛。

初八壬子日(5月2日)　晴。清晨极热,辰巳间忽起大风,顿生寒冷。余以昨宵不适,遂往访吴朴臣就诊,回寓觉遍身发出风疹,时觉乍寒乍热。噫!病魔其又来扰我乎?晚间雨,入夜雨更猛。

初九癸丑日(5月3日)　阴。辰巳间雨稍杀。余疾如故。是日为县试终覆,午后,四弟出场来此。未刻,延吴医来诊。四弟傍晚去。

天气仍冷,可衣三绵。

　　初十甲寅日(5月4日)　阴,仍冷。午后,清如来谈。四弟买物归,手携大小扇三柄来,傍晚去。吴医来诊,用清凉剂,咽痛涕血口枯如故,甚苦之。

　　十一乙卯日(5月5日)　阴。立夏,午刻祀祖。午后,四弟来,复偕清如往游西湖,余以疾不往。日来右手骨节均疼,似系风入筋络光景。晚间,口燥喉痛如故,仍服昨方。

　　十二丙辰日(5月6日)　晴。延吴医诊视,换方,病仍未愈。清如患痰疾,亦就吴医一诊。余鼻涕总带血丝,咽喉亦痛而不利。

　　十三丁巳日(5月7日)　晴。早间,接子成信,倭话连篇,可笑可怒,皆为堂子巷祭产之事,余即作书复之。饭后,四弟来,出书与看,并看余回书,傍晚才去。

　　十四戊午日(5月8日)　晴。往丁家山外舅姑坟拜外姑周年,内子同去,至山遇雨,几不能降舆。申刻归,雨仍未止。晚间,清如在此闲谭,夜半始去。

　　十五己未日(5月9日)　晴。喉痛仍未愈,早起涕中带血甚多,不思谷食。午后,四弟自府学填册归,过余处,傍晚去。子扬自余杭来,下榻此间。

　　十六庚申日(5月10日)　阴。早间凉甚,已刻雨。发大兄信,是为第十三号。子扬去未回,晚间有字来,知其在瑞君处下榻。

　　十七辛酉日(5月11日)　阴,雨仍未止。早间,往就吴医诊脉,旋至旧宅一转,至申刻才归,遇周志鸿。是日天更冷,可衣裘帛。子扬仍未返。夜间甚冷。

　　十八壬戌日(5月12日)　晴,雨渐止。饭后,接大兄三月廿二日来信,并咨复河南藩司文稿。未刻,四弟自青凝巷红蝠山房归,因课友未齐,遂散,申刻去。傍晚,接四叔信。是日天奇冷,可衣三棉。余痰塞喉际,甚苦。夜间起更衣数次,腹中犹胀闷未已。

　　十九癸亥日(5月13日)　晴。始食鲥鱼。饭后,四弟来,遂同至旧宅吃鲥鱼,清如亦同去。晚饭后乘舆归。

二十甲子日(5 月 14 日)　晴。早间,往青凝巷谒夔丈,归后四弟来此同午饭。未刻,志鸿来,少顷去。天仍凉,可衣三棉。

二十一乙丑日(5 月 15 日)　晴。是日为先考忌辰。卯刻,恭诣满觉陇坟茔祭扫,巳刻回寓,仍在家庙祭祀。午后,作大兄十四号信,作四叔第三号书,均即封发,由正大信局寄去。是日,府试正场,四弟寅刻进场,余未送。申初刻,许伯与来,少顷即去。傍晚,清如来谭片刻。

二十二丙寅日(5 月 16 日)　晴,较和暖。早间临帖、读赋。饭后,访四弟,遇同伯、志鸿,晚饭后归。

二十三丁卯日(5 月 17 日)　晴,天甚热。早间,往拜王老夫人寿。在王宅一永日,晤茗丈、金少伯丈、钱甘卿。晚饭同席者许子社、郑子惠昆仲、张既耕、周梦九、姚雨农,饮酒甚畅。下午奇热,晚间大雨,夜半风。

二十四戊辰日(5 月 18 日)　晴。早间,往探清如病,遇伯兴。饭后,四弟偕志鸿同来,志老先去,四弟后去。

二十五己巳日(5 月 19 日)　晴,甚冷。早接孟扬来信。巳刻,往水香庵吊金忠甫吏部,时丁兼祧外艰。午刻归。未刻,延吴医为内子诊脉。申刻,访稚夔。时稚夔偕同试诸人作会课,四弟亦在座,即在王宅晚饭,亥刻回寓。

二十六庚午日(5 月 20 日)　阴。早间,修发。饭后,许伯与来晤。天忽雨。申刻,吴医来诊脉。傍晚,雨渐止,伯兴去。夜间雨仍大。

二十七辛未日(5 月 21 日)　阴。早间,知四弟进场,因封门太早,未及与试。饭后,雨稍止,往旧宅询之,傍晚归。夜间又雨,清如来,片刻去。

二十八壬申日(5 月 22 日)　阴。饭后,饬仆至王宅取息金,适四弟在彼,遂携之而归。晚间小酌,亥刻散。天忽雨。

二十九癸酉日(5 月 23 日)　早间阴,巳刻晴。饭后,四弟来,偕清如游圣湖，余不往。酉刻，余至保安桥访钱甘卿，黄昏返。

三十甲戌日（5月24日）　晴。同文书局《史记》寄来式样，与前刻《陈书》不符，余因作书责之。四弟在此，知伊所定之书亦寄到矣。下午，食饺子点心，颇佳。

五　月

五月庚午初一乙亥日（5月25日）　晴。早间，阅《通鉴》一本。饭后，临帖，写胡菉坪复信，时接其来信并息洋九番，下午即至姑母处交付①。道经旧宅，即在彼晚饭，亥刻归。

初二丙子日（5月26日）　晴，热极。午后，接德清蔡宅来信，知子青表兄于昨日作古。子青壮年不禄，尚无子嗣，终鲜兄弟，仅存病妻弱女，为之伤悼。下午，四弟来。傍晚，偕往水德桥南一转。归途逢汪同伯，遂分路各归。是日热极，黄昏时尤燥，因就清如处吸芙蓉膏少许。

初三丁丑日（5月27日）　晴，仍热。下午，朱茗丈便衣来，少顷即去。余即赴四弟处，遇汪同伯。傍晚，修发。晚饭后，同伯以告贷事商于余兄弟，余允以佛番两枚润色之。同伯意犹未足，而余已尽忠竭欢矣。亥刻归。

初四戊寅日（5月28日）　晴。早间，阅《通鉴》。饭后，褚纪常年丈来晤。申刻，复至四弟处，黄昏时回寓。清如喘疾又作，往问候焉。

初五己卯日（5月29日）　晴。为端阳节，午前祀祖。午后，至四弟处，偕往海潮寺一游。寺僧留吃面，味不佳，复出茶果相饷，亦无甚好处。申刻归，沿途游人如蚁，熙来攘往，颇有升平气象。四弟仍来余处，晚饭罢才去。

初六庚辰日（5月30日）　晴。早间临帖、读史。饭后，稚夔同四弟偕来，少顷即去。申刻，饮残酒一斤。晚饭后早眠。

---

①　旁有小字：张既耕衣冠来晤。

初七辛巳日(5月31日)　晴,稍凉。早间临帖、梳辫。修发匠颇修洁,手艺亦不劣。四弟下午来,亥刻去。

初八壬午日(6月1日)　晴。未刻雨。饭后,作书致余晓云年丈,询子青表兄身后光景,附以英洋六番作奠敬,托许藕卿转寄。未刻,至四弟处,遇志鸿、汪同伯,以梅食见饷。酉刻,四弟同余回寓小饮,亥刻才去。

初九癸未日(6月2日)　晴。早间观书、临帖。饭后,拜张菊甫丈,答拜纪常年丈暨梁敬叔观察,均未晤。菊丈晤,谈少顷回寓。时四弟适来此,旋去。

初十甲申日(6月3日)　晴。终日在寓,未出门,亦无人来,惟以读史、临池为事。晚间早眠。

十一日乙酉日(6月4日)　阴。早起,见庭院皆湿,知昨夜雨。巳刻复雨,天亦似深秋光景,可衣棉袍。饭后,雨过,遂至四弟处。申刻,稚夔、雨农同来,少顷去。余亥刻甫归。本日戌刻许氏妹生第二女,大小均安。夜间,余为群蚊所扰,竟不能成寐,殊苦之。

十二丙戌日(6月5日)　晴。早间,临帖。饭后,至旧宅一转,即回。下午,四弟来。傍晚,钱甘卿衣冠来晤。

十三丁亥日(6月6日)　晴。许氏甥女三朝,巳刻洗儿。午前,子先来,酉刻甫去。傍晚,修发。本日热甚,晚间月色皎洁,对之辄动怀远之心。灯右与清如闲话片时,旋返。

十四戊子日(6月7日)　晴。巳刻,往旧宅,候四弟起,同往王宅拜寿,在彼一永日。午后热甚,看周桐侯评会课文。晚间月色大佳,亥刻返寓。

十五己丑日(6月8日)　晴。下午,四弟来,在此晚饭。傍晚,接到从堂子成兄来信,仍为祭产事,晓晓不休。知用宾已回来,当呼用宾来询悉一切。亥刻,四弟去。

十六庚寅日(6月9日)　晴。早间,张鞠甫丈来。饭后,接大兄信,即作书复之,并写四叔信。用宾又来,少顷去。傍晚雨甚大。清如来商约与转托之事，余无以应也。

十七辛卯日（**6月10日**）　晴。早间，发大兄十五号信，发四叔第四号信。饭后，阅《通鉴》。未刻，至四弟处，遇同伯，遂偕往永宁院看赛会。傍晚回，至旧宅吃饭，亥刻归。

十八壬辰日（**6月11日**）　晴。早间，清风徐来，至丰乐桥散步，少顷即返。下午，四弟、志鸿均来，四弟晚饭罢才去。

十九癸巳日（**6月12日**）　晴，热甚。写冯小侣叔信，又复子先信。午后，阳光尤甚，欲出门而却步。晚间，风雨萧萧，通宵闻雨声。

二十甲午日（**6月13日**）　晴。虽有风雨而仍热。本日为高祖耀章公忌辰，敬谨享祀如礼。饭后，接余杭王玉如函，即复之。未刻，四弟来。傍晚，稚夔来，即刻去。四弟晚饭后直至亥刻才去。夜间热甚。

二十一乙未日（**6月14日**）　阴。早间稍凉，往吴医处诊脉，遂至旧宅一永日。下午，遇汪同伯。天气颇清凉，傍晚遂归。

二十二丙申日（**6月15日**）　阴。早间小雨，陡觉清气宜人。饭后，读《易》、读《通鉴》，把梓儿学字。终日雨未止。下午，饮酒二杯。

二十三丁酉日（**6月16日**）　晴。饭后，至四弟处，遂偕往清和坊闲游，在天禄堂小饮。酉刻归，途遇金碬卿、许伯与。傍晚，金忠甫枢密保恭来晤。四弟晚饭后才去，夜深殊凉。

二十四戊戌日（**6月17日**）　晴。早间，汪同伯来，谈少顷遂去。余往拜金忠甫，午前归。梁敬叔观察来晤。敬翁为苣邻中丞第三子，以道员官浙廿年矣。未刻，廖孟扬至自嘉定，谈少顷即去。清如携旨酒同酌，饮至傍晚，并出袁翔甫所著《泰西风俗记》见示。灯下，作七律二首赠梁敬叔丈，拟明日抄送也。

二十五己亥日（**6月18日**）　晴。清晨，课梓儿字。饭后，至旧宅一永日。下午雨。晚饭后，乘轿而返。

二十六庚子日（**6月19日**）　自巳至未皆雨。傍晚，梁敬翁送《劝戒近录》四本，即取而阅之。书中所录皆嘉道间事，颇足以资劝戒。

二十七辛丑日（**6月20日**）　晴。早间，仍阅《劝戒近录》。饭后,课梓儿读。下午,阅《通鉴》。申刻,四弟来,少顷即去。

二十八壬寅日(6月21日)　晴,热甚。午前,出门访梁敬翁,晤谈片刻,出其尊人《浪迹丛谈》见赠,并以伊《七十述怀诗》见示,随往吴医处贺其妹出阁。访孟扬,晤,即在粮道署午饭,并晤周莪卿。未刻,访童子芗,知其抱恙尚未痊。余以扇面托其书楷字。归途顺道至庆余钱庄为两妹放钱,申刻返寓。傍晚,复至青吟巷晚饭。是日为稚夔文会之期,四弟亦在座。

二十九癸卯日(6月22日)　晴。卯初即起,颇觉清凉。巳刻微雨数点,午刻放晴,热甚。饭后,乘轿往拜姑母寿。申刻,同四弟同归。梁敬叔丈以其夫人《榕风楼诗存》见示,敬翁预订初四邀饮。四弟在此晚酌,亥刻才去。

闰五月

闰五月初一甲辰日(6月23日)　晴。早间,阅《通鉴辑览》。饭后,作大兄书,是为第十六号。未刻,绶卿来。少顷,大雨如注,傍晚甫霁。阅《通鉴》南宋光宗不肯朝上皇事,甚至上皇晏驾后犹托病不出主丧,此等谬妄,直非人类所应有,而当日固高居端拱、俨然居万人上者,何哉?

初二乙巳日(6月24日)　晴。早间,接胡箓坪丈信,并以苕溪鳊鱼见饷。复接大兄前月初六来信,后附陈研香手字数行,述及大兄又患痢,每日更衣三四十次之多。噫!此险证也。以久病虚弱之体,如何禁受得起耶?阅之焦灼万状。下午,四弟来,汪同伯来,谈良久。钟寅伯至自上海,来访余,寅伯为我处前年所延西席,曾授樾儿读者也。四弟在此晚饭,亥刻甫去。

初三丙午日(6月25日)　阴。早间,大雨如注。往马市街谒龚幼安师,晤谈片刻返。饭后,复箓坪书,写大兄回信,并致研香一缄,缮就未发。作子先书,亦未发。

初四丁未日(6月26日)　晴。天气清凉,巳刻阳光忽敛。午刻,赴梁敬翁之约,座有龚幼安师、金少伯丈、许伯与兄、周太守①。席间酒极好,余饮廿余杯。散归,金忠甫兄来谈,良久才去。是日,发大兄信,是为十六号②。

初五戊申日(6月27日) 晴。仍觉凉爽。早间,课梓儿字。饭后,与清如谈良久。旋至四弟处,适四弟外出,余遂少坐。申刻,四弟归,复同来余处,谈片刻即去,时已近黄昏矣。是日,买《唐宋诗醇》一部,书局所刻,价千五百文。

初六己酉日(6月28日) 晴。仍觉凉爽,颇似深秋光景。下午,四弟来,遂同往金忠甫兄处,晤谭良久。复至电报局访张既耕,未值,晤陈谷孙。路经徐德沅门,遂进屋小憩。归途在荐桥面馆吃点心。傍晚回寓,有王君玉如在此,余杭亲戚也。四弟亦同晚饭,王君在此下榻焉。

初七庚戌日(6月29日) 阴。早间,王君去。午后,张既耕有字来,知由济宁送电报至汴省需脚费尚不甚巨。余遂发电信至济宁,转递汴省,询问大兄病情,计十日回信可到。下午,清如以面饷余,清谈片刻而散。余买坊刻《曾文正公家书》十二本,以消长昼。

初八辛亥日(6月30日) 阴,微雨。午间,王年伯来,少顷遂去。饭后,往电报局,晤张既耕。复谒朱茗丈,访孟扬、子芗,不遇。至望仙桥种德堂买于术,大街烟店买鼻烟。旋至旧宅晚饭,遇同伯,知其已得杭属查酱缸差。

初九壬子日(7月1日) 阴。卯初即起,天甚凉。辰刻,课梓儿写字。巳刻,子先内弟至自余杭来访余,午后去。余阅《曾文正公家书》两本。未刻,接四叔来信。申刻,检点书架,将乱书略加清厘,临欧帖百余字。傍晚,汪同伯、徐雨江偕来,少顷遂去。灯下,周桐侯与四弟偕来,少顷桐侯去,而四弟留,亥刻甫去。

———————————

① 下有小字:云南人,在浙候补。
② 旁有小字:此号重,以后皆错矣。

初十癸丑日(7月2日)　晴。辰刻起,临欧字数十。午刻,祀祖。饭后,童子芰来,未刻去。下午,天较热,四弟来,傍晚去。

十一甲寅日(7月3日)　晴。辰刻起。早间,临欧帖数十字。饭后,写季卿叔岳信。清如以全柬乞书,即为写四柬焉。是日天热甚。晚间浴身,觉稍凉。

十二乙卯日(7月4日)　晴。卯刻起,衣冠出门,往送金忠甫行。甫入座,黄保如姻丈至。少顷,王年丈至。余最后走。复至吴医处诊脉。旋至旧宅一转,饬赵厨子做蛋糕,以备送忠甫路菜之需。午前回寓,赵厨子以做糕不及来辞,只得以金腿、鲚鱼两物馈之。下午,四弟来,傍晚去。时盼汴信不至,余兄弟皆悬悬莫释也。灯下,缮四叔禀函,未封发。

十三丙辰日(7月5日)　晴,热甚。早间,封发四叔禀函,是为第五号。临欧帖百余字。午后,翻阅旧书,读唐宋诗,阅《制义丛话》数页。晚间,月色大佳,偕清如妹丈望月。入夜其热,始用床席。

十四丁巳日(7月6日)　晴。寅正三刻即起,天热,以早起为妙,可以得平旦清气。卯刻至巳刻,临欧帖二百字。缮高沇甫信乙件,由驿发递广东。时高君就惠潮嘉道张丹叔观察刑钱席,余向与之交好,已三年不通书矣,故致函候之,亦久要不忘之一道也。饭后,微雨数点,即晴。未申间,大雨如注,水深数寸,房屋皆漏,傍晚甫转晴。清如在余斋闲谈。

十五戊午日(7月7日)　晴。余卯初起,天气颇凉。稍倦,倚榻假寐,比醒,已辰正矣。自巳至未,临欧帖百余字。午后天渐热。四弟来,傍晚去。是日,取周利卅三元,可敷半月之需矣。

十六己未日(7月8日)　阴。寅正一刻起,临欧帖百余字。卯正,接汴中回电,昨晚亥刻发。大兄病已好,心中稍释。辰正,至青凝巷,晤稚夔,王丈亦出见。巳刻,至四弟处。午后,遇志鸿。申刻回寓,梳辫。忽雷雨交作,天转凉矣。

十七庚申日(7月9日)　晴。辰初起,代清如作书院文一首,题为"非敢为佞也,疾固也"。午刻,接大兄前月廿二来函,知腹泻已渐好,甚慰于怀。午后,同伯来,未刻去。申正,文脱稿,适清如疾作,不能誊卷。遇四弟来此,遂浼其代抄,试帖尚少两韵,余为之续成,俾得完卷焉。酉刻,偕四弟小饮,以苕溪鲻鱼下酒,亦颇佳。傍晚,颇觉清凉。四弟上灯时去。

十八辛酉日(7月10日)　晴。寅正起。卯初,携梓儿至涌金门外三雅园吃点心。辰初,登舟至三潭印月、退省庵、蒋公祠、俞楼各处一游,在楼外楼吃饭。巳初,至行宫一览。午初回寓,玉如在焉,少顷即去。下午,临帖百余字。

十九壬戌日(7月11日)　晴。卯初起,作大兄书,即封发,是为十七号。课梓儿理《诗经》,每本背诵十页,写字一张。下午,改前作制艺后二比。四弟来,候孟扬不至。傍晚,往申报馆,遇孟扬于途,立谈片刻。复遇稚夔,遂归。

二十癸亥日(7月12日)　晴。辰初起,临欧帖二百字。下午,修发,阅《通鉴》数页,读《张船山诗集》一过。清如过我,闲话片时而去。夜间热甚,未能稳眠。

二十一甲子日(7月13日)　晴。寅正二刻起。卯初三刻出门,往棃花室笔铺买笔,复以旧笔嘱其修饰,至爵禄鞋铺定做夹鞋。卯正三刻回寓,课梓儿写字,读旧书。巳刻,临欧帖二百字。饭后,读时文、读《通鉴》。申刻,四弟来,傍晚去。夜间热甚。

二十二乙丑日(7月14日)　晴。早间,课梓儿读。巳午间,临帖。饭后,吴医来,为婢女诊脉,余与清如亦就便令其拟方。下午,访孟扬未值,晤稚夔。晚间,在旧宅吃饭。

二十三丙寅日(7月15日)　阴。辰刻才起。巳刻大雨。课梓儿读。饭后晴。未刻,四弟与同伯偕来,谈至傍晚各散。晚间,余饮酒半斤。

二十四丁卯日(7月16日)　晴。早间颇凉,如初秋光景。巳刻,课梓儿读。清如来,一转即去。饭后,携同梓儿至清吟巷王宅见赓丈,并见稚夒。孟扬下午归,亦晤谈良久。傍晚回寓。

二十五戊辰日(7月17日)　晴。早间,课梓儿读,并自己临帖二百字。午刻,张菊甫丈招饮,座有王丈、金少伯丈、张既耕暨余,四客一主,酉刻才散归。席间馔极精。

二十六己巳日(7月18日)　晴。家人辈作西湖之游,四弟亦去。酉刻,四弟过余处小憩,傍晚去。余终日惟作七律四首,拟赋呈夒丈者也。晚间热甚。

二十七庚午日(7月19日)　晴。早间,临帖。是日为初伏天,更热矣。下午,与清如一谈。傍晚雨。四弟来此,清如出肴馔饷之,即在余斋把盏,二鼓甫散。

二十八辛未日(7月20日)　晴,热甚。早间,将所作上夒丈诗抄录一纸,以备便中送去。饭后,清如拜客归,过余斋略坐。傍晚,至夒丈处呈诗,遇四弟应文会。弟因病未能完卷,余遂与之同归,并晤孟扬焉。

二十九壬申日(7月21日)　阴。早间,录旧诗数十首。余虽未谙诗律,而生平所作已不下数十首,七律居多,弃之可惜,姑以稿本誊之。巳刻雨。午后,延吴医为梓儿诊脉。申酉间,临欧帖二百余字。傍晚又雨。①

六　月②

六月辛未初一癸酉(7月22日)　晴。巳刻微雨。午前,延黄保如姻丈为梓儿诊脉。午刻,梁敬翁来,面邀吃午饭。清如同席,在座

---

①　后附诗　首:《偶逢樵者问山名》:空山不见人,何处问奇峰。境好名须识,樵归路偶逢。相探烦絮语,莫笑是萍踪。可住仙三两,曾穿翠几重。肩回新椷朴,指点旧芙蓉。闲定观棋往,游将着屐从。秋高红树老,日暮白云封。荷担飘然去,烟深野寺钟。

②　题"光绪甲申六月起"。

有福建叶君、黄君,安徽王君,宾主六人。申初散,余饮微醉矣。是日,接子先信,并胡宅洋钱。

初二甲戌日(7 月 23 日)　晴。早间,复延保如丈来诊,饭后来开方。梓儿出疹子,未透齐,仍用透发之剂。申刻,余往看四弟病,亦系时感发热。两妹亦均病,余拟明日邀同保如往诊。傍晚,孟扬、同伯均至,谈少顷各散。夜间甚凉,发子先复信。梓儿夜间仍发热,已第六日矣。

初三乙亥日(7 月 24 日)　阴。早间微雨,天气颇凉爽。巳刻,保如来为两儿诊脉毕,余即邀同往旧宅为四弟、幼妹两人一诊,均系疹子,尚未透齐,故所开皆凉透之剂。午刻,回寓缮发大兄十八号信,又发四叔第六号信。申刻,梳辫,临欧帖百余字,发子先信,并寄去衣服两件。傍晚又雨。

初四丙子日(7 月 25 日)　阴。辰巳间雨,午初放晴。闻四弟昨夕吐泻交作,尝往请保如,据云饭后才能来。午正,保如来,梓儿诊毕,余遂陪往四弟处诊视。余在彼午饭,申初归。是日天热甚。

初五丁丑日(7 月 26 日)　晴。早间仍热。巳刻,保如来,余同往四弟处诊视,今日病已略轻。余午前回寓,黄绶卿来,少顷即去。饭后,临欧帖三百余字。申刻,清如来一转,欲邀余明晨往游西湖。余以明早尚须延医未获他出,辞之。下午天忽转凉。

初六戊寅日(7 月 27 日)　晴。早间东风甚大,颇凉,辰巳间即热。午前,陪保如往诊四弟病。下午,临帖二百余字。申刻,斥仆赍送朱茗丈寿礼。本日自辰至酉热甚,终日挥汗而已。清如早间出门,申刻归,不知其往何处也。

初七己卯日(7 月 28 日)　晴。晨起,赴大姑母处道喜。是日绶卿表侄缔姻,冰人为余君云牧,有孝廉姚君菊仙在座。午后各散。余至旧宅候保如来诊,至酉刻甫到。傍晚,复邀保如来余处为二儿诊视。是日热甚。

初八庚辰日(7 月 29 日)　晴。晨起,拜朱茗丈六旬寿,未晤。

访子香，亦未晤。访子先于龙舌嘴陈宅，晤谈少顷。访福州叶大令，亦未晤。遂亲往延请保如丈，相约同来，复同保如往四弟处一看，午刻回寓。饭后甚热。傍晚，清如、同伯均过谈，黄昏甫去。

初九辛巳日（7月30日）　晴。早间，子先来。巳刻，保如丈来为两儿诊视。甫送保如出门，适叶大令过访，舆已到门，余亦降舆同入，谈少顷去。余仍至旧宅探四弟病，时保如尚未去也。余因头闷，亦就其一诊，午前回寓。饭后，朱医来为三儿视疮，留药而去。饭后热甚。下午，子先去，余服药。傍晚，同伯来借《曾文正公家书》阅看。

初十壬午日（7月31日）　晴。早间，缦卿来谢。余自前日即觉头胀，迄今未愈，颇不舒服。下午，子先饬价来借《汉书》。余晚间更觉不适，痰涕独多，证属重伤风，颇苦之。宵来虽能寐，而眠觉辄不适。

十一癸未日（8月1日）　晴。早起，疾如故。巳刻，保如来诊，开方。下午，服药，不思米食，啖西瓜半枚。头终觉胀，口终觉腻，终日惟卧，阅《制艺丛话》而已。

十二甲申日（8月2日）　晴。病甚，延吴医诊视。下午，卧床矣。

十三乙酉日（8月3日）　晴。病尤甚，早晚两请吴医，所开皆燥烈之品，而病渐深矣。

十四丙戌日（8月4日）　晴。遍身发出风疹，吴医甫改用凉透之剂。稚夔来问疾。

十五丁亥日（8月5日）　晴。仍延吴医诊视，疹子虽发出而面赤、口燥、舌腻，病转加剧。

十六戊子日（8月6日）　晴。请保如丈诊，用滋润之药，以救阴液，服后稍安。汪同伯来问疾。

十七己丑日（8月7日）　晴。保如来诊，余两目红肿昏花，终日流泪，亦肝火为之也。

十八庚寅日（8月8日）　晴。目疾稍减，口干如故。午前，保如来诊,仍师前方。四弟来视余。

十九辛卯日(8月9日)　晴。目疾渐减,余如故,勉啜稀粥半盂而已。保如来诊,仍师前方。

二十壬辰日(8月10日)　晴。目疾略好。早间,保如来诊,同伯又来谈。余他疾如故。下午,接大兄闰月廿六信,病中得家书,差慰人意。

二十一癸巳日(8月11日)　晴。早间,夔丈来,少坐,并将大兄托存公典钱文收据交来。午刻,保如来诊。下午,四弟来。余略好,而夜间又复咳嗽不止,皆痰多之患也。

二十二甲午日(8月12日)　晴。午刻,保如来诊。余胃口略好,清如亦来就诊。接子扬信,知子先亦病。下午即作书复之。申刻,绥卿来问疾,少顷即去。

二十三乙未日(8月13日)　晴。是日为先慈钱太夫人诞辰,余以病未能躬祭。早间,四弟来。午前,保如来诊,较前渐愈,复元尚早。午后,四弟去。余下午食挂面半盂,尚觉有味。晚间,封寄直东赈捐廿番,交上海施少钦处。夜间,仍觉咳嗽。黎明时风雨大作,甚凉。

二十四丙申日(8月14日)　晴。早间大雨,甚凉。巳刻,接子扬信,知子先尚未愈。午刻,保如来诊,仍用凉润之剂。午后,缮发大兄十九号信。自十一至今卧病半月,兹甫渐瘥,尚未能吃饭。病来如箭,病退如线,不其然乎?三儿病仍未好,连日延外科诊治,亦无甚大效。夜间甚凉,可盖棉被,余通宵咳嗽渐少。

二十五丁酉日(8月15日)　晴,雨已止。午刻,食挂面一碗,尚未有味。饭后四弟来,傍晚去。自昨至今,每日食贝母蒸梨一枚,觉咳疾渐减矣。本日未请保如,仍服昨方。

二十六戊戌日(8月16日)　阴。早间凉甚,仍饬仆往请保如。午刻,同伯来,少顷保如至,二君同去。饭后,施医来为三儿诊视。傍晚凉甚。

二十七己亥日(8月17日) 阴。晨起,服药。午间,食烂饭半碗。今日觉胃口如常,惟痰多口干仍未愈。午后,食蒸梨一枚。下午,食挂面一碗。申刻,四弟来,傍晚去。晚间食粥,未敢吃饭。本日接子先信,知其疾少间,而子扬复病矣。

二十八庚子日(8月18日) 阴。饭后忽晴。余仍服前方。午后,延医局施萃青为三儿诊视。未申间,天忽转热。余呼修发匠梳辫,拟下月初一剃头。傍晚,仍食蒸梨一枚。酉初,四弟自清吟巷来,傍晚去。

二十九辛丑日(8月19日) 晴。巳午间颇热。缮发大兄二十号信,并寄子先信,附去苹果、葡萄二种。下午,复请施萃青来诊。未刻大雨,申刻雨止。酉刻,邀清如来谈,片刻而去。

三十壬寅日(8月20日) 阴。早间雨,辰巳间放晴。午刻,请保如来诊,换方。下午四弟来,傍晚稚夔来,少顷均去。

七 月

七月壬申初一癸卯日(8月21日) 晴。早起剃发。巳刻,服药。汪同伯来,谈少顷即去。余仍服旧方,胃口已如恒矣。晚间,接施少钦回信并收条。

初二甲辰日(8月22日) 阴。早间出门,往晤汪同伯。复往大姑母处送胡宅新券,将旧券取回。归途至旧宅一转,复往晤梁敬叔丈。午刻回寓。饭后,请朱蓉湖为三儿诊视。清如来谈片刻。敬翁嘱余集近事之有关劝戒者录成数则,以备刻入《劝戒录》中。余追忆平日所见闻,得二则,遂录去。

初三乙巳日(8月23日) 晴。早间风甚大。余出门至保如处,未晤。至耕丈处,并晤桐侯、稚夔。巳刻回寓,祀祖,是日为先祖忌辰也。午后,四弟来。未刻,余觉头痛,以薄荷油擦之,少愈,殆早间受风之故。昨朱蓉湖来,余亦请其诊视,所开方乃亦君子汤。余今日服一剂,适受风邪,不知补剂有碍否耳?傍晚,四弟去。是日,接子扬信,并附虎臣都中来信。余夜间头痛渐止。

初四丙午日(8 月 24 日)　阴。早间,大雨如注,作札往请保如。巳刻,录劝戒近事一则,已有三则矣。梁敬叔欲余录八则,殊费搜索耳。午后,又得一则,亦录出。申刻,四弟来。酉刻,保如来诊,谓补剂非所宜,仍用清润除痰之品。

初五丁未日(8 月 25 日)　晴。早间,梳辫。饭后,请朱蓉湖来诊。是日天气晴朗,不凉不热,颇似初秋光景。下午,四弟来。傍晚,姚雨农来,旋各去。

初六戊申日(8 月 26 日)　晴。早间,所录近事四则,录送梁敬翁。饭后,接其回字,又送《劝戒录》八本,欲余再录十则赠之,颇费搜索矣。另交洋十元,嘱信致汴省买党参。余日内致书大兄,当即为之提及也。未刻,四弟偕志鸿同来。申刻,志鸿先去。傍晚,四弟去。晚间,阅新买《本草纲目》。夜觉腹胀,起更衣一次。

初七己酉日(8 月 27 日)　晴。早间,缮发大兄廿一号信,梁敬翁买参亦提及。饭后,又录琐事二则,以备敬翁采择。下午,四弟来。晚偕清如小酌,亥刻散。

初八庚戌日(8 月 28 日)　晴,稍热。早间,阅《彭文敬公全集》。饭后,至清和坊鼎记,以大兄之三百番易钱,即将钱存鼎记。未刻,至旧宅,傍晚归。

初九辛亥日(8 月 29 日)　晴,热甚。早间,仍阅《彭文敬公集》。午刻,祀祖,是日为先曾祖母诞辰也。午后,录琐事二则。未申间,又觉头热口燥,余仅两日不服药耳,明日又须请教于黄保如矣。傍晚大雨。头痛甚,夜间稍好。

初十壬子日(8 月 30 日)　阴。早间,往保如处诊脉,觉头痛稍好。饭后,同伯来,申刻去。录某统帅事一则。晚间,阅《劝戒录》。

十一癸丑日(8 月 31 日)　阴,小雨。饭后,四弟来。下午,清如以水角见饷,惜味不佳。少顷,清如亦来谈,傍晚各散。雨仍未止,天极凉。

十二甲寅日(9月1日)　阴，雨仍大。早间，梳辫。用宾来卖烛锭，以备余送人之用。午刻，清如来，即刻去。接子先信并《汉书》，当泐复并换第二函《汉书》寄去。连日阅梁敬翁所著《劝戒录》，成四绝句赠之。下午，四弟来，晚偕清如小酌，亥刻散。

十三乙卯日(9月2日)　阴，辰巳刻微晴。早间，抄所录琐事。午刻，祀祖。午后，四弟偕孟扬、桐侯同来，少顷各去。

十四丙辰日(9月3日)　晴。早间出门，至后市街叶大令处贺其得分水县署篆。随又至庆余庄换洋钱，往高乔巷、兴忠巷、清吟巷各处拜中元，回至旧宅吃饭，申刻归。梁敬翁来访，未晤。傍晚，王丈送辽参二钱，为三儿服用。

十五丁巳日(9月4日)　晴，颇热。午刻，祀祖。饭后，清如来。少顷，四弟来，傍晚去。清如之甥冯君新婚，借用朝珠，余以橘珠假之。

十六戊午日(9月5日)　晴，更热。饭后，作四叔禀，即缄发，是为第六号。是日为先祖妣冯太夫人诞辰，故亦祭享也。午刻至酉刻甚热，可以挥汗。

十七己未日(9月6日)　晴。早间至午刻，临欧帖百余字。午后，汪同伯来。申刻，四弟来，均傍晚去。申酉间风颇大，晚间雨。

十八庚申日(9月7日)　晴。早间稍凉。巳午间，临欧帖百余字。午正，接大兄六月廿九来信，附金福家信，有洋钱十块，余即为之备好封寄。饭后，即作大兄回信，未写完而四弟来，晚饭后才去。

十九辛酉日(9月8日)　晴。早间，再写大兄信，饭后封发，是为第廿二号。清如来，小坐而去。午刻至申刻奇热。下午，临帖百余字。

二十壬戌日(9月9日)　晴，仍热。早间，临帖二百余字。饭后，抄先大夫诗稿二页。未刻，楼升之兄自汴省访弟归，带有楼升禀函，恳余通挪钱文俾济家用，余给以五番而去。其人极粗蠢，余呼之入，方欲略询大兄近状，奈彼出言无伦，不足与语，只得叱令退出。下午，四弟来，傍晚去。灯下，读《藏园九种曲》，以资消遣。

二十一癸亥日(**9 月 10 日**)　晴，仍热甚。自巳至申，抄诗稿五页，清如来一转。下午，发子先弟信。傍晚起风，天转凉矣。

二十二甲子日(**9 月 11 日**)　阴。卯初二刻起。辰初至午初，抄诗稿五页。午刻，清如来小坐。未正至申正，临帖三页。四弟来，傍晚去。

二十三乙丑日(**9 月 12 日**)　阴。早间，用宾来，缠扰不已，给以五洋而去。午刻至申刻，抄诗四首。清如延吴医，余亦邀其为三儿一诊。

二十四丙寅日(**9 月 13 日**)　晴。早间，修发。午后，抄诗四页。下午，清如以朱文正公《梅石观生图》见饷。申刻，四弟来，亥刻去。

二十五丁卯日(**9 月 14 日**)　晴。早间，收拾故纸。午后，抄诗稿四页，临欧字半页。下午，清如以水晶包子见饷，味极佳。晚间，收拾故纸，亥刻甫寝。

二十六戊辰日(**9 月 15 日**)　阴。早间雨。自巳至申，抄诗四页，临欧字半页。下午，天公放晴。清如以福州徐君所书条幅见示，乃一笔绝好欧字也。

二十七己巳日(**9 月 16 日**)　晴。自巳至午，抄诗稿四页。饭后，往候保如病，未晤。访周梦九，晤，并见其太夫人。未刻，偕四弟游吴山，至阮公祠、四景园各处，傍晚回寓。

二十八庚午日(**9 月 17 日**)　晴。自辰至巳，抄诗四页。午后，往候汪同伯，谈良久。偕同伯往旧宅，饮罢遂归，时已交亥刻矣。

二十九辛未日(**9 月 18 日**)　晴。辰刻，修发。出门谒王丈，访郑子惠，未晤，晤冠山并子惠乃郎。午刻，至旧宅吃饭。偕四弟往满觉陇省墓，复至理安寺一游，无甚可观。下午，在三雅园吃点心，傍晚归。同文局所刻《前汉书》亦送到矣。

八 月

八月癸酉初一壬申日(9月19日)　晴。早间,抄诗半页。下晚至四弟处吃饭,遇汪同伯,饭后乘轿而归,时甫二鼓。

初二癸酉日(9月20日)　阴。早间微雨。午刻,梁敬叔招饮,座有王小铁、高日叔暨幼安师诸君,申刻散归。四弟来,即去。

初三甲戌日(9月21日)　阴。巳刻,往高乔巷诵芬族伯除灵。午间,郑子惠来访,未晤,子惠追至浒墅,余遂往子惠寓斋一谭。在本家处午饭,遇沈懋渌,申刻散。至王丈处一转,遂归。

初四乙亥日(9月22日)　晴,甚冷。巳刻,阴,大雨如注。朱镜堂太守来晤。朱为丙申进士,名德澄,广西人,年逾七旬矣。饭后,为人书大字条幅四张。申刻,甚冷,饮酒半斤,以解寒。

初五丙子日(9月23日)　阴。早间雨。巳刻,至松泉处探保如病,兼请松泉为余拟方。复至孩儿巷送息洋,访志鸿,晤。午刻回,至旧宅吃饭。申刻,回寓服药。傍晚,子扬内弟来。

初六丁丑日(9月24日)　晴。昨夜,子扬来此下榻,今早去。余昨宵眠未稳,今晨颇倦。饭后,回拜朱太守。朱曾官粤省,与先大夫有一面之识,其来访余者,盖欲通有无也。念其年老蹭蹬,余原拟极力周贷之,无如此公所假过巨,非余力所能为矣。下午,四弟来,傍晚去。接四叔来信,闻五月交便船所带也。晚饭后,清如来一谭,少顷遂去。子扬仍下榻此间。

初七戊寅日(9月25日)　晴。午前,与清如略谈。下午,子扬去,黄松太史来,晤谈。申刻,四弟来,傍晚去。

初八己卯日(9月26日)　晴。卯正起,至羊肉馆吃点心。辰刻回寓,作四叔第七号信,并洋六元,交全盛局寄。又作第八号信,并火腿、茶叶,则交便船带准也。下午,修发,抄诗稿二页。

初九庚辰日(9月27日)　晴。早间,朱镜堂又有字来缠,不得已以大衍之数假之。午后出门往梁敬翁、龚幼师处,均晤,面订十二小酌。拜王小铁丈、叶大令庆熙,未晤,回寓作札邀之。复访孟扬,晤谈良久。傍晚,四弟来,夜间去。王铁翁有字来辞席。

初十辛巳日(9 月 28 日) 晴。清如太夫人寿辰,沐生亦来午面。四弟来,偕余齐为饮地,下午各散。是日奇热。

十一壬午日(9 月 29 日) 晴,仍热不可耐。饭后,至鼎记钱庄取番饼五十枚,铺中掌柜以人参须相馈,时余方欲买参须,得此甚妙。复至望仙桥义大参店买参须一钱,需洋一元,可谓贵矣。晚间,清如演傀儡戏为太夫人补祝。亥刻开台,丑正三刻散,伯与亦来观,四弟亦来,均于丑刻返。余就寝已寅初矣。

十二癸未日(9 月 30 日) 晴。午刻,请龚幼安师、梁敬丈、叶辰溪、许伯与暨清如诸君小饮,申刻散。四弟傍晚才去。

十三甲申日(10 月 1 日) 阴。饭后,四弟偕童子香、汪同伯来,傍晚去。

十四乙酉日(10 月 2 日) 阴雨。早间,清如来一转。午后,买一婢,取名双桂,年十一龄,价七十五番,价亦不匪矣。下午,录某县令浇粪事一则。下午,接四叔信。

十五丙戌日(10 月 3 日) 晴。早间,在家祀祖。饭后,与四弟彼此来往一转。晚至旧宅祀祖、吃饭,亥刻归。接大兄七月廿六信并鼎臣、研香两信。

十六丁亥日(10 月 4 日) 阴。早间,写大兄回信,未完。午后,往周宅取息,见周太太。复至庆余庄兑钱。至旧宅,遇汪同伯,傍晚归。

十七戊子日(10 月 5 日) 阴,甚冷。早间,写大兄廿三号信,饭后封发,又发子先信。下午,抄诗半页。四弟来即去。

十八己丑日(10 月 6 日) 阴。早间大雨。午后,拜王颂笙周年,随至凤山门外看潮。江风吹面,甚冷,不及候潮即返。回寓,以火酒解寒。

十九庚寅日(10 月 7 日) 阴。早间,抄诗半页。下午,以诗稿一本请同伯代抄。申刻，四弟来，傍晚去。早间食蟹，尚未肥，故味殊逊。

二十辛卯日（10月8日）　阴，甚冷，可衣棉袍。卯正即起。辰刻，抄诗半页。汪同伯来，午刻去。饭后，接子绶弟信，知弟妇于七月廿二逝世，当即作书复之。下午，四弟来，少顷即去。

二十一壬辰日（10月9日）　阴。自辰至申，均抄诗。下午，清如来，坐少顷即去。

二十二癸巳日（10月10日）　晴。早间，抄诗一页。饭后，汪同伯暨四弟先后来此。下午，食蟹。华季嘉来告贷，傍晚始去。早间，赋成七律一首，呈龚幼师。

二十三甲午日（10月11日）　晴。早间，临帖。饭后，龚幼师招廿五小饮。下午，四弟来，傍晚去。

二十四乙未日（10月12日）　阴。是日为先高祖妣周太夫人忌辰，午刻祀祖。午后，临帖、读诗。午刻，买蟹八只。下午，四弟携蟹十只来就饮，晚饭后才去。同伯来一转。

廿五丙申日（10月13日）　晴。午刻，龚幼师招饮，座有梁敬叔观察、山西窦君、云南苏君，申刻散归。四弟在此，少顷即去。

廿六丁酉日（10月14日）　晴。下午忽雨，奇冷。早接子扬信，即复之。下午，四弟来，傍晚去。余以火酒解寒。晚间雨更大。

廿七戊戌日（10月15日）　晴。阳光甚大，天忽大冷，如初冬光景。下午，食蟹。四弟来。傍晚，同至旧宅小饮，亥刻始返寓。午前，同伯来过。

廿八己亥日（10月16日）　晴，仍冷。早间，梳辫。饭后，作字取王利。得回札知王年伯母又复患病，即作札与稚夒询问之。

廿九庚子日（10月17日）　晴。早间，接大兄初五来信。午前出门，至鼎记庄取钱。复访孟飐，谈良久回寓。汪同伯来乞贷，未初才去，余未能应也。下午，苏俪笙州牧嘉淦来访。

三十辛丑日（10月18日）　晴。巳刻忽阴，细雨蒙蒙。下午，四弟来,孟扬亦来,谈良久去。晚间,写大兄回信,未毕。

九 月

九月甲戌初一壬寅日(10月19日)　阴。雨声不绝于耳。饭后,至庆余庄有事。下午,四弟来,傍晚去。雨更大,终夜不止。缮发大兄廿四号家信,交正大局寄。

初二癸卯日(10月20日)　阴。早间,写喜联送龚世叔之用,幼安师第七介弟也。下午,食蟹。傍晚,华季嘉来。

初三甲辰日(10月21日)　晴。早间,修发。午刻,子先来,金君腶卿同来,少顷即去。饭后,回拜苏俪笙,晤。复访稚夒,遇孟飏。回至旧宅,食蟹肉水角,傍晚归。

初四乙巳日(10月22日)　晴。下午,饬仆洒堂画。未刻,四弟来食蟹,傍晚后去,饮酒二斤。

初五丙午日(10月23日)　晴。早间,汪同伯来,借钱而去。饭后,至龚师处贺喜,在彼一永日,晚饭后才归。是日,接四叔来信。

初六丁未日(10月24日)　晴。早间,汪同伯将抄好之诗送来。饭后,偕同伯至四弟处,同往日新庙看拜斗,遇郑世兄昆季,出门复遇张既耕。行至官巷口,又遇瑞子均。回寓,则王玉如在焉,即邀其食蟹。少顷,四弟来,小坐即去。傍晚,玉如亦去。余腹痛水泻,夜分始愈,计更衣五六次矣。

初七戊申日(10月25日)　晴。渐冷,可衣两棉。早间,又腹泻一次。饭后,点苏文三篇。下午,清如来借笔,小坐而去。四弟来,一转即去。

初八己酉日(10月26日)　晴。卯正即起。午后,偕四弟游吴山,看道士拜斗。酉刻回寓,蟹螯适新出于笼,遂沽酒以饮,晚饭后才去。

初九庚戌日(10月27日)　晴。午前,清如来,约游吴山登高。未刻,遂挈梓儿往,四弟亦同去。遇童子香、张菊农。山上游人极多,茶肆至无坐处,在丽水台吃点心,傍晚回寓。

初十辛亥日(10月28日) 阴。早间,雨忽止忽来,终日绵绵不住。自巳至申,阅《事类赋》《汉唐文集》等书,又恭校先君诗稿数页。傍晚,沽酒以饮。终夜雨未止。

十一壬子日(10月29日) 阴。自卯至巳均雨,午初雨止微霁,午后又雨。未刻,往孩儿巷大姑母处送息洋八元。申刻,四弟来,黄昏时去。夜间雨渐止。余丑初刻才寝。

十二癸丑日(10月30日) 晴。午后,阳光又敛。写匾额两方,为三儿悬挂金华庙酬神。下午,食蟹。傍晚,清如来谈,并晤州同焉。

十三甲寅日(10月31日) 阴。未刻,小雨。申刻,四弟来,偕至汪同伯处晚饮,清如亦在座。亥刻散,均至余处小坐。

十四乙卯日(11月1日) 晴。往拜汪同伯太夫人寿,在彼永日。下午回寓一转,晚间仍往吃饭。亥刻散,四弟仍来余处小坐。

十五丙辰日(11月2日) 晴。午后,往见王丈,复至梦九处取息洋,见其太夫人。在清吟巷晤周桐侯,以先君诗集请其校阅。申刻回寓,四弟来一转。同伯昆季来谢寿,晤谈少顷而去。晚间,月色甚佳,余眠极早。

十六丁巳日(11月3日) 阴。午刻,邀清如在余斋吃面。未刻,四弟来,晚间共饮,亥刻散。是日,终日雨未住。

十七戊午日(11月4日) 阴,雨仍未止。早间,往浒衙本家处贺喜,族弟汝栋缔姻日也,遇沈芷渌。申刻回寓。雨大,天甚凉。归途至旧宅一转,访同伯未遇。

十八己未日(11月5日) 阴。午刻,呼伶人歌曲一永日,邀同伯、清如暨四弟来听,亥正始散。余患伤风未痊,殊苦之。

十九庚申日(11月6日) 阴。黄保如太翁开吊。午初,往陪客。申初回寓,服药一剂。晚间又雨,夜分犹未止。

二十辛酉日(11月7日) 阴。早间雨止。巳刻,修发。午初,至清波门外叠翠山庄送黄太翁殡,未初回寓。下午雨又作,终夜未止。

廿一壬戌日(11月8日)　阴。雨仍未止。早间,至庆余钱庄换钱。已刻,至旧宅吃炸酱面。傍晚回寓,雨更大。

廿二癸亥日(11月9日)　晴,冷甚。早间,作大兄第廿五号信,即封发,交正大信局寄去。饭后,呼新仆尹福做汤面饺子吃,及做好,非烫面饺,乃水饺子也。下午,四弟来,少顷有婢来呼,遂去。

廿三甲子日(11月10日)　晴,甚冷。早间,修发。午饭后,往访同伯,未晤。至四弟处,少顷同伯来,傍晚去,余亦遂回寓。归途西风迎面,甚冷。晚间,沽酒以饮。

廿四乙丑日(11月11日)　晴。早间,督仆检拾衣箱,呼成衣改制皮马褂。申刻,同伯来谈,酉初才去。天仍冷,俨然隆冬光景矣。晚间,以酒解寒。

廿五丙寅日(11月12日)　晴。已刻雨。午前,阅《通鉴》,写周鼎臣信。饭后,四弟来,亥刻去。夜间,风雨更大,余至丑刻才寝。

廿六丁卯日(11月13日)　阴。雨终日不息。下午,至清如屋一转,以红炖肉作包子饷之。晚间,北风甚厉。余眠极早,就枕时才亥初刻也。

廿七戊辰日(11月14日)　晴。已刻,阳光又敛,风大而冷。午前,清如来一转。饭后,作字呼汪同伯来谈,申刻来,四弟亦来,傍晚去。余把酒持螯,以消永夜。

廿八己巳日(11月15日)　阴雨。午间,汪同伯作字来借钱,余以两番应之。饭后,作字致王、钱二两处取利,阅《登瀛稿》数首。

廿九庚午日(11月16日)　阴。终日淫雨,殊觉闷人。午刻,买蟹数斤分贻弟妹共尝,余以火酒下之。

卅辛未日(11月17日)　阴。雨未止。写小侣表叔信,未完。申刻,欲出门而阻于雨,徘徊庭院者数次。适四弟来,即呼酒以饮,亥正后才散。梁敬翁作字邀翌日吃饭。

十　月

十月初一壬申日(11 月 18 日)　阴。午刻,偕清如至敬翁宅吃饭,座有同伯昆季,余无他客。肴馔酒点均极佳。申初散,同伯复来余处小坐,傍晚去。

初二癸酉日(11 月 19 日)　晴。阳光皎皎,半月余未睹者也。饭后,往访同伯,未晤。至旧宅,遇同伯。申刻,同人往丰乐桥酒肆小饮,傍晚散归。灯下,为四弟作书院文起比、后比各二,题为"官盛"至"忠信"。亥刻甫寝。

初三甲戌日(11 月 20 日)　晴。早间,往街市买物。午刻,至旧宅吃饭。午后,偕舟弟往街市散步,途遇同伯,略谈即分道。傍晚回寓,四弟同来,少顷即去。

初四乙亥日(11 月 21 日)　晴。早间,接四叔来信。饭后,访稚夔、桐侯,均晤。申刻,至四弟处。酉刻回寓,沽酒市蚶以消寒夜,致足乐也。惜与大兄远别二千余里,月余未接来书,思之实深怅惘耳。

初五丙子日(11 月 22 日)　晴。早间,督仆晒皮衣。午后,至旧宅小坐。申初,偕四弟往梅花碑观人,傍晚回寓。四弟复来,小坐而去。

初六丁丑日(11 月 23 日)　晴。午刻,张鞠丈来谈,清如亦相见于余斋。未刻,四弟来坐。少顷,所观人来备覆试。申初,同伯过谈,黄昏时偕往旧宅吃饭,亥正回寓。

初七戊寅日(11 月 24 日)　晴。早间,拜苏俪笙州牧,有事面谈。归途过马星五观察驷良门,投一刺,未晤,午初回寓。饭后,苏君来回拜,晤谈少顷即去。未刻,过四弟处,亥正归。

初八己卯日(11 月 25 日)　晴。饭后,至大姑母处送息洋。申刻,至四弟处,遇华射侯。傍晚,拉四弟来饮。戌刻,同伯来谈,亥正后才散。

初九庚辰日(11月26日)　晴。午刻,龚师招饮,偕梁敬翁步行前去。迟周配南不至,候至申刻才入席。同席有王小铁丈,苏、窦、朵三君。傍晚散归,复至四弟处一谈。

初十辛巳日(11月27日)　晴。是日为慈禧皇太后五旬万寿。午刻,余偕四弟往长桥、鸡笼山、满觉陇三处上坟。去时至羊汤饭店一转,归时至叠翠山庄一转。傍晚回寓,接大兄信,由冯姓客人带来。梁敬翁党参已带到,即交去。大兄信中言及自八月初十后,又复感冒不适,胸中为之怅闷。灯下,检洋钱,知已被贼窃去,又失去洋表一个,经折一扣。经折乃庆余庄存款,当饬范升飞跑通知庆余钱庄,询知钱款尚未被人取去,余复亲赴该庄说明。戌刻回寓,查窃物者为新仆尹福,乃汪同伯所荐,当请同伯来,令其转为追缉。四弟、同伯均谈至亥刻才去。洎余就寝,已丑正矣。

十一壬午日(11月28日)　晴。早间,往庆余商酌办法,据管事人杨君言,须向县中存案,请县给谕知照方能另立新折等语。余即令家人禀县,托龚幼师转交。午刻,至子惠处一谈,得鹤舲叔岳作古之信,为之悼惋。归为内子述之,其悲更不待言矣。午后,至四弟处,适周幼岩世兄鹤龄来访,余因心绪恶劣,未晤,令四弟见之。幼岩为年丈周韫岩之子。自师故后,家况萧条,幼岩将有云南之行,资斧不足,意将告贷。余兄弟谊不容辞,各以十五番助之。申刻回寓,四弟、同伯均来谈。同伯令其仆人缉贼,仍无踪迹,余意必须责成原荐人赔偿,以儆效尤。晚间,独坐无聊,清如来谈,亥刻去。

十二癸未日(11月29日)　晴。早间,访子先于龙舌嘴,未晤,知已驰赴定海,奔乃叔丧矣。至纲盐局访孟扬,谈良久,即在彼处修发。午刻回寓,接子扬信,知伊处已得乃叔讣音。饭后,作大兄廿六号信,当即寄去。未刻,至四弟处一转,傍晚回寓。

十三甲申日(11月30日)　晴。早间,朱镜堂太守来晤,谈少顷即去。饭后,清如来,谈少顷。未刻,四弟来。苏俪笙便衣来辞行,晤谈少顷。晚间,清如来小坐。

十四乙酉日(12月1日)　晴。早间,复子扬信,接龚师送来县禀,知赵君不肯给谕。饭后,访同伯,复呼舆访沈芷渌,晤谈片刻,皆为遗失经折事与之商度也。申刻回寓,四弟适来,傍晚去。余连日心绪不佳,灯下沽酒,与妇子小酌,借遣闷怀。

十五丙戌日(12月2日)　阴。午后,同伯来谈,清如亦来小坐。申刻,四弟来,傍晚各散。清如偕四弟至彼处吃饭,余因天晚未去。

十六丁亥日(12月3日)　阴。早间,微雨。巳刻,同伯来,吃午饭去。申刻,清如邀小酌。四弟傍晚来,少顷同伯亦至,亥刻散。

十七戊子日(12月4日)　阴。午后,忽放晴。申正,至旧宅送钱,遂留晚饭,亥正二刻才归。

十八己丑日(12月5日)　晴。饭后,至小铁太守处贺喜,至周宅取钱,复至四弟处一转。晚间,补祀祖。清如来买粮,以少许付之。

十九庚寅日(12月6日)　阴。饭后,拜王小铁寿。回家换便衣后再至庆余、久大两庄取钱。回至巷口,遇四弟,复偕往安乐桥古庙中观物,申刻回寓。

二十辛卯日(12月7日)　晴。早间,孟扬、同伯均来谈。饭后,书喜联送家子元弟。申初,偕四弟至太庙巷观南货,傍晚回寓。亥刻,王宅来报太夫人仙逝之信,余即驰往,知系无疾而薨。少顷,四弟亦至,同往上房面唁夔丈,子正归。

廿一壬辰日(12月8日)　晴。早间,往郑金伯处道喜,后至家子元处代其主婚,酉正方毕事。即至王宅送入殡,戌刻回寓。四弟同来,少谈才去。

廿二癸巳日(12月9日)　晴。早间,至清吟巷王宅知宾,陪客十余人,如何青士、成竹铭两都转、丰云鹏、宋叔元两观察、江西知县徐君春荣、樊鸿甫表姨丈、蔡又臣之子,皆余所陪也。同知宾者,有沈仲昭世丈、许子社及余四人而已。申刻回寓,四弟、同伯均来,四弟晚饭后才去。

廿三甲午日(12月10日)　晴。早间,便衣至清吟巷帮忙,在彼一永日,为之写分讣签条。申刻,回寓一转,有所观。傍晚,许念兹表兄来晤。黄昏时,偕四弟再至清吟巷晚饭。同饭有子惠、桐侯、陆颂臣诸君,仲昭先去,未吃饭。戌正二刻回寓。

廿四乙未日(12月11日)　晴。早间,至庆余庄将失去经折销除,并将禀县底稿及县批抄付之,另立凭折,携归。饭后,至旧宅,偕四弟同往清吟巷一转,在彼写讣签数十条。仍至旧宅吃饭,亥刻回寓。

廿五丙申日(12月12日)　晴。早间出门,回拜朱镜堂、张菊丈、许念兹,均未晤。辰刻,至王宅,在彼一永日,写分讣经折二扣,陪客四人。申刻回寓,少顷四弟来,傍晚去。

二十六丁酉日(12月13日)　晴。早间,梁敬翁便衣来,谈少顷即去。午刻,接大兄本月初四日来信,知近体尚安,稍可慰怀。今日为清如诞辰。晚间,偕四弟治酒饮之,亥刻散。

二十七戊戌日(12月14日)　晴。辰初即起。午后,四弟来谈,傍晚去。是日北风甚大,极冷。

二十八己亥日(12月15日)　晴。早间,至荣市桥吊夏松孙丧,到门始知其先经迁去。午刻,备筵往祭王太年伯母,即在彼一永日,晚饭后归。

二十九庚子日(12月16日)　晴。午刻,敬翁邀吃便饭。申刻,至旧宅。晚间,为庶母暖寿,早晚共饮酒四十余杯。亥正回寓,接金忠甫信并托买皮统,由钟仲和交来。

十一月

十一月初一辛丑日(12月17日)　晴。早间,同伯来谈。午间,至旧宅拜庶母寿,在彼午面,同伯亦在座。申刻,偕四弟同来。傍晚,四弟偕清如复行,余未去,清如在彼晚饭。

初二壬寅日(12月18日)　晴。饭后,四弟来,晚饭后才去。是日,新买侍女徐月英来,前月梅花碑所看人也。是日,发子扬信,又发子先信,寄定海。

初三癸卯日(**12 月 19 日**) 晴,奇冷。辰刻,至王宅陪吊,在彼一永日。申刻归,携哀启来书,未完。

初四甲辰日(**12 月 20 日**) 晴。早间,至庆余、鼎记取钱,复至义门巷沈宅送还忠甫代还皮统价廿四金。午刻,访松泉,取息洋归。饭后,四弟来,少顷去。

初五乙巳日(**12 月 21 日**) 晴。是日为长至令节。巳刻,祀祖。午正,至敬叔丈处,会消寒初集。入会者九人:龚师、小铁丈、鞠甫丈、白叔兄、余太守勉斋、季运副佑申、祝太守安伯暨余与梁丈。席间抽签,余抽得第八集,计期在来年上元节后矣。梁宅肴酒均臻绝顶,他处恐难乎为继。傍晚散归,至四弟处相见。明日为进场之期,余因天冷不送入场,故今晚往视之,戌刻回寓。

初六丙午日(**12 月 22 日**) 晴。早间,复忠甫信,寄京。午刻,接子扬复信。傍晚,四弟出场,来一转,试题为"君子喻于义"。

初七丁未日(**12 月 23 日**) 晴。早间,至杨文星帽铺定做团秋。饭后,至旧宅,遇姚雨农,复偕往王宅,遇松泉、子惠,同见夔丈,傍晚归。灯下,写大兄廿七号信,即封发。

初八戊申日(**12 月 24 日**) 晴。早间,访子惠不遇。午后,至王宅料理发外省讣闻事。傍晚,四弟来,余适回寓。戌刻,学署案出,知己有名,四弟旋去料理覆试等事。

初九己酉日(**12 月 25 日**) 晴。风大,甚冷。早间,作四叔禀,是为第九号,即封发。巳刻,接余杭胡宅息洋八元、信乙件,迟日往交。饭后,出门拜客,晤余勉斋、颜谷孙两太守。季佑申兄、沈仲昭世丈、何青士丈、介甫侍读、何昌来司马,均未晤。又拜祝安伯太守,亦未晤。访子惠,晤谈良久,折券、息洋均携归。傍晚,至四弟处一转,即返寓。

初十庚戌日(**12 月 26 日**) 晴。辰初,送四弟入场覆试,在学内填册,与教官议脩赀,争论半日,仍照余旧账,不肯减少。时已午初刻,将次点名,只得依允,填洋卅元。午正进场,余即归,与清如坐谈片刻。下午,倦而假寐,起复梳辫。是日极冷,晚间饮酒一斤。

十一辛亥日（12月27日）　晴。四弟往大覆,余未送。巳刻,四弟出场,来此午饭,申刻去。颜太守来答拜,晤。张菊丈来,亦晤。灯下,余为四弟书拜客白柬,二鼓始毕。新入学用白柬拜客,吾乡俗例也。

十二壬子日（12月28日）　阴,微雨。是日为余诞辰。四弟往学署参谒,早间来余处。余于午后亦往旧宅,向四弟处贺庶母喜。复至清吟巷一转,携汴省讣闻来,将寄交大兄转送。酉刻,四弟拜客归,在余斋畅饮,尽欢而散。亥正甫眠。

十三癸丑日（12月29日）　阴,微雪。午前,至四弟处祀祖,申刻回寓。四弟同来一转,傍晚去。晚间雪霁,天甚冷,月色大佳。

十四甲寅日（12月30日）　晴,更冷。午刻,蔡麟孙来拜,新进茂才也。午后,四弟来,在此晚饭,亥刻去。是晚,纳姬徐缃芸。

十五乙卯日（12月31日）　晴。家忌,祀祖。饭后,往方谷园、双陈巷、福圣庵巷各处道喜缴帖,在蔡宅坐良久始归。发大兄廿捌号信,并附王宅讣闻。

十六丙辰日（1885年1月1日）　阴。午后,至周宅取利,周太太不在家,未晤,折存彼处。旋回寓,接小侣表叔来信。傍晚,四弟来,少顷去。灯下,复小侣叔信,未毕。

十七丁巳日（1月2日）　晴。起稍迟,已巳刻矣。饭后,梳辫,至浒墅本家处商议撤销合同事。旋至菜市桥回拜华射侯,知已迁去。回寓,周宅送息洋经折来,四弟在此,即分携洋折而去。

十八戊午日（1月3日）　晴。早间,步行至三元坊申报馆买字帖、《尔雅图》并闲书五种,即归。午刻,至小铁丈处作消寒第二集。佑申因事,白叔因病,均未到,鞠甫丈因事往苏州,亦未与斯会。小翁添请张子虞太史,在座共七人。傍晚散归。

十九己未日（1月4日）　阴。早间,同伯来谈,午刻去。晚间,清如邀四弟饮,同伯与余均与焉。酉正入席,亥正散,同伯先行,四弟后。

二十庚申日(1月5日)　晴。巳刻,忽阴雨渐渐。下午,复乘轿至清吟巷探王年伯母病,晤沈仲昭世丈、陆颂臣、周桐侯。少顷,稚夔亦出见,谈片刻去。至四弟处一转,傍晚回家。雨通夜未住点。

二十一辛酉日(1月6日)　晴。雨止。早间,缮发四叔第十号禀,并将祭产议单附去涂销。饭后又雨,阅《阴骘文》、时艺数首,又阅《子史辑要》十余页。

二十二壬戌日(1月7日)　阴。早间,高白叔来晤,少顷去。饭后,阅《广州府志》中列传数篇。晚间,梁敬翁以外洋白菜相饷,余已饭罢,拟明日煮食之。

二十三癸亥日(1月8日)　阴。早间,修发。午初,赴消寒第三集,席设龚幼师处。佑申到,鞠甫丈赴苏未回,仍以子虞补其缺,敬翁以拜客到最迟。席间觥鼓淋漓,较初、二集尤尽兴,酒亦较佳。傍晚散。佑申复面约廿八招饮。龚师赋《消寒初集》七古一首见示,用东坡聚奎堂诗韵。

二十四甲子日(1月9日)　阴。早间,吃饭一碗,以洋白菜下之,味极佳。旋偕四弟出城,至玉屏山上坟。未刻,至留下蔡氏家庙吃饭。欲送少卿夫人葬,未果,因路远天晚,遂归。比抵城,已上灯矣。

二十五乙丑日(1月10日)　阴。早间,蔡吉人来谈,少顷即去。饭后,张既耕送四弟入学礼,送至余处,余即代为收下。晚间,邀清如来对饮,共尝洋白菜,别无他味,饮至初更散。

二十六丙寅日(1月11日)　阴。终日雨,甚冷。饭后,至四弟处送两妹生日礼。旋访张既耕,晤谈少顷,遂归。四弟在此,晚饭后去。雪甚大,厚二寸余。

二十七丁卯日(1月12日)　阴。终日雪未住。傍晚,四弟来询张既耕回音。晚饭后送失婢来,四弟去时携归。

二十八戊辰日(1月13日)　阴。早间，修发，巳刻，赴季佑申之招。未初，客到齐，始入席，酒馔均极佳。敬翁携所订曲本往，酒三巡后，歌声大作，另有吹笛者，酒令纷纭，极为尽兴，至戌正三刻才散。席间分韵赋诗，余分得罚字。

二十九己巳日(1月14日)　晴。饭后，至清吟巷一转，旋至四弟处。晚间，同伯来共饭。余戌刻归。

三十庚午日(1月15日)　晴。早间，结家用账。午刻，季佑申来答拜，晤谈片刻去。午后，子先来，知已归自定海，鹤舲叔岳眷枢亦来杭。申刻，呼曲师黄蔼堂来度曲，傍晚时去。

十二月

十二月初一辛未日(1月16日)　阴。早间，作罚字五古诗一首。王宅来报，知年伯母仙逝之信。巳刻，往候王丈，并唁稚夔，午刻回寓。饭后，录所作诗分致诸同人。申刻，四弟来。少顷，歌者来，令其度曲数十遍。戌刻，偕四弟往王宅送殓，子初刻才归。

初二壬申日(1月17日)　阴。早间，子扬至自余杭，知三叔岳韶叔亦于十月间殁于江西。一月之内，兄弟相继而亡，亦惨矣哉。午初，赴消寒第四集。在周梦九处聚饮，主人为高白叔，借周氏澹园设席。余、祝二君均未到，菊甫至自苏州，得与斯会。午后，大雪。灯下，散席归。

初三癸酉日(1月18日)　阴。早间，雪未止。辰刻，至王宅陪客，晤丁松生，略问公当之事。午初，进上房见王丈，并晤稚夔。午正，至朱敏丈处道喜，在彼午饭，申刻归。

初四甲戌日(1月19日)　晴。余因夜间受凉，晨起腹泻。下午，延朱蓉湖来诊，内子腹胀月余，亦请其诊脉开方。申刻，卧睡片刻。王小铁丈送诗来。梁敬丈以巧对录见示，欲余添入数则，灯下翻阅一过，见其中巧对无不齐备，颇难续貂。余日夜更衣十余次，尚不觉疲。亥刻寝，亦能熟眠。

　　初五乙亥日(1 月 20 日)　晴。早间,腹泻渐止。午前,作七古一章和幼师,用东坡聚星堂元韵。午后,至清吟巷陪客,复至旧宅一转。傍晚回寓,抄所作诗以备送龚、王两公也。

　　初六丙子日(1 月 21 日)　晴。清晨,修发。辰刻,至清吟巷帮忙,午后回寓。张既耕来,少顷即去。四弟来,傍晚去。有夏姓人来托余荐义塾读书,先以猪腰、醉�为馈,余受之殊有愧也。下午又阴,将所作诗送与龚、王两公矣。

　　初七丁丑日(1 月 22 日)　阴。早间,访黄松泉,支取息洋,兼约其便中来为内子诊脉。饭后,朱蓉湖来诊,用火针外治,旋开方即去。余录诗稿二首,作子先信,附去鹤叔岳奠仪十番,交信局寄去。傍晚,四弟来,在此晚饭,亥刻去。

　　初八戊寅日(1 月 23 日)　晴。午刻,家忌,祀祖。大妹来拜,即留其吃饭。午后,清如来谈。王小铁丈送诗来嘱和,题为"返故宅即事"七律二首,拟次韵和之。下午,接子先信。申刻,歌者来度曲。四弟来,一转即去。

　　初九乙卯日(1 月 24 日)　阴。早间,剃头。同伯来谈,午刻去。饭后,偕四弟至王宅上祭,与稚夔谈片刻即归。四弟同来,傍晚去。

　　初十庚辰日(1 月 25 日)　晴。早间,和王小铁七律二首。午刻,祀祖。饭后,朱医来为内子诊脉,病微间。未刻,歌者来度曲。老黄带同徒弟偕来,四弟亦来听。申刻,松泉来为内子诊病,开方而去。傍晚,四弟去,皆子先复信。

　　十一辛巳日(1 月 26 日)　晴。早间,作子先书,并附去英洋乙元托买物。午后,拍曲卅余遍,四弟来听,傍晚去。

　　十二壬午日(1 月 27 日)　晴。早间,梳辫。午刻,赴消寒五集,在张菊丈处,便道先至王宅一转。未初到席,祝安伯未到,添请许稚麟。席间行令唱歌,颇为尽兴,戌初散归。

　　十三癸未日(1 月 28 日)　晴。早间,抄所作诗送与余勉斋太守,缘勉斋昨以诗示余故也。午后,令伶人吹笛,余歌曲数阕,复低唱廿余遍,渐入门径。下午,季嘉舅氏来,少顷去。余出门闲步,拟至四弟处,途遇宋福,知四弟出门,遂返寓。

十四甲申日(1 月 29 日)　晴。黎明,赴王宅陪吊。申正偕四弟同归。接楼升来禀,知大兄又复患恙,欲余来正赴汴一行,闻之殊深焦灼。晚间,与四弟饮酒解闷,丑初才罢。

十五乙酉日(1 月 30 日)　晴。午刻,至庆余嘱其往甘卿处取息。复与四弟同至善兴当换股单,比至而同人皆散,废然而返。往王姓饭店吃饭,买棉鞋、笺纸而归。晚接丁松生来字,知已将余处单折交至清吟巷王宅矣,明日再往王宅易换可耳。

十六丙戌日(1 月 31 日)　晴。午刻,祀祖。饭后,至清吟巷取股单息折,至横河桥取息洋归。复往头发巷拜丁松生。傍晚回寓,适四弟在此,遂将应得单折带去。

十七丁亥日(2 月 1 日)　晴。早间,缮发大兄第廿九号信。饭后,黄蔼堂来度曲。申刻,梁敬翁携酒肴来就饭,清如同座,傍晚散,敬翁歌曲二阕。

十八戊子日(2 月 2 日)　晴。早间,访子先于龙舌嘴,晤谈片刻归。午后,至清如斋中小坐。未刻,黄蔼堂来度曲,四弟亦来听,即在此晚饭,亥刻去。

十九己丑日(2 月 3 日)　晴。是日立春。午刻,祀祖。未初,至祝安伯处赴消寒六集。小铁、菊甫、白叔均不到,仅六人。安伯斋中悬东坡像,同人先拜东坡。安伯用坡公次王郎庆生日诗韵作诗,索和。申正三刻散席,饮酒极多。

二十庚寅日(2 月 4 日)　晴。辰巳间忽雨。午前,赴朱敏丈处,谈及钟宅姻事,余因至旧宅商酌。未刻回寓,学曲,四弟亦来。申刻,接大兄病信,欲余明正速赴汴省。信后有焦丹丞附笔数语,鼎臣、研香亦皆有劝驾语,明正断无不去之理。既念病者,又怯远涉,心中忽忽不快。晚与四弟以酒消愁,饮至四鼓方罢。是日,祝安伯来,晤谈。

二十一辛卯日(2月5日) 阴。午刻,祀祖。午后,倦极而眠。申刻,四弟来,晚饭后去。清如亦来共饭。自接大兄病信后,胸中忽忽不快,今眠尤甚。

二十二壬辰日(2月6日) 阴雨。早间,复大兄并丹丞信,饭后封寄,是为第卅号家信。申刻至傍晚均学曲。余心极烦,借歌以消愁闷而已。晚饭后至旧宅,复与四弟小酌,亥刻回屋。

二十三癸巳日(2月7日) 阴。终日枯坐,惟以阅《缀白裘》消遣。下午,四弟来,少顷即去。黄昏时,祀灶。晚间,爆竹之声不绝于耳,令人百感丛生。

二十四甲午日(2月8日) 晴。早间,赴清吟巷一转,复至元宝街一转。午刻,赴消寒七集,在余勉斋处。余未刻到彼,客尚未齐,至未正二刻始入座,佑申未到。傍晚散归,接子扬信,当即复之。清如以《诹吉便览》示余,属代占祀神良日。余为择定廿七,余亦拟是日祀神也。

二十五乙未日(2月9日) 晴。饭后,至庆余庄取钱,复至胡恒昌买年货,未正回寓。黄曲师来度曲卅余遍。傍晚,四弟来,少顷即去。晚间,微饮数杯。

二十六丙申日(2月10日) 晴。早间,至大姑母处送息洋,复至旧宅一转。午后,赴梁敬翁之席,同座皆消寒会中人,傍晚散归,饮酒不多。

二十七丁酉日(2月11日) 阴。早至清吟巷见王丈,复至旧宅交息洋。午后回寓,黄姓人来度曲。傍晚,四弟来,即去。亥刻,祀神。四鼓就寝。

二十八戊戌日(2月12日) 阴。午后,走访梁敬翁,由后门至同伯处,晤谈少顷。至保佑坊、清和坊买物,傍晚回寓,食氽首。四弟来,晚饭后去。

二十九己亥日(2月13日) 晴。饭后,华季嘉舅氏来,借洋十番而去。傍晚,与清如闲谈片刻。

三十庚子日（2 月 14 日）　晴。饭后，绶卿表侄来谈，片刻去。黄蔼堂来度曲十余遍即去。傍晚，敬神祀祖。清如亥刻来，谈至子刻去。①

---

① 后附诸子侄年庚：兆梓，光绪戊寅八月二十七日子时生；兆榕，光绪辛巳十月二十九日午时生；兆梧，光绪乙酉五月二十八日戌时生；葆珍，光绪丁丑正月二十七日戌时生；爱珍，光绪丁亥八月十九日酉时生。

光绪十一年(1885)乙酉

正 月

光绪十一年岁次乙酉正月初一辛丑日(2月15日) 晴。早间,出门拜年,与四弟分拜上下城。未刻,回家吃饭。申刻,复出门至浒衕本家处,下轿少坐。傍晚,至旧宅吃饭,三鼓归。

初二壬寅日(2月16日) 晴。午刻阴,雨雪。未初,梁敬叔丈招饮,座有钟仲龢,王、郁、徐、宋四君皆能歌者,傍晚散。晚与家人饮酒颇多。

初三癸卯日(2月17日) 晴。雪霁。早间,童子芗来拜年,晤谈,少顷去。下午,黄姓人来拍曲十数遍。清如来,少刻去。

初四甲辰日(2月18日) 晴。早间,四弟来邀游西湖。饭后,携同二儿乘轿至涌金门外,登舟至小瀛洲蒋公祠、孤山、平湖秋月等处。在蒋公祠门口买皮蛋、火酒,在平湖秋月买白鸡、鲜蚶,携至舟中,且行且啖,亦殊不恶。傍晚,泊舟进城,归。

初五乙巳日(2月19日) 阴,寒甚。早间,剃头。饭后,出门拜年,见大姑母暨龚幼卿,余均未晤。下午回寓,四弟来晚饭,子刻去。

初六丙午日(2月20日) 阴雨。早间,内子出门,余携梓儿在家掷状元筹。下午,清如来谈,小饮数爵,以馒头、猪头肉点心。入正以来,连日阴雨,未能散步街衢,殊闷人也。戌正三刻即寝。

初七丁未日(2月21日) 阴。终日大雪,甚冷。下午,督仆洒扫花厅,以备来日宴客之用。阅《曾文正奏议》《年谱》数页。清如来,小坐即去。灯下,拍曲廿余遍。连日因天寒均饮酒斤余以解寒。二鼓,雪犹未霁。

初八戊申日(2月22日) 阴。雪虽止,而阳光未放,天已转和。是日为先慈诞辰①。辰巳刻,循例祭享。午刻,邀同人为消寒八集,同会皆到,惟梁敬叔未至,以四弟补其阙。呼乐工歌曲侑酒,座客能歌者亦俱尽兴放歌,饮至戌刻方散。佑申复订明日之约。

初九己酉日(2月23日) 阴。早间微雨。巳刻,梳辫。午初出门,先至祝安伯处送行,旋赴佑申消寒九集。同人均到,仍以四弟补敬叔阙。饮至戌刻方罢。日间,汪同伯来访,未晤。

初十庚戌日(2月24日) 晴。早间甚暖,下午起风,又转寒矣。射侯、季嘉舅先后来,均晤。用宾来,亦晤。申刻至戌刻,拍曲六十遍。

十一辛亥日(2月25日) 阴。早间,谒茗丈,未晤。访松泉取息金,晤谈少顷。访同伯,亦未晤。午前归,祀祖。午后,黄乐工来拍曲廿余遍。四弟来,晚饭后去。

十二壬子日(2月26日) 晴。未出门。午后,又拍曲廿余遍。申刻,四弟来。晚间,清如邀饮,亥刻散。阅《申报》,知有开捐之信,余颇有志报效也。

十三癸丑日(2月27日) 晴,甚暖。早间,往书肆买《东华录》一部。下午,用宾来借洋五番而去。午后,拍曲卅余遍。少顷,四弟来,傍晚去。同伯来,晤片刻。灯下,阅《东华录》数本。

十四甲寅日(2月28日) 晴。早间,阅《东华录》。饭后至戌刻均拍曲。傍晚,四弟来,一转即去。晚间月色大佳。

十五乙卯日(3月1日) 晴。早间,魏懿德观察来访,晤谈片刻。饭后,偕清如步行至大街买物,在大井巷茶肆饮茶,途遇樊鸿甫姨丈、铭舫表兄、叶浩吾、汪相仲、叶作舟、汪同伯诸君,傍晚归。四弟复来坐,黄蔼堂亦来,片刻即去。晚间祀祖。

---

① 旁有小字:按先慈诞辰系本月十八日,一时误记,虽多祭无伤,家属疏忽。

十六丙辰日(3月2日)　晴。早间,子先至自余杭,晤谈少顷。余复往同伯处小坐,午刻归。饭后,偕四弟访叶竹舟,晤谈良久。傍晚,至旧宅吃饭,子刻回寓。

十七丁巳日(3月3日)　晴。午前,答拜魏衣德,晤谈良久,午刻回寓。午后,黄蔼堂来度曲。傍晚,四弟来,一转即去。晚间,循例祀祖。灯下,复拍曲卅余遍。

十八戊午日(3月4日)　晴。早间,至朱茗丈处贺喜,其次女缔姻丁氏,在彼午饭。申刻,偕四弟往访稚夒,晤谈良久。傍晚返寓,祀祖,收像。

十九己未日(3月5日)　晴。早间,黄绶卿来。巳刻,梳辫。午后,阅《缀白裘》曲。申初,至四弟处,偕往日升昌票号小坐。复至大街闲步,遇孙楚卿、叶浩吾两君,买卅一号画报而归。

二十庚申日(3月6日)　晴。早间,阅《东华录》。饭后,黄蔼堂来度曲,四弟来一转。灯下,复拍曲卅余遍。四弟来商议廿二日请客之事。

廿一辛酉日(3月7日)　阴。微雨,天甚寒。请客走单人回,知所请之客大半见却,复作字添请王小铁丈,亦不肯到。傍晚,四弟来,在此吃饭,亥刻去。

廿二壬戌日(3月8日)　晴,仍寒甚。午刻,往旧宅请客。未正,客到齐。黄松泉太史、高白叔舍人、叶作舟孝廉、张菊甫运判、许清如茂才,共客五人而已。戌刻散,作舟复少坐。二鼓时,汪同伯来谈,三鼓方去。比余回寓,已子正矣。饮酒颇多,微有不适。

廿三癸亥日(3月9日)　晴。午后,至书肆买《说铃》一部。傍晚,至四弟处,少坐即归。

廿四甲子日(3月10日)　晴。早间,卯正即起,阅看《说铃》。饭后,黄乐工来度曲。未刻,朱茗丈来谢步。申初,偕四弟往清凝巷一转,夒丈在书楼,晤谈少顷。遂往访叶作舟,不遇,晤浩吾而归。

廿五乙丑日(3月11日)　晴。早间,未出门。饭后,拍曲,至戌刻约六十余遍。傍晚时,四弟来,少顷即去。

　　廿六丙寅日(3月12日)　晴。饭后,至四弟处闲坐,傍晚回。至书肆观书。北风甚劲,迎风而归。

　　廿七丁卯日(3月13日)　晴。午初才起,最为晏矣。饭后,修发。清如来少坐。下午,黄乐工来拍曲,至亥刻共拍五十余遍。傍晚时,四弟来,少顷即去。

　　廿八戊辰日(3月14日)　晴。早间,抄曲谱两纸。未刻,黄乐工来,拍曲百余遍,至亥初方罢。二鼓时闻雨声,终夜未住。

　　廿九己巳日(3月15日)　阴。早间雨犹未止,午刻放晴。午膳有家制豆腐渣一味,颇觉适口。饭后至孩儿巷,坐谈良久。复至四弟处,晚饭后归。

　　三十庚午日(3月16日)　晴。饭前,汪同伯来谈。饭后,往拜王老太太百日,遇郑子惠,少顷即返。未刻,黄乐工来拍曲。傍晚,四弟来,晚饭后去。

二　月

　　二月初一辛未日(3月17日)　晴。午刻,接大兄来信,知病势日深,嘱余速往。复有上夔丈函,即持往面见王丈,商酌行期,王丈亦嘱予速整行装为是。未初,赴龚师之招。在座仍消寒会中人,佑申未到,另请一满人宗啸吾司马是也。申正散归。灯下,清如来,谈少顷即去。

　　初二壬申日(3月18日)　晴。早间,修发。廖孟扬来谈。张菊丈来晤,菊翁知余将有河南之行,伊亦欲赴江宁,拟公同雇一轮船,偕至丹徒口。因嘱其先行电询沪上,有无轮船,价洋若干,俟复电到来,方能定局。下午,接钟煆存自常州来信,意欲谋馆,余即拟邀其同往河南,庶可助我料量一切。未刻,黄乐工来拍曲廿余遍。四弟傍晚来,一转即去。

　　初三癸酉日(3月19日)　晴。早间,往庆余钱铺取钱,随往访孟扬,晤谈良久。午刻,回寓吃饭。饭后,复访张菊丈、黄松丈、郑子惠,均未晤,旋回寓。申刻至戌刻均拍曲。下午,四弟暨同伯先后来。傍晚,同伯去,四弟至子初刻才去。

初四甲戌日(3月20日)　晴。早间,未出门。饭后至戌刻均拍曲。下午,四弟来,一转即去。

初五乙亥日(3月21日)　晴。早间,偕四弟往满觉陇上坟,未刻归。晚间,接张菊丈信,约余初七同行,轮船已雇定,仍拟取道上海北上。

初六丙子日(3月22日)　晴,热甚。早间,往张菊丈处面商一切。至王丈处辞行,并借川资而归。申刻,四弟来。余复出门往茗丈处,晤辞。至横河桥周宅,梦九及其太夫人均已往嘉兴,未得见面。晚间,在四弟处吃饭。请华申泉来,余拟邀其同行,而申泉以有馆不愿往。二鼓后回寓。

初七丁丑日(3月23日)　阴。早间,在寓收拾行李。午刻,四弟来,知已往询菊丈,轮船尚未到,今日可无须下船。午后,作书致嘏存,又作子先昆仲两函。闻黄保如姻丈于子刻作古,即偕四弟往哭之。忆去夏余兄弟同时患疹,得保如丈朝夕诊视月余,始获痊耳,言念旧情,良用怆然。下午,与清如语别,复往别梁敬翁。晚间,与四弟少饮。灯下,与内子语别。时内子患胀疾,服药尚未减,骤然远别,颇难恕于怀也。

初八戊寅日(3月24日)　阴,甚冷。早间,菊丈有字来,知会饭后下船。余先往辞庶母,谈少顷,仍回寓吃饭,四弟偕来。未刻,登舟,清如送于门,四弟挈梓儿送于舟。少顷,菊丈来,遂开行,时未正一刻也。酉初,至大关,小轮船在焉,遂拖带前驶。三鼓,抵石门湾泊船。灯下,与菊丈谈良久,各就寝。

初九己卯日(3月25日)　阴。寅正开船,巳初才过嘉兴。终日大风,亥初刻,抵上海,泊舟小东门。小轮船解缆而去,共给洋廿七番,余与鞠丈各认其半。晚间雨甚大,不及上岸。

初十庚辰日(3 月 26 日)　阴。早间上岸,乘兴至道署拜邵小村世丈,晤谈少顷。向其索免税单,以免洋关搜查。复至叶作舟书房畅谈,在彼午饭。未刻,至日升昌,晤管事人王济川,在彼剃头。申刻,至四马路聚丰园吃点心,傍晚回舟。鞠丈于早间上岸,黄昏时亦归。同晚餐,余以食饱,只食粥一碗。

十一辛巳日(3 月 27 日)　晴。早间,作四弟书。巳刻,偕菊丈往江孚轮船一看。午刻,严君乐宾来访。菊丈邀同往一品香食英国大餐,同席八人,除严君及潘镜如分转外皆忘其姓名矣。午后,乘马车至洋行,纵观洋货。复至静安寺游申园,沿途北风吹面,甚冷。傍晚,余又至日升昌,晤王济川。晚间,潘镜如邀吃复新园。饭后,赴咏霓园观剧,三鼓后甫回船。江孚船定翌日开行,已由菊丈写定船票,明早将登轮船。

十二壬午日(3 月 28 日)　晴。早间,收拾零星行李。巳刻,偕菊丈至轮船一看,至电线局发报。午刻,同往复新园吃午饭。未刻,复回轮船。菊丈往同文书局,余未去。傍晚,严乐宾来船,邀上岸至复新园晚饭。戌正归舟,静候展轮。

十三癸未日(3 月 29 日)　阴。卯初,开行。午后,过通州。傍晚,过江阴。终日与鞠丈闲谈。晚饭后,收拾行李,俟至三鼓方到。船泊马头,即上岸,上下人甚拥挤。即步行至长发栈住宿,比就寝,已四鼓矣。奔驰半夜,极为疲倦,行路之艰如是。

十四甲申日(3 月 30 日)　阴。巳刻起,即雇船往清江。午刻登舟,以潮落未能即开,仍泊镇江口内。未刻,缮发四弟信,交太古晋信局寄杭。申初,倦而假寐,不觉睡着,醒来甚凉。晚间,呼修发匠梳辫。晚饭时,买镇江肉饼佐餐。灯右,作大兄信,拟到扬州发递。

十五乙酉日(3 月 31 日)　晴。辰刻,自镇江开出,江口遇东南风,挂帆直上。巳初刻,即驶进瓜洲口。未正,抵扬州,即上岸访冯小侣表叔,畅聚永日,偕往茶居酒肆畅饮。晚间回船,作大兄、四弟书各一,拟明晨托小侣叔转寄。亥正三刻眠,闻蓬窗雨声渐沥,令人愁闷。

十六丙戌日(4月1日)　晴。午初才起,作字与冯叔,托寄家书。闻许伯与泊舟邻岸,适不在舟中,不及走谈,作字致之,并托带江宁信致张菊丈。衣服钮扣多脱落,饬仆上岸觅成衣缝之,候至午正三刻才缝好,遂解缆行。终日晴暖,蓬窗无事,翻阅《仓山诗文集》。上水,舟行甚缓,戌初方抵邵伯,即泊。

十七丁亥日(4月2日)　晴。卯正,自邵伯解维,顺风挂帆,舟行较速。午初,过高邮,泊船买菜。未初,复行。酉正,抵界首,泊船。晚间雨,终日阅《随园诗文集》,以消永昼。

十八戊子日(4月3日)　阴。辰初自界首开行,午初才过氾水,可谓缓钝极矣。终日北风甚大,直至戌初才抵宝应,即泊船。余兀坐舟中,无聊之极,惟以袁文消遣而已。下午,啖鸡子二枚点心。计期月内不能到汴,殊为急煞,不识兄病状如何。在扬州偕小侣叔往问卜者,据云无碍,但愿如所言,幸甚。余离家忽忽十有一日,内子亦在病中,更不知其能渐愈否。静言思之,心悬两地,舟中无可与语,殊闷人也。

十九己丑日(4月4日)　晴。卯刻,开船。余已正起,啖鸡子二枚,阅《随园诗文集》两本。午正三刻,吃饭。枯坐蓬窗,殊少意趣。申初,抵淮安,泊舟西门,即至四叔父寓中,见叔婶暨三弟并铭嫂、诸侄男女,在彼晚饭。并阅鞠丈来信,知允致前途营汛,信函均已寄来,可感之至。戌刻,余仍回舟中。夜间雨。

二十庚寅日(4月5日)　阴。早间,饬范升往清江觅车,兼发杭州电报。巳初,剃头。巳正,至四叔宅一永日。下午,偕绶弟往钱铺易银。厚兄亦至自清江,晤谈,至戌刻回船。闻清江车辆俱为县中封去应差,颇难觅雇,范升去后尚未归来。杭州复申至晚尚未到,均深盼望也。回船后,写日用帐。三鼓后,范升回船,知无处雇车,怅然而返。

二十一辛卯日(4月6日)　阴。早间,在舟写札致厚兄,请其为我设法觅车。时江苏学使将由淮按试徐州,各车俱为县中封去应差,以致外间无车可雇。督学为黄漱兰年伯,余拟作书致之,请其匀出二车,未知能行与否耳。午正,在舟吃饭。四叔送札来,令余搬上公馆暂住。余意仍愿速行,万一竟无别法,亦只好且住为佳耳。午后,至四叔宅一转。晚间,仍回船吃饭。终日阴雨,绵绵不绝,殊闷人也。杭电来,知内子病依旧,仍未消胀。

　　二十二壬辰日(4月7日)　阴。终日大雨,不能上岸,在船写信三封,一致清如,一致四弟,一致大兄,均告以在淮候车未行。此来天时、人事都不凑巧。连日阴雨,天时之困我也;无车可觅,人事之困我也。徒急无益,惟有静待而已,行路之难,如是如是。申刻雨止,似有放晴之象,傍晚忽又大雨如注。晚间,沽酒以饮。自申至戌,腹中隐痛不止,虽以洋药治之,亦不见松,不识何故。灯下默坐,犹闻雨声。

　　二十三癸巳日(4月8日)　晴。早间上岸,在四叔宅一永日。傍晚,子明兄回寓,晤谈少顷。晚饭饮酒一斤,二鼓回舟。范升来,知已到贾家店写车票,惟仍须月杪方能开车。脚价尚不甚昂,车二乘,价钱四十三千五百文,余是否雇佣,尚未定见,拟翌日商之四叔再定。

　　二十四甲午日(4月9日)　晴。早间,吃点心后即上岸,在四叔宅永日。饬仆再往贾行觅车。下午,偕绶弟往街衢散步。晚饭后,仍回舟。连日候车不行,殊闷人也。夜间风雨又来。

　　二十五乙未日(4月10日)　阴。午初才起,吃点心,后即至四叔宅,在彼永日。午后,阅大兄致厚兄信,知病已渐瘥,而本原坏极,不能再振,目下虽勉强支持,终非佳兆,惟肯归为最妙耳。余晚饭后仍回船,拟翌日开往清江候车。

　　二十六丙申日(4月11日)　阴。早间上岸,拜别叔婶,下船,明兄、绶弟送于舟。午后,开船。申正,过淮关。酉初三刻,抵清江,泊南围子门,因漕船拥挤不能抵马头。傍晚,作札致沈少根表兄借轿子,并托其代雇小车。灯下,接伊回字,知伊明日午前来访,余即在船候之可也。亥刻又雨,明后日恐仍未能登陆,奈何。

　　二十七丁酉日(4月12日)　阴。自辰至午,雨才住点。未刻,少根饬仆送字来,知舆已借好,天晚不及上岸,拟明日再往访郑协戎。天气不晴,总难登陆,势惟静候,兀坐舟中,真欲闷煞,如之何勿愁,我兄之害我不浅哉。前岁兄在王营抱恙时,倘肯折回里门,则余今日可免此行,乃偏执己见,令余疲于奔命,生成劳碌命,夫复何言。书此数语,以见我之无负于兄,而兄则未免苦我耳。

二十八戊戌日(4月13日) 晴。早间乘轿至沈少根处,晤谈少顷。复往王营拜郑石卿协戎,投屺翁信,未晤,即回船收拾行李。午后,郑君饬人知会队勇已拨定,何日开车,何日同行。申刻起岸,至王营贾家店。正房预备学差,在对门西院厢房住。晚间,行李均来齐。询之店主,据云须俟学院起马后方能有车,仍要候两三日,方能长行。闻学台明日可到店,余尚拟谒之,能与同行固妙,否则俟伊走后再走,亦无不可耳。子厚兄饬仆人罗升送信来清江,余即令其同来车店,俟送我登车后方令回淮,俾装车时多一人照料,较为周到。

二十九己亥日(4月14日) 晴。早间,沈少根来店,晤谈良久去。黄漱丈来王营,住对门贾店老屋,拟走谒之,伊以关防辞。未刻,罗升欲回淮,余作书致厚兄,交其带呈。半月以来,无日不雨,今始晴朗,精神为之一爽。下午,徘徊门口,殊无聊赖,大约初三四方能开车。傍晚,郑协戎又着人来询行期,以便饬队同行。晚间,歌曲以消愁。店中饭菜不堪下箸,较之前年大坏,可恶之极。

三 月

三月初一庚子日(4月15日) 阴。早间,车行人支银拾两壹钱,据云前往放车。午后,少根遣舆来邀吃饭,即过河至清江。先至电报局发杭州电报,用洋二元八角。至少根处,调绍兴□君。正在吃饭时,许言如五叔自扬来,时以河运差北上者也。少根之子亦出见。傍晚,回王营车店,途中风甚大。晚饭后又雨,初三虽有车,恐又将为雨所阻,正不知何日方能陆行耳,奈何奈何。

初二辛丑日(4月16日) 阴。清晨,闻炮声,知学使已起马。

辰刻雨止,车行觅车未得,初三尚不能行。饭后,至对门老店徘徊片刻,即前岁所住。屋店主人出《申报》阅看,知法事已有和议,相约三月初一日起两边停战,未知确否。申刻,杭州回电,知内子系属怀娠,医误为鼓胀,顷始看准,不知前所服药有无大害,殊切悬系耳。四弟妇达月尚未分娩,皆电报中语也。下午,郑营又来询行期,以初四准行告之。灯下,作四弟书,未完。

初三壬寅日(4月17日)　晴。早间,将家信写完,饭后封发。又作四叔禀,封就未发。同店诸家均装车,余车尚未到,明日才能装。下午,换钱买零物,预备带上路用。复至对院徘徊半响,回屋吃饭。

初四癸卯日(4月18日)　晴。早间车到,饭后开行。道路泥泞,终日摇摆难堪,亥初方到众兴住宿。余居南方十二年矣,忽坐车登陆,觉困苦万状。客店房屋不堪居,饮食不堪下,犹其小焉者也。为大兄故,使我疲惫至此,可叹。三鼓,有修发匠为我敲腿捶背,周身骨节酸痛难受。比就寝,已十二下钟矣。

初五甲辰日(4月19日)　阴。终日大雨,余思觅肩舆未得,实以升车为畏。迟至辰初,不得已开车。行途中郑营派来马队解金堂、陈家顺二名护送,颇臻周妥。未初,抵仰化集打尖。戌正,抵顺河集住宿,较昨尤困苦。解、陈二勇告辞去,另由蒋营派队接替,因作书致谢郑君,交来勇带去。连日颠播,实为生平未历之苦境。此去宿迁县五里之近,明晨拟再向县中设法觅轿,未识能应手否耳。早知如此,悔不在贾店觅轿,今受此困,命也,如何?子正就枕,和衣而眠。

初六乙巳日(4月20日)　晴。早间,着人至宿迁县要轿夫,午后来,仅有小轿,即坐以行。共雇轿夫八名,送至徐州,每名给钱一千文,较坐车舒服多矣。沿途舆夫吃茶吃饭,余亦借以小憩。在一客店坐片刻,桌椅较洁净。戌初,抵高作住宿。范升骑马从余同到。车行在后,迟至戌正一刻才到。店中饭菜均不能下咽,勉食米饭一碗。昨在仰化、顺河均无米饭,食饼充饥,亦可敷衍。总之,余于饮食一道,极能将就,只须起居稍适即不甚苦。晚间,马勇呼令地保在店击柝巡

宵。灯下,题壁七绝二首。诗云:"征途况瘁倦难舒,屏却辒车就暖
舆。十载不曾游北地,顿教轻熟变生疏。""双驹小队拥车前,多感邮
程地主贤。莫道今番行役苦,逢迎且喜有人缘。"子正寝,两髀觉酸
楚,余尚无苦。夜间月色佳。

初七丙午日(4月21日)　晴。黎明风甚大。寅正三刻即开车,
余仍乘轿,沿途有步队接送。巳刻,抵龙集打尖。午后,风定日朗,甚
暖。途中菜花盛开,野麦青青,田家耕耨者相属于道,所谓田家自有
乐也。舆夫屡次小憩,余亦入野店少坐。北地风土朴实,居民多苦,
较南方迥殊矣。酉初,抵双沟住宿。店上题壁诗极多,亦有数女史题
句在焉,诗亦楚楚可诵。晚间,买鸡半只,以火腿同煨,较店菜远胜,
佐以馒首二枚,颇能饱餐。惟水太浊,连日所泡茶均与墨水无异,迫
于口渴,只好强饮。夜间,有地保击柝。

初八丁未日(4月22日)　晴。卯正行。午初,在张集打尖。酉
初,到徐州,访段小湖观察,未晤,托其饬县雇舆夫接替,又向县借轿
一乘。小翁派马队二名接护,宿迁马勇、轿夫均遣去。同寓有东河通
判谢君迪甫,自汴奉差赴淮,与之相见。询悉大兄近况尚安,稍慰。
谢君并托带家信至汴。

初九戊申日(4月23日)　晴。卯正,乘轿行。巳正三刻,在郝
寨打尖。饭后热甚。过徐州后,山路崎岖,余幸觅舆,尚无所苦。然
失膳饮节、戴星出入者数日矣,虚火上升,小便黄而短,此行可谓备尝
况瘁。酉正,抵黄家口住宿。月色佳甚,望月怀人,将咏少陵"闺中只
独看"句矣。

初十己酉日(4月24日)　晴。卯正,乘轿行,车在后。巳初,在
一荒村小憩,食炸糕二枚,红糖拌黄泥为馅,迫于腹馁,只好强咽。未
初,抵砀山,舆夫疲乏,即住宿不行,余亦借以休息半日。久离北地,
忽来此处,觉终日黄沙扑面,耳目鼻口均为灰土填满,大不能耐。申
刻,作四弟书,拟到归德发递。晚间,车夫欲与同寓一客易车,余允
之。亥刻就寝,厢房客人喧闹良久,余不能交睫,令仆人詈之乃止。

十一庚戌日(4 月 25 日)　晴。卯正行,进砀山,县城极荒僻,与乡村无异。巳正,在丁阳集打尖,过此入河南境矣。酉初,住马牧集,地方颇繁盛,属商邱县辖,计明午可到归德。傍晚,作大兄信,明日交商邱县专递。亥正二刻寝。月色大佳,夜间小雨,天明后晴。

十二辛亥日(4 月 26 日)　晴。卯正行。酉初,到归德。商丘张明府送饭到店,午后即往访之。张君名多寿,汉军人,号蔚东。牛镇军派马队相送,亦往访之,晤谈良久,坚留多住半日,订晚饮。申初,仍回店。晚间,张明府又送晚膳。戌刻,赴镇署与牛慕翁畅谈,饮至三鼓方回店。

十三壬子日(4 月 27 日)　晴。卯初行,张明府添派舆夫二名相送。午初,抵宁陵打尖。午后大风,尘土扑面,殊不能耐,天亦奇热,可衣单衣。酉初,抵睢州住宿。州牧王君枚,吾浙湖郡人,差人持帖来招呼,因向其索轿夫二名,商邱轿夫即令回去。

十四癸丑日(4 月 28 日)　晴。卯初行,七十里至杞州打尖,时才午正也。未正,复行。中途狂风大作,尘沙蔽天,不能辨路。余在舆中遍身皆土,目不能开。轿为风吹几倒,八舆夫以全力支撑之,始能舁行。酉初,抵寒冈集住宿。比出轿,已成泥人矣。店中饮食皆泥,北方之苦竟至如是,初所不料。昔在京邸时,尚不至是,何外省之风尘竟更甚耶? 今而后知北地之不可一日居矣。余倘有志出山,誓不指省北地,不解我兄之喜北恶南,究何所取也。

十五甲寅日(4 月 29 日)　晴。早间行。巳初,在太平冈打尖。未初,抵河南省城。见大兄病已愈,慰甚。粤儿久病,初有起色,面貌极为消瘦,神气尚爽,妞儿肥胖如故。余与大兄纵谈别来情事,甚乐。粤儿亦依依膝下。申刻,周鼎臣、查养吾、家润生来晤。三鼓就寝,下榻南厢。

十六乙卯日(4 月 30 日)　晴。辰初起。午前卫小山观察来,饭后陈研香兄来,均晤。寄发杭州信。终日在寓静息,与大兄闲谈家事,三鼓就寝。拟发电报至杭,未果。

十七丙辰日(**5 月 1 日**)　晴。饭后出门,拜王勤斋别驾、周鼎臣观察,均晤,鼎臣处长谈。焦丹丞观察、陈研香、家润生均未晤。申初回寓,丹丞已先在焉,晤谈良久去。焦、周二君皆大兄执友也。

十八丁巳日(**5 月 2 日**)　晴。早间,缮发四叔禀,交天顺局寄。终日在寓。下午,家润生、王勤丈均来晤。晚间,觉喉痛,购青果数枚,啖之渐愈。

十九戊午日(**5 月 3 日**)　晴。午前,修发。饭后,砚香来,晤谈少顷。未刻,往访焦、周两公,畅谈永日,在鼎臣处晚饭,饮酒半斤,戌正归。晚挈阿樾同眠。日来惟与大兄商酌进退出处,迄未有定局,大约余出山之局居多。

二十己未日(**5 月 4 日**)　晴。大兄早出衙参,辰刻归,复往拜客。余终日在寓。午后,倦而假寐,不觉朦胧睡去,比醒已酉初矣。粤儿饮食不检,疾又作矣,日夜呻吟,殊为焦灼。下午,鼎臣字来,托查捐项需六竿以外。捐数如此之巨,更以早办为妙,拟即定局,以资郎出山矣。

二十一庚申日(**5 月 5 日**)　晴。是日立夏,午后偕大兄往焦、周二公处闲谈,鼎臣留吃晚饭,以烧鸭相饷。饭后复久坐,亥正三刻方归。是日天甚热,颇有夏意。在丹翁处曾携纸乞书,大兄亦以折扇索其挥洒,缘丹翁善书故也。

二十二辛酉日(**5 月 6 日**)　晴。终日在寓。午后,不觉熟睡。鼎兄送字来,附所查捐数,计捐海防新班,先用同知,需银万余金,而补缺甚速。余与大兄商议,径定见出山。粤儿日来肝气又疼,日夜呻吟,令人焦急无策。

二十三壬戌日(**5 月 7 日**)　晴。午后,访陈研香,晤谈少顷,复偕研香往焦、周两公处,均未晤。回寓后,两君子适先后来此。丹翁为粤儿拟方,添用白芍平肝。晚间,即令煎服一剂。下午至傍晚均微雨。

二十四癸亥日(**5 月 8 日**)　晴。早间,请研香来,嘱其赴捐局询问补缺班次。午刻,延谈医为粤儿诊脉。午后,研香归,即留其午饭。未刻,预备发杭州电报提饷,又作四弟书,封就未寄。下午,粤儿病渐轻。

二十五甲子日(5月9日) 晴。早间,查养吾贰尹来访,晤谈良久。复延谈心兰为粤儿换方。余抵此间,以银易钱,有恒盛钱铺票二张,计钱四千。顷闻恒盛有倒闭之信,赶紧往取,亦已无及。下午,专足至济宁发杭电,另信一件交晋豫信局寄递。晚间,偕大兄饮酒食鱼翅,三鼓就枕。

二十六乙丑日(5月10日) 晴。午饭食馒头三枚,后为樾儿配药,仍服昨方,未请谈医。下午,陈研兄、王勤翁先后来晤。丹翁来,适大兄已出门,与余谈良久去。傍晚,偕研香、挈妞儿往鼎臣处,拟邀鼎臣小饮,未遇。余与研香先候于酒肆,少顷,鼎臣来,遂同饮,二鼓散归。鼎、研两君订廿八游花园。

二十七丙寅日(5月11日) 晴。是日为先妣钱太夫人忌辰。午刻,祭享如礼。午饭饮馂余酒半斤。未刻,大兄有人邀饮,申刻归。下午,研香来,谈至黄昏甫去,订明晨出游。

二十八丁卯日(5月12日) 晴。辰刻起。巳初,陪谈医为阿樾诊脉。午初,鼎、研两君来邀同游龙顶,罗君暨研香两郎同游。午正,在酒肆小酌。午后,游孝严寺田家花园、张家花园,登禹王台。申刻同返,至鼎臣寓斋晚饮。鼎、研、润三公作东道主,润生因事未到,丹丞、养吾均在座,大兄亦与焉,亥刻散归。鼎臣因受热,微有不适。余回寓询知粤儿又病,烦煞。

二十九戊辰日(5月13日) 晴。粤儿疾大作,终日卧床,呻吟之声不绝。医来诊后,即为煎药与服。午后,王勤斋来谈良久。余见粤儿病状,心绪烦劣万分,倦而假寐,辄朦胧睡去。灯下,家润生来,为提款汇京事来商,少顷即去。

四　月

四月初一己巳日(5月14日)　晴。夜来粤儿呻吟不住,早起病仍如故,令人烦闷欲死。因请陈研香来商,亦无妙法。下午,研香去,惟余与大兄楚囚相对而已。夜间竟未能寐。

初二庚午日(5月15日)　晴。早间,阿樾病更加重,腹泻不止,面色大减,终日呼痛,闻之酸鼻。午后,卫小山来,欲令饮红糖烟灰水止痛,余未敢试也。下午,请鼎臣偕养梧来商,养吾用太乙火针按穴熨治,亦未见轻,又复呼号,通夜未止。

初三辛未日(5月16日)　晴。早间,陪谈医为樾儿诊视。午后服药,腹泻稍稀,饮食较昨略多,而疼痛仍不稍减。卫小翁、陈研香均来探视。下午,又请夏云坡少尉来诊,嘱仍服谈方,伊持论与谈医合,故不另立方。十龄小儿,如此重病且久,何以克当。遍身瘦骨,形状可怜,余与大兄相对踌躇,一筹莫展。余为视兄而来,不谓兄病已愈,而儿病如此之重,余家书中尚未敢为内子详述,恐其闻而急,急而病也。余连日心绪之烦,真有如坐针毡者然矣。

初四壬申日(5月17日)　晴。早间,谈心兰、夏云坡先后来为樾儿诊脉,病似少间,而呼痛不止,仍服补气健脾剂。午前,周墨庵别驾来访,并视粤儿疾。午后,陈研香来,傍晚去。连日为樾儿病,致余留滞此间,未能克期入都纳粟,殊为焦灼。离家两月,到此二旬,曾未接一家书,不能无念。四弟之懒于笔墨一至于此,可恼可怨。

初五癸酉日(5月18日)　晴。樾儿肝疾未愈,又增呃逆。午前谈医来诊,饭后夏云坡亦来,皆云肾气不纳之故,殊为可虑。余与大兄彷徨无计,作字致焦、舟二公觅参,丹翁有家藏参少许,慨然相赠,惜已太陈,未敢用也。后半夜居然呃逆渐止,疾有转机。

初六甲戌日(5月19日)　晴。早间,樾儿疾少间,竟能起行,呃痛俱减,饮食亦大进,可谓危而复安。既安矣,而可忘危耶?调护一切,正非易易。午前,薛云溪观察来访,晤谈片刻。仍请谈医为粤儿换方。午后，研香来探病。下午市烧鸭一只，佐以面饼点心，颇觉果腹。连日为儿病，不遑暇食，今喜其少间也，始与大兄饱餐一次。

初七乙亥日（5月20日） 晴。早间陪医。饭后，焦丹翁来谈。是日热甚。发济宁电报人回，未有复电。灯下，阅叶封翁诗集。

初八丙子日（5月21日） 晴。早间，查养梧来。饭后，出门拜客，晤邵漪园观察，卫小山观察、王仲培、何星桥年丈、薛云溪、吴抱仙、周墨庵、查养梧诸公，均未晤。归途访鼎臣，畅谈。丹丞未见，鼎臣座上遇家润生，傍晚归。粤儿日来疾渐瘥矣。

初九丁丑日（5月22日） 晴。早间，作札请砚香来，托以觅车、觅仆二事。午刻，陪谈医换方。饭后，王仲培观察过访，畅谈。仲培人极豪爽，相见如旧相识。

初十戊寅日（5月23日） 晴。早间，在寓静坐。午饭后，研香来，谈少顷去。邵漪园、卫小山均来答拜，晤谈少顷。晚间月色甚佳。

十一己卯日（5月24日） 晴。阅黄历，十七日宜出行，定准是日北上。饭后，砚香来，因托其雇车，取道陆路。天气已热，不宜再迟。到汴已及三旬，杭信杳然，殊不可解。

十二庚辰日（5月25日） 晴。日热一日，途中必苦，势亦无如之何。午前，砚香换银送来，复坐谈良久。下午，查养梧送菜点赠行。傍晚微雨，与大兄联床清话，食鱼翅佐晚餐。粤儿疾又作，不能如前数日之爽。

十三辛巳日（5月26日） 晴。午前在寓，至花厅闲坐。午后，查养梧衣冠来送行。未刻，倦而假寐。傍晚，在花厅与家少香谈片刻。晚膳庖人献烧猪一枚，殊未佳。夜间风清月朗，徘徊庭院，颇有幽趣。

十四壬午日（5月27日） 阴。早间微雨，少顷即止，晴光渐放。午前，谈医为粤儿诊脉。午后，润生、研香均来晤。托研香往定车，即偕至焦、周两公处畅谈。晚间，鼎臣邀吃饺子。饮罢，复至鼎臣处夜话，二鼓始归。在鼎臣处遇李翰臣名宸章者，亦天津人也。砚香告车已雇好,每辆十五千文,定十七起行。

十五癸未日(5 月 28 日) 晴。昨宵,粤儿呻吟不绝,余彻夜不能交睫,黎明甫睡片刻,巳初仍起,终日甚倦。谈医来诊脉,复哓哓不休,殊厌之。午后,发杭州信。鼎臣、砚香、润生先后来,晤谈。傍晚,欹榻假寐片刻。

十六甲申日(5 月 29 日) 晴。午前,修发,收拾行李。午后,陪谈医换方。王仲培过访,陈研香、焦丹翁、查养梧均来送行,晤谈片刻。丹翁托带家信,寄换皂靴一双。晚间,与大兄话别。通宵雨未住,粤儿呻吟之声亦未住。余竟未能交睫,精神颇倦。

十七乙酉日(5 月 30 日) 阴。早间雨住。卯正起,车尚未到。午正,车装好,辞别大兄,登陆北上。裁欣聚首,又唱骊歌,虽暂时分手,不自知其情之黯然也。家润生来送登车。申初,到柳园口渡河,戌初,抵新店住宿。见壁上有题诗者,不觉技痒,亦书四语以志:"鸿泥途中,新雨之后,尘沙不飞,较有幽趣。"渡黄河时,风雨横集,甚冷。

十八丙戌日(5 月 31 日) 晴。卯初开车,行九十里,至直隶长垣县打尖。饭后,行四十五里,抵高平住宿。高平仍在河南境上,惟中间绕道直隶地界,此所谓东大道也。午间,车中热甚,尘沙扑面。终日奔驰,到店已戌初矣,夏日大长,尚未见星。店中虫蚊过多,未能熟寐。

十九丁亥日(6 月 1 日) 晴。寅正开车,东方犹未明也。黎明时颇凉,巳午间渐热。巳正二刻,在官路口打尖。午后更热,车行殊苦。行一百里,申正抵直隶开州,进南门,出北门,投店住宿。虽为时尚早,不愿前进,深以下车为乐。到店呼修发匠梳辫,饬仆进城换钱。亥刻寝。

二十戊子日(6 月 2 日) 晴。寅正,开车。辰正,过关帝庙。巳正,抵卢塔打尖。饭后风甚大,车行甚缓。酉初,抵王庄,去朝城廿五里之遥恐未能到,即住不行。店中湫隘逼窄,较昨尤甚。是日行一百一十里。到店后略息数刻,吃饭,尚不甚惫。

二十一己丑日(**6月3日**)　晴。寅正,开车。辰正,过朝城,买馒头二枚食之。午初,在莘县打尖,山东东昌辖境也。申正,抵沙镇住宿,旅店较洁净。是日行一百廿里,沿途不甚热,清风徐来,尚觉适意。连日少眠,稍卧即倦,黄昏时即吃饭,亥初寝。

二十二庚寅日(**6月4日**)　晴。卯初,开行。午初,至东昌打尖。饭后热甚,车中竟不能耐。酉初三刻,抵茌平住宿,客店极洁,自此以北皆大道矣。余住正上房,适有差使过之,裱糊犹新也,店中客亦不少。

二十三辛卯日(**6月5日**)　晴。寅正,开车。己初,在新店打尖。饭后热甚,尘沙尤甚。酉初,抵腰站住宿。有挟被囊软衣包求售者,坚欲予买,其求甚哀,不得已购其数种,令去,尚不肯即退,可见细民谋生之难,为之恻然。是日在车,更觉况瘁,到店休息数刻,幸无所苦。

二十四壬辰日(**6月6日**)　晴。卯初,开车。辰正,过恩县,进南门。饬仆易钱,余下车坐钱铺小憩。出北门,至苦水铺地方打尖。时方午初,饭后风甚大,尘氛愈恶。酉初过德州,渡运河而北。戌初,抵刘智庙住宿,旅店糊纸甚新,殆亦为星使而设。傍晚修发,抖去尘沙斗余,精神为之一爽。

二十五癸巳日(**6月7日**)　晴。寅正一刻开车。辰初,过景州,进南门,出北门。己正三刻,抵漫河,早膳。未正一刻,过阜城县,未入城,沿郭而行。酉正一刻,抵傅庄驿住宿,交河县境也。是日行一百卅里,中午热甚,尘沙亦日甚一日,陆行之苦,如是如是。忆癸酉年随侍先大夫之任粤东,曾由此途南下,忽忽十三载矣。回首前尘,深感今昔,乡村、旅店景象犹复约略记忆。

二十六甲午日(**6月8日**)　晴。卯初开车,行廿余里,将至献县。过一石桥高且长,车行甚艰,余下车徒步桥下,河水尚未涸,凭栏眺望,四面清风袭人,觉飘然欲仙。辰正,过献县城,穿城而行。地为纪文达故里,不知其第宅在何处。午正,抵商家林吃饭。申正,过河间府城,亦由城内经过。戌初,抵二十里铺住宿。自午至戌,风尘最甚,目为之昧且痛。所差强人意者,北风吹面,不致苦热耳。到店甚惫,休息数刻略好,而目痛不少减,因有一飞沙入目不出,殊觉不适。

二十七乙未日(6月9日)　晴。寅初,开车。巳初,过任邱。午正三刻,尖郑州。戌初二刻,宿黄家台。是日破跕行一百四十五里。尘沙甚大,更形况瘁。晚间甚凉。午后,曾由十二连桥、雄县经过,沿途有河有船,余陆行日久,视彼舟行者,望之如神仙中人。随园太史生平凡遇有水程处,从不陆行,固人心所同然也。

二十八丙申日(6月10日)　晴。卯初,开车。午正,抵徐沟打尖。饭后申正,过固安县城,由城外行走至官渡口。适永定河水干,驱车而过,无须用船,可谓便捷矣。戌初,抵榆垡住宿。是日,行一百廿五里,计明日可达京师。

二十九丁酉日(6月11日)　晴。卯初,开车。午正,抵黄村打尖。饭后,余先换单套车,进城至杭州会馆,适张朗斋军门寓此。馆中无空屋,余因至仁钱会馆卸车。少顷,行李车亦到。余作字致金忠甫枢密询问杭州有无信来,旋接复字,知四弟汇款已到,甚慰,拟明日往访忠甫。同寓会馆者有吴仲耆观察,适已出门,未与相见,二鼓就寝。

三十戊戌日(6月12日)　阴。早起访忠甫,晤谈良久,偕往祥和银局,将捐事托罗君俊材办理。午后,复将贡照、官照、履历一并交与罗君,汇款信皮亦交罗俊材,手嘱其代为上兑。同知已先有两人,只好捐通判矣。申刻,至日升昌交信,托其发杭州电报。又至季卿叔岳处,晤谈良久,并晤虎臣内弟。傍晚回旅次。是日微雨一永日。是日早间留发。

五　月

五月初一己亥日(6月13日)　晴。辰刻起,吃麻花、稀饭,甚坏。余离京十余年,重至都门,颇觉不惯。早间作杭、汴、淮信三封,又致碬存一信,均封发。饭后进城,至内联升靴店、马聚兴帽店定靴、帽,至城外衣鞋店买衣鞋。傍晚,至玉石头胡同小馆吃点心,颇佳,酒亦好。黄昏时归,晤吴仲耆在座,遇徐花农太史。二鼓时就枕,甚热。

初二庚子日(6月14日)　晴。早间,唐酉生来晤。季卿叔岳来,谈良久去。午后,忠甫来,谈片刻。余旋出门往拜方勉甫丈、徐乃秋、蔡汉三辅丞、张少原、朱子涵诸君,均未晤。年丈汤伯温比部、唐酉生司马、罗俊才,均晤。复往见吴氏叔岳母,虎臣弟亦晤,谈片刻。酉正回寓,甚热。晚间穿夹袄睡,尚觉汗雨通淋。

初三辛丑日(6月15日)　晴。午前,虎臣来晤。申初出门,往晤范高也,唔夏厚庵,晤郭少蓝。拜陈云裳、沈子培、徐花农,均未晤。傍晚回寓,遇辅臣、仲耆于门。仲耆邀往致美斋小饮,座有唐酉生。二鼓散,复至酉生处小坐,与仲耆同车归。在仲耆房少坐,旋回屋。

初四壬寅日(6月16日)　晴。午正才起。仲耆邀培新亲,徐毓清小云侍郎第二子也。座有忠甫、酉生,申正散。徐乃秋、罗俊才来访,均未晤。忠甫交来免保举印结一纸,余旋至日升昌取银百金,付结费八十六金,余款换钱用。印结即交与罗俊才处,以便日内递呈。傍晚甫回寓,欲访钱小修表弟,未果,只好明日去矣。

初五癸卯日(6月17日)　晴。早间,往访小修,未晤。至季卿叔处午饭。适杭州回电来,拆阅,内系号码,并未翻译。因自行译出,知内子病愈,四弟又举一男,甚慰。未刻,赴龙爪槐之约,主人为小修、辅丞、方小雅三君,同席则连聪叔、衡季昆仲二人。申刻散,复至陶然亭一游,遇朱子涵。早间,子涵来访,亦晤。余自陶然亭散,即回会馆,连日奔波,颇觉疲乏。

初六甲辰日(6月18日)　晴。早间,修发。饭后,往拜徐亚陶、傅子莼两年丈,均见,凌韵士年丈未见,徐乃秋、钱小修均晤。至印结局开查结费,管印结为钱子密吏部,未晤,见其幕友沈君。拜邵讯夫、连聪叔,均未晤。傍晚,回旅舍。

初七乙巳日(6月19日)　晴。早间,顶戴铺以顶珠补服求售,择定数件。午后,连聪叔、钱小修先后来晤。未申间,至琉璃厂松竹斋买扇子、楹联、斗方、条幅等件,至信远斋买果脯、饮冰梅汤。酉初回寓,点心。酉正,复出访蔡辅丞,未遇。至郭少蓝处,晤谈少顷,托其转求法家书画。傍晚归,访百岁儿,亦未遇,因将大兄交带信件交其父转致。

初八丙午日(6月20日)　晴。辰刻起,将折扇、纨扇并斗方写明款条粘好,分请忠甫、乃秋、子涵、聪叔、高也诸君加墨。子涵立刻挥就,由原人带回,可谓迅速之至。余自汴启程日至今,无日不乘车,惟今日休息一永日,在寓翻阅《随园文集》消遣。傍晚,傅子纯年丈来答拜,晤谈少顷即去。余因住屋太热,饬仆糊冷布于窗以迎风,颇觉凉爽。黄昏时吃饭,亥正即寝。是日为夏至节,因在寓静摄一日。

初九丁未日(6月21日)　晴。辰刻起,徐亚陶年丈来答拜,晤谈少顷去。罗俊才邀福隆堂午饭,同席有金忠甫、沈季帆两吏部,余均不识。申初散归。傍晚,访张硕甫、方勉甫乔梓,均不遇。至季卿丈处,谈良久。晚间,酉生邀饮福兴居,座惟仲耆与余。主客三人,饮至二鼓各散。余复至仲耆屋谈片刻,归寝。夜间,屋梁有声,其梁上君子光顾乎?因起坐以俟之,旋遁去。

初十戊申日(6月22日)　晴。早间,观荷包、补服、项上平金补子,须价十金,可谓贵矣。午前,缮发冯小侣表叔信。饭后热甚,不能出门,终日翻阅《随园诗文集》以消永昼。傍晚,至仲耆屋一谈。灯下,市盘飧、绍酒独酌,饮间愈热,挥汗不止。夜来又有宵小来瞰,殊觉可恨。

十一乙酉日(6月23日)　晴。自辰至酉在寓,荷包店以朝珠等物送观。酉正,至日升昌取银易钱。复至祥和与罗俊才一谈,知呈件已递,定于十六上兑。傍晚归。灯下,开买物单。

十二庚戌日(6月24日)　阴。早间雨。馆中东院屋甚敞,经吴仲耆裱糊一番,更新洁可观。仲耆喜事已过,外进客厅无用,余略加修饰,即迁至此屋居住。午饭后,至帽店、靴店、荷包店定做各物,并付定银。傍晚,在龙源楼独饮,用钱七千文,尚适意。今日天气凉爽,不似前数日之炎热矣。黄昏时归。

十三辛亥日(6月25日) 晴,不甚热。自辰至酉均在寓,或看玉器,或看袁文。住屋亦洁净高爽,颇足遣怀。酉正后,访范高也,未值。访蔡汉三,谈良久。黄昏时回旅舍,二鼓寝。已就枕矣,忽接大兄来信十数纸,并附来日记数纸。知粤儿病势日深,兄忧劳弥甚,又怍与余别,怅与念俱。余阅之,备深焦灼。细阅来札,看来儿病将不治矣,奈何奈何!拟明日作书寄汴。

十四壬子日(6月26日) 早间大雨,辰巳间放晴。作大兄书,即交信局寄汴。午刻,沈子培过访,谈少顷去。余旋至祥和与罗俊才商办上兑事宜。至日升昌取款,送交俊才手收。至草厂七巷,访日者徐君,为粤儿推箕邵子神数,查现在流年,却系有灾病,似尚有挽回。余因自为推箕,亦有符合处。傍晚,在东兴居小饮。旋回寓,至仲耆屋谈片刻,作札致忠甫,托办取结注册等事。

十五癸丑日(6月27日) 晴。午前,罗俊才来,谈及捐加升衔,尚有直隶赈捐可办捐项,较新例略少,因从其说。午后,至估衣、荷包两店观物。酉初,仲耆邀观戏。座有酉生,余无他客。戌正,同至福兴居小酌,子初刻回寓。是日,又发大兄信,并将为粤儿所推命书寄去。果如所推,或不致遽尔夭亡,是则我家之大幸也。余惟有向天默祷而已。

十六甲寅日(6月28日) 晴。早间看玉器,有朝珠二串,甚好,价仅百金,亦尚不昂,惜余行囊不足,竟未敢问鼎。午刻,方筱夏来晤。午后,观皮衣,买定数件,已百余金矣。申初,钱小修来谈,少顷去。余复访日者徐君,将我家八字遍算之,须三数日才能交卷。傍晚,至东兴居吃点心。灯下,与仲耆互相过从,互观玉器,三鼓才寝。是日,忠甫过访,未晤,留字案前,约廿五午饮。

十七乙卯日(6月29日) 晴。早间,衣店又以衣索售,留其两件,又需大衍,未提矣。午后,作札致罗俊才,托办验看事。未刻,修发,阅《随园文集》,以消长日。午后,唐酉生来晤,少顷即去。傍晚,访徐乃秋,晤谈良久。回寓,已上灯矣。

十八丙辰日(6月30日) 晴。夜来受凉,微有不适,左腿皮肉筋骨异常痛楚,终日在寓静摄。早间,罗俊才来晤。饭后,卖玉器者、卖荷包者各挟所有来求售,余以资斧无多,姑谢之。方勉甫有札来,订十九广和居小饮。傍晚,仲耆来谈,少顷去。晚间早寝。

十九丁巳日(7月1日) 晴。早起,腿痛稍减,伤风如故。午后,至琉璃厂买笺纸、冰糖。访夏厚庵,畅谈良久。访季卿丈,谈少顷。酉刻,赴广和居方勉翁之约,座有辅丞、仲耆、吴慎生、陈梦威诸君,二鼓才散。

二十戊午日(7月2日) 阴。早间雨。有吏部长班韦俊来见,知会廿四赴部验到。午前,作四弟书,即封发。午后,往访算命人,未遇。访罗俊才,畅谈良久,吃羊肉水角点心。在彼见部照已发出,免保补贡四成均捐讫矣。酉刻归,仲耆来谈,黄昏时去。是日自辰至戌均雨,甚凉,可衣两夹衫,亦夏日所罕逢也。

廿一己未日(7月3日) 晴。昨宵雨更大,至晨始霁。早间,作书致稚夔,即交信局寄杭。午后,张硕甫来拜,晤谈片刻。硕甫为绍原侍御哲嗣,工书,余曾以斗方索书,尚未加墨。傍晚,往便宜坊吃烧鸭,邀辅丞同饮。自彼散后,辅丞复同车来余处少坐,仍以车送其返寓。

廿二庚申日(7月4日) 晴。早间,未出门。饭后,往拜濮子泉驾部、褚百约太史、焦桂桥世丈,均晤。桂丈年七十余,犹矍铄如常人。访范高也,谈许久。复拜黄中弢太史、邵凯夫比部,均未晤。傍晚,至小馆吃点心。是日,换戴六品顶。

廿三辛酉日(7月5日) 晴。早间,作致丹丞观察信,未封寄。午刻,罗俊才来,云捐升衔实收已到。饭后,往拜沈峯香吏部,晤谈少顷。沈君名锡晋,粤东人,甲戌庶常散馆改官,现住韩家潭,住屋极精雅,有花园,甚幽,京官之饶裕者也。复至晋泰裕取物,申正回寓。韦长班来,知会明晨赴部验到。酉刻,辅丞来,在仲耆屋座谈,余亦往闲话片刻。辅丞旋偕仲耆出游,余早食早寝,以备翌晨起早。

　　廿四壬戌日(7月6日)　晴。卯初起,赴吏部验到,在官厅等候良久。至巳初,冢宰徐公桐甫到。同验到者自府厅至州县约廿余人,听唱名各上堂打恭三,尚书公坐受不答,我等旋退出。有达春布者,曾任江西九江知府,被劾开缺,调取引见,亦于今日赴吏部验到,年六十余,情殊可悯。午初,余回馆。未刻,金忠甫、陈云裳两君同来,少坐,云裳去。小修来,以崇节会捐簿募余捐助。申刻,偕忠甫、仲耆同赴广和居,濮紫泉招饮,同席黄君捷卿。饮罢,复至财盛馆观剧,三鼓后才归。在财盛馆遇连聪叔昆仲,余托聪叔书斗方一块,已交来。

　　廿五癸亥日(7月7日)　晴。午前,未出门。未刻,金忠甫招游十刹海,在庆和堂聚饮,地极优雅。庆和堂者,新开馆子也。有花木、有台榭,后窗临水,可观荷,共屋百余间,自有酒馆以来,未有如是之大观也。同席甫丞、紫泉、汤君鼎烜、徐毓臣暨仲耆,主宾七人,仲耆到最迟。馆中有游女、有丝竹之声,清风徐来,荷香扑鼻。座皆熟人,煮茗清谈,飞觞酗饮,仙乎仙乎!傍晚散,出宣武门,时已上灯矣。归途腹鸣欲泻,路远莫致,心中甚亟,勉强忍耐到寓。更衣两次,腹中才松快。是日较热。

　　廿六甲子日(7月8日)　晴。早间,季卿叔岳来谈,少顷去。伊接子先信,附来内子买物单,欲余买就带回。余自离家后,未接家中片纸只字,内子既欲余买物,亦并不嘱子先致我一函,真可恨也。四弟素性疏懒,犹有可恕,内弟子先、子扬昆仲向与余频通音问,闻子扬现复仍下榻余处,内子竟不嘱其致书告我,亦不情其代笔写一信来,静言思之,令我怨愤。午刻,韦长班来,知会廿八午刻赴午门验看。午后,估衣店人来,付以价值而去。晋泰裕荷包铺亦将所买各物送来,尚未付价。申刻,又有吏部内长班刘姓来,送知会廿八验看。酉初,剃头。旋至仲耆屋闲话,甫丞适来。傍晚,仲、甫两君偕出,余在寓独饮,市烧鸭半只下酒,颇觉陶然。

廿七乙丑日(7月9日) 晴。午后,小修来晤。未刻,往拜乙未年丈福珍亭尚书、孙燮臣、周小棠两侍郎、于次棠廉访诸公,仅见燮丈,余均未见。访忠甫,谈良久,在彼吃点心。归途复访俊才,阅验看排单。傍晚归,甚劳,拜客往返约有卅余里之遥。

廿八丙寅日(7月10日) 晴。辰刻雨。赴阙左门验看,午正才上班,口背履历两句,退出。复往拜许星叔侍郎,未见。未刻归,徐乃秋来,晤。晚间,季丈邀广和居小饮。闻周鼎臣已到,即往访之,畅谈汴寓光景。大兄近况尚适,儿病仍未愈也。二鼓归。是日傍晚大雨如注,凉甚,时余正赴广和居车中,殊觉衣单身冷。

廿九丁卯日(7月11日) 晴。早间,鼎臣来晤,嘱余往访忠甫问录科事,鼎臣在此候回音。余与忠甫谈片刻即归,复鼎臣时已未初,即留鼎臣吃饭。饭毕,鼎臣即去。余往拜汪雪帆年丈,见。复拜余石孙年丈,未见。访紫泉,谈少顷。晚间,小修招饮福隆堂,座皆熟人。有呼伶人侑酒者,余尚未呼。二鼓散归。

六 月[①]

六月初一戊辰日(7月12日) 阴。早间,将履历写就,以备后日亲赴吏部呈缴。午后,至琉璃厂买物,少顷即返。年丈汪雪帆给谏来答拜,晤谈良久。申刻,接四弟五月十九来信,知家中均安,甚慰。附有清如、同伯信各一。余旋出门拜客,仅晤祝盛甫水部、陈凤生驾部,余均未见。黄昏时返旅舍。亥刻,又接四弟来电,得悉内子举一男,可喜也。余拟命名槐,乳名恩官,迟明当作书告之。夜间大雨如注,通宵未止,时值久旱,今得此雨,可期沾足。

初二己巳日(7月13日) 阴。早间雨止,庭院水深数寸,街衢可知。今晨本欲入城拜客,今不能矣。午前,发杭州电信,告以四儿命名恩官。未刻,徐亚陶年丈招饮便宜坊。座有浙江太守景君名方

---

① 六月初一日前一行题"光绪乙酉六月起"。

昇,剑泉阁学哲嗣也,余无他客。酉正散归。傍晚又雨,至仲耆屋谈良久。是日,发四弟信,交信局寄。

初三庚午日(7月14日)　阴。早间大雨,冒雨至吏部写履历,巳刻回寓。午刻,己未年世谊诸公在陶然亭公宴,余与于次棠年丈为宾,余皆居主人之列。到者十一人,分两席。酒数巡后,雨更大。年丈中周小棠通政、余石孙农部、汤伯温比部均善饮,飞觞行令,兴会淋漓。酉正雨微,始各登车归。晚间,郭少蓝招饮广和居,余为雨阻,竟未能赴。

初四辛未日(7月15日)　晴。阳光大放。午前,作大兄书。午后,访罗俊才,为四弟查询捐事。街道难行,车中不堪其颠,欲他往不果,遂归。大兄信未写完,因足成之,封就未寄。在俊才处接到余捐花翎,实收大约二十左右,可换领部照。一介书生,公然冠飘翠羽,亦云幸矣。

初五壬申日(7月16日)　晴。早间,封发大兄信。午后,路玉舟农部过访,谈少顷。饭后,往访鼎臣长谈,伊已迁至伏魔寺居住。在彼热甚,至寺僧客室少坐,尚凉爽。复至虎臣处,少坐即归。辅丞适来,略谈即去。余食瓜两盂以解热,瓜乃俊才所馈也。

初六癸酉日(7月17日)　晴。早间,方勉甫来查会馆,余闻其声,即邀其入坐,良久才去。午后热甚,竟不能出门。未刻,忠甫至仲耆处,余亦往晤,因出西瓜饷之。忠甫傍晚时去。余早食早寝。

初七甲戌日(7月18日)　晴。早间拜客,晤景晓楼。午后出门,先访鼎臣,未晤。在寺内客厅少坐,旋至广和居吃点心。复拜客数家,至筱修表兄处,脱衣冠,谈少顷遂归。是日热甚,拜客殊苦。接大兄五月十七来信,言及东河通判现亦有捐大花样者二人,幸系在汴局上兑,余尚可赶居前列,然私衷不无惴惴焉。

初八乙亥日(7月19日)　晴。辰初起,因天色尚早,复倚榻假寐,巳初醒。天热不能出门,在馆静坐而已。作札致少蓝、高也,索取嘱书各件,不知曾否挥就。余拟领照之明日便登车就道,故亟于催取也。午后,邀鼎臣往便宜坊小聚,复至谢公祠、法源寺游览半晌。傍晚,送鼎臣回伏魔寺,余亦回旅舍。是日热甚,坐久即挥汗不已。出门坐车内,转觉凉爽,不致如南方之奇热也。日间饱食,晚餐较往日略晏,就寝时已子正矣。

初九丙子日(7月20日)　晴。阳光时放时敛,天较凉,不似前两日之炎热矣。午后,至日升昌取银交祥和。晤罗俊才,谈少顷,遂归。下午,风雨交作,甚凉。傍晚修发,晚间早寝。翌晨应赴内阁验放,如此大雨,街道必难走,奈何。

初十丁丑日(7月21日)　阴。丑刻,即赴内阁听候验放。候至辰正才上班,巳初散归。至内联升靴店一转,出城。腹痛,欲更衣,遂至祥和银号小憩,午初返舍。饭后略卧,唐酉生来,晤谈片刻。晚间,日升昌掌柜胡修之招饮福隆堂,饮酒极多。归来至仲耆屋,适仲耆招忠甫、花农、辅丞诸君小叙,犹未散,余亦入座,饮酒二杯,肴极精致。亥正三刻归寝。是日,接大兄信,始知樾儿已亡。前信并未接到,鼎臣抵京亦未明以告我,儿亡不知何日,翻阅来信,不觉泣数行下。命之所限,夫复何说? 大兄之怨伤懊恼,更可想见。此子年已十一龄,依大兄膝下四年,与余夫妇久离,余今春赴汴尚及见之。余将入都,儿正在病中,依依不舍,言及思母,情实可怜。满拟秋间挈眷往汴,内子可与儿见,何天竟夺我掌珠之速耶? 内子在家,尚未得此凶耗,余恐其悲,拟发信时,暂阁不宣。夜间睡醒,复将大兄来信翻阅再四,且阅且泣。忆余临行时,儿尚为我筹及路菜带否、茶叶带否,虽十岁幼孩,颇似成童举动,此情如在目前,而儿已不可复见矣。内子昨于六月朔产一男,樾儿倘与我前缘未断,或此儿即其后身亦未可知,不知内子产前有无梦兆。得一幼子,丧一长男,又是出嗣大兄者,一儿关系余兄弟夫妇三人,区区褓褓物,何足偿此大戚哉? 可伤可叹。

十一戊寅日(7月22日)　晴。鼎臣借余车拜客,余终日在寓。早间,接大兄五月廿四来信,附有致廖仲山阁学信,嘱余面致。午前,罗俊才来晤。午后,接大兄五月初四来函,此信走卅七天,从未有如此迟钝者。此即樾儿凶信也。拆阅之下,泪湿信纸,始知其病重身亡及身后大兄料理始末情形。儿亡于五月初二日戌时,去余离汴半月余,今儿亡忽忽已四旬矣。内子在家尚以儿为无恙也。悲夫,大兄久病之身,又遭此痛,万念俱灰,自己复卧床数日,近甫痊愈,家运之坏如此,宜官运之困顿也。我兄心境素窄,此番更无可排遣,余甚念之。午后,作大兄信。鼎臣来谈,良久去。大兄信封就未寄。

十二己卯日(7月23日)　晴。早间,发大兄信后即出门拜客,晤陈凤生驾部、凌韵士年丈。午刻,乃秋邀饮福隆堂。晚间,访鼎臣,偕往便宜坊小饮,复至鼎臣处畅谈,三鼓归。是日接大兄月杪来信,知东河别驾崔君亦捐过新班花样,余不能不赶紧出都矣,拟廿二准行。

十三庚辰日(7月24日)　晴。早间,赴鸿胪寺恭谢天恩,午前归。发清江电报,告绥弟密事。午后,复往拜金忠甫,旋至靴帽店,又至照相馆照相,在致美斋小食,遂归。晚间,汉、辅两君邀饮福兴。座皆熟人,杨若臣在焉。二鼓散归。

十四辛巳日(7月25日)　晴。早间,梳辫。巳刻,王小云太史来,晤谈少顷即去。午后,进正阳门往唁孙燮臣年丈丧偶,遇童子俊比部,与谈片刻。复谒周小棠年丈,面允致书河帅。拜福年丈,未见。谒文葵卿世丈,见。旋至马兴聚帽店,观所制冠。比出城,已傍晚。内城路远,拜客颇劳,晚间早寝。

十五壬午日(7月26日)　阴。早间微雨。至祥和取银,至琉璃厂荣录堂买搢绅,又买墨盒数枚,皆令刻双款,以备送人之需。又买对联、条幅数种,皆令定写双款。午前,回寓吃饭。午后,略息片时。下午,往西路拜客,仅晤鼎臣,谈片刻,余均不及请见,而时已黄昏矣。回寓后,小修来谈,将与仲耆作熙春之游,同游者辅臣、花农两太史也。诸君不余邀,余终朝栗六,即邀亦不愿往耳。到京四旬有余,无一日暇,又须摒挡行装矣。一入官途,此身不能自由。此次出都,将星驰南下,计抵家后,只能耽搁数日,便须挈眷北行,屈指日期匆促极矣,然亦无如何也。

十六癸未日(7月27日)　晴。早间,往荣录堂,又定墨盒六个,复买印色两匣、小对两副。旋至杨梅竹斜街取喜照,尚未印好,废然而归。饭后,往拜客,晤童子俊丈、朱子涵、郭少蓝、吴季丈,余均未见,归来已傍晚。托少蓝所书各件均已交来,可感之至。灯下,徐花农太史来谈片刻。晚饭后,余往仲耆屋谈良久,三鼓方返。

十七甲申日(7月28日)　晴。早间,往访辅丞,遇朱子涵。辅臣邀吃便宜坊,子涵在座,迟钱小修不至,申初散归。下午阴,大雨,复冒雨往日升昌取银。傍晚返,雨更大。

十八乙酉日(7月29日)　晴。早间,子涵邀龙爪槐小酌,座有辅臣、花农两君。散后至鼎臣处畅谈,傍晚回寓小憩。晚间,王小云太史邀饮便宜坊,同席有张太守曾敫,亦大兄同年也。二鼓散归。

十九丙戌日(7月30日)　晴。早间,未出门。午后辞行,晤傅子莼年丈、许星叔司寇,次棠、韵士、亚陶三年丈均未见。拜张润甫太守,亦未晤。申刻回寓,与仲耆少谈。傍晚,作大兄书,灯下封就,拟明晨发寄。余自得樾儿噩耗后,静坐无事,辄动我悲悼之怀。今作大兄信,又触我悲,悠悠苍天,何日忘之。余将来携眷到汴,余妻更不知如何伤痛。言念及此,生趣索然矣。

二十丁亥日(7月31日)　晴。前次照相不佳,今晨复往重照。道经唐西生门,投一札辞行。饭后,往祥和结账,开发各处买物价值。衔照、翎照均取出领回,即换戴五品顶,并曳孔雀翎,亦云侥幸矣。回寓后,小修、忠甫先后来晤。晚间,酉生邀饮福兴,未去。今日奇热,挥汗不止。

二十一戊子日(8月1日)　晴。辰刻,赴吏部领照,候至未刻才领出,竟不能再赴各家辞行,只得回寓。晚饭傅年丈、吴季丈、徐花农三处招饮,均辞却未赴。傍晚,走别小修、鼎臣两君,偕鼎臣饮广和居,二鼓归。小修偕辅臣同来送行。辅臣并为余第三妹作伐,拟到家商之庶母暨四弟,方能定局。灯下,收拾行装,三鼓方寝。

二十二己丑日(8月2日)　晴。寅初起。卯正,乘轿出都,仆人金福骑骡从。巳正,中途打尖。未初,抵通州,下船。行李车至申正才到此,搬齐行李,已近黄昏,竟未能解维。天热舟小,不能起立,殊苦之。晚间细思,仍以先行赴汴缴照为妥,俟到工后,便可借差回家,不过迟归两月,而于正事不致误期。拟取道水程,由天津买舟至道口,直上汴省,并免航海之险,计亦颇得。

二十三庚寅(8月3日)　阴。早间大雨,开舟后雨忽住忽起,舟亦忽行忽止。行抵王和尚庙,天已黄昏黑,即系缆不行,计明日未必能到津门。行路难定日期,于此益信若回浙一行,万不能克期到工,必致逾限误事。辗转筹思,惟有先赴河南一法。甚矣!官之累人也。舟行枯坐永日,殊无聊赖。

二十四辛卯日(8月4日)　晴。早间开船,行颇速。午前,作四弟书,并将前致清如一书足成之,拟到津交寄。下午,遇江北粮船甚多。傍晚,抵天津泊舟。连日在船,饮食甚苦,幸有忠甫所赠火腿可佐餐,久不尝此,觉甚适口。又有龙井茶供饮,惜水太浑,负彼佳茗耳。

二十五壬辰日(8月5日)　晴。早间,搬至天津北关人和店,湫隘嚣尘,不可以居。店中住一疯子,嬉笑怒骂,情状可怖。午后拜客。张屺堂丈以江安粮道押运过此,舟已解缆,余追及之,晤谈少顷,并赠以京货数种。天津道为万莲初年丈,拜而未见。季士周都转,佑申乃弟也,与大兄同年,极熟,余往拜,亦未晤。汪子常世丈任天津府,往晤,承其留馆署中,并代封船只,谈次亦劝余由水程赴汴。晚间,畅饮极欢,肴馔皆家乡风味,酒亦大佳。客中逢此地主,真可感也。饮罢,即下榻西厅,同屋有朱姓者,亦同乡也。略与谈,即各寝。

二十六癸巳日(8月6日)　晴。巳初起,缮发大兄、四弟、鼎臣信三件。昨范升告归杭州,余亦另有致弟信交带,并将潮烟、黄酱带去。午初来轿,下船,所封舟极小,殊局促不舒。子常丈虽极关切,无如家丁办事不善,以致觅此小舟。申刻开行,上水行卅里,泊杨柳青,已亥正三刻矣。

二十七甲午日(**8月7日**) 晴。早间,饬舟子添雇缆夫,耽延半晌,辰初开船。终日天气清朗,略有顺风,舟行尚不甚缓。申正,过静海县,热甚,啖瓜三盂。日来早晚大凉,而日中大热,调护真非易易。今日立秋,枯坐小舟,不无感怀。手头有仓山诗,随意歌咏,以遣旅愁而已。亥初,泊成谷屯,是日行八十五里。

二十八乙未日(**8月8日**) 晴。卯初,解维。未初,过流河。下午复大热,舟行时速时缓。终日兀坐舟中,惟以看书消遣,阅《渔洋诗话》数页,复仍阅《随园诗文》。戌正,抵青县,泊舟。

二十九丙申日(**8月9日**) 阴,似有雨意。寅正三刻,开舟。午初,过兴集。终日顶风,舟行甚缓。昨日行八十五里,今日仅行七十里,抵沧州时已薄暮,即泊不行。傍晚,阳光大放,所谓"夕阳无限好,只是近黄昏"也。日间,惟读随园诗以遣旅怀。带来杏干取而食之,殊不佳,杏仁粉尚可充饥,因冲食之,以作小食。

七 月

七月初一丁酉日(**8月10日**) 阴。终日大雨。寅正开舟,行甫数里即为雨阻。午后略有东北风,挂帆上驶,冒雨行卅里至砖河,复前进十里之遥,雨太大,即泊舟。凄风苦雨,怅触旅怀,闷不可言。又恐沿途节节阻滞,仍误期限,则不如先回杭州之为愈矣。业行至此,愁亦无法,姑且俟之。晚间雨更大,窗板缝裂,衣被皆湿,苦矣哉。夜间大雨如注,天明甫止。

初二戊戌日(**8月11日**) 晴。卯初即开船,河水甚大,上驶甚缓。沿途见有决口处,堤身刷去丈余,水入民田甚远,对之令人生饥溺之怀。傍晚,行抵薄头,泊船。呼修发匠修发,买挂面二卷以备早晚小食之需。

初三己亥日(**8月12日**) 阴,早间雨。冒雨开船,行十余里渐放晴光。午后,过东光县,市肉一斤,煮而食之,觉甘美异常,亦由久不尝此味故也。傍晚，抵连儿驿泊船，是日行七十里。

初四庚子日(**8 月 13 日**)　阴。黎明开船，行甫数里，风雨大作，即泊。午正雨住，又开。连日困于风雨，令人愁闷。酉初，行抵南联儿泊舟，行四十里。傍晚，天忽放晴，阳光大红，热甚。到此又市猪肉一斤，煨食。灯下，无聊之极，理曲数遍，觉已生疏，曲之不可离口也如是夫。

初五辛丑日(**8 月 14 日**)　阴。早间微雨，冒雨开船，午刻放晴，热甚。行五十余里，至一村落，有老君堂一座，地因以名，去德州只四十里。时方申正，舟子以前途无村庄，恐不能到德州，遂泊舟。余拟到德州后舍舟登陆，庶可早日抵汴也。舟中无小菜，适辅臣有寄其兄滋斋酱哈哒一篓，开而尝之，颇适口，正可佐长途不时之需，容到汴另购他物相偿可耳。

初六壬寅日(**8 月 15 日**)　晴。早间开船，未初才抵德州，泊船。觅车不得，仍不能登陆。据各车店人皆言前途有水车不能行，故来车绝少。复往州署要车，亦复无有，只好仍掉小舟前进，俟到临清再看。余终日腹胀不爽，至晚尤甚，晚餐勉进半盂，夜半甫眠，腹胀略松。

初七癸卯日(**8 月 16 日**)　晴。清晨，开船。辰初起，更衣两度，腹胀减轻，食杏酪一器，仍不敢饱食。自午至申热甚，兀坐小舟，挥汗如雨。傍晚，泊直隶故城县。西北风大作，继之以雨，颇觉凉爽，然客中遇此天气更动人愁闷矣。此来取道水程，旷日持久，仍不能克期到省，而陆路各处处皆水，亦未敢贸贸然问津。业已到此，有进退维谷之势，如何如何！独行踽踽，无人可与商榷，徒深焦灼而已。夜来雷雨甚大。

初八甲辰日(**8 月 17 日**)　晴，雨霁。午初，东北风作，甫解维行。余昨宵眠迟，今晨起亦晏。久住舟中，木能生火，连日更衣均不畅，腹中隐隐作胀，益增行旅之感。子刻，行抵郑家口泊船，计行七十余里。黄昏后，月色大明，故得乘月泛槎也。

初九乙巳日(**8 月 18 日**)　晴。早间开船，终日仅行四十余里。

酉初,抵马甲营泊船。余上岸散步,至一地,四围榭林森密,中环以水,数家居民临水,风景颇幽,令人动林泉之思。余以一官故,奔驰数月,远妻孥而逐风尘,视彼村氓熙熙皞皞,骨肉相依者,孰得孰失,不待智者而已知。窃念人情,居山林辄思轩冕之荣泊乎身,入宦途往往见隐逸而艳羡,亦不知其所以然。第静言思之,读圣贤书,所学何事?夫子一生,惟以仕教人,从未教人隐也,吾侪虽无大学问、大经济,然苟得一官以自效,亦不负读书素志,仕故不为谬也。

初十丙午日(**8 月 19 日**)　晴。早间,解维上驶,河水愈大,纤路皆没于水,舟行之难如上青天,深悔不走旱路。午后小雨一阵,旋霁。酉初,抵山东武城县,即泊船。终日才行三十里耳。呼修发匠修发。晚餐市熏鸡、熏鸽各一,颇觉有味。日内适遇运河长水,沿途间有决口处,此间堤工亦岌岌可危。灯下,县令偕汛官步行堤上,督饬丁役堵御。余询问知此地为东河下河厅辖境,河员但管运道事宜,水势消长关系地方者,闻仍由州县查办,未知其说确否。余虽以通判发东河,而彼处章程情形,均不甚了了,可愧也,容到工后,当次第访问焉。

十一丁未日(**8 月 20 日**)　阴,午间晴。舟行十余里即泊。遇汝宁别驾戴君振之,舟泊邻右,因往访之,谈少顷。同来幕友宋君月舫亦晤。振之解硝磺差竣回汴,亦由水程往道口者也。午后,舟复行十余里,抵渡口,不能前进,仍泊。余又往振之舟坐良久。连日询沿途居民,知上游水势甚大,舟行大难。此去道口九百余里非一月不能到,而道口至汴陆路亦水大难行,旷日持久,到工竟遥遥无期。逾限犹小焉者也,让崔君居余前则吃亏不小矣。询之舟子,亦云月内不能抵道口,凡事莫非前定,不可人力争。灯下细思,既不能赶前到工,自可无须亟亟。与其日复一日迁延于小舟骇浪中,似不如仍回天津航海南旋,虽误官事,犹可早早清厘家事也。到杭后,部署旬余,便携家北行,如中途无阻,八月内亦可到工。从此间一径赴汴,亦须八月中旬方到,而日后借差回家尚有多少周折,早知如此,从余初意实是上策。今已至此,及早变计为妥。计定后,即谕知舟人明日返棹。

十二戊申日(8月21日)　晴。黎明转柁。辰刻,过武城。未初,过甲马营。傍晚,过故城。月色大明,复行数十里,至四女祠泊船。下水日行二百里,较上驶难易判若天渊。天下事大抵皆进难而退易,势使然也。终日作大兄函十数纸,语不觉其长,拟到津门发寄。晚间立船头望月,辄动旅怀。

十三己酉日(8月22日)　晴。早间,开船。巳正,过德州。泊舟询车,仍复无有。据云陆路不但骡车难行,并单人亦不能走,起旱只可作为罢论。午后,过桑柘园。风逆舟荡,篙工一时不及措手,几致覆舟,亦险矣哉。南船北马,北人驾舟总不如南人纯熟,亦情之常也。傍晚,泊南联儿,今日行百五十里。晚间雨。

十四庚戌日(8月23日)　阴。终日淫雨不绝,逆风吹船头甚大。行四十余里,泊舟守风。傍晚,风未息,即住。岸左有小村落,不知何名。此以节节阻滞,令我闷煞。奔驰半载,为此微名,到工既已愆期,日后补缺,仍复毫无把握,时运之困可知。静言思之,忧心如焚,如何如何?

十五辛亥日(8月24日)　晴。丑初开船,东北风甚大。行七十里至泊头,时方午正,即守风不行。余上岸闲步,呼待诏梳发。午后微雨数阵,晚间风略息。河中有盂兰会船,灯火颇盛。二鼓风定,乘月开船,通宵未歇。

十六壬子日(8月25日)　晴。辰初,过沧州,自泊头至此百卅余里矣。未初,过青县。西南风起,摇帆而下,舟行颇速。连阻风三日,今遇顺风,否极泰来之道。余今年奔驰道路,劳民伤财,官事又愆期,复遭西河之戚,可谓否矣。到工后能渐转泰运,如行舟之泊久遇顺,庶几稍破愁城耳。未知彼苍者天,能如愿以相偿否?牢愁抑郁,摇笔即来,骨肉远离,谁堪告语耶?申刻,过清河。亥刻,过静海。天忽大雨,少顷雨止,仍行通宵。蚊甚多,不堪其扰,未能熟眠。

十七癸丑日(8月26日)　晴。巳刻,抵天津,仍泊故处,询知丰顺轮船已到,明日开行,即定附此船南旋。午后登岸,至汇丰银行访吴调卿,询问轮船已否泊岸,知因水小尚在口外。余行李已搬至招商局马头,因饬金福押行李先上轮船,余搬至佛照楼客栈暂住一宵,明日再登轮舟。丰顺船须十九展轮,无须匆匆也。晚间,同寓有江西黄君胎泉来访,伊尊人为辛亥年伯名传骥,伊曾至粤游,先大夫曾馈赆者也。谈少顷去,余亦往伊屋答候。二鼓就寝,晚间又雨。

十八甲寅日(8月27日) 阴。早间,雨未息。辰刻,李小队来禀,知轮船已抵马头。午初,余下船。天气亦晴朗。黄胎泉以扇子、印色并其族祖树斋侍郎墨迹、诗集见贻,意在抽风,余报以洋蚨六枚,未满所欲,复作札来假十金,余以行囊不裕谢之。上轮船后,坐上舱,中设榻几,于坐卧颇便。账房苏葆生者,与吴调卿相识,经其转托,照料颇周。晚餐即与之共,饭菜亦尚堪下箸。天津府派来小队到此令其回去。昨发大兄信寄汴,又发杭州电信一械。

十九乙卯日(8月28日) 晴。黎明展轮,午后抵大沽口,泊舟半日。有海宴轮船先开,将出口时与他船相撞而坏,舟中旅客皆移至此船,颇觉拥挤,是夜五鼓才展轮行。

二十丙辰日(8月29日) 晴。终日波平如掌,舟行如履平地,饮食起居均能如常。三鼓即抵烟台,又泊舟。半夜月色大佳。

二十一丁巳日(8月30日) 晴。黎明开行,午后入黑水洋,仍复波平浪静,可谓难逢之幸,舟行亦甚速。余不坐轮船三载于兹矣。此次较之从前尚觉平稳,自出京后,沿途所如辄阻,今渐觉顺遂,其否极泰来之象乎? 夜间略有风,而舟行如故,不觉其荡。

二十二戊午日(8月31日) 晴。午后,出黑水洋。戌初刻,前途望见茶山,去上海不远矣。三鼓,进吴淞口。少顷,即泊上海招商马头。余仍倚枕而寐,饬金福先往觅坐船。

二十三己未日(9月1日) 晴。辰刻起,呼修发匠修发。巳刻,船已雇来,价洋十三元。复由丰顺船买办苏君代雇飞鹏轮船拖带。有宁波张君号茂藻者,将旋浙赴大比,恐误录科日期,因附余舟同去。小轮船价洋四十元,连坐船共舟资五十三元,余独出四十元,令张君贴价十三元,以船后房舱让之,计亦良得。午正登舟,未正展轮,舟行颇速,瞬息十里。戌正三刻,抵枫泾。天阴雨,无月光,即停轮泊舟,二鼓时大雨如注。枕上蚊极多,不能交睫。四鼓雨止月出,复开船行。

二十四庚申日(9月2日) 阴。辰刻起,颇凉,询之已过嘉兴。巳刻,复阵雨一次。午初,过石门湾。天渐放晴,水窗明净,豁人心目,对此万感皆消,两月以来无此乐趣也。午正一刻,过石门县。申初,过塘楼。酉正,抵杭州新马头,回家。四弟闻余至,偕绶弟同来,清如亦来晤,二鼓各散。

二十五辛酉日(9月3日) 晴。早间,卸行装,将各物部署清楚。饭后,往见庶母,与四弟谈良久。华申泉来晤。傍晚回寓,颇倦。

二十六壬戌日(9月4日) 阴。早间阵雨数次。余在寓点友人托带物件,分别致送,又将送人各物检出。饭后往四弟处。是日杭府属生员录科,两弟均进场,傍晚各归。余在彼晚餐,二鼓时步归。

二十七癸亥日(9月5日) 阴。早间又雨,辰巳间雨住,似有晴意。巳刻出门,谒王夒丈、张鞠丈,均见。旋回寓祀祖。饭后,拜龚幼师、高白叔兄。复至姑母处久坐。下午又雨,冒雨归。致罗俊才信,为四弟查询捐事。又作胡菉丈信,为姑母提存款。两信均未发,罗信当即送与四弟阅看。

二十八甲子日(9月6日) 晴。早间,未出门。饭后拜客,见朱茗丈、褚硕甫世丈,拜吴叔和灵,晤其弟季英。孟飏、同伯、松泉诸君均访而不遇。傍晚,四弟来,闻桐侯作古之耗,是夜入殓,四弟往送。

二十九乙丑日(9月7日) 晴。早间,修发。辰刻,同伯来,晤谈少顷。龚幼师、梁敬丈偕来,晤谈片刻。饭后拜客,仅见周太太暨梦九。旋至四弟处,久坐,晚饭后才返。

三十丙寅日(9月8日) 晴。早间,白叔来晤。饭后,茗丈、朱镜堂太守均来晤。内子、榕儿均感冒,延朱蓉湖来诊。榕儿外感颇重,小孩性躁,不肯服药,殊觉烦厌。傍晚,子先昆仲来,子扬下榻余斋,子先即去。连日心绪鏊乱,北行之心甚亟,而妻孥辈均多病,未能遽定行期,焦灼万分。茗丈来时,谈次亦极劝余早日北行,余意节后必走,未识能如愿否耳。

八　月

八月初一丁卯日(**9 月 9 日**)　晴。早间,王小钱太守来。午后,稚夔、瑞子均、季佑申、吴仲耆、张菊丈均来晤。傍晚,四弟来。恒岩、孟扬二鼓时同来,谈良久去。菊丈因看余屋而来,亦未说定。

初二戊辰日(**9 月 10 日**)　阴。早间雨。午刻,龚师招饮。黄太守祖经、宗司马山暨佑申四君子为东道主,同席梁观察、杨、祝两太守暨余兄弟。四点钟才散,饮酒极多。黄君善歌,有伶工侍侧吹笛,余亦勉歌一阕。席散后,四弟复来余处,初更时去。

初三己巳日(**9 月 11 日**)　阴。早间,阵雨数次,巳刻放晴,阳光人明。张鞠丈来,述及接京信,大兄署南汝光道,可喜之至。午间,发大兄信,由马递寄汴。饭后,往高乔巷本家处,访叶作舟,未晤。旋在弼较坊半日。傍晚归,与清如谈良久,闻四叔署丰利场之信。

初四庚午日(**9 月 12 日**)　晴。早间访孟扬,谈良久。访佑申,未晤。下午,访稚夔,谈片刻,至四弟处畅谈。傍晚,风雨大作。二鼓,四弟亲煮百合,偕绥弟与余同食,二鼓返寓。雨终夜未止。

初五辛未日(**9 月 13 日**)　阴。终日淫雨不绝,未出门。子先以考费不充来商,假以五番,俾资津贴。作札致朱镜堂、廖行素两君索欠款。午后,清如来谈,以晶顶二枚相赠,余以二金顼报之。终日兀坐,颇觉愁闷。妻孥均患恙未瘥,未能速整行装,真要急煞我了。晚间,朱茗丈送札来,订明日午饭。

初六壬申日(**9 月 14 日**)　晴。早间,稚夔来访。巳刻,修发。午初,赴茗丈之招。座有盛杏荪观察、金少伯枢密、郑子惠直刺。申刻散归,中途北风迎面,甚冷。

初七癸酉日(**9 月 15 日**)　晴,甚冷。早间,收拾衣箱。饭后,至厚记钱庄取洋钱。旋在四弟处半日,看其收拾考具。傍晚,接大兄信,知七月初四在省接印,催余去甚急。河帅亦屡问何以不到,余日思起程,无如人事牵掣,尚未定行期,心急如焚。晚间回寓,商之内子以速行为主,拟十七动身,未识能如愿否耳。

初八甲戌日(9 月 16 日)　晴。早间,童子香来晤。午前,往送四弟入场,余到而渠已先去,废然而返。作大兄信,即封发。又将上四叔禀足成封发。

初九乙亥日(9 月 17 日)　晴。午前,至夔丈处少坐。午正,白叔、小铁二公邀饮,席设小翁处。座有龚幼师、金君简庵及白叔、令五叔、高叟,傍晚散归。

初十丙子日(9 月 18 日)　晴。早间,往满家陇上先考妣墓,已刻归。清如已出场,浙闱首题为"曰夫子何为至使乎使乎",次题为"子曰吾说夏礼至吾从周",三题为"公孙丑问曰夫子加齐之卿相至我四十不动心"。余午刻即往候四弟出场,迟至傍晚,始与绥弟偕归。场作以绥弟为佳,可以望售,四弟则写意而已。余在四弟处晚餐,二鼓归。金福假旋来杭,携其妇偕至。

十一丁丑日(9 月 19 日)　晴。早间,往送四弟入场,即在彼处修发。午后归,检点书箱。下午,延朱蓉湖为妻孥诊病。连日内子患痢,三儿则疮与疟并作,令人焦急无术,行期又未能速,真闷人也。傍晚,至鼎记为四弟取洋买捐票。拜祝安伯,晤谈少顷。访松泉,晤,时已薄暮,约其迟日来诊病。比归寓,已初更矣。灯下服药,余因伤风耳鸣,亦就诊于蓉湖,所服即其方也。

十二戊寅日(9 月 20 日)　晴。早间,同伯来晤,因将四弟托买捐票洋款交其转付。昨约松泉丈来诊病,午后在寓候之。申刻,松泉来,开一方旋去。三儿不能服药,诊亦无益,遂不令看。酉刻,至姑母处,商量胡氏存款一事,薄暮返寓。连日渐凉,颇似深秋光景,今日忽热,时令不齐,人之所以易于受病也。

十三己卯日(9 月 21 日)　晴。早间,往玉屏山先曾祖、先祖墓前祭奠。午刻,在留下镇酒肆吃饭,菜亦不恶。午后返,到寓已酉初。至清如屋望考,渠出场极早。晚餐后往候四弟、绥弟,伊等薄暮才出。余至时,彼方对饮也。余亦啜薄粥半碗,三鼓回寓。

　　十四庚辰日(9月22日)　阴。早间微雨,饬范升往送四弟入场。午间雨更大,余自写履历三分,以备到工之用。晚间闷甚,沽酒半斤,独酌殊无趣味,正不知何日方能行耳。

　　十五辛巳日(9月23日)　晴。内子因昨晚受寒,腹泻更甚,榕儿患疟仍如故。看来家属万难同行,余行志甚迫,亦不能再事迁延,终日愁烦无计,此时又以中途折回为悔矣。清如于下午出场,因往候之。

　　十六壬午日(9月24日)　阴。早间雨。午后,收拾杂物箱两只,旋至四弟处望考。下午雨更大。绥弟傍晚甫出,三人相与小酌,二鼓归。是日甚凉,可衣棉衣,夜间尤甚。

　　十七癸未日(9月25日)　阴。雨住而阳光未放。午前,往鼎记钱庄取银。访松泉,嘱其来诊病。访子香,未遇。午刻归,有刘君康来到此看屋,予拟典与之,子香介绍也。午后,包捆书箱。傍晚,松泉来诊脉,旋去。清如至余斋来闲话,留其晚酌,二鼓方去。

　　十八甲申日(9月26日)　晴。早间,子香来,复言刘君看屋尚合意,今晚似可定局。用宾亦来言有人来看屋,候之良久,仍未至。

　　十九乙酉日(9月27日)　晴。早间,收拾磁器。午前,子扬来,少顷去。余至旧宅半日,二鼓归。子香字来,屋事又不成矣,只好另觅售主。

　　二十丙戌日(9月28日)　晴。早间,张鞠丈来看屋,用宾亦引数人来看。下午,请同伯来,托其转致鞠丈屋事。祝安伯来答拜,亦将各房遍看,据云有同寅欲典屋,便可代为张罗也。傍晚,四弟来邀吃甲鱼,三鼓始归。

　　二十一丁亥日(9月29日)　晴。早间,子先来。午后,邀同伯来,托其转致张处,知昨日未与见面,须明晨再议矣。同伯傍晚去。

子扬来，一转亦去，知其明晨将返余杭，其妹在余处住一月，亦同归。碬存来访，晤谈许久。

二十二戊子日（9月30日）　晴。早间，访同伯，遂偕至张宅，与鞠丈同来看契。子绶弟来辞别，均在此午饭。屋事已定局，竟售与菊丈，同伯仍居间也。下午，往送绶弟行。晚与四弟共饮，二鼓归。

二十三己丑日（10月1日）　晴。早间，王玉如来，托以售木器事。下午来回话，有邵君来看木器，亦未买成。清如来一谈，旋去。傍晚，四弟来，共食蟹，二鼓去。

二十四庚寅日（10月2日）　晴。午前，同伯来，菊丈送定银二百番。午后，往访孟扬，晤谈片刻。谒成都转允，晤谈少顷，云有信件交带。成公为子中河帅胞兄，故有家报寄去。傍晚，至四弟处一转，回寓已上灯矣。

二十五辛卯日（10月3日）　晴。早间，收拾零星物件。午间，子先来，旋去。饭后，检拾拜匣等物。申刻，四弟来一转。叶作舟过访，谈片刻去。四弟留晚饭，二鼓时去。

二十六壬辰日（10月4日）　晴。早间，同伯来谈屋事，鞠甫欲先阅契稿，因交其带去。鞠丈精明细致，不肯急切成契，其阅历之深可见，不似余之卤莽从事也。午后阴雨。

二十七癸巳日（10月5日）　晴。风大而冷，日内行装渐就整理，买茶数十瓶亦收好。早间，请松泉为内子诊病。午后，廖行素来晤，复订廿九来余斋为余饯别。傍晚，四弟来，三鼓方去。

廿八甲午日（10月6日）　晴，风仍大，午后阴雨。同伯为屋事又来，约出月才能立券。申刻出门，谒王耕丈。后至衡源庄取洋。访菊甫、子惠，不遇而返。是日奇冷，可衣棉。

廿九乙未日（10月7日）　晴。早间，子先来，在此午饭。未刻，孟扬携酒肴为余饯别，饮于惜分阴轩。吴兰言、叶文渌、叶作舟、汪同伯、许清如暨四弟均在座。有仇如意者，歌伎也，孟扬呼来侑酒，颇不恶。饮至初更散归，同伯最后去。

九　月

　　九月初一丙申日(10月8日)　晴。早间梳辫。午后,往下马头看船,已择红船一只,价尚未说定。进城后访张菊丈,晤谈片刻。访吴仲耆,未遇。黄昏时回寓,王宅送息洋并洋款来。

　　初二丁酉日(10月9日)　晴。早间,舟人来说价,已与言定六十番,送至清江浦。午后,至厚生钱庄,以洋银易宝银。至日升昌,与商汇兑事。傍晚回寓,四弟适来此,谈至夜分始去。余行期择定初八,兄弟行将远别,弟有依依不舍之意,余亦为之黯然。连日琐事冗杂,日间鲜暇,计惟夜间可以聚谈耳。

　　初三戊戌日(10月10日)　晴。早间,大姑母来送行。余往访张菊甫,当将屋价携回。复往访邵君,托其转售木器,午后才回寓。下午,至日升昌开汇券,每千金需费廿金,取其店号殷实,舍此皆不可托,只得如数付之,令其汇汴取用。傍晚回寓,四弟来谈,三鼓时去,复订明晚之约。

　　初四己亥日(10月11日)　晴。早间,衣冠出门辞行,晤孟扬、茗丈二公。午后,子先、同伯先后来晤。余复往各处辞行,晤金少伯丈、龚幼师,余均未见。晚与四弟聚谈,在彼吃饭,三鼓才返。似此夜雨联床,已无几日,诚千金一刻也。是日,成竹铭都转交到致河帅家书并茶叶一匣,托代汴省。

　　初五庚子日(10月12日)　晴。早间,往各处辞行,晤廖孟扬、朱茗丈,余未见。午后,收拾物件,兼陪吴医。申刻,复出门,见金少伯、王夔丈。傍晚返,四弟来此,二鼓后散归。

　　初六辛丑日(10月13日)　晴。早间,往鼎记取银,至庆余堂买于术。午前回寓,王夔丈来送行。午后,张菊丈招饮,兼请经手屋事诸君,肴馔极精,饱啖而归。四弟同来,谈至夜分去。

　　初七壬寅日(10月14日)　阴。早间,发行李。金锻卿、郑子惠、王稚夔诸君来送行。子先、子扬来永日。余傍晚将各事略清,仍偕四弟、稚夔同至旧宅,适华季嘉来纠缠,良久才去。余与四弟清话半夜,至丑初才返。清如复来,少坐而去。时已四鼓,甫得就寝。连日栗碌,无片刻暇,亦苦矣哉! 夜间雨。

初八癸卯日(10 月 15 日)　晴。早间,收拾行李,均发上船。午前,华君来送行,仍纠缠不已,付以洋钱而去。午后,同伯、孟扬均来送行。张鞠丈来,当将屋契并住屋一一交付清楚。四弟来画契押毕,余偕其步行至弼教坊住宅叩别祖牌,辞别庶母暨诸妹。大姑母在彼,一同叩辞,各洒泪而别。余遂携妻孥自宅出武林门,至下马头登舟,清如妹夫、子先、子扬两内弟均送至舟中判袂,四弟留余舟作长夜之聚。有轮船二艘泊邻岸,余恐有误限期,与四弟商酌赁其一舟拖带坐船,以期迅利。行囊不丰,因嘱四弟于黎明进城筹饷,俾沿途无缺乏之虞。商定后,略一交睫,鸡声作矣。余兄弟惜别之情,几难自遣,相对盈盈泪下,不能作一语。东方渐明,四弟策骑入城矣。

初九甲辰日(10 月 16 日)　晴。弟去余倦,和衣而寝。比醒,弟已携饷归,时方巳正,不忍分手,迟迟解缆。午正,仍同吃饭,话别之余,泪如雨下,解所佩手钏以赠弟。未刻分手,各涕泣不能仰视。余送弟登岸,犹见其屡屡回顾余舟。盖弟年最少,与余自孩提至成人从无经年之别。今余以薄宦远游,弟亦将谒选入都,从此官辙分驰,后会难定,宜吾两人之悲不自胜也。申刻开船,轮船拖驶,不甚迅利。戌正,抵塘栖,泊舟。别弟之后,惘惘如有所失。此时弟当早抵家,其怅惘之情,更可想见矣。

初十乙巳日(10 月 17 日)　晴。卯初,自塘栖解缆。巳正,过石门县。午后,作书二封,一致大兄,一致陈砚香兄,告以起程日期,两函均俟抵苏州发递。未正,过石门湾。戌初二刻,抵嘉兴。轮船买煤,余亦须购买食物,遂泊舟不行。计今日行一百八十里。虽有轮船,并不能十分迅速。晚间静坐,辄念吾弟,此时弟独坐书斋,其念我更甚于我之念弟也。舟中无事,思补作留别诗寄之。

十一丙午日(10 月 18 日)　晴。早间,轮船买煤,耽延许久,复因舟子中有被羁秀水县者,舟人苦向余预支舟价,将持以贿县胥,余不得已允之。又耽延多时,舟人释归,始获开船。余甚怒其搅扰贻误,严斥多时,舟主叩首服罪乃已,时已午初矣。申刻,过平望。戌正,过吴江。月光尚明,因令连夜前进。日间,市霜蟹数斤,颇肥美,偕妇子把盏持蟹,颇有幽乐。四鼓才抵苏州。

十二丁未日(10月19日)　晴。早间,舟泊阊门市场,轮船又支洋卅元,为买煤之用。巳正,煤来,遂展轮移泊留园门外,挈两儿往游斯园。园为常州盛旭人观察别业,数年来三莅此地矣,亭台位置犹是旧观。午后返舟,发汴信二封。又发四弟一信。未正展轮,逆风吹船头甚大,舟行极钝。二鼓后,余将就枕,尚未抵无锡。夜半睡醒,闻其泊舟,询知才抵无锡也。

十三戊申日(10月20日)　晴。舟泊未行。午前,修发。午后,往游惠山寺,饮惠泉茶,再游李荣禄公祠。李公者,前甘凉道李鹤章也,曾在此邦著有战功,经疆吏奏准建祠。李公殁于前岁,祠宇才落成。花木亭台位置均工,从今惠山又添一名胜矣。傍晚返舟,则见舟中皆水,行李物什均被浸坏。此舟本已失修,舟子复疏于防范,致遭此事,可恨已极。赶将水放出,行李已毁其半,一书箱湿最甚,内皆存书,尤为可惜。然亦无可如何,付之浩叹而已。

十四己酉日(10月21日)　晴。卯初开船,至申初才过常州,戌初过奔牛。晚间月色大明,乘月光直驶不令停轮。灯下食蟹,饮烧酒数杯。二鼓就枕,亥正抵六闸,轮船人不肯行,遂泊。

十五庚戌日(10月22日)　晴。早间,开船。巳初,过丹阳。申正,抵丹徒口。因天晚,舟人又不肯渡江,遂泊,计须三日后方能到淮。此次舟子极可恶,虽有轮船拖带,仍不能迅速,真所如辄阻也。抵清江后,尚不知有无轿车,若再迁延,更不得了矣,如何如何!

十六辛亥日(10月23日)　晴。早间,篙工树桅,又耽延半晌,至巳初才开船。是日为内子三十初度,客中惟相与小酌吃面而已。午正,过焦山。轮舟太小,行驶大难,申初才抵镇江,泊京口太平马头。轮船开至煤厂买煤，至黄昏甫来。晚间，月色大明，余偕妇子食蟹赏月。带来绍兴酒适吃完，所饮乃中途所购百花酒也，味甚劣，不堪入口。戌刻，轮船煤装毕，不愿再开，遂泊。初更陡起狂风，继以阵雨，舟为之振动，约二刻许，风雨始定。设余舟不泊，必至中途遇风。当舟子泊舟时，余颇欲令前进，据云天晚不能进瓜洲口，因而中止，今乃深幸舟之不行也。灯右阅《随园尺牍》数本。

十七壬子日（10 月 24 日）　晴。早间，自京口解缆。辰正，进瓜洲口。午初，过扬州，风利不泊。作札候小侣表叔，又致周服斋鹾尹一函。服斋名艾生，鼎臣堂兄也，鼎臣有家书嘱带，余不克往访，浼小侣叔转送。午后风愈大，水逆舟滞，仍不见速。傍晚，抵邵伯。舟子加雇短纤夫十余人，始克过滩。夕阳西坠，水急难行，遂泊舟，今日才行九十里。虽有轮船，无济于事。甚矣！行路之难定日期也。灯下，阅《苍山尺牍》数册，又阅牍外余言数则。

十八癸丑日（10 月 25 日）　晴。黎明，座船解缆行，轮船升火迟缓，至巳初才追至。午前奇冷，非衣重棉不可。有小舟卖鳜鱼者，以百钱市三尾，午餐下酒味颇甘鲜。饭后，阅《红豆村人诗集》三本。作四弟书十余行，随笔直书，以当一夕之谈，到淮足成封发。未刻，过高邮州城。州牧谢君国恩，浙人也，遣仆持名纸相迓，余亦报以一刺。戌初泊舟，未至界首卅里，舟子又不愿走矣。今日计行九十余里，到淮恐尚须两日余也。

十九甲寅日（10 月 26 日）　晴。卯正解维。巳初，过界首。有掉小舟售鱼蟹者，价均极廉，蟹每斤廿六文，鱼每斤廿四文耳。各购数斤，足敷早晚下酒之需。午后，过氾水，舟人粮罄，到此始买米为炊，申刻才午餐。戌初，抵宝应，泊舟。晚间，买汤圆十余枚作小食，颇适口。连日夜凉日暖，调护綦难，妇稚均苦伤风，余每至夜半必受凉，幸无所苦耳。

二十乙卯日（10 月 27 日）　晴。早间，开船。巳正，到淮安，适四叔赴丰利场署任，泊舟待发。午初，至淮寓见叔，知因病未赴任，刻始渐愈,即午须登舟开行,谈数语即别。内子亦往见婶母,傍晚均返舟。在四叔宅接大兄信,又接四弟来电催余速行,因同班又有后来者故也。当饬金福先至贾家行觅车,拟次日即开赴清江,以便登陆北上。晚间,饮酒食蟹。

二十一丙辰日(10月28日)　晴。黎明,开船。巳初,已抵清江浦,即将各物检齐,起旱。午后乘轿至王家营,仍寓贾家车店。傍晚,将行李收拾就绪,静候有车即走。四弟信足成封寄。晚间在店吃饭,肴馔尚可吃。二鼓寝。

二十二丁巳日(10月29日)　晴。早间,婶母遣仆送鱼肉来,足备长途数日之餐。午前,作清如、子先两函,即交局寄。午后,检点箱笼,所带京靴均被水浸透,舟人之误事至此,可恨极矣。当饬持赴清江靴店修理,恐亦修不好耳。晚间,阅《申报》中浙省题名录,售者无一熟人。顺天榜亦发,亦无素识者,惟连文渊一名在都曾晤面。连君字衡季,书巢明府之子,聪弟舍人之弟也。

二十三戊午日(10月30日)　晴。昨晚车已有九辆,今日又到两车,明早可装车,廿五当可长行矣。今日在店无事,又将衣箱暨零物检拾一番。早晚两餐店主以麦饭供,亦颇适口。晚间,阅《申报》,同班又有任来茹者,于八月廿八验看分发,约十月二十照限扣满。余能初旬禀到,似尚不致为伊所压。如伊系新班即用花样,则更无虑,此时无从悬揣,非到汴不能详悉也。

二十四己未日(10月31日)　晴。早间,饬仆往镇标王朝栋参戎营中要勇护送。王君允派步队数名,送至鱼沟,由彼处换马队,沿途挨站接护,途中可保无虞。午后装车,傍晚装好,共用轿车拾柒辆,二把手车两辆,车价共三百四十六两五钱,昂贵极矣。此行川费不下千金,不啻力尽筋疲,如何如何! 晚接周服斋复函,有致清河县孙账房汪君乙函,托其为余封车,惜余已雇完车辆,只好作为罢论。

二十五庚申日(11月1日)　阴。早间阵雨两次。巳刻,登陆。午正,抵渔沟茶尖,沿途有步队挨站护送。酉正,抵众兴。人多车多,纷纷扰扰,殊觉累人。雨后道路泥泞,尤费事焉,行路之苦如是。

二十六辛酉日(11月2日)　丑正二刻起。寅正三刻行,天尚未明,冷甚,行十余里日出。午初,抵仰化集茶尖,食饼数片、茶乙杯,即行。午正三刻至酉初一刻,抵顺河集住宿。连日均令顾升先行看店,故较春间过此时住店略洁。

二十七壬戌日(11月3日)　晴。卯初一刻起马,行数里,东方渐明。渡运河而西,车行甚速,轿行殊缓。午刻,腹甚馁。未正一刻,始抵高卓,尖宿并于此处,因前途无大店故也。忆三月间过此,亦在是店住宿,忽忽又半载矣。尘羹土饭,苦况依然,宦途之乏味于斯可见。夜间,西北风大作。

二十八癸亥日(11月4日)　晴。卯初风略息,即行。日出后风更大,冷极。午初,抵龙冈集午馔。饭后,雇纤夫二名助舆夫挽舆前进。行至初更,抵双沟住宿。走黑路卅余里,幸有沿途马队护送,舆夫持风灯前导,始克认途,到店时已人困马乏,冻馁交迫,全眷均疲惫已极,余亦悔此行焉。

二十九甲子日(11月5日)　晴。寅初起。卯初,升车行。清晨冷甚。午初,抵张家集吃饭。未刻,南风甚大,舆中尘沙扑面。申刻,又觉闷热。酉正,抵徐州城外旅店住宿。自入徐州境,沿路均极荒僻,居民村落颇少,相传是处为匪徒出没之所,行旅每有戒心。余春间过此,向道署索马队护送,今仍遣仆赴徐道衙门要马队两名,以备不虞。舆夫到此力乏,又添雇三名,种种皆耗费之端,未知何日才能弥补。思念及之,不禁焦虑之至,如何如何!

三十乙丑日(11月6日)　晴。丑正三刻起。车夫失骡两头,至天明尚未觅获。店中假二骡以驾辕,甫得就道。舆夫行至徐州西关,因新雇舆夫不善舁,又饬马队另募二人舁,至郝寨已未初刻。午馔后,行四十里抵贺家集住宿。连日陆行,不特眷属觉疲,即余亦颇劳瘁。终岁仆仆道途,为此微名,殊无意味耳。

十　月

十月初一丙寅日(11月7日)　晴。寅初起。卯初,自贺家集开车。巳正三刻,抵黄家口午馐。午初,复行。午后南风作,天热殊甚,屡饮茶汤,口中犹觉干燥。酉正,抵砀山县东关旅店住宿,此屋即吾春间过此所住,较前几站略洁,计明日可入豫境。连日住店,房价甚钜,每日需用制钱五六缗,到此又兑银廿金,恐尚不敷途中之用耳。

初二丁卯日(11月8日)　晴。卯正行,穿砀山县城,出西门而去。巳正,抵丁阳集打尖。午初,复行。过此十六里出江苏境入河南界。未初,过成大庄。热甚,出舆小憩,尘沙蔽天,耳目为所充塞,殊觉难耐。戌初二刻,抵马牧集,时已昏黑多时,舆夫掌灯前导而行。连日行程甚遥,每日均有百里左右,故宿店太迟。

初三戊辰日(11月9日)　晴。卯正行,沿途西北风大作,尘氛极恶,坐舆中冷甚。午正二刻,抵归德。风愈猛,万不能行,遂住此处。饬人往牛镇军处送礼。张明府送肴馔来,余报以礼四色,张不受。晚间,访牛公于镇署,承其留饮,畅谈至三鼓,以车送余返店。牛公与大兄素契,余春间过此,与之盘桓半日,此次复承挚谊,殊可感也。

初四己巳日(11月10日)　阴。夜艾风定,辰刻行。牛幕帅借车乘坐,派队护送。午正,在中途茶尖。天雨微雪,冷极。未正,抵宁陵住宿,计须三日方能抵省。

初五庚午日(11月11日)　阴。早间甚冷,巳刻放晴。余于黎明行。午初,抵睢州打尖。午正,进睢州东门,出西门而西。酉初,抵杞县住宿。起旱以来,忽忽十一日,今日最冷。余坐车中两日,较肩舆倍速,内子仍坐轿,到店往往在上灯以后。行路之艰,此次备尝之矣。余拟明日先赶至省,眷口先住陈留县,俟后日从容赴省。

初六辛未日(11月12日)　晴。寅正开车,行卅余里天始明。巳初,在陈留打尖。县西门外店甚小,眷属今晚住是处,不免逼窄矣。

未正,余车抵汴省,至旗纛街公馆,大兄所留木器什物俱全,只须略加洒扫便可居住。申刻,访焦丹丞兄,晤谈少顷。陈研兄来,出大兄信三件,均阅悉一切。又接子厚二兄自信阳来信,知大兄现出巡边,约一月余方回署。晚作大兄信,交驿驰送牛总戎处。车夫回署,泐一函致慕翁道谢,交其带去。余于是日饬人赴河辕禀到,请假三日,拟初九出谒河帅。晚独宿上房,前后屋十余间,惟余一人,颇觉寂寞。

初七壬申日(11月13日) 晴。早间,督仆收拾房屋。午前,行李车到齐。未初,内子亦到公馆。陈研香来,一转即去。发大兄信,交马递信阳。申刻,焦丹翁来,与商缴照事。去后,拟禀稿一通,送与酌夺。晚间,与家人小饮。住宅屋小,内子与姬人住内寝,余只好独寝南厢矣。二鼓,丹翁送缴照禀稿来,嘱照缮拟,明日托研香缮就再酌。

初八癸酉日(11月14日) 晴。早间,收拾物件。研香来两次,将红白禀缮就交来。下午,送至下南厅陈蔼如司马处借印。蔼如公出,未能钤印。晚间,又访丹翁,嘱明日先拜首厅,照迟日缴不妨。初更回寓,缮发清如信。

初九甲戌日(11月15日) 晴。午前,往拜陈秋圃年丈,晤谈片刻。拜陈蔼如,亦晤。禀已加印,即带回,饬仆投递。拜上南厅毕正任,上南厅余均未晤,未初归。午后,往日升昌取银。往晤河辕武巡捕李岱如,言及到工各费需百四十余金,并嘱即送与之。晚与丹翁商酌,只得早日送去,庶公事可以早办也。傍晚回寓,行李车装木器者亦到此。晚又至河辕续假两日。

初十乙亥日(11月16日) 晴。早间,访陈研香,晤谈少顷,托以延师、觅厨事。又至日升昌取银,交李岱如,托以办缴照事,计银百四十金。午正回寓,陈蔼如司马来答拜,晤。秋圃年丈来访,未晤。午后,收拾衣箱。傍晚,丹翁来,晤谈良久。上灯后,研香喆嗣来送手本履历来,厨子亦定局矣。

十一丙子日(11月17日) 晴。早间,往谒河道、粮道,均未见。

拜王仲培、邵漪园、薛云溪、汪毅山四观察,亦未见。晤卫小山观察、
查笙庭别驾、王勤斋姻丈,午前回寓。午后,河辕送禀缴印结文稿,嘱
照缮,须取具现任同乡官印结缴院。晚间,送丹翁礼,计笺纸、墨盒、
火腿、茶叶四种。灯下,陈研香来,托其代缮禀帖。此间同乡实缺官
仅粮道姚良庵观察一人,不知能否请其出结。当作札询诸丹老,俟得
回音,即可照办。

　　十二丁丑日(11月18日)　晴。卯初,谒见河道鞠公捷昌,同见
者八人,略问数语即退。已刻回寓,同班薛君尔安来晤。薛乃云溪观
察之子。下午,王勤斋来晤,即托其函致睢州王刺史取印结,拟明日
专人前往。终日收拾客厅,悬挂字画,颇觉烦琐。昨晚淮城舆夫回
淮,带上四叔禀,又致子厚兄一信,由驿站递信阳州。

　　十三戊寅日(11月19日)　晴。卯正起。辰正,出门谒河帅,未
见。拜同寅王君成陞、朱君衣德、龚君秉彝、李荫南棠、许西斋广身、
杨君橚、谢迪甫惠、姚君诗富,均未晤。拜吴抱轩,谈片刻,午前归。
饭后,往穆蔼堂看橚儿柩,焚冥镪数百,不绝凄然,内子尚未之知,余
恐其悲,仍闷而不宣。申刻,访研香,谈许久,闻周鼎臣已旋汴,拟迟
明访之,傍晚回寓。今日风甚大,较前数日稍冷。

　　十四己卯日(11月20日)　晴。早起,修发。午初,吴抱仙、查
笙庭均来晤。午后,谒河督成公孚,候至未正才见,同见有许州知州
方君、中河通判查君二人。申初退出,拜同寅李君尚节、秦君根发、孙
君金鉴、瑞君桐、姚君永安、恩君禄、林君之祺,均未晤。拜县丞仓君
永年,晤谈片刻。回寓,知王仲培观察来访,留字而去。卫小山、邵漪
园二公、周鼎臣均来拜,未晤。余旋往访鼎臣,适出门未返,亦未
得见。

　　十五庚辰日(11月21日)　晴。寅正起。卯初,至金龙四大王
庙候河帅拈香,俗例所谓站香班是也。同至者廿余人,除查笙庭、薛
仲华外,余皆不识。黎明河道到,辰正成公才到,诸人俟河帅入门,即
各鸟兽散。余复至河辕、道辕禀知奉到,分开归道差遣札文。札系昨

晚接到，余缴照禀亦批下矣。又拜同寅沙君致良，晤谈片刻。彭君沛、高君锡麟、姜君恒晋、陈君祥臻、刘君宗禹、崔君正鼎、文君铨，均未晤。时已午初，觉腹馁，至鼎臣处畅谈，吃肉饺数枚点心。午正回寓，将禀报到道日期文稿拟就，昨日奉札，今晨已赴道禀到，即作为今日到道可耳。当将文稿交研香，倩瞿鼎臣上舍代缮。午后，作札致李荫南，查询同寅人数住址，请其细开一单见示，以便逐一拜访，庶不致招怨。申刻，料量送鼎臣、研香诸公土宜，均一一致送。家润生来访，甫自河北归，谈片刻即去。润生处亦有土宜赠之。傍晚，武吟舟太守过访，谈刻许去。

十六辛巳日（11月22日）　晴。午前，姚少石诗富、李荫南棠、彭汉露沛、秦子厚培均来晤。荫南谈良久，最后去。午后，接子厚二兄自信阳来信，知大兄阅边完竣，行将返署。未刻，朱君衣德来晤。睢州专足返，印结须装叙履历，因仍托王勤斋致函王遵周，将余履历交去。申初，出门拜客数家，晤河间牟君东阳，名书田，东河同知也。居河道前布店内，屋甚黑暗，两人对坐，几不辨面目。傍晚回寓，禀院道文已缮就，送下南厅衙门借印。

十七壬午日（11月23日）　晴。卯正起，往河道衙参见，面谈数语退。往拜客数家，晤穆远峰、陈隽吾、魏温云三观察，午正回寓。陈隽翁来答拜，晤谈良久。研香、鼎臣先后来晤。鼎臣馈蒸肴一器。午后，缮发大兄信，徐尚之明府来，晤谈片刻。未刻，发院道禀报到道当差日期，又专人至睢州守取印结，履历已附去。旋又出门拜客数家，均未晤。昨日为鼎臣太夫人生辰，忘却往拜，今日往补祝。鼎臣尚未归，余旋回寓。

十八癸未日（11月24日）　晴。是日，河辕考试候补人员，新到工者不与焉。余终日未出门。午前，朱别驾立功、任别驾来茹均来晤。午刻，祀祖。午后，修发。罗晓帆明府、家润生贰尹均来谈，去后时已黄昏矣。

十九甲申日（11月25日）　晴。是日无事，起略晏。午后拜客数家,均未晤。傍晚,访鼎臣,遇研、润两君,知鼎臣暨二君均来余处甫去。晚间,即在鼎臣处吃饭,初更时归。研、润两君为余经手存放款项,已有成说,放款七百金,月息八厘,有屋契作抵,似尚稳妥,拟即取银付之。二鼓,接河督札文,查取印结,计睢州回件来即可禀复矣。

二十乙酉日(11月26日)　晴。大风扬沙,尘氛扑面。午前,往日升昌取银。午后,研香来言此事,明日办妥再来取款。研香馈一品锅并点心。未刻,赵子晋别驾来访,人颇爽直。薛云溪观察来,晤谈片刻去。余旋出门拜客,卫小山署粮道,因往贺之。归途拜李提军承先,未晤。李君与余对门居,故往拜焉。

二十一丙戌日(11月27日)　晴。早间,荫南来谈。午后,研香来一转,其事须迟日方能办妥。下午,接大兄信,知十六回署,尚安,甚慰。余终日未出门,在寓写京信十余封,尚未写完,又接子厚兄来信一件。晚间,睢州专足归,印结已取来,明日禀缴河院可耳。

二十二丁亥日(11月28日)　晴。早间,谒见河道,遇许西斋。复至院禀参,未见,缴印结禀已投递,在巡捕房少坐即归。西斋来访,谈片刻。恩寿田禄、陈石溪均先后来晤。午后,封发京信八件,王小云嘱带笔亦寄去,余信俱寄交季卿叔岳分送。尚有各信,已拟稿托研香乃郎代缮,当分三起陆续寄京。下午,修发。董叙堂观察来访,未见。

二十三戊子日(11月29日)　晴。院止衙,未往参谒,起颇晏。早间,同寅孙豫生世丈樟来晤。孙为驾航年丈胞弟,恩赏举人,以通判需次河工者也。午前,收拾书馆,先请研香来权馆两月。鼎臣荐一西席,来年方能到馆,已与之订定矣。午后,拜客数家,至鼎臣处久坐,拜西席先生窦君问源,面订明岁到馆,傍晚甫归。河院牌示二十五日传写履历。

二十四己丑日(11月30日)　晴。早间,邓莲伯大令希濂来晤。午前,往吊沙静斋丧偶,同班诸君皆在焉,饭后归。访谢迪甫,谈良久。午后,鼎臣来长谈,出同乡单与看,斟酌可拜者数人。出门之便,拟各投一刺。

二十五庚寅日（12月1日）　晴。早间，赴河院写履历，谒两司，未见。午前回寓，请研香到馆。午后，洪象予大荣、毕舜卿治臣均来晤。新到同寅陈益斋赞禹，积堂姨丈之子也，来谈片刻。下午，往访之。益斋初到，一切未谙，须余为之指引，当嘱先行禀到。傍晚，润生来一转，旋去。接道札，查取印结。

二十六辛卯日（12月2日）　晴。早间，往贺河道加臬使衔。归途访许西斋一谈。午后，益斋来晤，嘱代写履历，为书二分。下午，研香来，将七百金交去，当取犀契并当房契各一纸，月息五两六钱，此息付至下月廿六为止，随后按月支取。事经研、润两君居间，当可放心。晚间，益斋又来谈，旋去。

二十七壬辰日（12月3日）　晴。早间，谢迪甫来晤。午刻，魏温云、陈峻梧二公请饭，在峻翁寓斋设席。同席皆湖广人，申正散，饮酒极多。熊大令翙清来拜晤。熊系湖北人，大挑知县发河工者也。晚间，谢迪甫招饮天乐园，在座皆河工同寅，二鼓散归。禀复河道缴印结文已缮就，当送下南厅借印矣。是日，发大兄信，发河道缴印结文。

二十八癸巳日（12月4日）　晴。早间，写杭信数封，又将到工禀稿及叠次所奉札文批禀理齐归卷。下午，往贺王仲培换二品顶戴，又拜客数家，均未晤。访丹、鼎二公，适直隶同乡公请新学使华公，借鼎臣处设席，废然而返。灯下，又作书数封始眠。

二十九甲午日（12月5日）　晴。午初才起，可谓晏矣。午后，写信数封。未刻，便衣访鼎臣，谈良久，在彼晚饭。家润生、罗小帆均晤面。晚饭后，丹老出谈，二鼓散归。是日甚冷。

十一月

十一月初一乙未日（12月6日）　晴。黎明，至栗大王庙候香班，院道均因病未到。余少坐即行，至河院谒朔，拜焦太夫人寿辰。

辰正归,接子厚兄来信,知大兄又发旧恙,子厚愁烦无策,促余速往信阳。余甫息征鞍,实惮远行,拟俟再接一信后,以病情轻重定行止,心但祝其早日轻减,庶免余远涉耳。午刻,鼎臣来谈,许久才去。午后,修发,与研香谈少顷。润生送蒸肴四色。傍晚,又接信阳专足紧信,惊悉大兄于廿六申刻辞世,一恸之余,五中崩裂。前接其十七日亲笔书,长篇累牍,深以余来为乐,以为从此可以常聚,岂料夏间一别,遂成永诀耶!呜呼伤哉!尚何言哉!当往丹、鼎二公处商酌办法,计明日尚未能起程奔赴。现在署中只子厚兄一人料理,一切公私事宜非余速往料简不可。司库尚有未领公费,托丹翁面恳藩伯先支数百金,以备带往治丧之用。信阳距汉口四日程,灵柩由彼至汉口乘江轮,一水可达杭州,较之运柩来省便捷多矣。厚兄能力任此事方妥。余甫到此,势难远离,非厚兄无能任此事者。丹、鼎两君亦主此议。樾儿殇后,大兄痛子情切,一切均以成人之丧待之,自应为儿继后。现在先立承重空名,俟梓儿生有子嗣,即作为承继樾儿之子,是为大兄长孙,惟事尚有待。余有三子,无一子为伯父持服,揆之余手足之情,心何以安?拟更以榕儿作为大兄次子,则兄目前无子而有子,异日无孙而有孙,庶几慰我兄于泉下乎?议定后回寓,将讣稿拟就,明日即可发刊。夜间辗转愁思,终宵未能交睫。

初二丙申日(12月7日) 晴。早间,丹老来,知已与许方伯说过领款之事,似可照发。研、鼎、润三君均来谈。讣状已发刻。午后,发厚兄复信,又发杭信,不知四弟踪迹,致四弟兼致清如二人同阅,由局发递。未刻,访陈石溪,请其诊脉,未遇。访鼎臣,晤谈良久,黄昏回寓。自得大兄噩耗,心中凄怆万状,因与鼎臣畅谈心曲,以抒积闷。

初三丁酉日(12月8日) 晴。早间,王勤斋来晤。函询丹老,知方伯处未有复音,今日发库之期,恐未能领款。余只好自筹银款先行带去应用,无论如何,后日必须起程。午后,访丹老,知司库已发公费、津贴各一竿,送至贾湛翁处,由丹老作字托研香往取回一竿,以备带往应用,余一竿仍存湛翁处。丹老又代向李前光提戎处索护勇四名,以壮声势。傍晚,访陈益斋。益斋旋又来晤。鼎臣、润生均来访,鼎臣假狼皮斗篷为余上路御寒之需。讣闻明日可印好,启程时即可带去也。

初四戊戌日（12月9日） 晴。昨晚,鼎臣又嘱李君门文案王俊臣拣派精壮勇丁同去。王君又致余一札,并附致临颍雷哨官一函,到彼再添派小队四名,俾资策应。今晨北风大作,天寒而阴,讣状亦未刻竣。早间,行李收拾齐备,计今日不能登程,只可晚间装车,明日黎明遄发矣。下午雪甚大。鼎臣来谈,片刻旋去。夜来风雪交加,至晓未止。

初五己亥日（12月10日） 阴。黎明起,行李装车时雪犹未住。巳初,冒雪登程,行十余里,渐觉晴朗。午后又雪。未正一刻,抵朱仙镇,计行四十五里。时晷太短,恐赶不到尉氏,遂投店卸车。旅馆凄凉,感念大兄,益增悲怆,欲撰联句以写哀恸。心中烦乱,尚未撰成。讣状虽刻就,而讣启尚未作。记得刘南卿观察胞兄故后系南翁出名撰启布告,余拟仿其例,由余作讣启一通,庶启中有词可叙也。戌正三刻就枕,转侧不能成寐,子初才交睫。

初六庚子日（12月11日） 晴。卯初三刻,开车。午初,抵尉氏县午馔,行四十里。未刻风甚大。申正,抵沮渠住宿。自尉氏至此四十五里,到店时尚早。独自枯坐,哀感交集,念大兄爱余之挚、盼余之切,前月望日在途次来书闻余抵汴,喜不自胜,岂料甫逾十日遽隔人天,今生永无再见之期,思念及此,不觉泪随声下。此番事出仓猝,附身之物亦不知如何备办,余不获目睹盖棺,实为生平第一恨事。计兄殁已十日,魂魄有灵,当不免怜弟之痛,弟更何对兄耶？今生已矣,但愿与我兄来世再为兄弟,以补今世之憾。彼苍者天,盍鉴此微忱,俾如愿以相偿,庶重逢其有日乎？然而隔世之后,未必能彼此,不昧前因,亦徒托空谈耳。伤哉痛哉！晚饭食面一碗,虽当极悲极痛之时,仍不能不自排遣也。

初七辛丑日(**12月12日**)　晴。卯正行。午初,打尖。申正,抵许州,住城内车厂。访陆耕瑶于厘局,在彼晚饭,畅谈心曲。耕瑶闻大兄噩耗,亦为怆然。伊言兄七月间履任时,道出此间,倾城冠盖相迎,伊亦逐队禀谒,晚间解衣冠共饮,谈至四鼓别去,曾几何时,遂隔人天。至好如耕瑶,谈次亦不觉涕之河泛也。余四鼓辞耕瑶回店,心愈戚然,此恨真无绝期耳。

初八壬寅日(**12月13日**)　晴。辰初行。未初,抵临颍打尖,到此又承是处哨官添拨护勇四名。酉初,抵郾城住宿,今日行乙百廿里。北门外店屋极坏,天燥风干,觉心火上升,殊苦人也。

初九癸卯日(**12月14日**)　晴。卯初,自郾城行,出南门五里渡河,时旭日甫升也。午正,抵西平县打尖。前月初九为大兄诞辰,时适行部过是处,县令挽留多住一日,次日起马。事才匝月,真不堪回首也。车中思念及此,不觉涕泪交并。沿途车路或平或陂,颠播难受。酉初,抵遂平县住宿。旅店极隘,沿途均无大店。长官过境,地方有司于城内预备行辕,不住店屋,故店愈败,行旅未免太苦耳。

初十甲辰日(**12月15日**)　晴。卯正开车,行四十五里,至芝麻店打尖。午后,又行四十五里,住确山县,到店打辫。车中将大兄哀联撰成二对句。云:"三十年至性相怜,聚少离多,方期宦辙追随,从此孔怀同白发;八百里哀音突至,泪枯肠断,想到对床风雨,不堪回首忆青灯。"其一云:"才悲嫂逝,又痛儿亡,弱女自携携,可怜仙驭将归,四顾伤心惟念我;预假孙名,续承子嗣,招魂空涕泣,只盼前因不寐,他生托体再同胞。"句语如此,亦可伤已。讣启亦撰成,仍用榕儿出名。灯下,已另纸录出,到署即可发刊也。夜间风甚大。

十一乙巳日(**12月16日**)　晴。早间风定,即开车。午初,抵新安店打尖。午后热甚,山路崎岖,颇难行车。申初,抵明港驿住宿,是日行九十里。到店又将所撰联启更易数字,似较稳妥,对句语语道实,不落浮空,明日到署即亲书悬挂我兄灵右,以抒哀悃。此时四弟尚未闻此凶耗,彼接信更不知如何悲痛也。

十二丙午日(12月17日)　晴。卯正三刻行。午初,过长泰关七里一小村落打尖。申初,未至信阳三十里,遇李竹邨大令返省。竹邨自署来,询悉大兄殁后光景,知一切悉赖厚兄料理周妥,谈数语即行。酉初,抵信阳,到道署抚大兄棺一恸。与侄女相见,愈益悲怀。见厚兄,细谈大兄病终始末情形,此次之病因由积劳久亏所致,而此间苦于乏医,所服药不能无误。厚兄言及,尤抱恨然。数之所定,无可如何,亦徒伤悼而已。署内诸事井然,厚兄任劳任怨,竭力维持,可感之至。晚与查仰梧、书记吴君坐谈良久。余所撰哀联已亲书悬挂灵前,讣启交家丁誊清发刊。余下榻正屋东间,与大兄灵帏相伴,三鼓后才寝。

十三丁未日(12月18日)　晴。早间,偕厚兄往署东葵园周历一过,亭台邱壑均极清雅,怆念大兄,愈增痛悼。午后,信阳州耆刺史来晤。分道委员王琴舫、程云圃、尤少文、汪子瑞均便衣来谈。大兄入殓时,四君子均极力帮同照料,亦可感也。下午,往刑席吴子藩书房一晤。晚间,与厚兄谈良久,二鼓就寝。

十四戊申日(12月19日)　晴。早间,与厚兄闲话,拟致丹翁书,不果发。午后,将哀启付手民发刻,信阳地太僻陋,刻字匠只一人,适患病,竟无刻手,殊可恨也。晚间,与书启贾维周闲谈,述及大兄按部南阳,兴致甚好,途中写景述怀,时赋诗歌,维周录出乙首。厚兄又出大兄亲笔一首,因藏诸行箧中,以存遗墨,曾几何时,已变沧海桑田,可叹可叹!

十五己酉日(12月20日)　阴。终朝微雨未息。早间,发鼎臣、研香两信,托鼎臣转致丹翁,将秋季津贴咨文寄交丹老,送与贾廉访处代办。午后,检大兄书箧,觅诗稿不获。晚间,维翁来谈片刻。灯下,携侄女闲话,益增怆恻。接任尚未有人,我处行期未能遽定,殊闷人也。

十六庚戌日(12月21日)　阴。终日淫雨不绝。午后,检大兄拜匣,遗墨纵横,良用怆然。晚间,与贾维翁闲谈,嘱拟京信、杭信稿数件,皆都中请饭谢函也。是日为长至令节,日对素帏,感慨深于肺腑矣。

十七辛亥日(12月22日)　阴。是日为大兄三七之期,诵经一日,来奠者候补佐杂数人而已,耆寿农未来。午后,耆君以一品锅、两点心馈余,点心颇佳。傍晚,雨渐止。接省抄,知南汝一席委汪毅山观察署理,大约月杪、月初当可来此接篆,我处即可定行期矣。晚间,灵前放焰口,四鼓方毕。

十八壬子日(12月23日)　晴。昨宵眠迟,今晨起略晏。午前,刑席吴子蕃来谈。嘱贾维周所拟信稿送来数件,先令书启家人誊写。午后,将直隶省应发讣状查明,填写签条,拟寄交天津太守汪子常世丈分致。晚饭后,又至维翁屋闲谈,二鼓后就寝。

十九癸丑日(12月24日)　晴。将直隶省讣闻封发,分交汪子常世丈、孙晓苹大令分别转寄,另汪、孙二公信各一件。又本属讣闻百余封,经厚兄分别封递矣。晚间,与维翁闲谈。阅靳文襄《治河方略》二册。河道今昔情形不同,而成规具在,一切修防抢护之法终不能出其范围也。

二十甲寅日(12月25日)　阴。早间,嘱维翁拟致粤省信稿数件,午后,检点大兄衣箱数只,重加封条编号,包捆完固,以便登程。晚间,又与维翁谈,三鼓眠。

二十一乙卯日(12月26日)　晴。早间,梳辫。午后,又检大兄衣箱数只,均封好。下午,腹痛而胀,晚尤甚,炒食盐葱头用布包熨,亦未见愈,通宵未能安枕,将晓甫眠熟。连日食略加增,腹有积滞,感寒成病,颇觉困惫。

二十二丙辰日(12月27日)　晴。晨起,更衣一次,腹中略松,大便仍未畅,脐左右依然胀闷。午间,仅食粥一碗,晚亦食粥。贾维翁、厚兄均来屋闲谈。灯下,接耕瑶来信。

二十三丁巳日(12月28日)　晴。复耕瑶信,又致研、润两君公函,托其于省城外觅看庙宇,为大兄停灵之用。晚间,食挂面半盂,腹胀仍未大愈。维周来谈,片刻去。

二十四戊午日(12月29日)　晴。早间,检拾大兄帽盒,加封点清。午后,写大兄魂幡。是日为四七之期,上供祭奠,烧冥器数事,未念经。午后,又检点遗箱,俱封锁完固。今日腹胀略减,晚仍食挂面,未食面饭。阅黄历,择定初二丙寅日丑时发引,即起程旋省。

二十五己未日(12月30日)　阴。早间,收拾箱笼并字帖书集等件,均渐清楚。抬枢人夫尚未议定脚价。午后,新任汪毅山观察已到,住书院。闻其明日接篆,怆念大兄,感生今昔。是晚更鼓,定更号炮均移至新任处。毅翁持帖通知后日来吊奠。维周来谈,至三更方去。

二十六庚申日(12月31日)　晴。早间,将大兄衣帐细誊一过。查养梧、吴子蕃均往见毅翁,归述公费津贴各项,已与说定截数日期,文领可以办好带省矣。晚间,细检大兄拜匣,均理清锁好。食鱼面二盂,颇有味。二鼓后即就寝。

二十七辛酉日(1886年1月1日)　晴。卯正即起。巳初,汪毅山来吊,旋去,送来一幛一席。午后,剃发。往谢同城客,仅晤毅翁,余均未见。归来至吴子蕃书房少坐。晚餐有馂余一筵,邀维翁、少香同膳。

二十八壬戌日(1月2日)　晴。早间,收拾字画暨零碎各件。午后,信协都司窦君来答拜,晤谈片刻去。抬枢人夫已讲定脚价二百六十五千文,送至省垣,余事亦渐有头绪矣。灯下,检阅大兄拜匣中旧时信札,中有余在粤时相寄之信,披阅数封,不觉感慨系之,三鼓寝。

二十九癸亥日(1月3日)　晴。早阅旧信数封。午后,出门辞行,晤耆刺史、窦都戎、刘千总,傍晚归。金协戎、陶都戎均来晤。陶君管带练军,嘱其拨勇十余名护送进省。晚间,汪毅翁处送到领公费津贴各印文印领,当收存,俟到省请领。又印领分道委员差费文领一角,嘱余至省代领寄来。灯下,至吴子蕃书房一谈,三鼓甫眠。

三十甲子日(1月4日)　晴。是日开吊,同城文员来者数人,武员未到,幕中诸君子均来奠,余无多客。午后,将贾任家具搬往城隍庙封存,并嘱陶都戎时饬练军随时查检,似尚稳妥。晚间,邀署友饮于西厢,以酬谢之。灯下,万感丛集。厚兄来余屋促膝畅谈,贾维翁复来久谈。子正就枕。是日,抬枢人夫均齐集,先令在堂外试舁龙扛演习一次,以便后日长行。

十二月

十二月初一乙丑日(1月5日)　晴。早间,武营诸公均来奠。行装检齐,即令陆续装车。吴子蕃以肴点赠行。午后,将贾任家具全交城隍庙中收存,行李亦均检齐装齐。夜间,放焰口一堂,丑时即可移枢也。

初二丙寅日(1月6日)　阴。丑刻,移枢至大堂。黎明,发引长行。同城各寅友均送至城外官厅,余出城数里登舆。午正,抵阜阳店尖。黄昏,抵明港驿,驿丞姚君出奠,复至店拜晤。耆寿农饬家丁预备铺饰酒馔一切,颇殷勤。维周同至省,同居旅店,颇不岑寂。是日,枢行九十里,尚算迅利。长途用龙扛舁行,转折亦灵捷。余昨宵未眠,倦极,因早食早寝。

初三丁卯日(1月7日)　晴。黎明行。午初,在新安店打尖。戌初,抵确山县。有司预备南关外庙中停枢,余亦住是处,维周、厚兄同屋。县令刘君械送幨筵,偕合城文武来奠。刘君暨典史宋君复来拜晤。晚膳照信阳州例备办,二鼓甫吃饭。比就寝,已亥正三刻矣。

初四戊辰日(1月8日)　晴。五鼓起,黎明行。午初,抵芝麻店打尖。傍晚,抵遂平县,进南门,出北门。县中铺饰,旅店停枢、行李车,分数店居住。县令延君、儒学何君均来奠。晚膳亦预备肴酒,意颇殷勤。是日行九十里,颇觉疲倦。

初五己巳日(1月9日)　晴。早间,因龙扛少损,饬令修治,至午初甫起马。未正,抵蔡寨打尖。地虽朴陋,店屋极宏敞。酉正,抵西平县,住南关旅店。县令供帐尤盛。时定远凌君梦魁宰斯土,受事裁十日,与大兄初无僚属之谊,而意尤殷挚,可感也。前令杨君亦来祭奠。灯下,与贾维翁谈极久。

初六庚午日(1月10日)　晴。辰正行。午初,抵郭店打尖。申初,抵召陵驿,渡河而北。未至城五里,郾城县令涂君命仆看定店屋,即住是处。院无蓬,柩露停庭外,有司以素灯两盏铺垫四方了之,他无所供,殊不便。是处河道可通至周家口,适家润生有事过此,因与商酌,即停柩是处。来年春水生时,便可顺流南下,较之到省再来安逸十倍矣。议定,即嘱养梧往觅停柩之所。傍晚,养梧归,述已择得大王庙地方可以停柩。晚间,润生在此共饭,初更时去。是日西南风甚大,尘沙扑面,气候热甚,不似隆冬光景,时令不齐,非所宜也。

初七辛未日(1月11日)　晴。早间,偕子厚兄、家润翁诸君往看庙屋,尚洁净宽敞,即移柩至庙停放。挈侄女往送,俟香供陈设完备,凄然而返。留家少香、奴子顾升、王顺同在庙中看守。未初,余北行,舆中南望,倍增怆楚。屈计柩停郾城,约有三月之久,明年春间方能托厚兄躬送南下。此三月中,余心何能释然。事势如此,亦无如之何。下午,风甚大,颇冷。初更才抵临颍,润生同至店,谈良久去。余拟明日坐车先返省寓,以便料量一切。

初八壬申日(1月12日)　晴。黎明起。辰初,乘车先行,厚兄挈小妞坐轿在后。余携两仆,一金福,一李云也。午正,抵许州。直刺方庆甫情谊周渥,供帐为一路来所未有,肴馔丰美而洁,可感之至。庆翁与大兄无深交,亦未为属吏。余初谒河帅时与之同见,曾一识面,不意其如此殷殷,因留一札致谢,交其纪纲赍呈。耕瑶处未去,亦作一笺致之。将登车,接耕瑶来札,知其初三出巡外卡未返,临行时留此以致余者也。傍晚,抵小召住宿。方刺史又饬家人铺饰屋舍,晚膳盛席相饷,似此厚意,受之殊觉不安耳。

初九癸酉日(1月13日)　晴。天未晓即行。午初,过朱曲。未正,抵尉氏县打尖。下午风甚大。戌正,甫抵朱仙镇。寒气逼人,殊觉不能耐。是日计行百四十余里,计明午可达省门。

初十甲戌日(1月14日)　晴,风仍未息。辰正,起马。午正三刻,抵省寓,始将阿樾噩耗告知妇孺,殊难乎为情。午后,鼎、研二君均来久谈。晚间,鼎老又至,商以心曲,并为我悉心筹帷,良朋见爱之情,真可感也。灯下,与内子久谈,并力劝其忍悲。儿已夭逝,余所以久闷者,正恐其病躯不任悲伤,非有他意。内子素性明爽,幸尚不至过悲,拟令明日往穆霭堂看视,俾纾悲恸。

十一乙亥日(1月15日)　晴。早间,内子携儿辈往视樾儿柩,半晌裁归。午饭后,子厚兄、贾维翁均到寓,行李亦到齐。妞儿到,仍住北厢左室。余数间收存箱笼各物,已略无隙地矣。砚香来谈良久。前订西席窦问源先生来答拜,晤谈片刻。是日两饭均在外与厚兄、维翁同餐。余离杭三月有余,竟未得四弟片纸只字,不知其果否入都,心极悬系。以为此次回寓必有信在,昨日入门即询阍者,仍复杳然,何其懒于笔墨至此,真令人闷极恨极。

十二丙子日(1月16日)　晴。早间,饬仆赴刻字店刷印讣启,又托研翁觅画师为大兄另绘容像。信阳所画,全无神采,因以前年所照小像与之,俾令临摹,冀可得其仿佛。午后,鼎、研两君均来谈。余同至鼎臣寓斋,候丹老归,与谈许久。并将领津贴文领交其转交湛田廉访,应领四个月津贴,计银千金,适符带往信阳款数,此后只须算领公费、养廉二项矣。傍晚回寓,闻新中丞边公明日将到,有言须出郊迎谒者,拟明晨驾车一行。

十三丁丑日(1月17日)　晴。巳刻,出曹门迎新任抚军边公。午刻回寓,许咏赓喆嗣蔼秋世讲来晤。下午,李竹邨大令来晤。晚间,研香又来谈,二更时去。月色大佳。连日百事丛集,不知从何下手才好。日间稍暇,作杭信二封,应发信处甚多,不识何日方能清楚也。夜间寒甚,非围炉不可。

十四戊寅日(1月18日)　晴。早间,作致清如妹倩信。午后,鼎臣来久坐。傍晚,丹翁来久坐,因为耕瑶说项焉。灯下,厚兄来余屋久谈，嘱函致罗俊才查询捐事，因挥一札与之。复致四弟一函寄京，究不知其在京否也。

十五己卯日(1月19日)　晴。早间，吴抱仙来晤。余又致金忠甫一函，交俊才转送，此信专足往投，正初即可得复音也。午后，出门往晤藩库厅宋忻如丈，将领公费事与之面谈，知带领文领尚须另换，殊费周折耳。复往晤王廛斋，知其将出差河北，与谈少顷即归。研香又来晤，嘱附一耳封致俊才，问浙省印结数目，当又挥一札送与之。

十六庚辰日(1月20日)　晴。宋忻如丈来答拜，晤谈少顷。午后，谒署臬贾湛田世丈，谈良久。伊前代收公费乙竿，嘱即往取，拟迟明走领可耳。归途访丹翁，未遇。晚接大姑母来信，述及四弟已于小春月杪抵天津，此时计可在京谒选，而竟不示我一函，亦可怪已。晚间，厚兄出上叔父禀见示，余亦有家禀附去，心绪略定，即须缮发也。连日甚冷，颇怯风，故出门时少。适河院成公亦请病假，可以免衙参之劳，余亦借此歇息数日。

十七辛巳日(1月21日)　晴。畏冷，起略晏。早间，接少香自郾城来信，知停枢处极安静，仆辈早晚上供颇诚，余心稍安。午后，缮发杭信十余封，均托稚夑分致。晚间，又将前缮都中谢函封好，致四弟乙函，交其分别投送。晚嘱研翁往臬署将贾湛翁代收公费千金取回，应还湛翁春夏季公费百金，亦送与之。灯下，作书，至三更甫眠。

十八壬午日(1月22日)　晴。日间，又作上四叔禀，因将淮信、杭信、京信一并封固，交局寄去。傍晚，鼎臣来，少谈即去。信阳谢函经陈世兄代书过半，迟明亦可寄去也。闻润生已归，明日当往访之，尚有交接事件也。连日缮发各处信札，手不停挥，颇觉劳倦。余性素急，凡事以速了为快，故不肯疏解耳。灯下，又致耕瑶一函，即刻发递。

十九癸未日(1月23日)　晴。早间，宋忻如丈来晤，将已解未解公费开单送来。伊言必须备有咨文方能请领，须与汪毅山函商借印，不知其肯允否耳。午后，接王小云来信，知前寄茶已收到。鼎臣来谈,提及瞿鼎臣上舍卧疾甚剧,苦无医药资。余因以六金赠之,交鼎臣带去。傍晚,出谒许仙屏廉访,未见。官厅遇英吉人司马,谈片刻。复至河辕,晤巡捕李岱如。访李荫南,畅谈。归途访许西斋,未晤。

二十甲申日(1月24日)　晴。早间,赴院道贺封印喜,官厅陈蔼如、余星槎、毕怀五、彭汉露诸君皆在焉。午后,访宋忻如,因所开清折有错误遗漏,再嘱其细查见复。自宋君处去而访鼎君、丹丞二公,少坐即返寓。存日升昌、泰茂号物件均取归。丹老厩内需马,以黑马假之。晚间,沽酒与厚兄、维翁共饮,佐以带来笋脯、彩蛋,故乡风味,颇觉适口。初更时,宋忻如来字,知已将不符款数查明更正矣。

二十一乙酉日(1月25日)　晴。早间,收拾杂货房,将箱笼各件略加清理,稍有眉目。午间,祀祖,是日为先慈忌辰。终日杜门不出,天亦极冷,晚间饮火酒以解寒。

二十二丙戌日(1月26日)　晴。早间,往孝严寺祭贾湛翁夫人,送祭筵、祭幛各一,晤其族侄二人。维周同往奠,旋同返。午后,丹丞来久谈。晚间,鼎臣邀厚兄吃饭,仆人持刺速客,误传主命邀余,细问来人始知其讹,否则余将为不速之客矣,岂非笑谈乎?灯下,至维周屋闲话半晌。

二十三丁亥日(1月27日)　晴。早间,陈研兄来,旋去。午后,检帽笼取皮帽,开衣箱取京靴一双、线绉袍褂料各一件,送厚兄寿礼用,缘明日为伊三旬初度也。晚间,相与小饮。灯下,发吴子蕃信,托其更易咨文印领,未知其能办否耳。

二十四戊子日(1月28日)　晴。午间,祀祖,兼为厚兄祝寿。陈研兄来吃面。午后,开发节赏,开单买年货,定廿九日祀神。南阳镇杨总戎有书慰问并送幛,即嘱维翁作函覆谢。晚间,偕厚兄小饮,庖人所治馔殊不佳,可恨之极。

二十五己丑日(1月29日)　晴。早间,往访润生、鼎臣,在鼎臣处吃饭,见其二子焉。饭后,丹丞出谈,润生亦来鼎臣书斋小坐。余旋至日升昌问以汇淮款事。回寓知邵漪园来访,询问大兄殡事,当往答拜,未晤。是日甚冷。

　　二十六庚寅日(1月30日)　晴。午前,检磁器,备岁晚祀祖之用。润生、仰梧均来晤。李荫南来答拜,晤谈良久。午后,送宋忻如、黎献臣、贾维周诸君节仪各十金八金不等。灯下,缮发四叔禀,交日升昌寄,汇取名世之数。又作致乃秋书,未毕。

　　二十七辛卯日(1月31日)　晴。宋忻如丈来,面谢八金之赠,谈良久才去。午后,鼎、丹二公先后来长谈。晚间,研香来,一转即去。日来料量年事,终朝碌碌,仍无暇晷。

　　二十八壬辰日(2月1日)　晴。早间,封发粤省各讣,分二起。一起托赣州太守孙驾航年丈分致,一起则托顺德县令魏子莼同年分送,计明日均可封发。午后,往谒两院,均未见。晚间,润生来久谈,有所商议,二鼓后才去。余定明晨祀神,今晚沐浴以俟,寝甚晏。

　　二十九癸巳日(2月2日)　晴。早间,往谒卫小山,未见。官厅遇一王姓候补县令也。午前,拜客数家,均未晤。是日因祀神,黎明即起,故出门甚早。午正回寓,接四弟来信,知其到京捐新班,即选知县,同卯八人,居然签掣第一,计明春即可得缺,较余之一官需次,握篆无期,所得多矣,惜大兄已不及闻此消息。午后,即作书复四弟,计十一纸,即刻封发。晚间,鼎臣来畅谈,二鼓方去。余嘱厚兄商办押款事。晚饭后,与研、润两君往立券。余候至四鼓,厚兄方归,知所事未尽妥善,已作罢论矣。

　　三十甲午日(2月3日)　晴。早间,悬祖容,并祀大兄像于北厢中厅。午后,往院道两辕辞岁,均未见。访丹翁,谈良久。鼎臣出门,未晤。傍晚回寓,祀祖,与家人饮分岁酒。庖人所治馔太劣,令人败兴。二鼓接灶后,微觉困倦,即寝,不循守岁故事矣。四鼓醒,即起,已交丙戌年新春时刻。

光绪十二年(1886)丙戌

正 月

光绪十二年丙戌正月初一乙未日(2月4日) 阴。五鼓起。卯初出门,往金龙四大王、栗大王、朱大王、王将军各河神庙候河督香班,同寅诸君到者强半。自庙散出,往拜年数家,见周鼎臣,润生亦在彼相遇。自鼎臣处去而之河辕贺岁。是日立春,又兼贺新春。河帅成公见客两班,余与焉。巳刻回寓,拜祖祀神,略息片时。又往谒道台,未见。顺道拜客廿余处。午正旋宅,鼎臣在焉,旋去。午后,研香携乃郎二人偕来,适雪花纷下,研香冒雪去。傍晚甚寒,雪欲下不下,颇有酿雪之意。

初二丙申日(2月5日) 阴。起略晏,午前不及出门。未初,复往拜年数十处。臬司官厅遇陆吾山、阎君西峰两太守。未正,大雪一阵。申正,回寓。晚间,与维周闲谈。

初三丁酉日(2月6日) 晴。午后,携二儿往鱼池沼访鼎臣,未遇而返。归途拜窦先生、陈研香,均未晤。申初返寓,厚、维二君均外出。傍晚,丹老便衣来晤,上灯时去。晚间,循杭例祀祖。庖人所治肴仍不堪下箸,徒费钱钞,可恨之极。

初四戊戌日(2月7日) 晴。早间,拜客数家。旋往谒本道,在官厅候最久,至午正道台回辕始获进见。同谒者六人,余衰然居首。午正出,又顺道拜客数家,回寓吃饭。未正又出门,周历四城拜年,皆过门投刺而已。傍晚归,鼎臣来晤。许咏赓来,亦晤。灯下,偕妇稚掷状元筹,二鼓就寝。

初五己亥日（2月8日）　晴。巳刻起。午前，修发。午后，便衣访鼎臣，商议买谷备荒事。鼎臣与余首倡捐资卅金，由鼎臣广为募捐，此举能成，于救灾恤患之道未必无小补。盖汴省去秋少雨，三冬又无雪润，省西北一代均苦旱，所望今年春雪广被，庶有转机，否则不免成灾。关心饥溺者，自当先事预防也。丹翁亦有同志，愿列名。傍晚回寓。是日天气甚燥，皆旱之为患，因而外间时证流行，可惧也。

初六庚子日（2月9日）　晴。午前，彭汉露来，晤谈。午后，研香来谈，余略觉头痛，在家静息永日，惟阅闲书数种，以资消遣而已。新正以来，终朝碌碌，心绪既不佳，亦无暇寻乐，转不若里居时与二三知己杯酒消寒，诗歌迭奏之有味也。

初七辛丑日（2月10日）　晴。早间，京师专足返，赍到俊才复函及四弟来书，均悉。厚兄所查捐事，以报捐江苏新班先用府经历为宜，伊即定见，所需捐款甚巨，汇淮款名世亦未到。余既为之预垫此款，更助以六百，假以一千三百，合成二千四百两，带京上兑。伊初十即起程北上也。午前，鼎臣到此一谈。午后，焦丹翁、楼润翁均来晤，商办运盐事，尚未议定。傍晚，研香亦来谈。

初八壬寅日（2月11日）　晴。早间，倾箱倒箧，为厚兄搜刮白银乙千七百金，益以润生应还之六百，凑成二千三百两，由日升昌汇京，其乙百则子厚兄携以登程，以备不时之需。研、润两君均来晤。晚间，展大兄遗玩数种，墨迹封识宛然，良增怆恻。两日来未出门，而在家亦不获暇逸，栗碌终朝，良自笑也。

初九癸卯日（2月12日）　晴。早间，缮四弟书，未发。午后，修发。出门拜客，晤王麈斋。访汉露、咏赓，未遇。傍晚返寓，将杭州讣闻封就交寄。晚间，致罗俊才信，拟交厚兄带京者也。

初十甲辰日（2月13日）　晴，较冷。午间，查阅搢绅，拟发各省讣，开单备查。午后，研香、汉露先后来晤。是日，易庖，明日新庖来试，未知良贱如何耳。晚间，将四弟书足成。

十一乙巳日（2月14日）　阴，甚冷。终日在寓。午后，润生来晤。厚兄定明晨起程北行,晚间置酒与之话别,研香来送行,夜间去。余复在书房少坐,三鼓甫归寝。

十二丙午日(2月15日)　阴。北风甚劲,冷甚。卯正起,送厚兄登车。聚首两月,忽尔分襟,不无怅怅。是日,吾浙会馆团拜。午刻,往入席,偕鼎臣同到。邵漪园、王仲培两观察均在座。是日甚寒,戏亦不佳,晚饭后即散。

十三丁未日(2月16日)　晴,冷尤甚。午后,研香、鼎臣均来谈。晚间,祀祖。砚、鼎二君在此晚饭,二鼓时去。日来气候干冷,去秋至今雨雪愆期,外间瘟疫盛行,可怕也。

十四戊申日(2月17日)　晴,仍甚冷。午后,焦、周二公均来长谈,因将未领公费银两托丹翁设法代领,丹翁并允为致函汪毅山换取文领。晚间,当将秋冬二季已收及未领公费开列细账,请丹翁转致毅翁,庶可清结此款也。

十五己酉日(2月18日)　阴。黎明,至栗大王庙候河帅香班,北风扑面,甚冷。巳刻,复往河院谒贺灯节,巳正归寓。午后,研香来谈,伊拟月内即起身,为我代送大兄灵柩南返。余以五百五十金酬谢之。砚香拘拘形迹,书二百五十金借券俟异日相偿,其三百金则作为酬劳之款。下午,往访丹丞,托其函致毅山换取文领,由祥符县专差递去。傍晚,往穆蔼堂相度房屋,备大兄开吊之用。余尚嫌是处堂室敝败,拟再至相国寺一看,两地比较,便可定夺也。

十六庚戌日(2月19日)　晴。研香来谈,当托其世兄代办写讣三分。午后,往拜客数家。至鼎臣处换便衣,同往相国寺一看。寺内屋太少,似不如穆蔼堂之宏深,余意即定在穆蔼堂举办开吊。择定二月初六,是日为大兄百日,择于是日开吊为宜。鼎臣邀往八旗馆观戏,余以寒冷辞不往。晚间归,作四弟书,将所作书一并封固,明日可寄。

十七辛亥日(2月20日)　晴。午后,往晤宋忻如。又拜窦先生,请其廿二到馆。往送郭翰亭行,伊已动身矣。傍晚,丹翁送盐店议单来书押。润生来谈,交来贾湛翁处开来藩库公费清单,又与前开数目不符,明日又须再访宋君,当面与谈,方知其中底细耳。

十八壬子日(2月21日) 晴。午间,祀祖后即出门,访宋忻如,细算银数,始知其扣存冬季一个月归汪任领矣。归途访丹翁,托其函恳贾湛翁,设法先借领若干以应目前之用。晚间,又与丹翁往返函商,始将所缮贾信送去,回信以知道了三字,口复明日当须再议此事。灯下,与维翁闲谈,伊明日回汝宁,半月后再来此下榻也。晚间风甚大。

十九癸丑日(2月22日) 晴。午后,往焦、周二公处,研、润两君亦在彼处,与研香商办南旋各事,与润生商办中牟盐事。傍晚,嘱润翁换立万盛米店契券。贾湛翁处代领公费千三百金,于晚间送来。

二十甲寅日(2月23日) 晴。早间,自书讦状三分,预备送长官者。午后,宋忻如来晤,约今日晚酌。未初,往拜李翰臣、裴子彬、卫小山,均未晤。酉刻,赴宋忻如晚席,座有余星楼、查声庭,余均不识。席散后,宋君留余小坐,又为公费事纠缠不清,殊属可恨。

二十一乙卯日(2月24日) 晴。寅初起。卯初,赴院道伺候开印,时夜色甫明。官厅仅四人,陈、余两实缺而外,惟余与毕怀五而已,辰初归。巳刻,往访鼎臣,遇润生。午后,研、润两君均来晤,当将三千五百金付润生携往天津办盐。润生拟明辰动身也。傍晚,彭汉露来谈。

二十二丙辰日(2月25日) 阴。午前,研香来谈。午后,请窦先生到馆。未刻,李翰臣、查仰梧均来晤。下午,写杭信三封,预备研香带回转交。又复吴子蕃一信,由马递寄去。晚间,请先生、邀周、查、陈三君子作陪,初更时散。

二十三丁巳日(2月26日) 晴。是日,为樾儿诵经,因明日将迁柩南旋故也。午后,往穆蔼堂一转。晚间,砚香来辞别,明晨将起程。晚饭后,缮四叔禀函,交罗升带去。

二十四戊午日(2月27日) 晴。早间,砚香率同家丁楼升护送樾儿枢南归,先至周家口登舟后,再移船至郾城请大兄枢于舟,再行解缆长行。余以一官需次,不获躬送兄枢,良用怆然。午后,卫小山观察来晤。下午,鼎臣来一谈。是日天气清朗,自是春日光景,当局诸公连日求雨,而晴和如故,不似有雨,今年恐不免成旱,如何如何!

　　二十五己未日(2月28日)　晴。早间热甚。往奠徐尚之明府。归途拜汪子庆、吴抱仙,均未晤。舆中热不可耐,腹为之痛,回寓略息片时才好。午后,陈竹书来晤。画像人李姓来,所画像仍不能似,因令其重画再看。

　　二十六庚申日(3月1日)　晴。早间,在寓写陪吊帖,午后,访丹翁,谈许久。是日为鼎臣生辰,谢客不见。下午回寓,又写陪吊帖数十分。晚间早寝。

　　二十七辛酉日(3月2日)　晴。早间,汪子庆别驾来访。午后,鼎臣来畅谈,商议初六开吊事。鼎臣去后,又添写请帖十分,共请知宾四十人。鼎臣荐一庖人胡姓,令其明日来试用。是晨往道署衙参。

　　二十八壬戌日(3月3日)　阴。早起,拟往督辕衙参,不果。王勤斋旋来晤。午前,将请帖全行发出。午后,修发。午后,拜客数家,均未晤。闻牛慕琦军门来省,往拜,亦未遇。

　　二十九癸亥日(3月4日)　晴。早间,李汉臣过访,与商开吊事宜,约明日偕鼎臣同至再议。午后,汉露来长谈。傍晚,牛慕翁来访,晤谈良久。谈及大兄,意亦怆然。今日终日在家,作四弟一书,又致罗俊才一函。因陈竹书入都验看,有托俊才代办事宜,故为先容也。入春以来,颇觉疲倦。日内展阅大兄历年致余手札,汇装一拜匣中,今而后不能见吾兄,得见兄手迹为幸也。晚间,将京信封固,明日送交竹书带京,伊初一将起程,故不能缓耳。

　　三十甲子日(3月5日)　晴。早间,徐桐村本华、王季仁尔羹均来答拜,晤谈少顷去。午后,李汉臣、周鼎臣同来,商酌初六开吊应办事宜。余偕二君同至穆蔼堂相度地势,以便搭棚。复至是处文昌阁一看。归后宋忻如来访,余心惴惴,恐其索还公费银两,谈次居然未提前事。是日家祭,制一品锅、四点心,用毕即以之送牛慕帅。

二　月

二月初一乙丑日(3月6日)　晴。早间,宋忻如又来,余未之见,以出门辞。午后,查仰梧来谈。连日精神甚疲倦,食入即思卧,殊觉无聊耳。傍晚,至书馆与先生久谈。

初二丙寅日(3月7日)　晴。终日未出门,亦无客至,静坐斗室阅《先正事略》数册。缮发沈退安信,并托分讣状焉。

初三丁卯日(3月8日)　晴。巳初,往河辕衙参,适河帅将出肃客,候其归方得谒见。比退出,已午正初刻矣。饭后,大风扬沙,天亦阴晦。鼎臣适来,留其久坐,傍晚方去。晚膳后,王俊臣少尉来晤。王君溧阳人,鼎臣邀以为余帮忙者也。

初四戊辰日(3月9日)　晴。早间,丹臣、翰臣均来谈。午后,贾维周旋省,仍下榻寓斋。维周因我处开吊,故赶来帮忙。下午,查仰梧来谈,言明晨至穆蔼堂帮忙。傍晚,至院道请假三日。是日为大兄成主。

初五己巳日(3月10日)　阴。早间,鼎、翰两公均来,旋偕往穆蔼堂铺饰一切,并悬挂幛联,安设帐房。查养梧、王俊臣、瞿三先生均在彼照料,皆鼎臣为余邀来者。即在彼午饭。申初,余暂归措资,送帐房备用。自午至申,雪花纷落不止,却不觉凉。傍晚,重至穆蔼堂请知客,到者五六人,坐席一筵。晚间雪更大。初更旋寓,留维周、翰臣二君宿于穆蔼堂,俾可照料诸事。

初六庚午日(3月11日)　阴。黎明,率儿辈赴穆蔼安堂安大兄灵位于中厅。自辰至戌,司道以下来吊者九十余人。河帅傍晚来,中丞未到。终日大雪不止。三鼓事毕方归,影像、神主均请回寓中。晚间雪尚未住,得此可免亢旱矣。是日开吊,用钱百廿余千,适养廉一款领到,可资挹注。

初七辛未日(3月12日)　晴。雪霁。终日料理收来幛联等件,挽联有佳者仍悬诸灵前,幛额均拆去字款,拟售诸店中,当不无小补。河帅昨未送礼,今补一呢幛来,此次共收八十余幛。中丞边公送奠仪廿金,此外惟汝宁太守李酌卿德洞及睢州刺史王遵周枚各送奠仪廿金耳。

初八壬申日(3月13日) 晴。清晨,往两院河道禀谢。何星桥年丈太夫人将殡,是日诵经,因往奠焉。主人尚未至,遇王仲培,各于灵前行礼而去。午后,修发。又往谢客数家,在鼎臣处谈少顷,傍晚归。

初九癸酉日(3月14日) 晴。早间,阅邸抄,见正月分选单内四弟铨得甘肃大通县缺。甘省宇内最苦之地也,大通属西宁府,与青海接壤,番夷杂处,去吾浙万里,全眷恐不能同去,在家又乏人照料,颇费踌躇。四弟尚无书到,不知其如何措置。儒生困于帖括,不得已以巨资博一县,冀稍得自效,偏又值此穷边绝域,真可浩叹,亦可见我家时运之坏矣。厄坐终日,为之不乐者良久。日来余精神本觉疲倦,加以心事更无意兴。灯下,阅《名臣事略》,以资消遣。

初十甲戌日(3月15日) 阴。早间,鼎臣有字来。午后,往访之,顺道谢客数家,在鱼池沼坐最久,与丹、鼎两公久谈。回寓作四弟书,未寄。夜来风甚大。

十一乙亥日(3月16日) 阴。早间微雨大风。出谢客半日,午正回寓。饭后,又出门周历四城。傍晚归,客均谢毕。午前,宋忻如来,未晤。于午后出门时答拜之,晤谈片刻,并携所捐积谷银归,送交鼎臣处收账。灯下,与窦、贾两君久谈,三鼓方眠。

十二丙子日(3月17日) 晴。早间,同乡凌芝青太守尊翁开吊,往一拜,遇武吟舟,与谈数语。午后,发四弟信。傍晚,至对门李提戎旧屋一看,架格均小,而屋甚修洁,惜正屋影西,未免夏热冬寒。余近有迁居之意,故随时物色佳屋耳。傍晚,鼎老来谈,上灯时方去。晚间月色大明,至维周屋坐谈良久,就寝已三更矣。

十三丁丑日(3月18日) 阴。早间,上河院衙门,未下车。访汉洛,谈良久。拜邵漪园,未见,午刻回寓。饭后,倦而假寐,不觉睡去,申刻方醒。缮发子寿三弟信,并寄空白签条讣闻,托其代填代赴。晚间,与维、问两君闲谈,维周明晨将赴夏邑,即与话别,三鼓方散归寝室。

十四戊寅日(3月19日)　阴。早间,拜余星槎寿,未晤。拜刘毅吉观察、陈石溪通守,均不遇。访龚淡人司马,谈少顷归。午后,在家静坐观书,颇觉闲适。

十五己卯日(3月20日)　晴。晨赴栗大王庙候香班,至河院谒见河帅成公,巳刻回寓。午后,石溪来谈。晚饭后,鼎臣来畅谈,夜分甫去。泊余归寝,已子初刻矣。

十六庚辰日(3月21日)　晴。终日未出门。昨接徐乃秋兄信,今日作复书,又致四弟一信,均封固发递。王太史廉有致成河帅信,为贾维周荐馆,信到而维周已行,即由余为转送,并函致维周告知此事。又接少香自郾城来信,未复。

十七辛巳日(3月22日)　晴。早间,往河道衙参,未见,在官厅坐颇久,巳刻才散归。午后,王俊臣来谈,时有赊旗店抽厘之役,特来告别,迟明日拟往答拜之。饭后,检拾书籍,如《通鉴辑览》《史记》《前后汉书》《陈书》均须做夹板、函套,庶不致遗失也。灯下,阅《虫鸣漫录》二本。

十八壬午日(3月23日)　晴。午后,清厘衣箱,大毛皮衣均卷而藏诸笥中,小毛及棉夹衣均陆续取出。下午,邵漪翁来,晤谈片刻去。傍晚风甚大,终无雨意,殊可虑也。画师李姓为大兄写像毕,送来观看,仍无分毫仿佛,业已画成,不能再易,即再画亦终不能似也,只好将就用之矣。

十九癸未日(3月24日)　晴。午前,修发。午刻,彭涵六招饮天乐园,座有姚少石、汪子庆,余均不识。申初散归,丹丞来谈。龚淡人来答拜,亦晤。傍晚,往答拜王俊臣,又访李竹邨,均不遇。

二十甲申日(3月25日)　晴。未出门,终日在寓阅闲书,以资消遣。晚间,缮发冯小侣表叔信。

二十一乙酉日(3月26日) 晴。终日未出门。午后,收拾书箱、京货箱等件。傍晚,鼎臣来谈,上灯时去。

二十二丙戌日(3月27日) 晴。午前未出门。午后,便衣访鼎臣,因偕往东门外何家花园一游。本为看海棠而去,至则海棠犹未放,花园中无座落,各取车凳至庭中小坐闲话。余腹馁,进城同至黄家胡同,邀同墨庵同吃四和居。又有戴君同席,余不识其人,叙甫一时许,已觉醉且饱矣。归途仍至墨庵处少坐,余先返寓,鼎老犹未去也。是日道台衙期,未去。

二十三丁亥日(3月28日) 晴。早间,至河院衙参,未禀见,在官厅与姜锡三谈数语。复至巡捕房少坐,李荫南、孙豫生、沙静斋、姚少适均在焉。归途答拜杜君庭璆,亦河工同寅也。

二十四戊子日(3月29日) 晴。早间,姚少石来晤。巳刻,孙豫生、龚淡人便衣偕来。豫生将迁至对门居住,邀淡人为之看方向,定灶位。事毕访余,拉往酒馆小叙,座有荫南、瑞琴侣,宾主五人,啖烧鸭一只。申初散归,查仰梧来谈片刻。下午,发陈研香信,托其至张菊丈处取廿四史,又致菊翁乙书,均寄交清如转致,因又予清如一信。清如性懒,余离杭半载,尚未接其只字也。晚间濯足。灯下,阅《湖海文传》四册。

二十五己丑日(3月30日) 晴。终日未出门。早间,接孙晓苹信。晓苹与大兄至契,余与之素未谋面,去冬在信阳曾与通书讣告大兄噩耗,此其复书也。书中历叙昔时与大兄聚首始末情事,今闻噩耗殆难为情,孙君真至性人也。长日无事,顺笔作札复之,即晚用马封递去。晓苹时以顺天文安令权直隶肃宁令,此信递往伊任,当可接到。灯下,又阅《湖海文传》数页。

二十六庚寅日(3月31日) 晴。终日未出门,偶作楷字百余,阅《东华录》数册。晚间热甚。

二十七辛卯日(4月1日) 晴。黎明即起,至河院禀贺河帅成公之兄以浙江运司升山东臬使。是为成允公，字竹铭，余在浙时曾与之识面。辰刻，谒河道鞠公。闻陆耕瑶来省，顺道往访，未晤。午后，倦而假寐，耕瑶适来，晤谈少顷即去，未及畅叙。伊尚有半月勾留，尚可畅谈也。下午甚热，未出门，惟阅书以消遣耳。

二十八壬辰日（4月2日）　晴。午前起，即吃饭。午后，耕瑶饷食物数品，内有糟鸡卵，味极佳，此物出陕州汴城，无处购觅也。晚间，至问源先生书斋一谈。夜间大雨通宵，诚甘霖也。

二十九癸巳日（4月3日）　阴。终日微雨未住。问翁以《东郭记》假阅，中系传奇体，全照《孟子·齐人》章搬演而出，阅之颇足解颐。晚间觉凉，沽酒半斤，市桶子鸡半肘，与妇稚共酌。灯下，阅《庸闲斋笔记》，数年前屡阅此书，今有两载未览矣，披卷尚不觉其习见也。

三　月

三月初一甲午日（4月4日）　阴。雨渐止。午后出门，街道颇有淤泥。访鼎臣，谈良久，订明晨作出郭游。下午，在彼吃炒面一器、汤一盂、腌白菜一碟，味都不恶，傍晚返舍。

初二乙未日（4月5日）　晴。巳初刻，鼎臣作字相邀，遂命驾偕往城东门外禹王台张氏花园，小作徘徊。同往者鼎臣、子绂、墨庵诸君，在禹王台遇彭涵六、姚少石两君。午后进城，同人至子绂寓斋小饮。子绂处饮馔素精，专诚往试一尝，觉不过尔尔，无甚新奇也。饮毕，又茗话许久方散归。申正，丹丞来访，谈未移时旋去。傍晚，接子厚兄来信，知其已捐分缺先府经，指分江苏，本月望后可出京。书中述及四弟亦拟是时出都，先请修墓假一月南返，然后携家赴任。而四弟迄无一纸相告，殊可怪也。是日为清明节。

初三丙申日（4月6日）　阴，颇冷。终日枯坐，精神疲乏。日间，自书红柬履历两分，以资消遣。暇辄思卧，殊无聊赖。灯下，阅《说铃》中《旷园杂志》数则。拟访耕瑶夜话，不果。

初四丁酉日（4 月 7 日）　晴。午后，以火腿、茶叶馈耕瑶。傍晚，鼎臣来畅谈，正慰寂寥。连日甚懒，怆念大兄，意忽忽不乐，故惮于奔驰，兀坐萧斋，愈增烦闷。四弟又无信，惜墨如金乃其故态，真令人无如之何也。

初五戊戌日（4 月 8 日）　晴。亦终日未出门。午后，写幛字幛款两，一送宋忻如之叔母，一送其儿妇者。配成羽纱幛各一悬，拟明日送去彼处。初八在穆蔼堂诵经，届日当往一奠也。

初六己亥日（4 月 9 日）　晴。是日当道祭先农，行耕耤礼。午后，即普沾祥霖一永日，农氓得此，无虞饥馑矣。余虽无民社之责，亦为之欢忭无量。灯下，沽酒小饮，以志喜。寄子先内弟一函，向其索信，离乡半载，乡人无书相寄，殊闷人耳。

初七庚子日（4 月 10 日）　阴。雨尚未止。闻街衢积水颇多，车行不便，道署衙参只能不去矣。辰刻雨霁，终日甚冷。欲出门未果，惟阅说部数种，以遣长昼。

初八辛丑日（4 月 11 日）　晴。早间仍甚凉。卯刻即起，将往河院衙参。接劳厚庵司马信，并楮仪八金。厚庵及其弟玉初大令均为大兄同年至契，与余兄弟交称莫逆。前年厚庵还乡，相叙半载，朝夕过从，尤称知己。闻大兄下世，故作书相慰问。书乃李君携带，时厚庵需次大名，厚谊殷殷，良可感也。阅信后即出门，督署止辕，未降车。拜薛云溪夫人寿。即回寓更素褂，往穆蔼堂宋忻如处行吊。访耕瑶，未晤。访孙豫生，晤谈片刻即返。午后，复厚庵信，仍交李君带至大名，当不致误。晚间，阅《说铃》中《述异记》两卷。又乔鹤侪所作笔记，问源所贻也，阅之亦颇资考证。

初九壬寅日（4 月 12 日）　晴。早间，接鼎臣字，邀同丹老游桑园，嘱余午初往。正思驾车，涵六、耕瑶先后来晤。送耕瑶登车，余亦赴鼎臣处。丹丞尚未午餐，坐候一时许。周子绂、墨庵先后至，即邀墨庵同游。出城六里，到桑柘园，其地有屋数楹，外为栽桑之所。坐憩良久，同人相与茗话，水清且冽，于茶为宜，不似城中之浑浊也。又至何家花园看海棠,此次适当盛开,稍可寓目。傍晚进城,仍至鼎臣寓斋吃炒面一器。初更时回寓,接研香来信,知大兄灵枢已于二月廿五日安抵清江,渡洪泽湖时一帆风顺,舟行极速,并未守风,为从来未有之迅利,计期日来当可抵里。余心稍慰。惟四弟仍无信,不知其何日可到家,殊闷闷耳。

初十癸卯日(4月13日) 晴。终日未出门。安阳赵春江大令为大兄辛未同谱,有信来送赙金卅二,当作书复之。下午,检大兄枕箱,得其手抄诗稿,如获拱璧,惜所录不多,拟将余平日所忆记者续抄于后,或可付诸手民,俾吾兄心血不致漓然就湮,何幸如之。二鼓,往访赓尧,谈至三鼓归。

十一甲辰日(4月14日) 晴。早接贾维周信,又有致鼎臣一书,当即送去。午后,检出新万丝帽一顶,拟持以赠赓尧。终日未出门,抄录大兄寄余诗二首于簿。晚间,阅《说铃》一本。

十二乙巳日(4月15日) 晴。晨起,往道署衙参,未禀见。下南厅陈蔼如因事撤任,遗席委陆费联卿代理。联卿需次廿年,贫病交迫,得此庶解倒悬,同人均为之忻忻。遇于官厅,知其望日接篆。豫生亦在座,谈及送张逸山挽幛,欲与余合送。余处正多呢幛,大可用也。辰刻,至粮道署拜卫观察太夫人寿,观剧数出,吃面后方散。同席有李子牧、严茂之、周子绂、李小圃。午后返寓,宋忻如来,未晤,仍为公费事纠缠不清。下午,修发。耕瑶适来,延之内书房畅谈。晚间,沽酒对酌,三鼓方去。余赠以花翎纬帽、羊毫笔,即交其携归。伊明后日仍返许州差次也。

十三丙午日(4月16日) 晴。晨起,往院署衙参,候至午初才得见。同人久坐官厅,均觉腹馁,有买饼饵以充饥者。午正散衙归,接淮城绶弟信,并还代垫厚兄捐项五百金。午后,往日升昌取此款,仍登余折暂存彼处。归途访鼎臣,与耕瑶相遇,又谈片刻,傍晚回寓。连日热甚,自是暮春气象矣。

十四丁未日(4月17日) 晴。终日在家枯坐,写楷字半页。晚间,阅旧时课作,随意搜寻故纸,披览数种,恍如十年前在粤光景也,惜当时无日记以志鸿雪耳。拟复绥弟书,未果。明晨须谒朔,因早寝。

十五戊申日(4月18日) 晴。卯刻,至庙候院宪香班。辰刻,至院道两署禀谒,均未见。陆费联卿今日接篆,往贺之,未晤。巳刻返寓。下午风雨交作,微觉凉。

十六己酉日(4月19日) 晴。是日,河辕月课,余不果去。下午,鼎臣来久谈。晚间又雨,兀坐无聊,取《绣虎集尺牍》随意观之。复子绥弟乙书,收到汇款回信也。

十七庚戌日(4月20日) 晴。接杭州吴仲耆寄来奠仪一番,长途寄此,亦可谓讲究应酬者矣。是日道署衙期,未去。午后,倦而假寐,不觉朦胧睡熟,醒来已黄昏时。取《通鉴辑览》,披阅数本,皆元明两代事实。又观《读史论略》一过。

十八辛亥日(4月21日) 晴。晨起,往河院,适遇止辕,未下车即去。访王麈斋、彭涵六,均未晤。访沙静斋,谈良久,午初归。午后,又小眠。傍晚,作楷字三行。

十九壬子日(4月22日) 阴。未出门。午后,访鼎臣,略谈,天将雨,即返。灯下无事,缮四弟信,未发。又作厚兄信,亦未完。是日,庖人求去,仆人何升愿司刀匕,所制馔较胜。晚间大雨,通宵未止。

二十癸丑日(4月23日) 阴。雨尚未霁。张君逸山开吊,因街衢难走,未往行吊。午后,眠于小斋,一时许方觉。兀坐无聊,取麟见亭《鸿雪因缘记》阅看。书为上海点石斋石印,批注纯用精楷,图亦楚楚有致,当时原本想亦不过如是耳。

二十一甲寅日(4月24日) 晴。晓风拂面,极凉,午后略和暖。闻街道淤泥极深,车行颇滞。欲出门访友未果,仍以《鸿雪因缘图》消遣。午后,沙静斋来谈。

二十二乙卯日(4月25日) 晴。早间,往河道衙参,未见。官厅少坐,遇孙豫生,知其将随河帅赴济宁。旋访石溪,未晤。至鼎臣

处畅谈，午正返寓。下午，阅《平定粤匪纪略》六本。晚间，作王稚
夔函。

二十三丙辰日（4月26日）　晴。清晨，出东门至接官亭送河帅
旋济宁驻署，河工同寅咸集，地方自中丞以次均往候送。辰正，河帅
出城，余等在官厅鹄立以俟，复至郊外揖送乃还。与涵六同进城，至
伊寓畅谈，午刻归寓。午后，石溪来访，谈良久。傍晚，封发稚夔信，
家信亦封入，托其饬送。淮信亦封发。

二十四丁巳日（4月27日）　晴。早间，彭涵六、王槐生、水惠孙
先后来晤。彭、水二君言城内大纸坊街有屋出典，索值千金，嘱余往
看，意欲余典住。午后，冯宝斋德华过，亦河工同班也。申刻，涵六来
邀，已相候于大纸坊街何氏屋中，因驾车往看，惠轩亦至。余内外周
历一过，嫌其前院无砖，遇雨雪天须行泥淖中，且屋亦太少，无设塾
地，不能用也。旋访鼎老，畅谈至二鼓才返。丹老因感冒，未晤。

二十五戊午日（4月28日）　晴。早间，至任俊生处拜其母夫人
寿。彭、水二君继至，告以屋不合用，可作罢论。旋答拜冯实斋、水惠
轩，均未晤，遇惠轩于途。又访陆费联卿、傅莲舟，均未遇，遂归。午
后热甚，开箱取夹衣数袭，以备不时之需。

二十六己未日（4月29日）　晴。东北风大作，甚凉。午后，许
西斋便衣过访，谈少顷去。闻明日换戴凉帽，如此冷天，颇觉不称，第
节近立夏，以其时考之，则可矣。长日无事，作致辅丞书二纸，以询四
弟踪迹，未寄。

二十七庚申日（4月30日）　晴。晨起，往道署衙参，未见。官
厅遇陆费联卿、彭、沙、洪、冯、刘诸君，少坐即散。旋往答拜宋忻如，
未晤，回寓。宋君又至，仍为公费事促余补具文领。午后，因拟一稿
送与忻如过目。晚间，忻如复来面谈，嘱余照稿速缮，何其如是卞急
耶？时余尚未晚餐，忍饥与谈，良久始去。

二十八辛酉日（5月1日）　晴。研香嗣君竹书世讲至自京师来
见，询知厚兄、舟弟均尚未出都。厚兄有信件带来，舟弟仍无只字见

寄,真可怪矣。下午,至日升昌取银,至书肆购书。闻黄家胡同有闲屋出赁,因顺道往观,屋不甚合式而租价极昂,可毋庸议也。禀藩司牍已将次缮毕,明日可续成送印矣。

二十九壬戌日(5月2日)　阴。午后,缮禀牍、银领各毕,送陆费联卿处借印。晚间雨。书肆将所购书送来,内有《古唐诗合解》一册,灯下与儿辈披阅,讲论数页。

三十癸亥日(5月3日)　晴。陈竹书送到厚兄来信暨口磨、搢绅、笺纸各物,笺纸佳且多,可感也。又罗俊才信并奠仪四金。竹书赠礼四色,收其二。午后,往答拜竹书,又访吟舟太守、鼎臣,均晤谈。傍晚回寓。

四　月

四月初一甲子日(5月4日)　晴。晨起将出门,丹丞过访,不多刻即去。余旋往道署谒朔,未见。官厅与陆费联卿畅谈,午前归饭。将宋忻如所索禀件送去,交其转达薇垣。未刻,接四叔、绥弟来信各二件。绥弟信中长言九纸,阅之足慰离思,并知大兄枢过淮城,适绥弟在彼,往奠于舟。下午,即作四叔禀,又复厚兄、绥弟两函,均未封,尚有续笔也。厚兄赠笺甚多,因分赠丹、鼎二公,人各三匣。是日,又接汪子常世丈来信,并寄大兄挽幛一轴,容日当须作覆书寄之。

初二乙丑日(5月5日)　晴。早起,往道署谒见监司公,巳刻归。今日立夏,祀祖,行荐新礼。午后,陈峻梧观察来晤。下午,又作罗俊才复信。晚间,阅古文。

初三丙寅日(5月6日)　晴。终日在寓。午前,腹胀,遗矢数次略觉松动。饭后,鼎臣来谈,雨忽至,鼎臣遂去。下午,制桂花糖水晶包子以作小食,味颇甘香。桂花乃客秋携自杭州者。离乡渐久,故乡风味以得尝为快也。晚间,阅《史记》中列传数篇。

初四丁卯日(5月7日)　晴。早间,接四弟都中来信,颇详。数月盼望之情,庶几稍释,计此时伊当已出都矣。午后,往拜客,晤姜锡三,渠寓老官街,屋甚佳。上房有七开间,为省中不可多得之屋。申刻回寓,接砚香杭州来电,知大兄枢于三月十五日抵里。砚香询诸地师姚君密斋,据云今年可以办葬,已择定四月十五日破土,廿七日安葬,候余回电定夺。当复一电信,令其如期举办,此举真乃最妥之事。盖四弟不日即将远宦甘肃,大兄停枢于杭,无人照料,余心大不安,趁四弟假旋之日,将窀穸营就,则余兄弟之心既慰,大兄之体魄亦安矣。惟樾儿之枢能同时购地同时办葬,庶足遂大兄父子相依之愿,当于电信中略言一二,亦托研香办理,计彼时四弟必到家,此事当易如愿也。晚间,又致砚香一书,并作四弟书,未毕。因明晨本道上丁,须往送,遂早眠,然时已子正矣。

初五戊辰日(5月8日)　晴。寅正起,往道署送行。辰初回寓,遣人询陈竹书有无家信附去。少顷,竹书至,告以乃翁昨有电报云云,约在节后才能返棹,尚可寄一信至杭,不至相左。伊回家写信,余遂将致四弟写毕,同砚香家信同寄。午后,备一幛款,以所收洋布幛送同寅乔友三通守。乔君与余未谋面,伊客腊病殁,家甚贫,昨由首厅出知单于各同寅处告帮,以钱代礼,人各一千。余曾付以千钱而去,然悯其家贫子少,虽送钱仍复送幛,俾有所悬挂。盖诸君送钱者半皆不另送礼,恐其开吊时悬幛太少,故余仍送此礼耳。

初六己巳日(5月9日)　晴。早间,往奠乔友三同寅,去者寥寥。陆费联卿甫自工次返,在彼照料永日,可谓敦友谊者矣。午后,姜锡三、武吟舟先后来晤。是日热甚。

初七庚午日(5月10日)　阴。午后,答拜新理事厅恩君,未晤。访陈蔼如,晤谈良久。时蔼如撤任闲居,故往候之。雨渐作,少顷住。往访丹老,谈一时许。鼎臣出门,未晤。傍晚,雨又大作,遂归。

初八辛未日(5月11日)　阴。终日未能出门。当将四叔、绥弟各信封寄,又复罗俊才、贾维周两信,亦封寄。晚间雨更大,甚冷。接陈砚香抵杭来信乙件。

初九壬申日(5月12日)　晴。街道泥泞,不能行车。闻汪毅山抵省,拟往拜,不果。日间,作辅臣、乃秋暨吴季卿信。晚间,阅古文。月余以来,无所事事,候补况味,足以销陨人之志气,真无聊之极也。

初十癸酉日(5月13日)　阴。早间,未出门。午后,往访鼎臣,适鼎臣将出门,车已驾矣,少坐即归。往拜汪毅山监习,与谈少顷,馈以蒸肴二,以尽交谊。晚间,赋成七律二章,赠鼎老兼以抒怀也。

十一甲戌日(5月14日)　阴。终日雨,迟鼎臣不至。阅《守约斋丛书》二函,此书为番禺李恢垣吏部所编。恢翁与先大夫辛亥同谱,余在岭南曾谒见之,粤东耆宿也。晚间,录余所作诗致鼎老。

十二乙亥日(5月15日)　阴。终日雨,未能闲步。检旧锡器拟换铸新器皿。晚雨略霁。阅《曾文正家书》数本。余最喜他人信札,故阅而忘倦也。

十三丙子日(5月16日)　阴。雨住而阳光未放。午前,往王仲培处贺其乃郎完娶之喜。街中泥淖太深,殊有覆车之虑。在王处遇卫小山、陈隽吾、李小圃、严茂之、沙静斋、陈石溪诸君。午刻返舍。下午,延痘局黄君来寓为槐儿种牛痘。带来豆浆小孩暨车马钱费去二千文矣。

十四丁丑日(5月17日)　晴。早间,往拜鞠观察寿,遇陈蔼如、彭涵六、刘沛沾三君子,官廨小坐即散。午刻,周子绂来谈片时。兀坐终朝,极盼客至,所谓闻空谷足音而喜者也。

十五戊寅日(5月18日)　晴。寅初起,往金龙四大王庙候香班,辰初归。街道泥淖甚多,颇难行。返寓不复出门,惟终朝兀坐而已。下午,检大兄诗册,录写数首,皆昔时寄余之作也。夜间雨更大,终宵未住。

十六己卯日(5月19日)　晴。雨住。起略晏,已巳正矣。极思出门,而道路泥泞,万难行车,只好枯坐萧斋默念。家润生赴津沽,忽忽两月矣,音信杳然,不知所办事如何,因作字询之丹老,渠处亦未得其消息,殊不可解矣。晚间,又阵雨数次。灯下,赋成七律二首赠丹老。

十七庚辰日(5 月 20 日) 晴。河道衙期未去。午前,录所作诗呈丹老。午后,钞大兄诗数页。姚少适有胞侄殁于京师,以讣状来,因以羽纱横额为礼。下午,查仰梧以字来乞贷朱提十金,余半其数予之。其复字来,则直称拜登嘉贶,更不复言借矣。

十八辛巳日(5 月 21 日) 晴。未出门。午后,又录大兄诗数首。傍晚,作耕瑶信,未封寄。是日又雨。

十九壬午日(5 月 22 日) 晴。巳刻,又阴雨。冒雨往相国寺姚少适处行吊,即在彼午饭,遇鼎臣、丹臣诸君。饭后,陈隽吾来,余陪坐片刻,遂偕鼎臣同归,与丹、鼎二公谈永日。傍晚,丹老出火酒、烙饺相与小饮、点心。初更时返寓,接清如、鹿苹、维周信三件,又庶母信,清如代笔所作。久不接杭信,今甫得之,稍释愁闷。会试揭晓,已见题名录,杭人中者三四名耳,熟人尤少。

二十癸未日(5 月 23 日) 晴。日光皎洁,不似前数日之阴凝。终日未出门。午后,修发。发耕瑶信,又复胡鹿苹信,未写完。大兄任内尚有未领公费四百余金,虽系各属拖欠,然微闻有解至后任汪君处者。余见汪时,汪含浑其词,并未有照帐划归各清各款之语。今将某处欠某季数目细开一纸,拟托丹老代为设法先向各州县函询,嘱其速解,俟得各处复音,即知其中节概,彼时再与汪君计较可耳。

二十一甲申日(5 月 24 日) 晴。午后,往贺邵漪园加二品衔之喜。复往访陆费联卿,谈许久。拜周子绂夫人寿,在彼晚饭。鼎臣、汉臣、任俊生、文量甫均在座,初更时返寓。

二十二乙酉日(5 月 25 日) 晴。晨起,往道辕衙参,复往贺芝樵处贺其嗣君完姻之喜。辰刻归,水惠孙、彭涵六两君偕至,水先去,彭又谈片刻才去。午后,丹老来谈,知家润生已归,所事不克成,原款仍汇回矣。傍晚,子绂、汉臣又来,谈少顷,旋去。子绂为谢寿而来,汉臣则久未见访故,顺便一来也。余闻润生至,甚慰,尚有与谈之事,明晨拟往访之。

二十三丙戌日(5 月 26 日) 晴。午后,往访彭涵六、宋忻如,在宋君处久坐,查知公费有续经解到一款,大兄任内应得百金。宋君主仆通同,意在干没,可鄙可恨,与办良久,方允随后交出,亦可谓狡猾矣。晚饭后,鼎臣来谈,良久甫去。

二十四丁亥日(5月27日)　晴。早间,陈蔼如来答拜,晤谈片刻。饭后,邵漪翁来谈良久。傍晚,家润生来谈,得悉银已汇回,事未成就。灯下,将历次领公费数目开一清单,拟再与宋忻如理论也。

二十五戊子日(5月28日)　阴。终日微雨。下午,往贺水惠轩犹子完姻之喜。又与宋忻如理论良久,伊无可狡辩,乃执泌阳州所解一款,谓其六季仅付四季之银,不知其作为某季之款,只好暂存不分,俟函询前途指明作某季算,方能按任分派等语。所谓君子可欺,以其方也,余姑舍此款不计,亦尚应找回六十五金。伊言备有文领,伊即照发,然已大费唇舌矣。傍晚回寓,即缮禀藩司文稿,以便早日领出,免致宋君再生枝节也。

二十六己丑日(5月29日)　晴。早间,将禀稿拟就,请陈竹书誊清,以便早日支领,为端阳开销之用。饭后,往访润生,不晤。复至鱼池沼访鼎臣,谈一时许。丹老来一转,有客至,未能畅谈,傍晚回寓。灯下,缮虎臣、子扬两内弟信。

二十七庚寅日(5月30日)　晴。晨起,往谒见本道。巳刻散,因至陈观察寓斋茗话片刻,午前返寓。饭后小眠,醒后缮发京信,致乃秋、辅丞、季卿叔岳信各一,均交季翁转送,虎臣昆仲书亦附去。闲坐偶忆及袁简斋先生《上黄太保书》,不能举其辞,因取《随园文集》披阅数页。灯下,接研香自杭来信及用宾信兄各一械。

二十八辛卯日(5月31日)　晴。午刻,陈石溪来访,阍人见余方午餐禀白,即假出门为辞。余颇思与石溪晤谈,已莫及矣。午后,陈峻梧来答拜,谈少顷而去。竹书所书禀件书就送来,当送廉卿处借印。余近况颇窘,专俟司库公费一款度节,故以速领出为幸也。

二十九壬辰日(6月1日)　晴。早间,送文领赴司请领公费,宋忻如以封库辞,约下月初三往领。饭后,访陈石溪、刘沛旃、刘苇舲,均晤谈许久。酉初回寓，丹、鼎、润三君子同来访余，少坐即去。丹老因看屋，邀同二君偕往，顺道以至此。是日甚热。

五 月

五月初一癸巳日(6月2日) 晴。晨起，往黄大王庙、将军庙候香班，复偕涵六、惠轩主倭、袁二公祠一游。卯正回寓时，家人辈尚未兴也。午后，小眠数刻。傍晚，抄大兄诗数首，阅《随园续同人集》及《尺牍》等各数页。是日甚热。

初二甲午日(6月3日) 晴。是日为先祖诞辰。樾儿以去年今日亡，忽忽一载矣。午刻，祀先，并为儿设供，既伤儿命之短，亦怆念大兄之相继而逝也。心绪悲闷，懒于出门，河道衙期未往听鼓。午后，竹书来少坐。

初三乙未日(6月4日) 晴。早间，宋忻如有字来，嘱往领六十五两之款，即饬人取归，易钱开销节帐，顷刻而尽。午后，润生来，一谈即去。是日奇热。

初四丙申日(6月5日) 晴，风大而热。午前，刘苇舲来答拜，晤谈片刻。傍晚，往访鼎臣，谈一时许，坐有瞿鼎臣、陈君昌年之弟。二君子邀鼎臣晚酌，余不便久坐，遂登车返。

初五丁酉日(6月6日) 晴。晨起，往上司衙门贺节，巳牌时归。午刻，祀祖毕，将饭。鼎臣适来，遂留共饭。未刻，鼎臣去，余小眠刻许。傍晚，竹书、竹邨先后来晤。是日尤热，居然炎夏光景矣。

初六戊戌日(6月7日) 晴。闻三及第之信：第一贵州赵以炯，第二江苏邹福保，第三江苏冯煦，二甲第一则湖南彭述也。按国朝贵州尚未出过殿元，今赵君获膺此选，彼都人士于有荣焉。晚间，润生来，与商生理，日内财将告匮，与商生法耳。

初七己亥日(6月8日) 晴。晨起，至道辕衙参，止衙未见，辰刻返。日间热甚，阅《通鉴辑览》以消永昼。晚接维周、少香各一信。

初八庚子日(6月9日) 晴，热甚。崖斋来谈，少顷去。终日未出门,岑寂之至。作少香、维周复书。晚间,走笔向鼎臣借书,渠以《西厢记传奇》假阅。余于闲书,好观各种笔记而不喜小说传奇,故未遑披览也。

初九辛丑日(6月10日)　晴。风大而热。午后,访王勤斋。窦先生数日未进馆,往访之,知其因病不来,非有他故也。复往访鼎臣、润生,与谈时许,遂归。丹老见访,未晤。

初十壬寅日(6月11日)　晴。先生病愈到馆,先遣车迓以来。午后,查养梧来谈。是日风甚大,颇冷,余感寒伤风,微觉不适。晚间,阅《小豆棚》《小家语》各种闲书。

十一癸卯日(6月12日)　晴。伤风未愈,颇觉不适。迟陈石溪不至。午后,丹老来,谈片刻去。晚阅各种闲书。

十二甲辰日(6月13日)　晴。疾仍未愈。午后,石溪来诊,兼为阿庆诊治风疹,开方而去。是日热甚。下午,接沈退庵复信。晚间服药后较为清适。

十三乙巳日(6月14日)　晴。早间,修发。午后,往访丹、鼎两君子,遇润、仰及瞿氏昆季于坐。余最后去,归家已月上矣。

十四丙午日(6月15日)　晴。早间,往东司候许方伯。因司署前日不戒于火,烧屋甚多,故往候之。复往拜吴抱仙、汪子庆,均晤。访姚少适,未晤,午前返寓。午后,往访陈石溪,晤谈良久。傍晚,至周子绂处少坐,遂归。

十五丁未日(6月16日)　晴。黎明,至大王庙候香班,与诸同人立谈数语方散。回寓后,检理衣箱物件等,忙碌终日。子绂来访,辞以昼寝,实因监视仆辈晒晾衣物,未克分身,故不之见,拟再往访之可耳。

十六戊申日(6月17日)　晴。早间,赴浙江会馆补祝关帝诞辰,因留观戏一永日,晤抱仙、茂之诸公。茂之搭桌请贾韵珊太守,韵珊为湛翁犹子,己未世弟兄也。自会馆散后,适闻湛翁升两淮运使之信,遂往禀贺,兼拜晤韵珊太守。傍晚返寓,接忠甫信,并致大兄奠仪二金,忠甫可谓不遗在远者也。

十七己酉日(**6 月 18 日**)　晴。晨起,至道署衙参,未见,辰刻返寓。午后,往访鼎臣,遇润生于座,与谈许久。借丹老架上旧同官录一册,携归阅看。是日,制肴点数品,馈贾韵珊。

十八庚戌日(**6 月 19 日**)　晴。早间,汪子庆、钱心田两通守均来晤。午后,接研香信,知大兄葬期改于五月初一,樾儿附葬于旁,初六登穴;并悉四弟尚未抵里,计此时必未起程赴陇也。下午,韵珊来答拜,晤谈片刻。是日热甚。

十九辛亥日(**6 月 20 日**)　晴。午后微雨。函致陆费联卿,托其禀请派在伊处防汛,廉翁应允。男仆李云与幼婢双桂久犯桑中之孽,今日事败,并牵连仆妇陈妪,三人者盖朋比为奸,互相勾引者也,事审得实,斥逐有差。

二十壬子日(**6 月 21 日**)　晴。丹、鼎两公来畅谈,丹翁见还物价卅乙金。余极有丝竹之兴,拟在寓演戏一日,与二三友人畅叙,并可令妇孺观看,亦人生行乐之一端。何苦局促为辕下驹,瞻前顾后,一步不敢驰纵,且歌咏升平,亦无伤于大雅。曾以此意告鼎臣,鼎臣以为无伤。今日来访,谈次忽又阻余,此举殊堪诧异,然而余雅兴勃勃,不可复遏。鼎臣虽有言,余固不能舍己从人也。

二十一癸丑日(**6 月 22 日**)　晴。清晨,往迓河帅,至曹门外久候不至,时已未初,饥肠雷鸣,只得返寓吃饭。饭毕再往。甫及城门,遇道逆者归,知旌旗在望,行将抵城,出迓已无及,因折回至河院行辕投手版。少顷,帅节旋辕,命下不见,同人各鸟兽散。是日热甚,挥汗如雨。

二十二甲寅日(**6 月 23 日**)　晴。终日在寓,内子出门一永日。余复忠甫信,又作四弟书,均未寄。

二十三乙卯日(**6 月 24 日**)　阴。终日微雨不住。余略感寒,头痛足酸,胃纳亦减,晚食午时茶两杯。呼修发匠,推纳筋络。夜间,拥衾而卧,出汗甚多,疾可从此解矣。

二十四丙辰日(**6 月 25 日**)　晴。早间,河帅之兄竹铭廉访来答
拜。陈竹书来谈少顷。余疾仍未瘳。午后,鼎臣见访,谈甚久。晚饭
后,就诊于陈石溪,开方服药。

二十五丁巳日(**6 月 26 日**)　晴。晨兴,病仍未退。严茂之太守
来答拜,晤谈片刻去。午后,仍取昨日药方撮药煎服。傍晚,丹老作
札来问疾,走笔复数语。

二十六戊午日(**6 月 27 日**)　晴。疾少间。午刻,吴抱仙来答
拜,谈少顷。下午,润生来谈,偕往西大街看屋。傍晚返,所看屋不
合意。

二十七己未日(**6 月 28 日**)　晴。晨起,往道署衙参,未见。往
河院,先谒竹铭廉访,同寅均往见。竹翁均不相识,惟与余在浙有数
面之识,与谈片刻而退。复上手本谒见河帅,谈片刻散,回寓已午正
矣。连日虚火上升,牙肉疼痛,右腮突起一核,肿而且疼。

二十八庚申日(**6 月 29 日**)　晴。晨起,右腮愈肿。早间,往访
石溪诊脉,未遇。答拜钱心田、李荫南、孙豫生,均未晤,午初归。是
日为四儿试周日,设馔祀先,并以自享焉。

二十九辛酉日(**6 月 30 日**)　晴。辰刻,至陈蔼如处奠其弟。即
刻返寓开场,呼伶人演戏永日,邀武吟舟、周子绂、鼎臣、墨庵、家润
生、陈竹书诸君小叙。丹老因事未来,令其喆嗣代席,诸同人眷属亦
有至者,内外颇形热闹,三鼓方散。是日热甚。余左右两腮颊均肿而
疼,勉力支撑一日,觉甚惫倦,就枕时闻鸡鸣矣。

三十壬戌日(**7 月 1 日**)　晴。两颊仍未愈,作札约石溪,在家相
候,拟晚间就其诊视,以便服药调治。初更时往访石溪,请其开方,连
夜检药煎服。是日接孙晓苹信,当即泐复。

六　月

六月初一癸亥日(**7 月 2 日**)　晴。两颊仍痛,未出门。接清如
信,并清如代庶母所作书,当即泐复。又致稚夔一械,请其付洋蚨二

百番与庶母,因彼处来索接济故也。

初二甲子日(7月3日)　晴。辰刻,开台演戏,与妇孺家晏,作竟日之嬉。所演昆腔极劣,余素嗜昆曲,未能惬心贵当也。三鼓戏阑,天气渐凉,遂寝。两次唱戏均系庆福班,伊部中旦脚名桂莲者,年才十五,貌颇秀媚,惜喉音不亮,其余更自桧以下矣。

初三乙丑日(7月4日)　晴。早接淮城铭嫂来械,索月费,余前日已嘱子厚划付,何致仍未收到,当再函致子厚,嘱其速付可也。连日索财之书纷至沓来,殊难摆脱,奈何! 早起,腮颊间犹觉疼痛,肿亦未消,仍服原方药一剂。晚饭后,身忽发冷,疝气右坠,终夜寒热往来,甚觉不适。

初四丙寅日(7月5日)　晴。晨起,病甚,右肾偏坠,酸痛异常,头亦发烧,当作字询鼎臣觅医。鼎老荐田医来诊,服药未见大效。下午,鼎老来问疾,余强与卧谈,甚为狼狈。终宵气坠腿疼,诸病齐作,转侧未能成眠。

初五丁卯日(7月6日)　晴。疾如故,复延田医,方与昨同,加用熟地,余嫌其腻,尚未敢吃。鼎老作札来问疾,亦劝慎于药饵。余因去熟地、厚朴二味,余物照方煎服。夜睡仍未能安,气坠似觉略减。

初六戊辰日(7月7日)　晴。早间,遣儿赴吕祖阁求神方检药煎服。方用远志、枣仁、麦冬、茯神、灯心,共五味,皆补心安神之品。方中注明七剂,遵即先服一剂。午后,神稍振,阅《笔花医镜》,见田医所用药均与古方符合,遂重取田方照服一剂,中有熟地,并不觉腻,始信田医未可厚非也。计服田方四剂,颇有津津奏功之象。夜来亦较安,惟子时后天气太热,殊难熟睡耳。是日检雷葛布料二件送陆费廉卿,因其托彭涵六来言需购此物,余适余于葛,故以赠之。所以扶病检取者,恐误伊穿用也。

初七己巳日(7月8日)　晴。早服仙方,午服凡方,仙凡相辅而行,病势居然渐退矣。午后太热,夜间尤甚,不能就枕。病状已退去五成,惟右坠如昨,胃纳稍壮,两餐均食挂面。

初八庚午日(7月9日) 晴。热尤甚,终日卧榻最苦。头热头痛均愈,惟右肾仍偏坠。晚间食面,以淡菜汤下之,颇觉有味。夜来极热。

初九辛未日(7月10日) 晴。早间,请田医复诊换方。是日气坠亦稍愈,服药用清补之品。午后天微阴,小雨一阵,稍觉清凉。晚间大雨彻夜,仍不甚凉。

初十壬申日(7月11日) 晴。尚不甚热。余疾亦渐瘳,今日右坠见消,惟口中有时仍觉发腻耳。午前仍服仙方,午后服田方。下午,接季卿叔岳信,知其保升员外。又得子扬信,内子稍慰于怀矣。

十一癸酉日(7月12日) 晴。疾少间,至书斋小憩。午刻,延田医换方。作札致彭涵六,询其防汛差已否奉札,并告以廉卿所需袍料已送往矣。午后,大风一阵,微雨数点,稍觉清凉。闻河防差均已下委,而余独向隅。涵六复字来,述及到工不足一年者均未派汛差,盖旧章如此也。傍晚,接鼎老字,知丹丞乃弟三先生在籍病殁,因作函慰问之。

十二甲戌日(7月13日) 晴。疾渐除,惟右肾尚觉微坠。清晨,涵六来访,未晤。少顷,接其来字,提及此次派出汛差有人已病故,尚须改委者,廉卿已为余说项,未知消息如何耳。

十三乙亥日(7月14日) 晴。晨起,往穆霭堂吊陈蔼如乃弟之灵,同寅均先后至,各晤谈数语散。旋访鼎臣,并答拜查笙庭,均晤谈。午后,复出门,访涵六、联卿,晤谈颇久,傍晚归。晚间大雨。

十四丙子日(7月15日) 晴。终日未出门,将京信、杭信均缮完,封固。京信托刘沛旃带,杭信拟由局寄,尚未发出。晚间,接魏子莼大令复书乙械。

十五丁丑日(7月16日) 晴。寅初,至黄大王庙候香班,至辰正河帅始到,同人均集。复至栗大王庙一行,始散。是日热甚,接子先信。

十六戊寅日(7月17日) 晴。连日喉微痛,复延田医诊视,开方服药。午前,润生来。午后,涵六来,均久谈。傍晚,接研香信,知其前月动身。

十七己卯日(7月18日) 晴。晨起,往道辕衙参,未见。旋答拜宋忻如。午前,鼎臣来谈。午后,往访丹、鼎两君,谈甚久,遇李汉臣,旋返寓。

十八庚辰日(7月19日) 晴。是日入伏,院道均往各河神庙行香,吾侪清晨往站班。复往院道两署行贺,午前散归。

十九辛巳日(7月20日) 晴,热甚。下午微雨,仍不觉凉。终日未出门,彭涵六以《回澜纪要》《安澜纪要》二书见贻,皆河工事宜也。长日批寻,借资练习。

二十壬午日(7月21日) 晴。辰正起,较往日略晏,甚觉酷热。午后,廉卿函告汛差已邀河帅补委,不日可奉札,同补者五人。下午,往访廉卿,知此事经伊力求方荷宪允,廉翁诚可感也。复至院署询问巡捕李岱如,据云札已送稿,俟判行后即可缮发也。访李小坪未遇,遂归。

二十一癸未日(7月22日) 晴。终日未出门,延田医为四儿诊脉服药,余亦就诊焉。午后,鼎臣过访,谈少顷去。在寓静候永日,委札尚未送来,不识何故,岂又有中变耶?灯下,接河院札委,赴卫粮防汛。是日,鼎臣、竹书、小坪均来谈。夜间大雨。

二十二甲申日(7月23日) 阴,雨未止。小坪来,偕往院道禀辞。涵六亦来访,晤谈甚久。

二十三乙酉日(7月24日) 阴。早间,延医为内子、四儿诊脉。午刻,祀祖。晚间,王槐生来晤。

二十四丙戌日(7月25日) 阴,甚凉。午后,往丹、鼎处一谈,拟明日上工。

二十五丁亥日(7月26日) 晴。辰刻,自省行,因渡河迁延。傍晚,始抵卫粮,下榻厅署。此间无甚工程,厅署张季文司马未在署中,伊住祥河,平时多在公馆,约河帅临工时方来一次。询知帅节须初三才能莅此,余来工太早,殊无谓。晚间,与库储王明轩、账房张益君共饭。夜雨颇大。屋多蚊,殊难安枕。早知如此,过月杪再来亦无伤,何必如是哑哑耶?

　　二十六戊子日(7月27日)　晴。辰初起,无事,又假寐片时。厅吏索院札办到工禀,即交付之。午前尚不觉热,住屋颇轩敞,惟静坐焚香而已。下午,至库储王君书房略谈,账房张益君来余屋少坐。晚间,在西院吃饭,颇凉爽。初更又细雨一阵,亥刻即眠。

　　二十七己丑日(7月28日)　晴。余在此三日,防汛诸君尚无继余而至此者,张季文亦尚未来署。闻下北厅属有险工禀请院道临工,大约河帅到此必速,不至迟至初三也。果尔,则余可早日旋省,久住此地,殊嫌岑寂,恨不早返省垣耳。午后热甚,厅署屋颇多,但年久失修,坍塌大半,安得大力者葺而新之耶?午后,食西瓜半个,小眠片时。王、张两君均来小坐,晚间共饭。有守备花君林芳在座,此间营官也,人极粗鲁,自是武弁木色,不足怪耳。

　　二十八庚寅日(7月29日)　晴。午后,移至二堂西夹室居住。傍晚,张季文旋署,薛仲华亦来住工。晚饭后,相与在西院茗话,一时许方散。仲华拟专差至省送信,余亦拟附一家书带去。

　　二十九辛卯日(7月30日)　晴。早间,季翁至余屋答拜,晤谈片刻。省差将行,即作谕二儿书,交其带去。午前,至账房闲坐,季文、仲华及诸幕宾均在座,谈甚畅。午后,修发。下午,蔡君恒仁至,亦防汛委员也。蔡、薛二君同住西偏院屋,余仍寓二堂西夹室。晚间,与同人在西院坐谈许久,甚凉,遂归。

七　月

　　七月初一壬辰日(7月31日)　晴。仍在荆隆工差次。季文仍返祥河私宅,仲华与有戚谊,亦偕往,惟余暨蔡君在工静守,颇嫌寂寞。傍晚,专足返,带有王贵致金福书,知余信已接到,省寓均安,惟四儿腹疾仍未瘳,颇以为念。小孩久泻,大非所宜,余久滞此间,欲归不得,徒烦心意,奈何!晚间,与张益君谈片刻。

初二癸巳日(8月1日) 晴。晨起,颇清凉。益君来余屋小坐片时。下午,厅中得信,知本道将临工,余所住屋须腾出相让,只得移至西隅偏院,屋小如舟,湫隘难耐,而无可如何。傍晚,张季文因迎送本道,复来署。

初三甲午日(8月2日) 晴。午前,北道裕公昆抵此,往谒见,与谈片刻。闻河帅因上南有工,尚无渡河确信,恐初七八仍未能莅此,余来已旬日有余,无所事事,甚觉无聊。河帅果未能速来,余颇思旋省,不愿相待矣。午后,裕观察旋去,季文送裕公出境,仍返陈桥。

初四乙未日(8月3日) 晴。辰刻起,询知河帅仍无信息,实深焦急。终日兀坐,甚闷。下午雨。

初五丙申日(8月4日) 晴。早间得信,河帅暂返省垣,迟日再临河北,余定准明晨旋汴。季文在陈桥未来。晚间,账房有人设席相饯,同差蔡春如约同行。初更时,季文送薪水印领一纸,计银四十两,另随封四千文。

初六丁酉日(8月5日) 晴。卯正,自荆隆工行,春如同登程。巳正,至黑㘭口渡河。午正,登岸。未正,抵省寓。家人均平安,惟四儿腹疾仍未愈。

初七戊戌日(8月6日) 晴。午后,出门拜客,晤王廛斋别驾、薛云溪、仲华两乔梓、陆费联卿司马,均茗话时许。答拜新下南厅朱景庵司马,访子绂、丹丞、鼎臣,均未遇。丹老抱恙未愈,鼎臣外出,故未得见。傍晚返寓,接子厚二兄来信,提及五月间汇银二百两至杭交四弟,为大兄办葬用,即作为还余借项,因余之当息尚未取出。大兄葬费系由四弟代垫,故将此款寄归四弟耳。

初八己亥日(8月7日) 晴,甚热。午前,彭涵六来访,谈许久。余查检物件,失去北厢房内呢幛数个、烟土四包、手卷陈墨乙匣,不知何日被人窃去。家丁辈各推不知,竟无从稽考,用人之难如是,真堪痛恨。午后,焚香静坐,阅梁茞林中丞所著《浪踪丛谈》六册,以消长日。灯下,复厚兄信,写毕,未寄。

初九庚子日(**8月8日**) 晴。午前,家忌祀祖。午后,拜客,晤赵幼循大令、邵漪园观察,均谈甚久。访汪子扬通守、吴隽卿刺史、陈峻梧观察、何定甫别驾,均未遇。旋访陈竹书,晤谭少顷。傍晚返舍,知仲华来访,探闻河帅十二日北渡,伊拟十一日重赴工次,约余同往。余颇不愿再去,容作字辞之。是日,发厚兄书。晚间月色甚佳,与妇子露坐中庭,茗话时许,三鼓方眠。

初十辛丑日(**8月9日**) 晴。晨起,竹书来谈片刻。午后,作字与薛仲华,请其先发,不须相待,余不愿再往矣。晚间,坐庭院与妇子斗牌为戏,子刻始就枕。

十一壬寅日(**8月10日**) 晴。终日未出门。晚间,宋忻如送字来,嘱具禀补领大兄任内公费银廿四两零云,系泌阳、镇平两县所解。灯下,缮就禀稿,明日倩竹书代誊可耳。

十二癸卯日(**8月11日**) 晴。早间,函致竹书,嘱缮禀件。午后,将禀件送下南厅借印。下午,内子率儿辈往游城外诸园,傍晚始归。连日酷热异常,今晚忽风雨交作,陡觉凉气袭人。晚饭后,天气开朗,月色大明。润生来一谈。

十三甲辰日(**8月12日**) 晴。早间,吴隽卿刺史荣棨来,晤谈。午后,阅《南北史捃华》数页。借印禀件已送来,即交宋忻如。今日适薇垣开库之期,却好支银,计又领到公费银廿四两零,连选次所领,共三千二百四十两,尚欠三百六十余两,恐未能到手矣。

十四乙巳日(**8月13日**) 晴。早间,子绂来访,谈及下河、泉河二厅均有开缺之信,果尔,则可望题补,但不知其说确否耳。午后,研香来字,知其至自杭,带到史书、火腿等物。时已薄暮,研香不及来,余拟明晨访之,庶可询悉四弟近况也。

十五丙午日(**8月14日**) 晴。早间,访研香、鼎臣,均晤谈。砚香于五月廿四自杭州返棹,彼时四弟归甫十日,各事尚无头绪,亦无家信交带,计此时尚未必起程也。午前返寓,祀祖。饭后,砚香来,交到汪同伯、许清如两信。下午,丹丞来访,傍晚去。连日热甚,夜间不能熟寐。

十六丁未日(8月15日)　晴。早间,往拜邵、董二公寿。访涵六不值,适遇于途,两车相对与谈数语,巳刻旋寓。下午,集书箱抖晒,旋因雨中止。

十七戊申日(8月16日)　阴。午前,风雨交作,颇有秋意。午后,涵六、鼎臣、润生三君来访。余久不临帖,昨检出皇甫碑九成宫各一本,暇辄临摹数纸,颇觉有味。晚间,凉风习习,枕上易于交睫,不似前日之酷热难耐矣。

十八己酉日(8月17日)　早间,陆费莲青来访,晤谈片刻。阅楼升致金福书,言及四弟拟携眷来汴暂住,自己先往甘省,余须预为觅屋。适对门有空屋腾出,即往一看,屋尚敷用,家具亦齐,微嫌价稍昂耳,因不知其果否来此,未能遽为定租。终日未出门,阅纪晓岚《协揆笔记》数册,借以释闷。

十九庚戌日(8月18日)　晴。甚凉,可衣两单。早间,往唁王吉人大令丧偶。拜新任祥符县朱大令、下南厅朱景庵,均未晤。回寓后,督仆抖晒皮衣。围人李姓与仆人王顺口角斗殴,致将王顺头面殴伤,血流被体,当函致祥符令将其送交县中惩治。比县中饬役来捕,而围人已逸去矣,只得饬役沿街访缉,未知能捕获否也。晚间,另易一御者,无何而荐人者纷纷,殊有不暇应接之势。

二十辛亥日(8月19日)　晴。未出门。午后,内子率儿辈往游龙亭,余在寓观《阅微草堂笔记》。鼎臣有字荐围人,未收用。昨所留者,乃王槐生所荐者也。

二十一壬子日(8月20日)　晴。午前,竹书来,托以换钱存店事,因银价陡涨故也。连日天日晴和,晒皮衣两箱。

二十二癸丑日(8月21日)　晴。午后,访吟舟、鼎臣、子绂三君子,均晤,谈甚久。在鼎臣处遇查仰梧、陈三世兄,回寓已黄昏矣。是日热甚。

二十三甲寅日(8 月 22 日)　晴。终日溽暑,未出门,仍理衣箱晒晾,阅《渔阳山人年谱》二册。

二十四乙卯日(8 月 23 日)　晴。砚香来访。终日检理衣物,稍闲则阅看梁敬叔《池上草堂笔记》。

二十五丙辰日(8 月 24 日)　晴。早间,拜陈秋圃年丈,未见。访王勤斋,谈颇久。归途风甚大,尘沙扑面。午后略热,欲晒衣未果。晚间,又阅《池上草堂笔记》一册。

二十六丁巳日(8 月 25 日)　晴。晨起,赴相国寺陪吊。是日,丹丞为其弟箓谷设奠成服,吊客来者百余人,余在彼永日,晚饭后方归。天气奇热,挥汗如雨。鼎臣到颇晏,散时与余同行回寓。复料理送董、李两处喜幛,两处均系明日喜期,天晚不及送礼,只好明晨往送矣。

二十七戊午日(8 月 26 日)　晴。晨往董绪堂、李小圃两公处贺其乃郎完娶之喜。董处适已入席,遂略坐片刻。李处茶毕,即辞出。午后,小眠时许,仍觉汗如雨下,秋热如是之甚,亦罕遇者也。

二十八己未日(8 月 27 日)　晴。晒单夹纱一箱。终日未出门。晚间,偕妇子斗牌为戏,三更方眠。

二十九庚申日(8 月 28 日)　晴。午后出门,贺李竹邨任虞城之喜,未晤。访汪子庆、李建三,均晤谈片刻。建三乃郎书法甚佳,嘱其为儿辈书印仿数纸。

八　月

八月初一辛酉日(8 月 29 日)　晴。润生来谈,将存永茂款项书券交来。子绂荐一仆人马升,适余将添人,遂留试用。

初二壬戌日(8 月 30 日)　晴。早间,研香来谈。午后,仰梧来谈。日间无事,为二儿书印仿三纸。

初三癸亥日(8 月 31 日)　晴。甚凉,可衣两夹。连日闷坐萧斋,一无所事,殊嫌岑寂。早间,汪子庆、陈竹书均来谈。午后,阅闲书以资消遣。

初四甲子日(9月1日) 晴。早间,往满城拜城守尉斌子俊寿。又拜何星乔年丈、穆远峰观察,均未见。街道尘沙扑面,出门殊苦。

初五乙丑日(9月2日) 午后,往拜,晤双凤岩直刺、彭涵六、陆费莲青三君子,谈颇久。访陈石溪,未晤,傍晚返寓。微雨一阵。

初六丙寅日(9月3日) 阴。午前在寓。午后,至涵六处,偕往看屋数处,为四弟眷属来此居住之用所看,均不甚合式。惟行宫后路北一宅尚可用,家具亦全,索租价每月十三千文,拟稍迟数日即为赁定此宅可耳。晚间又雨。

初七丁卯日(9月4日) 阴。午后,邀同陈砚香冒雨往行宫后看屋,因家具不敷用,未能遽定。晚间雨更大,甚觉寒凉。

初八戊辰日(9月5日) 阴。早间,涵六来,谈及赵幼循今日续姻喜期。午后,因往道贺。旋访莲青、涵六,畅谈。最后,至鼎臣处久坐,黄昏回寓。

初九己巳日(9月6日) 晴。早间,往访李小苹,未晤。访子绂,谈良久。子绂云牲口市有新屋出赁,拟下午往看,旋回寓。饭后,双凤岩、陈石溪先后来答拜,晤谈片刻。时已傍晚,客去后即驾车往牲口市看屋,系坐南朝北宅一区,过厅、上房均五间,高洁宏敞,为汴省不可多得之屋。余意极思自住,而仆辈有言屋内不甚吉利者,余不之信,仍欲赁以居住,明日当托砚香往说价可耳。

初十庚午日(9月7日) 晴。终日未出门。作字致研香,托其往定屋。午后,查仰梧来谈。傍晚,研香来,言屋已看过,屋主因门窗间有被窃未经配齐,一时未能出赁,只好缓议。此外略小之屋,亦无合式者。四弟若来,尚无住处。甚矣! 觅屋之难也。

十一辛未日(9月8日) 晴。嘱砚香往永茂取钱,研香来两次,余终日未出门。四弟杳无音信,究不知其曾否动身。余恐其不日抵汴,连日亟为觅屋,而渠并不先期致书相告,殊可恨也。

十二壬申日(9月9日) 晴。查仰梧来谈。午后,往访砚香,遇鼎臣于座,旋偕砚香往理事厅街看得屋一所。余月前曾往看过,因不甚合意,姑置勿问,今恐四弟不日到此,只得先为租定此宅暂住,免致临时掣肘。当托砚香明日往立租折,俟租定后尚须略加修饰才可居住也。

十三癸酉日(9月10日)　晴。午后,砚香来复,屋又不成,因房主必欲押租,遂中止。复偕研香往行宫后另看一宅,亦因屋价太昂而止。觅屋之难,如是如是。

十四甲戌日(9月11日)　晴。午后,彭涵六来邀往火神庙后街看屋,亦不合式。在涵六处谈少顷,遂归。鼎臣傍晚来,晤。

十五乙亥日(9月12日)　晴。终日未出门。午间,祀祖。晚间,月色大佳,所谓"月到中秋分外明"也。

十六丙子日(9月13日)　晴。午后,偕研香往府前街看屋一所,房间太少,不敷四弟眷属居住,仍未能定。傍晚,研香复来一转。是日,接汉三、辅丞公函。汉三所作,有送大兄祭幛一轴,信局乏便,尚未寄到。

十七丁丑日(9月14日)　晴。早间,往拜王仲培寿。访薛仲华,晤许久。在西棚板街看得屋一所,似尚宽敞。午后,复邀同研香细细相度,始觉不佳。是屋之右首又一宅,局度尚好,而上房进身太浅,租价尤巨,未能成议。傍晚回寓,接贾维周复书。

十八戊寅日(9月15日)　晴。早间,往江苏会馆王吉人夫人灵前一奠,遇鼎臣、砚香、宋忻如于门。旋寓后,砚香来言昨日所看屋已有成议,月租十六千,家具一概俱全,可备四弟住宅。当即立折,自九月朔日起租,先付房租八千文钱,俟进屋再付。此屋既定,不患临时周章矣。是日,彭涵六荐一幼奴木兴,人尚可用,遂留供洒扫。先来之马升适欲回家,来一去一,却无人稠之患。

十九己卯日(9月16日)　晴。早间,陆耕瑶差旋来晤,畅谈时许,知其差况不佳,眷属尚滞留许州,因逋负未清,不能遽来,为之眉皱。午后,接孙晓苹来书。

二十庚辰日（**9 月 17 日**）　晴。早间，往贺陈峻梧移居。访竹邨、耕尧，均未晤。午刻，延田医为四儿诊疾。余因耳鸣日久，亦开方服药。傍晚，涵六来晤。

二十一辛巳日（**9 月 18 日**）　晴。西风甚厉，颇凉。终日未出门，复晓苹书，又致贾维周书一缄。

二十二壬午日（**9 月 19 日**）　阴。午后，访鼎臣，谈许久。丹丞出门，未晤。闻其有陕州糟鸡卵，索得一篓，为早晚下粥之用，颇甘美。傍晚归，西风吹面甚冽。

二十三癸未日（**9 月 20 日**）　阴。缮发小苹、维周两函。日暮渐短，欲出门未果。四弟仍无消息，颇念之。昨鼎臣有友人关姓新自杭州抵汴，言及伊起程时四弟已先发，而至今未到，殊不可解，岂径往关陇耶？亦由水程缓行耶？真无从悬揣矣。

二十四甲申日（**9 月 21 日**）　晴。早间，致许清如乙书询问四弟踪迹，即日交局寄杭，约十月初旬可得复书。午后，陈研香、李竹邨来晤。傍晚，鼎臣来，延其在内书房茗话，二更始去。

二十五乙酉日（**9 月 22 日**）　晴。晨起，剃头后，往拜焦丹丞夫人寿，在鼎臣处久谈，遇家润生、卫筱山两公，午正才返。饭后，内子出门，余在寓守屋。薛仲华便衣来访，晤谈一时许甫去。

二十六丙戌日（**9 月 23 日**）　晴。午间，查养梧来谈。傍晚，接胡菉坪信，知其夏间赴湘。灯下无事，即作书复之，书成，不及封发，即就枕眠。夜来甚凉。

二十七丁亥日（**9 月 24 日**）　晴。买水车一具、水桶四个，物已半旧，稍加修葺，尚可用，价廿五千文。新出麻油，价贱，每斤制钱七十五文，亦买百余斤。两款去卅余千矣。劣奴何升承办火食，皆先事给值，比因赌输，亏钱卅余千。余正愁拮据，再被此奴所侵蚀，愈形竭蹶，殊烦闷耳。傍晚，润生来谈。

二十八戊子日（**9 月 25 日**）　晴。早间，彭涵六来晤。午后，出门贺查笙庭、许西斋二君署篆之喜，均未晤。往访莲青、涵六，谈及北门大街有一宅出典,屋四十余间,价九百金,尚不甚昂。因偕往一看,屋尚可住,颇合余意,怪地段稍辟,似亦无碍。此屋若成,总较赁房便宜,精于会计者必舍此就彼也。旋寓后,适家人市蟹廿只,尚肥美,遂把盏持蟹饱餐一顿。是日,发胡菉坪复书。

二十九己丑日(9月26日) 晴。早间,梳发。午后,亦未出门。傍晚,丹老来久谈。晚间,复汉、辅两君公函乙械。

三十庚寅日(9月27日) 晴。砚香来,谈片刻,并将京信交局寄去。终日闲坐无事,亦未出门。

九 月

九月初一辛卯日(9月28日) 晴。日间,致子厚兄信乙械,即日寄淮。晚间,涵六询北门大街之屋能否定局,余意尚犹移,因令来价明日来取回信。

初二壬辰日(9月29日) 晴。午后,往访鼎臣,拟约丹丞往棚板街看屋,适已他出,未遇,遂在鼎臣座久谈。砚香因屋事追寻至鼎臣处,面与订定,明日往收屋。是日午刻饭罢,即拟出门,适汪子庆来久坐,至未正始去,出门稍迟,致与丹老相左耳。

初三癸巳日(9月30日) 晴。午间,偕砚香往棚板街点收家具,先至山货店看闫西峰太守住宅。西峰今日起程回籍,屋已腾空,故可入看。是屋丹丞曾住过,上房五大间,规模甚好,为省城有数之屋。余极思移寓,惜先期已为府幕尤少文赁定,徒增懊惋而已。下午,将棚板街屋点明,交与彭姓家丁看守,遂旋寓。

初四甲午日(10月1日) 晴。午后,剃头,未毕。丹丞来谈许久。闻河帅不口将旋,拟出城迓之。

初五乙未日(10月2日) 晴。早间,往间壁倪宅行吊,遇廉卿、耕瑶。旋约耕瑶来畅谈,移时始去。下午,闲步市肆,阅古玩数种,殊乏佳者。

初六丙申日(10月3日) 晴。午刻,往北门外迎河帅,同寅到者十数人。申初,帅节进城,复往院署谒候,未见,遂归首厅。朱景庵向未晤面,今日在官厅始识之。朱系江苏人,由黄沁调权下南者也。

初七丁酉日(10月4日) 晴。早间,石溪来访,晤谈良久,颇投契。午后,至书塾与窦先生叙谈时许。连日气候过热,不称重阳风景,京师已换戴暖帽,汴省犹未换也。

初八戊戌日(10月5日) 晴。终日未出门。午刻,祀祖,家忌也。午后,修发。偶阅渔洋山人《香祖笔记》数则,又阅刘树君诗数首。刘名湛年,大城人,庚申翰林,官广东道府,在粤颇有诗名,与先大夫颇有唱和,今已告归林下矣。

初九己亥日(10月6日) 晴。早间,张季文来,晤谈。午后,携儿辈出东门,至禹王台登高。与鼎臣不期而遇,却未叙坐。台之对面有所谓白塔寺者,往一游,绝无可观。连日风大而热,城外尘沙尤甚,出游殊乏雅趣。申刻即旋寓。

初十庚子日(10月7日) 晴。午后,出门答拜张季文,又访陆耕尧,均未晤。旋答候汪子庆兼拜吴抱仙。抱仙辞以疾,而仍与他客晋接,遇子庆门外者二次。余在子庆座上,目睹其彳亍中庭,较歌瑟使闻尤有甚焉。抱仙之可恶如此!在子庆处遇王遵周、彭涵六,余与遵周同出,涵六后。余自彼出,遂返寓憩息。

十一辛丑日(10月8日) 晴。吕安卿来,晤谈。终日未出门,盼四弟信,仍复杳然,如此不肯寄信,直从古至今所罕闻,真令我恨煞闷煞矣。晚间,忽思住山货店屋,屋主徐姓不在此,其戚胡少湘经营此屋。少湘与查仰梧认识,因札致仰梧往询端倪,以便议租价也。是日,陈六舟中丞来拜。六翁由甘臬升任皖抚,道出此间,余尚未往谒,适荷先施,不得不走谒矣。

十二壬寅日(10月9日) 晴。午后,仰梧来谈山货店之屋,索月租廿八千余,嫌其价昂,未能遽定。因偕仰梧重往细看,拟减三千,以廿五千租住。仰梧旋往与商,晚间复来言,不能减租。余思此屋并未能惬心贵当,既不让价,姑置罢论可耳。夜间微雨。

十三癸卯日(10 月 10 日) 阴。雨终日未住。早间,往河院衙参,未见。谒陈中丞,亦未见。至周墨庵处,与谈许久,回寓午餐。饭罢,仰梧来,知许咏赓今日为其喆嗣完姻,复出门往贺。遇吴俊卿,余少坐即出。又答拜吕安卿,晤谈片刻。安卿住草市,屋颇精致,询之屋主与之同住,未肯全赁也。晚间,回寓小饮。窗外雨声滴沥,于把酒最宜,勉尽一壶,微有酣意。是日天气微凉,似乎可换季矣。

十四甲辰日(10 月 11 日) 阴。终日雨忽止忽来,甚觉寒凉。当事悬牌,翌日换戴暖帽,因将各处门帘铺垫均换冬季陈设。日间凉甚,可衣重棉。

十五乙巳日(10 月 12 日) 阴。卯初起,赴黄、栗二大王庙候香班,辰正回寓。午后,鼎臣来谈。是日甫换戴暖帽。

十六丙午日(10 月 13 日) 晴。是日为内子初度。午间,相与小饮,肴馔尚适口。下午,阅梁福草《十二石斋诗话》数册。梁名九图,己未年丈,伯乞京卿之封翁也。

十七丁未日(10 月 14 日) 晴。寅初即起,至金龙四大王庙候香。是日大王诞辰,河帅往祭甚早,同寅到者惟首台及彭涵六,连余只三人耳。寅正返寓。下午,食蟹,甚畅。

十八戊申日(10 月 15 日) 阴。辰初,闻四弟将到,先遣家丁李荣前来通知,今日下午全眷可到,当饬金福先往城外迓之。午初,知其既来,即往西棚板街。余午后往与相见,庶母、两妹均来,途中尚平顺。余在彼永日,二鼓方返寓。是日,鼎臣、砚香均至四弟处相晤。

十九己酉日(10 月 16 日) 晴。午前,修发。午后,往晤丹丞、石溪。访查笙庭,未遇。傍晚,又至四弟处。晚饭后,相与畅谈。三鼓后甫回寓,未及就寝,已闻鸡声喔喔矣。

二十庚戌日(10 月 17 日) 晴。巳刻,至倭、袁二公祠拈香、观剧。未刻散后,与丹老先后至四弟处少坐。旋拉四弟来余处晚饭,畅叙数时。

二十一辛亥日(10 月 18 日) 晴。早赴道署行吊。巳刻,至会馆团拜。耕瑶至四弟处,拉与同到会馆。余下午已觉疲乏,因先归,四弟与耕瑶均留晚饭。初更时忽大雨一阵,逆料耕瑶与四弟必遇雨矣。

二十二壬子日(10月19日)　阴。早间,往道署送殡。北风大作,甚冷。午初,自城北回寓,愈觉寒风凛冽。连日奔驰酬应,觉甚劳倦。午后,小眠时许。内子往庶母处半日,傍晚冒雨而返。余极思往与四弟聚谈,阻于风雨,只得中止。

二十三癸丑日(10月20日)　晴。风雨渐住。午后,往日升昌取银。旋至四弟处聚谈,二鼓归。街道泥深尺许,车行殊难。

二十四甲寅日(10月21日)　晴。日间,因前向宝兴隆兑换条金短平,呼竹书来,嘱其往与理论。竹书往返数次,甫与理涉清楚,然每百两仍短平钱余也。是日,骒马往拉水,未克命驾往四弟处。

二十五乙卯日(10月22日)　晴。庶母携两妹来,聚谈永日。午后,呼四弟来,余不知其病,渠来后即偃卧半日,神气极疲乏,盖沿途感受风寒所致。晚间,扶病返,拟明日为延医诊治。

二十六丙辰日(10月23日)　晴。是日节交霜清。丑刻即起,往各河神庙伺候陪祭,奔驰永夜。黎明,到院道两署谒贺。辰刻,回寓小憩,鼎臣适来。午后,往拜丹丞寿,贺陈秋圃年丈代理首府之喜。顺道往探四弟病,知仍未愈。涵六适往访四弟,述及同寅秦小圃精岐黄,因延以来为四弟诊脉开方,即照方服药。余傍晚旋寓。

二十七丁巳日(10月24日)　晴。午间,阅邸抄,知英子佑年丈升授粤东运使,为之狂喜。佑丈由侍讲出守黄州,在任十九年,政声卓著,久当迁擢,近始以资深进秩,亦可谓"久旱逢甘雨"矣。午后,涵六、仰梧两君均来晤。余旋至四弟处探病,知其未愈。石溪、小圃偕来诊脉立方,耕瑶、研香亦俱在座。四弟受感颇重,寒热交作,似是疟疾,殊为烦闷,惟盼其速瘳,庶可跋涉长途耳。余于晚饭后返寓。

二十八戊午日(10月25日)　晴。晨起上院,适遇止衙,徒劳车马。遂访耕瑶,久谈。访子绂,未遇。午后,子绂邀至福喜班听戏,汴省所谓请状元会是也。傍晚散,其倦,不克往视四弟,仅遣人走询,知其仍未大愈,为之焦急。灯下,作字致府照磨夏君,刻名同官录中,此事向由彼处承办故也。

二十九己未日(10月26日)　阴。早间,梳辫。午刻,耕瑶来,在此午饭。午后微雨,欲出门未果。傍晚,呼砚香来,嘱代发杭州电报,询问蔡宅姻事。费报资三两,由汴至济宁专足费四千五百文。晚间雨又作。

十　月

十月初一庚申日(10月27日)　阴。寅刻起,欲出门,为雨所阻,未能命驾。午刻,祀先。终日雨未住,甚觉寒冷。

初二辛酉日(10月28日)　晴。西北风甚厉,雨虽渐住,而街道已泥淖数尺。车行防覆,因乘肩舆往四弟处视疾,傍晚才返。

初三壬戌日(10月29日)　晴。晨起,往河院衙参,候至未初刻才得延见,时已饥肠雷鸣矣。出官厅,遇耕瑶于门,约同至四弟处小憩,取其近也,遂同往。饭毕,余往拜秦小浦,即邀其过四弟处诊疾。傍晚,余返寓,耕瑶尚在彼吃饭,余恐夜间车行更难,故先返至寓。适家人市蟹廿余只,正可饱啖。

初四癸亥日(10月30日)　晴。早间,据信局送到四弟清江途次来信一件,时逾匝月甫经递到,何迟延如此,信局之咎也。午后,访丹、鼎两君,在丹翁座上遇李荫南,傍晚返舍。

初五甲子日(10月31日)　晴。早间,在寓阅梁芷邻《浪迹丛谈》数则。午后,过四弟处,晚饭后才返。四弟疾尚未瘳,仍延小圃诊视。

初六乙丑日(11月1日)　晴。午后,往拜张补山,明岁所延西席也。张名俊卿,安庆人,窦问源所介绍。问源另有高就,故荐以自代耳。复拜新任中河厅崔莘甫,未晤,旋回寓。丹丞来,畅谈。砚香为四弟处屋主索租,来乞余垫付,只得如数予之。

初七丙寅日（11月2日）　晴。晨起，往道署衙参，道台以请假不见客，余不之知，徒劳此行。时方辰正，友人多未起，无客可拜，遂归。午前，崔莘甫来答拜，晤谈片刻。王廑斋至自京师来过访，亦与茗话时许。饭后，未出门。

初八丁卯日（11月3日）　晴。早间，张先生来答拜，即将关聘备好，交其带去。午后，呼缝人制洋灰鼠外褂、狐坎裹元袍各一袭。下午，往访丹老，遇董绪堂于座。旋至四弟处问疾，知其依旧作疟，无几微轻减，殊为烦闷，二鼓回寓。

初九戊辰日（11月4日）　晴。是日为先兄诞辰。午间，祀享如礼。饭后，往答拜王勤斋，贺王吉人权知封邱之喜，均未晤。旋至四弟处，耕瑶适来，遂相与晚酌。秦小浦来视疾，亦拉其入座共饮。饭毕，复久谈，三鼓后始各散，余回家就枕已闻鸡唱矣。

初十己巳日（11月5日）　晴。昨宵眠迟，今日起极晏。午后，修发。终日未出门。

十一庚午日（11月6日）　晴。午后，丹老来久谈。傍晚，食蟹。研香至，因托其取银。

十二辛未日（11月7日）　晴。晨起，拜河帅夫人寿。在官厅遇刘莘龄、水惠孙，谈及有善相者陆半仙，寓吴抱仙处，同寅中多与谈休咎，颇有灵验。余即至抱仙寓斋访之，先晤汪子庆，约一炊许，陆君始出。随拈一字占课，决余今年必补缺，且谓异日可致奇富，姑听之而已。午后，研香来谈，旋去。

十三壬申日（11月8日）　阴。午后，往四弟处。少顷，耕瑶即至。小圃来诊疾，遂留与畅饮，把盏持蟹，致足乐也。时耕瑶有河朔之役，为四弟将行，后会难期，勉留数日，十七方北渡，耕老之惜别殷殷如此。谈次复勉以作令之道，药石言深，非至交亦不肯真道也。漏下三刻甫散，犹订明日之叙焉。

十四癸酉日（11月9日）　阴。午后，往贺鞠观察加二品衔之喜。复往拜隽梧观察，未晤。遂至四弟处践耕老之约，仍邀小圃同饮。四弟疾少间,相与畅谈,极乐,至三鼓甫散归。是日杭州复电到,知蔡宅姻事已由清如择定十一月初六日文定,大约吉人明春方来就姻也。

十五甲戌日(11月10日)　晴。午前,往穆霭堂奠陈石溪夫人。石溪悼亡已久,今将移灵归葬,故设奠耳。在穆霭堂遇鼎臣、子绂二君,略谈数语即返。午后,陈峻梧来答拜,晤谈片刻。晚间早寝,因明日往河院考月课,须起早故也。

十六乙亥日(11月11日)　晴。卯初起,赴院署应课,题为"铜瓦厢以下添设厅汛议",时因山东频年黄水为灾,现议大加修治,有添设厅汛之说,故河帅举以命题。余于东省情形不熟,惟敷衍泛论而已。同寅考者九人,小圃与焉。申刻,完卷而出,接清如来信。是日为鼎臣太夫人生辰,内子往拜寿,余不克往祝,犹忆去岁此日以事忘却拜寿,今又以考课不及往拜,何其会有适逢耶?

十七丙子日(11月12日)　阴。晨起,往道署,适遇止衙,徒劳往返。途遇彭涵六,与立谈数语。午前,李荫南来晤。午后,至四弟处畅谈。弟病甫少间,已亟于起程,相聚之日无多,不觉谈至夜深甫散。适有鼎臣送菜一席,正可佐饮,惜不见佳耳。是日,遇鼎臣于彼,留其吃饭,坚不肯。

十八丁丑日(11月13日)　晴。午刻,祀先。饭后,砚香来,谈片刻。砚香既去,余即至四弟处聚谈,夜分始返。

十九戊寅日(11月14日)　晴。终日未出门。午后,梳发,呼缝人改制皮蟒袍,换银鼠外褂风毛,各件均令携去。是日内子往庶母处,携四儿同往,须小住数日才能旋寓。

二十己卯日(11月15日)　晴。砚香来言有新到《天津时报》,与南中《申报》仿佛,所录京抄尤齐备无遗,较提塘《京报》多且速,阅此则《京报》可无烦另送,因即允令按日送阅。午后,延竹书至,嘱其为四弟缮写禀件,余旋往答拜。李荫南来,未晤。访彭涵六,晤谈颇久。由彼至四弟处,时已傍晚,少坐即返。前托陆君所批八字适已取来,赠以制钱四贯,用作润笔。所批与前日面谈之语不甚符合,未必能灵验也。灯下,课梓儿背诵《尚书》第四册上半本。

二十一庚辰日(11月16日) 晴。早间,竹书来询禀稿讹字,旋去。午后,往汪子庆处,偕至东棚板街看屋一所。屋为陈君芙生之产,现欲出售,索价一千八百金,房间格局均不佳,置之可也。旋至日升昌为四弟取银,携银往谈,三鼓后方散。

二十二辛巳日(11月17日) 晴。晨往道署,未见。往院署看月课榜,尚未出,遂返。午后,小眠片刻,作清如复书,即刻封寄。

二十三壬午日(11月18日) 阴。北风甚厉。晨起,欲上院未果。午后,陈峻梧来假骡马,余本欲出门,因天气过冷,遂以骡马假之,而己不出门矣。未刻,依榻假寐,不觉睡去,醒来时方未正二刻。忽思访四弟,遂以疲骡驾车而去,不带仆从,未吃晚饭即归。

二十四癸未日(11月19日) 晴。早间,按司狱李君咏棠来晤,谈及城隍庙前街有屋一所。余即于饭后往看,屋甚不佳而价极昂。复至是处查氏宅中一看,此宅即从前查仰梧所说,大小房屋约四十余间,尚不甚坏。归途至大厅门,又见有空宅一区,叩门入看,则规模弘敞,厅堂房舍无一不精,令人爱不能释。询知屋主沈姓,本欲招租,因屋多价昂,遂久无问鼎者,余决意欲住此宅,据其看屋人云月租须三十千文,拟再与商量,令其减去若干便可赁住也。旋访研香,托其明日往为议价。至日升昌为四弟取银百金,携以与之,即在四弟处晚饭,畅谈至三鼓回寓。深宵行街巷中,颇觉寒冷。是日,接贾维周来书,兼以枣脯寄贻,来足守取回信,即挥数行为谢,交与来人带去矣。

二十五甲申日(11月20日) 晴。因许仙屏方伯将起程赴任江宁,昨已来辞行,今晨特专诚赴藩署禀送,未见。拜邵漪园,亦未见。途遇彭涵六、沙静斋、周子绂三君,各于车中彼此一拱而过。午刻回寓,竹书将代四弟缮写禀件交来,因将报患病呈禀加函,送至祥符县朱槐卿大令处,托其从速转详。饭后,修发。研香来谈,遂与步行,偕至大厅门重看昨日之屋,周历数过,甚为合意。尝嘱研香细加讲议租价,总以廿余千为度,复托研香代取润生交来之百卅金以备移居之用。傍晚,研香来,知屋已说妥,月租廿八千,似可定局。晚间,院署发月课榜,余取列特榜第三名,超等第一则王辅清国佐也。

二十六乙酉日(11 月 21 日)　晴。是日为大兄周忌,于灵座设供,除服。光阴荏苒,瞬已期月,凄怆之怀,何能自已。午后,饬仆往取月课奖银票一纸,计七两,须赴道库支领,迟日再往领可也。午后,研香来,知屋租已说妥,每月廿八千文,即此定局,月初便可移居。未刻,往四弟处畅谈。拟偕访秦小圃,适小圃他出,不果去。四弟拟出月初六起程,欲于日内邀小圃诸君于酒肆,余定以廿八日未刻在天乐园聚饮,明日当为之预订也。

二十七丙戌日(11 月 22 日)　晴。终日未出门,研、润、鼎三君先后来访,各面约廿八小叙。四弟发甘省大府禀件均为封发邮递。下午,发请客知单,共请六客,秦小圃、彭涵六、陆费莲青、周鼎臣、陈研香、家润生也。灯下,阅《诹吉便览》,择移居吉日,只有初一日最宜,余俱未尽善,恐为期过迫,拟初一日安灶安床,随后无论何日进宅便可不拘矣。

二十八丁亥日(11 月 23 日)　晴。午间,偕研香重往看屋,遂写立租折。鼎臣来一谈,即去。未刻,至四弟处,偕赴天乐园。傍晚,客甫到齐,涵六因有事未到,主客七人,饮啖颇畅。二鼓客散后,余兄弟犹与小浦留连时许,始各别去。

二十九戊子日(11 月 24 日)　晴。午后,往四弟处,偕同拜卫小山,晤谈时许。四弟复往拜王勤斋,余则往贺李小坪代理下北厅之喜,各约于秦小浦处会齐。时已黄昏,三人各腹馁,相与饮于羊肉馆中。亥刻饮罢,仍偕往小浦寓斋茗话半夜,比散归,已近四更矣。

三十己丑日(11 月 25 日)　晴。早间,作字托小浦书门联及横额,均系新居所用。午前,研香来谈片刻。午后,在寓阅《圣武记》数册,是书皆纪国朝武功,共十本,昨从小浦处借观者也。是日未出门。

十一月

十一月初一庚寅日（11月26日） 晴。寅初起，赴河神庙香班。旋至河院谒朔，至丹老处拜其太夫人寿，旋回寓。因是日最吉，即作为是日移居，因即至新居敬神祀灶，并将余卧榻亦移往上房安设。午后，往四弟处拜庶母寿，在彼永日。晚间畅饮，座有小浦、砚香及孙博庵通守。孙君与小浦有莨莩之谊，亦河工同寅也。席间酒令纷纭，饮酒颇多，并呼庆福班伶人桂莲、鸿福等歌曲为乐，小浦饮尤醉。席散时已三鼓，复谈笑许久，直至鸡唱始各回寓。

初二辛卯日（11月27日） 阴。午后，往新居一观。旋至日升昌为四弟取银，时弟适将出门，余遂至小浦寓斋茗话。傍晚，与小浦同车来寓。四弟拜客毕，亦至此聚谈。弟病尚未大瘳，饮次又发寒热半晌，而伊迫于凭限，竟不能再延，拟初六决计就道，聚首无多，不无离别可怜之色。小浦萍水相逢，朝夕过从，极相契洽，兄弟朋友都觉离愁黯然矣。

初三壬辰日（11月28日） 晴。往拜叶太翁，嘱其信致乃郎冠卿中丞，为四弟拨队护送。旋访丹丞，未见。与鼎老谈甚久，傍晚归。饭后，至四弟处作长夜之聚，絮语至鸡鸣甫略交睫。

初四癸巳日（11月29日） 晴。清晨返寓，收拾物件以备迁徙。写谱帖一具，并为四弟写帖，均与小浦换帖故也。午后，将木器及粗重物陆续运往新居。傍晚，复自往一观。

初五甲午日（11月30日） 晴。晨起，捡拾物件，即于午饭后率同眷属移往大厅门新宅。傍晚，四弟偕涵六同来。晚饭后，涵六先去，四弟谈至四鼓才去。

初六乙未日（12月1日） 晴。晨起，部署房舍陈设等件。午后，研香来帮同悬挂字画。润生、鼎臣、小浦均来晤。傍晚，约同小浦至四弟处换帖，在彼晚饭，畅谈许久。别愁绕怀，殆难为意，四鼓后方各散。

初七丙申日(12月2日)　晴。道署衙参,未去。午后,丹老来久谈,并周历房舍,甚赞余新居之美。未刻,往四弟处,适弟出门辞行,初更方返。鼎臣、研香、子绂、小补来送行,余先与晤,谈二刻许。四弟归后,诸君先后辞出,小补独留与余兄弟谈彻夜。夜色将阑,四弟进内室小憩,余与小补倚榻假寐片时。清晨,四弟出装车,时已初捌日矣。

初八丁酉日(12月3日)　晴。四弟于辰正奉母挈眷登程,三妹留余处,因已缔姻蔡氏,来春将在此赘姻,此时自不便再往甘肃。余送弟行,忍泪而别,惘然莫释于怀。小浦送友之情无异余之送弟,两人黯然者久之。孙博庵亦来送,均俟弟车去远方各散。三妹已于昨晚随内子回寓,余自西棚板街归,闷闷不乐,几难自遣。念弟病体就道,尤深系念,相隔日远,后会何时不自知,其中情之怅惘也。午后,神疲,偃卧片刻,醒来已夕阳西坠,计此时四弟当可抵中牟住宿。伊昨宵不曾交睫,今日奔驰永日,不知其尚耐得住否。

初九戊戌日(12月4日)　晴。前两日失眠,今日起略晏,甫食早点,饭即继之。午后,查仰梧来谈,因有急需来告贷,余应以廿金,嘱令明晨来取。未刻,朱和庵大令来拜晤。朱名国钧,萧山人,梧冈大令之侄,蔡子青表兄之内弟也。是日,整理客厅镶配玻璃等物,又忙碌半天。晚间,略息片时,念及四弟行踪,屈指可抵郑州矣。

初十己亥日(12月5日)　晴。早间,集衣箱。午后,仰梧来,携银而去。小浦来午饭。时渠已奉调东工差遣,不日将行,故来告别。下午,鼎臣亦来晤。晚间无事,早眠。

十一庚子日(12月6日)　晴。早间,涵六来,晤谈。西风甚大,尘沙扑面,言念四弟行役之苦,不免悬悬于怀,计程已第四日,当去洛阳不远矣。日间,督仆悬挂字画,兼为涵六寻羽纱幛,颇极倾箱倒箧之劳。晚饭后,小浦来畅谈,西窗剪烛,足破寂寥。此等光景,与四弟在汴时无异,惜弟已远别,回首以思,光阴多误。随园诗云:"别后始知欢聚好",于此益信。三鼓后,小补甫去,时风声犹未息也。

十二辛丑日(12月7日)　晴。风仍未息。清晨,小浦兄来拜余寿,子绂、涵六均来,余谢不敢当,故皆未之见。午刻,祀祖,与妇子小饮。午后,秦小浦邀往福喜班听剧,携梓儿同去。到彼处后,余旋往丹丞处,晤谈片刻。晚间,小补邀吃羊肉馆,座有周子绂、薛伯华,初更时散归。

十三壬寅日(12月8日)　晴。早间,往谢客,晤秦小补、周子绂。至相国寺奠姚良庵观察,在彼吃午饭,俟河帅去过方散归。午后,修发。小憩片时,适已黄昏,忙驾车往日升昌记票号,支取朱提百两。因筱补有亟需,非此数不济,遂慨然假之,手持以往访,因面交焉。即在彼晚饭,座有博庵、湘浦及孙宅西席某君。饭毕,复久谈。筱补定望日起程往山东,自四弟行后,良朋亦复星散,旅怀愈形寂寞矣。夜半回寓,北风狂起,寓斋北窗下玻璃碎焉,沙尘乱飞而入,未及天明沙厚寸许矣。

十四癸卯日(12月9日)　阴。风犹未止,字画半毁于风,至不能入坐,仅在燕室憩息终朝。孙博庵冒风来,谈少顷即去。闻院辕月课复定于十六日,余虽往报名,仍视天气之阴晴以定行止焉。

十五甲辰日(12月10日)　晴。早间,往栗大王庙候香班,河帅未出,道台代行礼,余到时已礼毕矣。旋至道院两署,少坐即回寓。午刻,祀先。新到候补典史刘春宇来见,刘亦浙人也。饭后,小眠片时。傍晚,小补来访,明日方起程,故复抽暇来作别,相与对酌数巡。月明如水,不免有怀四弟耳。小补因明晨登车,须归家早寝,未久即辞出,余亦以来朝欲往应课,就寝较早,不似前数日之流连彻夜也。

十六乙巳日(12月11日)　晴。晨起,往院署应月课,同班到者仅四人耳,佐班约有三十余人。巳初出题,题曰"《安澜回澜纪要》书后"。同人以秦寿之大令作为最胜。秦君粤西人,壬戌举人,大挑发河工者也。未初,交卷。申初开门,始获出,旋返寓。知耕瑶已旋省来访,未晤。接彭小皋观察复书。彭君与先兄辛未同年,以道员需次粤东,余在粤时皆与熟识。去年先兄逝世,有讣书相告,此其复函也。

晚间,月色复大佳,愈触余忆弟之思,想四弟对此亦不能不念余矣。

十七丙午日(**12 月 12 日**)　晴。晨起,往道辕衙参,未见,同人到者寥寥,仅毕怀五与余二人耳。旋答拜邵观察、刘少尉、均未晤。访虞尧,谈良久,午前归。午后,秦受之来访。下午,督仆悬挂字画,收拾小花厅。丹丞来久坐,傍晚始去。丹丞新得陕州糟鸡子二篓,举以馈予,味极甘美,足佐下粥之需矣。

十八丁未日(**12 月 13 日**)　晴。院衙未去,终日收拾书室,颇极精雅。傍晚,河院来传廿日辰刻往对本,盖因余连往应课,河帅始知余非胸无所有者,故有是役耳。灯下,环顾萧斋,觉陈设位置都无俗气,大有吾爱吾庐之意。

十九戊申日(**12 月 14 日**)　晴。辰刻甫起,宋幹庭贰尹来见。午后,砚香来谈。日间,作清如信二纸,未封发。下午,往答拜秦受之、宋幹庭,均未晤。访陈石溪,谈片刻。复至木敞街看丹丞新屋,丹老昨谈本月欲移至是宅,因便道往观。其屋尚宏敞,前后各有二偏院,较余居多屋数间,惟不若余居之高洁耳。傍晚回寓。

二十己酉日(**12 月 15 日**)　晴。黎明即起。早食后,往河院对本,同事者李荫南、陈又新、秦受之也。共对题本十起,皆题销各工钱粮及题估各工用款之件。约两时许,正副本均对毕,即回寓。午后,由宝兴隆寄到蔡汉三辅丞公送大兄祭幛一悬,信早交来,物件才到,余谢函已早寄京矣。阅邸抄,知辅丞选山西长治县,晋豫接壤,将来吉人来此赘姻后往省兄颇甚便也。

二十一庚戌日(**12 月 16 日**)　晴。早间,石溪来答,候余尚未起,未与相见。午后,润生、涵六先后来晤,均在大厅西夹室茗话。晚饭后,博庵来谈,正苦岑寂,适遇客至,遂延入内书室坐谈,约二鼓后后方去。

二十二辛亥日(**12 月 17 日**)　晴。辰初即起,拟上道,闻有止衙之信,遂不果去。饭前,梳辫。午刻,祀祖。午后,拜客十数处,仅晤吟舟太守及涵六别驾,余均未之见,申刻归寓。灯下,阅《两般秋雨盦随笔》数册。是日发清如妹夫信。二鼓后，河院来传明晨对本。

二十三壬子日（**12 月 18 日**）　晴。晨起，往河院对本，又新对副本。共对题本二件，一系泉河通判题请实授本，一系山东河标都守回避对调本，已初竣事。午初，谒见河帅，谈次极赞余课卷之佳，谓有古文工夫。此次连请对本，职是故耳。午正，回寓。饭后，便衣往访鼎臣、赓尧，各谈良久。鼎臣之女久病颇笃，势将不起，可虑之至。丹老明日移居，时正往新屋料理一切，故未之见。傍晚返舍。

二十四癸丑日（**12 月 19 日**）　晴。午后，往木厂街贺丹老移居之喜，未晤，仍下车入坐片时，与其帮忙友寒暄数言而出。旋答拜江子庆，亦未晤。子庆前日来访，适余外出，阍者言其有事来商，故余即于今日访之，乃亦不值，究不知其所商何事耳。下午，返寓。静坐无聊，偶阅律例数页，是书固仕宦中人所宜讲习者也。傍晚，往探吏治，课榜仍未出。

二十五甲寅日（**12 月 20 日**）　晴。已刻起。吴俊卿来答拜，晤谈片刻。时已午初，即往刘毅吉祖太夫人寿堂拜寿，吃面而归。下午，毕怀五来答拜，亦晤。是日月课榜出，余列超等第一，成帅知己之感，当自此始。灯下，阅辕抄，见有赴甘肃解协饷者，其人为王司马延甲，拟托其带信与四弟，即走笔挥二纸，明日再续成之。

二十六乙卯日（**12 月 21 日**）　晴。终日未出门。灯下，孙博庵兄来久谈，二鼓始去。闻鼎臣丧女，拟明日往慰之。

二十七丙辰日（**12 月 22 日**）　晴。是日为长至令节。晨起，往院道谒贺，拜王君延甲，未晤。回寓，祀祖。午后，往慰鼎臣，谈片刻，旋返。接小补信，为余谋营运事，拟以虎贲之数冲运盐斤，在山东贸易。小补有执友吴鹿芩，精于会计，将倩此君经理其事，余于生理素拙，倘能得人而理，固善计也，因作书复小补，即请吴君来汴，面与商度可耳。书缮完即交济宁来差带回，时已二鼓矣。

二十八丁巳日（**12 月 23 日**）　晴。河帅止辕，不往衙参。已刻起，涵六来访，告余上河因病出缺之信，盖此缺崔君正鼎可补，将来查声庭题升洳河部文核准后,所遗之捕河缺应余顶补矣。午后,往访林襄甫,谈片刻。林君以闸官需次东河,现当北道领饷差,余因防汛薪水久未领到,故往托其代催耳。傍晚,又访丹丞,遇武吟舟、李建三两君于座。晚间回寓,知张季文来访,亦因上河开缺,于余补缺有济,特来相告。适余出门,未获与谈,然季文关切之情,固可感也。灯下,将致四弟书补足封固,以便来日访王建侯,托其携往,并将余旧日七品补服寄与四弟服用。

二十九戊午日(12月24日)　晴。午前,修发。是日为三妹生辰,为设面席一筵,全家聚饮于正厅东室。午后,往拜王建侯,晤谈片刻。信件已面交,并嘱到甘省面访四弟,庶可询悉近况也。又访季文、勤斋,均晤。访涵六,答拜谢迪甫,均不遇,傍晚归。

十二月

十二月初一己未日(12月25日)　晴。黎明,至金龙四大王庙候香班。旋至院道官厅各坐时许,与同人聚谈颇久,午初返寓。饭后,便衣访涵六,未遇。访耕瑶,谈至黄昏才归。

初二庚申日(12月26日)　晴。清晨,往道辕衙参,未见。即往访涵六,遇陆费莲青、薛仙洲,余谈最久,午初才回寓。饭后未出门,检出外褂数件,有可反穿者遇常服时可用也。

初三辛酉日(12月27日)　晴。晨起上院,适遇止辕,与武巡捕李、王两君谈片刻。后余而至者有沙静斋、孙豫生,余少坐即归。午后,龚淡人来谈片刻。晚间,孙博庵送单来邀明日晚酌。

初四壬戌日(12月28日)　晴。午前,修发。午后,竹书来谈,即嘱以换银兑钱事。下午,涵六偕襄甫同至,适博庵已来催请,遂驾车与彭、林两君同出门,洎至博庵处主人犹未归也。傍晚,主人至,客亦陆续来,天甫晡即入席,酒馔均甚佳,二鼓散归。

初五癸亥日(12月29日)　晴。终日未出门。午后,竹书来缴令,少坐即去。灯下,阅《进士题名碑录》,我朝楼姓中进士者仅五人耳，而吾家已占其二，不可谓非极盛之遭也。

初六甲子日（12月30日）　晴。终日未出门，在斋观书。午后，内子往慰鼎臣夫人丧女之戚，傍晚才返。余灯下阅《户部则例》数册。日间，购棉履一双，日来渐冷故也。明日朱大王诞辰，闻河帅上祭极早，余颇惮于起早，不去可耳。

初七乙丑日（12月31日）　晴。早间，往拜客，晤张藻卿太守。张君前由下南厅丁忧开缺，今起复归府班者也。又答拜龚淡人，亦晤，旋回寓吃饭。下午，有往拜李荫南司马、刘南卿年丈，均晤见，傍晚回寓。灯下，阅《户部则例》以资排遣。

初八丙寅日（1887年1月1日）　晴。早起上院，未禀见，与同人在官厅叙话，片时即散。访何定甫，未遇。午刻，祀祖。接四弟来信，知其前月廿壹抵陕，廿六换车前进，中途山路崎岖，屡遭覆车之患，一婢已折股，亦险矣哉。晚饭后，何定甫来，谈时许即去。

初九丁卯日（1月2日）　晴。午后，荫南来晤。未刻，访耕瑶于胭脂河寓次，谈至傍晚，偕至羊肉馆小饮，复有何仲容大令在座，二更时散归。

初十戊辰日（1月3日）　阴。甚冷，似有雪意，因怯寒未出门。晚间月色大明，天复开朗，又不像下雪矣。

十一己巳日（1月4日）　晴。午前，耕瑶来谈，在此午饭。时耕瑶将于役汝光，明正为其犹子常官完娶，故余既假以蟒袍，复将箧中所藏京靴、皮帽沿二物举以馈之。食间有卤肴数味，耕老食而甘之，特制数色俾其携作路菜，于灯下送与之，因伊明晨就道故也。涵六于下午来，畅谈。少香自泌阳来书，知其在彼学幕。

十二庚午日（1月5日）　晴。北风甚厉。未出门，阅钱竹汀宫詹《养新录》并《年谱》。下午，府照磨送新《同官录》来，已将余名列入。晚间，风渐止，明日拟上院一行。

十三辛未日（1月6日）　晴。卯初，至黄大王庙候本道香班。辰初，回寓小憩。巳初，往院署挂号，据号房面言明日请对本。旋访

杨公荫、陈石溪,均未晤。访子绂,遇尤少文于座,谈颇久。继又谒叶
湘筠封翁,未见,令阍者代白道谢,缘四弟过陕承冠卿中丞拨队远送,
异常照拂,故余有此行耳。午后,刘苇舲来谈片刻。

十四壬申日(1月7日) 晴。晨起,至河院对本,又新对副本,
仅"题请实授河东两省汛闸疏"一本,约片刻即对毕,旋回寓。午后,
窦先生解馆来告辞,与谈数语,送其登车。下午,小眠半晌。灯下,博
庵来谈,二鼓后始去。夜色甚明,凉气袭人。

十五癸酉日(1月8日) 晴。晨起,往黄大王庙候香班,河帅到
极迟,已辰正二刻矣。时适有雪意,寒气凛冽,遂返寓。吟舟适来访,
刚好晤谈。午后,访鼎臣,久坐,傍晚甫旋。

十六甲戌日(1月9日) 阴。张季文手札邀明日观剧,后日为
其兄仲甫刺史诞辰,季文以彩觞召客,借为乃兄称祝。闻其不受寿
仪,姑以幛烛往送可耳。午后,祥霙大降,白厚数寸。文量甫冒雪来
访,代涵六向余借贷百金,订明春三月见还,余答以果能到期即偿,不
致爽约,方可相假。量甫力为担承,并言到期不还即由伊代偿,似尚
可靠,拟俟其再来即允其请。晚间,雪更大,复继以风。

十七乙亥日(1月10日) 阴。午前,雪止。未刻,往季文处观
剧,所演乃庆福班,菊部内有幼伶桂莲,余所素喜,居然有戏两出,余
颇思给赏,因主人固辞而止。同寅到者极少,惟朱景庵、刘苇舲、毕怀
五、赵幼循暨余五人耳。二鼓散归。

十八丙子日(1月11日) 阴。早起上院,未见。拜瑞琴侣、林
祥甫,亦不遇,即返。午正,往拜张仲甫寿,即在彼看戏永日。同席王
仲培、李小浦、张藻卿、崔绥五、陆费莲青、冯叔惠诸君,听戏十数出。
有桂莲所唱《思凡》,尚不恶,余亦不过尔尔。晚饭后即散。

十九丁丑日(1月12日) 阴。午初,丹丞来访。去后子绂继
来,欲商假数百金,为开复官阶安置部复费之用,订期明年春秋分期
归还。子绂人尚可信,不致相负,当即面允之。晓赟、清如各有信来,
晓赟寄换谱帖一具。清如信中言蔡吉人须明年八月方能来此赘姻,

余颇嫌其太迟耳。傍晚,查仰梧又来告急,信乎善门难开也。

二十戊寅日(1月13日) 阴。早起,至院道贺封印喜。巳刻即返,缮发秦小补信。晚间甚冷,阅《律例》数本。

二十一己卯日(1月14日) 阴。午刻,祀先。北风吹面,冷至极矣。文量甫又为涵六来说项,只得应之。晚间,赴子绂处便酌,即以四数假之,取其借券两纸,分明年孟夏、仲秋两期见还。在座同饭者鼎臣、墨庵、量甫三君。夜间雪甚大,谈至亥末,冒雪而还。

二十二庚辰日(1月15日) 阴。冰雪未融,寒冷殊甚。午刻,家祭。午后,砚香来访,即嘱其取日升昌存项二百,以百金假涵六,以百金度岁用,亦窘矣哉。然余虽甚窘,而友朋之窘于余者余仍量力依助之,此则余之素性然也。

二十三辛巳日(1月16日) 阴。雪甚大,奇冷,竟不能出户。午后,开箱检红椅披等件。下午,涵六来谈,假以百金而去。晚间,送灶,冒雪入厨下,勉强行礼而已。夜间,雪犹未止。

二十四壬午日(1月17日) 阴。雪止,而冷如故。午后,查仰梧来,假去五两七钱,连前凑成卅两之数,俾令敷衍度岁,亦君子周急之道也。

二十五癸未日(1月18日) 阴。日间又雪,傍晚雪住。接小补信并三竿头存券一纸,专候吴鹿芩来领款办盐。小补有专足守取回信,即挥数行致之。陆费廉卿以年事窘迫来告贷,竟无以应,仅以空函复之。闻查声庭升泇河经部议驳,河帅尚拟再为顶奏,果尔,则余之捕河犹有望也,但不知确否耳。食禄有方,固不能强求也。

二十六甲申日(1月19日) 晴。积雪渐融,天气亦较暖。阅《宪书》,择明日寅时敬神。日间,将厅事略加洒扫。晚饭毕,坐以待旦,作孙小苹复书数纸。

二十七乙酉日(1月20日) 晴。寅刻,祀神。时当夜阑,非常寒冷。祭祀既毕,与妇子共啖水角以饱解寒。黎明,拥衾卧,午初起。甫毕早食,即出门往贺汪子扬赘婿之喜,少坐即还。下午,将各帐略清,应给发者如数分给,以清手尾。

二十八丙戌日(1月21日)　晴。终日未出门。晚间,阅许周生驾部全集数册。接吴鹿芩来信,知其现就鹿邑盐局馆,余事拟作罢论,盖恐其不遑兼顾也。

二十九丁亥日(1月22日)　晴。日间,修发,换贴春联,封发晓赟信。午后,阅时报邸抄,有实缺人员不准借词留省之谕,窃为四弟幸也。

三十戊子日(1月23日)　阴。午前,书灶君神位及联额。旋出门,至院道辞年,登车时即遇雪,比到院署雪更大,不能降车,挂号而去。至道署亦然。未刻返寓,悬挂先容。傍晚,接灶,祀祖,与家人饮分岁酒。庖人太劣,肴馔几不堪下箸,与去岁除夕之馔正复相同,殊败人兴。饮次,念及四弟阖家,计此时总在兰州省寓。时逢令节,天各一方,有心人不能不黯然魂销耳。不知我弟此时念及阿兄否。夜间雪愈大,恐明晨不克出门矣。

光绪十三年（1887）丁亥

正 月

光绪十三年丁亥正月初一己丑口（1月24日） 阴。自昨至今风雪未止，竟未克出门，各上台处均著价持手版挂号。巳刻起，于灶神、祖先前均拈香行礼。仆媪来拜年，升堂受之。下午，雪渐霁。

初二庚寅日（1月25日） 晴。晨起，至院道贺岁，均未之见。院官厅遇李荫南、沙静斋两君，各至巡捕房与李、王二巡捕周旋数语即出。旋顺路拜年数家，均未登堂。午前回寓，遂未再出。

初三辛卯日（1月26日） 晴。接淮安寿侄信。终日未出门，闲暇无事，握笔致清如信，连作数纸。晚间，循杭俗祀祖。灯下，食胡桃数枚，自剥自啖，颇有趣味。

初四壬辰日（1月27日） 晴。早起，出门拜年，晤彭涵六。下午，又出门拜年，晤周子绂，余均未见。比旋寓，已黄昏矣。灯下，阅《鉴心水斋集》数册。

初五癸巳日（1月28日） 晴。辰巳间又阴，旋大雪永日，遂未出门，傍晚甫霁。灯下，掷状元筹以为嬉。

初六甲午日（1月29日） 阴。午后放晴，街道泥淖极深。下午，往晤丹丞，知其患河鱼之疾，适延张卓如大令诊视，开方用术。余有家乡带来之术拟赠以数两，回寓即检出乙匣，丹老旋饬价来取以去。是日兼访鼎臣，仍未遇。

初七乙未日（1月30日） 晴。终日未出门，惟掷状元筹以为乐。晚间，濯足一度。

初八丙申日(1月31日)　晴。督辕止衙,未往参。街道泥淖日深,惮于乘车,遂不出门,命儿辈往窦先生宅贺年。

初九丁酉日(2月1日)　晴。早间,许澄甫表叔自济宁来此过访,畅谈。许名大诚,小琴姨祖幼子,时以闸官需次河东者也。午后,内子乘肩舆往各处拜年。傍晚甫返。

初十戊戌日(2月2日)　晴。早间,将同寅团拜分资送至朱景庵处,每分派十五千,定于十二日在浙江会馆彩觞聚会。同人因派分稍多,大半皆托故不赴,余则谓借此畅聚亦殊不恶,故准拟必到。晚修发。灯下,阅《夜雨秋灯录》两本。

十一己亥日(2月3日)　晴。终日未出门。晚间,祀祖。灯下,阅《萤窗异草笔记》一册。

十二庚子日(2月4日)　晴。是日立春。早间,至院道贺春,旋偕李小坪、陈又新、秦子厚诸君同往姜锡三处拜其太夫人寿,即在彼吃面。午后,至浙江会馆同人团拜。晚间席颇盛,所演戏为庆福班,尚可观,三鼓散归。

十三辛丑日(2月5日)　晴。河院止衙,免于起早,卧至日上三竿,甫推被起。终日无事,惟焚香习静,阅看闲书而已。晚间,祀祖。

十四壬寅日(2月6日)　晴。终日在寓,闭户观书,颇耐岑寂。闲与妇子赌状元筹以为乐,然而补缺之念固时时萦诸怀抱,闻有缺则喜,闻被驳则愁,热中情状,殊堪失笑耳。虽然古人三月无君则吊,余之汲汲于真除者,故未可厚非也。

十五癸卯日(2月7日)　晴。寅刻起。卯初,至河神庙候香班。是日为上元令节,又恭遇今上亲政之期,各大僚均于朝贺后始诣各庙拈香,故河帅到庙甚迟。从庙中出,即各赴河院禀谒,居然延见。余因街道难行,恐遭覆车之患,遂不赴道署,旋回寓。自夜半冒寒出门,迄巳初甫返,亦劳矣哉。午后,拥衾小眠,比觉已夕阳西坠,急起索衣冠,祀祖。晚间,买烟火十余枚,于中庭放之,以应令节。

十六甲辰日(2月8日)　晴。午初甫起,终日在寓。下午,修发。晚间,缮发清如信。又复吴鹿芩一函,告以买盐冲运一事,暂勿举办。又致小补书,亦为此事。故许信交局寄,吴信交姚少适携带,秦信则尚未发也。灯下,写日用帐,并将上半月帐结清。

十七乙巳日(2 月 9 日)　晴。晨起,上道衙,因久未见鞠公,故欲与之一面,乃仍以止衙辞,徒劳往返,殊无谓也。是日气候渐和暖,即屏除火炉。下午,涵六来谈,少顷即去。晚间,循家例祀祖。

十八丙午日(2 月 10 日)　晴。终日未出门。午刻,家祭毕,即收祖容。日间,阅《虫鸣漫录》数则。缮致小补函,未寄。

十九丁未日(2 月 11 日)　晴。终日在寓,阅《四梦丛谈》数页。天气渐和,积雪全融,街中泥深尺许,万不能行车,不出户庭,殊闷人也。

二十戊申日(2 月 12 日)　晴。甚觉和暖,自是春日气象。日间,课儿曹温习旧书,今年所订西席张君已于客腊旋里,约春仲方能来此,只可先行自课,然阿梓之书已遗忘过半矣。

廿一己酉日(2 月 13 日)　晴。今日为开印之期,适遇国忌,未便盛服,遂未赴上公衙门谒贺,仍课阿梓读书。

廿二庚戌日(2 月 14 日)　晴。购西洋参数十两,命何升按古法制之,制成得汁卅八两耳,计足敷半载之需矣。久未出门,与各知好阔别多时,不无离索之苦,拟俟街道复旧当出门遍访友朋以抒积闷。

廿三辛亥日(2 月 15 日)　晴,甚和暖。院辕排期,未往衙参。日间,仍课梓儿温理《孟子》,终日咿哦,只背得一卷书,其生竟至于此,固由小儿不自用心为之,师者亦不得辞咎也。

廿四壬子日(2 月 16 日)　晴。今日为吾浙春团,余未往,因戏太坏故也。盖吾浙会馆每有宴会,必招容升班演戏,此班余素所不喜,故托故不赴耳。日间甚暖,因仍出至外厢憩息。灯下,致子厚书,索汇田谷价及伊欠项,又嘱拨付铭嫂五十千为侄女出阁之助,其今年月费十二千亦一并付之,均于子厚信中说及托其照办矣。此信即刻封寄。

廿五癸丑日(**2 月 17 日**)　　晴。午后,润生、砚香先后来,晤谈。日间,阅何兰士太守《双藤书屋诗集》,又阅陈寿《三国志》数页。

廿六甲寅日(**2 月 18 日**)　　晴。午前,往拜周鼎臣寿,即在彼吃面,同席有姚少适、周子绂、张子有、查养吾诸人。午后,复略坐片刻始散。是日极暖,穿小中毛犹嫌热也。回寓后,仍阅《三国志》,并课梓儿背书。

廿七乙卯日(**2 月 19 日**)　　晴。晨起,至道署衙参,居然得见。途中泥淖尚多,车行仍复艰难,巳初回寓。

廿八丙辰日(**2 月 20 日**)　　晴。河院止辕,免于参谒。午后,润生来晤,将万盛折券换来,又分一竿转存协恒,子金一切悉仍其旧,期至明年正月为满。

廿九丁巳日(**2 月 21 日**)　　晴。午后,修发。屡思出门访友,辄以街道难行而止,殊闷损也。

卅戊午日(**2 月 22 日**)　　晴。家忌,祀祖。下午,阅《通鉴》数页。晚间,课儿读书。自阅刘南台观察所著《庸吏庸言》,颇有循政,初不同纸上空谈无裨实用者也。

二　月

二月初一己未日(**2 月 23 日**)　　晴。晨起,先谒灶神,祖先前拈香行礼。旋至院署贺朔,同人禀见者甚多。余为家丁所误,将手版入于禀安队中,洎余知之,已无及矣,遂不见而归。午后稍凉。接小苹复书,知其甫得一字,未弥月,其姬人产后失调旋即病殁,幸其子尚无恙耳。傍晚,小眠时许。

初二庚申日(**2 月 24 日**)　　阴。午刻,赴浙江会馆三厅公请之局。同寅到者数十人,随到随即入座,八人一席,余与李小坪、曹松岚、于次鹤、陈又新、龚淡人、恩寿田、姚梅生同席。未正即散,酒馔均不见佳也。

初三辛酉日(**2 月 25 日**)　　晴。鼎臣来畅谈。孙博庵馈佳肴四种,尚适口。日间,北岸三厅亦送单来请明日午饭,借吴抱仙处设席,余亦拟赴,即书陪字于单。

初四壬戌日(2月26日)　晴。终日未出,缘道途仍未平复也。晚间,阅《通鉴》南北朝时事。

初五癸亥日(2月27日)　阴且冷。午后,子绂来,谈良久。申刻,赴吴抱仙寓中就饮。同席为刘夏廷、邓莲坡、毕怀五、彭涵六、林襄甫、曹松岚、任浚生诸君,余居第一席,此外尚有三席。酒馔均抱仙所制,颇足制胜。二鼓散归,又值大雪,通宵未止。

初六甲子日(2月28日)　阴。晨起,见屋脊有积雪寸余,而地上之雪却已溶化殆尽,时令为之也。日间,阅《通鉴》数册。

初七乙丑日(3月1日)　阴。微雨蒙蒙永日,颇觉寒冷。同乡世交俞君彩卿病终此间,今日为其开丧之期,余赙以白银二金。俞君之太翁为辛亥年伯,曩大兄莅豫时曾延彩卿授亡儿阿樾读,故于其亡也赙焉。

初八丙寅日(3月2日)　阴。闻河院止衙,遂不往谒。连日课儿读书,迄未遍熟,窦先生之误人不浅哉。晚间,孙博庵来谈片刻,欲有所假贷,余愧无以应也。

初九丁卯日(3月3日)　阴,寒甚。午刻,祀祖。日间,阅《通鉴辑览》,终日流连文史,良足乐也。

初十戊辰日(3月4日)　阴。巳初即起,较早于前矣。傍晚,李荫南、建三两君同过访,因商议公钱贾都转事,拟假余寓中设席,余以器具、庖厨均不齐备却之。晚间,河院来传明晨核对本章。

十一己巳日(3月5日)　阴,大雨雪。晨起,冒雪上院,同对者为荫南、淡人、绶芝三君,共题本十起。午初方对毕,复冒雪返寓,颇觉寒冷。

十二庚午日(3月6日)　晴。欲上道署,未果。午后,接小补信,附有致他友各函,均为之转送。涵六旋来久谈。晚间,阅《东华录》及贰臣逆臣各传。

十三辛未日(**3 月 7 日**)　晴。微风,颇不甚冷。终日观书遣闷,他无所事。陈蔼如进省过访,未晤。晚间,仍阅《东华录》,又阅直省府州县全图及陈年与人往还书札,皆从故纸堆中检出者也。

十四壬申日(**3 月 8 日**)　晴,较暖。巳刻起,饬人往河院询问月课之期,知因经费不足尚未示期,恐遂从此停止也。日间无事,自书履历二具,借以习楷字耳。晚间,阅前明《摄军史阁部与睿王往还书》及《明桂王贻吴三桂书》,三书笔墨均极佳,令人不厌百回读,真有数文字也。

十五癸酉日(**3 月 9 日**)　晴。晨起,至黄大王庙候香,旋往见河帅。巳刻返寓,接小侣表叔信,又接用宾族兄信。傍晚,吴鹿芩专足递到小补来书,仍为三千头之事来商进止。余颇不愿行此,故婉复一札止之,倘木已成舟,则有欲罢不能之势矣。

十六甲戌日(**3 月 10 日**)　晴,甚暖。午后,竹书来谈。下午,检集衣箱,将致秦、吴二君之函封固,令原足携回济宁。晚间,阅《东华录》。

十七乙亥日(**3 月 11 日**)　阴。早间微雨,旋止。辰刻,往道署一行,官厅与莲卿、又新、石溪晤谈。莲卿云接济宁许西斋信,云泉河广君疾颇剧,出缺匪遥,其意盖祝余补缺也,姑妄听之可耳。旋答拜邓莲坡、陈蔼如、李小萍,均不遇,巳正返寓。下午风甚大。

十八丙子日(**3 月 12 日**)　晴。早间,往拜院幕汪子杨寿,未见,旋即回寓。丹臣送小菜、糖果等物,盖报余之于术也。申刻,接贾维周书。

十九丁丑日(**3 月 13 日**)　晴。早间,以粉笔书款字,送焦桂樵世丈挽幛所用也。下午,接澹忱字,公饯贾湛田都转之局因丹老功服不与宴,改送筵席一设于今晚送去,特来相告。余甚以如此办法为妙,静听派分可耳。

二十戊寅日(**3 月 14 日**)　晴。清晨,赴相国寺奠桂樵世丈,在彼知宾永日。晤王仲培、李筱浦、武吟舟、王渭臣、卫小山、冯叔惠、陈秋圃、周鼎臣、严茂之、吴抱仙诸君子,其余熟人尚多,不可殚述。下午旋寓。是日热甚。阅邸抄,见樊介轩起用后即擢升侍讲,复充日讲官,大有隆隆日上之象,可羡亦可妒也。子绶少农近颇减色,既两挂吏议,又有退出毓庆宫之命,转不及介轩之方兴未艾矣。

二十一己卯日(3 月 15 日) 晴。午初,赴天景园,日升昌号友招饮,并有菊部,早晚两餐,傍晚甫散。回寓知博庵来访,未晤。

二十二庚辰日(3 月 16 日) 晴。午前,涵六来访。午后,新聘西席张先生到汴,遣人来告,即取《诹吉便览》择定初一己丑日开馆。傍晚,贾维周至自夏邑过访,谈至上灯去。夜间风甚大,窗棂振振有声。

二十三辛巳日(3 月 17 日) 晴。早间,拟衙参,不果。午刻,叶少香过访。少顷,张先生亦至。下午,鼎臣来畅谈。是日,接四叔来书,以久未得余禀为憾,即走笔作禀奉复,未及书毕已二更矣,旋搁笔而寝。

二十四壬午日(3 月 18 日) 晴。早间,梳辫。午初,赴山景楼王廛斋招饮,座客均不甚熟,而主人殷殷劝酒,故所饮颇多。未正散归,封发淮信,交局寄递。

二十五癸未日(3 月 19 日) 晴。午前,往拜邵筱村廉访,竟不肯见,官小者之不能与抗也如此。午后,往拜客数处,晤王渭臣、潘淮沂、李建三、彭涵六,余均未见。是日热甚。

二十六甲申日(3 月 20 日) 晴。大风飏沙,稍觉凉冷。傍晚,鼎臣、汉臣、润生、子绶四人公宴余于子绶处,酒馔均适口,宾主共八人,饮至二更方散。

二十七乙酉日(3 月 21 日) 晴。午刻,赴会馆公请邵小村廉访,合同乡数十人为之主,招集菊部两班,笙歌永日,颇形热闹。邵公为文靖侍郎之子,大兄壬戌同年,而文靖又为先君子癸丑考取教习座主,故于小翁仍以世丈称之。晚饭后,余觉微倦,即先返寓,时特客犹未散也。

二十八丙戌日(3月22日)　晴。终日未出门。午后,王渭臣过访,谈良久方去。是日微冷,日来炎凉无定,易以致疾,摄生者所当加之意也。舟弟迄未来信,究不知其何日抵甘,近状如何,殊深悬系耳。

二十九丁亥日(3月23日)　晴。早间,往拜湛田世丈六十寿,未见。下午,潘淮沂来答拜,与之晤谈时许。

三十戊子日(3月24日)　晴。终日未出门,在寓督仆收拾书斋,以备明日令儿辈入塾。午后,将束脩封好。阅邸抄,见邵小村廉访又奉台湾藩使之命。台湾新设行省,此为设立藩司之始。小村熟悉海疆形势,故有是迁。此间臬使则以湛田世丈真除,湛老早擢淮鹾,因擢汴臬未行,今甫卸篆印仍即真,可免行役之劳,何其得天之厚耶。

三　月

三月初一己丑日(3月25日)　晴。晨起,往河神庙候香班,复往谒见河帅。午初返寓,延馆师入塾,三儿兆榕亦令就傅。午后,复出门,往穆霭堂奠叶轩候同寅。叶为冠卿中丞从弟,湘筠封翁犹子也,感时疫三日而殁,其幼女弱男同日死于疫,亦惨矣哉!下午,往晤丹丞,谈颇久。回寓,请先生入席,研、润两君作陪,人少菜多,颇嫌寂寥,二更后甫散。

初二庚寅日(3月26日)　晴。午前,未出门。午后,往贺沙静斋续姻之喜。顺道访涵六,与谈片刻。旋往拜孙大令润章,未晤。顷孙君有管解甘饷之役,将托其带信,故先往拜耳。下午返寓。是日热甚。

初三辛卯月(3月27日)　晴。终日未出门,阅《说铃》数种。晚间,丹丞来借骡,以骡病复之。灯下,命婢濯足。

初四壬辰日(3月28日)　晴,风甚大。早间,王廛斋来访,知耕瑶已差旋。话未毕,耕瑶即过访,在此午饭,畅谈半日。子绂亦来谈片刻,下午方各散。晚间风愈大,尘沙满目矣。

初五癸巳日(**3 月 29 日**)　晴。风仍未已。孙子圻大令奉差甘肃,来告明日起程,因即摊笺握管成数十行以致四弟,即刻封发交孙君携带,另作一笺托之。复阅《说铃》数则,以消闲昼。孙君旋来访晤。

初六甲午日(**3 月 30 日**)　晴。风日和畅,自是春光明媚之象。欲出门未果。

初七乙未日(**3 月 31 日**)　阴。晨起,至道署,遇耕瑶于官厅,约午后往谈。旋访廛斋,谈片刻。时阴雨欲坠,遂返寓。饭毕,至鼎臣处畅谈。约申初方至耕瑶处,遇陆子英于座,旋在彼晚酌。初更后,雨更大,继以狂风,冒雨乘车而返。终夜大风未止。

初八丙申日(**4 月 1 日**)　阴。雨住,风未息,天极冷,无异隆冬,清明已近,尚复寒冷如此,亦仅见事也。午后,拥被小眠,实为避寒起见,不觉蒙眬睡去,比醒已黄昏矣。晚间,饮火酒数杯以解寒。初更时,河院饬人来请明晨对本。夜来晴光皎洁,月明如昼。

初九丁酉日(**4 月 2 日**)　晴。风亦顿止。早起,至院署阅对本章,同对者华冒山、秦寿之、刘心斋三君,共题本十件,皆题"销各工用款例行之案"。午初,事毕而返。下午,至书塾与先生闲谈片刻。傍晚,孙博庵过访,月上时始去。

初十戊戌日(**4 月 3 日**)　晴。终日未出门。彭涵六假吾《学录观览》,即交与之。灯下,作冯小侣表叔复书,未成。夜月甚皎,殊可玩也。

十一己亥日(**4 月 4 日**)　晴。午前,修发。午后,检阅《汪龙庄先生全集》,阅至夜分方掩卷。余素嗜此书,每隔数月必披览一过,所谓开卷如见故人也。下午,竹书世讲曾来晤。是日,接四叔来书一札。

十二庚子日(**4 月 5 日**)　晴。今日为清明令节。午刻,祀先。饭后,丹丞来,晤谈颇畅。前托其于当事前说项,知已承齿及,在当事本所刮目,故进言者易于入听,大约果有机会可操券得也。

十三辛丑日(4 月 6 日)　晴。巳刻,往谒见河帅成公。谈次蒙假阅《河工器具图说》一册,是书为麟见亭先生所纂,余曾访诸肆中不得。成公以之相假,足见大府造就之意。午正返寓,得楼升来禀,知四弟客腊平安抵省,刻已奉饬赴任,欣慰之至,惜未得弟亲笔信,尚不知其详细情形耳。此禀由驿递,二月廿五日所发,不过十余日即到,可谓迅速极矣。下午,研香来访,为鼎臣取通赈捐款。鼎老前曾向余劝捐此款,余已书簿助银五两,适手头无现银,嘱研香明日来取,研香旋往复鼎臣,遂别去。

十四壬寅日(4 月 7 日)　晴。午后,便衣出门,先往日升昌汇票庄取银百金,以大衍命仆持回,以四十五两令其兑钱,其五两即亲送与鼎臣手收。在鼎臣座上遇张子有别驾,相与清话移时。复访耕瑶于胭脂河,在彼晚饭。有女伶名明玉者携一雏鬟来访,耕瑶留与之共饭。雏鬟年才八岁,极其灵敏,命之歌即歌,与之语应答如流,天之生是使然也。二更后散归。夜来甚热,就枕后迄未能熟寐,不数刻即闻鸡鸣矣。

十五癸卯日(4 月 8 日)　晴。清晨推被起,小食少许即至黄大王庙、栗大王庙、将军庙三处候河帅香班。旋上院禀谒,因前日甫曾接见,遂不禀见,少坐即出。往答拜孙博庵、潘子俊二君,均不遇,寻返寓。昨宵失眠,今日不免疲倦,屡欲假寐,饭后拥衾小眠。沙静斋来答谢,晤谈片刻。傍晚,查仰梧来,未见。灯下,阅《船山诗草》数首。

十六甲辰日(4 月 9 日)　晴。早间,彭涵六来,晤谈。下午,由徐桐村交到小补来书,知余前书迄未接到,不知浮沉何处矣。是日甚热,闲暇无事,书楷字数张。灯下,又作小侣表叔复函,并作复四叔禀,均未及写完。晚间,风雨交作,稍觉清凉。

十七乙巳日(4 月 10 日)　晴。封发四叔禀,小侣信亦附入。午后,家少香至自泌阳来见,谈片刻而去。

十八丙午日(4 月 11 日)　阴。东北风作,甚冷,又可衣裘矣。

日间,细阅《河工器具图说》及《治河方略》各书。傍晚,耕瑶过谈,未几即去。灯下,阅《治河方略》第二册,内有陈省斋与靳文襄问答十二篇,方悉文襄之治河实赖省斋佐之,其人之才智固莲花幕中不数见者也。

十九丁未日(**4月12日**)　晴。辰刻,出曹门送鞠观察夫人灵柩启行,官场到者甚多。未刻回寓,遂未他出。

二十戊申日(**4月13日**)　晴。早间,修发。午后,细阅麟见亭《河工器具图说》,拟嘱家少香代抄一通,惟绘图颇非易易耳。耕瑶嘱代备送人嫁女礼物,亦于日间为之备齐送去,前路收礼二色。

二十一己酉日(**4月14日**)　晴。早起甚凉,午后渐热。余出门拜客,晤陈峻梧、张子有、文量甫、周子绂诸君。复至徐桐村处,贺其赘婿之喜。傍晚返寓。

二十二庚戌日(**4月15日**)　晴。午后出门,甚热。拜穆远峰,未晤。晤冯叔惠,与谈片刻。复至丹丞处小憩,时其夫人旋里,即至内室聚谈约时许,适另有他客至,余遂别去。旋访耕瑶,畅谈。归途遇鼎臣,各于车前遥谈数语。傍晚返寓。

二十三辛亥日(**4月16日**)　晴。晨起,文量甫来晤。旋出门,至河院挂号,至粮道访卫小山观察,谈良久。访邵漪园观察,又复久谈。最后至宋忻如库使处,贺其嫁女孙之喜,与子绂同席,在彼吃饭,午后方归。是日极热。

二十四壬子日(**4月17日**)　晴。午后,陈峻梧来答晤。去后即往王仲培处贺其长君续娶之喜,自彼至鼎臣处畅谈。下午返寓,邵漪园来晤。晚间,阅《仓山诗集》数页。

二十五癸丑日(**4月18日**)　晴。终日在寓观书,未出门。下午,孙博庵来晤。意在通财,而余年来处境日艰,实无余力周济友朋,博庵固不知也。正在茗话时,有谢君荫堂见博庵车在余门,因与有事面谈,遂入访之,话毕先行,博庵旋亦去。

二十六甲寅日(**4月19日**)　晴。终日未出门,阅《仓山诗集》及

《本草纲目》各书。阅省抄,有潘君有壬解饷入都,拟托其带信也。

二十七乙卯日(4月20日)　晴。午刻,家祭。饭后,缮发小补复书,托徐桐村转寄。又作王小云太史、徐乃秋比部两函,复寄季卿叔岳及子扬内弟两信,均托潘有壬携带。

二十八丙辰日(4月21日)　阴。微雨,甚寒,可衣重裘。午后,汪子庆来,晤谈。家少香来见,余托其代抄《器具图说》,即交其携去矣。

二十九丁巳日(4月22日)　晴。午后,挈儿辈至庆云楼酒肆啖烧鸭、点心。作字邀鼎臣桥梓,未至。余饮罢,复往访鼎老,与谈片刻而返。

四　月

四月初一戊午日(4月23日)　晴。是日换带凉帽。晨起,拈香毕,往金龙四大王庙候河帅香班。旋至院辕谒见河帅,午正回寓。午后,往拜子绂五旬寿,吃素面,复偕涵六至文量甫处久谈。下午回寓,研香来谈。晚间,子绂作字邀吃饭,遂复驱车而去。座客多善歌昆曲者,弦板齐作,竹肉相应,殊可听也。二鼓甫散归。

初二己未日(4月24日)　晴。终日未出门。下午,博庵来访。晚间,作寿子绂诗四章,另以红笺录出,拟明日致之。

初三庚申日(4月25日)　晴。终日未出门。孙光甫来访,晤谈片刻。午后,从量甫处假得朱批谕旨一套,恭读数册,借资闻见。又取《国朝先正事略》考证之,愈有以知其人之始末也。

初四辛酉日(4月26日)　晴。早间,子绂来晤。下午,阅知单,知有公请子绂之局,定初六在福喜堂演戏补祝,每分派钱三千五百文,约有廿余人,可坐四席,适彭涵六亦欲附分,以人满而止。

初五壬戌日(4月27日)　晴。终日未出门。作字将分资送与李汉臣,复从量甫处换得朱批谕旨第二套披阅一过。

初六癸亥日(4月28日)　晴。午刻,往福喜堂,时尚未开戏。

未刻,同人陆续至,子绂约未正后方到。晚席甚佳,二鼓散归。途间风作,沙尘蔽目,天亦奇凉。

初七甲子日(4月29日) 晴。风仍未息。晨起,往谒见道台鞠公。复往答拜汪子庆,晤谈片刻。适抱仙处有牌局,余于窗间见薛云溪趋近而知之。旋往答拜光甫、博庵,均未遇,旋返寓。下午,耕瑶来谈,半月未见,闻其足音而喜可知也,晚饭后方去。

初八乙丑日(4月30日) 晴。晨起,至河院衙参,未见。旋访联卿、涵六,均未遇。下午,文量甫来访,谈少顷即去。又从渠处换得朱批谕旨第三、四两套来阅。昨耕瑶来言,又有解甘饷委员西行,因作四弟信,托耕瑶转交此人带去。闻其人为候补知府张君师劻,余与之无还往,故丐耕老转托耳。

初九丙寅日(5月1日) 晴。终日未出门,读朱批谕旨数册。下午,家少香来见,以所抄《器具图说》数页呈余阅定,居然极精致,较涵六所抄殊胜,可喜也。

初十丁卯日(5月2日) 晴。河帅来索《河工器具图说》一书,大约因赴东在即,拟携以往也,因即送与之。下午,书谱帖,因与子绂有订交之约故耳。

十一戊辰日(5月3日) 晴。午后,往访量甫,畅谈,并换书。又至子绂处畅谈,并点心焉。傍晚微雨,遂回寓。鼎臣过访,未晤。

十二己巳日(5月4日) 晴。未出门。早间,涵六来谈。午后忽阴,雨甚大,通宵未止。子绂以乃兄诗见示,甚佳。

十三庚午日(5月5日) 晴。至河院,未见。访孙光甫,知博庵已行,遇英吉人于坐,余少坐即旋寓。

十四辛未日(5月6日) 晴。早间,至道署拜鞠观察寿。旋至子绂处换帖,约为异姓昆弟,即在彼午饭。量甫对门居,亦邀其同饭畅谈。未刻返寓,祀先。是日立夏,行献新之礼。下午,贾维周至自汝宁,以湖笔、腐干见贻,相与畅聚而别。

十五壬申日(5月7日) 晴。早间,上河院,未见。至巡捕房少坐即归。下午,耕瑶过访,知其得管理候审公所差,为之忻慰。谈及拟接眷来省,并知托张念慈所带甘信因张君先一日已行不及送交,只好另由驿递矣。

十六癸酉日(5月8日)　晴。早间,子绂来答拜。午后,小坪来谈。去后余即往访鼎臣,遇孔听樵、陈砚香于座。孔萧山人,壬午孝廉,以直牧需次河南者也。傍晚回寓。

十七甲戌日(5月9日)　阴。半日大雨,午后方霁。又向文良甫处换得朱批谕旨两套,阅至夜半已终卷矣,重复捧读一过,以期久而不忘。

十八乙亥日(5月10日)　晴。甚冷,可衣重绵也。下午,小眠数刻。适子绂便衣过访,以朱提二百见还,果如所约,不爽时日,信人也。是日,薛仲华过访,余尚未起,未与晤面。

十九丙子日(5月11日)　晴。早间,蔡吉人抵汴,带到清如、菊甫信件及同文书局《晋书》《魏书》各一部,与谈时许别去。时方下榻逆旅中,尚未议及喜期也。午后,往答拜小坪、仲华,均未晤,晤廉卿、涵六、耕瑶。最后访吉人于逆旅,与谈片刻而返。

二十丁丑日(5月12日)　晴。早间,陈竹书来谈片刻。午后,往拜孔听樵、王渭臣、龚淡人,均晤,即托淡人选择吉期,约早则闰四月,迟则七八月,总于此数月内择定一期便可用矣。傍晚回寓。

二十一戊寅日(5月13日)　晴。巳刻,往拜子绂寿,即在彼吃面已,复闲坐半晌甫散。回寓后得淡人手字,知已择定闰四月十三及七月初三两日为最吉之期,余拟用闰月十三日,当俟吉人来时告之。

二十二己卯日(5月14日)　晴。早间,吉人来晤。时伊尚住客店中,余力劝其来余宅下榻,伊亦乐从,约迟日移来。伊又托寄乂臣、辅宸两信,即代为交驿递去。下午,子绂、研香均来晤。余复访丹丞,未晤。过鼎臣处,久谈,傍晚甫还。

二十三庚辰日(5月15日)　晴。早间,往浙江会馆拜奠邵子长京卿,在彼陪吊半日。子翁为筱村方伯胞兄,卒于京邸。小村闻讣后为之设位受吊,因延同乡诸人陪宾,故余亦与焉。是日,河帅赴东,余不克往送矣。下午回寓后,又为吉人扫除几榻,忙碌良久,甫获憩息。

二十四辛巳日(5月16日) 晴。早间,为庖人事往晤子绂,即与其人言定令其廿六日前来供役。午后,偕研香往看玻璃灯及字画各物,遇子绂于玉肆,余亦入内小憩。肆伙以宝器进,遂购得铜管二、烟壶二,订价四十六金。傍晚返寓,润生来一谈。

二十五壬午日(5月17日) 阴。早间,请吉人搬来,下榻于正厅之西夹室。午后,与谈良久。砚香、耕瑶先后至,均于吉人室中茗话,耕瑶晚饭后甫去,畅谈甚快。阅辕抄,知王建侯已至自甘肃,想四弟必有信带来,拟明日往询之。

二十六癸未日(5月18日) 晴。早间,建侯送到四弟信,长篇累牍洋洋数十万言,自伊从陕省起程至今年三月所历所作均详为余言。阅之数四,不觉一则以喜,一则以忧也。喜者,喜其甫经到省即见重上游,屡委以要事,迭次敦迫赴任,且目为甘省不可多得之员,不可谓非佳遇也。忧者,忧其家庭种种掣肘,上制于严母,下制于悍奴,几于身难自主,以致奉札赴任后仍复乞假两月暂为缓兵之计,徐图良策,能否全眷一同赴任,相安无事,尚不可必。手足关怀,固余所踌躇而不能自已者也。午后,又从量甫处换得朱批谕旨,鄂、田二公奏折两套。二公受世宗非常之知遇,读所批谕旨,虽百载下之人犹为流涕,想见熙朝元首股肱之恩隆谊美,而在当时身受者,其感恩思奋当更何如也。

二十七甲申日(5月19日) 晴。午后,往访王建侯,与畅谈时许,知四弟在兰与彼时相过从,并有寄余西参一包、翎管一枚,建侯均出以与余,遂携归。又往访鼎臣,遇丹丞于座,谈亦甚久,傍晚方旋寓。

二十八乙酉日(5月20日) 晴。早间,修发。午后,陈秋圃年伯招饮于府署,同席六人。有钱福书者自言为惇卿年伯从子,与余为年家昆弟,钱以知府官江苏,奉差来查河道者也。席间饮颇多。申刻散归,王建侯过访,谈片刻去。晚间,为吉人设席洗尘,招集鼎臣、子绂、研香、润生诸君作陪。新用庖人制馔颇精,可嘉也。二鼓客散,余亦倦而欲眠矣。

二十九丙戌日(**5 月 21 日**)　晴。午间,研香来谈。午后,吉人邀余出话,欲以洋钱易纹银于余,因肆中兑换折耗过多故也,适余有需用洋钱之处,遂允之。下午,往候钱福书、余星槎、耆寿农,均未晤,仅在耕瑶处谈片刻,遇何仲容于座,余先散,遂返寓。

三十丁亥日(**5 月 22 日**)　晴。午后,研香来,托其往日升昌取银百五十金,以大衍假吉人,以十金换洋钱于吉人,余九十金盖留备喜事之用者。大约此番三妹赘姻,总需"毛诗"以外,不知敷用否耳。下午,星槎、福书先后来答拜,均与相晤。是日奇热,衣两单衣犹觉汗流浃背也。

闰四月

闰四月初一戊子日(**5 月 23 日**)　晴。晨起,拈香毕,至道署一转。往拜子绂寿,未见而归。下午,与吉人闲话片刻。晚饭时小饮数杯。接四叔第三号信。

初二己丑日(**5 月 24 日**)　晴。午后,丹丞便衣过访,谈良久甫去。灯下,作复清如函,又作上姑母书,均未封发。

初三庚寅日(**5 月 25 日**)　晴。早间,孔听樵来答拜,晤谈片刻。旋偕至间壁陈云舫通守处行吊,少顷余即返。午后,林襄甫、沙静斋均来晤。傍晚,耕瑶来谈,即在吉人卧室茗话。细雨蒙蒙,耕瑶恐为雨所留,遂亟去。

初四辛卯日(**5 月 26 日**)　晴。日间,为吉人检行装衣冠,并以补服、凉帽假与备用。下午,访鼎、绂两君,鼎臣未晤,子绂久谈。遇徐君于座,因托子绂书门对及新房联额。复访量甫,未遇,遂归。

初五壬辰日(**5 月 27 日**)　晴。未出门。午前及晚饭后两至吉人屋内闲谈。灯下,复阅朱批稽曾筠、高其倬奏折数册。

初六癸巳日(**5 月 28 日**)　晴。终日收拾新房,颇形栗碌。午后,研香来一转即去。

初七甲午日(**5 月 29 日**)　晴。晨起,至道署,未见。旋访涵六,谈良久,托以喜事帮忙等事,辰正返寓。晚间,与吉人聚话片时。

初八乙未日(**5 月 30 日**)　晴。早起,少香来晤,旋去。余终日未出门,惟料理一切喜事所需而已。

初九丙申日(**5 月 31 日**)　晴。辰刻,往贺鞠子联观察署臬使及李子木观察署开归道之喜,均未见。至涵六处,谈片刻遂归。午后,至子绂处贺其次郎纳采兼为陪冰上人。晚间,又往畅饮,饱听昆曲而归。

初十丁酉日(**6 月 1 日**)　晴。晨起,呼少香来料理收礼,自往新房铺饰一切,忙碌终日。午后,量甫、研香、象予先后来晤,均至新房相与酌量陈设位置。量甫于治室也尤精,故所言皆中切要。傍晚,孙豫生来拜,谈颇久。查仰梧适至,遂留其在此帮忙,约明日设立账房,即以养梧主之。灯下,耕瑶来一转,知其有内乡之役,俟过余处喜事后即登程。甚矣!耕老之席不暇暖也。

十一戊戌日(**6 月 2 日**)　晴。晨起,以车迓仰梧至,即设账房于书塾故址,一切琐事余稍免纷心,得以专意铺陈新房,尽永日之力,居然事渐就理。日间,鼎臣、涵六、子绂、砚香乔梓均来助理。量甫以字画相假,子绂、涵六两处假物亦均送来,喜事所需,都有眉目矣。晚间,诸君散后,余亦劳不可支,早眠以息,盖明日又有明日之事,仍不能不早起也。

十二己亥日(**6 月 3 日**)　晴。辰刻起,点心甫毕,车耀山来晤。量甫来,为料理新房锡器摆设毕即去。午后,折柬请执事诸公来会饮,到者陆耕瑶、薛仲华、文量甫、彭涵六、孙豫生、陈竹书六人,用席一筵,仰梧、砚香、润生、少香均于账房另食,二鼓客散。仰梧留宿账房,余亦入内休息。

十三庚子日(**6 月 4 日**)　晴。寅初即起,小食甫毕,即有贺客陆续而至。时届午初,设花烛于华堂,为三妹赘姻蔡氏妹倩即吉人也。冰人为陆耕瑶、周鼎臣,赞礼陈石溪、薛仲华,傧相则文量甫、洪象予。更延子绂次子仲和、砚香次子某郎执烛,二人皆未婚童子,且貌亦韶秀,于是役也宜,故以相属。午正,送归洞房,嘉礼乃成。午后饭毕,稍憩片时。妹偕新郎谒祖肃灶,依次与家人见礼。时贺客渐稀,余得弛衣冠小憩。傍晚入席,设馔三筵。是日来客五十余人,与晚席者不过十六七人耳,早面与筵者亦只廿余人。盖余在豫日浅,此次喜事概不发帖,友人送礼者半皆辞谢,惟极熟者略受数色,故来与筵者不多也。二鼓客散,余亦有倦色矣。

十四辛丑日(6月5日)　晴。仰梧结账,正日开销五十余金,酒席在外,约计此次喜事用钱总在四百金以上,尚系诸事从俭,可见物力艰难,办事之多费也。是日在寓静息,以偿前数日之劳。午后,账房事竣,仰梧遂去。吉人至余斋小坐片时。庖人结账,用银四十金,尚不算多,所多者事前之陆续添置什物耳。是晚仍早眠。

十五壬寅日(6月6日)　晴。辰刻,出门谢客,均未见,惟在涵六处休息片时。谒署道李公,亦未得见,午初返寓。午后遂未出门。

十六癸卯日(6月7日)　晴。午后,补谢客数家,晤鼎臣、量甫、子绂,余均未见。傍晚,冒雨而归。

十七甲辰日(6月8日)　晴。未出门,作四弟书数纸,未完。是日,天忽转凉。

十八乙巳日(6月9日)　晴。午后,有北河委员潘俊卿明府持劳厚庵兄手札来访,知厚庵现署大名管河同知,因河务创始,来访东河成例,嘱余逐细开示,不知此间河工公事候补人员向不与闻,余到工两载,并未涉手河务。各厅规制在现任者决不肯无端相告,而我辈又未便相询,此所以不能悉其底蕴也,拟再访同寅诸君,不知有所陈说否耳。傍晚,研香来晤,嘱其往日升昌代取朱提大衍而归。

十九丙午日(6月10日)　晴。早间,往谒李署道,仍未之见。访廉卿,亦未遇,与涵六谈片刻而返。午后,李荫南来访,知伊有转饷之役,托其买含英阁九行册本十本,即余书日记所用者,又交与翎支二枝,带往京中修理者也。午后,往访首厅朱景安,询以工务程式,亦含浑其词,余竟无以复厚庵矣。旋往永安店答拜潘俊卿,嘱转致厚庵。回寓后,作复书寄厚庵,悉将此间习气告之,俾知非余之模棱也。灯下书毕,即送交潘君带去。

二十丁未日(6月11日)　晴。早间,吉人妹倩来余斋闲话。午后,发杭信,寄清如妹倩信乙械、买物洋钱十乙圆。复张菊丈、蔡少卿各一书,又上黄氏姑母一禀,均托请清如分别转交。又发四弟信,由驿驰递,并将前托张念慈携带一函一并封寄。又清如、吉人各有寄甘之信,均为附去。

二十一戊申日(6月12日)　晴。早间,家少香至,吉人亦来谈,因约明日往游叶氏花园。午后,清厘案头书策,更易客厅字画。傍晚,阅朱批谕旨数册。

二十二己酉日(6月13日)　晴。晨起,偕吉人、少香出南门,往叶氏颐园一游。园为张孟则刺史别业,张卒,园归叶湘筠观察。叶即冠卿中丞之封翁也。略加修葺,居然改观。茗饮片刻去,而之禹王台,又流连时许才返,时方巳正也。午后,研香来,为友人求伽蓝香末,与以少许而去。未刻小眠,申正方醒,作小补书二纸,未毕。

二十三庚戌日(6月14日)　晴。终日未出门,与吉人闲话两次,吉人出其昆仲相往还信札见示。又从研香处假得《聊斋异志》全册,余久不阅此书,因携数本来消永昼之岑寂而已。

二十四辛亥日(6月15日)　晴。早间,梳辫。午后,往答拜邵漪翁,访车耀山,均未晤。与孙豫生晤谈片刻。至日升昌取银二百以补节下开销之不足,申刻旋寓。是日极热。

二十五壬子日(6月16日)　晴。终日未出门。下午,吉人接蕭宸专足来信,补赠婚费百卅金,嘱吉人以原信送余阅。余阅过,即挥数行致蕭宸,借来差带回。时蕭宸以庶常出宰山西长治县,距汴省才六百里之遥,倘吉人欲往省其兄,固甚便也。

二十六癸丑日(6月17日)　晴。早间,吉人来一谈。午后,子绂、研香均来晤。余又致晓苹一信,交驿递寄去。时晓苹调任直隶安肃县,保定府属也。晚间,又作上四叔禀及致厚兄书,又致子先内弟一书。灯下,作书致贾维周,均封固,分别寄递。

二十七甲寅日(6月18日)　晴。辰刻,往谒李署道,适已出门,候至午正犹未归,同人均各散去。午后,吉人来少坐。晚间,接秦小补书,即就灯前走笔复之。

二十八乙卯日(6月19日)　晴。午后,便衣往访王建侯,未遇。访焦、卫两观察,鼎、绂两昆仲,均畅谈,傍晚甫归。是日,耕瑶家眷到省,饬人来借方桌三张、棕床一付,乃耕瑶先期面订者也。

二十九丙辰日(6月20日)　晴。终日未出门,阅吾杭金亚伯廷尉《豸华堂文钞》,内奏疏居多,骈文次之,散文无几,大约非所擅也。

五　月

五月初一丁巳日(6月21日)　晴。往臬道两衙贺朔,均未之见。拜王丽泉、傅莲舟,均未遇,遂归。午后,延家润生来,托往永茂号换银,以备日内开销各帐也。

初二戊午日(6月22日)　晴。往道署,仍不见而归。遇联卿、涵六于官厅,与谈少顷,遂返。傍晚,润生送钱折来,小坐即去。

初三己未日(6月23日)　晴。早间,王丽泉来答拜,晤谈颇久。下午,涵六亦来晤。晚间,与吉人畅谈。耕瑶处送土物至,知其眷属已来,迟日当往视之也。

初四庚申日(6月24日)　晴。早间,修发。午后,小眠半响,阅叶湘筠观察诗集数本。是日极热。鼎臣邀吉人午饭,余以车假吉人,余遂未出门。

初五辛酉日(6月25日)　晴,热尤盛。午刻,祀先毕,偕妇子小饮。午后,研香、少香先后来晤。余因天热惮于出门,各上司僚友处均饬价持柬往贺。是日得以逍遥自在,亦佳境也。

初六壬戌日(**6 月 26 日**)　晴。早起，往谒署道，又未见，计今已五谒矣，尽此一度不再往也。王仲培署北道，因往贺之，亦拒而不见。嗟乎！若辈不过一候补道员耳，而夜郎自大已如斯之甚。仆也不才，固不敢妄希崇秩，若如李、王二公所履之位，所谓取之如反掌者也，他日倘能幸进数阶，得与若辈比肩而立，固当大反其所为耳。午初，访廉卿、涵六，在廉卿处聚谈颇久。旋往耕瑶新宅一看，其子他出未获相见，遂返寓。遇子绂于门，知其参案已覆奏，可望开复矣。

初七癸亥日(**6 月 27 日**)　晴。早间，崔绥五来拜，未晤。午后，王俊臣至自赊旗店，来谈片刻。阅邸抄，知边中丞告病开缺，倪豹岑年丈补汴抚。倪官粤臬时，余曾与晤面数次，耕瑶与之世交尤挚，此公开府到豫，耕瑶当渐入佳境，窃为之忻幸也。贾维周书来，并以皮蛋相饷，当即作复书，交原人带回。

初八甲子日(**6 月 28 日**)　阴。早起，往访廉卿、涵六，偕至曹门外迓河帅，久候不至，同人均散，余亦旋寓暂憩。申初，又出城，在官厅遇熟人甚多。酉初，同人皆至郊外道旁鹄候，余不得已亦遂队行泥沙中。候至黄昏，帅节甫至，吾侪望舆迎揖，河帅降舆答揖毕，复登舆，余又揖送，遂亦登车而还。比回寓，已初更矣。是日极热，奔驰永日，人困马乏矣。

初九乙丑日(**6 月 29 日**)　阴。早间，吕安卿来拜，未延见。余旋往帅辕禀谒，遇刘沛游、樊小亭，均至巡捕房少坐。河帅辞以疾，未接见。旋往答拜崔绥五、王俊臣、吕安卿，亦均不遇而返。下午，大雨倾盆，半日方止，久旱得雨，精神为之顿爽，所谓喜雨是也。

初十丙寅日(**6 月 30 日**)　阴。早起，风极大，甚冷。耕瑶夫人假舆马拜客，余遂未获出门。午刻，家忌祀祖。饭后，耕瑶喆嗣慎哉世讲来晤，与谈片刻而去。吉人来晤，言及拟本月望后往长治县省兄，约三两月后仍旋汴也。

十一丁卯日(**7 月 1 日**)　晴。午后，便衣出门，访王建侯，未遇。访孔听樵、周子绂，均晤谈。傍晚回寓，少香来，谈少顷去。

十二戊辰日(7 月 2 日) 晴。辰刻,上道署,又未见。旋至涵六、联卿处叙话。午初回寓,祀祖。午后,吉人来谈,伊已定准十六日赴潞安矣。

十三己巳日(7 月 3 日) 晴。早间上院,因止辕未见。闻丹丞太夫人莅汴,特往问候,亦未值,遂归。午刻,子绂来晤。石溪亦过访,余今晨曾访石溪未遇,彼盖来答拜耳。

十四庚午日(7 月 4 日) 晴。早间,涵六来久谈。闻孙子圻大令自甘肃省差旋,午后专诚往访之,与谈时许。因知四弟又举一子,已于闰四月朔日自省起程,前赴大通新任,大约闰月以内必已接篆,闻之慰甚。复至黄家胡同访龚淡人,至理事街访余星楼,均未遇。最后至鼎臣处,畅谈,傍晚返寓。

十五辛未日(7 月 5 日) 晴。清晨,诣家堂,灶神前拈香毕,至河神庙候大府香班。辰刻,至院署听鼓东厢约两时许,至午正始获入见。同见者三排,有同知昂阿拉,满洲孝廉,大挑发东河借补县丞,保升同知开缺候补。其人年近六旬,乃壬子科举人,迄今将四十年,白首为郎,殊可悯也,且此君老成质朴,犹是读书本色,为河工寅僚中不可多得之友,迟日当往访之。余自院署退出已未初刻,腹馁甚亟,回寓吃饭。下午,内子带同三妹出谢客。吉人因明日即往山西,来斋话别,傍晚甫去。灯下,阅《聊斋》一册。

十六壬申日(7 月 6 日) 晴。早起,送吉人妹倩登车,旋呼修发匠栉沐。午刻,赴浙江会馆补祝关帝圣诞,听戏半日。同乡中到者数十人,余所熟识者有邵漪园、孔听樵、朱槐卿、陆费联卿、王麈斋、秦子厚、叶少轩、家润生、谢荫堂、屠杏滨诸君而已。余在彼午饭,傍晚散归。

十七癸酉日(7 月 7 日) 晴。午后,往访昂鹤如司马,未遇。至联卿处,晤谈良久。遇石溪于座,遂同出。下午返寓,接河院札,委祥河防汛。晚间,昂君字来,邀明日往聚谈。丹老来谈,片刻即去。刘沛斾来,未见。

十八甲戌日(7月8日)　晴。午后,往访昂鹤如,坐谈甚久。顺道访王建侯,又未遇。下车至其斋,留札而去。下午回寓,孙子圻来答拜,晤谈片刻,已上灯矣。晚间,少香来晤,二鼓甫去。

十九乙亥日(7月9日)　晴。早起,至臬署谒署司鞠公,遇方诗泉、孔听樵、陆费莲卿、王廑斋、彭涵六、赵幼循。将入见时,耕瑶忽至,始悉其前日差旋。自内署退出,复偕耕瑶重至官厅,晤谈片刻方散归。

二十丙子日(7月10日)　阴。终日大雨如泻,至下午方晴。午刻,祀先。余斋屋漏,案头书册都沾湿者,而日记簿湿尤甚。晚间兀坐无俚,书楷字百余。

二十一丁丑日(7月11日)　晴,热甚。终日晒被湿物件。午后,小眠片刻,睡起挥汗如雨。呼修发匠栉沐一过,稍觉清爽。

二十二戊寅日(7月12日)　阴。终日阵雨淋漓,忽作忽止。清晨,冒雨至大纸坊街奠叶建侯观察,在彼陪吊半日。饭后,至王建侯寓小憩时许。杨公荫亦同往聚谈。下午,往访子绂,未晤,遂旋寓。中途雨忽大作,冒雨亟走,尚不沾湿衣裳也。

二十三己卯日(7月13日)　晴。早间,至穆霭堂送叶建侯殡。归途至叶少轩处一谈,午前返寓。午后,汪子扬来答拜,晤谈片刻,询知迦河一席仍未拟定,余有无好音未可知也。下午,接吴子扬内弟复书,知余姊妹巧姑已缔姻褚氏,内子只此妹,年已二十余,夫妇素爱怜之,闻其字人颇喜。又述及季卿叔岳长女嫁徐氏甫逾年,徐氏子病殁,红颜薄命,其此女之谓矣,为之慨叹不已。季叔念女,已命虎臣内弟迎其妹入都归宁矣。

二十四庚辰日(7月14日)　阴。淫雨半日。清晨,冒雨至金龙四大王庙候河帅香班,比余到,同人均散,遂至院署禀贺,循例禀辞上工,因是日节交初伏故也。方手版传入,时雨犹未止,居然延见,同见一排八人,派祥河汛差者竟有五人,亦可谓不谋而合矣。厥后雨益大,后来者均未见,余亦冒雨登车返寓。午后雨止,天气转凉,小眠两次。

二十五辛巳日(7月15日)　晴。终日在寓习静,亦无客至。天时骤热,汗出如雨,因阅《聊斋》以消遣之。

二十六壬午日(7月16日)　晴。研香于午后来畅谈,余仍未出门。耕瑶回省后,尚未往访,颇以为怅也。

二十七癸未日(7月17日)　晴。终日未出门,天气尤热,令人难耐。阅邸抄,知张少原已由给事中截取繁缺道。近日科道截取选班极速,得缺当不远矣。晚间,得晓苹复书,知其调补安肃部议不果,现仍调署安肃也。灯下,傅莲舟处交到浙江会馆先贤祀位姓名单一纸,因四弟书来索此,故余转向莲洲处索得此纸,尚须另抄寄甘也。

二十八甲申日(7月18日)　阴。早半日阵雨数次,天气转凉矣。是日为恩儿生日,略有酒肴。余微饮,食面半盂,即觉腹胀殊甚,终日不适,夜来亦未能熟眠。

二十九乙酉日(7月19日)　晴。早起更衣一次,腹胀稍舒。午前,饬人约耕瑶在家相待,拟往访之,适伊已出门,余遂不果往。下午,往访涵六,谈至黄昏而返。淡人来访,未晤。

三十丙戌日(7月20日)　晴。热甚,终日挥汗如雨,未能出门。耕瑶荐一南货客来,所售各物无甚佳者,仅购得食物数种。下午,修发,稍觉凉爽。

六　月

六月初一丁亥日(7月21日)　晴。晨起,诣家堂,拈香行礼。午前,孔听樵来,晤谈片刻。下午大雨数阵,晚间仍热甚。取架上《渔洋诗话》披阅之,以清烦溽。

初二戊子日(7月22日)　晴。烦热如昨。日间,阅《渔洋诗话》及《杭郡诗辑》,又取未经著检之书随手题写,以消长夏。晚间,作吉人信。

初三己丑日(7月23日)　晴。午前,涵六、建侯先后来晤。饭后,耕瑶至,畅谈半日之久。下午阵雨两次,耕老为雨所阻,直至黄昏方去。

初四庚寅日(7月24日) 晴。潘有壬至自京师,带到王筱云编修、徐乃秋比部复书各一。筱云复以朱拓字十二帧见赠,均经有壬交来。乃秋书中言晓苹去冬所得子又复委化,闻之代为三叹。

初五辛卯日(7月25日) 晴。终日未出门。阅邸抄,见方子严起复赴京引卓异见,此老可谓热中矣。且此君性最嗜利,曩在粤东,先君子守肇庆,时彼分巡岭西,适将入都,以索赆为名豪夺二千金而去,迄未偿还,殊可鄙也。

初六壬辰日(7月26日) 晴。早间,封发吉人信,交驿递长治。午后,手抄古诗十九首之七,余最爱此诗,故乐书之。又阅《频罗庵集》,册内有先兄感怀诗二律,用八行纸写夹入集中,乃乙酉夏间所作。余初不知有此,今无意得之,亟收入先兄诗稿中。断笺零墨,睹物怀人,不自知其中情之怅触也。

初七癸巳日(7月27日) 晴。早起甚热。砚香昨晚作字言有欲觅伽楠末医病者,丐余分售少许,因以四钱与之,照原价十换仅索值四金,此物在豫为无价之宝,余因前路为病求药,故不忍故昂其值耳。午后,又阵雨数次。

初八甲午日(7月28日) 晴。午后,往访麈斋、联卿、耕瑶,各畅谈许久,在耕瑶处晚饭。二鼓后方返寓,阅选单,知小修表兄选得河南宁陵县知县,大约秋后必可来汴也。

初九乙未日(7月29日) 晴。早间,潘有壬来访,未晤。午后,即往答拜,晤谈片刻。又访薛仲华,与谈时许,下午返舍。是日尚不甚热。

初十丙申日(7月30日) 晴。早间,院吏来知会十三日请对本,同派者四人:华冒三、沙静斋、刘新斋并余也。午后,子绂来谈,知其参案处分部议仍照私罪实降,不准抵销,闻之代为焦灼,子绂亦彷徨无计,虽可捐复,苦于无力,徒唤奈何而已。傍晚,研香来谈,许久乃去。

十一丁酉日(**7 月 31 日**)　晴。热甚,不能出门。午后,梳辫,阅《查他山诗集》及《昭明选诗》各数册,以遣长日而已。

十二戊戌日(**8 月 1 日**)　晴。早间,往拜成帅寿,未下车而返。午后,便衣往访鼎臣,遇卫小山、孔听樵、王俊臣三君子于座,晤谈时许。复往访子绂,未遇。知文量甫已归自商城,遂往访之,晤谈片刻遂返。

十三己亥日(**8 月 2 日**)　晴。晨起,上院对本。静斋已出省,未及到院,惟余与华、刘两君轮班核对。适成帅呼梨园演戏,余所赏之桂莲亦与斯役,特来余座前请安,余半年不见此伶矣,遇之颇喜于怀。午刻,公事毕,遂返。下午,接贾维周来书,又以皮蛋饷余,并腠以鲜核桃,每品各百余枚,足供饱啖矣。

十四庚子日(**8 月 3 日**)　晴。早间,耕瑶来畅谈,午刻方去。下午,涵六来晤。傍晚,耕瑶复来,在此晚饭,二更后去。

十五辛丑日(**8 月 4 日**)　晴。午前,薛仲华来畅谈。近日极热,汗出如雨,竟不能出门。日间,复维周书一械。

十六壬寅日(**8 月 5 日**)　晴。终日静坐,犹热不可耐。晚间,燀汤澡身,稍涤烦暑。

十七癸卯日(**8 月 6 日**)　晴。炎热如昨。午前,石溪来晤。又有新到候补知府白太守文清来拜,并不欲拜会,可谓无谓之周旋矣。傍晚,家少香来晤,在塾中晚饭。饭毕,复入座片刻甫去。夜间甚热。

十八甲辰日(**8 月 7 日**)　阴。早间,雷电交作,似有欲雨之象,未几骄阳又出矣。日中热尤甚,终日挥汗如水,竟不能出门一步,闷极。闻河帅有廿二出省之说,如此热天,余颇以赴工为畏,届时再定行止。

十九乙巳日(**8 月 8 日**)　晴。热尤甚,挥扇不已,犹觉汗流被面。今日立秋,河帅赴各扇拈香,我辈例应驻工,虽尚在省中,不往候香班也。

二十丙午日(**8 月 9 日**)　晴。终日未出门。下午,大雨两阵,稍觉清凉。连日枯坐，无事可为，殊形岑寂，遥忆四弟早已排衙视事，而余尚悬而无簿，握篆无期，不无牢愁耳。

二十一丁未日（8月10日） 阴。日间又阵雨两次，不似前日之烦热矣。昼理书箱一过，因新购书架二座，遂将完整之书都陈诸架上，取其便于披读也。

二十二戊申日（8月11日） 晴。终日在寓，闻张季文因交代案，饬令交卸，遗缺已委陈石溪代理矣。余久未外出，不知外间事，明日当出探听之。

二十三己酉日（8月12日） 晴。晨起，往石溪处贺喜，未晤。又往答拜白太守。最后至子绂处，晤谈良久。遇一冯姓幕友，大约习法家言者也。午刻回寓，祀先。午后太热，遂未出门。接汉三致吉人信，知已为之荐定新任河北道曹吉三处书启一席，当作书告知吉人，俾渠早日旋汴守候也。

二十四庚戌日（8月13日） 晴。早间，往访莲青，晤谈许久，稍悉外间时事。后至耕瑶处午饭，西席先生朱孝廉同饭，一翩翩佳公子也，闻其学问亦极好，其为翰苑才无疑矣。午后返寓，接楼升来禀，始知四弟闰四月十三日到任，而弟仍无片纸寄余也。余于此日为三妹赘姻，四弟即于此日接篆，数千里吉期不谋而合，亦奇矣哉！

二十五辛亥日（8月14日） 晴。耕瑶借用堂画，以张寿民荷花条幅假之。晚间，少香来，将《河工器具图说》抄成交来，颇精致。余先曾嘱其代抄浙江先贤祀位底册亦同时抄毕，此件可以寄四弟矣。

二十六壬子日（8月15日） 晴。日间，作四弟书八纸，并先贤姓名底册及王廑斋托查之件一同寄去。又作吉人妹倩书，寄长治，汉三、义臣两函均附去，皆用马封分别驿递。

二十七癸丑日（8月16日） 晴。恩儿连日患目疾，又浑身发热，延田医来诊，开方服药。闻孔听樵儿科最精，因作字约其明晨来诊。数日来天气太热，稍不防护便易致疾，吾辈且然，况小孩乎！摄生者所宜加之意也。

二十八甲寅日(8月17日)　晴。早间,请听樵来为恩儿诊脉,开方服药,居然疾为少间。午后,致石溪一函,即由渠公馆转寄。晚间热甚,坐中庭纳凉许久。

二十九乙卯日(8月18日)　晴。早间,廉卿来约明日渡河赴工,即摒挡一切,准与同行。下午,发小补、子扬两信。是日奇热,呼修发匠栉沐一过,稍觉清凉。晚间,雷电以风,雨大作。廉卿来告明日不行,约初二日北渡,余正以风大渡河为虑,忽闻不走之信,适惬余怀,廉老可谓先得我心矣。

七　月

七月初一丙辰日(8月19日)　晴。早起甚凉,全无暑气。今日日有食之,初亏午正,复圆未正三刻,历一时三刻之久,未始非天象垂警也。午后,倦而假寐,未能成眠。夜间风甚大。

初二丁巳日(8月20日)　阴。晨起甚凉,可衣重棉。卯正登车,行至廉卿寓中,结伴同行。未几高蓉初亦来,三人同出曹门,至柳园口渡河而北。舟中风更大,冷气侵骨,幸遇顺风,舟行殊速,约一时许即达北岸。复登车陆行十余里,至祥河厅署。时石溪代理斯篆,甫抵任,顷适往工次未归,其乃郎先出见。傍晚,石溪亦来晤。余偕廉、蓉两君同住一屋,颇不岑寂。忽李小坪由武涉还署过此,亦来一转,少坐即去。又同差郭君润田先经抵此,亦与相晤。闻河帅初五日可莅此,我辈当有六七日勾留方得旋省也。亥刻就枕,夜半腹痛,出户便溲一次,稍觉松动。

初三戊午日(8月21日)　晴。辰刻起。小食甫毕,即偕同人周历署东花园,见房廊台榭都甚幽雅,闻其燕寝尤宏敞,洵厅署中之独步矣。饭后,小眠片时。天气渐热。终日闲坐,与廉卿、蓉初清话,颇觉适意。下午,闻工次水涨,石坝塌去丈余。蓉初为帮办之员,明晨拟上坝验视。我等当协防差者,向皆视为具文,公事之险易,可无烦过问也。初更后,库储幕友胡仁甫来久谈。

初四己未日（8 月 22 日）　晴。仍在陈桥。黎明微雨一阵。早间，蓉初赴坝，余与廉卿晤谈，郭润田亦来久坐。午后，文武汛官俱来见。下午，龚淡人自省至，同晚餐。石溪、蓉初先后归来，询知词势已稍松矣。闻新抚倪豹岑中丞明日可抵新店，同寅诸君均拟往迎，余于中丞为年家子，更不能不往也。初更，胡仁甫又来谈，一直至三鼓方去。

初五庚申日（8 月 23 日）　晴。仍在陈桥。早间，喧传道台将临工，即日抵坝驻节，余与同人商议遂不往迎中丞。饭后，同赴工次，候见木道。行至中途下车，入本坝河神庙小憩，适厅署探马过此，言道台今日在新店候送抚帅，明日方来工，同人得此信，各登车返驾。未正旋署，小憩片时，与廉卿、蓉初至花园游玩，坐石凳上杯茗清谈，凉风习习，良足怡情。晚饭后，淡人、石溪先后来小坐。廉卿现管柳园渡口，明日欲往照料中丞渡河事，遂于夜半束装返省，惟余与蓉初同居一室矣。

初六辛酉日（8 月 24 日）　晴。晨起，偕蓉初至坝上候道台，坐官厅时许。石溪、小坪及下北防汛之朱佩言、毕舜卿继至。已刻，道台到，即偕同人谒见，与谈数语而出。道台非他，盖王仲培也。午正，与蓉初同返厅署吃饭。院幕汪子扬、随员赵幼循先河帅而来，幼循来访。午后，修发。石溪适来，坐少顷即去。下午，至胡仁甫处小坐。晚间，淡人、仁甫俱来谈，仁甫最后去。

初七壬戌日（8 月 25 日）　晴。晨起，风甚大。闻道台往阅堤工，即偕高蓉初、郭润田同赴工次随往。行至十三堡地方，遇石溪，知道台已返行馆，可毋庸前往，遂各驱车旋署。午后，润田来，与蓉初闲话。余倚榻小眠两次，醒来闷甚，偕两君又至花园散步一周，与汪子洋、赵幼循相遇。自花园行至川堂，蓉初、润田出往街市，余不往。适石溪来余屋小坐，谈及明日午前河帅可抵此，后日即渡河旋省，我等送河帅行后亦可整归装矣。

初八癸亥日（8 月 26 日）　阴。自昨夜风雨暴作，至今晨未已，庭院水逾阶砌,住屋多漏,殊觉苦之。午后雨止。申初,河帅抵此,驻节厅署,东院同人即在大堂迎逆,上手版禀谒。酉正入见,谈片刻退出。晚间,李巡捕来小坐。自朝至暮甚冷,非棉衣不足抵寒,且厅署饮馔极坏,饭米尤劣,客中况味不及家中远矣。

初九甲子日(8月27日) 晴。晨起,偕同人随同河帅至祥坝十五堡阅看埽坝,验收土工。事毕,河帅往下北厅验工,我等送至交界处,仍回祥河厅署。下午,河帅自下北归,复偕同人出至二堂迎候。晚间,石溪招饮,同席惟蓉初、润田及余三人。酒馔颇佳,胜寻常饭菜远甚,盖盛设也。席散后,润田来谈,托带银两至省,送沈宅喜分所需也。沈君即住余寓右首,故润田以此见托耳。润田去后,复与蓉初谈良久,甫各就枕。

初十乙丑日(8月28日) 阴。清晨大雨。卯刻起,偕同人候送河帅,至巳初帅节始起马,时雨尚未止。余与蓉初约明日旋省,因河口无大船而止。终日阴雨,住屋尤湫隘难耐,拟再候一日,无论如何决不多留矣。下午,至石溪屋少坐。晚间,雨仍忽作忽止,前后左右之屋有坍塌者,殊可危矣。

十一丙寅日(8月29日) 晴。颇觉朗爽。早间,郭润田行,余与蓉初定明晨准行。下午,饬仆先往河口定船。连日在陈桥厅署眠食均不适意,饭菜尤恶劣,不堪下箸,与蓉初自行解囊付庖人制肉饺数十枚,相与共啖,今午始获一饱。末僚出差之苦如是如是,言之可叹。余于数日前即患目疾,今日揽镜,见右目略红,且微觉作痛,殆虚火上升之故欤?晚间,胡仁甫、陈石溪先后来话别,三更后东北风大作,余与蓉初深恐明日渡河维艰,两人相对踌躇,终夜未能熟寐。

十二丁卯日(8月30日) 阴。黎明即起,闻风声如吼,欲束装登车不果,与蓉初徘徊庭院,默祝风伯求其略行方便,至辰刻居然风声渐缓,天气亦觉开朗,遂定计登程。石溪送于门,余与蓉初各乘车行,从厅署至柳园渡口仅六里之遥,不片刻即到。管渡委员为崔心矩通守,邀入官棚小憩,约一炊许船至马头,即登舟渡河,由北至南顺流而下，不及三刻已达南岸。复至南岸官棚少坐，俟车驾即行。沿途泥淖颇多，又遇阵雨两次，车行极缓。申正，甫抵省寓，妇孺候于门，各欣欣有喜色，余亦顾而乐之。阍者以邸抄及各处信札呈阅，得吉人妹倩书二械，知其安抵长治久矣，颇慰悬系。傍晚，牛慕琦提军来访，晤谈片刻。慕琦与余素相契洽，每来省必先过访，可谓不忘故旧者矣。

十三戊辰日（8 月 31 日）　早间，将郭润田托带喜分送与间壁沈宅，取有回片一纸，遇便当寄与润田也。午后，缮发清如妹倩信，又吉人托余转寄萧山方氏一信，亦为加封交局。午后，作致石溪谢函，未寄。

十四己巳日（9 月 1 日）　晴。午后，往答拜牛慕琦镇军，谈良久。顺道至耕瑶处畅叙，适首府持片延耕瑶入署面商公事，耕瑶遂去，留余独坐相待，不片时耕瑶旋归，余稍坐亦返。街道泥泞，未能遍访友人也。晚间甚凉。

十五庚午日（9 月 2 日）　晴。晨起，循例于家堂拈香行礼。午后，研香来谈。傍晚，子绂至，坐谈良久，即在此晚饭。子绂因案降调，现筹捐复，呼将伯于余，知其筹款极难，只得助以一臂矣。

十六辛未日（9 月 3 日）　晴。欲出门未果，仍在寓静息。午刻，以家忌祀祖。午后，随意小眠，颇觉清闲也。

十七壬申日（9 月 4 日）　晴。早起腹痛，下痢十余次，精神顿减。午后，倦卧多时，适孔听樵过访，遂请其诊脉开方，服药。夜间，起溲数次，浑身骨节都觉酸软无力，恶寒尤甚，殆夜来受寒所致耳。

十八癸酉日（9 月 5 日）　阴。清晨微雨。余辰刻方起，疾犹未瘳。日间下痢数次，每下辄腹痛难忍，殊以为苦，精神亦疲惫不振，终日思卧，惮于行动，日内又不愿出门矣。阅邸抄，方子严又放永定河道，何其侥幸耶。

十九甲戌日（9 月 6 日）　阴。黎明雨甚大，辰刻甫霁，腹胀仍未大愈。午后，子绂来，知为乞贷事甚迫，余与订定捐复到汴后壹年归还，遂以千金假之，同赴日升昌号交兑清楚。子绂并邀量甫同往,以示作中之意。念余需次两年未获真除,犹复勉竭私囊助人之急,夫亦可谓从井救人矣。自日升昌出,复往访鼎臣,卫小山亦在座,谈良久,傍晚回寓。晚饭后,家少香来见,谈次颇忧匮乏,遂以朱提四两周之。

二十乙亥日(9月7日)　晴。早起,修发。午后,出门访友,晤焦丹丞、孔听樵、文量甫,遇管敬伯、沈问庭、彭涵六,答拜张子有、沈问庭,未遇。傍晚返寓。今日较热,衣两单衣尚觉微躁也。

二十一丙子日(9月8日)　晴。早间,接清如妹倩手书并伊致吉人函,内有吉人书院课卷数本,披阅再四,吉人举业功夫可见一斑矣。下午,闻龚彰庭太守怛化之信,为之喟叹。彰庭于本月初二日往河北迎新抚倪公,与余同舟北渡,余抵陈桥即闻其覆车伤头面,重至骨损,次日坐肩舆返省,受伤过重,医治不效而亡。噫!以远迎大府之故而断送性命,其亦可悯也已。晚间,课梓儿背诵《乐记》一卷。

二十二丁丑日(9月9日)　晴。午前,孙博庵至自镇平,来起复禀到,过余畅谈。饭后,阅《先正事略》数册。晚间,研香来闲谈,二更后甫去。

二十三戊寅日(9月10日)　晴。早间,陆费莲卿来,适余吃饭,未及出见,莲卿即去。彭涵六复来久坐,两君皆往谒抚军,道经余寓,故入而小憩耳。午后,子绂过访,将千金借券交来,券上书一年后分起归还,居间者文量甫也。晚间,翻阅前数年日记,雪泥鸿爪,过处留痕,阅之殊有味也。

二十四己卯日(9月11日)　阴。午后,方欲出门,忽大雨一阵,俟雨过始命驾出。往答拜陈石溪、高蓉初,均未晤。访周子绂,晤谈最久,面订廿六日申刻便酌。自子绂寓出,天已黄昏,不克他往,遂归。灯下,课梓儿背诵《国风》半本,时交三鼓甫眠。

二十五庚辰日(9月12日)　阴。早间,补载家用账,阅《先正事略》中孝友传数篇。晚间,又课阿梓温习《国风》第二本上半卷。

二十六辛巳日(9月13日)　晴。早间,往奠龚彰庭太守,其犹子淡人司马在灵前答礼,与谈数语。出至厅事,王俊臣、陆费莲卿均在彼陪宾,与余小作周旋。余少坐即行,饭前回寓。申刻,赴子绂之招。同席有钱步川、林厚齐、吴俊卿、彭涵六、文量甫诸君,其一人潘姓逸其字矣。二更散席遂归。

二十七壬午日(9 月 14 日) 晴。午后,出门拜何星桥年丈、曹吉三、陈峻梧两观察、陈秋圃年丈、玉松岩参戎、钱步川、孙博庵两别驾、管敬伯司马,均未遇,惟晤林厚斋一人。下午返寓,接小补自济宁来信,知其现承办疏浚海口大工,备极奔驰之苦,所望者事后之奖叙耳。晚间,课梓儿温《诗经》半本。

二十八癸未日(9 月 15 日) 晴。早间,查仰梧、钱步川先后来晤。饭后,丹老来畅谈,入西厢小憩片时,旋去。下午,王建侯来答拜,晤谈片刻。傍晚,耕老来闲谈,在此晚饭,谈至二鼓方去。余今日起极早,初与蓉初、涵六约偕谒中丞倪公,嗣闻抚署今日考验军政而止。泊阅院抄,知蓉、涵两君仍往谒,且获接见,余只得迟日独谒矣。

二十九甲申日(9 月 16 日) 晴。早间,汪子庆来晤。午后,何星乔年丈来答拜,晤谈片刻。参戎玉松岩来答拜,适余昼寝,阍人以出门辞焉,未获把晤。余性喜交游,连日客来较多,殊以为乐。

八　月

八月初一乙酉日(9 月 17 日) 阴。早间微雨。辰刻起,诣家堂拈香。午前,修发,欲出门未果,因雨时止时作故也。下午,在书斋小眠片时。晚间,仍课阿梓背诵《诗经》第三册上半卷。

初二丙戌日(9 月 18 日) 晴。终日未出门,亦无客至。阅邸抄,湘抚卞颂臣侍郎被劾,星使往按其事,为之洗刷净尽,得以脱然无累矣。星使为恩露圃相国、薛云阶司寇二公,湘事毕后将来豫按事,外间已预备行馆于东棚板街,大约不日可苒止也。余居闲地,外事原不甚关心,既有所闻,随笔志之可耳。晚间,课阿梓读《小雅》数什。

初三丁亥日(9 月 19 日) 阴。终日细雨不绝。早间,陈峻梧来答拜,余尚未起,不及延见。午后,往书塾与塾师张补山一谈,儿辈书多遗忘,张君教法亦不高,因面加切嘱焉。晚间,又自课阿梓温《小雅》半册。

初四戊子日(**9 月 20 日**)　阴。终日雨,时作时止。日间,课梓儿理书,竭永日之力仅背熟《诗经》九页,其书之生可知矣。闻新臬使贾公将到,耕瑶欲往远迎,冒雨出城,亦可谓不惮劳烦者也。

初五己丑日(**9 月 21 日**)　阴。风雨仍未止。余静坐寓中,市蟹数只,把酒持螯以破岑寂。晚间风愈猛,窗棂振振有声。

初六庚寅日(**9 月 22 日**)　阴。雨仍未息。午初刻起,较前日为迟,天甚冷,可衣重棉。闻耕瑶昨往河口迎新臬使,今犹未归,何其濡滞乃尔耶?日间,阅《啸亭杂录》以遣闷怀。灯下,独坐萧斋,窗外风声如吼,令人闻而生感。

初七辛卯日(**9 月 23 日**)　阴。终日雨点不住,殊觉闷人。下午,吉人妹倩至自长治,询知因赶就北道书启馆而来,比到,而曹观察已先期赴任。吉人商之于余,拟再托人作函往荐,再四思维,只有丹丞与曹公为乡会同年,位与相匹,可当介绍之任,拟明朝作书致之。晚间,与吉人同饭,畅谈,兼悉乃兄黼宸宦况尚称遂意,并出示黼宸致余复书。

初八壬辰日(**9 月 24 日**)　阴。早间,吉人来余斋,以名条及汉三原书嘱余往托丹老函致曹公询问馆事,余因天雨未克亲往,手书一札致丹丞,为之转托一切。丹老复字来,允为致书,可感也。下午,市烧鸭,偕吉人小饮。所饮酒乃吉人带来潞酒,味颇不恶,可饮以浇愁,惜余酒户太小,未能多受耳。

初九癸巳日(**9 月 25 日**)　阴。雨渐退,天气大冷,可衣重棉。午前,吉人来,少坐即去。午后,阅汪龙庄先生《病榻梦痕录》及《学治臆说》各书。夜间甫就寝,忽闻大雨如注,厨房墙壁坍塌数尺,幸未伤人。

初十甲午日(**9 月 26 日**)　晴。日光照曜,眉目为之一爽。午后,丹丞送曹吉三信至,即为吉人说项者也。吉人欲专足投递,俾可守取回信。余因请首县拨派步快一名,令其持信前往武陟投送,大约十日内可得回音也。下午,接四叔第五号信,知余夏间所寄信并未接到,殆为信局所失矣。

十一乙未日(9月27日)　阴。日间又大雨数阵,自上月杪至今淫雨连绵,街衢泥淖日积日深,几于断绝,行人车马更无论已。河水因雨陡涨,中河、上南二厅纷纷塌坝走埽,险工迭出,河帅已赴工督率抢御,省垣守令连朝祈晴未应。雨之为患如此,亦近年所罕有也。

十二丙申日(9月28日)　阴。雨虽止而日未现,天上密云四布,仍无开朗气象。日间,吉人来闲谈片刻。下午,耕瑶贻书告贷,余因久未出门,已有绝粮之患,非外出筹饷不能开销节帐,况分贷友人乎?因作字复之,约以明日得资即以相假,但不知明日能否命驾问津耳。

十三丁酉日(9月29日)　晴。午前,乘轿出门,见途中泥淖极深,车骑万难行走。舆夫沿各铺户檐前缓行,每遇接续处仍须涉淖对渡,殊觉履险,惟舆中人无颠撼之苦耳。余至日升昌取银,复携银至耕瑶处以大衍之数假之,约三月后见还。在耕瑶处少坐,耕瑶欲出门,余遂还。晚间,少香来晤,复请吉人出谈,在余斋久坐方散。

十四戊戌日(9月30日)　晴。早间,吉人出谈片刻。午后,阅上南厅属决口之信,未知决处远近。汴省黄河自同治戊辰荥工决口之后,迄今已十有九年皆岁报安澜,虽间有险工,如己卯年下南之黑堈汛、乙酉年祥河之十五堡虽俱奇险万状,卒获抢护平稳,此番上南竟至横决,殆天意也。中丞倪公亦于今日赴决处履勘,不知在事诸公如何措手耳。

十五己亥日(10月1日)　晴。早间,吉人衣冠来余斋贺节,遂同至塾中张先生处道贺。午后,少香来贺,少顷即去。晚间,月色大佳,家人辈于中庭设香案祭品祀月,夜半方撤祭。

十六庚子日(10月2日)　晴。早间,子绂来晤。询知上南决口四百余丈,武汛官投河死者三人。河势从决口处南趋,柳园、黑堈两渡口均成干河,形势如此,大工颇难着手也。

十七辛丑日(10月3日) 晴。终日闷坐,吉人亦未来斋。午后,接淮城铭嫂信,知余春间托子厚兄拨付之五十缗顷甫交到,而子厚尚无覆音寄来,亦可怪也。晚间,阅刘树君诗集,复随手翻阅闲书数册。

十八壬寅日(10月4日) 晴。终日未出门。午后,闻朱景庵调署上南、高蓉初代理下南之信,又崔绥五补上河,亦饬赴新任,余则依然悬而无簿,不无向隅之感。日来因河决,各处水灾为患,饥民大半来省就食,因之粮价陡昂,银价则陡落,省中已设立赈抚局,同人拟募捐以助,余亦应解囊相从也。夜间,内子觉腹痛,似有将娩之象,即于天明呼稳婆至,以备不虞。

十九癸卯日(10月5日) 晴。午后,往晤彭涵六、高蓉初、周子绂、文量甫诸君,知三君子均往上南工次慰谒河帅,并知同寅往工次者甚多,余亦不能不一行,因与蓉初约俟彼接印后同去。蓉初择明日辰刻接篆,摒挡三数日,即往谒河帅也。傍晚返寓。酉刻,内子举一女,大小均安,小孩啼声甚响,身亦甚大,拟命名曰爱珍。

二十癸卯①日(10月6日) 晴。早间,王廑斋来晤。午后,往答拜钱协戎、黄小宋、汪子庆,复往蓉初处贺接印喜,均未晤,下午回寓。晚间,少香来见。接丹丞字劝捐巨款拯救灾民,并知子绂诸君已备船亲赴朱仙镇救济,余允捐百金,拟即交鼎臣手代办一切,当作字复丹老告以如此如此矣。

廿一甲辰日(10月7日) 晴。早间,陈贯卿来晤。提及钱小修将到,曾有信全,托伊觅屋,特来相商,余并未接其来信,故不之知耳。午后,往日升昌取银百金为赈济之需,即送交鼎臣。复晤卫小山,时

----

① 纪日干支"癸卯"应为"甲辰"之误,直至本年十二月三十日(1888年2月11日)皆误。

小山另有一举复欲余出资相助,为理余又输大衍之数,计此番赈济余已捐助百五十金矣。自鼎臣处回寓,过王建侯门,遂入坐片时。座上客极多,除李氏昆仲、贾玉章外,余均不识也。傍晚,作致卫小山一字,将大衍送去。小山又欲为余说项,嘱书衔名二条,因书与之。

廿二乙巳日(10月8日) 晴。终日未出门,接石溪来信,嘱开履历及拟保何项升阶,俾霜清后汇禀请奖,此信及今甫到,实乃节前所发,缘今年又届安澜保举之期,故石溪来函问询。今既有上南决口之事,不能同庆,安澜更何敢妄请奖叙,今年保案可无庸议矣。昨接河北道署回信,吉人之馆不成,吉人在豫无所图,拟即南旋,三妹亦偕返杭也。晚间,吉人来谈所说如此。

廿三丙午日(10月9日) 晴。早起出门,知石溪在省,往访之,鼎臣亦在座,少坐即回寓。午后遂未出门。

廿四丁未日(10月10日) 晴。午后,耕瑶来畅谈,吉人亦出座,下午方散。晚间,阅闲书数种以遣闷怀而已。

廿五戊申日(10月11日) 晴。早间,有杨君承泽来晤,亦为小修传语托觅房屋。杨君以佐杂入都验看,先小修出都者也。午间,接子厚二兄来函,知汜水田租已经结至本年,约余百余金,冬间可以寄到,至伊欠项则不能遽偿,缘伊以府经分发江苏,仅捐分缺先花样,仍不能补缺,故急切不能还账耳。然果能将田租源源寄来,则余愿已足,并不肯急急于索逋也。

廿六己酉日(10月12日) 晴。早间,蓉初来访,余尚未起,未与相晤。午后,倦甚,小眠半晌,欲出门未果。

廿七庚戌日(10月13日) 晴。早间,钱小脩偕陈贯卿同来访,知小脩昨晚抵汴,家眷舟行,尚未到,少顷即去。午后,余出门答拜贯卿、小修,均未晤。访王麈斋、陆耕瑶,均畅谈。提及河帅奏报漫决,已奉谕旨,院道均革留,厅汛则革职,枷示河干。此信从济宁电报传来,尚未见诸邸抄也。傍晚回寓。

廿八己亥日(10月14日) 晴。早间,小修来晤。托余觅屋,余遂往杏花园、小纸坊街、木敞街各处看屋三所,均不甚惬意。下午,周子绂来晤。子绂往朱仙镇拯救灾民,昨甫归来,共拯得千数百人,现设厂放粥,经费皆同人所捐集者也。小修以京货数种来赠,并约余偕往看屋,复往前三处一看,小修亦不合意。余送小修旋方返,时已上灯矣。接小补信,知其现往济南,不日亦将旋豫,因东省现无河工可办,不能图差,是以思改弦耳。

廿九庚子日(10 月 15 日) 晴。终日未出门。陆费幼华来晤,即求荐宁陵县书启者也。余虽已为之推毂,无如小修以缺苦未能多延友人为词,恐未能延订也。傍晚,小修复来谈许久,余因将此君条子交其暂存,随后酌量可耳。

三十辛丑日(10 月 16 日) 晴。午后,出门往晤文量甫、周子绂暨贯卿、小修两君,各坐谈良久。黄昏返寓,接子先内弟来信,及王少珍自大通来信,而四弟仍无信至,可谓懒矣。

九　月

九月初一壬寅日(10 月 17 日) 阴。微雨永日,遂未出门。接贾维周来信,复以皮蛋相饷。下午雨止,闻河帅有日内旋省之说,余遂决计不赴工次相见矣。

初二癸卯日(10 月 18 日) 晴。午间,接子扬内弟信。吉人来谈片刻,定准十三南旋。下午,小修来晤。知其房屋尚未租定,而眷口不日可到,颇以为烦,余亦代为寻访,迄无合式之屋。甚矣!汴省之陋也。

初三甲辰日(10 月 19 日) 晴。午后,往炒米胡同及羊市两处看屋,即往访筱修,告令往看,未遇,留字而归。筱修适来,访知其已觅定西棚板街一宅,即去年四弟所住之紧隔壁也。

初四乙巳日(10 月 20 日) 晴。早间,未出门。午后,小修来约,偕吉人同赴天景园小饮。同席有陈冠卿,余均不识。二鼓归散。

初五癸卯日(10 月 21 日) 晴。早间,筱修来晤,因资斧不充,向余假大衍银数而去,复嘱余为代假五百金以备赴任之用。余遂于午后访鼎臣、耕瑶两君,以假贷之事相托,未知能有成否也。在鼎臣处遇郑振之参军。郑工于相法,因请其为余一相,据云来年定可补官,此后有廿年顺境,官阶可至府道,五旬后防有拂逆,前此无几微蹇遇也。果应斯言,余愿亦足矣。傍晚返寓,小修复偕冠卿来谈,未几即去。

初六甲辰日(10月22日)　晴。早间,访筱修于冠卿寓斋,遇黄小宋、朱卜臣两君,旋偕小修同至西棚板街新居。筱修太夫人,余舅母也,是日率眷口将到,余遂在彼永日。适丹丞往答拜小修,知余在焉,因下车登堂相晤,谈一时许方去。申刻,太夫人及夫人辈均到寓,余得拜见妗氏及表嫂焉。晚饭畅饮而归。

初七乙巳日(10月23日)　晴。早间,检出王小云所赠朱折十二幅假与筱修悬挂,又取袍褂料一付与筱修,配送上司礼物所用。午后,往肆中购买翎管及磁碗、书籍等件,约费卅余金。复访耕瑶,畅谈,适耕老以前假五十金见还,正济买物之需,亦可感矣。傍晚返舍,小修来邀便饭,余觉力倦,惮于驰骋,遂辞不赴。灯下,阅《中兴奏议》数册,即日间新购之书也。

初八丙午日(10月24日)　晴。西南风极大,天气转凉。今日节交霜降,院道均在郑州工次,同人无衙门可上,亦无所用其销差矣。午间,因家忌祀祖。昨所购翎管略有瑕疵,仍退还贾人,仅留磁碗及书籍数种,费白金六两而已。

初九丁未日(10月25日)　晴。早起,极冷。筱脩适来,谈片刻去。午后,食蟹五枚,极肥美。

初十戊申日(10月26日)　晴。巳刻,筱脩招饮,偕吉人同去。未正散归,贾宝斋来拜,与晤谈片刻。李荫南至自京师,将托修翎支暨代买日记本册十本送来,计需银壹两三钱,迟日送与之可耳。晚间,晏客于寓斋,在座为王廛斋、周子绂、陆耕尧、周鼎臣、蔡吉人、钱筱脩、陈冠卿、文量甫诸君。酉初入座,亥正散席。闻诸君谈次言及大工差使均已派定,余亦与焉,但不知所司何事耳。聚客去后,耕瑶独留,畅谈多时方去。时夜已深,颇觉寒气侵骨也,余入内又稍坐方寝。

十一己酉日(10月27日) 晴。午后,往访丹丞,畅谈,遇卫小山、王仲培二君。复访荫南、蓉初、抱仙,均未遇,与汪子庆晤谈片刻而归。

十二庚戌日(10月28日) 晴。小修早晚来两次,耕瑶亦来晤,皆来送吉人行者也。余自午后写信,至夜半方毕,均系托吉人顺带之函。淮城则有上四叔父禀、致子厚兄书,杭州则致清如、稚夔、少卿、用宾各信、上大姑母禀,总计八械,外附银洋物件,悉交吉人转致。二鼓后,石溪遣价送防汛薪水银印领来,又顺笔作复字数行,交原人带回。今日笔墨之役可谓劳矣。亥正三刻才获就寝。

十三辛亥日(10月29日) 晴。黎明即起,至后院与吉人妹倩及三妹话别。辰刻,送其登车。巳正,赴会馆秋团。耕瑶、小修、子庆均同席,邵漪园、吴抱仙、钱步川均晤对片刻,申初返寓。三妹在余寓聚处经年,今偕婿南旋,手足关怀,不无怅惘耳。晚间,阅《唐代丛书》数种,此书乃昨日假诸子庆者也。

十四壬子日(10月30日) 晴。午后,往访王建侯、周子绂,各谈良久而出。旋偕子绂至群玉斋看玉器。傍晚,至日升昌取银百金,遂回寓。晚饭后,小修来谈片刻,提及有自工次来者见派差名单已有余名,而余尚未奉札,不知派司何役。又闻河帅日内将旋省,余尚拟出城躲迓也。

十五癸丑日(10月31日) 晴。午后,修发。适陈冠卿来辞行,未能延见,询悉冠卿明日首途,余修发毕即命驾往送,亦未遇。旋至小修、耕瑶两处,少坐即返寓。

十六甲寅日(11月1日) 晴。内子今日生辰。早间,鼎臣先来拜寿。午刻,小修、子绂、涵六、量甫均到,即留诸公吃面。是日,并为长女弥月剃发,请子绂抱以剃焉。午正三刻入座,小饮酒数巡,耕瑶方来。饮毕客散，耕瑶亦最后去。涵六新自郑州工次回省，携有河帅派差衔名底册一纸，知余已派充挑水坝委员，子级充杂料厂委员，彼此均尚未奉札，大约俟河帅回辕方下札耳。

十七乙卯日(11月2日)　晴。午后，往谢客，晤涵六一人，余均不遇。在涵六座中遇文量甫，谈片刻即归。甫更衣，丹丞来晤，少顷即去。闻河帅明日午间可到，翌晨须至郊外一迎矣。

十八丙辰日(11月3日)　晴。早间，接季卿叔岳及子扬内弟来函。已刻，蓉初来，晤谈。午刻，遂偕往西门外候接河帅，在官厅坐未久，即出至郊外坐待。西北风迎面，甚冷，约酉初河帅方到，同人揖于舆前。河帅降舆，相见毕，即登舆入城，诸僚属如鸟兽散，余回寓已黄昏矣。

十九丁巳日(11月4日)　阴。早间，细雨不住。午后，冒雨往河院禀谒，候至酉刻方获延见。小修亦同进谒。散衙后，遂赴耕瑶处晚酌，座客皆早到，惟静待小修暨余两人。小修复回寓更衣，故入座犹后于余。席间精馔罗列，口福真不浅哉。二鼓散归。

二十戊午日(11月5日)　晴。午后，往奠龚彰庭太守，与邱瀛槎坐谈片刻。访林襄甫，拟托其取防汛薪水，未值而返，印领仍复携回。下午，少香来，因令其代抄《回澜纪要》中挑水坝一则，以资考证。

二十一己未日(11月6日)　晴。终日未出门。晚间，丹丞有字来，知其为余说项于河帅请派司文案事，乃两赴河院，均未获见。余亦未奉委札，究不知所派事务有无更动耳。

二十二庚申日(11月7日)　晴。终日在寓。下午，鼎臣来谈，良久甫去。傍晚，沙静斋来晤，少坐即去。灯下，阅《唐代丛书》数册。

二十三辛酉日(11月8日)　阴。早间微雨，冒雨至河院，未禀见。在官厅与高蓉初谈片刻，闻工差尚有更动，故迟迟未派。自河院散出，访小修，未晤。访林襄甫，谈片刻，即托其代取防汛薪水，印领亦即面交。襄甫谈及洳河一席顷甫以下河于次鹤改升，河院业经判稿，不日可具题云云。此语如确，则年内下河截缺开，正余可望题补矣。自襄甫处辞出,即返寓。

二十四壬戌日(11月9日)　晴。终日在寓。早间,林襄甫来,余尚未起,未与晤面。午后,耕瑶来久坐,傍晚甫去。闻河帅今午正已出城赴工,而各差仍多未派,余至今尚未见札,不谂何故耳。

二十五癸亥日(11月10日)　晴。早间,备送丹丞五旬寿礼,仅收红烛、活计二色。午后,往拜牛慕琦镇军,晤谈时许,遇李子铮于座。复访鼎臣,谈良久,遇丹丞于座。比归,已夕阳西坠矣。

二十六甲子日(11月11日)　晴。早起,往拜丹丞五旬寿,未晤。拜李子铮,晤谈片刻。访高蓉初,知送河帅未归。午后,复便衣往访子绂、量甫、耕瑶,皆不遇。最后至小脩处,谈片刻遂返。晚间,闻晓脩有饬赴新任之信。二更后,小修来访,余已寝,未与相晤。

二十七乙丑日(11月12日)　晴。早间,小修复来晤,仍托余为之筹措资斧。余因约子绂来寓面商,嘱其代为张罗,子绂唯唯而去,但不知能凑手否。卜午,修发,少香来坐片刻。

二十八丙寅日(11月13日)　晴。午间,筱脩招饮于天乐园,同席八人,饭后皆至庆福堂观剧。复与桂郎相见,余点《思凡》一出,即桂郎所擅场者也。演毕,给以青蚨千文,以示优睐。傍晚散归。

二十九丁卯日(11月14日)　晴。早间,筱脩便衣来,晤谈片刻即去。午后,刘子万来晤。刘名人杰,平湖人,大兄曾延以授樾儿读者也。晚间,子绂复一字,知所贷未能凑手,余将以复小脩矣,其奈之何。

十　月

十月初一戊辰日(11月15日)　晴。早间,拈香。午刻,祀祖。午后,接清如来信。傍晚,筱脩又来询所贷,颇有咎余为谋不忠之意,而余则几无辞以答也。

初二己巳日(11月16日)　晴。午后,往访鼎臣,未遇。旋至子绂、量甫处,晤谈许久。托量甫张罗银款,俾可应小脩之求,果能如愿,亦快事也。傍晚回寓。

初三庚午日(11月17日)　晴。早起甚冷。午后,接吉人自清江来信,知其早抵清江,路途平顺,计此时当可抵杭矣。行路之速,为向所罕遇,闻之可为忭慰。

初四辛未日(11月18日)　晴。早间,耕瑶来久谈,午初方去。午后,牛慕琦来答拜,晤谈片刻而去。阅邸抄,有添派李兰荪宫保会同薛云阶司寇查勘郑工详细情形之旨,又闻朝廷即欲令二公督办大工,究不谂如何局面也。余工差委札至今未到,听其自然可耳。

初五壬申日(11月19日)　晴。早间,朱国钧来,晤谈片刻。下午,闻李子和中丞有简署河督之信,成子中河帅革任,留工效力。有此一调,工次局面又有变动矣。又闻薛云溪、董叙堂均以办工迟缓被劾革职,同通班内亦有撤差记过者,皆中丞之所为也。时中丞为倪公文蔚,安徽人。

初六癸酉日(11月20日)　晴。早起,修发。午后,访文量甫,知借项已说定,即往晤小脩,告知以副所嘱。旋至耕瑶处畅谈,并吃晚饭。初更时,小脩过耕瑶处少坐,二更后方各散去。

初七甲戌日(11月21日)　晴。午后,贾维周至自河朔,以白米、皮蛋见饷,兼来访,畅谈而去。下午,小修来,少坐即去。闻李河帅不日可到,须往工次迎谒矣。

初八乙亥日(11月22日)　晴。终日未出门。下午,小脩来晤。晚间,耕瑶来,少坐即去,意欲为廛斋代通有无。余实有山阴道上之势,而相识者多诿誺不已,可叹可恨。

初九丙子日(11月23日)　晴。午后,往牲口市答拜朱国钧,未遇。适彼处有空宅一区,即去岁所看,余以现在所住之屋租值太昂,此屋亦极脩洁,而月租较廉,颇动迁居之意。旋至丹丞处畅谈,遇鼎臣于座,傍晚甫归。

初十丁丑日(11月24日)　晴。早间,往晤鼎臣,遇子绂、量甫于座。子绂闻外间传说张朗斋中丞调抚河南,子绂与张公有旧,颇愿此说之确也。午后,鼎臣来畅谈。晚间,筱脩便衣来一晤,以资斧不足来告急,余只得暂助一臂矣。

十一戊寅日(11月25日)　晴。早间,筱脩送借券来。午后,往日升昌取银三百金借与之,又以廿金假王麈斋。复访鼎臣,谈少顷而归。晚饭后,送银与小修,与谈片刻,二更后方返寓。

十二己卯日(11月26日)　晴。午后,往答拜朱国钧于安徽会馆,晤谈片刻。至小脩处送行,遇小钦差方比部及易幼舫。傍晚回寓,接河抚两院会札,派充挑水坝委员。王麈斋适亦得西坝正料厂差,来约余同往,同觅一屋合居。工次须自行搭盖棚厂居住,少香愿为余先往料理一切,明日即须部署前往矣。

十三庚辰日(11月27日)　晴。早间,往晤高蓉初,谈时许。至小脩处送行,小脩适已登舆,余追至宋门外,与之立谈数语而别。进城访子绂、量甫,均未遇。至鼎臣处小食充饥。午后方返寓,即检箧中皮衣改制行装衣服。傍晚,始呼成衣来,付令裁制而去。

十四辛巳日(11月28日)　晴。大风扬沙,而天不甚寒。日间,自书履历四分备工次谒见上司之用。傍晚,又呼成衣改制斗篷一袭。少香于今晨先往工次为余觅屋,余俟其回来即赴工也。

十五壬午日(11月29日)　晴。早间,饬人赴各衙门禀辞。下午,任俊生来,约同往工次,与之面订十九起程。子绂亦来,晤谈片刻而去。余检点衣箱等件,忙碌半晌,时值严寒,当此苦差,无物不需自带,连日心绪烦闷已极。自筹办大工以来,市钱大绌,银价日落,每纹银一两仅换大钱一千一二百文,而物价较前大昂,省中度日实难支持,复加以工次当差,旅费试问如何应付耶?生成苦命,徒唤奈何而已。

十六癸未日(11月30日)　晴。早起,往拜鼎臣太夫人寿,在彼吃面,遇卫小山、陆兰孙、周槐生诸君。晚间,复往吃饭,子绂亦在座,二鼓散归,甚冷。

十七甲申日(12月1日)　晴。早间,陆兰孙贰尹来拜晤,谈片

刻。午后，往访丹丞，辞以疾，未晤。至耕瑶处，谈良久。傍晚，往日
升昌取银三百两为家中留用及工次旅费，此行劳民伤财，殊可叹也。
回寓饬人雇定行李大车一辆，须大钱数千文，真无处不费矣，命多破
耗，夫复何言。

十八乙酉日(12月2日)　晴。日间，收拾行装。下午，耕瑶来
晤。谈次述及有西席某君教法素好，余明岁拟另延馆师，拟即定此
君，当俟工次回来往拜可耳。晚间，任俊生来告明日不行，余复往探
量甫行止，知于昨日出省。余明日决计登程，不便再延矣。今日添购
日用各物，又费数千文，实觉左支右绌，真无可如何之境也。

十九丙戌日(12月3日)　晴。天未明即起，辰初登车。行出城
后，大风扬沙，令人难耐。未正，抵东张，遂投店住宿。途次遇李荫
南，下车与谈数语而别。廛斋同住一店，房屋湫隘，嚣尘不可以居，闻
坝上并此等屋亦不可得，行役如此，真所谓充当苦差者矣。自此至阳
桥尚有五十里之遥，因约廛斋明日早行，以便早往谒见上司也。

二十丁亥日(12月4日)　晴。寅正，闻廛斋隔壁謦欬声，余亦
起。庖人煮饭已熟，饱食一碗。卯正登车，与廛斋同行。午正，抵杨
桥，少香预为赁屋一间，出迎于门，与之相见，询知西坝八堡地方亦预
定屋数间，月租须十三千文，可谓居奇者矣。然似此之屋并不可多
得，非速定不可，幸少香已先付定钱，不致再被人侵占，到彼即有安身
地也。午后，往谒见鞠观察，亦深以工务难办为言。成帅及管银库之
万观察均未见。绍葛民方伯则已于昨日返省，遂未往谒。下午，回旅
次，彭涵六来晤。少香复往车马局要车两乘，明早余即拟渡河而西，
俟到彼安定舍馆后再看光景。

二十一戊子日(12月5日)　晴。量甫、仲华、姚厚庵先后来晤。
余亦往量甫处一谈，见其屋舍甚洁，可羡之至。午后，又往谒成帅，仍
不见，遂往见万汉三观察而归。河帅既不见，余亦不复再候，定见明
日赴西坝矣。灯下，致子绂一书，明日有便人赴省即可托带也。

二十二己丑日(12月6日)　晴。卯正起。辰正，自杨桥起行，

由旧河身至北岸华阳口唤渡,绕道行六十余里。未正,始登舟。贾苏雨太守、双凤岩刺史均同舟,各在后仓坐谈半晌。二君皆当西坝料厂差使,故偕至西坝也。当上船时,有罗山县令陈庆滋争渡,致余行李车不得上船,凤岩行李车亦不获渡,只可听之。自北岸马头解缆,顺流而下,不多时即达南岸西坝头,遂驱车径至八堡所赁屋内卸车。此屋先经少香托张益君代为收拾,颇觉干净,又承益君送饭相饷,可感之至。陈砚香亦在坝当差,闻余至即来见访,知余行囊未到,假棉被以御寒,差次遇故人,承其关切,颇有宾至如归之乐。此屋非张益君指引,少香亦无从寻觅也。挑水坝掌坝为张季文、陈蔼如两君,益君即季文所延友人。季文与余素称交好,特嘱益君为余照料一切,故诸事尚顺手耳。晚饭后,益君即来访,晤谈片刻而去。夜半,行李旋到。

二十三庚寅日(12月7日) 晴。辰刻,赴蔼如、季文两君处,谈片刻。午后,两君来答候,略坐即去。下午,修发。此间剃发匠技甚劣,殊可恼也。傍晚,研香又来晤。今日西南风甚大,静息永日,明日当往谒薛观察于金水矣。

二十四辛卯日(12月8日) 晴。午后,至金水寨访贾苏雨于正料厂,访陆费莲卿于民料厂,均晤面。谒薛云溪于五堡院道行馆,未遇。归途行堤上至九堡挑水坝处一观,时方于堤后做后戗,武弁及工友均在彼督工,余遂归。复往季文、蔼如处少坐,遇朱景庵,谈及新帅李公已抵省,定廿五接印,约月杪即可来工矣。晚间,从益君处假得《子不语》二册,随意翻阅稍遣闷怀。

二十五壬辰日(12月9日) 晴。写家信一封,未寄。下午,双凤岩来,晤谈片刻去。余终日闷坐,惟阅《子不语》消遣而已。连日天气极热,竟不能衣重裘,所谓十月小阳春是也。傍晚,洪象余来晤,在此晚饭,畅谈,余命驾送其回厂。象余现当杂料厂差,伊车马已送回省寓,日间乃步行而来,故余以骡假之。晚间,张益君来假《金壶七墨》六册而去。

二十六癸巳日(12月10日) 晴。自昨夜狂风大作,永日未息,屋内飞沙厚至寸余，天气亦较凉。终日闷坐屋中，未敢外出。傍晚，益君来谈良久。询知蔼如已往杨桥迎谒新帅，大约帅节不日可莅此。余俟谒见后亦拟抽身旋省一行，缘在此株守殊闷人也。晚间，闻季文处有专足赴省，遂将家书交令附带，约后日总可递到矣。夜间风渐息。

二十七甲午日（**12 月 11 日**）　晴。早起甚凉。午后，闻陈蔼如迎河帅归，往与晤谈。询知李帅今日已住东坝，计明日可渡河来此。星使有今日出省来工之说，尚不确，余匏系此间无所事事，殊觉无聊，恨不刻日返省耳。

二十八乙未日（**12 月 12 日**）　阴。自夜半至天明大雨雪，巳刻雪止。闻新帅已来西坝，遂往五堡迎谒，未见。至金水谒绍葛民方伯，亦未见，遂归。晚间，姚厚庵、任浚生均到，询知两君亦均未获见，而李帅明晨即回东坝，只好迟日渡河往谒矣。

二十九丙申日（**12 月 13 日**）　阴，甚冷。星使、两河帅、中丞及绍、潘二公均渡河回东坝，余又不及往送。闻昨晚新帅回辕后见客颇多，余竟未往，殊为失计，只好随后再见矣。午前，往季文处托其代禀到差日期，并代领薪水银两，与谈片刻而归。午后，姚厚庵、陈砚香均来谈，余又向季文处借钱廿千，此来因换钱不便，已向季文借过四十余千矣，拟请其俟薪水领出，照数扣除。季文之于余，颇讲寅谊，非他人比也。晚间，检点衣物，拟明晨返省，而西北风大作，恐渡河不便，只可徐俟一日。灯下，与少香谈良久，尚不寂寞。

三十丁酉日（**12 月 14 日**）　晴。风大未行。午前，益君送银领来，嘱另书作为十五日到差，另易一纸与之。午后，姚厚庵来，约同赴金水谒绍方伯，遂与同去。比至，仍辞不见，往返廿余里，人瘁马乏，殊觉无谓。晚间，风稍息，决计明晨返棹，聊以避嚣也。

十一月

十一月初一戊戌日（**12 月 15 日**）　晴。寅正起，束装东渡，至华阳口候船,至未刻始获登舟。仍至北岸起早,绕道乾河至南岸东坝。酉刻,方抵阳桥住宿。终日未饭,受苦不浅。少香同车行,同歇阳桥。

初二己亥日(12 月 16 日) 晴。丑刻起,寅初驾车行。比至黎明,已行卅余里矣。少香另觅车不得,仍留阳桥。余于巳刻过东张,小憩时许。申刻,抵省寓。连日车行,眠食失时,殊形困惫,到家后当可休息数日矣。晚间,与内子闲谈,弄幼儿为乐,天伦真趣,胜于羁旅情怀远甚也。夜间,酣寝甚甜适。

初三庚子日(12 月 17 日) 晴。午初甫起,天朗气清,和风暖煦。午后,呼剃发匠栉沐,扑去尘沙斗余,精神为之顿爽。下午,少香亦旋省,将分带衣物交来,伊遂回至润生寓次矣。晚饭饮火酒二杯,殊有昂然陶然之境。阅省抄,知沈问庭作古,闻其于役工次病剧旋省,行至东漳途次而殁。问庭为子绂妻兄,年五十余,上有八旬老母,亦可惨矣。

初四辛丑日(12 月 18 日) 晴。午初起。两日来早眠晏起,休息精神,颇觉逸乐。明日当往访友人,探问近日时事,以定行止。午后,往塾中与张先生周旋一番,略谈工次情形,兼察儿辈课程,知梓儿《礼记》卒业,已授《春秋传》矣。阅邸抄,知通州运河漫口堵筑完竣,十月望日合龙,可见运河工程究不比黄河之烦难也。

初五壬寅日(12 月 19 日) 晴。午后,往访耕瑶,谈片刻,适耕瑶将出门,余亦遂行。访子绂,未遇而返。闻省中传说今年暂不兴工,不谂究竟如何。前在工次,绍方伯欲先办挑水坝,恐亦未必能行耳。

初六癸卯日(12 月 20 日) 晴。巳刻,孙光甫来访,晤谈片刻。述及秦小补兄已旋寓,仍寓光甫宅。中午后,因往访之,畅谈别来情况。小补自去冬至今为山东河务奔驰年余,备极辛劳,此番奉调大工,扶病而来,形容消瘦,满面病状,因劝其暂养数日,且弗赴工。小补于河务讲求有素,且夙有能名,此番仅派大坝帮办,殊不足以展所长,因之不无怏怏耳。傍晚回寓,少香来谈,片刻去。

初七甲辰日(**12月21日**)　晴。午初起。光阴如驶,回家忽忽五日矣。不知工次近日如何情形,余拟过初十后仍复前往,盖此来究系私自回省,虽工次无事,于心终不免悬悬也。午后,梳辫。日暮极短,不旋踵即晦,幸天气不甚冷耳。

初八乙巳日(**12月22日**)　晴。早间,往拜鼎臣夫人四旬寿,在彼永日。与卫小山、焦丹丞、周子绂诸君晤谈甚久,晚饭后始回寓。有劳厚庵饬价来汴雇车,询知厚庵已卸厅篆,将旋保定,因东明无处觅车,故专人至汴买车也。余拟作一札致之,以道阔怀,嘱来价翌日来取焉。

初九丙午日(**12月23日**)　晴。早间,接砚香自工次来信,知其移寓余屋已数日,姚厚庵诸君欲余速回工次,余以开工无期,尚不愿往也。午后,往访孙豫生,晤谈良久。豫生亦同派挑水坝差使,至今未往工次,并嘱余勿庸速往。晚间,在彼吃饭。于次鹤适来同饭,询知伊升泇河同知,早已出题。又悉查笙庭题升上南河同知,亦已牌示。此两案如俱邀准,则有两通判缺出,似可挨次及余矣。晚间回寓后,少香来告明日往工次收缴宁陵正料,因篍修昨有信与之,令其往办此事也。灯下,又作劳厚庵一书,夜半方寝。

初十丁未日(**12月24日**)　晴。午后,往拜吴抱仙寿,未见。拜于次鹤,亦不遇。旋访小补,始知其已往工次矣。遂至钦使行辕拜随带司员同乡詹黼庭仪部,未见。时家润生充文巡捕,余即至润生房坐谈许久。晚间,鼎臣、子绂邀饮。同席有卫小山、王纯甫、文量甫、洪象予、王露汀诸君。席散后,往坐谈许久方回寓。知丹丞来访,未获延晤,殊怅怅也。

十一戊申日(**12月25日**)　晴。早间,作字致丹老,询其何日赴工,并以天寒劝其缓行。又致耕老一字,嘱其代订西席先生袁君,拟即延请此君也。午后,沈幼臣府经来见,即余所居屋主人,素未与谋面,今始相拜访耳。下午,涵六来访,知其亦回省数日矣。涵六去后,修发一度。詹黼庭来答拜,未下车而去。

十二己酉日(12月26日)　晴。是日为余诞辰。子绂、鼎臣、张先生、陈世兄均来拜寿，即留诸君吃面，下午甫散。丹臣来，挡驾而去。上房女客则有子绂、鼎臣及家润生三夫人焉。

十三庚戌日(12月27日)　晴。终日大风。午后，往谢客，晤丹丞、鼎臣，卫小山亦出，坐谈良久而散。途中遇子绂焉。丹丞谈及河帅有不日旋省之说，余即拟在省等候，俟谒见后再赴工次可耳。晚间风止。

十四辛亥日(12月28日)　晴。午后，往访耕瑶，兼拜袁君梦白，订定明年延请授读。自耕瑶处出，至火神庙街访彭涵六，略谈数语，天色已晚，遂归。灯下，修书与季卿叔岳，恳其转托云裳吏部关照缺项，此乃余深远切己之事，拟专足至都投信，以期迅速。二鼓，任浚生饬人来告，促余赴工，知渠今日到省，拟明日往访之，看伊谈论如何，再定行止。

十五壬子日(12月29日)　晴。早间，拈香。午刻，祀祖。午后，往访任浚生，始知陈、张两君嘱其寄声促余旋坝，并非兴工有日也。适孙豫生亦至，遂在彼晚饭。豫生立主暂缓赴工，余与浚生拟稍迟数日即行，大约廿日左右必须起马矣。

十六癸丑日(12月30日)　晴。终日狂风不止，尘沙蔽空。午后，往日升昌取银五十金，以十四金专一急足至京师投递季叔信函，并令守取复书，计十六天可以往还，但不知于所事有济否耳。旋至宝兴隆一探，知冯宝卿发信至都已有复音，泇河升案尚在内阁压住，未曾下部，此时不知如何，自非于次鹤赶紧安置妥帖，终恐误乃公事也。傍晚，访子绂，不遇而归。

十七甲寅日(12月31日)　晴。风止，天气仍冷。午前，冯宝卿来答拜，晤谈片刻而去。午后，风愈猛，天亦愈冷，遂未出门。

十八乙卯日(1888年1月1日)　晴。风止，气候亦较和。午后，内子出门谢客，余遂在寓永日，下午，梳辫，阅《苍山文集》。接筱脩来函，以余三十初度，寄红呢寿幛为祝，即握管泐复数行。因忆嘉平初十日为筱修太夫人六旬寿,即以原幛交来人赍回,另制上下款字一付,为余寿妗氏之礼焉。灯下,耕瑶来谈,假元青单裯而去。闻李河帅今日旋省,余拟就近谒见,因约豫生同往,又闻其不愿见客,明日姑且一往可耳。

十九丙辰日(1月2日)　晴。早起,访孙豫生,约其偕谒河帅,豫生尚未起,余遂独往。入官厅稍坐,李帅以将出门辞,余遂散。复访子绂,又不遇,废然而返。午后,豫生来访,畅谈许久方去。傍晚,研香自工次遣人来省,余因挥一札致之,交来人携去。

二十丁巳日(1月3日)　晴,风甚大。早间,接张益君来信,知余应领第一月薪水已代为领出,嘱余往取。因作札致研香,嘱其代存,为余赴工日用之需。并复益君一函,俾令转交砚香手收可耳。晚间,任浚生来晤。闻兴工期近,因与面订廿六日同往工次督率一切,即使出月初间开工亦不至误事。绍葛民方伯为西坝总理,闻其已往京水驻扎,我等回工之期不能再缓矣。

二十一戊午日(1月4日)　晴。早间,往奠张仲甫刺史。仲甫为季文司马胞兄,由邓州任内乞病养疴汴垣,昨以疾作而殁。季文自坝旋省为之治丧,延余陪宾,遂在彼永日。下午,访丹丞,畅谈许久而归。接少香来字,以彭涵六得总办民料厂差,欲余代为谋一司事,即为挥一札致涵六,事之成否未可知耳。

二十二己未日(1月5日)　晴。风日和煦,天气甚暖。午间,祀先,终日未出门。阅仓山文数篇。晚间,与妇孺讲说稗事数则,亦闲中佳境也。闻挑水坝不日兴工,过此以往便须栉风沐雨,效力河干,求如今日之乐逸不可多得矣。

二十三庚申日(1月6日)　晴。闻两司于明日赴工,候祭河开工,看来兴工不远矣。余拟廿六由省前往,势难再延。午后,修发。晚间,接吉人自杭州来函,知其携眷安抵里门,即作札复之。

二十四辛酉日(1月7日)　晴。早间,发杭信。午后,往答拜舒大令敏。访耕瑶,谈片刻。至日升昌取银大衍。傍晚返寓,豫生特束来约后日同往工次,伊亦闻兴工在即故也。

二十五壬戌日(1月8日) 晴。子级为购骡一头,乃王纯甫所畜,价值大衍,言明迟日再付。得此健骑,足胜驰驱矣。日间,检拾衣物。下午,梳辫,与张先生略谈片刻。晚间,收拾拜匣,二鼓就寝。

二十六癸亥日(1月9日) 晴。黎明即起,小食后,携行囊率仆从登车。豫生来寓同行,稚子送于门,塾师送于院,遂别诸人首途。未初,馈于回回寨。申正,抵东漳。客店人满难容,遂偕豫生至中河厅署借住。时崔心甫判中河,赴工当差,无主人在家而有不速之客至,其臧获辈颇有厌意,然亦敢怒不敢言耳。余偕豫生宿其二堂东夹室,相与畅谈。半夜三鼓,豫生以百合相饷。夜间甚凉,又无火炉,惟终日车行甚有倦意,到床即酣眠永夜。一觉睡醒,已辰初矣。

二十七甲子日(1月10日) 晴。辰刻起。巳刻,偕豫生登车。午正,馈于三柳寨。申刻,行至中途,遇高镜泉由西坝请假而归,谈及并无开工的期,且挑水坝基又将移徙,尚未勘定,此时我等去亦无事,因而豫生颇思明日折回,余则既已来此,只好仍渡河前进矣。酉初,抵阳桥,仍住周成衣屋内。豫生同寓,仅屋两小间,局促之极,仆从均露宿于外,与前月过此情状正同。甚矣!出差之苦也。晚饭后,豫生来余屋久谈,尚不寂寞。

二十八乙丑日(1月11日) 晴。早间,闻河帅上坝,至午后始闻其旋辕,遂偕豫生往谒。候至申刻,以公事辞不获见而归。适厨子张三假旋过此,知余寓此屋来见,遂作谕王贵函交其带省。午后,命驾请少香来,令其借银两件约四两余,带去换钱备用。因此来带钱太少,连日已将用罄,少香此间多熟人,居然应手相贷,足济眉急矣。傍晚,豫生另觅屋迁去。少香在此晚饭,陪余谈至二鼓方别去。夜间大风,甚冷。

二十九丙寅日(1月12日) 阴。辰刻起。巳正,往谒河帅李子和先生,接见之。顷提及大兄前在此间需次及病殁始末,意颇殷殷,然未询及公事,亦未促余回坝,可见开工尚无准期也。退出后,即往访豫生，在彼午饭。午后大雨雪，至暮未止。傍晚，余返自屋，购市脯，沽火酒，独酌数爵，稍解寒气。豫生因天气阴晦，愈欲旋省，不愿西渡，余亦同此情怀，明晨再定行止可耳。闻李帅因星使将旋都，已于午后起马进省相送矣。晚间，雪渐霁。

十二月

十二月初一丁卯日（1月13日）　阴。早间，雪止。余以杨桥住屋太秽，又未便折回省寓，遂定计前进。已刻登车，行十余里过来童寨民料厂，彭涵六、毕怀五在焉，遂入内小憩片时。仍沿乾河至北岸华阳口渡河，约数刻许即达南岸。傍晚，抵八堡差次。砚香寓余屋，晤谈之下，知开工无期，余此来殊失计也。晚间，张益君来，谈片刻。余复访季文、蔼如两君，姚厚庵、任浚生均在彼处。诸君为叶子戏，余素不解此道，袖手旁观而已，二鼓归寝。

初二戊辰日（1月14日）　阴。雪大如掌，天亦甚冷。余尚思回省一行，如此大雪，不免阻我行程矣。午后，雪愈大，惟与研香晤对而已。孙豫生昨在杨桥未行，今日如此大雪，既难西渡，又难东旋，尚不若余之安居斗室，围炉独饮也。灯下，作家书未竟，适砚香自外至，遂搁笔，相与闲话良久，三鼓甫眠。终夜雪未止。

初三己巳日（1月15日）　阴。终日大雪，枯坐旅寓，惟围炉饮酒以遣羁愁。午后，具押领一纸，托季文代领第二个月薪水银两，俾资旅费。又将家书缮就，遇便即可发递。复作致子扬内弟函，盖借写信消遣也。晚间，砚香又来久谈，足破岑寂。

初四庚午日（1月16日）　阴。雪渐止，作致小补书，连家信一并交便差交投递，午后，又作子先内弟信，未完，适季文、蔼如同过访，谈片刻而去。季文明日渡河至杨桥会商公事，欲假余屋居住，特来相告，余允焉。灯下，与砚香晤谈许久。余觉腹胀而微痛，出恭三次，尚未平复，殆受寒滞食所致耳。

初五辛未日（1月17日）　阴。昨宵腹胀殊甚，连起出恭六次，浑身躁热出汗,甚觉委顿,天明始渐平复。午饭与砚香同餐,闻季文已渡河而东,约三两日当可回来。余俟其来询知近事,如不兴工即请假旋省。连日兀坐旅寓,辄忆妻孥不置,所谓儿女情长英雄气短者,余不能辞其诮焉。晚饭又与砚香同餐,饭毕,与谈片刻,适有访研香之客来,遂别去。是日极冷,端居一室,犹凛凛也。

初六壬申日(1月18日) 阴。早起,嘱研香换钱,将房租付讫。午后,修发。耕瑶之仆前以事同来,今事毕将去,复作家书交其带省,并将小衣送回省寓浣洗。又作致耕瑶一函,即令其仆携呈,致子先昆仲书亦令其到省分别交信局寄递。给该仆大钱千文,酬其十日之劳。分派既毕,天色已暮,遂偕研香共饭。灯下,相与畅谈,以破旅愁。连日厨子制馔颇佳,客中饮食起居都尚适意,但不无思念妇孺耳,余则无所苦也。

初七癸酉日(1月19日) 阴。早间,阅杨冷渔《北行日记》。午后,往访蔼如,任浚生亦在坐。傍晚,季文至自东坝,知年内必须开工。浚生因其妇翁病笃,欲回省看视,定明日东旋,俟开工期近再来。余亦怦怦动回省之念,又以道途泥泞惮于驱驰未能定见。惟开工极早总在二十以外,此十余日中在此依然无事,不趁此际回家一行,未免失时耳。晚间,在蔼如处吃饭,挈榼携尊而往,殊觉热闹。二鼓归寝,研香已寐,未与晤谈。

初八甲戌日(1月20日) 阴。早起,闻车马声自墙外过,殆浚生行矣,闻之心愈动而未能遽决,且俟天晴再定行止。巳刻,王勤斋过访,即留其午饭,谈良久而去。下午,季文来畅谈,黄昏始去。询知绍方伯尚无来此消息,余拟俟其来此一见,再请假回省数日,约于开工前来坝销假,谅尤不可耳。

初九乙亥日(1月21日) 阴。午前,姚厚庵来晤,遂于饭后偕其过季文处少坐。傍晚归,接少香来函。晚饭时,赵子晋、洪象予同来访,略谈数语即去。闻有廿日开工之说,未知赶得及否。灯下,作少香复书,并将前在杨桥借银交来人带还。少香资斧缺乏,与以银乙两余,以周其急。

初十丙子日(1 月 22 日) 阴。早间,闻绍方伯将到,遂驾车往五堡行馆迎谒,乃绍公并未渡河。归途谒薛云溪,访朱景庵、陆费莲卿、洪象余、赵子晋诸君,各谈片刻,旋回旅次。今日又闻择定廿四开工,果尔则余俟见绍公后尚可抽暇回家一看,但盼绍公即日来此,方合余意耳。灯下,与研香闲谈半晌,聊破闷怀。

十一丁丑日(1 月 23 日) 阴。早间,朱景庵来答拜,晤谈片刻。谈及开工尚有变动,余闻其说颇动归思。午后,往商之陈、张两君,已定明日返棹。下午,忽传绍方伯已到行馆,遂往谒之,候至初更始获见,知中丞明日亦来此,只得稍待。倘不日兴工,则回省当作罢论,非来正不能作此想矣。晚间,姚厚庵来谈许久,三更始去。

十二戊寅日(1 月 24 日) 阴。早间,与砚香谈片刻。午后,偕张、陈两君往接中丞,至六堡行馆,中丞已到。饭毕,即起节,属僚都未接见,仅于舆前揖送而已。回寓后,商之张、陈两君,目前开工既未定期,且挑水坝是否需办尚在未定,余又动回家之念。张、陈二公均以为可趁此暇日旋省一行,遂定见明日东渡,仍留仆人木兴在此看屋,并嘱砚香照料门户焉。研香并托银两至其家,余以资斧不继先于其中借用数两,俟到省归还其子可耳。夜间,风甚大。

十三己卯日(1 月 25 日) 阴。黎明起,小食水角十枚,即乘车至华阳口渡河。风虽大而舟极速,巳刻即达北岸。未初,至来童寨,访少香于宁陵料厂,在彼午饭。少香新得《河工集要》一书,举以赠余,遂携以登车。申初,过杨桥,未入寨,驱车径行。酉初,抵三柳寨住宿,店中无可食者,取干饼数块聊以充饥而已。灯下无俚,检《河工集要》披阅一过,书仅二册,而于治河极有裨益,吾辈所宜熟玩者也。今日早间天色尚阴,洎余首途后一路日光照耀,居然晴霁,惟东北风迎面而来,殊刺人肌骨耳。晚间,腹馁,买花生少许食之,始就枕。夜来月色亦佳,从此可望晴朗矣。

十四庚辰日(1 月 26 日) 阴。黎明起马,尖于回回寨。沿途风雪微作,扑面甚冷。申正,抵省寓。过东漳时,与小补遇于途,下车立谈数语而别,小补亦将赴西坝矣。余回寓后,接阅稚夒信,并汇到当息银两七百余金,尚未往取。又得季叔复函,知所托事须先点缀少许方能赶办,即刻作复书如数许之,期于事有济,仍专足寄去。又接贾维周书。

十五辛巳日(1月27日)　阴。塾师张补山先生将解馆南归,往斋中与之话别,谈片刻,入内吃饭。午后出门,往蔚盛长取回杭款,交日升昌收存。访耕瑶,谈片刻。回寓后,复维周信,又将致四弟信缮就,明日即可分别交递。闻星使今日尚未进城,中丞亦未归,二公赴西坝尚需时日,余尚可句留两三日再旋坝也。晚间,作复稚夒信数行方寝。

十六壬午日(1月28日)　晴。早间,研香乃郎至,以所带银件付之。午刻,祀祖,礼毕,偕妇孺受馐,小饮数爵。午后,发信两械,一寄四弟,一复贾维周。又将复稚夒书缮完封固,明日亦可发递矣。灯下,备关书聘金延订西席袁梦白先生,明年来寓授儿辈读,即耕瑶所代访者也。夜间,复于寝室作致劳厚庵书数纸。

十七癸未日(1月29日)　阴。早间,封发厚庵信,寄保定。午后,预备明年请先生请帖及脩贽代席各件留寓中,缘届时余恐尚在工次故也。闻星使高阳宫保已于今晨出省督工,余亦未便在家中久延,王事驰驱,席不暇暖,不谓我辈亦身当其境焉。

十八甲申日(1月30日)　阴。午间,食鱼翅,饮酒半斤,颇觉陶然。午后,砚香乃郎来见,告余明发祥土庄存项将还缴,余因不日赴工,拟托日升昌代收较为稳妥。晚间,课阿梓温理《易经》数页。耕瑶札来,邀明日在子绂处小酌,并呼歌伎侑觞,余诺焉,亦忙碌中取乐之境也。灯下,与内子絮语,三鼓方眠。

十九乙酉日(1月31日)　晴。早间,季文自工次专人来促余回工,因绍方伯昨约同人集议公事,余已不克往,不得不赶紧赴工,以免上台挑斥,遂定准明晨前往。午后,至日升昌将屋券交其代为收银,又向取银百金,留家为度岁之需。晚间,往子绂寓会饮,耕老为主人,聚谈颇畅,二鼓方散归。

二十丙戌日(2月1日) 阴。早间,自省寓登程。午刻,尖于回回寨。遇陆葆芝,偕一固始吴君杏农,又遇欧阳润生。傍晚,宿三柳寨,客店人满,仍与陆、吴两君同屋。初更时,季文幕友龚少霞至自西坝,亦寓是店。谈及绍方伯因余未在西坝大怒,已将薪水扣除不发,其意甚坏。葆芝闻是说,为余占一课,言明日事机大不顺,即到彼亦勿往见绍公,过此日后便无甚拂逆云云。盖葆芝素精六壬也。

二十一丁亥日(2月2日) 晴。丑正即起,寅初开车。辰正,抵东坝头,即在彼处乘小舟渡河。舟中不能载车,因将空车放至华阳口唤渡,余舟遂发。行未片时,陡遇狂风,浪涌如山,只得折回原泊处稍避风浪,一面札致少香借车来迓。至午后,车未来而风愈猛,舟中水进数寸,余甚恐,立即上岸。冒风步行至东掌坝公所访姜锡三、高镜泉两君,在彼吃饭。少坐片刻,少香亦追寻而来,借得一车,与之偕乘至宁陵收料厂住宿。时已黄昏,奔驰惊骇,受累永日,陆葆之所占之课灵验极矣。晚间,两腿酸痛弥甚,皆因冒风狂奔所致。少香为制粥馔,极周备,见余困顿,尤极关心,可感也。二鼓就寝,风声愈厉。

二十二戊子日(2月3日) 晴。午前,风仍未息。午后,风略微弱,遂令少香借车坐至华阳口渡河,不敢再走龙门口矣。比到渡口,时已黄昏。马头无大船,急唤一小舟过渡,幸而风平浪静,不片刻即达南岸,即将行李搬至席抬棚内小憩,一面命仆往王廑斋处借车。余坐棚中许久,天已大黑,东南风陡作,殊为焦急。候至二鼓,借车方到,遂乘车以行,又数刻许始到八堡差次,与研香略谈,即吃饭。饭毕,往访蔼如、季文,知绍葛民怒余已甚,其实余问心无甚大咎,虽擅自离差,然差次无事,于公事固未尝贻误也。彼之怒我,亦未免太过耳。且俟明日往谒,看其如何光景再作道理。

二十三己丑日(2月4日) 晴。早间,往谒绍公,候良久,有司柬吏将命诘余有何公事而擅往他处,余以往谒新观察为辞。又候逾时方下不见之令,余遂往访小补于薛云翁处。小补谈及已托白鉴堂太守、裴子斌协戎两君为余转圆于绍公。余即往拜二公,均未晤,午刻归。下午,修发。姚厚庵至自省垣来晤谈。姚、任两君曾均回省,老绍不之知,独余以延见不到为彼所知,遽撄其怒,亦有幸有不幸也。傍晚,季文来访余。灯下,余复往访之。知明日酉刻挑水坝进占开工,先行祭告礼,我等均应随班陪祭,届时往伺可耳。

二十四庚寅日(2月5日) 晴。早间,往拜白太守,访姚厚庵,均晤谈。白公告余绍方伯欲禀两院撤差,经伊力求尚未允,非再恳人说项不能挽回。余与太守素不识,承其关照可感也。复往访薛云翁,未遇,遂回寓吃饭。王廑斋来晤。午后赴坝,见薛云翁及裴协戎,遂面恳其转求绍公。不多时,绍公亦到坝,裴、薛两公为余略说,老绍居然释怒,余亦与之相见。酉初,行祭河礼,同人均随班叩首。礼毕,复至大工庙拈香。旋至坝头督工,略进料土数坏,时已黄昏,因即回寓。是日奔驰永昼,两腿极酸楚。晚间,复至蔼如处一谈。

二十五辛卯日(2月6日) 晴。晨起,往谒薛观察、裴协戎,均见面,旋至坝督工。午间,回寓吃饭,未刻复往,傍晚始归。是日,进土料四坏,尚不足一占,因料路迂滞所致。老绍未到坝,惟薛公一人在工督率,闻其拟闲日一往,大约明日必来矣。灯下,姚厚庵过余久谈,约明日偕谒老绍,但不知其余怒已息否耳。嗟乎!吾与彼皆人臣也,彼不过官阶略尊,即能擅作威福如此,是以君子贵大受而薄小知也。

二十六壬辰日(2月7日) 晴。西北风甚大。辰刻,冒风赴坝,薛、裴两公均早到,至抬棚内与之一见。旋至季、蔼二君棚中坐谈。大风扬沙,几不辨面目。小补亦在座。午刻,拉小补来余处吃饭,姚厚庵亦继至。未刻,复同往坝头。老绍以风大又未来,彼如此偷安而不自责,余于未开工时偶一旋省,渠辄驳饬不已,何其太不恕耶? 傍晚,回寓。是日,工次做成一占,计镶土料六坏,用正料廿五垛,是为第一占。晚间,朔风怒号,明日又将饱受风尘矣。

二十七癸巳日(2月8日)　晴。辰刻,小补来,偕往坝头,至裴、薛两公棚内少坐。余之抬棚亦向杂料厂取来。闻绍藩司将到坝,只得忍气等候。至未刻,腹馁甚,仆人携榼来,遂在棚内食饭一碗。余饭方毕,老绍适到,偕同人往迎道左。此公下车即狂吠不已,无非吹毛求疵,擅作威福,可恶已极。傍晚,夫己氏去,我等亦散。余回寓,接少香信来借钱,余之薪水已为老绍中饱硬扣不发,日来零用皆各处借贷而来,不能分润他人,即作札覆之。

二十八甲午日(2月9日)　晴。无风,甚和暖。早间,小补兄来晤。知署开归道朱曼伯观察来坝勘工,遂偕同人上坝迎候。午刻,朱公到,余于舆前一见,履历亦交司柬吏呈上,朱公少坐即去,余即旋寓吃饭。下午复往,适钱局运钱到坝,余往验收。傍晚,复在坝台久坐,时第二占已镶至过半矣。黄昏回寓,砚香尚未归,连日派砚香当支黄料差,故亦终朝在坝耳。灯下,作家书交顺差递省。

二十九乙未日(2月10日)　晴。狂风陡作,较前日尤甚。午后,冒风上坝,在抬棚久坐。又至薛云溪棚内坐谈片刻,晤裴子斌、朱景庵。傍晚,同人皆散,余与蔼如最后行,比归寓,已上灯矣。砚香旋亦归,与余同饭。夜间,风犹未息。是日因风大,料物难上,第二占尚未做成也。

三十丙申日(2月11日)　阴。自朝至暮,风雪交作,寒冷异常。午后,冒雪至夫己氏处辞岁,候至初更不见而归。今日因风雪太大,又值岁除,遂停工一日。晚间,蔼如、季文两君邀往度岁,同人聚饮颇畅,夜半各散。归途见星光灿烂,风雪亦顿止,岁朝可望晴霁矣。余生平客中度岁,今为第二次。其一为辛巳除夕,时奉先大夫讳,偕大兄扶榇自粤旋浙。适行抵安徽东流县属之花园镇,阻风泊舟,兄弟二人祀先君,灵前拜奠礼毕,饮酒分岁。今忽忽七年,大兄亦久亡。此番差次度岁,惟联友朋之情,无天伦之乐,客怀枨触,不无怅惘耳。晚饭后,研香来辞岁,与谈数语而去。

光绪十四年(1888)戊子

正 月

光绪十四年戊子新正月初一癸丑日(2月12日) 晴。风雪顿止。清晨,赴四堡大王庙拈香行礼,遂偕同人坐官厅候绍方伯香班。午初,绍公始到,均于中庭相见,复在官厅叙谈片刻。老绍渡河赴东坝谒大府,我等亦散。归途复拜年数处,旋回寓吃饭。砚香来拜年,同食午餐。是日晴光皎洁,自是元日气象,惟寒冷殊甚,早间出门颇觉凛冽也。下午,在寓小憩。小补来贺岁,少坐即去。晚间,蔼如、季文邀饮,畅谈良久,亥刻散归。

初二甲寅日(2月13日) 晴。巳刻赴坝,午间回寓吃饭,未刻复往。下午,偕蔼如、季文两君至薛观察、裴协戎处,议论夫己氏之狂悖无礼,二公亦多不满语,足见公道之在人心也。傍晚,自坝散归,姚厚庵过访。饭后,偕厚庵往季文处闲坐,半夜三更后始各散。是日,坝上第二占始成功,可谓懈缓矣。

初三乙卯日(2月14日) 阴。辰、午赴坝两次。第三占今日动手,仅进一坯,天色已晚,遂各散。是日,夫己氏至自东坝,明日又将听其狂吠矣。

初四丙辰日(2月15日) 阴。终日微雪。辰、午上坝两次。下午,前浙臬陈右铭年丈宝箴偕星使随员张刺史来坝勘工,同人均于工次相见,初更始各散。右丈寓京水,余欲往谒,以天晚不果。嗣闻季文往谒得见,余颇悔不同往,只可明晨再去矣。是日,第三占才进至过半,殊未能奋迅也。

初五丁巳日(2月16日)　晴。辰刻,赴京水谒陈右丈,至则行矣。途遇水惠轩,亦以谒陈公而来,彼此废然返驾。巳刻,过杂料厂,答拜查笙庭,投一刺焉。午初,回八堡旅舍,小食少许,即赴坝头监工。风日晴和,渐有春气。下午,复回寓吃点心,略息片时,又往坝头。适庆福部伶人传到来见,就中名桂莲者,余所喜也,今得见之,差足解忧。明晨同人团拜,即可观戏矣。傍晚,将第三月薪水印领送往总局请批,俟批准后方能领银,可谓烦琐之极。且前一月薪水已为夫己氏扣去,余连日用项均系向人挪借,窘态不堪言状,不能不怨恨绍诚也。黄昏,自坝散归。

初六戊午日(2月17日)　晴。清晨即赴坝。午刻,绍葛民到,偕同人诣大王庙,拈香行礼。礼毕,同人在庙前团拜,梨园上场演戏,颇觉热闹。傍晚,自坝散归。仆人王顺自省寓来视余,带到邸抄及各处来信,内子命其携带食物数种来,知阖家均安。得季叔复函,知余缺事亦办妥,心中顿慰。又接清如、筱脩两函,筱脩信中有还丹丞骡价五十金,尚存余寓,即于灯下分别作覆函。季叔书先成,附去朱提双佰为点缀部友之需,托日升昌寄京。适砚香明日因事旋省,遂将此事托砚香往日升昌代办。又致子绂一函,亦交研香带去。王顺又称明发祥屋价已兑交日升昌收入余册,余此次寄京之款即可在此中提用矣。是日,坝上第三占做成,第四占亦做两坏,较前略速。

初七己未日(2月18日)　晴。清晨,研香行。余作丹丞信数纸,又家人来请示近事书数条晓谕之,均交王顺带归,即令其午后东渡。饭后,水惠轩来,晤谈片刻。惠轩去后,余即命驾赴坝,见第四占亦做至过半,土料均极应手,盖新年已过,诸贫民都来供役觅食也。傍晚归。灯下,厚庵过余,久坐。

初八庚申日(2月19日)　晴。早间赴坝,偕季文至云溪棚内少坐,子斌、景庵均在座。厚、浚两君午前未来。未初,余回寓吃饭。下午,复往。厚、浚两君已到,季文拉两君往神棚听戏,余与蔼如照料公事,不往听。歌者桂郎以余两人向隅,特来官棚侍坐良久,泊余散归,彼始去,甚惬余怀也。回寓后,知薪水已领出,当即换钱,开发日用等项,稍济急需。晚间,桂郎来视余,与谈片刻,询知其尚未晚餐,以油炸年糕饷之。临去时,复给以青蚨千文。余素喜桂莲,此番适与之遇,足破旅愁矣。是日,坝上进第五占,底坯已镶做坚固。

初九辛酉日(2 月 20 日) 晴。早间上坝,偕季文随薛云溪至占面一看,又勘验土料钱数百千。午刻,回寓吃饭。水惠轩来晤。未刻,复往坝头,傍晚归。是日,第五占已厢四坯,明日计可镶成。连日人夫倍多,土料路挨挤已极,司其事者宜为之计也。

初十壬戌日(2 月 21 日) 晴。早间,呼剃发匠不至。午初,陆费莲卿来访,即留其吃饭,相与畅谈。未初赴坝,晤小补,叙谈良久。复至绍葛民所制中军账内一观,小憩片刻。申正,绍葛民始到,同人均迎于道左,偕至埽面周历一过,尚无不经之语。傍晚,彼将登车返,同人送于舆前,彼又狂吠数声,殊可恶也。是日,第五占尚差一坯,余回寓时已届初更。日间极暖,自是早春气候矣。夜来月色大佳。

十一癸亥日(2 月 22 日) 晴。早间,修发。午初,姚厚庵来谈片刻。饭后赴坝,河辕巡捕王待卿来工,余与晤谈。询知于次鹤升泇河同知,已接准部咨,所遗下河通判一缺应归正月分截缺,余早已顶补。近闻有曾任实缺丁忧起复人员插班之说,当托王巡捕代询院房,并嘱其设法安置,以期制胜,约明日往取回音,但不知能否如愿耳。傍晚,自坝归。是日第六占已厢四坯,明晨可成也。

十二甲子日(2 月 23 日) 晴。风大,甚冷。拟饬价渡河取回信,风大不能行而止。午后赴坝,与小补、蔼如诸君聚于棚内。小补奉委督办挑坝后戗土工,故亦终日在坝。下午,季、厚、浚三君冒风至神棚观戏,余与小补、蔼如均不往。是日,进第七占两坯。酉刻,同人均散,小补来余处晚饭。初更时,厚庵亦来谈片刻。夜间风息,月色大佳,对月怀人,客愁怅触,殊不胜情,盖余别妻孥已匝月矣。

十三乙丑日(2 月 24 日) 晴。早间,饬价至东坝。上午,接省寓来信,知家中均安。又接日升昌复函,知汇京款已去。省中寄到邸抄数本,翻阅一过,即吃午饭。小补来看屋,拟迁至余处居住。小补去后,余即赴坝,王待卿饬人寄语所事俟面谈。傍晚回寓,仆人已至自东坝,云所事复与院吏谈过,可望有成,大约揭晓总在下月矣。是日,坝上成第七占,土戗亦赶及埽尾,各工均尚踊跃。晚间,风又大作,不似日间之和暖也。

十四丙寅日(2月25日)　晴。东北风甚厉。午后赴坝,知今日停工一日。蔼如、季文俱未往,惟小补、厚庵在焉,余少坐即归。傍晚,小补来晤。有新到小委员瞿积甫浼张益君先容来借住一两日,即令其宿研香故榻,瞿君亦来见,与谈片刻而别。

十五丁卯日(2月26日)　晴。午前,桂郎来见。午后,赴坝。知前河帅成公将来坝勘工,遂在官棚坐待,约酉初间成公方到,同人均迎见,并随同周历埽面良久。绍藩司以谷道有疮不能来坝。傍晚,成公去后,余即回寓吃饭。晚间,复谒成帅于京水行馆,不获见而归。是日,工次做第八占矣。夜来月色皎洁,光明浑如白昼,车行致足玩也。

十六戊辰日(2月27日)　晴。午间,砚香至自省,为余带到省寓寄来衣物及邸报等件。午后,赴坝。成帅到工拈香,又往埽面一看,余等均从往。不片刻,夫己氏亦呼啸而至,下车之后狂吠不已,于成公前倍形跋扈,同人见其情状咸有愤愤不平之色。成公旋去,彼复久留,约初更时方散。余回寓时已月出皎皎矣。是日,第八占料已镶足,惟未压土耳。晚间甚暖。

十七己巳日(2月28日)　晴。东风甚大。午后,偕厚庵至京水谒成帅,仍不获见。申刻赴坝,略坐片时。酉刻还寓,小补旋来谈,晚饭后别去。是日,工次进第九占,土料已镶三坯,明日又可成矣。晚间,缮省信,封固未发。

十八庚午日(2月29日)　阴。早间,风雪交加,天气亦较冷,竟未能上坝。午饭时市火酒独饮,稍觉寒气渐销。午后,假寐片时,醒来开门一望,雪深尺许矣。下午,往访厚庵,兼答拜王云轩大令。云轩曾官广东,余在粤时,与之相识,渠因案罢职,欲投效河工,为开复计,顷来此谒绍藩司。昨午过访,适余赴坝,今日甫与晤谈,略述粤东近事。盖余与云轩别将十载,不意相逢于此,始信饮啄胥由前定也。傍晚归,雪犹未止。闻厚庵云工次第九占今日已成,复将第十占底坯镶足始收工云。晚间,发省寓信,托龚少霞顺带。

十九辛未日(3月1日) 晴。积雪渐融,满地泥泞。午刻赴坝,中丞倪公、前帅成公及葛绍民俱先后到坝。倪公先去,成帅复偕同人在坝头久坐,始各散,余于黄昏时旋寓。是日,第十占亦将做成矣。

二十壬申日(3月2日) 阴。东北风大作,天气甚冷。午前,修发。午后,上坝。季文已先散,惟蔼如、小补、景庵、厚庵诸君同坐棚内。申刻,厚庵亦去。酉正,余始归。今日第十一占已进三坯矣。忆客冬嘉平廿日在三柳寨逆旅中遇日者陆葆芝为余占课,决余今正申日有悬牌补缺之喜,今日为本月第二申日矣,虽下河现已开缺,而尚未拟补,所谓悬牌者未必能如响斯应也。

二十一癸酉日(3月3日) 阴。午后赴坝,酉初散归。在坝晤蔼如、小补、景安、子晋、浚生诸同事。是日,第十二占又镶数坯矣。晚间,枯坐无俚,百感交集,屈指离家已逾匝月,困守工次,并无应为之事,惟随班逐队往来河干而已。满拟乞假而去,偏遇无情无理之绍藩司,竟不准人请假,只得在此静耐,未遑顾及家事,然此心终觉悬悬莫释也。

二十二甲戌日(3月4日) 晴。风和日朗。早间,有院吏武树勋来见,告余下河一席不日截缺,即将拟补。余虽到班,因去冬又奉部章有次佽人员见缺还缺之说,尚须略费周章,房费非从丰不办等语。余困守数载,志在必得,小费素所不吝,因即许以人衍之数,据云下月初间即可揭晓也。午后赴坝,酉末散归。工上第十二占亦可告成矣。晚间,砚香来谈片刻。小补约不日迁来,今早又来看屋,砚香须他徙矣。

二十三乙亥日(3月5日) 阴。清晨,赴坝惟季文在焉。午初,蔼如至,余即回寓吃饭。午后,作家书一械,告知劣奴木兴业已斥逐,勿任旋省冒取物件,并谕阍者知之,即刻专足投送,以便明日即可驱逐也。未刻仍上坝,酉末散归。小补、厚庵先后来谈,又有候补闸官锡君昆圃来见。是日,第十二占未能成功,盖因黄流渐深,不能如前镶之易矣。

二十四丙子日(3月6日) 晴。早间,饬逐劣奴木兴一名,该仆乃彭涵六荐来,遂函致涵六,仍送归彼处可耳。已初,赴坝。午正,返舍吃饭。未刻复往,偕小补携胡床坐坝头良久,初更方归。先是傍晚时,夫己氏忽呼啸而至,在埽面周历一过,复至帐棚久坐。余在坝永日,倦不能支,公事既毕,遂先彼而散。今日第十三占底坏计可镶足矣。晚饭与研香同餐,砚香顷已他徙所居,屋可让与小补住,不日当可迁来也。

二十五丁丑日(3月7日) 晴。午前,筱补来谈。午后,偕其同赴工次,在坝永日,傍晚散归。是日甚暖,工上第十三占尚未成。晚间,有主簿李君树祺来见,亦系调来挑坝当差者也。

二十六戊寅日(3月8日) 晴。风大而天气极暖。午初,赴坝。总局令各员书写履历,送来格纸二张,即携回寓所。傍晚,偕小补同散,小补来余处少坐而去。灯下,试书履历数行,尚未成也。是日工次进第十四占矣。

二十七己卯日(3月9日) 晴。早间,专足自省寓,带到大帽、烟、茶等件,并接家人来禀,得悉一切。午初、申初赴坝两次,绍葛民适来,傍晚方各散。小补来一坐,饭后旋去。今日将履历书毕,明日可交去矣。今日工次第十四占已成,日来又做土撑坝一道,由挑坝横接西大坝,盖以挑坝作上边埽,故中间断续处须用土坝撑过耳。

二十八庚辰日(3月10日) 晴。清晨,上坝。午刻,回寓吃饭。午后,接总局司道札委总查料路,遂往五堡谒绍藩司,兼呈履历二纸,即昨所书者。申刻,自五堡归,接省寓信及京报等件,又接吉人妹情书。酉初,复往坝头,将清理料路各委员请到,告以现奉局札委余督查,嘱其按段认真清理,各顾考成。余既专管此事,亦必实力整理也。今日料路委员为孙宝仁、孙钟铭、缉熙、段炳昆、胡鹤年,共五人,余已见其四,惟胡君未来。晚间,老绍上坝,二鼓方散。余回寓后,姚厚庵复来谈片刻,渠已调往总局差遣矣。是日,工次进第十五占已毕。

二十九辛巳日(3月11日) 晴。清晨即赴料路,自七堡起至坝台周历一过,委员夫役未见一人,惟见弁兵沿路清理余料,尚觉干净,即谆谕该兵丁随时勤奋打扫。到坝复延各委员至,谆嘱认真经理。午后,复往路口巡查,各委员本有夫役,即为清路之用。因令其至余处转达掌坝,方准请领役食,俾得稽其勤惰。余之尽职如此而已。傍晚散归,仍由料路周历而还。是日,第十六占亦有过半矣。日间极热,衣棉袍犹汗流浃背,时令颇觉不正耳。

三十壬午日(3月12日) 晴。午前,小补来谈,订明日搬来同居。小补去后,余即往查料路二次。未初,回寓吃饭。下午,倦甚,小眠片刻。研香以断弦故,假旋省垣,余不及带信。申刻,复上坝。傍晚,晤裴子斌、白鉴堂。时料已买毕,余又督同委员往料路清理尽净,始散归旅舍。灯下,缮具印领,请支第四月薪水,不知日内能领到否也。是日进第十六占,闻正坝不日亦将兴办矣。

二 月

二月初一癸未日(3月13日) 阴。东风甚大。坝上十六占已成,因风未能撑档,用料遂少。午后,赴坝,沿料路而行,途中极为清楚。到坝后,复帮同季文料量一切,赴各棚收验土料余钱,俟余料买毕,督率委员将料路逐段清理尽净始归。是日,小补搬来。晚间,厚庵来访,相与聚谈良久。日间,蔼如未上坝,惟余与季文料理各事,此季文所以拉余相助也。

初二甲申日(3月14日) 晴。辰刻上坝,午刻回寓小憩,未刻复往。料理委员更换执事,偕季文商酌而行。傍晚,夫己氏同往埽面周历一过,余旋至买料处验收余钱,俟夫己氏去后方各散归。是日,第十七占已镶两坯。晚间回寓,偕小补谈片刻。渠往蔼如处甚久,余二更即眠,不知其何时归也。

初三乙酉日(3月15日)　晴。早晚上坝两次,均沿料路而行。日间,帮同季文照料一切。晚间,因余料未用尽,复做夜工,直至三更始收工。奔驰之苦,不待言矣。是日,第十八占亦撑档做底坯,功作略速。夜间回寓后,复与小补畅谈许久方眠。

初四丙戌日(3月16日)　阴,微风。早间上坝,午后回寓吃饭。姚厚庵来,谈片刻。余下午复赴坝,蔼如亦至。余料量委员更换执事,牌册书毕后,复至坝头验收买料余钱。约初更时,诸事告竣,始散归。是日,第十八占亦将卒业矣。灯下,与筱补闲话,颇不寂寞。闻下河一席又有变动,恐不能专属余,大约不日即可见有分晓。余既有所闻,不能无患失患得之心焉。

初五丁亥日(3月17日)　晴。清晨赴坝,午刻回寓吃饭。知夫己氏已迁居此间堤上,午后复上坝,过其门投一刺禀贺。下午,携胡床坐坝台,指挥委弁清理余料。傍晚,验收买料余钱,料量完竣即散归。晚饭后,偕小补访水惠轩,未遇。至姚厚庵处谈片刻而还。是日,十八占告成,未获撑档。

初六戊子日(3月18日)　晴。昨夜狂风陡作,至今午方息。辰、午上坝两次。傍晚,料理土料路余钱,奔驰极劳顿。绍葛民下午来坝,初更方去,余俟其去后方散归。晚间,接研香来信,知其早抵省矣。水惠轩来访,少坐即去。是日,工次进十九占。

初七己丑日(3月19日)　晴。辰、午两次上坝,在棚中剃发一次。今日开用转运小厂秸料,料路较近,巡察易周,进占亦可渐速矣。下午,夫己氏又至,傍晚方散,余于验收土料余钱完竣后先彼而归。晚间,陶功枚大令过访。功枚为大兄壬戌同年,以大挑来豫,现亦调工当差。渠与小补同里,访小补之便故兼访余耳。

初八庚寅日(3月20日)　晴。日间,上坝两次。是日,第十九占告成,第二十占亦撑档前进。傍晚散归,接省寓仆辈来禀,并寄到吴季丈复函,知前汇双柏已到。内子因天热欲寄棉夹衣来工,当遣围人驾两骡返省拉水车装载衣物前来,并可将皮衣顺带回省。另开衣单,并作函谕阍人王贵照办,大约三日后便可带来矣。连日甚热,皮衣万穿不住,微内子言,余固将命人取衣也。

初九辛卯日(3月21日) 晴。两次上坝,闷坐永日。傍晚,止料收工始归。是日,进第二十占,镶底坯一层。晚间,与筱补闲谈。陶功枚亦来晤,约二更时方去。夜来风清月朗,不觉枨触旅怀。

初十壬辰日(3月22日) 晴,躁热异常。午后,觉头痛神疲。到坝少坐,蔼如、季文都劝余少休,遂归。适周墨庵来访,余正惫极,勉与酬答,良久始去。傍晚,假寐片时。小补自工次归,与共晚餐,并浼其诊脉焉。

十一癸巳日(3月23日) 晴。天气闷热如故,余亦甚觉疲惫,仍在旅舍憩息永日。午后,陶功枚来谈片刻。闻夫己氏连日赴坝,余俱不在彼,不谂蔼如、李文两君为我说辞否耳。晚间,筱补归,与谈数语。渠以钱向余易银,即携银往五堡还债去矣。

十二甲午日(3月24日) 晴。东北风甚厉,日夜未息,屋中沙积数寸。余不愿外出,遂饬人至总局请假两日。终日兀坐土室,闷不可言。晚间,筱补归,偕张益君同在余屋晚饭,闲话良久方散。

十三乙未日(3月25日) 阴。风狂如作,窗棂振振有声,余衣之不到,殆阻于风故。忆自客冬至今春无三日不风,每风必狂且猛,恐非吉象也。傍晚,筱补散归,相与联床夜话,稍破旅愁。比就寝时,犹闻风声怒吼,院中亦无月光,何天象亦愁惨若是耶?

十四丙申日(3月26日) 阴。早间风息。余体亦差愈,遂销假赴坝。傍晚散归,接省寓信,并据奴子何升带来衣物等件。询知寓中一切安适,略慰系念,稍迟仍令该仆换带皮衣回省也。连日工次已进至第廿二占。夫己氏下午亦往坝上一看,余俟收工后即还,并未候彼。小补散颇迟,大约候送此公之故耳。

十五丁酉日(3月27日) 晴。清晨,恭诣河神庙拈香。旋至坝头，在季文棚内少坐，遇刘莘舲。下午，夫己氏至，同人均与相见。傍晚散归，陶功枚偕来，饭后去。日间，在抬棚无俚，从季文处假得新搢绅一册，披阅一通，颇资消遣也。夜来月明如水。

十六戊戌日（3月28日）　晴，甚暖。早间，收拾衣物，拟命仆人送回寓中者也。午前，修发。午后上坝，知第七占昨夜已见蛰动，加镶至今晨甫毕。傍晚，至陆费莲卿棚内少坐。陈又铭廉访来此勘工，绍公亦同至坝头，余于放工后即散归。灯下，写省信及致日升昌票庄信各一件。夜间风又大作。

十七己亥日（3月29日）　阴。微风细雨习习终日，欲命何升旋省未果。辰、午两次赴坝，初更散归。绍、陈两公均在坝半日。晚间，功枚来谈。砚香至自省，亦来晤。是日西坝边埽开工进占，挑坝已近至廿三占，惟溜势日见汹涌，渐多棘手耳。

十八庚子日（3月30日）　晴。早间，饬何升坐水车携带衣物旋省。料量毕后，余即上坝在棚枯坐，携《治河方略》及《左传》往阅，以资消遣。下午，至坝头少坐，适夫己氏至，余得与蔼、季两君同往迎见。晚间，料路收工，余遂归。夜间，埽面犹做土工，非余分内事，故可先散也。日间，姚厚庵自省提饷还，来晤片刻，以余将上坝匆匆别去。

十九辛丑日（3月31日）　晴。午正，吃饭。未初，上坝，仍携书往观。申刻，偕蔼如、季文至埽面少坐。傍晚，夫己氏至，言及欲立考勤簿，令各员将每日到坝时刻注于簿内，以稽核勤惰而赏罚之。渠之苛刻大都类此，殊无谓也。初更时，料路清楚，余即散归。土工尚有夜作，余不顾矣。

二十壬寅日（4月1日）　晴。辰初，赴坝。午初回寓，匆匆吃饭，仍赶紧旋坝，携胡床坐料路口督催上料。裴子斌、查笙庭、朱海舫三君因相度安置铁路地基，亦到料路周历一遭，相与同坐片刻。初更时收工，余始散归。晚间，姚厚庵来闲谈，小补亦聚于一室，亥正方各散，余亦拥被高卧矣。

二十一癸卯日(4月2日) 晴。午前风甚大,午后则异常躁热。时日渐长,自朝至暮往来于堤坝之上,倦则至官棚小憩。今日因蔼如处屋少人多,余遂在埽面棚内独坐,颇可避烦。是日第廿四占成,边坝自十七日开工,今亦成第四占矣。余辰正出亥归,劳不可支。

二十二甲辰日(4月3日) 晴。热甚而多风。卯正即赴坝,因今日登载考勤簿故也。午后,中丞倪公及绍葛民均来坝,傍晚各散去,余亦归。接省寓信,知家中均安。筱脩来信,知其有弄璋之庆。郭翰廷来函,述及贾维周病殁,嘱重送赙金。余与维周相交有素,固宜有以恤之,但恐力不从心,未能从丰欤助耳。又闻查仰梧亦亡,又多送一奠分矣。

二十三乙巳日(4月4日) 晴。自黎明至初更,终朝在坝料量各事,惟午未回寓吃饭,小憩片时。晚间,又接省寓来信,即刻作复谕,交张厨子带去。灯下,厚庵、功枚两君来访,余倦欲眠,殊厌苦之。

二十四丙午日(4月5日) 晴。早间,风甚大。余于清晨上坝,少坐即归。午后,修发,小眠片刻。下午,复往坝头,偕蔼、季两君携胡床坐埽面监视土料各工,至初更始退。时风日清朗,夕阳欲坠,坐对大河,胸襟为之一开。返寓后,与小补清谈多时方寝。

二十五丁未日(4月6日) 晴。清晨,赴坝。午前,回寓吃饭。接院署考成房来信,知昨日奉河督李公牌示以余题补山东东昌府下河通判,不日即具疏入告,闻之顿释愁怀。盖余需次三年,几于搜罗净尽,非速补一官,实有后难为继之虑。此缺虽著名瘠苦,完胜于闲居远甚也。午后,复赴坝,偕薛、裴、陈、张诸公同坐一棚。有江苏候补姚大令诗声来谒,人极明干。下午,夫己氏亦至。查笙庭为仰梧告贷,余助以四金焉。傍晚放工余方归。

二十六戊申日(4月7日) 晴。早间赴坝,在季文处久坐。又有告帮知单,余亦助一竿,计两款均书名于单焉。午后,有星使随员张直刺来坝勘工,夫己氏亦来与晤,傍晚方散,余遂归。刻下挑坝已进至第廿七占矣。连日天气极热,恍如初夏气候。

二十七己酉日(**4 月 8 日**)　晴。午前,在坝半日。午后未往,倦而假寐,片刻即醒。适许西斋司马解麻斤过此,知余题补下河来访,畅谈。西斋现权是篆,以今年漕船停运,各厅另款均裁,下河赔累尤甚,颇盼余早日履任,俾渠获卸仔肩也。西斋去后,余过厚庵处一谈,复与西斋遇,傍晚方归。灯下,厚庵复来谈片刻。

二十八庚戌日(**4 月 9 日**)　晴。辰、未两次赴坝。傍晚散归,适东北风大作,目为之眯。时夫己氏上坝尚未去,余于其来时已先相见,遂先彼而散。晚间,陶功枚来谈良久,子刻方去。日间,接子绂书。

二十九辛亥日(**4 月 10 日**)　晴。午前,作函二件,一致季卿叔,一致子绂兄,均未械发。未刻赴坝,适夫己氏已将到不多时,即至坝前,直至初更方散,余归亦较晏。灯下,握管作字,辄倦而欲寐,拟访西斋于京水,亦不果去。

三　月

三月初一壬子日(**4 月 11 日**)　晴。辰刻,赴坝,谒庙。午初,返寓吃饭。午后,复往坝。傍晚,老绍来,余迎谒后即散归。传闻省垣廿六晚间有工赈营散勇抢劫军装局之事,闻之殊深骇惧,不知日来省垣情形如何,有此一举,恐未能安堵如恒。余更动归心矣,拟明后日定当托词乞假也。

初二癸丑日(**4 月 12 日**)　晴。早间赴坝,午初回来。访洪象余于灯烛厂,谈良久方还。午后,往五堡院馆访许西斋,遇许成甫,在彼晚饭,细谈下河公私情形,二更散归。有朱、邓两君来访小补,余亦与晤。二君皆湖广人,官别省牧令,现投效河工求差者也。陶功枚亦来谈,诸君散时已夜半矣。

初三甲寅日(**4 月 13 日**)　晴。早间,接省寓来函,知省垣安堵如恒,并无抢劫军装之事,乃局中被窃炮子数箱耳,闻之稍释杞忧,当作家书及谕仆辈书,即日对发。又将致季卿叔岳函寄,由省中转递。

分派毕后即上坝,在小补棚内久坐,小补同差邓少芝别驾亦在焉,傍晚散归。计挑坝现已成第卅占矣。

初四乙卯日(4月14日)　阴。巳刻起,小补来谈。午后,风雨交作,遂未赴坝。接刘苇舲来函,荐走道家人岳庆,闻其人极稳妥,遂复苇舲一函订定此人,惟余履任恐总在今秋矣。昨往探河院尚未拜疏入告,据云三数日内定可具题,拟过数日再作函促之,以期迅速,大约部复出来亦非三两月不办也。下午雨更大,静坐无事,作上四叔禀一函,是为安字第一号。

初五丙辰日(4月15日)　晴。雨止风大,气候较凉。午后上坝,知前帅成公莅此。傍晚,自坝散归,即往五堡行馆谒成帅,不获见。由材官交出李帅札文,行知下河通判缺以余题署,余既奉到此札,拟明后日请假过东坝谒谢李帅,乘隙回省一行,谅可如愿以偿也。自成帅处退出,复访西斋,少坐片刻即还。时小补尚未归,不知其逗留何地耳。

初六丁巳日(4月16日)　晴。早间,上坝。午刻,接院房送到题稿,河帅所出考语乃"年壮才明,谙悉河务"八字,余愧甚矣。午后,往夫己氏处乞假数日,赴东坝谒谢河帅。下午复赴坝,成帅来工,得见于舆前。绍公未至坝头,仅来官棚片刻,致未与见,傍晚散归。是日进至第卅一占矣。

初七戊午日(4月17日)　晴。本欲东渡,因系四不祥日,遂未行,仍上坝两次。傍晚,修发。许西斋来访。晚间,检行装,拟翌日首途。夜间风甚大,心焉忧之。

初八己未日(4月18日)　晴。终日大风不止,不能渡河。兀坐无聊,因将致吴季丈信挥就,托办部复事。又致小脩一函,索客冬假款,以便到省即可分别发寄也。傍晚,风渐息,庶几明日可行矣。

初九庚申日(4月19日)　阴。卯初起行,偕龚少霞同渡河。至花园口北岸登岸,时已巳正一刻。未初,抵来童寨,谒河帅于行辕,未获见。拜院署库储谢省三,谈片刻。寓寨中一茅店内,明晨再往候见河帅可耳。

初十辛酉日(4月20日)　晴。晨起,谒李河帅,蒙延见于厅事,极承温语。复谒署开归道朱曼伯观察,亦获接见深谈。已刻,至逆旅检收行装。未初,驱车东旋,行九十余里至回回寨住宿,时甫黄昏也。

十一壬戌日(4月21日)　晴。卯正起行。已初,抵省寓。家人均如恒安适。午后,与袁先生一晤。旋往访子绂、耕瑶两君,谈良久。至日升昌结算账目。傍晚雨,不及再访他友,遂归。阅邸抄,知王夔石年伯即家再授湘抚,闻之甚喜。夜间雨渐止。

十二癸亥日(4月22日)　晴。早间,子绂来晤。午后,往访家润生、周鼎臣,均晤。访丹丞,未遇。下午回寓,耕瑶来谈,许久方去。灯下,与内子絮语,弄幼儿稚女以为乐,数月羁愁为之顿释,惜不能久住,仍须遄返工次耳。

十三甲子日(4月23日)　晴。午前,丹丞来访,畅谈。午后,彭涵六来晤。余拟翌日旋工,涵六定明日行,约至来童寨借住伊处。下午,收拾行装,片刻而毕。晚间,拟就上夔丈禀函稿,托袁梦白代誊。灯下,与家人话别,三鼓方眠。

十四乙丑日(4月24日)　晴。卯正起。辰正,别家人登程,途遇涵六。未初,尖于东漳。戌正二刻,抵来童寨。终日行一百廿里,可谓极奔驰之苦矣。仍寓来时所宿茅店内,夜月甚明,从此羁愁又起头矣。

十五丙寅日(4月25日)　阴。辰刻起,往河院禀辞,即驱车旋工。午正,至花园口唤渡,申初达岸。申正,抵八堡旅舍。车行顿撼,困惫已极,小憩片时,日已垂暮,拟翌晨销假赴坝。傍晚,忽见东南角火光烛天,询知东坝料厂失火。噫!久闻外间谣传山东曹州等处人心思动,有欲放火烧郑工正料之说,今果验矣。遥望火光愈起愈高,至夜分犹未息,此真非常之变,殊堪骇叹,明日当必知其详细情形也。晚间,陶、姚两君暨小补均来余屋久谈。

十六丁卯日(4月26日)　阴。早间,往总局销假,旋至坝。晤查、陈、张三君,知昨日东坝烧毁正料卅余垛,幸即扑灭,不至燎原,亦幸矣哉!初更,自坝散归。日间,孙豫生忽又到差,闻其以副掌坝自居,与蔼如、季文两君争闹良久,殊可哂也。

十七戊辰日(4月27日)　阴。午初,吃饭。饭罢赴坝,在蔼如屋内久坐,适风雨交作,不能施工,遂于傍晚冒雨而归。灯下,与小补畅谈良久方眠。日来挑坝已进至第卅五占,计东西两坝各进占百数十丈矣。

十八己巳日(4月28日)　阴。早间雨止,风犹怒吼,气候极凉。午后又复微雨一阵,申初渐晴,遂命驾赴坝。下午,成河帅、绍藩司先后来坝,旋各散。晚间,做夜工,余亦在彼照料一切。夜半寒甚,子斌、蔼如均未散,余只得先归。比回寓,已闻鸡鸣矣,时坝上犹未收工也。先是日间在寓无事,作致稚夔函,又致杭州日升昌票号一函,拟将公典息折嘱稚夔交与日升昌,为余代取岁息,缘稚夔不日将随宦湘江故也。此二信书毕即出门,未及封发,翌日再寄可耳。是日换戴凉帽。

十九庚午日(4月29日)　晴。辰刻起,孙豫生来访,午饭后同赴工次,在坝头棚内偕薛、裴诸人坐谈许久。又至小补棚中久坐,晤邓少芝,即在榻上小眠半晌。是日热甚,戴凉帽、穿夹衣,适相宜也。下午,观铁车行铁路上搬运土石,其制于堤上安设铁路,宽约三四尺,车亦铁质,以四人推挽而行,并不甚便捷。此乃中丞倪公从上海运来,闻所费已数千金,意欲补民车之不足,实则不适于用也。傍晚,绍公来坝,余与迎面而已。晚间,仍作夜工,但只压土,不用秸料,余无责成,即于初更散归。临下坝时,访贾苏雨一谈。回寓后,与小补对床夜话。陶功枚亦来一晤,三更方去,余就寝时又闻鸡鸣矣。

二十辛未日(4月30日)　晴。早间,发省寓信,另致袁梦白一书,嘱其代发王稚夔函,致杭日升昌信亦附去。午刻,奴子王顺自省至,带到寓中来信,知家润生太夫人逝去,内子欲余送挽联。因即撰句云："淑德仰慈，云天胡靳，期颐岁月；宗亲尊寿，毋我长思，钟郝仪型。"即录寄梦白代书致送。又接蔡吉人妹倩书，知三妹有梦熊之兆，闻之颇慰。午后，修发。王顺此来实因金福妇病甚剧来易金福回省看视，金福即于午后渡河而去，余信即命其携带。未刻，命驾赴坝，与小补、少芝盘桓半日。绍公于傍晚来坝。今日无夜工，余俟秸料用完即散归，然时已戌正初刻矣。

二十一壬申日(5月1日)　晴。起颇晏。午前，复吉人妹倩书。午后，上坝，晤季文、豫生、益君，即在益君屋久坐。下午风愈大，遂不赴埽面。傍晚，绍总办来坝，余出立于料路左右，木与相见。初更，坝上收工，余遂归。灯下，偕小补清话，许久方寝。

二十二癸酉日(5月2日)　晴。早间，风未息，颇冷。午后渐热，余即赴坝，在益君处久坐，孙豫生、陶功枚均在彼。下午，至堤顶料路巡视一周，适绍总办至，余遂迎见于道左。连日未往埽面，仅在堤上照料过往料车，且喜车辆均鱼贯而进，并无壅塞之病。余之尽职如是已足尽，可不至坝头，盖余初无工程责任也。初更时，见料旗已落，余即散归。计离家又届十日，所最念者老妻幼儿耳。余第四儿阿恩年四岁，与余最亲热，每余出门辄依膝下不肯舍，余在家时终日追随索抱，无片刻离，孩提天性，良可欣喜，客中思之，不觉怦怦五内矣。二更时，西坝料厂又失火，幸立时扑灭。

二十三甲戌日(5月3日)　晴。午刻赴坝，在蔼如屋少坐，知昨晚正料转运厂失火，烧料十余垛，现已禀达大府，恐管厂委员不能无处分也。下午，偕同人乘马至埽面看水势，连日河流渐旺，势颇汹涌，不似前此之波平浪静。施工甚觉棘手，合龙之说愈无把握，而星使催工甚迫，掌坝诸君如坐针毡，余虽无其责，亦觉烦闷无聊，正不知何日方能脱此苦海耳。傍晚，至筱补棚内少坐，知渠所管土坝今晚亦有夜工，劳苦极矣。余俟料旗落后，仍骑马下坝，旋即乘车而返，坝上尚做土工，非余所司，可无烦过问焉。灯下，作清如妹倩函，未毕，暇时当续成之。

二十四乙亥日(5月4日)　晴。早间,在旅舍静坐。午后,上坝,至蔼如处坐谈,遇顾月峰幕府、张润生大令。润生即季文犹子也。下午,仍乘马赴埽面。余素不能骑,连日习之,颇觉有趣。傍晚,复策马访朱景安、陆费莲卿于边坝头,遇文端甫,聚谈良久。时已日落,遂命驾返舍。是日第卅七占撑档,老绍未来坝。余晚饭后灯下无事,拍曩岁家居时所习曲数遍,大觉生涩。甚矣!曲之不可离口也。日间,蔼如知余曾习昆曲,欲余试歌,余性颇好此,惜自宦游以来,此调不弹已久已,几忘之矣。三更时分,陶功枚来谈片刻。小补适归,共话至四鼓方寝。

二十五丙子日(5月5日)　晴。早起,觉四肢酸痛,疲倦无力,复卧床片时。午后,力疾赴坝。先至蔼如处,与豫生、浚生晤谈时许。复策马骑至坝头棚内,蔼如、季文均在焉。不多时,崔季芬镇军至,薛、裴两公与之偕,余俱与相见。傍晚,至小补棚内,小补他出不获见,余遂策马还至蔼如公所中。适查声庭来访蔼如,有告帮知单一纸,嘱余转交,余亦将行,因浼益君转交蔼如焉。余旋驱车返,中途遇绍葛民将上坝,时已黄昏,余倦不可支,只得不顾而去。归来已届初更,腿酸如故,殊觉无聊。今日立夏,吾乡是日以时新蔬果祀先,行荐新之礼,亦令节也。客中遇此,能弗思家耶?

二十六丁丑日(5月6日)　晴。午前,梳辫。庖人得鲜鲤一尾,午餐烹而食之,颇甘鲜适口。午后,赴坝,行至堤顶遇绍葛民舆从而至,径赴大王庙。询诸旁人,始知李河帅已来此,将往谒庙,故彼先往伺候也。余遂易车而骑往坝头,等候不多时,李帅谒庙毕,即来坝勘工,同人均谒见于道左。绍葛民随河帅同来,在坝履勘一遭,即启节东渡,绍、裴、薛二人亦俱去。余在官棚坐良久,乃策骑下坝往访小补于土坝,复少坐,至初更时始归。

二十七戊寅(5月7日)　阴。早间细雨蒙蒙,午后渐止。余于未初赴坝,先在蔼如处聚谈,申正三刻始策骑赴埽面。傍晚,绍葛民至,同人均与相见。时土料均停运,将次收工矣。今日无夜工,余与小补先后返寓，尚不甚迟。

二十八己卯日(5月8日) 阴。早间，闻升炮声，知绍葛民谒火神庙归。午后，余亦往火神庙，拈香行礼，缘是日演戏酬神也。自庙出，旋往访西斋于南庄，畅谈良久，知其月杪将旋济宁，故往话别。申初，赴坝，仍策骑往来于埽面上。傍晚，至小补棚中一转，旋即散归。接刘苇舲复函，内附致文端甫一书，容即为之转交可耳。

二十九庚辰日(5月9日) 晴。早间，往绍葛民处预祝，缘明日为其诞辰也。午后，接省寓来信及各处信件，附有梦白、筱脩、少香各信，金福仍未来，此次物件乃圈人所带也。小补今日赴坝亦迟，日间相与聚谈多时。下午，麈斋来访。余复小眠片刻，时已不早，遂不上坝。傍晚，修发一度。灯下，作家书寄内子，复致梦白、少香各一札，又谕王贵一函，将致吉人妹倩书亦令转寄，拟翌日令王顺带回。王顺因病欲旋省，仍换金福来此，余因允之，借可带信件至省也。

三十辛巳日(5月10日) 晴。早间，孙豫生来，午饭后方去。余正苦困惫，忽来此不速之俗客，心甚厌之。未刻，力疾赴坝。终日躁热异常，往来策马而行，阳光照眼，尘沙扑面，其滋味可知矣。下午，至小补棚内少坐，闻绍藩司将至，复往埽面守候。时已黄昏，夕阳西坠，凉风陡至，余衣两夹衣，颇觉寒冷侵骨。候至初更，夫己氏始到，余与之一见，即上马归。比到旅舍，甚觉疲乏，兀坐斗室，又嫌躁闷。甚矣！当差之苦也。许成甫欲过访，先遣人来告，余实惮于酬接，以疾辞之。是日，饬王顺往省，余之家信亦令其携去矣。二更时，小补归，与谈数语，余因劳倦遂早眠。

四 月

四月初一壬午日(5月11日) 晴。早间，未出门。午后，孙豫生来晤，遂偕往工次，在蔼如屋中久坐。下午，策骑至埽面，未到官棚即下坡。访小补于土坝上，复坐谈良久。傍晚，绍总办至，同人均迎谒于坝头，余即策马下坝，乘车而归。差次况味如是如是。余自客腊常川住工,迄今四阅月矣,终朝束缚,困顿无聊,不知何日才能脱此苦海也。噫!

初二癸未日(5月12日)　清。晨起,觉胸腹饱闷,四肢疲软无力,两腿尤酸楚,艰于行步,不克赴坝,在旅舍憩息永日,时觉昏昏欲睡。日间燥热异常,斗室中不透消息,其闷弥甚。下午,闻升炮声,知夫己氏上坝,余疾正作,不能追陪也。小补清晨赴坝,夜犹未归,余扶病枯坐,举目无亲,不禁惘然于中焉。灯下,取盲左《春秋传》披读之,聊遣羁愁。晚间,小补归,余不禁狂喜,相与互谈心曲,愁思并同,夜深乃寝。

初三甲申日(5月13日)　晴,燥热更甚。早闻坝上人夫闹事,只得扶病往视。比余到,事已平复。余病体难支,遂与蔼如、季文言明,暂归憩息。出至堤角觅车,未得,适赵子晋至,以所乘骡假与余乘,遂骑以还。行至半途,余车赶来,仍易骑而车,到寓觉四肢酸痛,五心烦躁,大有病意。饭后,卧床片刻。下午,枯坐斗室,挥汗不止,殊困人也。日落后,稍觉清爽。晚间,小补归,浼其诊脉,知系停滞兼有内热。小补出红灵丹为余嗅,取其开通肺气也。三更时,姚厚庵复来谈良久。

初四乙酉日(5月14日)　清,燥热如昨。清晨,闻外间人声鼎沸,惊而起,询系料厂人夫搬料争哄,尚无他变,复小眠片刻。午后,函致蔼如,告以余今日仍不能赴坝,并索神糒为饮,适彼藏有此物,遂索归,煎汤饮之。午后,闷热尤甚,万难禁受,其苦更不待言矣。晚间,陆葆芝过访,余又令其占课,渠决余五月朔日履任。果如所占,余复何求。灯下,小补、功枚均来谈,闻有停工之议,但不谂何日方见明文也。

初五丙戌日(5月15日)　晴,闷热如昨。余体仍觉不爽,闻姚、任两君俱以疾乞假旋省,余抱恙数日,闻之弥动归心,拟不日亦当乞假矣。午后热甚,出至小补屋中小憩,稍觉凉爽。小补自坝来字,以上施均甫观察书嘱余代誊,遂摊笺握管,一气为之挥就,计正字五百余,借以遣病怀,计亦良得也。傍晚,许西斋来辞行,渠翌日将旋济宁，与余订受代时相见，不知时之远近耳。傍晚，姚厚庵至，言明日将旋省，余作家书数行，浼其带去。

初六丁亥日(5月16日) 晴。终日觉头痛，腿酸如昨。炎风烈日，咄咄逼人。小补亦以病未能赴坝，畅叙永日。下午，孙豫生至，良久方去。晚间，邓少芝来晤。邓为人和蔼可亲，余与之萍水相逢，颇觉投契，闻其足音，喜可知也。二更时，少芝未去，功枚复来，相与茗话良久，夜深乃各散。

初七戊子日(5月17日) 晴。早间，风甚大，烦热稍减。终日偕筱补晤对畅谈，极乐。午后，小眠片刻。下午，陶功枚来闲话，三人共晚饭，至夜深方散。宵来风声怒号，颇觉凉爽。良朋相聚，藉破旅愁，客中之佳境也。今日余体亦觉稍适。

初八己丑日(5月18日) 晴。终日与小补聚谈。午后，有刘君繡廷来访小补，即在余室坐谈，少顷即去。下午，小眠片刻，醒来得七律三首，录赠小补。余日来归心似箭，静中辄忆山妻稚子，不置羁旅之感，日往来于方寸中，不知何日方能如愿以偿也。

初九庚寅日(5月19日) 晴。风又大作。小补病愈，午前即赴坝，余枯坐一室，更觉无聊。两腿酸楚异常，势难趋公，遂赴总局乞假十日，旋省休息，定明晨即行。午后倦极，小眠片刻，孙豫生适来谈，傍晚方去。灯下，检点行装，忽闻风声，不能不虑其阻我行程也。

初十辛卯日(5月20日) 阴。昨宵至今昼狂风不息，对面不辨眉目，天地为之昏黑，欲行不得，好事多魔，亦可叹已。午后，与小补晤对，渠复上坝，余拥衾小眠。不片刻，小补即归，时风雨交作，坝上停工一日。少芝、功枚无事，均来余处聚谈，夜分始去。砚香知余将旋省，以衣物交带，冒雨来两次。夜半风雨渐息。

十一壬辰日(5月21日) 晴。黎明，别小补东渡，至花园口登舟。午初，始逢北岸。余以天雨路滑，惮车行之颠，遂骑马至来童寨，命空车随余后。比余到，而车不来，良久方追及，询诸围人，知中途覆车，幸余之不在车中也。抵来童后，访涵六于民料厂，未遇，余即在彼处小憩吃饭而去。初更,行抵东漳,欲住宿,而店中无隙地,因入一饼肆中小食少许,仍驱车前进,至四更始抵回回寨,然已人困马乏,倦不能支矣。是日,除渡河水程不计外,共陆行一百二十里。

十二癸巳日(5月22日) 晴。清晨,自回回寨行。巳初,抵省寓,与家人相见,一切如恒。带到他人信件即刻分致。余体甚惫,腰背四肢尤酸痛异常。午后,小眠片刻。醒后呼剃发匠捶按,所苦仍未轻减,腰背之痛尤甚,行动转侧皆牵掣而疼,自非静息数日不可。灯下,偕内子絮语,畅叙离情,甚乐。

十三甲午日(5月23日) 晴。巳刻方起。午后,少香来见,与谈良久。阅邸抄,方勉甫农曹以记名关道擢湖北荆宜施道,官运可谓亨通之极。下午,少香复来,告筱脩将自宁陵进省谒大府,拟下榻余寓。余即命仆人粪除大厅西夹室,扫榻相待。闻其翌日即可抵省,余得与相聚,亦足乐也。

十四乙未日(5月24日) 晴。午初方起,未刻吃饭。饭罢,至塾中,与塾师袁梦白聚谈时许。今日觉腰腿轻健,酸痛渐减,家居静息之功也。下午,迟筱脩不至,恐今日未必来矣。

十五丙申日(5月25日) 晴。早起,诣家堂,及灶神前拈香行礼。午初,筱脩至,即下榻客斋。午后,往访丹丞昆仲,与谈良久。旋往唁家润生,并拜其太夫人灵。复访鼎、绂两君,未遇。途逢耕瑶于车中,谈数语而别。至日升昌取银廿金,为送贾维周奠分之需,缘郭翰亭及维周之弟葆珊又来索帮助也,当复数行,并银款交来足贲回,以偿凤诺。是日,接小补函,知工次情形如昨,尚无停工准期。晚间,与筱脩茗话片刻,方还内寝。

十六丁酉日(5月26日) 晴,热甚。终日在家静摄。午后,欧阳润生来答拜筱脩,投余一刺,余正昼眠,未与相见,迟日往谒之可耳。下午,许西斋来晤,渠自工旋省,尚未还济宁。晚间,留其吃饭,小脩亦在坐叙谈,二鼓方散去。

十七戊戌日(5月27日) 晴。热仍如昨。下午,鼎臣来晤,少顷即去。吴抱仙来访,未与晤。阅辕报,白鉴堂仍复销假回西坝。此外,姚、任两君不知尚旋工否。余则视工次如畏途,颇思再续假,不愿前往也。

十八己亥日(5月28日) 晴。午后,往答拜欧阳润生、吴抱仙,访陆耕瑶,均未遇。旋至家润生处陪客,丹丞、鼎臣均便衣来。晚间,李竹邨亦到,余在彼晚饭,子绂到最迟。日间热甚,颇觉烦躁,约二更时甫散归。小补饬仆来省取衣物,至余处寄声,当抽笔挥数行致之,即交来使携归。余明日尚须赴家润生处作吊,兼为陪宾,必须早起,只得早眠,以节精神。

十九庚子日(5月29日) 晴。清晨,赴家润生处陪吊永日。躁热劳顿,疲不可支。下午散归,接季丈函,知汇去"毛诗"两部已到京,题件亦到内阁,尚未发抄到部,核覆尚需时日,拟再作函促之。晚间,抱仙招饮,肴馔都佳,饮酒微醉。二鼓散,与小脩同返,复至小脩屋畅谈,甫入内就寝。

二十辛丑日(5月30日) 晴。早间,至润生处送殡至曹门外浙江乡祠,步行十余里,两腿酸疼弥甚。午刻返寓,汗流浃背,疲乏已极。午后,小眠片刻。孔听樵至自里门过访,谈良久。耕瑶亦来晤。晚间,作季丈覆函,拟明日封发。是日之热,与伏天无异。余畏热如虎,殊苦之。工次之行,尤不敢尝试矣。

二十一壬寅日(5月31日) 晴。今日为先大夫忌辰。午刻,展祀如礼。西斋、子绂招饮,均谢却不赴。子绂夫人今日生辰,内子往拜寿,余不往。下午,发季丈书。丹丞、竹邨先后过访,均晤谈,复与筱脩谈片刻。晚间,少香来见,与谈许久,闻小脩翌日赴工谒河帅,余颇拟托其代为请假也。

二十二癸卯日(6月1日) 晴。早起,送筱脩行,托其寄声小补暨蔼如,商酌辞差之策,复致小补一札,交其饬送。午后,以八金赠陆保之,四缗赠范崇钤,皆抽风客也。下午,子绂过访,未几即去。同里连衡季孝廉自山东奉差来此过访,与谈许久。衡季为书巢大令喆嗣,聪叔舍人介弟,余曩岁在都曾与往还者也。晚间,课儿辈背诵经书各数页。

二十三甲辰日(6月2日)　晴。午后,往答拜连衡季,晤谈片刻。复拜孔听樵、李竹邨,均未遇。访耕瑶,亦未值。傍晚旋寓。今日天气渐清凉,于出门为宜。

二十四乙巳日(6月3日)　晴。早间,有葛味荃大令来访,未晤。葛名起鹏,壬戌孝廉,官四川有年,缘事罢职,将投效河工,为开复计者也。曩余在京,曾与识面,且与大兄同榜同门,廿年旧雨,急思与见。闻其今日赴工,俟其旋,当可图一面也。日间,阅《仓山文集》及《续同人集》各书,以遣病怀。

二十五丙午日(6月4日)　晴。终日未出门。晚饭后,往访耕瑶,畅谈,遇查朗轩大令、金扶青上舍,二君先行,余后去。闻西坝日来又做夜工,孙豫生、欧阳克庵俱乞假来省,豫生仍拟旋工,克庵拟续假暂息,曾商诸耕瑶,耕老嘱其径自具禀绍公,托病续假。余亦同此志,闻耕老言,意遂决。比回寓,已子初刻矣。

二十六丁未日(6月5日)　晴。早间,接小补复函,并陆保之洋烟一瓶亦带来,当即送还保之,缘其鼻烟太坏,不堪入鼻故也。日间热甚。下午,至书塾,晤梦白,以禀绍藩司稿托其代誊,拟翌日发递,有此续假一禀,又可休息旬余矣。

二十七戊申日(6月6日)　晴。是日,奴子何升纳妇,所用银钱皆求余贷给,余又破费七八十缗。但若辈负恩者多,为可恨耳。晚间,阅《中兴名臣奏议》六册,三更后方眠。

二十八己酉日(6月7日)　阴。早间,孙豫生来访,晤谈片刻,知渠已旋省十余日,刻下亦暂留不去,余又多一榜样矣。日间,作致子厚二兄函,又复铭嫂一书,余因第三侄女出阁,以大衍洋数赠嫁,嘱子厚划付焉。

二十九庚戌日(6月8日)　晴。早间,葛味荃大令至自工次过访,谈良久甫去。下午,筱脩至自东坝,与谈片刻,渠复出门。余阅前明沈景倩《野获编》数册，以消永昼。

三十辛亥日(6月9日) 晴。午后，往答拜葛味荃，未晤。访耕瑶，畅谈，在彼晚饭。二鼓始归，接小补来函，促余旋工，续假禀暂为压搁未递。渠意不以为然，谆谆劝驾，只得再作一行矣。

五 月

五月初一壬子日(6月10日) 晴。早间，与筱修晤谈，渠定明日行，余亦拟明日赴工，大可同行。日间，部署行囊一切，劳不可支。午后，往日升昌取银，往访味荃，谈许久。复访耕瑶，以四十金假之。比回寓，已傍晚。料量节务，又忙碌半晌。晚饭后，梳发一度，尚有衣物未检集，只可翌日料量矣。

初二癸丑日(6月11日) 晴。黎明即起，检拾行装。甫登车出城，因西北风狂作，尘沙蔽空，行车极难，仍折回寓中。终日风未止，小脩于未刻行，傍晚风尤大，余遂暂息。旋访豫生，谈良久归。灯下，与内子话别，弄小儿女为乐。终夜就枕眠未稳，无何又听晨鸡喔喔矣。

初三甲寅日(6月12日) 阴。风渐止，微雨又作。卯刻行，不数里雨渐甚，又复折回，在寓吃饭。午后，似有晴意，遂决意首途。与梦白谈片刻，旋别家人登车。途次小雨数阵，在回回寨避雨片时。酉刻，抵东漳，雨忽大作，遂止不行。寓寨内，逆旅中凄清之况，颇觉难堪。设日间雨即如许之大，则余必不行，始信一饮一啄，胥由前定也。晚间雨甚大，不能无事后之悔焉。亥刻就寝，夜半闻雨声渐止。

初四乙卯日(6月13日) 晴。黎明，自东漳起马。午初，抵来童寨，又阵雨一次。未初，雨止，又行。申初，抵花园口，即刻登舟渡河。酉刻，达岸。戌初刻，到八堡旅次。晚间，至总局销假。小补归后，得与晤谈。姚厚庵、陈研香来访，诸客去后，始获憩息。

初五丙辰日(6月14日) 晴。早间，陈研香、钱丽生均来贺节。

午后上坝,晤季文、蔼如、浚生。复往小补棚内久坐,傍晚归。晚饭后,往埽坝及土塘各处查点灯笼,夜半始返。此系绍藩司手札派查之事,然各处灯笼参差不齐,人夫亦藏匿无迹,事隶杂料厂,非局外人所能整顿也。夜间甚凉,归来颇觉疲乏,复与小补谈少顷而寝。

初六丁巳日(6月15日) 晴。早间,发省寓信,附去蜡烛一包。此间所给烛有余裕,留之惧其融,不如携回济用也。日间,枯坐一室,得华君《旅游吟草》二册,随意翻阅,诗虽甚坏,亦足以岑寂。傍晚赴坝,与夫己氏相见,旋即查点灯笼一次。二更回寓吃饭,四更复往查一次,黎明甫归寝。

初七戊午日(6月16日) 晴。巳刻起。午后倦甚,登榻酣睡,比醒已酉正一刻矣。小食些须,即命驾赴坝。时已上灯,各处笼烛均巡察一周。亥正初刻,归寓吃饭,与小补聚谈片刻。四鼓,复往坝上巡视灯笼一次,鸡鸣始还。

初八己未日(6月17日) 晴。巳刻起。午后,孙豫生至自省垣来访,谈片刻而去。傍晚赴坝,晤裴子斌。初更时下坝,沿途查视灯笼而归。晚饭后,偕小补访陶功枚,闲坐良久,三更乃还,小食少许。时狂风怒号,冒风赴坝,见笼烛大半吹灭,不能施工,遂归。比就寝,亦复晨鸡唱晓矣。

初九庚申日(6月18日) 阴。午前,小雨一阵,颇觉清凉。午后,小眠数刻。傍晚赴坝,在筱补棚内久坐。初更时巡视灯笼一次,与薛云溪遇于官棚。二更,回寓吃饭,姚厚庵来共饭,谈片刻而去。夜半,余复上坝,与云溪同坐官棚,黎明方还。

初十辛酉日(6月19日) 晴。午刻,睡起,接寓中来函及京报各件,阅悉一切。午后热甚,倦卧多时,并未熟寐。晚间,小补归,邓少芝亦来谈。比客散时,已近四更,余遂策骑往查灯笼,与张季文坐谈许久,东方明乃还。迩日口门仅余七十余丈,两坝赶筑,大约两旬之后可望工竣,所难料者,河势之靡定耳。

十一壬戌日(6月20日) 阴。清晨,登榻酣眠。醒来,大风扬沙，几案尘积寸余，亟拂拭之，始能起坐。午后，孙豫生来久坐。傍晚，任浚生来晤，两人同散。余于二更赴坝，阅视灯笼，在官棚与蔼如久坐。夜半，有石君子远来棚少坐，三人共席，小食少许，石君旋去。余于四更后方还，时小补已寝，未获与谈。

十二癸亥日（6月21日）　阴。日间热甚。午刻睡起，未正吃饭。终日兀坐斗室，无俚已极，此来殊为蛇足，然已追悔无及，惟有耐守而已。傍晚赴坝，知夫己氏及星使随员张子余直刺均在坝，余不与见。二更，回寓吃饭，与筱补久谈。夜半，复往查阅灯笼，与裴子斌同坐良久，夜阑方散。

十三甲子日（6月22日）　晴。午初起。午后吃饭毕，修发。今日为浚生值班之期，余得休沐一日。盖昨夕与约，嗣后两人分班巡查，逢双日属余，单日属伊，以均劳逸。晚间，筱补归，述今日河水又长数寸，时逾夏至，水势既增，不能复减，合龙愈无把握矣。灯下，与小补闲话，厚庵亦来晤，约子初刻始各归寝。余此番旋工，因有夜班差使，往往通宵不眠，今夕得安眠半夜，盖不数遘也。

十四乙丑日（6月23日）　晴。巳初即起。午后，剃发。傍晚赴坝，与蔼如同坐，适伊将往吃饭，留余为之照料。迨夜半，蔼如始来棚，余复往各处阅视良久，约四鼓乃归，时小补犹未寝，复与谈片刻。

十五丙寅日（6月24日）　晴。午前，作四弟函，未毕。午后，少香自省来视余，带到家中寄衣一件。晚间，小补归，厚庵亦同至，谈至三更方散。少香在此住宿。

十六丁卯日（6月25日）　晴。午前，与少香闲话。午后，少香将去，因挥家信数行，交令携寄。下午，将四弟函续成，拟由省驿递甘肃，不知何日方能递到耳。晚饭后赴坝，终夜巡查各处，间或坐官棚小憩，与裴子斌晤谈。裴君携有《阴阳镜》一书，皆载善恶果报事，余披阅一册，颇足消遣，他日还当借来全览焉。

十七戊辰日（6月26日）　阴。清晨甫自坝返舍，即登榻酣寝。巳刻，大雨一阵，时余甫醒，甚觉寒冷，急衣夹袄，又假寐片时方起。

午后,王廑斋过访,不多时即去。晚间,小补归,与谈数语,伊复他出,余遂寝。

十八己巳日(6月27日)　晴。日间无事,焚香静坐,行箧未携书籍,只有缙绅及《中州同官录》各一册,随意披阅而已。傍晚,吃饭。饭毕,即乘马赴坝。今日工次灯笼尤稀少,且多黯淡不明,当严夫头之责,三令五申,复令灯烛厂委员协同巡查,立督夫役添挂灯笼,直至夜半灯光始稍觉明亮。余在坝终夜焉,慎斋、张季文、孙豫生及季文之子卫生均先后来棚同坐。夫己氏每夜微服出至坝上私访,余则未之见也。

十九庚午日(6月28日)　晴。清晨归,过小补于门,时余方还,彼已将出矣。接寓中家人来禀暨京报等件,作覆函交原人带回,寄大通信亦由省寓交驿马顺递,布置毕后方就枕眠。午正睡起。午后静息半日。天气炎热,不免挥汗如雨耳。晚间,筱补归,谈及水势又增,现虽只差四十余丈,进占正复不易耳。初更时,姚厚庵来晤。

二十辛未日(6月29日)　晴。日间热甚。下午,夫己氏又有手札嘱认真查点灯笼数目,如有缺少及人夫不齐之弊,只管惩办等语。傍晚,余即上坝步行查点,携竹纸以笔画圈记数。计灯数短缺尚无多,管灯之夫则缺数甚巨,当传夫头张金业掌责数十击,令其添雇灯夫,而仍复疲玩不遵,教其奈之何。余奔驰永夜,在官棚晤薛、马、裴、陈、孙五君,见东方大明乃还。

二十一壬申日(6月30日)　晴。卯初眠,巳初即起。午饭后复眠,酉刻始醒。静息永日,颇觉悠游自得,所不能忘情者,骨肉妻孥耳。初更后,迟小补不归,未免独坐寡欢。正无俚间,小补适旋,姚厚庵亦偕至,谈及今日河水又长,第六十占极危险,捆厢船被水激坏,事机渐逆,有功败垂成之患,当事者恐亦无术补救也。

二十二癸酉日(7月1日)　阴。几次作雨势而仍无雨,下午变为狂风一阵,而雨意散矣。傍晚赴坝,晤薛、白、马、陈、孙五君。白、马两公与蔼如商酌,欲抛石坝于危险处,所以护新埽。诸人旋往谒夫己氏,惟余与云溪同坐官棚。夜半,有公膳送来,遂小饮数爵,小食少许。余复往各处巡历一周,夜阑乃散。

二十三甲戌日(7月2日) 晴。卯刻始眠,午初起。计余来此又廿余日,不识再过廿日能息肩否也。晚间,小补归,述捆厢横亘于埽前水底,竭数百人之力不能起,因而不克进占,且秸料亦将用尽,不知如何了局也。

二十四乙亥日(7月3日) 晴。日间颇清凉,晚间凉尤甚。初更,上坝,未遇一同人,独坐良久而返,与厚安、小补久谈。四更,复往坝,则蔼如在焉,谈及厢船恐难拉起,拟转湾前进,尚未议定。夜间,在官棚小食少许,观东方已明乃散。

二十五丙子日(7月4日) 晴。卯刻寝,午刻起。下午,王麈斋来晤,今日又渐热,不似昨日清凉矣。晚间,小补归,述及东坝捆镶船亦于今午被水打坏,且走失埽占两段,彼处工作因此亦复停摆,此间商酌办法,尚无端倪,议论多而成功少,其此之谓矣。看来此工已不能再进,但盼早日罢手,我等早脱樊笼为最幸事耳。

二十六丁丑日(7月5日) 晴。终日大风飏沙,夜犹未息。晚饭后往值夜班,途遇成前帅自坝还。将至埽前,又逢夫己氏于道周。至官棚,晤裴子斌,渠复携有《阴阳镜》一书,于灯下披阅数则。三更时旋寓一次,适小补已归,复有桐城左君来访,在余屋聚谈,吃粥二碗而去。夜半风愈大,余仍冒风赴坝。与子斌谈及上年郑工失事始末情形,颇得其详,未几东方既明,乃乘马下坝。

二十七戊寅日(7月6日) 晴。风沙如昨。卯刻眠,午初起吃饭。米中皆沙,殊难入口,市馒头二枚充饥焉。晚间,与小补、厚庵闲谈许久方眠。

二十八己卯日(7月7日) 晴。日间热甚,为小补缮禀函二械。晚间风大而凉,冒风至坝,旋即归。夜半雨来,遂未再往。姚厚庵复来晤。余就寝时已四更矣。

二十九庚辰日(7月8日) 阴。早间阵雨一次。小补未赴坝,相与话雨同饭。姚厚庵复至,并代余赴总局取得薪水领状来,即留其共餐。午后,接寓中包封信件并内子寄衣数领至。复得季丈都中复书,知渠已保升郎中加四品升衔,余之部复已转催前途赶办,大约极迟七月总可接到也,闻之稍慰余怀。又楼升自大通来禀,述及四弟姬人名紫燕者服毒而亡,不知何故,四弟则仍无信之,殊闷闷耳。下午雨止,小补仍赴坝,余作家书寄内子,又谕仆辈一札,封固后即交来人带回。晚间,小补返,与谈许久乃眠。

六　月

六月初一辛巳日(7月9日)　阴。早间微雨半日,惜未深透。午后,姚厚庵来晤。述及挑坝前走失埽占三段,水势日见汹涌,秸料日绌,停工当已不远,所可虑者已成之占皆将不保耳。晚间赴坝,查视灯笼,询知仍复加镶已走之占,所谓顾前不顾后者,此之谓矣。二更自坝还,厚庵、小补均在余屋茗话。时又细雨蒙蒙,遂不再出,厚庵去后,旋与小补各就寝。

初二壬午日(7月10日)　晴。日间,作致耕瑶书一缄,未寄。晚间,姚厚庵、孙豫生先后来晤。豫生先去,厚庵俟小补归,聚谈许久乃行。夜半雷雨大作,余卧榻漏湿,未得稳寐,天晓雨住,乃获成眠。

初三癸未日(7月11日)　晴。午初睡起。雨止,而狂风陡作,终日未息。小补已于清晨赴坝,余兀坐斗室,岑寂之况不待言矣。此间工程日复一日,不知何时方能罢手,令人焦急万状,此等当差,真不啻被囚圄圄,所谓一之为甚不可再者也。晚间,西风愈大,竟不克上坝。小补归后,厚庵亦来,畅谈良久方散。

初四甲申日(7月12日)　阴。亍初起。午后微雨一阵,闲坐无聊,作致孙晓贲一书,遇便再当发递。晚饭后赴坝一次,独坐官棚良久。复访朱景庵于边坝,适景安处便差自省来,带到余寓来信一缄,内附铭嫂复函,知余寄款已收到矣。夜半自坝归来,与小补久谈方寝。

初五乙酉日(7月13日)　晴。早间,有担京货来求售者,略买数种,又留药锭十余品,已费钱数千文矣。闻边坝今午又走失一埽,水又长尺余,而停工之信仍复杳然,奈何!晚间,小补归,亦以未能速散为恨。余归心如箭,几于一日九回肠,亦苦矣哉。

初六丙戌日(7月14日)　阴。午刻,接寓中来信一函,述及幼女患痢,不知能渐轻减否。午后,修发。傍晚,陶功枚来谈,即留其吃饭,泊小补归,相与闲话良久。诸客散后,余复赴坝一次。时风雨将作,电光四射,遂急归。闻今日已开放引河,冀流势稍分,仍可设法进占,盖高阳之意,尚思勉强从事也。

初七丁亥日(7月15日)　阴。连日腹胀食滞,夜间每起更衣数次,甚觉不适。午后,昏睡片刻。孙豫生来访,乃促余起,伊未几即去。晚间,与秦、姚两君畅谈。夜半大雨两次,未几即止。

初八戊子日(7月16日)　晴。躁热殊甚,闷处穴室,终日挥汗不已。午前,砚香来谈。午后,作子绂书,连前作耕瑶、晓賚两书,均固封发寄。又谕仆人一札,拟交厚庵专足附带。时届初伏,仍未能脱离此地,真所谓年灾月晦也。噫!晚间,孙豫生来,晤谈,偕其上坝,一转即归。时厚庵、小补均在余屋聚谈,夜深乃散。

初九己丑日(7月17日)　阴。午后,疾风雷电交作,均一时许即止。时余正倚窗作上四叔书,暴雨打窗,笺为之湿。傍晚,华薛仲来访。晚间,厚庵过谈,临去时将寄省各信交其附递焉。

初十庚寅日(7月18日)　晴。炎风甚大,人坐屋中,仍汗出如水,又无处可作避暑地,惟终日面墙而已。午后,作子先内弟函,又作小侣表叔函,未毕。晚饭后赴坝,一转即归。豫生、功枚先后来谈,闻白鉴堂、张季文、荣子永均乞假旋省,任浚生则已于半月前私自逃归,余不无见猎心喜之情,拟相机而行,不谂何日才能如愿以偿也。

十一辛卯日(7月19日)　晴。终日溽暑异常,兀坐蛙居,遍身出汗不已。晚间,厚庵携肴来就食。初更时,小补旋寓,亦天热难支,乞假暂息。余再俟数日,亦当设法摆脱矣。

十二壬辰日(7月20日)　晴,躁热尤甚。小补未赴坝。午后,食西瓜两次。下午,张益君、牛寿山同至,小食肴点少许而去。晚间,畏热不赴坝,惟与同人闲谈而已。

十三癸巳日(7月21日)　晴。终日与小补闲谈。晚间,厚庵、豫生亦至。厚庵专足返,带到余寓来函及茶叶、手巾、京报等件。阅邸抄,知夔丈甫到京陛见,尚未赴任也。又得耕瑶复函,甚详。

十四甲午日(7月22日)　晴。终日与小补盘桓。早间,厚庵至。午后,益君至,闻坝上今日又走埽数段,陷入水中者有十数段之多,大约散局不远矣。

十五乙未日(7月23日)　晴。早间,厚庵至。午后,邓少芝至,均畅聚永日。晚间,接省寓来信一械。陶、秦二君复来谈,夜半甫散。连日热甚,欲归不得,殊怏怏也。

十六丙申日(7月24日)　晴。热甚。终日与秦、姚两君闲谈,借破愁怀。晚间,谈至夜半方散。余刻刻思归,几于一日九回肠,拟过廿外无论如何定将返棹也。

十七丁酉日(7月25日)　晴。困居穴室,如在火坑,其苦弥甚。日间,厚庵至,托以设法乞假事。傍晚,秦逢伯、张益君同来。晚饭后,功枚亦至,夜半乃散,厚庵最后去。自初十入伏后,日热一日,余日夕昏闷不适,遂未赴坝,闻工次仍无停歇消息,亦可哂矣。

十八戊戌日(7月26日)　晴,依然热甚。终日与小补晤对。午后,厚庵来少坐。晚间,功枚来少坐。处此苦境,幸有二三友人相聚,否则真要闷杀矣。灯下,作家书交便人带省。昨托厚庵乞假事尚无复音,姑再候一日可耳。夜半微雨。

十九己亥日(7月27日)　阴。亇前阵雨　次,天气转凉。亇后,接寓中来函并清如妹倩复书,均阅悉,知归许氏妹于四月间得一女,一切平安,为之忻慰。下午,功枚来一谈。傍晚,厚庵至,知为余设法乞假事不能行,为之怅然不乐,只好徐图良策。今日余觉腹痛,脾泄数十次,胃纳大减,时欲呕吐。豫生以陈年洋药见赠,吸食少许,腹痛少愈,便泄犹是也。夜间,雨复大作,恍如秋凉气候矣。

二十庚子日(7月28日) 晴。日间热甚,腹疾居然渐好。终日与同人闲话,以遣愁怀。晚间,有厨房打杂旋省,因作家书交其带上,并有致内子一札,以道怀想而已。四更后方眠。

二十一辛丑日(7月29日) 晴。炎热弥甚,胃纳大减,坐守斗室,汗出如浆,苦状为生平所罕历,官途之厄也。厚庵、功枚先后来晤。小补则朝朝相聚,殆不啻与共患难焉。

二十二壬寅日(7月30日) 晴。功枚今日得私自旋省,余则未敢擅走,徒自烦闷而已。口间,为厚庵代书一札。傍晚热甚,与小补、厚庵在院中吃饭。夜半就寝,犹汗流浃背也。

二十三癸卯日(7月31日) 晴,其热尤甚。闻挑坝昨仍勉强进占,今已厢数坯,亦可谓挺而走险矣。终日与小补叙话。晚间,刘蘮廷至,提及东坝有月杪停止委员薪水之说,果如所云,似乎散工不远,大约至孟秋初旬可望还家,闻之不胜忻悦。夜间,微风徐来,精神为之一清。

二十四甲辰日(8月1日) 晴。厚庵、小补终日聚谈,均以久羁工次为憾,余则抑郁尤甚。且今年伏天奇热,拘困此地真非人境也。

二十五乙巳日(8月2日) 晴。早间,接梓儿来禀及内子寄衣一件,知家中亦复苦热,内子尤以余为念,盼余早还,但余不克自主耳。晚间,作复书谕梓儿,并寄回蜡烛数十枚。今日热尤酷,与小补席地而卧者永日。厚庵来,少坐即去。

二十六丙午日(8月3日) 晴,酷热如昨。闻昨晚绍葛民赴东坝,谒两院面商公事,须数日方还,不知能定议停工否。日间,与小补、厚庵晤谈,厚庵不片刻即去。夜半微阴,似有雨意,较觉凉爽。余羁囚工次又届两月,仍无放归消息,盖愁肠百结者非一朝一夕矣吁。

二十七丁未日(8月4日) 晴。午后,微雨一阵,不片刻仍复开朗。厚庵来谈永日。晚间,有总局委员左子诺来访小补,谈及东坝已停工两日,果如所云,则西坝散场当亦不远,吾侪难期将满矣,何幸如之。左君去后,厚庵复久谈乃去。夜间稍觉清凉。

二十八戊申日(**8 月 5 日**)　晴。绍总办仍未还,余静待裁差旋省,大约不久当见明文。日间,厚庵过访,未暮即去,惟与小补闲谈永日,不知出月初间能脱离苦海否耳。

二十九己酉日(**8 月 6 日**)　晴。夫己氏仍未还。闻此间今日已先停工,俟其归即可分别裁汰委员,我辈当有还家之乐矣。晚间,邓少芝来谈。厚庵终日未至,不知其作何句当也。夜半风作,热稍杀。

三十庚戌日(**8 月 7 日**)　晴。午刻立秋,气候陡凉,秋声盈耳,枨触旅怀,能无感喟。闻绍总办已旋坝,仍不明示停工,闻须俟续进埽占钩缆方肯歇手。噫!岂我辈难期犹未满耶?焦愁之思,殆难为怀。午后,偕厚庵、筱补往京水寨购江浙食物数种,傍晚方还。厚庵复同归畅谈,夜阑方去。

七　月

七月初一辛亥日(**8 月 8 日**)　晴。凉风习习,大有秋意。厚庵复来谈永日。下午,接寓中来函及邸抄各件,得悉夔丈已陛辞赴湖南任,但不谂其取道何处耳。傍晚,得刘苇舲函,由前荐走道家丁岳庆持来。岳庆乃苇舲旧仆,以余补下河,荐于余处,余因部覆未到,履任无期,令其先回济宁等候,当复苇舲一书,并作家书一通,拟令该仆临行时带去。晚间,风雨交作,客愁弥甚,可慨也。

初二壬子日(**8 月 9 日**)　晴。西风极大,气候甚凉,可衣夹衫。绍葛民尚未传令停工,余心急如焚,同人私自返省者颇不乏人,余以裁撤不远,姑且静待,乃日复一日仍无佳耗,真欲急杀。早间,岳庆来取信,因将复苇舲函及省寓信件一并交其携带。日间,姚厚庵来谈。又接林襄甫函,知客岁防汛薪水已经代为领出,伊拟假用廿金,其余卅金因即嘱令送交余寓收存,当复数行致之。晚间,风仍未息。

初三癸丑日(**8 月 10 日**)　晴。风略息,仍不甚热。午后,厚庵来,少坐即去。下午,朱景安来访,出两坝会禀请暂停工作稿见示,据云两院尚未据情入告，恐裁汰委员之举尚须时日。余急欲还家，闻之又增心事矣。晚饭后，与小补互谈愁怀，客中情绪倍觉难堪也。

初四甲寅日(8 月 11 日)　晴。终日与小补互谈心曲，拟俟领到本月薪水后即请假旋省。余即书写领状一纸，翌日即可投递也。下午，许成甫来晤。闻挑坝亦逐渐停止土料，同人俱有散意，我辈当不至久羁矣。还家有日，私衷顿慰。晚间微雨，与小补联床夜话，颇足解愁。此番困于差次，得与良友久聚，亦不幸中之幸焉。

初五乙卯日(8 月 12 日)　晴。早间阵雨一次，午后较热。厚庵来谈，知总局已奉到院札，不日裁汰工员，余俟薪水领出即可作归计矣。下午，陶功枚至自省垣，晚间来谈，片刻而去。灯下，作札谕家丁雇车来工运送物件，拟明日饬人回省投信，大约初十左右车可到此。

初六丙辰日(8 月 13 日)　阴。时或风雨交作，时忽晴光皎洁。上午，接梓儿禀及窗课诗文，颇有进境。内子近以溽暑减餐，乳水渐少，幼女有缺乳之患，余颇念系。又接吉人妹倩函，知三妹产后暴疾而亡。妹客岁偕婿南旋，别余未一载，遽隔幽明，亦可伤已。书中言妹产一女，未数日逝，遗雏呱泣，未知已觅乳抚育否，思之令人心酸。又稚夔复函来，知日升昌杭号不肯代存公当息折，稚夔将侍官楚南，此事又大费踌躇，到省后当熟筹妥计，以便函复稚夔也。吉人家寒，三妹丧葬之资亦须余为筹寄，均拟旋省逐为布置，归心因此愈急矣。晚间，陶、姚两君俱来谈。

初七丁巳日(8 月 14 日)　晴。闻薛云溪乔梓今日旋省，余薪水领状尚未批出，拟再候一日，无论如何明日定须请假，初九定将东渡也。日间，姚厚庵来谈，欲约余同行，余诺焉。晚间大雨一阵，旋即晴霁。

初八戊午日(8 月 15 日)　晴。早间，修发。午后，往总局乞假，旋将行装检理清楚。少芝、砚香、景安均来晤，景安以信件交带。晚间，厚庵来久谈，余领状仍未奉批，只好不候矣。

初九己未日(8 月 16 日)　晴。清晨，自西坝别小补东渡。已正,抵花园口北岸,在崔心矩棚内小食少许,即登车东行。未刻,抵引河头,又须唤渡一次。比抵来童,时已不早,即饬仆至院署禀知请假,旋即长驱而过,并未停留。酉刻,抵杨桥,宿逆旅中。晚间,何升自省押行李车往西坝运取行囊,亦行抵此间,因得询悉寓中近况焉。

初十庚申日(8月17日)　晴。寅刻,自杨桥起马。已正,抵东漳小食。未刻,过下南六堡斜大王庙,入内小憩,并得瞻仰神像,惟所奉无栗大王像,殆限于龛地,未经补塑耳。申正,抵省寓,与妇稚畅话别后情事,家中一切如昨,只以三妹新殁于南中,未免思悼难忘。内子于诸姑姊妹向来相善,谈次尤觉不乐,余手足之中又弱一个,悲更不待言矣。晚间,呼姬人为余澡身,稍涤尘垢焉。

十一辛酉日(8月18日)　阴。风雨大作,终日未止,气候极凉。设余迟归一日,中途必致遇雨。今已安抵省门,未始非幸事也。午后,将朱景安交带银信送与其兄海舫手收。余以雨不克出门,惟与内子聚谈而已。

十二壬戌日(8月19日)　晴。日光开朗,微觉凉冷,自是秋天气候矣。午后,接季卿叔岳来函,并寄到部议题稿,知余补缺事已经部议核准,不日即可行文河院,闻之顿释盼念。晚间,课梓儿背诵《左传》半册。灯下,与内子絮语良久,方始就寝。

十三癸亥日(8月20日)　晴。早间,朱海舫来晤,提及吴清卿有放河督之信,不知确否。午后,仆人运取行李至自西坝,小补附带行囊数件,暂存余处。傍晚,至永茂钱店结账,查出家奴何升冒取大钱百千,如此负恩恶奴,真可恨矣。旋访家润生,谈片刻而归。

十四甲子日(8月21日)　晴。终日未出门。午后,至书塾与袁梦白晤谈片刻。未牌时,大雷雨一阵,庭院水深尺余,半晌方干。晚间,作季卿叔岳复函,又复稚夔一书,均于灯下封固,明日即可发递也。

十五乙丑日(8月22日)　晴,热甚。早起,诣家堂拈香行礼。午刻,祀祖。午后,修发。姚厚庵至自工次过访,知小补亦偕还。下午,往答拜朱海舫,未遇。至穆蔼堂拜奠薛仲华太夫人,与仲华谈,少顷出。访孙豫生于草市,傍晚方归。阅电寄邸抄,因大工办理不善,奉严旨申饬。星使李尚书、豫抚倪中丞均降三品服,革职留任;李、成两河帅均遣戍军台;绍、潘两绍办均褫职,留工效力。并令查明两坝失事员弁严参。李帅刻日即须解任,吴清帅未到任以前,先以高阳尚书暂摄其事。吁,可畏哉!我等既未经手工程,又未参预钱粮,当不至在查参之列。惟有此一变,余之履任恐须迁延时日,不能不忧虑矣。

十六丙寅日(8月23日)　晴。终日热甚,欲出门未果。午刻,祀先。午后,小眠。晚间濯足,借涤烦垢。

十七丁卯日(8月24日)　晴。午后,孙豫生来访,知李和帅今日入城,豫生在此小食,偕往谒候。遇子绂于官厅,守候半晌方散。旋往访子绂,坐未久,已夕阳西坠,遂还寓。

十八戊辰日(8月25日)　晴,仍热甚。午后,小补来,晤谈。以墨晶眼镜赠余,余以烧蓝顶珠二枚赠之,坐谈良久方去。闻今日和帅处见客,余深以未去为憾,明晨拟再往一探焉。

十九己巳日(8月26日)　晴。早间,往谒和帅,未见。答拜姚厚庵,晤谈片刻,午间旋寓。连日热甚,挥汗不已。下午,薛仲华来晤。傍晚,雨甚大。终夜未息。适市得烧鸭一只,沽酒与妇稚小饮焉。

二十庚午日(8月27日)　阴。自辰至午,大雨半日,天气较凉,欲出门为雨所阻,遂不果。夜间,雨仍未止。

二十一辛未日(8月28日)　阴。终日风雨,其凉弥甚。余伏处寓斋,随意翻阅书籍,间或举杯小饮,颇为闲适。

二十二壬申日(8月29日)　阴。午前犹雨,饭后渐见开朗,而街道泥泞,车骑均不易行,未知小补已否成行,殊念之。晚间,朱景庵、海舫昆仲招饮,座有尚惠丞、何西斋、张锡园、邹心农、孙豫生、任浚生诸君,二更散归。

　　二十三癸酉日(8月30日)　晴。午后,作吉人妹倩复书。又作丁松生、何昌来二公信,拟托吉人向二公借支公当息金二百八十千,以二百为三妹赙,余八十分致姑母、用兄及清如、子先各处。又作上四处函各一,均交吉人分送,但不知道丁、何两君能照办否耳。下午,小补来久谈,述及准廿五起行,余以道路难行,恐不克往送矣。

　　二十四甲戌日(8月31日)　晴。午后,对发杭信,接小补字,知其明日准行,因以伽楠手串报其眼镜之赠。下午,子绂、润生先后来晤。润生明日亦将赴工矣。

　　二十五乙亥日(9月1日)　阴。阵雨数次。下午,往永茂钱铺算账,仍未划清,殊可恼也。街道泥泞极深,乘马往还,颇觉惴惴。自入秋以来,雨水过多,年谷又未能顺成矣。

　　二十六丙子日(9月2日)　晴。热甚,欲出门未果。终日披阅故纸,消遣永昼而已。傍晚,修发。陈研香次郎来见,乞得沉香少许而去。

　　二十七丁丑日(9月3日)　阴。午后出门,为子绂事往访量甫,未遇,遂至彭涵六处少坐。复往访高蓉初,畅谈。以道路难行,不及多拜客,下午即归。走道家人岳庆来探余到任消息,余处尚未得有准补行知,不知日来部文曾否到院,颇为心焦。甚矣! 冷铜之不易入手也。

　　二十八戊寅日(9月4日)　阴。似有雨意,遂未敢出门。是日,王仲培夫人开吊,余处未得讣书,因向来相熟,仍以羽毛幛送之。下午,姚厚庵来晤。

　　二十九己卯日(9月5日)　阴。终日凉甚。午后出门,往谒李和帅,又未得见。访丹丞,亦未晤。下午归,发小修函索逋,专足递去。傍晚,永茂店友汪姓来见,始将何升冒取之钱议明,各认一半,而何升既无现钱还账,驱之又不肯去,殊可恨也。

八 月

八月初一庚辰日（9月6日） 阴。晨起，至李、成两处谒朔，均未之见。午后，偕梦白挈儿辈赴贡院一游，遇子绂于监临公所，未几即散。回寓后，量甫来访，托其向涵六索通。晚间，作致润生函，询问部文已否到院，专足往投，限两日往还。

初二辛巳日（9月7日） 晴。闻耕瑶已差旋，于傍晚往访之，候良久方获晤，即在彼吃饭。约三更旋寓，接吉人来书。

初三壬午日（9月8日） 晴。终日未出门。阅邸抄，知樊介轩视学粤东，阔哉！晚间微雨一阵。

初四癸未日（9月9日） 阴。晨赴往八旗会馆，谒李和帅，约一时许乃获延见。同见者有管敬伯、高蓉初、朱佩言诸人。复往谒成子中河帅，未之见，即旋寓吃饭。饭毕，高蓉初过访，余适将往薛云溪处陪冰人，遂于送蓉初去后亦登车出门。云溪聘女，婿家为孙子圻大令。是日适受聘，同席有抱仙、光甫。申刻散归，接家润生复函，知部文尚未到。又接小修复书，允于九月间还银百金，不知届时能践言否也。

初五甲申日（9月10日） 阴。闻河帅吴清卿先生将至，余以腿疼惮于出门，遂未往迎。下午，任浚生来晤，少顷即去。

初六乙酉日（9月11日） 阴。晨起，往谒新帅，未见。闻择定初八接篆，俟接篆后方见客。在官厅遇刘苇舲、洪象余、高蓉初、朱景安诸君。自河院散出，往谒陈右铭年丈，亦未见。旋至电报局发信至京，探询部文已否发递，计字十九，费钱四千文矣。访葛味荃于景星堂，始知味荃已先一月行。遂至耕瑶处小憩。忽阵雨大作，雨住后偕耕瑶至抚院，看各官谢恩入闱。典试长学士萃、刘编修名誉，年均三十余，皆少年得意者也。午刻返寓。午后，有日升昌店伙毛姓来见，意在招揽汇项，盖知余将之任山东，必有若干汇项也。傍晚，陈砚香来晤，知其亦被裁撤而还，其意尚不无怏怏耳。

初七丙戌日(9月12日)　晴。午后,耕瑶来唔,约同谒朱曼伯观察,遂往道署守候,洎初更,朱犹未归,只得各散,余遂至耕瑶处吃饭。二更始旋寓,接季丈复电,知余补缺事甫于初四日题准奉旨,照例后五日行文,须本月下旬部文方能到院。然既得旨允准,自可放心,惟抵任稍缓时日耳。

初八丁亥日(9月13日)　阴。早间微雨,冒雨至河院伺候接篆。午初,蒙延见于厅事。新帅吴公名大澂,吴县人,戊辰翰林,年方五旬,此次由粤抚调权河督,星驰赴任,途中带病而来。见客不多,今日所见河工僚属皆实缺人员,候补者一概不见,余以题补下河缺,故得在延见之列。见面亦仅问候数语,其面貌犹带病容,殆力有不支矣。自院署出,复至道署谒见朱观察,与谈数语而退。比回寓吃饭,已未正初刻,腹中甚馁。饭毕小憩,下午遂未出门。晚间雨又作。

初九戊子日(9月14日)　阴,凉甚。微雨时作时止。午后,接清如来书,甚详。下午,修发,课阿庆背诵《左传》数页。闻新帅翌日赴工,尚须起早一送也。

初十己丑日(9月15日)　阴。清晨,至院署,送吴帅登舆乃还,街道泥泞颇深,车行又觉不便矣。午后,文量甫来唔。将涵六借项送还,原券即予掣回。下午,丹丞过访,谈时许乃去。

十一庚寅日(9月16日)　晴。午后,便衣往访孙博庵,未遇。访量甫、涵六,谈片刻,傍晚归。

十二辛卯日(9月17日)　晴。午前,耕瑶来唔,商酌李和帅寿礼,拟两人公送食物数色,以期必收。下午,耕瑶来字,已为代办,复向余假卅金开销节事,余亦在窘乡,而不能不为之匀对此数,遂如数借与之。晚间风大作,甚冷。

十三壬辰日(9月18日)　阴。微雨竟日。送和帅礼未收,余与耕瑶各分得烧猪一、烧鸭一,因偕妇稚小饮饱啖,余者分给奴仆食之。晚间,微觉不适,服午时茶一杯,腹中作响,泻泄数次。

十四癸巳日（**9 月 19 日**）　晴。午前，腹疾仍未瘳，午后略好。接晓赟自津门来书，知其调任天津，今春抵任，余前寄一札亦收到。傍晚，修发。晚间，阅《东华录》数册，就寝较早。

十五甲午日（**9 月 20 日**）　晴。晨起，诣家堂，拈香如礼。午刻，祀先毕，偕妇稚聚饮。天气清朗，腹疾亦渐愈。是日，张姓内吏告辞而去，另易一周姓者。

十六乙未日（**9 月 21 日**）　晴。少香有信至，当挥数行复之。日间，仍觉腹中疲乏，精神委顿，胃纳亦大减。晨起时，彭涵六曾过访，与谈数语即去，盖知余小恙，未肯久坐也。晚间，觉腹胀又作，阅闲书数册即就枕而卧。

十七丙申日（**9 月 22 日**）　晴。终日倦极。午间，耕瑶转购得嵩参数十两，嘱余销售，遂留用三包，计费制钱廿千文。午后，督仆略检衣箱，即劳不可支，不知何以日来如是之困惫也。晚间，课阿庆背诵《孟子》半册，句读极生，余亦惮于督责，姑听之可耳。

十八丁酉日（**9 月 23 日**）　晴。精神略振，脾泄犹是。今日为潮汐之期，吾乡浙江潮向称大观，每于此日至凤山门外望江楼观潮头之至。余里居数载，迄未一与斯游，实为阙典。今远宦殊方，眷怀故国，尤觉怦怦五中耳。午后，往访耕瑶，坐未久，适主人将出门，座客自不能安于其位，遂各登车出。时已夕阳西坠，余亦旋寓。晚间，便旋十余度，腹中仍未净也。闲居无俚，披览李恢垣《浣眉书屋文集》及《守约篇丛书》，以消病怀。

十九戊戌日（**9 月 24 日**）　晴。晨起，便旋至十数次之多，腹中仍不舒畅，兼之胃纳大减，精神未能强旺。是日为幼女周岁生辰，阖宅吃面，余亦勉食一碗，似较米饭有味。下午，复以虾米虾子煎汤煮挂面一碗，食之颇觉甘美。日间，阅方子箴《梦园丛说》二卷。下午，闻和帅定明日启程北上，不能不力疾出郊外一送，然只能送至郊外即返，未克远送矣。傍晚，出至书塾，与梦白一晤，渠出场才到馆也。灯下，复阅《守约篇》内《郁离子》一种，计二册。

二十己亥日(9月25日)　晴。晨起,出北门送前帅李子和先生北上。甫出城,道逢绿营弁兵荷戈归,询知帅节行甚早,计已可抵河口,追送不及,只得废然而返。午后,觉腹中渐舒畅,泻泄亦止。闲坐萧斋,披阅各种丛书,借资消遣。晚间,与内子闲话,课儿辈温习四书一本。

二十一庚子日(9月26日)　阴。午前,未出门。午后,往访耕瑶,未晤。遂至火神庙后街访文量甫,晤谈片刻,遂归。量甫将扶其尊人灵柩入都营葬,余托其带买京货数种,又以新购骡一头请其估定价值焉。晚间濯足。

二十二辛丑日(9月27日)　晴。早间,姚厚庵来,晤谈片刻。午后,往日升昌,嘱令代收万盛银款。复至永茂义钱铺,晤其掌柜汪姓,将各帐结算清楚。旋往访耕瑶兄,畅叙良久,在彼晚饮。历数昔年陈迹,叹流光之荏苒,慨人事之变迁,辄忆大兄,顿生怅惘。席间,复晤其东床俞仲平孝廉。饭毕,相与茗话良久方散。归途朔风陡起,拂面甚凉。

二十三壬寅日(9月28日)　晴。午后出门,往访陈石溪、姚厚庵,均晤谈许久。偕厚庵往县角访一相士,令其看相。据云余不日即将赴任,异日可官至监司,加衔二品,果如所断,在余亦可如愿以偿矣。闻家润生已差旋,即往访之,未晤而还。途遇子绂,未及交谈。晚间,阅《东华录》数页。

二十四癸卯日(9月29日)　晴。早间,预备素幛,自书粉字上下款,偕夏笠舟大令联钰同送姚柽甫太史灵几。姚名礼泰,乃同寅少石通守之犹子,甲戌翰林,今春殁于京邸者也。午后,家润生过访,与谈片刻。傍晚,修发。阅邸抄,见苏臬已另放人,张屺堂殆作古矣。闻绍葛民以声名贪劣被参,廷旨命吴清帅查覆严参,已经清帅确查,侵帑皆有实据,特从轻具覆,令其进京候旨,不准留工效力。绍藩司既贪且愎,此番在工,狂妄骄满,与二三不肖员弁朋比为奸,侵帑甚巨,于购料则任意浮冒,于办工则师心自用,以致功败垂成,以满洲世仆世受国恩之人,丧心昧良至此,其罪实不容诛。吴帅不肯据情重办,虽属厚道,然渠魁漏网,未免太侥幸矣。计日内电报局当可接奉批旨,不知廷议如何处分也。

二十五甲辰日(9 月 30 日)　晴。是日,斥逐恶仆王贵一名,牵涉女仆侯妪一并遣去。此妪乃携带恩儿者,既以口角滋闹,自难留用,只得并遣矣。午后,往日升昌嘱其代收恒协号银款。复往访家润生,遇诸途,下车立谈数语。渠现仍有东坝差使,不日尚须赴工,余嘱其至河帅行辕探询余准补部文已否到院,托其速行信知。缘前接电信,知系本月初九行文照章,按照限三十日减半,应以月之廿四日作为接到部文日期。虽驿递迟速不能悬定,然以时计之,日内总应接到,何余处仍未奉行知耶?余此番之事,部费较他人多用,而公事非常濡滞,殊不可解。季卿叔岳为余谋未免不忠,令人心焦万分,冷铜到手如是之难,可叹也。晚间,陈砚香来晤,畅谈多刻方去,亦以余之部文濡滞为怪。砚香去后,接少香侄来函并寄到小驿封数十个,钤用宁陵县印信,余正苦无此物,得之正可应用。又接筱脩来函,以余所荐庖丁孙姓因事斥退,特来相告。灯下无事,抽笔作小脩、少香复书各两纸,尚未书罄,时近三更,遂入内寝憩息。

二十六乙巳日(10 月 1 日)　晴。是日换戴暖帽,都中亦系今日换季,因电传邸抄早经阅及,故得遵奉而行。午刻,至相国寺奠姚柽甫编修,其叔少石别驾亦晤于灵前。同寅中孙光甫、刘苇舲、彭涵六、赵子晋均在彼知客,耕瑶、子绂、润生亦在座。余在彼处午饭,同人相见,俱以部复来未为询,而竟尚未来,殊为扫兴,私衷未免恨恨然,亦无可如何,只可静候,始知饮啄胥由前定,赴官迟早彼苍早为位置停妥,非人意所能预期也。午后回寓,兀坐斗室,意兴索然,小儿女依依膝下,聊解闷怀,间与内子闲谈,以破岑寂而已。

二十七丙午日(10 月 2 日)　晴。辰刻即起,收拾冬夏大帽,督仆逐一抖晒。又检取貂帽沿一付,配制大帽,貂帽向无品级,无论大小官员俱得戴用,不必四品以上也。闻运河厅员加四品衔者无不反

穿貂褂,余到任后貂褂则暂且不穿,貂帽固可常时戴用也。又取棉轿
围等件,令仆人往轿肆定制新轿,以备赴任时乘坐。惟此间制轿价值
甚昂,较南方奚翅倍蓰,即购买旧轿,略事修饰,亦须卅余千,新制则
需七八十千,似较鲜明,遂拟制用新者,其费故不能靳也。是日为阿
庆生日,午餐皆食面。午后,换客厅铺垫门帘,亦须亲自督理。下午,
稍觉清闲,偃卧片时,恩儿嬉于膝前,天趣盎然,颇足娱情。灯下,阅
《曾文正奏疏》数篇。余自工次旋省,忽忽又五旬余,尚无履任消息,
日复一日,令人焦灼。甚矣! 握篆之难也。

二十八丁未日(10月3日) 晴。早间,相士张姓来晤,意在索
资。余复与谈片刻,并令儿辈出相,据云吾家所出人物俱是不凡,殆
先茔有佳风水所致等语。余复诘以究竟九月内余能否奉饬赴任,渠
断以初十前总可奉文,不知能验所言否也。午后,阅《曾文正公奏议》
数册。下午,复接少香来函,知其联姻章氏,已于月之廿有二日行聘,
寄来笔墨二种给予儿辈收用。渠仍拟偕余同赴济宁,明年赘姻再至
归德,余之到任仍无消息,不知何以事机如此之滞,真令人抑郁难堪
矣。晚间,作小脩、少香两覆函,即以少香寄来宁陵马封发递。夜间,
阅小说书两种,所谓街谈巷语是也,无俚之极,特以之解闷耳。

二十九戊申日(10月4日) 晴。辰刻,王建侯过访,与谈片刻。
余、建侯客岁颇常聚晤,自余奉差工次,建侯亦于客腊奉委至各县购
办秸料,彼此不见忽忽一年,岁月如流,光阴易逝,如此其速,而余之
履任偏如此之难且滞,静言思之,百感丛生矣。午后,走道家人岳庆
来见,询以济宁房屋,知尚未觅就,余极思抵任,约奉饬之后即须速
行,赁屋一事,自应早日办就。因令岳庆再行寄书一催,以期迅速。
下午,接小补来函,知其月朔抵家,自开封至济宁,沿途积潦极多,行
旅艰难,伊七日方达彼处。余之不能早日赴任,得免中途阻水,未始
非幸,无聊之极,以此解嘲而已。傍晚,陈研香来畅谈。阅电报邸抄,
吴帅复奏之案已见,一切均为弥缝,惟以办工不力为绍藩司罪状,故
仅以业经革职即令回旗了之,其戚蒋文海亦仅以迹近招摇褫职了事,

别无余罪,何幸而又幸耶! 晚间,阅《萤窗异草杂录》数则,间与妇孺讲解之,以资谈柄,约三更后甫眠。

九 月

九月初一己酉日(10月5日) 晴。午前,刘苇舲过访,畅谈。午饭方毕,陈石溪来答拜,晤谈时许。下午,彭涵六来晤,久谈方去。旋接季卿叔岳来函,并附有吏部咨河督文底,知余补缺系八月初三题准奉旨,照例以八月初八作为行文日期,廿二作为接到部文日期,今已九月初一,何以余处仍未奉到河院行知。前托润生赴工之便,向河帅行辕探明示知,润生行已四日,尚无书至,殊闷人也。

初二庚戌日(10月6日) 阴。黎明即起,出曹门送成子中河帅北上,在官厅候许久,成公甫出城,同人均于道周揖送。午初,自郊外归。午后,倦卧片时。日复一日,部文仍无消息,殊不可解。

初三辛亥日(10月7日) 晴。终日兀坐萧斋,愁肠百结,佳趣毫无。晚间,阅《新齐谐》《子不语》诸书,聊遣闷怀而已。

初四壬子日(10月8日) 晴。早间,接少香来函,当挥数行复之。渠欲依余任,所盼余早日履新,故屡次作函询问也。下午,许成甫表丈来晤。渠在工次差遣,顷乞假来省,不日仍将赴工。渠以闸官需次,向在运河道属当差,此次谋得郑工差使,颇有欣然自得之象焉。下午,市蟹两对,佐以火酒二钟,聊供朵颐,然而好音杳然,终不能一豁我愁肠也。

初五癸丑日(10月9日) 晴。朔风凛冽,尘沙蔽空,天气极冷,自是深秋景。闻上南胡家屯工次险工迭出,日内正在抢护之际,院道均驻河干督率,不知化险为夷否。余终日兀坐寓斋,惟盼捧檄东去,他事都不甚关心也。

初六甲寅日(10月10日) 晴。风定日出,较觉和暖。午后,修发毕,往答拜王建侯、刘苇舲。建侯未晤,苇舲畅谈。又访子绂,畅谈许久,傍晚方归。接许西斋来函,盼余接任颇殷,并荐一记室顾君翰仙,且俟到彼再定去留可也。阅邸抄,江皖水旱不齐,都已成灾,来年江北漕运米石全数截留施赈。漕粮停运,则运河另案款项又将停发,明年仍未能生色矣。

初七乙卯日(10 月 11 日)　晴。阅邸抄,王小云太史得擢左赞善,为之忻然。小云与大兄辛未同年,浮沉词馆十八年未得一差,京察亦未记名,迟至今日始获开坊,亦可谓困极而亨矣。傍晚,涵六来久谈。

初八丙辰日(10 月 12 日)　晴。终日督仆抖晒皮衣。午间,姚厚庵来晤。述及日内将赴工谋事,余因挥一札致家润生,托其顺携转交,并嘱其为余探询部文已否到院。计部中行文迄今已届匝月,虽驿递稽延,亦应递到也,何至仍杳无消息耶? 焦急之思,与日俱积矣。

初九丁巳日(10 月 13 日)　晴。早间,督仆抖晒皮衣两箱。午刻,挈恩儿赴庆聚楼陆耕瑶招饮,同席有王铁生、李建三、王少泉诸君。饮毕,复携阿恩至禹王台登高,下午方还。接河院札,知接准部复准补部咨八月廿九日到院,余先不得信,今奉院札始知之,累余悬盼十余日,殊无谓也。札中尚无饬令赴任之语,须俟右传二章矣。惟日内尚须先赴工次谒谢行知,殊惮此行耳。

初十戊午日(10 月 14 日)　晴。终日捡拾衣箱。午间,子绂来,晤谈。傍晚,小脩处来价知会其主明日自县来省在余处下榻等语。初更,家少香至自宁陵,询知小脩三数日内可到。少香闻余赴任不远,特来相依,兼为余助理一切也。

十一己未日(10 月 15 日)　晴。早间,少香来,余嘱令代誊行李簿,半日甫毕。午后,修发。拟明晨赴工谒谢河帅,遂略事摒挡随身行李,约二四日仍回省,俟接奉赴任饬知后,尚须再往工次一行也。阅邸抄,王夔丈七月下旬抵湘抚任,奏报接印折已发抄矣。此间榜发,西席袁梦白上舍又复报罢,可见科第之不易得也。

十二庚申日(10 月 16 日)　晴。黎明起,小食既毕,即登车首途。午正,抵东漳午馔。酉正,抵来童寨,河帅行辕在焉。时已上灯,

不及走谒,遂宿街口一茅店中,局促不堪言状,即春夏间过是处所居
之地。是日,陆行百卅里,车中振撼弥甚,幸尚不觉疲惫。

　　十三辛酉日(10月17日)　阴。侵早起,往谒河帅吴清卿先生,
蒙延见于行馆。同见者有新委东坝总办杂料厂委员李君德型,亦河
工候补通判也。谈次河帅问及余家世及大兄何年病殁,此外弟兄尚
有几人并余到工几载等语,余均一一对答,却未提及何日可饬履任,
然以意揣之,当不至久延矣。自院辕出,遇朱曼伯观察方入谒吴公,
余遂至朱公处,拟俟其散衙归时谒见之。坐官厅,遇瑞琴侣、林襄甫、
沙静斋,嗣闻朱公已随河帅赴料厂,余遂不候而出。至茅店小食少
许,方欲返辔,林襄甫来访,以省信交带。午初,余登车行。未正,过
三柳寨下车小憩,遗失表匙链条一副,遍求不得。申正三刻,抵东漳。
住行台官厅内,屋舍较逆旅倍胜,茶水亦有人照料,尚称适意。今日
午前微雨,午后放晴,途中甚和暖也。将抵东漳时,遇姚厚庵,始知其
今日才出省。余既已谒过河台,所有托其持函探询之事均嘱其勿庸
议矣。

　　十四壬戌日(10月18日)　晴。旭日方升,即自东漳登车东旋。
巳初,抵回回寨打尖。午初复行,未及城堤,东北风陡作,尘沙扑面而
来,衣帽积土盈寸。未正返省,亟解征衣,扑去沙土升余,始觉清净。
筱修昨晚抵省,下榻余斋,适出门,傍晚甫归,余与共饭。饭毕,谈数
语,渠又他出矣。此番余赴工,谒见河帅,往返二百五十里,又小住半
日,仅行二日即旋家,可谓迅速之极,亦始愿所不及也。

　　十五癸亥日(10月19日)　晴。清晨,往谒新任开归道满洲荫
保公,适遇出门,未获接见,在官厅遇王槐生。复往拜吴抱仙、汪子
庆、高蓉初,均未晤。访子绂,晤谈片刻,遇余穗香大令。午刻返寓。
午后,永茂义钱铺管事人汪儒堂招饮于天乐园,肴品尚适口。傍晚散
归,狂风陡起,颇觉凛然侵骨也。日间,接苏州马封递到张屺堂世丈
讣函,知其感患时疫,病甫半日即殁。屺丈以诸生援例得州同,筮仕
江苏,荐擢臬使,卒于位,宦囊亦饶裕,可谓毫无遗憾,死有余荣矣。

十六甲子日(**10 月 20 日**)　晴。早起,欲往道署不果,盖闻荫公已于今晨赴工也。是日为内子初度,略备面筵一席,子绂、耕瑶、少香均来会饮,未刻散。朱海舫来答拜,晤谈片刻。晚间,与小修谈良久,二鼓方入寝室。

十七乙丑日(**10 月 21 日**)　晴。午后,出门答拜周、陆二君及史廷瑞、夏联钰两大令,复往晤焦丹丞观察,傍晚方还。复与小修聚谈片刻。闻卓友莲太守作古,可出一怀庆府缺矣。

十八丙寅日(**10 月 22 日**)　晴。午后,少香来,令其帮同捡拾杂货棕箱二口,均登载底帐,一律清楚。下午,丹丞过访,谈片刻去。灯下,复检点杂字信札等,分别去留焉。

十九丁卯日(**10 月 23 日**)　晴。午前,至子绂处贺其次郎纳采之喜。下午,归寓小憩,更易便衣,复往晚饭。席间,歌伎侑觞,余与李翰臣对饮,被酒最多,二更方散。小脩亦在座,同去同还。

二十戊辰日(**10 月 24 日**)　晴。终日未出门。午刻,舒敏之大令来拜,即昨在子绂处同席者。下午,捡拾磁器,少香来为照料一切,余少资臂助焉。

二十一己巳日(**10 月 25 日**)　晴。砚香、子绂均来谈,余终日未出门。少香来将磁器装成五桶,又将书籍略为清厘。

二十二庚午日(**10 月 26 日**)　晴。终日未出门。下午,修发,并将书籍收入箱中。傍晚,与小脩谈片刻。

二十三辛未日(**10 月 27 日**)　晴。午后,至小脩屋久坐。傍晚,耕瑶来,晤谈片刻。灯下,缮发李竹邨、许西斋复函,又致蔡辅臣一书,均由驿递。

二十四壬申日(**10 月 28 日**)　晴。清晨起,查阆仙大令便衣过访,已刻甫去。余因偕小脩往陈相士处就其相面,陈君决余五日内必可奉到檄饬,不知验否也。午后,答拜陈峻梧、舒敏之、姚德臣、查阆仙,又往拜何星桥年丈,均未遇。访王廑斋,晤谈许久而还。归寓后,陆费廉卿、焦丹丞先后过访。闻耕瑶新得一孙,迟明当往贺之。

二十五癸酉日(10月29日)　晴。早间，晤筱脩，知今日为史琴孙年丈六秩诞辰，遂偕往拜祝，晤其喆嗣应云大令，在彼吃面。午后，往贺耕瑶生孙之喜，与谈片刻。复答拜廉卿。又至宝兴隆借阅浙省题名录，不获，归来作札与电报局借得之，熟人中无一售者，顺天亦然。晚间，与小脩久谈。

二十六甲戌日(10月30日)　晴。候委札两旬余，仍复杳无音信，真欲亟煞。午后，修发。宝兴隆冯掌柜来答拜，晤谈片刻而去。

二十七乙亥日(10月31日)　阴。早间，晤筱脩，知其垫发料价已向银库领出，承其归还余处百金，连前共还百五之数，计尚欠壹百五十金，余已允缓索矣。下午，耕瑶来晤，偕小脩同晚饭。小脩欲赴工次，傍晚天雨不果行，因留耕瑶畅谈良久，夜阑乃散。

二十八丙子日(11月1日)　阴。终日狂风暴雨，天气甚冷。午后，与小脩畅叙。晚间，沽绍酒，偕诸君小饮。饮毕，复在小脩屋中久坐。

二十九丁丑日(11月2日)　晴。早间，耕瑶过谈。小脩于巳刻赴工，约三数日即还。午后，呼少香至，令其誊写禀信，皆致山东上司及同寅者，又上夔石年伯一书，其稿皆余自拟也。晚膳又饮火酒二杯，聊解寒气。

三十戊寅日(11月3日)　晴。早间，张季文至自工次过访，谈片刻。渠将为其亡兄仲甫刺史治丧，嘱余往陪宾，故来见访。傍晚，闻首县舒捷卿大令以暴疾亡，近来外间时疫盛行，死丧极多，天灾流行，可胜慨叹。

十　月

十月初一己卯日(11月4日)　晴。午间，祀先。午后，闻河帅来省，遂往谒候良久，未之见。旋寓见小修已归，询知渠赴工已为余重托院友汪葆田刺史向河帅前吹嘘，余惟有静听而已。晚间，封发上夔丈及运河道陆澹吾先生两禀、代理济宁州彭伯衡刺史一书。

初二庚辰日(11月5日)　晴。出门永日。两谒河帅,未见。谒开归观察荫公,得见。午间,在耕瑶处吃饭。复拜朱曼伯、吴抱仙两公,均未遇。比回寓,已届黄昏矣。

初三辛巳日(11月6日)　晴。黎明,往院署送吴帅登程赴工,朱景安、秦子厚均在焉。复往答拜张季文,晤谈片刻,遇朱景安、裴子彬、陆费莲卿诸君,巳刻归寓。午后,封发上山东张中丞禀及致运河各同寅诸信。晚间,小脩招饮天景园,余未往。

初四壬午日(11月7日)　晴。在寓检理书箱等件,栗碌永日。姚厚庵来访,辞不与见而去。晚间,与小修晤谈数刻,渠出门,余遂还寝。

初五癸未日(11月8日)　晴。早间,作致季卿叔岳函。午后,少香来,令其登记箱笼细帐。下午,食蟹,饮火酒数杯。晚间,有陈君明远来访小修,顺便投余一刺,余即出见。又有一俞姓客,安徽人,亦在座。二君与小脩皆素识,余与之向未谋面,乃良久不去,又并不与余寒暄,殊觉可厌,因不俟客去,托故而入。小脩复假余车他出,闻其约二客作狭斜游,故迟至二更始同出耳。

初六甲申日(11月9日)　晴。清晨起,往季文处陪吊半日,所遇熟人甚多,即在彼午餐。午后,往答拜陈哲甫,未晤而还。甫旋寓,狂风大作,天气陡冷,终夕风声如吼,翌日节交立冬,恐从此渐冷矣。

初七乙酉日(11月10日)　清。午前,吴抱仙访小脩,余亦出与晤谈。午后,送小脩登程返署。傍晚,耕瑶来晤。晚饭后,小补至自济宁,作札来告,余遂往访之,畅谈许久,夜深乃旋寓。

初八丙戌日(11月11日)　晴。午前,接奉院牌,饬赴新任,拟后日赴工谢委。午后,往谒朱曼伯、吴抱仙,均未晤。访耕瑶,谈片刻,遇祥符令李子铮。复往拜龚淡人太夫人寿,傍晚方还。

初九丁亥日(11月12日)　清。早间,往谒见开归道荫公,同见有曾直刺广翰。午前回寓,小补在焉,遂与共饭。午后,收拾行囊,定翌晨起身赴工。

初十戊子日(11 月 13 日)　晴。辰刻,自省寓出西门。未初,尖于东漳。戌初,抵杨桥寨,因天色已晚,遂止宿逆旅中,店屋颇轩敞。此行岳庆同来,以便料理谢委各项开销,因令其今夜先往来童寨为余寻觅住处,余只得翌晨再往矣。

十一己丑日(11 月 14 日)　晴。晨起,由杨桥至来童寨。巳刻,谒见河帅于行辕,复至总局谒见朱曼伯观察。午刻散衙,借寓上南厅厂房,复命车往杨桥搬取行李,余小眠片刻。询诸此间,知十三日为河帅太夫人寿,余须住至十四方能禀辞也。晚间,枯坐无聊,作晓苹信一缄。朱观察及冯叔惠俱来拜访。二鼓,省寓寄到寿字缎幛,为送河帅寿礼之用,大约未必收也。

十二庚寅日(11 月 15 日)　晴。早间,至河院循例衙参,未见。往拜冯叔惠,晤谈片刻。拜崔总戎乔梓,均未晤。申刻,曼翁招饮于郑工总局,同席有顾友篯、崔绥五,余俱不识。曼翁肴馔极精,余饮酒独多。二鼓散归,陈竹书来,晤谈许久乃去。日间无事,作淮上家书。又往访瑞琴侣、何定甫、孙博庵、刘苇舲、华帽山,均未晤。查声廷自西坝至,亦住厂房中。

十三辛卯日(11 月 16 日)　晴。晨起,至院辕祝寿。荫、朱两观察、崔总戎及各寅均同坐官厅,少顷而散。午后,陈竹书邀饮于酒肆,傍晚散归。岳庆至院辕将应给各项开发清楚,余带来百五十金,尚差三十余金,只可俟旋省找给。甚矣!浮费之巨也。余拟翌晨禀辞,如无耽搁,午后即可返省矣。夜间热甚,无异重阳气候,时令之不正如此。

十四壬辰日(11 月 17 日)　晴。清晨,至河帅行辕禀辞,巡捕传命可即赴任,勿庸请见。余遂赴荫、朱两处辞行,荫见而朱未见。午后,与查声廷略谈数语,陈竹书来送行。余午膳毕,即自来童寨起程旋省。申刻,过三柳寨,入村舍小憩片刻。初更,抵东漳,复寓院道行馆官厅中。忆自客冬于役工次,年余以来往来皆道出是地,计已十四经过矣,今而后其罕至乎?夜间,出中庭玩月,颇觉心境旷然。

十五癸巳日(**11月18日**)　晴。黎明,自东漳首途。巳初,在回回寨小食。午正,抵省寓,将工次所写信即时封发。下午,修发。

十六甲午日(**11月19日**)　晴。早间,赴鼎臣处拜其太夫人六旬正寿。鼎臣在京未归,其子出谒客,丹丞、耕瑶、孔听樵诸公均同席,在彼永日,夜半乃还。

十七乙未日(**11月20日**)　阴。终日检点行装,碌碌罕暇。下午,往日升昌取银。又往访小补,谈片刻。晚间,周宅演戏酬客,仍往赴席,耕瑶亦在座,二鼓散归。

十八丙申日(**11月21日**)　阴。早间奇冷,微雪半日。午后,令少香率领仆辈编列行李号数装车,共发去粗重什物百余件,夜半车始装毕。

十九丁酉日(**11月22日**)　晴。晨起,令行李车开行,共用大车九乘、轿车一乘,命岳庆、刘贵、刘福三人押运前往。余即出门谒客,见豫抚倪豹岑年丈及洪省劬、裴子斌、家润生诸君。午刻回寓,吃饭。午后,耕瑶来访,在便厅久坐。陈峻梧观察、董敬亭军门均来晤。董名明礼,昔官岭西,与先大夫共事数月,今由粤奉调来豫带勇,闻余赴任在即,欲赁居余屋,遂陪其周历一遭,渠甚合意,即日定局。屋主之财运颇佳,然亦叨余光不浅矣。傍晚,往各处辞行,大半未见。晚饭管敬伯招饮于寓斋。同席者有崔绥五、卢佑珊,余皆不识。二鼓散归。

二十戊戌日(**11月23日**)　晴。午前,收拾行李。午后,往各处辞行,晤王建侯、焦丹丞,畅谈许久。余均未见,湛田廉使处去三次未遇,初更甫归。

二十一己亥日(**11月24日**)　晴。早间,往日升号取银,备路上川资。午后,检点箱物。傍晚,往访小补,畅谈,二更归。终日栗碌之至。

二十二庚子日(**11月25日**)　晴。早间,出门拜客辞行,晤陈秋圃年伯、斌子俊城守、王廑斋、彭涵六、洪象余诸君。午后,董敬亭提戎招饮于庆云楼。同席有冯慎斋、延子和、朱华廷诸君。晚间,复赴耕瑶之招,在座有孔听樵、王露汀、袁梦白诸君,肴馔极佳。三鼓始归,复检集物件,半夜四更方眠。

二十三辛丑日(11月26日) 晴。早间甚冷。陈秋丈、高蓉初、洪象予、潘有壬、林襄甫、彭涵六均来送行,晤谈片刻。午间,耕瑶来晤,在此午膳。下午,装车,又需大车、轿车各六乘,加以舆夫队伍之犒赏、饭食,为费殊匪轻耳。夜间,又忙碌一番,始将各事料理清楚,三更方寝。

二十四壬寅日(11月27日) 晴。辰正,自省寓携眷登程,梦白、少香偕行,耕瑶、砚香均来送别。余与内子乘肩舆,余均乘坐骡车。途中风日晴和。未初,尖于招讨营。戌正,抵兰仪县住宿。惟大队人马齐行,不免杂乱无章,家丁皆不得力,殊觉可忿耳。

二十五癸卯日(11月28日) 阴。寅初即起,为舆夫所延误,迟至辰刻始添募人夫至,乃获行。中途细雨一阵,时而凉风拂面,幸未甚雨。未初,尖于黑村。戌初,宿考城旧县。两日计行一百八十里,去济宁尚三百里,须四日方能到彼也。

二十六甲辰日(11月29日) 晴。新募舆夫又复逃去,乃至驿舍另招十名始获成行。巳刻,尖于黄流集。申初,抵曹县,宿东关旅店。县令曾君启埙持手版送菜至,并招呼铺垫一切。自此入山东境矣。是日,因起马略迟,仅行六十里。

二十七乙巳日(11月30日) 晴。东北风甚猛。四更即起,黎明首途。沿途路迎风而行,奇冷难耐。行五十里,至染谷集午馉。申正,抵文昌集住宿,店屋湫隘殊甚,分三店而住。是日,行八十余里,投宿时尚未日暮,较觉舒徐。晚间,风渐定,冷亦稍杀。

二十八丙午日(12月1日) 晴。五鼓起,小食少许。黎明起马,行四十五里,尖于张逢集。午后,行四十里。申正,抵独山住宿。连日舆行颇速,投宿尚不至暮。今日风日晴和,尤觉可喜也。闻泇河司马于次鹤有奉讳之信,不知确否。

二十九丁未日(12月2日)　清晨,自独山起行。巳刻,过虎头山。午正三刻,尖于河长口。申正,抵济宁州南关,有衙役号房来迎,余由南门入城进公寓,文武汛官均来谒候,未与接见。寓中经岳庆先来铺设,俱臻妥适。晚膳肆筵设席,与家人聚饮,颇畅,拟翌日出谒客。

十一月

十一月初一戊申日(12月3日)　晴。早间,至道署谒见运河道陆澹吾观察,聚话良久。陆公名仁恺,广西进士,曩与先大夫共事谏垣有年,今已六十余岁矣。自道署出,复往拜同寅诸君,晤运河同知邓莲坡、代理迦河同知姚梅生、运河营徐善卿,余均未遇。午刻回寓,祀神祭先。午后,徐善卿又来答拜,亦晤谈。傍晚,往拜前任许西斋,在彼畅谈,晚饭后始归。西斋为吾杭信臣先生少子,余素与交好,一切公事均详细告余。余于库储交代各事,亦推诚相与,不与争计也。

初二己酉日(12月4日)　晴。清晨,循例上本道衙门。复往拜同城各官,晤济宁卫守备谌惠之,余均未见。午刻,回寓吃饭。未刻,许西斋饬人赍送下河通判关防至,当即恭设香案,望阙扣头祗领,并拜印,行三跪九叩之礼,升公座用印。礼毕,武城县丞卢聘侯、下河把总鲍凯臣俱来谒见,各人役均叩头贺喜。下午,秦小补喆嗣仲云来见。姚梅生来答拜,晤谈片刻。许西斋来晤,遂偕往谒见本道。复往拜道署库储严小翁,未遇而归。灯下,开单嘱梦白代缮各处禀信。

初三庚戌日(12月5日)　晴。早间,循例至道署衙参。复往各处答拜,晤秦仲云,余均未见。午后,运河协备程敬五、临清卫守备王芝泉、东平州判秦寿之均来拜晤。晚间,作书致小脩,令来勇赍回宁陵,并附以小菜二种,乃小脩所索也。晚饭后,西斋过访,畅谈,并以出款底本见贻。

初四辛亥日(12月6日)　晴。早间,往答拜秦寿之,未晤。遂往于次鹤处吊唁于灵前,与谈数语。未初,回寓。下午,署捕河张海

帆、道幕严小园、济宁州王韵生均来晤。傍晚，发耕瑶信。复借西斋
复谒见本道，将前后任交代业已面算清楚，拟以今年全案让与西斋等
语面禀本道。本道陆公甚嘉余之顾念寅好，西斋亦极承余情。余虽
居此苦缺，不肯锱铢争较，亦生性使然也。晚间回寓，印发报到任文
件，计呈文七角、牒文一角。

初五壬子日（12月7日） 晴。早起，往道署衙参，同寅均到。
已刻，谒见陆公，谈少顷退出。惟广锡三未至，适本道谈及上下泉三
厅捐送渔山书院山长帮项一事，余遂亲往访锡三询以此项应否致送。
据云已禀明，仅送一年，后不为例，非年年有此也，当于下次衙参时面
禀陆公可耳。午后，回寓吃饭。复往于次鹤处一奠，因今日二七讽经
故。比返寓，已近黄昏。复阅视公牍，缮拟稿件，监用关防。晚饭后，
稍觉清闲，阅《申报》十数张，邸抄亦在其中，可无烦另看《京报》矣。

初六癸丑日（12月8日） 晴。终日检点事件，督仆悬挂字画，
忙碌永日。灯下，发丹丞信，又发报开归道红白禀，并批发武城县丞
卢瑞珍禀请开缺终养禀件。下河厅署公牍向归道署书吏代办一切，
杂乱无章，呼应不灵，公牍均须亲自缮拟，现任衙门无书吏，真所罕
闻，自非改弦更张不可，当徐图整顿也。

初七甲寅日（12月9日） 阴。终日未出门。午后，许西斋、秦
仲云均便衣来晤。西斋畅谈良久乃去。傍晚，阅视稿件。接冯小侣
表叔复函，知其将入都图机会，不知能有所遇否。灯下，备具五十五
两借领一纸，为到任送本道规礼之用，是为戊字第一号。

初八乙卯日（12月10日） 晴。早间，广锡三来晤。午后，阅公
牍毕，作四弟书，又作丹丞、小补各信，均即时封递。晚间，复探笺作
书，成致季文、景安、蔼如三函，未封寄。

初九丙辰日（12月11日） 晴。早间，西斋以武城文件来借印，
余亦将移文及谕书差帖一并钤印，附便递去。午后，正在检点衣物，
西斋来晤，留其晚饭，二更后乃去。余复收集衣箱，半晌乃寝。

初十丁巳日（12月12日） 晴。午前，阅公牍，并印发各文件。

午后,往拜,晤王子泉、广锡三、郑子侨山长。复往道署谒见周鉴湖年丈。周丈自被议遣戍后,困顿无聊,周游外省,余闻其到此,特往见之。谈及尚欲往豫一游,久任卿贰而晚节如此,亦可怜矣。傍晚回寓,发朱、张、陈三信,又作一函公致廉卿、荫南两君,未封发。晚间,秦仲侔以所押屋契至,余到任后尚未领到公费,不暇顾及也。

十一戊午日(12月13日)　晴。日间,收拾签押房里间,并于窗口镶装玻璃。晚间,作廉卿、荫南、豫生、涵六各信。二更时,秦仲云来见,知其尊人小补疾作,令其赴豫侍奉,来乞川资于余,因以朱提七金付之,并挥数行致小补,交其携呈。

十二己未日(12月14日)　晴。今日为余初度,杜门谢客。午间,祀祖,与妇稚小饮。外设一席,梦白、少香同饮。午后,西斋来晤。复有伶人数名来拜寿,以及各行人役叩祝,无往非破费之端,真觉应接不暇也。下午,接孙晓蕡复函。灯下,封发各信。

十三庚申日(12月15日)　晴。早间,出门谢寿。午后,首厅沈定生引见旋济来拜晤。下午,余复往答拜定生,亦晤谈片刻。旋访西斋,谈至黄昏方旋。

十四辛酉日(12月16日)　晴。终日未出门。检出皮衣呼缝人更制。下午,复封发各处禀信,又备印领借领道库银二百两,未知能允发否。晚间,与梦白一谈。

十五壬戌日(12月17日)　晴。黎明,诣城外龙神庙,拈香行礼。随至道署谒见陆公,同人均在座,午初散归。未刻,便衣至小补家,晤其第三子,余复假以朱提卅金接济其家用。旋往访姚梅生,姚复拉余至戏园观戏,未几即散。访西斋未遇,遂归。西斋旋来晤,畅谈至夜分方去。

十六癸亥日(12月18日)　晴。早间,隔壁前山西知州郑刺史来拜晤。午后,作四叔禀函。晚间,作致子绂书,俱即时封发,由驿站顺递。接彭伯衡复书。彭名虞孙,廿年前都门旧识,渠于今秋代理济宁州篆,余来而彼已卸篆返省,遂致相左耳。

十七甲子日（12月19日） 晴。终日未出门，亦无客至。午后，阅视稿件，印发文札，并封发致汴省友人各信。下午，焚香静坐，颇觉适意。书箱中书籍尚未集出，手头无书可观，稍嫌岑寂耳。灯下，与少香谈良久。

十八乙丑日（12月20日） 晴。午后，往访郑鼎庵刺史，谈片刻。西斋复来久谈，夜分乃去。晚间，拟各信稿，因梦白所拟都不惬意，不得不自动笔耳。

十九丙寅日（12月21日） 晴。寅初，诣南门外龙亭寺万岁牌行朝贺长至礼。在朝房久坐，俟各官到齐依次坐班。片刻，饮茶三道，赞礼生引入大殿行三跪九叩首礼，复退至朝房，偕同官饮冬至酒。道台以疾作未到。黎明时各散出归寓。午刻，祀先。午后，至公盐店访嵇君幹臣，托其转移省垣汇项，当与面说停妥。晚间，作致家润生函两纸。

二十丁卯日（12月22日） 晴。终日和暖。午前，郑鼎庵来晤。午后，复往访嵇幹臣，将余汇票两纸交去，并先假用彼处朱提大衍一锭，假与西斋手收。傍晚，西斋在此晚饭，畅谈至二更乃去。邓莲坡亦来访，并商酌会禀公牍，约明日送禀稿来省。

二十一戊辰日（12月23日） 晴。早间，莲坡处送禀稿来阅，余意尚未甚惬，遂于午后往访莲坡面商一切，定见专禀本道，由道转院，较为妥适。莲坡亦以为然。缘余所属武城县丞卢瑞珍禀乞终养，现署济宁州判吴邦贤欲调署是缺，恳余与莲坡会禀上游求委。此君署篆事原可行，惟总应由厅禀道，再由道转院，方为正办矣。吴州判因道台患病，恐其未能克日转禀致误机会，欲余径禀河帅。莲坡颇愿会禀，嗣经余指出不甚稳顺处，遂专禀本道，仍听道台转禀河帅，但恐迁延时日，致误事机耳。晚间，作札致西斋，告知余假款有着，以现款畀西斋，俟领款到手归还前途。余仍不名一钱，今年例款仍全数属彼，故渠回书极其感谢，然余则太无实济矣。晚膳偕妇稚小饮，微醉。阅邸抄，知夔丈因微恙奏派藩司随办武闱，却未请假，殆无大碍耳。

二十二己巳日(12月24日)　晴。午刻,祀祖。午后,往张海帆处贺其乃郎迎娶之喜,莲坡、西斋、王子泉均在座。自海帆处出访稽幹臣,假得银券三百五十,为帮贴西斋之用。复往访道幕严小园,未遇而还。晚间,作上夔丈禀稿。

二十三庚午日(12月25日)　晴。终日未出门。午后,道库发借领银壹百两。傍晚,西斋来畅谈,临行将三百五十两银券携去,然余竟将赔贴数百金矣,迫于交情,无可如何也。晚间,随意翻阅闲书数页,日行公事甚少,颇多逸趣耳。

二十四辛未日(12月26日)　晴。早间,往拜严小园寿,未晤。遂出东门,拜电报局委员余君端伯,与谈片刻。进城后,复拜郑鼎庵之兄,未遇。午后,州幕王怡如来答拜,晤谈片刻。王君山阴人,现就州署刑席者也。傍晚,余端伯来答拜,亦与相见。灯下,草禀稿二通,一与李和帅,一与甘藩谭敬甫年丈,谭禀中兼为四弟说项焉。又接道札,应转行武城汛,即刻草就札稿,呼少香誊清印发。并将夔丈禀封发,由驿附递。

二十五壬申日(12月27日)　晴。午后,武城专差旋,驻署快皂头役田成、郭清春赍到书差卯册呈阅,即令该二役常川在公寓听差。下午,秦三郎来见,知其尊人小补腋疾稍减,颇觉放怀。傍晚,封发甘藩谭丈禀函。

二十六癸酉日(12月28日)　晴。午前,郑大令溥过访,谈片刻,即鼎庵之兄也。午后,道幕严小园来答拜,晤谈良久。询知道台病已渐有起色,不致意外变矣。小园又言吴邦贤求调武城县丞,本道以河帅业已饬令回中牟下汛本任,未便隔省奉调,只可暂缓。闻泇河一席有院委查声廷调署之说,不谂确否。下午,具印领赴道库领夫工银两,转发各属,大约明后日可领到。此款分四季支发,顷所领乃本年秋季之款,若冬季款项,恐尚须稍迟乃发耳。小补之第三子昨来,又为告急起见,余正在万弩齐开之际,真觉不遑应接,其如人之不谅何?

二十七甲戌日（12月29日）　晴。终日和暖，恍如春日光景。今冬雪泽未降，颇嫌干燥，而守土官尚不求雪，何也？午后，莲坡来晤。述及声廷调摄洳篆之信已确，上南篆务则龚淡人摄理。又闻大工事机尚顺，岁内可望合龙，果如所说，诚幸事矣。下午，作廖孟扬书，附入毂似廉访禀中，驿递浙省。傍晚，接东昌太守李念兹、曹县令曾志庵复书各一械。岳庆以到任开销道辕各丁役及到此布置各物用项账单呈阅，计需百金以外，当即付之。噫！出项如此之多，良足惧耳。

二十八乙亥日（12月30日）　晴。终日未出门。拟致方勉甫观察、樊介轩学使信稿各一。傍晚，西斋来，晤谈，初更时去。夜间，风雪交作，却不甚凉。

二十九丙子日（12月31日）　阴。早间雪甚大，终日未住。欲往访西斋不果，闻其旋豫有日，拟明后往与话别。晚间雪尤大。

三十丁丑日（1889年1月1日）　阴。大雪永日。小补寓中又命仆人来告急，不得已付以卅金而去。傍晚，西斋冒雪来访，晚饭后乃去。

十二月

十二月初一戊寅日（1月2日）　晴。清晨雪霁，诣天后宫及龙神庙两处，拈香行礼，舆中甚冷。归来在家堂前拈香。旋伏案清厘接管卷内文牍，应转行者均分别检出。午后，往答拜莲坡，谈及郑工事机尚顺，可望合龙，余因动求保之念。复往送西斋行，聚谈片刻。归即作函致总局提调冯叔惠，乞其代求上台于合龙保案内为余附名，请换四品头衔。只求一层保举，不敢妄希优奖也。傍晚，道署发下秋季夫工银六百数十两，应由余转发文武各汛，因令其初三日来领。

初二己卯日（1月3日）　晴。日间，伏案治官文书。午后，封发冯叔惠书，托西斋顺带。晚间，接山东粮道善观察复书。善与开封城守尉斌子俊为从昆弟，子俊与余素识，承其函致善公为余先容，善公书来道及,殊可感也。灯下,阅德州递来《京报》四本,又阅《申报》十余张。

初三庚辰日(1月4日) 晴。午间,祀祖。午后,卢县丞、鲍把总来寓包封夫工银两。甲马营巡检王君官云为领夫工银两自汛来此,因来谒见。下午,接高蓉初复书,亦言大工已进五六占,不日可合龙,大约此说非虚矣。晚间,册报接收前任交代各文件办齐,因详加披阅,并各抄留底本,又办移武城县支领廉俸文稿,伏案半夜方始就寝。

初四辛巳日(1月5日) 晴。自前月杪大雪后,连日气候极寒,自是隆冬光景。日间,印发交代册结文件及日行公牍。又拟致武城令杨君信稿,令少香代誊。复将梦白代拟各处信稿逐加改削,梦白笔墨甚不高明,且出笔时有不妥处,竟不能为余分劳。甚矣!此道之难也。

初五壬午日(1月6日) 晴。午后,发武城令文移信件,派快役郭清春赍递。并发谕单添调皂役赵际泰协同郭清春领赍俸廉银两偕来,以便更替田成回武城驻署。晚间,封发姚子祥丈信,驿递广东嘉应州。姚名克浚,杭州人,先大夫与有金兰之雅,曩在京粤均时相晤对,余与别八九年,迄未通书,今始详致一札焉。连日风清月朗,惟寒气凛冽耳。

初六癸未日(1月7日) 晴。阅河帅客冬发来湘抚咨送善书四种,有名"哎哟哟"者劝人勿溺女而作,最为惨切,书中作婴女呼吁口气,令人不忍听闻。书为湘人王久铭作,又有《弟子规》《恩纶必诵》各书,均为有用之籍。王君可谓好善者矣。晚间,拟致卫筱山、陈峻梧信稿各一。

初七甲申日(1月8日) 阴。似有酿雪光景。午后,作子绂书二纸。旋接豫抚倪豹岑年丈复函、夏津县吴大令家珍贺到任禀牍各一缄。灯下,封发各省信函,阅水灾图及《行道有福》各书,皆湘绅王君所印送者也。

初八乙酉日（1 月 9 日）　晴。午刻，以家忌祀先。有南阳闸官张君纶堂来见。傍晚，封发各处信函，又至梦白斋中一谈。日内觉头痛齿痛，殆风火内蕴所致欤？灯下，阅德州递到《京报》廿余本。

初九丙戌日（1 月 10 日）　晴。终日兀坐无事。午后，修发。本道陆公因病屡次止衙，明日排期仍复不能接见，好在各厅都无要公面禀，无须与见也。

初十丁亥日（1 月 11 日）　晴。齿痛弥甚。晚间，课儿辈诵习《诗经》，都不甚熟，塾师教法殊不认真，无可如何也。

十一戊子日（1 月 12 日）　晴。接道札，木年所请三案已奉总河批准，便可备具印领请款矣。下午，接季卿叔岳来函，带到冬季缙绅全函，余名已列入。细阅至河南省官阶，见上南同知亦列余名，殆厂肆误刊，其为余晋秩同知豫兆欤？季丈书中附有子先昆仲来函，以子扬婚费告助，余当徐为筹寄耳。晚间，阅《申报》分发单，沈退庵捐离任，以道员指省江苏补用矣。

十二己丑日（1 月 13 日）　晴。早间，钤用印领三纸呈送道辕，不知何日才能发款也。午后，作季丈复书，未寄，并发各上台贺年禀件。

十三庚寅日（1 月 14 日）　晴。早间，上河厅崔绥五来自东昌过访，未与晤见。午后，莲坡来晤，遂偕其同访绥五于僧王祠，谈片刻散。复往访于次鹤，在彼晚饭，肴馔饭米均极精美。座有伊亲家孔艺之孝廉，谈至二更乃还寓。

十四辛卯日（1 月 15 日）　晴。早间，撰内外楹联十数对，为新年更换春联之用。午后，偕梦白分书于朱笺，半日而毕。傍晚，公盐店友人嵇幹臣来晤。余正拟向其挪用银钱，遂与言明再取双柏以应急需，约明日先送大衍来。

十五壬辰日（1 月 16 日）　晴。清晨，诣天后宫拈香行礼。复至道辕谒望，邓、崔两君均在座。时观察陆公病犹未瘳，仍未见，遂各散去。归来复诣家堂，拈香行礼。午后，修发。晚间，程敬五招饮于寓次。座有王待卿守戎及崔绥五与绥五之幕宾顾子高、复初和尚。二更席散遂返。

十六癸巳日(1月17日)　晴。午刻，祀先，饮馂余酒斤余以解寒。午后，接贾湛田廉访复函，闻工次以雪大停工数日，又未能克期合龙矣。阅邸抄，徐乃秋已补御史，外擢有阶矣。晚间，课阿庆背诵《论语》一本，厘订日行稿件数纸。

十七甲午日(1月18日)　晴。发各同寅贺年信函数封。德州递到《京报》十数本，披阅半晌方毕。连日奇冷，围炉枯坐，殊无聊赖。道库例款尚未发下，境况窘极。闻陆公病已渐瘥，可于内室见客，明日拟往谒之。小补寓中亦来告急，余复以四十金假之，连前共付过百金矣。

十八乙未日(1月19日)　晴。午前，修发。午后，往谒本道，陆公于内室接见，谈片刻，允先发批发数百金。旋往于次鹤处照料一切。晚间，铁剗寺复初和尚招饮，即前日程敬五处同席诸公。席间，拈筹为酒令，畅饮多刻，夜间乃还。

十九丙申日(1月20日)　晴。晨起，至道署贺封印，同人均在官厅，惟广锡三未至。沈定生至自河南，今日回任，亦在官厅相遇。自道署散出，复至定生处，晤谈片刻。回寓，拜封印信，文武汛均来禀贺，未与接见。午后，至次鹤处行吊，遇郑养田、鼎庵昆仲。同寅诸君闻都未去，余亦少坐即还。晚间，王待卿守戎招饮于署斋，在座仍系同席诸君，二更后散归。连日饮食奔驰，被酒颇多。

二十丁酉日(1月21日)　晴。午后，至次鹤处送殡，出北门至玉露庵禅寺，定生、绥五、海帆均同往。下午归寓，顺道拜郭春廷协戎，未晤。晚间，招绥五、了高、敬五、待卿及复初和尚聚饮寓斋，二更客散。道库发咨案款二宗，除扣费外净收到实银六百六十四两，正可弥补西斋借余之款矣。电报局送信，有昨晚合龙之说，不谂确否。

二十一戊戌日(1月22日)　晴。午刻，家祭。午后，孔益之孝廉来晤,送朱卷一本,以朱提二流报之。晚间,沈定生招饮,同席皆各厅同寅,二鼓散归。查笙庭署洳河篆,闻其已至此,明日接印。

二十二己亥日(1月23日)　晴。午刻,家祭,饮馂余酒斤余,颇觉微醉。午后,郭清春归,赍到武城县批解冬季俸廉银卅三两零,又漕规银六两余,此款尚不迟延。下午,沈定生来晤,少顷即去。

二十三庚子日(1月24日)　晴。午后,声庭来拜,晤谈片刻而去。傍晚,祀灶。接方子严复贺年信。又德州寄到《京报》各件。灯下无事,披阅一过。

二十四辛丑日(1月25日)　晴。午后,往答拜声庭、定生,均未晤。复至城外转运局拜吴伯韶大令,晤谈片刻。晚间,于次鹤酬客,往赴筵席。座惟郭春廷协戎及乡绅冷君三数人而已,二鼓散归。

二十五壬寅日(1月26日)　晴。午后,至次鹤处,就定生与谈公事,即在次鹤寓斋晚饭。日间,料量年务,忙碌永昼。许西斋处屡次来告贷,明日尚须一谒本道,再乞发款也。

二十六癸卯日(1月27日)　晴。早间,赴道署谒见陆公,于签押房聚谈,允再拨抢修案三百虚数。又归并摊捐公分银发抢修案九百,当以实银三百两送许任收领,连前面交西斋之款共付六百五十金矣。午刻返寓,新委武城汛县丞吴君邦贤来见,郭伯韶亦来答拜,均晤谈。午后,至同乡朱养田处作岁晚消寒之会,招梨园演戏,畅叙永日。熟人到者甚多,夜半乃散归。

二十七甲辰日(1月28日)　晴。午后,至定生处一谈,仍为许处纠缠不清,不得不请定生居间也。下午,转运局委员吴太守来答拜,谈片刻而去。岁务逼人,诸事猬集,摆播终日。晚间,清理案上陈牍,又为许事致定生一字,大约不至再来缠扰矣。余自到任至今,已赔垫六百余金,境地如此,真虑后难为继耳。夜间,祀神祝福,五鼓方寝。

二十八乙巳日(1月29日)　晴。早起甚冷。午间,饮酒数十杯,颇陶然。午后,道库发下夫工银两,当令各汛员来寓包封分别转发,取具印领备案讫。傍晚,许西斋喆嗣足三来晤,仍欲借银,余实无以应矣。晚间,为家人分节帐,共得四十余金,十数人分派,每人可得数金,亦不无小补也。

二十九丙午日(1月30日)　阴。午前,至道署辞岁,同人咸至,坐官厅时许各散。同寅有接汴信者,知郑工于月之廿日巳刻合龙,并闻下游已见黄水,此说谅非虚语矣。吴县丞于午刻来辞岁,接见片刻而去。晚间,祀先,偕家人聚饮分岁。二更时,接祀灶神。梦白来余斋茗话时许。光阴荏苒,又忽一年,虽铜符幸握而铜运大坏,不知来年能稍生色否耳。

光绪十五年(1889)己丑

正 月

光绪十五年岁在己丑正月初一丁未日(1月31日) 晴。寅刻,恭诣南关龙亭,拜牌,行朝贺礼,遂于朝房偕同人饮元日酒。时已黎明,乃分诣各庙拈香,余仍轮得天后、龙神二庙,复专诚诣大王庙行礼。辰刻,至道署贺岁,候同人齐集,乃投呈手版,陆公不见,辞以疾,遂各散。余回寓,谒神拜祖毕,登堂受贺。午后,往各同寅处拜年,一概未晤。至沈定生门,见王韵笙舆从在焉,余亦降舆而入。甫入重门,遇韵笙于阈,言定生实系外出未归,非托辞谢客也,遂偕登舆而散。傍晚回寓,与梦白贺岁,谈少顷方入寝室。今日天日晴和,气象兴旺,太平有兆矣。

初二戊申日(2月1日) 晴。终日在寓,休暇之至。午后,接乃秋侍御函,知其客冬补授御史,大约三数年后总可外擢矣。灯下无事,作乃秋复函三纸。

初三己酉日(2月2日) 晴。日间,接夔丈复函数纸,知再抚湖湘尚称遂意,稚夔偕全眷亦于客秋抵湘抚任所,闻之弥慰。又接梅少岩都转复书、刘苇舲手函一械。

初四庚戌日(2月3日) 晴。是日立春。午前,偕同人谒见本道陆公,晤谈片刻。午刻归寓,祀祖。午后,往访邓莲坡,谈良久。复至电报局,晤余端伯。适接电传谕旨,郑工合龙已据奏到,河帅吴公晋一品头衔,实授河道总督,其余在事员弁优奖有差,可谓极一时之盛矣。吴县丞、鲍把总均于午间来贺春,接见时许。晚间,接夏津主簿师世存贺年三套禀一通。

初五辛亥日(2月4日)　晴。气候和暖。缮发贺河帅合龙禀件,又拟就贺吴公实授河督加头品顶戴禀稿一通,均分别缮发。

初六壬子日(2月5日)　晴。早间,先生开馆,儿辈均令入塾。晚间,查声庭请春酒,同人均到,二鼓散归。

初七癸丑日(2月6日)　晴。午前,秦小补长郎来拜年,晤谈片刻即去。下午,往访于次鹤,谈永日。晚间返寓,招梦白、少香饮于客座,半夜乃散。

初八甲寅日(2月7日)　阴。早间,微雪半日,午刻即霁。午后,往次鹤处看屋,复畅谈许久。晚间,在彼晚饭,初更乃旋。

初九乙卯日(2月8日)　晴。终日未出门,亦无客至,颇嫌寂寞。余因住屋尚不甚惬意,犹拟移居,故书籍等件均未检出,日来公事无多,深居苦无可消遣耳。

初十丙辰日(2月9日)　晴。早间,作字回复次鹤之屋。午后,发帖请同人春饮,定于十三日申刻入席。

十一丁巳日(2月10日)　晴。午间,祀先。下午,往拜客,均未晤。晚间,赴定生处春宴。锡三未到,同人均在座。适定生疾作,莲坡亦扶病而去,未能饮啖,座客匆匆饮罢散去。

十二戊午日(2月11日)　晴。晚间,城外转运局吴友航、郭伯韶二人招饮局中。同席韵生、海航、端伯、善卿,余均未到,约二更乃散。连日宴会颇多,自是新春气象矣。

十三己未日(2月12日)　晴。晚间,宴客于寓斋,来者为韵生、端伯、声庭、海帆,四客一主,余均辞却。座惟端伯酒量较胜,余亦未能多劝,故散席甚早。

十四庚申日(2月13日)　晴。天朗气清,惠风和畅,春意已萌,不似前此之凛冽矣。终日静坐斗室,逸暇之至。

十五辛酉日(2月14日)　晴。清晨,诣火神庙拈香。旋至道署衙参,俟同人到齐乃投手版。巳刻,入见陆公于厅事,坐谈良久散出。

王韵生署中制有龙灯,言今晚送来余处观看,余旋寓后复命备蜡烛、点心、花爆等物。晚间后灯至,张设庭院中,舞弄良久,邻右闲杂人来观者接踵而至,颇觉喧嚣不静,约夜半方散。

十六壬戌日(2月15日) 晴。午后,秦世讲来见。晚间,宴客于寓斋,到者严小园、郑鼎庵、王怡如诸君。因座客太少,乃请梦白入席相陪。约二鼓客散,时月色大明,颇觉豁人心目也。

十七癸亥日(2月16日) 晴。接耕瑶来函,又接王渭臣手书各一械。晚间,韵笙招饮州署,定生、声庭、海帆及余亦系四客一主,肴馔均佳,酒尤胜。席散后,复观灯于庭中,良久乃还。

十八甲子日(2月17日) 晴。气候尤暖。早间,道署送阅河院来札,知接奉电寄谕旨,本年苏漕提拨二十万石,仍行河运,此间各厅均须预备疏浚运道,以利漕行。所请本年另案工需钱粮亦经照章允拨矣。晚间,运河营守戎徐善卿招饮。同人均在座,惟锡三未至,约二更时分散归。

十九乙丑日(2月18日) 晴。早间,偕同人往谒本道,运、泇、捕三处均以河运将行商请本道估办挑工。惟下河所辖汛地向来无工可办,不能启齿请办专案,不过旅进旅退而已。午刻旋寓,秦世兄处遣人来言以其尊人小补患疾在豫,久未痊愈,伊母子欲往看视,来贷川资于余。交好有素,不能坐视,因复以廿金假之。

二十丙寅日(2月19日) 晴。家人辈呼作傀儡戏者至,演于中庭,因延梦白入座观看,夜半始演毕。接淮寓铭嫂复函,知余续助第三侄女婚费卅千亦经收到,并悉子厚有鼓盆之戚。晚间,秦伯声来告辞,言明日侍其母赴豫探其尊人病,并以家中饔飧见托,余只得唯诺焉。

二十一丁卯日(2月20日) 晴。清晨即起。午初,拜开印信,行三跪九叩首礼。旋往道署伺候开印,时同人均到齐,惟韵生尚未来,未几亦到,乃投手版,同人聚话片刻即散归。下午,修发。晚间,偕妇稚小饮,微醉。儿童放花炮为乐,殊觉天趣盎然。

二十二戊辰日(2月21日)　晴。午后忽阴,旋雨。下午,往拜曹慎之,晤谈片刻,遇声廷于座。旋冒雨出城,至电报局赴余端伯之招,座皆熟人。二更席散,雨犹未止,冒雨而还。

二十三己巳日(2月22日)　晴。饭后,出门拜郑山长,晤谈片刻。晚间,定生招饮,座皆同寅诸君,畅饮而散。灯下,复耕瑶一函,又将蔡吉人无理取闹之函逐一斥驳,作九纸复之,均分别驿递。

二十四庚午日(2月23日)　阴。晚间,宴客于寓斋,到者郭伯韶、徐善卿、程敬五、吴俊民、卢聘侯、鲍凯臣。傍晚入席,初更散。时细雨蒙蒙,庭院皆湿,送客出入几有倾跌之虞。

二十五辛未日(2月24日)　阴。终日在寓兀坐。晚间,与梦白闲谈,假得仁在堂时艺数种,以消闲暑。余曩在书塾习举子业,最爱仁在堂文,今九年不见是编矣。披读旧书,如见故人,信然。

二十六壬申日(2月25日)　阴。午间,程敬五过谈。以余属汛出一外委额缺,敬五为其子程祥河求补,嘱为禀求本道。适据该汛把总呈报出缺日期到厅,余即禀保记名外委李毓梅、程祥河二人,请由道台酌拟,大约二者必居其一于此也。晚间,张海帆招饮,座皆同人,畅饮而散。

二十七癸酉日(2月26日)　晴。是日恭逢今天子大婚吉期,余寓中呼梨园演戏永日,以表庆贺之意。因偕阖家坐中庭观戏,夜阑戏止乃寝。忽闻秦宅昨接汴垣电信,小补竟以风痹殁于汴省客邸,其长子侍母往省疾尚未赶到,亦可惨已。小补年甫四十,豪迈不羁,不谓其遽止于此,追维凤昔相知之雅,目睹孤寡无倚之情,不觉心焉伤之。其家以成服无资来乞贷,翌日余亲送数金助之可耳。

二十八甲戌日(2月27日)　晴。午后,往秦宅,晤其所亲陈姓,当以朱提十金畀小补遗孤,俾令作成服一切之用。随访于次鹤,畅谈,在彼晚膳,初更乃还。

二十九乙亥日(2月28日)　晴。午后,查声廷来,晤谈。晚间,阅纪文达《阅微草堂笔记》数册,以资消遣。是书曩在京邸及粤东曾两阅之,今十余年不观矣,偶一披览,光景犹新,足祛烦虑矣。

三十丙子日(3月1日)　晴。午间,以家忌祀祖。午后,仍阅《槐西杂志》等书。晚间,与内子闲话,课儿辈背书。

二　月

二月初一丁丑日(3月2日)　晴。清晨,诣天后、龙神,座前拈香。午后,往拜姚梅生、查声廷,均晤谈许久。旋寓后,严小园来访,以禀保外委事仍须会列营衔,嘱补具联衔禀一通。即依所说办就,送程敬五处会印封发。

初二戊寅日(3月3日)　晴。午后,姚梅生来晤,邀往城外文昌会观剧,余辞焉。灯下,阅《申报》十余纸,阅明日须诣龙亭朝贺大婚庆典,乃早眠,以便早起也。

初三乙卯日(3月4日)　晴,甚暖。寅初即起,小食少许,即朝服诣御碑亭。甫至南门,城门吏言州署误记初四朝贺为初三,顷始想起,仍俟初四举行此礼,余乃废然返。时方五鼓,复卸服就寝,午初乃起。午餐方毕,于次鹤来谢孝,与晤谈片刻。接吴抱仙复函,知其权篆陕州,刻已赴任,此老年已七旬,宦兴犹未衰也。晚间,又有《申报》送来,披阅一过乃就寝。

初四庚辰日(3月5日)　晴。寅刻,复诣御亭,候至黎明,同人始到齐。礼生替行三跪九叩礼,退至朝房更衣。是日,韵笙因考试未到,并酒面亦无之,同人稍坐即散归。余复小眠时许乃兴。午后,至城外电报局拜余端伯,晤谈片刻。阅看谕旨数道,皆系加恩中外大臣庆赏,无论存亡均沾旷典,盖缘归政及大婚两遇庆典故也。自电报局出,访广锡三、严小园,均晤谈,傍晚乃归。

初五辛巳日(3月6日)　晴。晨起,赴道辕衙参,谒见陆公于厅事,谈片刻退出。午后,往访邓莲坡、嵇幹臣,均未晤。访蒋撰臣州司马,晤谈片刻而还。连日甚暖,衣小中毛犹汗流浃背也。

初六壬午日(3月7日)　晴。早间,检出顶座翎绳馈查声廷。

午后,声廷即来访,谈及日内欲赴汴谒河帅,余因托其购带郑州白米数十斤,缘济宁无好米故也。下午,运河厅幕友顾菊仙来,晤谈片刻。

初七癸未日(3月8日)　晴。暖甚,只可衣两薄棉,极似暮春气候。午后,发文,专足递武城县,移支俸廉银两。下午,嵇幹臣过访,余与面商,拟以二千金存彼盐店,月取子金七八厘,亦不为微补也。晚间风雨交作,渐转凉矣。

初八甲申日(3月9日)　晴。北风甚厉,天气极冷。午后阴云四布,雪花飞坠,地为之白,至晚犹未霁。灯下,与内子絮语,以意见不合致忤其意,殊为乏趣。

初九乙酉日(3月10日)　阴。天冷如昨。接河帅及朱曼伯观察复书,提及郑工大案奖叙为余列保,大约四品头衔可以有望矣。又接德州递来《京报》十数本,披阅半晌。晚间,闷闷无聊,殊乏家庭欢趣,数年来罕有之境,不识何日方能水乳耳。

初十丙戌日(3月11日)　阴。清晨,雷声大作,继之以雪,遂未出衙参。午后雪止,冷愈甚。作文量甫信,寄汴垣,索取购带物件。晚间,阅公牍数件。

十一丁亥日(3月12日)　晴。作家润生书,为少香乞助婚费。又致书许西斋,均交班役李润德赍递汴省。晚间,检集公件札牍,各附各卷,几案为之一清。

十二戊子日(3月13日)　晴。午后,往北门大街看屋,其宅即去年先定之所,今又空出,余故往视。约屋三十余间,较现居为胜,惟嫌其大门悬一"节烈流芳"匾额,未免触目耳。复往访张海帆,畅谈。下午乃旋寓,复与梦白叙话片刻。

十三己丑日(3月14日)　晴。早间,往唁工仁斋瑞麟丧偶,遇吴俊民、卢聘侯两君。余少坐,即往访郭春廷协戎,未遇而还。午后,春廷复来访,畅谈良久。蒋撰臣来答拜,谈及新抱西河之恸,为之恻然久之。

十四庚寅日(3月15日)　晴。终日未出门,料量日行公牍数纸。晚间，为阿庆改削起讲，并与之讲解焉。

十五辛卯日(3月16日)　晴。晨起，诣铁塔寺风神庙。拈香礼毕，即往寺内访复初和尚，畅谈良久。出所藏文衡山、王梦楼墨迹手卷及张藻卿所临圣教阁帖册页各种，均有足观。又其幼徒所临九成宫亦颇不恶，乃携归一册，以为儿辈临池之助。午前回寓。午后，次鹤过谈片刻。闻苏漕未能拨改，河运已经江督奏停。果尔，则此间各厅仍无事可为矣。晚间，梦白以所作课艺来商，因略为润色。

十六壬辰日(3月17日)　晴。终日未出门。午后，接甘藩谭敬甫年丈复书，提及大通番回杂处，治理不易，四弟弟在任年余，不甚相宜，现已调省差委，随后遇有相当之缺再为位置等语。而四弟仍无信至，不知其何日卸篆，刻下已否旋省，官况如何，均不得而知，殊闷人也。容再作函询之，不谂能有复书予我否耳。晚间，为梓儿改削起讲试帖数句。秦三世兄又来乞贷，余实力有未逮也。

十七癸巳日(3月18日)　阴。午后，检拾书箱。许西斋自汴归来，大约余前致一书不及接阅矣。秦宅又来索回音，余以兼顾不遑辞焉。

十八甲午日(3月19日)　晴，暖甚。午前，接文量甫函，并寄到托购京靴、缙绅等件。函中述及子绂捐事已凑成，而子绂竟无一纸见覆，其没良心可见矣。下午，曹绳之过访，谈片刻而去。傍晚，迟西斋不至，闻郭春廷招其晚饭，是以不果来，余明日往访之可耳。

十九乙未日(3月20日)　晴。早间，署夏津主簿韩城师君世存来见。下午，西斋过访，即留其晚饭，畅谈良久。提及清卿河帅上一密疏，请议尊崇醇亲王典礼，旋奉懿旨宣示醇邸。昔年豫杜金壬妄论一疏，比之张璁、桂萼，欲以议礼为梯荣之具，从此吴清卿声名扫地矣。

二十丙申日(3月21日)　晴。晨起，偕同人谒见陆观察于道署，亦以吴清卿之举适足贻天下后世话柄，所谓自以为智适成其愚者也。午后，往访西斋，不遇，乃至定生处，畅谈良久乃还。

二十一丁酉日(3月22日) 晴。午后,往访嵇幹臣于盐公店。复访西斋,晤谈许久,定生亦在彼。晚间,王待卿守戎招饮。座有西斋、春廷,又有外客二人,献酬交错,颇为热闹。晚席至三更乃散。阅邸抄,醇邸请杜金壬妄议尊崇折及吴清卿请议尊崇折均已发抄天下人阅之。醇邸固可谓古今贤王,而夫己氏实难辞金壬之名矣。

二十二戊戌日(3月23日) 晴。终日未出门,拟德州州同为桥夫工食银两未发一禀,批词颇费斟酌,虽已草成,尚须细酌再誊发也。

二十三己亥日(3月24日) 阴。西北风甚大,奇冷。终日阅《说铃》数种,借遣闲昼。闻今年另案司库又将作梗,至今领银委员未归,定生已设法禀商上游矣。

二十四庚子日(3月25日) 晴。风仍未息。傍晚,余端伯来晤。晚饭后,西斋作札来,嘱明日谒本道请发今年案款,适听事吏来禀明日止衙,只可迟日再往。

二十五辛丑日(3月26日) 晴。武城皂役至,赍到春季俸廉银五十两零,并武城县申文一角。午后,欲访西斋,适伊来告今日无暇,嘱余明日在寓相待渠来叙话,余遂未出门。夏津汛师君以干虾、梨膏相饷,虾味殊胜,盖青州产也。

二十六壬寅日(3月27日) 晴。惟风甚大,终日未出门,迟西斋不至,接文量甫、周子绂、家润生诸君复函。

二十七癸卯日(3月28日) 晴。午后,卢聘侯县丞来见,欲余札委邻汛兼理汛篆,伊可早日旋里,拟禀明本道再行举办。晚间,西斋过访,为去年另案款项,又欲余让伊百金,只好如数让与之,否则全功尽弃矣。

二十八甲辰日(3月29日) 晴。午后,甲马营巡检王君官云来见,即卢君所举以自代者,当命舆往谒本道陆公,面商此事。陆以为河院已委署有人,未便再由道厅另委兼篆之人,此事只可作罢论矣。西斋求发款事亦为一提,大约出月可发。崔绥五至自东昌,今晨来访,未与晤谈。傍晚,往答拜之,亦未遇。遂访次鹤,谈片刻而还。

二十九乙巳日（3 月 30 日）　晴。午间，卢县丞偕鲍把总同入见，卢以亲老多病，拟不俟交卸先赴豫中省视，公事交鲍代为照料，向余乞假。余怜其孝思，竟擅允之。卢喜甚，其实固无大碍也。下午，往访稽幹臣，先将存项取回一竿，似较稳妥。晚间，西斋来，晤谈许久，三更乃去。

三　月

三月初一丙午日（3 月 31 日）　晴。清晨，诣天后龙神庙，拈香行礼。旋赴道署谒见，同人咸在，入见陆公，谈良久退出。巳刻回寓，复于家神前拈香叩首，更换便衣小眠片刻。午饭后，姚梅生邀往戏园看戏，绥五、海帆均在座，傍晚散。晚间，程敬五过访，为其子程祥河求补外委事，欲余往恳本道，拟先商之道幕严小园再定行止。

初二丁未日（4 月 1 日）　晴。午后，往访小园，知事有窒碍，遂复敬五不为作曹邱生矣。晚间，阅看闲书数种。

初三戊申日（4 月 2 日）　阴。风甚大，自是旱象，可虑也。午后，约痘医宫姓来为幼女诊视，拟令种痘，与面订初九日来种。

初四己酉日（4 月 3 日）　晴。日间，检点衣箱。午后，欲访西斋，而西斋欲来，遂在寓相待。晚饭后方至，畅谈许久而去。

初五庚戌日（4 月 4 日）　晴。道署止衙，遂未往谒。晚间，赴定生处便酌，绥五、西斋、锡三均在座。饭毕，复畅谈良久乃散。

初六辛亥日（4 月 5 日）　阴。午后，师主簿来禀辞，将有事赴省。余因作子先内弟函并假以大衍朱提，交师君带省交汇号汇寄里中，谅不致误也。下午雨作，独坐把盏饮酒半斤。晚间雨渐大，可称喜雨焉。

初七壬子日（4 月 6 日）　晴。午后，将子先信封固，连大衍一锭送交师君，渠明日首途，计此项到杭当在清和中旬矣。

初八癸丑日（4 月 7 日）　阴。微雨永日。晚间，梦白来余斋，闲话许久乃去。

初九甲寅日（4月8日）　晴。天气仍凉。本拟今日为幼女种痘，内子以天寒欲稍缓乃止。日间，将日行公牍清厘归卷，半晌方毕。灯下，阅《说铃》数种。

初十乙卯日（4月9日）　阴。清晨即起。辰正，诣道署衙参，同人均到。本道陆公谈及湖南粮剥船将次过境，各厅仍须挑淤捞浅以利船行，而请款不易，殊觉为难也。下午，访余端伯于电报局。端伯以上海同文书局石印《皇朝经世文编》一部来售，其价悉捐以放赈。余正缺此书，遂付价携书以归，计价银十二两，书六函。晚间，西斋过访，畅谈良久，付以朱提五百金而去。

十一丙辰日（4月10日）　晴。接耕瑶手书，知其补缺不远，为之忻忻。终日阅《经世文编》数册，又作文量甫复书，寄还靴价五金。

十二丁巳日（4月11日）　晴。天气甚暖，渐有春意。日间，仍阅《经世文编》。下午，修发。闻河帅有望后起节来济之说，不谂确否。

十三戊午日（4月12日）　晴。吴俊民来言余家街有空宅一区，知予欲移居，特来相告，余遂命驾偕其往看。屋内客座颇胜，其余亦多逼窄，不甚合意，姑置之。晚间，阅《经世文编》一册。

十四己未日（4月13日）　阴。内子亦往余家街看屋，亦不合意。闻河帅定于月杪来此，果尔，又须一番迎送酬应矣。无米之炊，令人仰屋而嗟，官场之萧条如是如是。

十五庚申日（4月14日）　阴。清晨，冒雨往风神庙拈香。旋至铁塔寺访僧本善，出曲谱相示。本善工度曲，余亦有同好焉。午后，往拜郭春庭，谈良久。复至秦宅，悯其将次断炊，复以五金助之。下午，至文家街看屋，主人冯姓，屋多而不适于用，且价亦太巨，遂置之。

十六辛酉日（4月15日）　晴。午前，检收衣物。晚间，西斋招饮，座有张海帆、余端伯、张仲陶、复初上人。烹饪极佳，畅叙许久，三更乃还。接张季文、方勉甫两君复书各一械。

十七壬戌日（4月16日）　晴。日间，为少香检取衣物，假伊迎娶之用。渠不日将赴归德就姻,余既助以婚费数十金,复假以衣物等件,余之待彼不可谓不厚矣。

十八癸亥日(4 月 17 日) 晴。作致小修函,索通,即令少香携往宁陵面投。缘余日处窘乡,而戚友负余债者多不见偿,何负心人之众耶?

十九甲子日(4 月 18 日) 晴。午后,定生过访,复往春廷处,余亦偕往观所获成帅失物。定生又至院署查验土木工,余复同往游历一遭而还。

二十乙丑日(4 月 19 日) 晴。风和日暖。黎明即起。修发既毕,时方辰刻,复闲坐片时,乃整衣乘轿衙参。已刻,同人到齐,偕入见陆公。查声廷至自汴中,亦在座,午刻散归。下午,复出门访西斋,畅谈良久。旋过声廷处久谈,声廷出焦丹丞、白剑潭复函各一缄,知周鼎臣已归豫,丹老以善病无甚好怀。晚间,封完致小修书,交少香携带,并给少香朱提大衍为完婚之资,盖渠已择定翌日首途也。

二十一丙寅日(4 月 20 日) 晴。清晨,少香登车行,余尚未兴,渠昨晚已向余告辞矣。午后,有河院文巡捕仓君永谷来见,询知河帅下月将起节来此,大约其说不诬也。下午,声廷来,晤谈片刻而去。

二十二丁卯日(4 月 21 日) 阴。午间,微雨一阵,少顷即止。饭后,往公盐店访嵇幹臣,拟将存项取回千金,暂假定生作办公之需,缘定老前来相商故也。余既与幹臣言明,遂访定生,告以迟日来取可耳。自彼处出,至张海帆处小坐片时,遇李镜湖于座。适海帆将外出,余遂行。归途过西斋,不遇。乃旋寓,接龚石中丞复函并稚龚手书,得悉公当息折稚龚已交存彼处帐友沈经彝收执,谅不致误,余可放怀矣。又接张丹叔廉访复函,提及高沇夫于客冬作古,殊为怅惘。沇夫曩客先君子高州府幕,余与之订金兰交,别近十年,音耗久杳,且渠年甫四十余,不意其遽作古人也。

二十三戊辰日(4 月 22 日) 晴。天气渐暖。午后,郭伯韶来,晤谈片刻。下午,接到开归道发来今上亲政恩诏一道,京外大小文武官员俱赏加一级一条,余亦获叨加级之荣矣。傍晚,西斋过访,畅谈良久乃去。

二十四己巳日(4月23日) 晴。午后,往北门大街蔡宅看屋,即去年先定之屋,嗣为陈姓抢赁,今陈君已移去,余复往看,屋尚可取,惟嫌与屋主同寓一宅耳。然似此之屋正复不多,似不宜失之交臂也。下午,访张海帆,拍昆曲。徐善卿亦酷好度曲,遂相与畅叙,晚饭后方还。

二十五庚午日(4月24日) 晴,热甚。有廿八换戴凉帽之信,即将舆轿夏季物件取去,督仆更换,又检出凉帽等件,以免临渴掘井也。接河辕武巡捕来禀,通知河帅定准月朔起节来此,计算初五六间可苋止矣。

二十六辛未日(4月25日) 晴。盐店友人嵇幹臣来访,交到足宝银千金,即假与定生办工应用,约端阳节前见还。下午,往天津后街看屋,仍未尽善。晚间,作耕瑶信,即时封发。

二十七壬申日(4月26日) 阴。午刻,以家忌祀祖,饮馂余酒数杯。午后,清理案前积牍。复延痘医宫姓来为幼女诊视,俾可定期点痘也。

二十八癸酉日(4月27日) 晴。早间,往李巡捕处作吊,遇张海帆、徐善卿二君。少顷,查声廷至,坐谈片刻各散。午后,往答拜郭伯韶,未晤。旋至余端伯处,少坐乃还。

二十九甲戌日(4月28日) 阴。终日未出门,惟签发文件数起,督仆钤盖关防,片刻而毕。傍晚,余端伯来晤,向余假得荷包风带而去。晚间,接少香来函,知其于廿三日行抵归德,吉期已定准四月十八日矣,但不知道筱脩处一款能否应手耳。

三十乙亥日(4月29日) 阴。早间大雨半日,可望转歉为丰,午刻雨止。接河院传牌,大约初五日可抵济城,同人均须出城迎接矣。

四　月

四月初一丙子日(4月30日)　晴。晨起,诣风神,案前拈香,行二跪六叩首礼。旋至道署,偕同人谒见本道陆公,坐谈良久方散衙。巳初刻旋寓,复诣家堂各处,拈香行礼。午刻,鲍把总来见,知卢县丞现奉河帅札饬暂缓交卸,只好令鲍君函告催令速来矣。晚间,梦白来余斋,谈良久方去。

初二丁丑日(5月1日)　晴。午间,自书红纸履历一本,以备呈递河帅之用。下午,闻秦小补夫人及其两子均至白汴省,特备纸锭烛帛往小补灵前一奠。询其长郎,知以川费支绌不能运柩,现仍停柩汴垣萧寺中,亦可哀已。访次鹤,未遇,余遂还。傍晚,修发。灯下,检阅前数年日记簿册,雪泥鸿爪,令人动今昔之感。复阅视公文数起,乃寝息。

初三戊寅日(5月2日)　晴。是日,延痘医宫姓为幼女点种牛痘。下午,又书履历一分,并撰成挽小补对联一副。文曰:"挑灯话雨,并箸应官,落落眼中人,尔我独教车笠好;负米儿愁,织蒲妇叹,茫茫身后事,扶持忍吝俸钱贻。"盖纪实也。

初四己卯日(5月3日)　晴。午后,查声廷、崔绥五过访,旋偕二君至河院衙门一观,定生亦在彼处照料铺陈一切。少顷,西斋亦来,未几各散。余复往答拜绥五,谈片刻乃还。傍晚,把总鲍君来见,因请领兵饷文件须余处备印领,特来请给此件也。

初五庚辰日(5月4日)　晴。黎明,出南门,往安居集迎迓河帅,同人均集,惟锡三以疾未出。午后,河帅抵安居,各于郊外躬迎。旋入城,诣院署谒见,申初刻方旋寓。奔驰永日,颇觉疲惫耳。

初六辛巳日(5月5日)　晴。寅初即起,诣文庙,候河帅拈香,自道台以次均到齐。自庙散出,即往院署衙参,又复见。旋偕同人往谒本道,商借领款以备开销河帅随从之用。本道意尚迟疑,不知肯发款否耳。午初旋寓,极形劳顿,遂未再出门。

初七壬午日(5月6日)　晴。清晨,赴院署循例衙参,未入见。巳刻,旋寓。午后,因秦小补处诵经受吊,遂往奠,在彼久坐,为之陪宾半日乃散。复至晁家街看屋,傍晚旋寓。

初八癸未日(5月7日)　晴。清晨,诣东门外教场,随同河帅阅伍,自本道以次文武咸集。巳刻,在官厅吃饭。午后,看洋枪准头,清帅躬自施放,亦未能发必中的,不过自鸣得意而已。未初,事毕散归,小眠时许。晚间,西斋招饮,余以困倦辞不赴。

初九甲申日(5月8日)　晴。辰刻,赴道署伺候河督盘库。巳刻,散衙。往拜院幕汪葆田,未晤,遂归。午后,在寓憩息半日,呼剃匠栉沐一度。

初十乙酉日(5月9日)　晴。清晨,赴河院衙参,适遇止衙,少坐即散。午刻,赴僧王祠,同人公宴河帅及院幕汪葆田刺史。未刻,入席,观戏。二鼓,散席,葆田复留座时许,直至三更乃去。回寓后,接到道库发下春季各汛夫工银两,又余借领银壹百五十两,此款尚不敷开销院署应酬之用,少迟仍须续借也。

十一丙戌日(5月10日)　晴。午前,未出门。午后,往北门大街看屋,当即租定是宅,月租大钱拾伍仟伍百文。惟嫌与屋主出入一门稍觉不便,目下只可暂住,仍当另觅善宅也。晚间,西斋招饮,座皆院署文案诸君。席上饮馔都精,畅饮而散。归途遇雨。

十二丁亥日(5月11日)　晴。清晨,诣南门外官马头,送河帅登舟查河,大约五六日即旋节也。午后,在寓憩息,假寐数次。

十三戊子日(5月12日)　阴。终日未出门。午后雨来,甚大,日暮犹未止。接少香自宁陵来书,知其已往归德就姻矣。

十四己丑日(5月13日)　阴。早间,邓莲坡来,晤谈。知其犹子春闱获隽,且此君书法极佳,大约选馆可望也。下午,往新宅指点一切,饬匠稍事修葺便可择日移居。旋往于次鹤新居一观,见其屋宇轩敞,布置精雅,殊惬素心,但惜其非我有耳。在彼处流连半响方旋寓。

十五庚寅日(5月14日)　晴。清晨,诣风火神,座前拈香行礼,旋回寓小眠片刻。午后,闻河帅将旋署,遂至南门外大王庙中迎候。未刻,河帅入城,同人均随往院署进谒,未见而还。

十六辛卯日(5月15日)　晴。清晨,上院谒见河帅。巳刻,赴道谒见观察。午正,回寓。饭后,印发行武城县支领夏季俸廉银两文件,并将上届批回发还,均交皂役郭清岭驰递。晚间,市烧鸭下酒,小酌数爵。是日午前微雨一阵,未几即霁。

十七壬辰日(5月16日)　晴。接耕瑶来函,嘱买婢女,其实此间并无婢女可买,徐为物色可耳。余终日未出门。晚间,梦白来余斋久坐。

十八癸巳日(5月17日)　晴,甚凉。早起,赴院署衙参,未见。午后,答拜邓莲坡,未晤。答拜余端伯,晤谈许久。晚间,赴定生处,公请院幕文案何定甫、何芝生、吴文伯、吴栋臣、陆崧孙、徐翰卿诸君宴饮,宾主六人。二更乃散。

十九甲午日(5月18日)　晴。清晨,诣院署,送河帅赴曲阜谒孔林,俟彼登舆即各散。旋偕同人往见本道,商借领款,仍无端倪,遂归。下午,新委署武城县丞屠邦英来见,即令鲍把总将代存钤记送与之,俾可接钤视事也。晚间,作耕瑶复书,交梦白家中来足顺带。

二十乙未日(5月19日)　晴。午后,往新屋相度一遭。晚间,声廷为其夫人开丧,请知宾饮宴,同人咸往。闻张季文作古之耗,殆工次积劳成疾所致欤?席间,又闻小补荷大府入告照工次积劳病故例请恤,果能邀准,其子可得荫职矣。二更后,自声廷处散归,知司库拨到另案一万两,明晨须赴道一行,以便力请发款也。

二十一丙申日(5月20日)　晴。清晨,诣道署,偕同人谒见陆公。议妥将拨到万金分发六厅,俾资办公,大约明日可领到也。午后,至东关外迎接河帅入城,复赴院谒候。下午方旋寓。

二十二丁酉日(5月21日)　晴。早间,偕同人谒见吴帅,并至幕中送文案诸君行。午后,河帅来辞行,复往院中上手书版谢步。访西斋,未晤,复遇于官厅,与谈数语。旋至新宅一观,拟翌日迁移物件。晚间,接到道库发下另案银五百六十两,六折扣算才得实银三百数十金耳,而开销河院陋规即需二百,所余不敷一月粮,亦可怜矣。

二十三戊戌日(5 月 22 日)　晴。巳刻,出南门,至济阳台送河帅旋汴。午刻旋寓,呼夫役搬移粗重什物至新宅,检点终日,异常忙碌。约各物已移去过半,择定廿六进宅,余物无多,随后可从容移取矣。今日甚热,余颇觉头痛不适,盖自河帅莅止后,间日随班逐队,久未休息,未免劳顿,因而时觉困乏耳。

二十四己亥日(5 月 23 日)　晴。早起,愈觉不适。午后,力疾至新宅料理一切。下午归,携恩儿同车而返。头疼愈甚,晚餐未能下咽。

二十五庚子日(5 月 24 日)　晴。早间,略事摒挡什物,觉力不支,作字延西斋前来诊视。午后,西斋至,开方服药。夜间未能熟寐,寒热互作,四肢酸楚,其苦弥甚。

二十六辛丑日(5 月 25 日)　晴。晨起,疾作如昨。巳刻,力疾移居北门大街蔡氏屋内。进宅之后,祀神谒灶,一切如礼,可谓勉力支持矣。午后,西斋又来诊,服药后病仍如故,且狼狈更甚,眠食都废。

二十七壬寅日(5 月 26 日)　晴。病仍如昨,丝毫未退,其苦弥甚。西斋复来诊,服药后亦不见减轻。日间,于次鹤来,晤谈。

二十八癸卯日(5 月 27 日)　晴。定生、莲坡均来视疾,余于寝室见之。下午,西斋来诊一次,疾仍未减。

二十九甲辰日(5 月 28 日)　晴。延刘姓医来诊,用大表剂服之,寒热如昨,徒多出汗。夜间,疾更甚,西斋复作书代延顾君翰仙。顾素精歧黄,时客南旺营次,去济城六十里,拟明晨遣车往迎之。

三十乙巳日(5 月 29 日)　晴。早间,往延顾翰仙。午后,家人辈见余疾剧,凤闻郭春廷亦知医理,因延其来诊。尚未服药,适顾翰仙至,遂专请翰仙主方。翰仙谓余症全是湿痰为患,专主涤痰理气立方,服药一剂,仍无效验。

余疾至五月初间愈甚,初三、初四两日尤危险,神志昏迷,汗出如雨,口多谵语。翰仙用重剂开痰,初五始稍有转机,从此逐渐调理,至五月下旬饮食精神渐有起色,至五月杪病乃全除。五月中三十日不遑手记,以下接记只好从六月起矣。

六　月

六月初一乙亥日(6月28日)　晴。辰刻,诣西关外吕祖,座前悬匾祀谢。复至道署销假,谒见陆公,谈良久。遇王韵生于官厅,与谈数语乃散归。午后,访声廷、定生两君,各坐谈许久。定生以陈洋药一瓶见饷,云病后食之可长精神,余因以真兰腿一肘报之。晚间,邓莲坡来访。莲坡告养南归,属余为择起程日期,盖知余处有《诹吉便览》故也。

初二丙子日(6月29日)　晴。午后,为莲坡选定初九日起程吉,即往访告之,在莲坡处久坐。复拜徐善卿守戎,访于次鹤,均晤谈。下午,旋寓。顾翰仙至自南旺,特来相候。余闻其至也喜,急延入书室茗话片刻,并请其诊脉。渠云气体已复元,可不吃汤药,即照前拟丸药方配制服之最妥。翰仙明日即旋南旺,匆匆即辞去,余留其晚饭,渠以事冗未遑也。

初三丁丑日(6月30日)　晴。午后转阴。闻翰仙尚未行,余往访诸其家,至则行矣。遂至许九太太处,谢其屡次馈食之劳,在彼少坐,适雨作,遂辞归。访严小园、秦伯声,均未遇。比回寓,雨势更大,天气极清凉,静坐书斋,颇觉闲适也。

初四戊寅日(7月1日)　晴。终日未出门。早间,接崔绥五信,索伽楠末,当挥数行复之,予以香末数钱。午后,次鹤、声廷均来晤,久谈乃去。

初五己卯日(7月2日)　晴。卯初刻起。辰刻,诣僧忠王祠陪祀,是日为王诞辰故也。候至巳正甫班齐行礼,午刻回寓。午后,在寓静息半日。

初六庚辰日(7月3日) 晴。午后,秦伯声、邓莲坡、徐善卿先后来晤。下午,至梦白斋塾少坐,嘱其代誊田炽廷、黄让卿两年丈禀函,时两公均官贵州监司。莲坡家于黔,此番乞养旋里,思谋书院主讲一席,借脩羊为薪水之资,余因为之重恳田、黄二公随时照拂之。晚间,会计簿籍并发各项开销,盖自病作以来久不亲细务也。

初七辛巳日(7月4日) 晴,热甚。作七律一首送莲坡南归,并赠以赆仪廿金,又将致黔臬田、黄两公函交与莲坡携投。下午,严小园便衣来,晤谈片刻去。黄昏时,狂风陡作,未几又月明如水矣。初更,莲坡来访,在梦白斋中茗话。渠准于初九登舟,因余别意殷肫,特来相谢耳。

初八壬午日(7月5日) 晴。早间,往奠原任泉河王莘农别驾。旋答拜李静臣、吴俊民,均未晤。至莲坡处送行,畅谈许久。遇吴俊民于座,因托以代觅房屋一事,旋回寓。下午,阵雨大作,庭院水深数尺矣。

初九癸未日(7月6日) 晴。早间,莲坡复衣冠来告别,准于今晚登舟矣。午后,作致刘苇舲书,贺其权篆祥河之喜。旋呼剃发匠修发一度。申酉间又复雷雨交作,傍晚方霁。接廖孟飔复书,知其已补场大使缺。书中提及汪同伯作古,为之悼叹。同伯境奇窘,今身后情形可想而知,其母夫人年逾七十,不知尚在否也。

初十甲申日(7月7日) 晴。早间,赴道署衙参。同人均入见,惟锡三未到。自道署散出,即往拜王韵笙太夫人寿,并晤其乃弟松山大令,即在彼吃面,午刻散归。炎热异常,汗透纱袍矣。午后,作致孟飔、耕瑶书各一缄,均分别驿递。

十一乙酉日(7月8日) 晴。终日挥汗如雨。午后,次鹤偕郑鼎庵过访。次鹤偕一玉器客来,所售物颇有可观者,惟价太昂耳。夜间,雷雨又大作。

十二丙戌日(7月9日) 晴。终日热甚。午后,作复少香侄书。又兑银十金,假于小补乃郎,连前假之款共凑成"毛诗"一部,以偿凤诺。缘小补在日余曾允假此数，今渠作古，虽返璧无期，而睹其孤寡无依之状，不能不竭我棉力以践前言，余可谓无负死友矣。晚间，风雨交作，仍不觉凉。

十三丁亥日（7 月 10 日）　晴。早间，封发少香信，递至归德探投，想不致误。午后，玉器客以朝珠、翠玉带扣求售，尚未与说妥价值也。

十四戊子日（7 月 11 日）　晴。终日习静，未出门。阅悔余、子才两先生诗集，以消遣长昼。

十五己丑日（7 月 12 日）　晴。清晨，诣天后宫拈香。至电报局一转，端伯尚在尚①卧，遂归。午后，定生来久谈，并吃点心焉。傍晚，端伯偕邓莲坡来访，始知莲坡开船后因舟子与粮剥船滋闹，致迟延未能开行，近已瓦解冰释，明日可行矣。阅邸抄，王夔石先生已擢任云贵总督，邵小村升授湘抚。夔丈扬历中外有年，久当迁擢，今虽有是命，惜程途太远，又为瘴雨蛮烟之地，稍为美中不足，惟盼其早日量移近地如两江湖广，方称遂意耳。夜间，眠未稳即兴。因是日月食，须赴道署随班护月也。

十六庚寅日（7 月 13 日）　晴。寅初，诣道署，偕同人随同本道行礼。自寅初二刻初亏，至寅正三刻食甚，卯正三刻方复圆，辰初即各散归。下午，往访广锡三，谈片刻。又访郑鼎庵，不遇而还。今日为初伏第一日，却不甚热。

十七辛卯日（7 月 14 日）　晴。午后，作夔丈禀，又印发日行公牍判稿数件。下午，修发一度。

十八壬辰日（7 月 15 日）　晴。日间，作致稚夔书，未毕。晚间，声廷招饮。同席有王松山大令及韵笙、端伯、定生、次鹤诸君，饮至亥正方散。

十九癸巳日（7 月 16 日）　晴。终日未出门，将致稚夔书续成，

---

① 疑此"尚"字为衍文。

又致其杭寓帐友沈经彝一函,令其将代取当息为余兑银寄来,均由湘转寄杭垣,即用印封驿递而去。

二十甲午日(7月17日) 阴。午后,声廷来,晤谈片刻去。傍晚,与梦白闲话半晌,渠不日将旋豫应试,权馆政者竟无其人,殊为踌躇。

二十一乙未日(7月18日) 晴。起颇早,焚香静坐,尚觉闲适。午后,修发。晚间,定生招饮,仍系前日声庭处同席诸君,夜半乃散。

二十二丙申日(7月19日) 晴。闻西斋已至自济南,午后往访之。甫出门,闻其在锡三寓斋,遂往晤于锡三寓中,良久乃还寓。

二十三丁酉日(7月20日) 阴。微雨终日,未克外出,遂检点箱箧,将几案陈设物件取出,置之案头,又取《香祖笔记》阅看数页。

二十四戊戌日(7月21日) 晴。早间,新任夏津主簿陈国祥来见。午后,端伯、西斋便衣过访,畅谈至黄昏乃去。晚间,至梦白斋中少坐。

二十五己亥日(7月22日) 晴。道署止銜,未出门。午后,修发一度。作致鼎臣书,未寄。

二十六庚子日(7月23日) 晴。寅初刻,恭诣龙亭朝贺万寿。午间,偕同人谒见本道。回寓后,小眠片刻。下午,访西斋,畅谈良久。晚间,韵笙招饮,并观剧。席间肴馔极佳,崧山大令自粤携有良庖,令制鳗鱼、乌参二味,又有炒伊面一大盘,味均绝胜,皆余昔年在粤时所常食之品,今十年不尝矣,不谓于此间遇之。夜间散归,热甚。

二十七辛丑日(7月24日) 晴。作子绂书,连鼎臣信一并封寄。下午,又摊笺作致清如妹情函。

二十八壬寅日(7月25日) 晴,热甚。下午,有省委审案候补知州茅君仲若过访,即前日遇于韵笙席上者,与谈片刻而去。

二十九癸卯日(7月26日) 晴。终日未出门,惟阅闲书消遣岁月而已。连日渐觉炎热,然未有去夏之甚。

三十甲辰日(7月27日) 晴。日间,披阅《聊斋志异》。晚间,将旧日信札取阅，不无雪泥鸿爪之感。夜间大雨不息。

七 月

七月初一乙巳日(7月28日) 阴。雨甚，竟不能出谒庙。巳午间雨尚未止，傍晚乃霁。

初二丙午日(7月29日) 晴，热甚。下午，修发。旋出门答拜茅仲若，未晤。至定生处少坐，遇西斋、次鹤、端伯，因与定生约明日上道。

初三丁未日(7月30日) 晴。早间，偕运、珈两君谒陆观察，催发款仍无的话，令人闷损。午前，访姚梅生，畅谈。未初回寓，接季卿叔岳信，附有沈退庵致伊之函，托其转致余。欲接侄女宝珍往舅家一行，时退庵需次江宁，余以道远复之，即致退庵一函，由驿递附去。下午，声廷过访，晤谈片刻而去。

初四戊申日(7月31日) 阴。大雨竟日。闻顾翰仙来，欲访之，为雨所阻，不果去，因挥一简致之。晚间雨尤甚。

初五己酉日(8月1日) 阴。早间仍细雨不止。午后，翰仙来访，畅谈，至日暮乃去，因与面订明晚来寓便酌。

初六庚戌日(8月2日) 阴。终日雨未息。晚间，招翰仙、西斋、梦白小饮。呼王松山所带粤庖制炒伊面一盘，诸君均食而甘之。二更乃散，时庭院皆水，余竟不克送客出门，幸是熟人，都不拘行迹也。

初七辛亥日(8月3日) 晴。雨住，阳光大放，其热弥甚。定生作字来还所假二百金，其余八百转为存放与马姓人号仲芝者，月取息五金耳。

初八壬子日(8月4日) 晴。辰刻，偕同人谒见本道，催发另案款，言之再四始允发，午前散归。午后，作复季卿丈书，交定生便差带京。

初九癸丑日(8月5日) 晴。早间，接道库发款，将借项全行扣清,仅得八十余金,如何足用,如此作官,真将赔累煞人矣。且如此清苦,外人不知,告贷抽风者无日无之,实有应接不暇之势焉。

初十甲寅日(8月6日) 晴。热甚,终日静坐犹汗如雨下。傍晚,至梦白房小坐,嘱其将节信缮齐,再行旋汴,渠唯唯,即取笺纸交与应用。渠约望后首途,彼时只可余自权馆政矣。

十一乙卯日(8月7日) 晴。是日立秋,其热弥甚,所谓秋老虎也。下午,陈瑞亭主簿来见,余挥汗出见之,少顷即去。

十二丙辰日(8月8日) 晴。终日未出门,签押稿件、封发文牍数起。晚间热甚。

十三丁巳日(8月9日) 阴。午后大雨如注,天气转凉。晚间南风陡起,纱窗飒飒有声。

十四戊午日(8月10日) 晴。雨止,仍热如故。终日未出门,与梦白闲话半晌,渠定于十六首途旋豫。

十五己未日(8月11日) 阴。岳庆至自祥河,带到苇舲来书一械。午后,作致耕瑶书,附以冬菜、虾干,托梦白携致之。下午大雨如注。梦白来余斋告别,久坐乃出。

十六庚申日(8月12日) 阴。清晨起,送梦白登车后,复小眠片刻。日间,课儿辈读。

十七辛酉日(8月13日) 阴。雨时作时止,天气异常潮闷。课读之暇,作楷字二百余,俾儿辈仿习之。

十八壬戌日(8月14日) 晴,热甚。午后,声廷来晤,畅谈。知定生因辖汛涨溢已亲往各处防守。晚间又复风雨交作。

十九癸亥日(8月15日) 晴,热甚。终日课子,以资消遣。午后又阵雨一次。连口淫雨,恐有水潦之患,奈何奈何!

二十甲子日(8月16日) 晴。备具印领五十五两为送本道寿礼之用,又送烛幛,未收。

二十一乙丑日(8月17日) 晴。午前,偕同人往拜陆观察寿,晤其喆嗣午庄、中翰,在彼处吃面而归。

二十二丙寅日(8月18日)　晴。闻许成甫已归来，拟迟日往访之。午后，令岳庆往同盛钱铺结账，已欠彼百数十金矣。

二十三丁卯日(8月19日)　晴。早间，许成甫过访，与谈片刻。闻西斋已至自东平，顾翰仙亦旋归，大约明日二君必见访也。

二十四戊辰日(8月20日)　晴。顾翰仙来假衣履，以事忙竟未见访，闻其已返南旺矣。

二十五己巳日(8月21日)　晴。早间，偕同人谒见本道陆公，畅谈方散。午后，往访成甫、西斋，均未晤，仅与余端伯谈半晌，下午旋寓。

二十六庚午日(8月22日)　晴。下午，西斋见访，晤谈片刻而去。翰仙欲向余假白金大衍，托西斋说项数次，余虽窘迫，不得不允之，当为筹措送去可也。

二十七辛未日(8月23日)　晴。终日课子自遣，余无他事。有范姓人来告贷，给以千钱而去。

二十八壬申日(8月24日)　晴。午刻，道吏来报观察陆公澹吾于今晨以微疾怛化，殊出意料之外，当偕同人往为照料一切，初更乃还。晚间，少香至自归德，谈及焦丹丞亦作古，殊为悼叹。

二十九癸酉日(8月25日)　晴。寅初即起，嗣知陆公改午时大殓，余复假寐片刻。巳初，往道署送殓，在彼半日，遇郭春廷。下午，至余端伯处拜寿。傍晚旋寓，知师主簿已至，适陈主簿来见，与谈片刻。晚间，西斋着人取翰仙假款，余取方宝一锭与之，重五十余两矣。

八　月

八月初一甲戌日(8月26日)　晴。午刻，修发。未初，偕同人至道署上祭，各送祭品一笾。自道散出，与定、声两君往访郭春廷，与谈片刻而还。下午，师主簿来见。

初二乙亥日(8月27日)　晴。郭春廷、郭伯韶、许成甫、余端伯先后来晤。夜间，有宵小越墙而入，至庭中穴窗取去衣十余袭，泊次日清晨始知之,乃命仆役赴州报案缉贼,不去能获否也。

初三丙子日(8月28日)　晴。午前,西斋来晤。午后,成甫过访。下午,发上河移文为秋祭临清漳神庙合印呈报院道,由彼处封发。又发各处贺秋节信。

初四丁丑日(8月29日)　晴。午后,定生来,晤谈片刻。晚间,阅《湖海文传》数页。

初五戊寅日(8月30日)　阴。淫雨终日未息。日间,作致苇舲书两纸,拟给岳庆带往。

初六己卯日(8月31日)　阴。雨仍终日不住。午后,岳庆来告辞,仍赴苇舲处帮忙。

初七庚辰日(9月1日)　晴。午后出门,正拟往定生处,适遇于途,知其将往迎苏抚刚中丞,声廷亦同往。余遂至西斋处少坐,遇善卿、成甫于座,傍晚乃旋。

初八辛巳日(9月2日)　晴。午后,往看屋于谷家街。旋访声廷,谈片刻而还。

初九壬午日(9月3日)　阴。淫雨永日未息,夜间雨尤大,房屋俱漏。

初十癸未日(9月4日)　阴。雨止,尚未放晴。午后,往马宅行吊,至定老斋茗话多刻,旋往贺许成甫捧檄之喜。傍晚归,成甫复来一晤,假实纱袍、蟒衣各一袭而去。

十一甲申日(9月5日)　晴。终日在寓。州廨来告余所失物已缉有端倪,窃贼已拘获,俟讯明便可追赃矣。

十二乙酉日(9月6日)　晴。早间,捡拾旧珠,呼匠来寓穿缀之。午后,自书寿幛款字送查声廷,缘明日为其六旬寿诞也。下午,修发。

十三丙戌日(9月7日)　晴。清晨,赴声廷处拜寿,未晤。旋至成甫新居贺喜,与谈片刻而还。午后,成甫复来晤。闻定生捧檄暂摄道篆,首厅则陆费莲卿来署,大约日内即可见明文也。

　　十四丁亥日(9月8日)　晴。得汴信,知权首厅者乃昂阿拉鹤如,非陆费莲卿也。昂君为壬子孝廉,大挑来东河补荥泽县丞,渐保同知,年已六十余矣。

　　十五戊子日(9月9日)　晴。未出谒庙,亦未往拜节。午后,家人呼傀儡戏,演唱终日,殊无足观。下午,西斋过谈片刻。

　　十六己丑日(9月10日)　晴。往访次鹤,未遇,遂至声廷处久谈,傍晚乃还。

　　十七庚寅日(9月11日)　晴。午后,声廷至西斋寓,邀余往叙,在彼畅谈,声老并订翌日晚酌。

　　十八辛卯日(9月12日)　晴。闻定生始接到院檄,择二十接护道篆,昂鹤如尚无来济消息,首厅则暂由声廷兼摄焉。午后,张海帆来晤。晚间,赴声廷之招。同席五人,定生、春廷、西斋及严小园也。

　　十九壬辰日(9月13日)　晴。午间,次鹤来晤,遂偕其至定生道贺,复往奠曹绳之,傍晚回寓。

　　二十癸巳日(9月14日)　晴。午刻,往贺定生接护道篆喜,在彼吃面。复往访成甫,未遇,至次鹤处畅谈而归。

　　二十一甲午日(9月15日)　晴。傍晚,定生来晤,少顷即去。闻声廷明日往省,不知其何事也。

　　二十二丙申日①(9月16日)　晴。闻昂鹤如已抵此,少顷复来假马。午后,往答拜沈月如、胡仁甫,往访西斋,不晤。

　　二十三丁酉日(9月17日)　晴。午后,往访次鹤。复至寒林街看屋,傍晚回寓。州署将余所失物追获送来。

　　二十四戊戌日(9月18日)　晴。午后,至广锡三处一谈。昂鹤如来访,晤谈片刻。旋往答拜鹤如,遇锡三、海帆于座。晚间,定生招同人小饮,韵笙亦在座,二更方散。回寓后,接子明昆仲来函,骇悉叔

————————

　　①　本年纪日干支自此日始误,至本年十二月三十日(1890年1月20日)皆误。

父汇甫公于七月十九日作古,伤哉! 又接清如来书。

二十五己亥日(**9 月 19 日**) 晴。午后,访锡三,谈片刻。又饬人至道署请期服假二十,拟择月之廿九日在铁塔寺设座讽经一日,儿辈往成服,以尽寸心而已。

二十六庚子日(**9 月 20 日**) 晴。往访昂鹤如,晤谈片刻。复至锡三处小坐,适西斋在座。二君复来余处小叙,傍晚各散。

二十七辛丑日(**9 月 21 日**) 晴。余端伯、顾翰仙先后过谈。下午,自撰哭叔父联句,手书于帛。晚间,梦白至自汴省,带到耕瑶复书及藕粉、细粉二物,又家润生书及金腿、茶叶二品。灯下,与梦白略谈汴中情形,梦白出场作见示。

二十八壬寅日(**9 月 22 日**) 晴。午后,成甫、西斋、定生先后过访。傍晚,至铁塔寺一看,少香及陈瑞廷主簿均在彼照料。

二十九癸卯日(**9 月 23 日**) 晴。黎明,至铁塔寺为四叔父设座拜奠,讽经一永日,并焚各式冥器及纸锞。无算吊客,来者卅余人,送祭席者亦甚多。初更经完,乃送神,旋散归。

三十甲辰日(**9 月 24 日**) 阴。午后,往各处谢吊,惟晤定生及西斋,余俱未见。旋寓后,致子明昆仲复书,又致四弟一书,将淮寓赴书附去。是日,道库发借款贰百两。

九 月

九月初一乙巳日(**9 月 25 日**) 晴。午后,至梦白斋中闲话,适鲍把戎来访梦白,余询以粮剥船已否出境,据云尚在武城境内,是以未克禀报也。

初二丙午日(**9 月 26 日**) 阴。小雨半日。下午,食蟹。傍晚,定生送来致昂鹤如包费百金,嘱为交转,当作字送交鹤如,取有复字,仍还诸定生焉。

初三丁未日(**9 月 27 日**) 阴。拟贺张丹叔方伯升粤藩禀稿。晚间,拟作汴闱首题起讲,题为"抑为之不厌至弟子不能学也"。

初四戊申日(9月28日)　晴。午间,至梦白斋中闲谈,并以所作小讲之。傍晚,西斋来告别,定明日赴济南省城,余遂不往送矣。

初五己酉日(9月29日)　晴。午后,昂鹤如来晤。渠以百金不足于用,欲余再向定生婉商多假百余金,余拟假满后方出谒客,只可稍缓矣。

初六庚戌日(9月30日)　晴。封发张丹书方伯贺函,驿递粤西。晚间,阅杨冷渔《北行日记》。

初七辛亥日(10月1日)　阴。闻张海帆寓中不戒于火,焚去仟屋四间,幸未伤人。下午,细雨半日。

初八壬子日(10月2日)　晴。下午,定生过谈,提及声廷昨由省还,另案仍无续发之信。甚矣!索逋之难也。

初九癸丑日(10月3日)　晴。午后,修发。适声廷来晤,约明日同往州署为王韵笙太夫人祝寿。

初十甲寅日(10月4日)　晴。巳刻,至声廷处少坐,遇昂鹤如于座,遂偕声廷同往州中拜寿。午后,复至声廷处小憩。晚间,仍宴于州署,二鼓乃还。

十一乙卯日(10月5日)　晴。早间,王梅亭提戎来拜,未晤。接夏津、德州两汛呈报,湖南粮剥船已于八月三十日全帮挽出东境,余处即可据以转报层台矣。

十二丙辰日(10月6日)　晴。午后,拜王梅亭于西关旅店,至则行矣。遂至电报局访余端伯,谈片刻。进城后,访昂鹤如,略谈即还。

十三丁巳日(10月7日)　晴。午后,于次鹤来晤。傍晚,声廷复来访。是日,王韵笙酬客,招菊部开宴,遂偕声廷同往,三更方散归。

十四戊午日(10月8日)　晴。终日未出门,阅梁茝邻中丞《浪迹丛谈》一册,以遣闲昼。

十五己未日(10月9日)　晴。晨起,赴风神庙拈香。午后,往晤定生,谈片刻。访声廷,未遇。复至严小园处,谈片刻而还。

十六庚申日(10月10日)　晴。许成甫来拜寿,在此永日,晚饭后乃去。梦白亦进内闲谈永日。

十七辛酉日(10月11日)　晴。辰刻,诣大王庙陪祭,同人咸集。祭毕,偕往鼎盛处拜寿,未晤。旋往声廷处商酌送护道寿礼,仍照旧备具印领借款致送,定生以寅谊辞不收。

十八壬戌日(10月12日)　晴。陆观察开吊。辰刻,偕同人往奠。崔绥五亦自东昌来吊,午后各散。下午,往拜绥五,未晤。旋来见访,谈片刻去。傍晚,余端伯来晤。

十九癸亥日(10月13日)　晴。辰刻,往道署送殡,候至午后方起行,同人皆步送至东门外,然后各乘舆至南门舟次一奠乃还。下午渐阴,幸未雨。

二十甲子日(10月14日)　晴。终日在寓未出门。梦白、少香均入见。少香欲往归德视其妇,嘱梦白权司会计事,来告于余。余允焉。午后至半夜均雨。

二十一乙丑日(10月15日)　晴。巳初,至查声廷处拜其乃兄考庭刺史寿,在彼永日,晚饭后乃各散。是会倾城冠盖咸集,颇极热闹。

二十二丙寅日(10月16日)　晴。道库续发借领银壹百两,即以原封归还同盛钱肆,尚欠彼百数十金也。午后,接武城县解到秋季俸廉银五十余两,今日可谓财源辐辏矣,呵呵。

二十三丁卯日(10月17日)　阴。小雨终日未霁。下午,声廷来晤。晚间,声廷约明晨往送陆观察夫人行,余诺焉。

二十四戊辰日(10月18日)　晴。清晨,往送道署陆氏夫人、公子登舆。旋往贺运河厅署幕友陈研九纳妇之喜。巳刻归寓,遂未再去。

二十五己巳日(10月19日)　阴。大雨终日未住,天气渐凉,未几风雨交作。接淮寓来信,并寄来讣闻十余分,只可置之矣。

二十六庚午日（10月20日）　晴。西北风陡作，庭树纷纷落叶，自是残秋光景矣。日间，欲出门，畏风不果出。

二十七辛未日（10月21日）　晴。天气极冷。午后，往访许成甫，坐谈良久乃还。

二十八壬午日（10月22日）　阴。早间，出北门，迎孙莱山司寇夫人灵榇入城。复至孙第一奠，在彼吃饭，下午方散。旋送绥五行，晤谈片刻而还。

二十九癸未日（10月23日）　阴。是日为霜降节。辰刻，偕同人赴大干庙祀谢，旋返寓。天气甚冷。

十 月

十月初一甲申日（10月24日）　晴。清晨，诣风神，案前拈香行礼。午后，往访昂鹤如，又至定生处，遇声廷、次鹤于座。复至郭春霆处，谈片刻乃还。

初二乙酉日（10月25日）　晴。终日未出门，清厘日行公牍稿件，各归档卷，半日始毕。

初三丙戌日（10月26日）　晴。闲居终日，以披阅《玉海全集》为消遣。午后，修发。晚间，又阅《聊斋志异》数则。

初四丁亥日（10月27日）　晴。北风甚厉。午后，于次鹤过谈良久。次鹤去后，声廷复来，谈及姚眉生已捧檄履泇河任，声庭仍回捕河本任，张海帆须赋闲矣。晚，少香至自归德，其妇仍未偕至。

初五戊子日（10月28日）　晴。风止，仍冷甚。午后，鹤如过谈，索阅儿辈文字，盖此老结习犹未忘也。

初六己丑日（10月29日）　晴。抖晾裘衣十余件，又捡拾衣料箱，半日始毕。下午，严小园过谈片刻。

初七庚寅日（10月30日）　晴。闻少香言董敬亭提戎现摄任归德总镇，拟作书贺之。盖渠所寓屋在汴垣参将署右，即余听鼓梁园时旧居，素称不吉之宅，自余迁入，数年极平顺，旋赴任去，今董君亦自是宅捧檄行,从此将变为吉且利之宅矣。

初八辛卯日(10月31日)　晴。终日未出门,略阅公牍数件。晚阅《聊斋志异》数则。

初九壬辰日(11月1日)　晴。颇觉和暖,所谓十月小阳春是也。下午,至账房少坐,适吴俊民来,与谈片刻。

初十癸巳日(11月2日)　晴。寅刻,诣南门外龙亭,朝贺万寿。辰初,往姚眉生处贺其接篆之喜,未晤而还。下午,往声庭处道贺,亦未晤乃还。至余端伯处畅谈,傍晚甫返寓。

十一甲午日(11月3日)　晴。作家润生书,并附去萝葡干三斤。傍晚,余端伯过访,未几即去。

十二乙未日(11月4日)　阴。晚间,姚眉生招饮,余于午后先至声庭处,偕其同往,约初更时宴罢而归。席间肴馔甚不佳,闻系温家栅酒肆所设,是以平平。

十三丙申日(11月5日)　晴。终日未出门,亦无客至,惟兀坐斗室而已。

十四丁酉日(11月6日)　晴。厅幕顾菊仙作古,是日首七讽经,余往吊焉。遇声庭于座,遂偕往严小园处一谈。复往访张海帆,未遇。

十五戊戌日(11月7日)　晴。诣城隍庙,神座前拈香行礼,午前即还。下午,修发。

十六己亥日(11月8日)　晴。午后,声庭、成甫先后过访,余本拟出吊于孙氏,嗣因止吊而止。

十七庚子日(11月9日)　晴。清晨,吊于孙氏,亡者为莱山司寇夫人江啸盦总宪女公子也,今袭封衍圣公孔君令贻,又为莱山司寇之女夫,故亦往奠。孔君年甫弱冠,丰标玉立,潘、卫一流人也。余与之遇于孙氏厅事,晤谈数语,亦极温和,无惭圣裔矣。

十八辛丑日(11月10日)　晴。清辰,诣北关义学,候送孙氏殡。午前散,至声庭处便饭。午后,往晤定生。傍晚,定生复来访,谈片刻而去。

十九壬寅日(**11月11日**)　晴。午前,高镜泉来晤。午后,往答拜之,未晤。遂往昂鹤如处,谈片刻,偕鹤如至声庭处闲话,无何镜泉亦至,黄昏时乃各散。

二十癸卯日(**11月12日**)　晴。日间,作致季卿叔岳函,并将迎贺新任运河观察耆公禀函附托季丈转送,又闻耆公年内尚拟履新也。晚间,阅《皇朝经世文编》数卷。

二十一甲辰日(**11月13日**)　晴。阅邸抄,姚彦侍方伯经王耕娱制军保奏得旨交部带领引见,大约又可起用矣。按姚在粤藩任内被阎丹初司农摭拾旧事劾罢,本觉屈抑,宜王制军一经保奏即蒙俞旨也。

二十二乙巳日(**11月14日**)　晴。阅《通鉴辑览》数册。午后,修发一度。晚间,仍阅《皇朝经世文编》。接杭垣用宾来信,无非求贷资斧度日而已。

二十三丙午日(**11月15日**)　晴。稍和暖。午前,梦白来余斋一谈。下午,昂鹤如过谈片刻。

二十四丁未日(**11月16日**)　晴。午后,往访声庭、定生,遇郭春庭于定生座上。傍晚,往访孙豫生,未晤。

二十五戊申日(**11月17日**)　晴。清晨,诣大王庙,进藏香。午后,声庭来,畅谈良久。晚间,接子明昆季来书。

二十六己酉日(**11月18日**)　晴,甚和暖。午后,修发。下午,孙豫生来晤谈,黄昏甫去。

二十七庚戌日(**11月19日**)　晴。日间,定生过谈,并嘱转交昂鹤如月资百金,即刻为之交去。晚间,许成甫夫人来,知其已移寓余宅北邻矣。

二十八辛亥日(**11月20日**)　晴。终日检阅故纸,所谓于故纸堆中求生活也。午后,接家润生函,并以皮丝烟点见贻,并知耕瑶已赴息县署任,尽室偕行矣。

二十九壬子日(**11 月 21 日**)　晴。日间,接周鼎臣书,由其妻弟姚少适携来,当将夏间鼎臣寄来梅花册页还诸少适,嘱其转付鼎臣可耳。傍晚,张西园游戎过访,谈片刻去。

三十癸丑日(**11 月 22 日**)　晴。日间,作鼎臣复书,又阅《经世文编》数册。声庭折简来,招明晚小饮。

十一月

十一月初一甲寅日(**11 月 23 日**)　阴。清晨,诣天后、龙神,案前拈香行礼。复往答拜张西园,遇王韵生于座。闻许成甫已旋自珠梅,因往访之。谈及其兄彝斋表丈于月前病殁扬州,不无老成凋谢之感。午前回寓,有闸官张君世枢来见。午后,往拜郭春庭寿。晚间,声庭招陪高镜泉、孙豫生小饮,肴馔极佳。

初二乙卯日(**11 月 24 日**)　阴。终日微雨未息。声庭拟今日上汛,大约为雨所阻,未能首途矣。

初三丙辰日(**11 月 25 日**)　阴。早间,赴南关玉堂酱园陈君招饮。午后雨极大,冒雨而归,衣履皆沾湿。晚间,定生招饮。镜泉、豫生均在座,又有张西园、郭伯韶、于次鹤诸君。二更散归,天气极冷。

初四丁巳日(**11 月 26 日**)　晴。终日觉腹中不快,遂未出门,料理公牍各件。晚间,阅《经世文编》。

初五戊午日(**11 月 27 日**)　晴。午刻,内子举一男,大小均安。午后,道库发来岁抢修四百两,可谓添丁兼进财矣。傍晚,许成甫过谈片刻。

初六己未日(**11 月 28 日**)　晴。新添婴孩感受脐风,腹胀便闭,不能食乳,恐不易治也。

初七庚申日(**11 月 29 日**)　晴。成甫过谈,片刻而去。有陆费廉卿之孙名明增者浪游至此来谒见,出乃祖寄书乞贷,阅其书乃赝鼎也,因一笑置之。

初八辛酉日(**11 月 30 日**)　晴。婴孩疾愈亟,乃致书顾翰仙于南旺,索其开方以尽人事而已。

初九壬戌日(12月1日)　晴。午后,往成甫处久坐。晚间,延一王姓医者来诊,亦云证已危殆难治,姑开方药之。晚间,儿病愈笃,顾翰仙复书至,开一丸药方,未免缓不济急。夜半,此儿即殁,投生六日,仍复化去,此中微理,固不可知也。

初十癸亥日(12月2日)　晴。早间,成甫来晤,少顷即去。午后,判阅计典文册,填注各属考语,即日封呈上台转达大部。又余试署一年期满,详请河院保题实授,亦备文详达,均分别钤印发递矣。

十一甲子日(12月3日)　晴。午后,往南关玉堂酱园陈君处行吊,遇春庭、韵笙、次鹤、豫生、端伯诸君。复往访定生,遇广锡三于座,晚间回寓。

十二乙丑日(12月4日)　晴。是日为余初度。午刻,敬谨祀先。成甫来拜祝,在此永日,晚饭后乃去。

十三丙寅日(12月5日)　晴。终日未出门,检出皮衣等件,又阅《浪迹丛谈》数页。

十四丁卯日(12月6日)　晴。昂鹤如过谈片刻,未几即去。接周鼎臣专足书,当即复之。

十五戊辰日(12月7日)　晴。午后,往谢客,晤成甫、次鹤、鹤如。傍晚,至广锡三处,遇定生于座,少坐即还。是日,陆费莲卿之孙旋豫,贫无以具装,余以四金助之,乃获登车,因作一书告其祖。

十六己巳日(12月8日)　晴。闻声庭自汛归,往访焉,晤谈永日乃还。明日曹绳之开吊,余既致送蓝呢祭幛一轴,嗣闻其身后境况极窘,乃复以四金为赙,然余固与之毫无深交也。

十七庚午日(12月9日)　晴。午后,出吊于曹氏,旋至声庭处小憩,傍晚乃归。接筱脩函,知其捐金为母建坊。

十八辛未日(12月10日)　晴。午前,往曹氏送殡,送至北门外玉露庵。是日,适新任漕帅松峻峰侍郎过此,同人有郊迎者,余未往。

十九壬申日(12月11日)　阴,甚冷。判发估办来年专案禀牍。

又发贺吴抱仙七秩寿函,并贻红毡寿幛焉。夜间雨,甚冷。

二十癸酉日(12月12日) 晴。清厘案上积牍,分别存发。阅定记室所拟各省贺年禀信稿,饬侍史缮誊。晚间,作致夔石制府另单禀稿,未毕。

二十一甲戌日(12月13日) 晴。午前,于次鹤过谈,嘱往孙豫生处看屋,遂于饭后与之偕往,在豫生处晚饭,二鼓后方散。

二十二乙亥日(12月14日) 晴。查声庭之兄考庭明府以疾卒于寓,赴于余,余往吊焉。遭郭春亭、郑鼎庵于庭,执其手而与之言。沈定生后至,亦如之。视吊者稀,余乃行。过昂鹤如之门,遂入其室与之语。鹤如曰:"长至且临,将朝贺,吾无朝冠,子盍为我图之?"余曰:"子无虑,于次鹤之冠可假也。吾其为子假诸。"鹤如悦,余亦归。

二十三丙子日(12月15日) 晴。作覆书致钱筱脩,贺其母夫人捐金建坊得请之喜。又自拟禀王、谭两年丈另草稿。

二十四丁丑日(12月16日) 晴。往拜严小园寿。又往定生处,遇声庭于座。复至声庭处少坐,傍晚乃还。

二十五戊寅日(12月17日) 晴。终日未出门。午后,豫生过谈,渠欲质屋于余,余知其宅乃祖遗,非渠一人所能主张,其意不过欲赚余金。噫! 余岂受汝之赚耶? 豫生休矣。今而后其服我矣,于其去也而识其概于右。

二十六己卯日(12月18日) 晴。风多而冷。闻定生明日往省谒大府,乃往约声庭偕往送之。未几,锡三、眉生相继至,时近黄昏方散归。晚间,收道库发来年咨案工款三百数十金,足敷月余公用矣。

二十七庚辰日(12月19日) 晴。声庭午后来畅谈,傍晚甫去。晚间,孙豫生又作字来问屋事,且先索五百金,可谓想入非非矣。余以无资辞之。灯下无事,爰作致耕瑶书两纸,不及封发而寝。

二十八辛巳日(12月20日) 晴。午前,作致谭敬伯另笺,为四弟说项。午后,往访成甫,邀次鹤至其家畅谈,并告以屋事。余已辞覆豫生,次鹤深以为然。晚间,即饭于成甫寓斋,二更方散归。

二十九壬午日（12月21日）　晴。是日为长至令节。五鼓起，恭诣南关龙亭，行朝贺礼，清晨方还。午后，往访余端伯，适端伯宴客，遂留晚饭。席上，遇直隶委员黄姓者，粤之嘉应人，询悉劳厚庵现又权大名同知篆，近况尚称遂意，颇慰云树之思。盖余与厚庵已两年不通音问矣，二更后散席而返，饮酒颇多。

十二月

十二月初一癸未日（12月22日）　晴。作劳厚庵、陆耕瑶两君书各一械，均分别驿递。又致蔡乂臣司马另笺两纸，附入贺年信内。其余各省信亦皆发递矣。

初二甲申日（12月23日）　晴。午后，盐公店稽幹臣处送来沈经彝自杭垣来函，并将两年典息汇来一股，合银三百零数两，尚有两股未汇寄。晚间，作书覆之，并令将两股作速汇来。又作书四械：一致朱茗丈，附赈捐叁拾番饼；一致许清如，贻以番饼十；一寄黄氏姑，亦附洋钱十枚；一与家用宾，洋钱如之。均附于沈经彝函中，并以经彝为余经理琐事，每年送脩资十二洋，未知其肯受否也。

初三乙酉日（12月24日）　晴。是日为先大夫诞辰，敬谨祀祭如礼。午后，修发。傍晚，往稽幹臣处将三百金取回。晚间，又作谕岳庆书三纸。

初四丙戌日（12月25日）　晴。作致孙晓赍另笺，附贺年函。阅电抄谕旨，知谭敬丈由甘藩擢抚楚北。

初五丁亥日（12月26日）　晴。作致蔡乂臣另笺，亦附贺年函内。又检旧裘，呼匠人更制，以备御冬之具。

初六戊子日（12月27日）　晴。作致蔡辅丞另笺，又作致彭伯衡另笺，各两纸，均分别附发。阅邸抄，见王耕娱制军胪举获咎人员请分别录用奏折，所举四人姚方伯觐元、陈廉使宝箴、陈廉使湜、徐郡守滢，皆素有声绩之人，折稿笔墨极佳，自是名臣吐属，至此愈服耕丈之品概焉。

初七己丑日(12 月 28 日)　晴。早间,往梦白斋中坐谈片刻。接道札准江苏粮道咨明年河运苏漕十万石,此间须预筹修治运道矣。

初八庚寅日(12 月 29 日)　晴。午间,以家忌祀先。午后,声庭过访,谈片刻去。是日,购得《桐阴清话小录》四册,乃桂林倪姓所著,颇足资谈柄,阅之可破寂寥。

初九辛卯日(12 月 30 日)　晴。终日兀坐萧斋,间或焚香、读史,间或批阅公牍。晚饭后,余端伯过谈,片刻即去。

初十壬辰日(12 月 31 日)　晴。午间,家祭。午后,修发。有以铁冶亭制军楹联求售者,索价十余金,以一金得之。晚间,许成甫过谈片刻。

十一癸巳日(1890 年 1 月 1 日)　晴。终日未出门,偶阅《儒林外史》,颇足解颐。

十二甲午日(1 月 2 日)　晴。接耕瑶来函,并以许参见贻,托何君字康侯者携来。何君往历下,先以空函寄余,其物已携存省垣,只好另觅便人往取矣。

十三乙未日(1 月 3 日)　晴。欲出门未果,因是日风大故也。晚间无事,又阅《儒林外史》焉。

十四丙申日(1 月 4 日)　晴。午后,往访声庭,复至鹤如处少坐,时已黄昏,遂归。

十五丁酉日(1 月 5 日)　晴。是日未谒庙。午后,次鹤暨郭伯韶先后过访,傍晚乃各散。

十六戊戌日(1 月 6 日)　晴。闻定生今日可旋署,乃遣价持束迓于郊,嗣知其小极不愿见客,遂未亲往。

十七己亥日(1 月 7 日)　晴。午后,往声老处,偕同人谒定生,未见。遂偕至鹤如处,少坐而还。

十八庚子日(1 月 8 日)　晴。自撰春联语句,嘱梦白书于笺,以为更新之用。晚间,接小修函。

十九辛丑日(1 月 9 日)　晴。辰初刻起。辰正,拜封印信。吴俊民卸济宁州判篆，于今日到武城县丞任来谒见。午前，声庭来晤，嘱为其第四子执柯于高氏，拟诹吉往访高镜泉，致其辞焉。午后，扫舍宇。晚间，复手钞王夔丈奏稿两页。

二十壬寅日（1月10日）　晴。少香族侄乞休沐于归德甥馆，余既允其请，复给以川资十数金，渠颇知德余也。晚间，又钞王折两页，拟钞二本，自留一本，以其一贻余端伯。

二十一癸卯日（1月11日）　晴。是日为先慈忌辰，敬谨祭祀。午后，签押十六年另案工程估册文件，钤印封发。晚间，又钞折两页。

二十二甲辰日（1月12日）　晴。日间，将王制军折抄毕，自存其一，以其一送与端伯矣。午后，作书致张君锦帆，交便差至省取耕瑶所贻洋药，未知何日携到也。闻定生病尚未瘥，日来迄未往候。

二十三乙巳日（1月13日）　晴。成甫窘迫不堪言状，闻其有断炊之患，乃以二十金馈之，以周其急。其德我可知也。午后，修发。傍晚，祀灶。夜间，雨雪深寸余。

二十四丙午日（1月14日）　阴。雪止，仍未晴。接张丹叔方伯复函，知故友高沅夫枢眷已旋里，其妾复举一遗腹子。旧仆张琳近殁于丹丈署中，皆来函所述者。晚间，声庭招饮，肴馔用全羊，颇饶风味。二更后方散。

二十五丁未日（1月15日）　晴。道库结算摊捐公分，余名下扣去六百五十余金，又扣两次节寿一百十两，计此次发款七百八十余两，只剩十九两零矣。度岁之资仍然无着，尚须再请续发也。日间，清厘案上积牍，又接道札委盘洳河交代。

二十六戊申日（1月16日）　晴。午后，往访姚眉生，谈交代事。复往晤高镜泉，代致声庭求姻事。旋至声庭处，谈片刻乃还。晚间，接定生字，将借余之八百金本利送来。又送昂鹤如之贰百金亦交来，明日当转送与之。

二十七己酉日（1月17日）　晴。接道库发出明年抢修银六百六十余两，附还前借及扣节寿外，只剩四百金，尚不敷年关开销。其库存另案五千金老定不肯再发,大约留作添拨运河厅专案之用,有此私心,恐不能免同寅之怨也。

二十八庚戌日(1 月 18 日)　晴。日间,开销节敬等款,收道库发下冬季夫工半季,明日可分给各汛具领。戌刻,祀神祝福。

二十九辛亥日(1 月 19 日)　晴。发各汛夫工,既毕,乃将年帐及节赏分拨清楚。傍晚,接季卿叔岳函。

三十壬子日(1 月 20 日)　晴。声庭来晤,遂偕其至定生处辞年。傍晚饭寓,祭神祀祖毕,偕梦白饮于厅事。夜间,祀灶,守岁,至丑刻乃眠。

光绪十六年(1890)庚寅

正 月

光绪十六年岁次庚寅正月初一壬寅日(1月21日) 晴。寅刻，恭诣南关龙亭，行朝贺礼。黎明，至风神案前拈香，旋往同城各处贺岁。定生已愈，与晤谈片刻。辰初返寓，谒灶拜祖。余端伯、许成甫及吴、鲍两僚属均来贺年，晤谈一番而去。午后，复往各处拜年，惟晤成甫，余均不遇，旋返寓。

初二癸卯日(1月22日) 晴。终日与家人赌掷状元筹以为乐，同寅来拜年者均谢之。梦白闲暇无事，亦与掷之，作骰子戏，以点缀年景焉。

初三甲辰日(1月23日) 晴。恭遇国忌，未能吉服拜年，更可不必出门。晚间，循乡俗祀祖，吾杭所谓小年朝是也。

初四乙巳日(1月24日) 晴。午后，出城拜年，惟晤余端伯，余俱不值。周历东南西三关，比回寓，已日暮矣。

初五丙午日(1月25日) 晴。早间，吴俊民来见，乞假往省。午后，至声庭处，偕其谒护道，未见。往拜韵笙，亦不遇。乃至州丞蒋撰臣处小憩而还。

初六丁未日(1月26日) 阴。午后，定生来晤。傍晚，余复出访姚眉生，向晦乃归。晚间，成甫过谈良久。

初七戊申日(1月27日) 晴。未出门，阅《藏园九种曲》中《雪中人》一篇。晚间，作字致吴俊民，托其购买鱼翅。又托声庭购买皮丝烟，因声庭欲赴汴也。

初八己酉日(1月28日) 晴。巳刻,姚眉生过访,订今晚小饮。申初,即往赴席,在座惟王韵笙、徐善卿及余而已。肴酒均不堪入口,眉生以有所避,令其子出陪客,初更即散。

初九庚戌日(1月29日) 晴。午后,往访许成甫,适叶少仙来访,未获握晤。成甫嘱为代拟上其师刘编修禀稿,迟日当抽笔为之。

初十辛亥日(1月30日) 晴。午后,往答拜叶少仙,晤谈片刻。闻孔玉双年丈罢肇罗道,侨寓此间,往谒之,未晤而还。

十一壬子日(1月31日) 晴。作致徐乃秋侍御函,由信局附寄,晚间祀祖。

十二癸丑日(2月1日) 晴。接江北勷办河运委员汪翔甫大令来函,知本届江北亦有漕运,当即作书覆之。

十三甲寅日(2月2日) 晴。为成甫拟禀刘雅宾编修禀稿,半日而毕。晚间,试灯,祀祖。

十四乙卯日(2月3日) 晴。成甫过访,出禀稿示之,渠乃狂喜,携之而去。顾翰仙来访,未晤。

十五丙辰日(2月4日) 晴。是日立春。清晨,诣天后,龙神案前拈香。往答拜翰仙,亦未遇。午后,接武城令杨君寄到去岁漕规廿余金,知将卸县事,因即作函覆之,并将去冬廉俸批回钤印发还。下午,蒋撰臣过谈片刻。晚间,祀祖毕,小饮数爵。

十六丁巳日(2月5日) 晴。闻顾翰仙已归来,乃走简约其过谈。午后,接耕瑶手书,知其已抵息县署任矣。

十七戊午日(2月6日) 晴。接孙晓宾复书。阅邸抄,见王夔丈奏报交卸湘抚,已于十月既望自湘起程赴滇,大约客腊当抵滇督任矣。傍晚,翰仙过谈,即留其共饭,二更乃散。

十八己未日(2月7日) 晴。午间,祀先,乃收先像。下午,接江苏河运总办潘芸孙太守来函,知苏漕不日亦将开运,当作书覆之。

十九庚申日(2月8日) 晴。终日清厘公牍,又作淮寓家书寄子明昆仲,覆铭嫂一书,均用马封驿递。

二十辛酉日(2月9日)　晴。择定明日开馆,并令四儿兆槐亦入塾识字,乃检得文房四宝一付给之。又作柬邀成甫、翰仙明晚陪先生小饮。

二十一壬戌日(2月10日)　晴。清晨起。巳刻,拜开印信,行三跪九叩礼。旋往护道处,循例道贺。归来送儿辈入塾,与梦白略谈片刻。武汛鲍把总来贺,即于书房中见之。午后,修发,适崔绥五至自东昌过访,辞以沐,未与见。下午,访绥五于铁塔禅寺,并晤复初和尚焉。晚间,偕梦白、翰仙、成甫入座小饮,畅谈至夜分乃散。

二十二癸亥日(2月11日)　晴。午后,昂鹤如过谈,因余昨午曾往访之,故来答拜耳。晚间,作耕瑶复书,未毕。

二十三甲子日(2月12日)　晴。静坐寂寞,乃往成甫处闲话,并托其觅屋。余因屋主人之母病在垂危,适有不测,彼此同一大门诸多不便,乃决意迁居,然觅屋正非易事耳。傍晚甫自成甫处返寓。

二十四乙丑日(2月13日)　晴。仆辈有言堂子街一带有空宅二区,饭后即命驾往观,皆湫隘器尘不可以居,废然而返。

二十五丙寅日(2月14日)　晴。晚间,定生招饮,座皆熟人。绥五尚未行,亦与是会。席间,谈及河帅吴公奉讳,豫抚倪公兼摄河篆,未知将来简放何人也。

二十六丁卯日(2月15日)　晴。晚间,余端伯过访,即留其共饭,二更乃行。阅邸抄,见游中丞智开摄粤抚篆后,首将前督张公之洞所任用劣员全行劾罢,可谓快人快事矣。

二十七戊辰日(2月16日)　晴。屋主蔡氏有丧,嘱余觅屋移寓,乃遍觅无有,殊闷人也。接甘藩谭公复函,知四弟尚在赋闲,谭公已升鄂抚,虽云托后任照拂,恐更无实际矣。

二十八己巳日(2月17日)　晴。作陆耕瑶复书数纸。又有吏部书吏胡杏樵其人者,忽投寄一书,虽不识其人,只得挥数行报之,以示礼尚往来之意而已。

二十九庚午日(2月18日)　晴。日间,蔡氏诵经受吊,乃往奠焉。遇程曼云、李静丞于座,曼云复来谈片刻。下午,签发日行公牍十余件。

二　月

二月初一辛未日(2 月 19 日)　晴。清晨,诣天后龙神庙,拈香。午后,往晤定生,谈良久,复访余端伯于城南,傍晚乃还。

初二壬申日(2 月 20 日)　晴。梦白拟就贺倪中丞兼摄河督禀稿,阅之不甚惬意,乃自拟一通。梦白患目疾,未能缮写,余即自书红禀三套,封递沪省。

初三癸酉日(2 月 21 日)　晴。早间,成甫来晤。午后,往南门口西马道看李氏屋一区,门庭屋宇均极轩敞,且多至八九十间,乃星衢中丞故宅,现欲出售。余颇惬意,惟不欲购买,若能质居,则大妙矣,当徐与售家商之。

初四甲戌日(2 月 22 日)　晴。日间,读邸抄,阅《申报》,又自书履历一分。昂鹤如以丁祭陪祀来假朝冠以去。

初五乙亥日(2 月 23 日)　晴。午后,自书履历一分备用。旋偕成甫至曹绳之宅看屋,亦不甚惬意。乃访张海帆,缘海帆新置屋颇佳,闻其欲出赁,余甚愿赁居也。适海帆外出,不获晤商。泊余归寓,海帆旋来访,询及屋事,渠以业主尚未让屋,须稍迟乃可出赁,姑徐以待之可耳。

初六丙子日(2 月 24 日)　晴。日间,清厘案头公牍及信札各件,分别存弃,眼前为之一爽。下午,签发公文,并发耕瑶信。

初七丁丑日(2 月 25 日)　晴。早间,函询端伯曾否接有擢放河督消息。未几,端伯过访,并出近日阁抄见示,知河督尚未补放。外间喧传已放徐季和副宪,盖齐东野人语也。端伯坐谈良久乃去。

初八戊寅日(2 月 26 日)　晴。拟访盐店友人嵇幹臣,托以兑钱事,嗣闻其现往济南而止。午后,有新到试用主簿曹君来谒,知其为曹绳之犹子,其名号则余忘之矣。

初九己卯日(2月27日) 晴。查声庭至自汴垣,以皮丝烟见贻。午间,家忌,祀先。闻高景泉病殁此间,其家属俱在济南,有子有孙,乃死于新纳一雏姬之手,亦可悯矣。下午,接汴中仆人来禀,知余详请实授之件河院已于开篆日具疏入告,考语乃"才具明亮,修防尽心"八字也。

初十庚辰日(2月28日) 晴。午后,至铁塔寺许彝斋表丈灵座前吊奠,往堂子街送高镜泉大殓。两处酬应既毕,乃访查声庭,晤谈片刻而还。接电传邸抄,知许仙屏年丈振祎由宁藩擢升总河,大约仲春可履新也。

十一辛巳日(3月1日) 晴。午前,往查考庭处行吊,兼为陪宾一永日。定生、鹤如、端伯均遇于座。下午散出,复至鹤如处少坐乃还。接劳厚庵复书,稍悉其近况,为之快慰。又接陈研香来书,知其子竹书已随卫小山往河朔官舍矣。

十二壬午日(3月2日) 晴。午刻,往声庭处送其兄考庭封翁出殡,定生、鹤如均在座。饭毕起行,由南门大街步送至院前大街,乃升舆送往北门外长清观。归来顺道拜王韵生寿,未晡而还。晚间,收道库发出本年咨案领款壹百四十余两,此今年第一番领银也。

十三癸未日(3月3日) 晴。西南风甚厉。午后,定生来晤。旋将致送鹤如月费双柏送来,即为转交去矣。

十四甲申日(3月4日) 晴。绥五递来会报祭过漳王庙日期呈文二角,因呈院之件仍书前帅坐衔,乃挥数行函致之。并为另缮呈文,由余处先行钤印,递与彼处会印缄发,自较周妥耳。

十五乙酉日(3月5日) 晴。清晨,诣天后、龙神,案前拈香。出城,风极大,迎风而行,小受感冒,归来遂患伤风,幸无甚大碍耳。

十六丙戌日(3月6日) 晴。值祭武庙之期,轮余主祭后殿启圣祠。寅正,恭诣祠中。主祭礼毕,在官厅坐候。护道沈君定生主祭前殿,余与陪祭。洎天明方祭毕,乃各散。回寓复偃息片时。午后,与梦白谈片刻。晚间早寝。

十七丁亥日(**3 月 7 日**)　晴。接道札,知余详请实授一案经前帅吴公于正月二十二日业已疏题,大约秋间可奉准部覆也。午后,往访成甫,谈良久。傍晚乃归,知声庭过访,未值而去。

十八戊子日(**3 月 8 日**)　晴。午后,为声庭交代事往访眉生。旋至声庭处,谈良久,傍晚乃还。

十九己丑日(**3 月 9 日**)　晴。拟上新任总河许公贺禀稿。接邓莲坡书,知其去秋九月杪始抵黔阳,并寄和余赠别七律四首。

二十庚寅日(**3 月 10 日**)　晴。午后,声庭过访。因余托询王少仪屋事,遂偕其往看。屋尚可用,典偿亦不巨,拟即赁居是宅,嘱屋主另觅他宅徙去,便可卜吉收屋也。下午,郭伯韶过谈片刻。

二十一辛卯日(**3 月 11 日**)　阴,冷甚。有以榆木书橱、书几求售者,以三十千钱得之。闻许西斋至自济南,旋将托购物件交来,复以铜灯一盏见贻,明日当往访之。夜间微雪。

二十二壬辰日(**3 月 12 日**)　晴。午后,西斋过访,谈片刻即去。闻其即欲往东平,无多句留也。

二十三癸巳日(**3 月 13 日**)　晴。声庭过谈片刻,知西斋已出门,遂未往访。

二十四甲午日(**3 月 14 日**)　晴。午后,访西斋,未晤,知其即刻登程,并假余车马以行。旋由西斋处至申家口访鹤如,晤谈良久。往访端伯,亦未遇。晚间,郭伯韶招饮,座皆熟人,二更散归。

二十五乙未日(**3 月 15 日**)　晴。午间,鹤如过谈片刻。声庭过访,提及王氏屋非千金不办,余亟于择屋,势难吝值,只可如数允之矣。晚间,定生招陪田总戎小饮。田名恩来,字乃丞,兖州镇总兵也。二更后方散归。

二十六丙申日(**3 月 16 日**)　晴。田总戎遣价来投刺,随以一刺答之。阅邸抄,见周子绂经豫抚于查办废员案内疏保,奉旨带领引见,大约可开复知县原官矣。

二十七丁酉日(**3 月 17 日**)　晴。高镜泉三七之期发帖受吊,乃于午后往吊之。寻访声庭，未遇。访卫守备、王子泉，谈许久乃还。

二十八戊戌日（3月18日） 晴。闻许西斋至自东平，遂往成甫处访之，与谈良久。

二十九己亥日（3月19日） 晴。西斋以办麻禀嘱为钤印，遂借与钤用。适少香自归德旋寓，并令代为誊缮焉。接陈石溪书，知其又摄中河篆，乃作覆笺贺之。

三十庚子日（3月20日） 晴。徐善卿守戎过访，少坐即去。道署发下各汛器具银两一百一十余两，不日即当转发给领也。

闰二月

闰二月初一辛丑日（3月21日） 晴。清晨，诣火神，座前拈香行礼，辰刻即还。午后，往访声庭，谈良久。遇郭春霆及纪风池于座，傍晚乃还寓。

初二壬寅日（3月22日） 阴。早间，清厘案头积纸一过。接徐乃秋侍御复函，知四弟去春曾与通书，乃独于家书吝而不发，尤不可解耳。

初三癸卯日（3月23日） 晴。傍晚，西斋过访，未几即去。接何定甫书，知其摄下南河篆，须作函贺之。

初四甲辰日（3月24日） 晴。武城汛吴俊民贰尹自省还，以米菜果点来见贻，均可果腹。阅《申报》，见鄂督委方勉甫观察摄臬使事，可谓官运亨通矣。

初五乙巳日（3月25日） 晴。午后，往奠顾菊仙之灵于其寓。复至定生处，遇马仁卿、于次鹤及一满洲人。晚间，王子泉守戎招饮卫署，与声庭同席，二更后方散。闻日内外间窃贼盛行，夜来不无戒心焉。

初六丙午日（3月26日） 阴。午后，往访西斋，晤谈片刻，遇张海帆于座。晚间，王韵笙招饮，同人咸集，于次鹤亦在座，二更散归。韵笙开缺作候补观察，不日即将交卸州篆矣。

初七丁未日(3月27日) 晴。极暖,所谓天朗气清、惠风和畅是也。午后,往访于次鹤,谈许久。旋至声庭处闲话,提及王少仪宅内有婢女服毒自裁者二人,其屋之凶可知,余只得知所趋避矣。

初八戊申日(3月28日) 晴。呼首汛来寓包封器具银,即分别给领。西斋今日又往南旺,复来假乘马以去。

初九己酉日(3月29日) 晴。午间,次鹤来晤,良久乃去。晚间,声庭招饮,座皆熟人,肴馔均精妙,二更乃散。将出时,适声庭之侄患疯疾者出而谩骂,座客已半去,惟余及严小园犹未行,主客皆大窘。甚矣!疯之为患也。

初十庚戌日(3月30日) 晴。午后,往访严小园,晤谈片刻。归来接黔臬黄让卿年伯覆函,又接方勉甫观察覆函各一缄。晚间,收到道库发下本年抢修案款实银壹百伍拾余两。

十一辛亥日(3月31日) 晴。午间,声庭过访,邀余偕往姚眉生处面谈,交代器具事。余旋偕张抡堂往寒林街看屋。归途过总府后街,见有招租屋一区,入而观之,都不甚惬意,怅然而还。

十二壬子日(4月1日) 晴。接德州州同张君详禀,分别批覆,钤印缄发。午后,玉藻君来拜,晤谈片刻。春季夫食银两已由道库发下,即令各汛分别具领矣。

十三癸丑日(4月2日) 阴。颇觉微寒。午后,余端伯来晤,言及欲往兖州谒巡道而无缺襟袍,因以余旧袍假与之。

十四甲寅日(4月3日) 阴。仍觉寒气袭人。午后,修发。并捡拾纸墨箱取出纸墨等件,自书白折半页。

十五乙卯日(4月4日) 晴。晨起甚冷,诣风神,案前拈香行礼。归来复至家堂各处行礼。午后,往石门口看屋一区,颇称合意,当徐图之。

十六丙辰日(4月5日) 晴。闻新任运河观察者公已抵德州,大约出月可履新矣。午后,鲍凯臣把总来见。因石门口住宅为渠所说合,特来取进止,当与言定准用是屋,令往议值。

十七丁巳日(4月6日) 晴,热甚。午后,兖沂曹济观察中衡公巡阅至此,因往谒之。中公年才三十余,己卯举人,甫及十载即跻监司,亦云幸矣。归来,声庭过访,谈良久。晚间,王待卿招饮,二更后乃还。

十八戊午日(4月7日) 晴。午后,发电至里门,催沈经彝汇款。旋至石门口复看程氏售屋,下午回寓。晚间,接覆电,知经彝已将息款汇出,大约暮春月杪可到,正济置宅之用。

十九己未日(4月8日) 晴。吴俊民销假来谒见,谈片刻去。接张丹叔方伯覆函,附来善书数种。

二十庚申日(4月9日) 晴。午后,于次鹤过访,良久乃去。有游方僧来化缘,以普陀佛像及南海图为贽,乃收其贽,而给以制钱三贯。

二十一辛酉日(4月10日) 晴。午前,夏津陈瑞庭主簿至自历下来谒见。午后,锡三、端伯、定生先后来晤,傍晚乃各散。

二十二壬戌日(4月11日) 晴。新任济宁州牧蹇宣甫来拜晤,片刻即去。下午,鲍凯臣取石门口屋券至,遂置定是宅。计价值二千金,虽较南省价廉,然在此间颇觉昂贵矣。

二十三癸亥日(4月12日) 晴。午后,拜蹇宣甫,未遇。旋至端伯处畅谈。酉刻,谌惠之守戎招饮署斋,座皆熟人,二更后乃散。接耆观察复书一通。

二十四甲子日(4月13日) 晴。鲍凯臣先将屋值携去千金,余半俟交清屋宅方始找给也。日来内子患恙,闻南乡有郑姓医颇精岐黄,乃命车迎以来。晚间,郑君至,年五十余。诊脉开方毕,王待卿命仆迎去下榻,郑遂未馆余寓。

二十五乙丑日(4月14日) 晴。早间,复延郑君诊视,午后乃去。晚间,姚厚庵奉差抵此,持刺来假车,约翌日过访。余与姚共事郑工半载,颇极狎熟,今别二年余,闻其来,大可与畅聚矣。

二十六丙寅日(4月15日) 晴。早间,张西园参戎来,晤谈片刻。瑞琴侣、姚厚庵来拜,均未晤。

二十七丁卯日(4月16日)　晴。午后,往答拜张西园,未遇。访琴侣、厚盦于逆旅中,遇广锡三于座。旋至定生处谈片刻,其季弟桂生至自梁园,适外出,未获晤面。复访声庭,谈良久乃归。

二十八戊辰日(4月17日)　晴。夏津主簿陈君来谒。午间,郑鼎盦招饮于酒肆,同席即沈桂生及瑞、姚诸君,午正三刻散归。下午,声庭来晤。晚间,秦小补之第二子来见,知其已捐纳巡检矣。

廿九己巳日(4月18日)　晴。王巡检官云来见。下午,沈桂生来晤,即面订初三日招其晚酌,并招瑞、姚诸君。

三　月

三月初一庚午日(4月19日)　阴。小雨永日,遂未谒庙。午刻,复延郑医为内子视疾,因连日服药迄未大愈也。

初二辛未日(4月20日)　阴。昂鹤如来,晤谈片刻。接钱小修讣启,知其有悼亡之戚。阅《三国演义》数册,以遣闲昼。又将案头文牍少事清厘,为明日宴客小憩之地。

初三壬申日(4月21日)　阴。午后,陈主簿来见。晚间,招沈桂生、瑞琴侣、姚厚盦诸君便酌,二更后乃散。

初四癸酉日(4月22日)　晴。陈主簿将赴汛,特来秉辞,又与晤见。闻新道耆观察眷属不日将抵此,耆公须出月方能捧檄履新也。

初五甲戌日(4月23日)　晴。午后,修发。晚间,招沈定生、余端伯、昂鹤如、姚眉生、查声庭诸君小饮,二更方散。

初六乙亥日(4月24日)　晴,极冷。午后,往访声庭,谈良久,遇姚厚庵、玉松谷。傍晚,访许西斋于成甫处,遇顾翰仙,即在彼晚饭。初更时,复邀翰仙来寓为内子诊视病证。

初七丙子日(4月25日)　清。晚间,招王韵笙、郭春庭、蹇宣甫、张西园、郭伯韶、湛惠之、王子泉诸君春饮,酉正入席,亥初散席。

初八丁丑日(4月26日)　晴。午后,偕同人出北门迎耆观察夫人,复至其公寓投刺,其所居即余扈家街旧宅也。申刻旋寓,延翰仙为余诊视宿疾,并为内子酌留数方焉。

　　初九戊寅日(4 月 27 日)　阴。晨起,觉左肩背酸痛异常。午后,复偕春廷、声庭游城南王母阁,时方兴修尚未完工。又复步行游来鹤观、金鱼池诸处。凉风拂面,归来遂感风寒,愈觉不适矣。

　　初十己卯日(4 月 28 日)　阴。微雨永日。晨起,头痛身热,颇有病象,终日偃息在室,惟胃纳如恒,似无大碍也。晚间,道库发本年另案五百六十两,实得三百三十九两零耳。

　　十一庚辰日(4 月 29 日)　阴。早间,觉外感仍未清,乃延郑延卿来诊,服药一剂,稍可,惟臂痛未尽除。是日仍雨。

　　十二辛巳日(4 月 30 日)　阴。雨仍未息。余疾渐瘳,仍延郑医诊视,又服药一剂。晚间,郭春庭招饮,未能去。连日阴雨,天气极冷,竟可衣重裘也。

　　十三壬午日(5 月 1 日)　晴。雨止日出。巳刻,复延郑医一诊。是日即送郑医还南乡。午后,接彭伯衡复函,知其已题补济宁直牧,计下半年可履任也。午后,声庭过访,谈良久,嘱余函致眉生索交代款,未知能应否也。阅电传邸抄,本届恩科会试题为“夫子之文章两章”,诗题乃“城阙参差晓树中得门字”。

　　十四癸未日(5 月 2 日)　阴。雨已息,微有晴意,天气亦较和暖,不似前数日之奇冷矣。晚间,寒宣甫刺史招饮于州廨,座有定生、韵生、鹤如、声庭诸君。余于午后先往定生处久谈,声庭亦在焉,三人同往州署入席。宣甫颇富收藏,席间出所藏香光手迹册页见示,其壁间悬书画亦都不恶,固非风尘俗吏比也。二更后散归。

　　十五甲申日(5 月 3 日)　晴。晨起,诣风神,案前拈香行礼。旋至新宅一看,知已腾空。午后,往声庭处假得白金七百,又益以自存三百金,找清屋值,即收回是屋,稍事修葺即可迁居矣。

　　十六乙酉日(5 月 4 日)　晴。午后,又往新居相度一番,乃呼匠更易大窗,并稍加润色,俾臻焕然。晚间,姚厚庵及玉松谷便衣来访,畅谈良久乃去。

十七丙戌日(5月5日)　晴。作慰小修悼亡书,拟寄一素幛去。午后,梦白过余斋长谈。是日立夏,乃循乡例祀祖,所用祭品皆时新物,即古人孟夏荐新之礼也。晚间,接祖寿侄书,知铭嫂于今正病殁淮寓。祖寿怙恃俱失,将依余以为生,余固谊不容诿者耳。

十八丁亥日(5月6日)　晴。午后,姚厚庵过谈,因旅费告匮来乞贷,假以白金数两而去。傍晚,余端伯来晤,晚饭后复谈时许乃出。

十九戊子日(5月7日)　晴。封发慰钱筱俯书,附以呢幛一轴。梦白有事于汴,此函即托其携去。又将汪葆田嘱募赈捐凑足廿金,并交其带往。伊盖翌晨首途也。

二十己丑日(5月8日)　晴。新任运河道耆静生观察自都赴豫谒河帅,道出此间,乃偕同人迓之于北郭,复至其寓谒见之,下午方还。是日天气较热,已换戴凉帽矣。

二十一庚寅日(5月9日)　晴。终日清厘案上故纸并公牍文件,以为移居张本。晚间,端伯知会电局来信,新任总河许公已抵豫省,择翌日接篆视事。

二十二辛卯日(5月10日)　晴。午后,往新宅一看,时令少香监土木工,有极不如式处,当指示督其更改。甚矣!人之不足恃也。余周视良久,黄昏时乃归。

二十三壬辰日(5月11日)　晴。晨起,送耆观察登程赴汴,同人咸集,俟其出升舆,鹄立揖送乃散。午后,修发。晚间,课梓儿温诵《论语》数卷。

二十四癸巳日(5月12日)　晴。午后,往新宅阅视工作。回寓后,令少香缮写贺河帅许公到任禀牍。下午,余端伯来,畅谈良久。

二十五甲午日(5月13日)　晴。接王建侯讣函,知其丁外艰,当即抽笔手作唁书慰之,并致赙金四两,盖建侯为大兄壬戌同谱,余在豫颇与之交好故也。午后,姚厚盦过访,晤谈许久。厚盦有上朱曼伯观察贺午节禀,欲余代为构,余日来心颇不静,殊惮于作文字,不得已姑颔之。

二十六乙未日(5月14日) 晴。封发许帅贺禀。下午，西斋过访，谈及渠奉委购办工麻，事颇棘手，迄今尚无端倪，恐有赔贴价值之累。甚矣！采买之不易也。

二十七丙申日(5月15日) 晴。午间，家忌祀先。饭后，步行至新宅看视，梓、槐两儿从。时修葺尚未竣工，约计出月初旬可毕事，余已择定四月初十日移寓，为期尚从容也。惟一切费用又须二百余金，真有力尽精疲之苦矣。杭垣息金犹未汇到，殊觉盼眼欲穿耳。下午归寓，修发。是日极热。晚间，课梓儿温读《孟子》一卷，甚生，历年塾师之虚应故事于此可见，其奈之何？

二十八丁酉日(5月16日) 晴。午前，往新居指示搭盖凉棚。午后，张西园、姚厚庵均来晤。下午，接沈经彝覆书，并得所存上年当息兑易纹银九百金，汇至济南瑞林祥绸肆。余乃往访盐店友人嵇幹臣，嘱其代为划兑来此，大约出月中浣方可兑到也。又接朱茗丈收到赈捐覆函，及许清如妹倩收到赠银覆函各一缄。晚间，阅邸抄，王夔丈于今正上元后一日抵滇督任。其到任谢折措辞命意深得政体，于为治之道务其远者大者，自是老成典型，与近时大吏专事矜张者不啻有上下床之别。循诵再三，佩服无已，爰摘抄其数行，以资传览焉。

二十九戊戌日(5月17日) 晴。早间，代姚厚盦作禀稿一通，即命书记为之誊就。午后，声庭过访，谈片刻，即偕其往访厚盦，所缮禀牍亦袖与之。又将致王建侯唁函奠金托厚庵转交便友寄汴，似不致误也。傍晚方旋寓。

三十己亥日(5月18日) 晴。午后，往新宅一看，时各工犹未告竣，余择得四月初十日移居，为日尚远，当可从容毕事也。晚间，阅《申报》，知朱子清观察物故。子清为脩伯年丈长子，以道员需次江南，年未及艾，初不料其遽亡也。

四　月

四月初一庚子日(5月19日)　阴。黎明时风雨交作,竟不克谒庙,午后稍晴。因闻沈桂生明日将入都,因往送之,并托其购带物件,付以廿金备用。未至沈宅,中途又遇雨一阵。到彼晤定、桂两昆季,定生谈及余新宅,坚劝延请风鉴一看,俾臻平顺,且举纪君逸萧精于相宅,拟明日往邀之。下午冒雨旋寓,初更雨犹未息。

　初二辛丑日(5月20日)　阴。雨止而晴光未放,天气稍凉,不似前数日之暴热矣。午后,乃往访纪逸萧,即拉其至新宅一看。纪君嘱将正院水道稍改,余悉仍旧,据云尚平妥,无甚大碍也。傍晚旋寓。

　初三壬寅日(5月21日)　晴。午后,修发。旋往答拜张西园,晤谈片刻。访声庭,未遇。至鹤如处,谈良久乃还。接清如书,托扇客陆姓寄带,附张鞠丈函及全史十四种,连前共成廿四史矣。又接大姑母及用宾兄覆书各一函。汪子养年丈喆嗣穰卿世讲以戊子科明经登己丑恩榜,贤书附来朱卷一册,阅其闱艺均极高超,中第六名。原卷多进呈之选,其非榜后删润可知,而能如此出色,知其攻苦于斯道也久矣。宜乎破壁飞去也。

　初四癸卯日(5月22日)　晴。陆费廉卿从子少华县佐至自汴中,携廉卿书来谒,意欲张罗川资及过班知县之费,恐难遂意也。任城掌教郑惠卿及纪逸萧、查声庭先后过谈,傍晚客方陆续散去。

　初五甲辰日(5月23日)　晴。午后,作张鞠丈覆书,并谢其寄书之劳,由驿递浙,当不致遗失也。扇客陆姓复交到清如见贻火腿、桂花糖二物,故乡风味以得尝为快。本署皂役至自武城,呈解县中解到春季养廉及俸银六十余两。余正因修理新屋用款竭蹶,得此不无小补耳。下午,往新宅一看,各工均将完竣矣。

　初六乙巳日(5月24日)　晴。日间,检集书箱,将书箱及粗重什物陆续运往新宅。又将衣箱略事检理,撰拟楹联十余副,亦移居张贴者也。

初七丙午日(5月25日)　晴。收到道库补发冬季半分夫食银两,只好俟移居后再发给各汛矣,又借领库款百金。午后,往答拜陆费幼华、郑惠卿,均未晤。访余端伯,谈片刻。阅电传阁抄,知彭雪琴大司马作古,又李若农年丈升授阁学,从此可渐登六卿,亦己未科之阔人也。

初八丁未日(5月26日)　晴。午前,在寓检点什物。午后,至新宅安置宾馆杌几,悬挂楹帖字画,栗六半日,方觉清楚。正欲归寓憩息,适高缵五舍人为其尊人开吊,请知宾酒,沈定生已入席,邀余往叙,乃衣冠而去。席间,谈及本道耆公已捧檄来履斯任,初五日自豫启程,大约明日可苴止也。

初九戊申日(5月27日)　晴。早间,略事部署几案闲物。午后,往迓耆观察于南关济阳桥,同人咸集。未初,旋寓小憩。复请祖位容像至新宅,躬自往送。傍晚,仍还旧寓。

初十己酉日(5月28日)　晴。清晨即起,料量一切。午间,偕眷口人等移寓石门口新宅。下午,修发。旋至高景泉处作吊,定、声两君子均在焉。旋偕至余寓相贺,无何郭春霆、昂鹤如、徐善卿、程敬五均来,即留其便酌。许成甫及汛闸诸君有来贺者亦留一饭。其席设于前厅,令少香族侄出陪,约二更后两席方散。

十一庚戌日(5月29日)　晴。辰刻,往道署贺耆公接篆之喜,未获接见,爰与定、声两君回寓小憩。旋偕至高宅送殡,步行至北门,及升车,已汗透纱袍矣。复至关外常清观奠其枢,乃入城还寓。下午,余端伯来贺,晤谈良久。忽大雨如注,端伯冒雨而去。晚间,设席祀先。是日,定生卸道篆,回本任矣。

十二辛亥日(5月30日)　晴。辰刻,复往谒本道耆公,居然获见,不数语即出,在官厅复少坐始散归。复将书籍检置架上。午后,往谢客,晤声庭、定生、鹤如,余均未遇。因将沈、昂两君交代事说合停妥,傍晚归。

十三壬子日(5月31日)　晴。午后,至嵇幹臣处将经彝汇到当息九百金如数取到,分别还账易钱,顷刻而完,所谓用钱如用水之多是也。下午,梦白至自汴垣,与谈良久。带到家润生函,润生以金腿、蛋糕见贻,亦附带来。

十四癸丑日(6月1日) 晴。阅电传会试题名录,竟无一熟识者。噫!异矣。午后,往谒见本道,沈、查两公亦在座。复偕二君访严小园,谈片刻。晚间,鹤如招饮,同席有朱柏泉、顾子高,二更后散归。

十五甲寅日(6月2日) 晴。清晨,诣风神,座前拈香。复偕沈、查二君同谒见本道。午初刻旋寓,假寐片时。下午,往访余端伯。遇江宁委员洪君晴川,桐城人,与谈数语,殆博雅君子也。晚间,定生饯鹤如酒,招余与声庭往陪,复有严小园、陆费幼华在座,约交夜子刻乃散。

十六乙卯日(6月3日) 阴。午后,陆费幼华来晤,少坐即去。下午,往梦白书斋一谈。旋将南中寄来史书检出,装做夹板,计廿四史全书可装四十八函,置之架上亦大观也。

十七丙辰日(6月4日) 晴。终日未出门,阅《朱子全集》数册。午后,修发。接定生字,及送昂鹤如公费赆仪共四百金,即作函转致之。旋接其覆函,复为加一笺送与定生,此事从此结清,鹤如不日可还汴听鼓矣。

十八丁巳日(6月5日) 晴。午前,作覆许清如、沈经彝书各一械。午后,昂鹤如来告辞,晤谈片刻。广锡三查泉归过访,亦与相晤。晚间,许成甫夫人来,在此晚饮,初更时乃去。

十九戊午日(6月6日) 晴。午后,声庭来晤,乃将所借先还二数,其余名世之数立一借券与之。下午,往鹤如处送行,晤谈良久乃还。接读季卿叔岳来书,附子先书一械。子先将归妹于嘉兴,书来告贷,自当有以应之。阅邸抄,见沈筱梦师以通判分发直隶。师为余都门受业师,不相问讯二十余年,居恒每念及之,今知其踪迹,可寄书问候矣。

二十己未日(6月7日) 晴。早间，作致小梦师书十纸，备述别后情况，重致念忱。寄天津，交孙晓苹兄转交，并挥数纸致晓平。午后，定生过谈良久。本道耆公送礼八色，纳其搢绅、茶叶二品，余均奉璧焉。阅搢绅，见余名列在上南河同知上。噫！异矣。

二十一庚申日(6月8日) 晴。早间，许西斋过访，谈及所采办麻料仍无就绪，颇代为焦急也。是日为先公忌辰。晚间，敬谨祀祭。

二十二辛酉日(6月9日) 晴。午后，往访西斋，未晤。晚间，定生招饮，姚厚盦亦在座，余均各同人也。

二十三壬戌日(6月10日) 晴。终日在寓。午后，至梦白斋中闲坐片刻。有金长庚其人者，自称部郎来作抽丰，与以制钱一贯而去。

二十四癸亥日(6月11日) 晴。签发公文廿余件，又将端节各书函分别阅定缄发。晚间甚热，渐有长夏之景。闻南漕已大半过十字河，大约节前可到此间，余不日亦将摒挡行装矣。

二十五甲子日(6月12日) 晴。是日为僧忠亲王殉节之期，同城各官均诣王祠致祭，午初方散归。午后，有催漕委员大挑知县三音布者奉帅委来见，未几即去。

二十六乙丑日(6月13日) 晴。午后，于次鹤过访，畅谈良久，酉初乃去。晚间，赴王待卿之招，席设于铁塔寺，盖为崔绥五而设也。二更散归，接道库发另案款一百六十余两。

二十七丙寅日(6月14日) 晴，热甚。午后，检理史书，自书笺识于上。未刻，往贺州幕王恪如纳妇之喜，闻其子年甫十六，妇则十七矣。余观其貌秀雅婉丽，自是女娇娥也。自王宅出，复答拜三大令音布，又往访严小园，均未晤乃还。

二十八丁卯日(6月15日) 晴。终日清厘案上积牍。午后，阅《明史》数册。曩尝阅《今古奇观》，有义仆阿寄抚幼主成立发迹事，余以为不过野史中事耳，洎阅《明史》，见所谓阿寄者已列入《忠义传》，始知此事之非诬也。

二十九戊辰日(6月16日)　晴。早间,院委北路催漕委员赵子晋别驾来晤。赵需次东河有年,余在汴时曾与熟识者也。午后,修发一度。

五　月

五月初一己巳日(6月17日)　晴。清晨,诣禹王、天后庙,拈香行礼。旋往道辕贺朔,遇州牧蹇宣甫于座。复往答拜赵子晋,未晤。酉刻,日有食之,偕同人往道署随班救护。余到时尚早,乃先往严小园幕中少坐,适姚眉生送漕事竣归,定生自南旺勘工归,均在座。闻漕船已入运河厅境,不日即可抵济城矣。

初二庚午日(6月18日)　晴。午刻,家忌祀祖。午后,王子泉守戎来,晤谈片刻而去。下午,将应送节仪分别部署,计已需银百数十金矣。晚间热甚。

初三辛未日(6月19日)　晴。闻许成甫已旋寓,中途遭覆舟之厄,乃往候之。晚间,即在彼晚饭,西斋亦在座,又有傅君号翰园者亦共杯酌,二更方散归。

初四壬申日(6月20日)　晴。漕船已陆续抵此。午后,勷办汪翔甫大令来拜,晤谈片刻。知第九帮运员为朱筠谷司马,杭州人,余与有葭莩之谊,丙寅夏间曾相见于都门,别来廿有六年,不图于此遇之也。

初五癸酉日(6月21日)　晴。偕定生同谒见本道耆公,求其借发库款百金,言之再四方见允。巳刻,往南关水次谒江安粮道及各帮运员,均未晤。旋寓后,朱筠谷表丈来访,晤谈片刻。朱年已六十余,须间白矣。午后,各帮运员来答拜者纷纷,晤杨、乔、陈、李、欧阳诸君。下午,复往河干谒马粮储,仍未遇。乃至朱筠丈舟中畅谈,即约其明晚小饮。复至电报局访余端伯,黄昏乃还。

初六甲戌日(6月22日)　晴。巳刻忽阴雨一阵,未几仍晴光大放。午后,玉松谷过谈片刻。下午,余端伯过访,少坐即去。晚间,招筼谷表丈小酌，邀西斋、成甫相陪，初更乃散。马植轩粮储馈赠土宜，纳其鱼翅、笋脯二物，余均璧完。

初七乙亥日（6月23日） 晴，热甚。巳刻，往南关舟次谒见马粮储，晤谈片刻。复拜勷办汪翔甫司马，亦晤面。午前返寓，整备馈送粮道礼物，彼亦收两色，一冬菜、一查糕也。晚间，定生招催漕诸君小饮，邀余往陪。席间热极，挥汗不已，二更乃散归。

初八丙子日（6月24日） 晴。早间，整备馈汪翔甫礼物，收烛、酒、冬菜三色。漕船前五起均已开行，各运员明日亦解维矣。午后，修发。是日为成甫太夫人寿辰，乃往拜寿。成甫适外出，惟见其妻孥焉。

初九丁丑日（6月25日） 晴。终日未出门，作经彝、清如、子先覆书各一缄。嘱子先划领大衍钱数于沈经彝，为余夫妇助巧妹奁赠之需。又覆季卿叔岳一书，交信局寄京。分别料量既毕，时已黄昏。赵子晋过访，以禀报漕船出境禀单交余带汛填日代发，子晋拟不往下河属汛矣。

初十戊寅日（6月26日） 晴。巳刻，谒道，未见。闻江安粮储尚未解维长行，乃偕姚、广两君往河干送之，亦未见而还，闻其明日方首途也。午刻回寓，祀祖。饭后大雨两阵，仍不觉凉。

十一己卯日（6月27日） 晴。拟就报漕船入境出境禀稿各一通，饬签押。家仆誊稿照缮，惟空留日时俟临时填写。又发示武城驻署书役谕单一纸，令其先期预备公所。复致武城令丁君一函，将春季批回发还。晚间颇凉。

十二庚辰日（6月28日） 晴。午刻，家祭祀先。午后，阅《仁在堂时艺全集》数册，接钱筱修赴函，知其太夫人于四月廿一日逝世。小修莅任两年，遽尔奉讳，其境遇之累可知矣。

十三辛巳日（6月29日） 阴。自夜半大雨，至天明未息。是日为武帝圣诞，须诣庙陪祀。余冒雨而往，比至，而本道已散，乃折回。时仍大雨如注，申刻稍霁。闻道台明日公出，乃往谒见，并告辞赴汛。

复往晤严小园,谈良久方还。夜间又复大雨一阵。

十四壬午日(6月30日) 阴。终日未出门,稍事掭挡,拟十八日起程赴汛,大约尚从容也。

十五癸未日(7月1日) 阴。早间又大雨一阵。午后,程敬五过谈,约同赴临清。下午,鲍把总来禀辞,据云亦将赴汛矣,惟以天阴雨多恐道路泥泞难行耳。

十六甲申日(7月2日) 晴。早间,彭口闸叶祝三来晤。午后,许西斋来晤,并托购临清物件,且交来足纹十两,第所开单内物颇多,恐尚不敷用也。

十七乙酉日(7月3日) 晴。早间,吴俊民来禀辞赴汛。午后,程敬五、姚厚庵、顾翰仙先后过谈。下午,略事掭挡衣物等件。复出门往定生处辞别,晤谈片刻。又访姚厚庵、玉松谷,均晤,傍晚还寓。灯下,复检理行箧,作唁小脩函,并撰挽钱舅母联句,寄以联、幛二事,聊申奠意焉。夜间大雨,幸未几即霁。

十八丙戌日(7月4日) 晴。黎明起,向定生索得菩提丸十粒,以备中途不时之需。辰初刻,携带关防自济宁赴辖汛送漕。余自乘舆,行李及仆从用车二辆。时久雨之后,道途泥泞难行,幸轿行尚无碍。未正,馈于南站。戌正,抵汶上之草桥,宿于逆旅,湫隘芜秽,不可居之地也。北方之陋如是。

十九丁亥日(7月5日) 晴。寅初起马,沿途水潦难行。午正,始馈于东平州城。午后,渡盐河,因水浅,舟不能泊岸,十数舆夫异舆涉水至中流就舟,余颇惴惴。戌正,抵阳谷店地方,时已昏黑,逆旅尚远,乃投一小药肆借宿一宵。在后之行李车陷于泥淖,夜半始至,惟药肆门外露宿而已。

二十戊子日(7月6日) 晴。辰初,登程。山路崎岖,又兼积潦为患。午初,抵东阿旧县,余即命午馈。未正后,复行廿余里。山沟险峻难行,余鉴于昨日之窘,甫抵东阿县治,时方申正,即决意住宿,不再遄行。歇于县治北关旅店,盖入南门出北门穿城而行者也。连日人困马乏，今日早宿，都可略定喘息，较之终日趱行日暮无归苦乐悬殊矣。

二十一己丑日（7月7日） 阴。自丑至寅卯间，大雨如注。辰刻，雨稍止，乃自东阿遄发，不数里风雨又作。已刻，至渔山口渡黄河，不及半刻即抵北岸，为从来未有之速。且舟小风大，而爽利如此，始知东省黄河吃重固在下游，其上游实无甚汹涌也。渡河后，冒雨勇进卅余里，至陈家店地方午馈。因客舍屋败，余在一陈姓民人屋中小憩良久。未正，复冒雨而行。余悯舆夫之艰辛，乃舍轿乘车，令昇夫肩空轿以从。申正三刻，抵干官庙，夫陈家店又廿余里矣。时雨势愈大，只得投宿。其地旅店尤颓朽，余寓大王庙中之客堂，较旅店故远胜矣。晚间雨仍直泻，未知明日能晴霁否耳。夜间睡醒，闻雨声飞注不止，心殊惴惴。

二十二庚寅日（7月8日） 晴。晨起，雨渐止，阳光大放。自王官庙起马，途中积雨成汪，四望无际，车轿涉水前进，其险异常。余仍乘轿，迂途避水行运河堤上，尚复屡涉大水，行卅余里，时已未初，犹去东昌数里之遥。至申初甫抵郡城，寓鼓楼街旅馆中。酉刻，访崔绥五于上河厅署，在彼畅谈，晚饭后乃回寓。

二十三辛卯日（7月9日） 晴。晨起，出谒客。先至邑绅朱实甫年丈处，未见。时方辰初，殆犹未兴欤？旋拜李莲舫太守、刘伯和司马，均晤谈。刘为人尤为慷爽真挚，谈最久。又访王又云大令，未遇。王君名洵，同里居铁线巷者也。午初还寓。饭后，实甫丈来答拜，晤谈良久。并承赠食品肴馔，都甚佳，情意亦殷殷。刘伯和来答拜，亦畅谈，并订明晚便酌，余谢之。下午，聊城令王又云来晤，周至殷勤，并送晚膳及铺垫、茶烛来。余晚膳食品太多，乃给与仆从人等分啖焉。晚间，刘伯和遣价来，订翌日便酌，因作字告以明晨准行，不克往，然其情意固可感矣。

二十四壬辰日（7月10日） 阴。辰刻，发东昌。刘、王两君饬仆持名柬送于郊外。余甫出东郭，渡运河，遇朱实丈于途，立谈数言而别。时渠将往恩县,故车出于此。午正,抵梁家浅午馔。酉刻,宿魏家湾。今日行七十余里,沿途积水极深,余行运河堤上,乃免涉水之苦。

二十五癸巳日(7月11日)　晴。晓发魏家湾,行二十里,尖于戴家湾。适村人有社会,余憩于逆旅中,有绅衿数人迎于门,与之坐而询其年岁之丰歉,盖滨临运河,无岁不遭水患者也。未刻,抵临清之漳神庙,即寓于庙中。其间屋舍堂皇,庭院轩敞,向来下河厅候送漕艘皆在此作行馆,于消夏颇宜。晚间,作书谢王又云,遣其隶役持回销差。又遣舆夫回济宁,命寄家书一械。

二十六甲午日(7月12日)　晴。辰刻起,恭诣漳王庙、大王庙两处,拈香。午后,栉发一过。作致刘伯和、崔绥五信各一械,交沿途闸夫换递。下午,临清州判张君培中、砖板闸官韩君继祖俱来见。傍晚,周历庙中前后殿宇庭院,阅视碑匾楹联。是日,闻漕艘尚羁滞安山,因东平汛二道拨决口,尚未堵合,故不能前进,未知月内能否渡黄耳。

二十七乙未日(7月13日)　晴。仍寓庙中。午前,入城拜访临清州守陶荃生直刺,晤谈良久。归途答拜张州判,未晤。午正,还旅舍,知州同祥君佩秋亦寓是庙,乃投一刺,未谋面。少顷,祥君入访,与谈片刻而去。下午,静坐闷极,乃抽笔伸笺致声庭一书,询其汛内决口已否堵合,粮艘何日出运入黄,嘱令随时见示,俾余得先期放棹北行也。

二十八丙申日(7月14日)　清。仍寓庙中。午后,往大街闲游。又至大宁寺一观,寺中皆贸易铺户,其交易亦不甚踊跃。此间丝带尚佳,余购得裤带数条以归。闻武城西南关民埝决口,水势汹汹,余只得迟日再往彼处,因先饬役探焉。夜间阵雨一次,旋止。

二十九丁酉日(7月15日)　晴。仍寓庙中。是日较热。午前,陶铨生来答拜,晤谈片刻。述及武城决口四十余丈,日内正在抢堵。噫! 何天之厄斯民也。午后,为庙僧书横直条幅各一事,余不善大字,阅之殊不惬意。下午,作谢朱实丈函,交王又云大令转送,因复挥数行致又云,交沿闸接递。傍晚无事,作楷字百余,不觉手腕酸楚,乃搁笔。灯下无聊,又作致定生书数行方就寝。

三十戊戌日(7月16日) 晴。仍寓庙中。接江安粮道札,查取卫河水报,乃转饬五属汛,令其随时径报粮道。又将致定生函封固,复作家书,均用马封驿递,并将札文钤印封发。闻漕船已齐抵十里埠,渡黄殆不远矣。晚间阵雨数次,凉风习习,非复日间之炎热也。

六 月

六月初一己亥日(7月17日) 上半日晴,下半日阴。辰刻起,诣大王庙、漳神庙两处,拈香。适州守陶铨生率同城文武于大王庙演戏酬神,余诣庙时犹未散也。午后风雨交作,天气转凉。余至僧房闲话,遇孙朴庵,与谈片刻。又至州同祥佩秋屋,少坐乃还寝室。晚间,程敬五抵此,亦寓庙中,来晤。询悉漕船已全抵南运口,因黄水过大,须稍迟方出运入黄,大约日内尚未能到此也。敬五后余半日行,乃迟六日始抵此,可想道路之难行矣。文武汛员吴、陈、鲍三人至今尚未到汛,余欲按临属汛而不得,尤为可恼耳。

初二庚子日(7月18日) 阴。凉甚,竟可衣薄棉。是日初交伏汛,州守复于漳神庙演戏。余午后往访程敬五,未遇。遂出至庙前戏楼少坐,未几复大雨一阵。下午,小食甫毕,闻程敬五已归,乃偕其至看台观戏二折。傍晚复大雨如泻,遂还寝室。阅各汛水报,余所辖卫河水涨至丈有七尺,宜乎各处之漫溢也。夜间淫雨,达旦乃休。

初三辛丑日(7月19日) 阴。黎明雨止。午前,检出西斋托买物单,饬仆为购丝带等物。午后,往访敬五,旋偕其至余屋茗话,小食毕乃去。敬五行箧携有《山东军兴纪略》,余借观一套,颇足消遣。下午,阳光渐放,似有晴意矣。

初四壬寅日(7月20日) 上半日晴,下半日阴。晨起,阅绥五致敬五函,提及漕船已于昨日启坝渡黄,约三四日后可抵临清。余乃饬备船只,拟明日赴辖汛候送漕船,并发传牌传至各汛,但恐各汛员仍未到汛耳。午后大风雨一阵,傍晚雨止,似有晴意,初更时又复阴雨。甚矣! 雨师之作虐也。敬五于下午过谈片刻,云欲以报漕船出境禀,交余携至德州代填时日,代为发递,渠盖不往下汛矣。夜间雨复大作,终宵倾泻不止。

初五癸卯日(7月21日) 晴。早间雨止。午初,自临清登舟,敬五及僧闻元送于舟中,余即解缆赴卫河辖汛。行未十里,舟橹损坏,舟子徒手不能驾驶,复易舟而行,至申初方得前进。酉初,过夏津汛之孙家庄,入本境交界。时风日晴和,顺流而下,舟行颇速,盖不足两周时,已行五十余里矣。酉正三刻,抵油坊,适阵雨一次,遂停舟片刻。戌初三刻,抵渡口驿,夏津主簿驻札处也。时主簿陈君不在汛地,仅有外委吏役来迎而已。夜宿舟中。

初六甲辰日(7月22日) 阴。黎明,自渡口驿开舟。辰初,抵武城,吏役以仪仗来迎,假大王庙作公署。县丞吴俊民迎于门,旋入谒见。少顷,甲马巡检王官云亦来谒见,县令丁君锡五遣人持手版相迓。时城外西南隅堤埝漫溢十余丈,水势汹涌,居民赶办堵筑,尚无眉目,闻绅民望余至如望岁,余则无权无款,深愧无所措手耳。晚间,县丞吴俊民便衣来见,述及县城半为水浸,已有岌岌不可终日之势,余乃自拟禀稿先将大概情形禀报本道,然亦不过吾尽吾心而已。噫!

初七乙巳日(7月23日) 晴。晨起,呵殿入城。旋恭诣文武庙、大王、城隍各庙,拈香行礼。往拜县令丁锡五、教谕刘子方、训导刘愤臣、监局委员夏大令季帆,均晤谈许久。复至县丞、县尉、巡司各处投刺,午初乃还行署。午后,丁、刘、夏、刘诸君均来谒晤。城守把总李君、典史邢君亦来见。晚间,吴、王两属僚饷酒肴一席,乃与少香共饮焉。夜复阴雨不止,水势有涨无落,余实为斯民忧虑耳。

初八丙午日(7月24日) 晴。午前,偕县令、县佐、把总往决口处履勘,但见口门宽廿余丈,探量水深丈有六尺,大溜奔腾,滔滔不已,东南两城关均浸于水,势极险迫。丁大令短于才,毫无抵御,民夫亦措手不及。余睹此情状，已不可收拾，只得藏拙，付之浩叹而已。归来，复有绅民求见，余抚慰再三，真有爱莫能助之势。午后，辖下外委河兵十数人来叩谒，若辈盖希冀兴堵决口，借以效用。余姑令少安毋躁，俟余送漕毕后再定计划可耳。未申间又复阴雨，天意如此，无可如何。余几欲呼苍苍，为民请命，惟微忱未必能格天听，徒切杞忧，终无裨补也。晚间幸获晴霁，星月皎洁，惟东南风大作，通宵未已。

初九丁未日（7 月 25 日）　晴。阳光大放，仰视青苍，终日无片云，可谓幸矣。午后，颇苦炎蒸。余在公署，终日未出门。惟至门外河干阅视水势，见水已平槽，殊为焦灼。傍晚，刘子方广文之子信阳巡检名克恭者因省亲来此，以曩曾隶先兄属下，特来谒余，谈次深以危城为虑，甚咎县令之因循玩泄。余极欲为筹堵御，无如款料都不应手，县令不肯协力共举，余固无如之何耳。晚间，有绅董以赴县请料不与来告者，余允为催发乃去。夜来月色大明，至四鼓复阵雨一次，幸即转晴。

初十戊申日（7 月 26 日）　晴。日虽朗而风甚厉，恐于河埝不能无损。申刻，县中将余应领秋季俸廉预行批解到署，盖知余旅费不充故也。晚间，丁大令招饮县署，两广文及吴俊民贰尹相陪。刘奋臣广文健谈，与语独多，丁君惟默默而已。初更散归。

十一己酉日（7 月 27 日）　晴。终日热甚。接程敬五覆函，知初九日漕船尚未抵临清，恐日内尚未必能过境也。午后，赋成七律三章赠刘奋臣广文，赋五律二章赠刘子方广文。晚间，复作赠丁锡五大令七律二首。盖一日而得诗七首矣，稿另抄存。夜间，闻门外民夫抢护堤埝，喧嚣嘈杂，竟不能安眠。连日风日晴和，而河水仍有长无消，心窃忧之，言为心声，诗中每道及焉。

十二庚戌日（7 月 28 日）　晴。作字致两广文，将赠丁锡五诗录示两君同阅。闻前鄂抚升任口北都统，奎斌公由鄂北上，将道出武城，拟偕县令往迎之。午后，盐局委员夏季舫大令送看点三器，均极佳。下午，奎都统舟抵城下，余往谒见，晤谈片刻。提及漕船尚未出黄入运,不知何以濡滞至此。晚间,以夏君所馈看点转贻奎公,聊尽地主之谊。夜来热甚,月色极佳,闻奎公于四更解维北行矣。

十三辛亥日(7月29日)　晴。早间,接济宁公寓包封,梓儿来禀及家丁禀各一,得悉寓中均安。又附来小梦师覆书,读之备悉师近年境况。又接首府县来函,以致送福幼农方伯太夫人寿屏派分资三两,当即泐覆,将分资并托夏季舫代寄。午后,作复梓儿书,又致张西园一函,询问漕船所至,均分别驿递。下午,两广文送和章至,奋臣亲自过访,谈良久乃去。阅水报,今日水消三寸,可谓幸矣。傍晚,有衙役赵际泰渡河覆舟殒命,情殊可悯,当有以恩恤之。晚间,作赠夏季舫五律二首。

十四壬子日(7月30日)　晴。仍在武城驻署。日间,作赠吴俊民七绝四首,赠王泽农七绝二首,均即时送去。今日水又消五寸,闻上游临清有漫口处,故此间水势锐杀耳。晚间,作谕单命赵际泰之子赵立诚袭其父遗役,以示矜恤,并拟赏给钱数千,俾资埋葬焉。下午,栉沐一度。

十五癸丑日(7月31日)　晴。晨起,诣大王庙,拈香,县丞随班行礼。复恭诣文庙,拈香,县令、教职、典史、把总均随班行礼。还署后,县令、县丞、巡检均来谒见,俨然为上官矣。午后往拜,晤夏季舫、刘奋臣,均晤谈良久。往答拜丁锡五,未晤而还。

十六甲寅日(8月1日)　晴。早间,唤赵立诚及其母至,当堂给谕单令其著役,并赏钱六千而去。午后热甚,食西瓜半枚,稍涤烦暑。夜间月色大明。

十七乙卯日(8月2日)　晴。闻漕艘已抵临清,大约不日可入境矣,乃檄行夏津主簿,令其速报入境日时,以凭转报。时陈主簿尚滞夏津县城,闻其仍未到汛,故檄饬之耳。晚间热甚。

十八丙辰日(8月3日)　晴。日间无事,作述怀诗二律,另抄存稿,并录送刘奋臣阅之。下午,刘子方以看点相贻,味俱甘芳,盖其家制也。

十九丁巳日(**8月4日**)　晴。连日热甚。长昼无聊,行箧携有小《家语》四册,随意翻阅而已。午后,夏季舫过访,谈片刻去。

二十戊午日(**8月5日**)　晴。巳刻,升公坐,点卯,各书役均鹄立以伺。乃添派皂役一名曰张庆棠、茶房一名曰郭文长,当堂给谕著役,并将卯簿钤印判朱,然后发房备案,午刻退堂。晚发德州州同汛札文,饬将日行公牍径递武城驻署,勿仍递济宁,致涉迁延。连日卫水日消,较余初到时已消落尺有四寸矣。

二十一己未日(**8月6日**)　晴。终日挥汗如雨,殊以为苦。粮艘仍未抵境,不免躁急。晚间,吟仓山诗句以解闷。侵夜尤热,偃卧葛帷中,犹不能着衣也。

二十二庚申日(**8月7日**)　晴。午后,挥笺致程敬五,询问粮船行迹,专差递临清,俟得其覆书,便可知梗概矣。晚间,仍热甚。接阅吴俊民和诗四首,虽不甚妥惬,亦颇可诵也。

二十三辛酉日(**8月8日**)　晴。日间极热,呼吏缮写庆贺万寿告示张贴署前。午后,修发。傍晚,刘子方便衣过访,黄昏乃去。初更后,狂风大作,门窗振振有声,继以暴雨,夜间差凉。

二十四壬戌日(**8月9日**)　晴。雨止而风未已,颇觉凉爽。午刻,专差至自临清,得程敬五覆书,知漕船已于昨日齐抵临清,大约不日即可入我境矣。午后,静坐衙斋,颇觉适意。

二十五癸亥日(**8月10日**)　晴。仍极凉爽。午后,呼驺从出门往拜,晤丁锡五、夏季舫、刘子方、刘奋臣诸君,均坐谈许久,下午方还。从奋臣处借得丛书数种携归,借消永昼。

二十六甲子日(**8月11日**)　晴。丑刻,恭诣万寿宫,率同在城各文武官僚行朝贺礼,旋在朝房吃面。寅刻散归,复假寐多时乃兴。午后,锡五、奋臣俱过谈。奋臣携小僮年十七八,明眉皓齿,灵敏可喜,余颇怜之。晚间,张西园专弁来告,漕船定廿九日自临清开行。西园复因定生处汇款未到,嘱余代垫卅金,当即勉措成数,交其来弁携去,并手泐数行复西园焉。西园又以禀报全漕出东文牍嘱余代填时日转发,俟到德州时一并发递也。

二十七乙丑日(8月12日) 晴。早间,为刘奋臣书纨扇一柄。午后,假寐片刻,阅《昭代丛书》《檀几丛书》数则。闻黄河上游漫决有分流南徙之说,未谂确否,亦不知究系何处漫口也。

二十八丙寅日(8月13日) 晴。日间,略清案牍,有吏役红禀数件为之分晰批示。午后,刘子方过谈良久。余以漕船即日可到,拟翌日登舟赴下游押送,因将琐事略事清厘,复以行囊告匮乃告急于丁锡五,不知其能应否也。

二十九丁卯日(8月14日) 晴。早间,接丁锡五覆函,约俟德州归来相假以资,只可听之。午后,自公署起马,先诣大王庙,拈香行礼,随赴同城各处辞行。未刻,出武城西关登舟,县令率文武各官均送于舟。申刻,见河中漕船陆续经过。第二起运员叶子贞通守泊舟时许,余与往还,各谈片刻,其舟旋解维行。晚间,第三起漕船将次过完,余拟俟马粮储舟过后即跟踪前行。晚饭后,延吴俊民至舟,托其代填禀报漕船入境文件,代为发递,以期迅速。刘子方复赠次韵诗四章,可为真挚矣。

三十戊辰日(8月15日) 晴。辰刻,接济寓包封,梓儿来禀及各处信函、《京报》等件。内有王建侯复函,渠曾于客岁转饷兰州,与四弟子舟相晤,述及仍在赋闲,不知今年如何境况耳。本日自卯至午又过粮船数起。勷办汪翔甫之舟亦过此,携有张西园复函,述及豫抚倪豹岑年丈作古,老成凋谢,为之叹息。午后热甚。余泊舟大王庙前,阅视粮船。县丞吴俊民终日危坐河干照料漕行。至酉刻,第八起船泊武城。运员欧阳友仙过余舟,谈片刻。晚饭后,余复至彼舟访之,二更乃还。

七 月

七月初一己巳日(8月16日) 晴。辰刻,第九起船过武城,余至朱筠谷表丈舟中少坐。马粮储押运尾船,投手版,未获见,余乃开船押送各漕船北行。未初,过甲马营,管河巡检王官云竟不到汛送漕,亦无浅夫听差,乃檄行申饬之。酉刻,过郑家口,有外委兵夫来迓,时漕船均已前行,余舟落后。晚间,复追行卅余里,见九、十两起漕船均泊,时已亥正,余亦命泊舟。其地名贾家林,直隶故城县地也,盖离县城尚廿余里云。

初二庚午日(8 月 17 日)　晴。清晨开船,与漕船同行。午初,抵四女寺,下河把总汛地也。有外委兵夫跪迎道左,把总鲍君乘舟迎谒,接见,与谈片刻。恩县县丞胡君驻札是地,亦至舟谒见。午后,过五孔桥砖石坝,余于舟中匆匆一阅,其工程尚坚固。午后,天气渐阴,微雨屡作。申刻,抵德州,时粮船有泊者,余亦泊舟。有汛弁兵夫跪迎,州同张君思澄冒雨登舟谒见,与谈许久。张君字皞如,粤东顺德人,以大挑知县借补是缺。其人恂恂儒雅,自是书生本色,公事亦谙悉,余心窃重之。晚间雨更大。张君进肴馔,极佳。复送邸抄来阅,知京师城内及畿辅各州县发蛟,水势极大,漂没田庐人口无数,实为数百年未有之奇灾。吁!可畏也。

初三辛未日(8 月 18 日)　晴。早间,自舟中移寓德州西关高升店。州同张君设灯采铺陈于此,并派吏役听呼唤,尚称周到。午前,修发。饭后,往城内谒见山东粮道善联公,蒙延见,畅谈,略分言情,意极殷殷,送余出暖阁,视升舆乃入,可谓礼貌有加矣。复拜卫守备卢子春及州同张皞如,均晤谈。州牧程芝庭以公出,未遇。傍晚还寓,程君送酒馔一筵,即以充晚膳焉。

初四壬申日(8 月 19 日)　晴。清晨,接州同禀报,漕船昨日酉时全数出柘园镇北上,当将驰报大府文件填写时日交德州驿,由四百里驰递,并先电禀河帅及运河道台,以期迅速。午前,张皞如来谒见。午后,权州牧程君梓庭来晤。德州卫卢子春亦来答拜,晤谈片刻,询悉其从父官编修名鉴者,与大兄为辛未同年。子春叙及年谊,意尤殷殷,并面订翌晚招饮。下午,善星源粮储来答拜,晤谈极久。去后遣纪来馈蒸肴,复以余川资告匮慨然以百金相假,盖善公与先兄子通曾公事京师,其兄斌子俊官开封城守尉,与余亦颇熟识故也。然如此殷拳,其情固可感矣。晚间,赋成赠张皞如七律二章,又将其禀牍二件批发,明日俱可送与之。

初五癸酉日(8月20日)　晴。午后,入城往拜,晤程芝庭,并向其借小队轿役以备起旱旋济。芝庭亦以五十金相假,以佐余川资之不足,亦可谓殷殷矣。旋往晤粮署友人穆席卿,知有运河观察耆公家丁李姓自京抵此,奉其主命携带绍酒六坛,由水程还济,欲余给发溜单,传知各汛照料,以免阻滞。乃给与溜单一纸,并函托临清陶荃生刺史及临清汛张树滋州判一体关照焉。自穆席卿处出,即赴德卫卢子春署中晚饮,同席除皞如外,皆各帮千总。有济帮千总邵君者,钱塘人也,惜忘其名号耳。初更散席,还旅舍。

初六甲戌日(8月21日)　阴。候车不至,仍羁滞德州。午前雨作,未几即止。午后,饬仆赴州中戒备夫马,令其明中齐集,以便早日首途。晚间微雨又来,幸不甚大耳。

初七乙亥日(8月22日)　晴。午后,往谒客辞行,均未遇,惟晤穆熙卿于其寓。下午返寓,熙卿复来晤,并馈以茶点小菜等物。晚间,车马人夫俱集,明日计可首途,乃电告济寓知之。

初八丙子日(8月23日)　晴。黎明,自德州行馆登程赴济寓,同城文武均差送,州同张皞如送于郊外,余降舆与立谈数语而别。巳初刻行,至中途御者不慎,座车覆于泥淖。余虽未乘车,而衣物均在车中,半为水浸,文卷及手札等亦都损湿,御者不得辞咎,殊可恨也。行五十里渡马颊河。午馈于屈家店,因晾晒衣物迁延许久乃行。复行卅里,宿平原县东关旅舍,甚湫隘。夜间竟不能熟寐,殊苦之。今日午后风雨交作者二次,幸未几即晴,尚无碍程途耳。

初九丁丑日(8月24日)　晴。晓发平原。巳刻,过二十里南铺,午馈于李家寨。申刻,抵禹城北关,因积水,须舟行乃得渡,遂宿于逆旅中,候明日登舟。

初十戊寅日(8月25日)　晴。晓发禹城。时因齐河黄流漫口,沿途水深数尺,乃觅小舟五支分载轿车以行,骡马则另觅人夫牵以涉水而进。余自辰至申,危坐轿中,竟不及午餐,幸遇顺风,舟行尚利。申正,抵晏城,因去齐河尚廿余里,恐不克至,因即登岸宿晏城。适是处旅舍甚轩敞,颇觉适意。今日舟行五十余里,明日仍须复就是舟也。

拾壹己卯日(8月26日) 晴。晓发晏城,仍以小舟涉水,黄流势激,舟行颇险。午初,抵齐河县,穿城陆行,入自北门,出由东门,渡黄河而南。馈于北店。午后,沿大堤陆行约四十余里,渡一水,又行数里,宿杜家庙。是日所行途路尚无积潦,可称坦途。

十二庚辰日(8月27日) 晴。晓发杜家庙,行五十里,尖于章下。是处为入省通衢,盖历城县境也。午后,行四十里,宿湾德,其地为长清县境。时方申正,因人马疲殆,遂止是处。

十三辛巳日(8月28日) 晴。晓发湾德,行五十里。时方午正,尖于泰安县境之莘庄。午后,行四十里,过夏张,小憩片刻。酉初,复行廿五里,宿东向村。连日所行皆山路,崎岖凹凸,车行大难,幸余自乘肩舆,尚无所苦。自此至济宁仅余百六十余里,计两日可莅止矣。

十四壬午日(8月29日) 阴。寅初起。卯初起马,行廿五里渡汶河。复行廿里,尖于莘庄。午后,行卅里,过宁阳县城,时方申正。复行十五里至固城,时已黄昏,遂宿是处。惟店屋极湫隘,颇觉难耐。晚间放晴,月色甚佳。

十五癸未日(8月30日) 晴。丑初,发固城,乘月色夜行三十余里。辰初,尖于盐城店。午正三刻,抵济宁州城,入北门旋寓。妇孺皆安适。披阅各处公牍书笺,即作函致谢程芝庭,令护勇及舆夫还德州销差。下午,查声庭及李静臣君来晤。

十六甲申日(8月31日) 晴。午间,祀先。午后,出门谒见本道耆公,知已据余电禀将全漕出东日期详报大府矣。旋往访定生,谈良久,遇广锡三、严小园于座。访声庭、春庭、敬五、静臣、俱未遇。访蹇宣甫,谈片刻而还。又接葛味荃告急书,余正在十分拮据,愧无以应也。晚间,与内子絮语别来情事,良久乃寝。

十七乙酉日(9月1日)　晴。终日在寓清厘琐事。午后,李君功泌来,晤谈片刻。傍晚,与梦白略谈。夜间,煨汤就浴,略涤尘垢。

十八丙戌日(9月2日)　阴。午间,清厘公牍,检集拜匣中被湿各件,幸无大损。午后,锡三来,晤谈良久乃去。傍晚,蹇宣甫过谈片刻。闻本道耆公夫人寿诞有称觞之举,乃书幛款制字,以备致祝之用。

十九丁亥日(9月3日)　晴。早间,张西园过谈。午后,敬五、声庭均来晤。郭春庭将之汴,来辞别,未遇,乃将送倪豹帅挽幛交其带汴。傍晚,发耕瑶书,嘱其代辞梦白,俾令高就,余亦可为儿辈另延良师也。

二十戊子日(9月4日)　晴。午后,往访姚眉生、王子泉,徐善卿、张西园,均晤。傍晚,往定生处少坐,声庭亦在焉,黄昏乃还。余端伯过访,未晤。

二十一己丑日(9月5日)　晴。王子泉、叶少仙均来晤。午后,缮发善星源观察谢禀及德州武城诸同僚谢函,均分别驿递。本道寿幛于下午送去,仅收款字,不及仪物,殆非正寿也。

二十二庚寅日(9月6日)　晴。巳刻,往道署预祝,同人均到齐,惟余最后至。散衙后,定生、眉生、善卿均来晤。午后,往访许西斋,未晤。答拜叶仙老、余端伯,俱晤,面遇西斋于端伯席上,傍晚乃还。

二十三辛卯日(9月7日)　晴。晨趋道署祝寿,复至声庭处少坐。午前还寓,严小园过访,谈片刻去。午后,往访朱君正田号道生者,未得其踪。旋至定生处,晤商一切,遇张西园、于次鹤、徐善卿诸人。

二十四壬辰日(9月8日)　晴。早间,梅少岩观察自省南旋,过此来访,晤谈良久。少翁与先兄为壬戌乡闱同榜,向在都门熟识者也。午后,声庭过访。下午,往南关水次答拜梅观察,晤谈片刻。归途访西斋,晤。晚间,王韵笙招陪梅少岩便酌,少岩临时不到座,客惟余一人,饮至二鼓散归。

二十五癸巳日(9月9日)　晴。命庖人制咸鸭、熏鸡、鱼松、肉脯各一器,滕以糕点两色,馈梅少岩,闻其明日方解维南下也。午后,食蟹,饮金波酒数杯。傍晚,西斋过访,少坐即去。晚间,作致武吟舟函,将所荐御者张姓斥退,令其还豫,特函告吟舟耳。

二十六甲午日(9月10日)　晴。早间,吴俊民至自武城来谒,与晤谈片刻。午后,顶送张西园喜仪四金、张仲陶太翁祝仪四竿,又将日用帐分别给发清楚,殊觉左支右绌,大有日不暇给之势。下午,查、沈二君先后来晤,日晡乃散。

二十七乙未日(9月11日)　晴。午后,声庭过访,偕其往张西园处贺其第二子完娶之喜,同人咸集,惟广锡三未往,本道着公亦于下午往贺。余与诸同寅均在彼晚饭,黄昏时乃各散。

二十八丙申日(9月12日)　晴。午后,往拜张仲陶少尉太翁七秩寿,晤定生、宣甫、眉生诸君,看戏二折。下午,往答拜吴俊民,复至声庭处久坐,遇筱园,傍晚乃还。

二十九丁酉日(9月13日)　晴。午前,往拜余端伯寿,未晤。午后,沈桂生遣价送代购皮帽、袖头、翎绳、信封等物来,知其至自京师,迟明当往访之。接到李和帅讣函,知其今春殁于都门。和帅为余补缺受知旧宪,宜寄送赙仪以表寸忱,惜余近况正窘,愧未能从丰耳。

八　月

八月初一戊戌日(9月14日)　晴。卯正起,诣大王庙,偕同人随本道行秋祭礼。祭毕,复至天后宫陪祭。顺道往转运局答拜郭伯韶。然后入自东门,诣火神庙,拈香。旋往拜许西斋寿。巳初刻还寓,吴俊民来谒,与晤对片刻。下午,往访定生、桂生昆季,聚谈良久,遇声庭、次鹤于座,傍晚乃散。归途答拜仲浅闸官龚菊人,然后还。

初二己亥日(**9月15日**) 晴。早间,作刘伯和函。又将秋祭漳神庙文件印发移上河厅会印就近发。申午后,定生处呼女伶演戏,为其弟桂生接风,邀余往聚。座皆同寅诸君暨筱园、西斋、次鹤。晚餐惟用数簋,并非盛设,颇觉率真,可称为真率会,夜半乃散。

初三庚子日(**9月16日**) 晴。闻声庭翌日将之会垣,乃作覆首县何秀臣大令书,将中丞屏分银三金托声老寄与之。午后,往声庭处送行,面交信物,嘱其携诸行箧。旋偕往定生处小叙,仍有笙歌,宾朋颇盛。连日观女伶演戏,尚称娴熟,有一伶人名小九者,貌亦韶秀婉丽,就中之翘楚也。晚间,盛筵相款,主宾十余人各尽欢而散,余旋寓时已三更三点矣。

初四辛丑日(**9月17日**) 晴。日间,作致董敬亭总戎书,命少香携赴归德,托其转荐馆地,缘少香不欲远离甥馆,只可就近觅一枝栖矣。午后,端伯过访,谈良久乃去。少香准于明日登车,余又费川资不少,其奈之何。

初五壬寅日(**9月18日**) 晴。日间,将贺节各禀械分别发递。闻郭春庭至自汴垣,将倪豹帅处收幛谢束即时交来,迟日将往访之。午后,作葛味荃覆书,告以余近况艰窘,未能自任将伯,不知其相谅否也。

初六癸卯日(**9月19日**) 晴。午间,张西园过访,荐西席夏君,江阴人,据云乃其至戚,学问教法均好,现在豫中。余即拟聘焉,当嘱西园函致之。晚间,阅邸抄,见有夔帅迭次奏报剿办游匪土族屡获大胜边界底定各折,知其公事尚得手也。

初七甲辰日(**9月20日**) 晴。春庭、西斋先后过访,西斋面订初九晚饮。午后,白书幛款两分,一送万汉三,一送余星槎。下午,复印发日行公牍数起。正在判阅,适余端伯偕一不识姓名人至,搅扰半日,殊厌苦之。晚间,作慰廖谷似方伯丧偶禀,自撰自书,三更乃休。

初八乙巳日(**9月21日**) 晴。午后,发廖方伯禀,披阅六月间《申报》。下午,定生过谈片刻。适西斋处折束来邀翌晚便酌,并邀定生昆季,而桂生已于今晨首途旋豫,惟定老书一知字耳。

初九丙午日(9 月 22 日) 晴。午后,往答拜春庭,未晤。访张西园,谈片刻。旋赴西斋之招,座有邹心农、于次鹤诸君,席散后,复茗话多刻乃归。

初十丁未日(9 月 23 日) 晴。日间,作姚厚盦、昂鹤如覆书各一缄,复将公牍清厘一过,又督仆抖晒帽领。晚间,阅梓儿课作,为之批削讲解一番乃寝。

十一戊申日(9 月 24 日) 晴。午后,偕沈、姚、广三君往见本道,请发借款为过节之需。在官厅与眉生谈及接收查任交代减至七五之数,令其找还声庭,而老眉犹复不愿,真不可以理喻者矣。下午,往访次鹤,出示文待诏行楷墨迹手卷,所录皆待诏旧作律绝各诗,可谓文翰双美矣。傍晚还寓,接孙晓赟复书,知其已引觐回任,近以畿辅大水,天津被灾最甚,工赈繁兴,将有寝处不遑之境焉。甚矣! 州县吏之不易为也。

十二己酉日(9 月 25 日) 晴。午后,郑惠卿过访,接见之下,见其衣布素服,急询之,始知其母殁于西安里寓,渠正将奔丧西上也。下午,清厘案头故纸,眉目间为之一爽。晚间,西斋以禀牍来借印。

十三庚戌日(9 月 26 日) 晴。早间,葛味荃至自济南过访,谈良久。午后,次鹤过谈。傍晚,摒挡节务,挹彼注兹,大费经营,借领库款百金,仅敷道署节规等项,仍属不名一钱,奈何! 是日寅刻,往武庙陪祭。

十四辛亥日(9 月 27 日) 晴。终日句稽账目,尚未清完。午后,修发。下午,味荃偕端伯来,晤谈良久。晚间,伏案开发节帐,半晌乃毕。

十五壬子日(9 月 28 日) 阴。清晨,大雨一阵。辰刻,诣风神、火神、刘猛将军,各庙前行礼,至道署贺节。归来诣家庙享祀。午后雨又大作,申刻稍止。乃往答拜味荃于端伯处,时味荃下榻端伯局中,两君均未外出,晤谈许久乃还。

十六癸丑日(**9 月 29 日**)　阴。终日小雨,时作时止。闲暇无俚,取架上《曾文正家书》披阅数册,又作字邀味荃、端伯明日晚酌,并以纨扇倩味荃书写。

十七甲寅日(**9 月 30 日**)　晴。日间,呼女伶歌曲。下午,味、端二君至,畅聚永日,时而听曲,时而茗话。晚餐肴馔数味,尚适口,尽欢而散。

十八乙卯日(**10 月 1 日**)　晴。终日阅《曾文正家书》,颇觉有味。午后,挥笺致沈、蹇两君,为味荃说项,欲其从丰致赆,不知有济否也。

十九丙辰日(**10 月 2 日**)　晴。天气颇凉。接朱实丈、陶荃生、崔绥五、卢子春覆书各一械,又接省宪批禀数件。下午,往访味荃,赠以赆银廿两,定生赠八金,宣甫赠十金,皆由余转交。味荃明日解维南还,足敷川费矣。傍晚,别味荃还寓。

二十丁巳日(**10 月 3 日**)　晴。是日换戴暖帽。日间,作唁李砚奇昆仲函,送宁绸祭幛一,本欲寄赙金,以资斧匮乏而止。午后,修发。

二十一戊午日(**10 月 4 日**)　晴。邹心农过访,晤谈片刻而去。午后,开发各帐,清厘案头札牍,发壁版贺节信数件,均自行缮发。声庭宅中来借车马,询其主人则仍未还也。

二十二己未日(**10 月 5 日**)　晴。午后,于次鹤偕郑鼎庵过访,谈片刻去。王韵笙来辞行,知其已往省矣。

二十三庚申日(**10 月 6 日**)　晴。检拾书箱、衣箱等件,均各别晒晾。又检出诚悬《元秘塔》、率更《醴泉铭》、衡山《灵飞经》各帖,命梓儿窗下临摹。

二十四辛酉日(**10 月 7 日**)　晴。午后,往拜邹心农、汪葆田、沈定生、郭春霆,俱晤谈。傍晚还寓,家忌祀祖。饭后,得耕瑶覆书,并致袁梦白书,辞其明岁之馆,余可以另觅西席矣。

二十五壬戌日(**10 月 8 日**)　晴。午后,汪葆田陈梨园戏以觞客,折柬来邀,余于未刻往赴。定生、春霆、西园、眉生及同城诸友咸在座,二更后方各散。

二十六癸亥日(10 月 9 日) 晴。午后,往东关电局访余端伯,时端伯将卸局事,其眷属已移入城内居住,继其席者为候选县丞杨君,刻已到差,将于九月朔接钤任事矣。傍晚,访西斋,晤谈片刻,已更鼓冬冬,遂还寓。晚间,接夏季舫覆书,知武城水势日见消落,护城堤埝已修筑巩固,可无虞泛滥也。

二十七甲子日(10 月 10 日) 晴。午后,往拜定生太夫人寿,在彼听戏半日,傍晚还寓。

二十八乙丑日(10 月 11 日) 晴。午后,定生来谢寿,晤谈片刻,询知查声庭已至自济南矣。晚间,印发公牍数件。

二十九丙寅日(10 月 12 日) 晴。午后,往贺端伯迁居之喜。至顾翰仙处吊其丧母之忧,并送以祭幛一悬。将往访声庭,遇诸途,声庭旋过余,畅谈。傍晚,端伯来晤,假余罗汉全堂,借图子金糊口,乃立券与之,以一分计月息焉。端伯二更后乃去。

三十丁卯日(10 月 13 日) 阴。午后,道台邀同各同寅计议另案工款一事,遂往谒之,坐谈时许而散。旋往访张西园,询问所荐塾师,则仍无回音来,而声庭昨又荐一李姓,因之未能定局。

九 月

九月初一戊辰日(10 月 14 日) 阴。清晨,诣风火神,香案前行礼。往答拜朱道生,未晤。辰刻还寓,吴、鲍两僚属进谒,与晤谈片刻。午后,访严筱园、沈定生,均晤。定生将有事于汴省,定期初三首途。晚间,张西园招饮,座有汪葆田、叶少仙、袁诗农及河院文巡捕、邓勤伯、回回教马锡蕃,主宾七人,二更后散归。

初二己巳日(10 月 15 日) 阴。终日清厘送漕案卷。午后,许成甫过访。傍晚,西斋亦来,并假骡一头,将驾以赴汴也。是日,杨乐亭县佐接办电报局事,来谒见。

初三庚午日(10月16日)　阴。微雨终日,闻定生、西斋均冒雨登程矣。是日雨颇多,至夜犹未息云。

初四辛未日(10月17日)　晴。午后,查声庭过访,渠不日亦将赴汛办工矣,余则无所事事,颇嫌岑寂也。

初五壬申日(10月18日)　晴。阅《先正事略》数册。接善观察覆函,又得武城吏役禀,知决口已堵筑完工矣。

初六癸酉日(10月19日)　晴。早间,往拜耆观察寿,在官厅少坐。午后,访叶少仙、杨乐亭,均未晤。访春廷、端伯、成甫,均晤,傍晚还寓。

初七甲戌日(10月20日)　晴。叶少仙、朱道生均来晤。朱君为实甫年丈从子,借馆谷糊其口者也。

初八乙亥日(10月21日)　晴。午间,以家忌祀先。午后,张西园过谈片刻。日间,阅《先正始略》中文苑、循良各传。

初九丙子日(10月22日)　晴。重阳佳节,未出登高,不可谓非阙典。南关新葺王母阁,尚未落成,亦无处可游也。

初十丁丑日(10月23日)　晴。是日霜清,例应恭祀河神,乃于卯刻诣大王庙,随同本道行礼,复至道署谒贺。旋往电报局答拜杨乐亭,未晤,午前返寓。午后,往访严小园,亦未遇。闻广锡三因体弱多病,奉河帅檄饬,勒令告病,其缺已另委员接署,乃往慰之,与谈许久。申刻返舍,接到德州州同禀报江北回空漕船入东,乃据情转达各大府,连日自缮禀牍数套,明日即可签发矣。

十一戊寅日(10月24日)　晴。自书禀牍二分,又将德州汛原禀批发,均分别驿递。接姚厚盦复函,知乃兄彦侍先生因旅费未充,须秋后方入都也。

十二己卯日(10月25日)　晴。接河院行知,余题请实授之案接准部覆,调取引见,拟稍迟即禀请给咨北上也。晚间,又阅《先正事略》数则。

十三庚辰日(10月26日)　晴。日间,抖晒皮衣。午后,张西园来，晤谈。知所荐西席夏君已另有居停，西园复另荐贺姓者，拟徐访之舆论，然后定局。傍晚，有舒城善女孙明义者募赈来此，专劝闺阁捐施，内子接见之，并允为转募焉。

十四辛巳日（10月27日）　晴。早间，督仆抖晒衣物。午后，西园以贺君所书楷字见示，余阅之甚工，纯是率更笔意，惟不知其于改文一道如何，因命梓儿作诗文各一，送请笔削焉。

十五壬午日（10月28日）　晴。清晨，诣天后、龙神前拈香行礼。午后，张西园来晤。余复往访姚眉生，谈片刻。闻泉河通判缺已委李荫南署理，殊出意计之外，盖李已题补下北同知，奉准部覆者也。

十六癸未日（10月29日）　晴。终日未出门，有来拜寿者，命儿辈款于厅事，余于斋中午餐焉。广锡三以《感应篇阴骘文集注图说合编》见贻，曩于都门曾见是书，乃蒙古相国瑞常公刻以赠人者，今广君重刊于济州，普为印送，亦劝人为善之一助也。

十七甲申日（10月30日）　晴。西园以贺生所改诗文见示，虽未能出色，以之教初学则可矣，因即延定此君。午后，往拜之，与谈片刻，人亦诚朴温雅，洵书生本色也。是日清晨，诣大王庙陪祀。下午，往谢客数家，黄昏时方归。

十八乙酉日（10月31日）　晴。早间，开发内外赏项，又费廿余贯矣。午后，闻郑田僧怛化，今午大敛，乃往奠之。其弟鼎庵并不在灵帷谢客，余询之，则以有疾辞。向闻其兄弟不甚相得，于斯益信。下午，贺新斋来答拜，晤谈片刻。灯下，作致李荫南书三纸。

十九丙戌日（11月1日）　晴。日间，吴俊民来见，因袁梦白欲索重资于余，浼其说项，情殊可厌，不得已允以廿金予之，嗣闻其仍欲请益，则真无耻之甚矣。午后，将贺君关书及聘金送与之，聘金则三两二钱也。

二十丁亥日（11月2日）　晴。接文量甫函，知其已报捐新海防遇缺先用班次，如果，泉河开缺渠即轮补到班矣。午后，张西园、郭春霆、于次鹤均便衣过谈。晚间，阅邸抄，河督许公疏请将豫省河工改章,设局办理,得旨报可。窃意有治法无治人,此举亦可谓知一不知二者也。

二十一戊子日(11月3日)　晴。于次鹤作字荐一西宾,惜已不及,即手挥数行覆之。闻李荫南明日将抵此间,大约必确也。

二十二己丑日(11月4日)　晴。闻定生、西斋、荫南均抵城内。傍晚,荫南过访,谈片刻去。渠择定廿四日接泉河篆,锡三从此赋闲矣。

二十三庚寅日(11月5日)　晴。午后,往谒见本道,为鲍把总说项,求迦河千总缺事,于官厅中晤定生。复往访李荫南,又拜范君幼圃,即西园所荐之记室也。

二十四辛卯日(11月6日)　晴。午后,范幼圃来答拜,余端伯亦来晤。下午,彭涵六过访,渠至自汴省,将游历下,道出此间作抽丰之客,余愧应接之不暇也。傍晚,定生过谈,张西园亦来晤。

二十五壬辰日(11月7日)　晴。午后,往晤彭涵六、广锡三。闻崔绥五至自东昌,遂往访之。归途访西斋,未遇。比旋寓,西斋适至,与谈许久。晚间,涵六又来久坐,初更时乃去。

二十六癸巳日(11月8日)　晴。早间,拟上廖谷似方伯书稿。午后,往访西斋,座有邹心农、彭涵六,比两君去,时已黄昏,匆匆与西斋数语乃还。灯下,荫南过访,茗话许久乃去。

二十七甲午日(11月9日)　阴。午后,涵六来访,出示尊人箫九世丈月底修《箫谱遗卷》,嘱题为赋七律一章书于纸尾。下午,崔绥五过谈,遂偕其赴姚梅生处晚饮,座皆同城诸君,惟定生以小恙未至,二更乃散。

二十八乙未日(11月10日)　阴。微雨终日。封发谷公书,又致家润生数行,一并专足递汴。接夏津陈主簿禀,知其现丁外艰,遗缺须遴员权篆矣。

二十九丙申日(11月11日)　晴。天气极冷,可衣裘衣。午后,往梦白斋中一谈,渠定于初六还汴,须大衍方能成行,又将累我矣。

下午,高镜泉之子缵五来晤。

十　月

十月初一丁酉日(11 月 12 日)　晴。黎明,诣大王庙,随同本道敬藏香,旋诣火神庙行香。答拜高缵五舍人,未晤。午刻,祀先。午后,访汪葆田,晤谈片刻。又往候定生病,未晤,据云其疾颇剧也。

初二戊戌日(11 月 13 日)　晴。午后,端伯过访,谈许久乃去。晚间,至定生处晚饭,座皆同寅,于次鹤为之陪客,定生则病极危笃。同人匆匆饭毕,废然而散。

初三己亥日(11 月 14 日)　晴。晨起,闻定生已于丑刻亡,遂往哭诸寝门,并为之料理身后事,在彼终日。接汴省电函,其弟趾生同于今日卯刻病殁,亦惨矣哉! 傍晚还寓,撰挽定生长联四十字,明日书赠之。

初四庚子日(11 月 15 日)　晴。午后,往奠张栋臣都戎,旋至沈宅送定生殓。下午,往访端伯,晤谈许久。晚间,端伯过访,以五百金相假,月息一分,余乃取百金还善星源观察,以五十金还程芝庭刺史,均分别函寄,托转运局郭伯韶交饷员便带,当无误也。

初五辛丑日(11 月 16 日)　阴。终日雨。发滇电一、汴电二,费银十金,未谂有济于事否。午后,冒雨往沈宅陪宾半日,傍晚乃还。

初六壬寅日(11 月 17 日)　晴。午后,鲍千总勋、马把总庆澜、徐分防衡山均来谒。鲍升署迦河千总,马升署下河把总,徐升署济汛分防,故俱来谒见耳。晚间,闻司库又拨到另案一万,未知本道何日批发也。

初七癸卯日(11 月 18 日)　晴。午后,作单禀上本道,请委署夏津主簿缺,余保程端业、钱淦、张迓衡、曹茂械四人,未知委用何人耳。傍晚,张西园过谈片刻。晚间,梦白言明晨往汴,乃命车送之。

初八甲辰日(11 月 19 日)　晴。午后,谒耆公,适声庭至自工次,遇诸官厅,遂同入见。自道署退出,至沈宅少坐,闻沈桂生已到,余匆匆即行,未与晤也。

初九乙巳日(11月20日)　阴。微雨彻昼未息。午刻,内子举女,是为第二女也。午后,取出朝衣冠,为明晨庆贺万寿之用。

初十丙午日(11月21日)　晴。寅正二刻,恭诣万寿宫行朝贺礼,同人咸集,在朝房吃面,黎明方散。午后,访顾子高于姚眉生处,为荫南说合脩脯事。旋往候沈桂生,适田鼎臣总戎自兖州来临定生之丧,为之应酬片刻。桂生嘱代撰讣启,余允为构拟,傍晚乃还。灯下,即将讣启为之撰就。

十一丁未日(11月22日)　晴。早间,荫南过访。午后,往南门水次祭奠许云生宫允之冢妇,晤其文孙号少卿者。复至桂生处面商启稿字句。下午,往送叶少仙行,余适小有不适,闻少仙精医理,乃请其诊脉开方。还寓后,服药一剂,觉渐平复。灯下,余端伯过访,谈良久。渠拟十三南返,由上海航海至烟台也。

十二戊申日(11月23日)　晴。午后,舒大令信孚过访,舒为仙屏河帅之侄婿,云生宫允之婿也。下午,桂生复来晤。闻曾沅圃制军出缺,沈仲复中丞暂权江督,不知将来简放何人耳。是日,又服叶方一剂,疾已尽除。

十三己酉日(11月24日)　晴。终日未出门,作字询郭春霆疾。晚间,课梓儿作文,阅《申报》十余纸。

十四庚戌日(11月25日)　阴。闻余端伯今日登舟,乃将渠代垫电费三竿还之,作一字送行。因车马不便,遂未亲往。午后,荫南笺来,以所撰挽定生对二联嘱为酌用其一,余乃为鉴定一联,即手札复之。荫南不日将移寓余对门一宅,此后过从诚甚便矣。晚间,张西园过访,少坐即去。

十五辛亥日(11月26日)　晴。清晨,诣风神、火神,案前行礼。旋访崔绥五于铁塔禅寺,复至各处谢步一周。午后,程闸官来见,禀知道委代理夏津主簿缺。傍晚,声庭过访,谈良久乃去。

十六壬子日(11月27日)　晴。午后,许稚卿世讲来拜辞,晤谢,少坐即去。稚卿为云生宫允第三孙,仙屏河帅之侄孙也。下午,往舟次送许稚卿昆仲及舒石如大令行,俱未晤。旋访电局委员杨乐亭。入城访声庭,适声庭邀程乐安水部、许稚卿昆仲便酌,即留余共饮,二更后乃散。程君名志和,由京奉讳还江右,余于席间叩其工部同事诸君,始知蔡汉三已于今夏物故,余尚未接其讣也。

十七癸丑日(11月28日)　晴。接家润生覆函,谷公则仍无回音,所事殆不就矣。闻江督放刘岘庄,殆因其为湘军宿将而用之耳。日间,课儿辈温理熟书数页。

十八甲寅日(11月29日)　晴。午间,祀祖。午后,正在课榕儿读,适声庭过访,张西园亦来晤。声庭择廿四庚申日为其第四子缔姻高氏,即高镜泉之第五女。客冬镜泉在日,余曾往执柯,今仍浼余为冰上人,西园副之,特来面订耳。

十九乙卯日(11月30日)　晴。闻运河同知缺院委管敬伯晏接署,管君患风痹尚未脱体也。下午,往访荫南,谈良久。荫南患微恙,畏风,故未外出。

二十丙辰日(12月1日)　晴。接道札,委监盘泉河,交代此事又须多费唇舌也。晚间,为梓儿改削制艺半篇,题为"往之女家"。

二十一丁巳日(12月2日)　阴。午后放晴。接武城广文刘子方来书,并附以诗及其子肃侯少尉五律二首,当泐数行覆之。下午,车马至自汴省,带到梦白、润生来信各一械。

二十二戊午日(12月3日)　阴。午后放晴。终日阅《频罗庵集》。下午,顾子高过访,少顷即去。

二十三己未日(12月4日)　阴。小雨终日未止。午后,高缵五舍人来拜,面订明日作代。晚间,为梓儿改"问人于他邦"题文半篇。

二十四庚申日(12月5日)　晴。晨起,往声庭处,候至午初冰人方到齐。旋送帖至高宅,在彼午面。未正,复押回帖,至查宅少坐即出。往龚菊人闻宰处贺其长子纳妇之喜,并视其新妇焉,旋还寓少憩。晚间,复赴声庭处宴饮,至亥正乃散。

二十五辛酉日(12月6日) 晴。终日未出门,阅王新城《带经堂诗话》数册。傍晚,声庭来谢步,与谈片刻而去。

二十六壬戌日(12月7日) 晴。是日为先兄兵备公忌辰。午刻,设馔祭之。下午,崔绥五过访,谈片刻。晚间,又阅《渔洋诗话》。

二十七癸亥日(12月8日) 晴。往拜许西斋夫人寿,未登堂。答拜绥五,亦未晤。旋访声庭,偕其谒见本道。复访广锡三,遇于次鹤,傍晚乃还。包封夏季夫食银两,给发各汛领去。

二十八甲子日(12月9日) 晴。午后,广锡三过访,谈片刻去。傍晚,访荫南,谈良久。晚间,声庭因其第三子纳妇归,招集同人宴饮,二更后乃散。

二十九乙丑日(12月10日) 晴。终日未出门,检集衣帽出箧,以备御寒之需。闻河帅许公有初八日起节来济之说,未谂确否。

三十丙寅日(12月11日) 晴。天气极冷,终日未出门。声庭来谢步,未降舆,闻其明日即赴汴迎谒河帅,是以匆促之极也。

十一月

十一月初一丁卯日(12月12日) 晴。晨起,诣天后,龙神座前拈香行礼。午后,往访绥五,未遇。复访严小园、沈桂生,均晤谈。在桂生处阅定生讣状哀启,均已刊就,启稿视余原本较芜冗,殆无识者流所改削也。

初二戊辰日(12月13日) 晴。终日清厘案上尘牍,并发文行武城县,催令批解冬季廉俸。又作函致武城令丁君索本年漕项。下午,接善星源观察复函,知所还百金已收到矣。德牧程君则尚无覆书至也。

初三己巳日(12月14日) 晴。发贺河帅寿禀一通。午后,荫南过访,谈永日乃去。阅邸抄,于次棠年丈竟以本籍侵赈事罢职,殊可惋惜。又汉黄德道已放孔君名庆辅者,方勉甫两次奏调,仍格于例,致未邀准耳。

初四庚午日(12月15日)　晴。接管敬伯函,知其已由汴起程,不日将抵运河署任矣。午后,程君端业接任夏津主簿归来谒见。

初五辛未日(12月16日)　晴。午间,候补县佐陈谦者来谒,与谈片刻而去。下午,张西园来晤,傍晚乃去。闻河帅起节之期又有更改矣。晚间,电讯沈经彝汇款不到之故,令其查覆。盖余因此事颇悬系莫释,深恐汇号有意外变也。

初六壬申日(12月17日)　晴。接元丰玖汇到杭当息银七百七十余两,并经彝手书一札,俱一一收到,心始释然,并知经彝因偕居停送亲,已往长沙矣。

初七癸酉日(12月18日)　晴。午后,往谒见本道耆公,求其借款,未知肯应否。旋往访孙豫生,谈良久,傍晚归。

初八甲戌日(12月19日)　晴。午后,往奠郑田荪大令。旋访崔绥五,谈片刻还寓。适吴俊民病愈来见,并禀验看,因为之出考详道核办焉。晚间,张西园来晤。

初九乙亥日(12月20日)　晴。终日未出门,接袁梦白来函及德牧程芝庭收银覆书。晚间后,张西园复来晤。

初十丙子日(12月21日)　晴。午前,谒本道。午后,至广锡三处久谈,遇于次鹤于座。晚间,至沈宅聚饮,所请皆知宾之人也。

十一丁丑日(12月22日)　阴。寅刻,恭诣万寿宫,朝贺长至令节,辰刻还寓。午后,自开公事手折,以备河帅来时投递,以备其酌改新章也。下午,修发。

十二戊寅日(12月23日)　晴。是日为余初度之辰。内子高兴,呼木人演小戏以消遣,锣鼓喧呼永日,夜分乃已。闻河督许公明日莅止,须往安居集迎迓矣。

十三己卯日(12月24日)　晴。黎明,出南关,行十八里。抵安居时方巳刻,帅节已至,各于舆前揖迎。旋入城至院署投谒,未初方延见,略谈数语而出。申刻旋寓,甚觉疲惫也。

十四庚辰日(12月25日)　晴。丑正即起,诣大王庙,候河帅拈香。俟至辰正,河帅方来,旋随其至道署盘库。巳刻,偕荫南、绥五至声庭处小憩,吃羊肉面以充饥,仍往院辕衙参,并谢其答拜,申刻方散。还寓饱餐毕,复出城至东关答拜田萧臣总戎,至西关答拜泗水令方君,进城至文庙街谒中伯权观察,均未遇而还。晚间,甚觉疲乏。

十五辛巳日(12月26日)　阴。五更即起,诣文庙,候河帅拈香,两道及各同人咸集,河帅来颇早,黎明时即散,乃往院辕谒望。旋出东门,至教场观河帅阅伍,俟其升座,拱揖参见毕,余即拉声庭来寓午餐,借得休息片时。午后,仍往教场,俟河帅阅兵讫事,揖送升舆后方各散归。甚矣! 俗吏之奔走风尘也。

十六壬午日(12月27日)　阴。雨终日不止。午后,往沈宅陪耆静生观察为定生点主,尚有荫南同为襄题,晚间即在彼吃饭。西斋至自历下,先于午前来访,谈片刻即去。

十七癸未日(12月28日)　阴。寅刻即起,至定生处陪吊。先是讹传河帅辰初往吊,故余与荫南卯正即至彼,比巳午间,始知河帅因病不来。午正后,余即散归。下午,闻本道暨同人俱至院衙参,又复趋而至彼,候至初更,仍未见,始还家,可谓无趣之极。

十八甲申日(12月29日)　阴。午后,往送定生殡,至南门,步行数武,路滑难行,乃乘轿先往殡所,俟其枢至,一拜而散。晚间,河帅以新设营务处于今日开局,命局员公宴两道各厅及四营诸君,余因与焉。初更入席,二更后忽风雪交加,顷刻雪厚二寸余,比三更时乃宴毕,匆匆冒雪而还。夜间,顿觉奇冷。

十九乙酉日(12月30日)　晴。寒雪初霁,朔风仍凛凛扑面。午前谒道,午后谒院,俱未面。惟至营务处少坐,晤晏诚卿、徐桐村,适西斋往诊河帅疾,亦在座。下午还寓,荫南过谈片刻。

二十丙戌日(12月31日)　晴。辰刻,往院署衙参,仍未晤,旋偕声庭至绥五处小憩。未初还寓,遂不再出。午后,修发。道库借领银壹百两,尚不敷河院之开销也,其奈之何。

二十一丁亥日(1891年1月1日)　晴。辰刻,又往院署,所谓徒劳往返是也。巳刻还寓，憩息片时。午后，往荫南处久坐，遇晏城卿。下午，往电报局阅阁抄，得悉醇邸薨逝之耗，傍晚还。

二十二戊子日（1月2日） 晴。午刻，往拜蹇宣甫太夫人寿。旋往声庭处，晤其犹子荫阶舍人，复遇崔绥五于座，傍晚乃还。

二十三己丑日（1月3日） 阴。早间，又复诣院署衙参，仍未获见而退。甚矣！奔走之无味也。午后，声庭来晤。旋偕其至院营务处送秦子厚行，又至豫生、桐村屋少坐乃还。

二十四庚寅日（1月4日） 晴。寅初起，往院署送河帅行，众皆衣蟒，余独否，恶其近干足恭也。管敬伯权运河同知，昨甫抵此，与遇于官厅，亦未衣蟒，不愧老名士之称焉。卯初散归，仍就寝，午初乃兴。午后，往拜管敬伯，未晤。晚间，沈桂生处谢客，往赴其筵，二更乃散。

二十五辛卯日（1月5日） 晴。终日伏案厘定积牍，下午方毕。蹇宣甫招集观戏，申刻入席，三更后乃散。

二十六壬辰日（1月6日） 晴。有陈主簿名谦者来见，与语片刻而去。接武城县批解季冬廉俸银四十余两，当将批回印发还之。晚间，张西园来谈片刻。

二十七癸巳日（1月7日） 晴，颇和暖。午后，往访严小园，晤谈许时。又访西斋，未晤而还。傍晚，声庭过谈片刻。

二十八甲午日（1月8日） 晴。日间，绥五便衣过谈良久。下午，沈桂生来辞行。晚间，荫南亦来晤。

二十九乙未日（1月9日） 晴。午后，往谒见本道。旋往送沈桂生行。访管敬伯、陆费廉卿，均未遇。傍晚，至声庭处少坐乃还。

十二月

十二月初一丙申日（1月10日） 晴。午后，州牧蹇宣甫以新修关庙落成，凡捐资者均邀往行礼受胙，宴于东厢，余与焉。晚间，崔绥五招饮，约三更乃散。

初二丁酉日(1月11日)　晴。早间,分拨各项开销。午后,阅《说铃》数种。闻廉卿于是日接署捕河篆。

初三戊戌日(1月12日)　晴。午刻,家祭,行礼。午后,西斋、西园、廉卿俱来晤。廉卿别已数年,丰采如昔,可谓矍铄哉!是翁惟为境所累,为可悯耳。西园近来过从最密。西斋之来,欲有所谈,因人众匆匆而去,不及叙积愫也。

初四己亥日(1月13日)　晴。午后,荫南过访,谈良久乃去,因面约初七晚酌而去。是日道库找发银十九两余,未知此后能再有所给否。

初五庚子日(1月14日)　晴。午间,管敬伯来晤,久坐乃去。午后,阅汪龙庄《病榻梦痕录》,颇足遣闷也。

初六辛丑日(1月15日)　晴。余端伯之子作字乞假来年正月子金,因付与之。并询知端伯已抵上海,将航海往烟台,恐年内未必能旋归也。

初七壬寅日(1月16日)　晴。黎明,往陪祭朱大王南关河神庙。午后,往晤严小园、查声庭。访西斋于院署,未遇,至声庭处谈片刻。晚间,荫南招饮,座皆同人。余与姚眉生谈及查、姚交代事,老眉又复食言,情殊可鄙,余痛晋斥之乃已。

初八癸卯日(1月17日)　晴。午后,往访广锡三,催其任内交代,锡三亦复无理取闹,但不似老姚之甚耳。甚矣!世情之浇薄也。

初九甲辰日(1月18日)　晴,寒甚。午后,有甲马营巡检王官云来见,此人极不肖,语次辄训戒之,但恐听者邈邈耳。闻元丰玖汇号闭歇,深幸杭款之已到焉。

初十乙巳日(1月19日)　晴。终日在寓,阅《通鉴辑览》。披阅《申报》,见姚彦侍先生作古之耗,为之扼腕不怡。彦侍先生文章、治术夙有闻望,困于阁相镌职而去,昨岁为耕娱制府所特荐,得旨送部引觐。先生方治任赴都,遽以微疴捐馆,舍九原赍志,良可慨已。晚间,荫南来,约明日谒本道。

十一丙午日（1月20日）　晴。午后，偕荫南谒见本道。旋至崔绥五处久坐，晚饭后乃还。绥五以承办河帅供帐将以获利，索库款三千金，本道给二千犹未足，亦可谓无赖矣。

十二丁未日（1月21日）　晴。午后，声庭来晤。下午，余便衣往访陆费廉卿，遇姚眉生于座，可谓面目可憎、语言无味者矣。傍晚还寓，微觉头疼。

十三戊申日（1月22日）　阴。声庭嘱索老姚还交原物，乃作札致之，札中语涉讥刺，不知其知耻否也。日间，课阿庆习字读书。

十四己酉日（1月23日）　晴。午间，许西斋过访，谈片刻去。午后，修发。下午，广锡三来晤。谈次促其将交代册籍早日移送新任，俾免逾限之惩，而锡三仍执迷不悟，意欲挟此为索诈张本。噫！何所见之浅欤？阅邸，陈右铭年丈擢鄂臬，陈舫仙廉访擢苏臬，皆起废弃而畀重任，即夔丈所特荐也。

十五庚戌日（1月24日）　晴。晨起寒甚，冒风诣风神、火神两祠，拈香行礼。旋访荫南久谈。已刻还寓，新委济宁州判张君迓衡来谒，接见片时。午后，往晤西斋于院署东偏幕府，遇王待卿、程敬五两君。复访孙伟如及敬伯、声庭、绥五，俱未值，乃归。

十六辛亥日（1月25日）　阴。午刻，家祭。午后，顾子高来晤，盖为锡三交代事，欲余代求本道找发案款数百金等语，姑颔之而已。

十七壬子日（1月26日）　阴。接道库发出秋季夫工银两，即日转给各属汛分别领放讫。午后，巡检王官云来谒见。

十八癸丑日（1月27日）　阴。午后，往谒本道，未见。旋访严小园，晤谈片时。遇崔绥五于座，询知其拟明日北去，犹以道款未发淹滞不能决。申刻，往孙伟如处拜其尊人驾航年丈寿，即在彼入座听戏。同席有张西园、王待卿、李、罗两副戎，余皆本城绅衿也。三更后乃散归。

十九甲寅日（1月28日）　阴。辰初起，偕同人诣道署贺封篆，廉卿因抱恙未出。辰正返寓，拜封印信。行礼毕，复假寐片时。午后,正欲出门,适荫南、绥五偕来见访,遂未他出。绥五盖明日行矣。

二十乙卯日(1月29日) 阴。终日雨雪交加,入暮雪尤甚。阅《野获编》数本,又阅李恢垣《守约编丛书》数种。

二十一丙辰日(1月30日) 阴。雪仍未霁。午刻,家祭。午后,严小园来晤,提及库中允再筹给双柏,但不知何日才能发出耳。

二十二丁巳日(1月31日) 阴。雪止,而阳光仍未放。午后,往访荫南,久谈。旋偕其至声庭处晚酌,座有宣甫、西斋及张西园、王待卿诸君。二更席散,声庭复留余及西斋为之润色禀稿,又坐良久乃还。

二十三戊午日(2月1日) 晴。秦宅来索质券而不以原金偕,余不允,彼亦无如之何。晚间祀灶,行二跪六叩礼。闻外间爆竹之声络绎不绝,宛然腊杪景象,流光如驶,忽忽又一年矣。

二十四己未日(2月2日) 阴。午后,往访荫南、锡三两君,与议交代事,锡三仍执前说,可谓耄昏矣。余傍晚乃还,仍作字致荫南告之。

二十五庚申日(2月3日) 阴。雨雪又作,天气极冷。午后,荫南过访,谈片刻去。年关在迩,逋负纷来相逼,道库允发之款至今杳然,乃命所司往催,并与荫南约须预领明日正公费,庶暂救燃眉焉。

二十六辛酉日(2月4日) 阴。雨雪日夜不休。午后,开发成衣、首饰各帐及仆役饭食工资,顷刻之间费去百余千文,然未付者尚多也。晚间,阅《鸿雪姻缘记》。

二十七壬戌日(2月5日) 阴。雪止,而阳光未放,天气却不甚冷,盖昨日已交立春节矣。午后,西斋过谈,欲以金手钏六两押朱提百五十金,迫于交谊,勉允其请焉。晚间,接到道库找发银百六十余两。

二十八癸亥日(2月6日) 晴。午后,往访荫南,谈片刻。访敬伯,未晤。乃至营务处,晤西斋及徐桐村、郭春庭。遇敬伯于座,与商年终致送道署各款,或送或否,渠亦不下断语。晚间,荫南过谈,亦为商此事也。

二十九甲子日(2月7日) 晴。支领明正公费百八十金,开发年帐,半日即罄。午后,许成甫过访。下午,西斋来晤,将朱提取去,又补交券一纸。晚间,分下人节帐,夜分乃寝。

三十乙丑日(2月8日) 晴。午后,赴道署辞岁,旋往晤声庭。傍晚还寓,修发。晚间,悬先像,敬祀如礼。荫南复来,谈片刻。灯下,结清用帐,盖已赔累不资矣。

光绪十七年(1891)辛卯

正　月

光绪十七年岁在辛卯正月初一丙寅日(2月9日)　晴。晨诣南门外龙亭,行朝贺礼。旋诣天后、龙神,案前拈香行礼。顺道拜年数家,北风吹面,甚冷,遂归。分赴家堂各处,叩首毕,即易便衣小饮数爵。客来拜年者,均谢之。午后,倦而假寐,向晚方兴。觉头痛喉燥,殆除夜不寐所致欤?

初二丁卯日(2月10日)　晴。巳刻乃兴。午后,偕家人辈掷状元筹以遣兴。有余端伯姬人来谒,内子于客座延见之。闻端伯已于客冬立其姬人为正室,予则服膺古人无以姜为妻之训,仍视作友人之姜可也。

初三戊辰日(2月11日)　晴。黎明,往道署送本道耆公往汴中。同人咸集,惟廉卿未出,闻其已病莫能兴矣。余自道署散出,旋往各处拜年,午前返寓。饭后,复出周历城厢内外约十余里之遥。下午,往唁郑鼎庵悼亡之戚,遇张西园于座,向晚乃还。晚间,祀祖,循吾乡俗例也。

初四己巳日(2月12日)　晴。日间,未出门。午后,彭涵六至自历下过访,与谈良久。语次以资竭求助,余正在窘乡,乃允为筹四五金焉。晚间,张西园过谈,伊欲有事于汴,爰嘱其速请贺君新甫早日到馆,盖余亦拟不日北上也。

初五庚午日(2月13日)　晴。闻廉卿疾亟,欲往视不果。晚间,荫南过谈,言及廉卿病已垂危,附身附棺事均由荫南为之赊买停妥，可谓笃于交谊者矣。

初六辛未日(**2 月 14 日**)　晴。午后，顾翰仙来拜年，留其点心，与畅谈许久乃去。余方送翰仙至门，适有程曼云其人者独行踽踽，正过我门，遂贸然追踪而进，余颇厌之，不得已延之于西小屋中，与周旋数语。而西斋至，程犹不退，复哓哓不休，西斋亦不愿与晤对，于是少坐即去，彼自觉寡趣，始与辞。噫！世间所谓语言无味、面目可憎者，其此等人之谓乎？

初七壬申日(**2 月 15 日**)　晴。日间，掷状元筹。晚间，阅《夜雨秋灯录》数则。葆真偺女学作近体诗，颇有思意，就正于余，因为润饰之，俾臻平妥焉。

初八癸酉日(**2 月 16 日**)　晴。午后，往城西拜年约十余家，约无遗漏者矣。就中惟晤郭春庭、张西园、王待卿，余俱未遇。西园即日赴汴，因挥数行致贺新斋，并赠以川资六金，交西园携致之，促其速日到馆。旋又往视廉卿疾，晤其犹子号荣山者，据云疾有转机，余为欣幸。回寓后，检出旧存橘红少许送与之，诒其病由痰为患也。

初九甲戌日(**2 月 17 日**)　晴。午后，内子出门拜客，余坐寝室，阅《虫鸣漫录》数则。岳庆来见，缴回送本道年规借领一纸，因新章无款可扣，故仍璧还耳。晚间，闻廉卿疾又转剧，殆将不起矣。噫！

初十乙亥日(**2 月 18 日**)　晴。声庭约游王母阁，乃于午后策骑前往至声庭寓，偕荫南及声庭之戚李姓者共四人，出南门四五里之遥方抵其处。其地碧流环绕，有亭有楼，又有少陵祠，祠侧之船屋尤为华美。流连半晌方散，而今而后济宁得一名胜地也。

十一丙子日(**2 月 19 日**)　晴。早间，声庭作字索逋，乃以名世之数还之，余亲自送交声庭，取借券以归，并与畅谈良久乃与辞。返寓后，祀祖。礼毕，受馂余，与妇稚酣饮，颇觉陶然。

十二丁丑日(**2 月 20 日**)　晴。终日静坐寝室。午后，命仆易银，给发阖署各行饭食，左支右绌，甚觉竭蹶。余尚拟开篆后请咨展觐，尤以费无所出为苦耳。

十三戊寅日(2 月 21 日)　晴。终日阅《明史》各志。晚间,因节届上灯,循例祀祖。是日亥刻,侍者徐氏产一女。

十四己卯日(2 月 22 日)　阴。微雨半日。午后,清厘案上积牍。适许成甫夫人来拜年,余辞不与见,惟嘱内子款诸后堂而已。

十五庚辰日(2 月 23 日)　阴。午后,往荫南处小坐,并遍历其堂室,见所赁屋均极轩敞,觉余屋不及远甚。日暮还寓,祀祖,特设盛筵以应上元令节。祀毕,偕妇子小饮,微醉。

十六辛巳日(2 月 24 日)　阴。阅《明史》列传数本,又课阿庆读唐诗数首。下午,西斋来拜辞,云将往汴,余曾约与结伴而行,今以资未措就,不克如愿,奈何!

十七壬午日(2 月 25 日)　阴。雨又大作。午后,修发。余正欲往访西斋,而西斋适来,因与谈及竭蹶之况,托其先于汴中代为张罗名世之数,未知能就绪否也。向晚,祀祖。饭时仍小饮十余杯,以浇心中块磊焉。

十八癸未日(2 月 26 日)　阴。终日微雨不息。午间,祀祖,收像。午后,又阅《明史》数册。晚间,课阿庆增读唐诗至十余首。

十九甲申日(2 月 27 日)　晴。接廖谷似方伯覆函,附葛味荃家书一械,乃其子名汤臣者自滇督幕府寄来。味荃客秋返,道出此间,刻下行踪靡定,谷似以此函嘱余转递,余亦苦无寄处耳。傍晚,馆师贺新斋至自梁园,与谈片刻,定廿一开馆。

二十乙酉日(2 月 28 日)　晴。日间,预备束脩、贽敬、月费各款致送教读贺新甫、书启范幼圃两君,盖已月需十余金矣。又作札邀顾翰仙明晚便酌。晚间,武署皂役至,赍到漕款卅余金,余正苦拮据,获之甚喜。夜间,阅《五代史》数册,觉庐陵笔墨不亚史迁、班固,他史家都不逮也。

二十一丙戌日(3 月 1 日)　晴。巳刻,拜开印信,遂送儿辈入塾。午后,检点文牍等件,应存应转分别发落焉。晚间,宴客于厅事,即顾、贺、范三君,余无他客。二更席散,留翰仙畅谈良久,其去较后。

二十二丁亥日(3月2日)　晴。作贺年璧版各信数函。移武城令,催取廉俸,饬来役回武。灯右,阅《金史》数册。

二十三戊子日(3月3日)　晴。午后,往道署候接耆观察,未入谒,仅于堂檐数语而已。旋偕声庭往问廉卿疾,晤于榻前,见其气息甚微,恐难脱体矣。声庭复来余处畅谈。晚间,荫南亦来久坐。

二十四己丑日(3月4日)　晴。午后,往谒本道,面请详院给咨赴部引觐。旋往访严小园,未遇而还。当发详文呈道,请其转院。晚间,接西斋电报,知所谋已就绪,稍觉放怀。

二十五庚寅日(3月5日)　晴。便衣往访小园,以事相托,盖皆为北上之计也。旋访声庭,谈许久。晚间,荫南招陪客便酌,座有翰仙、次鹤诸君。次鹤亦将北行矣。

二十六辛卯日(3月6日)　晴。清晨,往送本道行,时耆公将往历下故也。旋往访彭伯衡,未晤。往电报局发西斋复字。下午,往送次鹤行。晚间,次鹤复来辞行,均晤谈。闻陆费廉卿于申刻逝世,为之太息。

二十七壬辰日(3月7日)　晴。午后,管敬伯来晤。旋偕其往视廉卿之丧,遇严小园。晚间,敬伯招饮,座有鱼台县孙君其人者,未终席辄先散去,余皆二更后乃散。

二十八癸巳日(3月8日)　晴。午后,往廉卿处吊奠,遇声庭。声老旋过寓久谈,并托购带石斛、西洋参各四两,当于汴中药肆买之。晚间,闻张西园至自汴垣,乃往访之,谈许久,遇范幼圃。

二十九甲午日(3月9日)　晴。日间,检点行装。午后,管敬伯、张西园均来晤。晚间,至贺先生书塾辞别。适范幼圃、李荫南先后来送行,均晤谈。三更后,忽车行以无车来告,余满拟明晨起马,今若此,恐又将迁延一日矣。

二　月

二月初一乙未日(3月10日)　晴。晨起,赶令另行觅车。至午后,车始有着,只得翌日前发。下午,陈县丞名谦者来谒见,晚间复送路菜来,可谓好应酬者矣。

初二丙申日(3月11日)　晴。黎明起,小食毕,即自济寓登程,携仆役六人,车二乘。出南门,行五十里。午刻,尖于虎头山。余携带路菜颇多,惟苦饭食太坏,午餐食饼二块。午正一刻复行。申初一刻,抵独山住宿,共行九十里,而为时尚早,颇觉爽利。晚间食馒首一枚有半,聊以充肠而已。

初三丁酉日(3月12日)　晴。寅初即起,饮火酒一杯,俟卯初东方微睎,乃自独山遄发。行四十里,尖于张逢集,时方巳初刻也。巳正一刻,自张逢前进,行七十里。申末,乃抵染谷集住宿。颠驰终日,大有人困马乏之象,此诗人所以咏况瘁也。戌刻,倦甚,乃早眠。

初四戊戌日(3月13日)　晴。寅正起,食鸡卵三枚。登车行五十五里,尖于曹县,时甫巳初二刻。稍憩时许,午初复行。又五十里至考城旧县,时申正二刻,即住宿。连日车中振撼,劳不可支。甚矣!北方之无味也。且自此尘沙日甚一日,水土尤逊济宁耳。

初五己亥日(3月14日)　晴。寅正一刻起,食百合少许。卯初二刻,发考城旧县。巳初一刻,尖于郝村,计行五十里。沿途大风扬沙,甚冷。午餐饮金波酒一樽,食面二碗,始觉饱暖。午初,复驱车前进,尘沙扑面而来,自是河南风景,无足深怪。又行五十余里,甫交申初,即抵兰仪县城,住宿北门逆旅中。休息半日,稍觉逸豫耳。闻河帅已出辕赴河北工次,不日即归,大约余到彼数日仍可谒见也。

初六庚子日(3月15日)　阴。寅正起,冒雨发兰仪县。巳正,抵招讨营打尖,计行四十五里。午正,自招讨营前进。甫行廿余里,遇西斋由汴至,下车与立谈数语,知河帅已旋汴矣。申初三刻,抵开封省城,下车于南土街忠升店。是日共行九十里。傍晚,往访秦子厚,晤谈片刻,时已向晦,乃还店。

初七辛丑日(3月16日)　阴。风甚大,辰刻放晴。余栉沐毕,即往河院行署禀到,见门户焕然一新,非复旧时气象。至巡捕李千戎屋少坐，俟其持手版入禀，河帅以偶恙辞以明日再见，乃散出。往访袁梦白于高仲陶明府寓中，并晤仲陶，谈良久。仲陶为碧湄年丈之弟，因以世丈称之。旋访周鼎臣，一别三年，畅叙别悃。访家润生，未值而还。午后润生、鼎臣先后来晤。润生以家肴五簋相饷，鼎臣邀余往伊处下榻，情意均极殷殷也。

初八壬寅日（3 月 17 日）　晴。晨起，往谒河帅许公，蒙便衣延见于书室，畅谈许久。余面恳委昂鹤如代理印务，畀余请咨引觐，居然允如所请，并叙及年谊，意极殷殷。午后，往访鹤如告之。余方在座，而院署已悬牌委定昂君代篆矣，可谓爽利之极。旋往访文量甫，在彼晚饭，并与彭涵六同饮，二更后乃还。

初九癸卯日（3 月 18 日）　晴。辰刻，往浙江会馆公祀文昌，遇吴抱仙、沈桂生、徐桐村、叶少仙诸君。旋还寓，研香乔梓先后来晤。午后，往谒见谷似、湛田两方伯，并往日升昌票号一谈。傍晚，至鼎臣处少坐，晤卫小山。晚间，涵六招饮，量甫亦在座，二更散归。河院已将部科咨批送来，真从来未有之迅利也。再日间，龚淡人过访，亦与晤谈。

初十甲辰日（3 月 19 日）　晴。晨起，往谒河帅，未见。旋往谒开归道荫槐庭，昂鹤如、朱景安同见，旋偕两君同返店中少坐。午间，徐桐村过访。午后，自忠升店移寓鼎臣处，卫筱山、孔听樵均来晤。下午，新补夏津主簿张泰年来见。傍晚，往答拜龚淡人，晤谈片刻。晚饭何定甫招饮，同席陈石溪、吕安卿、徐桐村诸君。二更散归，小山、鼎臣来谈许久。

十一乙巳日（3 月 20 日）　阴。早间，往各处拜客，惟晤朱佩言。午初还寓，家润生来晤。午餐卫小山招饮。午后，复往拜客，惟晤陈峻梧，傍晚乃归，与鼎臣共饭。夜间，筱山、鼎臣均来久谈。

十二丙午日（3 月 21 日）　晴。早间，往河院禀谢给咨，景盦、鹤如均往禀辞，概未接见。景、鹤二君俱令赴任，无须再见，余则嘱改日来谒。午间，砚香招饮于天景园。午后，往访吴抱仙，晤谈片刻。晚间,与鼎臣、筱山闲话许久乃寝。

十三丁未日(3月22日)　晴。早间,袁梦白、张其冕、高仲陶、文量甫俱来晤。午后,家润生为余假得"毛诗"一部,借作北上之需。惟此间河辕开销需百数十金之多,仍觉支绌,乃往日升昌暂挪三百金凑成罗汉一堂,大约总可敷衍矣。灯下,作致沈经彝函,嘱将日升昌借款由杭归还。

十四戊申日(3月23日)　晴。晨起,往谒河帅禀辞,蒙接见,畅谈,意颇肫挚,并嘱速去速旋,约四月间相见,可谓极承刮目矣。旋往访叶作舟于支应局,畅叙阔衷。往仲陶、梦白处辞行,亦晤。归来与卫小山共饭。午后,往日升昌写立汇券,到京取银。复往晤鹤如,遇景庵于座,二君约十七同伴赴济宁,余则明日即可成行矣。鹤如知余窘况,并以廿金相贷,此等友朋,不可多遇者也。晚间,家润生及鼎臣均来话别,夜分方散。

十五己酉日(3月24日)　晴。晨起,小食毕,即登程返济。鼎臣、筱山、砚香、润生均送诸门,判袂后,驱车出自东门。午初,尖于招讨营。申正,宿兰仪县,共行九十里。筱山以炒米、小菜见饷,早晚两餐均以此米制饭,颇足果腹。

十六庚戌日(3月25日)　晴。晨起,发兰仪县。已正,尖于郝村。终日尘沙扑面,殊苦之。午后热甚,复驱车行。申正,抵考城旧县逆旅中,计行百十余里。晚餐仍食炒米饭,即筱山所贻之米也。

十七辛亥日(3月26日)　晴。卯初,自考城启行。已正,抵曹县打尖。检点行李,失去帽盒一个,乃缚于车尾被人攘去者。内装江獭帽、翠玉翎管、皮绒领各一,红缎扇袋、翠玉坠牌、双款折扇、新蓝丝腰带、夹缎小帽各物,计值卅余金,概行失去。臧获辈疏忽固可恨,亦可见是处之多窃贼,乃嘱县令饬役追捕,许以赏格数千,未知能返璧否也。午后复前进,车中束缚,烦热殊甚,而路程较远,直至酉初甫抵冉故集住宿,盖日行百一十里矣。其地为冉子故里,因名冉故,前载染谷集乃土音之讹耳。

十八壬子日(**3 月 27 日**)　晴。卯初二刻,自冉故开车。辰初三刻,过文昌集下车,入逆旅小憩。因抖扑襟袖尘沙,误扑时辰表于石,急拾视,已损坏矣。甚矣! 此行之破财也。午初二刻,尖于张峰集。自冉故至此七十五里,极奔驰之劳,甫获少休。午后,复行四十五里。酉初,住独山。终日风沙甚恶,耳目口鼻均为填塞,且烦热尤甚,几不可耐。风尘吏之苦况如是如是! 傍晚,倦乏之极,肠坠,便血少许,皆燥火所致也。

十九癸丑日(**3 月 28 日**)　晴。北风其大。寅初,自独山起行。辰正,尖于河长口,少息即行。午正二刻,抵济寓,接阅各处信函、公牍、邸抄等件。下午,修发,将汴友嘱带信件分别饬送,知声庭已起程北上矣。

二十甲寅日(**3 月 29 日**)　晴。早间,与贺先生一谈,兼考询儿曹塾课。午后,往拜客,晤彭伯衡、管敬伯、郭春廷、张西园、李荫南、王待卿诸君。荫南移居北门大街余所居蔡氏旧宅,余因得重到故居再寻鸿爪旧印焉,傍晚乃还。

二十一乙卯日(**3 月 30 日**)　晴。晨起,将公牍清厘一过,应判发者分别钤印签发,复为鹤如扫除室庐。午后,鹤如即至,与谈片刻。余即往谒见本道。复往拜任城山长吴雨生侍御,晤谈良久。旋往访广锡三,知其亦蒙河帅准予给咨北上矣。旋还寓,作书致王怡如,托其催曹县追缉途失物件,但恐未必果获耳。下午,荫南、春廷、伯衡先后来晤,均在鹤如屋中茗话。傍晚,西斋过访,余索其归还客腊所挪百五之款,据云日内即措齐见偿,谅可如愿也。晚间,与鹤如共话,并偕新斋三人小饮。

二十二丙辰日(**3 月 31 日**)　晴。午后,王子泉、徐善卿、张西园均来晤。午后,印发禀报起程文件。申刻,将印务移交昂鹤如接收暂行代理。晚间,宴鹤如于南厅,将一切公事详告之,乃散席。

二十三丁巳日(**4 月 1 日**)　晴。早间,新委夏津主簿吕君登瀛来见。午后,管敬伯来晤。余将禀谢河帅及致汴人信函分别缮发,又将案头公牍清厘一过。下午,访西斋于营务处,向其索逋,据云明日见赵,未知能如约否也。晚间,复与昂鹤如久谈。

二十四戊午日(4月2日) 晴。晨起,封发各处信函,接见陈县丞谦、程主簿端业两君。午后,程敬五来晤。余旋检点行装衣物各件。下午,往许九太太处辞行。晚间,孙伟如来晤。

二十五己未日(4月3日) 晴。午后,往西斋处贺其乃郎聘妇之喜。旋往谒见本道禀辞,遇塞宣甫于座。又往各处辞行,晤彭伯衡、管径北、李荫南、孙伟如,余俱未遇。晚间,复与鹤如闲谈许久,伊欲阅看河图,迟明当检与之。

二十六庚申日(4月4日) 晴。早间,收拾案头物。午后,修发。旋会客半日,彭伯衡、管敬伯、朱景庵、李荫南、许西斋、范幼圃诸君均来送行,友人送菜点者纷至沓来。西斋见还百五之数,将手镯易去。晚间,留西斋偕鹤如小饮,二更乃散。余复收拾,半夜始将拜匣物件检齐,三更乃就寝,颇觉劳倦。定明午首途北上,不得不检理一切也。

二十七辛酉日(4月5日) 晴。辰刻起,检理帽盒,并将友人托代信函分别收存。是日为清明节。巳初,祀祖。午初,吃饭。未初,自济寓别家人登程。至厅事,鹤如、新斋均在彼相送,与寒暄数语,遂升车行。出自北门,行四十五里,宿康庄驿。时方申正,因前途无住处,只得税驾焉。

二十八壬戌日(4月6日) 晴。寅正起。卯初,发康庄驿。沿途西北风迎面而来,颇觉料峭生寒,所谓"二月春风似剪刀"也。行五十五里,巳正,尖于汶上县之草桥。午后,复行五十五里。申正,宿东平州城内,旅店颇坏,饭食亦不佳。

二十九癸亥日(4月7日) 晴。寅正起。卯初,发东平。沿途多山,崎岖难行,约行七十余里。午初,抵东阿县打尖。午后,行廿里,过东阿县城。未正,至大泛口渡黄河,约两刻许即达北岸。复行卅五里,宿铜城驿。抵旅店时颇觉疲乏。甚矣!陆行之苦也。

三十甲子日(4月8日)　晴。卯初开车,行六十里。巳正三刻,尖于茌平县南关。是处多伎者,店户颇以呼伎之说进,余不纳。午后,行五十五里。酉初,宿南新店,地方高唐州境也。日间热甚,且尘氛极恶,束缚车中,不胜其惫,抵逆旅小憩,始觉清适。

三　月

三月初一乙丑日(4月9日)　晴。卯初开车,行六十里。午初,抵腰站打尖。先于辰刻经过高唐州,未入城,仅绕东门外人道而过。午后,行三十里,过恩县,穿城而行。又三十里始抵甜水铺住宿,时已酉正初刻矣。是日共行百廿里之遥,风沙之甚无过于此,又复极热,自车行以来未有劳于此者也。

初二丙寅日(4月10日)　晴。寅正三刻,发甜水铺。巳初三刻,抵德州,寓桥口高升店,即客秋送漕所住之处。德州州同张皞如来谒,并铺设灯彩椅垫一切,饬夫役来听差。余即托皞如代为封雇座船一支,由水程北上,以省陆路奔驰之苦。说定至通州舟值十五千文,大约七八日可抵通矣。向皞如假阅邸抄,见王筱云放襄阳府,孙驾航升湘臬,绍葛民则已死于道路,所谓"小人枉自为小人"也。午后,开发马队围人车夫等项川资,令其回济。作致西园、鹤如各一书,又作谕梓儿函,交若辈赉回。酉刻,登舟。晚间,皞如复来谒送,与谈时许乃别去。皞如复遣役解凤祥随从伺候,余途中多一夫役,较敷驱策,因姑听之。

初三丁卯日(4月11日)　晴。丑刻,自德州解缆行,顺流而下,舟行颇捷,至黎明已行四十余里。卯正,西北风大作,逆风而紧,只得系缆泊舟。终日风不息,天气极冷。申初,复冒风开船,居然又行四十余里。酉正三刻,泊柘园镇,自此出山东境矣,余所辖河道以此为北交界处。晚间,阅《庸闲斋笔记》数则,海宁陈子庄所著书也。

初四戊辰日(4月12日)　晴。寅正,开船。北风仍未止,迎风而行,舟子劳而舟行极缓。申初,抵直隶东光县属之廉镇,去柘园甫七十余里,风愈大,遂泊船。水窗无事,作致周鼎臣、家润生书各一械。岸上市镇极繁盛,因饬仆市鲜肉、活鸡,煨以佐晚餐焉。

初五己巳日(4月13日)　晴。寅正,开船。午后,仍大风不已。申正,抵箔头镇泊船,计行七十余里而已。此行下水而遇逆风,是以迟缓,水程安逸固胜陆行,但不能克期耳。

初六庚午日(4月14日)　晴。寅正,开船,风平浪静,顺流而下,较前数日行稍捷。申正,过沧州,计水程已百廿里,时小有南风,复扬帆行四十里。亥正,抵兴集,乃停泊。夜间甚冷,拥棉被三层犹觉凌洌也。

初七辛未日(4月15日)　晴。寅正,开船。辰初,过青县。巳午间又遇北风,天气极冷。未刻,风渐止,甚觉和暖。申初,过马厂。其地两岸皆营垒,约五六里之长,询系合肥节相所部淮勇马步各队屯札是处。晚间风静,因即顺流而下,至亥正三刻抵静海县乃泊,盖已行百四五十里矣。

初八壬申日(4月16日)　晴。卯初,开船。辰正,过独流,适遇顺风,乃扬帆遄驶,颇觉迅利。午正,过杨柳青。其地极繁庶,时适遇赛会,两岸士女如云,粉白黛绿者往来不绝于道,亦颇有楚楚可观者。余舟至此暂泊片时买物。午后,复挂帆行,遇阵雨一次,未几即霁,天时转暖。计将抵天津,乃作字致孙晓苹大令,嘱其遣舆来迓,俾余往晤。余与晓苹神交数年,迄未相见,此番道出津门,渠适宰是地,不得不与之一叙渴忱也。酉初,抵天津,泊舟茶店口。旋入城往访晓苹于县署,畅叙至三更乃还舟。并晤其弟晓秋,知晓苹已调署肃宁,不日即将卸篆天津矣。

初九癸酉日(4月17日)　晴。晨起,往紫竹林谒沈筱梦师,畅谈许久,二十年别悃为之一纾。时北风甚厉,未能开船,仍入城与筱苹畅叙一日,因托其买车陆行,以免濡滞。二更后回船,定准明日起岸。

初十甲戌日(4月18日)　晴。辰初,舍舟登陆,行四十里尖于蒲口。午后,行五十里,宿蔡村,时已酉正初刻矣。由津赴京沿途旅店均轩敞精洁,远胜豫东途次焉。晚间月色颇佳。

十一乙亥日（4月19日） 晴。卯初,发蔡村。辰初,过河西务。午初,尖于安平庄,计行五十五里。午后,行廿里,过马头庄,又行廿五里,宿张家湾。是日共行百里,余坐恶车,终日振撼难堪,且车行甚缓,酉正方得税驾逆旅,尤为苦事,幸自此至京仅五十里遥,翌日午后总可苮止耳。

十二丙子日（4月20日） 晴。寅正,发张家湾。辰正,至于家围打尖。巳初,复行。未初,抵京,至正阳门外西河沿东升店下车。稍事安置,即往访季卿丈,询知渠已补主客司郎中,适趋值总署,未获相晤,乃留一札致之。晚间,接其覆函,因将部科咨批各一件交其代投,不知何日可验到耳。

十三丁丑日（4月21日） 晴。早间,访查声庭于松筠盦,晤谈许久,遇张藻卿于座。未初还店,未几声庭、季丈先后来晤,少顷各去。晚间,藻卿复来晤,三更后乃去。日间,各店铺卖物者络绎不绝而来,皆索价甚廉,而苦无售主,亦足见生意之萧条矣。

十四戊寅日（4月22日） 晴。早间,又为卖物者所缠,半日方休。午后,周子绂、周春堤先后来晤。又有吏部经承袁锡斋来见,言及咨批已投,嘱十六日往验到,以便候期带引。下午,往访藻卿于西首真武庙中,与谈许久。旋遇大风,继以盛雨,乃觅骡车乘之而还。晚间,雨益大,冷甚。

十五己卯日（4月23日） 晴。早间,静生观察介弟前镇迪道耆彬公过访,谈良久乃去。午后,往季卿叔岳处,晤谈片刻,并见其夫人及其嫂三太太、其子虎臣。复访徐乃秋侍御,亦晤。访张少原、郭少蓝、俞君实,均未遇。傍晚还店,知耆五先生年亦来访,此公亦静翁介弟也。

十六庚辰日（4月24日） 阴。巳初刻,吃饭。午初,赴吏部验到,仍在藤花厅侧之文昌庙中坐待。未初,选司汉掌印刘公子铨至署,乃赴司堂一揖。申初,少宰许公应骙到署,复上堂三揖而退。惟满掌印延熙久待不来,直至申正三刻方到,缘再赴司堂揖之,始获毕事。时已酉初,风雨交作,遂不及往拜客。还店后,雨益大。晚间,小饮数尊,以破旅愁。

十七辛巳日(4月25日)　晴。早间,往东四牌楼答拜眘氏昆仲,均未遇。遂至马聚兴帽店定做大帽数顶,在帽店小食少许。比还店,时已未初,稍憩片刻。徐乃秋、郭少蓝先后过访,均晤谈。下午,往季丈处少坐,因其侄女出阁,送喜敬八金。旋往拜汤伯温、余石孙两年丈,均晤。谒孙大司寇莱山,未见。傍晚乃还,终日奔驰卅余里之遥,颇觉劳顿。

十八壬午日(4月26日)　晴。早间,往拜刘蓉士年丈,未遇。往访刘子绂于升官店,晤谈许久。旋往季丈处贺喜,在彼早面毕,为之送亲至郑宅。新郎为听篁给谏少子、少篁水部之弟,亦浙江同乡也。傍晚还店,颇觉劳惫,盖因久离京师,不惯乘车,是以视出门为畏途耳。

十九癸未日(4月27日)　晴。午后,至季丈处陪新郎郑五先生,余到太迟,适已终席,遂少坐而出。旋往谒世丈许星叔大司马、于次棠方伯、徐亚陶比部,均蒙接见。谒觉罗子中廉访、竹铭方伯,未遇。傍晚还寓,声庭来晤。

二十甲申日(4月28日)　晴。午后,往访声庭,知其明日往三河扫墓,须十余日方还。下午,往琉璃厂将墨盒、折扇等件取回,又购得《东华续录》一部,价才六金,可谓廉已。傍晚返店,长班来告须出月初三方能带引,只得多候半月矣。灯下,访藻卿,畅谈。比还店,又阅《东华录》数册,就寝颇迟。

二十一乙酉日(4月29日)　晴。晨起,作寄内子书数纸,因声庭有专差赴济宁,乘便交其附带,似较局寄为妥。午后,出谒客,见李仲约宗伯年丈、金忠甫学士、傅子纯武部年丈及陆午庄舍人。拜黄漱兰通政年丈,未遇。访王筱云太守,至则行矣。傍晚返店,约藻卿来畅谈。

二十二丙戌日（4月30日） 晴。午前，往季卿叔岳处，偕其同赴郑少篁宅行会亲礼。少篁尊人听翁以足疾未能相见，乃见其母夫人及其夫人，新郎、新人均相见于堂中。新郎号砺斋，为少篁介弟，年廿二岁。新人乃季丈犹女，为余妻妹，年才二十，德容兼备，余甚羡之，惜内子不获见耳。余见礼毕，复至新房少坐，见陈设亦颇华焕。新人向余问讯其姊，语言落落大方，砺斋何修得此嘉偶耶？未刻，出至厅中入座，季丈专席，余坐第二席首座。主人酬酢极殷，余饮几醉。申刻散归旅舍，濮子泉驾部过访，谈片刻去。晚间，季丈招饮寓中。同席有杨若臣太守，若臣为先嫂杨恭人胞弟，余与别六七年。席间略叙阔衷，渠将以知府筮仕吾浙矣。二更后席散，乃还店。

二十三丁亥日（5月1日） 晴。午前，未出门。午后，正欲升车，适于次棠年丈见访，余迎入坐，谈片刻，送其登舆后，余亦往拜客。所拜同乡诸公如褚伯约侍御、戴青来、吴子修两编修，江菉生、陈芝生、吴枚升、詹黼廷、方肖雅诸部郎，均未遇。惟晤朱子涵通守，与谈许久。复谒谭文卿制府于杭州会馆，蒙延见，殷殷话旧，盖谭公与先大夫曾共事台垣有年故也。傍晚返店，知若臣曾来访未值，明日当往拜之。是日复谒子中廉访，未遇。

二十四戊子日（5月2日） 晴。午前，修发。午后，约藻卿往便宜坊啖烧鸭。餐饮毕即往青厂助赈书画局观各名手字画，因选得数家拟丐其笔墨，遂偕藻卿至松竹斋购备绢纸及纨折扇各种，拟明日送局，分别转致诸家，约计各件告成，当如数赠以笔资，俾其分成助赈，亦未始非成人之美也。傍晚还店。

二十五己丑日（5月3日） 阴。午前，往拜耆氏昆仲，晤其五先生号书耘者，与谈许久，订廿七日午饭。旋往谒年丈协揆福公、总宪孙公，均未见。又往拜斌子俊，至则行矣。午后，回店吃饭。因将扇额、绢纸各件开署款号，亲送书画局，交其账友张静夫明经代为分送，并嘱其代觅写照名手为余作行乐图，渠允明日候信。傍晚，往吃义胜居，肴品尚适口，独酌数尊，饱餐一饭，费银六钱余。饭罢，访乃秋侍御,谈良久乃还。乃秋亦订廿七午饭,恐未能早到矣。夜间风甚大。

　　二十六庚寅日(5月4日)　晴。风大而冷。午后,往拜杨君若臣、刘蓉士两太守,均未晤。旋访子绂,谈片刻。傍晚,访袁书办询问带引日期,据云初二日准可带领。晚间,至泰丰楼独酌,肴品不甚出色,费银四钱余。初更还店,仍觉岑寂,余到长安已过半月,而未尝一看花,颇为阙典。

　　二十七辛卯日(5月5日)　晴。巳刻,进东城,赴耆语堂、舒云昆仲之席。同席白昆甫、常五元、延寿峰、达又文、清君瑞。自未初入席,至酉初尚未终席,主人劝饮极殷,余颇尽量多酌,比散归,已酉正。乃秋招饮福隆,竟未能去。①

　　二十八壬辰日(5月6日)　晴。午后,往赈济书画局访写照名手不得。乃偕张君静夫至安南营访得绍兴陈尊庭者,据云亦工写容,因令为余写金鳌待漏图。在彼半日方写成,面貌并不形似,拟迟日重写之,遂回寓。傍晚,少原给谏过访,谈良久。

　　二十九癸巳日(5月7日)　晴。午后,声庭过访,始知其至自三河,与谈片刻。旋往琉璃厂买得石印闲书数种。复至点石斋看画报,遇声庭,遂偕其至松筠庵,在彼晚饭,二更乃还。吏部书吏来言初二引见人数太多,已将余名撤归下班带领,似此迁延,颇令人焦闷也。

四　月

　　四月初一甲午日(5月8日)　晴。午前,在店兀坐。午后,往访子绂,久谈,遇藻卿于座,傍晚乃还。灯下无聊,乃随意翻阅《松隐漫录》数则,觉目力渐倦,遂寝。

　　初二乙未日(5月9日)　晴。午前郑砺斋过访,午后吴枚升过访,均晤谈。下午,往藻卿处闲话良久。复往拜陈凤生,未遇。晚间,

---

①　此则后有小字:按“清君瑞”三字乃误记,实则英芴林名奎者也。延寿峰名祉,一号锡之。

偕藻卿访声庭于松筠庵,拉二君至义胜居便酌。饮毕,仍至声庭处絮话,二更后方还店。

初三丙申日(5 月 10 日)　晴。终日兀坐店中,颇觉无聊。饭后,假寐片时,醒来小食少许。即驱车至琉璃厂荣禄堂定购《搢绅》十余部,至松竹斋购檀香班指一枚,旋还店。

初四丁酉日(5 月 11 日)　巳午间,濮子泉、郭少蓝招饮,均假座广和居。子泉以母恙倩其表弟万少湖代作主人,少蓝则劝酬极殷。座中遇江菉生、冯赓娱两君。申刻席散,乃往声庭处小憩。晚间,汤伯温年丈复招饮广和居。二更散归旅店,知长班来告定初八日吏部带引,先于初六日赴部演礼等语,果能如期,则初十后可出京矣。

初五戊戌日(5 月 12 日)　晴。午前,作清如妹倩书寄杭州。午后,往访藻卿,谈片刻。旋至琉璃厂访日者张心斋,令其推命,许我官至实任监司。复为子舟四弟推算,则言其命多驳杂,宦途欠顺,所谓姑妄言之姑听之可耳。傍晚,至书画局,见所绘各件有告成者,都极佳,此数十金非妄用矣。

初六己亥日(5 月 13 日)　晴,热甚。黎明起,赴吏部听候司员带同演礼。同演者有户部主事定廉、内阁中书吴鋆、山西知州刘鸿逑及余共四人。自卯刻俟至未初,该部司员方行带演,可谓濡滞矣。演毕,书吏述冢宰之命改期初十带领,何如是之多波折耶?未正,旋店稍憩。申刻,往访声庭,向其乞假百金,以补行囊之不足,承其允诺。声庭之于余可谓信义之交焉。晚间,啸霞方君招饮寓中。同席万筱湖、朱子涵、吴绸斋,余俱不识。二更席散。肴馔均甚丰盛,其座落亦雅洁,固京宦中之美且富者也。

初七庚子日(5 月 14 日)　晴。午前,往打磨厂三胜馆酒肆,拟入座,肆主以修屋辞,乃废然而返。午后,往谒石孙年丈,未晤,遂往晤张少原、吴枚升、万小湖诸君。往访沈子培昆仲,亦未遇乃还。

初八辛丑日(5 月 15 日)　晴。西北风甚大,尘氛颇恶。午后,往米市胡同聚亿银号将所募闺阁赈捐叁拾玖千贰百文合公砝足银拾叁两壹钱四分,交其汇收。复往访季丈,未晤。访陈凤生,畅谈许久。傍晚还店,余有志看长安花而苦无伴侣,又无平章风月者为之提唱,只得徒劳想像而已。

初九壬寅日(5月16日)　晴。午前,在店修发一度。饭后,入城至东交民巷内联升靴肆为西斋购夹靴一双,复定做自用羊皮暖靴一双,计又需银七八金。此行买物无多,约计已在二百五十金以外,而行囊非裕,殊觉摆布为难。昨承声老允挪百金,尚不知敷用否也。申刻,捡拾衣物,移寓紫禁城西苑门外六项公所吏部公所内,以便明晨引见。同寓者有刘君鸿逵、周君天霖,皆入觐者也。公所屋甚精洁,饭菜亦颇佳,计赁二两余,较之本日赶进西海从容多矣。晚间,与刘君闲话片时,适周君亦至刘屋,各谈数语方归寝室。夜间风甚大,枕上臭虫搅扰不休,未能熟寐。

初十癸卯日(5月17日)　晴。寅初起,小食毕,乃整衣冠坐公所听候排班。卯初,排班于西苑门外,鹄立时许,乃进西苑门。逶迤行堤上,中隔清流,波平如镜。行半里许,过一桥,极宏阔,远望宫阙参差,是为御园风景。旋进一院,为臣工待漏之地,四面皆有房屋,王公大臣或坐其中,或即坐院中阶砌上,余亦坐阶石恭听传宣。至卯正二刻,内宣旨命带各项引见,有吏部司员每二员带领一排,共十排,余居第十排之次。引见于勤政店,跪丹墀下,口奏履历四句,仰见上持绿头牌顾盼,天颜秀霭温和,俾小臣对越之下不致以矜持失仪,真仁圣之君也。辰初,退朝而出,复得徘徊御堤,尽瞻园景,何幸如之。巳初,往福中堂、孙总宪两年丈处禀辞,往访者云书,均未晤,旋还店小憩。未刻,赴鸿胪寺谢恩。晚间,吴枚升招饮福兴居。傍晚入席,初更散归。

十一甲辰日(5月18日)　晴。吏部送来回任执照一纸,可以领赍出都。公事已毕,计须费百廿余金矣。午后,孙燮臣年丈枉顾,晤谈片刻。声庭旋过访,知余旅费不充,以百金相假。余分送至好友人别金八处,计用五十余两。晚间,少原给谏招饮广和居,座皆熟人,二鼓散归。复访袁锡斋一谈。

十二乙巳日(5月19日) 晴。早间,检理新买各物。午后,将乞绘各件取回,又至含英阁取格纸十本为书日记之用。声庭旋过访,未几即去。傍晚,将各帐开发数处,约需三百金左右。甚矣!银钱之不值用也。晚间,接家人来禀及阿庆安禀,知西斋摄上河,为之快慰。二更,藻卿来晤,畅谈许久方去。

十三丙午日(5月20日) 晴。早间,往各处辞行,在子绂处午饭。未刻,袁锡斋招饮万福居,座有蒋耕臣主政,心余先生元孙也。席散后,往季丈处话别,畅谈许久。余石孙年丈贻书许帅,季丈贻书耆观察,均余揄扬,可感也。晚间,乃秋招饮广和居,二更后散席。复往晤藻卿话别,并托其至内联升代取暖靴,随后带至济宁,因余明日即出京,靴尚未制就,故嘱诸藻卿耳。

十四丁未日(5月21日) 晴。黎明起,开发各项价值及留备车价外,竟无余资。正苦中途需用无着,适袁锡斋来送行,余向其挪借卅金,竟慨然取怀而予,其豪爽之概,实可感佩。余得此可命驾长驱矣!店家开索屋饭资,昂贵迥出情理之外,且穷凶极恶,出言不逊,不容短少分文,余怒极,虽如数给予,而痛加呵斥,彼亦毫不知耻也。辰刻,季丈过送,畅谈。万筱湖亦来晤。余摒挡就绪后,即于午正遄发。出京师永定门而南,行四十五里抵黄村,宿逆旅。屋舍极轩敞精洁,店户人亦驯良,较之西河沿之店几有天渊之隔。投宿时方酉刻,颇获休息半日,不致如近十余日之人事扰攘,刻无暇晷也。

十五戊申日(5月22日) 晴。寅正三刻,发黄村。巳正,过鱼垡。午初,渡永定河,时水势正涸,长驱而过,无烦舟楫。午正,尖于固安县之北关。未正,复驱车前进,直至戌正一刻方投宿。其地名宫家营,旅舍极恶劣,非复昨日景象矣。计终日行百四十里,车中局促振撼,遍身筋骨都觉酸痛,可谓备尝艰苦。晚间,略憩时许,稍觉舒服。

十六己酉日(5月23日) 晴。卯初开车,行六十里。午初,尖于雄县。午后,过十二连桥,复行七十里,宿任邱,时已酉正三刻矣。晚间,有歌伎抱琵琶演唱,大小成群结队而来,都无可观,驱而出之可也。

十七庚戌日(5月24日)　晴。卯初,发任邱。午初,尖于河间之北廿里铺。午后,过河间府城,天气热甚。申正一刻,抵商林镇住宿。计行程仅百一十里,投宿故较早,因呼匠修发一度。数日来疲乏已极。甚矣！轮蹄之困人也。

十八辛亥日(5月25日)　晴。卯初,开车。午初,尖于交河县之富庄驿。午后复行。申初,过阜城县,入一茶肆小憩片时。酉正三刻,宿漫河。是日行百卅里。从役解凤祥为马所踢伤颏,倒地不省人事,余急以七厘散令敷患处,兼以药散冲水饮之,始渐苏,殊可悯也。

十九壬子日(5月26日)　晴。黎明开车,行七十里,尖于刘智庙。适居民赛会,远近赴者踵相接,店屋为满。余下车觅一斗室,略憩片时,旋登车行。申刻,抵德州,渡运河而南。申正,入城住宿官店。州牧、州佐均来铺设,张州佐旋来谒晤。酉刻,往拜何秀臣刺史、卢子春守戎,均晤谈。乃向何君索派舆夫,卢君假得肩舆,庶明日不致促缚于敝车矣。晚间,何君送饭至,张君送菜物至,乃获饱餐。二更后,张君复来谒晤,可谓情意兼到焉。

二十癸丑日(5月27日)　晴。晨起,发德州,乘肩舆登程。张盖前导,州佐张君揖送于舆前,兵夫书役俱跪送道左,俨然官长气象,非复前数日之寒乞相矣。午初,尖于甜水铺。申初,过恩县,小憩片时。见沿途麦苗多槁,地方有司祈雨未应,恐又成旱象也。酉正,抵腰站住宿,舆夫异行甚速,不崇朝而百有余里,殊爽利耳。晚间,有歌伎争求售曲,不得已命之歌数阕,给以钱数百而去。

二十一甲寅日(5月28日)　晴。是日为先公十周忌辰,岁月如流,蓼莪永感,余以展觐之役,羁滞中途,未获躬亲祀事,稍展慕思,为之怆然者永日。晨发腰站,午尖于南新店。酉初二刻,抵茌平县宿,计程百廿里,息驾仍早,乃加给舆夫酒资各数十文,以策励之。晚间,逆旅中歌伎又有来者,均麾诸门外,盖余恭遇永慕之期,方感戚之不遑,更奚忍闻丝竹哉? 连日店中蚊蚤啮肤,甚恶,夜来辄不能成寐,尤所患苦。

二十二乙卯日(5 月 29 日)　晴。寅初,乘轿行。巳初,尖于铜城驿。未初,至大泛口渡黄河。申初,抵东阿县,小憩片刻。酉初二刻,抵东阿旧县住宿。适济寓仆人带领舆马来迎,余遂将德轿及人夫遣去,明日便乘坐自舆以行可矣。奴子王顺述及祖寿侄于月前至自淮安,现住余寓。祖寿孤苦无依,客岁书来欲依余左右,余久迟其来,今既相投,固谊不容辞耳。

二十三丙辰日(5 月 30 日)　晴。东南风甚猛。黎明登车,御风而行,颇有飘飘欲仙之致。巳正,尖于东平州。午后复行。酉正,宿汶水之草桥。是日行百廿里。自此至汶上十里,至济宁百里,明日午后可息驾矣。连日或乘轿、或乘家车,途中稍觉舒拂,而所遇旅舍均芜秽隘狭,不堪驻足,所餐尤恶劣,征途之况味,固难求满意也。役从有患恙者,以菩提丸药之,丸为之罄尽而病者仍未瘳。

二十四丁巳日(5 月 31 日)　晴。寅初开车,行五十里。辰正,尖于康庄驿,时方辰正初刻,稍憩复行。未正,抵济寓,家中人均安。鹤如为余代篆,一切平顺。祖寿侄来此已月余,与之相见,询悉淮寓诸兄弟近状,知皆为境所迫,无甚佳况。下午,与鹤如畅谈。晚间,与内子话别来情事,出示子先内弟来函,知子先已于客腊赴粤东潮州就周积甫西席。又接阅余端伯来书。

二十五戊午日(6 月 1 日)　阴。巳初方起,可谓酣眠矣。午后,徐桐村来晤,索京靴一双,乃检出赠之。午后,检集归囊,将赠人物分别送与,栗碌半日,下午方获休息。闻河帅尚无来济准信,余能否免汴中之行未能遽定,拟相机行事可耳。晚间,作致张皞如函,交其来役带去。

二十六己未日(6 月 2 日)　阴。早间,往拜荫南、敬伯两君,未晤。旋诣关帝,座前拈香。因州牧彭伯衡谢雨演剧,特请同城诸君共领福胙,余到时诸同人咸集,得相聚晤。午后散席,往答拜徐桐村,晤谈片刻旋还寓。晚间,与鹤如畅谈。

二十七庚申日(6月3日)　晴。终日检集送人物件。午后,张西园、晏诚卿均来晤。晚间,范幼圃来晤。闻河帅有初间启节来济之说,固余所甚盼也。

二十八辛酉日(6月4日)　晴。辰刻,诣城隍庙,偕同人拈香行礼,遇于次鹤。午间还寓,郭伯韶来晤。午后,小眠片刻。申初,至城南转运局赴郭伯韶之约。同席有茌平令刘君曾彔,号骧臣,祥符人。酉正席散,暂还。刘君复过访,遂偕其至彭伯衡处晚酌。座有嘉祥令陈君善堂,安州人,年六十余,老吏也。二更散归。

二十九壬戌日(6月5日)　晴。闻本道今日可回署,鹤如往接,余不往。下午,往访刘苇舲于朱景安处,适景安邀其作叶子戏,留余晚饭。余乃往许成甫处少坐,以了过节。仍过景安处小酌,二更后乃还。

三十癸亥日(6月6日)　晴。午后,汪葆田过访。午后,往谒见本道耆公,将其家信及友人信交去。复往晤严小园,遇荫南、葆田、次鹤于座。次鹤旋过访,谈片刻。晚间风雨大来。余往书塾晤贺先生,询察儿辈课程。又至鹤如屋一谈,乃寝。

五　月

五月初一甲子日(6月7日)　晴。午后,送本道礼物八色,只收搢绅、果脯贰物;送严小园四色,则全行收去。下午,筱园旋过谈片刻,复偕其至鹤如屋少坐。晚间,为吕主簿书扇一柄。

初二乙丑日(6月8日)　晴。午间,家祭,叩拜如礼。午后,荫南过访,即在鹤如屋坐谈。旋将回工缴照禀稿缮就,嘱贺先生代誊,闻河帅来济之说仍不确,余仍当部署赴汴也。

初三丙寅日(6月9日)　晴。日间,部署节事。午后,严筱园处亦赠以节礼数事。下午,西斋至自工次来,晤谈片刻。晚间,复至鹤如屋少坐。

初四丁卯日(**6月10日**)　晴。午后,管径北来晤。下午,修发。旋往答拜许西斋,晤顾翰仙,谈片刻。往访于次鹤,遇西斋于座。谈及河帅初八起节之说改至十一,届时有无改移尚在未定,余只得前往汴垣投谒,拟初六起程遄往。

初五戊辰日(**6月11日**)　晴。午间,祀神、祀祖。礼毕,与鹤如共饭。午后,接许清如妹情来函,骇悉大妹物故,为之怆惋。因余汴中之行刻不可缓,乃闷不与家中人道。下午,往本道处辞行。往西丈、桐村两处与辞,俱未见,惟晤孙伟如一人。晚间,严小园以双柏相假,得此可作汴行之用。二更后,西斋过访,询悉运河现在情形,以备登答河帅也。灯下,复检理行装,良久乃寝。

初六己巳日(**6月12日**)　晴。卯正,自济寓起马。午正,抵纸坊午尖,自城至此五十五里。午后复行七十里,抵张峰住宿。奔驰永日,至戌正方投旅店,可谓极车殆马烦之况矣。沿途乞得马步队以卫行旌焉。

初七庚午日(**6月13日**)　阴。寅正,发张峰。辰刻,遇大雨一阵。午正,尖于冉故集。午后,复冒雨行。戌初,抵曹县住宿。是日行一百卅五里,沿途均有马步队更替护送,可免戒心矣。

初八辛未日(**6月14日**)　晴。寅正,发曹县。巳正,尖于旧考城,未初前进。酉初,过郝村。戌正,抵红庙住宿。是日计行一百廿里。早间极凉,可衣薄棉两件。午后则热甚,余仅着两单衫,仆役皆挥汗如雨,喘息不定,可谓劳民伤财矣。

初九壬申日(**6月15日**)　晴。丑正,发红庙集。巳初,抵招讨营打尖,计行七十余里。午正饭罢,复前进,行四十五里,抵开封省城。入自曹门,至北土街,拟寓忠升店,适皆人满,遂暂寓永安店。上房乃西晒之屋,且同院厢房中另有他客居住,牛骥同皂,嚣杂湫隘,远不如春间寓忠升店时之安适矣。下车时已酉初二刻,不及诣院,乃先饬人禀到,翌晨再往衙参可耳。是日午后又复热甚。

初十癸酉日(**6月16日**)　晴。晨起,往谒河帅仙屏先生,蒙延见于厅事,询问在都情形甚详。退入官厅,即将缴照禀牍投递,巡捕司阍均极殷勤。午后,院署即悬牌,饬回本任,可谓迅速之极矣。未初,往访耕瑶,畅叙阔衷,在彼吃饭。旋往晤周鼎臣、龚淡人、陈石溪、吕安卿,访家润生,未遇。申刻,河帅请饭,坐谈片时,入席后令其公子熙臣代陪。又晤其东床高崧丞,乃碧湄年丈次郎也。同席吴、陈、刘、汤四君,皆其幕中客,此外罗春廷游戎及余,共主宾八人。傍晚散席还店。

十一甲戌日(6月17日)　晴。早间,预备礼物送河帅,只收口磨、杏仁二物,所余各件乃分送卫筱山、周鼎臣、家润生诸君,惟袍褂、补服、花翎、果脯则仍收存行箧,携回自可用也。午后,往拜客,晤何星乔年丈、文量甫、彭涵六、叶少仙、作舟、袁梦白、秦子厚诸君。晚间,耕瑶招饮寓斋,鼎臣、作舟均在座,二更后乃还店,可谓畅饮极乐。

十二乙亥日(6月18日)　晴。早间,吴抱仙、文量甫均来晤。抱仙以沈絜斋嘱为余犹女宝珍作伐,余以先兄子通向以骨肉还乡为嫌,未便舍己徇人,因托抱仙善为我辞焉。抱仙谈及冯小侣表叔在此,余正念之,乃命车迎以来,叙谈良久,知其贫病交迫,为之怅叹。午后,鼎臣偕李翰臣招饮第一轩,未正散归。午后,奉到院檄,饬回本任。旋出访武吟舟、李筱园,均未晤。往晤抱仙、耕瑶,嘱二公代为接济筱侣叔旅费,他日由余偿还,二公均允诺,余可暂缓解囊矣。晚间,家润生来久谈。

十三丙子日(6月19日)　晴。早间,往河院禀谢饬知,未见。耕瑶亦往谒,相遇于官厅,复同至护开归道吴仲怡处,亦未晤见。余旋访筱侣书,久谈。午间,南北六厅公请筵宴,惟黄沁未与。席设龚淡人处,又秦子厚亦与分,共七主二宾,余居首席,其一则傅之范也。席间畅饮,并托石溪代寄袁锡斋函,附还所假卅金焉。下午,往卫小山、周鼎臣、董敬亭,均畅谈。晚间,鼎臣、耕瑶、筱侣、润生诸君来话别,谈至夜分,耕瑶最后散,判袂之际,尤觉黯然。余送客去,乃略检行箧,拟明日首途,因先电告济寓,俾家中早得消息。

十四丁丑日(6月20日)　晴。辰初起,赴河院禀辞,见许帅于东厅,谈及十七起节赴汴,余已择十八接篆回任,只得速归。巳正,自汴垣登程。未正,尖于招讨营。戌正,宿兰仪。共行九十五里,沿途炎暑逼人,殊觉难耐。

十五戊寅日(6月21日)　晴。寅正初刻,发兰仪县,行四十八里,尖于郝村。时方巳正,因天气过热,遂憩息多时,至未正始命驾遄行,复行四十五里。酉正,抵旧考城住宿。时天色未暮,得以早休,乃命从人熬绿豆百米粥以供晚餐。白米甚佳,产息县,乃耕瑶所贻也。耕瑶复以蕉扇易余旧蒲扇,日来车中手挥者即蕉扇,非破蒲扇矣。书之以志良朋雅谊云。

十六己卯日(6月22日)　晴。寅正,发旧考城。巳初,抵曹县城,遇县令裘君于途。比抵逆旅午馔,时已火伞高悬,遂暂息半日以避暑。盖自旧考城至曹县仅四十五里耳。午后,小眠一觉,申正复行。亥正,抵冉故集,适东北风大作,月色渐晦,乃投逆旅税驾。余意欲早行,故并未交睫,惟假寐片时耳。

十七庚辰日(6月23日)　阴。丑初,发冉故。行未数里,大雨如注,电雷交作,仍还旅次暂避。至寅正雨止复行,中途又遇雨数阵,至午初始抵张峰打尖。未初三刻,复前发。沿途天色开霁,凉风习习,颇觉清爽。酉正,抵独山住宿。昨夕未寐,精神觉乏,戌正三刻即寝。

十八辛巳日(6月24日)　晴。丑正,发独山寨。辰正,尖于河长口。未初,抵济宁南关,轿马人役均在彼迎候。入城到寓,即准鹤如将篆务移交。未正二刻,望阙叩头谢恩,祗领关防回任供职。申刻,谒见耆观察,谈片刻。晚间,祀祖,行礼,复于灶神前拈香。诸事毕后,甫获休息。晚饭后,复至鹤如屋一谈。

十九壬午日(6月25日)　晴。早间,徐桐村过访,因办河帅供帐,将余厅事所悬大理石挂屏六块、衡额单条、洋镜各物借去数种。午后,吕主簿来见。管敬伯、朱景安、李荫南诸君俱来晤。下午,往院署观看陈设各物,晤桐村,遇晏诚卿、严筱园于座,傍晚乃还。管敬伯约明晨往安居集迓河帅,据云今日可抵独山,然以时日计之,恐未能如是迅速也。

二十癸未日(6月26日)　晴。寅正即起,闻同人都已出城,余姑命驾行。先访伯衡,未晤,询其役隶则云帅节尚远,探马并未归。余更访诸桐村,据云今日帅节必到,不得已只得出城至安居集。时同人咸至,未几,本道及伯衡亦到,聚坐片刻。伯衡邀小食,屋小人多,颇嫌壅塞。适胡把总继朗为余觅一静室,并设午膳,乃独往憩息半日。未刻,闻河帅明晨方苫止,伯衡已入城,余亦还,而管、朱、李三君则仍宿安居逆旅中。余归时亦未与面,不知其作何计较也。

二十一甲申日(6月27日)　晴。丑初起,吏役报帅节将次抵城,遂命驾往迎。出南关不数里,才过五里营,见本道在前已降舆,探知河帅前驱将至,余亦下车,偕耆公坐胡床候于道左。不片刻,河帅肩舆即到,我等揖迎,彼亦降舆答礼,复送其升舆,一揖而退。时方丑正二刻也,旋追踪入城至院廨,坐东厢,投手版禀谒,至辰正方获见。巳初散衙,遂归。是日热甚,兼以连朝奔驰,午后小眠片刻,不再出门矣。

二十二乙酉日(6月28日)　晴。卯正起,彭伯衡过谈良久。甲马营王巡检俸满验看来谒见。辰初,河帅许公来答拜,当即上院谢步,在营务处与西斋、桐村谈片刻。往拜兖沂曹济道中公于铁塔寺,未见,得与复初和尚茗话一番。旋访敬伯,未遇,遂还。午后,复至铁塔寺拜奠孙子授司农灵柩,并晤其公子慕韩上舍。慕韩于四月间扶柩絜眷来此,因运河水涸暂留此间,须俟粮艘启行,水道通畅,方能南旋也。随访西斋、荫南、景安,俱晤谈。答拜郭伯韶,未值,傍晚乃还。钤发到任呈上行下公牍十余件,王巡检验看之件亦为转详本道。接耕瑶来函,并带到严芝僧年丈寄贻年谱、诗集六册。

二十三丙戌日(6月29日)　晴。午后,西斋过谈片刻,鹤如亦至余斋少坐。旋访郭春庭、王待卿,均未晤。访严筱园,晤谈片刻,遇西斋于座,傍晚还寓。

二十四丁亥日(6月30日)　晴。午间,王待卿及济宁卫鲁守戎俱来晤。午后,自撰公牍文稿数件,作致耕瑶及筱侣表丈书各一械,阅芝僧年丈《墨花吟馆诗集》及彼自订年谱。

二十五戊子日(7月1日)　晴。卯正,赴院衙参,同人咸集,惟敬伯未到。旋偕至营务处桐村屋少坐。余复往西关拜方游戎号鹤盟者,未晤而还。午后,闻江安粮道马植轩来谒河帅,即寓院署,因往谒之,未获晤见。旋往访广锡三,询知已往济南。余遂往声庭处视其乃郎,并询及声庭何日出京,知渠家亦未接确信也。旋还寓,孙慕韩来谢,晤谈片刻,并出子授先生及朱夫人行状见示。傍晚风雨大作。灯下,作致孙晓苹书。

二十六己丑日(7月2日)　晴。午前,晤鹤如。午后,至荫南处,约同景安往访西斋,以疾未晤。顾翰仙出见,旋偕至桐村处久坐。马粮储处复投一刺,仍未见,遂散。

二十七庚寅日(7月3日)　晴。清晨,往铁塔寺奠李光前总戎。往僧王祠偕秦子厚公祭孙少司农。祭席乃营务处代备,河帅暨本道咸集,巳刻散归。闻声庭归,因往访之,在彼午餐,申刻乃还。晚间,与鹤如一谈,知其奉院委防汛道委催漕,差使顺利,渠须俟漕艘过此后方返汴也。灯下,作四弟书,告知许氏妹凶耗,不知有覆音否耳。

二十八辛卯日(7月4日)　晴。发四弟函,又致陈石溪一书,即发递。午后,将京中应致函处开单,付记室代缮。下午,声庭过访,知其谒见河帅,谕令秋后回任,殆欲令景安多署数月也。

二十九壬辰日(7月5日)　晴。午间,成甫丈过访,言及明日即往珠梅照料重运,大约漕船不日可到彼处矣。午后,修发。晚间,再阅定僧先生年谱、诗集,内有与沈仲复中丞唱和诗,殆知吴清卿河帅乃仲帅门下门生,盖清帅出张叔平给谏门下,张乃沈辛酉典试山西所得士也。

六 月

六月初一癸巳日(7月6日) 晴。晨起,诣院谒朔,未见。偕同人至营务处,晤晏、徐诸君,复至道署一转即散。午后,摒挡公牍,钤印封发,计数十件之多。下午,复出门拜,晤鲁惠臣、王子泉两守戎,傍晚乃还。

初二甲午日(7月7日) 晴。午后,荫南、西斋先后过访,约公请龚淡人及营务处诸君宴饮,嘱予承办。淡人奉帅召来相宅,昨甫至此,今晨过访,予尚未起,未与晤面。下午,往约景安同作主人,值其出门谒客,询其阍者,知往营务处,予乃追踪而至。敬伯亦在彼,遂偕两君同访伯衡,晤谈片刻。傍晚甫还,即发柬邀晏、徐、龚、秦诸君初五日晚酌,招鹤如作陪,共五宾四主。

初三乙未日(7月8日) 晴。日间,作致乃秋侍御函,又作致绍原给谏书,未毕。午后,声庭过访,即偕其同往伯衡处晚酌。同席者有诚卿、敬伯、次鹤诸君。二更散归,中途遇雨,甚凉。

初四丙申日(7月9日) 晴。未初,赴州署,偕同人随河帅公宴马植轩粮储,共主客十八人,列坐三席。酉初入席,至亥正犹未终席,主客都有倦意,乃纷纷散去。甫抵寓,即风雨交作,夜间颇凉。

初五丁酉日(7月10日) 晴。是日为僧忠王诞辰,同人例赴祠致祭。闻河帅定卯初刻前往,余寅正即起,方欲登车,即闻炮声,知已祭毕,遂不往。辰刻,西斋过谈,良久乃去,余乃小眠片刻。午后,孙慕韩过谈良久。慕韩为人恂恂温雅,品学俱优,余甚敬之,子授司农可谓有子矣。申刻,景安、荫南、西斋诸君俱到,乃走柬速客。酉正,客齐,即入座,初更乃散。是集主宾十人,颇形热闹。

初六戊戌日(7月11日) 晴。午间,吴县佐来见。午后,将前借鹤如之廿金送还,复赠以库封宝纹百金为酬谢之资。渠因有道委催漕差,现仍留余寓,秋初方旋汴也。晚间,作致凤笙、枚升书各两纸。

初七己亥日(7月12日) 晴。晨起,往南关水次答拜江北河运诸君,俱未晤。此次朱筠谷表舅得催借差,昨曾来访,以火腿、茶叶见贻,余未与面,殊觉怅然。午后,马粮储招同阖城文武宴集大王庙,设彩筋,水陆毕陈。各运员咸与斯会,主宾六席,余坐第五席首座,其第一席正坐为河帅许公及兖镇田总戎。席间得晤筠谷表舅、同乡叶耕香大令、勷办汪翔甫大令。申初入座,亥初散席。

初八庚子日(7月13日) 晴。是日为初伏之期。寅初,诣河神庙,随同河帅敬谨致祭。黎明,礼毕,偕同人至院道两署禀贺,辰刻还寓。午后,修发。下午,往营务处访秦子厚,将鹤如嘱带银信托其带汴,并遇桐村、西斋。旋往再访翔甫、筠谷于南关舟次,仍未晤。拜田蕭丞总戎,亦未遇,遂往声庭处少坐。傍晚归,张西园过谈片刻。

初九辛丑日(7月14日) 晴,热甚。日间,将已缮就之京信分别封固。午后,江苏河运勷办李君莲炬送土宜,收火腿、茶叶二物。又有抽丰客二人,一曰吴云慈,一曰魏炳焜,不知何许人也,乃各赠以京钱一贯而去。河帅喜作大字,承其见贻八言红对一副。文曰:"让德不居质同挺玉,与人无竞气足凌云。"词意颇合余之性格,殆有为而言欤?

初十壬寅日(7月15日) 阴。自寅至卯,大雨不止,午后放晴。下午,往送龚淡人行。访成甫,未晤。访荫南,谈片刻乃还。晚间,将京信分别封固,拟上成子中廉访一函,明日誊缮可耳。

十一癸卯日(7月16日) 阴。清晨,雨甚大,辰刻乃止。旋往院署谒送河帅,同人咸集,都蒙延见,河帅即于午后起马还汴。声庭来余处,约申刻偕往院署揖送升舆,甫至辕门,见驺从已出,只得退还。

十二甲辰日(7月17日) 晴。午前,将京信分别封固,托乃秋分致。晏诚卿之乃郎往应京兆试,致乃秋函即交其便带也。下午,往访孙慕韩,畅谈良久,归来作七律二章赠之,聊抒倾倒之忱。

十三乙巳日(7月18日) 阴。早间,作致季卿叔岳函,又附有各处信函托其分送者,均交声庭乃侄应试之便带京。孙慕韩定于十五日奉其先灵登舟,余乃作致清如、经彝各一函,托其带杭饬交。余昨在慕韩案上见有王逸吾祭酒所辑《续古文词类纂》,亟称其善,慕韩即举以赠余,并约俟旋里后将司农丈全集刊成,当再邮寄见赠也。

十四丙午日(7月19日)　晴。江南北漕艘均自济宁开行,武城县佐吴俊民来告辞,将赴汛催偕漕船。余托其代余照料一切,因将禀报入出境公牍赶办,交其带汛代为填发,其出境之禀则寄交德州汛张皞如州佐代为填办。并嘱俟全漕出东后,代为电报院道,兼电告余寓,以符去年成案。

十五丁未日(7月20日)　阴。晨起,诣风火神,案前行礼。旋至道署谒送本道,耆公时将赴北路送漕故也。旋寓后,自缮红白禀数套,以补记室之不足。下午,往僧王祠候送孙司农启灵,至南门外舟次拜奠毕,复与慕韩话别,兼晤其弟仲孟,傍晚返寓。灯下,将禀牍各件亲自核对,分别标记,手不停挥,汗流如雨,夜半方毕,乃送至俊民处,交其妥带。余虽未亲往辖汛,然亦心力兼尽矣。

十六戊申日(7月21日)　晴。辰巳间又阴,日夜大雨不住。早间,接沈筱梦师函。午后,接武城县申解夏季廉俸,本署差役二人赍来,询知卫河水势尚未大涨,不似去年之汹涌也。下午,声庭招饮,冒雨而去。同席皆熟人,其犹子荫阶舍人亦在座,肴馔均极佳。二更后雨益甚,其归也仍冒雨而行。

十七己酉日(7月22日)　阴。自朝至午俱雨,午后乃放晴。傍晚,吴俊民来见,因余禀中未及漕帮之太平船,乃另加夹单各一纸,又费半夜工夫矣。吴君因天雨,明日乃起行赴汛也。

十八庚戌日(7月23日)　晴。作覆筱梦师书,由驿递。又将武城县解廉俸批回印发,交来役带回。午后,至鹤如屋一谈,告以晏诚卿、徐桐村两君均拟廿二旋汴,如有志归去,大可结伴同行,乃渠仍无归志,真莫能相强也。晚间,阅道咸间名人古文数册,即慕韩所持赠者。

十九辛亥日（7月24日） 晴。午后，管敬伯来晤，谈片刻而去。晚间，作致耕瑶书，又致筱侣表丈数行。

二十壬子日（7月25日） 晴。遣人至道署挂号禀辞赴汛，借此可杜门休息数日矣。将发筱梦师函封固驿递，又将汴垣谢招饮各书分别发递。

二十一癸丑日（7月26日） 阴。午前，声庭来送鹤如行，余亦出晤，盖鹤如已决计与晏、徐同行也。午后风暴大起，继以淫雨，终日未息。

二十二甲寅日（7月27日） 阴。接张西园自途次来函，言及漕船已齐抵十里闸，定廿日启坝渡黄，果尔则昨日之风亦殊可虑矣。下午，与鹤如谈片刻，约明晚为之置酒钱别。下午，叶少仙过谈，渠甫至自开封也。

二十三乙卯日（7月28日） 阴。淫雨终朝，至暮不至①。午后，荫南过谈。晚间，约西斋、翰仙陪鹤如便酌，夜半乃散。

二十四丙辰日（7月29日） 阴。终日微雨，时作时止。鹤如因雨改迟行期，只得留其姑待。然余本月公费早经告罄，日用正苦竭蹶，其奈之何。

二十五丁巳日（7月30日） 阴。雨仍未止，夜间尤甚。闻各处堤埝大半漫决，道途水深数尺，几于行人断绝，始幸余之不往武城也。

二十六戊午日（7月31日） 晴。午后复阴。傍晚，往与鹤如一谈。晚间，查荫阶招饮，同席惟晏诚卿、于次鹤，别无他客。酒馔都佳，因痛饮畅叙。席间诚卿谈及金忠甫放江南正考官，可谓阔极矣。

二十七己未日（8月1日） 阴。闻漕船已悉数渡黄而北，本道昨已还署。今年河运之速，诚为历届所未有也。

二十八庚申日（8月2日） 晴。天气凉甚，颇似新秋。下午，晏诚卿来辞行，定初二偕桐村返汴，鹤如亦与结伴同行也。

---

① 据上下文，"至"疑为"止"字之误。

二十九辛酉日(8月3日)　晴。下午,次鹤招陪诚卿便酌,座惟声庭、竹林,余无他客。饭毕,复久谈乃散。

三十壬戌日(8月4日)　晴。堂侄婿于君延厚,荣城人,自清江至济南应省试,道出此间来谒,少坐即去。下午,修发,旋与鹤如一晤。

七　月

七月初一癸亥日(8月5日)　晴。西席贺君新斋将还开封应省试,约与鹤如同行,预支两月脩脯,余赠以元卷四金,颇费挹注。下午,往送诚卿,未晤。送桐村,晤谈片刻,遇伯衡于座,西斋亦在彼,遂留余晚饭。初更归寓,送新斋、鹤如登车,时近三更,已交次日丑初刻矣。

初二甲子日(8月6日)　晴。阳光正炽,忽于巳刻雨来,倾注数次,直至申初始霁。诚卿、鹤如诸君在途,竟遭此困,恐未能远行也。

初三乙丑日(8月7日)　阴。大雨数阵。午间,祀祖。午后,扫除萧斋,悬挂字画,颇改观,惜蚊子太多不容久坐,为可恨耳。

初四丙寅日(8月8日)　阴。是日立秋,然仍觉热。日来盼德州电报不至,未知粮艘已否出东境也。接冯筱侣丈覆函,知其仍无所遇,商进止于余,将作台湾之游,余尚无以策之耳。

初五丁卯日(8月9日)　晴。午后,修发。阅《随园尺牍》一过。又检文牍故纸,使之位置熨贴,盖自春初入都以来,久不清厘几案矣。

初六戊辰日(8月10日)　晴。接筱侣丈函,因忠甫学士典试江左,索余致书恳其为登高之呼,然余与忠甫虽有年谊,虽曾识面,而处云泥之分,未必能心心相印,况忠甫素性拘谨,更不能因余言而遽为说项,且致书亦极难措词也。

初七己巳日(8月11日)　阴。终朝检阅故纸,随意披览时文数首。接淮上家子厚函,又欲向余乞贷多金,渠前欠余千数百金迄未还偿,兹值余极窘之际,忽来此书,亦多见其不知量而已。

初八庚午日(8月12日)　晴。阿庆小有不适,延翰仙来诊视,谈及漕艘已出临口。因发电报询诸德州汛张州同,夜间得其回电,知漕船尚未抵德州,则翰仙之说亦齐东人语耳。

初九辛未日(8月13日)　阴。终日微雨不止。接道库发出本月公费,扣去张西园差费银十二两,仅余百六十八金矣。下午,作覆筱侣丈书数纸。

初十壬申日(8月14日)　阴。阵雨时作时止。试作致忠甫学士书数纸,托为筱侣谋事,但不知果有济否耳。晚间无事,阅咸同两朝墨卷数篇,聊破寂寥。

十一癸酉日(8月15日)　晴。午后,便衣往访荫南及声庭、荫阶两竹林,傍晚乃还。连日盼德州电报不至,岂漕船犹未出东境耶?

十二甲戌日(8月16日)　晴。终日株守萧斋,殊嫌闷损,闲官冷况,益觉乏味,未知何年方有寸进,静言思之,辄呼负负。每念四弟远在甘肃赋闲会垣,其情境之难堪尤有甚于余者,我家气运何多困少亨也耶?

十三乙亥日(8月17日)　晴。日间,课儿辈读书,即在南院书室坐拥皋比,余亦手《仁堂堂时艺》一编,低声吟哦,俨然村学究故态矣。晚间,阅吾浙科名录一过,忆垂髫时即常阅是册,今一行作吏,此生无望厕名其中,惟冀儿曹他日弥我缺憾耳。

十四丙子日(8月18日)　晴。仍在南院课读,接陈石溪手书一械。晚间,取《随园尺牍》《诗集》随意翻阅,颇有意味。

十五丁丑日(8月19日)　晴。午后,坐书斋,取同治朝臣工奏议披览,内有仙屏河帅任陕甘学使时"奏设味经书院"一折,其笔墨与去年到河督任改定两河新章之奏如出一手,殆皆其自作也。

十六戊寅日(8月20日)　晴。午前,修发。午后,声庭过访,谈次知其已捧檄回任,昨晨在寓接篆,景安则又恐悬而无簿矣。下午,接德州电信,漕船江帮已于今日挽出东境,心为之释然。苏帮大约不日亦可挽出矣。余为此事悬悬莫释者已半月有余,今得此电,如获甘雨。余上院道电禀及印禀俱托皋如州佐代办,计亦都可发出,再得苏漕出境之信,则如释重负耳。晚间,得董敬亭总戎讣启,知其五月廿四日病殁归德镇署任,殊为惋愕。忆五月十三日余在汴垣曾与晤面,渠越两日自省旋署,乃中途中喝,才返衙署,遽捐馆舍,亦可慨已。

　　十七己卯日(8月21日)　晴。午后,发筱侣丈信,致吴抱仙直刺一书,亦同时封发。冯信约月杪总可到汴,余尚恐筱侣望穿老眼也。

　　十八庚辰日(8月22日)　晴。巳刻,接德州电信,苏漕昨日亦出东境,本届送漕事毕矣。午后,声庭过谈片刻,述及朗斋中丞作古之耗。此公抚东五年,勤劳王事,可谓鞠躬尽瘁,想饰终之典必优也。下午,延顾翰仙为榕儿诊病,即留其晚饭,畅谈乃去。

　　十九辛巳日(8月23日)　晴。午后,荫南过访,商及本道女公子出阁,同人拟公送贺礼。昨声庭来亦议及,因托声庭代备致送焉。

　　二十壬午日(8月24日)　晴。下午,广锡三过访,渠仍悬而无簿,又不肯引疾高蹈,情殊可悯耳。连日秋热颇炽,几与伏天无异。

　　二十一癸未日(8月25日)　晴。吴俊民至自武城,将代拆公牍各件一律交来。阅夏津汛册报,知江漕七月初十入夏津境,苏漕于十二日入境,扣计德州出境之期,首尾七日,较上届多行两日,系因卫河水小故耳。

　　二十二甲申日(8月26日)　晴。午后,往访西斋、声庭,均久谈。访严筱园,未晤而还。闻山东主试放汪柳门司空,庞编修鸿书副之。按庞为宝生尚书次子,其兄鸿文亦以编修选主文衡,故世族也。

　　二十三乙酉日(8月27日)　晴。晨起,往祝穆尔察观察夫人寿,同人咸集道署东厢,并以观察即日有事兖州,遂各坐候片时,送其登舆乃散归。西斋来晤。吴俊民亦来见。午后,往访敬伯、景安、俊民、少仙,都不值,惟与广锡三久谈而还。晚间,因久不阅《仓山文集》,乃取而读之,所谓旧书不厌百回读者,其在斯乎!其在斯乎!

　　二十四丙戌日(8月28日)　晴。热甚,惟以袁文涤荡烦暑,深觉有味。阅电报,张中丞饰终恩旨极为优渥,可谓极人爵之荣矣。下午,张西园过谈。

二十五丁亥日(8月29日)　晴。闻本道已至自兖州,同人都未及往迎。晚间,接昂鹤如来函,知其沿途为水所厄,行李什物沾湿殆尽,嘻！其酷矣哉。

二十六戊子日(8月30日)　晴。午后,荫南来晤。缘偕其访声庭,拉往谒见本道,谈及东藩福公升授巡抚。旋往访西斋,约初三日在王母阁为之补庆生辰,缘初一日乃西斋四秩初度也。傍晚风雨交作,天气转凉。

二十七己丑日(8月31日)　晴。将鹤如托送各信为之分别饬交。接各属报漕船禀,各附各卷,应批发者即予批发焉。晚间,阅袁子才时艺数首。

二十八庚寅日(9月1日)　晴。天气颇凉。走简订西斋初三之约,同列东道者声庭、荫南而外,又有次鹤亦欲附分,计主宾四人。

二十九辛卯日(9月2日)　晴。接筱侣、抱仙来函,知筱侣已行,抱仙为余垫付白金五十两,嘱即兑还次鹤。朋友通财,不可爽约,余虽极窘,只得搜罗五十金送还次鹤,并手泐数行覆抱仙。筱侣此行费余多金,真莫可如何者耳。

八　月

八月初一壬辰日(9月3日)　晴。晨起,恭诣武庙,拈香。旋往拜西斋寿,未晤。归来谒家堂,次第行礼。午后,荫南、声庭先后来晤。下午,往晤孙伟如、严筱园,均久谈。筱园述及接汴信,河帅拟将运河催漕人员列保,业经专折奏请,俟奉俞即开单列保。余还寓后,乃函致晏诚卿,托其为余代求河帅要一四品头衔,似可邀准也。

初二癸巳日(9月4日)　晴。终日未出门,亦无客至。接晓苹复函,知其已抵肃宁九旬余矣,其弟晓秋仍随伊治家事,拟冬间方行出山也。

初三甲午日(9月5日)　晴。晨起,至南门外王母阁小叙,为西斋补祝,畅饮永日。复偕同游诸人乘小舟泛荷池半晌,水色花香,挹之不尽,致足乐也。傍晚方散归。

初四乙未日(9 月 6 日)　晴。阅电报谕旨,各省学政均已放出,知交中李若农丈视学顺天,陈六舟宗丞视学吾浙,瞿子玖学士视学四川,徐花农编修视学广东,张子余编修视学湖南,余皆不甚熟稔之人矣。午后,张西园来晤,面订晚酌,余辞焉。晚间,往访声庭,因托其示寄乃郎京师将余所制袍褂四件代为取来,并将凭条及衣价四十五金一并交与之。又致张藻卿一书,索取暖靴。

初五丙申日(9 月 7 日)　阴。早间大雨一阵,午后雨霁。挈儿女辈往游王母阁,句留良久,复泛舟至晚凉亭,下午乃还。因将贺节禀信分别缄发。接道署知会明日丁祭派余分献东配东哲。

初六丁酉日(9 月 8 日)　晴。丑正,恭诣文庙,候本道至,随班行礼。余诣东配,东哲座前跪献祝帛,献爵三巡,约半时许礼毕。卯初还寓,时天甫黎明,复假寐许久,午后遂未出门。

初七戊戌日(9 月 9 日)　晴。黎明,往大王、天后案前陪祭。同人咸集,本道到颇迟,辰正方祭毕。复偕诣王母阁拈香落成小集,荷池堤畔畅饮,至未初方散归。是日叩头极多,不免疲乏。

初八己亥日(9 月 10 日)　晴。午后,朱景安过谈片刻。晚间,声庭来,晤谈许久。声庭因本道耆公得保二品衔,欲赠以补服而无二品服色,因乞诸余,只得与之,惟只此一副,甘让渠做人情,不无耿耿耳。

初九庚子日(9 月 11 日)　晴。午后,程敬五过谈片刻。晚间,有一春秋妇人来余处,扰至夜分方去,余眠极迟。

初十辛丑日(9 月 12 日)　晴。下午,所谓春秋妇人者又复光降,又扰至半夜,且此人性嗜芙蓉膏,灯盘狼藉,尤觉难耐也。

十一壬寅日(9 月 13 日)　晴。午后,荫南过访,谈片刻。余因耳鸣痰塞,延翰仙来诊,开方服药。晚间,接晏诚卿覆函,所托承其允为力图,殆不至徒托空谈矣。

十二癸卯日(9月14日) 晴。午后,往答拜程敬五,复往贺声庭抱孙之喜。晚间,西斋处张筵酬客,因往赴宴,费戏赏两贯文,二更后乃散。

十三甲辰日(9月15日) 晴。巳初,往贺声庭六秩寿,在彼永日。晚间,观戏于后院,夜半乃散归。明晨为祭武庙之期,旋寓后乃将朝衣冠检出,并以其副假诸荫南。

十四乙巳日(9月16日) 阴。丑刻起,衣冠毕即出诣武庙,未至而还。缘甫及半途闻已祭毕,乃还,时方寅初刻也。还寓后小眠片刻。午初,往贺张西园纳侄妇之喜。复赴孙伟如之招小集王母阁。座皆熟人,惟王仁斋略生耳。初更后乃散归。

十五丙午日(9月17日) 阴。大雨如注,竟未能出门。午间,祀先毕,小饮数爵,颇觉微醉。

十六丁未日(9月18日) 阴。午间,偕同人设席王母阁左侧之杜公祠船厅,为声庭补祝,兼邀孙伟如,缘孙亦四秩正寿也。申初主客甫到齐,初更散归。座中惟伟如微有醉意。

十七戊申日(9月19日) 晴。午后,延翰仙来诊脉,开方服药,以祛宿痰。内子亦就诊焉。

十八己酉日(9月20日) 晴。终日阅看文牍,清厘几案。阅邸抄,见王制军奏保道员马驷良一片。马为滇南人,余与之曾有数面之识,固干才也。

十九庚戌日(9月21日) 晴。午后,听事吏禀报本道耆公接奉院檄,保加二品衔,今日换戴红顶,乃偕同人诣贺,久坐官厅,傍晚乃散。

二十辛亥日(9月22日) 晴。黎明,往栗大王庙陪祭。日上三竿,本道方到,见其冠顶已丹,乃各与道贺。辰正祭毕,散归。午后,访许西斋于营务处,遇王待卿至自汴省,述及晏诚卿有寄余书,尚未检出。旋偕西斋访伯衡、筱园,均晤。傍晚还寓,邓锡三过谈片刻。晚间,待卿处将诚卿信送来,知其为余代求保奖已邀河帅允许,惟出奏尚需时日,未知年内能奉准否也。

二十一壬子日(9月23日)　晴。下午,伯衡过访,言及不日将往查灾,地方有司固不免终朝仆仆也。阅邸抄,宝相作古,饰终恩旨尚不甚薄,然较之文文忠当年则不逮远甚,此又老寿之为累也。

二十二癸丑日(9月24日)　晴。本道著公夫人今日送女出阁,起程入都,同人有往候送者,余不往,恶其近于足恭也。下午,修发。有吕主簿来谒,辞未接见。

二十三甲寅日(9月25日)　晴。午后,往答拜王待卿、王仁斋,均未遇,惟遇邓锡三,与谈片刻。旋往访荫南,遇崔绥五。绥五旋偕声庭先后过访,俱晤。

二十四乙卯日(9月26日)　晴。午后,谒见本道,求其速办保案上禀河院。又往拜吴俊民寿,傍晚返寓。晚饭后,复往访许西斋,畅谈许久乃还。灯下,作晏诚卿覆书五纸。

二十五丙辰日(9月27日)　晴。午后,接见夏津吕主簿,晤谈片刻。下午,作书慰高仲陶世丈丧偶,并赠以楮仪四金。又致昂鹤如一书,并诚卿信,统交专足递汴,二更后方将各信发出。

二十六丁巳日(9月28日)　阴,凉甚。是日换戴暖帽,适遇奇凉,于时令颇宜。午后,荫南过访,晤谈片刻。傍晚,往敬伯处聚议,同人咸集,其实并无甚要事也。

二十七戊午日(9月29日)　晴。刘苇舲太守至自嘉祥差次,于傍晚见访,谈片刻,云及将之省门,去后复遣人来假用车帘。张西园亦于黄昏时来一晤。

二十八己未日(9月30日)　晴。午后,往拜客,都未遇,惟晤邓锡三一人,旋返舍。

二十九庚申日(10月1日)　晴。接阅道札,饬开催漕保案,拟日内即举办此事。午后,往吊孙吏目朴庵丧偶,比至而已发引,有龚菊人闻宰出陪,仅将楮金两竿投送而出。

三十辛酉日(10月2日)　晴。午后,胡把总继朗来见,禀知奉委升署洳河千总,所遗把总缺则以鲍微澜拔署。伊等去岁抵任,未及一年辄复推升,可谓疏通之极。

九　月

九月初一壬戌日(10月3日)　晴。辰初刻,诣风神,案前拈香行礼毕,回寓。西斋旋过访,谈良久。又新任临清卫万守戎诚德亦来晤。午后,孙朴庵来谒谢,与谈片刻。鲍把总今日视事,亦来禀谒。其人年近四旬,明白安详,武弁中出色者也。下午,便衣往访声庭,晤谈许久,遇吴俊民、李子英二人。

初二癸亥日(10月4日)　晴。清晨,往送道台进省,同人咸集官厅,巳初方散归。午后,往答拜万益斋守戎,未遇。访邓锡三,为人作说客,事亦无成,傍晚乃还。

初三甲子日(10月5日)　晴。作致部吏袁锡斋书,询其曾否收到余前寄银信,缘五月间在汴寄还之款,至今未得其覆函,不知有无舛误耳。午后,缮办请保催漕出力人员禀稿清折等件,即日脱稿发誊。又将所属弁兵求保名单送运河营徐守戎处汇保,将来由道转院达部,计期总在冬初或可办出,至接准部覆,当在明春矣。余之四品顶戴、补服早已预储,偏不能克期换用,殊觉望眼欲穿也。

初四乙丑日(10月6日)　晴。终日未出门。午后忽阴雨片刻,旋复放晴。万益斋守戎走柬,订明日晚酌。

初五丙寅日(10月7日)　阴。午后,贺先生至自开封,儿辈可入塾执业矣。晚间,接晏诚卿覆书。高仲陶处只有谢柬而无回书。赴万益斋处晚酌,二更散归。

初六丁卯日(10月8日)　晴。严筱园过谈片刻。余往拜彭伯衡寿,未晤。旋往访声庭,久谈,傍晚乃还。

初七戊辰日(10月9日)　晴。作致陆赓尧函,又复晏诚卿一书,均未封发。午后,何西园之子名晋秩者来拜,与晤片刻而去。

初八己巳日(10月10日)　晴。午后,许西斋过谈,旋偕往张西园处晚酌。席间,有义宁王君恩湛,年六十余,由实任兰山县开缺以知府需次者也。

初九庚午日(10 月 11 日) 晴。午后,高缵五舍人过访,与谈片刻。接昂鹤如来函,欲求保举,余尚未为转求也。

初十辛未日(10 月 12 日) 晴。封发诚卿、耕瑶信,由驿递汴。陆君琴士来见,归安人,官顿庄闸官者也。

十一壬申日(10 月 13 日) 晴。午后,延顾翰仙为内子诊脉,与谈片刻。谈及渠将往东昌,尚未行,适内子患喉证,得其来诊,开方服药,可期速愈。

十二癸酉日(10 月 14 日) 晴。午后,往道署候接本道回衙,同人咸集,申初方散。诚卿寄耆公之书已为交去。晚间,接庶母范淑人命家丁代笔来函,知四弟已回大通本任,书中不能详述其近况,仍不尽悉。四弟则终无信来,何其一懒至此耶?内子今日证稍减,仍延翰仙来诊,换开一方。

十三甲戌日(10 月 15 日) 晴。午后,偕同人往谒见本道,谈及十六日将往汴省,保案仍恐赶办不及也。阅邸抄,徐迓陶年丈甫以截取知府分发安徽,即捧檄权庐州府篆,殆大府怜其贫且老欤? 傍晚,仍延翰仙为内子诊脉。

十四乙亥日(10 月 16 日) 晴。声庭过访,谈片刻,渠亦将到汴贺霜清。其子侄自京试旋,余托带衣物均为带到交来矣。

十五丙子日(10 月 17 日) 阴。晨起,诣天后、龙神庙,拈香行礼毕即还。午后细雨蒙蒙,终日未止。接高仲陶发书,提及耕瑶于七月廿一日病殁开封寓次,为之愕惜不已。余与之交十年,颇称契洽,五月间在汴相晤数次,见其神色不甚充实,不谓其遂亡也。噫!

十六丁丑日(10 月 18 日) 阴。晨起,诣道辕,候送本道起马毕,即还寓。是日为内子初度。午间,祀先。午后,与家人小饮。晚间,接周子绂自京来电,仍以债累不能出京,不特前假千金分文不能见偿,复欲余再为筹措千金。嘻! 何其不知进退至于此极也。

十七戊寅日（10 月 19 日）　晴。午间，荫南过谈。饭后，秦君问泉来拜谒，晤谈良久乃去。据云现简星使按事汴省，系有河工事件，不知确否也。

十八己卯日（10 月 20 日）　晴。午后，往拜许成甫，晤谈片刻。旋赴南关玉堂花园公宴，聚集永日，三鼓方散。

十九庚辰日（10 月 21 日）　晴。午后，往拜客，惟晤荫南，余都不遇。阅邸抄，郑子惠由澧州直牧以人地不宜与靖州对调，殆因其补缺太易故欤？

二十辛巳日（10 月 22 日）　晴。作覆家子厚书数纸，由局发递。连日境况极窘，终日都无好怀，其奈之何。

二十一壬午日（10 月 23 日）　晴。午后，往拜州署钱友卞君伯文，面订令祖寿往受业学司金谷事。复往晤西斋，与久谈，黄昏乃还寓。

二十二癸未日（10 月 24 日）　晴。傍晚，延翰仙来诊脉，开丸药方配服。是日为霜降节，本道不在署，遂未往陪祀河神。

二十三甲申日（10 月 25 日）　晴。早间，有需次闸官张君佑贤来见，询知为屺堂丈次子字少康，以贵介子而捐微秩，不知其是何命意也。

二十四乙酉日（10 月 26 日）　晴。午后，西斋过访，言及明日将往东昌，并假用茶担一具，晚间复来假舆杆，只好概借与之。

二十五丙戌日（10 月 27 日）　晴。午后，往答拜张少康，未晤。旋往各处拜客，晤景庵、筱园、伟如，余未值而还。

二十六丁亥日（10 月 28 日）　晴。张西园过谈片刻，当与提及书席范君明年拟不延订，教读贺君则仍其旧也。

二十七戊子日（10 月 29 日）　阴。微雨终日。阅邸抄，陆伯葵编修入直南斋。陆为憩云年丈之子，同治癸亥甲子间余在都门曾与之屡晤于夔石年丈邸寓，时彼此都在髫年，今忽忽垂三十年，屈计当日同侪，以此君为最贵矣。

二十八己丑日(10月30日)　晴。午后,朱景庵便衣过谈片刻。其足疾仍未瘳,依然不良于行,然宦兴犹浓也。

二十九庚寅日(10月31日)　晴。接吴抱仙书,具述沈絜斋微有愠意,因余未允与之结亲故也。此君愎而骄,远而避之可耳。

三十辛卯日(11月1日)　晴。午后,闻本道已还,同人都未往迓。时将薄暮,余亦遂不往谒,拟明日谒庙之后再往可耳。

十　月

十月初一壬辰日(11月2日)　晴。晨起,诣火神庙,拈香行礼。旋往谒本道,未见,遂还寓。有吴县丞、鲍把总来谒见,与谈片刻。下午,卜君博文来答拜,亦晤。

初二癸巳日(11月3日)　晴。午后,往谒本道,适外出,久候官厅,至日晡犹未还。乃往晤荫南、声庭两君,声庭顷甫至自汴垣也。

初三甲午日(11月4日)　晴。午间,往贺声庭犹女出闺之喜,遇荫南、次鹤于座。旋偕往谒见本道,兼访严筱园,聚谈一切。下午,往南门外慈灯寺拜沈定生周年,晤桂生,知其可望补裕州牧,捐花样之益也,傍晚乃还。

初四乙未日(11月5日)　晴。终日无事,殊觉寂寞,冷宦之乏味于此,可想见矣。午后,声庭过谈片刻。

初五丙申日(11月6日)　晴。早间,吕主簿来谒见。午后,荫南过谈。傍晚,沈桂甫复来晤。一日而会客三次,可谓盛矣。

初六丁酉日(11月7日)　阴。微雨终日,傍晚稍止。夜间又复雨,乃取李次青方伯所辑《先正事略》再三阅之,恍与国初诸老晤对也。

初七戊戌日(11月8日)　晴。午后,管敬伯便衣扶病至,见其形容憔悴,情殊可悯。谈次向余索药,乃以旧存于术与之而去。

初八己亥日(11月9日)　晴。午后,往晤声庭,复与敬伯相遇。余旋往访沈桂生,未遇而还。闻本道耆公之弟云叔部郎耆年擢四川顺庆府,迟明须往贺也。

初九庚子日(11月10日)　晴。午前,偕同人往道署谒贺,少坐即返。闻张勤果公灵柩道出此间,明日将至,同人备有公祭,须出城迎奠也。

初十辛丑日(11月11日)　晴。寅初,恭诣万寿宫朝贺皇太后万寿,黎明散归。午正,出北郊迎张中丞柩,适遇圣节,未便素服,乃改穿行装马褂往奠,旋送其登舟乃还。下午,往访张藻卿,渠甫至自京师,与谈片刻。遇于次鹤于座,渠先至后行。

十一壬寅日(11月12日)　晴。收到武城县解来俸廉银两几十七两零,又阅视公牍数件。晚间,仍阅《先正事略》中名儒、隐逸各传。

十二癸卯日(11月13日)　晴。收到本分月费,又印发武城县批回,饬交来役遄回。

十三甲辰日(11月14日)　晴。督令阿庆作窗课,夜半乃毕。张藻卿作字假用皮缺襟袍,因以珠皮者借之。

十四乙巳日(11月15日)　阴。午后,修发,旋至书房查验课程。晚阅《先正事略》名臣传。

十五丙午日(11月16日)　晴,寒甚。卯初出门,诣天后,前拈香①。是日,适遇月食②,旋至道署随同救护。自卯正三刻初亏,至巳正二刻方始复圆。坐官厅守候多时,行礼三次,午初散归,遂未再出。午后,声庭过访,谈片刻即去。

十六丁未日(11月17日)　晴。午后,声庭邀往闲话,因藻卿、荫南都在座故也,即在彼晚饭。复畅谈许久,因得悉周子绂在都放浪情形,为之愤恨,此人负余千数百金,如此行为,直非人类矣。

十七戊申日(11月18日)　晴。午后,张藻卿过谈片刻。闻孙驾航廉访又复擢尹顺天,一岁三迁,可谓否极泰来,然非其从父身居枢要,恐未必及此耳。

---

①　据上下文,疑少书一"案"字。
②　据上下文,"月"当为"日"之讹。

十八己酉日(11月19日)　晴。终日阅《名臣事略》,颇足排闷。余年十八九时随任高州即喜阅是书,今忽忽廿年,偶一披及,犹仿佛当日情景也。

十九庚戌日(11月20日)　晴。接沈筱梦师书,以补缺无期,欲余助以资捐本班先花样。余债负数千,尚无以偿,更何暇为他人作将伯,彼殆所谓问道于盲者是也。午后,声庭过谈良久。

二十辛亥日(11月21日)　晴。午后,管敬伯便衣过访,依然步履蹒跚,年甫六十,衰颓若此,皆龙阳君阶之厉也。而此老至今乐之不疲,是亦不可以已乎。

二十一壬子日(11月22日)　晴。早间,张西园过访。午后,王子泉过访,俱晤谈。子泉至自清江,仍捧檄回任,喜可知已。权其篆者为万益斋,印匣未温,匆匆受代,将有难以为情者也。

二十二癸丑日(11月23日)　晴。午后,万君过谈,果大诉厥苦。余劝慰之而已,不能为赞一词也。

二十三甲寅日(11月24日)　晴。阅邸抄,见王夔帅为已故提督马如龙请恤疏,词笔俱佳,时下疆臣奏议殆无出其右者。

二十四乙卯日(11月25日)　晴。午后,往答拜万益斋,未晤。仅晤王子泉,与谈片刻。复往成甫处少坐,并面慰张少康,盖以其从父鞠甫丈于上月捐馆扬州,渠新闻讣音故也。旋至声庭处,遇藻卿、西园、敬伯于座,傍晚乃归。

二十五丙辰日(11月26日)　晴。终日未出门,接陆耕瑶讣,并其子来函,意欲索助于余,奈值此拮据之际,真有爱莫助之势,付之浩叹而已。

二十六丁巳日(11月27日)　晴。午后,便衣访藻青、次鹤.声庭,都未值,惟晤邓锡三,与话片时而返。

二十七戊午日(11月28日)　晴。呼一制芙蓉药人至寓制药,约两日制一料,拟制三料,计需六日方毕也。

二十八己未日(11月29日)　晴。午后,藻卿、次鹤偕来访,甫入座，次鹤以牙疼而返，藻卿略谈亦去。下午，声庭复过谈片刻。龚淡人署运河厅篆，闻今日已抵此矣。

二十九庚申日(11 月 30 日)　晴。午后，淡人过访，久谈，知催漕保案尚未出奏，真令人急煞，何蓝顶如此之难换耶？亦可见时运之不佳矣。

十一月

十一月初一辛酉日(12 月 1 日)　晴。晨起，诣天后、龙神，案前拈香行礼。旋笤拜淡人，未晤。甫还寓，伯衡来访，久谈乃去。午后，往晤王待卿、万益斋两守戎，各谈片时而还。

初二壬戌日(12 月 2 日)　晴。接陈石溪书，并卧雪子覆书及空心带子三条，此件六月间所寄，至今方到，可谓滞濡矣。晚间风雨交作。

初三癸亥日(12 月 3 日)　晴。晚间，王待卿招同人小集，北风甚厉，散归时甚冷，颇觉不适。

初四甲子日(12 月 4 日)　晴。觉体中忽寒忽热，延郑医诊视，谓系受风积食，服药后较轻减矣。

初五乙丑日(12 月 5 日)　晴。严筱园过访，未晤。午后，仍延郑君来诊。晚间，阅《缀白裘》及《藏园九种曲》，以遣永夜。

初六丙寅日(12 月 6 日)　晴。日间，声庭过访，谈片刻。晚饭后，澹人便衣来晤，久谈乃去。

初七丁卯日(12 月 7 日)　晴。傍晚，张藻卿便衣相访，少坐即去。淡人以栗恭勤公年谱见贻，阅之乃近人就行述改辑成篇者，非公自订之谱也。

初八戊辰日(12 月 8 日)　晴。张西园过谈，片刻即去。下午，收到道库补发上年冬半季夫食银两。

初九己巳日(12 月 9 日)　晴。接许清如来书，知本科其侄德厚获售，即小名昇平官者是也。又悉其兄季仁太守殁于吉安差次，十年前曾晤季仁于南昌,今亦年近七旬矣。

初十庚午日(12月10日)　晴。午后,往访澹人,即偕其至铁塔寺拜彭伯衡夫人周年,复往奠卜博文夫人,下午回寓。

十一辛未日(12月11日)　晴。晚间,王子泉招饮署斋。席上火腿颇佳,饱啖而还。

十二壬申日(12月12日)　晴。午后,声庭过谈片刻。余所汇当息至今未到,令人焦急。接季卿叔岳覆函,为范高也乃郎作伐,此事尚待踌躇也。

十三癸酉日(12月13日)　晴。午后,澹人过访,谈片刻去。言及翌日须赴汛勘工,数日即归也。

十四甲戌日(12月14日)　晴。终日未出门,阅看《仓山文集》,作致昂鹤如书数行。

十五乙亥日(12月15日)　晴。清晨,诣天后,龙神前拈香行礼毕,往拜客数家,俱未晤。惟与藻卿久谈,因拟以宣纸乞其行楷书。

十六丙子日(12月16日)　晴。晚间,彭伯衡招饮州廨,座皆熟人,二更后乃散归。

十七丁丑日(12月17日)　晴。申刻,偕同人往谒本道,未遇。旋至声庭处便酌,二鼓方散。

十八戊寅日(12月18日)　晴。午后,荫南、淡人先后过谈,因偕同谒候本道耆公。傍晚散出,遂未往拜他客。

十九己卯日(12月19日)　晴。广锡三过谈片刻。午后,程主簿端业过谒,知其又奉檄代理万年闸官矣。

二十庚辰日(12月20日)　晴。接家用宾来函,无非要钱而已。晚间,荫南招饮。座皆熟人,惟合肥鲁君略生耳。

二十一辛巳日(12月21日)　晴。阅邸抄,热河承德府属教匪滋事,攻陷朝阳县城,经奉、直两省派兵追剿,沿途接战数次,尚称得手,谅此跳梁小丑不日定可扫灭也。

二十二壬午日(12月22日)　晴。寅初起,以节届长至,诣行宫行朝贺礼,黎明方散。午后,往晤张西园、龚淡人两君,傍晚乃归。

二十三癸未日(12月23日) 晴。午后,往淡人处作消寒之会,同席十人,是为第一集。席间拈阄,余拈得第九集,期于来年二月初二日值会。

二十四甲申日(12月24日) 晴。郭春霆招集午饭。未初前往,未正入席。西斋已至自东昌,亦在座。傍晚散归。

二十五乙酉日(12月25日) 晴。接劳厚庵来函,内附周志鸿函,盖亦要钱也。噫! 余非金多之人,而索余金者几于无日无之,其何以堪耶? 午后,严徼园过访,查声庭以札来,则皆责负于余者,真觉左支右绌矣。

二十六丙戌日(12月26日) 晴。终日未出门。声庭索还借项百金,适武城解到冬季俸廉,拟明日送与之。因再电催杭州汇款,并另作书致经彝,交张少康带杭。少康即日南还,复以廿金交其购买物件,又覆清如一函,亦顺附以去。

二十七丁亥日(12月27日) 晴。午后,往访声老,将百金面交与之,遇藻卿、次鹤于座。适声庭将宴客,余遂去。因往送张少康行,遇西斋。晚间,孙伟如过谈片刻。

二十八戊子日(12月28日) 晴。午后,许西斋过访,谈片刻。阅邸抄,朝阳踞匪经官军攻剿,迭次获胜,大约指顾可荡平也。

二十九己丑日(12月29日) 晴。晚间,在郭春霆处小集,亦消寒会也。与会十一人,半皆淡人会上之人,亦以此会为第一集,余皆次第拈阄,余拈得第六集,期在来年正月初十日矣。

三十庚寅日(12月30日) 晴。晚间,项又苹假伯衡署斋招集同人小叙,是为前消寒第二集。席间谈及余所汇银款当已汇至省城,伯衡省中现有用项,情愿彼此划付。余回寓后,适接经彝回电,知汇款现存省城瑞林祥号,因作一札与彼号,并预书一收条,即托伯衡伤人代取可耳。

十二月

十二月初一辛卯日(12月31日)　晴。晨起,诣刘猛将军庙,拈香行礼。旋至道署谒朔,在官厅复与伯衡订定彼此划兑银款。回寓后,因将致瑞林祥书及收条挥就,以便交与伯衡也。

初二壬辰日(1892年1月1日)　晴。有新委署德州州同周君步瀛来谒,视其手版则固候补通判也,接见之。顷询知为辛亥山西孝廉,壬戌大挑发东河,曾任东平州判,保升通判,今复权篆州同,可谓小试矣。既知其为辛亥举人,因与之叙及年谊,呼以年丈焉。午后,访伯衡,将信件及收条交去。复答拜周君,未遇而还。晚间,伯衡先以漕平纹三百金见付,俾余急济燃眉,愁怀为之顿释。

初三癸巳日(1月2日)　晴。晚间,为先公忌日举行享祀。是日未出门。灯下,仍阅《仓山文集》数则。

初四甲午日(1月3日)　晴。午后,往访严筱园,将前挪双柏本利悉数清还,取借券以归。复往访西斋,与谈片刻,知其即日又有梁园之行。

初五乙未日(1月4日)　晴。开单嘱记室缮拟贺年禀信。晚间,作致西斋一札,嘱其到汴为探明催漕保案已否出奏,俾可计日以待部覆也。

初六丙申日(1月5日)　阴。微雪数阵即霁。闻西斋已行,约封印前后可归也。午后,道库发下夏半季夫食银两,闻上年捞河器具银亦可发出矣。

初七丁酉日(1月6日)　阴。早间大雪,巳刻即止。午后,往晤淡人、藻卿、声庭、竹林,傍晚乃述。

初八戊戌日(1月7日)　晴。午后,声庭过谈片刻。晚间,集张西园处,是为消寒二会之第二集。二更散席,次鹤拉往孙伟如处叙谈片刻,然后归。

初九己亥日(1月8日)　晴。是日为消寒首会第三集,仍集西园处。申刻往,亥刻散归。因顺道访顾翰仙,浼其诊脉开方,服药以祛痰饮。

初十庚子日(1月9日) 晴。照方服药一剂,无甚功效。晚间,接到道库发下本月公费、上年捞河器具各银两。

十一辛丑日(1月10日) 晴。午后,查荫阶侍读过访,声庭犹子也,与谈片刻而去。其人年逾五旬,以丁卯登贤书,官内阁有年,近以奉讳外出,已有子举孝廉矣。

十二壬寅日(1月11日) 晴。北风甚大且厉。清晨,以本道将有事于兖州,前往道署一送。归来即将夫工及器具银两分别给领。

十三癸卯日(1月12日) 晴。作覆耕瑶乃郎书,拟送以奠仪十金,聊尽友谊而已。晚间,阅《说铃》数种。

十四甲辰日(1月13日) 晴。质明诣黄大王庙主祭,是日为神诞故也。午后,胡伯渊主簿来谒见。旋往访朱景庵,晤谈片刻。访管敬伯,亦晤,傍晚还。

十五乙巳日(1月14日) 晴。本道至自兖州,惟淡人已先于昨日还,乃偕其往迎于堂檐下,旋即还寓。

十六丙午日(1月15日) 晴。午后,往谒见本道,声庭、荫南均与焉。复往晤张西园,谈片刻而还。

十七丁未日(1月16日) 晴。午后,封发贺年各禀信,缮写关书。来岁仍延贺新斋授读,并将脩金节仪分别送清矣。

十八戊申日(1月17日) 晴。午间,往拜伟如太翁驾航年丈寿。下午回寓,修发。晚间,伟如复邀晚饭,亥刻乃散。

十九己酉日(1月18日) 晴。午初,偕同人诣道署贺封印。午正回寓,自己封印,行拜印三跪九叩礼。午后,拜送淡人行,兼拜龚君念曾、李君养源,皆名士为记室者。晚间,为消寒首会之第四集,晏于伯衡处,饮酒乐,三鼓乃散。

二十庚戌日(1月19日) 晴。接本道转奉河院行知,十一月十七日恭折奏保运河催漕出力人员余名列第三,请加四品衔,大约部覆须明春到院矣。晚间,因函致卧雪嘱其赶办,并将景庵事婉为辞宕焉。是日,淡人行,以十金留余处,为致送龚君绶青脩膳之用。

二十一辛亥日(1月20日) 晴。是日家忌祀先。午后,往访藻卿,遇声庭、次鹤、又屏诸君,畅谈至傍晚乃还。

二十二壬子日(1月21日) 晴。午后,伯衡来字,以接奉行知须诣道禀谢保举,乃往商诸声庭,约明日偕往。晚间,集荫南处为消寒二会之第三集,二更后乃散归。

二十三癸丑日(1月22日) 晴。午后,先往声庭处,旋偕其诣道署谢保举,遇荫南于官厅,少坐即还。晚饭后,祀灶,行二跪六叩礼。

二十四甲寅日(1月23日) 晴。午后,荫南来晤谈,少顷即去。阅邸抄,热河教匪起事甫匝月,经奉、直两省拨队攻剿,已全数殄灭,此真社稷之福也。

二十五乙卯日(1月24日) 晴。接冯筱侣表丈来函,知其早还扬州,余所寄金忠甫书筱丈已收到,于其使节过扬时投书谒见,惟所求吹嘘事终未如愿耳。按忠甫道出扬州,乃十一月间事,现阅邸抄,渠已于十二月初四日到京覆命,越十日,晋擢太仆少卿,官运亨通如此如此。

二十六丙辰日(1月25日) 晴。因年事猬集,又向伯衡处拨兑漕纹百金。晚间,为消寒首会第五集,宴叙于藻卿处。肴酒甚丰美,乃声庭处司庖所制之馔。饮毕,复茗话良久乃散。回寓后,复缮发夔帅禀,又手致卧雪主人一札,即时封发。

二十七丁巳日(1月26日) 晴。声庭、荫南先后过谈,约除夕、元旦各衣貂裘,并以余既得保奖,坚劝换易顶戴。余思业已禀谢保举,亦不妨即换顶服,似不必拘拘于守候部文也,乃定于除日更新。

二十八戊午日(1月27日) 晴。终日料量年事开销各帐,计易银百金,尽日而毕,尚须再易银数十金才敷用也。晚间,伯衡处交到沈经彝汇信,并将尾数七十余金找清,连前盖四百七十余金矣,幸有此款,得以敷衍度岁、还账,否则更觉支绌耳。

二十九己未日(1月28日) 晴。早间,修发。午后,将夏半季夫食银两分别给发,各汛具领而去。晚间,为仆辈分年帐,开单发出,大约琐事可渐渐毕矣。

三十庚申日(1月29日) 晴。质明即起,设牲醴祀神作福,即换用四品帽顶。午后,往荫南处偕其诣道署辞岁,西斋未出,余俱齐至,下午还寓。晚间,悬像祀先,礼毕,与妇稚聚饮分岁酒。二更后,祀灶。因寅刻即须拜牌,遂未就寝。

晚清珍稀稿本日记

主编——

徐雁平
马忠文

楼汝同日记

（中）

（清）楼汝同 著

付佳 都轶伦 整理

凤凰出版社

光绪十八年(1892)壬辰

正 月

光绪十八年壬辰正月初一辛酉日(1月30日) 阴。寅初,恭诣龙亭,行朝贺礼。黎明,诣风神庙,拈香。旋偕同人谒见本道,适瑞雪缤纷,积地盈寸,遂不及他往。回寓后,诣家堂各处行礼。接见吴、鲍两君,时雪花正密,后来之吕、胡两君不克酬接矣。

初二壬戌日(1月31日) 阴。未出门。张藻卿太守、西园参戎、李荫南、查声庭两司马均来贺岁,先后迎唔,余客都未登堂。晚间,与家人掷状元筹,互有输赢。

初三癸亥日(2月1日) 阴。国忌未便出贺,遂在寓永昼,仍以掷状元筹为消遣,他无所事也。

初四甲子日(2月2日) 阴。晨起,出贺新岁。午前,拜东半城及东关各处,晤李荫南、郭伯韶、王待卿诸君,在伯韶处遇张西园,在待卿处遇春泽臣。午后,拜西半城及西关各处,仅晤张藻卿一人,余都未之见也。下午又复大雨雪,闻西斋丧偶之信。

初五乙丑日(2月3日) 阴。大雪永日。午后,冒雪往唁西斋,旋还寓。闻本道者公明日起马晋省,须往一送也。

初六丙寅日(2月4日) 晴。是日立春。辰刻,往送本道行。旋往贺声庭年,小坐片刻而还。午刻,祀先。午后,往西园处贺年,亦晤。晚间,集次鹤处,是为消寒六集,围炉聚饮甚乐。

初七丁卯日(2月5日) 晴。午间,荫南来晤,遂偕往西斋处吊奠,同人咸到,下午方散。连日春寒弥甚,竟须拥炉才不瑟缩。

初八戊辰日（2月6日）　晴。消寒二会之第五集应余值会，乃命庖置酒，定期十二日晚酌，因折简预订诸友，即走伻往约焉。

初九己巳日（2月7日）　阴。晨起，见积雪厚三寸余，始知昨宵大雨雪，所谓"夜半雪花如掌大"是也。午后阳光渐见，而天气转凉矣。

初十庚午日（2月8日）　晴，寒冷殊甚。午后，往访藻卿，未遇。旋至声庭处一晤，约两君十二日晚酌，因郭、张两副戎赴豫谒帅，二李生则以疾不果来，消寒集中人太少故也。晚间，因贺先生开馆，设宴相款，邀顾翰仙、龚绶卿作陪，并令子侄辈侍坐。二更后乃散。

十一辛未日（2月9日）　晴，甚冷。午间，祀先。午后，掷状元筹，颇觉休暇。

十二壬申日（2月10日）　晴。午后，声庭、藻卿、荫南、次鹤诸君先后来集，孙伟如最后至。上灯入座，二更乃散。

十三癸酉日（2月11日）　晴。是日为上灯之期。晚间，祀先。灯下，阅《聊斋志异》数册。

十四甲戌日（2月12日）　晴。检出大兄遗诗数十首，出示藻卿，拟为刊行，因嘱藻卿序之。

十五乙亥日（2月13日）　晴。日间，呼杂耍以点缀年景。午后，新补夏津主簿张君泰年捧檄赴任来见。张为镇江人，与周子绂同乡，询知子绂回豫需次，极邀上游青睐，此人可谓长袖善舞矣。晚间，为上元令节设席祀先。藻卿所作序已脱稿，文甚朴茂，余拟自作一序，便可议开雕矣。

十六丙子日（2月14日）　晴。午后出门，先访藻卿，谈片刻。旋至道署候接本道，申刻乃还。

十七丁丑日（2月15日）　晴。午后，访声庭，久谈。答拜叶少仙，未晡而还。归来撰先兄子通先生《芝石山房遗诗序》一篇，行当就正于藻卿也。晚间，祀祖。

十八戊寅日（2月16日）　晴。午后，往视西斋，晤谈良久，在彼晚饭,二更后乃散。

十九己卯日(2月17日) 晴。午初,拜开印信。午后,至道署贺开印。复往访藻卿,未晡而还。

二十庚辰日(2月18日) 晴。午后,往谒见本道,声庭、荫南均在座。旋访荫南,谈片刻。

二十一辛巳日(2月19日) 晴。前德州州同张皞如来见,将入都引见过班知州,恳为代求本道给发未领夫工银两。爰为之访严小园,托其言诸本道,未知能俯从否也。

二十二壬午日(2月20日) 晴。午后,往谒见本道,求准借库纹百四十金,分给张、吕二人,将来发上年秋冬两季夫工银扣还。复往访郭春庭,又遇本道于座,傍晚乃还。

二十三癸未日(2月21日) 晴。午后,往奠程敬五守戎。复至荫南处,声庭亦在焉,遂偕两君拜许西斋夫人三七,下午返寓。

二十四甲申日(2月22日) 晴。往访严筱园,遇管敬伯于座。回寓后,作唁周鼎臣奉讳书,又作慰吴抱仙悼亡书,均送呢幛一具,拟交张皞如带汴也。

二十五乙酉日(2月23日) 晴。午后,张皞如来告辞,将库纹百两面交与之,渠颇心感也。下午,春庭来晤。

二十六丙戌日(2月24日) 晴。张皞如因道中详文未到手,复来谒,并闻西斋亦将赴汴,欲与同行,嘱余为先容。乃为之访西斋,询知须下月初旬乃行,皞如不能待,只可独行矣。

二十七丁亥日(2月25日) 晴。张西园至自汴省,午后过访,谈片刻去。张藻卿复便衣来晤,畅谈许久。晚间为消寒六集,宴于荫南寓斋。

二十八戊子日(2月26日) 晴。方鹤盟游戎过访,晤谈片刻。旋往答拜西园,并至西斋处为之校正讣状。

二十九己丑日(2月27日) 晴。午间,祀先。午后,修发。将先兄《芝石山房遗诗》校正一过,拟即为之付刊也。

二　月

二月初一庚寅日（2 月 28 日）　晴。晨起，诣风、火神两庙，拈香。至道署，遇荫南，与谈许久。遂偕其答拜方鹤盟，亦晤，巳刻还寓。午后，孔君祥霈号骏轩者来拜，谈及欲浼余为执柯，因其以女许字孙伟如次子，定期初十日委禽故也。

初二辛卯日（2 月 29 日）　晴。午后，往声庭处聚谈，晚间即在彼宴饮。是日为消寒第八集，同人俱到，惟西斋仍不至。散席后，偕藻卿、荫南复流连许久，约近三更乃还。

初三壬辰日（3 月 1 日）　晴。又将大兄遗诗校勘一过，遇俗体字概为正讹焉。傍晚，西斋过谈，知其又将有事于汴梁，初五即首途也。

初四癸巳日（3 月 2 日）　晴。午后，答拜孔骏轩，未晤。旋访李荫南、广锡三，俱晤谈，傍晚乃还。

初五甲午日（3 月 3 日）　晴。终日阅《古文集评》多篇，颇觉意味深长，所谓旧书不厌百回读也。是日天忽奇冷。

初六乙未日（3 月 4 日）　阴。午后，刘苇骏道出此间过访，谈片刻去。闻龚淡人已还署，明日可往访之矣。晚间，接耕瑶乃郎收到赗金复函。又接部友卧雪主人电报，知保案已核准，不日行文矣。

初七丙申日（3 月 5 日）　阴。晨起，见积雪寸余，始知昨夜又复大雪。午后，将复厚庵书足成封发，驿递大名。将访淡人，闻其外出觅屋乃止。

初八丁酉日（3 月 6 日）　阴。昨夜雪尤大，晨起渐霁。午后，荫南过访，因偕其访淡人，晤谈片刻。晚间，孙伟如过谈，邀初十作伐。

初九戊戌日（3 月 7 日）　晴。寅初，诣大王、天后两庙陪祭。天气极冷，辰刻返寓。午后，张西园来晤。

初十己亥日（3 月 8 日）　阴。巳刻，赴孙宅，偕春庭、西园、次鹤押帖至孔宅。在彼吃饭，几于无下箸处，枵服而散。复送帖还至孙宅,少坐即出。往淡人处饱食,然后重至孙宅晚饭,二更后乃散。

十一庚子日(3月9日)　晴。午后,王把总庆麟来见,谈及渠升署卫北汛千总实任,是缺之鲍勋则升署运河协备矣。下午,淡老过访,谈片刻去。

十二辛丑日(3月10日)　晴。是日为消寒第九集,邀同人过寓小叙,春庭、藻卿、淡人、西园、荫南、声庭、伯衡、次鹤、幼苹九人俱到。申刻入座,亥初刻散。

十三壬寅日(3月11日)　晴。作慰许仙帅丧兄禀稿,并谢颁赠时艺。《才调集》脱稿后,就正于藻卿。晚间,集伟如处小酌,二更后散归。

十四癸卯日(3月12日)　晴。北风甚厉。午后,往送张抡堂大令行,因将上许帅禀及乃兄云生官允挽章封固,交抡堂带汴。晚间,接贺先生函,知其覆车伤臂,以致不能克期到馆也。

十五甲辰日(3月13日)　晴。黎明起,诣城隍、刘猛将军两庙,拈香。复答拜王小田、姚子均,俱未晤。午后,谒见本道,求委试用闸官钱淦代理甲马营巡检缺,因接据武城县呈报王巡检官云已于月前病殁矣。晚间,郭伯韶招饮。席间,淡人谈及孙豫生作古,荫南可望赴下北本任也。

十六乙巳日(3月14日)　晴。郭春庭招集寓斋,为消寒十集,同人都到。伯衡谈及张丹叔姻丈由粤西藩司升本省巡抚,可谓官运兴隆矣。丹丈起家捐纳,竟跻开府,殊堪艳羡耳。

十七丙午日(3月15日)　晴。接晓赞书,知其升补易州直牧,为之忻慰,当作书贺之。午后,郭春庭来晤。

十八丁未日(3月16日)　晴。午后,春庭来晤,欲荐塾师周君,为与说定。连日极冷。

十九戊申日(3月17日)　晴。阅唐宋名文多篇,觉意味深长。闻荫南已奉饬赴本任,泉河缺委昂鹤如摄篆,想不讹也。

二十己酉日(3月18日)　晴。午后,往访次鹤、西园,均未晤。

访淡人、声庭、藻卿，则均见，傍晚乃归。

二十一庚戌日（3 月 19 日）　晴。次鹤、声庭、春庭先后来晤。三君散后，西园复来晤。闻朱景盦有勒休之说，其所遗黄沁同知则于次鹤可望补矣。

二十二辛亥日（3 月 20 日）　晴。午间，张藻卿过访。午后，贺先生至自开封，谈及昂鹤如约月杪起程来此。下午，往贺荫南、次鹤，即在次鹤处晚饭。藻卿、声庭、荫南都在座，二更乃散。

二十三壬子日（3 月 21 日）　阴。作《送张藻卿太守之官河南》诗，成七律一首。覆晓赟书，即为发递。

二十四癸丑日（3 月 22 日）　晴。作致周子绂书，向其索负，未知其良心能发现否？闻西斋已至自汴，复卧疾矣。

二十五甲寅日（3 月 23 日）　晴。午后，往访春庭，遇孔璘轩、于次鹤。旋偕往淡人处晚饭，同席有严筱园，声庭、西斋都未到，二更乃散。

二十六乙卯日（3 月 24 日）　晴。阅《野获编》以消闲昼。午后，至塾中查询馆课，贺先生所削课文大率不通费解，殊可恼也。

二十七丙辰日（3 月 25 日）　晴。午后，往答拜数客，都不遇。乃至藻卿处略谈，约其明晚便酌，且为荫南饯行也。

二十八丁巳日（3 月 26 日）　晴。晚间，设席寓斋，为荫南、藻卿饯别，并招淡人、筱园、次鹤、声庭作陪。庖人制馔颇佳，宾朋尽欢而散。

二十九戊午日（3 月 27 日）　晴。刘景臣中丞灵枢由山西回江西本籍，道出济宁，同人约往公祭。午后，淡人、西斋、声庭均来寓齐集同往，复偕往送荫南行，未晤。晚间，伯衡招饮州廨，同城文武咸集，可云盛会矣。

三　月

三月初一己未日（3 月 28 日）　晴。晨起，诣刘将军庙，拈香。

回寓后,吴俊民来谒见。午后,往访淡人,相宅于孙家街。下午,鲍凯臣以接署河营协备来见,曩日旧属也,今则分庭抗礼矣。

初二庚申日(3月29日)　晴。终日未出门,仍以《野获编》为消遣。闻昂鹤如今日已到,荫南昨日甫行,彼此不相照,徒多代理一举耳。

初三辛酉日(3月30日)　晴。午后,声庭过访,畅谈许久。渠则定月之廿七日为其第四子迎娶,女家高氏,尚在济南,曾订定由其兄送妹来济于归。余曩备冰人之列,因嘱为致书催之。按高氏即镜泉司马之女,其兄则缵五舍人也。

初四壬戌日(3月31日)　晴。午后,访鹤如,并送藻卿行,均晤谈。晚间,声庭招饮,盖为藻卿钱别而设。又有汪仲宽者新自开封至亦在座,余皆熟人,畅谈畅饮。饭毕,复与藻卿话别,约三更乃散。

初五癸亥日(4月1日)　晴。午后,为声庭致书高缵五,促其早日送亲来济。下午,鹤如来拜,晤谈片刻。灯下,仍阅《野获编》。

初六甲子日(4月2日)　晴。终日未出门,阅《野获编》数卷。程敬五协备之子来拜,意在告帮,拟以四金赗之。

初七乙丑日(4月3日)　晴。查荫阶至自开封,过谈片刻。下午,接到武城县解到春季俸廉约八十余金,较往时略少,因匀闰故也。

初八丙寅日(4月4日)　晴。午后,往答拜荫阶,未晤。旋访次鹤,久谈,荫阶亦在座。下午还寓,淡人过谈片刻。次鹤复来,因偕往西斋处晚饭。席上食鳗,甚美,盖久不尝此味矣。

初九丁卯日(4月5日)　晴。昨淡人以朱景安有座车欲出售,余颇欲得之,乃命驾以来,帷盖轮轴颇华泽,因先留用,徐与议价可耳。晚间,集郭春霆处,主人则梦梯也。

初十戊辰日(4月6日)　晴。午后,阅《带经堂诗话》,旋有樊君名恩庆者过谈,片刻而去。下午,检出假平金坏云雁一双,赠与鹤如焉。

十一己巳日(4月7日)　晴。午后,张西园过谈片刻。述及前中丞张勤果公殁,而为神好事者扶乩,请其降坛,作五律一首云云,果有其事亦未可知。

十二庚午日(4月8日) 晴,热甚。午前,往城外慈灯寺送沈定生灵柩起程。午后,往声庭处久坐,旋偕其往视西斋疾。晚间,设席寓斋,偕淡人为查荫阶饯别,并邀伯衡、鹤如、次鹤作陪。二更席散,荫阶、次鹤复久坐乃去。

十三辛未日(4月9日) 阴。午后,检拾衣笥,将棉衣取出,皮衣收入。下午,赴次鹤处补作消寒九集,荫阶亦在座。晚间雨来,时方饮罢,乃纷然各散。接都门卧雪覆函,并将保案议覆清单寄示,余名首列,已于二月初七日吏部核议准加四品衔,得旨允行矣。

十四壬申日(4月10日) 阴。午后,往西斋夫人灵右行吊,兼为陪宾半日。未正后散归,淡人来晤,言及景盦之车已以八十金说妥,余原估价六十金,念其退闲境啬,重以淡老说辞,只得多出廿金矣。下午,往送查荫阶行,遇张西园于座,傍晚乃还。

十五癸酉日(4月11日) 阴。晨起,雨甚大,乃乘肩舆诣风、火神两庙,拈香行礼毕即返。午后,覆卧雪书,并寄以酬笔廿金焉。下午,小眠片刻。

十六甲戌日(4月12日) 晴。午后,高缵五至自济南过访,谭片刻去。晚间,昂鹤如便衣来晤。

十七乙亥日(4月13日) 晴。午后,往答拜高缵五,未晤。访张西园、顾翰仙,均晤谈片刻。晚间,阅《曾文正文集》数册,文正固深于古文也。

十八丙子日(4月14日) 晴。午后,淡人、声庭先后来晤。声庭定廿七日为其第四子迎娶新妇,即缵五之妹也。余尝为蹇修,故来面邀执柯耳。

十九丁丑日(4月15日) 阴。午后,张西园来晤。余复往访严筱园,未遇。访昂鹤如,谈片刻。稔其家口已至自开封,其姬人有妊畏车马之劳,爰载以安舆乃得至此,鹤如谈次颇以多费为叹也。

二十戊寅日(4月16日)　晴。晨起,往西斋处送其夫人发引,步送至道前街即升舆,至南关慈灯寺停灵处一奠乃还。

二十一己卯日(4月17日)　晴。终日未出门。接劳厚盦来函,叙及其子女年岁,余意颇思与联姻,而年岁不甚相当。其长女年二十,长梓儿五岁,余颇有意,内子则嫌其稍长,迄未能决耳。

二十二庚辰日(4月18日)　晴。午后,往访高缵五及声庭、淡人,俱晤。晚间,济宁卫姚子钧守戎招饮,座皆熟人,二更乃散。

二十三辛巳日(4月19日)　晴。下午,鲍把总来见。旋命驾赴声庭之招,晤其犹子蔼阶。

二十四壬午日(4月20日)　晴。午后,往南关慈灯寺奠孙豫生之灵。复至淡人处贺其太夫人抵署之喜,傍晚乃还。

二十五癸未日(4月21日)　晴。春季夫食银两适才发下,因将平余凑足大衍交淡人付清景庵车价,可谓极左支右绌之艰。午后,张西园过谈片刻。

二十六甲申日(4月22日)　晴。巳刻,往查宅、高宅两处纳采送夵。午饭宴于高氏,晚饭宴于查氏,往返三数次乃讫事。

二十七乙酉日(4月23日)　阴。自宵至旦,大雨直泻。午刻,至查府率其季子寿阶往高府迎娶。终日雨未稍止,往返皆冒雨而行。酉刻,新郎、新妇行花烛礼,余偕主人视其礼成乃出。新妇貌颇秀丽,年已二十有四,视之不过十七八岁人也。晚间,雨仍不息,喜筵散后即散归。

二十八丙戌日(4月24日)　晴。雨霁日出。午后,因本道耆公之夫人至自京师,偕同人往贺焉,少刻即归。

二十九丁亥日(4月25日)　阴。将春季大工银两分发各属具领。又以本道将赴泇河督办挑工,乃将下月公费印领先期呈递,以冀早发也。

三十戊子日(4月26日)　晴。午后,声庭来答谢,晤谈片刻。并言欲抽暇至通州为其亡室营葬,约两旬便可归来,外间只说赴汛,可泯然无迹。下午,张西园复过谈许久。

四　月

四月初一己丑日(**4 月 27 日**)　晴。晨起,诣火神、猛将军两庙,拈香行礼,旋至道署一转。午后,访严小园及淡人、声庭,均久谈。复拜晤卫守备姚君子钧,下午乃还寓。

初二庚寅日(4 月 28 日)　晴。早间,往送本道行。午后,王巡检官云之子来见,欲援例请领故员枢眷回籍路费,乃令具禀前来,当为上转本道也。

初三辛卯日(4 月 29 日)　晴。终日枯寂无俚,乃摊笺致书张藻卿以道怀想。藻卿往汴月余,尚未得其尺一书,而日来淡人、声庭、鹤如亦都赴汛,闭门却扫,罕所酬接,不无离索之感耳。

初四壬辰日(4 月 30 日)　阴。午间,有捕属七级闸官雷君来见,开封人也,与谈数语而去。

初五癸巳日(5 月 1 日)　晴。将致藻卿书封发。又作书致沈经彝提饷,以备归还余端伯欠款,缘余君眷口在济宁居住,已屡次索及,只得为之设措耳。

初六甲午日(5 月 2 日)　晴。午后,作书致文量甫,托其转索周子绂欠款,缘子绂欠余多金,阅四五年而不见偿,曩时量甫曾为居间,固责无旁贷也。

初七乙未日(5 月 3 日)　晴。午后,往答拜闸官雷君。复往访西斋,久谈,渠由知府用候补同知得保补同知缺,离任归知府班,补缺后以道员用,如此层递预保,居然获准,可谓便宜矣。

初八丙申日(5 月 4 日)　晴。接河院札文,余所得四品衔已奉部覆核准,部中于二月初七日覆奏奉旨,即咨行河院,院中系三月初三日接到部文,越半月余至三月二十乃分别转行,又越两旬余至今日余乃接札,可谓逐处稽延矣。奉札之后,乃自拟禀谢稿一通,付记室誊缮,寄上河帅焉。

初九丁酉日(5月5日)　晴。是日立夏。午刻,行时享礼于家庙,所荐皆时新物也。午后,挈儿女辈往游城外王母阁。乘小舟至水心亭,风日晴和,绿波荡漾,领略佳景为不少也。傍晚回寓。

初十戊戌日(5月6日)　晴。午后,修发。发禀牍上本道,为故巡检王官云求给扶柩路费,未知能邀准否耳。闻淡人已归,明日可访之矣。

十一己亥日(5月7日)　晴。午后,往访郭、罗两春庭,郭晤面,罗则否。欲访淡人,闻其出北门看坟地乃止。下午还寓。

十二庚子日(5月8日)　晴。午后,往晤淡人,略谈数语,因其将出门,随即别去。接姚厚庵奉讳赴函,并欲乞贷,殊无以应也。

十三辛丑日(5月9日)　晴。淡人、西园先后来晤。接沈经彝一书,乃正月所发,今始递到,信局之延宕如此。

十四壬寅日(5月10日)　阴。午刻,阴云四起,天气黑暗,狂风陡作,继复雨雹,块如撒豆,约数刻乃止。午后复小雨蒙蒙不绝,至暮始霁,夜间则月明如水矣。

十五癸卯日(5月11日)　晴。本道公出,遂不派谒庙之役。午后,检视昔年家书,皆十数年前物也。彭涵六奉委催漕差至自开封过访,谈片刻去。

十六甲辰日(5月12日)　晴。午后,往答拜涵六于会雅书屋,晤谈片刻。遇张西园于座,询知其亦奉院委催漕,不日即将赴泇河矣。

十七乙巳日(5月13日)　晴。午后,彭伯衡来晤,渠昨甫至自历下也。下午,阅孙琴西方伯《逊学斋诗》及查初白太史《敬业堂诗》各数页。

十八丙午日(5月14日)　晴。午后,张西园过访,兼告辞。闻春闱揭晓,却未见题名全录,但知叶少仙之子名芸者获中矣,他尚无所闻也。晚间,修发。

十九丁未日(5月15日)　晴。午饭后,往答拜伯衡,晤谈片刻。得春榜全录,见汪穰卿康年亦获售,殊非意料所及。穰卿为子养年丈之子,幼时余曾与相识,其人貌既不扬,性尤迂腐,固不料其为科甲中人也。旋访淡人及高韶九,俱晤谈。

二十戊申日(5月16日) 晴。闻孙伟如将不日北行,乃往访之,询知其行期尚未定准也。复访西园、西斋,皆不遇,遂还。

二十一己酉日(5月17日) 晴。是日为先大夫忌辰。午刻,设祭于寝庙如礼。午后,便衣往访西斋,谈许久,商定为河营协备禀求增给津贴,拟由余主稿。

二十二庚戌日(5月18日) 晴。日间,亲自拟禀稿一通,较幕友笔墨固是不同,当与上河联衔缮发也。傍晚,孙伟如过谈片刻。

二十三辛亥日(5月19日) 晴。天气潮热,自是初夏气候矣。下午,将会禀稿送西斋处会行。闻鹤如已归,拟明日往访之。

二十四壬子日(5月20日) 晴。午后,往访鲁守戎、昂鹤如,各谈许久乃还。晚间,阅《野获编》一册。连日甚热,料理搭凉棚、换纱窗,又须舍旧谋新矣。

二十五癸丑日(5月21日) 晴。终日摒挡各处贺节禀信,虽有记室龚君,无如笔墨太坏,仍非亲裁不办也。

二十六甲寅日(5月22日) 晴。午后,往迎谒本道,同人咸集。散衙后,西斋复过谈许久,无何成甫亦至,下午乃各别去。余遂将各处禀信一一手自封治,即日发递。

二十七乙卯日(5月23日) 晴。午后,昂鹤如过谈片刻,复至书塾少坐乃去。于次鹤至自汴垣过访,少坐。

二十八丙辰日(5月24日) 晴。彭涵六便衣过谈许久。新委甲马营巡检周泽溥来见。严筱园复来晤。

二十九丁巳日(5月25日) 晴。午后,往答拜次鹤,与久谈。知声庭已归,乃往访之。阅电局送信,本日小传胪状元刘福姚广西人,榜眼吴士鉴浙江人,探花陈伯陶广东人,传胪恽毓嘉顺天人。按吴士鉴疑即子修编修之子号炯斋者,余客春与晤于都中,其名记忆不真耳。恽毓嘉乃莘农年丈胞侄,与其从叔次远宫詹先后同得传胪,亦佳话也。又其弟名毓鼎者,已先于己丑科通籍,今官编修。一门群纪咸列清华,何其盛欤!

五 月

五月初一戊午日(5月26日) 晴。晨起,诣天后、龙神,案前拈香行礼。访淡人,谈片刻归。午后,答拜严小园、鲍协备,各晤谈半晌。张少康至自杭州来访,未晤。因往答拜,亦未遇而还。

初二己未日(5月27日) 晴。午前,声庭过访。午后,至淡人处便叙,座皆熟人,初更饮毕乃散。本月公费及前四次尾零均如数领到,可以摆布节务矣。

初三庚申日(5月28日) 晴。日间,料理节事,粗有端倪。傍晚,西斋招饮。同席张海帆、彭涵六皆豫中游客也。二更乃散。

初四辛酉日(5月29日) 晴。接道库补发去年秋半季夫食银两,乃转发各属汛分别具领。

初五壬戌日(5月30日) 阴。午前,诣道署贺节,同人咸集官厅,坐谈片刻乃各散。午间,祀先,偕家人聚饮。午后,假寐片时。下午,阅《初白诗》数首。是日热甚。接家子成兄来书,知其客冬遭母夫人之丧,渠母为余之堂伯母,小功服亲也。

初六癸亥日(5月31日) 阴。午后,覆子成书,驿递掘港场署转交,因其侨寓掘港也。葆真侄女欲为余作绣字枕顶,请题诗句其上,乃作题枕函绝句二首应之。其词曰:"竹簟琴床位置宜,著书心倦枕频移。甜乡此去无多远,合眼分明路不歧。""饭熟黄粱梦乍成,几从授枕遇卢生。穷通贵贱都休论,一觉醒来百虑清。"下午,声庭过访,谈片刻。

初七甲子日(6月1日) 晴。晒晾皮衣两箱,并登列簿册,以便寻觅。下午,西斋过访,傍晚乃去。

初八乙丑日(6月2日) 晴。仍检晾皮衣兼检集衣料箱,均逐件登记,尽日方完。

初九丙寅日（6 月 3 日） 晴。晒晾帽盒等件，又费通昼功夫。叶少仙之子本科获售，忽见其名刺来拜，殆未及殿试而还与？然候至下科补试，未免失算矣。

初十丁卯日（6 月 4 日） 晴。午后，答拜叶君芸，未晤。往访声庭，适值其抱恙，未获晤。见其犹子号蔼阶者，少坐即还。

十一戊辰日（6 月 5 日） 晴。午前，即捡拾京货箱，纷然杂陈几案间。巳刻，淡人过访，谈片刻。下午，将箱笼检毕，复将贺节壁版信数件一律缮发，终日手未停挥也。

十二己巳日（6 月 6 日） 晴。早间，修发。午后，小眠片刻，实因倦不能支乃就枕耳。是日未晒晾衣物。

十三庚午日（6 月 7 日） 晴。接张皞如自德州专足寄到香盒、蓝顶、京靴、茶叶、火腿等物，均如数收到，当作函复谢，并前发秋半季夫食银两除分扣卅金外原封交来人带与之。皞如固诚笃君子也。

十四辛未日（6 月 8 日） 晴。午后，往访澹人，谈片刻。复至声庭处问疾，知其渐痊，与谈极久。遇鹤如于座，傍晚乃还。

十五壬申日（6 月 9 日） 晴。清晨，诣大王庙，拈香。行过河埃，见漕船已有来者。余忽动游兴，乃至王母阁一游，徘徊良久始去。回寓后，捡拾书箱永日。

十六癸酉日（6 月 10 日） 晴。江北漕船陆续抵此。午前，朱筠谷丈过访，即江北头二起催借委员也。午后，偕声庭、西斋往南关水次拜客，自粮储马公以次，凡有事于河运者皆予投刺，惟晤汪翔甫勷办，余俱未晤。而兖镇田萧臣总戎适来此，知其寓次鹤处，乃往晤之，查、许、龚三人亦在座。傍晚乃还。

十七甲戌日（6 月 11 日） 晴。早间，预备致送礼物。午后，于次鹤来晤，作永日之叙。余以稍有不适，延翰仙诊脉开方，服药。傍晚，西斋复谈谈。适伯衡招晚酌，许、顾、于三君乃先后散，余遂赴席州廨。同席为田象乾总戎在田，乃壬子武状元，前重庆镇总兵，告病在籍者也。二更后散归。

十八乙亥日(6 月 12 日) 晴。西斋过访良久,约廿日午刻雅集王母阁,嘱余为之代办,所邀即前此消寒会中人也。

十九丙子日(6 月 13 日) 晴。午后,声庭过访,谈片刻。适武城散役郭清春至此,因致丁锡五大令一书,又朱谕本署书役,饬令预备公寓以备余送漕时居住,皆饬郭清春赍回。

二十丁丑日(6 月 14 日) 晴。江苏各帮河运亦陆续泊舟南关,有勷办李君莲炬、头起运员孙君治安来拜。午后,西斋过访,因偕其至声庭处,三人联镳出城答拜苏帮诸客。申刻,集王母阁,西斋为主,补消寒为消夏集矣。傍晚散归。

二十一戊寅日(6 月 15 日) 晴。陈砚香奉差济南,由汴过此来晤。又接小苹复书,知其尚未履易州新任,缘部覆犹未到省也。

二十二己卯日(6 月 16 日) 晴。日间,自书白禀一通,久不作楷,借以温习。晚间,声庭招便酌,晤其侄孙峻臣孝廉,座皆熟人,二更散归。

二十三庚辰日(6 月 17 日) 晴,热甚。午前,书白禀两套。午后,张西园来告辞,又将赴北路催漕矣。祖寿侄将还淮安寄寓,因挥一札致紫绶弟,并寄四叔母土物四种,交寿侄带交,渠即晚登舟南下矣。

二十四辛巳日(6 月 18 日) 晴。早间,又书白禀两套,顷刻而毕,并不觉劳,腕力、目力都无所苦。午后,接小苹复书,知其易州已奉文准补,秋初可履任,刻下则仍权宰肃宁耳。

二十五壬午日(6 月 19 日) 晴。午后,张西园书来,知其抵分水口催漕,值汶水微弱,舟行颇滞,恐渡黄尚需时日也。

二十六癸未日(6 月 20 日) 晴。早间,往奠程敬五、袁昀生,皆本地人也。旋仕访声庭,谈良久,闻其明日即北上送漕,故与话别耳。归来作上善星源观察禀,按星翁为文文端相国公子,文端乃先大夫癸丑考取教习座主也。星翁现方监司奉锦,余夙叨其关爱,故特通书问焉。

二十七甲申日(6月21日) 晴。午后,州署审案委员汪大令望庚来谒,晤谈片刻。汪君萧山人,龙庄先生旁裔也。又接张西园书,言漕船刻尚浅滞,未出境,黄汛亦未见涨,舟行断难迅利矣。

二十八乙酉日(6月22日) 晴。连日热甚,终朝挥汗不已。阅吴荷屋中丞所辑《吾学录》数册。

二十九丙戌日(6月23日) 晴。午后,往道署送本道赴北路督漕,姚、许、昂三君咸集。本道嘱我等四人明日分赴各庙拈香,乃偕三君商定,余诣风、火神及刘猛将军三处,旋即散归。

六 月

六月初一丁亥日(6月24日) 晴。晨起,诣三庙,拈香毕即旋寓。复于家堂各处行礼,时正热甚,纱袍湿透矣。午后,复小眠片刻。

初二戊子日(6月25日) 晴。有美国教士李佳白者投刺求见,余辞以沐,其时固栉发方毕也。晚间,与贺先生一谈。

初三己丑日(6月26日) 晴,炎热尤甚。接张丹叔中丞复书。按张暨鹿滋轩中丞皆以广西牧令起家,后于光绪初年同为广东知府,与先君子同官有年,彼时谈吏才者辄推两公。不数年,鹿果开府河南,现调抚陕西,今年张亦擢抚广西。屈计先君广东同官,惟二公最阔。甚矣!才之不可以已也。张公仅以附贡生筮仕,与余无异,不知余能步其后尘否,艳羡之余,乃不无奢望焉。

初四庚寅日(6月27日) 晴。午后,于次鹤过谈良久,傍晚乃去。谈及其妇翁吴抱仙所管捐局可以例银二折上兑,惜将次停止,因嘱其代查由通判捐双月知府在任候选需银若干,若果无多,余颇有意于此,以期上进也。

初五辛卯日(6月28日) 阴。午前微雨,午后即晴,仍复甚热,终日挥汗如雨。闻漕船仍在东平一带搁浅,西斋尚未赴东昌,余往武城固无须亟亟也。

初六壬辰日(6月29日) 晴。作覆西园书一械,送其宅中转寄。午间热甚,因取《东华录》展阅一过,借消闲昼。

初七癸巳日(6月30日)　阴。日间,微雨数次,颇觉清凉。阅邸抄,闽浙制府卞颂臣年丈告病开缺,不知谁承其乏也。又金忠甫仆少作古,殊为扼腕。忠甫年甫四旬,官运正隆隆日上,忽中道殂丧,实所不料。且伯道无儿,并期功强近之亲而无有,所遗一寡妻三弱女,茫茫身后令人酸鼻,属在年家世好,为之悼叹不已,所谓斯人者而有斯厄也,几欲呼苍苍者而问之,噫!

初八甲午日(7月1日)　晴。余端伯自烟台过访,谈片刻。阔别年余,闻其足音喜出望外,与之略叙别后情况,知其差使未脱,尚觉平顺,此来小住,仍将北行耳。

初九乙未日(7月2日)　晴。晨起,觉肩项筋络酸痛异常,缘夜卧转侧时闪扭所致,几于不能回顾,殊苦之,呼剃匠按摩良久,方觉稍松。午后,答拜余端伯,访郭春霆,均晤谈。又有美国教士良约翰、李佳白者来谒两次,未与接见。乃往答拜于城外东南角地方,其教堂在焉,两人迎余入,与谈时许。二人者服中国之服,诵中国之言,殆有慕于先圣之教欤?晚间,伯衡招饮署斋,首座则端伯也。

初十丙申日(7月3日)　晴。终日肩项酸疼,殊以为苦。午后,便衣往访西斋,谈片刻,遇张少康、许成甫两君于座,日晡乃还。

十一丁酉日(7月4日)　晴。肩项仍觉痛楚,乃呼剃匠迭为摩按,午后略松,比夜眠,则又作酸矣。接西园来函,漕船已出运河境,不日可至十里铺,惟黄水未涨,仍不能克期渡黄耳。

十二戊戌日(7月5日)　晴。午后,淡人自汶上还,过谈片刻。下午,延翰仙诊视,开一疏通筋络之方,服药一裹,又以药末敷于肩项,其痛稍减。下午,端伯过谈,因约其十四日偕游干母阁。

十三己亥日(7月6日)　晴。午后,有美国教士李佳白者求见,即接见于厅事,与谈片刻而去。下午,郭春廷过访,亦晤谈。连日服药敷药,内外交治,肩项筋络稍活。

十四庚子日(7月7日)　晴。晨起,挈梓、梧两儿往王母阁看荷花,兼为端伯洗尘。约辰巳间,端伯亦率其子至,别无他客。畅游畅饮,相与棹小舟于荷池,往来荡漾,致足乐也。端伯以烛干、海虾见贻,皆莱州出产,又滕以皮管烟袋,则因余爱而解赠耳。申刻,自王母阁散归,端伯复至寓久谈。傍晚,西斋来晤。未几,风雨交作,乃各别去。阅邸抄,谭文卿尚书补闽督,固意中事也。

十五辛丑日(7月8日) 晴。西斋将往东昌,假朝冠以去,因月之廿六朝贺万寿需此故也。余有朝冠二,乃以其一假之。午后,往访淡人、伯衡,均晤谈。答拜荣礼吉、张锡三,未遇而还。

十六壬寅日(7月9日) 晴。终日热甚。接子厚兄函,知其分徐州当差。徐州道为沈退庵,委以清江土厘差,乃作书谢退庵,驿递徐州。

十七癸卯日(7月10日) 晴。接再彭侄禀,知其行十日即抵淮安,顺水,船固甚迅利也。阅邸抄,周积甫在广东保升知府,已起京引见,复保补缺后以道员用,可谓名利两就矣。

十八甲辰日(7月11日) 晴。日间,检拾公牍文件,拟廿一起程往武城驻署候送漕船。晚间,余端伯过谈良久,二更乃去。

十九乙巳日(7月12日) 晴。早间,收拾拜匣。午后,收拾箱笼。栗碌终朝,挥汗如雨。申酉间天气忽阴,雷雨交作,骤雨两次,夜半放晴,月色皎然复明矣。

二十丙午日(7月13日) 晴,热甚。终日检拾行装,开发各项工食,统共费去银十余金,计此行川费需卅余金。甚矣!浮费之多也。申酉间又复阴雨。傍晚,彭伯衡过谈片刻,情话殷殷可感也。灯下,复将随身拜匣集齐,未及三更即寝。

二十一丁未日(7月14日) 阴。卯正起。辰正初刻登程,带印前赴武城驻札地方照料南漕重运过境事宜。午正,小憩康庄驿,午膳。晚宿汶上县之草桥地方。是日天气清凉,行百余里。惟旅店湫隘,蚊虫啮肤,通夜未眠,无何闻鸡声,遂又起整行旌矣。

二十二戊申日(7月15日) 晴。寅正行。巳正,至东平州,川城而过,于城店午膳。晚宿东阿旧县,共行一百廿里,皆去年进京往返所由之路。晚间,仍为蚊虫所扰,不能倚卧,乃就舆中坐,而假寐片时。

二十三己酉日(7月16日)　晴。晓发旧县。辰正,至东阿渡黄河。午正,抵通城驿。午餐毕后,方出店门,忽然倾盆阵雨一次,计至茌平宿踮尚六十里之遥,天阴路滑,只得折回止宿。甚矣!行路之怕雨也。

二十四庚戌日(7月17日)　晴。丑初,发通城驿,沿途颇多积潦,须绕路而行,至午初始抵茌平打尖。未正复行,仍多绕道,至初更方抵清平县。时已昏黑,各旅店都被人占满,乃投县令恭定甫曾署中假榻。恭君辞以疾,仅命家丁设馆于关庙东厢,比入其宅,则空屋三椽,俟之良久乃以杌几及茶水饮食来饷。时已三更,勉餐冷饭一碗,劳顿终日,竟未能安寝。

二十五辛亥日(7月18日)　晴。卯正,发清平县,行五十余里。时已午正,乃抵夏津县城。行李车陷于淖,申初方至,遂宿夏津。

二十六壬子日(7月19日)　晴。寅正,发夏津,行廿五里,至夏武交界处。遇夏季舫大令于途,时因交卸武城北运分销局差旋省,乃各下舆,至旅舍茗话片时始各分道扬镳。巳正,抵武城县南之三里庄,胥役都有来迓者。将至县城,同城县令以下俱持手版饬役报名迎迓,旋呼驺呵殿入城。至本署,县丞吴俊民迎诸门。午后,县尹丁锡五亦来见。询知日来卫水又复陡长,业已拍岸盈堤,南关民埝连日抢护,无如水势有长无消,真可虑也。晚间,发家书,交回济轿夫顺带。县中解到夏季俸廉计百廿余金,未知能敷此行用度否耳。

二十七癸丑日(7月20日)　晴。寅正,恭诣文庙、武庙、大王、城隍各庙,拈香。答拜俊民,晤谈片刻而还。午后,城守把总吴金成来见,恭顺备至,人亦明干可喜。未刻,复呼驺出拜同城诸君,惟晤锡五及训导刘奋臣两人。教谕刘子方则因病假归矣。下午回署,发札文数角。签判既毕,出至南关,偕锡五督视抢护民埝,见溜势甚涌而堤埝单弱,尤觉可怕,乃无策以治之,徒自愧疚耳。日晡停工,余亦散归。

二十八甲寅日(7月21日)　晴。午间,典吏邢君、甲马营巡检周君均来见。午后,训导刘奋臣、山长赵君一琴来拜,亦晤谈。晚间,锡五招饮县署,奋臣、俊民相陪,宾主四人,二鼓散归。探得江北漕船已抵临清,惟卫水太大,不知临口能启坝否耳。

二十九乙卯日(7月22日)　阴。早间,闻关南堤坝甚危,即至工督率抢护。锡五已先在,目睹水势浩大,土埝薄弱,殊觉可虑。午间回署。午后,俊民便衣来谈。王官云之子王海宴住家在此,亦来见。晚间,县佐、巡司两君馈肴馔一筵,賸以樽酒,乃邀刘奋臣共酌,畅谈至夜分乃去。四更后,雨声大作,窃为堤埝虑也。

三十丙辰日(7月23日)　阴。早间雨止,探问水势,居然未续涨,殆上游有漫口处欤?午后,专差至临清迎提漕船,粮道及宁、苏两勤办均致以一书,又致张西园一函,总封交鲍凯臣转投。另致凯臣数行,并托其购皮丝烟一包,不知临清有此物否也。灯下,又作清平恭大令谢函两纸,上本道耆公两纸。

闰六月

闰六月初一丁巳日(7月24日)　晴。卯初,恭诣先师庙,拈香行礼。又至文昌阁拈香,同城文武自县令以迄外委俱随班行礼。复诣西关大王庙拈香,则仅县佐一人随班行礼。旋至西侧屋俊民寓斋小憩,卯正旋署。午后,发耆公及恭令两信,均由驿递。今日水势亦无长落。下午,阅《聊斋》则,所带别无他书故也。

初二戊午日(7月25日)　晴。临清专足回,接到张西园复书,知宁、苏漕船均齐抵临清,只因卫河水大,未能启闸放船,须候水势稍落方能出临入卫也。午后,有以旧拓元秘塔及董香光手卷、刘石庵直幀求售者,详加展玩,柳帖甚佳,的是旧本,董、刘墨迹亦非赝鼎。惟余囊橐不充,未遑问鼎耳。

初三己未日(7月26日)　晴。昨日河水又涨二寸,今日水无长落,计属汛五处水最大者至一丈九尺数寸,最浅处亦一丈六七尺,实为盛涨,恐三两日间未必即能陡落,奈何! 晚间热甚,食西瓜汁四杯,稍觉清凉,因抽笔摊笺致声庭书数纸。

初四庚申日(7月27日)　晴,仍复热极。午间,夏津主簿张君泰年来见,旋返东昌寄寓,以其闺人病危,面求给假在寓,免赴本汛,余允焉。午后,鲍凯丞自临清专足来函,因余曾托其购皮丝烟,适临清亦罕此物,凯丞遍为物色,始觅得两包,因以见贻,乃握管挥数行报谢之。下午,北风大作,天气甚凉。此间河水陡落数寸,探知上游渡口驿西岸有漫口处,口门约宽十五六丈,河流分徙,故此间水势见消耳。凯丞来书,言漕船已齐泊临清,因水涨未能出闸,而余来此静候已届浃旬仍无影响,能无闷损耶?

初五辛酉日(7月28日)　晴。探得今日河水又落二尺余,汛报则仅称水落一尺九寸。前所阅诚悬帖,余曾给价四金,今居然愿售,遂留览焉。傍晚,刘奋臣便衣过访,畅谈良久乃去。

初六壬戌日(7月29日)　晴。接阅德州报房递到邸报十余本,见吴清帅已服阕入都,宫门请安,竟未召对,主眷之衰可想,殆仍因其请尊醇邸一疏欤?今日仍复甚凉,河水又落五寸,南关堤埝似不至有意外虞矣?

初七癸亥日(7月30日)　阴。仍小有北风,故其凉如昨。得汛报,水落八寸,并计连日水消三尺余矣。午后,兀坐无俚,拈韵成五律三章,赠刘奋臣作也,即走柬致之。

初八甲子日(7月31日)　晴。午后,往访奋臣,作竟日之谈。奋臣坚留晚酌,复与畅饮,二更乃还署,探得漕船今日已出临口,大约此间明日即可见船矣。

初九乙丑日(8月1日)　阴。早间,江北头船经过,后船均衔尾而进。午后,粮道马公船到,泊北关,余闻而往谒,则已解缆行,乃飞递一刺焉。旋访俊民,谈片刻而还。傍晚微雨,甚凉,饮绍酒两杯,颇觉陶然。

初十丙寅日(8月2日)　阴。江北漕船昨过两起,今晨至午第四起渐过毕矣。晚间,有第六起运员及各米船泊城北河下。运员王恩培素未识面,彼此遂不相谒。夜来月色甚佳,坐中庭赏玩良久乃寝。

十一丁卯日(8月3日) 晴。漕船终日经行,陆绎不绝。至日晡,江北第九起都已过完,各汛呈报入出境文件亦纷纷投到,大约再逾两三日并苏帮亦可报竣矣。日间枯坐,惟取《聊斋》及《搢绅》二书递为翻阅,行箧除此二书外别无他册也。

十二戊辰日(8月4日) 晴。午刻,江北十起漕船全过武城。午后至日晡,苏船接续经过,行驶颇缓,惟第一起过完遂截然而止。夏津汛全帮入境报单亦未到,以致江北入境禀未能如期填发,殊为闷损耳。连日极凉,可衣重夹,大似早秋气象,忘其尚在中伏内也。

十三己巳日(8月5日) 阴。早间,苏漕第二、三起连樯经过。午后,第四、五起亦过毕,只余三起,明日定可齐过矣。夏津县首跕入境报单尚未至,殊觉延缓,因发差前往提催焉。

十四庚午日(8月6日) 晴。午刻,夏津汛报江北船全数过境禀牍始至,乃将转禀大府文件填注日期时刻,手自封固,付驿驰递。此间已见苏帮第六、七起船都已过去,乃拟就电禀院道字句,拟明日饬仆赴德州,俟全漕出柘园境即往电报局传发。因致州佐周仙舫年丈及州牧李君各一书,嘱其拨付夫马来武城候用,缘公事既毕,便可遣返济寓。武邑地非冲途,夫马恐不应手,不得不乞诸其邻耳。接清平恭大令禀函,盖因得余谢函故禀覆也。

十五辛未日(8月7日) 晨起,恭诣至圣、大王两庙,拈香行礼,县令以下同城文武均随班拜谒如仪。旋署后,县令丁君、巡检周君先后来见。辰刻,命家丁何升、皂役田成往德州发电禀,兼调拨夫马,约四日可还。俟其还,可整归装矣。午后,小眠时许,略受微风,左臂少觉酸楚,缘今日颇热,余卧时贪凉,未着小衣,不免为风所侵耳。晚间,接夏津汛报苏漕入境禀,乃将转报大府禀件填注日时,明日又可将此件发递也。夜间,月色大明。

十六壬申日(8月8日) 晴。早间,将禀件送县驿发递。午后,忽阴云四起,阵雨两次,旋复放晴。晚间,接武城县呈报漕船过境册件,又恩县四女寺把总报单亦接阅,惟德州汛尚无影响。甚矣! 老周之玩视公事也。

十七癸酉日(8月9日)　晴。午前,鲍把总至自汛署,偕县丞吴俊民同进谒,晤谈片刻。此时余所属文武诸君除德汛老周外,吴、鲍、周、张四人均敬慎奉职,于余亦情礼兼到,不失僚属体,惟周仙舫则挟年丈之尊,老迈懒散,不循规矩,其奈之何!

十八甲戌日(8月10日)　晴。申初忽阴,申正则风雨交作倾泻不止者历半时许,酉初雨止,晚间复放晴,月色大明。初更,何升至自德州,交到周仙丈覆禀,知漕船十七辰刻全数出境,余之电禀已发,夫马亦调到。德牧李君亦有覆禀,一切居然照办,尚称顺手。惟大雨之后,归途恐益泥泞难行耳。阅邸抄,清帅得擢湘抚,以昨日之未蒙召对观之,固不料其简放如此之速也。又杨蓉浦太常擢升副宪,粤东又多一八座矣。

十九乙亥日(8月11日)　晴。早间,填发漕船出境禀。午后,修发毕,即出门辞别同城文武,惟晤锡五大令,余俱过门投刺而已。刘奋臣广文则因公赴临清未还,遂不获与之话别,颇觉怅然。申刻还署,锡五来送行,复茗话时许而去。下午,开发赏项,检集行装,惟天气仍有雨意,令人愁闷。晚间,将案头公牍及各处信札并文房四宝一律检入行箧,手腕为之酸楚,三更乃寝。

二十丙子日(8月12日)　晴。寅正起,奋臣已至自临清,特来送行。又盐局委员郑幼甫醙尹亦来谒送,均晤谈。卯正,自武城起马旋济宁,俊民于舆前揖送,出郭有委兵人等跪送。行廿里,至李官屯,其地为旧沙河身,因前数日运河决口,水多泄干其中,约深二三尺不等,计四五里之遥,舆夫负舆涉历,甚觉惴惴,过此则坦途矣。未初,尖于夏津,申正复行。戌初,宿清平县署之兴集。共行八十里,盖自武城至夏津五十五里,夏津至兴集二十五里也。日间颇热,幸而晴朗未雨。

二十一丁丑日(8月13日) 晴。晓发清平县兴集,行卅里。巳初,尖于县丞。巳正复行,越七十里抵茌平县,宿南关逆旅。是日所经皆坦途,无崎岖水潦之患。

二十二戊寅日(8月14日) 晴。寅初,发茌平。行七十里,尖于铜城驿。午初复行,甫及申正,疾风雷雨陡作,时抵东阿县北境之王家庙,乃入一农人姜文修家避雨。天气渐晦,雨势方盛,遂止宿焉。姜姓子弟颇有读书者,晚间出课文求正,余为之改削多半。又见其塾师郭肇汾者,虽非庠生,亦颇通书理。两人以余止其家为荣。灯下,郭肇汾求书名戳,姜文修求书折扇,即信笔挥就应之。夜间,行李车阻雨未至,即卧郭肇汾榻上。

二十三己卯日(8月15日) 晴。卯初,行李车赶到,即辞别姜生起行。约三里许,至大泛口渡黄河,即乘渡船直抵东阿县城下,缘河水山水泛溢数十里,陆路不通故也。午饭后,陆行十二里,舆夫从高处绕行,不过半时许即抵旧县。车辆则困于山沟不能动,途中雇人推挽,竭十数人之力,至初更方抵旧县,可谓人困马乏,行役之况瘁极矣。询知前进至东平非舟莫渡,盖水势尤大也。

二十四庚辰日(8月16日) 晴。晨赴觅得二小舟,余坐舆中乘之,其一则车辆人役载其上,骒马仍牵诸岸上绕道而行。一片汪洋,漫无涯际。辰正开舟,值南风,行极缓。未正,雷雨暴至,幸风转西北,乃扬帆直驶。渡船无篷,余坐舆中尚未沾湿,仆从辈皆遍体淋漓矣。酉初,抵东平州北关,时雨势犹盛,冒雨登陆入城投宿逆旅。泊舟时,俊民亦蹑踪而至,探知前途既有积潦,又多伏莽,颇极行路之难。俊民饬丁来言,愿为前路之导,庶互相关照也。

二十五辛巳日(8月17日) 晴。晓发东平,雨后泥淖甚多,跋涉良艰,行五十里。午正,抵汶上南境之草桥,渡汶水而北,尖于逆旅。俊民约晚宿南栈盐店,缘渠所熟识可借住也。未正,发草桥。酉初,抵南栈,俊民迎至盐店,并备晚膳,与共酌畅谈,情意殷拳。仆役、车马宿旅舍,茶饭、店资亦俊民备给,直不啻办差矣。前途仍有水患,俊民已雇得引路人,约明日随行。

二十六壬午日(8月18日) 阴。晓发南栈,探得康庄驿及济宁三十里铺一带都成泽国,须绕东路高处行走。俊民雇觅引路人同行。辰正,雷雨又复大作,时方行廿余里,乃避入一农舍,俟雨止复行。沿途拖泥带水,极行路之艰难,未正初刻始抵济寓。适儿辈往声庭处贺喜,询知其第五郎今日完娶,余甫卸行装,不及往贺矣。内子出各处来信相示,知家乡鸡笼山祖茔被邻山失慎延烧树木,幸坟座尚无碍。接沈经彝信,知汇款已到,现存济南银号,须着人往取耳。晚间,发德州舆夫川资,令归,又费十金,计此行用去百六十余金,较之前岁送漕所费则节省倍蓰也。

廿七癸未日(8月19日) 晴。巳刻方起。午间,张西园来晤。午后出门,访淡人、春霆、声庭,均晤。旋偕淡人谒见耆静宪,谈及赴省祝中丞母夫人寿,因水大路穷,半途折回。盖今年山水、河水为数十年未有之大,通省路途无不阻塞也。静宪复谈及河帅犹子绂青比部奉讳南旋,道出此间,尚未开船,同人既公送程仪六百,余前备祭幛亦送去。因复出南门,至舟次访之,晤谈片刻而还。绂青尊人云生宫允与先大夫同馆有年,仙帅又癸丑教习同年,本系世好,自应有一番周旋耳。

廿八甲申日(8月20日) 阴。午后,大雨一阵,嗣复晴霁片刻。因往访严筱园,甫入座,雨又暴至,倾注良久,只得在筱园处避雨。申酉间雨势稍杀,乃登舆行。仅答拜张西园,晤谈片刻。时日垂暮,阴雨不已,遂未往访他友。

二十九乙酉日(8月21日) 阴。终日大雨如注。日间,致许清如、吴子先各一书,总封交信局寄递。晚间,声庭补设喜筵,招集后至诸友。申刻,冒雨而去。同席惟余与西斋暨冷、陈两绅,余客皆为雨阻未到。二更席散,雨仍未息,匆匆遂还。是夕大雨彻夜未休,恐来朝不克谒庙矣。

七　月

七月初一丙戌日(8月22日)　阴。自寅至午,又复大雨半日,势难出门,遂未谒庙。午刻,雨势稍杀。午后又雨,终日未息,竟难出门。

初二丁亥日(8月23日)　晴。雨止日出,气象为之一爽。午间,于次鹤过访,谈良久。因偕其往玉堂号,晤管事人陈丽中,托其于济南画兑杭州汇款,遂走笔作书致经手协和信票号,令其凭书兑付。又书收据令其寄复沈经彝,其款即由余向玉堂兑用,均与陈丽中订明。旋回寓易衣,出门拜客,晤昂鹤如、姚眉生、徐善卿、朱景盦,余都未遇,遂还。

初三戊子日(8月24日)　晴。午后,鹤如过谈片刻。送鹤如出,余亦升舆拜客,晤姚子钧、王子泉、汪葆田、孙伟如、广锡三五君子。时已日晦,遂还。

初四己丑日(8月25日)　阴。午间大雨一阵,约时许方止。午后,天气开朗,乃挈儿女辈游城南王母阁。泛舟荷池,摘莲采藕,饱唉甘芳,流连良久乃还。晚间,作书致谢刘奋臣、丁锡五,交舆夫带回。

初五庚寅日(8月26日)　晴。午后,徐善卿、鲍凯臣先后来晤。接河帅许公覆余禀谢保举函,因余禀中有归美许公改章有效之语,特蒙提及且谦让不遑焉。后复勖以漕运正当临境诸赖擘画等语,盖余前此所上谢禀乃自出心裁,所撰词意出以真挚,绝无记室套语,故许公覆书亦系专稿非寻常复谢通稿也。

初六辛卯日(8月27日)　晴。午后忽阴,大雨半日。端伯乃郎来见,因余欲将千金借款归还,特来相商,须另觅他处存放借取息金度日,俟觅有定处,再来余处取款,余应允焉。因作书致端伯告之,交其子附入家书中转寄。傍晚,任君浚生冒雨过访。据云奉差来此,然形踪诡秘,闻其到此多日今始出谒客,固莫测所由耳。晚间,家润生由河南解嵩武军协饷至济南,道出此间,特来相访。时已二更,稍坐片时即去,约归途再来畅叙也。

初七壬辰日(8月28日)　阴。雨终日不住,今年水患较庚寅殆又甚焉。寓屋渗漏处极多,西偏院后墙坍塌数尺,都须费土木工矣。

初八癸巳日(8月29日)　晴。往答拜任浚生,未晤。过淡人门,询知其已归,因入晤,谈片刻出。访声庭,坐良久,约偕作主人公请王松山昆季游王母阁,并嘱转约西斋。余遂往访西斋,当与订定同作主人,由声庭承办,不拘何日悉听其便焉。

初九甲午日(8月30日)　晴。午后,汪大令望庚及广锡三、严筱园、姚眉生、王子泉、张西园先后来晤。晚间,余端伯之子来见,言明日来收还款,盖已与城南新庄典有成说,转放彼处矣。

初十乙未日(8月31日)　晴。早间,将历年廉俸所余二百四十七两零悉数交与玉堂银号,连杭款七五之数凑足千两,令开票一纸,送还余端伯处,随将借券两纸掣回,从此省出月息十金矣。午后,往拜王韵生周年,晤其弟松山大令。复答拜州吏目张君,旋回寓。声庭、春霆先后过谈,良久乃去。晚间,道库发本月公费百六十金,又另给百金为送漕公用,盖已费九牛二虎之力始得之也。

十一丙申日(9月1日)　阴。前美国教士李佳白又来见,言新自济南还,与谈片刻,于事理均能明晰,未可以非类菲薄之。午后,又复倾盆大雨,至夕方止,晚间则皎皎月出矣。

十二丁酉日(9月2日)　晴。午后,倦而假寐,昂鹤如作字来询送道寿礼,乃起作覆字。旋值淡人过访,与谈片刻。傍晚,西斋复来晤,知声庭承办公局,定明日巳刻入座。

十三戊戌日(9月3日)　晴。巳刻,赴王母阁请客,声庭已先到,西斋亦相继至。午后客渐到齐,未刻入座,酉初散归。座客有王松山、鼎臣两昆仲及任浚生、于次鹤四人,东道主则余与声庭、西斋三人也。

十四己亥日(9月4日)　晴。龚淡人为其外王母张氏母移柩,讽经于城北玉露庵,同人咸以冥器相赙,且往拜奠,余从众往拜。旋往问秦受之疾,入其卧室慰问良久。并见其子恩述,故乙酉选拔生也。复偕声庭访彭伯衡于州廨,遇曹州太守毓佐臣于座,时伯衡至自历下,毓君殆亦由省旋郡道出此间耳。

十五庚子日(9月5日) 晴。晨起,诣刘猛将军庙,拈香行礼。复以本道诣大王庙还愿,将往陪祭,行至南门遇同人入城者知已祭毕,乃折回。顺道访罗春庭游戏,未晡而还。午间,循中元例祀祖。午后,西斋、西园先后来晤。因偕往赴宴于美教士李佳白处,同寅到者不多,惟伯衡、郭春霆及余等四五人耳。饮馔亦不佳,勉强终席而散。

十六辛丑日(9月6日) 晴。李佳白来拜辞,未与晤面。午间,家忌祀祖。阅《大清律例》数条。复为阿庆改削课艺,因其笔性迟钝,爰出题拟面课以两文一诗,限当日缴卷,不知其能胜否也。

十七壬寅日(9月7日) 晴。早间,命文题二,首题为"进不隐贤",次题乃"学而不厌",诗题"赋得泮宫初采鲁侯芹得初字",皆取游庠吉语以示期望。乃督课终日,竟不能成一艺,阿庆之顽钝可见,殊令人愤闷。午间,昂鹤如便衣过访,少坐即去。

十八癸卯日(9月8日) 晴。午间,声庭过访,久谈乃去。傍晚,往访西斋,谈至日晡而还。闻汪葆田太夫人今早仙逝,俟其殓后当往吊之。

十九甲辰日(9月9日) 晴。午后,余端伯之子来见,欲为其业师之子外委周某转求差使,姑应之而已。秦世兄恩述亦来见,其尊人命来谢步故也。傍晚,张西园过谈片刻。

二十乙巳日(9月10日) 晴。午后,声庭来访,偕往汪葆田处吊唁。复偕访严筱园,久谈。余又独访昂鹤如,见其壁上悬有扇面工笔仕女人物,乃其母夫人遗笔,固甚佳也。傍晚返寓。

二十一丙午日(9月11日) 晴。早间,手书寿幛款字为祝耆观察夫人寿辰之用。午后送去,原物璧还。查声庭以承办王母阁公宴用款开单见示,每分派京钱十一千文,当如数付之。连日西风陡起,渐觉凉爽,自是仲秋气候,所谓"已凉天气未寒时"也。阅邸抄,张幼丹以任意虐民、擅用非刑为归化城副都统奎英所劾,奉旨革职查办。幼丹为丹叔中丞之子,以平阳通判调署归化抚民同知,夙有吏才,夫官号抚民乃以虐民镌职,亦才之为害耳。傍晚,朱景庵过谈片刻,亦以被劾休官,牢骚之意见于辞色。此君年近七旬,官兴犹未稍衰,亦可谓不达矣。

二十二丁未日(9月12日)　晴。午前,修发。时宪书有丁不剃头之说,余每留意及之,今偶尔疏忽,适逢此日,于以见禁忌之无谓也。午后,西斋过访,谈片刻。家润生自济南省旋,道出此间来晤,因留晚饭。润生以路费匮乏向余假制钱廿千而去。

二十三戊申日(9月13日)　晴。巳刻,赴道署祝宪夫人寿,不遇,同人齐集官厅投手版票祝而已。阅邸抄,河帅奏报漕船挽出东境折,系据余电禀缮发,并将余衔名上达,今番之电禀不枉发矣。

二十四己酉日(9月14日)　晴。接许清如来函。月前里门忽传予季有海外东坡之耗,闻之寝馈不宁,呼日者占之,亦复言人人殊。灯下,与内子熟筹,惟有电询兰州熟人,庶有确音可凭。因思彭君福孙现宰皋兰,彭为伯衡堂弟,计惟托伯衡代询之,爰柬伯衡约明日前往晤谈一切。

二十五庚戌日(9月15日)　晴。午后,访伯衡,即书数字持赴电报局传发。旋往答拜郭伯韶,晤谈片刻。复至河干看船,为妇稚南旋之用。看得南湾子船一只,尚合用,徐与议值可也。归途访声庭,畅谈乃还。

二十六辛亥日(9月16日)　晴。午前,将电报费四千数百文及玉堂号汇款尾零十一两六钱分别送还之。午后,接兰州覆电,乃"子舟无事故"五字,心始释然。清如所闻全无影响,真不知何所据而云然也。

二十七壬子日(9月17日)　阴。早间大雨,午后乃止。声庭过谈,旋偕出门。余先往送次鹤行,晤谈片刻。复答拜汪幼卿,并贺其代理鱼台县篆之喜。傍晚，访西斋，复与声庭相遇，乃偕两君赴王松山素筵。客到颇多，约有五六席，二更后散归。

二十八癸丑日**(9 月 18 日)**　晴。终日未出门。闻伯衡忽为言官所纠，更有撤任之说，不知确否。晚间，伯衡来柬，询余兰州覆电云何，因走笔挥数行复之，并询及渠事，约明日往面谈。

二十九甲寅日**(9 月 19 日)**　晴。午后，往访伯衡，始知其被褚伯约所弹，以捕务废弛、命盗案件概置不问列参，幸廷旨来令究查，当不致大碍，撤任之说固齐东语也。归途拟访西园，遇西园于途，知其他往，余遂还。

三十乙卯日**(9 月 20 日)**　阴。午后，祖寿侄至自淮安，带到子厚兄书，媵以竹扇、烟筒。竹扇制极精雅，且镌刻双款，真觉情文兼美矣。下午，张西园过谈片刻。

八　月

八月初一丙辰日**(9 月 21 日)**　晴。晨起，诣风、火神，案前拈香。午后，赴转运局，偕郭伯韶及诸同人公饯美教士李佳白。申刻散席，复往送礼李佳白行，兼晤其侣良约翰。约翰有幼女，甫四岁，亦见客，黄发碧眼，依然夷种也。傍晚还寓。

初二丁巳日**(9 月 22 日)**　晴。午后，复子厚二兄书，由驿递清江土药税局，因子厚充是局帮办差故也。晚间，伯衡招饮，爰偕声庭同往。淡人甫归，亦在座，又有省委查案之孙傅臣大令及幕客陈、卞两君。看馔颇佳，较之郭伯韶处几有天渊之判，盖昨晚公饯洋人饮馔皆不堪下箸，而伯韶不知其恶，殊可哂耳。

初三戊午日**(9 月 23 日)**　晴。午后，声庭过谈，约偕谒本道，并邀西斋来寓，三人同往，投上手版，适因吴雨生侍御在座，并留晚饭，我辈遂不获见。复往访淡人、翰仙，都未遇，遂还。阅宝珍侄女送梓儿南还《满江红》词二阕，情词兼擅，顿触余怀，因作《送内子挈儿女还里志别》五古三十韵，录示内子。离愁苦绪齐赴腕下，言为心声，不可得而掩也。

初四己未日(9月24日)　晴。午后,龚淡人过谈,因向其索溜单自天井闸传至台庄闸,令沿途照料我处座船,盖为妇孺南返而设。晚间,孙伟如过访,谈及渠将送其长郎就姻扬州,全眷偕行,亦择定初十登舟,我处可结伴同行矣。

初五庚申日(9月25日)　阴。午前,往奠王韵笙太夫人及韵笙之灵,在彼吃饭,并为陪吊半日。申刻还寓,约声庭、西斋来谈,拟偕谒本道,嗣闻其公出乃止。傍晚,张西园来晤,谈片刻去。晚间,偕内子把盏持螯,借以钱别。夜间,闻大雨倾泻如注,天气颇凉。

初六辛酉日(9月26日)　阴。小雨半日,午后乃止。本道静生先生本定今日起程晋省,王韵笙亦择今日发引,余初拟午前送差,午后送殡,嗣为雨阻,两处事皆改期,遂未出门。

初七壬戌日(9月27日)　晴。雨止。两事均改今日,于是辰刻往送本道登程,旋回寓小憩。午后,往王宅送殡,步行数武即升舆。至城东南河沿天兴粮行,设有茶座,在彼坐候良久灵辀方到,因送其登舟,一奠乃散归。晚间,与内子絮谈极久,乃各就寝。

初八癸亥日(9月28日)　晴。为梓儿腾出书箱一只,令其盛书带去。午间,见内子检点行装,心为怅然。午后,内子出门辞行,余在寓为之作书致里门戚友。一致沈经彝,嘱其按月应付旅费,归当息扣还;一致内弟吴子先,嘱其随时照料伊姊及甥辈。此两书方书毕,内子已归,时亦傍晚,遂暂搁笔。灯下,与内子约定彼此往还电报字句,并将回里事宜一一告知,又复自书编号支取沈款收条十式号,令其随时填用,庶免舛误也。

初九甲子日(9月29日)　晴。是日为金奎日。忆曩年先大夫在时,每逢甲子金奎日,必祀文昌魁星,云于子弟应试有助。今余命梓儿归应童试,适遇此日,爰敬谨举行祀礼,率儿辈叩拜如仪,遵先训也。日间,内子行李多半登舟,余复手书各处信函如黄氏姑母、用宾兄、清如妹倩、子厚兄,皆各致一书,交内子携带。傍晚,孙伟如来辞行,知其眷属明日登舟,并向伯衡处借得炮船护送。余因柬致伯衡,约两家公用一炮船,定见与孙氏同行。晚间,复与内子细谈,嘱其明年早来,盖此行实因内子思归綦切,屡次相商,余不忍重违其意,故因梓儿小试之便勉从其请。然梧儿及两幼女皆将携去,八口之家行者强半,惟犹女葆珍及榕儿留此,岑寂之况、别离之感固有怦怦五内者矣。

初十乙丑日(**9月30日**)　晴。早间,张西园来晤。余因伟如南行系送其长郎就姻,乃书金字幛款备送红呢喜幛一悬。午后,内子将登舟。余为择得申时最吉,爰于申初,余先挈梧儿、绣珍女同坐一车,送其登舟。申正,内子亦自寓到船。趁此吉时,即由南关舟次开行里余泊河湾。余在舟少坐即升舆返寓。定十三解缆南下,沿途溜单已于今早发递矣。

十一丙寅日(**10月1日**)　晴。梓儿既登舟,复于今晨来省余,遂留其侍余午膳。申刻,余复至河湾水次送孙伟如行,晤谈片刻,仍至内子舟中话别,在彼晚饭。有炮船管带黄捷三游戎来谒,言及已派定一炮船送至邳州境交替,约与孙宅同行同泊。余晚饭后复在舟久坐,儿女之情不无依恋难舍光景,三更后乃入城返寓。榕儿送母恋恋,留舟中未归,梓儿晚间仍回船。

十二丁卯日(**10月2日**)　晴。早间即起,家务纷如都来请余意旨,辄怀细君不置。因口占绝句曰:"内助人归意惘然,米盐琐屑自操权。仓山旧句分明在,那有星能替月圆。"午后,松山王君来辞行,余遂往南关小闸舟次送之,适尚未回,不获见。时内子之船亦移泊小闸,余遂登船面别,茗话时许,乃挈榕儿惘然升车,入城还寓。留丁役于彼,令其看视,开船再来返命。晚间,离绪萦绕,成七律一章,曰:"篷窗对坐恋斜晖,有泪难禁背面挥。分手始知欢聚好,扪心终觉宦游非。鸳鸯福禄原修得,蛮驷追随忍暂违。况是团圆佳节近,那堪举室半旋归。"

十三戊辰日(**10月3日**)　晴。早间,督婢妾将内子卧室洒扫一过,未带箱笼物件一一位置妥贴。余坐室中,不觉有室迩人远之感。午后,往答拜西园、声庭,均未晤。惟见淡人、西斋两君,在西斋处坐最久,傍晚乃还。内子今日巳初刻解缆南下,不知能驶抵南阳闸否也。晚间,顾翰仙来晤。

十四己巳日(10月4日)　晴。日间,将公牍及贺节禀信分别判发。午后,修发。复将节事稍稍清厘。昨请翰仙开方,今日服药一裹,因天气忽冷忽热,余连日栗碌,心绪又复不爽,不觉小有不适,是以预为防维耳。灯下枯坐,殊觉寡欢。

十五庚午日(10月5日)　阴。午间,祀神祭祖,偕葆侄女、榕儿共饭,薄饮数爵,微有醉意。晚间,月色晦冥。见葆侄女作怀梓儿词,又触我怀,走笔成感怀五绝句。曰:"双飞鸳侣忽单还,为办归装损俸钱。生把黄金买别离,更谁省识更谁怜。""悔从红豆种相思,一日肠回十二时。我已中年卿亦老,那堪形影更分离。""一双娇女语呀呀,幼子牵衣解媚爷。此日晨昏都不见,教侬何苦恋官衙。""去来原说一年期,争奈吾心尚道迟。寄语孟光须念我,莫教望到眼穿时。""自家惆怅自家知,心事无端诉与谁。百种离愁千宛转,拈豪频写懊侬词。"诗成后枕上三覆吟诵,彻夜未能成寐,不知吾恭人途次情怀正复何似也。

十六辛未日(10月6日)　阴。早间,接张抡堂、陈蔼如书各一械。蔼如与余郑工共事半年,颇相契洽,今别逾五年,渠已晋阶监司,因奉讳侨居汴省,承其注念,亲笔作书问候,爰答以诗。曰:"云树相思近六年,忽逢青鸟递瑶笺。开缄恍接元龙席,奋迹终输祖逖鞭。棠棣漫添新感慨,蓼莪况废旧诗篇。谢公哀乐东山屐,一曲祥琴待按弦。""寅恭当日托苔岑,管鲍关情感最深。雪爪有缘都历历,云泥无间总钦钦。凡躯愧我难成佛,远志期君早作霖。极目梁园旧游地,来年倘许聚朋簪。"晚间,顾翰仙过谈,因请其开一常服丸药方。

十七壬申日(10月7日)　晴。午后,出城答拜郭伯韶子侄二人。旋访声庭,畅谈,并吴语笙侍御亦晤面。又遇瞽者汤姓,精子平之术,因开内子及四弟两造令推,约迟日推明加批送来。傍晚回寓,岑寂无聊,爰与葆侄女、榕儿小饮,微醉乃止。

十八癸酉日(10月8日) 晴。是日换戴暖帽。早间,将陈蔼如信及诗誊就封递。午后,接善星源观察复书。下午,往访西园、鹤如,西园未遇,与鹤如畅谈许久,傍晚乃还。日间将本年夏半季夫工银两令首汛分发各署具领。

十九甲戌日(10月9日) 晴。午后,出至书塾少坐。下午,语笙侍御过谈。瞽者汤姓将庚命批就送来,与谈数语而去。

二十乙亥日(10月10日) 晴。午后,往迎耆公还署,与同人聚集官厅,少坐即散。徐足庵侍御家鼎服阕入都,道出此间过访,晤谈片刻。足庵与先兄故壬戌同年也。

二十一丙子日(10月11日) 晴。早间,往答拜徐侍御于舟次,未晤。旋至声庭、淡人两处,晤谈片刻。午后,两君复来晤,西斋亦至,聚谈多时。因偕往鲍凯臣处晚宴,肴馔颇盛,二更乃散。

二十二丁丑日(10月12日) 晴。早间,以四簋馈徐侍御。午后,往拜汪葆田太夫人三七。与同人聚齐,偕往谒见本道。还寓后,接清江电报"安行"两字,知内子及儿女辈已安抵清江,并彼此所约隐语亦会意。因复电致之,嘱令今冬即返棹,未知能遵教否也。连日悬念行人,心绪梦如,今得此电稍慰寸怀,夜眠亦稳。

二十三戊寅日(10月13日) 晴。西南风甚大,天气少凉。午后,修发。接清江内子电报,内子定明日自清江解缆南下,约计九月初旬当可安抵里门。晚间,作寄内子书,尽长笺两纸,六十余行语犹未毕,余怀惘惘固无已时也。

二十四己卯日(10月14日) 晴。早间,接许清如覆书,因嘱其腾屋,大拂其意,言欲全行让出,从此交还我处,不为看管。因复接写内子信,告以将来出来时如果清如坚不肯管,只可交与黄绥卿表侄照料,所供祖先神牌令其请来供奉,住宅即托绥卿出赁可也。又复清如一书,致沈经彝一书。傍晚,始将各书缮就封固,又将余近作感怀志别各诗寄示内子,冀其念余速来也。

二十五庚辰日(10月15日)　阴。终日细雨蒙蒙。有四川王部曹式曾入部,道出此间来拜,赠以赆仪四金。午后,往答拜,未晤。旋至声庭处久谈,遇姚子均。傍晚,冒雨偕声庭至淡人处晚酌,二更散归,雨犹未息。是日,发家书交信局寄里门,限以廿天寄到,不知能克期否耳。

二十六辛巳日(10月16日)　阴。雨犹淋浪不已。兀坐寝室,愈觉岑寂无聊,取《仓山诗集》披吟,每遇情致缠绵语则余怀又因而怅触,遂掩卷不阅。夜间,微觉不适,起坐半晌,闻雨声不已,辄动离愁,将晓甫成寐,无何闻鸡唱,又将起送本道矣。

二十七壬午日(10月17日)　晴。雨止,天朗气清,惠风和畅,爽人心目。辰刻,往送本道赴汴谒河帅,同人咸集,惟声庭因病未到。巳正散归,因复小眠时许。午后,修发。屈计内子行程,今日当可渡江而南,且喜风日晴和,定卜布帆安稳也。今日颇暖,不似前此之寒冷矣。下午,瞽者汤姓来见,因其方丧父,爰以京蚨两竿赙之。

二十八癸未日(10月18日)　晴。午后,声庭过访久谈,云将赴曲阜孔林,邀余偕往,仆病未能也。声庭去后,旋往视翰仙疾,与谈片刻,并请其诊脉开方而还。夜间,悬念行人,未能稳眠。因口占曰:"小别笄珈半月余,长途眠食近何如。料应已过姑苏地,早晚平安到故庐"。"香凝燕寝悄无人,寂寂寒灯夜向晨。未免离愁成小病,秋来药裹已常亲。"

二十九甲申日(10月19日)　晴。午前,州吏目张希温号让臣者来见,与谈时许。张君年六十余,体极肥硕,湖北钟祥人,与黄让卿、品三两年丈及泽臣廉访俱有戚谊,人亦老练安详,可与聚谈,非寻常俗史比也。晚间,服药一裹。

三十乙酉日(10月20日)　晴。早间,书送彭伯衡子妇幛款。午后,仍服药。欲往访友未果,终日寂处,甚觉无聊。

九　月

九月初一丙戌日（10月21日）　晴。本道公出，仍无谒庙之役，巳正方起。午后，作寄内书数十行，又致子先一札，伏案挥洒，二更方毕。是日因月朔未服药。

初二丁亥日（10月22日）　晴。午间，将家书封固，是为第二号。另上黄泽臣廉访一禀，将家书总封递浙臬衙门，托其转送，不知能较信局稍速否。傍晚，访西斋，久谈乃还。

初三戊子日（10月23日）　晴。午后，往铁塔寺彭伯衡家媳灵前致奠。旋往访严筱园、龚淡人，均晤谈。最后至声庭处，茗话良久，兼晤庚生侍御，谈及吟咏事，庚生因出近作见示，颇多感慨抑郁之词。傍晚散归，庚生以其先世诗文集及朱卷见贻，灯下披读，足遣长夜矣。

初四己丑日（10月24日）　晴。终日阅海丰吴氏诗文集，甚觉有味。按吴氏为海丰望族，自克庵观察以康熙甲辰进士历官中外，所至有声，至今九世科甲绵延不绝，内而尚书、侍郎，外而巡抚、藩臬，代不乏人。今庚生以名进士涖陟御史，数年前疏劾权要，直声满天下，虽坐是左迁，而官去名留，故无忝厥祖矣。傍晚，张西园过谈片刻。晚间，武署差役至，赍到县解秋季廉俸及夏间寓中所发包封，至今方折回，内有沈退庵复书亦阅悉。

初五庚寅日（10月25日）　晴。午后，淡人过访，谈及接汴省电报，李荫南调署中河，陈芙生调署卫粮，崔绥五仍回上河本任，许西斋则须赋闲矣。傍晚，顾翰仙过谈片刻。因请其诊脉，拟即所制丸药日服数十粒，以壮吾气而涤吾痰。

初六辛卯日（10月26日）　晴。早间，西斋过谈。因偕往拜耆公寿，不过坐官厅投手版而已。散衙后，往声庭处访庚生侍御，爰赠以诗，曰："喜从倾盖识龙门，岳岳神羊气象尊。白简有光真御史，青箱无忝旧公孙。文章事业都师表，廊庙江湖总主恩。未必阳城终不召，征书早晚下重阍。""鲰生惭愧老资郎，犹记曾分泮水香。三战刘賫终下第,一官鲍老且登场。有缘到处逢今雨,无胆从来怕履霜。难得大夫贤可事,相期好我示周行。"以素笺录出,面交与之。午正还寓,接梓儿八月廿三日淮安来禀,知廿五日方自淮南下也。

初七壬辰日(10 月 27 日) 晴。早间,接沈退庵书,并遣车来接葆侄女,当作书复之。因侄女不欲去,只得遣令来车回去,并以退庵夫人五十寿送寿幛一悬,交来弁带回。午后,接子先覆书,渠已接余七月初间之书,知内子将还里,正在计日相待矣。

初八癸巳日(10 月 28 日) 晴。接子厚兄来书,知其将赴徐州,拟迂道来此视余,当扫榻以待之。午后,成感怀七律一章,曰:"桂花摇落菊花香,物候推迟鬓欲霜。乡梦莼鲈输稚子,怀人风雨已重阳。驽骀齿长甘依枥,燕雀身微惯处堂。毕竟羽毛常自惜,一竿一木总低徨。"因录出就正于庚生侍御焉。

初九甲午日(10 月 29 日) 晴。午后,偕吴庚生、查声庭登高城南太白楼。声庭设佳肴,招集李冬韩、琳卿两昆仲、李子英乔梓并声庭子侄共九人,可谓群贤毕至,少长咸集矣。席间畅饮甚欢,庚生成七古长篇,甚佳,出示同人,索和颇急,余又将搜索枯肠矣。傍晚席散,复至声庭处少坐乃归。接内子自杭州来电,知已安抵里门,电报字句固余所预拟者,阅之良慰于怀。灯下作《登太白楼纪事》七言长古一篇,冗长不及录,当另纸抄存之。

初十乙未日(10 月 30 日) 晴。午后,庚生过谈良久,与论诗甚欢。未几,声庭、春霆、严小园先后来晤。庚生最后去,因将昨作长古录出赠之。下午,接小侣表丈信,知其仍寓扬州,近况仍甚落寞也。

十一丙申日(10 月 31 日) 晴。早间,接庚生字,并以《得家书感怀》四截句见示。庚生自镌级后,年来复遭家不造,倍历忧虞,宜其言之愁苦也。午后,因走简慰之,以广其意焉。

十二丁酉日(11 月 1 日) 晴。午后,闻本道将至自汴省,因往声庭处,拉与同往迎候,淡人亦至。久候无信,乃至庚生处茗话,遇郭春霆于座。申刻,探马报道台将至,遂拉查、龚两君同往迎于堂檐,与立谈数语而散。晚间，步庚生韵成截句四首。其词曰："同盼平安两字书，书来时日正相如[①]。先生愁绝鲰生怅，都是中年哀乐余。""酒逢知己每情亲，休戚相关得几人。话到忧危经历处，为君一听一伤神。""不知世态有炎凉，不羡韩公画锦堂。十顷水田三亩竹，胜他云路说飞黄。""鸿光偕隐好还家，琴韵机声透碧纱。亲课园丁多种菊，知君晚节爱黄花。"

十三戊戌日（11月2日） 晴。午后，偕同人往谒见本道，谈及广锡三亦奉檄回任，昂鹤如又将赋闲矣。出至官厅，遇锡三，果欣欣然有喜色，询知已接院檄，故诣道谒谢也。散衙后，偕西斋之声庭处久谈。傍晚还寓，本道处送到新科榜眼吴君士鉴所赠联扇及朱卷。阅之，果即子修太史之子号绹斋者，余去年在京曾与相见，知其写作俱佳，然亦不料其遽及第也。绹斋为余杭郑冠三之婿，其完婚时尚未游庠，今不数年即擢巍科，冠三之相攸真能独具法眼，所谓"买马须看未驾时，求郎莫待登科后"，此中固具有因缘耳。

十四己亥日（11月3日） 晴。早间，将近作各诗另录一纸。午后，作寄内书数十行，盖自初一寄书后，至今又十余日，虽知其安抵里门已数日，而渴想之忧不能自已，遂抽笔略述日来情况。又致子先数行。灯下，封固书笺，明日可交信局发递，是为第三号家书。下午，锡三过谈片刻。

十五庚子日（11月4日） 晴。晨起，诣刘将军庙，拈香。旋往道署一转，遇伯衡，与谈数语而散。复访淡人、锡三、鹤如，俱晤谈。午前还寓，发寄内书，交福兴润信局。旋接梓儿上月廿七自扬州途次来禀，知一路平顺，此书旬又八日始到，不免羁迟矣。晚饭后，至道署随班救护月食，自亥正一刻初亏，至丑刻复圆，历三时之久。坐官厅甚倦，丑正一刻方各散。

十六辛丑日（11月5日） 晴。是日为内子初度，僚属来祝者皆

---

① 后有小字注：余亦同日得内子抵里信。

留面。午间,偕犹女葆珍及榕儿小酌吃面,亲丁不及过半,较往年太觉寂寞,未免又动离思,不知内子在里门如何情绪。午后,昂鹤如过谈,知其明日方卸篆也。傍晚,修发。

十七壬寅日(11月6日)　晴。气候和暖,不似初冬光景。午后,田萧臣总戎道出此间过访,谈片刻去。未刻,出门答拜田总戎,未晤。访于次鹤,谈时许。渠署篆卫粮,特来接眷赴汴,不日即起程也。自彼处出来,复谢客数家,皆昨来拜寿者,傍晚还寓。夜间月色大佳,起步中途,不无怅触,觉唐人"情人怨遥夜,竟夕起相思"二语真乃先得我心。

十八癸卯日(11月7日)　晴。终日枯坐寓斋,寂然寡欢。午后,首厅以汴省来电见示,知河帅准十八寅刻起节来此,又须驰逐风尘矣。夜间,转辗反侧,不能成寐,室迩人遐之感萦绕于肺腑中,直致鸡鸣乃渐入睡乡。

十九甲辰日(11月8日)　晴。午后,走笺问声庭疾,知其稍愈,因往访之,并晤庚生侍御及李子英,闲谈多时。复访西斋,未值,遂还。晚间,道库发九月分公费,当将送吴绌斋十二金预为扣去,余百四十八金,恐不敷本月用费矣。

二十乙巳日(11月9日)　阴。终日淫雨不息。午后,往院署看视陈设,晤淡人,适本道耆公、山长吴公先后至,因偕往西偏新购小圃一游,傍晚方各散,时雨犹未息也。

二十一丙午(11月10日)　阴。雨止而阳光未放。先生索脩金,因将秋季俸廉拆封取出大衍付之,本年共付过六十金矣。晚间,修发。

二十二丁未日(11月11日)　晴。北风陡起,寒冷殊其。丑正二刻起。寅初二刻,出南关至安居集迓河帅。辰正,帅节莅止,各同寅揖于舆前,立谈数语,即升车随入节署,谒见于厅事。散出后,淡人邀往东院营务处午饭,西斋亦在座,申刻方各散归。

二十三戊申日(11月12日)　晴。午初乃起。午后,有德州州同马照銮奉檄赴任来见。未刻出门，往谒兖沂道姚馨甫观察，与谈片刻。旋至院署偕同人公宴河帅许公于西花厅，戌刻入座，亥正散归。

二十四己酉日(11月13日) 晴。黎明，赴东教场侍河帅阅兵，俟其升座，拱揖毕，余即还寓小眠片刻，闻其已退堂返署，遂不再往。下午，声庭过访，因偕至院署，随同仙帅公宴庚生侍御，仍设席于西花厅。酉正入座，亥出散归。

二十五庚戌日(11月14日) 晴。午后，梳发毕，便衣往院署东箭道观射，即在营务处晚饭，声庭、西斋都在座，二更散归。有江苏粮道景月汀观察押运公旋，道出此间，仙帅止而享之，并嘱同寅齐往拜焉。

二十六辛亥日(11月15日) 晴。早间，往营务处坐候，同人齐集，适仙帅亦出晤，谈时许。因偕同人往谒景观察于南关舟次，午前回寓。傍晚，复往院署宴集，主人为庚生侍御，其余文武皆客也，景公亦与宴，亥初散归。

二十七壬子日(11月16日) 阴。早间，趋院谒帅，未见，少坐遂还。许公翌日起节还豫，刻已出门谒客辞别矣。午后，许西斋、昂鹤如、张西园先后来晤。傍晚，复往院营务处，适淡人、声庭陪仙帅闲谈，余亦入座，聚谈半响，即在彼吃饭。夜间，偕淡人留彼候送帅节，假寐片刻，未能熟眠，淡人则醋睡多时，夜半方醒，无何本道及文武同僚接踵而至。四更时分，许公升舆就道，同人皆于舆前揖送，俟其出辕始各散归其宅。余还时已晨鸡再唱矣。

二十八癸丑日(11月17日) 晴。黎明，小食薄粥两碗，即解衣就寝，熟寐良久，午初乃兴。未正，吃饭。下午，又复小眠时许，黄昏方起。昨夕未曾交睫，今日两番醋寝，足以补偿矣。连日栗碌奔走，觉光阴甚速，计自十五日寄内子第三号安报后忽忽又逾旬日，南中尚无信至，不知其今冬能返棹此间否，明日又当挥毫作第四号书也。

二十九甲寅日(11月18日) 阴。午后，修发。作内子书三纸，未封。晚间微雨，终夜未止，天气转凉。余虽盼吾妻孥今年来此，而当荷严寒,又不忍其风霜跋涉,坐是踌躇不决,不识内子接余书后若何定计,俟有信至当知其详也。

十 月

十月初一乙卯日(11月19日)　阴。辰刻,诣风神庙,拈香。其侧即新设保甲局,张西园偕各绅董会议其中,余亦入内小憩。旋往拜龚淡人寿,未晤,遂还。下午,将寄内书缮完封固,是为第四号,仍付信局发递。晚间又雨。

初二丙辰日(11月20日)　阴。午后,便衣往访声庭,谈片刻,并晤庚生侍御。声庭以淡人太夫人寿辰,约同人公送祝物,嘱余承办。傍晚,至淡人处闲谈,在彼晚饭。淡人出和庚生原韵七古见示,因为点定字句,更易数语,二更乃散归。

初三丁巳日(11月21日)　阴。天气颇凉,是日交小雪节,宜其冷也。终朝兀坐,孤寂无俚,虽处燕寝,无异旅舍,积思成恨,辄怨老妻之忍,所谓自家心事自家知耳,言之黯然。傍晚,张西园来晤。

初四戊午日(11月22日)　阴。终日淫雨不息,阴惨气象,增我愁绪。午后,伏案检阅昔年往还家书,陈迹宛在。如理旧书,又购得《唐诗三百首》一册,呼榕儿至侧,课之,奈坚不开口,真无如之何也。夜半,闻风声如吼,独寝不能成寐,挑灯起坐,愈益无聊。

初五己未日(11月23日)　阴。上半日仍雨,午后方止,东风甚大,出至庭院,觉刺面生寒。为同人备送龚宅寿礼,于下午送去,概不收受,而桃面及幛款金字均是定制,虽所费无几而不能不摊公,分计七人均摊,每分派制钱二百文而已。

初六庚申日(11月24日)　晴。午后,修发。旋往淡人处看神戏半日,傍晚乃还。是日极冷。晚间,课榕儿读唐诗两首,居然成诵。夜眠颇迟,余就枕后又复辗转反侧,至五更始渐成寐。

初七辛酉日(11月25日)　晴。终日枯坐寝室,未出门。傍晚,声庭约往龚宅预祝,余畏寒不往。昂鹤如过谈片刻。许成甫来见,遇鹤如于门,遂避去。

初八壬戌日(11 月 26 日)　晴。午初,往龚宅祝寿。入座吃面毕,即至声庭处小憩,遇崔绥五、许西斋、严筱园三人。傍晚,复偕声庭、西斋赴龚宅寿筵。同城各官都到,地窄人稠,极形拥挤,二更后散归,时犹未终席也。

初九癸亥日(11 月 27 日)　晴。午间,以家忌祀先。午后,修发。声庭过谈片刻。西斋复至,约公请吴山长,嘱余承办,因与商定十二晚席,当传呼庖丁制馔,并走柬各处邀客。

初十甲子日(11 月 28 日)　晴。寅正,恭诣万寿宫朝贺皇太后万寿,退至朝房吃面。黎明散归,寒冷殊甚,因复拥衾熟寐,至午初乃兴。午后,绥五便衣过访,少坐即去。余复往答拜新任临清卫阮守戎,又答拜成甫、绥五,并晤西斋,傍晚乃还。灯下,仍课榕儿诵唐诗数首。

十一乙丑日(11 月 29 日)　晴。内子抵里已逾月,尚无信来,因发电报问讯之。天气渐寒,余虽盼其来,而又不忍妇稚冒寒就道,但得安信频通,于予怀亦可稍慰耳。晚间,仍课榕儿唐诗两首。收到淡人处交来十金,作绥青冬季束脩者也。

十二丙寅日(11 月 30 日)　晴。晚间,偕西斋作东道主请庚生侍御雅集余斋,陪客惟伯衡、淡人、声庭,畅叙良久,尽一席之欢,二更方散。终日盼杭州覆电不至,客阑人散后,余之心事又往来五内矣。

十三丁卯日(12 月 1 日)　晴。兀坐终日,翘首而望,既无信至,亦无回电。噫,异矣!五中辗转,不得其故,姑再候一日,倘仍无消息,只得续发一电催之,不过又费却数竿耳。夜间,愁思不寐,屡次起坐,儿女情长至于如此,亦可怜哉!

十四戊辰日(12 月 2 日)　晴。早间,修发。午后,欲发杭电不果,乃出访崔绥五,与谈片刻。汪葆田处请知客,因偕绥五同往赴同席,晤淡人及朱海舫。朱君新自苏州来,言及途次舟行已冷不可当,余于是更不忍令妇稚北来矣。归寓,拟定电报字句,拟明日再发此报,以期必得回电。灯下,起视案头时晨表,忽已不见,不知被何仆妪窃去,殊可愤恨。集其人而讯之,则指天誓日坚不承认,宵小伎俩,大都如此,几于防不胜防焉。

十五己巳日(12月3日)　阴。卯初睡醒,因有谒庙之役,遂披衣起坐,手书廿二字电寄杭寓,并致电局委员杨乐庭一札,手自封固,时东方犹未大明,复和衣假寐片刻。辰正起,诣火神庙,拈香。归寓后,复各处上香行礼。巳正,将电信发寄,未知何时可有回音也。午后,复小眠时许。醒来仰视阴云密布,似有酿雪之意,枯坐寒窗,增人愁绪,所处迥非昔比矣。

十六庚午日(12月4日)　晴。日间,屡盼杭寓复电,杳无消息。傍晚,西斋来辞别,言将赴汴需次。复以济郡不日童试,伊所亲汪原柏欲谋襄校之役,嘱为转荐,明日姑为一访伯衡,未知能成事否耳。

十七辛未日(12月5日)　晴。午间,接里第回电,知妻孥均安,前此曾两寄书特未递到耳。连日悬思莫释,得此覆音,寸怀稍慰。午后,为汪君事访伯衡,果以人多未能添请为辞,旋访西斋告之。复访庚生、声庭,久谈,遇绥五于座,傍晚乃还。

十八壬申日(12月6日)　晴。午后,淡人过访,以汪葆田为其太夫人成主,延庚生侍御点主,欲余与渠襄题,特来相约,自当前往。淡人谈少顷即去。傍晚,绥五复过访,日晡方去。

十九癸酉日(12月7日)　阴。辰刻起,小食毕即赴汪宅,时众宾犹未至。坐候多刻,吴、龚两君方到,题主事毕,三人偕诣行礼一次。庚生旋去,余与淡人复入席,饭罢方散归。时已申正一刻,阴云密布,微雪霏霏,而气候转不甚冷,不似前此之凛冽也。阅邸抄,莱山司寇再请开缺,仍不允,何圣眷之隆耶?

二十甲戌日(12月8日)　晴。午刻,赴汪宅陪吊半日,申刻散归。有美国教士良约翰之妻女及其同伴偕来谒拜余侄女及姬人,延入与晤。两洋妇皆能华言,以联络官场为荣,意固无他也。晚间,广锡三招饮,共设两席,同人咸集,余与庚生侍御同座,二更后乃散。

二十一乙亥日(**12月9日**) 晴。午后,汪宅发引,因往送于铁塔寺,申刻方散。复偕绥五往访声庭,久谈,夕阳西下乃各还,甚觉劳乏。

二十二丙子日(**12月10日**) 晴。终日未出门。午后,作寄内子书数十行。晚间,复作谕梓儿书一纸,是为第五号安信,明日当可缄发。阅邸抄,前闽浙制府卞颂臣年丈于九月间殁于扬州里第,老成硕望逐渐凋零矣。

二十三丁丑日(**12月11日**) 晴。午前,将家书封固,交信局发寄。午后,将昨宵梦醒口占截句一章录出。词曰:"含愁脉脉夜眠迟,梦境迷离醒尚疑。不觉登时到心上,贤妻娇女衮师儿。"傍晚,接子先内弟九月廿四日来函,附内子嘱笔数行,得悉一切。知已两接余书,先于九月廿一日由梓儿缮发一禀,曾详述一切,而至今犹未到,殆系驿递不巧故,适迟延耳。

二十四戊寅日(**12月12日**) 晴。午后,出门答拜王待卿守戎、张益君州判,均未遇。访淡人、声庭,并与绥五两遇,傍晚乃还。

二十五己卯日(**12月13日**) 晴。午前,发柬请客,约廿八日晚酌。午后,绥五走笔邀往闲谈。声庭已在座,无何淡人亦继至,绥五遂留客晚酌便饭。虽仓卒主人,而酒馔颇佳,畅饮尽欢而散。淡、声两君先行,余复久坐,三更后乃还。

二十六庚辰日(**12月14日**) 晴。寒甚,颇觉头疼不适。下午,张西园过谈,因昨所邀客有辞者,因面约西园来叙,主宾仍七人也。灯下,头愈疼,因拥衾假寐片时,渐觉减轻。

二十七辛巳日(**12月15日**) 晴。早起,头疼已瘳,惟仍觉畏寒,终日拥炉危坐,偶阅红豆村人诗数首。下午,接许先帅复谢公宴函,复手书七言楹帖一联见赠,又当上书启谢矣。

二十八壬午日(**12月16日**) 晴。午后,绥五先到。未几,声庭、西园、锡三、鹤如亦接踵至,日旰入席,淡人最后来,畅聚良久,亥初刻方散。鹤如以车未来,复坐候片时乃去。阅邸抄,卞颂臣制府饰终恩旨甚薄,与寻常新资巡抚豫东屏、刘景臣、刘芝田诸公无异,亦可慨已。

二十九癸未日(12月17日)　晴。终日未出门,闷坐寝室,阅《仓山诗集》,可谓无聊之极思矣。日来盼家书不至,必是中途遗失,尤觉闷损耳。

三十甲申日(12月18日)　晴。阅袁香亭诗数首。午后,判发公牍,改削书禀各稿。傍晚,至书塾,晤贺先生,交以禀信笺纸令誊。晚间,阅邸抄,张丹叔中丞请觐。黄植庭甫抵粤藩任,又护抚篆矣。

十一月

十一月初一乙酉日(12月19日)　晴。晨起,诣刘猛将军庙,拈香。归来复于家堂各处行礼,旋就枕假寐片时。午后,接族侄少香来书,欲乞贷百金为纳粟之需,亦多见其不知量矣。下午,同乡张仲陶少尉来见,渠甫至自里门,谈及浙省今岁亢旱成灾,幸粮价尚未大涨耳。傍晚,查篯青过谈片刻,欲荐西席先生,云有一李姓孝廉品学俱优,余以明岁暂不延师却之。

初二丙戌日(12月20日)　晴。午后,便衣出访淡人、绥五,各晤谈片时。于绥五席上遇袁诗农、项幼平两君,傍晚还寓。

初三丁亥日(12月21日)　晴。寅正起。卯初,诣万寿宫朝贺长至令节。黎明,朝罢还寓,小憩片时。复出诣道署,投手版贺冬,同人咸集于官厅,坐谈片时而散。归来小眠时许,以补夜寐之不足。晚间,祀先。晚饭后,初欲早眠,乃辗转通宵,未能熟寐,离怀枨触,百感交萦,寒夜迢迢,殊难自遣耳。

初四戊子日(12月22日)　晴。昨宵睡未酣,黎明后始稍稍成寐约两时许,至午初而醒,即整衣起。值风日晴和,不甚寒冷,气象开朗,对此愁城为之略开。浙贾顾姓以金腿、笋尖来售,因购取些须,以备餐饮不时之需,然又费青蚨数竿矣。吴县佐俊民至自寿光,以山鸡、糟鱼、萝蔔脯见贻,味都不恶,早晚小食,足资咀嚼,殊可喜也。

初五己丑日（12 月 23 日）　晴。午后，呼匠修发。旋摊笺作寄内书一纸，未尽其词，天色已晚，遂停笔不书。仆御何升久病未瘳，闻其一女今忽夭亡，殊堪悯恻，爰赐以千钱以周其急焉。

初六庚寅日（12 月 24 日）　晴。午后，访声庭、庚生，各晤谈良久，日晡方归。等下，仍课榕儿读诗。

初七辛卯日（12 月 25 日）　晴。午刻，接梓儿九月廿一日来禀，备悉妻孥辈抵里光景，稍纾寸念。此信越四旬有七日方到，何濡滞至此耶？内附子先、用宾覆函各一械，都一一阅悉。午后，访绥五久谈，即在彼晚饭，二更后乃还。

初八壬辰日（12 月 26 日）　晴。午后，署鱼台令汪君望庚来谒，与晤谈片刻，旋出门答拜之。复至袁诗农处贺其嫁女之喜。晚间，伯衡招饮，同席为庚生、绥五、锡三及金乡、鱼台两令。金乡为李君汝封，字孟侯，河间人，乃己未年丈李肖良鸿胪介弟也。席间，两令以两县交界水利各向其州尊剖诉，几至争执不休，亦可哂矣。

初九癸巳日（12 月 27 日）　晴。午后，修发。旋便衣访鹤如，谈片刻而还。晚间，接到道库发下本月公费，足济燃眉急矣。

初十甲午日（12 月 28 日）　晴。午后，庚生、篪青、绥五三人偕来，久谈，至黄昏时乃各散去。灯下，课榕儿读诗毕，复摊笺作寄内书一纸，是为第六号安信。

十一乙未日（12 月 29 日）　晴。午后，又作谕梓儿函，一并封固，仍交信局寄杭。子先覆书碌碌未及缮写，只好下次再发矣。

十二丙申日（12 月 30 日）　晴。是日为余初度之辰。午间，祀先，叩拜如礼。午后，偕家人薄酌，遥忆内子及两儿两女，未免怅触余怀。申初，集篪青寓斋为消寒首集，与会者九人，自余暨篪青外，则有彭伯衡、龚淡人、崔绥我、吴庚生、郭春霆、张西园、罗春亭也。席间，同人拈阄，适余拈得第三集。

十三丁酉日（12 月 31 日）　晴。有携狐裘求售者，颇温软，余燕服皆羔裘，从未衣狐貂，年来颇怯冷，今得此乃拼却三十金购之，似亦非靡。晚间,仍课榕儿读唐诗一首。

十四戊戌日(1893 年 1 月 1 日)　晴。午后,澹人过谈片刻,适绥我招晚酌,乃与偕去。时庚生、篛青已先到,无何锡三、伯衡继至,遂入座。肴馔均极佳,座客皆醉饱而散。接陈蔼如来书,以报捐改省乞贷百金,愧余无以应也。

十五己亥日(1 月 2 日)　晴。晨起,诣刘将军庙,拈香。归来复于家堂各处行礼。午后,往谢寿,晤篛青、绥五,余俱不值而还。晚间,以家忌祀先。

十六庚子日(1 月 3 日)　晴。午后,同人约偕谒本道,坐官厅半晌,不见而散。篛青拉往玉堂店花园照相,即在彼晚酌,二更乃还。武城县解到冬季俸廉银两八十余金。

十七辛丑日(1 月 4 日)　晴。作武城县令丁君书,印发解批,并向索今年漕规,令来役赍回投递。李君功泌死,淡人、篛青为之告助,爰以四金赙之。

十八壬寅日(1 月 5 日)　晴。终日未出门。因久不阅汪龙庄年谱,特检出翻阅数过,其中古近体诗颇多徽徽可诵者,阅之殊足沁人心脾也。

十九癸卯日(1 月 6 日)　阴。颇有酿雪之意。午间,自治羊肉、羊腰为午餐之需。傍晚,庚生邀往篛青寓斋便饭,淡人、绥五都在座。篛青与庚生屡次口角争执,几至挥拳,殊可笑也。饭毕,复久谈,兼为之排难解纷,于是两君破怒为笑,众客亦各散归。

二十甲辰日(1 月 7 日)　晴。午后出门,先至铁塔寺访照相李姓,见所照小影仍在玻璃片上,盖因天阴未能印出。旋往淡人处小叙,是为消寒二集,二更后方散席。席间肴馔颇适口,而绥、篛两君犹有贬辞,未免求全之毁。

二十一乙巳日(1 月 8 日)　阴。午后,绥五过谈,傍晚去。灯下,张西园过访,言郭春霆急思宴客,欲以六集易余三集,余亦甚乐从,遂定见让春霆先开东阁,至嘉平廿六日第六集则余主宴矣。

二十二丙午日(1月9日) 阴。午后,大雨雪。绥五邀往寓斋晚饭,余冒雪而往。籁青已先在,未几庚生亦至。围炉小饮,肴虽不多,却甚精美。饭罢复深谈许久方各散。

二十三丁未日(1月10日) 阴。雪止而阳光未放,天气极冷。午后,绥五过访,谈片刻去。晚间,张西园复来晤。初更后又复大雪。

二十四戊申日(1月11日) 阴。终日微雪不止。晚间,庚生邀往便酌,在座仍籁青、绥五及余,主宾四人。夜间复久谈,约近三更方还。

二十五己酉日(1月12日) 阴。冰雪交加,颇极寒冷。午后,接梓儿十月廿二来禀,知内子咳血旧恙又作,殆操劳太过所致,静息数日,当无碍也。附来清如复书,语极和平,不似前此之愤怒矣。

二十六庚戌日(1月13日) 晴。雪霁而寒冷殊甚。日间,拟就贺黄泽臣廉访年禧禀稿,付记室誊缮。因作寄内子及示梓儿书并复子先一函,均拟附交黄公饬送,是为第七号安信。灯下,婆娑料理,约交子刻始将各信封固。是日午后,汪葆田来谢,晤谈片刻,云将入都,恰好托其购带貂冠也。

二十七辛亥日(1月14日) 晴。日间,将泽臣廉访禀加封钤印驿递,第七号家信亦附在内,大约年内总可递到也。下午,庚生、籁青、淡人、绥五先后过谈,因留诸君晚膳,畅叙良久,夜半乃散。

二十八壬子日(1月15日) 晴。寒甚,未能出门。接李荫南来函。阅邸抄,捐输万金者特旨以道府即选,此例一开,捐者踵相接,数月来不下十余人。虽曰特旨班,恐亦选缺无期耳。

二十九癸丑日(1月16日) 晴。仍复甚冷。午前,呼裘人更制狐貂各裘为御寒之需。下午,赴郭春霆寓斋作消寒三集,同人咸至。伯衡云及月朔将至省垣,须望后方还,渠所值第五集又与余互易矣。春庭肴品无美弗备,盖聚精会神而为之也。饭罢,同人大半散去,惟余与庚生、绥五三人复坐谈良久,三更后乃还寓。

三十甲寅日(1月17日) 晴。午后,修发。张西园来告明日送故河帅李子和先生木主于南关报功祠,约同城各官往送。李公两任总河,声绩丕著,遗爱在人,礼固宜之。下午,本道耆公来答拜,大约风疾顿除矣。

十二月

十二月初一乙卯日(1月18日) 晴。晨起,诣猛将军庙,拈香。归来复于家堂各处行礼。午后,偕同人集院署营务处送李公神牌至城南河沿报功祠,行三叩礼,复少坐乃各散。旋往答拜汪葆田、马州同,均系到门投刺而已。下午还寓。

初二丙辰日(1月19日) 晴。日间,将各处贺年禀信分别阅定,付记室誊缮。晚间,马州同来禀辞,时已上灯,未与接见。得钱筱脩书,知其起复回汴注销直隶州仍就知县,并捐分缺间花样,约年余即可补缺。筱脩书中为侄女葆珍作伐,云范高也司马之子与之同岁,门第相当,特以冰人自任,此事尚须斟酌尽美方能定局,非可立谈而成也。

初三丁巳日(1月20日) 晴。是日,为先公诞辰,敬谨享祀如礼。午后,接见州同马君。复陈蔼如一书。又作书寄周子绂索逋,子绂今秋捧檄知南阳县事,其力足以偿债,所不可知者其良心如何耳。灯下,复作筱脩复书,未毕。

初四戊午日(1月21日) 晴。稍觉和暖。早间,淡人走柬约即晚便酌,乃于申刻前往。绥五已先在彼,未几,庚生、箨青先后俱至,畅叙半日。席上肴品以炒鱼面、红糟肉两味为最,其他亦都不恶,夜分方各散。

初五己未日(1月22日) 晴。将筱脩、子绂两书分别封固,各交妥便带去,以期必达。又将贺吴清卿中丞年禧禀稿拟成,交贺友誊缮。贺君不日解馆回豫,所有脩金节规赆资俱如数致送焉。

初六庚申日(1月23日) 晴。因择定翌日祀神报赛,终日料量一切,粗有头绪。傍晚,张西园过谈片刻。灯下,沐浴更小衣,即早寝。

初七辛酉日（**1 月 24 日**）　阴。子丑间大雪一阵。寅初起，设神位于厅事，公服将事祀，以少牢及糕饵枣栗之属，从余乡旧俗也。寅正，礼成，送神，焚燎帛于中庭，然后撤祭受馂焉。卯初，复小眠时许，午初乃兴。下午，庚生邀往晚酌，龚、查、崔三君仍与会，食品亦颇精，二鼓后散归。

初八壬戌日（**1 月 25 日**）　阴。大雪两次。连日呼裘人、缝人更制貂狐诸裘，迄未讫事。午后，箬青、绥五冒雪过访，少坐即去。晚间，道库发下本年公费二百三十金并尾数亦找清，所欠者闰月分耳，未知能补给否也。

初九癸亥日（**1 月 26 日**）　晴。午后复阴，继以大雪。秦受之于昨夕物故，因往送其入殓，时雪花如掌大，同人皆未到，余独冒雪而去。旋赴罗春亭之约，作消寒四集。春亭假箬青寓斋设席，是以仍集箬青处。同人饭毕都散去，惟余与绥五、庚生复久谈，夜半乃还。

初十甲子日（**1 月 27 日**）　晴。午间，家忌祀祖。将公费银分别兑换，月前所购狐裘订值廿八金，今始给之。周巡检泽溥穷不聊生，请预假夫工银廿两，悯其冷宦无告，只得如数相假。午后，修发。有以《贾氏丛书》求售者，阅之乃故城贾运生方伯所辑，其中诗古文词以及各种笔记俱有可观，惜尚缺数册，且索价极昂，乃披阅一过而还之。晚间，收到道库补发去年秋季后半季夫食银两，大约年内尚可再发一次也。

十一乙丑日（**1 月 28 日**）　晴，冷甚。昨与同人约明日集余寓晚饮，乃呼庖人教以治具之法，不惟其多惟其旨，不知能制胜否也。晚间，兀坐窗下，睨视中庭，见月出皎皎，雪光与月色相映照，耀如白昼。对兹夜景，辄复怅触离情，将咏少陵"却看妻子愁何处"句矣。

十二丙寅日（**1 月 29 日**）　晴。午后，庚生首先过寓，未几，绥五、淡人续至，箬青以微恙不到。适许西斋来访，遂止而享之。是集肴馔较上次略胜，不至不堪下箸，然较之崔氏庖人犹不逮也。

十三丁卯日（**1 月 30 日**）　晴。午后，访严筱园，未遇。乃访淡人、筹青、西斋三君,俱各晤面。比还寓,已日之夕矣。

十四戊辰日(1月31日)　晴。午后,往绥五处拜其尊人寿,遂留晚饭。在座者即前集四君子,惟增一罗春亭,因罗亦值初度之辰,绥五故特享之。畅叙永日,至夜分方散。

十五己巳日(2月1日)　晴。是日无谒庙之役。午后,偕同人谒见本道。旋回寓,检衣笥,忽失去海龙袖头一付,又不知何时被恶奴偷去,可恨极矣。

十六庚午日(2月2日)　晴。午刻,家祭,叩拜如礼。午后,将各处贺年禀分别封发,摒挡半日方毕。晚间,接兆梓十一月十七来禀,知内子足生疔毒,幸诊治得手,渐见消除,此皆意外之恙,闻之又增悬系。梓儿寄呈课艺五首,皆文笔遒劲,意义周匝,不似儿童手笔,殆从抄袭得来? 否则必是塾师改笔,容作书询责之。又附来蔡子青夫人乞贷之书,阅之尤觉诧异,书中历叙其困苦,至欲挪假千金巨款,亦可谓不度德不量力矣。

十七辛未日(2月3日)　晴。招罗春亭、吴庚生、郭春霆、龚淡人、彭伯衡、张西园、查筹青、崔绥我作消寒五集,集余斋中。罗春亭最先到,张西园最后至。是日亥刻立春,伯衡官州牧,届时须行鞭春礼,爰于申正三刻即入座。戌初二刻饭毕,伯衡先散,他客亦旋与辞,惟春亭、庚生、绥五复久谈乃去。先是午前,同人约往道署贺春,余亦随班逐队而去,盖自黎明即起,酬酢终日,比夜阑客散,不免倦眼模糊矣。

十八壬申日(2月4日)　晴。日间,将例行公牍分别印发,因明日即届封印期故也。又将本省院司道贺禀、府厅州贺信一律封发,案头为之一清。又撰春联语句数联,以备更新之用,容觅善书者书之。

十九癸酉日(2月5日)　晴。巳初,诣道署贺封印。午初还寓,诣厅事,拜封印信,行三跪九叩礼,将铜印封固,各门均更易封条,旋入内更衣。午后,往访昂鹤如,将兆梓课艺就正焉。鹤如阅毕,亦甚叹赏,决为赝本无疑,所谓英雄所见略同也。余在鹤如处久坐,傍晚方出。过西斋门，询知其他出，乃还。甫卸衣冠，淡人处送汴垣电报来，阅知工上计典揭晓，以为卓异必余得也，阅看乃本道耆公得之，为之闷闷不乐。盖定例东河道厅十七员中应举卓异一员，本届十七人中，或未请实授，或历俸未满三年，计真正合例者惟余一人，可谓机缘巧合，真乃舍我其谁矣。自初冬以来，即日以此事为盼，日复一日，望眼将穿，比事定而大谬不然，令人愤懑无俚，益信宦途之无公道也。噫！

二十甲戌日（2 月 6 日）　晴。托张西园觅得善书友人孙某，因将朱红笺联八副送去，并为研墨汁一碗，余纸留以自书。午后，往访籍青，谈片刻。旋赴孙宅请知之局，孙氏为豫生司马家。豫生今正殁于汴省，其家现将卜期开吊安葬，故有是举。同人到者寥寥，惟淡人与余及张西园、罗春亭数人耳。草草入座，未及二更即散归。灯下，牢愁百结，百感丛生，觉仕官既无佳状，妻孥又复远别，扪心自问，无一足慰余怀者，其将何以自遣耶？

二十一乙亥日（2 月 7 日）　晴。是日为先妣忌辰。午刻，敬谨设馔致祭，素服将事，礼毕，有余慕焉。午后，接陆耕瑶之子名均骥者专足来函，欲乞贷数十金。曩与耕瑶交称莫逆，渠需次汴垣时屡侪助之，约计负余百余金，其亡也，值余极窘之际，复寄十金为赙，自问于故人无负矣。今余日处窘乡，实不能再顾其子，爰挥数行覆之，而专足回汴，川资又累余费去千文，真莫可如何也。午饭毕，又将日用帐分别开发，适籍青走柬邀往往闲谈，余遂往。淡人、庚生、绥五均在座，因留晚饭。灯下，复久坐乃还。夜眠未熟，百感交萦，起坐二次，至黎明方始成寐。

二十二丙子日（2 月 8 日）　晴。巳刻起，忆昨宵枕上预作除夕感怀四截句，遂抽笺录出。其词曰："除夕年年例有诗，今年心事诉谁知。屠苏酒熟唐花艳，可惜全家半别离。""从来佳节易思亲，况复团圆少五人。济水吴山兼不得，盘飧两地感鲈莼。""容易韶光又一年，焦桐无那总缘悭。可怜绝代良琴质，依旧空遭爨火煎。""搔首灯前有所思,命宫磨蝎更奚辞。补牢从此真非易,愁绝亡羊歧路时。"盖前二首忆妻孥,后二首感遇也。吟咏如此,心绪可知矣。午后,以家忌,仍设祭如礼。申初,同人约往道署贺耆公卓荐之喜,只得随往,然余怀更何以为情乎?马芝函之兄锡蕃嵯尹为乃郎纳妇,卜吉今日,因复偕同人往贺。诸君留晚饭,余力辞而还,盖年关伊迩,琐事甚多,又欲作寄内书,真无暇作无谓之应酬也。傍晚,接顾翰仙自平阴县来书,恐余不送节敬,特作此周旋耳。灯下,将所作四截句另纸录出二通,一以寄示妻孥,一以示友朋也。

二十三丁丑日(2月9日) 晴。晨起,作寄内书数十行告以近状,并寄以前作四诗,冀其念余而速来也。念其时患微恙,辄用悬系,不知现今已否霍然。又作谕梓儿书一纸,勉其用心攻苦,勿事抄袭。带去仆人柳贵向来诚实可用,近以远出苦差无利可染大有怨言,因作札训勉之。凡此皆缘内子必欲南行致余随处筹虑,必须俟其安然旋济,余怀方始释然耳。午间,栉沐一次。午后,将家书封固交信局寄递,是为第八号,年内不再发信矣。申刻,衣蟒服祀灶神,行二跪六叩礼,敬将神位焚送。礼毕后即易便衣,赴庚生之招。庚生以绥五处庖馔精良,特假其地设席,座皆消寒会中人,惟无郭、张两将,籥青不到,以西斋承其乏。肴品果皆精美,主宾皆尽欢畅饮。伯衡谈及顷从京都购得酱萝卜数斤,此乃京中冬日小菜,余廿年不尝矣,因向其乞分少许,伯衡允明日见贻。又席上糟溜鱼片一器,亦颇有长安风味,余尤食而甘之。二更饭毕,伯衡、淡人最先去,次罗春亭、次许西斋,惟余复与庚生、绥五久谈,将近三鼓方各散。绥五述及昨宵宴马氏,有彩觞,同人各费赏钱六千余,尤自幸其不到也。夜分还寓,索然就寝,闻爆竹声喧,不觉又触离愁,所差足宽解者流光之迅速,庶几行人之将至也。无何遥闻鸡唱,渐入睡乡焉。

二十四戊寅日(2月10日) 晴。午前,自书春联两副。一为祖宗堂所贴句,曰:"丰祭终输薄养,启后要贵承先";一为客座所贴,句曰:"抠衣拾级,倒屣迎宾。"皆余自撰语句,固不暇计其工拙也。午饭后,觉甚疲乏,于是和衣而眠,比睡觉已将日暮。晚间,将案头公牍、书札、邸报一一分别清厘,眼中为之一豁。灯下,伯衡遣价送酱萝卜至,果不食言。剖而尝之,风味如昨,恍忆前二十年都门侍宦光景,曾几何时而余年亦将强仕矣。伯衡复以新设保甲局经费不充送经折来劝月助京蚨两竿,只得允助,自明年正月为始可耳。

二十五己卯日(2月11日)　晴。辰刻起,因择得今日扫舍宇,于是将寝室什物分别收拾,出至书斋憩息,令仆役逐处扫除一过。俟其讫事,亲自督令将物件陈设如昨,觉尘氛为之一清。午后,摊笺作书覆蔡子清夫人,告以同处窘乡,爱莫能助而已。下午,小食,啖元宵数枚,尚余其七,呼榕儿食之。曩梧儿在此时,终日依依膝下,每余小食,辄令共啖,今一别半载,久不睹此光景,今日忽与榕儿共食,顿触爱怜少子之心,辄遥念梧儿不置,不谂再逾半载能全家团聚否,思之惘然。晚间,收到道库发下本年夏季后半季夫食银两,明日又将转发各属具领矣。

二十六庚辰日(2月12日)　晴。分发各汛夫食银两,因将周巡检借款廿金扣出,无何周亲来谒见,以领款太微,恳俟明年春季再扣,睹其窘迫之状,辄用怜惜,只得允其所求,然余又稍竭蹶矣。午后,往奠孙豫生之灵,龚绶卿出陪,少坐即散。晚集伯衡处作消寒六集,春霆以疾未到。席间肴品丰盛,尽量饮啖而散。比还寓,颇觉腹中饱闷,夜起更衣数次,不免稍感风寒。

二十七辛巳日(2月13日)　晴。早起,觉遍体畏寒。孙豫生今日发引,余以小恙遂不往送。崔绥五以徐州风肉、查糕见贻,皆其家乡出产,风味颇不恶。午后,愈觉不适,饭食锐减,乃拥衾而卧,发冷之后继以头痛发热。黄昏,复整衣起,头眩眼花,大有病象。晚餐食饭半盂。夜间,仍寒热交作,起遗七八次,通宵未能熟眠。煎午时茶一方,佐以生姜少许,煎至半茶杯服之,未知能霍然否。

二十八壬午日(2月14日)　晴。辰刻起,疾稍退,挥春联一副。张西园将对联送来,即饬役各处张贴。又预备各处年礼,分别致送,收到道库发出补给增闰公费及预给明年正月公费共三百六十余金，足敷度岁之用矣。于是将致送龚绶卿、顾翰仙节敬，给子侄压岁资一一兑出分布。纸店、油店平素皆立折支物，至此各开单结账，计各需京蚨三十余串。成衣铺帐亦十数千，皆拟如数清结，以省纠葛。察看钱项，不敷分拨，只得再以银易，计一日中三百金化为子虚乌有，真所谓挥金如土，徒唤奈何而已。晚间，阅吾乡周雨塍所辑《南北史捃华》，适犹女兆樨来余屋省视，因给令翻阅，以资掌故焉。

二十九癸未日(2月15日) 晴。晨起，为奴仆分节帐，又开发各项，一一给发清楚。龚淡人嗜肉脯，以为余处庖人所制者佳，因命庖人制就一器饷之。淡人答以香糟肉包，其味亦胜。午后，道库又发今年秋半季夫食银两，周巡检借款可于此中扣还矣。灯下，阅邸报数本，然后寝。

三十甲申日(2月16日) 晴。早间，将夫食银两分发各属具领。午后，筝青过访，谈片刻。同人多诣道署辞岁，余以疾乍瘳未往，仅遣人持刺挂号而已。下午，恭悬祖容于寝庙。晚间，拜祖祭神。各处行礼毕，偕兆樨、兆榕饮屠苏酒，所谓"可惜全家半别离"者，至此不无枨触于衷怀焉。

光绪十九年(1893)癸巳

正 月

光绪十九年癸巳正月初一乙酉日(2月17日) 晴。寅正起。卯正,诣家堂,各处行礼。因曾请假一日,遂未诣拜牌。辰初出门,集道署贺岁,得见。旋偕各同寅至淡人处,登堂少憩。复偕绥五至篝青处,亦获登堂。吴庚生尚在高卧,余与绥五至其榻前唤醒之,庚生方欠伸,口吟短句曰:"日高三丈我犹眠,不是神仙,谁是神仙。"其逸豫畅适可知。乃视其着衣履靧洗毕,然后散。复顺道拜年数家。午初还寓,受家人谒贺,遂未出门。是日天气清朗和暖,自是新岁气象。

初二丙戌日(2月18日) 晴。午初方起,饭毕已未正矣,遂不出门。龚淡人来答拜,晤谈多刻。淡人知余有《除夕口占》诗,索阅甚急,乃出示之。盖余曾与庚生述及,淡人昨晤庚生,故知之耳。淡人去后,篝青、伯衡相继而来,俱延晤,各少坐而去。晚间,披阅仓山诗数首,聊遣岑寂。

初三丁亥日(2月19日) 晴。是日值国忌,未便拜年,其未答拜各处,只可迟日补拜矣。兀坐寝室,甚觉无俚。初五为消寒七集,轮应绥五处值会,顷已走柬相订,因画诺焉。灯下,又阅仓山诗数首。

初四戊子日(2月20日) 晴。午前,修发。午后,出门拜年,晤张西园、昂鹤如、彭伯衡、广锡三、崔绥五诸君,余俱未晤。出西关拜方鹤盟,不知其已先一日之省垣,徒劳远步。在锡三处遇许西斋,见其形容枯槁,殆病犹未瘳欤?傍晚还寓,知耆观察来辞,定初六日起程进省,于是同人又约明日往谒矣。

初五己酉^①日(2 月 21 日)　晴。午后,张西园来拜年,晤谈片刻。未刻,往谒本道,未晤。无何道台又来答拜,坚欲登堂,时余犹未还,只得辞之。晚间,集绥五寓斋,作消寒七集。天气甚暖,积雪都融,车行甚艰。席散后,众宾皆去,惟庚生与余独留,又茗话多刻,乃与辞而返。

初六庚戌日(2 月 22 日)　阴。黎明即起,往送本道登程,同人咸集官厅,候至巳初刻乃起马,旋各散归。午后,小眠时许,傍晚方兴。接退盦来书,适明日有龚君吉人赴徐州,遂于灯下挥数行覆之,封固托吉人带往。晚间,微雨淅沥,彻夜未息,听之愈增人愁绪也。

初七辛亥日(2 月 23 日)　阴。终日在寓枯坐,因将各州县贺禀覆一红柬璧还手本。灯下,忆内,盼其速来,赋成七律一章催之。词曰:"寻常小别尚缠绵,况复分飞竟隔年。赖是同心应我念,拼将老眼为卿穿。销魂已恨江淹赋,得路兼输祖逖鞭。百结愁肠数行字,顺风催放北来船。"诗成后复摊笺作书,尽长笺一纸,犹未毕其辞也。

初八壬子日(2 月 24 日)　晴。午后,又书长笺一纸始毕,是为第九号家报。复作蔡表嫂覆书一函,一并封固,明日交信局寄递可也。下午,篝青过访,久谈。淡人走柬邀初十日晚饭,余诺焉。连日天气渐暖,大有春意矣。

初九癸丑日(2 月 25 日)　晴。午前,发杭信。午后,修发。许西斋过访,阍者辞焉,俟其去始来禀白,致未与晤。日来风日晴和,自是冬尽春回气象,对此良辰,益增别绪,不知老孟光近日若何情怀耳。

初十甲寅日(2 月 26 日)　晴。午后,赴龚淡人之招,座客皆消寒会中人,惟无郭春霆,添一许西斋耳。未昏即入席,二更乃散。席间,吴庚生谈及已于小邬家街觅得新居,月内即将移寓其中,并将迎

---

① 纪日干支"己酉"应为"己丑"之误,直至本年二月初五日(1893 年 3 月 22 日)皆误。

其细君来,余闻之不胜歆羡焉。

十一乙卯日(2月27日)　晴。兀坐终朝,除默然远念外,惟翻《仓山诗集》吟哦之,其郁闷诚有万难自遣者。下午,以家忌祀先,乃具衣冠叩拜如礼。灯下,愈觉无聊,无何柝声已报三更,遂解衣眠。

十二丙辰日(2月28日)　晴。午膳毕后,往庚生处,适绥五、春霆均在彼,乃偕诸君往视其新居,时方集工匠扫除,庭院约有屋数十间,惟散漫不成款段耳。晚饭即集庚生斋中便酌,淡人亦来叙。二更后,诸君皆先散,余与绥五仍后行,比回寓,已子正初刻矣。

十三丁巳日(3月1日)　晴。终日未出门。晚间,衣冠祀先,因上元节届故也。张西园走柬约十五日消寒八集,而十七又有同城团拜之举,足遣岑寂矣。

十四戊午日(3月2日)　晴。为葆珍代作覆谢沈退盦寄食品信,拟就底稿,仍令其自行誊写。年前淡人曾为余垫付水会捐资银二两,顷适有余资,因将此款如数送还淡人,以清蒂欠。

十五己未日(3月3日)　晴。卯正即起,恭诣神堂家庙,各处拈香行礼。午后,呼匠栉沐一过。申刻,集张西园寓中,作消寒八集。罗春亭首先至,查篷青最后至,日晡入席,二更饭罢,肴品不过尔尔,无甚佳胜处。余与淡人、伯衡、春霆四人先散。

十六庚申日(3月4日)　晴。终日在寓,阅方子箴《梦园丛说》数过。开发阖宅火食人役工饭,并自行登帐,分布清楚。而夕阳西下,又过一日矣,不可谓非流光如驶也。

十七辛酉日(3月5日)　晴。午后,赴城南河涯玉堂花园作同城团拜之会,到者十九人。开场演本地弦子剧,皆乡俗鄙俚腔调,无甚可取,晚宴亦无盛馔。闻摊派公分却无多,不过每分京蚨六七竿耳。亥正三刻席罢,余倦而思卧,遂先散。

十八壬戌日(3月6日)　晴。午后,修发。又作书致退盦,将葆侄女寄渠谢函一并附去。灯下,作子先书数行,未毕。自客腊十六日接梓儿十一月十七日来禀后,又逾匝月未接家报,自发信之日至今且越两月,此两月中吾妻孥在杭如何光景,茫无所知,真令我愁煞闷煞耳。

十九癸亥日(3月7日)　晴。卯正,出至厅事,衣冠拜开印信,行三跪九叩礼毕,升座受贺,判发例行文牍数件,然后退入燕寝,复假寐时许,午初乃兴。午后,呼榕儿至前,课令温习旧书,乃呆坐半日竟不开口,于是令其习字一张而去。

二十甲子日(3月8日)　晴。午后,绥五过谈,因偕其访庚生于邬家街新宅。复同往籛青处闲谈,遇彭伯衡于座,知其卜吉廿七日为其第三子纳妇,于是同人又有一番酬应矣。

二十一乙丑日(3月9日)　晴。午后,往道署迎接本道耆公还署,同人咸集。是日天气甚热,白风毛袿竟穿不住矣,申刻还寓。

二十二丙寅日(3月10日)　晴。午后,往谒见耆公,旋偕同人至庚生处作消寒九集。庚生新得一汴中庖人孙姓者,颇工烹饪,故制馔独佳。日夕入席,二更饮毕,众客齐散。

二十三丁卯日(3月11日)　晴。早间,书幛款付刻字匠制金字,以京蚨四串购朱呢一幅以作彭氏贺仪。午后,呼裘人改制皮冠,并补缀各裘衣。灯下,作致子先书二纸,未毕。

二十四戊辰日(3月12日)　晴。午后,接梓儿祀灶日来禀,知内子近体尚安,惟夜眠不能稳睡,皆劳心太过之故。书中言杭寓日用太费,一俟阿庆考毕,速即北来,决不濡滞。果如所言,亦须夏末秋初抵此,约计旅费途费以及买物所需甚巨,一年当息断不敷用,又须假贷,真所谓"生把黄金买离别"也。兆梓又有致其女兄兆楎一书,亦言五六月间返棹,余又将虑其触暑征途矣。晚间,彭伯衡处以娶媳请知客预宴。余先访绥五,谈片刻,偕其同往赴宴。席设州廨西花厅,座客三席,可称盛会,宴罢即散归。

二十五己巳日(3月13日)　晴。闻同盛钱店有歇业之信,赶将存钱百余千移往鼎豫钱店暂存,以后即与鼎豫交易矣。武署皂役送到年例漕规折,阅只廿八金有零,查系本署吏役侵蚀,因严谕勒限追缴,倘逾限不完,只得斥革其役,以示惩矣。晚间,将致子先书续成,明日又将作家书也。

二十六庚午日(3月14日)　晴。午后,修发。旋往淡人处送行,晤谈片刻。渠明日将有汴中之行,往返须匝月也。旋访籍青,谈时许即出。还寓后作寄内子示梓儿书各一缄,并致子先函,总封交信局发递,是为第十号安报。晚间陡起狂风一阵,夜半始息。

二十七辛未日(3月15日)　晴。午饭后,往贺伯衡纳妇之喜,为之陪客半日。下午,往贺庚生移居,绥五、籍青俱在座。晚间,复赴伯衡喜筵。席间有女伶演戏,于是又费戏赏两竿,二更后乃散归。

二十八壬申日(3月16日)　晴。午后,籍青、绥五便服偕来,闲坐良久,将近日暮方各散去。连日颇和暖,盖已节届春分故也。

二十九癸酉日(3月17日)　晴。午前,周仙舫交卸德州州同署篆来谒。接见之际,出所撰《阴骘文》试贴见示,此老以制艺试律擅场,他固非所知也。午后,往答拜周君,未晤,因以肴蒸馈之。旋访籍青,久谈,遂留晚饭。籍青嘱代撰何相山方伯七秩寿联。回寓后,灯下构思成长句二十四字。文曰:"伟绩树长沙,崧岳降生三月节;崇衔叨极品,封圻资望七旬年。"虽亦寻常语,而确切一人一事,固不可移赠他人耳。

二　月

二月初一甲戌日(3月18日)　晴。无谒庙之役,遂未起早。午后,同乡汪幼卿大令卸鱼台县篆来见,晤谈片刻。下午,开发日用帐,粟六半晌方毕。晚间,仍课榕儿理书。

初二乙亥日(3月19日)　阴。午后,贺喜于马氏,少坐即出。答拜汪幼卿,未晤。旋访籍青、庚生,略谈。庚生留晚酌,余遂归易便服而往。绥五及复初和尚均共饭,二更后乃散归。

初三丙子日(3月20日)　阴。午后,庚生过访,久谈。郭春霆以针灸为人疗疾,余以旧仆何升患风痹久而不瘳,因延春霆来寓为之施治焉。傍晚,庚生拉春霆往其寓斋晚饭,乃各散去。是日节交春分。

初四丁丑日(3月21日)　阴。午前,修发。午后,阅梁茝邻中丞《浪迹丛谈》数册。傍晚,张西园过访,谈片刻去。灯下,取前人旧朱卷阅看数本。

初五戊寅日(3月22日)　阴。终日观架上丛书,有何兰士太守《双藤书屋诗》,颇耐玩索,何固乾嘉时名流也,惜年位不副德望耳。

初六己未日(3月23日)　晴。午后,查籍青过谈良久。下午,接浙臬马封,仍将余去冬所发第七号家书递回,以意揣之,殆误以为杭寓寄余之件,故代加外封发驿,一往返间,已两阅月矣。于是摊笺挥数行示梓儿,将此书重复寄杭,是为第十一号家书,而第七号书亦附于其中,交信局寄递,当不致再误。即此一端,可见托人之难,今而后再不敢以琐事烦达官矣。

初七庚申日(3月24日)　晴。午后,往访庚生,以二千钱交其庖人,令制馔数簋,即日晚酌。无何籍青、春霆、绥五接踵而至,不速之客适逢其会,亦云巧矣。晚饮甚乐,极醉饱,二更乃散。临出,见庚生架上有《吴氏世德录》四册,皆其先世历代传志行略,遂索之而归。灯下,披阅一过方寝。

初八辛酉日(3月25日)　晴。郭春霆复来,为何升针臂,婆娑良久方讫事。罗春亭亦便衣过访,谈片刻,无何两君皆去。阅邸抄,孙驾航京兆为李尊客侍御所劾,此公骄急性成,宜其为人指摘也。

初九壬戌日(3月26日)　晴。午间,以家忌祀先。午后,仍阅《吴氏世德录》。是日暖甚,衣薄裘犹微汗也。许西斋将之汴来辞,未晤。

初十癸亥日(3月27日)　晴。午后,绥五走柬相邀,遂命驾过彼。无何庚生、春霆相继至,因留晚酌,畅谈极乐,二更后散归。绥五冢子还徐州应童子试,适于今日行矣。

十一甲子日(3月28日)　晴。午后,栉发。旋出门答拜宁阳汛官朱君、珠梅闸官胡君。访昂鹤如，晤谈良久乃还。灯下，翻阅何兰士诗数首。

十二乙丑日（3月29日） 晴。犹子祖寿因其外祖姚筱梅刺史殁于淮安，将往临其丧，求川资于余，复以夏间拟毕姻兼求婚费，余既予以朱提大衍，更令于子厚经手氿水谷价内拨付洋钱百元，爰即作书致子厚，交祖寿亲自携往。此举又费余百数十金，而事关敦本睦族，故不容膜视耳。灯下，祖寿入辞，言明日登舟南下。

十三丙寅日（3月30日） 晴。午后，祖寿首途，命役郭文长送往。余因亲往书塾将字画木器一概检收清楚，扃屋门而加锁钥焉。复将余斋中字画略略更换，料量半日方毕事。灯下，阅《新齐谐》数则。

十四丁卯日（3月31日） 阴。辰刻即起。午前，修发。午后，头役田成至自武城，为赵士魁、徐梅二人乞恩情，愿缴出侵款，求免斥革，余姑允所请，限令三月上浣将款缴清，不准稍缓，若能限内完款，自可从轻予遣也。接鄂抚谭敬甫年丈覆函。谭公湖南人，己未进士，官封圻者惟公一人耳。

十五戊辰日（4月1日） 阴。无谒庙之役，遂未起早。午后，簳青过访，谈良久。复拉余往访绥五，遇刘寿人于座。傍晚，簳青、寿人皆去，余与绥五偕访庚生，因留晚饭。同饭更有李子英、王少仪二人。子英以岐黄鸣，余因连日常觉喉痛，遂就其诊脉开方。所开有柴胡一钱，颇嫌其未妥，不如不药之为愈也。灯下，复在庚生斋中长谈，三更乃还。

十六己巳日（4月2日） 阴。午后，绥五过谈良久。下午，微雨，稍冷。灯下，阅渔洋山人《香祖笔记》数则，授榕儿唐诗两首，督令熟读方罢。

十七庚午日（4月3日） 晴。午后，卞君博文至自常州过访，谈片刻去。此君客冬遭其母夫人丧，昨有讣至，只好不应酬矣。

十八辛未日（4月4日） 晴。午后，栉发一过。旋摊笺作寄内子第十二号书,并挥数行谕兆梓。遥忆吾乡县试正当此时,兆梓无电禀,大约未能高列矣。灯下,撰赠秦寿芝州牧挽联四十字。句曰:"怜才青眼遍当途,曰勤政,曰爱民,荐牍揄扬无溢美;赍志黄泉嗟末路,为通儒,为良吏,析薪负荷付诸孤。"明日当亲为挥写也。

十九壬申日(4月5日)　晴。午后,淡人至自开封过访,未晤。旋往候之,乃相见,绥五亦在座,二君复偕余过篛青久谈。傍晚归来,为秦寿芝书挽联,并送奠仪二千文,又将十二号家书交信局发寄。

二十癸酉日(4月6日)　晴。辰刻起,探役报本道至自汴,将次入城,乃往迎候,比余到署已下车矣。于是至官厅会晤,诸同人投手版于堂上,然后散。旋偕淡人、篛青往奠秦寿芝之灵,略坐即散,午正还寓。午后,检拾书架存物,一一位置妥贴。

二十一甲戌日(4月7日)　晴。终日未出门,又阅《吴氏世德录》数则。阅邸抄,季卿丈以礼部郎截取,蒙召对一次,从此可盼外擢矣。

二十二乙亥日(4月8日)　晴。午后假寐,良久乃醒。适庚生走柬邀往小聚,绥五已先在焉,遂留晚膳,二更后乃还。

二十三丙子日(4月9日)　晴。午后,淡人邀往谒本道,遂先至篛青处会齐,嗣知耆公以小恙拒客,遂各散。余复访郭春霆,亦未值,乃归寓。下午,修发。灯下,阅《渔洋诗话》数则。

二十四丁丑日(4月10日)　晴。早间,阅邸抄,故少宰夏子松先生幼子偕复以及岁引见用主事,不知其兄厚庵比部已赴京销假否。厚庵和平纯笃,有父风,余故与至契也。下午,绥五过谈片刻。

二十五戊寅日(4月11日)　晴。午后,赴绥五寓斋贺其留须,遂留晚饮,座客有罗、方两游戎及庚生、淡人诸君子。肴馔虽丰而不及曩者之精,殆庖人亦有江郎才尽时欤?众客席罢半都散去,惟余与庚生仍后行,亥正三刻乃还。

二十六己卯日(4月12日)　晴。耆观察公子镇卿部郎自京师来省亲来拜,晤谈片刻。其人年二十余,精明圆到,异日好司员也。

连日热甚,换穿棉袍褂,犹觉挥汗不已。

二十七庚辰日(4月13日) 晴。午后,往道署答拜铁镇卿,未晤。遂谒见耆公,绥五亦在座。自道署散出,复偕其往访庚生,会庚生宴客,坚留同席,于是又作竟日之叙,二更乃还。

二十八辛巳日(4月14日) 晴。午后,出门答拜署州同刘君,未晤。访张西园,亦未遇,仅得至严筱园处一谈遂还。下午倦甚,倚榻假寐,日暮乃起。灯下无聊,取袁诗吟讽一番,愈觉枨触余怀也。

二十九壬午日(4月15日) 晴。午后,张西园、龚淡人先后过谈。因请淡人相度庭院,拟将厮所移置于西偏院之东北角,据云尚妥,容呼圬者更治之。

三 月

三月初一癸未日(4月16日) 晴。卯初,诣刘猛将军庙,拈香,礼毕即还。复于家祀各处,叩拜如礼。午后,查箓青偕其老友宝伯申便衣过访,谈片刻去。晚间,绥五以庭前碧桃盛开,招同庚生赏花小酌,晤其幕客嘉定甘君,人颇恂恂儒雅。晚饭毕,复久谈,三更乃还寓。

初二甲申日(4月17日) 晴。接晓苹书,知其抵易州任,甚得意。余年余未与通书,今得其来笺,当抽暇作书报之矣。

初三乙酉日(4月18日) 晴。午后,集庚生处,以绥五是日留须,特偕方鹤盟、罗春亭、龚淡人诸君治杯酌为之志贺,又邀郭春霆作陪,五主两宾,抒怀畅饮。余与绥五饮独多,鹤盟、淡人、庚生皆不饮,其次则数罗、郭矣。二更后散归。

初四丙戌日(4月19日) 晴。午后,闲步市肆,购得法蓝大顶珠二颗,颇惬意。珠圆径寸余,盖咸丰初年所尚,近年通行顶珠狭长而小,余则仍喜其大者,故深以所得为贵也。傍晚归来,严筱园过谈片刻,同人约今日公宴铁镇卿于太白楼,镇卿固辞,因以筵馔馈之。

初五丁亥日(4月20日) 阴。微雨数次。余以久不得妻子书,悬盼莫释,乃摊笺作书寄内子及梓儿,促其早来。又致书许清如、黄绶卿,托其照料里门老屋。伏案半日,尽长笺四纸乃毕其词,于是亲自封固标题,是为第十三号家报。灯下,正课榕儿诵诗,又听雨声沥沥,未免增我愁绪耳。

初六戊子日(4月21日)　晴。发第十三号安报,交福兴润信局递寄。午前,吴俊民来见,复以徐州皮糖、查糕、明水白米见贻。午后,遂往答拜之,未晤。访罗春亭、查箨青,俱畅谈。绶五集庚生寓晚酌,坚欲余往聚,固辞乃免。傍晚还寓,严筱园交银十金,嘱为寓书里门购买食物、药料,当于下次发家书时附之。

初七己丑日(4月22日)　晴。午刻,绶五邀往闲谈,遂命驾至彼。午后,箨青亦至,三人作竟日叙,直至二更乃散。连日朋侪征逐,颇足遣怀,迨夜阑人散,返我寝室,终觉岑寂寡欢,愁思莫释,不知何日始遂余心意耳。

初八庚寅日(4月23日)　晴。姚梅生邀午饭,余于午初刻即往候,至未正方始入座,同人皆与会,惜肴馔太劣耳。申刻席散,遂还寓。

初九辛卯日(4月24日)　晴。晚间,庚生邀陪耆观察便酌,同席尚有方鹤盟、罗春亭及淡人、绶五诸君。申刻往聚,二更后乃散。

初十壬辰日(4月25日)　晴。武城县解到春季俸廉银两,由本署皂役赍来,又前被书役侵蚀漕项银亦如数追出缴来。午后,访鹤如久谈。旋过箨青寓斋赏牡丹,绶五已先在,遂留晚膳,夜分方归。

十一癸巳日(4月26日)　晴。自正月廿四日至今越两月余未接家书,殊闷于怀,欲发电询问,又虑多费,坐是愁肠百结者多日矣,何所遭之多拂意也。晚间,月色大明,杜老鄜州之咏与余今日所处有同慨焉。

十二甲午日(4月27日)　晴。午初,诣道署送静生观察出视南路挑工,同人集于官厅,叙谈片时,然后散。午后,假寐时许,比睡起,已夕阳西坠矣。

十三乙未日（4月28日）　晴。取架上南丰刘观察所著《庸吏庸言》数种，寻览数过，觉循吏丰裁跃跃纸上，令人敬爱无已，使公生春秋时，亦必见称于夫子，曰刘衡古之遗爱也，谁谓古今人不相及耶。他日倘改官司牧，窃愿奉我公为圭臬，虽不敢谓定有成效，亦庶几无负素心焉耳。

十四丙申日（4月29日）　晴。午后，查籀青过访久谈，申刻乃去。客去后，余独坐萧斋，索然无味，取碑拓数册披览之，聊遣闷怀。无何斜阳欲落，又到黄昏时矣，日复一日，所思不遂，其奈之何。

十五丁酉日（4月30日）　阴。道台公出，遂无谒庙之役。辰正起，依然兀坐无聊，此等境况，固生平有数之苦也，倘再过数日仍杳然无信，只得从事于电报中，借以探取消息耳。

十六戊戌日（5月1日）　阴。终日微雨数次，天气又微凉矣。枯坐寝室，取架上恽南田《瓯香馆集》披阅一过，其中题画诗最夥，颇多好句，南田翁固不徒以写生见长也。午后，栉沐。晚间，又闻雨声。

十七己亥日（5月2日）　晴。午后，访绥五久谈。旋过庚生处清话，因复邀绥五至，遂留晚饭。李子英亦在座，夜半乃散。还寓，得陈凤笙手书，知其仍需次戎曹，前见邸抄以同知分发江西者乃别一陈正笏，非凤笙也。

十八庚子日（5月3日）　晴。是日换戴凉帽，适逢立夏。午刻，设馔祀先。午后，有捕河属七级闸雷君冲霄来见。下午，倦甚，小眠时许。连日极目江乡，鱼雁不至，怅闷不可言状，计惟有发电问讯耳。

十九辛丑日（5月4日）　晴。午后，发杭电十八字，费钱三千三百数十文。又将庚生承办公请绥五分资三千七百廿文如数送还。旋出门答拜汪幼卿、雷冲霄，并访籀青，俱未晤。过庚生门，因下车入内少憩，见其阅卷仍未竣事，不便久扰，遂还寓。

二十壬寅日（5月5日）　阴。午后，修发，并伸纸作寄内书。下午，杭寓回电至，知大小均安。梓儿县试第卅四名，初次观场，名次尚不算低，若由县而府而院都不相上下，即在进取之列。盖吾邑学额四二十名,而拨府学者尚在外进额,可谓宽之极矣。灯下,家书写毕,封固,严筱园买物单亦为附去。是为第十四号安报,仍当交信局发寄也。夜间大雨如注,约两时许方止,可谓及时之雨,丰年有象矣。

　　二十一癸卯日(5月6日)　晴。好雨之后继以时晴气象,极为朗爽,对之顿释闲愁。午后,发十四号信,庚生、籰青先后过访,久谈乃去。灯下,复凤笙书,未毕。

　　二十二甲辰日(5月7日)　阴。午后,夏津主簿张君泰年来见,新自本汛来此,殆为领夫食银两而来也。晚来庚生走柬约迟日往叙,爰拟明后日践其约。

　　二十三乙巳日(5月8日)　晴。邓锡三将出阅泉来言辞,爰于午后往答拜送行,并拜张主簿,均未晤而还。晚间,披阅《湖海诗传》一过。

　　二十四丙午日(5月9日)　晴。日间,取家储衣料呼缝人裁制罗衫、纱褂各一领,并以芝纱、袍料赠庚生。灯下,览《颐道堂文集》数页。颐道堂者,钱塘陈退盦大令文述斋名也。

　　二十五丁未日(5月10日)　晴。午后,往访郭春霆,适籰青、庚生咸在坐,遂久谈,复偕至籰青、庚生处闲话。晚间,饭于庚生寓斋,二更后乃散归。

　　二十六戊申日(5月11日)　晴。未出门。午后假寐片刻即兴。灯下,又阅梁芷邻中丞《浪迹丛谈》,末卷中巧对录数则,中有极堪解颐者,莫如主客相谑一段也。

　　二十七己酉日(5月12日)　晴。家忌,午刻祀先。午后,静坐萧斋,悠然默企,尘虑为之扫空,宋儒所谓"常惺惺""活泼泼地"者,皆有此无思无虑光景,与老僧入定有何分别。宜随园讥其学佛未成遁归于儒,指为墨行儒名者也。

　　二十八庚戌日(5月13日)　晴,热甚。余郁闷无聊,忽动游兴,乃折简招同人明午宴于南郊之王母阁,所约皆消寒会中诸君,惟淡人出视挑工不克招。午后,修发。籰青过访,久谈乃去。

二十九辛亥日(5月14日)　阴。早间阵雨不住,午刻渐止,余即往王母阁候客。未刻,同人咸集。时值雨后,凉风习习,水木清幽,境颇不恶,流连永日。傍晚饭罢,雨势又作,遂各散。比回寓后,又复大雨数阵,夜半犹闻雨声未息也。

三十壬子日(5月15日)　晴。绥五之子童试报罢还,携有徐州查糕、皮糖,见赠两匣,箬青亦以自制玫瑰饼见饷,堪供大嚼矣。

四　月

四月初一癸丑日(5月16日)　晴。仍无谒庙之役,因不复起早。道库给发今年春季夫食及上年捞河器具各项银两,于是传各属汛分别具领。

初二甲寅日(5月17日)　晴。午后,出门贺鲍守备升缺,吊徐守备休官,均未晤。淡人至自南旺过访,谈片刻。晚间,伯衡招饮,闻同席有绥五、庚生,因访庚生相约偕往。在座更有许啸笙舍人,湖北孝廉;赵小鲁大令,汉军进士。此二人为生客,余者皆同城诸君也。席间谈及朱仰田大令住宅欲出赁,规模极宏厂,余又动移寓之念,拟明日先往一看。

初三乙卯日(5月18日)　晴。午后,往文庙街相宅于朱氏,门庭、院落均尚轩敞,惟寝室太窄,虽有曲室颇幽邃,而正屋及庭院皆甚小,以此未能十分惬意。晤仰田之弟燮臣,与谈数语而还。晚间,箬青招饮,座皆同社诸子,畅叙极乐。席上荷叶肉及红煨蟮鱼味最胜,余尤食而甘之,二更散归。

初四丙辰日(5月19日)　晴。午前,新补济宁管河州判朱君兆仑来见。朱曾署德州管河州同,隶余辖下者半年,其尊人官豫河营守备,名永和,则余曾与共事郑工者也。下午,徐善卿守备来晤,历诉被劾休官之冤,其人年已八十余,亦可谓不达矣。

初五丁巳日(5月20日)　晴。午后,接梓儿三月初七日来禀并其县试场作六首,知其二月廿五日县考头场,三月初十边当考毕,府考则定于三月十八日开考。阅其场作，较前略胜，似于游庠尚不甚相远。又接子先书，更知杭州已设有小轮船局，梓儿俟院考讫事即由内子挈同小儿女辈北来，并可雇小轮船拖带，以期迅速。阅之稍释闷怀，盖余以两月余未得家书，正在悬盼綦切故也。晚间，庚生招饮，申刻即去，亥刻方散归。灯下，再阅家书，复得廖孟扬寄书并还前欠百番于梓儿手，孟扬真诚笃君子也。

初六戊午日(5月21日) 晴。午后，张主簿泰年来辞，将还夏津，因接见，与谈数语而去。午后，作书致黄绥卿表侄及用宾族兄，各托以照料房屋之事，缘内子及儿女辈不日来此，余嘱其将弼教坊正宅交绥卿，而以对门小屋交用宾，各令出租取值，所入屋租银并可作先茔祭扫还粮之用。又谕梓儿书长笺一纸，正在续写，适接内子来电，以院试尚远而余有令其四月廿六日首途北来之说，欲留梓儿一人候试，自携小儿女先返以慰余望，特来电商。余思梓儿年太幼，又不忍其独羁于外，且所携仆御亦不敷分拨，乃覆电令俟院试后母子兄弟偕还，以免心悬两地，计期六月望后亦可北上，初秋总当相见，似不争此数旬居诸也。

初七己未日(5月22日) 晴。早间，发杭州覆电。午后，又作寄内书并为另择两行期，一为六月初九，一为六月廿一，大约总可从容首途矣。下午，箬青、春亭陆续来晤。张西园仍得持令催漕差，将南下迎提重运，特来与辞，与晤谈片刻而去。灯下，将家书手自封完，是为第十五号安报，绥卿、用宾两函俱附入。连日握管写信甚多，手腕微觉酸楚。

初八庚申日(5月23日) 晴。午后，修发。听事吏报观察自工次还署，将次入城，乃诣道署迎候。同人咸集，绥五以感冒到独后。申初，本道方入署，迎谒毕，各散。即至营务处践罗春亭之约，宴于厅事，座客两席，可谓盛会。酉初入席，戌正散归。发十五号家书，交信局寄递。

初九辛酉日(5月24日) 晴。午后，偕同人谒见本道，惟绥五以疾未至。自道署退出即往拜客数家,俱未遇,仅至淡人处谈片刻,遂还。

初十壬戌日(5月25日) 晴。广锡三为其子纳妇,欲借袍褂蟒衣各一袭,因检付之。午后,访绥五,遇箬青于座。旋访庚生,久谈。郭春霆亦至,庚生坚留晚饭,余辞之而还。

十一癸亥日(5月26日) 阴。终日兀坐寓斋,未出门。午后,朱君兆仑以接篆来见,与谈片刻。灯下,阅《庸吏庸言》《蜀僚问答》诸书,弥觉亲切有味。展诵再四,觉学道爱人之心油然而生矣。

十二甲子日(5月27日) 阴。阅邓锡三所刻《感应篇图说》,亦劝善之书也。午后,招缝人制夏布汗衫及罗大衫,视其剪裁停妥乃令携去。下午,假寐片时。

十三乙丑日(5月28日) 阴。午后,往访箬青,久谈。本欲即访庚生,闻其出游西郊乃已。傍晚还寓,天气渐热,庭院须搭凉棚,爰命阍人席泰司其事,所费较之往年稍廉矣。

十四丙寅日(5月29日) 晴。午后,绥五衣冠过访,谈片刻去。晚间,淡人招饮,申正趋往。座皆熟人,惟一王韵和承陛为生客。戌初入席,亥正散归。阅邸抄,查荫阶舍人推升内阁典籍,果不出余所料,大约可坐升侍读矣。

十五丁卯日(5月30日) 晴。晨起,诣风火神两庙,拈香行礼。旋回寓,诣家堂,四处拈香。时方卯正二刻,乃复假寐时许。午后拜客,晤严筱园赞府、姚子钧守戎。访王韵和司马、阮玉唐守戎,俱未遇。

十六戊辰日(5月31日) 晴。书金字幛款送邓锡三,未收。傍晚,伯衡走柬招饮,酉刻前往,座皆熟人。席间,主人出泰西酒饮客,余与罗、郭两将各饮数杯,他客皆不敢沾唇,亦可谓少见多怪矣。席散时见伯衡案头有《夜雨秋灯录》一册,因假阅,遂携以还。灯下,披览数则,颇觉新颖。余曩曾有是书,后为友人携去,致未全阅,惜此册亦非全部耳。

十七己巳日(**6月1日**)　晴。阅《夜雨秋灯录》,借消永昼。闻南漕重运于月之十四日酉刻挽入东境黄林庄,大约午节左右此间可见船矣。

十八庚午日(**6月2日**)　晴。午后,往贺邓锡三纳妇之喜。其子年才十三,依然孺子,新妇则已及笄,可谓长妇得其稚夫,殊堪捧腹也。下午,回寓小憩。傍晚,复往赴喜筵,有梨园演戏侑觞,于是同人各费却京蚨六竿,且肴馔甚劣,忍饥危坐,甚不适意。席甫罢,同人尚恋恋戏场,余独先归。

十九辛未日(**6月3日**)　阴。微雨数次。日间,阅《夜雨秋灯录》及《续录》各十余则,遂未出门。夜间,又闻雨声淅沥,闭门枯坐,能勿忆联床听雨人耶?

二十壬申日(**6月4日**)　阴。早间,观书。午后,和衣小眠,申刻方兴。灯下,仍取《夜雨秋灯录》随意翻阅。接张西园自泇河途次来函,以漕船入境日时来告,此等处固西园所自命为周至者也。

二十一癸酉日(**6月5日**)　晴。是日为先公忌辰。午刻,素服将事,祭享如礼。午后,查篆青过谈良久。闻孙伟如已至自扬州,适来假用车马,知其日前即抵此矣。又许西斋亦自汴复还,何此公之不惮车马劳耶?

二十二甲戌日(**6月6日**)　晴。辰刻起,以本道将往北路收工,特诣道署候送,午初还寓。下午,访西斋、伟如,仅晤伟如。晚间,伯衡招陪庚生小饮,座皆熟人。早坐早散,甫届二鼓即还。

二十三乙亥日(**6月7日**)　阴。午后,伟如过访,谈片刻。闻西斋疽发背,致未能出。晚间大雨一阵。昨在伯衡斋头阅夏季新搢绅,见郭少蓝已补员外郎缺,且题升职方司郎中,为之欣慰。少蓝久充武选司总办,徒以未补实缺不获邀察典上考,今而后外擢有期矣。

二十四丙子日(**6月8日**)　晴。午后,修发。接梓儿三月廿八来禀,知其府试取第廿二名,阖家均安,为之快慰。里门为梓儿议姻者颇多,内子函书相商,余意未能遽定,且俟其母子还寓面询颠末然后取决可耳。又子扬内弟亦寓书来商,亦即为此事也。未刻,本道还署,因往迎焉。旋访庚生,略谈。适李子英在彼,遂拉其来寓为小隶姜玉诊疾,据云疾不可为矣。姜玉之母曾服役内子,昨年携以南还,其子在此不得不量加恩恤。晚饭后,饬仆为之市榇具衣裤,甫购齐而其人即死,乃令人敛而埋之,计费却京蚨十二贯文。

二十五丁丑日(6月9日)　阴。早间,诣僧忠亲王祠致祭,同城各官咸集,祭毕各散。午后,作书寄内子,是为第十六号安报。又复孟杨、子扬书各一械,附于家书中转交,即日付信局发递。傍晚,接子绥三弟自天津来书。弟为杨鹄山姻丈延就西席,杨方需次北洋,故侨寓津沽,余早思寄弟书,以不得其居址,迟迟未寄,今得来书,此后可频通问讯矣。晚间,大雨如注,阅两时许方息。

二十六戊寅日(6月10日)　晴。午后,假寐片刻醒来。王待卿、杨图勋两守戎来拜,晤谈片时即去。王以左营守备权中营都司,杨以右营守备权运河营守备,皆今日到任,故遍谒当路耳。

二十七己卯日(6月11日)　晴。阅判文牍数件,东省重修《通志》,檄取历任下河通判姓名、资贯、任卸事实,以便列入职官表中,爰饬房书检卷造册以应之。下午,检点衣箱,半晌方毕。

二十八庚辰日(6月12日)　晴。午后小眠,适绥五来,致未与晤。绥五旋走柬来,以庚生夫人莅止,约公送筵席,余亦愿列分。下午,淡人过谈片刻。

二十九辛巳日(6月13日)　晴。午后,将出门,忽天色晦冥,倾盆大雨一阵,未几,仍现日光,因仍命驾而出。访庚生、箬青、西斋,均晤。庚生乃郎并未至,惟其夫人挈两孙女抵此耳。下午还寓,阅《朱文公全集》第七十二卷文数篇。

五　月

五月初一壬午日(6月14日)　早起,诣风、火神,案前拈香行礼。旋诣大王庙,陪本道祀祭。因漕船已抵济境,例当演戏报神故也。辰正二刻还寓,午后遂未出门。

初二癸未日(**6月15日**)　晴。午刻,以家忌祀先。午后,摒挡节礼致送本道及严筱园两处。灯下,作致陈凤笙书数行,仍未讫。

初三甲申日(**6月16日**)　晴。午后,坐斋头料量公牍。适籍青过访,谈良久,因拉往绥五处,约明晨往南关水次谒江安马粮储,盖江北、江苏漕船已陆续抵济宁城下也。傍晚还寓。

初四乙酉日(**6月17日**)　阴。早间,阵雨二次。昨约往淡人处聚齐至城外谒客,余巳刻即往,甫坐定,雨又大作。绥五、籍青亦继至,于是淡人留我等午饭。饭毕,雨更大,势难出城,遂各散归其家。余复访张西园,未晡,乃还寓摆布节事,栗碌半晌方毕。

初五丙戌日(**6月18日**)　晴。辰刻,诣道署贺节,官厅客甚多,半系河运诸君。同人复至南关水次拜客,余亦往,自粮道以至各起运员俱投刺而还。午刻归来,祀先。午后,有江北河运总催委员方君仲侯名臻喜者过访,谈良久。仲侯乃子严先生次子,先生与先公同官岭西时,余与仲侯昆季皆随宦其地,曾朝夕过从,今忽忽十有五年,不意邂逅近于此。谈次复出其尊人《退一步斋》见贻,盖子严丈固以诗古文词鸣当世者也。下午,籍青、庚生复先后过访,久谈。傍晚,余又答拜方君于舟次,晤谈许久,日晡乃归。

初六丁亥日(**6月19日**)　晴。命庖人制肴蒸馈方仲侯,而马粮储及江苏头起运员孙君治安亦先后以土物来饷余,既各有所受,又将摒挡报琼矣。午后,小眠片刻。灯下,阅《退一步斋诗文集》并《蕉轩随录》数册,皆方子严所著也。

初七戊子日(**6月20日**)　晴。午后,访淡人、庚生,各少谈数语。旋往南关水次答拜江苏河运诸公,唔勤办陈荦初直刺锡纯,余俱未遇。按陈君安庆人,前充江北运员历有年所,年已七十有八,而精神面貌犹如四五十岁人,真可谓矍铄矣。复访郭伯韶于转运局,托其函致清江局中代借炮船,俾内子北来时沿途略壮声威。伯韶允为致书,余遂出,傍晚还寓。

初八己丑日(6月21日)　阴。午后，绥五过谈，适伯衡招晚饭，遂偕绥五前去。时淡人已先在，未几，秦鸿轩大令继至，最后则江苏河运诸君子到者三人，旋即入座。无何风雨交作，匆匆饭毕而散。

初九庚寅日(6月22日)　阴。自辰至午大雨，未刻雨始息。午后，郭伯韶送到致清江淮军转运局王君书，向其借用炮船，此信当寄交子厚兄，俟内子舟抵清江时饬役往投可也。日间，出至书斋，清厘案牍，半晌方毕。

初十辛卯日(6月23日)　晴。午刻，以家忌祀先。午后，假寐时许。适张西园过访，谈片刻，渠又将驰赴北路送漕矣。灯下，阅《蕉轩随录》数本。

十一壬辰日(6月24日)　晴。终日未出门，阅《退一步斋诗集》。晚间，又阅《蕉轩续录》十余则。庭院月色大佳，忆自客秋与妻孥分手迄今已十度蟾圆，每当三五轮圆之夕，未尝不怅触予怀。屈计两月之后，当可举室北来，然而余心盖不知几经怅望也。

十二癸巳日(6月25日)　阴。午间，以家忌祀先。午后，修发。饭罢，正思出门，忽大雨如注，遂不果出。河院衙门札发领到《工部则例》一部，计四函，乃光绪十年重修者，不知每部需缴书价若干也。

十三甲午日(6月26日)　晴。午后，接再彭侄淮上来禀，知已毕姻于泗州，其婚费皆余所助。下午，鲍守备勋来告辞，将往临清、德州一带送漕，因与晤谈，并托其为余代发电禀，付以宝银五两备用。鲍为余昔时属吏，固不妨以琐屑浼之。傍晚，摊笺致子厚二兄书，拟将转运局借炮船之书寄交子厚先为收存，俟梓儿道出清江时付之，尚拟谕梓儿数行，一并寄子厚处转付也。

十四乙未日(6月27日)　晴。午后，往访严筱沅，晤谈片刻。访庚生、绥五，则皆久坐。在庚生处遇阮玉堂守戎及郭春霆、李子英诸君，春霆为庚生施针疗疾。余因子英曩为余诊脉，谓肺经亏损，需服辽参培补之。余既向庚生乞得辽参少许，因复浼子英重为按脉，酌定一方带归，拟即照方取药试服。晚间，接梓儿四月十九日来禀，知其母子均安,各事亦逐渐摒挡就绪,一俟院试毕场即可起程北来。余闻之甚慰,屈指计之,团圆固不远矣。晚饭后,方拟作书谕梓儿,而天气大热,汗流浃背,只得搁笔,惟危坐摇箑而已。

十五丙申日(6月28日)　晴。阅邸抄,徐乃秋侍御以截取到班,铨授温州太守,闻之喜而不寐。乃秋与余兄弟为莫逆交,京宦廿年,清贫已极,前年察典记名已越三稔,余日夕盼其外擢,今虽未邀简放,仍由截取铨郡守。且喜省分尚近,温州亦尚非著名瘠区,所谓不得已而思其次,觉慰情聊胜于无耳。惟乃秋行年已届周甲,官运虽渐亨通,而嗣续犹虚,至好关怀尤为之时时盼念也。又徐季和廷尉论劾张香涛制府一疏,文字甚佳,其论列皆确实不诬,奈当轴狃于积习,仍付之派员查覆,而所派查者仍一味瞻徇调停,于是仅坐张之私人赵凤昌罪,褫其冠带,张则依然安于其位,时政如此,尚安有公是非耶?

十六丁酉日(6月29日)　晴。午后,出门送鲍凯臣行,答拜吴俊民,均未晤。访罗春亭于营务处,晤谈片刻而还。回寓后,取李子英方剂煎服,并嚼啖辽参四分,尚觉投受。

十七戊戌日(6月30日)　晴。午前,俊民来告辞,将赴汛,与谈片刻。午后,假寐时许。接张西园信,言及漕船已陆续抵十里铺,候伏汛即可渡黄北上也。闻本道明日赴十里闸送漕,余遂饬人挂号禀辞。其实本届江漕减少,余固不欲往送,不过虚应故事而已。

十八己亥日(7月1日)　晴。午后,修发。作书谕阿庆,并将致厚兄书封固,均驿递清江,交厚兄收存,俟阿庆舟抵清江时付之。下午,自书报漕船入境白禀两分。晚间热甚。

十九庚子日(7月2日)　晴。午后,将报漕船入境禀牍签印核对清楚,寄书夏津张主簿,浼其临时代填日时,代发驿递。于是亲访鲍君凯臣,将信件交其面致张君,傍晚乃还寓。

二十辛丑日(7月3日)　晴。午后,便衣访淡人、庚生,各晤谈良久。淡人言及江北漕船已出运入黄,适值黄水陡落,后帮苏船未能跟踪前进,又须守候数日矣。庚生谈及近日又复不适,致将课卷积压多次,盖深以阅卷为苦事也。

二十一壬寅日(7月4日)　晴。昨向淡人借得《客窗闲话随笔》一书,日间披阅数本。午后,梳发。出至客厅闲坐,适淡人来访,谈片刻去。晚间热甚,挥汗不已。

二十二癸卯日(7月5日)　晴。武署役来,赍到县解夏季俸廉银两。来役两名,因扣留一名在寓当差。午后,庚生邀往闲聚,并就李子英诊脉。子英谓余仍可照前方服药数剂,虽际溽暑无碍也。晚间,饭于庚生斋中,适有携家藏名人字画求售者,如赵子昂工笔山水堂幅、张华亭行书直条、钱杜梅花单条,均甚佳,惜索值太昂,未遑问鼎也。初更还寓,接张西园信,漕船一律出运入黄矣。

二十三甲辰日(7月6日)　晴,热甚。服药一裹,用参四分,颇觉自如。午后,绥五过谈片刻。余因寝室太热,出至客厅憩息永日。

二十四乙巳日(7月7日)　晴。仍服药,用人参五分。终日憩息斋中,聊避溽暑。晚间,啖西瓜汁一碗,稍觉清爽。因忆里门老屋乃西面东上者,内子挈儿女辈寓其中,更不知如何闷热,思之惘然。

二十五丙午日(7月8日)　晴。晨起,即出至厅事,仍服人参五分,连日服补剂,起居如恒,其为有益无损可知矣。庚生以辽参一两见贻,余已服二钱余,尚拟留数钱,俟内子来共服之,缘内子体质素弱,于参术都甚相宜也。

二十六丁未日(7月9日)　晴,热甚。终日兀坐萧斋,挥汗不已。闲取《蕉轩随录》披阅,亦未能终卷。晚间,孙伟如过访,谈片刻去,时已二更矣。

二十七戊申日(7月10日)　晴。仍炎热异常。又阅方子严诗文集数册。下午,伯衡鸣钲过访,少坐即去。夜间热极,至不能成寐。

二十八己酉日(7月11日)　晴。终日咳嗽吐痰,头涔涔热,颇觉不适,午后尤甚,殆感受风热所致欤? 夜来转侧多次,未能熟寐。甚矣! 人之不可有疾也。

二十九庚戌日(7月12日)　晴。晨起,头热稍轻,咳嗽如故,口腻不思食饮,惟啖薄粥半盂而已。阅邸抄,张幼丹以三千金捐赈,开复衔翎矣。午后,疾更甚,乃延顾翰仙诊视,谓系暑热内蕴外受风寒所致,开方服药,夜间仍发热不已,颇觉难支。

六 月

六月初一辛亥日(7月13日) 阴。晨起,疾未见瘳,爰取昨方复进一剂。午后,大雨两阵。顾翰仙冒雨来诊,另易一方而去,服之仍未见功。夜间,遍身发热,转侧不安,比晓方退热。

初二壬子日(7月14日) 晴。疾总未除,胃纳甚微,舌苔厚腻,食物无味,殊苦之。下午,翰仙来诊,复易一方。晚间,药来服下,眠稍稳,惟头面四肢仍作热不已。而尤苦者痰壅胸膈不得舒,睡熟则喉际有声如拉锯,殆所谓痰饮证欤?

初三癸丑日(7月15日) 阴。晨起,热退而汗作,吐痰稍利。午膳进面食少许,尚能知味,胃气略振矣。下午,翰仙仍来诊视,据云疾有起色,所未净者余热耳。夜间,服药后即寝,而痰壅喉际如故,其若之何。

初四甲寅日(7月16日) 晴。晨起,余热仍未净,小食少许,复卧睡多时。午饭仍食面半碗。揽镜见舌苔亦较薄,疾其退去几分乎?午后,许西斋过访,延之寝室见之。傍晚,翰仙复来诊,开方与昨略同,仍用橘红。因问孙伟如处乞得化州真品少许,冀以理气涤痰也。

初五乙卯日(7月17日) 晴。头热又觉渐减,舌苔几退净,疾似退去大半,惟痰塞弥甚,卧则声从喉际作涌,终日咳呛吐出之痰亦颇多,而胸脘仍觉壅结不散,痰之为累竟若斯耶。

初六丙辰日(7月18日) 晴。痰患仍未除,胃纳亦不能增,日间气逆上冲,咳嗽不舒,竟不能睡卧,日夕危坐,劳乏极矣。庚生不知余疾,走笔来邀便酌,仆病未能也,因摊笺覆以数行而去。下午,翰仙来诊,将昨方加重,并用沉香末服下,稍觉气平,然通宵身未贴席,其苦可知矣。

初七丁巳日(**7 月 19 日**) 晴。坐起觉气平,卧则仍气逆,喉际之痰终未化,何药力如是之缓耶? 闻翰仙偕西斋往游王母阁,乃手简招之来诊。翰仙傍晚乃来,谓须服礞石滚痰丸,余信而服之,仍觉气逆痰冲,未能偃卧,其苦不可言状矣。

初八戊午日(**7 月 20 日**) 晴。晨起,剃发。未刻,假寐片刻,仍难安枕。连日病缠不已,念我妻孥,余情悯悯。计院试已届,应有电信至,盼望数日,尚复杳然,更不知其月内能返棹北来否也。翰仙自病未来诊,余仍服昨方。夜间,依然坐卧不宁,迄未成寐,此次之疾何亦如是难瘳耶?

初九己未日(**7 月 21 日**) 晴。晨起,食粥尽一碗,自感疾以来尚未能如此多食也。一病十日,揽镜自照,面貌果消瘦矣。午后,篑青至自捕河来视余疾,谓翰仙方剂太猛,盍延李子英来诊? 于是子英下午即来诊脉开方。晚间,遂服其药,夜眠仍为呛嗽所扰,不能安卧。

初十庚申日(**7 月 22 日**) 阴。早间,子英来诊,方用熟地黄,余惑焉。子英坚谓宜用,姑试服之,颇无出入。下午,淡人来视余,亦谓熟地不可骤服,只好明日再延子英斟酌矣。是日大雨,一昼夜未息。

十一辛酉日(**7 月 23 日**) 阴。昨夕仍不能安枕,苦之极矣。未刻,子英来诊,谓必须用熟地,且将钱数加重,余又试服一剂,而中怀不能无疑。午后,篑青来视余,亦复以用熟地为惑。下午,翰仙来诊,则力劝勿服熟地,余只得仍折衷于翰仙矣。夜间,能强睡片时,气逆痰嗽如故也。

十二壬戌日(**7 月 24 日**) 晴。疾依然不见轻减,烦闷极矣。连日病在失眠,由于痰嗽不能安枕,服药多种终未能除,真不可解。傍晚,翰仙来诊,将有江郎才尽之慨,于是改用祛风散邪之品,时已初更,拟明晨再服其药。

十三癸亥日(**7 月 25 日**) 晴。发电报至里门,询阿庆已否历过院试,并告以余病,冀其母子速来也。是日下午,翰仙复来诊余疾,仍未少除,其奈之何。

十四甲子日(7月26日)　晴。昨夕稍得眠,嗽总未止。午后,绥五来视余,与谈片刻。下午,得杭州复电,知学使陈六舟丈因病缓考,杭府恐试期将在闰后。余拟即令内子挈儿曹北来,不必等候院试可耳。

十五乙丑日(7月27日)　晴。早间,又发电里中,嘱令内子廿一日起程,未知能如期登舟否也。午后,箬青、庚生先后来视余疾,均晤谈良久。余疾仍未见减,遂停药一日。傍晚,翰仙复来诊,亦复技穷计绌。其实余此次尚非剧疾,不知何以若是纠葛也。夜间,略能安睡时许,余疾仍未少退。

十六丙寅日(7月28日)　晴。晨起,仍复痰嗽不已,不复能卧。下午,翰仙来诊,又易为温散之药。计余自患恙至今,将及两旬,翰仙屡易方剂,直是以药试病,服之毫无寸效。甚矣! 和缓之罕觏也。夜间,右胁痛楚难胜,气冲痰涌,疾愈转剧。复招翰仙至,亦无良法,不过谓疾尚无他,嘱勿焦虑,明日再诊而已。是夕起坐不宁,胁痛难忍,真生平未尝之苦,且汗出如洗,侍疾之妾恐余不支,相对泪下矣。

十七丁卯日(7月29日)　晴。晨起,疾仍未减。下午,伯衡来视余,与谈片刻。傍晚,翰仙来诊,穷于术,乃荐郑延卿以自代,明日当请郑君诊视也。

十八戊辰日(7月30日)　晴。辰刻,翰仙偕延卿来诊,改用润肺潜阳之剂,由延卿主方。午后服之,晚间胁痛少轻,痰嗽虽如故,居然略能安睡,疾其有转机乎? 是日并诣吕祖庙,求得仙方,敬谨领服。

十九己巳日(7月31日)　晴。疾似少减,仍服昨方。午后,淡人、箬青偕来视余,情意殷肫,良可感也。夜间,嗽尚未止,幸无碍于寐耳。

二十庚午日(8月1日)　晴。连日又复炎热。巳刻,邀延卿来诊,用药与昨方相仿,嘱再服两剂。傍晚,翰仙亦来诊,亦谓疾有起色,然词色之间不能不自愧其疗治无术也。夜寐仍时欲咳嗽,计通宵得眠三时许,至黎明即不能卧枕矣。

二十一辛未日(8月2日) 晴。终日盼杭电不至，不谂内子今日能否起程，殊为纳闷。日间热甚，余以久病之躯伏处寝室，尤觉烦溽。夜间热更甚，幸能强寐，然每当痦时必痰嗽多刻乃已，亦云苦矣。

二十二壬申日(8月3日) 晴。卯初起。巳刻，约延卿来诊，因余嗽仍不止，改用百合固金汤，嘱仍再服之，谓必有效。前所求吕祖仙方亦服至今日止，加以仙灵呵护，疾愈固指顾间事也。午后，接德州来电，漕船于昨午全数出境，并宁苏首尾各船出境日时均注明，因即照填于印禀，即刻钤印封发。又接里门电报，妇稚须过七月初五日院试方起程北来，余固无如之何耳。

二十三癸酉日(8月4日) 晴。是日为先慈钱夫人诞辰，因设祭，力疾衣冠叩拜。稍觉疲乏，行路足力尤弱，殆久病乍起，自不觉困惫耳。傍晚，孙伟如来视余，晤谈于厅事，于其行也，往送之门，尚无大劳苦。惟痰嗽终未能除，夜间尤甚，致未能熟寐，真苦事也。

二十四甲戌日(8月5日) 晴。午前，邀郑延卿来诊，仍用养阴滋水之药，并劝服麦味地黄丸，谓非地黄不能收功，所论与李子英合，以视翰仙，则大相径庭，然则此次翰仙之药殆不无歧误欤？甚矣！疾之不可不慎医也。日间，绥五来访，亦出至外斋晤之，尚不觉劳。

二十五乙亥日(8月6日) 晴。日来各恙均除，胃纳亦复元，惟痰嗽仍未已，仍服昨方，并服地黄丸。下午，有王钰如枢曹来拜，即去秋服阕入都道出此间者，今又奉讳西还，仍取道运河水程。钰如名式曾，四川人，其从祖为余己未年丈，固通家世交也。余以疾乍瘳，惮于冠带，辞不与见，而馈赆一道固不容或缺耳。

二十六丙子日(8月7日) 晴。午后，以纹银四两赆王钰如，淡人亦来告同人俱有所解赠也。下午，郑延卿来诊，谓疾已渐除，嘱服昨方两剂，便可弗药矣。是日申刻立秋，天气居然清凉，不似前此之炎炎。余一病匝月，适在伏暑之时，今而后静摄数日，当更凉爽，于出门固极相宜焉。夜眠较能酣熟，咳嗽亦渐减，诚大幸也。

二十七丁丑日(8月8日) 晴。卯正初刻醒即起，较前能多睡数刻矣。午前,服药,枯坐无俚,随意翻阅《蕉轩续录》、杨冷渔《北行南还日记》《曾文正公文集》各书,借资消遣。日来食量大佳,医者嘱食海参煨鸭,于是公膳日只鹜,如是者三四日,颇食而甘焉。接夏津主簿张伯平禀,知已代将入境漕船时日填诸印禀,代为发驿驰递,因挥数行复张君,即交来役带回。午后,箨青过访,久谈。无何淡人亦至,皆冠带而来,叙谈多时,两君方去。傍晚,严筱园、顾翰仙复先后来访,黄昏甫去。余连番送客于门,颇形劳乏,最后翰仙去只得不远送矣。翰仙谈及龚绥青以瘟疫殁。

　　二十八戊寅日(8月9日)　晴。连日热甚,余每日极迟卯正必起,计夜眠总不足四时,痰嗽亦尚未尽除。然匝月以来,服药真不为少,今拟暂停药数日,俾脾胃之气稍清,然后再事调理可耳。河辕文巡捕邓君金钊为其弟纳妇,卜吉七月初二日成礼,同人各送贺仪,余亦为书喜幛上下款各一纸,以家存红呢幛一悬贻之,居然收去。晚间,食燕窝三钱,闻是物最能清补肺气也。夜间热甚,未能酣寝。

　　二十九己卯日(8月10日)　晴。未延医,未服药,盖余疾已十愈其九,惟痰嗽尚未尽除,然亦无所苦矣。日间仍复热甚,呼修发匠栉沐一过。午后,复燂汤就浴,以涤吾瑕而荡吾垢。长夏兀坐无俚,且病体新瘥,又未敢冒暑出门,颇觉闷闷。晚间,仍食燕窝。夜热更甚,不谓立秋之后尚如此大热也。远念内子儿女辈,又深幸其尚未首途,否则舟中之热必更甚于屋中,其何可当耶?

　　三十庚辰日(8月11日)　晴。卯正醒,不能复寐,遂起。终日热甚,虽极困倦,不能昼寝,惟正襟危坐而已。午后,食西瓜汁三碗,腹为之胀,尚不觉清凉,真莫可奈何也。吴俊民至自武城,以腌鱼虾及酱小菜、茶面各物见饷,小菜颇佳。俊民每他出还,必以方物相贻,亦可谓善于酬应者矣。惟余屡受其馈,殊愧恧耳。晚间仍热甚,夜眠殊苦。

七　月

七月初一辛巳日(8月12日)　晴。卯正起,因未销假,无谒庙之役。日间热甚,彭伯衡过门留一刺,未入晤。午后,亲自检点各帐,一律给发清楚。闲暇无事,乃取袁香亭《红豆村人诗》重复披吟一过。晚间,仍食雪燕一碗。夜热犹昨,颇难酣寝。

初二壬午日(8月13日)　晴。晨起,修发。旋出门拜客,晤叶少仙、张西园、龚淡人、吴庚生诸君。院巡捕邓琴白为其弟迎娶,往贺,亦入坐片时。访西斋、翰仙、篛青、春亭,均未晤。午正还寓早餐,饭毕,小憩时许。申刻,复出门谒本道,未见。拜彭伯衡、严筱园、崔绥五,均晤。在筱园处遇李镌三提戎,忽大雨倾盆,余与李俱阻于筱园斋中不得出,约数刻雨止乃行。最后至孙伟如处,时已黄昏,遂未降舆,匆匆还寓。夜间仍复热甚。

初三癸未日(8月14日)　晴。是日为先祖忌辰,敬谨设祭,叩拜如礼。午后,吴俊民来见,与谈片刻。阅邸抄,吾浙正典试放殷秋樵通参。秋樵扬州人,辛未进士,起家刑部,故与先兄同年同官者也。闻其通籍时年已四十有四,今虽由科道陟京卿司文柄,而年近七旬,正所谓"夕阳无限好,只是近黄昏"耳。

初四甲申日(8月15日)　晴。午前,督仆洒扫厅事,坐斋头取《随园续同人集》披阅一过。下午,绥五便服过访,久谈乃去。余自昨月廿八日至今迄未服药,气体亦渐复元,惟痰多仍如故,间或作嗽,然较之曩时固已轻减多许矣。

初五乙酉日(8月16日)　晴。辰初起。小食毕,往访篛青,谈良久。述及张香帅入觐,吴清帅以湘抚摄鄂督篆,此公圣眷仍复未衰也。午后甚凉,颇有秋气,因呼修发匠栉沐一过,尤觉神清气爽矣。

初六丙戌日(8月17日)　阴。凉风袭人,暑气都消。午后,访绥五久谈,遇西斋。旋访伟如,复遇淡人,傍晚乃还。夜间凉甚,居然秋日光景矣。

初七丁亥日(8月18日)　阴。辰初起,较前略晏。筝青以苏州虾子、鲚鱼廿四包见贻,味颇美,余数年不尝此矣,不觉食而甘之。午后,访庚生,谈良久。访翰仙,不遇而还。傍晚,翰仙复来访,与聚晤片时。夜间仍觉甚凉。

初八戊子日(8月19日)　晴。早起极凉,颇似秋仲气候,午后稍热。筝青过访,久谈。阅邸抄,各省试差已将次放完,而吾浙人尚无一与者,未免减色矣。

初九己丑日(8月20日)　晴。午间,以家忌祀先,衣冠叩拜如礼。近日病体都已复元,起跪不复觉劳矣。傍晚,孙伟如过谈片刻。

初十庚寅日(8月21日)　晴。午前,发电报询梓儿考信,并令七月廿日起程北来,当不至再愆期也。下午,庚生过访,畅谈良久乃去。

十一辛卯日(8月22日)　晴。午后,绥五邀往闲谈,筝青亦在座,遂留晚膳,薄饮火酒数杯。饭毕,复畅谈许久乃散。余还寓就寝,转侧不能成寐,殆多饮火酒之故,直至丑初甫入睡乡。

十二壬辰日(8月23日)　晴。辰初起,接里寓来电,梓儿居然游庠,全眷遵余所择吉期起程北来。小轮艘价昂,未雇用,大约须中秋节后抵此,闻之稍慰予怀。午后,张西园、吴俊民、许西斋均来贺,各晤谈,西斋最后去。

十三癸巳日(8月24日)　晴。午后,答拜西园、俊民、西斋。旋访绥五,遇罗春亭、张西园、查筝青诸君。又访广锡三,亦晤谈片刻,傍晚还寓。于孟博侄倩赴济南秋试,道出此间,带到祖寿侄来书并茶叶、月饼等物。祖寿已婚,以糊口无术,爰告急于余耳。

十四甲午日(8月25日)　晴。早间,孟博来见,因留其午餐。午后,绥五、庚生、伟如先后来贺,都晤谈。伟如来时已夕阳西坠,少坐即去。

十五乙未日(8月26日)　晴。晨起,诣刘猛将军庙,拈香行礼。旋出东门答拜郭伯韶、杨乐亭两君。入自南门,至查筝青处小憩,访罗春亭于院署,访复初和尚于铁塔寺,俱晤谈片刻。午前回寓,谒家堂祀祖,半晌方祭毕。连日天气又稍热,不似前此之陡凉,自是初秋气候矣。

十六丙申日(8月27日) 晴。姚眉生邀午饭,巳刻前往,未正散归。姚拙于治具,肴品皆不佳。回寓后,购胡饼二枚食之,始获果腹。晚间,张西园招饮,酉刻前往,座皆熟人,亥正乃散归。

十七丁酉日(8月28日) 晴。终日阅《仓山文集》,课榕儿温理《大学》。又作谕梓儿书,寄清江交子厚兄转交,并挥数行致厚兄焉。下午,接梓儿来禀及内弟子扬手书,知内子于五月间抱恙旬日,服药旋愈。此书乃五月既望所发,越两月余才达,何其濡滞乃尔耶?

十八戊戌日(8月29日) 阴。早间微雨一阵。午前,修发。闲坐无俚,因摊笺作书致孙晓苹,尽八行四纸未毕。午后,访绥五久谈,遇查、罗两君,旋偕两君赴孙伟如寓斋晚饮,亥刻乃散归。连日于孟博俱下榻余斋,余为之雇车,送其之省应试,赠以元卷四金,坚却不受而去。

十九己亥日(8月30日) 阴。早间,七级闸官雷闰生来见。午后,访淡人,谒耆静翁,俱久谈。最后至箨青处小憩,庚生亦在座。傍晚乃还,接子厚兄清江来书。

二十庚子日(8月31日) 阴。余择定今日令内子挈儿辈北来,前曾接电信,当不至改移,遥想此际定已登舟矣。午后,淡人处交到道发送漕津贴百五十两,除摊公分帮款外,余银百金耳。下午,严筱园、朱善堂俱来贺,各谈片刻而去。

二十一辛丑日(9月1日) 阴。昨宵至今晨大雨滂沱,时乡间方苦旱,得此诚喜雨也。午后,手书金字幛款为送耆公夫人寿礼之用。箨青便衣过访,少坐即去,面订明日过其寓中晚酌,并约淡人、绥五诸君也。

二十二壬寅日(9月2日) 晴。风日晴和,自是秋高气爽之候。早间,封发晓蕡书,由驿驰递。午后,访庚生,久谈。申刻,至箨青处,绥五已先到,未几,淡人亦至。是会虽家常便饭,而肴馔颇精,饱餐而还。

二十三癸卯日(9月3日) 晴。辰刻,往拜客数家,都未遇。遂访淡人,拉其偕诣道署拜寿。午初还寓,闻田萧臣总戎道出此间,伯衡邀其晚宴,约余作陪。下午出门,先往拜田,未晤。旋赴州廨之叙,田亦未到,同席为淡人、西斋、西园、春霆诸君,余无他客,亥刻散归。

二十四甲辰日(9月4日) 晴。终日未出门。午后,陈勋承协戎大胜过访。陈湖北人,需次抚标,管带练勇驻防梁山者也。傍晚,西斋过访,因余有廿金之助,特来道谢。伊欲报捐分缺先花样,故作集腋成裘之举,遍呼将伯耳。

二十五乙巳日(9月5日) 晴。午前,修发。午后,作子绥三弟复书,寄京都,因知其今科应京兆试,时正旅寓长安也。又复陈凤笙驾部一札,寄子绥转送焉。

二十六丙午日(9月6日) 晴。早间,发子绥信。午后,答拜陈勋承、王待卿,均未晤。访罗春亭、查筹青、许西斋,俱晤谈。在西斋处遇顾翰仙、郭春霆两君。傍晚还寓,约明晚邀客晚酌。夜间倾盆大雨。

二十七丁未日(9月7日) 阴。早间雨住,仍未觉凉。午后,西风陡起,遂未能衣纱葛矣。晚间,春亭、庚生、筹青、淡人均来集,二更后即散去。接梓儿六月既望来禀,言及住屋黄绶卿不愿经管,现疑出典,余实不能遥度,听之可也。

二十八戊申日(9月8日) 阴。阵雨数次,未出门。接于孟博书,知其于廿三日抵历下,往送之皂役亦归来销差矣。阅邸抄,合肥节相以畿甸水灾人重请展赈捐,限复请开捐银万两请特旨给奖之例,惜乎仆也无力,否则借此获一郡守,岂非妙事耶?甚矣!财之不可不雄也。

二十九己酉日(9月9日) 阴。早间,复丁锡五、王筱田书各一械。午后,赴庚生寅斋小集,同人俱早至,惟许西斋到最迟。时已入暮,遂开樽,二更后散归。席间,籫青谈及其冢妇将就其夫于湖南,籫青命第三子平阶送往,余因托其购带湘锡碗盏全桌,约需朱提半百,迟明当即交去也。

八　月

八月初一庚戌日（9 月 10 日）　阴。晨起,诣刘猛将军庙,拈香行礼。还寓,复于家堂各处拈香叩拜。吴俊民来谒见,与接晤片刻。午后至丙夜又复微雨。

初二辛亥日（9 月 11 日）　阴。午前尚雨,午后乃止。阅邸抄,王幼霞以阁读补御史,查荫阶可擢侍读矣,籫青当快慰也。

初三壬子日（9 月 12 日）　晴。巳刻,集绥五寓斋,偕籫青、春亭、淡人、庚生、西斋诸君作竟日之谈。同人为庚生、西斋两君补祝,缘昨日为庚生诞辰,前日则西斋诞辰也。下午,籫青、春亭、西斋三人往铁塔寺照相,淡人有事暂去,惟余与庚生、绥五未他往。晚间肴酒并佳,畅饮饱啖而散。

初四癸丑日（9 月 13 日）　阴。淫雨竟日,下午稍有晴意,无何又复细雨绵绵,至丙夜方息。悬念行人,不知舟泊何地。枯坐无俚,取梁茞邻《浪迹丛谈》随意翻阅。中宵梦醒,复起坐时许,觉余情渺渺,所谓"有所思兮在远道"也。

初五甲寅日（9 月 14 日）　晴。雨止日出,精神为之一爽。接昂鹤如来书,并秋节贺柬,此君不可谓非笃实人也,当作数行报之。

初六乙卯日（9 月 15 日）　晴。终日未出门。盼清江电报甚切,究不知妻孥辈已行抵何所,中怀惓惓,时往来于心头,不识何日方释予怀耳。

初七丙辰日（9 月 16 日）　晴。午后,孙渭臣大令肇苌过访,初次谋面也。渭臣为伟如从昆弟,以知县需次豫省,时方署氾水县篆,受代请假暂还,特来见访耳。罗春亭便衣过谈,面订初九晚酌而去。

是日亥正三刻,姬人徐氏举一男。当将娩时,令其出居西耳室,余独居燕寝,急盼内子速到,而至今尚无抵清江消息,真闷杀我哉。

初八丁巳日(9月17日)　晴。盼电信永日,仍复乌有。下午,籛青过访,谈良久。崔绥五承办公局,派分资每人京钱八千三百卅文,当如数付之。

初九戊午日(9月18日)　晴。寅正起。卯初,出门诣大王庙陪祀。甫及南门,遇姚眉生,知已祭毕,遂还。午后,答拜孙渭臣,问孙伟如疾,俱未晤。晚间,赴罗春亭之招,座皆熟客,肴馔多而不精,二更后散归。

初十己未日(9月19日)　晴。晨起,犹女兆楔来余室,亦以阿婶无电报至为念,因相与拈牙牌数以卜消息,婆娑久之乃已。日间,盼望来电几于眼穿,至日晡杳然,于是又待来日矣。

十一庚申日(9月20日)　晴。辰初,往奠龚樾亭之灵,雷、程两闸官相陪。樾亭为淡人族叔,故淡人亦于灵前答礼。余少坐即还寓。午前,方与楔、榕两人盼念清江电信,正在重拈牙牌重卜消息,忽闻者手持电报而入,余三人不禁狂喜,递相披阅。知内子率儿女辈已安抵淮城数日,悬疑顿为之释,乃手简致淡人索其溜单传发沿途各闸妥为照料,俾免阻滞,计期月之下浣总可到此矣。晚间,领到本月公费,除赠刘葆真庶常廿金外,净得双柏之数,恐不敷匝月用项耳。

十二辛酉日(9月21日)　晴。午后,张西园来访。晚间,庚生招陪静生先生便酌,宾主九人,西园亦在座。畅谈尽欢,二更后散归。收到道库发下夏半季及上年秋后半季夫食银两。

十三壬戌日(9月22日)　晴。午前,淡人来晤。午后,庚生过访,适张西园招耆静翁饮,亦邀余相陪,遂偕庚牛同往。主客亦九人,惟无伯衡、淡人,而有西斋、鹤盟耳。二更散归,复作谕兆梓书,拟明日饬仆役拿舟往迎于台庄,因寓书台庄闸官陆君琴士,托其加意照料。陆君乌程人,固同乡也。

十四癸亥日(9月23日)　晴。早间,遣仆役何升、李润德南下。

午后,摒挡节帐,挹彼注兹,筹算半晌方毕。因偕榕儿、槐侄女持螯薄酌,以当小食,颇觉适意。阅邸抄,祝盛甫选平庆泾道,祝先放宁夏府知府,今仍不能脱离甘肃,亦苦矣哉。

十五甲子日**(9 月 24 日)** 晴。晨起,诣火神庙,拈香行礼。旋至道署贺节,同人半集官厅,惟查、广两君未到,查赴汛,广患病故也。散衙后,往拜吴庚生、龚淡人,俱过门投刺而已,辰刻还寓。午刻,敬神佛,祀祖先。礼毕,偕子女薄饮。午后微倦,和衣假寐,申正乃兴。适庚生来拜节,晤谈片刻而去。晚间,阴云四布,月光甚晦,无何风雨交作,终夜雨声未息,而天气颇热,几类残夏光景。

十六乙丑日**(9 月 25 日)** 晴。早间,雨止日出。余起小食后,即督仆妪为内子扫除寝室,呼匠铺置地板、裱糊纸窗。布置粗定,惟匠人以役忙须明日才来奏技耳。午饭后,封具喜分二千文贻徐善卿守戎,闻其遣嫁侄孙女窘于财,故略将薄意,不意其原封璧还,殊未解其何心矣。

十七丙寅日**(9 月 26 日)** 晴。早间,修发。午后,监视裱糊匠糊窗,并为阿庆扫除住屋,栗碌半日。阅邸抄,吴炯斋以新科编修分校顺天秋闱矣。夜间西北风起,天气甚凉。

十八丁卯日**(9 月 27 日)** 阴。日间,检取字画,各屋更易。是日换戴暖帽,天时适宜。下午,淡人、伟如先后过访。伟如邀为其长女执柯许字吕氏子,定廿日纳采行聘。其冰人二,一为淡人也。

十九戊辰日**(9 月 28 日)** 阴。日间,监视木工于内子住屋铺换地板。午后,往访绥五、西园,俱未值。因访张西园,得晤,兼遇西斋及卞博文、邓琴白两君。傍晚还寓,孙伟如复衣冠来拜,订明日往为执柯。

二十己巳日**(9 月 29 日)** 阴。昨宵淫雨,至今未息。巳正初刻,往吕绅处,偕淡人、西园及李芳墀孝廉同送婚书庚帖于孙氏。伟如出迎入座,嘱余为之书帖,遂援笔立为挥就,旋入席吃面。下午,复偕三君送书币于吕氏,即在吕氏晚宴。看馔颇丰盛,主人拙朴无文,未敢入席相陪,另延陪宾者二人,一为陈履中,一为刘寿人。席备满汉烧烤,颇松脆,亦可为难得矣。亥正初刻方散归。

二十一庚午日(9月30日)　阴。终日未出门。计内子行程,应已抵台庄,彼处有电报分局,曾函嘱到彼再发一电,前遣何升往迎,复申言之,何日来尚无电至,岂以连日阴雨致阻行程,顷犹未抵台庄耶?殊觉纳闷已。下午,雨又作。

二十二辛未日(10月1日)　阴。鲍把总升卫北汛千总,署把总者为马庆澜,均于今日接篆。鲍、马两君于傍晚来谒,以时晏,辞未与见。

二十三壬申日(10月2日)　阴。闻籁青已还寓,午后往访之,与谈良久,因偕其访绥五,未值。遂访庚生,相与久谈,适雨作,乃散归。

二十四癸酉日(10月3日)　阴。午后,马署把总来谒,因与接见。未几,崔绥五、鲍凯臣先后来晤。下午,往答拜鲍、马二君。旋还寓,知淡人来访,未值。稍迟,淡人来,邀往闲谈,绥五、春亭均在彼,遂留晚饭,二更后方还寓。

二十五甲戌日(10月4日)　晴。连日盼台庄电音不得,甚觉愁闷。晨起,往铁塔寺奠罗夫人之灵,即讦亭侍讲冢妇,淡人之外姑也。淡人伉俪闻其讣,为之设祭成服,同人俱送礼往奠。余与绥五相遇,少坐即偕散。午后,籁青、西园皆过谈。客去后,余与兆㭿、兆榕三人闷坐斗室,楚囚相对,只盼电报,不知其他。至戌正初刻方始盼到一函,展阅,果内子抵台庄电报也,即余面授何升字句,并知何升等已迎上。于是三人数日之郁闷忧疑涣然冰释,自此专盼会面,不过转瞬间事耳。

二十六乙亥日(10月5日)　晴。早间,具门状订明日晚酌,为西园、籁青、绥五三人补祝,余与庚生、春亭、伯衡、淡人作东道主,由余处承办。午后,书寝室门联两付。一曰"印累绶若,鹤寿琴和",一曰"我黻子珮,男冠女笄",皆自撰句也。接子先内弟来书,系送内子行后所发，因得略悉大概。下午，淡人、春霆、春亭三君先后来晤，各久谈乃去。

二十七丙子日(10月6日) 晴。午前，王怡如过访。午后，阮玉堂过访。怡如就东昌府署刑名，玉堂以卫守备权临清卫篆，皆甫至济宁，特来见访，各少坐片刻。下午，同人均来寓，首淡人，次箨青、春亭、西园、绥五、春霆、庚生，惟伯衡最后至。酉初入座，亥初饭罢各散。

二十八丁亥①日(10月7日) 晴。早间，张贴门联，兼为阿庆扫除住屋。连日风日晴和，舟行当无阻滞，约计内子行程总已过韩庄矣。下午，兆樨以逐年所作诗词就教于余，因为点易数字，并将所书讹字指示，令其更正焉。

二十九戊子日(10月8日) 晴。晨起，往东关崇禧庵奠张西园乃弟之灵。旋答拜王怡如、阮玉堂，均未晤，遂归。午后，扫除南厅之夹室，为属僚作官厅，俾诸君免坐门房也。下午，汪幼卿大令来谒，与接晤许久。幼卿现复奉委州署审案之差，故复自省垣来此耳。

三十己丑日(10月9日) 晴。辰刻，差役李润德至，知内子舟抵新店，即日可抵济，乃命榕儿往迓。无何天忽阴，雨半日不息，致阻行程，至酉正初刻始到。即遣舆马迎内子及儿辈还寓，全家重聚，心怀顿慰。梓儿取进县学第廿六名，院试首题乃“若夫成功”一句。此行往返年余，费却千二百金，且喜获博一衿，而故园老屋中供奉先人神主牌位亦迎奉以来，所存书籍、木器亦略带些须，固未始无裨也。灯下，与妇孺絮语别来情事，四鼓后乃寝。

九　月

九月初一庚寅日(10月10日) 晴。终日收拾带来什物，分别

---

① 纪日干支“丁亥”应为“丁丑”之误，直至本年九月二十七日(1893年11月5日)皆误。

位置安放,竟日方毕。内子检箧中信札,得绥卿、清如、用宾寄书各一械。金姓托带朱君钟理银三百,途中已先借用二百余,明日当如数补足送与之。晚间,梓儿以院试文呈阅,尚平妥无疵,据云场中交卷极早,不似窗课构思之迟钝,殆所谓福至心灵者欤?

初二辛卯日(10月11日)　晴。淡人于午后过访,谈次知朱君盼望所寄银信已久,乃出积存廉俸三封凑成"毛诗"一部送与之。内子言及子先昆仲约到济后寄电音相告,因发杭州电报八字。闻绥五明日将赴汴,不及往送,爰挥数行致之,泊送信人还,始知其初四日方行也。

初三壬辰日(10月12日)　晴。早间,出谒客,晤绥五、淡人。复往奠王怡如夫人。午后,往贺伯衡侄女赘姻之喜,访篛青,均晤。申刻还寓,庚生过谈时许。

初四癸巳日(10月13日)　晴。终日料量带来什物,分别赠贻诸同人。午后,篛青、西园均来晤,因具门状排日邀同城诸友宴饮,约须四次方周,拟自初七日为始,已排至初十矣。

初五甲午日(10月14日)　晴。午后,诣道署,迎谒耆公。复往奠孙渭臣夫人,遇萧子祐司马。叙及年谊,盖子祐乃伯申年丈次子,江西人,侨寓济宁,前以同知需次南河,兹奉讳还此者也。傍晚,往送张西园行,与晤谈片刻。

初六乙未日(10月15日)　晴。早间,往拜耆公及伯衡两君寿,均未见,遂还。接子厚兄寄书一械。阅邸抄,查荫阶果擢侍读,本届察典可膺上考矣。

初七丙申日(10月16日)　阴。早间,萧子祐过访,与谈片刻。下午,走柬速客。篛青到最早,淡人、春霆、庚生、伟如、了钓亦陆续入座。戌初开尊,亥正宴毕各散。连日酬应,颇觉忙碌。

初八丁酉日(10月17日)　阴。卯正,诣道署送耆公之河南,忽大雨如注,遂归。午初,开尊宴客。在座为杨乐亭、徐善卿、杨图勋、姚眉生、刘寿人、程漫云、鲍凯臣七人,未初刻即散席。复往南关舟次奠田萧臣总戎夫人，另有他舟会客，略坐即行。归途答拜萧子祜，未晤，遂还。

初九戊戌日（10月18日） 晴。午饭宴客，在座皆汛闸诸君，首为济宁州判朱君兆仑，次天井闸官沈君葆恒、仲浅闸官龚君敬图、七级闸官雷君惠霖、武城县丞吴君邦贤、甲马营巡检周君泽溥、德州卫把总马弁庆澜，共七人，申初散席。田总戎来答拜，晤谈片刻。

初十己亥日（10月19日） 晴。天气忽甚凉，自是深秋气候。午间，仍开尊宴客。首座为方鹤盟游戎，次孙渭臣大令、阮玉堂守戎、叶少仙通守、张让臣州尉、胡伯渊参军，共六人，申初散席。有于君实司马来拜，谈次知有葭莩谊，盖君实乃彝斋表丈之婿，其犹子孟博又余之侄婿也。此次送其姑母田夫人灵柩往兖州，故道出此间耳。

十一庚子日（10月20日） 晴。辰刻，往南关水次送萧臣夫人灵柩发引，同人咸集，步送至东关寨外，乃升舆返，计步行四五里之遥，亦云劳矣。入城至电报局访杨乐亭，晤谈片刻而还。灯下，作书致子先昆仲，各挥数纸乃毕，时已三更，遂寝。

十二辛丑日（10月21日） 晴。午前，修发。午后，赴阮禹唐寓斋宴集，座客为龚淡人、姚眉生、叶少仙、王紫泉。诸人皆到，专待郭春霆一人，乃待至申初，不来。于是主人延吾辈入座，酒数巡，天气已暮，饮至二更方散。先是，久坐无俚，禹唐出所治石章"百福""百寿"二图见示，皆集经史中字句篆刻，计石章百方，每方篆法式样各不相同，真可谓巨制矣。

十三壬寅日（10月22日） 晴。早间，复蔡子青夫人、致黄绶卿各一书。午后，复沈经彝、家用宾、许清如各一书。外加总封，均寄子先分别饬送。灯下，书信面，明晨可交局矣。尚有各处信函皆当陆续缮写也。接晓苹复书，知乃秋太守已于初秋出都，计此时或可履任，稍暇亦须裁笺问讯之。

十四癸卯日（10月23日） 晴。日间，将里寓带来床榻分别安设寝室，余与内子各用其一，腾出之榻一给兆樨，一设于书塾，以备馆师卧榻,料量终日方毕。晚间,接绶卿表侄书,知子青夫人欲占居余屋,绶卿十分为难,然昨日所发信中余固已直言拒绝之矣。

十五甲辰日(10月24日)　晴。广锡三、查篛青先后过访,均晤谈。彭伯衡乃郎自江宁试旋,带有云梦鱼面,伯衡举以见饷,盖稔余最嗜此物也。

十六乙巳日(10月25日)　晴。是日为内子初度,属僚来祝者设筵相款,命梓儿出陪宾。晚间,阅北闱题名录,季卿叔岳乃郎名正声者获售。又有吴炳董者,恐是吴炳声之讹,若然,则雅初与其兄虎臣同榜矣。阅吾浙省试题名录,竟无一熟人,所识戚友胡俱报罢耶?

十七丙午日(10月26日)　晴。午后,往拜少仙、锡三、庚生、伯衡,俱晤谈。在伯衡处遇篛青。访淡人,则彼此相左。访阮禹唐,亦未晤,遂还。接子厚二兄书,言清江淮军转运局委员王赞斋太守有女年十八,意欲为梓儿执柯,并言梓儿道出清江时王君曾与相见,极相称许,因而属意及之。余颇合意,而内子尚犹移,须探听其门第家教,以及女儿情性如何、容貌如何,必粗知梗概,方能定见耳。

十八丁未日(10月27日)　晴。日间,出至斋中,将公私文牍信札分别批判裁覆。德州州同禀报漕船回空陆续过境者五百数十只,因即据以转报层台。武城县解到秋季俸廉俸银两,扣去二成五厘,乃奉部咨以皇太后明年六旬万寿庆典所需,议于内外臣工廉俸项下坐扣二成五厘,分次解部,以资接济,故自今年秋季起即遵照办理,计余每季少得卅六金有零矣。武城令丁锡五上书于余,求为开请催漕出力奖叙,并以履历来,不知须俟明年方届例保年分也。晚间,复子厚兄书,并以金波酒、冬菜饷之,交此次眷口乘坐原船带还清江投送。闻于石君南下即乘是舟,石君遣人告辞,余亦饬人持刺送行,彼此忙冗,遂不克一再往还焉。

十九戊申日(10月28日)　晴。早间,手书覆丁锡五。午后,栉沐一过。孙渭臣以菊花六盆见贻。下午,手治禀牍覆本道催查柳园地亩事,复具札稿飞催各州县卫令速呈覆,以便汇呈。公牍之外,又具手书催之,手不停挥者半日始毕乃事。复抽暇阅朱文正公《知足斋文集》数册,然后寝。

二十己酉日(10月29日) 晴。午间,夏津主簿张君泰年至自东昌来谒见。午后,访箨青、禺唐、少仙,俱晤谈。少仙荐西席常君渠西,济宁廪生,岁科屡列前茅,据称品学俱优,因嘱少仙代为延订。旋访淡人,辞以疾,时已日落,遂还。晚间,少仙复来晤,据云已与常君订定,嘱余约期往拜可耳。

二十一庚戌日(10月30日) 阴。早间,接淡人手柬,知其感冒未瘳,致未得晤。复以梓儿入泮赠物四色,爱受其笺纸、丝带二物,余者返璧焉。此番友人馈仪者约七八处,俱另册登载,以志雅谊。日间,签判文牍,遣役赍还武城分别投送,料量半日方毕。

二十二辛亥日(10月31日) 阴。午前,少仙以将之汴来辞别,谈片刻去。午后,余即往送少仙行,遂偕其走访常渠西茂才,得与相晤,订明年来寓授读,今年冬季先命梓儿执贽从游,俾得阅改课艺焉。旋访淡人,仍以疾辞。因访庚生久谈,无何箨青亦至,复清话时许,薄暮乃还。灯下,亲书关书,备具聘金贽仪各银二两,明日致之可耳。

二十三壬子日(11月1日) 晴。午后,命梓儿衣冠往拜常先生,亲致关聘,并执贽门下。未几,常君来答拜,余与接晤,兼命榕、梧两儿出谒焉。灯下,阅罗文恪公《集义轩咏史诗》并笺注数页,此书存里寓有年,昨兆梓旋里始携以来,惜已阙末册矣。

二十四癸丑日(11月2日) 晴。早间,淡人过访,谈片刻,知其感冒数日,刻已愈矣。午后,箨青来晤。因出故园旧得端砚数十方与观,据云皆属新坑,无一老坑者,就中有汉砖一块,箨青颇赏之,嘱余珍藏勿失。其实余于骨董一道固门外汉也。箨青去后,余复将梓儿带来书籍亲自检拾一过,分贮架上,忙碌半晌方毕。

二十五甲寅日(11月3日) 晴。午间,姚梅生招饮,兼赏菊。余于午正初刻往,则见淡人、锡三、乐亭俱已在座。未几,庚生亦至,遂入席。园中菊颇多,细种、名种却寥寥无几,然一望千红万紫、五色斑斓,亦可谓大观矣。申正饭毕,少坐乃散。还寓后,签判公牍,摆布账目,又复栗碌时许。灯下,课榕儿诵唐诗五律一首。

二十六乙卯日(11月4日)　晴。午后,本道耆公至自汴垣,因往道署迎候,同人咸集官厅,俟其至一揖而已,下午还寓。灯下,仍课榕儿唐诗一首。

二十七丙辰日(11月5日)　晴。早间,罗春亭至自汴垣过访,晤谈片刻。午后,扫除书屋为延师课儿之所,栗碌半日。晚间,仍课榕儿诵习唐诗。

二十八丁未日(11月6日)　晴。午后,检取珠皮袍褂,甫发衣笥,则见裘衣尽毁于蠹,毛纷纷落,十余袭无一完者。噫!何其酷欤!就中洋灰鼠裙二、灰鼠袍褂各一为最华贵,袍袖小毛紫貂尤佳,俱付荡然,殊可惜已。下午,答拜春亭,未晤。访伯衡、筱园,各谈片刻。晚间,姚子钧守戎招集卫廨小酌。酉初入席,戌初三刻散归。

二十九戊申日(11月7日)　阴。早间,张西园过访,亦甫归自开封者。午后,修发。复至书塾一阅,因检出字画数种悬挂焉。傍晚,赴郭春霆寓斋,偕同人公宴淡人、伯衡两君,一补祝,一预祝也。适伯衡往南乡鲁桥地方相验,候至亥初甫到,比散席已三更后矣。还寓后,稍事摒挡即就寝。

十　月

十月初一己酉日(11月8日)　晴。清晨,诣猛将军,案前拈香行礼。闻陈六舟世丈冢子巽卿观察将省六翁于浙学任所,道出此间,因往舟次相访,未晤。无何巽卿来拜,晤谈时许。并令梓儿出见,缘梓儿为六舟先生拔取入泮故也。下午,复令兆梓往拜,因复见巽卿之次子焉。晚间,偕淡人、箨青公宴巽卿于淡人寓斋,座惟三主一宾,无他俗客。谈次始知巽卿为卞颂臣年丈东床客,向但知颂丈与六丈为儿女姻亲,今始悉其详耳。巽卿明日解维长行,余尚有托带杭州信件。席散还寓,即摊笺作书致各亲友,并以阿胶、枣酒各物分寄诸君,均托子先弟分致,手不停挥者半晌,方将信件封固。另致巽卿一笺,托其携带,遂饬将信件送往舟次,然后毕乃事。比就寝,已四更二点矣。

初二庚戌日(11月9日) 晴。料量延师开馆事,常先生须来年方能到馆,今岁先令梓儿遥从,一面遣其子棣园来寓权馆,俾榕、梧两人受业焉。余订期明日开馆,遂将本月束脩、月费送与之。

初三辛亥日(11月10日) 晴。早间,命梓儿往渠西先生处请课题,兼约其子棣园来到馆。午后,棣园来,余亦与接晤,遂命榕、梧两儿上学读书。下午,崔绥五过访,谈片刻,渠亦游汴甫还者也。

初四壬子日(11月11日) 晴。检拾衣笥,抖晒裘衣,盖有鉴于昨发之箧,于是逐一检视,料量终日方毕。灯下,课榕儿唐诗一首。

初五癸丑日(11月12日) 晴。午后,答拜张西园、崔绥五,俱未晤。晚间,淡人招集同人寓斋小饮,皆消寒会中人也。畅聚时许,二更乃散。

初六甲寅日(11月13日) 晴。检拾架上书籍,一一位置妥贴。寝室之多宝幮无宝可贮,乃以廿四史全部实之,长短多寡适如其分,亦云巧合矣。《京报》局寄到题名录,见虎臣、雅初昆仲姓名高列,果然兄弟同捷京兆,亦可喜矣,稍暇当寄书季卿丈为贺也。又有仁和叶姓者亦举北闱,不知是否作舟同族耳。

初七乙卯日(11月14日) 晴。午前,晒晾裘衣。午后,访绥五,遇春霆,旋偕两君同访庚生,遂留晚饭。啖菊花落英,盛以紫铜暖锅,下用火酒为薪,其式颇精。春霆拟呼铜工仿制,余亦嘱其代制一具。庚生谈及阅电抄邸报,王夔帅请假一月,嗣复疏请开缺,特旨再给假两月,不令开缺,不知究有何疾忽欲引退,殊念之。二更散归。

初八丙辰日(11月15日) 晴。早间,往拜淡人母夫人寿,同人咸集,因留午面,未刻散归。傍晚,孙伟如过谈,日暮方去。日间,复检拾衣笥,呼裁人、缝人分治之,俾得补缀成袭,计工资需十数金矣。

初九丁巳日(11月16日) 晴。午后,发柬速客,首为郭伯韶,次张西园,次罗春亭、彭伯衡、广锡三、崔绥五,皆前次所未请者,特补宴之,复邀淡人、箬青相陪。傍晚入座,二更宴罢各散。因明日有朝贺典礼,遂早眠。

初十戊午日(11月17日)　晴。丑正起。寅正,恭诣万寿宫行朝贺礼,因陪本道及诸同人吃面,各官俱集,惟西园、绥五两人未到。卯正散归,复和衣而寐,午初乃起。下午,往绥五处偕同人公饯西园,西初入座。绥五寓中烹饪素精,座客皆极醉饱,戌正初刻散归。日来渐冷,大似冬日光景矣。

十一己未日(11月18日)　晴。日间,检出裘衣,督视裘人补缀。午后,修发。晚间,便衣赴伯衡廨室晚酌,皆同会中人,伯衡亦以西园将移官畿辅特设此饯别耳。二更后散归。

十二庚申日(11月19日)　晴。终日未出门。本月公费尚未发出,于是取出廉俸一封兑钱应用,就中赠西园程仪四金,公宴陈、张两君派分十千,均一一取偿焉。接丁锡五贺梓儿入泮禀及德州卫送到清查柳园地亩册各一封。有以狐白裘求售者,索价廿金,予以十二金,未知肯售否也。

十三辛酉日(11月20日)　晴。终日甚冷,遂未出门。午后,摊笺作札寄季卿叔岳,贺其两郎同捷京兆之喜,因赋七律二章。词曰:“浩荡天恩庆榜开,郊祁应运出尘埃。弟先遄计兄居后,否去重看泰大来。佳话定教传艺苑,承欢更喜助循陔。明年再共琼林宴,稳步花砖并辔回。”“暌违两载正相思,消息听来喜不支。始信文章原有价,漫云科第本无奇。埙篪并奏音才合,名字讹传贺独迟。寄语眉山名父子,丝萝忝托也荣施。”

十四壬戌日(11月21日)　阴。检出前岁自制阿胶二斤赠者观察,因闻其访求此物故也。午后,夏津陈主簿来见。傍晚,有候补游击王广庆者来谒,谂其为抽丰客也,因拒不与晤。晚间,收到道发本月公费,数月来用项颇多,公费而外,俸廉亦复用去,不复有储蓄矣。

十五癸亥日(11月22日)　晴。晨起,出谒武庙,途中寒气袭人。还寓，复于家堂各处拈香行礼。旋至外斋清厘积牍，于是漕船回空全数出境之禀亦填日封发。午后，往拜张西园，晤谈片刻，知其不日首途，将之直隶调任矣。又访淡人、庚生、伟如，俱晤。庚生儿妇双双至自海丰，其故园虚无人焉矣。晚间，月色大明。灯下，因将致季丈书续成，并以贺仪六金、炭敬六金寄之，拟汇京足纹银十六两，余四金当以之贻陈凤笙耳。

十六甲子日(11 月 23 日) 晴。午后，将致季丈银信送淡人处，托其转寄汇号递京。下午，修发。申刻，设祭品于厅事，祀文昌、魁星诸神，因适遇甲子金奎日也。客岁仲秋九日亦逢此，其时将命兆梓归应童试，敬谨设祭而行，今年兆梓果获入泮，亦可谓祭必受福矣。

十七乙丑日(11 月 24 日) 晴。早间，课兆梓临帖，写白折命其学为古文，试作"范少伯论"一篇，余复删润之，乃令誊正，俾呈常师阅看可耳。

十八丙寅日(11 月 25 日) 晴。早间，仍督视兆梓临帖、读古文。午后，祖寿侄自淮安来此，殆又欲重累余矣。闻绥五有丧女之戚，因往视之，与谈良久而还。傍晚，张西园来辞行，亦晤谈，据云廿二日即起程北上矣。

十九丁卯日(11 月 26 日) 晴。午后，访常渠西于李氏馆中，晤谈时许。旋访籜青，未晤。道经淡人门，见籜青之车在焉，遂入与相见。淡人之兄吉人至自徐州，带到退盦书，并寄葆珍侄女镜花二物。退盦新有西河之恸，心绪大坏，因即作书复之致慰词焉。

二十戊辰日(11 月 27 日) 晴。午后，有新到闸官杨光新者来见，询知即杨乐亭犹子也。下午，籜青过谈，片刻即去。晚间，课兆梓读文数首。

二十一己巳日(11 月 28 日) 晴。午后，自书八言对一付，为项蔚如闸宰贺纳妇之仪。绥五、庚生先后过访，均晤谈时许而去。

二十二庚午日(11 月 29 日) 晴。午后，出门先贺项蔚如，次贺严筱园，皆以是日为其子纳妇。项氏预喜筵，严氏则少坐即出。复拜袁诗农太守,答拜张西园及杨闸官,俱未晤,遂还寓,知袁诗农亦来拜矣。晚间,仍课兆梓读文数首。

　　二十三辛未日(11 月 30 日)　晴。日间,检取裘衣与缝人、裘人相从事者,半晌方交派清楚。午后,修发。傍晚,罗春亭过谈片刻。

　　二十四壬申日(12 月 1 日)　晴。终日未出门,因取《普法战纪》随意翻阅之。阅邸抄,方仲侯已以直隶州引见发江苏候补矣。

　　二十五癸酉日(12 月 2 日)　晴。午后,往答拜罗春亭,晤谈良久。闻是日为绥五母夫人诞辰,遂往一拜。适绥五宴客,到者已多,彭伯衡其一也,余少坐即出。还寓后,晚间仍课兆梓读文数首。

　　二十六甲戌日(12 月 3 日)　晴。日间,书白折数页,拟临写篆字,适有篆书《尚书》,全部取而摹仿之,愧未能得其仿佛也。连日天气极为和暖,似是小阳气候。

　　二十七乙亥日(12 月 4 日)　晴。日间,接绥卿表侄来书,知里门老屋已租与高姓居住,月租十三元,租押二百元,已于九月廿有七日进屋矣。并知余九月中旬所发书已接阅,蔡子清夫人居然不再纠缠,惟浒巷族人略沾润中费,所耗尚无多耳。

　　二十八丙子日(12 月 5 日)　晴。午后,视缝人裁衣,拟制紫袍一袭。下午,接内弟吴孟埙来书,并其母夫人寄内子书,均悉。按孟埙为鹤龄叔岳冢子,子先之堂弟也。晚间,伯衡招饮州廨,同席有荣礼吉、汪幼卿、郭罗两春庭及伟如、绥五两君。酉初入席,戌正散归。

　　二十九丁丑日(12 月 6 日)　晴。午后,周巡检来见,欲以廿金为贷,将来于夫工项下扣除,念其窘迫,因即借与之。晚间,淡人招饮,座有诗农、伟如并伟如族兄静峰,余皆熟人。余新购得貂皮帽沿、袖头各一事,因托淡人交便友带往汴省制一貂冠焉,席间即面与言及。二更后散归。

　　三十戊寅日(12 月 7 日)　晴。早间,走简致淡人,嘱代制貂皮冠领于开封,并以银三两一钱付之,兼托购买皮丝烟及香肠各物。午后,颇思出外访友,适内子感寒,忽而头眩作呕,卧疾于床,余遂不果出。晚间,饮以午时茶,遂渐瘳。

十一月

十一月初一己卯日(12月8日) 晴。无谒庙之役,遂未起早。午后,接子厚兄书,云及王赞斋处说亲之事,尽可玉成,其女德容俱好,无须游移。余因商之内子,拟即就此定计。于是作书覆子厚,并将兆梓年庚寄去一合,若无刑冲,斯得之矣。

初二庚辰日(12月9日) 晴。早间,将寄子厚书封发。午后,修发。汪幼卿来谒,未克与晤。未申间赴篕青寓斋作生日会,余与郭罗两春亭为客,彭、查、吴、龚、崔五人为主。肴味极佳,极醉饱而散。

初三辛巳日(12月10日) 晴。案头有《夜谈随录》,因披阅数册,颇有足解颐者。灯下,忆及徐乃秋当已抵温州太守任,因摊笺作书问讯之,未及缮封遂寝。

初四壬午日(12月11日) 晴。午后,出门答拜汪幼卿,未晤。访篕青,久谈,时已黄昏,遂不及他往而还。篕青谈及其子媳已抵湘,余托购锡碗云已购齐,不日可带到也。

初五癸未日(12月12日) 晴。天气渐冷,大有隆冬光景,而仍无雪意。日间,书白折两页。有休宁蔡君伟卿者以同知官南河殁于清江,其家侨寓济宁,讣于余,余曾与其兄仁山司马有一面之识,因赙以京蚨两竿焉。

初六甲申日(12月13日) 晴。午后,往拜郭伯韶,晤谈片刻,托以蹇修事,座中遇刘寿人。复访庚生久谈,则遇郭春庭焉。傍晚,至严筱园处贺其迁居之喜,筱园抱恙未瘳,仍于寝室见之,少坐即还。

初七乙酉日(12月14日) 晴。午后,篕青过谈片刻。下午,作书复黄绥卿,尽八行三纸,未及封发。晚间,收到道发本月公费银百八十金。

初八丙戌日(12月15日) 晴。午后,将致绥卿书缮毕,即作上四叔母书,寄杭嘱绥卿转寄。并令绥卿将所储押租二百元以百元存商生息,以百元寄淮寓贻四叔母,略表寸忱,缘内子道出淮安时叔母谆嘱寄声,欲余量力分润,敢不力图报命耶? 晚间,复作孟埙内弟覆书,又内子覆其叔母书亦为代笔焉。灯下,孙伟如过谈片刻。

初九丁亥日(12月16日)　晴。午后,答拜雷闸官,访龚淡人,晤谈片刻。访绥五,未遇,遂还。灯下,作紫绥弟书,告以叔母所遂诿已由杭汇拨百番寄淮,嘱其先为代禀,以免老人盼望。此书拟驿递清江,交厚兄转送也。

初十戊子日(12月17日)　晴。早间,挥八行两纸寄厚兄,并附绥弟书于其内,用官封驿递清江。有新科河南孝廉裴维信者,辛亥世兄也,以朱卷来贻,因送以赆金二两焉。午后,访绥五久谈,傍晚还寓。

十一己丑日(12月18日)　晴。早间,作致徐乃秋书,亦用官封驿递温州,计此时乃秋当早履任矣。午后,王小田守备来谒见,与接晤片刻。

十二庚寅日(12月19日)　晴。是日为余初度,流光如驶,强仕之年不觉已近,而修名不立,事业无闻,良足愧已。午刻,祀先,展拜如礼。午后,答拜王守备,投刺而还。

十三辛卯日(12月20日)　晴。早间,罗春亭来假朝冠,缘以旧冠假之而留新者自用,缘明日为长至节,同人皆随班朝贺也。按朝冠之制,冬用薰貂,夏用白罗,无用绒呢及万丝胎者,其误用者皆不知本朝制度耳。

十四壬辰日(12月21日)　晴。丑正,诣龙亭,随班行贺冬礼,并会食于朝房,黎明散出,旋偕同人诣道署谒贺,辰刻还寓。午间,祭享祖先。下午,罗春亭过谈片刻。

十五癸巳日(12月22日)　晴。清晨,诣风火神两庙,拈香行礼。旋往各处谢寿,晤鲍凯臣一人,余俱未遇而归。晚间,同人集伯衡处为消寒初集,余拈得第五会。箨青以磬折伤腰未到。

十六甲午日(12月23日)　阴。回子马锡蕃殁于浙江西路场任所,枢还讣于余,余不礼焉。午后,往视箨青,久谈,无何庚生亦至,比日暮乃散。

十七乙未日(12月24日) 阴。颇觉寒冷。午后,箨青、春亭均来晤,箨青独后去。下午,接四叔母自淮安寄书,有索资之语,幸余已先期筹寄耳。

十八丙申日(12月25日) 阴。午后甚凉,似有酿雪之意,无何雨雪交作,惜未深透耳。灯下,阅《古文集评》中《左传》《国语》各数页。

十九丁酉日(12月26日) 晴。午后,绥五过谈片刻。晚间,刘寿人招饮,座皆熟人。余申初刻往,而众客已齐集,惟余到最后,可谓早矣。二更后散归。

二十戊戌日(12月27日) 晴。早间,淡人处送阅汴省电信,知河帅许公奉谕赴北河会勘,即日北上,豫抚裕公兼署河篆,吾侪又将上书禀贺矣。晚间,庚生邀陪静生观察及诸同人小饮。席上小品有晾干肉一味,余食而甘之。

二十一己亥日(12月28日) 晴。作三套红禀,一分寄贺兼帅裕泽生中丞,余无幕客,乃自撰自书,终日而毕,灯下封发。箨青送到带来锡碗两席。

二十二庚子日(12月29日) 晴。前晤箨青,知所购锡碗用银四十六两零,自清江起旱车价用银十一两余零,前次交以库纹五十两九钱,计尚不敷银六两余。渠既不欲相补偿,余拟邀以一饭为报,乃折柬招箨青、庚生、淡人、绥五四君子廿四日晚酌,郭、罗两君皆星驰赴汴送旧迎新,故不与是会,伯衡则因其事冗,伟如则因其晏起,故皆从割爱焉。

二十三辛丑日(12月30日) 晴。箨青走柬告以明日欲赴张秋,特辞是宴,余因复函留之,劝其缓行期一日。午后,郭伯韶过谈片刻。

二十四壬寅日(12月31日) 晴。午后,淡人先至,坐谈良久,绥五、庚生、簳青方来,闲叙片刻即入座。饭毕,复小憩多时乃各散。席间,谈及耆观察又将赴汴,殆欲谒裕公耳。

二十五癸卯日(1894年1月1日) 晴。终日未出门,惟课儿辈读书而已。昨日偶尔邀客便饭,不谓亦需钱三贯余。甚矣! 物力之艰也。

二十六甲辰日(1月2日) 晴。接淡人手柬,知托其转汇都门银款已代为汇寄,除汇费外尚找回制钱二百数十文,盖济平较之公砝平每百两大二两也,若京平松银则平色更小矣。

二十七乙巳日(1月3日) 阴。似有酿雪之意。午后,接吴孟埙代其母夫人寄内子书,并致余一书,以孟埙年长欲为完娶,婚费无所出,特呼将伯于余,欲以二百元相助。余实限于棉力不多,只好量加点缀,不能如数而予也。

二十八丙午日(1月4日) 阴。检出家藏金珀朝珠两串,一大一小,余喜其小者,因呼肆贾来寓穿缀之,便可挂用,其大者则韫椟而藏之可也。午后,修发一度。欲出门,因日暮中止。

二十九丁未日(1月5日) 晴。午后,访淡人,久谈。绥五、簳青踵至,因留晚饭,绥五偕雉鸡二尾佐之。席间谈及余托带皮丝烟及貂冠领均已带到,惟所备价银尚嫌不足,须找价两竿耳。晚饭后复久谈,然后散。

三十戊申日(1月6日) 晴。午后,访庚生,作竟日叙,比日夕将散,适有馈水角于庚生者,因留余共尝,遂止焉。李子英以视疾至,亦留晚饭,二更后散归。庚生述及簳青明日将往安山,须数日方还也。

十二月

十二月初一己酉日(1月7日) 晴。晨起,诣八蜡庙,拈香行礼。归来复于家堂各处拈香。午后,小眠片刻。晚间,作书致武城令丁君,询问廉俸银两坐扣报效工需一事,缘近闻藩司汤公有同通以下人员免摊此款之议,果尔,则前此县令所扣者尚可向其索还也。

初二庚戌日(1月8日)　晴。日间,将致丁锡五书封发,不知其如何见覆也。下午,罗春亭至自汴省,过谈片刻。述及许公仙屏奉召入都,廿六自汴首途,时方抱恙,以六十七岁老翁扶病冲寒,长途跋涉,亦云苦矣。

初三辛亥日(1月9日)　晴。耆观察赴汴谒兼帅裕公,定今晨赴程,乃于黎明往送。及抵署,双扉尚扃,于是之淡人处小憩。辰正,吏报道署辟门,乃偕淡人前往,复坐候良久,耆公始升舆行。余旋答拜罗春亭,晤谈良久。临出时,春亭以山鸡、咸菜见饷,命从者携之而归。午间,家忌祀先。午后倦极,因和衣而寝,比觉,已日晡矣。

初四壬子日(1月10日)　晴。午后,修发一度。因往访孙伟如,遇淡人于座,谈及浙抚崧振青中丞卒于任,廖谷似以豫藩擢抚吾浙。谷似前官浙省粮道有年,嗣升浙臬晋豫藩,今又开府于浙,喜可知已。又枢堂许星叔大司马亦于前月卒于位,不知政府一席能畀夔石先生珠还否。夔丈两次请告未允,嗣复请开滇督本缺求补京秩自效,今适有此机会,或者天从所愿,即以许公遗席畀之,亦未可知耳。

初五癸丑日(1月11日)　晴。作书问讯周鼎臣,未及封发。接陆耕瑶之子慎之来书,述及袁梦白于客秋物故,袁为耕瑶僚婿,余曩昔所延西席友也。灯下,阅梁茞邻《浪迹丛谈》一册。

初六甲寅日(1月12日)　阴。似有雪意。午后,集罗春亭处公宴,是为消寒二集。余未刻即往,而绥五已先在焉,无何诸客陆续而来,最后至者郭春霆,盖春霆昨甫归自汴也。同人谈及有徐筱云侍郎直枢堂之信,徐固起家军机章京者,复令上堂,亦意中事耳。惟此公年已六十有九,与许公实为同庚,所谓"夕阳虽好,已近黄昏"者,此之谓矣。晚间大雨雪。

初七乙卯日(1月13日)　阴。午后,答拜吕庆圻,访杨乐亭,俱未晤。旋访簳青,久谈。傍晚还寓,手札致杨乐亭询以许公所遗兵部尚书补放何人,旋接其复字,尚未见有电旨,殆须稍迟时日矣。

初八丙辰日(1月14日)　阴。闲书红白幛款各一副,一送吕,一送马也。午后,篛青、淡人先后过谈,皆同为孙、吕两家作冰人者,初十日两家行纳采礼,余等将往从事焉。晚间,雪甚大,颇觉寒冷。

初九丁巳日(1月15日)　阴。收到道库发出本月公费银两,并尾数亦找发清楚,于是付诸钱肆兑换钱文存肆,陆续取用。昨淡人谈及吾侪廉俸免扣报效工需银两,藩司已有檄行,余前被武城令所扣之项当可补还也。

初十戊午日(1月16日)　阴。辰初刻即起,候至午初吕氏方来催速,因即前往。时淡人已到,篛青旋亦至,其一则本城孝廉李君相九也。两家纳采礼毕,女家即接续送奁,往返追逐,尽日乃毕事。晚间,宴于吕氏,肴品甚不佳,匆匆一座即散。

十一己未日(1月17日)　晴。午后,方欲赴篛青消寒之约,适罗春亭过谈,遂偕其同出。先至庚生处,则淡人、春霆已先在,因复剧谈时许,始偕赴篛青处聚集。伯衡以公出未到,伟如最后至。席间,庚生出其弟稼生中卷首艺见示,题为"故君子必慎其独,至其严乎",文别无出色处,不过平妥无疵,其售也固其命也,因携归示兆梓,勉以勤学焉。

十二庚申日(1月18日)　晴。终日未出门,阅罗顺德尚书《咏史诗》,至明季诸人事其笺注颇详,尤足以资考证,尚书著述之功亦勤矣哉。阅电传阁抄,孙莱山尚书调长兵部,薛云阶侍郎擢长刑部,皆丙辰进士也,丙辰榜运盛于己未多多矣。

十三辛酉日(1月19日)　晴。辰初刻起,呼匠修发一过,即至吕氏,偕新郎迎亲于孙氏,在女家早膳。午后,新妇随其婿归吕氏,吾侪因往视成礼,并饫其喜筵,然后散。下午,偕篛青往贺鲍勋嫁女之喜,少坐即还。晚间,吕氏复邀饮,因辞不往。

十四壬戌日(1月20日)　晴。午后,往拜罗春亭寿,未晤。因往绥五处拜其太翁寿,及入座,则春亭、淡人、篛青咸在焉。无何庚生亦至,遂留晚酌,二更后乃散归。是叙主人出廿年陈酿款客,可称旨酒,不觉豪饮,然仍未及醉也。

十五癸亥日(1月21日) 晴。耆公至自汴。午后,偕同人往迓于堂檐,旋各散。晚间,集绥五处作消寒第四集,庚生最后至。席间酒肴并胜,无怪绥五之自诩也。吕氏明日复设筵谢客,具柬相延,辞之不获,又将往扰矣。

十六甲子日(1月22日) 晴。午后,自撰春联语句,拟托淡人一挥。下午,往答拜汪幼卿,访淡人,俱未晤。旋至吕氏,无何淡人、篛青俱至,知两君亦皆先访余,以致三人彼此相左,亦巧矣哉。席间酒馔甚劣,相持久之仍不获一饱,散归后仍照常晡食,然后就寝。

十七乙丑日(1月23日) 阴。早间,自书楹帖数联。午后,接子先内弟书,索此间旧碑拓,开一清单,不下十余种,当徐为访求以应之。晚间,淡人知会明日午后偕谒本道,届时早到可耳。

十八丙寅日(1月24日) 晴。午刻,出门至伟如处拜其尊人驾航年丈寿,伟如坚留吃面,姑且稍坐。适篛青、绥五先后俱至,遂偕两君诣道署,俟同人到齐投刺上谒,辞不见,乃各散。回寓更易便衣,至篛青处吃全羊,制廿余种,各臻其妙,诚四海九州之美味也。余食而甘之,饮啖倍他人,极醉饱而归。不谓就寝后,竟转侧不能成寐,直至鸡初鸣始入梦乡,殆过食伤脾之故欤?

十九丁卯日(1月25日) 晴。早间,检出家藏锡水碗为明晚宴客之需,取汴梁带到鱼翅,手自煨制,未知能稍制胜否。午后,封兑白银,计塾师节礼四两,赠叶芸进士二两四钱,赠刘锡晋举人一两,皆一一分致之。下午,篛青过谈良久,因偕往伟如处晚酌,余席散即还。

二十戊辰日(1月26日) 晴。接绥卿九月间来书,并桂花糖一罐,居然带到无误。晚间,招同人宴于寓斋,是为消寒五集。伯衡以事未到,伟如则到最迟,去亦独后,然亦不及三更已酒阑人散矣。

二十一己巳日(1月27日) 晴。卯刻起。辰刻,诣道署贺封印喜。归来即于厅事拜封关防,行九叩礼。时交辰正三刻,幸不迟误良时。午后,小眠片刻,不觉已日之夕矣。

二十二庚午日(1月28日)　晴。午后,答拜郭伯韶于东关,未晤。旋之州署贺伯衡乃郎均臣娶妇之喜,同人至其内宅看视新人交拜成礼,出至厅事观演梨园者。观察亦往贺,晚宴与之同席,饮酒颇多,惜非佳酿耳。二更后散归。

二十三辛未日(1月29日)　晴。早间,接筱侣表丈来书,又得子厚兄覆书,并寄到王氏坤造生年日时,据云合之乾造,一切相宜,可与缔婚。午后,郭伯韶过访,出王赞斋复书见示,嘱即择期爻定,因即书致子厚,托其就近代办聘事,简帖格式拟一草稿寄去,嘱其照办可耳。傍晚,绥五过谈片刻。二鼓,行祀灶礼。

二十四壬申日(1月30日)　晴。午后,拜客,晤淡人、庚生、箨青。晚间,伯衡招集州廨,仍是彩觞,宾僚毕至,可称盛会。有泰西教士三人亦在座,款之者郭伯韶也。入夜兀坐甚冷,遂不俟终席而散。

二十五癸酉日(1月31日)　晴。日间,扫舍宇,洒床帐,颇觉碌碌。晚间,集庚生寓斋作消寒第六集。同人能饮者五人,皆尽量畅饮,五人者,余与伟如、绥五、伯衡、春亭也。盖自雅集以来,惟今日最为痛饮矣。

二十六甲戌日(2月1日)　晴。终日未出门,惟缮发贺年笺札,核算应偿逋负而已。晚间,收到豫支来年正月公费银两,于是匜岁之入项毕矣。

二十七乙亥日(2月2日)　晴。日间,料量年关各帐,不敷尚巨,各处挹注大费持筹。甚矣！过年之无谓也。午后,许西斋至自开封,晤谈片刻去。是日丑刻,设祭祀神,所谓烧年纸是矣。

二十八丙子日(2月3日)　晴。终日持筹握算,分付各帐,几于一波未平一波又起,可谓头绪纷繁矣。事毕,余钱十余千,爰将钱箧加封,示年内不更启也。

二十九丁丑日(2月4日)　晴。是日交立春节。午初刻,诣道署贺春,同人咸集。归途答拜西斋,未晤。还寓,祀先,行时享礼。道库又发旧欠夫食银两半季。

三十戊寅日(2 月 5 日) 晴。午前,马把总来谒见,以属弁领饷行抵宁阳被拘于县廨来告,因走笔作檄下县令速释放可耳。下午,复诣道署辞年。晚间,祭祖祀神,二更方毕事,旋偕家人团坐入宴。

光绪二十年(1894)甲午

正 月

光绪二十年岁次甲午正月初一己卯日(2月6日) 晴。丑正初刻,恭诣万寿宫,随同本道行朝贺礼。退班后,宴饮于朝房。宴毕,分诣各庙拈香,余分得八蜡庙。谒庙毕,夜犹未向晨,爰回寓憩息片时。俟东方大明,然后诣道署贺岁,得见耆公于厅事。旋往各处拜年,大都过门投刺而已。辰正三刻还寓,诣神佛祖先,位次行礼。正在忙碌,查篝青适来拜年,直入厅斋,因与周旋良久。其时余颇觉疲惫,且腹痛陡作,大费支持,无何本僚属友踵至,只得接晤。比客去,遂卸衣冠,戒阍人今日勿再延客矣。晚间,偕家人聚饮,庖人供烧鸭颇佳,因畅饮多爵焉。

初二庚辰日(2月7日) 晴。午后出门,遍往各处拜年,晤绥五、庚生、春亭三君,余俱未见。郭伯韶处最远,到门时极思入座稍休,奈阍者辞以疾,只得回车。傍晚还寓,于是拜年之能事毕矣。

初三辛巳日(2月8日) 晴。绥五曾于年前订定今日过其寓饮陈酿,座客皆同会诸友,惟减郭春霆,添入许西斋,仍符九人之数。余于申初刻即往,时庚生、淡人已先在,未几,客俱到齐,遂入席。酒令纷纭,无非为多饮计,可谓既醉且饱矣。

初四壬午日(2月9日) 晴。伟如轮直消寒七集,因伯衡不日晋省,遂提前办理,亦于年前即约定今日晚集。午后,庚生便衣过谈片刻,遂偕往伟如处。席间杯箸器物皆假诸余者,余初颇不愿,强而后可耳。然其酒肴不能假诸他处,势不得不自制,味劣色败,不堪饮啖矣。

初五癸未日(**2月10日**) 晴。接吴季卿丈覆书,并其乃郎虎臣昆仲朱卷,又陈凤笙复书,均一一收阅。季丈言及明年例保可得关道记名,惟放缺之迟速无把握耳。

初六甲申日(**2月11日**) 晴。耆道台之历城贺岁,于今晨首途,同人于辰刻齐集官厅候送,巳正即散。闻伯衡亦于今日之兖州矣。

初七乙酉日(**2月12日**) 晴。余久欲游王母阁未果,晨起,戒庖人携肴榼先行,乃于午后率儿女辈六人同往游焉。其地为济州第一胜景,虽游踪屡过,而光景常新。下午,开尊小饮,小食点心,趣味诚不浅哉!无何夕阳西下,乃入城返寓。

初八丙戌日(**2月13日**) 晴。午刻,电报局送阅谕旨五道,以恭遇皇太后六旬万寿,自亲藩内廷以及中外一二品大臣无不叨膺懋赏,夔石、夔臣、若农三年丈皆拜花翎之赐,时王官总督、孙官尚书、李官侍郎也。晚间,淡人招春饮,座皆同会友,惟去郭、彭,添许西斋、汪葆田耳。是集绥五最后至,渠将以后日赴汴,殆不无琐事也。

初九丁亥日(**2月14日**) 晴。午后,往送绥五行,托以购带洋药,转索仙帅所选时艺《才调集》一部,想必能索得也。在绥五座上遇庾生及杨乐亭,杨为电报局委员,谈及刘毅吉甫放江西粮道,固由忠勋后嗣,亦由保荐应酬而来,盖时尚如此,非然者白首为郎可耳。

初十戊子日(**2月15日**) 晴。终日未出门。晚间,陡接孙晓赟讣函并其弟晓秋大令手书,知晓赟以微疾于客岁仲冬四日殁于易州任所,闻之曷胜愕悼。晓赟年甫四十有三,作令十年,循声卓卓,昨年擢牧易州,余谓其功名方大起,遽赴修文,实出意外。且膝下子女俱无,尤觉惨恻,晓秋书中谓其兄妾幸有遗腹四月,惟赖此一线之望矣。

十一己丑日(**2月16日**) 晴。日间,披阅晓秋来书数四,又取客秋小赟来札展诵一过,不禁人琴之感。因成挽小赟长联一副,句曰:"剧怜知己天涯,窃谓君建树方长,胡遽山州占鹏集;倘见长公地下,为语我平安依旧,免教泉路念鸰原。"缘小赟初与大兄至契,故次联云云。午刻,以家忌祀先。连日暖甚,大似春日光景矣。

十二庚寅日(2月17日)　晴。午后,赴籥青处饮春酒,时淡人已到,无何汪葆田、郭春霆、王少仪、李镌三、许西斋陆续俱至。席间,谈及吴清卿中丞六旬整庆,同人拟制屏寄祝,淡人嘱余撰文,余固谦让未遑也。

十三辛卯日(2月18日)　晴。日间无俚,偶得《石头记》,随手披阅,颇足解颐。忆少时拘墟性成,闻长老都目此为淫书者,遂屏绝弗览,他如《西厢记》《桃花扇》等等皆所深恶,由今思之,其亦可以不必矣。晚间,祀先,遵例蟒服将事如礼。

十四壬辰日(2月19日)　晴。德州报局寄到邸抄廿余本,皆客冬腊月者,因捧读良久方毕。许大司马饰终恤赏亦于此方见,其大致与张勤果相埒,惟入祀贤良祠一层无之,盖当朝方重武功,遂使绛、灌迈隋、陆而上之耳。

十五癸巳日(2月20日)　晴。晨起,诣家庙各处,拈香行礼。下午,访庚生问疾,未晤。晚间,郭春廷招饮,座有汪葆田、顾翰仙、许西斋,余皆同寅诸君子,二更后席散还寓。

十六甲午日(2月21日)　晴。午后,籥青、淡人过访,久谈。籥青出电报谕旨,孙驾航京兆又被言路纠劾,开缺另简,所遗府尹仍以陈六舟宗丞复任。晚间,伟如招饮,籥青辞不往,余偕淡人往与斯宴,伟如尚不知其尊人被参解任也。

十七乙未日(2月22日)　晴。午后,答拜叶少仙,久谈。拜常先生,订定廿二日开馆。旋往视庚生疾,未晤,见其子,询知因受寒,旧疾陡作,未能起坐,遂不惊扰。傍晚还寓。

十八丙申日(2月23日)　午刻,以家忌祀先,礼毕,遂收像。接绥卿表侄来函,知嘱汇淮款百元年前因无妥便未寄,须开正方能寄出也。

十九丁酉日(2月24日)　晴。午刻,恭设香案,拜开关防,行三跪九叩礼。午后,作孙小秋覆书,拟交便友携往开封转寄保定可耳。

接子先昆仲书,知去冬托陈巽卿带去信件均一一收到,日前巽卿亦有书至此,时六舟丈再膺京尹,巽卿殆仍将返东需次也。

二十戊戌日(2月25日)　晴。早间,庚生处来约,言其疾革,邀往临视,余匆匆用膳毕,即命驾往视。时淡人、籜青已先在座,医人数辈皆束手无策,余与籜青入视病者,见其侧卧床榻,神志模糊,其夫人哭于旁。嗟乎!庚生其止于此乎?余仍出至厅事,与同人为之议办身后各事。甫交申刻,闻内宅哭声大起,知庚生弃堂。怅矣!为之怆然陨涕。傍晚还寓,复将赠小苹挽联并幛款书就,以便明日封交张主簿带汴也。

二十一己亥日(2月26日)　晴。午前,延张君至,将小秋书暨小苹挽件一一面交,托其携便转寄,当不致误。下午,往视庚生殓,余与郭春霆及淡人、籜青四人咸集哭诸寝门之外,视其盖棺乃散,时已戌正初刻矣。

二十二庚子日(2月27日)　晴。午后,往奠吴庚生之灵,兼为陪宾半日。闻道台将返署,乃往道署迎候,俟其至乃散归。晚间,以塾师开馆设席相款,邀叶少仙、郑延卿作陪,宾主四人而已。

二十三辛丑日(2月28日)　阴。撰得挽庚生联句,曰:"推襟见叔度汪洋,年谊话竹林,我正乐交吴季札;通籍在开元初载,直声盈海内,天胡遽陨鲁灵光。"书就即刻送去,俾即可悬挂也。

二十四壬寅日(3月1日)　阴。日间,作覆筱侣表丈书数纸。适接武城县解还前扣廉俸银七十余两,又例送漕项四十金,县令丁君有禀相贻,因作数行答之,均手自封治。晚间,接子先昆仲来书。

二十五癸卯日(3月2日)　阴。午后,冒雨访叶少仙,久谈。复访汪葆田,亦久话多刻乃还。晚间,查点西偏夹道所储鱼翅,失去一大片,火腿失去多肘,余年来屡次失物,家丁数辈平日漫无觉察,临时复不加追究,情殊可恨。于是就其疲玩尤甚者斥逐三人,此三人皆受恩最深、荒谬最甚者,万不能再事姑容也。

二十六甲辰日(3月3日)　晴。午后,谒见本道,谈许久。旋至吴宅陪宾,春霆、淡人、篛青已先在焉。傍晚,耆公甫来,比送其去,日已暮矣。春霆嘱代撰庚生挽联,灯下为之构就。句云:"慷慨论交阅二年,疾病效扶持,一片愚忱应我谅;从来分手无三日,死生成契阔,数行老泪为君枯。"缘春霆与庚生交最笃,故余为撰联语亦最挚耳。

二十七乙巳日(3月4日) 晴。午前,访春霆,将代撰联句抄示之,因复久坐。出访淡人,亦谈良久乃还。午后,清厘案牍,半日而毕。

二十八丙午日(3月5日) 晴。午后,修发。篛青、春霆先后过谈良久。下午,至书塾与塾师常渠西久谈,知叶少仙之长兄殁于历城,怪底少仙日内未来耳。

二十九丁未日(3月6日) 阴。终日小雨未息。下午,淡人过访。篛青亦走字相商,欲为逐奴何升、金福二人恳情,不得已只得允焉,于是二仆重复弃瑕录用矣。接子厚兄书,知梓儿姻事王宅欲于二月间过帖,我处固无可无不可也。

二 月

二月初一戊申日(3月7日) 阴。卯初,诣大王庙、天后宫,行春祭礼。诣火神、城隍两庙,拈香。访罗春亭于营务处,郭春霆、查篛青、朱善堂、张荪侯亦一拥而至,只觉冠裳济楚,满座高朋。茶话良久,然后散归。

初二己酉日(3月8日) 晴。日间,作书覆子先、绥卿,各得数纸,又复五叔岳母一书,寄子先转交,子先书则寄绥卿转送余杭可耳。

初三庚戌日(3月9日) 晴。早间,将绥卿信封发。午后,往铁塔寺吊叶少仙丧兄之戚。旋访篛青,久谈。还寓后,接许西斋来书,并以香肠川节见饷。

初四辛亥日(3月10日) 晴。午后,至庚生处,偕道台及诸同人公祭,并送经忏、纸扎、冥器等物。晚间,篛青坚留在彼吃饭,因晤庚生族弟吴宗玉,自汴省来为襄理丧事者也。

初五壬子日(3月11日)　晴。耆观察偕李镌三提戎、罗春亭游戎设席营务处公宴同寅诸君,余申初前往。入席后,饮酒极多,耆公故豪饮,今作东道主劝客尤殷,势不得不尽量也。二更后散归。

初六癸丑日(3月12日)　晴。石拓匠以各种碑拓来,因一一披览,就中惟党怀英大篆暨《桥亭记》隶书二种最明朗,余多字迹模糊矣。

初七甲寅日(3月13日)　阴。午后,修发。傍晚,访孙伟如,久谈,其尊人被劾解京尹任,虽咎由自取,然属在年家,不得不往问讯之也。

初八乙卯日(3月14日)　晴。呼丹青绘行看子,并拟貌儿女数人于侧,因取麟见亭先生《抱孙铭喜图》一帙为彩本,画者经营永日,稍得其仿佛焉。

初九丙辰日(3月15日)　晴。日间,画者曾来从事,迄未脱稿。晚以家忌设酒醴祀先,祭奠如礼。灯下,阅傅子莼年丈所选《己丑直省闱墨》,每篇评以七绝二首,殊多逸趣也。

初十丁巳日(3月16日)　晴。午后,刘苇舲太守道出此间过访,晤谈片刻。余旋往拜伯衡,晤谈许久。答拜苇舲,未遇。晚间,陈履中招饮于玉堂花园,座皆熟人,欢饮而散。

十一戊午日(3月17日)　晴。检案头故纸,有张璪卿客春寄书,用宣纸写书法"静穆",可裱作横幅悬挂,因念余尚未及寄书相答,因摊笺挥泐数行致之。

十二己未日(3月18日)　阴。庚生定十八日开吊,以今日预请支宾者。余未刻即去,篛青以病未到,姚、广两君向来疏于酬应,龚、崔二人则公出未还,同人到者惟余一人耳。席间,回忆庚生在日欢聚一堂,何等兴会,曾几何时而沧田桑海矣。噫!

十三庚申日(3月19日)　阴。午后,往视篛青疾,知所患乃梦遗证,颇觉疲惫。闻绥五至自梁,料其必过篛青,因坐谈以待,无何绥五果至,复谈良久方散归。

十四辛酉日(3月20日)　晴。午后,绥五过访,出挽庚生联句见示,因为点定数字而去。傍晚,伟如来晤,谈次亦嘱代拟庚生挽联,静中当为构思可耳。

十五壬戌日(3月21日)　晴。晨起,诣风、火神庙、八蜡庙三处,拈香行礼。因访绥五、少仙,俱以未起辞。回寓后,诣家堂各处行礼。伯衡谒庙毕特来访,晤谈片①而去。午后倦极,假寐时许。亥初刻,诣道署救护月食,随班行礼三次,子初刻复圆方散归。

十六癸亥日(3月22日)　阴。微雨永日,下午渐止。箨青嘱代售白玉如意于伯衡,余取来阅过即为转送州廨,不知能成交否也。伟如嘱代构庚生挽联,灯下得廿四字,曰:"旧谊叙雷陈,捧袂有缘终恨晚;孤忠追错黯,盖棺定论永留芳。"因即为代书于帛,可谓一手经理矣。

十七甲子日(3月23日)　晴。午后,便衣访绥五,久谈,傍晚还寓。绥次谈及万寿庆典处又开报效工需之例,捐银万两者可邀特奖,余闻之怦怦心动,惜乎资无所出,终难集事耳。

十八乙丑日(3月24日)　晴。午前,往庚生处陪吊一永日,下午方散。旋往贺郭伯韶犹子出贡之喜,傍晚还寓。汪葆田开具《吴清卿中丞事略》见示,余于是不得不搜索枯肠矣。

十九丙寅日(3月25日)　晴。接子绥弟淮寓来书,具悉壹是。午后,起草构拟寿序,苦于腹俭,乃取《事类赋》检阅,余于骈文素未探讨,恐不能出色耳。

二十丁卯日(3月26日)　晴。武汛马把总来见,仍为上年腊月捕河委弁失饷事,因现奉道檄责令同伴分赔,未免负屈,求余为之乞恩,余因令其具禀前来,即为转达也。

二十一戊辰日(3月27日)　晴。午后,答拜鲍守备,晤谈片刻。闻淡人已还,往访未遇。拜萧子祜,亦未晤。遂过绥五,畅谈。傍晚,

---

①　原文如此,疑少书一"刻"字。

偕赴伯衡处晚宴。座有新请渔山书院山长秦君仲勤,即寿之同年长子也,以拔贡而主讲席,年又未逾三旬,都人士颇啧有烦言云。

二十二己巳日(3月28日)　晴。午后,淡人过访,少坐即去。灯下,又将清帅寿序续撰数行,计已有过半矣。阅邸抄,介轩、修盒俱以察典记名道府,回翔词馆廿余年,若仍以郡守外擢,真不啻左迁矣。

二十三庚午日(3月29日)　晴。午前,萧子祜来答拜,晤谈片刻。连日热甚,裘衣将藏诸笥矣。午后,周巡检泽溥来谒,与接谈片刻而去。

二十四辛未日(3月30日)　晴。午前,调任河标左营参戎刘君酉轩来拜,晤谈时许。刘君名振威,汉军旗人,以直隶涿州营参将调任东河,即与张西园互相调补者也。此君年逾六秩,官笔政佐领有年,曾于同治四年随文文忠相国督帅奉天剿办马贼,其时以随带司员充行营翼长者为吾浙朱修伯、王与轩、姚彦侍诸公,酉轩随营当差,隶其辖下,尚能言其梗概焉。

二十五壬申日(3月31日)　晴。日间,将致张藻卿书续成封发,又覆许西斋一书,俱各交其本宅转寄汴省。午后,作致子厚兄书,因祖寿侄还淮,交其带去,嘱令每月拨给祖寿制钱三千,余复面给银卅两,勒令刻日南旋,嗣后不准再来烦絮矣。

二十六癸酉日(4月1日)　晴。南风甚大,气候甚热。午后,至书塾与先生闲谈时许。闻叶少仙尚未赴汴,余尚拟与之一晤,托以出售住屋之事,以期有济。

二十七甲戌日(4月2日)　晴。午后,命舆出门拜客,晤刘酉轩、崔绥五、姚子钧、严小园、龚淡人、姚眉生、吴新斋诸君。访秦仲勤,未晤。吴新斋者,庚生之族弟也,现为庚生料量丧事,询知庚生发引尚未定期,约须夏五方长行耳。傍晚回寓,热甚,珠皮袍褂且穿不住矣。

二十八乙亥日(4月3日)　晴。接沈经彝复书,不肯将舟弟当息归并成数另添股分,据云已请示滇署,谓须得有子舟亲笔书信方肯提动,余只得听之可耳。

二十九丙子日(4月4日) 晴。午后,往访箨青,适值乍回,遂与久谈,傍晚甫还。

三十丁丑日(4月5日) 晴。是日为清明节,设馔祀先。午后,接子厚兄来书,知已择定月之廿七日就近在清江为兆梓缔姻庐江王氏,一应事宜皆由子厚兄代办矣。

三 月

三月初一戊寅日(4月6日) 晴。巳正三刻,日有食之,同人皆集道署救护,行礼三次,未初二刻乃复圆,始获散归。

初二己卯日(4月7日) 晴。接徐乃秋太守温州来书,知其上年十月到任,余所寄书已收到,附来致吴君丙湘一书,因为加封递汴。吴以道员需次河南,亦扬州人也。灯下,作书复乃秋,即时由驿发递。

初三庚辰日(4月8日) 晴。午后,绥五过谈片刻。晚间,彭伯衡招饮州廨,坐有刘西山参戎,余俱熟人。刘颇嗜饮,以笔帖式起家,精通满文,席间稍扣其一二焉。二更散归。

初四辛巳日(4月9日) 晴。午后,箨青邀饮。绥五未刻即往,因来速余,乃于申初刻前去。座客皆昨日同宴者,刘西山到最迟,入座时已交戌初矣。亥正散归。

初五壬午日(4月10日) 晴。午后,修发。箨青过访,久谈,下午乃去。日间,内子感冒,寒热交作,殆时令为之也。灯下无事,因将所撰吴清卿中丞寿序续成之,夜未半即脱稿,足以塞同人之责矣。

初六癸未日(4月11日) 晴。内子未愈,兆梧亦感冒身热,近来医术愈下,令人不敢尝试,姑稍忍耐,或冀渐瘥耳。午后,绥五、箨青偕来访,邀往绥五寓斋晚饭,渠精于食品,虽家常饭亦极佳也。

初七甲申日(4月12日) 晴。午前,延郑延卿为内子诊视开方,服药后仍未大愈。兼之次女亦出风疹。兆梧服郑医方,发热咳嗽仍如故。余日间将寿序另纸录出,以便出示同人。

初八乙酉日(4月13日) 晴。以妻孥疾俱未瘳,因另延顾翰仙诊视,直至二更时翰仙甫至,诊脉开方毕,已近三更,只得明日服药。夜间雷雨交作,惜为时不多即止,未获透雨耳。

初九丙戌日(4月14日) 晴。早间,郭伯韶过谈片刻。午后,复延翰仙来寓为内子诊脉,看得外感俱清,惟胃纳锐减,胸脘郁结,因易平肝理气之剂。儿女辈不服药疾亦渐轻,姑且听之。傍晚,孙伟如过谈片刻,欲荐一圉人于余,不知余处并不需人也。

初十丁亥日(4月15日) 晴。午前,修发。午后,访籛青,久谈,因出祝清帅寿序示之。旋谒本道者公,接谈良久。出访绥五、葆田,均未遇,遂还。日间热甚,榉侄女亦感时疫,陡发猛热,因复延翰仙诊视。余因咽喉干燥,亦令一诊,并内子共药三剂矣,料量半晌方毕。接钱筱修书,知其已补新野令。渠复为兆梓作伐,女家乃李小圃观察掌珠也,惜兆梓已聘定庐江王氏,只可无庸议矣。

十一戊子日(4月16日) 晴。内子仍未愈,榉侄女发热更甚。午后,翰仙来诊,分别开方。余咽痛已止,遂不复诊,惟料量药裹而已。日间仍热甚。

十二己丑日(4月17日) 阴。内子仍未能进食,时忽虚寒虚热。午后,翰仙来诊,加用辽参须,乃客岁在里门时曾服之有效者,当必对证。榉侄女遍身发出风疹,不复作热,今所用药皆清凉之品,其疾渐平矣。晚间,收到本月公费银两,真如久旱逢甘雨然也。

十三庚寅日(4月18日) 阴。本道出勘南路挑工,午刻起马,乃于巳正三刻往送。先至淡人处聚齐,无何绥五、籛青皆至,于是四人者联镳至道署。入官厅,又复坐候良久,方送其登舆,遂各散归。午后微雨,仍延翰仙来寓诊脉,换方而去。

十四辛卯日(4月19日) 阴。籛青走柬邀来日赏牡丹,兼作杯酒小叙,座皆熟人,余固乐从也。午后,延翰仙来寓诊疾,内子渐就平复,惟兆梓疹痘并出,服药之后功效稍缓,不能不日一诊视耳。夜间,风雨陡作,时方虑旱,咸以此雨为喜。

十五壬辰日(4月20日)　阴。午后,往箨青处,至后圃赏花,绥五、淡人俱先在焉。见所植牡丹齐开,魏紫姚黄而外,以朱红一种为最胜,色如火齐,鲜艳夺目,真佳品也。晚酌有汪葆田、李子英暨余等六人,家常菜亦甚适口。饭毕,复久谈方散。雨甚大,冒雨驱车而还。

十六癸巳日(4月21日)　阴。终日微雨,时作时止。阅邸抄,杨蓉浦副宪与典会试,此老文衡之运诚佳矣。闱题首为"达巷党人曰:'大哉孔子!'"余特令兆梓试作一篇。午后,翰仙仍来诊疾,傍晚即去。

十七甲午日(4月22日)　阴。微雨终日未住。巳刻,冒雨往姚眉生处午饭,兼赏牡丹。宾主十人,座分两席,每席五人而已。申初散归,雨仍未止。翰仙因病未能来寓诊疾。

十八乙未日(4月23日)　阴。风雨交作,仍未晴霁。傍晚,翰仙来寓为内子及兆榤诊疾,据云疾渐平复,可间日一诊,不须朝朝相延矣。

十九丙申日(4月24日)　晴。日间,作书复筱脩,告以兆梓已缔姻,无烦再为作伐矣。灯下,复作余端伯覆书数纸。日来天气又复转凉。

二十丁酉日(4月25日)　晴。日间,作子厚昆仲书各数纸。午后,修发。傍晚,翰仙至,仍请其为内子及榤侄女诊脉换方。适见兆榤案头有《天雨花》一书,因随意披阅数本,颇足破闷。

二十一戊戌日(4月26日)　晴。午后,访绥五久谈,因偕其赴转运局晚宴。途遇龚淡人,亦系同席者,遂一同前往。比至,则同人大半到来,因即入座,二更后散归。闻电报局委员述有本月廿六日大考翰詹之旨,盖此典已二十年不举矣。

二十二己亥日(4月27日)　晴。早间,郭伯韶处交到家子厚兄来书并王宅回盘等件,均存伯韶处,另择吉日送来,余因择定四月初三即走柬与伯韶订定焉。

二十三庚子日(4月28日)　晴。将致子厚昆仲书各添一纸,并致端伯书,分别缮完,加封驿递。午后忽阴,大雨半日方息。下午,仍延翰仙来视疾。

二十四辛丑日(4月29日) 晴。雨霁日出。阮禺唐、姚子钧两君公宴同僚于王母阁,余午初即往,申初客始到齐入座。饮至酉正散席,归来犹未日晡也。

二十五壬寅日(4月30日) 晴。闻抚部将按临,日间自书履历两分,复将延请阮、郭两君作媒柬帖书就,拟明日往拜面致之。午后,箨青过谈,良久乃去。日来内子及侄女疾俱渐瘳,因各停药数日。

二十六癸卯日(5月1日) 晴。午后,出门拜客,阮禺唐获晤,郭伯韶未遇,因留一字致之。旋访淡人及吴镇初,皆不值。惟访箨青久谈,傍晚还寓。

二十七甲辰日(5月2日) 晴。早间,伯韶来晤。午后,振初、淡人、翰仙数君接续而至,因留翰仙晚饭小酌,二鼓乃去。

二十八乙巳日(5月3日) 晴。昨伯韶嘱转致绥五琐事,因走笔告之。晚间,伯衡招集州廨便酌,晤罗春亭,渠奔走河干,忽来忽往,故久不相见耳。

二十九丙午日(5月4日) 晴。箨青、绥五先后过访,各谈片刻即去。箨青得家报,其冢妇殁于长沙,定于明日在铁塔寺设位讽经,同人拟致送冥资,余亦从众可耳。吴振初茂才将所述尊人庚生侍御行略稿本就正于余,余与庚生交非恒泛,因受而读之,为之笔削增减者过半,求其合格得体而已,若云古文则吾岂敢。

四 月

四月初一丁未日(5月5日) 晴。晨起,无谒庙之役。是日节交立夏,吾乡旧俗以时新物祀祖,即古人荐新之义,年例皆仿而行之,因于午刻设祭如礼。晚间,振初来晤。余以所改稿本示之,振初拜受而去,仍留后半恳余再加删润,此子可谓虚能受益矣。

初二戊申日(5月6日) 晴。日间,豫备明日请媒各琐事。午后,修发。灯下,将庚生行略又为笔削数行。

初三己酉日(5月7日) 晴。午初,阮、郭两君将王氏允帖、庚帖并回盘文房四宝送来,即设席款之。因中丞将到,两君匆匆饭毕即散,言亟须往迓也。本道耆公亦于斯时还署,余遂先往道署,甫降舆,见同人已散出。淡人、籈青、绥五三君坚欲来余处言贺,余遂同还,复小饮时许。然后偕出东关迎抚院福少农中丞,旋随至行馆谒见,略作寒暄即送出。复答拜客数家乃还寓,时犹未日晡也。

初四庚戌日(5月8日) 晴。晨起,往济安台送中丞福公,旋返寓。午后,刘苇舲过谈片刻即去。未后,倦甚,因假寐时许,比觉已夕矣。

初五辛亥日(5月9日) 晴。午间,刘西山参戎招饮寓斋。余于出门之便顺道往谢客数家,约未初到彼,其时客尚寥寥,至申初客齐入座。耆公亦同席,余与绥五只得陪其豪饮,惜酒肴皆不甚佳耳。傍晚还寓。

初六壬子日(5月10日) 晴。午后,访籈青,观其乃郎书吴清卿中丞寿屏,其序文即余所撰也。在籈青处久谈,傍晚乃还。

初七壬子①日(5月11日) 晴。收到道库发出春季夫食银两。午后,籈青过访,告余所制寿屏朱丝误界一字,此间无可易换,大费踌躇,看来只可不送,缘为期已迫,无可设法矣。盖清帅乃五月十一日诞辰,湖南去此程途总须月余也。

初八癸丑日(5月12日) 晴。午刻,设席宴客,到者八人,刘西山、李镌三、荣履吉、郭伯韶、阮禹唐、姚子钧、秦仲琴、姚眉僧是也。酉初客散,有杨福璋者称系候补知府来拜,余辞以公宴,未与晤。

初九甲寅日(5月13日) 晴。今日仍有宴饮,则易为晚饭。申初即速客,无何查籈青、崔绥五、顾翰仙、罗春亭、萧子祜、彭伯衡、郭春霆、孙伟如陆续到来,遂入座。当此灯红酒绿,每念庚生侍御,辄动

---

① 此日干支当为"癸丑",之后顺延至本年六月初四(7月6日)皆误。

人琴之感。二更后客散，接德州佐马君电禀，言许帅初九自芦沟桥起程回任道出德州，余实惮于往迎，静俟其来可耳。

初十乙卯日(5月14日)　晴。接绶卿来书，言及陈姓租户拖欠租钱数月。甚矣！收租之难也。晚间，开具简明履历，致书季卿叔，托代请覃恩封典，盖今年恭遇庆典，又崇上徽号，定有两次覃恩也。

十一丙辰日(5月15日)　晴。收到本月公费，即兑制钱开用，近日银价大贱，宝纹一两仅易制钱千四百卅文，统计百金只得九十金之用，而余本月出项适多，益觉支绌矣。

十二丁巳日(5月16日)　阴。午后，往电报局探听大考黜陟消息，因得见数日谕旨。张少原丈以给事中擢四川盐茶道，殊出意计之外，可谓老运亨通，不觉代为欢畅。旋访绥五，久谈，傍晚乃还。

十三戊午日(5月17日)　晴。早间，封发季丈书，寄银廿金托买物件，又致书少原丈荐家丁岳庆各信件，俱交岳庆走京师投送。因购金波酒、酱核桃仁、花生仁各数斤以饷季丈。晚间，阅会试题名录，虎臣昆仲皆落孙山外矣。

十四己未日(5月18日)　阴。午后，栉发。闻淡人已至自东昌，渠仅往东昌阅视堤工，所云至德州迎河帅者皆旁人揣度之词耳。下午，周巡检来见。

十五庚申日(5月19日)　晴。晨起，诣天后、龙神两庙，拈香行礼。午后，往访箨青，久谈，遇绥五于座。下午，往谒静生先生，接谈良久乃还。

十六辛酉日(5月20日)　阴。午后，往拜姚子钧守戎四十寿，同人公送菊部演戏，因即在彼入座，二更后方散。是日戏价、戏赏每人各派分资京钱八千文。

十七壬戌日(5月21日)　晴。午后，修发毕，自拟禀稿为周巡检恳请调补甲马营巡检缺，求道转院核办，能否邀准尚在未定之天也。闻河帅明日莅此，因即将禀牍缮完，于今晚投送道署焉。

十八癸亥日(5月22日)　晴。黎明起，方欲出郊，闻城门炮声，知河帅已进城,遂往院署迎候。卯正一刻,许公即抵署,同人投手版谒见。述及客冬奉派勘治永定河,因议添建闸坝,增益岁修,均邀俞允。现在各工已办有就绪,遵旨回东河本任,顺道查阅济宁河标营伍,秋间即可不必再来也。衙参散后,回寓小憩。午后,往谒兖道姚公、兖镇田公,俱未晤。因至院营务处访罗春亭,适本道首厅咸在座,余亦就座,叙谈片刻而还。

十九甲子日(5月23日)　晴。晨起,诣大王庙,候河帅行香。旋至院署候河帅还辕,投刺起居并谢答拜之劳,巳刻回寓。午后,小眠时许。申刻,复诣院廨,偕同人公宴许公于西厅,寮案咸集。设席三,河帅及镇道居其一,我等六人据其一,其一则武将萃焉,可谓冠裳济济、剑佩锵锵矣。酉正二刻入席,亥正三刻散归。

二十乙丑日(5月24日)　晴。晨起,至东教场伺候河帅阅兵,俟其升座,同人向北三揖,彼则避席答揖礼也。教场散后,许公将往奠庚生侍御之灵,同人皆往相陪。仙帅有挽庚生一联,颇佳,其词曰:“当年抗疏罢和戎,愤甚朱云,言直自关天下福;同举吾师真有后,晚为孟博,兹来悲失古之人。”自是名宿吐属,盖仙屏河帅乃吴子苾阁部门下士,又与庚生己未乡举同年,故交弥挚云。午刻,自吴宅还寓,因将院署门印杂规饬仆往付,计需银四十两六钱,另制钱十六千文,于是内外臧获傔从遍给矣。又许公赠楹帖一联,伻来亦索制钱两竿,只得给与之。

二十一丙寅日(5月25日)　晴。辰刻起,听事吏来报道厅俱上院衙参,余不及朝食,匆匆前去,时同人果皆齐集,遂投递手版上谒。及候至午刻,尚不获见,仅延首厅龚淡人入晤,虽耆公以监司之贵,不及龚君之昵也,我等不欲守候,掣下手版,纷然各散。午后,往送吴庚生侍御发引,自城内小邹家街至城外北关长清观停绋。同人本欲步送,适雷雨陡作,只得升舆前行,至长清观守候,俟至柩至,齐往一拜。其眷柩明日长行,径还海丰,其子振初茂才性颇孝友可取也。余自城北还寓,时已日暮,因即晚餐。饭罢,即诣院署,送河帅起节,探得许公即日亥刻登程,故同城各官俱于初更齐集,余等六人在西花厅坐候,至亥正三刻许帅果然升舆首途,各官均于舆前揖送,然后各宁其家,时已三更矣。

二十二丁卯日(5月26日)　晴。巳正甫起,因将账目、案牍清厘一过。午后,书挽幛款字赠朱海舫。接孙晓秋复书,知其已补陈留县缺,须于未抵任之先请假送其兄枢还里安葬,然后再捧檄作令也。闻皖抚沈仲复中丞开缺另简,不知谁代其位耳。

二十三戊辰日(5月27日)　阴。前呼画师绘行看子,昨甫绘成交来,为图者三,皆不能神似。甚矣!貌人之难也。不得已酬以朱提六金而去。午后,督仆晒晾裘衣,有鉴于昨岁,不得不思患豫防耳。

二十四己巳日(5月28日)　晴。午后,罗春亭过访,谈片刻。日间,仍抖晒裘衣一箱,余衣服无多,不过三数日便毕乃事耳。闻郑芝岩给谏擢吾浙粮道,亦截取道员中之资深者。余辛卯夏在都,乃秋侍御招饮广和居,与郑同席,其时绍原丈亦在座,今两君遭遇圣明,同月得外擢优缺,所谓否极泰来者非欤?

二十五庚午日(5月29日)　晴。是日为僧忠亲王忌辰,同城各官皆诣祠行礼,余亦往候本道至同拜。礼毕,复叙谈,然后散。闻吕镜宇驾部放常镇道,故译署领班章京也,所遗之席季卿丈谅可承乏,不日亦可盼得关道矣。

二十六辛未日(5月30日)　晴。日间,出至外斋,将案头尘牍分别归档,目前为之一爽。下午,至书塾与先生一谈。电报局送来胪唱名单:状元张謇,江苏通州人;榜眼尹铭绶,湖南茶陵人;探花郑沅,湖南长沙人;传胪吴筠孙,江苏仪征人也。吴久官中书,余辛卯年实授下河引对,渠以中书截取同日引见于瀛台勤政殿,故独稔其人耳。

二十七壬申日(5月31日)　晴。午前,淡人来晤。述及安徽巡抚已放李公秉衡,此公前以广西藩司获本省巡抚二年,未获即真,因而引疾退休,兹复即家真拜,殆由于政府荐引耶?午后,张州倅迋衡、周巡检泽溥先后来谒,余以捡拾衣笥罕暇,辞未与晤。晚间,接文报江北漕船于月之十七日酉时挽入东境,大约端阳节后方能抵济宁也。

二十八癸酉日(6月1日)　阴。微雨数阵,不克抖晒衣物。阅杭董浦《道古堂诗集》数册。阅《申报》,始知本届大考翰詹题为"水火金木土谷赋""书《贞观政要》于屏风论""赋得杨柳共旌旗一色七言排律八韵"。

二十九甲戌日(6月2日)　晴。午后,访绥五,久谈。见其案头亦有《申报》,因复披阅数纸,见浙学使徐季和廷尉于四月初旬方抵浙受事,陈六舟京兆到京当在长夏矣。

三十乙亥日(6月3日)　晴。午后,访籕青,久谈,始悉其抱恙,故多日不出。旋访伟如,遇淡人于座。伟如邀往曾坑沿视其新购住宅一区,余亦同往。复拉两君来寓少坐,傍晚乃去。

五　月

五月初一丙子日(6月4日)　晴。辰初,诣风、火神两庙,拈香。回寓后,复于家堂各处叩拜如礼。午后,挈儿女辈七人往游王母阁,流连永日,携盒而去,备下午小食,比日暮方归。

初二丁丑日(6月5日)　晴。淡人处交到代领送漕津贴银,除坐扣摊派公分四十余金,净余百金有奇,因即易钱支发节帐以及各项赏犒,持筹握算,伏案半日,乃一一料量就绪。晚间,收到公费银二百卅两,以百金为道辕内外午节开销,余作本月度支,差可敷衍耳。

初三戊寅日(6月6日)　晴。节事清完,颇觉逍遥自在。是日天朗气清,尚未大热,倚窗把卷,心旷神怡,致足乐也。因忆前以梓儿纨扇乞伯衡乃郎书,日久尚未交来,因札致伯衡催之。

初四己卯日(6月7日)　晴。午后,籕青过访,留其啖角黍。谈及江北漕船已抵济宁,粮道马植轩舟泊马头,约明晨往谒。

初五庚辰日(6月8日)　晴。晨起,出南门,沿河谒客。江北运员舟俱到齐,时适登岸诣大王庙拈香,余遂入庙相晤。自马植轩粮储以次俱晤面，就中第二起运员方仲侯直刺、孔璘轩州牧^①皆旧相识，因独与叙谈。旋至道署贺节，午初散归。仲侯、璘轩先后来晤。未初，设馔祀祖，礼毕，方与家人聚饮。饭毕，小眠片刻，旋日暮矣。

初六辛巳日(6月9日)　晴。邀仲侯、璘轩小集王母阁，约孙伟如作陪。余巳正即往，比申初客始到齐入座。时微云细雨，清风徐来，爽人心目，宾主尽欢而散。比余回寓，已夕阳西坠，天气又复开朗矣。

初七壬午日(6月10日)　晴。早间，江苏河运总催朱云谷表舅过访，知苏帮漕船亦连樯而至。朱丈前曾三次押运过此，惟去年未与，今复得晤，亦快事也。方仲侯复以其尊人子严先生诗文集及《蕉轩随录》见贻，于是将上年所赠者转赠伟如，因伟如亦极喜是集耳。

初八癸未日(6月11日)　晴。午后，出门答拜朱云谷丈，未晤。旋访淡人，偕其至院署公宴段西圃、孙庚生两山长，陪客为郭、刘、李、罗四将，主人则本道暨厅州六君子，惟绥五以微隙不与斯会，所谓"人藏其心，不可测度"也。席间热甚，匆匆宴毕即散。

初九甲申日(6月12日)　晴。午后，访刘酉山参戎，畅谈。渠奉院委持令催漕，余询以送漕所至，渠亦仅至临清而止，不复北行，德州电报出境之禀，只得余自行办理矣。自酉山处还寓，适孙庚生来拜，方与晤谈，忽阴云四起，天大雷雨以风，庚生匆匆而去，余送客至门便返，犹觉风沙扑面也。

初十乙酉日(6月13日)　晴。午间，以家忌祀祖。午后，正在小眠，绥五适过访，晤谈良久而去。接子先内弟书，知其昆仲设帐里寓，从游门弟子各三五人，束脩则微乎其微，寒士生涯较吾侪薄宦又逊一筹矣。

十一丙戌日(6月14日)　晴。午后，伏案将各同寅贺节禀信分别裁答，约十数械，尽日而毕，即时发递。闻淡人将随本道往送漕船，

---

①　下有小字：第五起船员也。

因作字托其拣择婚期,拟今冬为兆梓迎娶也。

十二丁亥日(6 月 15 日) 晴。午刻,诣道署送行,坐候时许方散。旋答拜孙庚生,拜访段西圃,俱未晤。访籍青,久谈,知渠明日亦将赴辖境送漕,惟绥五与余循故事不往。傍晚,段西圃来答拜,晤谈良久。段为济宁老名宿,以丙戌进士作令安徽,前以奉讳旋里,今已服阕,不日将出山,未能久主讲席也。

十三戊子日(6 月 16 日) 晴。午后,延夏津张主簿至,促其早日赴汛送漕,并拟以报入境禀交其代填代发,渠期以月之下浣前往,当不致误也。日间,阅方子严《退一步斋诗文集》,甚觉有味,此公最服膺随园,与余兄弟有同心焉。

十四己丑日(6 月 17 日) 晴。有冯君良煦者来谒,余未与见,据云来自扬州,余揣其为筱侣丈之子,不知是否,明日答拜之,当知其梗概也。晚间,仍取方子严诗文阅看,以资消遣。

十五庚寅日(6 月 18 日) 晴。无谒庙之役,遂未起早。午后,修发。出访冯君于许成甫寓斋,据云已于今晨偕成甫往仲家浅矣。仲家浅者,成甫所司闸地也。

十六辛卯日(6 月 19 日) 晴。终日休暇,非昼眠即观书,因取架上史书发愤读之,从《史记》起,日读一册,计廿四史读遍亦须三四年之久。甚矣! 书之难尽读也。接昂鹤如来书。

十七壬辰日(6 月 20 日) 晴。甲马营巡检周君来言,伊奉河院牌示,得调补是缺,固余为之保荐也,特来谒谢,并以需款点缀例费告贷,因以十金假之。余之待若,可谓一力成全矣。

十八癸巳日(6 月 21 日) 晴。午后,修发。下午,顾翰仙过谈良久。因请其诊脉,渠嘱余日服参麦散一料,服至交秋而止,谓可免伤暑诸外感,是固不妨试之也。翰仙谈及成甫处所住冯姓者果是小侣丈乃郎,成甫邀其北来助理闸务者也。

十九甲午日(6 月 22 日) 晴。周巡检、马把总两君俱来禀辞,将之汛送漕,余因畏热辞未与见,惟传命嘱其小心照料而已。闻漕船头起抵十里铺,因黄水微弱,尚须守候时日方能启坝北渡耳。

二十乙未日(6月23日)　晴。作书致子厚二兄,告以今冬须为兆梓完娶,嘱其转致新亲,欲其送女来济迎娶,不知女家能否照依办理耳。

二十一丙申日(6月24日)　晴。将寄子厚书封固,由驿发递。午后,接刘西山参戎途次寄书,亦言漕船泊十里闸,候汛急切,未能北渡,是余德州之行固无庸呕呕也。晚间,收到县解夏季廉俸银两。

二十二丁酉日(6月25日)　晴。午初刻,子明大兄自淮城陆行来济,延之寓中,下榻大厅东夹室。余与之别十余稔矣,相见之下,各述宦况艰难,兄来意殆将有奢望于余也。

二十三戊戌日(6月26日)　晴。接子绥三弟覆书,并将梓儿课作两首改就寄来。书中并未提及明兄之来,岂彼弟兄不相谋耶?绥弟在淮静候兆梓南旋,偕赴南闱,余因择定初六日午刻令其首途。

二十四己亥日(6月27日)　阴。大雨永日。接淡人工次来函,以新设池楼书院定六月初十日开课,商诸道台,欲余经理其事,嘱余先为备课卷五百本。晚间,作书复淡人,并询以未尽事宜,俟得其复书即可照办矣。

二十五庚子日(6月28日)　晴。夏津张主簿将之汛送漕,特来言辞,因与接见,并以禀漕船入境文牍交其代填代发。闻漕船日来仍在十里铺候汛,渡黄恐尚须时日也。

二十六辛丑日(6月29日)　晴。岳庆至自京师,带到张绍丈、吴季丈覆书各一缄。岳庆荐与张丈,承其录用,令至杭州相待,盖张丈拟先回里一行,再由水程入蜀也。季丈已得保关道记名,得缺后加二品衔,惟放缺迟速难定耳。

二十七壬寅日(6月30日)　晴。早间,修发。午后,往访绥五,久谈。下午阵雨两次,俟雨霁乃还。连日与子明兄聚谈,迄未提及来意,余因嘱其偕梓儿结伴南下,途中较有照应。

二十八癸卯日(7月1日)　晴。早间,子明以手札代面,叙其历年窘况,欲余以三百金相助。年来余自顾且不遑,安能他及？只得详细答覆一札,俾知余之心余力绌,实有爱莫能助之慨,尽长笺七纸,至夜半方将此札写毕。

二十九甲辰日(7月2日) 晴。早间,作字致郭伯韶,告以兆梓定初六日启程南下,嘱彼处解饷回空炮船护送同行,盖彼已接浦电,廿四有饷船开来,约计初二三可抵此,初六开行,恰恰凑巧也。

六 月

六月初一乙巳日(7月3日) 晴。拟明日邀子明兄游王母阁,预饬庖人制馔,并往王母阁订定焉。下午,接淡人自工次来信,并寄阁所订池楼书院章程。

初二丙午日(7月4日) 晴。辰刻,偕子明兄率儿辈作王母阁之游,在彼永日,一饭一点。其地凉风习习,虽荷花尚未放,而一泓清水波沦荡漾,浮萍满其中,殊觉清气宜人。流连永日,直至傍晚乃散归。

初三丁未日(7月5日) 晴。料量兆梓南还,为之腾挪拜匣文具,又以廉银五十两赠子明,另以制钱十千备渠零用之需。子明兄此来费余六十金矣。

初四戊申日(7月6日) 晴。日间,作书致子先昆仲、子厚、子绥昆仲、黄绥卿、沈经彝,共成信六函,皆交兆梓带往者。复与内子商酌,开单购带物件、用物、食物,分纸细开。又拟冬间娶妇,命兆梓在杭制备衣裙数袭,亦一一开缮清单。料量永日,尚有应致书处,只可明日再写矣。

初五庚戌日(7月7日) 晴。接子厚二兄五月十八来书。午后,又作许清如、家用宾及五叔岳母各一件。叔岳母处以五十元相赠,因彼上年书来告贷二百,余曾允以数十番,兹特偿宿诺耳。家用宾则先以四元贻之,俟兆梓试旋时可再酌付数元也。

初六辛亥日(7月8日) 晴。命兆梓午刻登舟,子明兄同伴回淮。所雇南湾子船径送杭州,水脚银卅二两,神福犒赏均在其内,价尚不昂。今日本可即开船,因候转运局回空炮船同行,须初八黎明方解维也。午后,作致张少原、杨雪渔书各一,皆带往杭州者。连日热甚,舟行虽胜陆行,亦殊苦矣。

初七壬子日(7月9日)　晴。早间,往答拜郭伯韶,晤谈片刻。旋往小闸舟次送子明兄行,兼视兆梓。在舟憩息良久,尚不觉热,午刻回寓。

初八癸丑日(7月10日)　晴。兆梓黎明开舟南下。午后,郭伯韶来,晤谈片刻去。傍晚,孙伟如过访,适余将进膳,少坐即去。闻粮艘仍在十里堡守候,黄水迄未见长,致难出口。查篝青还家三日,仍复赴汛,未免太急公矣。

初九甲寅日(7月11日)　晴。日间,拟信稿三,一致王赞斋亲家,一致沈东乐司马,一致梁亚甫礋尹。沈与梁为家子厚兄在浦代延之两冰人,故须通书一致谢耳。

初十乙卯日(7月12日)　阴。微雨永日,稍觉清凉。午后,读《史记》列传数册。下午,督仆将池楼书院课卷一一钤用关防,静候河帅示期开课可耳。

十一丙辰日(7月13日)　晴。午前,出至书塾,与常先生晤谈片刻,并将前拟王、沈、梁三信托其代誊,赠以狼毫一枝备用焉。

十二丁巳日(7月14日)　晴。午后,常先生将信缮就,余复加一另单致王赞斋,以借用炮船致谢,并豫订秋间兆梓试旋再借炮船一用,想赞斋必乐从也。

十三戊午日(7月15日)　晴。午后,崔绥五过谈时许,傍晚去。灯下,取严芝僧《墨花吟馆诗稿》吟讽数册。连日热甚,购西瓜食之,稍涤烦溽,惜味不甜耳。

十四己未日(7月16日)　晴。接徐乃秋太守温州来书,并托余代递汴省胡丽伯大令一书,当为加封转递。晚间,阅朱文正公《知足斋集》。

十五庚申日(7月17日) 晴。接到本道发下告示,河帅定月之廿二日开课池楼书院甄别,因书院尚在经始,爰假渔山书院扃试,当将告示张贴,令各士子前来报名纳卷。余复将现定书院章程有关课务者摘录数条,自作一告示,谆谆晓谕,俾应课者咸知遵守焉。

十六辛酉日(7月18日) 晴。晨起,往奠严筱园之灵,遇秦仲勤于座,与谈片刻。旋之渔山书院相度一过,秦仲勤之弟出见,时仲勤主讲是席,故阖家寓居其中也。下午,访伯衡,托其传令扫除书院,届时拨派书吏二名往供策遣,伯衡唯唯,余遂返寓。

十七壬戌日(7月19日) 晴。闻十里铺黄河于十六卯刻启坝,漕船连樯渡黄,计十日内当可齐抵临清。余拟遣丁往武城、德州一带照料,俟全漕出东,须发电禀,去仆日内即当饬令首途矣。

十八癸亥日(7月20日) 晴。阅电报,吾浙正考官放阁学安肃梁公仲衡,副考官为编修嘉定秦君夔扬,不知吾家子弟与两公有师生之缘否。连日来报名应书院课者才五十余人,皆惮于扃试,且必须作赋,故却步不前者多耳。

十九甲子日(7月21日) 晴。阵雨二次,旋出红日。午后,作书致德州马州佐,告以专丁赴德汛守取漕船出东日时,嘱令届时关会,勿俾贻误。又将乃秋复胡丽伯大令书为之加封驿递河南。晚间,查得纳卷生监连昨至今共得百卅余人耳,闻本道明日可还署,当不谬也。

二十乙丑日(7月22日) 晴。午后,闻道台将次入城,乃于申初诣道署迎候,酉初方还。秦仲勤过谈片刻。是日截止纳卷,计报名课生得三百五十人,大约临时点名尚有不到者,人数不多,必易于防范也。晚间,幼子阿诜陡患惊风,甚剧,延川科白医及顾翰仙来诊,诜服丸、散、汤剂皆不效浸,成不治之证。终宵扰攘,余夫妇皆未成寐。

二十一丙寅日(7月23日) 晴。妾生子阿诜竟于申刻殇去,余尚能达观,内子独哭之恸。余因书院明日开课,往谒见本道,告以诸事皆已备齐,请其于黎明前赴书院点名可耳。本道言及漕船虽皆出十里铺入黄，而黄水甚弱，陶城铺北运口尚不能启坝，全帮羁滞黄河中，殊可虑也。

二十二丁卯日（7月24日） 晴。丑正二刻，赴渔山书院监场，随带厨茶夫役甚夥，所需皆余处承办故也。寅正初刻，伯衡亦来照料一切。卯初，本道至，遂升座点名，各生皆鱼贯而入，且恪守场规。伯衡诧为历来所无。共到二百七十余人。辰初，扃门出河帅命题："周公谓鲁公曰两章""李杜文章在赋以酒楼仙风南池秋水为韵""赋得济南名士多得多字五言八韵"。余复于题目牌上添载文先誊起讲，巳正盖戳；赋先誊两韵，申正盖戳；盖仿岁科试文童办法也。午初，余往场中盖戳，见考棚高朗宏敞，号桌亦极宽广，诸生携卷呈阅都已抄至起讲，惟书法太坏，绝无可观者。忽见有孙友三一卷，书法大佳，不禁狂喜，阅所作文亦稳湛，真不可多得之材。余盖戳毕即陪本道著公午膳，与闲谈片刻。饭毕，即散归己屋小憩。午后热甚，余购西瓜八十枚遍给考生分啖，复自啖西瓜汁四杯，以涤烦暑。申正，陪著公闲话时许。余复往考棚二次盖戳，著公亦往一看，余俟诸生呈卷一一盖戳毕方出。见各卷作赋者颇多，惟鲜佳构耳。戌初三刻，陪本道晚膳。直至亥正，始有交卷者，遂命放头排。余亲往监视毕，即送本道旋署，余复守候良久。四更始放二排，余亦散归，留书役家丁在彼监场。比余就寝，已东方渐明矣。

二十三戊辰日（7月25日） 晴。午初方起。家丁归，赍到课卷，据云巳正二刻方始净场，共收卷贰百四十三本，因命仆役暂憩，明日再办弥封可耳。午后，大雨半日，凉风习习，烦溽为之一除。

二十四己巳日（7月26日） 晴。早间，督仆弥封课卷，编列字号，以"圣代即今多雨露，人文从此际风云"十四字为号。午后，许西斋至自开封过访，谈片刻去。下午，往访淡人、箨青，俱各久谈。旋往拜顾子高，贺其就道幕之喜，傍晚还寓。

二十五庚午日（7月27日） 晴。将课卷弥封完毕，送交道署转呈河帅。接子厚二兄复书，言王赞斋亲家处以嫁衣诸多未办，未允今冬迎娶，请缓期一年。余商之内子，此事只得稍迟，然无论婚期迟速，总须女家送亲，此则牢不可破者耳。

二十六辛未日（7月28日） 晴。丑正，恭诣万寿宫行朝贺礼，同人咸集，本道到最迟。时已日高三丈，方排班行礼，复吃面于朝房，辰初方散归。午后，小眠片刻。籜青来访，获与晤谈。

二十七壬申日（7月29日） 晴。淡人处交到银四十两作为书院甄别局试经费，嗣后准此，其数乃余酌定也。

二十八癸酉日（7月30日） 阴。命仆人何升起往德州，候漕船出境代禀发电，付以川资并电费共廿金，当可敷用也。晚间大雨，通宵未息。

二十九甲戌日（7月31日） 阴。天气微凉。午后，作书谕兆梓，径寄绶卿表阮转交，当可收到。下午又雨。

七 月

七月初一乙亥日（8月1日） 阴。无谒庙之役。午前，接兆梓抵镇江来电，乃廿七日所发，因电线中阻，迟至今日始到耳。夜间大雨。

初二丙子日（8月2日） 晴。午前，出至书塾，与常先生闲话片刻。午后，小眠时许。阅邸抄，陈云裳复补御史，殆新起病耳。

初三丁丑日（8月3日） 晴。午后，便衣访淡人、籜青，俱晤谈。因订同人公宴绶五，为之补作生日。旋访绶五，不遇，傍晚归。

初四戊寅日（8月4日） 阴。终日雨，未出门，惟阅严太史《墨花吟馆诗稿》而已。

初五己卯日（8月5日） 阴。籜青来字，公宴定于初八日集伊斋小叙。广锡二亦折柬来邀七夕游王母阁。

初六庚辰日（8月6日） 阴。终日雨。下午，淡人冒雨过访，约会衔领请领书院经费于道库，以供支放。

初七辛巳日（8月7日） 阴。巳初刻，往王母阁，惟主人甫至，尚无他客。未初始齐集入座,酉初散归。

初八壬午日(8月8日)　晴。午后,往籍青处,途遇罗春亭,知其署篆右营游击,适才受事。未正后主客渐至,酉正入座,亥正散归。

初九癸未日(8月9日)　晴。终日患河鱼腹疾,泻泄十数次,甚觉疲乏,晚膳亦骤减。

初十甲申日(8月10日)　晴。腹疾仍未瘳,终日卧起频仍,殊嫌困惫。晚间,接梓儿抵杭电信,知寓绥卿处。

十一乙酉日(8月11日)　晴。腹泻已止,惟腿足尚觉乏力。接梓儿淮安途次来禀,此禀由局寄,故濡滞耳。

十二丙戌日(8月12日)　晴。闻漕船于昨日卯刻始全数入陶城铺运口,从此谅无阻隔,出东境当不远矣。

十三丁亥日(8月13日)　晴。午后,出门拜客,晤鲍守备、潘心泉州司马,最后至籍青处久坐。访淡人,不晤而还。

十四戊子日(8月14日)　晴。籍青、绥五先后过谈,傍晚方散。塾师常先生将之省秋试,于今日解馆。

十五己丑日(8月15日)　晴。未谒庙。午间,祀先。午后热甚,食西瓜汁两杯,阅麟见亭《鸿雪因缘图记》数册。

十六庚寅日(8月16日)　晴。午间,以家忌祀祖。饭后,常先生来告辞,与谈片刻。晚间,得王赞斋亲家覆书。

十七辛卯日(8月17日)　晴。下午,淡人过谈片刻。述及河帅已将课卷发到,并发加奖银百数十金,俱送道署,大约不日即发厅张榜也。

十八壬辰日(8月18日)　阴。午后,本道延余往见,正欲易服,忽大雨如注,约两时许方止,遂不克往。

十九癸巳日(8月19日)　晴。午后,谒见本道,因将院发榜卷奖银俱各带回。访淡人,未晤,遂还。

二十甲午日(8月20日)　晴。午前,将河帅许公评定课卷一一翻阅一过,超等五十名皆有亲笔加批,但嘉奖不无太过耳。连日热甚,较之长夏殆有甚焉。

二十一乙未日(**8 月 21 日**)　晴。接朱子涵复书,承其允为家子明兄于江都转处说项,不知能有济否也。日间,呼缝人裁制纱袍三领。

二十二丙申日(**8 月 22 日**)　晴。已初刻,往豫祝本道夫人寿,同人咸集。散后复答拜罗春亭游戏,未晡而还。

二十三丁酉日(**8 月 23 日**)　晴。辰正,复往道署拜寿,少坐官厅即散归。下午,淡人便衣过谈,为余鉴别洋药。

二十四戊戌日(**8 月 24 日**)　晴。将书院奖银发交银肆兑分,人各一封,仍令缴回,由余面给,庶无他弊。

二十五己亥日(**8 月 25 日**)　晴。有洋药贾以所贩药求售,因购得十余斤备用,计已费银卅八金矣。

二十六庚子日(**8 月 26 日**)　晴。傍晚,孙伟如过访,谈片刻去。闻漕船有昨日出临入卫之信,果否尚不可知也。

二十七辛丑日(**8 月 27 日**)　晴。辰刻,道署演戏酬神,同人咸往陪祀,余亦与焉。归途访罗春亭,少坐即还。

二十八壬寅日(**8 月 28 日**)　晴。连日极热,今晨稍凉。傍晚,访孙伟如,晤谈多刻,日晡乃还。

二十九癸卯日(**8 月 29 日**)　晴。书院各生有来领课卷奖银者,余察其来历有据方始给发,计已领去卅余分,其未来领者皆秋试未还者耳。

三十甲辰日(**8 月 30 日**)　阴。自午至酉,大雨永日。晚间,天气陡凉,居然仲秋气候,非复前此之溽暑矣。

八　月

八月初一日乙巳日(**8 月 31 日**)　晴。辰初,诣风神、火神两庙,拈香行礼。旋访澹人,知寄送清卿中丞寿屏已送到,得有复书。清帅以石刻篆草各书分贻诸寅友,余取得两种携归。旋拜许西斋寿,未晤而还。晚间,淡人以王协备自德州来电见示,知江北漕船于昨日酉刻出东境,余命何升于全漕一律出境后总发一电,大约须明后日方得此电也。

初二丙午日(9月1日) 晴。午后,郭春庭见访,适余沐发,遂未与晤。下午,接何升德州电报,全漕今日巳刻一律出东,闻之甚慰。因将具报层台各禀牍填注时刻,即时发驿驰递,惟本道衙门之件拟稍迟再投递耳。阅邸抄,李鉴堂中丞以皖抚调任山东,福公则调抚皖江,并闻李公已出都,不日将履新矣。

初三丁未日(9月2日) 晴。早间,首汛县丞吴俊民来谒,与晤谈时许。渠卧疾数月,近甫痊愈也。午后,自书幛款祝绥五夫人四旬寿,闻其概不收礼,不过有此一道而已。

初四戊申日(9月3日) 晴。午后,便衣访郭春霆,晤谈时许。访淡人,遇李静臣、彭伯衡于座。伯衡奉派随同藩司入都祝嘏,将次起程,其缺已委吴君代理,不日即交替矣。自淡人处出访籑青,值其往访绥五,因追踪至绥五处,则见高朋盈座,有刘寿人、项幼坪并籑青三宾一主,比余至又增一座焉。傍晚散归。

初五己酉日(9月4日) 晴。午后,衣冠往绥五处拜寿,时籑青、春亭俱在座,遂易便服小集。无何淡人、寿人、子高先后踵至,晚饭皆同席畅饮,尽欢而散。

初六庚戌日(9月5日) 晴。晨起,访籑青,因道台于大王庙演戏酬神,遂偕往随同行礼。同人咸集,惟绥五未到,伯衡到最后,时著公已先行,只罗春亭算主人耳,盖罗亦随同设祭祀谢也。午初散归。阅邸抄,各省学政浙人得与者三君,冯金鉴、钱骏祥、姚文倬也。

初七辛亥日(9月6日) 晴。书院考生领课卷奖银又复数十人,大半皆常之华为之先容,余俱给领而去,倘有舛错,惟常氏子是问可耳。连日又稍热,不似前此之骤冷矣。

初八壬子日(9月7日) 晴。今日为秋闱士子入场之期,计午前兆梓当可点进。吾乡天气冷热不知如何,若与此间近日相似,则已凉未寒之时,于考生大相宜耳。午后,何升至自德州,缴令销差。

初九癸丑日(**9 月 8 日**) 阴。午后,往文庙街看朱氏屋,即上年四月间所看者。余仍有意赁居此宅,故重复往看。一切都极惬意,惟内寝略窄,幸夹室甚轩敞,可作退步。余拟月给赁值京蚨四十竿,如屋东愿租即定局矣。回寓接绥弟杭州来书并兆梓安禀,绥弟之意欲与梓儿偕候揭晓,须九月中浣方首途北来也。晚间,访顾子高,托其说合屋事,因朱仰田以屋交所亲严姓,严与顾亦有戚谊,爰嘱其转致余意耳。

初十甲寅日(**9 月 9 日**) 晴。接昂鹤如来信,西斋、绥五合席宴客,折柬邀十二日晚酌,集绥五寓斋,又可饱咙美膳矣。

十一乙卯日(**9 月 10 日**) 晴。阅电局达到浙闱题目,首"知之为知之,不知为不知,是知也",次"君臣也"五句,三"周公思兼三王至仰而思之",诗"赋得潮平两岸阔得平字"。题目太熟,场作殆难出色,子弟应试者未知有获售者否也。

十二丙辰日(**9 月 11 日**) 晴。阅邸抄,杨蓉浦副宪又典京兆试,甫典礼闱,又主秋试,衡文之运之佳殆无出其右者欤?申刻,集绥五处晚宴,亥刻乃散。

十三丁巳日(**9 月 12 日**) 晴。午后,拜查箨青寿,未晤。答拜刘西山,晤谈良久,遇绥五于座。旋往拜叶笈香,因托其带换领子,已承其带到,故先往候之。下午还寓,料量节事,持筹握算者久之乃毕,但觉左支右绌,顷刻间已空空妙手矣。甚矣!财之不可不多也。

十四戊午日(**9 月 13 日**) 晴。午后,往铁塔寺偕同寅五君子公宴本道耆公,陪客为彭伯衡、刘西山、罗春亭、李缄三,宾主十一人,设席二。申刻客始到齐,酉正入座,亥初散归。是日颇热,酬酢终朝,尤觉劳碌。惟席间肴馔甚佳,盖仍系绥五之庖人供刀匕,故与众不同耳。

十五己未日(**9 月 14 日**) 晴。辰初刻,诣刘将军庙,拈香。旋至道署投手版贺节,巳初散归。午刻,祀先,礼毕,偕妇子小饮。下午,复假寐时许。晚间,月色大佳,坐中庭良久乃寝。

十六庚申日(9月15日) 晴。午后,拜奠严筱园之灵,并以白金四两、呢幛一轴为赙,且亲送其发引,同送者惟澹人、籚青、绥五与余数人耳。闻澹人言及鲍凯臣之母今日诞辰,余向不知其有母在堂,今既知之,只得亲往拜寿,并登堂少坐乃还。

十七辛酉日(9月16日) 晴。早间,手自登复各处贺节禀信,又作书致家子厚兄,均即时封发。午后,王筱田千戎来谒见,与谈片刻而去。傍晚,又接子厚来书,有所询于余,立候回音,因于晚饭后摊笺作复书成,即时封发,免使子厚久盼也。

十八壬戌日(9月17日) 晴。是日换戴暖帽,然气候仍热,只能着单袍褂。澹老有事于汴,今日已行,而静生先生亦将赴豫请咨北上引对,澹老归来即可接护道篆,何其阔耶?吾侪望尘莫及矣。晚间,作谕兆梓书,又复子绥三弟一函,均即时封发。

十九癸亥日(9月18日) 晴。日间,料理公牍,批发恩县禀卫河水涨启,放四女寺减闸泄水由,又德州汛禀江北江苏漕船出境由,亦一律批发。灯下,复昂鹤如一函,由驿递寄。

二十甲子日(9月19日) 晴。河帅甄别书院奖银至今尚未领罄,每日来领者或数人或十数人不等,殊形碎琐耳。午后,欲出门访友,适阴雨一阵,遂不果。

二十一乙丑日(9月20日) 阴。着观察因感冒,赴汴又改迟,大约日内尚未必行也。午后,购得团脐蟹卅余只,与家人把盏持螯,小饮数爵,殊觉逸乐。日前公宴派分资京蚨廿五千余,亦云靡矣。灯下,阅《唐书》两卷。

二十二丙寅日(9月21日) 晴。午后,访籚青,适伊先过绥五处,余亦追踪而至,畅谈良久,傍晚乃还。

二十三丁卯日(9月22日) 晴。午后,谒着公,辞以疾未见。旋访刘西山、阮禹唐,俱晤谈良久。访秦仲琴于渔山书院,未晡而还。傍晚,伯衡来辞行,晤谈片刻。

二十四戊辰日(9月23日)　晴。禺唐来答拜,晤谈片刻。旋奠杨乐亭之叔母于铁塔寺,遇郭伯韶。复往筜青处,约偕谒本道。酉刻,诣道署,候许久方获见。比散归,已日暮矣。

二十五己巳日(9月24日)　阴。早起,往道署送耆公之开封,同人集官厅,多刻方散。旋往送伯衡行,时篆州事者为保山吴君少侯,适已下车,因亦投以一刺,皆未晤。乃访任城山长段西圃大令,畅谈时许,然后归。

二十六庚午日(9月25日)　晴。午后,秦仲琴来答拜,与谈良久。权州牧吴君亦于下午来答拜,仅过门投刺而不欲会面,余颇憾之。当余之往拜,并不俟其来,而不惮先施,渠辞以昼寝不与晤,今渠只以一刺相报,何其夜郎自大耶?

二十七辛未日(9月26日)　晴。午后,州佐潘心泉过访,至诚君子也,与之语正所谓"与公瑾交如饮醇醪"者,余甚重之。闻伯衡初以奉派随同方伯进京祝嘏交卸,今方伯奉命防堵海口,毋庸北上,而伯衡业经受代,有进退维谷之势矣。

二十八壬申日(9月27日)　晴。午前,修发。午后,清厘书案故纸,分别弃留,眼中为之一爽。晚饭后,访许西斋,畅谈良久乃还寓。

二十九癸酉日(9月28日)　晴。日间未出门。晚饭后,访孙伟如,久谈,三更方还。伟如案头有《花月因缘》小说及福州林芗溪所著《海天琴思录》,因携归假阅焉。闻海上战事我军迭次失利,奉天练军统领左军门宝贵中炮而亡,折将损兵,殊堪浩叹耳。

九　月

九月初一甲戌日(9月29日)　晴。午后,筜青过谈片刻,旋去。余取《海天琴思录》披阅一过,所载即诗话之类,笔墨不过尔尔也。

初二乙亥日(9月30日)　晴。州人孙渭臣者以知州需次河南,殁于署邓州任所,其枢今日入城,余与相识,因往奠于其家。遇许西斋,谈及龚淡人已奉委护理道篆,耆公则请咨赴部引对,淡人本缺以开复通判秦培代理,皆得诸汴省电报,所述者殆非虚语也。

初三丙子日(10月1日) 晴。晚间,鲍凯臣招饮营署,座皆熟人。有电报局委员杨乐亭,谈及见电报恭邸奉命强起赞理军事,殆以倭寇猖獗,几无能制其死命者,乃思及中兴贤王耳。

初四丁丑日(10月2日) 阴。早间微雨,午后渐止。晚间,接兆梓来电,今日自里中起程北来。渠前有榜后仍随绥弟同行之说,今去揭晓为日无多,何叔侄又俱不候榜耶?以意揣之,大约场作都不见佳,自问未能入彀,故转念又不候榜耳。

初五戊寅日(10月3日) 晴。拟遣何升迎兆梓于清江,因函询郭伯韶有无回空饷船开行,适今日甫到二船,明日回空南下,可云凑巧。晚间,挥数行谕兆梓交何升带去,即命何升搭坐炮船南下。

初六己卯日(10月4日) 晴。早起,询知何升已登舟前去。午后,杨乐亭送来电旨,知夔丈奉特召陛见,大约将再入枢府,盖恭邸既出,故又图任旧人耳。下午,访山长孙庚生,晤谈片刻。复访乐亭,嘱其如得滇报夔帅起节日期即便相告,稍迟余尚拟专电往询也。

初七庚辰日(10月5日) 晴。出示晓谕书院各生初十日为本道官课之期,届时仍借渔山书院点名给卷,准其携卷回寓构作,并将课卷编列字号,一一亲自检理一过,以免舛错。

初八辛巳日(10月6日) 晴。东闱揭晓,济宁中式六人,书院肄业生得其四,可云盛矣。塾师常渠西又复报罢,因出慰藉之,与谈片刻。午后,孙庚生过访,因本道嘱其代出课题,特与余商拟,遂与相订。文题为"故君子有不战,战必胜矣",赋题"枫叶芦花秋兴长赋以题为韵",诗题"赋得昼日三接得三字"。下午,闻本道至自汴,因往署中迎候,傍晚方散。因复访淡人,少坐而还。

初九壬午日(10月7日) 晴。午后,段西圃过谈片刻。耆静翁定十三日交卸起程北上,因即往谒见,并拟上夔丈一书,托其带京饬呈,先与谈及之,盖静翁固夔丈仪部旧属也。自道署出,复访罗春亭于院营务处,黄昏乃还。

初十癸未日(**10月8日**)　晴。黎明,至渔山书院代本道点名,秦仲勤出晤,与谈片刻。巳初还寓,即拟上夔丈书稿,午后方罄,嘱常渠西代誊。晚间,集淡人处,偕春亭、绥五为簳青补祝,邀西斋作陪,畅叙至夜半乃散。

十一甲申日(**10月9日**)　晴。午前,预备礼物送本道耆公。午后,将上夔丈书封固并送交耆公便带。淡人荐一家丁曰徐文者,余凤所垂青,爰即录用焉。

十二乙酉日(**10月10日**)　晴。午后,往谒送耆公,同人咸集,耆公以行色倥偬辞未接晤,遂各散归。下午,将收齐课卷送请孙庚生代阅,此次仅收卷二百二本,未交者有卅余本之多。傍晚,孙伟如过谈片刻。日间,曾发电至滇询问夔丈何日起节,取道何处,不知其见覆否也。

十三丙戌日(**10月11日**)　晴。清晨,出城至北郭长清观候送耆公入都,至巳刻方起马,同人俱送于临歧,乃各还。午后,偕绥五集簳青处,同赴道署贺淡人司马接护道篆,旋即散归。

十四丁亥日(**10月12日**)　阴。未出门。午后,淡人来答拜,晤谈片刻。傍晚,接阅电报局送来吾浙题名录,紫绥及兆梓均落孙山外。有吴和声者殆系鹤舲叔岳次郎,年甫二十,即赋鹿鸣,固书生得意事也。

十五戊子日(**10月13日**)　晴。晨起,诣风、火神、刘将军各庙,拈香毕回寓。午后,至玉露庵唁郭伯韶丁内艰,遇簳青于座。旋访孙庚生,晤谈片刻,与商定阅卷章程。复答拜新举人刘恩龄、刘元凤、方庆云,副榜杨毓泗诸君,盖四人皆肄业池楼书院,昨以门生柬来谒,因特往答贺耳,傍晚乃还寓。

十六己丑日(**10月14日**)　晴。是日为内子初度,高升戏班力求奏技,遂令于傍晚来寓演戏,半夜至三鼓雨来,只得停演,计费戏赏卅二千,杂用约近十千,共糜京蚨四十余竿矣。下午,簳青来晤,少坐即去。

十七庚寅日（10 月 15 日）　阴。午后，往答谢昨日来客。谒淡老，未值，适遇诸途，遂追踪至郭春霆处，与谈数语，知其明日将起程赴省，故迫欲一晤耳。闻代理运河厅之秦子厚亦到，因往拜之，少坐即出。旋返寓，而秦又来答拜，晤谈片刻而去。

十八辛卯日（10 月 16 日）　阴。未出门。午后倦甚，假寐时许，比醒已日之夕矣。灯下，与家人辈掷状元筹以为乐，三更乃寝。

十九壬辰日（10 月 17 日）　阴。午前，修发。午后，淡人处送到书院经费百金，嘱先为应用，余款俟其归来再会具印领补领，当作字复之，此款此次官课尽敷用矣。接张璪卿太守书，并以近作古近体诗见示，璪卿素以工书名，诗非所长，今在禹州与南海黄小宋刺史同城，小宋夙有诗癖，遂开吟坛，璪卿时复更唱迭和，不半年遂成帙。小宋集以付刊曰《颍川集》，璪卿特以册本见贻，稍迟当手裁数行报之。

二十癸巳日（10 月 18 日）　晴。前与庚生约将代阅官课卷于今日送来，由余评定名次，余遂未出门，在寓静候。乃待至日晡不见送卷前来，于是遣人往询，据云尚未阅毕，须明日方能报命，只可再待一日，无可如何也。

二十一甲午日（10 月 19 日）　晴。午后，访绥五，未遇。旋访篠青，久谈，无何绥五、春霆、子高陆续踵至，遂觉高朋满座，谈笑生风，日暮方各散归。询及孙庚生处课卷仍未送到，姑再俟之可耳。

二十二乙未日（10 月 20 日）　晴。午后，庚生亲自将课卷送到，余与谈片刻即去。乃将所拟取各卷逐一覆阅，略有更易名次，缘此间士子于字学概不讲求，余凡遇工书者悉置前列，借以鼓励之。夜三更方将名次一一填毕，明日可发榜矣。

二十三丙申日（10 月 21 日）　晴。书吏写榜，须竭永日之长方能毕事，今日仍难张榜。午后，篠青过访久谈，复拉往西斋处少坐，傍晚还寓。

二十四丁酉日（10 月 22 日）　晴。昨阅书院课卷，余所取超等第三名一卷书学右军《乐毅论》，极韶秀可爱，比拆糊名，乃生员孟昭豫作。孟生与西席常渠西相熟识,因询诸渠西,拟托其书扇,并有横额一帧欲烦其为余代笔,不知能乐从否。连日计算兆梓行程,早应抵清淮,而抵浦电报杳然,不能不悬悬于怀。

二十五戊戌日(10月23日) 晴。早间,得七律二首寄赠藻卿。其词曰:"怀人风雨正重阳,忽捧珠玑字数行。诵子新诗香在口,累侬索句苦搜肠。词坛骚雅归公等,宦海升沉任彼苍。同是天涯倦游客,莼鲈乡味几曾忘。""平居草圣服张颠,几度纱笼壁上笺。况复篇章频赠答,信知翰墨有因缘。吟怀健喜今逾昔,棋句输甘后让先。笑我年来豪气减,闻鸡怕说祖生鞭。"诗脱稿后,以笺纸另录。复作覆书数纸,封固,送交其寓转寄禹州,时藻卿仍司榷禹州,独居差次,眷属尚侨寓济宁也。

二十六己亥日(10月24日) 晴。此次官课奖银,余期以今日给发,各生来领者踵相接也。接表叔冯筱侣扬州寄书,知其远游台湾,无所遇而归,亦可怜矣。

二十七庚子日(10月25日) 晴。未出门,盼清江电报不至,拟明日发电淮寓问讯之。

二十八辛丑日(10月26日) 晴。早间才发电淮寓,午后即接兆梓清江电报,刻已由清江浦北上矣。未刻,篛青过访,谈片刻。余亦遂出门,先往奠孙渭臣大令。旋答拜裴君维俊,未晤。访秦子厚,晤谈片刻,又遇篛青于座,傍晚散归。

二十九壬寅日(10月27日) 晴。闻淡人至自省城,余欲往见,以日暮不果行。晚间,孙伟如过谈片刻。余至书塾,晤常渠西,见其案头有《儿女英雄传》一册,因假阅焉。灯下,阅是书,至四更乃寝。

三十癸卯日(10月28日) 晴。早间秦子厚来,午后龚淡人来,俱晤谈。下午,修发一度。所假《儿女英雄传》仅前四本,阅毕即返诸其人,余尚欲假第五本以后者,未知何时取来耳。

十　月

十月初一甲辰日（10 月 29 日）　晴。晨起，诣猛将军庙，拈香行礼。往拜澹人寿，未降舆。过籍青门，拟入其室，阍者以昼寝辞，遂还寓。

初二乙巳日（10 月 30 日）　晴。午后，淡人来谢寿，入晤，与谈片刻。嘱开衔名履历并所愿得奖叙，以备呈送河台奏请给奖，余只能请以应升之缺升用，遂照书衔条，兼为武城令丁锡五求保，俟补知州后加四品衔，未知河台予保否耳。傍晚，籍青、绥五偕来见访，日晡乃去。

初三丙午日（10 月 31 日）　晴。午前，往谒淡老，将履历衔条面交，略谈片刻即还。下午，往贺许西斋纳妇之喜。西斋只一子，年已二十有五，始为娶妇，闻新妇年亦如之。晚间，在彼一宴。西斋疽发于项，颇剧，未能出陪宾，座客饭罢亦遂各散。

初四丁未日（11 月 1 日）　晴。日间，阅《儿女英雄传》，自第五本迄第八本尽皆阅看，此书共八册分四十回，不知尚有续述否。接刘苇舲手书，有肩舆一乘，欲寄存余处，是固无可无不可也。

初五戊申日（11 月 2 日）　晴。籍青走柬约明日集伊寓斋为淡老补祝。秦子厚亦在主人之列，罗春亭奉差清江远出，遂未列名，未免便宜矣。

初六己酉日（11 月 3 日）　晴。午后，至籍青处，主客俱已到齐，惟余至最后，初不意诸君子俱如是之早也。日间畅谈，晚酌肴馔极丰盛。饭毕，复久谈，亥正初刻始各散归。

初七庚戌日（11 月 4 日）　晴。终日料理日用帐，检取衣服冠领。复于书院课卷首页钤盖图章，摒挡永日方毕。连日稍凉，可衣薄裘，遂将单夹衣物一律收起。灯下稍闲，复取《唐书》列传披览数页。

初八辛亥日（11 月 5 日）　晴。巳初刻，往龚宅拜其太夫人寿，同人咸集。早面后，偕绥五至籍青寓斋小憩。傍晚，复往与寿筵，入座听戏,亥正乃散归。

初九壬子日(11月6日) 晴。罗春霆过访,述及伊奉差至清江,差旋陆行至豫谒帅,顷盖至自豫省也,未及匝月往返几三千里,可谓迅捷矣。

初十癸丑日(11月7日) 晴。丑初刻起。寅初,恭诣万寿宫行朝贺礼,卯正散归。午后,吴少侯直刺来拜,晤谈片刻去。吴君名煜,云南副榜,以知府需次山东,现捧檄来权济宁直牧者也。

十一甲寅日(11月8日) 晴。收到道库发出九、十两月公费银叁百数十金,乃得偿还钱肆欠项,余者恰敷本月用项,分厘无溢也。

十二乙卯日(11月9日) 晴。午后,绥五手柬告知十四日晚饮,偕箨青与余公同宴客,都已具柬矣。灯下,阅《经世文编》数册。

十三丙辰日(11月10日) 晴。午后,访绥五,旋答拜吴少侯,俱晤谈。晚间,罗春亭招饮,假座院廨西厅,同人咸集,二更后乃散。

十四丁巳日(11月11日) 晴。辰刻,兆梓至自里门,带到子先、清如、经彝各书,并购来各物。此行已将本年当息用罄,第皆耗于买物,川资旅费只百数十金耳。午后,往绥五处宴客,在座为裴小麓、吴少侯、阮玉堂、王紫泉、秦子厚、罗春亭,主人则查、崔两君暨余也。亥初散归。

十五戊午日(11月12日) 晴。晨起,诣刘将军庙,拈香行礼。下午,姚眉生招赏菊花,同人咸集,独少淡人、箨青两君。酉正入座,酒肴皆劣,未能饱啖。亥初席散,即驱车还。

十六己未日(11月13日) 晴。午后,箨青因为乃侄完娶,招饮寓斋,座惟绥五、伟如系熟人,余皆本地绅衿与主人有戚谊者,亥初刻散归。

十七庚申日(11月14日) 晴。日间,招梨园演戏永日,为恭祝六旬万寿故也。先是,内子及儿女辈久思观戏,余曾与约俟万寿圣节必演戏二日,故有是举。晚间,淡人招饮寓斋,同人咸集,惟无姚、广两君耳。酉正入座,亥初散归,时戏尚未止,直至四更方始收场。

十八辛酉日（11月15日） 晴。仍演戏永日。子厚、绥五、箬青、伟如四君皆来寓小集。晚饭后，客渐散去，惟与家人坐中庭观戏，仍演至四更收场。两日所需将近五十金矣。

十九壬戌日（11月16日） 晴。停止演戏，开发戏价各款。晚间，阅《金石富贵录》小说数册。

二十癸亥日（11月17日） 晴。午后，访绥五，偕其同至箬青处看视新房，遂在彼晚饭。孙伟如适来，主人留与同席，不令脱去，俟二更饮毕方各散。

二十一甲子日（11月18日） 晴。午后，往箬青处贺喜，在彼半日，视其犹子花烛成礼。晚间，入与喜筵，二更散归。有四弟处旧仆楼升因目疾乞假还浙，道出此间来见，四弟仍无片纸只字相贻，亦无口信谕其转述。噫！异已。

二十二乙丑日（11月19日） 晴。日间，料量书院公事。晚间，将秦子厚阅定课卷披览一过，所评不无优劣倒置。甚矣！门外汉之难与论文也。

二十三丙寅日（11月20日） 阴。卫守备姚子钧邀吃晚饭，因于申刻出门。先访电报局杨委员，略询北路军务情形，遇裴筱麓于座，询知子钧处同席，遂与偕往。亥初席散乃还。

二十四丁卯日（11月21日） 晴。秦子厚将阅定课卷交来，须为揭榜晓示，今甫填就张贴。明日又为斋课之期，因作字致孙庚生，请其出题送来，以便牌示也。晚间，阅小说书两本。

二十五戊辰日（11月22日） 晴。午后，往拜崔绥五太夫人寿，遇秦子厚、罗春亭两君。子厚旋去，余与春亭复少坐乃行。自彼出，谒淡老，遇郭春霆，傍晚乃还。

二十六己巳日（11月23日） 阴。天气陡凉，可衣重裘。傍晚，孙伟如便衣过谈片刻。灯下，看小说书两本，所谓"姑妄言之，姑妄听之"耳。

二十七庚午日（11月24日） 阴。明日为淡老细君四旬整庆，同人公送梨园、酒筵,渠已收受,殆将演戏宴客也。闻倭寇日深,旅顺海口亦为占踞,合肥之误国如此,尚何颜立于天地间乎?

二十八辛未日(11月25日)　阴。午前,往淡老处拜寿,吃面,旋还寓小憩。下午,易便服复往听戏。同城各官咸集,共设六席,座客卅有六,可谓盛会,亥刻散归。

二十九壬申日(11月26日)　阴。自辰至申微雨,终日未息,晚间雨更甚。时方亢旱,得此喜雨,良足慰怀。仆人楼升将旋浙,因嘱转运局清江来船附载以去。楼升双目成瞽,依其兄贸易营生,求余赏,假资本百余金。余乃将周子绂欠余二百金借券一纸给令前往索讨,子绂现权宰光山,余复切实函致之,大约不致一无所偿也。

十一月

十一月初一癸酉日(11月27日)　阴。早间,雨犹未住,遂未出谒庙。午后,雨霁日出,依然晴朗和暖。日间,阅《咸丰圣训》,亦系假诸姚眉生者,阅过一册换一册也。

初二甲戌日(11月28日)　晴。午后,查篆青过谈片刻,述及解部饭委员刘闸官霖将于日内起程入都,余尚有托办事件,因于灯下修书寄季卿叔岳以十六金,托其请领诰轴,嘱其顺交刘君带来。又开一单托刘君购买靴帽等物,缘其年内仍可折回,难得此妥便也。

初三乙亥日(11月29日)　晴。日间,往约刘沛斋来寓,适其诣库领饷未归。晚饭后,刘君来谒,因将托带信件并买物银两清单一一面交与之,据云封篆前定可还济也。

初四丙子日(11月30日)　晴。终日无事。首厅秦子厚遣价来告许恭慎尚书灵柩自京回籍,道出此间,刻已舟抵南关,同人设筵公祭,计道厅州八人,订期明日午后往祭,余诺焉。

初五丁丑日(12月1日)　阴,微雨。午后,往城南河沿龙神庙,候同人到齐,先后至许公舟次祭奠。许公长子之荣有足疾,不良于行,西斋为其从父昆弟,特在灵前还礼。傍晚各散。

初六戊寅日（12月2日） 阴。早间，秦子厚过访，余甫起，尚未栉沐，只得辞之。午后，恭读《道光圣训》数册。灯下，阅《青楼梦》小说一部。

初七己卯日（12月3日） 晴。河营协备王小田来谒，辞不与晤。午后，修发。随意翻撷案头书册，以资消遣。且喜天气和暖，不需消寒而自不寒也。

初八庚辰日（12月4日） 晴。午后，罗春亭过访，见其所戴假珊瑚顶已破裂，因取旧存寿字红顶一枚赠之。旋偕其同出，余往答拜小田，访绥五，遇子厚于座。晚间，吴少侯招饮州廨，余与绥五同到，时客都齐集矣。亥初刻散归。

初九辛巳日（12月5日） 晴。明日书院官课轮值州廨考校，因走笔向吴少侯索取课题，旋得其所出"可使有勇且知方也"文题、"菊残犹有傲霜枝"赋题，试帖题则"一月得四十五日也"。

初十壬午日（12月6日） 阴。晚间，河院书吏送信来，据云催漕保案已入告五厅，除泉河不与外，余与龚、查、崔四人均保加三品顶戴，特恐格于成例致遭部驳耳。

十一癸未日（12月7日） 阴。同人走柬邀明日晚饭，因余以是日诞辰，即于是日设席绥五斋中为余祝寿，只得书诺。

十二甲申日（12月8日） 晴。早间，僚属有来拜寿者，命兆梓款待厅事。午后，便衣往绥五寓斋饮宴。吴少侯作陪客，龚淡人、查箨青、秦子厚、罗春亭、崔绥五皆为主人。饮酒颇多，亥正初刻散归。

十三乙酉日（12月9日） 晴。终日未出门，惟恭阅道咸圣训，以资掌故。灯下，阅《圣朝鼎盛》小说，则皆所谓无稽之谈矣。

十四丙戌日（12月10日） 晴。午后，往赴秦子厚晚席，仍假座绥五寓斋。座客皆前夕诸君，惟多一郭春霆耳。余与绥五、春亭饮酒独多，席散时亦近亥末矣。

十五丁亥日（12月11日） 晴。辰初起，诣刘将军庙，拈香行礼。拜晤罗春亭，聚谈片刻。复往各处谢寿，午初刻还寓。午后饭毕,小眠时许,日暮方兴。

十六戊子日(12 月 12 日)　晴。傍晚,赴孙伟如寓斋饮宴,座有裴筱麓、姚子钧,余皆诸同人也。是日天气甚冷。席间,簳青谈及新得第二孙,于是同人俱为之称贺不已。

十七己丑日(12 月 13 日)　晴。午后,冯筱侣表丈过访,知其昨自扬州抵此,寓许成甫处。三年阔别,异地重逢,相与畅叙积悃,良觉快慰。余留其下榻,渠不肯,傍晚即别去。

十八庚寅日(12 月 14 日)　晴。午后,访筱侣丈于成甫寓斋,畅谈半日,兼晤成甫,在彼晚饭。饭后,西斋复出晤,提及不日将之汴垣,大可托购物件也。

十九辛卯日(12 月 15 日)　晴。终日未出门。天气渐寒,因将旧狐裘取出,呼缝人补缀之,以为御寒之需。

廿壬辰日(12 月 16 日)　晴。午后,吴少侯、查簳青先后来晤。簳青先去,少侯复茗话时许方辞出。少侯为人温厚儒雅,居官精细慈祥,有道君子也。晚饭后,往晤西斋送行,兼托购带汴城印花宛绸并香肠、兔腿等物。晤筱侣叔,闲话时许乃还。

二十一癸巳日(12 月 17 日)　晴。午后,修发。邀筱侣丈至寓斋聚谈,留其晚饭,相与畅叙曩昔情事,至二更乃散去。有瞽者汤姓丕勤名精命理,日前曾过门投刺,余正拟为筱侣丈推命,适往呼之,知其已回兖州,只得罢论。

二十二甲午日(12 月 18 日)　晴。河院文巡捕送到河台行知催漕保案奏稿,各厅州县俱请交部议叙,前所谓保加三品顶戴乃传述之讹耳。武城令丁锡五屡次求余,欲保一四品头衔,今虽获与,而仅得议叙,非所欲矣。簳青来言何相山方伯祝蔃出都,道出济宁,廿四可抵此,簳青与有戚谊,余亦为辛亥年家子,拟俟其至往谒之。晚间,祀先,因日短故,迟至晚饭设供耳。

二十三乙未日(12 月 19 日)　晴。早间,答拜吴少侯,谒淡老,俱晤。午后,访孙庚生,答拜王筱滇,俱不遇,遂还寓。子厚、簳青、绥五先后来晤,少顷各去。筱侣叔来晤,嘱余寓书夔丈说项,意欲投效湖北图鄂岸淮盐分销差使,盖因传闻夔丈有移督两楚之信,故豫为图维。灯下,遂为之握笔拟稿数行,未脱草也。

二十四丙申日(12月20日)　晴。早间,篝青遣人来告相山方伯今日抵济,约偕往北郭相迎,余乃早餐以待。下午,篝青衣冠而来,静候报马到来即便出城。乃候至傍晚尚无消息,篝青只得散去。余访孙伟如少谈,然后归。

二十五丁酉日(12月21日)　晴。午初,出自北门至郭外候迎何方伯,淡人、子厚、少侯、篝青俱集。午正,何公抵城,于舆前相见,寒暄数语各散,余遂还寓。未正,何丈来拜,登堂少坐而去。下午,往南关舟次答拜何丈并送行,复晤谈片刻乃归。因以济宁土物四色贻之,蒙收阿胶、查糕二物。灯下,复将上夔丈禀斟酌妥善,俾筱侣叔持以投谒焉。

二十六戊戌日(12月22日)　晴。寅正三刻,恭诣龙亭,行长至朝贺礼。辰初,宴于朝房。宴毕,偕同人周历池楼书院,阅视新构亭台桥梁,颇有可观。旋偕少侯、子厚至篝青寓斋小集,午初散归。午正,祀先。方欲午餐,筱侣丈过谈片刻,告余舟已雇妥,伊明日准行,于是将上夔丈书誊就付之,并以二十金赆筱侣丈。晚间,少侯、淡人、篝青、子厚集绥五处作叶子戏,邀余往视。正在吃饭,电局送到电信,夔帅行抵武昌,电奏得旨,仍令迅速北上,定廿八自汉口起节取道清江北行,前谓移督湖广乃外间揣度之词耳。湖广之移既不确,余为筱侣丈所作书又无用矣,因复访筱侣告之,兼送其行,晤谈良久乃还寓。

二十七己亥日(12月23日)　阴。篝青以长沙土物数色见贻,乃其长郎鹭阶大令新自湘省带来者。又何相丈以两马归篝青,余闻之,因乞其一,篝青遂以一白马见贻,余素不择车马,足任乘载可矣。

二十八庚子日(12月24日)　晴。午后,访电局委员杨乐亭、渔山书院山长秦仲勤,俱未晤。乃至姚眉生处少坐,适遇杨乐亭,因嘱其侯得爱帅抵清江信息前来相告，以便计期往泰安一见也。傍晚还寓。

二十九辛丑日（12 月 25 日） 晴。午后，秦仲勤过访，谈片刻去。晚间，招龚淡人、吴少侯、查筝青、姚眉生、崔绥五、姚子钧、秦子厚、孙伟如小饮寓斋。少侯将受代去，此集即为饯别。少侯出斗方索同人书卜各一方，以志雪泥鸿爪。余于客散后，灯下赋成七律二首以赠少侯，即书其上可耳。

三十壬寅日（12 月 26 日） 阴。早间，将赠吴绍侯诗另纸录出。其词曰："治行吴公今再睹，交游季札古奚疑。有缘自尔倾心极，得见翻嫌抗爪迟。千顷难穷沧海量，一麾争奈及瓜期。河梁旧句凭谁咏，多少离愁托酒卮。""黄堂小试乍飞凫，暂握任城赤紧符。此去尽留棠荫在，前程奚止柏薇俱。超腾云路期公等，驰逐风尘属我徒。且喜苔岑同臭味，他时揖客倘容吾。"午后，出至书塾，与常渠西晤，谈片刻。

十二月

十二月初一癸卯日（12 月 27 日） 晴。晨起，诣猛将军庙，拈香。旋至州署送吴绍侯行，未晤，遂归。午后，淡人处招同人小集，作叶子戏，晚间宴客。余申初前往，将书就斗方携往面致绍侯。伯衡至自京师，亦在座。戌正席散，绍侯、子厚、眉生、绥五皆留作牌局，余遂归，闻其三更后方散场也。

初二甲辰日（12 月 28 日） 晴。午后，往州署贺伯衡、送绍侯。伯衡未晤，绍侯则话别殷殷，谈良久乃出。闻筝青小恙，因往视之，在彼少坐。复访子厚，时已黄昏，略谈数语即升舆还寓。

初三乙巳日（12 月 29 日） 晴。午刻，家祭。午后，假寐片时。灯下，收到冬季廉俸九十余两，又本月公费及年终应找尾零共二百卅金亦同时发下，本届度岁之资尽于此矣。

初四丙午日（12 月 30 日） 阴。终日未出门。饬仆走询电报局有无爱帅行程消息，据云尚未得浦局来信，大约稍迟即有确音矣。

初五丁未日（12 月 31 日） 晴。接紫绥弟淮安来书，备论倭寇兵事,颇有见识,想见读书有得也。昨晤龚、姚二君,谈及有大挑令周君耀垣奉委来署郯城管河主簿,事简禄薄,仍欲借授,徒自给。适余来年馆师尚未访得,因令兆梓作文二首先行就正,嗣得其改削,甚有精采,遂嘱眉生代订定准延请此君矣。

初六戊申日(1895 年 1 月 1 日) 晴。午后,电局委员杨乐亭来晤,为言得清江局报夔帅初四日抵浦,定初七日自浦登陆北上,约计十五前后可抵泰安,余拟十一日起程往候,当不致误也。

初七己酉日(1 月 2 日) 晴。午后,往贺绥五移居之喜,晤谈许久。遇箨青及裴筱麓于座,复答拜郭伯韶于转运局,时已黄昏,少坐即还。

初八庚戌日(1 月 3 日) 晴。日间,自拟春联十余副,托本城秀才高生为震书写。生工楷法,余于书院课卷中物色及之,嘱常渠西转约明年延其为余司笔札事,伊亦乐从,余昨已往拜之矣。晚间,有候补县令吴君麟昌号公达者来谒,与晤谈,询其家世,知为江西望族,许仙帅至戚,以知县分发山东,将分济宁州差委,故特来见耳。

初九辛亥日(1 月 4 日) 晴。早间,高生春霆来见,与晤谈片刻,恂恂儒士也。午后,答拜新科进士李比部继沆,未晤。旋往谒淡老,过罗春霆门,见淡老之车在焉,因入与晤见,告以将有泰安之行,往返需八九日。罗春霆甫自工次归,在途伤足,不良于行者数日矣。旋往拜周耀垣大令,谈良久,论文亦惬。周君籍安徽定远,乙亥举人也。傍晚,谒客毕,遂还寓。

初十壬子日(1 月 5 日) 晴。早间,将贺年应发禀信开出一单,以便嘱高春霆代誊。午后,周耀垣大令来答拜,晤谈片刻。下午,检点行装,定准翌晨首途,因将阿胶及各种碑拓携存行箧,以备持赠夔丈之需。灯下,复将拜匣检齐,于是行装俱备矣。

十一癸丑日(1 月 6 日) 晴。寅正初刻起,摒挡一切。卯正三刻,自济宁寓首途,行六十里,至高陆桥午餐,时方午正也。未初,复遄行。酉初,抵宁阳县,宿北门逆旅,共行百有十里。天朗气清,绝无风霜之苦。

十二甲寅日(1月7日) 晴。寅正起。卯正初刻,发宁阳,行四十里,饭于陈家店,时方巳正。饭毕,午正初刻复行。申初二刻,抵东向集宿。是日行八十里,途中晓夜颇冷,日间仍甚和暖。余坐车中,衣重裘,下帷幕,尚觉微热也。连宵月色大佳。

十三乙卯日(1月8日) 晴。寅正二刻起,登程亦稍晏,时已卯正二刻矣。行二十五里,至下张寨稍憩,小食少许。巳正三刻复行,自此便入山路,然平坦处居多,崎岖处无几也。未至泰安约廿里之遥,行李车覆焉,庖人耿姓载其上,堕而伤足,遂不良于行,殆其月晦使然。申初,抵泰安府城,南关客店皆备作来往大僚驿馆,只得寓城内高升店。未几,泰安县令毛君澄饬役持铺垫送差饭至,询知松峻峰漕帅今日过此,王夔帅则须十五抵泰安,前途差信已至,果与余所计日期适合,电报之用大矣哉!戌初,朔风起,若仍在途,其冷可知矣。是夕受寒,又触发痰嗽旧恙。

十四丙辰(1月9日) 晴。辰初起,咳嗽渐止,痰多特甚,且两肋甚疼,殆系嗽伤之故。午前,梳发。午后,往拜泰安府县两君,晤太守安定康君牧,县令毛君辞以疾,未晤,遂还旅舍。下午冷甚,嗽则胁疼,颇觉微苦,乃饮火酒二杯,稍解严寒。晚间,县中探马来报王帅今日住羊流店,明日崔庄打尖,住泰安。余已与康太守约定偕赴郊迎,大约须申刻方能莅止也。

十五丁巳日(1月10日) 晴。午饭,静候接差。申初,康太守来答拜,即偕其出东关迎迓夔帅。申正,旌麾莅止,各官揖于舆前,余亦杂其中。夔丈降舆周旋,见其丰采如前,惟已留颏下须,须亦多白。比抵行馆,询知稚夔亦随来,余更喜出望外,因先晤稚夔。俟同城文武谒见毕,夔丈乃延余入晤。十年远别,歧路重逢,相见甚欢,复与稚夔纵谈别后事。晚间,夔丈留共饭,余方制肴二簋,拟以相饷,亦携去共啖。有陆蔚庭太史乃郎以新科孝廉入都覆试,夔丈携以同行,是晚亦在座同饭。蔚庭与子通先兄辛未同年,其子固年家子也。饭毕,夔丈复留茗话时许。余原拟送至张夏镇,然后分手,嗣闻藩司汤公、臬司松公俱在张夏候迎,夒丈嘱余即返,以免酬酢纷如,余只得遵命拜别,而依恋之情殊觉难已于怀。旋至稚夒室中叙别,彼此亦都依依,见其将寝,只得别去。余仍返宿城内逆旅,时已近四更矣。

十六戊午日(1月11日) 阴。黎明起,询知夒丈已起节。昨有泰安令呈送礼物四种,夒丈以行箧不便携带嘱暂寄余处,因为藏诸衣笥,余亦遂整束归装,起程回济。时方雨雪,冒雪遄行。申初,抵下张,遂止宿不前,是日计行四十五里。夜间,雪霁月出,明日可畅行无阻矣。

十七己未日(1月12日) 晴。寅正起。卯正,发下张。午初二刻,饭于陈家店。未初,复行。申正二刻,抵宁阳县止宿。沿途俱已得雪,四郊一望洁白无际。日间,西北风起,冷甚。

十八庚申日(1月13日) 晴。晓发宁阳。午正,抵盐村店用饭。未初二刻复行。酉初,还寓,见内外春联都已更易一新,高君所书也。灯下,阅邸抄多本,然后寝。

十九辛酉日(1月14日) 晴。巳初起。午刻,拜封关防。未刻,偕内子率儿女饮封印酒。晚间,龚淡人招饮,因忆稚夒在泰安以其弟兄叔侄并夒丈新得曾孙诸人年庚开示,嘱为转托淡人阅看,遂另纸开送淡老。席间,惟子厚、箨青、绥五与余,无生客也,二更后散归。灯下,屈计夒丈行程当过德州矣。

二十壬戌日(1月15日) 晴。早间,吴俊民来谒见,与谈时许。下午,承其以山鸡、新韭见贻,只得收纳。晚间,作黄绥卿书,又复吴孟埙一缄。

二十一癸亥日(1月16日) 晴。午间,家祭。午后,作致子先昆仲、许清如各一书,俱托绥卿转交。吴孟埙之弟仲簉乡举中式,因寄以贺仪六元。许清如胶续,亦以喜仪四元寄之,皆嘱黄绥卿分别代办。下午,箨青过谈片刻。傍晚,孙伟如来晤,少坐即去。灯下,将致送各新贵贺金分别封兑,计送本科进士李比部继沆四两,新科举人刘恩龄、刘元凤、田育梃三两二钱,方庆云、金承熙及副榜杨毓泗各二两,高生为震为余司笔札,亦赠以四金焉。

二十二甲子日(1月17日)　晴。是日,适逢奎日,循例祀文昌诸神。午间,家祭。午后,延请周耀垣先行到馆,与晤谈片刻。有南货客以物求售,因购得铜水烟袋、铜手炉二物,又费去银三两余矣。晚间,与周耀垣共饭,叙谈良久。

二十三乙丑日(1月18日)　晴。终日未出门。晚饭后,循俗例祀灶。通宵爆竹之声不绝于耳,自是年景。接李念仔太守讣启,知其归田物故,丧主乃其曾孙承重者,于哀启中辄称先皇考,虽见诸《礼记》,究嫌触目,似不若称先曾祖之为稳妥也。

二十四丙寅日(1月19日)　晴。午后,出门拜客,闻淡人丧其从弟,设灵于铁塔寺,因往吊奠。旋答拜转运局委员吴彬士,未晤。仍晤郭伯韶,访彭伯衡,未遇。访查箓青、杨乐亭,俱晤,傍晚还寓。

二十五丁卯日(1月20日)　晴。连日甚冷,河上坚冰厚逾数寸。晚间,罗春亭招集寓斋便酌,在座为淡人、春霆、伯衡、箓青、绥五、筱麓、伟如诸君,主宾九人。虽无消寒集之名,其实即消寒集也。二更后还寓。

二十六戊辰日(1月21日)　晴。终日料理开销各帐,顷刻之间百金罄矣。凡阖署上下人等火食工饭俱发至明年元宵节,盖皆豫给半月资斧,仆辈工资又有豫支两月者,故所给更巨也。灯下,屈计行程,夔丈当已抵都,未知何日递安折,大约不日电局必得消息,容晤杨乐亭便知耳。

二十七己巳日(1月22日)　晴。和暖异常。午后,淡人来谢步,晤谈片刻去。日来料量节帐,颇觉栗碌,而平日所积至此复都用去,亦可哂也。

二十八庚午日(1月23日)　晴。日间,料理馈送年礼各事。晚间早寝,以备来日祀神,缘择定二十九日寅刻祀神祈福,故先期斋宿耳。

二十九辛未日(1 月 24 日)　晴。寅初起,率同儿辈于厅事设座祀神。卯初,祭毕,礼成,复再小眠片刻。下午,伯衡过谈,述及奉天军事颇称得手,海城县已克复,贼乃旁窜,扰及山东海疆,近闻已陷荣城,登州府城戒严矣。

三十癸酉①日(1 月 25 日)　晴。午后,访杨乐亭于电报局,得读昨日邸抄。夔丈奉命派充帮办北洋事务大臣,此座本拟议及之,而不兼直督,且带帮办字样,则所莫解意者,暂降是旨,不日且有后命未可知也。旋访绥五,拉其至籈青处,三人偕往护道处辞年,少坐即散。至周耀垣处一晤。晚间,悬祖容,设祭如礼。命儿辈陪馆师宴于书塾,余偕内子率诸女小饮燕寝。饭毕,迎灶神,行二跪六叩礼,然后年事乃全。

---

① 纪日干支"癸酉"应为"壬申"之误。

光绪二十一年(1895)乙未

正　月

光绪二十一年乙未正月初一癸酉日(1月26日)　晴。寅刻,恭诣万寿宫行朝贺礼。旋至风、火神两庙,拈香行礼。复偕同人集淡人处拜年,然后周历城内,过门投刺者居多。巳初还寓,接见吴俊民、周泽溥、张泰年、马庆澜诸君。周耀垣亦来拜年,与晤谈片刻。午后,倦极而寝,申初甫醒。适淡人、簳青、绥五接踵至,只得冠裳往见,晤谈多刻,小食点心,然后去。

初二甲戌日(1月27日)　晴。午后,复往拜年。先至绥五处,晤谈片刻。因偕绥五同往簳青处,不候延请,降舆直入,讵簳青实系出门,余与绥五坐候良久,主人甫归,复畅谈时许。余出城,至转运局拜年,亦只投一刺而已,傍晚还寓。

初三乙亥日(1月28日)　晴。是日为国忌,不便出门,因抽毫拟上夔丈书,叙述琐屑,不觉甚言之长,兼为筱侣叔力图江省电报局差使,大约必有济也。

初四丙子日(1月29日)　晴。午后,绥五走柬邀往闲话,澹人亦在座,畅谈半日。晚餐家常饭菜,亦颇适口。二更后乃还。

初五丁丑日(1月30日)　晴。馆师周耀垣得补东平州判缺,因往书塾晒之,并与道贺。晚间,伯衡招饮州廨。首座为徐州总戎陈君凤楼,时奉调带队驰援威海,道出此间,伯衡止而享之。席间,李中丞犹有电报催其速往,足见威海待援之亟,然亦鞭长莫及矣。二更后席散,遂还寓。

初六戊寅日(1月31日)　晴。籍青招饮寓中,申刻即往,淡人、绥五已在,厥后座客陆续前来,最后至者参将刘西山也。座皆熟人,畅饮饱啖而散,二鼓回寓。

初七己卯日(2月1日)　晴。午后,查籍青过谈良久。接方仲侯信,知其奉委江北勷办差使,因拟稿作覆,付记室誊缮。上夔丈书亦拟就发誊,尚须亲笔致稚夔一书,方得加封驿递也。

初八庚辰日(2月2日)　晴。午前,与周耀垣晤谈,渠得补东平州佐一缺,嘱为代托部书关照,为之致书袁锡斋,许以润笔六十金,俟得回音,再行如数寄去,此信即交信局寄都。午后,访淡人、绥五,在绥五寓斋晚饭,罗春亭亦在座。绥五将于初十日前往梁园,因托其将江蒙生乃郎八字原璧奉还,以示说亲不成之意,所谓"还君明珠双泪垂"是也。在绥五处阅电报,得悉威海卫已失,倭寇于是尽毁我海军矣,合肥相国尚有何面目见人耶?

初九辛巳日(2月3日)　阴。午前,雪颇大,终日未霁。灯下,作致稚夔书十余行,未毕,不知日来夔帅已否陛辞出京,邸报多日未到,殊闷人耳。

初十壬午日(2月4日)　阴,雪止。午刻,内子出门。午后,许成甫来报其生母王太宜人于昨日酉刻病故,因于傍晚往视之,知附身各物都豫为备齐,尚不至仓卒失措,余旋还寓。是日立春,祀先。塾师开馆,晚间设筵宴款之,座无别客,惟余与对酌,命儿曹侍座而已。

十一癸未日(2月5日)　阴。日间甚冷,书致稚夔信十余行。有泗水举人宋玉琦送朱卷来拜,因以二金赠之。晚间冷甚,遂不再作笔墨生理。

十二甲申日(2月6日)　晴。午后,往视成甫,为之拟一呈报丁忧文稿而还,不知其照用否也。晚间,成甫复欲余为作报丧信稿,余姑诺之,实不愿再为作是役矣。

十三乙酉日(2月7日)　晴。早间,查七郎荣绥来谒见,与谈片刻,籍青犹子也。晚间,祀先,行礼三次,然后撤祭,家乡俗例如斯耳。

十四丙戌日(**2 月 8 日**)　阴。午后,往许成甫行吊。旋答拜石都司,未晡。访籀青,久谈乃还。

十五丁亥日(**2 月 9 日**)　晴。晨起,诣天后、龙神,案前拈香行礼。旋往送罗春霆行,未晡而还。午后,复阴,雨雪霏霏。晚间,祀祖如礼。

十六戊子日(**2 月 10 日**)　晴。午后,日出皎皎,内子往许氏行吊,余未出门。因将致稚夔书续成,并上夔丈禀,一律封固,姑由驿递天津,未知能达到否也。

十七己丑日(**2 月 11 日**)　晴。午前,作字往约龚菊人往袁氏相宅,缘日前晤菊人,谈及其屋欲出租,余因而动念,菊人覆字约今日申刻同往,乃于饭后命驾访菊人,偕其同往袁宅。周历内外,看视一周,就中上房颇佳,西花园次之,惟大门款式不好,且索租价过昂,徐与酌议可也。

十八庚寅日(**2 月 12 日**)　晴。终日未出门。偶于故纸堆中得钟雨辰先生《养自然斋诗钞》二册,乃二十年前所朝夕披览者,久不相见,无意来前,于是从头至尾复诵读一过,犹仿佛廿五年前京华随任时也。先生名骏声,吾邑大魁,官至翰林院侍读学士,加二品衔,卒于位,今距其殁亦十有五年矣。

十九辛卯日(**2 月 13 日**)　晴。寅正起。卯初二刻,拜开关防,行三跪九叩首礼。盖自握此篆以来,至今已七度开印矣。旋至道署,在官厅久坐,护道亦出至官厅聚话。自道署散出,至籀青处闲谈良久。复答拜叶少仙,未晡而还。

二十壬辰年日(**2 月 14 日**)　阴。自朝至暮,细雨绵绵,自是初春景象。午后,作书致子厚兄,嘱转致王赞斋亲家告以喜期已择定十一月卅五日,催令届时送亲来此举办,不知其复书云何也。

二十一癸巳日(**2 月 15 日**)　晴。日间,摒挡开发一切账目。午后,往北门大街蔡氏看屋,即从前旧居之处。屋主出晤,始知其屋尚有人赁居,门外之招租条乃先时所贴,忘却撕去耳。顺道过电报局门访杨乐亭,未晤而还。

二十二甲午日(**2月16日**)　晴。早间,籍青携其第四子来上学,欲就近从周耀垣阅文,余允诺已久,今始择吉拜师耳。午后,往贺鲍凯臣守戎纳妇之喜,少坐即归。刘沛斋至自京师,将带到各物交来,复亲自来见,始知购物既未买齐,而季卿叔岳处诰轴亦未为带来,余所交寄请轴费十六金亦无回书,真不可解矣。甚矣!托人办事之难也。

二十三乙未日(**2月17日**)　晴。午间,杨乐亭来访,述及伊局中得信,夔帅署直督篆务,合肥奉使日本议和,大约不日即见电旨也。晚间,作致筱侣表叔信,告以夔帅处已力为说项,似乎可望有济,嘱令在家静候佳音可耳。

二十四丙申日(**2月18日**)　晴。午后,访许成甫,久谈。出致筱侣书与观,并询以由何处递寄为妥,据云用官封马递即甚妥速。傍晚还寓,即将此信封发。晚间,阅邸抄,见夔丈嘉平廿八日宫门请安,即日蒙召见,次日复蒙召对,似圣眷之优如昨,大约直督一席早有意界之矣。

二十五丁酉日(**2月19日**)　晴。日间,作致丁锡五大令书,并附去保案行知。午后,龚淡人过谈片刻,据云耆观察尚无出京准信,前有二月望日起身之说,恐届时仍有改移也。

二十六戊戌日(**2月20日**)　晴。午后,张主簿泰年来谒见,将请假月余赴汴续姻,余慨然允之。傍晚,裴筱麓州牧过谈片刻。灯下,孙伟如复见访,畅谈多时乃去。闻宁海州已为倭陷,先失之荣城、文登两县则俱退出矣。

二十七己亥日(**2月21日**)　晴。午前,秦子厚至自开封过访,谈片刻即去。晚间,阅《八铭塾钞时艺》数首,又阅许集《时文才调集》明文数首,皆塾师所选以课儿子者,余结习未忘,缘随意披寻耳。

二十八庚子日(**2月22日**)　阴。终日阅《时艺才调集》,颇觉有味,深悔当年弃之之早,致今生不能置身科甲,殊可惜耳。

二十九辛丑日(2月23日)　阴。狂风如吼,终朝未息。午刻,姚梅生招饭寓斋,座有姚子钧、裴筱麓、王子泉、杨乐亭、秦子厚诸君。饭毕,余先散,诸君拟作叶子戏,尚在彼流连忘返也。

三十壬寅日(2月24日)　晴。午后,查筤青过访,谈片刻去。接筱侣表叔书,历叙困顿光景,余已为之切恳夔丈,未知能有济否也。

二　月

二月初一癸卯日(2月25日)　晴。晨起,诣刘将军庙,拈香行礼毕,即回寓,于家堂各处复逐一亲诣行礼。午刻,叶少仙便衣过访,谈片刻去。

初二甲辰日(2月26日)　晴。午后,往奠顾子高,答拜裴筱麓,未晤。拜秦子厚、龚淡人,各久谈,然后归。日间颇热,早晚仍凉。

初三乙巳日(2月27日)　阴。自午至酉大雪缤纷,夜间雪更甚,厚逾尺余矣。淡人邀晚酌,因雪改迟明日。接河院檄行,余得交部议叙之奖已奉文照准矣。

初四丙午日(2月28日)　阴。雪止,日光犹未放晴。接家乡来书,族人名思诰者昨岁举秋试,书来认余为叔,寄呈朱卷,就中履历已将余家三世刊列。思诰之祖笙谐司马曩官粤东,颇相闻知,惟不及谋面。笙翁即物故,今其孙来认族谊,固当引而近之,拟早晚报以书,赠以元卷之资焉。

初五丁未日(3月1日)　晴。终日冷甚。日间,出至前院相度地基,以便筹度改造厅屋,迎面风来甚尖,所谓"二月春风似剪刀"是也。

初六戊申日(3月2日)　晴。日间,拟上夔丈接署直督贺禀稿。昨闻电报局言合肥奉召入都,于正月廿五日首途,夔丈即于是日接署督篆,将来合肥未必回任,夔帅当调补是席矣。

初七己酉日(3月3日)　晴。午后,声庭过访,谈片刻,因偕赴鲍凯臣之宴。鲍借崔氏厨子供刀匕,故肴品甘美逾恒,二更乃散。

初八庚戌日(3月4日)　晴。午后,书幛款送叶祝三六旬寿。下午,秦子厚作字邀晚饭,假座声庭寓斋,主客九人,肴馔亦复大佳,二更后散归。

初九辛亥日(3月5日)　晴。午后,声庭来晤,拉往叶祝三处拜寿,即在彼晚饭。有伎歌曲侑酒,于是破费制钱两竿,真无谓也。灯下,又作致稚夔书卅三行。

初十壬子日(3月6日)　晴。将贺耕丈禀函嘱记室誊就,连稚夔书一并封固驿递。又谢许仙帅保奖禀亦余自稿发誊,适亦缮就,同日封发。

十一癸丑日(3月7日)　晴。有本城高孝廉为汉将计偕入都,因致季卿叔岳一书,嘱其带京,将诰轴取回,未知能不误否也。下午,淡人便衣过谈片刻。

十二甲寅日(3月8日)　晴。池楼书院本届甄别河帅委护道局门代试,仍照上届借用渔山书院办理,现定月之十五日局试,日来报名投卷者又纷纷接踵余门矣。罗春霆至自汴过谈,片刻即去。

十三乙卯日(3月9日)　晴。午后,出门访秦子厚、龚淡人、查声庭、罗春亭四处,晤谈各片刻,傍晚还寓。

十四丙辰日(3月10日)　晴。午后,澹人过访,谈片刻。明日池楼书院甄别,澹人以护道代河帅主课,余与秦子厚皆须随往照料,一切事宜仍由余处承办。晚间,手书致稚夔,嘱代求兼充济宁转运局差使,缘局中总办吴友航太守病故,适有此缺,遂不免生奢望耳。

十五丁巳日(3月11日)　阴。卯初,诣城隍庙,拈香行礼。旋至书院,子厚已到,澹人亦继至,点名封门,出河帅命题局试。余三人畅聚永日。秦仲勤寓居书院,亦出晤,朝夕共饭。亥刻放头排,我等遂各散。

十六戊午日(3月12日)　阴。午初起,询知仆吏甫自书院归,考生顷才扫场,收卷四百廿余本,不缴卷者至百余名之多。下午,雨雪交作,比日暮,雪花大于掌矣。夜间冷甚,推窗望之,雪厚数寸,犹纷飞不已,春雪如许之大,亦近年所罕觏也。

十七己未日(3月13日)　阴。雪稍止又作。下午,取书院课卷编列字号,爰择工书者置之前列,字迹潦草者次之,不作赋者殿焉,聊以示区别也。

十八庚申日(3月14日)　阴。终日大雪。闻叶少仙丁所生母忧,明日当往唁之。灯下,阅《申报》,内有每日邸抄,因裁截汇为一册存之,可与《京报》参看。

十九辛酉日(3月15日)　晴。雪霁日出。午后,往唁少仙昆仲,知祝三亦抱恙,甚剧。晤杨乐亭,述及合肥今日甫由津赴沪,然后再至倭界,未知此行若何定计耳。澹人将之省,因往谒送,未晤,还。过罗春亭门,见其车在焉,遂入就之,晤谈片刻而散。

二十壬戌日(3月16日)　晴。午后,塾师周耀垣借银寄家,因向永源钱肆假得济纹卅金假之。此次池楼书院甄别局试各项杂支共用银卅九两七钱,今晨护道交下银四十两,足敷开销矣。篛青过访,谈片刻去。顾翰仙至自费县来访,畅谈良久,并请其诊脉,约迟日再来为余更换丸药方。

二十一癸亥日(3月17日)　晴。澹人于今晨首途之会垣,余循例差人送行,闻秦子厚竟送诸郊外,未可为训也。晚间,覆子绥三弟书,尽长笺一纸。

二十二甲子日(3月18日)　晴。早间,封发子绥信。日间,阅方子严文数首。灯下,出至书塾,与耀寰谈片刻。

二十三乙丑日(3月19日)　晴。午后,访秦子厚,晤谈片刻,遇鲍勋、王松亭两君于座。旋访声庭,亦晤,傍晚还。

二十四丙寅日(3月20日)　晴。午后,子厚过谈片刻。余即出门奠祭叶祝三,兼慰唁少仙,行礼毕,复少坐。旋访顾翰仙,未晤。访孙伟如,久谈乃还。

二十五丁卯日(3月21日)　晴。日间,阅方子严《退一步斋诗文集》,见有《题周晓亭莲池写砚图遗照记》,始知晓翁即耀垣之祖,耀垣尊人太守公为方子严从母夫,耀垣与子严固姨表兄弟也。

　　二十六戊辰日(3月22日)　晴。接子绶三弟淮安来书,十九所发,阅七日即递到,可谓迅速矣。晚阅邸抄,见合肥到京连次召对,未知能力维大局否。午后,声老便衣过访,畅谈良久乃去。

　　二十七己巳日(3月23日)　晴。崔绶五至自汴,将余托购金线绦子送来,可谓久要不忘矣。午后,往访之,未值。复访声老,亦不遇,遂还寓。灯下,复绶弟书二纸,未及封发。

　　二十八庚午日(3月24日)　晴。午后,作书致厚兄,催询王赞斋处回音,缘正月廿一日二次函致至今仍未见覆,不知何故。又周耀垣嘱余致书部吏袁锡斋,为补缺事至今亦越两月未得还音,殊闷人耳。厚兄书即晚发递,未知何时有报书也。

　　二十九辛未日(3月25日)　阴。午后,绶五衣冠过访,谈不多刻即去。终日甚暖,披薄裘犹有汗也。日来未闻战事如何,合肥到彼后尚无消息。提塘邸抄亦久不来,仅阅至二月朔日之报,抑何濡滞耶?

三　月

　　三月初一壬申日(3月26日)　阴。无谒庙之役,不须早起,休暇之情可想。午后,微雨数阵,春意盎然。见案头方子严诗文集,随意翻阅,倦即假寐,觉十二时中无所事事,真所谓"闲中日月长"也。

　　初二癸酉日(3月27日)　阴。早间,雨犹未止。午后,修发。阅吴梅村祭酒诗。闻合肥至倭,为倭酋铳击中颧,弹子深入寸余,果有其事,恐和局尚难有成,而合肥却可表明心迹,虽由此捐躯无憾矣。

　　初三甲戌日(3月28日)　晴。午后,声庭便衣过访,谈片刻。闻淡老明日将至自历下,往返尚称迅速也。

　　初四乙亥日(3月29日)　晴。午后,答拜崔绶五,晤谈良久,遇项幼坪、郭春霆。旋闻淡老已至,因往候之,晤语片时。至声老处,秦子厚亦在彼,少坐乃各散。

初五丙子日(3月30日)　晴。午后,澹老来答拜,晤谈片刻。据云道库支绌司拨另案款未到,各厅公费须迟至下旬方能支发,惟有唯唯而已。

初六丁丑日(3月31日)　晴。绥五折柬邀初九晚酌,座皆熟人,又可畅聚永日也。下午,出至书塾,与耀垣谈良久,渠代淡人校任城书院课卷,尚未讫事。

初七戊寅日(4月1日)　晴。走柬邀请同人拾贰日晚酌,幸俱画诺,又可畅叙一番也。日间,恭阅嘉道圣训数册。

初八己卯日(4月2日)　晴。阅吴梅村诗集数本。午后,修发。日来天气渐热,因督仆将袭衣收拾起,只留珠皮数袭于外为目前穿用。

初九庚辰日(4月3日)　晴。午后,赴绥五处雅集。余首先到彼,次则澹人,郭春霆最后至,傍晚入座。子厚谈及欲于此间置宅,余宅适欲售,因嘱其另日来看,未知能否有成。甚矣!弃屋之难也。

初十辛巳日(4月4日)　晴。午后,伟如过访,谈及渠新亲孔宅已至,仍定月之十四日为其子完姻,延余作冰上人,先一日纳采,亦须往将事也。

十一壬午日(4月5日)　晴。是日为清和节。午间,祀先,敬谨承祭。午后倦甚,小眠片刻,比醒,已近黄昏矣。灯下,又阅《退一步斋诗》数册。

十二癸未日(4月6日)　晴。是日,邀同人雅集。申初,声庭、淡人先后至,无何子厚、春亭、伟如、伯衡、绥五俱接踵而来。惟郭春霆最后至,同人约先入席,惟虚左以待,比初更时,郭始至,可谓晏矣。秦子厚相宅,内外周历一过,都不甚惬意,恐其不欲买也。二更客散,声庭嘱为耀垣致书袁书办,因复挑灯立挥十数行,由声庭带交其侄转交,庶不至误。

十三甲申日(4月7日)　晴。午前,接奉北洋大臣王夔帅檄,委会办济宁淮军转运总局,月支薪水银廿六金。专办系郭伯韶,渠之薪水亦仅四十金,足见此差局面之小,然夔丈遽以畀余,其意良可感矣。未刻,孙、孔二姓纳采,余偕郭春霆、刘寿人、查籍青为之往返致送。晚间,宴于孙氏,肴馔均不见佳,还寓重啖粥饭,乃获果腹。

十四乙酉日(4月8日) 晴。午后,籍青、子钧、伯韶均过谈。未几,孙宅催请,遂前往导其新郎往孔氏迎娶,往返半日,视其成礼,各向伟如道贺,旋各散归。

十五丙戌日(4月9日) 晴。晨起,诣火神,案前拈香行礼。旋谒澹老,访伯衡,俱晤谈,已刻还寓。未初,莅转运局视事,兼答拜伯韶,局中提调周郁斋以次文武员弁等十余人均来谒见,余与伯韶谈良久乃散归。拟俟前总办吴友航太守出殡后,余于局中扫除一室为办公之所,然后间日一往办事。禀报到局文件已拟稿,交文案宋峙鲁誊缮,应分咨各处,亦谕令备文矣。

十六丁亥日(4月10日) 晴。午后,彭伯衡来晤,其族弟仲松以候选詹事府主簿挂名局中帮办,亦来拜,晤谈片刻。晚间,姚子钧招饮卫廨,座皆熟人,肴馔都佳,二更散归。接袁锡斋覆书,知托件允为妥办,惟嫌酬笔稍廉,因出晤耀垣,嘱其酬以古稀之数,大约即可办矣。

十七戊子日(4月11日) 晴。午后倦甚,正在假寐,忽报顾翰仙至,因出与畅谈,并请其诊脉,更易丸药方,傍晚乃去。

十八己丑日(4月12日) 晴。午前,龚澹人、秦子厚先后来晤。午后,大风陡起,天忽晦冥,似有骤雨迅雷之象,既而云散风息,依然晴朗矣。

十九庚寅日(4月13日) 晴。午前,往奠顾子高,答拜鲍凯臣、杨乐亭,均未晤。午后,往奠吴右航于玉露庵,晤郭伯韶、杨乐亭。晚间,郭春霆招饮,肴佳酒旨,醉饱而散。

二十辛卯日(4月14日) 晴。午前,罗春亭过访,谈片刻去。孙伟如遣仆来假银杯箸,据称明晚酬宾,只得前往赴之。

二十一壬辰日(4月15日) 晴。晚间,赴伟如寓斋预宴,余居首座,礼也。春霆、篛青因小有不惬,辞不赴,座客两席,傍三更时方散。

二十二癸巳日(4 月 16 日)　晴。午后,局中送公牍来,皆禀咨到局莅事各件,遂阅定,分别签发。局中提调周县丞宗文旋复来谒见,与谈片刻。晚间,罗春亭招集同人公宴于院廨西花厅,宾主十余人,座分两席,颇极热闹。亥正散归,阅电传邸抄,李肖荃制府被劾,勒令开缺回籍,其牵连被劾罢职者尚有两总兵、两道员、两县令某某等也。

二十三甲午日(4 月 17 日)　晴。午刻,设席寓斋宴客,首座为吴彬士通守,南洋委办湘军转运来此设局者,余则郭伯韶、姚眉生、子钧、王子泉、裴筱麓、鲍凯臣、杨乐亭诸君子也。未初入席,申初各散归其家。余自拟就由局札委龚闸官敬图随局差委并咨明运河道衙门查照文稿各一,交伯韶携局饬缮钤印发递。晚间,闻周耀垣将有事于兖州,因出晤,与叙话良久乃还寝。

二十四乙未日(4 月 18 日)　晴。午后,往澹人处送行,闻其明日出往南路挑河,须半月往返也。晚间,伯衡招饮寓斋,有新到分州差遣知县吴麟昌,余皆熟人。余至篛青处,拉与偕往。席上有柚子、梅干、桂花、瓜子、青豆,又有洋鳜鱼,皆来自苏州者,可称异味。二更散归,闻耀垣已至自兖州,因出至书斋与晤,谈片刻。

二十五丙申日(4 月 19 日)　晴。闻合肥至倭邦议和,已有成说,昨经遵旨画押,大约偿饷割地一一允许,否则决不能如许之易。噫! 从此天下事尚堪问乎? 吾不知合肥身当其地,尚有羞愤之心否? 下午,吴公达麟昌来谒,晤谈片刻。渠奉河院札,饬充当池楼书院监院,于是将书院各事一一详告之,俾令接办可也。

二十六丁酉日(4 月 20 日)　晴。巳初赴局,适清江解到饷银至此易车转解,余在局永日,阅视弹兑,披览公牍,签派员弁,部署俱毕,余乃还。其余不尽之事俱由郭伯韶主之,盖车辆俱经备齐,明晨即起程北解也。归途答拜吴公达,晤谈,兼晤秦子厚焉。

二十七戊戌日(4 月 21 日)　晴。午间,以家忌视祖。午后,阅

《申报》二十余纸,知合肥凶耗亦系由《申报》馆讹传,既言其死,又言其生,殆始恶之而终爱之耶?

二十八己亥日(4月22日)　晴。午后,声庭过访,议偕绥五与余公宴吴公达,遂偕访绥五,约定初二日设席王母阁小叙,由绥五承办。傍晚还寓,接子厚二兄复函,知前信俱收到,一一转致女家,惟尚未得回音,随后再详覆余。因喜期既经择定,复嘱伯韶致书赞斋,由解饷委员带回清江,大约不日即有还音也。

二十九庚子日(4月23日)　晴。巳初赴局,郭伯韶招集午饭,座有秦子厚、姚眉生、王子泉、裴筱麓诸君,畅叙半日,且各至余斋小憩。余俟诸客散后,复与吴彬士聚谈片刻,判阅公牍两件,然后还。

三十辛丑日(4月24日)　晴。为周耀垣复袁锡斋一书,许以润笔古稀之数,殆可有成耳。午后,接武城县解到春季俸廉银两,仅照匀闰核算,而于奉文坐扣兵饷三成,未曾扣及,不知何故。是日换戴凉帽,天气却不甚暖,棉衣犹未能骤脱也。

四　月

四月初一壬寅日(4月25日)　晴。早间,吴公达过谈,并将领出书院用款分别交来,从此彼此无交涉矣。傍晚,公达复见贻什物多品,余收受朱漆翎筒及红梅茶两物,余悉谢却。日暮时,王仁斋见访,谈片刻去。仁斋名瑞麟,前浙江运使,莅之先生喆嗣也,乔寓济城有年,曩以母忧还密县营葬,今服阙仍寓此间。按莅之先生,曩与先公共事西台,有同舟之雅,故仁斋叙及世谊耳。

初二癸卯日(4月26日)　晴。巳正三刻,往城南杜公祠畔,偕箨青、绥五公宴吴公达、裴筱麓、杨乐庭、复初和尚,共主宾七人,畅叙永昼,致足乐也,傍晚散归。席间,公达谈及渠庭闱具庆,上有重慈,己身年甫四旬,有子有孙,五世同堂,洵称盛事。

初三甲辰日(4月27日)　晴。午后至局,判阅公牍数件。晤郭伯韶、周郁斋,因将本月分薪水银携回。下午,箨青邀牡丹园看花,兼留晚酌。崔绥五、罗春亭均在座,主宾四人而已。夜间微雨,冒雨而还。绥五举一子,七日而殇,今夕正其丧子时也。

初四乙巳日(4月28日) 晴。午后,忽阴雨一阵,旋霁。傍晚,孙伟如过谈良久。阅邸抄,赵展如方伯擢升苏抚,通籍廿载,年甫四旬,所谓"其贵可及,其年不可及",殊堪歆羡也。

初五丙午日(4月29日) 晴。东北风甚厉。下午,局中来请,余即往莅。有东征粮台委员李典史,前曾在本局拨汇银万两,事逾匝月始以银伪为言,局中固不任受咎也,因令将伪银携回,自行理涉可耳。晚间,饭于局中,吴彬士在座,亦以局中饭食不堪下箸为苦,非独余一人难下咽,而郭君悭吝性成,瘠人肥己,竟不肯稍从丰盛,殊可恨耳。

初六丁未日(4月30日) 晴。午后渐阴,风雨交作。接袁锡斋复书,并周耀垣补缺契底寄来,不日即可核准行文也,因出告耀垣知之。

初七戊申日(5月1日) 阴。护道今日还署,终日微雨,不知能到否也。阅邸抄,樊介轩以侍讲告养回籍,从此林泉养志,孺慕终身,可羡亦可敬也。

初八己酉日(5月2日) 晴。午后,答拜王仁斋,晤谈良久。复谒淡老,知其昨夕冒雨而还。座遇姚子钧,少坐即出。复答拜局员顾培德乃还。

初九庚戌日(5月3日) 晴。晚间,王子泉招集寓斋小饮,同席为崔绥五、吴彬士、孙伟如、郭伯韶,宾主才六人耳。二更散归。

初十辛亥日(5月4日) 晴。午前,淡老来答拜,晤谈片刻去。旋有新任下河把总王丽生、泇河分防外委冷庆成偕来谒见,均与接晤。午后,假寐片刻。

十一壬子日(5月5日) 晴。局中清江饷到,巳刻前往阅视,即在局偕伯韶公饯吴彬士,并邀彭仲松、龚菊人及清江委员张日升。午刻入座,申刻散席。彭伯衡来送彬士行,复偕坐片刻。伯衡去后,余复与彬士叙谈片刻乃还寓。

十二癸丑日(5月6日) 晴。早间，彬士来告辞，复晤谈片刻。王仁斋为其次子缔姻孙氏，邀余陪冰。巳正即去，裴小麓已先在，余续至，主人亦出晤，冰人为王松亭、郑先生二人。余与筱麓在彼永日，晚间盛筵款客，畅饮尽欢而散。

十三甲寅日(5月7日) 晴。将贺节应发禀信开单送交高君缮写，又料理应覆公牍数件，饬承照办。

十四乙卯日(5月8日) 晴。午后，籛青、绥五先后过访，叙话良久乃去。晚间，至塾中与耀垣晤谈时许，二更雨作乃还寝。

十五丙辰日(5月9日) 阴。无谒庙之役。日间微雨数阵，下午晴霁。闻会试题名录，浙省中十四名，无一熟人。有吴维炳者，但愿其为吴炳声之讹，究不知是否也。

十六丁巳日(5月10日) 晴。午后，访籛青，晤谈片刻。遇张益君州倅，别近十年，邂逅相遇，渠方奉讳曾赴于余，而余竟忘致赙，相见殊愧歉耳。自彼复访伟如，未值，遂归。

十七戊午日(5月11日) 晴。闻护道今日公旋，拟往谒，不果。入春以来时觉疲惫，日间需假寐时许方足驱遣睡魔。灯下，作书复袁锡斋，拟将耀垣部费由余先为垫付锡斋，以清款目，缘耀垣补缺部文已将次到院，则所许酬项理应即偿也。

十八己未日(5月12日) 晴。午前，往谒淡人，晤谈良久。旋访吴公达于营务处，亦晤，谈多时乃还。午后，莅局办事，晤郭伯韶，适杨乐亭来，亦获晤谈。下午，彭伯衡适甫退堂，余往访之，托其代汇京公砝柒十金于卧雪主人，承其允诺，因将致卧雪书交其代寄焉。

十九庚申日(5月13日) 阴。午前罗春亭来，午后龚淡人来，俱晤谈。昨接子厚二兄书，以前择十一月三十日喜期时际隆冬，女家嫌送亲不便，嘱另改期，余因仍托淡老选择，据云八月初三日差可用耳，余意即定准用此日，以免游移。

二十辛酉日(5月14日) 晴。下午，访绥五，适淡老先在，遂留晚饭,畅谈良久乃散。绥五尊人季芬总戎以南阳调权归德镇篆,去山东更近,于绥五省觐尤便,宜其言之有喜色也。

二十一壬戌日(5月15日)　阴。终日细雨不止。是日为先大夫忌辰。晚间,敬谨祭享如礼。傍晚,延顾翰仙为女孩子诊疾,晤谈片刻而去。

二十二癸亥日(5月16日)　晴。早间,作稚夒书数纸,并贺节各件同时封发。午后,篛青来晤,谈不多时即去。晚间,作覆厚兄书,嘱转致女家定准八月初三日迎娶,届时送亲来此成礼,就此订定期勿改移。

二十三甲子日(5月17日)　晴。午后,接许仙帅答谢保举书,时越两月甫经作答,殆书启积压故耳。午后,访裴筱麓,畅谈许久,向索鼻烟两小壶而归。

二十四乙丑日(5月18日)　晴。晨起,欲赴局检料,嗣闻饷尚未到,遂不果往。比至申酉间,局勇来报饷到,余以时近黄昏,且适有客在座,遂不及命驾,只得明日再往。客者吴公达也,余日前曾往访之,故渠今日来答拜耳。

二十五丙寅日(5月19日)　晴。午前至局,知饷车已行,解委为万从九鹤皋。又接清江局电,廿三、四两日先后起解军火两批,需车数十乘方敷转运之用,伯韶已逐渐拼挡矣。阅春季局用报销底稿,逐款句稽,始知梗概,每次接运饷械需用若干以及委员薪工一切杂支,岁需盖几近万金焉。傍晚,事毕还寓。

二十六丁卯日(5月20日)　晴。午后,篛青过谈良久。无何王鼎丞便衣来访,少坐。鼎丞为前济宁牧韵笙刺史介弟,曩依其兄在济有年,同人均与相识,顷自其故乡复游是邦,故特来见访耳。

二十七戊辰日(5月21日)　晴。早间,修发。午后,伯衡过访,谈及接局咨令备大车廿五乘接运军火,时际农忙,伊竟无车可备,商请通融办理,余只得明日至局与伯韶筹商办法矣。

二十八己巳日(5月22日)　晴。午前至局,晤伯韶,与商车辆,据云俟浦局原解车到此可以留用,不患无车也。午后,伯韶往玉堂花园公宴王鼎丞,拉余同去。入座后,有女伶演戏侑觞,颇不恶,就中有名小艻者貌殊秀丽,殆若辈中翘楚也。二更席散,复至鼎丞寓室少坐,然后还寓。

二十九庚午日(5 月 23 日) 晴。午前,接杨乐亭手示,谓汪益棠现有回空车四十余乘可以代雇,因商诸伯韶,即托乐亭转致汪君商办。下午,梧儿患痧气,延翰仙诊脉,直至亥刻翰老方至,比药方拟就已近三更,只可明日服药矣。

五　月

五月初一辛未日(5 月 24 日) 阴。辰初刻,诣风、火神,案前拈香行礼。旋谒澹老,谈片刻,遇吴公达于座。复访郭春霆,亦晤面,知漕船将次入东境,伊奉委持令迎提,日内即须首途。余旋还寓,春霆复来答拜,借用银杯箸三付,即检出付之。傍晚,局员顾培德便衣来见,少坐即去。复延翰仙为兆梧诊视,换易方剂,初更时翰仙方至,二鼓诊毕去。

初二壬申日(5 月 25 日) 晴。阅邸抄,年丈朱敏斋先生才以保定守擢岳常澧道,未之任顷复晋授直臬。按敏丈以己未进士发直隶以知县用,宦直卅有余年,任保定首府亦逾十稔,今数月两迁,所谓"舟因久泊风弥顺"者非欤?午后,郭伯韶来,晤谈片刻,知头起军火已到,与解员商定仍用原车装运临清,可无缺车之虞矣。

初三癸酉日(5 月 26 日) 阴。午前至局,知二起军火亦到,俱用原车装运,派吴家椿解往。复阅视往来公牍信札各件,在局吃饭。午后,小雨一阵,旋止,天气转凉矣。酉刻还寓,顾培德来谒,辞未与见。傍晚,翰仙来,仍为儿辈诊脉换方,略谈片刻即去。

初四甲戌日(5 月 27 日) 晴。终日在寓料量致送节敬,开发节赏,半晌方毕。午后,张伯平主簿至自汴垣来见,询知其业经续姻,因赠以喜敬四金焉。

初五乙亥日(5月28日)　晴。辰刻,至护道公寓贺节。先过箓青处,拉与偕往,淡老出见,少坐即出。还寓,祀先。午饭陪塾师周耀垣共饮。午后倦甚,隐几而卧,下午方兴。

初六丙子日(5月29日)　晴。是日,郭春霆归女于孙氏,春霆出差在外,遂未往贺。午后,内子率子女游城南王母阁。适高秋航孝廉至自京师,带到季卿叔岳手书,并为余请得本身妻室正四品覃恩封典,将诰轴领到交来,因敬谨祗领。于是汝同授为中宪大夫,室人吴氏封为恭人,一介书生,忝叨宠锡,良深荣幸也。晚间,淡老招往小叙,座惟查、崔两君。余去时内子尚未归,无车马,绥五以乘车来迓,遂乘以往,在彼畅叙,二更后乃还。

初七丁丑日(5月30日)　晴。日间,将诰轴展阅,恭读一过,中多奖勉之旨,因另纸敬谨录出,随时敬览,以志宠荣。午后,绥五夫人来答拜内子,余隔屋闻其语言,固开封音也。阅邸抄,陆蔚廷编修奉命出守汉中,为之稍快。蔚廷以辛未翰林四次京察记名,阅十五年而不获外擢,其初次与廖谷似中丞同以编修膺上考,乃谷似旋即放道,历十余年,今且开府吾浙二载矣,蔚廷甫擢知府,宦途之显晦殆有命存其间耶?

初八戊寅日(5月31日)　晴。午后赴局,阅视稿件数起。旋偕伯韶赴玉堂花园,王鼎臣招集梨园开樽觞客,晚饭后各散归。今日所演乃本地所谓弦子戏者,远不逮前此之女伶矣。

初九己卯日(6月1日)　阴。早起,小食后仍觉疲倦,复假寐多时乃兴。阅邸抄,季士周以长芦转运擢闽臬,亦辛未科之得意者。又东藩汤方伯开缺另简,所遗山东藩司放张公国正,即现任闽臬也。

初十庚辰日(6月2日)　阴。早间大雨,至午后方放晴。闻彭伯衡为其考妣二十周年设位于铁塔寺讽经祭奠,因往一拜。遇吴公达,晤谈良久方散归。

十一辛巳日(6月3日)　阴。早间,将州县贺节禀信分别泐覆璧本。午后,复作书致子厚,嘱转致王赞斋,务请其如期送亲,切勿食言,缘昨阅浦局委员张君寄伯韶书述及赞斋有欲我处往浦赘姻之意,余故乘其未发以前先止之也。

十二壬午日(6月4日) 晴。姚子钧约同人公送姚眉生寿联,嘱余撰书,爰为构就一联,曰:"览揆溯良辰,最难闰夏重逢,恰好莎厅开寿寓;承欢推令子,况是稀龄双庆,合教莱彩舞华堂。"午后,淡人、筜青偕来,晤谈。因走笔邀绥五来寓,借图晚酌。少顷,绥五至,于是四人畅谈多刻,二更后客乃散。接筱侣丈书,仍以好音杳然空劳盼望,只得于通书北洋时再为一询耳。

十三癸未日(6月5日) 晴。午后,姚子钧过谈片刻。余既为眉生撰成寿联,因忆张伯平主簿书法颇佳,因延之来寓,嘱其代笔,据云向不能作大字,愿为另觅善书者书之,余遂听其携去,迟日缴卷可也。

十四甲申日(6月6日) 阴。终日雨点不绝,傍晚雨愈甚。明晨谒庙之役派得城隍、八蜡两处,若天晴则照常前往,若仍雨只可不去矣。

十五乙酉日(6月7日) 晴。因雨后路滑,清晨遂未出门。午前,陈巽卿观察至自扬州将还,需次历下,过访寓斋,谈片刻去。午后,往答拜秦子厚,未晤。访声老,因偕往南关答拜巽卿于舟次,绥五及孙竹坪均遇于座,相与晤对片刻而散。余复至局料量一切公牍,与周郁斋晤谈。伯韶适往子钧处斗牌,故未晤。傍晚旋寓。

十六丙戌日(6月8日) 晴。日间,接许仙帅覆函,极承奖勉,不以兼转运局为嫌,殆爨丈咨函已接到矣。午后,访叶少仙,晤谈时许。闻孙伟如将往乡庄暂住,因往访之,复久谈乃出。晚间,罗春亭招饮寓斋,余到最迟,少坐即入席,座皆熟人,二更后即散。

十七丁亥日(6月9日) 晴。晚间,淡人招陪巽卿晚饮,在座即昨夕同席诸君,聚饮极欢。巽卿以道员待缺山左,加衔二品,煌煌红顶,伯衡辈皆以长官待之,何其便宜耶?

十八戊子日(6月10日) 晴。致扬州收支局王克斋、天津银钱所李赞臣两君书各一械。午后,接杨乐亭手书,余前嘱查由现任通判捐双月知府银数,据查例银六千五百数十两,适有南洋捐款可买,只需实银一千五百金便可办此,余于是又怦怦吾内矣。

十九己丑日(6月11日) 晴。早间,走笔询杨乐亭,以上年停捐道府后,此次需饷开捐定章须现任应升人员方准报捐道府,是实缺,通判恐尚未得捐知府也。乐亭复函果如所云,只得报捐同知,在任候选,希冀遇有保案得保升知府耳。

二十庚寅日(6月12日) 晴。午后,籍青过谈片刻,适有晚间吴公达招饮之局,遂偕其同出。余先访杨乐亭,告以定见,报捐同知。查由现任通判报捐同知双月在任候选照常例二三折,仅需实银肆百四十一两,尚可索诸宫中,当嘱乐亭即为填给实收捐款,约月杪交清。绥五时亦在乐亭座上,余遂偕其同往公达处晚宴。公达借寓帅府宾馆,故即设席节署西花厅,座皆熟人,畅叙良久,二鼓后乃各散。夜间,天大雷电以风,骤雨如泻,通宵未息。

二十一辛卯日(6月13日) 阴。前与蔚如孙三有约今日往伊田庄游览,因阴雨败兴而止。下午,访许成甫。其兄自南来,亦晤谈,傍晚方还。

二十二壬辰日(6月14日) 晴。籍青以新得第二孙招集女伶开场演戏觞客,同人咸集,余因携儿女辈同往,二更后乃散归。

二十三癸巳日(6月15日) 阴。日间,阵雨数次。午后,郭伯韶赠药数种,夏日以之施舍,诚利济之物也。接子厚兄书,王赞老仍未肯如期送亲,殊可恼已。夜间仍复大雨。

二十四甲午日(6月16日) 阴。早间微雨,午后渐止。捐局将江督实收为余填注报捐在任候选同知,作为五月二十日填给,即时将实收送来,余卷而藏之,以备换领部照。又接奉院檄,余前次所得交部议叙经吏部议给予寻常加一级由咨院转行即便知照等因,计余在通判任内已得有加六级矣。下午又复大雨,通宵不息。

二十五乙未日(6月17日) 阴。终日淫雨,倾注不已。午后,伯韶冒雨过访,贺余捐升同知之喜,殊无俚也。下午雨更甚。噫!何频年雨水之多耶?

二十六丙申日(**6月18日**)　晴。午后,访绥五久谈,遇篛青于座。旋访许言如昆仲,畅谈许久,傍晚乃还。

二十七丁酉日(**6月19日**)　晴。午后,鲍守备来见,询知其甫迎漕还,约日间全漕可陆续抵此矣。下午,公达过访,晤谈良久。

二十八戊戌日(**6月20日**)　阴。早间,局中知会饷到,因即往视,并携恩儿偕往。在彼永日,晤伯韶,并判阅文牍信件。局中体制视道员与各司道皆咨函往还,适有致津海关道盛杏孙观察一书,余与伯韶联名亦只用八行红笺平行称谓,无所谓禀帖也。江北漕粮运员陈葆初刺史往局中拜伯韶,余亦与晤。傍晚还寓,途经河沿见漕船陆续经过,明日当可齐抵南关矣。

二十九己亥日(**6月21日**)　晴。午前,往拜粮道马植轩,晤谈片刻。旋访勤办方仲侯,至舟畅谈,其余各帮员俱沿舟投刺,午初还寓。未刻,郭春亭招饮寓斋,座有绥五、罗春亭、孔璘轩、张子俊数人,傍晚散归。马植轩送土宜,收受茶叶、火腿。

三十庚子日(**6月22日**)　晴。日间,拟上夔丈禀稿,午后方毕,即嘱高春霆誊缮。午后雨甚。方仲侯送白米四包,因以肴蒸四篑报之。

闰五月

闰五月初一辛丑日(**6月23日**)　阴。昨晨至今午淫雨不休,遂未谒庙。午后,作致稚夔书,并上夔丈禀及泰安寄存物件,俱交方仲侯带呈,想不致有误也。

初二壬寅日(**6月24日**)　阴。雨渐止。仲侯约余在寓相待,乃静候永日,竟不果来,若辈殆习惯食言,不以为意也。江苏漕船跟梢而来。头起孙治安已来拜,此君押运五次,而彼此往还从未谋面,亦奇矣。

初三癸卯日(**6月25日**)　晴。午后,拜姚眉生七十寿。旋答拜孙君治安,道经河干,见方仲侯舟尚未发,拟登舟一晤,阍者辞以疾,亦可怪已。旋访吴公达、查箨青,俱晤谈时许,傍晚还寓。

初四甲辰日(**6月26日**)　阴。午后,绥五过谈片刻。吴俊民县佐来见,面恳给假今届不往送漕,余诺焉。淡人、子厚、箨青俱往送漕,余与绥五尚可稍迟起程也。

初五乙巳日(**6月27日**)　晴。午后,拜江苏漕帮诸君,周历河干一周,俱未晤面。旋访姚子钧,晤谈良久,遂留晚饭,初更乃还。

初六丙午日(**6月28日**)　阴。郭伯韶假玉堂花园演戏宴客,余亦预主人之列,遂于午后前往。座客两席,酉正入宴,亥初散归。

初七丁未日(**6月29日**)　阴。终日大雨。闻者静生观察本月初二日出都,初六已抵天津,由水程至德州登陆,大约月杪可抵此矣。

初八戊申日(**6月30日**)　晴。午后,刘苇舲过谈良久。渠现办金乡洋药税厘局,计充当此差已四年有余矣。

初九己酉日(**7月1日**)　晴。午后,许言如过谈,因即留其晚饭,并邀诚甫、翰仙小酌,畅谈良久乃散。

初十庚戌日(**7月2日**)　晴。午后,访姚子钧,嘱其执柯于王子泉处。旋往局中料量一切公牍,遇杨乐亭,询其近日洋务,据云无甚消息,合肥则仍在假云。

十一辛亥日(**7月3日**)　晴。午后,郭伯韶、姚子钧、孙伟如先后过访,俱晤谈。子钧复至周耀垣书塾少坐,据云子泉处姻事欣然乐从,须取两造年庚配合便可定夺也。

十二壬子日(**7月4日**)　晴。傍晚,伯衡过谈片刻。接袁锡斋复书,知所汇七十金已于五月望日收到。日间,阅《通鉴》数册。

十三癸丑日(**7月5日**)　晴。闻绥五不日将赴东昌,午后即往访之,知其已登舟矣。旋访秦子厚,晤谈良久。复至子钧处送年庚,又遇叶子戏之局,余少坐即还。同人坚留晚饭,余不顾而出,实以天热不愿在外也。

十四甲寅日(7月6日) 阴。探闻十里铺已于十一日启坝,未知漕艘能顺流渡黄否。午后,陈主簿来见,渠于日内将之夏津,因将禀报漕船入境公牍交其带去代填代发。

十五乙卯日(7月7日) 晴。闻十里铺二道拨地方堤埝漫口,南运口因而喷塞,漕船出运入黄者两起,后皆搁起,大约一时未能径渡也。午后,姚子钧过谈片刻。

十六丙辰日(7月8日) 阴。日间阵雨数次,夜来复闻雨声。甚矣!雨水之多也。终日,阅《通鉴》数册。

十七丁巳日(7月9日) 晴。午后,秦子厚过谈片刻。子厚以扇面嘱书,余则仍请高春霆代笔也。同人俱往辖汛送漕,余势难偷安,明知一无所事而不能不循此故套,不过劳民伤财而已。

十八戊午日(7月10日) 晴。作字托彭伯衡封雇船只,拟由水程北上,余实惮于陆行,况大雨时行之际,积潦深者至数寸,跋涉之苦夙所饱尝,殊视为畏途耳。

十九己未日(7月11日) 晴。终日检理行装,拟二十一日登舟北行。伯衡为余封雇南湾子船一只,尚称宽敞,于暑天颇相宜。接子厚二兄覆书,谓王赞斋处又请改喜期于十月,可以送亲来济,余意似不若仍俟来年迎娶耳。

二十庚申日(7月12日) 晴。午前,在寓部署行装。午后,访秦子厚、吴公达、许言如,俱各晤谈良久,比还寓已日之夕矣。晚间,公达便衣来送行,晤谈少时即去。灯下,作字致伯衡捐修造渡船京蚨十千文,以应其嘱。复捃挡文具、拜匣等件,三更后乃眠。

二十一辛酉日(7月13日) 阴。晨起,微雨。因先发行李登舟,余小食后复修发一度,乃自济寓起行。先至局一转,伯韶外出,仅晤周郁斋,告以余因送漕北上局务暂由伯韶一人偏劳,嘱其转致之。午初,出南关登舟,儿辈送于舟,惟四儿侍余前往。未正解缆,行十八里,泊安居集,时已酉正,遂下碇。

二十二壬戌日(7月14日) 阴。自子正至辰初倾盆大雨,未能开船,舱中漏处甚多,屡移寝榻。辰正雨止,遂解缆开行,上水逆风,舟行甚缓。午正,过通济闸。酉正,过大长沟。是日共行卅二里,去寺前闸尚八里之遥,恐未能赶到,遂泊舟。时晴光大放,夕阳在山矣。

二十三癸亥日(7月15日)　晴。寅正二刻,舟发长沟,行八里过寺前闸,又十二里过柳林闸,又五里过南旺分水口。汶河自此分流南北,所谓"三分朝天子,七分下江南"是也。水口对岸有龙王庙,前于壬辰年经阖运各官捐款重修,余亦薄有所输,因登岸至庙瞻仰一过,恩儿亦随往。时已午初,少憩即还舟。解维行十八里为开河闸,又十六里为袁口闸,又十八里至靳口闸,时已酉正,遂泊。是日共行七十七里。

二十四甲子日(7月16日)　晴。卯初,自靳口闸开行。巳初,过安山闸。申正,抵戴庙闸。闻查篔青舟泊五孔桥,余舟亦傍伊而泊,遂过舟晤篔老,罗春庭亦在彼,少顷还舟。临清协备王筱田、戴庙闸官徐云樵俱来见。晚间,春庭、篔青过谈,良久方散。

二十五乙丑日(7月17日)　晴。早间,过篔青舟聚谈片刻。探知第七起孔璘轩刺史所管粮船内有五舱巨舟空舱面,可以借乘渡黄,因走柬商诸璘轩,居然慨允借用,明日便可移舟矣。午后,篔青约偕赴十里铺谒淡老,适余所管转运局护饷炮船过此,解员及各哨官俱来呈递手版请安,因即乘坐炮船携同恩儿往十里铺。哨官马参将,湖南人,照料周妥,未一时即抵十里铺,晤淡人于办工公所,郭春亭、鲍凯臣俱在彼。询得日来黄水高于清水,未能启坝,出船惟有静候。傍晚,仍乘炮艇回船。晚间,篔青复过余舟,少坐即去。灯下,作谕梓儿书数行,拟交原坐船回空带济也。

二十六丙寅日(7月18日)　晴。黎明,移舟至第七起漕船停泊处所,搬过第八号船乘坐,此舟亦极宽敞,较原船尤精洁凉爽,尚觉称意。午后,璘轩偕七起张君、八起冷君过谈片刻。下午,余复过璘轩舟久谈,傍晚乃还。今日黄水不见消落,启坝又无信矣。恩儿日间在舟顽耍,乐不可支,至日暮则倦极思眠,惟余独对灯檠耳。

二十七丁卯日(**7 月 19 日**)　晴。闻黄水又长四寸,开坝之期更无把握。午后,修发匠刘忠自十里铺来此,因令其修发。正在栉沐,见篛青座船经过蓬窗,篛老立船头,云暂往安山阅视堤埝,实则借此径还济宁也。下午,小眠片刻。傍晚,登岸散步,携胡床小憩片时,凉风习习,足涤繁溽。晚间亦不甚热。

二十八戊辰日(**7 月 20 日**)　晴。仍泊戴庙水次,闻十里铺黄水仍不见消,启坝无信。适见余局护饷炮船由十里铺回空过此,遂令泊余座船之左,拟稍俟数日,若犹未能渡黄,便将乘炮船还济矣。哨官邹德宣过舟谒见,谕以故,嘱令静候,渠虽应命,而词色之间颇涉推脱,不似马哨官之恭顺真挚。马名昭万,历保参将,湖南人。邹乃补用守备,合肥人。余固喜马而恶邹云。

二十九己巳日(**7 月 21 日**)　晴。颇觉炎热。舟中倦寐数次,出至船头小立片时。欲过璘轩舟闲话,询知其他出,不果往。傍晚,移胡床于鹢首,坐眺多刻,惜舟泊不行,无所流览也。闻黄河水落数寸,明日有挑坝出船之说,未知能如议否耳。

六　月

六月初一庚午日(**7 月 22 日**)　晴。局中炮船邹哨官来言即欲开回济宁,是否乘坐以还特来请示,余以渡黄有期,只得前发,遂令炮艇径自旋济,因挥数行致伯韶并谕样儿一书,俱交该哨官带归。连日在舟中惟读《昭明选诗》以自遣。

初二辛未日(**7 月 23 日**)　晴。午后,璘轩过访,适冷鹏图、张子俊、叶子贞俱至伊舟,璘轩匆匆还,余从往,与诸君聚话多刻,乃返船。申刻阵雨大作,风雷并迅,少顷,天气开朗。闻十里铺闸运口已启坝,前起各漕船已陆续出运入黄,余所乘如意船乃第七起第八号者,本排泊戴庙闸北,乃于初更时解缆前行。

初三壬申日(**7 月 24 日**)　晴。卯初起,舟行甫至十里铺口门即出运入黄。舟出口时,见淡人、方仲侯、鲍凯臣俱在坝头临送,因相与抗手而过,出运口数里即泊。晚间,探闻江北十起漕船俱已陆续出口矣。

初四癸酉日(7月25日)　晴。终日泊舟黄河,探得后帮江苏漕船竭竟日之力只挽出前四起,殆因运口又见淤塞,故船未能迅利耳。夜间大雨倾注,通宵不息。

初五甲戌日(7月26日)　阴。疾风甚雨,竟日未已,兀坐舟中,闷不可解,午后至暮夜风雨更甚。闻江苏后四起船已出三起,余者不难挽出也。中宵仍复大雨不止。

初六乙亥日(7月27日)　阴。早间尚雨,已刻放晴,因解缆扬帆渡黄至陶城埠北运口静待启坝。入口见方仲侯之船停泊在前,因乘小艇往访之,至则仲侯已登岸上坝,余亦追踪至坝头官厅,晤洪兰楣太守及郭春霆。少顷,马粮道亦至,坐谈片刻,偕至坝头看视水势。时黄高于清者数尺,洪与马约水势稍落便可启坝。晚间,携恩儿至仲侯舟中吃饭,二更方回自船。

初七丙子日(7月28日)　晴。舟泊陶城埠坝口,见黄水有涨无落,闻马、洪两公相商今晚即启拦黄坝放水,大约明日各舟俱可鱼贯而入矣。连日热甚,久住舟中,殆不可耐。甚矣!水程之濡滞也。

初八丁丑日(7月29日)　晴。早间,江北头起漕船挽入北运口,至傍晚才挽至第三起。余所坐第七起第八号坐船不能待,遂亦连樯而进,奈黄河溜急,上水难挽,至三更尚未能进口,只得仍泊口门。今日更热,舟虽大终觉烦闷难耐也。

初九戊寅日(7月30日)　晴。黎明即开船,舟子竭尽平生之力始将此船挽入口门,水势太激,以船梢向前缓缓放下。行不数里,以船只太多惧有碰撞,仍暂下碇。午后,风雨忽至,遂泊不行。

初十己卯日(7月31日)　阴。终日泊舟不行,询诸舟子则称须俟第七起全帮进口后挨次前进,余虽躁急亦无如之何,姑静待焉可耳。自济寓出门至今已旬有九日,裁历水程二百廿余里,真可谓濡滞之极矣。

十一庚辰日(8月1日)　阴。早间开船,行行止止,计竟日行未十里,访知各舟均沿途卸货上货,是以节节逗留,须过东昌后方肯顺流直下也。

十二辛巳日(8月2日)　晴。早间开船,午初方过阿城上闸。考自陶城埠至阿城才十八里耳,而舟行二日有半,始抵其处,其慢直出人意表矣。午后,停泊多刻始行。傍晚,过阿城下闸,遂泊。

十三壬午日(8月3日)　晴。早间,开船。巳刻,过七级上闸。未刻,过七级下闸,遂扬帆顺流而下,历过周家店、李海务各闸。傍晚,去东昌府城已近,忽风雨骤至,遂泊不行。

十四癸未日(8月4日)　晴。清晓开至东昌,致书绥五,嘱放车来迓。适绥五将出门,遂过舟见访,谈片刻去。旋复遣舆来迓,余因挈恩儿同往,在署斋盘桓永日。午后,孔璘轩偕东昌孝廉任君筱蕃同至,绥五留诸君晚饭,坚不令余还舟,直至初更方各散。余回船时,月色大明,舆中玩月而归,颇有兴趣也。

十五甲申日(8月5日)　晴。黎明开船,历过通济桥闸、永通闸、梁乡闸、土桥闸、戴湾闸。傍晚,抵临清廿里铺,复趁月光行十数里乃泊,去临清殆只数里矣。

十六乙酉日(8月6日)　晴。侵晓开船。辰初,抵临清泊。因托砖板闸雷君润生代觅座船,润生即过船谒晤,与谈片刻去。午后,余所管转运临清分局委员方君策昭号苉之者来谒,适雷君以无舟可觅来辞,遂嘱方君由局中饬小队持封条封得小舟三只,一作座船,一置肩舆,一作火食船,庶几敷用焉。傍晚,局中武弁千总刘占标亦来见。灯下,孔璘轩过余舟,谈片刻去。

十七丙戌日(8月7日)　晴。晨起,捡拾行装,因舍所乘粮船陆行至板砖闸外卫河水换登小船。顺道谒漳神庙,拈香行礼,与住持僧坐谈片刻,盖自庚寅催漕过此后,已五年未来矣。答拜方、雷两君,各到门投刺,旋即登舟。此间亦泊有吾局护饷炮船二艘,见余至俱各升旗鸣炮相迓,两哨官亦皆登舟谒见,方君并以看馔一筵相饷。甚矣!

局差之不可不当也。

十八丁亥日(8月8日) 阴。狂风淫雨竟日夜不休,兀坐小舟,篷窗四塞,闷何如之。梧儿虽童稚,亦觉郁闷无俚。入夜风雨尤甚,恐明日尚未能解维也。

十九戊子日(8月9日) 阴。终日风雨,竟未能行,因而泊临清三日矣。天气甚凉,可衣薄棉,夜眠尤冷。

二十己丑日(8月10日) 晴。船户以船行发价未如所欲,迟至午初方委员来舟呵斥之始开船行。申初,过油坊。酉初,抵渡口驿。张主簿逗留东昌犹未至,仅有外委书役数人来迎而已。天已将暮,遂泊。

二十一庚寅日(8月11日) 晴。卯正开船。午初,抵武城县,城委弁兵役俱跪迎两岸。甫泊舟,县令丁锡五即来谒,并以催漕案内得邀保奖殷殷言谢。余于午正敬诣大王庙拈香行礼。甲马营巡检周君在庙站班,因邀其官厅晤谈片刻。午后,入城拜客,晤锡五及刘奋臣广文两君,皆阔别三年。奋臣素健谈,因与茗话良久方辞别。复拜山长孔谔卿孝廉广礜,未晤,遂回舟次。

二十二辛卯日(8月12日) 晴。舟泊武城西关。午前,刘子方、奋臣两学博俱来晤。子方年逾七旬,别已六载,而精神丰采均甚矍铄。晤谈之下,知其长子已亡,晚年恸比西河,殆难为怀,因再三慰藉之。山长孔谔卿亦来晤。午后热甚。客有馈西瓜者,呼恩儿共啖,以涤烦溽。晚间,锡五招饮县署,惟奋臣相陪,宾主三人,而锡五情意真挚,奋臣议论风生,颇觉尽欢。二更散归,传令明晨开船。

二十三壬辰日(8月13日) 晴。卯初,发武城。辰正,抵甲马营。周巡检拿舟来迎,因与接晤片刻,仍复端行。午初,抵郑家口。船户向船行支领船价,船行人狡狯多端,至黄昏尚未付给,遂泊是处,可恶可恼。

二十四癸巳日(8月14日) 晴。黎明,自郑家口开船。午初,过直隶故城县,其地出挂面,因命火食船往购数斤。未初,抵四女寺。

把总率委兵来迎道左，王把总丽生投手版谒见，遂泊舟，与接晤片刻。王弁以鸡鱼肉为饷，足敷两日餐矣。申正复开船，初更始抵德州。时已昏黑，汛弁无知者竟不迎接，可谓怠忽之极矣。

二十五甲午日(8 月 15 日) 晴。辰刻，始有州同衙门吏役来迎。州同马君照銮巳初方来舟谒见，据云听差吏先报，以致有误远迎，因再三谢罪不已。余固已恕之矣。午后，修发。余泊舟处皆兵勇船，询系各路遣撤之勇，有统带官管押各送至原籍遣散，亦有到此即遣者，恐难保沿途不滋事端，是在统将有以善其后矣。阅邸抄，孙大司马引疾去位，徐筱云少宰撤出枢廷，另添派钱子密少宗伯入直枢垣。兵尚一席以徐颂阎总宪推升，许筠庵仓帅擢总宪，所遗之缺则廖仲山少宰调任焉。汪柳门则以少空迁少宰，递遗工左许竹篔阁学得之。杨蓉浦副宪又复向隅，未免蹭蹬。又张丹叔中丞亦告病开缺，史绳之方伯擢抚粤西，史公官藩臬廿余年，固早宜开府矣。

二十六乙未日(8 月 16 日) 阴。午刻，自德州解缆，阅视河道，拟即顺流至津沽一游，借省夔丈起居，兼与稚夔畅叙数日，亦客游乐事也。顺水舟行颇迅，申正即出柘园镇交界，自此以北属直隶境矣。晚泊安栏，计行一百廿里。

二十七丙申日(8 月 17 日) 晴。寅初二刻开船。辰初，过东光县。未初，过箔头镇。酉初，泊南皮县属之冯家口。时夕阳未坠，因偕阿恩登岸散步一周。市口无甚可观，居民亦不甚多，盖瘠区也。

二十八丁酉日(8 月 18 日) 晴。寅正开船。辰正，过沧州，因命泊船买菜。向闻周鼎臣曾言此间产冬菜最佳，特购少许尝之，其味颇鲜，微嫌干硬，不若济宁冬菜之嫩耳。未初，过兴集，呼火食船停泊吃饭。见有市蟹者，每只值八文，遂购得廿余只蒸食之，惜乎太瘦，虽团脐居多而无一有黄者，不中食也。申正，过青县。戌初，泊马厂。今日风日晴和，水平波静，舟行虽不甚速，然亦几二百里矣。

二十九戊戌日(8 月 19 日) 晴。丑正三刻即开船行。巳初，过静海县。午初，过独流集。其地产醋，颇驰名，因泊舟命庖人往购，兼又得肥蟹五只,足朵我颐矣。晚泊杨柳青集,天津县大集镇也。时方西正,因携恩儿登岸散步一周,见居民皆高宅大厦,不啻一大都会。其地设巡检司一员,亦美缺也。

七 月

七月初一己亥日(8月20日) 晴。丑正初刻开船。巳初一刻,抵天津,泊舟大王庙门首。午饭后,剃发,复至浴室澡身。申刻,携恩儿谒夔石尚书年丈于总督行台,蒙温颜延见,遂留晚饭,畅谈别来情事。兼晤稚夔,知其全眷已俱至任所。夔丈长孙绳伯世讲新以一品荫生内用员外分刑部贵州司行走,乞假还津,亦出见,余曾见其垂髫时,今渠年已二十,且娶妻生子矣。夔丈两幼子,一名庆甲,年七岁,一名庆同,年四岁,均已能走能言,亦皆出谒客。余此来见其四代一堂,可谓佳话。二更后仍回舟宿,夔丈嘱余明日移入节署小住,余敬诺焉。

初二庚子日(8月21日) 晴。早间,据船户云其兄有一稍大之如意船现泊是处,可以雇用,因命其放来一看,尚称合意,遂由小舟移过是船。旋携恩儿往市肆散步。午刻,饭于酒肆。未刻还舟,命其移泊督辕门首,傍晚甫抵其处。夔丈命材官小队为余搬运行李,余以不日即将返棹谢之。旋入署谒夔丈,共饭于厅事,复谆命移寓,只得明日迁往小住矣。是夕仍还宿舟中。

初三辛丑日(8月22日) 晴。午前,迁入督院行台,见其屋宇高大,庭院宏敞,不胜垂涎之至。余所居虽系偏院,亦复修整轩爽。对屋有葛味荃直刺寓居其中,见余至,倒屣而迎,余亦欢然握手道旧,屈计已六年别矣,客中相遇,可称快事。午间,夔丈特设泰西筵席相款,酒肴皆仿西式,颇觉别饶风味。晚间,夔丈仍出共饭。谈及接官电述及甘肃大通、循化、碾伯一带回匪作乱,势甚猖獗,余弟汝济已久不通书,不知其是否仍宰大通,曾否受惊,殊系念之,遂恳夔丈电询甘督杨石泉制军,冀得确音。夔丈立刻手挥数行,付报局电发,大约日内即有回音也。还屋后,复与味荃久谈,三更后方各就寝。

初四壬寅日(8月23日) 阴。早间,携恩儿闲游市廛,购得洋布及洋板书数种,费京蚨六十余千。午间,夔丈出共饭,晤谈多刻。下午,味荃携其第三子邀余至紫竹林第一楼西洋酒馆小叙,恩儿亦随往,酒肴较昨为胜,二更后方偕还节廨。时合肥节相解任后犹留津门,闻定于明日起程还京,未知以何席位置之耳。

初五癸卯日(8月24日) 晴。早间,闻江安粮道及江北河运各员俱来辕谒见夔帅,大约粮船已陆续抵此矣。午后,修发。晚餐夔丈仍共席。连日得以畅聆老成绪论,何幸如之。稚夔则终日伏案,为乃翁服劳,竟不遑与余周旋,转未得畅谈心曲,幸与味荃对屋,朝夕尚不甚岑寂耳。

初六甲辰日(8月25日) 晴。余到津忽忽五日,亟欲言旋,而兰州复电未来,夔丈留余再候一日,只得姑待。午前,回船检理购买各件,兼饬仆役取钱开发饭食等项,约计自津还济所需资斧不敷尚巨,遂向夔丈假得白金百五十两,亦携以回船,即刻分布一切。在船午饭,傍晚方入署。至电报房询问杨制军,仍无复电至。噫!异已。味荃善占课,为拈一课,决其无碍,惟交冬尚有虚惊,须紧防之云云,究不知若何情形耳。

初七乙巳日(8月26日) 晴。早间,夔丈以金腿四肘、芽茶八瓶、五加皮酒八瓶、笋脯八瓶见赐,长者之惠理不应辞,只得拜领。复以荷囊一对给恩儿,内各储银四两,亦命领受,真可谓情文备至矣。午前,与夔丈谈及拟明日反棹,而归途上水行舟,恐需时日,夔丈遽呼巡捕官命传派轮船相送。按北洋大臣衙门现有轮船六艘,合肥公入都用其四,刻尚未回,仅余两船在津,兹复派定津航一船送余,只留一船听差,良可感也。饭后移行囊于舟,定准明日解维,余亦还舟检理一切。傍晚,复诣督署,绳伯世讲告余杨石帅复电已来,急取阅。知四弟现已交卸大通县篆,寓居西宁府城大通,遍地皆回匪,道路梗塞,一时殆难回省,然大致无恙,稍觉放心。晚间,夔丈殷殷话别,谈良久始与辞。复至味荃屋少坐,味荃以嘉定竹翎筒朝珠盒为赠,情意亦甚真挚。二更返宿舟中,轮船管驾官刘守备长发来禀以煤油未领,须明午方能展行,只得徐待,未便呕呕也。

初八丙午日(8月27日)　晴。自天津返棹。未初解维,津航轮船展轮拖带而行,逆风上水,舟行尚极迅利。申正三刻,过杨柳青。戌初,泊杜家门楼,计已行七十余里矣。灯下,阅《醉余志怪》数则。

初九丁未日(8月28日)　晴。寅正开行。辰初,过独流。巳初,过静海县停轮片刻,厨子上岸买食物,少顷即展轮。申刻,过马厂。晚泊青县,计今日已行水程两跕余矣。

初十戊申日(8月29日)　晴。东北风起。寅初即开船,船顺风而加以小火轮拖带,舟行迅利异常。辰初起,询知已过兴集。申初,过沧州。戌初,泊戚家业,盖去箔头镇只十有八里矣。途遇江苏第七八起漕船,约计日内当全出吾境也。

十一己酉日(8月30日)　晴。寅正开船。未正,过连镇,何升已搭小舟自德州来迎,知全漕于初八日酉时出东,院道电禀均发。又济寓寄到家报,附有藩台委赴临清查办税契札文一件,只得取道临清一行矣。晚泊安栏,去柘园只廿余里,日暮遂止。

十二庚戌日(8月31日)　晴。寅正开船。申初,抵德州。轮船管驾刘守备长发来谒见,因与商,嘱其送至临清,刘唯唯惟,虑归途煤斤不敷,余许以添购煤斤之资,伊遂展轮前发。晚泊卢家圈,竟不及抵四女寺。连日逆风甚大,若无轮船拖带,将寸步难行矣。灯下,作上夒帅禀稿,鸡鸣方寝。

十三辛亥日(9月1日)　阴。寅正开船。辰初,过四女寺。巳正,过直隶故城县。西正,抵郑家口,时已薄暮,遂泊。今日只行得一百里,殆因轮船机括小有损坏,致不利遄行耳。

十四壬子日(9月2日)　晴。寅正开船。辰初,过甲马营,轮船停泊修治,耽搁一时许。巳正,复开行。申正,抵武城县。刘守备来言,轮船未能前进,只得令其回津销差。因将上夒丈禀缮就,复致稚夔一札，交其带呈，给酬金卅两。自津至此，盖水路十程矣。又致葛味荃一书，以银四两交刘守备至德州代购羽缨帽一顶以贻味荃。料量至夜半方讫事。刘奋臣广文便衣过谈良久，余人俱未知余过此，余亦借免酬应之繁焉。

十五癸丑日(9月3日)　晴。丑正，发武城。辰初，过渡口驿。武城汛所拨纤夫送至此应夏津汛拨夫接替，张主簿并不在署，差使几无人过问，候之良久始有纤夫十余名来，当即解维。午正，行抵油坊，纤夫假吃饭为名纷纷逃匿无踪，各汛公事疲玩至此，殊出情理之外，只得令本署夫役一齐上岸负纤，船始得行。时已延至申初矣，行不廿里，日已云暮，月色大佳，因令乘月而行，至四鼓方抵临清。泊舟回回礼拜寺前，即来时泊舟处也。

十六甲寅日(9月4日)　晴。早间，修发。午初，局员方苉之、刘把总偕来谒见。午后，往访署州许金粟直刺，适伊将之武城，已登舟矣，遂晤于舟次，嘱将应办公事速具会禀文稿，许君唯唯。因复进访前牧陶铨生于州廨，时陶已被劾卸任，故往慰藉之，晤谈良久。旋至转运分局一访方君，少坐即还舟。

十七乙卯日(9月5日)　晴。北风陡起，于南还为宜，至此须易小舟入临清河，昨已嘱州署封雇小舟三只，惜今日尚须候阅会稿，未能即放棹耳。午后，登岸，移至闸内，小舟仅一小舱，逼窄已极。晚间，州署送差费十六金，辞之不获，遂纳之。因会禀公牍尚未缮就，致余仍泊舟守候。

十八丙辰日(9月6日)　晴。辰刻，州署始将会禀公牍送来，即刻开船，适遇北风，舟行尚迅。午刻，过戴家湾。申刻，过魏家湾。晚泊梁家浅，是日计行一百十里，自此至东昌只卅里矣。夜间，月色大佳，出坐船头眺望，清风袭人，凉生肘腋，是深秋气候。

十九丁巳日(9月7日)　晴。寅正开船。巳初，抵东昌府城，泊舟江西会馆对岸。午后，入城拜洪兰楫太守，晤谈良久。因托兰翁嘱县代雇夫马，拟在此陆行至陶城埠，缘拦黄坝已闭，东昌以南河水渐

涸,舟至此即不能行故也。兰翁情意殷殷,嘱到陶城埠径至伊工程局
税驾。晚间,复馈肴蒸六簋,饬仆来言夫马已齐,余自坐肩舆,并向兰
翁假得二人轿,命恩儿乘坐,仆从行李概用二把手小车。夜分,一一
摒挡就绪,明早便可首途矣。

二十戊午日(9月8日) 晴。晓发东昌。辰正,过李海务。巳
正,过周家店。午正,抵七级,打尖于旅店。未正复行。申正,过阿
城。酉正,抵陶城埠寓运工局。洪太守犹子香泉及委员牛寿山俱出
款客,适馆授餐,颇极周备,可感之至。惟住屋迭经雨水,潮湿异常,
蚊虫甚多,致未能安枕,然于主人无与也。

二十一己未日(9月9日) 晴。清晨,饬东昌来夫带回所借小
轿,因渤数行布谢洪兰楫。日间,饬役往觅黄河船,适有盐船愿住,闻
此等船渡黄最稳,遂用此船。行李什物都先登舟,只以南风太大,终
日未息,万难开船,于是余携兆梧仍住运工局守风。晚间,窗外风声
如啸,令人生愁,未知明日能首途与否。甚矣! 行路之难克期也。

二十二庚申日(9月10日) 晴。南风甚大,虽惮于渡黄,然势
难再留。午后,姑且登舟。适寓中派皂役李润德来迎,携有梓儿禀
函,知已封雇一极大南湾子船迎于安山。兆梓惓惓于藩司委查临清
税契一事,深虑前寄委札中途相左,不知不先不后恰好于德州接到,
余已取道临清,查明情由,会同州牧禀覆矣。申刻,辞别洪香泉、牛寿
山,携梧儿至盐船。船无高舱,深数尺许,隧而下,每舱地不盈寻,异
常逼窄,终日席地而坐,闷苦已极。登舟后即放瞻,冒风放棹,行至中
流,风声怒吼,浪涌如山,大有乘长风破巨浪之概,惜雌伏舱底,一无
所见耳。傍晚,渡至黄河南岸,由漫口内驶,取道姜家沟,可径达安山
以入运河,只以逆风上水,寸步难行,遂停泊以待。晚间,眠食坐卧皆
难自如,只得埋头忍耐焉。

二十三辛酉日(9月11日) 晴。早间,南风如故,自此至安山
系由北而南,遇此逆风,竭半日之力行未数里,幸中刻渐转北风,乃获
扬帆上驶,所涉大水茫无津涯。日暮,停泊中流。夜半,月出皎兮,复

鼓棹前进。无何鸡鸣狗吠相闻，询诸舟子，云去安山虽未到不远矣，余遂坐以待旦云。

二十四壬戌日（9月12日） 晴。寅正三刻，抵安山，泊舟运河堤背。步登堤岸，行未数步即至河沿，见济宁来迎巨舰在焉。入其舱，则金碧辉煌、宏轩爽朗，真所谓"出自幽谷，迁于乔木"焉。少顷，东平州判三音布君、安山闸官郝学诗君俱来谒见。郝君派闸夫为余牵引，三君复于余开船时来河干相送，余所管转运局炮船停泊是处者皆声炮迎送，于是趁北风未息即于巳正解维扬帆。申初，过靳口闸，安山闸夫送至此由靳口闸拨夫接替。戌初，抵袁口闸，天已薄暮，遂泊。是日巳正开船，至日晡共行五十里，自此入运河厅境矣。

二十五癸亥日（9月13日） 午前晴，午后阴。自黎明开船。午初，过分水口。午正，过柳林闸，自此南下顺流矣。未初，过寺前闸。申正，过通济闸。满望今夕总可抵寓，因将卧具及零星衣物一一收拾，不意未到安居，日色渐暮，舟子以夜无月光未便宵征，只得驶至安居集停泊。时甫酉正初刻，已近黄昏，盖节届秋分，昼夜几平矣。晚间，重将卧具安设，以永今夕。

二十六甲子日（9月14日） 阴。卯初，开船。辰初，抵济宁，泊舟草桥迤南之东岸，寓中舆马来迎。辰正还寓，当将与临清牧会禀查覆税契事宜文牍钤印，申覆本省藩司。午后，至书斋，晤周耀寰。阅邸抄，李相于月之初九日到京，即奉留京入阁办事之命，夔丈调补直督兼充北洋大臣，皆初九日谕旨也。余初八日自津返棹，沿途竟无所闻，直至今日方知之。下午，阅公牍及各处信札。有周子绂复书，知已还余假项二百金，于五月间兑付楼升之兄矣。傍晚，绥五知余还，邀往便酌。淡人、伯衡、声庭、春亭、幼坪俱在座。畅饮饱啖，二更后乃归。时风雨交作，拖泥带水而还。

二十七乙丑日（9月15日） 晴。午后，谒本道耆公，叙谈片刻。耆公引对还，于六月望日回任，淡人卸护道篆，亦系是日回同知本任也。自道署出，即至转运局，晤郭伯韶并各委员，因将两月以来收发文件——覆阅补判,傍晚回寓。归途访电报局委员杨乐亭,未晤。灯下,电局送邸抄来,阅知陈右铭年丈开府湖南,于次棠年丈起用皖藩,两公皆素称贤者,宜屡邀简擢也。

二十八丙寅日(9月16日)　晴。午后,本局提调周县丞、委员傅训导、宋训导俱来谒见。余旋出门拜,晤彭伯衡、郭春亭、龚淡人、查声庭,俱晤谈良久。傍晚乃还寓,知郭伯韶、杨乐亭、王松亭俱来拜,未获与晤而去。

二十九丁卯日(9月17日)　晴。午后,姚子钧、查声庭、顾翰仙、郭春霆、鲍凯臣、龚淡人先后来晤。耆观察赠京师土物四种,曰京靴、曰搢绅、曰茶叶、曰榛子仁,只得全领矣。

三十戊辰日(9月18日)　晴。午后,往访孙伟如,晤谈片刻,即赴淡人处小叙,座皆熟人。伯衡谈及将之省垣谒中丞,余为顾翰仙说项,图管州署税楼事,伯衡竟不纳,付之罢论而已。甚矣!图事之难也。

八　月

八月初一己巳日(9月19日)　晴。清晨,诣城隍庙,拈香行礼。旋拜晤姚眉生、姚子钧、鲍凯臣诸君。午后,至局阅视稿件,晤郭君,与谈片刻。此君贪小利而昧大体,余甚不能耐,徐当有以制之。灯下,姚子钧过谈片刻。

初二庚午日(9月20日)　晴。午前,姚眉生过谈。午后,崔绥五、顾翰仙先后过访,俱晤。傍晚,至局便饭,眉生、子钧、裴筱麓诸君咸在座,二更后散归。

初三辛未日(9月21日)　晴。午前,阅《申报》。午后,杨乐亭来晤,有在籍县丞王秉钧者向曾沆人恳余图谋差遣,余以局员中有须更动者呼其来见,面询其家世履历,觉其人尚稳练,颇为有用之材,容到局商之郭君,派令充当局员,似不致偾事也。

初四壬申日(9月22日)　阴。午后,赴玉露庵陪吊,田鼐臣总戎喆弟渥斋鹾判殁于扬州,其柩北还,道出济宁,暂停庵中开吊,明日为领帖之期,今日预行觞客,同城各官俱往酬酢。萧臣方镇守兖州,亲来此间为其弟发表,可谓笃于友恭者矣。申正席散,时已渐暮,遂还寓。

初五癸酉日(9月23日) 晴。午后,往玉露庵田渥斋灵前致奠。旋往访吴公达,晤谈多时。复偕淡人、筝青至绥五处贺其夫人寿,遂留晚饭,二更后乃还。

初六甲戌日(9月24日) 晴。终日未出门,将致洪兰楣、许金粟诸君谢函阅定缄发。又拟就上夔丈书稿,交记室誊缮。接子绥弟淮城来书,知其节后将来此见访,由此作津门之游,又须函恳夔丈位置也。

初七乙亥日(9月25日) 晴。午后,至局阅判稿件,有禀请更换关防一稿,早应缮办,乃濡滞至今,若非余催促,郭君尚徘徊观望也。归途访许言如,未晤,遂还。

初八丙子日(9月26日) 晴。午后,局中提调周君来见,因余欲有所更置,商之郭伯饶,郭不允,特遣来覆余。坚持不下,周复力言,余怒斥之乃退。傍晚,许言如来,晤谈片刻去。下午,姚眉生过谈,少坐即去。

初九丁丑日(9月27日) 晴。作致葛飞千、王稚夔书各一械,均附夔丈禀中,加封驿递。下午,姚子钧来晤。傍晚,孙伟如复过访,少坐即去。晚间,与耀垣晤谈。

初十戊寅日(9月28日) 晴。寅正,诣大王庙,行秋祭礼。复祭天后宫,礼亦如之。黎明回寓,复假寐片刻。晚间,复至书塾,与耀垣叙谈时许。

十一乙卯日(9月29日) 晴。午后,至铁塔寺拜姚子钧太翁十周年,遇杨乐亭、姚眉生。晚间,澹人招饮,余申刻即去,时绥五已在座矣。酉正客齐入座,二更后散归。

十二庚辰日(9月30日) 晴。日间,将各处贺节信函一一答复。并作书致沈经弇,嘱将本年典息以钱易银,将银数先行见示,其款交存夔丈府第,由津署划汇余处可也。昨吴公达言及有便人至杭州,因往访公达,即以此书交令转交便带,嗣闻其人已行,公达以河院衙门马封代递杭州,谅不致误也。

十三辛巳日(10月1日)　晴。午后,往拜查籧青寿,未晤。旋访淡人、子钧,俱晤谈。访裴筱麓,未遇,遂还。灯下稍闲,案头有儿女辈假来《玉钏缘》一书,因随意翻阅数卷,听谯楼冬冬已报三鼓,遂解衣就寝。

十四壬午日(10月2日)　晴。终日料量节帐,发放夫工银两于各属汛,半日甫讫事。午后,澹人来晤,因托其择日为三儿兆榕缔姻巢县王氏,即子泉守戎之女,经姚子钧作伐,已有成说矣。

十五癸未日(10月3日)　晴。晨起,诣天后、风神两庙,拈香行礼。旋诣道署贺节,同人咸集。伯衡已至自历下,亦到道署,因得相晤。巳正,散衙还寓。声庭复来晤,遂偕至书塾,与西席周耀寰贺节,少坐即去。午刻,先陪耀寰宴饮,然后设馔祀先,礼毕,偕家人聚宴。午后,偕耀垣率儿曹游王母阁,流连多时,傍晚乃还。

十六甲申日(10月4日)　晴。接沈退盦来书,并寄兆楔侄女信物衣料等件,当为兆楔拟一稿,令其禀覆舅氏,稍迟余再自作覆书,缘连日历碌,颇懒于摊笺作札耳。

十七乙酉日(10月5日)　晴。午后,莅局阅视文稿各件。晤郭君,渠谈及欲于明日除服即吉,余甚诧之。盖其母夫人于去年中秋日病殁本籍,渠于九月间闻讣,十月间始奔丧到籍,渠自云业已出嗣,此系本生降服,不知降服向以见丧之日为始,扣足期年方可释服,其持服三年者亦只能自闻讣之日起扣,从未有遭父母大故身在数千里外事后闻讣成服辄从病殁之日起扣持服日期者,如此昏愦不孝真觉罕见罕闻,如此则与禽兽奚择哉? 今而知其不足较也。

十八丙戌日(10月6日)　晴。姚子钧过谈片刻,订定三儿兆榕姻事。男媒即子钧,女妁据王子泉云欲请姚眉生,两姚相对,亦云巧矣。澹人择得月之廿六日文定全吉，即用是日可也。晚间，声庭招集后花园宴饮，园中添建船屋、假山甫经落成，故邀客以赏之，二更后回寓。

十九丁亥日（**10 月 7 日**）　阴。日间，作复退庵书。午后，王子泉过谈片刻，询知其病愈后今甫出门。谈次深以得结丝萝为幸，余亦谦词答之，所谓酬酢是也。午后，因杂货箱脱底，另易以棕箱盛贮，并将各物登载簿籍，检理良久方毕。

二十戊子日（**10 月 8 日**）　晴。午后，往拜杨乐亭、姚眉生两君，俱晤谈，一请其作媒，一请其陪媒也。申刻，假河院宾馆设席公宴耆静生观察，澹老承办，同人皆附分，请李缄三提戎为陪，主客八人。二鼓后散席还寓。

二十一己丑日（**10 月 9 日**）　晴。作书致冯筱侣表叔、昂鹤如司马、周子绂大令，共手裁覆函三缄。又覆卢子春守戎贺节单片一纸，俱一一封寄。

二十二庚寅日（**10 月 10 日**）　晴。日间，自书兆榕庚帖及缔姻拜帖，请媒妁、请陪媒各帖，俱一一书毕。午后，篘青过谈，傍晚乃去。

二十三辛卯日（**10 月 11 日**）　阴。日间，检理书籍，碌碌竟日乃毕。傍晚，孙伟如来辞行，云将之京师省亲，盖其尊人驾航年丈罢京兆尹后仍侨寓都门，七十老翁独处京国，其子孙早宜就之矣。阅邸抄，夑丈奏调文武员弁十余人往北洋差遣，张子遇鸿顺、孙慕韩宝琦均预焉。慕韩前于辛卯年奉其先德子授司农灵枢还里，道出此间，余曾与晤谈数次，去年阅邸抄见其考荫内用主事，昨在天津稚夑言其由主事捐升候选道员，意欲投效北洋，故此番夑丈奏调之耳。

二十四壬辰日（**10 月 12 日**）　晴。午后，往局阅视公牍，知夑帅已札发新刊关防到局，文曰：济宁淮军后路，转运总局关防遵即开用。并将更换关防日期分别咨行各处，又旧关防即令解饷委员赍赴直督行辕缴销，盖第九批饷亦于今日适到，明日即令局员万鹤皋起解也。

二十五癸巳日（**10 月 13 日**）　晴。午前，预备行聘，各行赏封手自封沿。午后,顾委员培德解饷还来见,与晤谈片刻。傍晚,往送孙伟如行,未晤而还。

二十六甲午日(10月14日)　晴。午刻,邀请冰人姚眉生、姚子钧过寓,携带聘物为三儿兆榕缔姻巢县王氏。时子泉守戍华清方官临清卫守备,驻札济宁,所聘即其长女,今年十四,少兆榕一岁者也。同寅来道贺者俱止而享之,晚筵两席,二更后乃散。是役也费白金五十两。甚矣! 多男之多累也。

二十七乙未日(10月15日)　晴。午后,往各处谢客。复至叶少仙宅中奠其太夫人及乃兄祝三之灵,晤杨乐亭。旋访绥五,谈片刻。许仙帅之冡妇及其女妾诸人之枢道出此间,同人约于城南慈灯寺为之祭奠,余探知今日未必能到,本不欲往嗣,闻道台已去,淡人迭次来告,姑往一行。乃余甫到彼,道台及诸同人均以今晚不能遽到,相约各散,订定明日未刻公同致祭,余只得散归,深悔徒劳往返耳。

二十八丙申日(10月16日)　晴。午正,即出城至慈灯寺,坐候良久,直至申初刻许氏各枢始安移停妥,爰偕同寅诸君祭奠,礼毕即散归,时已酉初一刻矣。

二十九丁酉日(10月17日)　晴。周耀垣感患时疫,延顾翰仙为之诊治,余亦至塾视之,见其卧床呻吟状,为之恻然。旅居异地,陡遭剧疾,殊可怜已。

九　月

九月初一戊戌日(10月18日)　晴。晨起,诣风火神两庙,拈香行礼。旋出自东门,莅局阅视公牍。局中提调周县丞宗文请假三个月回籍料理家务,因准给假,并为禀报制府,禀稿原拟间有不妥处,余为删润数处。午后,由局入城,拜晤王子泉亲家,结亲后初次往拜也。下午还寓。

初二己亥日(10月19日)　晴。河帅许夫人自汴至济,今日莅止,阖城文武都欲郊迎,余只得从众而去。午正出门,探知为时尚早,乃访淡人，晤谈时许，相偕出城，至济安台郭门一破庙中坐候。申初三刻，所谓帅夫人者乘舆呵殿而来，同人自道台以次皆逆诸门而揖之，而舆中人自若也。噫！此即邱明先生所耻之足恭欤？夫人舆既过，同人复追踪至河院东厢，于其入也，又复呈手版候起居焉。至是迎夫人之礼毕，各官方鸟兽散。

初三庚子日（10月20日）　晴。同人有谓事阴如事阳者欲以事河帅者事其夫人，将行三日衙参之礼，余毅然不可。晨起，闻道厅皆上院，余独不往。午后，许熙甫来拜，晤谈片刻。熙甫即仙屏河帅公子也。傍晚，筝青来晤。将去时，有新补河营守备王凤椿者适过余门，遂入谒，只得延见，且须衣冠款接，殊乏味耳。

初四辛丑日（10月21日）　晴。午后，闻姚子钧太翁系今日寿辰，遂往拜祝。遇淡人、伯衡两君，少坐遂还。闻今日仍有上院参谒帅夫人者，付之一哂可也。

初五壬寅日（10月22日）　晴。明日为静生观察生日，僚属先期须往预祝，余不获已亦往焉。旋答拜王守备凤椿，未晤而还。下午，莅局看视，无甚公事，遂还。

初六癸卯日（10月23日）　晴。晨起，往道署拜寿，又至州署、药局两处，皆到门拜寿，缘伯衡及裴肖麓太夫人皆是日诞辰也。回寓后，武城县丞以俸满验看禀见，延晤片刻。午后，王子泉答拜，亦晤。耀垣连服翰仙方剂，颇见功效，已能进粥糜，可喜也。

初七甲辰日（10月24日）　晴。是日为霜清节。黎明，恭诣大王庙，偕同人随同道台敬谨祀谢，以答神庥。祀事既毕，即诣院署禀贺帅夫人，即余昨日所谓事阴如事阳者是也，外省官场以谄媚为尽礼，大都如此。自院署散出，复至道署投递手版谒贺，午初刻乃还。

初八乙巳日（10月25日）　晴。午后，出视耀垣疾，见其已能起坐，甚慰，与谈片刻。旋有局员从九品高星朗来见，因与接晤，少坐即去。

初九丙午日（10月26日）　晴。午初，至南关太白楼，招集同人登高筵席,一切俱由局中承办,郭伯饶亦在主人之列。申初席散,余偕淡人、绥五复至声庭园中看菊,傍晚乃还。

　　初十丁未日(10月27日)　晴。午后,至局与郭君商议局务,以用人意见不合,大相龃龉。郭昏而愎,且满腹私心,真难与共事也。晚间,姚眉生招饮寓斋,同人咸预。席散后,见案头有定远方子箴廉访《二知轩诗集》,因携归讽阅一过。

　　十一戊申日(10月28日)　晴。日间,阅方子箴诗钞。午后,修发一过,旋和衣假寐片刻。许言如作字来,言及贫病交迫,欲余任将伯,余实爱莫能助也。

　　十二己酉日(10月29日)　阴。午初出门,答拜秦子厚、刘葆真编修,均晤谈。旋出城至南关水次,登舟往迎河帅,余与淡人、箑青、绥五同行,共乘大舟二艘,小舟六艘。余携带庖丁治具供飨飧,淡人出肥蟹十只佐之。申初,解维上驶,四人相对把盏持螯,致足乐也。戌初,抵安居镇泊舟。晚饭后,伯衡亦来舟聚谈。二更,罗春亭至自独山,渠已自彼迎谒河帅还。据云帅节约今夜四鼓自独山起马,抵安居总在明日巳午间矣。春亭、伯衡去后,余与诸君方各回己舟就寝。箑青偕余同住一舟,渠住房舱,余下榻中舱。

　　十三庚戌日(10月30日)　晴。箑青卯初即起,余未能熟寐,亦披衣起坐,无何天色大明,邻舟淡人、绥五两君亦都睡起。小食后,余与箑青仍过彼舟闲话。秦子厚亦来,因唤渡至对岸大王庙一观,入门即破庙三间,初无足观也。时日光未放,浓雾蔽空,对面几不见人,乃唤渡仍回座船。午初,探马报河帅已自嘉祥登程,少顷即至,于是同人咸衣冠登岸,往郊外坐胡床以俟。午正,帅节经过,各官俱揖于舆前,河帅降舆相周旋,仍升舆前行。余偕淡人、声庭、绥五仍回舟,顺流而述。子厚亦附余舟,五人即于舟中共用午膳。比饭毕,已抵济安台矣,因各弃舟就舆入城,至总河衙门投谒,至申初方获延见,少坐即散。复往拜田萧臣总戎于东关,未晡而返。

　　十四辛亥日(10月31日)　晴。同人多上谒河帅者,余则以昨既得见,今日决不再见,因遣役持手版挂号,未亲往。午前,河帅来答拜。午后,籍青过谈片刻。

十五壬子日(11月1日) 阴。卯初,诣文庙,候河帅拈香。旋出南门,恭诣大王庙,拈香行礼。入城后,循例上院谒贺,未见,遂还。是日天气极冷,遂换穿珠皮白袖头矣。

十六癸丑日(11月2日) 晴。午前,子厚、淡人俱来拜寿,少坐即去。是日为内子四旬初度,属僚来祝者俱留早面。侄女兆樨、儿子兆梓、兆榕三人自出己资呼梨园高升班演戏为祝。午后,籍青、绥五俱过寓,因河帅许公邀集晚宴,遂与二公同往。许公因感冒未出,命其子熙甫代陪。首座为刘葆真编修,其次则厅营诸君子,余居第六座。酉初入席,亥初散归,时寓中演戏正盛,直至四鼓方休。

十七甲寅日(11月3日) 晴。接天津银钱所来咨,知孙慕韩到津后奉委会办所务,余与慕韩素相契洽,兹复遥托同差,闻之甚快,因摊笺挥数纸问讯之。适局员高星朗解饷赴津,遂交其带往,又致飞千一书,亦一并带去。下午,余亲莅局中阅视公牍,并面嘱高委员两信均须守候回音也。傍晚还寓,复观戏永夕,直至四鼓方罢演。

十八乙卯日(11月4日) 晴。田萧臣总戎书来,为局友谢稚笙说项,求改充委员,适有更动,余遂允其所托。下午,谢复来见,与谈片刻。其人颇明干,加以历练可用也,因复萧臣书告以已照派改充矣。

十九丙辰日(11月5日) 晴。午后,出至书塾,与耀垣闲谈。渠疾已全愈,喜占勿药矣。接吴少侯太守书,知其复权武定府篆,可称宦途如意。

二十丁巳日(11月6日) 晴。晨起,至院廨衙参,许公以疾辞。余遂赴各友人处谢步,均未晤面,午初还寓。午后,有开封贾携玉器珍玩来售者,姑令取出观看,惜为价过巨,无余财以致之耳。

二十一戊午日(11月7日) 晴。午后,局员宋峙鲁以稿件来呈,因判易数语,然后书诺,令其发缮。下午,玉贾又至,与评阅宝石珊瑚多件,未尝不心焉好之,特限于财力徒资赏鉴而已。

二十二己未日(11月8日) 晴。日间,致袁锡斋一书,为三音布君说合补缺部费兼查询余下河任内是否得有加六级,袁固铨曹书吏也。

二十三庚申日(11月9日) 晴。日间,阅《十粒金丹》小说七册,颇有意味。灯下,接清江电报"葵不来绥往津"六字,颇觉费解。紫绥三弟前欲赴天津投谒夔丈,取道济宁与余相见,持余书函往投,余正迟其来,今忽接此电,所谓"绥往津"者,殆渠径由上海前往,不由济宁经过耶?然不得余书,凭何投谒?且"葵不来"三字又作何解,殊令人纳闷已。

二十四辛酉日(11月10日) 晴。午后,往拜姚子钧太夫人寿。旋访绥五,谈良久。回寓,子钧复来邀晚酌,遂易便衣前往,淡人、梅生、子泉、子厚、乐亭俱在坐,二更后散归。仙帅赠《医宗类钞》一部,计廿六册,集医家之大成,无美不搜,其书可贵也。

二十五壬戌日(11月11日) 晴。早间,往南关慈灯寺奠许熙甫夫人,并送祭幛、冥器等物,同人咸集,午刻各散。午后,往答拜叶少仙、广锡三,各茗话多刻,傍晚乃归。复电询紫绥究竟来此持信否,冀得其明白覆电,余心庶释然耳。

二十六癸亥日(11月12日) 晴。午后,籛青过谈良久,兼为余品评所看玉器。旋呼玉贾陈姓者来,前与之议价多时,于是玉佩、数珠、翎管等物悉为余有,而灿灿白银已飞去二百五十两矣。甚矣!玩物丧财也。又以金珀大珠与易金珀小珠,尚称合意。

二十七甲子日(11月13日) 晴。午初,紫绥弟至自淮城,相见甚欢,盖自乙酉九秋淮上一别,忽忽逾十稔矣。询知渠于重九日由淮起程,日前之电报乃其友人所发,缘此人初约紫绥在济相待,同赴津门,今不复来济,特电知紫绥令其独往耳。晚间,延顾翰仙来寓诊脉,为余更换丸药方剂。

二十八乙丑日(11月14日) 晴。午前,发枣定廿九日偕广锡三宴客于王母阁。首座为刘葆珍编修,次为许熙甫公子及高仰衡蹉尹。午后,高即来拜,晤谈片刻。按仰衡为碧湄年丈次子,与余本属世交,故延请及之。闻院幕中尚有两江宁人,一端木君,一黄君,余以素未谋面姑从阙如。

二十九丙寅日(11月15日)　晴。晨起即出门,先至局中验收饷项,阅视公牍。旋至王母阁宴客,偕广锡三同作主人。坐候良久,高仰衡首先至止,又久之吴公达,秦子厚、刘葆真方陆续前来。未正入席,酉初宴罢,主客尽欢而散。

三十丁卯日(11月16日)　晴。巳刻,复往游王母阁,邀绶弟及周耀垣并挈儿辈偕往,命庖人稍治盘飧,午膳即在彼处小酌。风日晴和,水木明瑟,致足乐也。下午,复遇吴公达偕许熙甫同游是处,因邀与茗话片刻。傍晚散归,接昧荃复书,知已承夔丈寓书仙帅为余说项,未知能稍有裨益否也。

十　月

十月初一戊辰日(11月17日)　晴。晨起,诣武庙,候河帅香班。旋自诣天后宫,拈香行礼。复往河院贺朔,坐东厢片刻,俟手版发下,然后归。午后,为绶弟上书夔丈说项,自拟信稿,嘱高春霆代誊,紫绶拟初三即首途也。

初二己巳日(11月18日)　晴。日间,复为绶弟致书飞千、稚夔两君,托其推情照拂,又购土物数种带呈夔丈,聊以伴函。下午,天忽阴雨,紫绶车已买就,未知明日能否首途耳。灯下,与之话别多刻乃寝。

初三庚午日(11月19日)　晴。雨止日出。辰初起,送绶弟登程,因索其年庚并其子狮儿年庚,便中索淡人阅看。午后,往谒见河帅许公,蒙延见便斋,畅谈许久,并提夔丈已有书来为余提及,意颇殷殷,或者本届卓荐有望未可知也。晚间,姚子钧招饮衙斋,座有院幕诸君子,绶五、眉生皆作陪客,二更后散归。

初四辛未日(11月20日)　阴。终日微雨。午后,孔璘轩至自京师,将余托购貂领带来,不胜感佩,孔君可谓信人矣。因询其尚有数日句留,稍迟当往访之。

初五壬申日(11月21日)　晴。有王君秉钧者来谒,余辞不与晤。午后暖甚。阅邸抄,陕甘杨制军因办理回匪不力被旨开缺,而以新疆陶中丞暂权陕督。陶以戊辰知县不及卅年已署总督,可谓得意矣。

初六癸酉日(11月22日)　晴。接得德州汛禀报,漕船回空全数过境,于是将各上游禀牍填注印发。日间,阅来生福弹词数册,聊以消遣。

初七甲戌日(11月23日)　晴。午后,往局中阅视尘牍。伯韶外出未晤,仅见宋委员东震,傍晚遂还寓。

初八乙亥日(11月24日)　晴。晨起,往拜澹人太夫人寿,在彼吃面。院道两公俱早到,巳刻即各散,余亦还。下午,复往吃晚饭,同人咸与,共坐两席,二更散归。

初九丙子日(11月25日)　晴。午刻,家祭。饭后,修发。日暑渐短,稍优游即届日暮,流光如驶,故我依然能无抚髀生叹乎?

初十丁丑日(11月26日)　晴。寅正起。卯初,恭诣御碑亭,随同河帅行朝贺礼,在朝房吃面,与许、耆两公闲谈多刻,辰正方各散归。

十一戊寅日(11月27日)　晴。日前,局中曾来禀白下批月饷不日将到,今晨复来言饷到,即刻起运北上,余欲发子寿信,已不及,且俟下届。晚间,声庭、春亭招饮于查氏怡怡园。座皆熟人,刘编修预焉。二更后乃各散归。

十二己卯日(11月28日)　晴。寅正起。卯初,诣河神庙,随同河帅恭进藏香,敬谨祀谢,礼成各散。巳初刻,复往贺河帅外孙男女缔姻之喜,旋还寓。晚间,微觉感寒,腹滞不舒,夜眠亦未能安稳。

十三庚辰日(11月29日)　晴。晨起,腹胀较松,静摄永日,居然照常。有刘君宝树者投刺来拜，以素昧平生辞不与晤，未知其见罪否也。

十四辛巳日（11月30日） 晴。早间，接鲍凯丞手简，有人欲来余处看屋者，余慨然允之。午后，鲍君邀同两人前来，询其姓氏，则一蒋一刘，皆本城商贾也。余所居屋，久欲弃去，即非善价亦可沽之耳。

十五壬午日（12月1日） 阴。早间微雨。卯初，诣龙神庙，拈香。比入城至院署，则同人俱散，遂不下车。旋往访鲍凯丞，晤谈片刻。答拜刘君宝树，未晤而还。

十六癸未日（12月2日） 阴。接张绍原令侄子韶世讲来书，专诚询问东省河工堵筑漫口情形，意欲投效，不知今非昔比，李中丞不纳投效，严核保奖，不似张、福两公之兼容并包也。

十七甲申日（12月3日） 晴。午后，至姚子钧署斋公宴，为杨乐亭称祝四旬寿诞。筵前设彩觞，同人到者颇多，二更后散归。临行，晤伯韶，嘱明日到局有事相商，余诺焉。

十八乙酉日（12月4日） 晴。午后至局，阅视九月杪所办秋季报销册籍并日行公牍数件。高从九解饷还，带到味荃复书，知夔帅于本月初三日始迁入衙署，味荃得文案差，月薪才大衍耳。

十九丙戌日（12月5日） 晴。日间，阅求志书院课艺，又阅《唐宋诗醇》数册。灯下，作复张子韶书，并拟致绍原观察一书。

二十丁亥日（12月6日） 阴。终日微雨不息。晚间，伯衡招陪陶荃生，小集衙斋，座皆熟人。荃生左迁解组，挈眷还常州本籍，道出此间，明日即扬帆南下也。席散后，冒雨而还，衣履尽湿。

二十一戊子日（12月7日） 阴。日间，作复味荃书，又致三弟一书，并将淮寓来信封入递交味荃转交，谅可收到。晚间，接卧雪来电，为余居间临清州判三音布君补缺事催索部费，因出晤耀寰，嘱其转催前途速将银款交来，免使居间者受累。甚矣！中保之不易作也。

二十二己丑日（12月8日） 晴。午后，往绥五处，偕同人设席，为刘葆珍编修豫作生日，缘明日为渠诞辰也。席间肴馔均佳，宾主七人,尽欢而散。

二十三庚寅日(**12 月 9 日**)　晴。早间,叶少仙过谈片刻。午后,葆珍复衣冠来谢,俱晤谈。闻汪柳门少宰因事镌职,永不叙用,吾杭又少一阔人矣。

二十四辛卯日(**12 月 10 日**)　晴。午后,澹人便衣过谈,述及李仲约少宗伯卒于位,吾己未年丈又弱一个焉,计是科在朝列者刻下殆不及七人矣。

二十五壬辰日(**12 月 11 日**)　晴。河帅许公之子妇及其妾女灵枢各一具,均于今晨由慈灯寺移至河干登舟,同城大小各官无不从而步送,且于沿途设路祭拜奠。噫! 何其卑谄若是耶? 夫路祭之设,乃卑幼敬事尊长之礼,施之于长官则可,今以长官之卑幼亦复以此媚之,余实不能随波逐流,故独毅然不往。午后,箨青过寓谈片刻。

二十六癸巳日(**12 月 12 日**)　晴。朔风甚厉。日间,作致沈经彝、黄绶卿书各一械,拟明日由信局发递。阅邸抄,朱茗笙年丈独力捐修钱江塘工及六和塔,共估需四万数千金,慨然分年捐办,此举真属难得,经浙抚据情疏请立案,当蒙赏给御书匾额嘉奖,大约他日工竣尚有奖叙也。

二十七甲午日(**12 月 13 日**)　晴。张主簿至自汴来谒,辞不与见。日间,接堂侄祖德来书,欲余为之荐馆,因思只有清江转运局尚可试荐,拟致赞斋亲家一书图之。又作复姚绍适、吴绍侯书各数纸。

二十八乙未日(**12 月 14 日**)　晴。封发沈经彝书,作致子厚二兄书数纸。是日为淡翁夫人初度,内子往祝,余则差人投刺而已。

二十九丙申日(**12 月 15 日**)　晴。午后,局员宋东振来见,呈阅公牍稿件,爰分别阅判,交其带归。又新科进士董端生大令观瀛来拜,晤谈片刻。端生从父毓葆为己未年丈,故与叙及世谊。下午,修发。

十一月

十一月初一丁酉日(**12 月 16 日**)　晴。晨起,诣龙神,案前拈香行礼。旋至院署衙参,在官厅遇淡人。谈及鄂省襄河漫决,鄂抚谭公电请河帅拨派撢扫夫数名候遣,河帅命派武汛一员带领熟谙委兵四名前往分防,马庆澜实充是役。余拟上谭敬丈一书,当交令带呈也。自官厅散出,偕淡人、篛青两君至幕府,访晤刘葆贞、秦子厚,坐谈良久方出。余复答拜董端生,未晤。访叶少仙,晤谈亦久。午初回寓。午后,拟上谭中丞禀稿,嘱高生誊缮。马弁来禀辞,即交其携带前去。

初二戊戌日(12月17日)　晴。武城县丞吴俊民、夏津主簿张伯平俱来见,余以德州马州同禀报回空漕船错误特嘱吴县丞述余言申饬之。

初三己亥日(12月18日)　晴。午间,李文石、王少崖两君先后来拜,俱晤谈。李为子和中丞幼子,王则春崖制军幼子,皆来投谒仙屏河帅者,于是同人又多一番筵宴矣。

初四庚子日(12月19日)　晴。午后,便衣往访王子泉,遇篛青于座。出缘簿募化施粥,子泉慨然书捐钱百缗,余则谦逊不遑,勉书京蚨卅缗付之。篛青去后,子泉坚留晚饭,余遂止,二更后乃散归。

初五辛丑日(12月20日)　晴。晨起,诣河院衙参,答拜李文石、王少崖,俱未晤,遂还寓。午后,至本局阅公牍,晤伯韶及万、宋两委员,傍晚甫归。

初六壬寅日(12月21日)　晴。署东平州判三音布君来见,与接晤片刻。局委员知会清江饷到,明日即转解往津,此次派万抑斋前往押运,余因手泐数行致味荃及紫绶弟,嘱抑斋面交,俱守取回信。紫绶去后已逾匝月,尚无信来,殊惦念之。

初七癸卯日(12月22日)　晴。寅正,恭诣龙亭,随班朝贺长至令节,河帅以次俱到。礼毕,复至院道两署禀贺,巳初刻还寓。

初八甲辰日(12月23日)　晴。董端生大令出帖开贺,意在抽风,因送以贺敬四金,而未往饮喜筵。阅电传邸抄,季士周以闽臬调直臬,张润生由福建盐道升本省臬使,不知现任直臬朱敏斋年丈因何开缺,未见明文,恐不妙矣。

初九乙巳日(**12月24日**)　晴。日间,阅《儿女英雄传》,颇觉有味,因将全编重阅一过。此书传自燕北闲人,不著作者姓名,经董醴卿尚书评注,余以为笔墨不在《石头记》下也。

初十丙午日(**12月25日**)　晴。晨起,至院署拜仙帅寿,官厅少坐即散出。旋答拜三音布君、王君锡卣、又新到候补闸官金君,皆到门投刺即还。

十一丁未日(**12月26日**)　晴。午后,王子泉便衣过访,谈片刻,见日之夕矣,遂别去。余颇留其晚饭,奈渠坚欲还家,只得听其自去耳。

十二戊申日(**12月27日**)　晴。早间,友人都来拜寿,皆一概谢却。午后,池楼书院来请题,缘本月轮应余处考课也。因为拈得"圣人治天下,使有菽粟如水火""韩琦疏请罢新法赋""以忠臣在外不忘王室为韵赋得同官尽才俊得官字",凡文、赋、诗题各一焉。

十三己酉日(**12月28日**)　晴。本欲出谢客,因值国忌而止。局中今晨又有饷到,即刻转运,此次派方励之前往。余本欲将三音布君托致卧雪款项交其带津转汇都门,不谓三君之款仍未凑齐,其奈之何! 午后,池楼书院交到课卷二百八十五本。

十四庚戌日(**12月29日**)　晴。早间,将课卷略略披阅,择其字画端整者十数本拟取列超等者,余俱送交周耀寰代阅。日间,将大计册籍备文呈详大府所属各员,手自填注考语,然后钤印封发。

十五辛亥日(**12月30日**)　晴。辰刻,诣龙神庙,拈香行礼。旋至院道两署循例衙参,官厅少坐即散。复至局中判阅公牍,与伯韶晤谈片刻,旋回寓。午后,复往各友人处谢步,晤声庭,并遇子钧于座,傍晚方还寓。

十六壬子日(**12月31日**)　晴。接孙慕韩复书,洋洋数千言,备论局势艰难,都中肯綮,忧时之意溢于言表。慕韩以世家子读书得闲,留心时事,不愧家学渊源,余自问才学不逮,因益重其为人。渠现经夔丈奏调北洋差遣,安得帅府幕下尽如慕韩之为人,庶几辅助我夔丈盛业,惜乎其不多觏也。

十七癸丑日(1896年1月1日) 晴。有以貂褂来售者,余颇思置此服,适尺寸相称,裘亦华美,确系昔年貂裘,色泽均佳,以月白老杭线绸为里,售者索价百五十金,余以六十五金得之。时手头颇极窘迫,爱其货高价廉,可遇不可求,只得摒挡凑集,得金如数付之,于是金化为裘矣。

十八甲寅日(1月2日) 晴。出晤耀垣,询知三观甫部费已凑集成数,于是发电告知卧雪款已汇,以安其心,约计下届解饷委员赴津可以交其带往转汇都门矣。

十九乙卯日(1月3日) 晴。呼裘人将新得貂褂略加修集,愈见润泽。午后,接筱侣丈来书并附有致许七小姐书,即为饬送成甫寓中。

二十丙辰日(1月4日) 晴。午后,访绥五、淡人,各谈良久,傍晚乃还。阅电传邸抄,刘岘庄、张香涛两制军各回两江、湖广各本任,于是天下疆吏推夒帅为领袖矣。

二十一丁巳日(1月5日) 晴。接吴少侯复书,近权守武定考试文童,颇称得意。阅《申报》,田雨田仆少于九月间疾殁京邸,官秩与金忠甫同,何辛未部曹皆不能大阔耶?

二十二戊午日(1月6日) 晴。早间,将致卧雪信挥就,催齐三观甫款项,午后携往局中交解饷委员带津转汇都门,谅不致误。晚间,伯衡招陪王少崖、李文石、刘葆真诸君,宴集州廨,畅饮尽欢而散。

二十三己未日(1月7日) 晴。清江第十二批找饷解到,当即转派傅训导继说押运往津交纳,于是袁君银信亦交令带津转汇矣。

二十四庚申日(1月8日) 晴。午后,出晤耀垣,知其已奉河院牌示饬赴东平州判,新任惟委檄,尚未奉到耳,大约不日即须解馆赴任也。

二十五辛酉日(1月9日) 晴。闻昨夕东关美国教堂被劫,教士有受伤者,其地距转运局甚近,恐吾局亦不免受惊。因于午后往视,晤伯韶,并谕局勇人等分班上夜,不准擅离,以备不虞。

二十六壬戌日(1月10日)　晴。叶少仙因病走柬来索伽楠香末调服,只得予以少许而去。午后倦甚,方欲小眠,查声庭复作字借用补服,因为检出两付应之,未知其合用否也。

二十七癸亥日(1月11日)　晴。午后,访籍青,晤谈良久。因其犹子迎娶,现正收拾新房,余为周视一遭乃还。灯下,阅池楼书院课卷,评定甲乙,亲填名次,至夜半乃就寝。

二十八甲子日(1月12日)　阴。微雪永日。午后,局员万抑斋至自天津,带到味荃复信并紫绶弟信三缄,得悉绶弟抵津,已谒见夔丈,蒙谕暂留候事,味荃意甚关切,可感之极。下午,宋委员复携稿件来见,与谈片刻,因将各件阅定交其带回。

二十九乙丑日(1月13日)　阴。日间,作书复孙慕韩,尽笺纸六页方毕。灯下,复作复味荃及绶弟书各一缄,夜半乃获就寝。

三十丙寅日(1月14日)　阴。午后,至籍青处,贺其犹子迎娶之喜,遂在彼永日,晚席散后乃还。阅邸抄,陈六舟京兆晋擢阁学,胡云楣以臬使升京尹,递遗广西臬司则桂中行得之。

十二月

十二月初一丁卯日(1月15日)　阴。晨起,敬诣天后、龙神两庙,行礼。比入城至院署,则同人都已散衙,余遂还寓。午后,将各信分别封固,以便交解员带津也。

初二戊辰日(1月16日)　阴。早间,发电至杭州询问沈经蓂息款由何处汇来,何时可到,嘱令电复,以便届时往取,借以卒岁。傍晚,电局得阁抄,河帅许公奉移抚粤东之命,同人相约明日齐诣称贺。

初三己巳日(1月17日)　阴。早间,诣院道贺,未见。午后,往本局阅视公牍。方励之解饷还,来局销差,因与接晤。傍晚还寓,敬谨祀先。

初四庚午日(1月18日)　晴。塾师周君奉檄赴东平州判任,今接前任送到印信,因往贺之,与谈良久。灯下,阅邸抄十数册。

初五辛未日(1月19日) 晴。候补都司方君保松来谒,本旧识也,相与畅谈良久乃去。余复与耀垣晤谈片刻,为之择定月之十八日行拜印上任礼乃吉。

初六壬申日(1月20日) 晴。午后,澹人过访,谈片刻。述及伊已禀请给咨引实授,见署事者为夏君敬曾,许仙屏之同乡至戚也,故有是命,许之徇私何至此犹未已耶?

初七癸酉日(1月21日) 晴。许仙屏出门拜客,居然过门投刺,噫!何其纡尊降贵耶?闻其不日起程迎折北上,总河篆务则暂由豫抚刘景韩兼署。

初八甲戌日(1月22日) 晴。午后,篛青过谈片刻。谈及许仙屏督河数载,扰乱纷更,师心自用,信任私人,无所不至,运河敝坏至不可收拾,今得迁擢以去,真可谓小人侥幸矣。

初九乙亥日(1月23日) 晴。午间,水惠轩过访,谈片刻。余与之别八年矣,伊解工部饭银差旋,至河辕销差,故在济句留耳。

初十丙子日(1月24日) 晴。闻运河道耆静生观察与许仙屏河帅一言不合,遽令引疾解任,耆正苦公事棘手,遂如命陈请开缺,许遽具疏题达。尤奇者檄委河南彰德府通判黄履中护理山东运河道篆,可谓违例擅委妄作威福矣。

十一丁丑日(1月25日) 晴。河院榜示本年大计,以余及崔君正鼎荐举卓异。按通工堪膺卓荐者惟余与彼二人,定例本应保荐二员,故皆获与,并不关许公之特赏也。

十二戊寅日(1月26日) 晴。本欲诣院谒谢,因值国忌,不便公服,绥五欲改至明日,遂与之订定明日上院。晚间,阅鲍双五《宫詹诗集》四册。

十三己卯日(1月27日) 晴。早间,诣河院禀谢,未见。绥五亦偕往,遂与同散。访淡人、篛青,均晤谈,午前还寓。午后,蹇宣甫刺史之子来谒,与谈片刻。

十四庚辰日(1月28日) 晴。接院幕李文石太守手简,述许仙帅之命,以翻刻阁帖十册易余白金廿两。嘻!何许子之不惮烦耶?然余迫于情面,不得不遵照办理,遂舍白金而纳阁帖。

十五辛巳日(1月29日) 晴。早起,诣龙神,案前拈香行礼。复至院道两署,挂号毕即还。午后,有邹君鸿诰者至自天津,携有银钱所李赞臣手书,欲于济局谋一栖枝。邹君江西人,其尊人为壬子进士,亦夔帅年家子也。余允,俟晤伯韶商办,与谈数语,即送其至局内下榻。

十六壬午日(1月30日) 晴。偕郭伯韶率同阖局文武员弁诣大王庙演戏酬神,并宴同城诸君,到者淡人、春亭、眉生、子钧、子泉、子厚、葆珍、公达约八九人。余陪诸君饭毕,复著话良久,方各散回寓。知新委护道黄君坦园已来拜,明日须往报之。

十七癸未日(1月31日) 晴。午前,郭伯韶来晤。嘱询邹君所欲,以便酌应,余乃延之来寓,因与商定,再由济局筹送月薪四金,伊欣感无既而去。午后,箨青过谈片刻。余旋往答拜黄坦园,晤谈少顷。往送李文石、王少崖、刘葆珍诸君,俱未晤,仅与秦子厚聚谈时许,遂还。

十八甲申日(2月1日) 晴。晨起,诣河院送仙屏中丞行,同人咸集,居然延见。散衙后,巡捕复传谕中丞明日起节力辞远送,于是同人相约一概堂送,所谓恭敬不如从命也。

十九乙酉日(2月2日) 晴。寅初起,设牲牢敬谨祀神。礼毕,适院署报许中丞将次起马,遂前往院廨东厢候送。卯正初刻,中丞出升舆,同人皆于舆前鹄俟,一揖而别。回寓后,假寐片刻。午初,拜印,行封篆礼。计受事以来,封篆八度矣,十年不调,古今人有同慨焉。耀垣解馆,行将赴安山任所,因设席饯之,相与畅饮话别,二更方散。

二十丙戌日(2月3日) 晴。黎明起,送周耀垣登车,相约来年送漕时重见。午后,至局阅视公牍,因即日饷车北行,因作昧荃、紫绶书各一械,交邹守备带上,傍晚返寓。日间,接晤吴、陈两总戎,皆淮将也。

二十一丁亥日(2月4日) 晴。是日为立春佳节,因照例设馔祀祖。午后,夏鲁园过谈片刻。运河道尚未见简放有人,岂须候题本耶?

二十二戊子日(2月5日) 晴。邹锡臣来辞别返历下,因作一书致瑞林祥号询问杭款是否汇在伊号,此款久经汇出,而至今未到,年关不获济急。昨王子泉知余窘,慨假百金,恐尚不敷摆布也。

二十三己丑日(2月6日) 晴。日间,料理贺年信件。晚饭后,祀灶。灯下,阅直省近科闱墨,又阅递到邸抄多本。闻各处爆竹之声四起,居然年景矣。

二十四庚寅日(2月7日) 晴。晨起,扫舍宇,余出至外斋憩息。接方仲侯信,知其仍充明年江北河运勷办。午后,往谒,晤耆静宪,遇籛青于座。傍晚,复访子泉,在彼晚饭。子泉知余年帐仍未能清结,再以百金相假。噫!可谓笃于亲谊矣。

二十五辛卯日(2月8日) 晴。终日料量贺年各信,如王筱云、吴抱仙、劳厚庵、范高也、方仲侯、孙筱秋、钱筱修诸君,均加亲笔另笺各一纸,摒挡终日方毕。阅电传邸抄,罗公文锦简放运河道。罗系四川人,甲戌进士,由编修外放直隶大顺广道,丁艰去官,今服阕起复者也。

二十六壬辰日(2月9日) 晴。内子肝气夙恙作,延郑延卿诊脉,服药。午后,高小崧至自天津,带到三弟及味荃复书各一械。知味荃月前感冒甚剧,近甫稍瘥,子授则仍无所事事,据味荃书云来岁总有位置也。

二十七癸巳日(2月10日) 晴。午前,仍手自封治各信。午后,往局阅视公牍并各处信函,晤伯韶,久谈,黄昏乃归。闻许仙帅以河南地方通判护理河运道篆,竟未遭驳斥。噫!圣主当阳,乃亦容此宵小擅作威福耶?胡朝廷遽无人至此耶?亦可慨矣。

　　二十八甲午日(2 月 11 日)　晴。自撰对联两付,其一曰:"积岁滞闲曹,对兹黍谷春回,每惭愧虚抛驹隙;微名登上考,记取菊花香晚,好安排重觐龙光。"其一曰:"拙官坐销闲岁月,故乡姑负好湖山。"均悬贴门首。又别撰一联,未用,其词曰:"春秋佳日去堂堂,壮志尚蹉跎,怕听迎年爆竹;人海粗官徒碌碌,清时惭报答,只应退处山林。"并识于此。

　　二十九乙未日(2 月 12 日)　晴。早间,淡人来晤。午后,声庭来晤。同人约上道辞岁,余不往,惟在寓礼服祀神,悬先像叩祭,并各神位前均一一行礼。旋偕家人聚饮中堂,饮毕,复行迎灶神礼。夜半和衣而寝,比觉,已报丑初三刻,遂起而栉沐,以备诣龙亭拜牌也。

光绪二十二年(1896)丙申

正　月

光绪二十二年岁在丙申正月初一丙申日(2月13日)　晴。寅正，诣龙亭，行朝贺元旦礼。时同人俱已到齐，只以中军将郭达森未至，等候良久，直至卯正郭始来，同人都有不豫之色，如郭达森者真可谓夜郎自大者矣。自龙亭散出，复至道署一转。旋诣火神，案前拈香行礼。各处拜年都未晤。已刻回寓，神堂家庙俱各行礼，旋小眠片刻。申初，复出门拜年，均未晤而还。本属文武吴、张、鲍三君来谒，均与接晤。

初二丁酉日(2月14日)　晴。早间，郭伯韶来拜年，正与晤谈，适奉委招募新建陆军副将吴敬庵过访，遂同接晤。吴乃庐江人，亦淮军部将也。午后，复往拜年，惟晤吴敬庵、郭伯韶及局员高筱崧，余俱未见，傍晚乃还。

初三戊戌日(2月15日)　晴。终日在寓观书，因年来未读《仓山诗文集》，重为取出披览。接孙慕韩复书，备悉壹是。又接朱紫涵书。

初四己亥日(2月16日)　晴。终日未出门，亦无客至。凤日晴和，几窗明净，香一炉、茗一碗、手一编，偃息于惜分阴轩，觉俗虑顿消，自问何修得此闲福，所愧者浮沉冷秩，无所表见于清时耳。

初五庚子日(2月17日)　晴。午后，赴罗春亭之招，座皆熟人。夏鲁园亦在座，谈及欲接眷属来济，已租定北门大街蔡氏一宅，即余昔年旧居，其屋颇轩敞，惜屋主自居后宅，出入共一门，颇多不便，否则余尚念之不置也。

初六辛丑日(2月18日) 晴。姚眉生招午饭,乃于午正前往,未正方入座。淡人偕子钧诸人俱好叶子戏,余不谙此,饭罢先散,他人皆留晚饭,借作竟日谈也。余归时,眉生出其尊人实安方伯从祀安邱名宦录一册,因携归披阅焉。

初七壬寅日(2月19日) 晴。午前,淡人来访,临行辞别,始知其入都引见,明日即首途,因有托购京中物件,乃开一单,并以京平足纹十九两付之。绥五携眷赴其尊人归德镇署,为其长子迎娶,亦系明日行,于是急备红缎喜幛一轴贻之。午后出门,先往送澹人行,值其往乃兄吉人寓中,相隔才数武,余遂往就见之,因面托其购买什物。复往送董端生大令行,未晤。下午至局,偕伯韶宴客。主宾八人,首座为吴敬盦协戎,余皆熟人。二更后客散,余复小憩片刻乃还寓。

初八癸卯日(2月20日) 晴。午后,阅电抄邸报,任筱沅中丞奉署理总河之命。按任公前以浙抚镌职,嗣复以道员用,未补官即乞养还山,兹以养亲事毕奉召入都,即超权河督,可谓老运亨通,惟此老年已七十有四,所谓风中烛者非欤?下午,局员宋峄鲁来见,以稿件呈阅,因复自行改削多语,然后交其带回另誊,迟日判行可耳。

初九甲辰日(2月21日) 晴。河辕武巡捕及众材官多有欲赴都门远迎河帅者,来告明日即行,余令其顺带一手版道意而已。禀函须自索枯肠,未免惮为,姑以俟诸异日耳。

初十乙巳日(2月22日) 晴。子泉邀午饭,余甫过午正即往,客已到齐,仍有吴敬盦协戎,余皆熟人。申正散归,接邹锡臣自省来信,附有瑞林祥回信,始知杭款客冬十一月间即已汇到该号,因无济宁妥便,延搁至今,并不先寄一信相告,殊属可恶。今始嘱余专人往取,因访伯衡,商令划兑,承其应允。晚间,作致瑞林祥信,并收银笔据各一械,交伯衡托人至省收取。余款系漕平纹银六百两八钱一分,伯衡因余待用,先付来济平纹贰百两正,余俟省中收银回信到来总算可也。

十一丙午日(**2月23日**) 阴。午间,家忌祀先。午后,将年前未清各帐略略清偿,顷刻之间百数十金去矣,余银七十余金不知能敷后半月薪粮否耳。灯下,阅《仓山诗文》,所谓"旧书不厌百回读"也。

十二丁未日(**2月24日**) 晴。午前,邹都司自津旋局销差,带到味荃、绥弟复书各械。知味荃患恙已瘳,而手颤特甚,殆老景渐逼人欤?绥弟则仍无差事,且喜已与孙慕韩相见,彼此颇称投分耳。

十三戊申日(**2月25日**) 晴。武城县刘越樵复书至,寄来漕规四十四两零,又解到冬季廉俸,内扣部提军需三成银卅四两零,计多扣银六两余,因备文驳令更正焉。

十四己酉日(**2月26日**) 阴。日间,局员傅训导来见,意欲请假回籍一行,往返四个月,余允焉。因忆朱紫涵太夫人故后尚未酬应,因托傅君往江宁之便代备绸幛一悬为赙,并挥数行致紫涵焉。

十五庚戌日(**2月27日**) 晴。晨起,诣城隍庙,拈香行礼。旋访查五,未晤。复访夏鲁园于铁塔寺,晤谈片刻,遂还寓开馆,课儿辈读。午后,夏复来晤,少坐即去。

十六辛亥日(**2月28日**) 晴。早间,课儿辈读。午后,吴敬盦招饮,设席于电报局,水陆毕陈,可称盛馔,主宾尽欢而散。

十七壬子日(**2月29日**) 晴。日间,自拟迎新任院、道禀稿各一通,仍请高春霆誊缮。晚间,循例祀先。是日课读终朝。

十八癸丑日(**3月1日**) 晴。接篝青手字,知其患恙,迟明当往视之。晚间,伯衡招饮州廨。座仍首敬盦,肴馔亦颇佳,二更后散归。

十九甲寅日(**3月2日**) 晴。辰正,拜开关防,行三跪九叩首礼。旋接公盐店兑到省瑞林祥号汇来杭款六百两有奇,伯衡代取一节因作罢论矣。

二十乙卯日(**3月3日**) 晴。早间,以贰百金送还伯衡。午后,作致葛味荃书,又挥数行致绥弟。晚间,美国教士良约翰招饮,并观影壁画灯,二更乃散归。

二十一丙辰日(**3月4日**) 晴。电报局得信任筱帅取道卫河至豫接篆,余只得德州迎谒,缘卫河乃余专辖也。午后,往视铧青疾,晤其二子,少谈而还。

二十二丁巳日(3月5日)　晴。本年转运第一批饷今日起解,派方励之前往,味荃、子绥信均交其带往。午后,出谒耆静宪、黄坦原、夏鲁园、周仙舫,俱获晤。

二十三戊午日(3月6日)　晴。午后,捡拾行装,拟明日首途往德州迎任公。下午,局员宋峙鲁来白公事,仙舫年丈来答拜,均晤谈。仙翁应领夫工,面交领去。

二十四己未日(3月7日)　晴。卯初即起。小饮食毕即登车发济宁。周巡检来寓躬送。未初,尖于高路桥。酉正,宿宁阳县。是日行一百里,风日晴和,可喜也。

二十五庚申日(3月8日)　晴。寅正起。卯初二刻,发宁阳。巳初二刻,尖于陈家店,计程四十五里,午初复行。申初一刻,宿下章,计五十五里。日间齿痛殊苦。

二十六辛酉日(3月9日)　晴。寅正起。卯正,发下章,行六十里。午初,尖于垫台。午正二刻复行,又六十里。酉初,宿张夏。终日所行尽山路,车中振撼,殊悝之。

二十七壬戌日(3月10日)　晴。卯正,发张夏,行八十里。午正三刻,尖于齐河北店。未正,渡黄河,穿齐河城而北行卅里。酉初,宿晏城驿。午前过开山,路渐平矣。

二十八癸亥日(3月11日)　晴。卯正,发晏城驿,行五十里。巳正二刻,尖于禹城桥,午正复行。酉初,宿平原二十里铺,计程亦五十里。终日大风,余仍病齿。

二十九甲子日(3月12日)　晴。卯初,发平原二十里铺,行五十里。午初,尖于屈家店,复行五十里。酉初,抵德州。闻许仙帅北来,适宿刘智庙,因往谒,夜分始还。

三十乙丑日(3月13日)　晴。早间,马州同来见。午后拜客,晤粮道恩叔涵、参将赵莒岑、济卫姚子钧。复拜德牧陈梅孙、德卫卢子春,均未晤,遂还旅舍。

二 月

二月初一丙寅日(3 月 14 日) 晴。午前,马州同、陈州牧先后来见。赵参戎亦来答拜,晤谈良久。赵名得华,字茝岑,湖南人,性情慷爽,复极温雅,可交也。三君并各以肴蒸相饷,陈君因余只带白封毛袿一袭,复以紫毛袿假用。陈溧阳人,东省良吏也。午后,探得署河督任筱沅先生于昨自天津解维南来,夔帅命小轮船引送,计三四日可抵德州。余遂即刻觅舟,晚饭后挈行囊自店登舟,以备明晨放棹往迓。鲍把总至自四女寺来谒,匆匆接晤,与谈数语而去。是夕余遂宿舟中。

初二丁卯日(3 月 15 日) 辰初,自德州开船北行。东北风渐起,水顺风逆,波浪激湍,舟行颇艰。巳午间停泊守风,未正后复行,直至戌初方抵柘园镇。此下河交界处也,过此则直隶境矣,到此知大府前旌尚无消息。马州同亦自城中驾小舟踵至,来余舟一晤。日间风虽大而气候殊暖,裘衣几不可着,余所携皆中毛裘,着一羊裘,犹汗出不已也。

初三戊辰日(3 月 16 日) 晴。泊舟柘园镇,镇为直东交界处,居民商旅颇繁庶。午后,南风甚大,热甚。终日迟大府不至,惟有静待而已。马州同复至余舟一晤。傍晚,陡转北风,旋觉冷气袭人,不似日间之闷热矣,惟风力过大,舟小而轻,时觉荡摇不定耳。

初四己巳日(3 月 17 日) 阴。仍泊舟柘园。终日北风甚厉,冷如隆冬。探问大府行旌,仍无的耗,大约月杪开行之说又有改易矣。终日伏处小舟,殊觉闷损,所携制钱二千文业已用罄,因嘱马州佐假诸市肆,得二千伍百文,聊以应用。傍晚,冷甚,沽烧酒小酌,市得薰鸽二枚,取以下酒,味殊不恶。晚间,风雨交作,一叶扁舟,倍极羁旅征途之感。

初五庚午日(3 月 18 日) 阴。晨起,推窗见雪花纷落,北风拂面,甚冷,乃小饮数爵,倚榻假寐。午初,闻轮船鸣角声,知大府座船将至,于是整冠束带以俟。无何,舟泊堤岸,余投手版迎谒,蒙署帅筱沅任公延见舟次,略谈数语。见其年虽七旬有四,精神甚强健,自是和平中正一路,较之许仙屏固远胜矣。任公呕欲遄行,余俟茶毕即辞出回舟,趁北风正利,余亦返棹还德。乃舟子太少,驾驶不能如法,直至初更,去德州尚十数里,时雪愈大,只好停泊舟中,四方风动奇冷。甚矣! 行役之苦也。

初六辛未日(3 月 19 日)　阴。晨起开船。辰正,方抵德州,仍还桥口高升店。大雪之后,沿街所积白厚寸余。余定明日驱车还济,乃作札致陈梅孙州判要行李车一辆,并将紫毛补褂还之。又着观察托余为之觅舟,余亦转托诸梅孙焉。旋接其复书,一切照办。傍晚,马司仪州佐来谒见,与接晤片刻,嘱其明晨无须出送。其余各处均不及往辞,概以名柬告别,诸君亦具差帖来送行。晚间,风渐和,皎然月上矣。

初七壬申日(3 月 20 日)　晴。寅正即起,候行李车,迟至辰初始克成行,遂发德州。途中积雪乍融,处处泥淖,车行极艰。余于午初尖于甜水铺,计程四十里。饭后,复行六十里,至平原县属之腰站,时已西正二刻,将次日入矣。宿店之后,闻姚子钧还济,亦同抵是处,乃与之约明日偕行焉。

初八癸酉日(3 月 21 日)　晴。寅正起。卯正,发腰站,行六十里。午正,尖于新店,途遇子钧车在后。饭毕已未正初刻,复遄行五十里。西正三刻,宿茌平县南关旅舍。晚饭后,子钧过余店,晤谈片刻,约明日早行,缘是站由茌平至旧县路最远,中隔黄河,非早起马不办也。

初九甲戌日(3 月 22 日)　晴。寅初即起。卯初,发茌平,行六十里。午初,尖于铜城驿。适余局委员万抑斋运饷北上过此,谒于车右,因下车,与立谈片刻。知护饷马勇颇多,于是余带还一名,以备途次驱遣。午后,行四十里,至东阿县渡黄河,与子钧共济。登陆后,入旧县山峡，行廿里。戌初，宿旧县。是日早行晏宿，终日车箱振撼，颇极车殆马烦之概，人之疲倦不待言矣。

初十乙亥日（3月23日）　晴。晓发东阿旧县，约计卅里之遥，山路始历尽，又行卅里。午正初刻，尖于东平州城。途遇吴敬庵副戎自济宁北旋，彼此下马立谈片刻，知其募勇事毕回津销差矣。未正初刻，自东平复行六十里。戌初一刻，抵汶上县之草桥。是处旅店极稀，余投宿较晏，各店均有人满之患，所住只破屋两间耳。

十一丙子日（3月24日）　晴。丑正起，至子钧店中约其同行。寅初三刻，发草桥，行五十里。辰正初刻，尖于康庄驿。饭毕，时方巳正，子钧已驱车前行，余亦遂发，行四十五里。未正，抵济宁州寓所。询知耆观察已于昨日起马北上，取道山路，致与余归途相左，余满拟遇诸涂，尚可相与面别，今闻其遽行也，殊觉怅然。还寓后，读冯筱侣、孙筱秋来书。

十二丁丑日（3月25日）　晴。终日在寓憩息。又读周耀寰来书，探闻护道黄坦原太守已至自省垣。夏鲁园往泰安迎许中丞亦还，带有刘葆珍太史致余书，中有为仙屏道歉语，谓实系因病致疏应接，然余早付之一哂矣。

十三戊寅日（3月26日）　晴。早间，赴道署贺黄君寿。旋访篛青，遇姚子钧于座，晤谈片刻。余复往鲁园处一谈，午正还寓。午后，复莅局阅视公牍。方砺之自津还，出味荃复书并正月分直报，又紫绶复书，均一一阅悉。傍晚还寓。

十四己卯日（3月27日）　晴。早间，黄坦原来答拜，晤谈片刻。去后复以所书条幅见贻，字尚不恶。午后，郭伯韶、杨乐亭俱来晤。连日天气躁热，余觉虚炎上升，齿舌干痛，转不如在途次之适意也。

十五庚辰日（3月28日）　阴。因体中不适，未往谒庙。日间，仍课儿曹读书。午后，田象乾总戎长公子名务本者，闻余屋欲售，伻来先容约日来观，因与订定明日焉。

十六辛巳日（3月29日）　晴。崔绥五至自归德过访，晤谈片刻。下午,田君昆季偕其戚某来看屋,余引其内外相度,观其意似不属,恐未能成说也。

十七壬午日(3月30日)　阴。午后,王子泉、王凤椿、鲍勋先后过访,子泉最后去。王、鲍两君以禀恳免减河兵成数文稿属余改定,因于灯下为之删润成篇。

十八癸未日(3月31日)　阴。午前,吴俊民至自武城来见,为言新帅任公初八日舟过武城,又县令亦换人,乃新选是缺之袁君桐,已捧檄屡新矣。午后拜客,晤绥五、凯臣、鲁园、子钧,余俱未值,傍晚乃还。

十九甲申日(4月1日)　晴。日间,拟致谢德州诸君子信稿。午后,甲马营巡检周君泽溥禀报丁母忧,并将印信呈缴前来,当为转报可耳。前据其禀请,委候补未入流纪观烜代理是缺,余已为转达护道黄君,大约可照委也。

二十乙酉日(4月2日)　晴。日间,课儿辈读。午后,周耀垣自安山遣役来,因手泐数行复之,并命梓儿另与一书,仍乞耀垣便中命题课文也。

二十一丙戌日(4月3日)　晴。午前,张主簿自夏津来见,与接晤片刻。午后,阅《通鉴辑览》,兼课儿辈读。灯下,封发德州赵参戎、陈大令、卢卫宰各信。

二十二丁亥日(4月4日)　晴。是日清明节。午前,祀先。午后,便衣出门访友,晤王子泉、查篿青,各畅谈许久。在篿青处遇绥五,时已傍晚,乃各散。

二十三戊子日(4月5日)　晴。午前,鲍把总至自四女寺来见,与接晤片刻。午后,作致葛昧荃书,尽十纸方毕。下午,本局提调周县丞宗文由籍回局销假来谒,亦与晤谈,周君复以土物四种相饷。灯下,作致孙慕韩书,为子泉乃郎直隶试用县丞王席珍说项焉。

二十四己丑日(4月6日)　晴。晨起,作致紫绥书,又作马州同另笺一纸,并将其应领上年桥夫工食银两发去。午后,至局阅视公牍。适本年第二批先饷到此,明日即北解,因将味荃信函并腠以金乡芙蓉粉及致慕韩、紫绶各函均交饷员陈都司带津,又马州同应领桥夫银两亦交令顺带德州。局员方砺之、顾培德俱来见,方君将之临清设分局雇办船只,故来面辞。傍晚,自局散出,访叶少仙,晤谈片刻。少仙病初起床,尚未能出门也。

二十五庚寅日(4月7日)　晴。局中挂名委员邹鸿诰者自济南移家至此来见,与晤谈良久。下午,往拜裴筱麓,晤谈片刻。晚间,郭春霆招饮寓斋,同席为马丽生、罗春亭两游戎、姚眉生、郭伯韶两司马暨余与主人而已。席间肴馔均嘉,并出洋酒共酌,余患齿痛数日矣,一夕之饮,痛为之减。春霆出膏药二纸,令贴患处,回寓试之,颇效。

二十六辛卯日(4月8日)　晴。因病齿,腮颊亦牵连肿痛,延郑医开方服药。午后,筱青便衣过访,谈片刻去。接局员傅星岩自江宁来函,知朱子涵信幛均送到,是日适接得子涵复书。

二十七壬辰日(4月9日)　晴,热甚。午后,往谒护道黄坦原太守,晤谈良久。因复提及甲马营巡检缺,请其即委代理,余所交纪观烜名条伊尚收存箓中也。旋访筱青、少仙,各谈时许,日夕乃还。

二十八癸巳日(4月10日)　晴。午后,王筱田千总、姚子钧守戎先后来谒,俱晤谈。接方仲侯复书,知江漕尚未开船。

二十九甲午日(4月11日)　晴。午后,局员宋、高两君先后来见,知郭伯韶有意苛责高君,借端撤其差使,以刘汉章补其缺,余闻之不悦,拟于明日至局纠正之。又判阅稿件数册,宋乃去。

三十乙未日(4月12日)　阴。午后至局,晤伯韶,余斥其待人不恕,不准以刘易高,渠只得唯唯听命。余自局还寓后,邹鸿诰复来见,与谈片刻。是日阵雨数次,夜犹未息。

三　月

三月初一丙申日(4月13日)　晴。午后,往答拜王筱田。复往贺崔绶五迁居之喜,晤谈良久。旋至广锡三处行吊,傍晚乃还。

初二丁酉日(**4 月 14 日**)　晴。午后,往访声庭,因偕往道署晤坦园,会商禀覆河院事。下午,新委代理甲马营巡检纪观烜来见,因将印信面交与之。

初三戊戌日(**4 月 15 日**)　晴。夏鲁园过访,出会禀稿相商,因嘱余另拟一稿再与同人相商酌用。余于鲁园去后,遂伏案构拟,傍晚脱稿,明日便可送与之也。

初四己亥日(**4 月 16 日**)　晴。午前,往访鲁园,出禀稿示之,并嘱其转示诸同寅酌定,然后缮发也。旋访伯衡,谈片刻遂归。傍晚,周仙舫过访久谈,述及明日即旋汴,因作致淡人书,拟托其顺带,不果。

初五庚子日(**4 月 17 日**)　晴。接周耀垣复书。阅邸抄,宜昌、东海两关道均出缺,所放一为俞钟颖,一为锡桐,皆译署领班章京也。有此一番疏通,季卿丈可晋充领班,将外擢亦不远矣。午后,鲁园复来晤,嘱将禀稿再为更易数语,因如其教,略加修饰,伊遂携去缮发。

初六辛丑日(**4 月 18 日**)　阴。午间,黄坦原来晤,云即欲往汴谒帅,故来辞别。午后微雨,裴筱麓过访,久谈。傍晚,赴玉堂酱园吃饭,二更乃散归。

初七壬寅日(**4 月 19 日**)　阴。日间,将叶祝三请旌孝子事略册底为之删润一过。闻少仙尚未愈,明日当往访之,并事实册亦可偿诺责矣。

初八癸卯日(**4 月 20 日**)　晴。午间,彭伯衡、夏鲁园同时过访,略谈片刻即去。闻龚淡人仍捧檄回任,未知确否。午后,局员高、谢两君俱来见。

初九甲辰日(**4 月 21 日**)　阴。午后,往局阅视公事。因知下批月饷不日将到,拟交解员带津信件又须预先料理矣。傍晚自局还寓,有邹君鸿诰者又来求见,其人多无厌之求,余辞不与晤。

初十乙巳日(**4 月 22 日**)　阴。日间,作致味荃书,即刻交周守备带津。下午,往奠鲍守备之伯母。访叶少仙问疾,未晤而还。

十一丙午日(**4月23日**)　阴。终日小雨。阅《笔生花》小说半部,颇资消遣。入春以来忽忽五旬有余日,入项分文俱无,日用皆出借贷,真觉冷官之乏味耳。

十二丁未日(**4月24日**)　晴。将少仙所托删润之件送令另誊,以便钤印投递。接襄阳太守王筱云覆书,知上年计典筱云亦邀卓荐,惟以二十五年之老翰林尚浮沉于郡守中,殊觉屈抑耳。

十三戊申日(**4月25日**)　晴。午后,往南关吊唁陈履中,途遇绥五,在彼复晤子钧、伯韶、乐亭,余略坐即散。因访籍青,绥五亦在焉,相与著话良久,然后归。

十四己酉日(**4月26日**)　阴。终日在寓,课读之暇,阅随园《续同人集》及香亭太守诗以资消遣。灯下,读《檀弓》两卷,爱其文章活泼,开后人无数法门,真觉百读不厌也。

十五庚戌日(**4月27日**)　阴。无谒庙之役,不妨晏起。日间微雨,竟日未止,仍以仓山各种为消遣。

十六辛亥日(**4月28日**)　阴。午间,祖寿侄自江北来,意欲报捐末秩为糊口计,求助于余,奈余方遭匮乏,自顾不遑,焉能他及。谈次知紫绶已返淮,夔帅命李赞臣寓书王克斋,已于扬州后路收支局中安置一席,虽薪水才十二金一月,然余已感激不尽矣,徐当上书夔丈致谢也。

十七壬子日(**4月29日**)　阴。吴公达至自省垣来晤,并假《直报》以去。下午,籍青过访,谈良久散去。是日周少帆为其老母开吊,余因以贰金赗之。

十八癸丑日(**4月30日**)　晴。贫困无聊,检昔年在粤所购端砚,拟付质库易钱,不意典肆不质古玩,只得罢论。因复检出破烂衣服数袭,大约可质钱数千矣。

十九甲寅日(**5月1日**)　晴。拟命祖寿赴汴索逋于周子绂,因作书致子绂,并致鼎臣一书,嘱其从旁为力,以期必得。因以衣物十件质京蚨廿五千,为祖寿赴豫川资。

二十乙卯日(5月2日)　晴。清晨,命祖寿就道,派李润德送之。闻淡人今日可到,余所购各物当带来也。

二十一丙辰日(5月3日)　晴。午后,澹人处交来带到花翎、补服、参须、搢绅、口蘑、杏仁等件,余即命驾往访之,与晤谈片刻,并遇鲁园、声庭两君,傍晚返寓。

二十二丁巳日(5月4日)　晴。淡人今日接篆回任,午后过访,少坐即去。接劳厚盫复书,来役守候回信,因于灯下挥数行报之。

二十三戊午日(5月5日)　晴。是日立夏,换戴凉帽。午刻,敬谨祀先。午后,访王子泉,畅谈许久。遇姚子钧于座,子钧先去,余遂留晚饭,二更后乃还。

二十四己未日(5月6日)　晴。夏鲁园卸运河篆将之汴,特来辞别,因与晤谈良久。黄坦园至自汴来拜,余辞不与晤。午后,接味荃复书,并紫绶书,知其已于二月间南旋矣。味荃代购洋火肘二只,剖而食之,不及在津所啖之佳,深悔多此一举也。

二十五庚申日(5月7日)　晴。午后,往拜澹人、绥五、箺青,均未遇,仅与罗春霆晤,谈良久而归。闻常渠西乃郎游泮,归途投一刺贺之。

二十六辛酉日(5月8日)　晴。午后,箺青过访,谈良久。阅《直报》,高仲瀛得权天津道篆,闻其需次直隶已十有八年,此次得署道篆,固由夔帅优睐,亦其资格所应到班耳。

二十七壬戌日(5月9日)　晴。午后,莅局阅视公牍,与伯韶晤谈。适王子泉来拜,遂延入余斋小憩。余送子泉去后,余亦散。入城访澹人,仍未晤,遂还。傍晚,阴风四起,大有雨意。

二十八癸亥日(5月10日)　阴。午后雨甚。日间,拟上夔丈禀稿。灯下脱稿,复另誊一通,付记室庄书,以便下次饷便即可带津也。

二十九甲子日(5月11日)　晴。闻箺青赴汴已于今晨首途,余拟托其带信,匆匆未果。傍晚,刘酉生参戎过谈。新任代理州牧凌少周大令芬自省来过访,未晤。凌君临桂人,丙戌庶常改官县令者也。

三十乙丑日(5 月 12 日)　晴。午后，出门答拜刘、凌二公，刘晤谈，凌未遇。复往杨乐亭寓斋奠其兄之灵。下午回寓，淡人、坦园两公均来晤。又新到需次司马李君湘，乃筱圃观察喆嗣，到工来拜，亦晤谈。

四　月

四月初一丙寅日(5 月 13 日)　晴。晨起，诣武庙，拈香行礼。旋往答拜李君湘，未晤。李字珊园，以中书截取同知指分东河者也。午后，复往访绥五，晤谈片刻，闻其将之汴，故走与话别耳。

初二丁卯日(5 月 14 日)　晴。将上夔丈禀封就，又手书致荃翁及稚夔各一札，均交顾培德饷便带津，适顾来告辞，遂面交与之。接紫绶淮寓来书，知其已得扬局文案差，月薪廿二金，余方为之寓书扬局总办王克斋亲家索是差，不谓克斋已先畀之，可谓机缘凑合矣。

初三戊辰日(5 月 15 日)　晴。日间，作书复子绥，并致谢王克斋。又致厚兄一书，索取田租应用。午后，秦世讲祖庆来见，小补长郎也，询知自历下来，将谋枝栖以糊其口，尚无机遇，嘱为留意，余额之。灯下，又复筱侣表叔一书，并寄绥弟转交。

初四己巳日(5 月 16 日)　晴。闻浦局饷员尚未南旋，因将致克斋暨绥弟两书俱交其顺带转寄扬州。午后，祖寿侄至自开封，取得子绥空函而还，且子绥刻又奉檄权篆考城，竟未略偿旧债，固由子绥之没良心，亦祖寿之不善索逋耳。

初五庚午日(5 月 17 日)　晴。接张绍原观察复书，附来岳庆禀函，知余客冬寄书并复张子韶函俱已递到。绍原任蜀醝两载，声名尚好，可谓名利双收矣。

初六辛未日(5 月 18 日)　晴。午后拜客，晤黄坦原、龚淡人、彭伯衡、李珊园，余俱未遇。傍晚还寓，有新到委署甲马营巡检陶君安福，与接晤片刻。

初七壬申日(5 月 19 日)　晴。日间，阅《子不语》数册。午后，修发。接得同乡朱主簿钟理丁母忧讣启,因以京蚨两竿为赙焉。

初八癸酉日(5月20日) 晴。新任运河道罗郁田观察至自汴垣,同人往迎于济安台,复至其公寓上谒。其宅在道署对门,系孙氏老屋,余颇爱其轩敞幽洁,拟俟罗公入署后,余往居之。

初九甲戌日(5月21日) 晴。晨起,往谒见罗公锦文,晤谈片刻。同人咸集官厅,大约俱得接见矣,已初刻散归。午后,复莅局判阅公牍,与伯韶闲话多时乃还。

初十乙亥日(5月22日) 晴。早起略晏,闻同人有往衙参者,余不果行。午后,邹君锡臣、汪君益棠及高筱崧先后来晤。高君以牙箸、绸料见贻,辞之不获,乃笑纳焉。下午,往送黄坦园行,晤面略谈,遇李镌三、刘酉山两君,少坐即各散。归途答拜汪益棠。

十一丙子日(5月23日) 晴。晨起,至南关济安台送黄坦园还汴,罗郁田观察亦与焉。余于是始欲遇凌少周大令,与接谈数语。凌乃丙戌庶常,以县令权直牧,年才三十余,少年宰官也。自南关入城,往朱燮臣寓奠其太夫人之灵,时方辰初,吊客尚无至者,余少坐即还。午后,往谒贺罗公接运河道印,同人咸集,申初方散归。

十二丁丑日(5月24日) 阴。午前小雨,午后止。前任德州佐张皞如书来请领十七年冬秋两季夫工并器具银两,因全数付之。下午,高瞻五舍人过谈,余已与之别四年矣。

十三戊寅日(5月25日) 晴。早间,甲马营巡检陶君来见,余悯其既贫且病,谈及欲先求借夫工十金,余允其请。午间,接味荃复书,并《直报》九纸。书中述及夔丈知余窘况,嘱且耐守,万勿牢骚,自是老辈劝勉之言,当作味荃复书。明日又有吴从九家椿往解月饷,便可交带也。午后,伯韶来晤。知浦局饷员十五日南旋,余即令祖寿搭伴偕行。祖寿欲丨浦局图谋一役,因为寓书王赞斋,未知能如愿否耳。

十四己卯日(5月26日) 晴。午前,将陶巡检所借资并给祖寿川资均假诸钱肆,以便取怀而予也。午后,呼祖寿来,将银信面给之,即令出城往就浦局委员同行。下午，忽患腰臀酸胀，几不能支，乃延郑医诊治，据云受凉所致，服药后迄未见轻，夜间未能安眠。

十五庚辰日(5月27日) 晴。所患有增无减，殊苦之。午间，复延郑医来，将方剂加重，服之仍未见轻。夜间尤不适，通宵反侧，迄未成眠。闻观察明日将之省，余不克往送矣。

十六辛巳日(5月28日) 晴。早间，疾略减，仍延郑医换立方剂。午后，腹胀弥甚，服药两剂始渐平复。夜来亦能安枕矣。

十七壬午日(5月29日) 晴。诸恙都平，惟腹仍觉胀，四体酸软无力而已。闻篝青已至自汴，欲与相晤，惜乎仆病未能也。伯衡将之省来辞别，亦未能延晤。

十八癸未日(5月30日) 晴。篝青、澹人先后来视，均未接晤。午后，接家少香书，知其现就河内征收馆，盖与之数年不通音问矣。下午阴雨，自申至亥倾泻不止，天气转凉。余仍服郑医方剂。

十九甲申日(5月31日) 晴。病起力弱，仍在卧室起坐。取年丈严芝僧先生《墨花吟馆诗钞》讽诵，颇觉爱不忍释，因动诗兴，时适与葛飞千刺史书问往还最密，因赋成七律二章寄赠之。诗曰："早从髫龀识名贤，往事思量各黯然。我已无埙吹伯氏，君犹推爱念同年。沧桑过眼都陈迹，邂逅随心信凤缘。此日石交弥郑重，鱼来雁去互传笺。""旧雨梁园话一堂，十年三度遇他乡。明湖好句留团扇，津海雄文壮客装。难得此翁殊矍铄，即论作宦亦循良。锦江城外舆人颂，直道凭谁说短长。"

二十乙酉日(6月1日) 晴。气体渐复，胃纳亦健，不似前此之狼狈矣。日长兀坐，仍取严诗吟哦，殊觉意味深长，余所见近时人诗集，当以此为巨擘焉。午后，篝青、绥五先后过访，畅谈。

二十一丙戌日(6月2日) 晴。是日为先公忌辰。午间，敬祀如礼。午后，访淡人，偕往看屋于河道街。澹人复过寓久谈，傍晚乃去。日间，接孙慕韩手书。

二十二丁亥日(6月3日) 晴。午前，复往河道街看屋，内子暨儿女辈亦俱前往。午后,至孙家街看沈氏屋,霍家街看于氏屋,下午方还。

二十三戊子日(6月4日)　晴。早间,致味荃书并七律二首一并录寄。午后,至局中判阅公牍,晤伯韶及各委员。下午,入城访王子泉,不晤,比返寓,知子泉适来,致彼此相左。

二十四己丑日(6月5日)　晴。午后,判阅公牍,手拟稿件。下午,子泉复来访,晤谈片刻。闻罗道台明日可还,计往返历下才十日,可称迅捷矣。

二十五庚寅日(6月6日)　晴。午后,乘肩舆往北关迎接观察罗公,同人咸集,入署后往谒见,亦蒙延晤。下午散衙,答拜姚子钧,未晤,遂还。

二十六辛卯日(6月7日)　晴。午后,子泉来,晤谈良久乃去。余觉腰腹酸胀之证又作,欲出门未果,在寓阅《随园诗话》数册。接王克斋亲家复书,知绥弟因淮寓移居未定,刻下尚未到局也。

二十七壬辰日(6月8日)　晴。午后,出门访籍青,晤谈良久,遇玉松谷于座。旋访绥五,亦久谈。绥五述及荣仲华尚书拜协揆,何其飞腾迅速耶?

二十八癸巳日(6月9日)　晴。连日晴和,渐觉炎热。昨闻查、崔两君俱以肴馔饷罗公,官场酬应不得不效颦为之,余于是亦命庖人治具,明日可致送矣。

二十九甲午日(6月10日)　晴。午后,有大挑县令吕君钟峤来谒见,与谈片刻。吕以捧檄催漕来此,系清平县人,丙子京兆孝廉也。

五　月

五月初一乙未日(6月11日)　晴。晨起,出门答拜吕君闽生、吴君公达。复往道署贺朔,同人咸集,遇周仙舫年丈,询知其奉委池楼书院监院差来此,吴公达则一差无有矣,固许仙屏之戚党也,而今安在哉?观于此,然后知依草附木之非计耳。

初二丙申日（6月12日）　晴。日间，以家忌祀祖。午后，料量送节礼，道署一概不收，他处遂不复致送，以省酬答也。

初三丁酉日（6月13日）　阴。午后雨来，未几即止。傍晚，道署发下春季夫食银两，又发各厅公费，余领得四百六十七两六钱。自去腊至今仅得此数，不敷出项尚巨，然无如之何也。

初四戊戌日（6月14日）　晴。午后，至道署贺罗公眷属到署之喜，同人颇多郊迎者，余则仅至衙署一贺，不甘鹄立道旁也。日间，料量节务，持筹握算，将欠项一一分别清偿，惟子泉亲家假余之双柏尚不克偿还，只好稍迟时日耳。

初五己亥日（6月15日）　晴。辰初，诣道署贺节，同人咸集，少坐各散。午间，在寓设馔祭先。午后，假寐时许，申初乃兴。连日热甚，大有炎夏气象矣。

初六庚子日（6月16日）　晴。午后，出门答拜石游戎、杨都阃、张守备，俱未晤。旋访姚子钧，久谈。遇杨乐亭于座。姚子钧荐一西席先生任姓，华州人，余拟延以课榕、梧两儿，因与子钧订定焉。晚间，凌少周招饮州廨，座有绥五、伯韶、公达、心泉诸君。席间，少周谈及李琳卿封君赠以七律二章甚佳，余席散还寓颇思效其所为，拟赋一诗赠之。

初七辛丑日（6月17日）　晴。日间，将赋赠少周之诗录出致之。其辞曰："年少词臣现宰官，丰裁无忝惠文冠。循声已听驰三县，新政从知总一般。报国黑头谁骥附，怜才青眼逼鹏抟。多君理剧治繁际，觞咏犹联主客欢。"

初八壬寅日（6月18日）　晴。少周以李君赠诗见示，因次其韵，复成二律以赠少周，兼以述怀。诗曰："名花怪底最先开，曾向蓬山顶上栽。尘界未妨仙境拟，宫袍犹惹御香来。循良有传谁同调，肆应无边信异才。凡骨对君终自愧，那堪往事首重回。""滴露研朱廿载前，冠军空向泮宫传。科名已堕箕裘业，仕宦兼无尺寸权。此憾会须来世补，不才遄博国人贤。荒庄荒到官衙地，托足还凭寄一廛。"晚间,子泉招饮寓斋,座皆熟人,惜天气太热,座客皆挥汗不禁耳。二鼓后还寓。

初九癸卯日(6月19日)　晴。拟明日延请西席到馆,督令将书房扫除洁净,并折柬豫与订定焉。阅邸抄,汤伯温年伯得放常德府知府,葛味荃准奏留北洋差遣,二公盼此各久,今始如愿以偿,即余亦为之喜而不寐也。

初十甲辰日(6月20日)　晴。午前,延请西席任子甘到馆,命榕、梧两儿受业焉。午后,与内子闲谈,知余月前抱恙时,侄女兆樨曾刲臂和药以进,故得速痊,而余初不之知,今越两旬余始谂其事,余感其意,怜其情,因口占四绝句纪之。辞曰:"不可以风疾有寒,世无和缓奏功难。剧怜弱质深闺女,至性拼将臂肉剜。""忍痛婆娑独祷天,无言暗把药同煎。病魔解事忙逃去,感格全凭此念虔。""病起餐眠渐复常,那知累汝体肤伤。事予至此真犹父,苦行公然出女郎。""我已中年鬓有丝,膝前儿女半娇痴。相依为命还凭汝,犹子今番竟胜儿。"脱稿后并录示兆樨焉。晚间,宴先生于寓斋,邀子钧、子泉两君作陪。吴公达适过访,留其晚酌,竟力辞而去,于是席间仅宾主四人矣。客散后,接味荃复书并复紫绥书,又寄来津纹廿金嘱为购金乡土药百两,当为徐徐物色之。

十一乙巳日(6月21日)　晴。拟出门不果。早间,凌少周过访,余尚未起,致未接晤,殊为怅然,盖余颇思与之一谈也。晚间,闻刘西山自洳河来电,报知漕船本日申刻入山东境,约计月杪或可抵此也。

十二丙午日(6月22日)　晴。连日甚觉清凉,夜间须盖棉被,不似前数日之炎热,殆邻近又有被雨之处矣。

十三丁未日(6月23日)　阴。午后,大雨如注,余欲出门未果,因摊笺作书复家少香。灯下,阅《唐宋诗醇》。

十四戊申日(6月24日)　晴。晚间,绥五招饮寓斋。余申刻前往,顺道答拜凌少周,贺裴筱麓乃郎入泮之喜,均未晤。戌刻,至绥五处入席,座有少周、春霆、子钧、澹人、箬青诸君。席间,绥五谈及其尊人季芬总戎被豫抚所劾,奉旨开缺,另候简用,其南阳镇本缺已放郭广泰矣。

十五己酉日(6月25日)　阴。早起,将谒道,嗣闻同人都已到齐,而余尚未小食,只可不往矣。午后,解饷吴委员至自津门,交到味荃复书,知其长孙女许字颂笙次子,以旧姻而复联新,特固不得谓齐大非偶也。又附来致淡人一信,徐当送与之。

十六庚戌日(6月26日)　阴。午前,往谒见本道罗公,晤谈时许。见阴云四布,知骤雨将至,遂辞出,甫登车,雨果暴至,倾注不已,冒雨归寓。午后仍晴霁,因往访箬青,晤谈良久而还。

十七辛亥日(6月27日)　阴。午后微雨,旋即开朗。因往局中视近日有无公事,适伯韶外出,惟见高、顾、谢诸委员,知下批月饷清局已于望日起解,计日可到矣。下午,复阵雨一次,稍霁,余即还。

十八壬子日(6月28日)　晴。午后,往游城南杜公祠,见湖池荷尚未花。适有本城绅衿在彼彩觞宴客,余只得至吕祖殿后轩小憩,因与住持订定廿二日在彼宴客,余即还寓。

十九癸丑日(6月29日)　阴。自卯至午,大雨如注,庭院水深尺许,午后渐晴霁。折柬邀客,凌少周以旧疾复作辞,余俱书诺,未便以少周一人改期矣。

二十甲寅日(6月30日)　晴。局员傅训导至自江宁,来局销假,晤谈片刻,并以芽茶、纨扇见贻。谈及粮船尚阻滞于台庄一带,恐月内未必能到济也。下午,子泉亲家过谈良久。

二十一乙卯日(7月1日)　阴。自辰至午,大雨半日,天气陡凉。午后,作复味荃书,以便交饷员顺带。灯下,高筱崧来见禀,知奉委解饷三数日即起运也。

二十二丙辰日(7月2日)　晴。午后,至南关王母阁宴客,恰好天气凉爽,清风徐来,胸襟为之一开。申正,座客到齐。酉初入座,首座为年丈周仙舫别驾,次则淡人、春霆、箬青、子钧、绥五、子泉及李珊园司马。戌初，饮毕各散。时阴云四布，无何雨来，余冒雨遄归，抵寓已掌灯矣。

二十三丁巳日(7月3日)　晴。午后，伯衡至自历下过访，谈片刻。下午，作味荃书毕，封固，并以金产及莱菔脯伴函交高筱崧饷便带去。

二十四戊午日(7月4日)　阴。下午，大雨数阵。得味荃复书，乃宋峙鲁差旋带来者。书中提及夔帅五月初八日又得一女，可谓老当益壮矣。

二十五己未日(7月5日)　阴。午后大雨，筝青过访久谈，傍晚乃去。据云漕艘已大半过十字河，大约月杪此间可见船矣。

二十六庚申日(7月6日)　阴。微雨时作时止。午后，接范高也自营口来书，知其权厅篆半年余，地方近已安堵，倭寇固早退出矣。

二十七辛酉日(7月7日)　晴。江北漕船已陆续抵济宁，同人约往谒马粮道。余申刻前往舟次，至则马已登陆谒客，遂投刺而还。

二十八壬戌日(7月8日)　晴。早间，郭伯韶过谈片刻。午间，孔琳轩过访，渠本届奉委河运催攒差过此也。午后，督仆晒晾裘衣一箱。

二十九癸亥日(7月9日)　晴。午前，又抖晒裘衣一箱。午后，方仲侯过访，畅谈，渠本届仍充江北河运襄办差，运尚佳。傍晚，接子厚二兄来书。

三十甲子日(7月10日)　晴。早间，澹人过谈片刻。午后，叶子箴过访，江北第十起运员也。余旋命驾往南关河干答拜河运诸公，俱未晤。因访周仙舫于池楼书院，晤谈良久。途次遇声庭，因将代购金参价七十千文如数还之，盖余本欲走访面交也。傍晚还寓，倦甚，因假寐时许乃兴。

六　月

六月初一乙丑日(7月11日)　阴。辰初，诣道署谒见罗公，同人咸集,巳初散归。接劳厚庵书,乃由道署送来者,盖罗公曾分巡大名,与厚庵共事有年,至今犹时通书问也。

初二丙寅日(7月12日) 阴。早间,许念兹过谈片刻。念兹为彝斋表叔第三子,近充江苏河运文案差,道出济宁,余与之别廿载矣。午后,往祝绥五寿,遂留晚酌。淡人、箨青、少周、筱麓俱在座,夜分乃散。自晨至夕,淫雨未住,往还皆冒雨也。

初三丁卯日(7月13日) 晴。午后,往答拜江苏河运诸公,访念兹,未遇,遂顺道至局阅视公牍。下午入城,归途复访杨乐亭,晤谈片刻。得读电传邸抄,王云舫少宰作古,杨蓉浦副宪得擢侍郎。杨已七十余岁,今始获丹其顶,可谓皇天不负苦心人矣。

初四戊辰日(7月14日) 晴。午后,伏案披检故纸,不觉受热。傍晚,头痛身热,汗涔涔下,晚餐勉强下咽,夜寐亦觉,未能安适,直至向晨方入睡乡。

初五己巳日(7月15日) 阴。晨起,热退身凉,胃纳亦能如常,遂未延医诊视。是日,苏帮漕艘已渐次开行,夏津主簿张君将赴汛送漕,前来禀辞,因力疾接见,仍将报入境文件交其代填代发。

初六庚午日(7月16日) 晴。早间,修发,坐久颇觉不支。午后,又苦腹胀。傍晚,顾翰仙至自费县过访,因就其诊脉,据云伤暑所致。正在晤谈间,忽觉遍身作冷,自戌至亥忽又转热,似有疟象,至四更方始平复,而浑身汗出如水,殊不可耐。

初七辛未日(7月17日) 晴。日间,颇觉平复,仍服昨日方剂。闻箨青、澹人已各往所属河道催漕,绥五不日亦将北去,罗观察有初八日登舟之说,未知确否也。

初八壬申日(7月18日) 晴。探得同人俱各借领库款,余于日前亦复送印领于道署,蒙借给百金,今晨发出。余午前颇觉霍然,遂不服药,不谓申酉以后仍复寒热交作,殆间日疟也。因延翰仙再诊,适伊他出,遂不果来。晚间,梧儿亦患身热。

初九癸酉日(7月19日) 晴。余晨起诸恙渐退,惟汗出太多耳。午后,局员宋峙鲁来问疾,因与接晤片刻。傍晚,翰仙复来诊,方用紫胡,照疟疾医治也。

初十甲戌日(7月20日)　晴。日间,起居颇如常。酉初,复寒热交作,其苦万状,直至亥子间方平复。接籜青来函,云漕艘已齐抵十里铺,不日即启坝北渡,未知确否也。

十一乙亥日(7月21日)　晴。午后,澹人过访,谈片刻。知其已送漕出境而还,谈及彼处制有止疟丸,嘱余饬人走取,谓服之可奏效也。傍晚,翰仙来诊,兼用止疟之品,嘱明日煎服。局中告知饷到,明日即行,因力疾手沏数行致味荃,交饷员吴家椿顺带,并嘱其购带洋酒两瓶。傍晚热甚,食西瓜水数瓯,颇觉凉沁心脾。

十二丙子日(7月22日)　晴。早间,服汤药。午后,服止疟丸药。酉初刻,仍复寒热往来,至亥刻方退,而遍体汗出不已。甚矣!疾病之困人也。

十三丁丑日(7月23日)　阴。早间,署泉河文量甫至自汴垣过访,谈片刻。巳午间大雨一阵,午后即止。量甫处交来陆慎之世讲一书,因欲奉其尊人耕瑶大令灵榇旋里,求助于余。耕瑶与余素好,自当量力尽情耳。傍晚,翰仙复来诊,换立一方。

十四戊寅日(7月24日)　晴。量甫借用书案及葛袍,均借与之。下午,服药后疾来渐轻,仅觉遍体发热,不作寒矣,惟身热头闷,亦历数时始觉平复耳。

十五己卯日(7月25日)　阴。日间,甚觉疲倦,屡次假寐。傍晚,翰仙复来诊换方,与晤谈良久乃去。接刘西山信,云十里铺已于十三日启坝,漕船陆续出运入黄,但不知陶城埠何日启坝耳。

十六庚辰日(7月26日)　晴。早间,作书致德州马州同,托其于漕船出东后代发电禀,并印禀十二套,亦嘱其代填日时代发,即专差往递此信。又饬役往武城催解春夏两季俸廉银两,伏案料量半晌方毕。下午,疟竟不作,从此可期渐愈矣。

十七辛巳日(7月27日)　晴。热甚,病后尤易出汗,因啖西瓜汁数瓯以解烦溽。下午，摊笺作书致沈经彝，嘱其将今年当息由汇号早日汇来，以应亟需，未知中秋节边能汇到否也。灯下，将信封固，明日当交信局速寄可耳。

十八壬午日（7月28日） 晴。终日火伞高悬，挥汗如雨，可谓酷热。下午，顾培德来见，告知渠下批轮应解饷，请示有何信件交带。日来奇热，握管为难，余颇惮于作书也。

十九癸未日（7月29日） 晴。奇热如昨，终日兀坐，烦懑异常，真苦无清凉世界也。

二十甲申日（7月30日） 晴。仍热不可当。余兀坐萧斋，头为之闷，且觉胀痛，甚不清爽。顾培德明日转饷北上，竟不及寓书味荃矣。

二十一乙酉日（7月31日） 晴。头涔涔热且痛，胃纳顿减，殆为溽暑所侵，致成此恙耶。天热仍不少杀，虽啖西瓜汁、冰梅汤无裨也。

二十二丙戌日（8月1日） 晴。疾弥甚，因延翰仙来诊，谓系伤暑，方用清暑益气之品服之，发热如故，饮食亦大减矣。

二十三丁亥日（8月2日） 晴。午前，淡人来视疾，余力疾出晤，与谈片刻。终日头热，手指骨节疼痛，迟翰仙不至。晚间，复延郑延卿来诊，用利湿祛痰之品服之，疾仍如昨。

二十四戊子日（8月3日） 晴。发热仍未减，服吕祖仙方两剂，未延医。终日坐卧不宁，殊苦之。

二十五己丑日（8月4日） 晴。仍服仙方，头痛稍轻，指节亦渐不疼，惟肌热未退，口干而腻，未能进食。

二十六庚寅日（8月5日） 晴。仙方又服至三剂，疾尚未除。因复延翰仙来诊，方用清凉解暑之品，夜分始得服药，盖翰仙非日暮不至也。

二十七辛卯日（8月6日） 晴。仍服翰仙方。伯韶闻余疾，以火腿、冬瓜见饷，又以西瓜一枚见贻，剖食甚佳，入口殊觉凉爽无比。

二十八壬辰日(8月7日) 晴。是日立秋,余疾稍减。高筱松至自天津,带到味荃复书并媵以洋水果两筒,又答余前寄怀七律二首,阅之神为之爽。书中言及已商诸稚夒,允得余里门典息在于津饷划汇,此则余所极盼望者,得此信喜可知已。惟沈经彝处前寄一信,催其汇款,只得发电止之。

二十九癸巳日(8月8日) 晴。下午,淡人过谈片刻。傍晚,翰仙复来诊,方用五苓散以祛湿利水,云再服数剂可期渐瘳。

七 月

七月初一甲午日(8月9日) 晴。早间,凌绍周来视余,以未能衣冠,辞未与晤。日来身热渐退,惟胃纳仍不健,四肢疲惫无力耳。下午,德州差旋,带到马州同覆书,所有报漕艘出境各件渠力任代办矣。

初二乙未日(8月10日) 晴。仍服昨方,疾退甚缓,计惟静以待之。日来虽交秋令,仍复炎热不已,殊苦之。

初三丙申日(8月11日) 晴。武城去役旋,带到该县申解春夏两季俸廉,除扣军饷外才五十余金耳。接张西园来书,知其擢开州副将,已抵任矣。

初四丁酉日(8月12日) 晴。接奉藩司文檄,委查临清、冠县两处税契事,宜余卧疾未能远出,只得函致该两处照例会衔禀覆可耳。傍晚,翰仙复来换方。

初五戊戌日(8月13日) 阴。午后,淡人过谈片刻。下午,阵雨两次,天气转觉凉爽。接张璪卿来书,知其现办淮盐豫岸加价事宜,设局固始县地方已二年矣。

初六己亥日(8月14日) 晴。午后,子泉来视余,与谈良久。余日来渐进谷食,病自此渐除矣。日间,发电报致沈经彝,止其汇款。

初七庚子日(8月15日) 晴。天气颇凉,大有秋意。傍晚,仍延翰仙来诊,换开药方,可服三数剂再诊也。

初八辛丑日（8月16日） 晴。午后，文量甫、彭伯衡先后过谈，余俱出至厅事相晤，并送诸门，步履尚觉无力。伯衡意欲改省直隶，嘱余致书夔丈，恳其奏调，窃恐未能如愿也。

初九壬寅日（8月17日） 晴。午刻，家忌祀先，余以腿弱未能行礼，命儿曹代祭。午后，又复炎热，因摊笺作致味荃书，尽六纸方毕，手腕颇觉酸楚甚矣，病后之难复元也。

初十癸卯日（8月18日） 晴。在屋静养，仍服翰仙方剂。午后，为伯衡致书稚夔，托其转禀堂上，以候消息，尽八行笺五纸，于是手腕又复酸楚，且作字手战，何疲惫至是耶？

十一甲辰日（8月19日） 晴。午后，复劳厚盦书，尽笺纸四张，由驿递寄去。有孙君肇勋、姚君舒密来拜，孙尚相识，姚则不知何许人，俱辞以疾，未与相见。午后，作紫绶弟书。傍晚，伯衡过谈，并将上夔丈禀交来，嘱余交饷便带津。晚间，迟翰仙不至。

十二乙巳日（8月20日） 阴。午前，将各信封固，又将僧王诞及盂兰会分资各二金送与复初和尚收讫。傍晚，翰仙来诊，换立药方，所用皆益气理脾之品，谓可多服数剂也。

十三丙午日（8月21日） 晴。午前，小眠时许。午后，局中知会饷到，因往局看视，并截留湘平纹银壹千两。此次宋峙鲁解饷赴津，所有致味荃、稚夔各信均交其带去。在局句留半日，将积牍分别补判。适子泉至局相访，晤谈片刻。下午，入城访蔡清臣，商酌赁屋事，尚未定局。复访伯衡，谈片刻，然后还。晚间，觉腹胀，通宵未愈，夜眠亦不适，殊苦之。

十四丁未日（8月22日） 晴。早间，腰腹仍觉酸胀，午后稍愈。日前来拜之姚君送朱卷对联来，始知其为巨野县人，甲午庶常，尚未散馆，此来殆作抽丰客耳。

十五戊申日（8月23日） 晴。早起，督仆将客厅字画什物移设于前厅，以便将客厅重加修造，栗碌半日。午刻，设馔祀先，亲诣行礼。叩拜之际尚觉乏力，病后复元之难如此。

十六己酉日(8月24日)　阴。是日,呼匠人修造屋宇。午前,籍青旋济过访,即在前厅坐谈。午后,拟致高仲瀛、黄坦原信稿,嘱高君誊缮。又致送姚庶常朱提四金。傍晚,大雨滂沱,逾时乃止,接葛味荃复书。

十七庚戌日(8月25日)　晴。午后,作书致周子绂,即时封递。下午,姚子钧便访,谈片刻去。傍晚,西席任君辞归华州,因出至书斋,与略谈,即送其登车。淡人送到新刻《运河备览》一部,就中"职官表"一门尚不免错误处,晤时当告令更正也。

十八辛亥日(8月26日)　阴。内子患痢,因延翰仙来诊,迟至晚间始至,余亦就诊。适骤雨忽至,翰仙匆匆遂去。翰仙去后,因将其代拟据德州州同禀僧人性正上控一案前后确情据情为之转禀院道稿略加删改,即时发缮。

十九壬子日(8月27日)　晴。辰初刻,出门答拜凌绍周,未晤。旋访淡人、籍青、量甫,俱晤谈。量甫邀淡人诸君小叙,遂止余入座,聚谈永日,亥初刻乃还。临清差役旋,得许金粟覆函并会禀稿暨差资八金。冠县则以另易新任,因余去函姓氏不符,竟不接收,只得再行专函前去,多次一番周折,殊觉无谓耳。

二十癸丑日(8月28日)　晴。另作一书致冠县令,仍专役前去,期与会禀销差。午后,作书复张西园、张璪卿两君,又手泐数行复谢许金粟。内子疾仍未愈,仍邀翰仙诊视,翰仙迟至初更始来,诊脉开方后已将二更,只好明日服药矣。

二十一甲寅日(8月29日)　晴。日间,作书复陆慎之,因其扶送乃翁耕瑶明府灵柩旋里,特赠以赙仪十金,正拟封固托量甫转寄开封,适慎之由水程取道黄河,由黄河入运,舟抵济宁。晚间,持柬来,以红枣、咸菜见贻,云明晨即解维南下,遂以信件付来使持回。

二十二乙卯日(8月30日)　晴。午后,慎之忽来拜,始知其未行,因与接晤良久。询知其服阕后,蒙张香帅为报捐分缺间典史,刻已咨补遂平,借差送柩回籍安葬,抵此川资告罄,复恳余再助廿金。

余与耕瑶交非恒泛，谊难袖手，只得再以廿金助之。慎之暂寓量甫宅中，余亲往送其手，晤量甫，茗话片刻，然后归。傍晚，翰仙来为内子诊脉换方。

二十三丙辰日（8 月 31 日）　晴。探闻粮艘仅有九起入北运口，所余江北第十起及江苏全帮八起因黄水消落运口淤垫未能挽入。李中丞之勇于任事适致偾事。甚矣！为政之不可自是也。

二十四丁巳日（9 月 1 日）　阴。午前，淡人来晤。适内子肝疾大剧，胀闷难忍，迟翰仙不至，淡老亦通医理，因请其一诊，据云无碍，乃开一外治方熨治，稍觉轻松。午后，声老过谈片刻。傍晚，翰仙至，为内子诊视，时痢疾已愈，遂专用镇肝疏气药品，夜间服之，疾较平复。

二十五戊午日（9 月 2 日）　阴。早间微雨，午后转晴。余以喜事伊迩，宅中内外楹联均须更易，乃自撰句十数联，将倩高春霆手书也。接周耀垣来函，嘱往姚眉生处一行，商议一细事，明日当往访之。

二十六己未日（9 月 3 日）　晴。午后，出门访眉生、伯衡、乐亭、子钧、子泉，俱晤谈。眉生谈及有李君惠卿者颇精医术，劝余为内子延请一诊，余尚犹移不定，明日再酌可耳。灯下，作耀垣覆书，交其来役赍回。晚间，翰仙来为内子复诊，立方仍用昨意，服之恐未必即效也。

二十七庚申日（9 月 4 日）　晴。午后，延李惠卿为内子诊脉。看其按脉开方颇极细致，方用疏肝理气和脾胃诸药，与翰仙方不同者只数味耳，服之，至下午颇觉气滞稍通。晚间，翰仙来诊，仍师前意立方，遂不服其药云。

二十八辛酉日（9 月 5 日）　晴。局中知会饷到，明日称兑，后日起解，派万抑斋前去等语。因即作致味荃书数纸，又致德州马州同一书，嘱令将宁苏漕船出境日时为余分次电禀，并再交去电报费去六两，亦嘱饷员顺道带往。

二十九壬戌日（9 月 6 日）　晴。冠县去差带到该县覆书并会禀藩台稿,所查税契事宜可销差矣。该县系由临淄县调署,秦其姓,福源其名。秦君致送差费六金,因手泐谢函复之。傍晚,翰仙复来为内子诊脉换方,谈良久乃去。

八　月

八月初一癸亥日(9月7日)　晴。将宅中各处楹联撰成,备具朱笺送请高友缮写。又将贺河帅秋节禀拟成一稿,并交高君誊缮,凡此琐屑皆须亲裁,苦于代劳乏人也。晚间,声庭招饮寓斋,因得苏漕全帮挽入北运口之信,约计数日可抵临清矣。

初二甲子日(9月8日)　晴。早间,检理西院堆储什物,分别安置他处,以便扫除是屋安设新房,栗碌半晌,方有就绪。午后,顾培德来见,又新请池楼书院山长武进刘伟臣农部来拜,晤谈良久。晚间,复延翰仙来为内子诊脉换方,并托其代假木器于孙氏,未知能应手否也。

初三乙丑日(9月9日)　晴。早间,移奉祖先神主于上房厅事,并设馔祭享。午后,出门拜客,晤子钧、量甫、伯韶。并谒罗观察,答拜刘山长,俱晤面,傍晚还寓。是日,局员高筱松娶媳,余往贺焉。晚间,高以肴馔一筵见饷,适内子病起,因与家人小饮为乐。

初四丙寅日(9月10日)　晴。日间,作书致季卿叔岳,因其三公子悼亡,将议胶续,内子嘱余为许西斋司马长女作伐,故寄此书,恐信局迟延,遂驿递直隶督署,托味荃由津转寄都门,当较迅速,因复挥一札致味荃焉。

初五丁卯日(9月11日)　晴。日间,检集字画、铺垫等件,豫备新亲公寓陈设云用,复料量琐事,终朝栗碌鲜暇。晚间,翰仙过谈片刻。

初六戊辰日(9月12日)　晴。寅刻,诣大王、天后两庙,行秋祭礼,同人咸集,辰刻回寓。午后,出门拜客,晤子泉、子钧、淡人、筱麓诸君。闻筱麓有代理济宁州篆之信,少周则奉调引卓异见也,余之卓异案亦奉吏部调取,奈绌于资斧,只可来年再议北上耳。

初七己巳日(9月13日) 晴。郭春庭、杨乐亭、王子泉俱来答拜,各晤谈时许而去。接冯筱侣丈来书,知其两郎俱纳粟以河工汛闸需次,惟其近况益形窘迫,几有绝粮之厄,亦可怜矣。

初八庚午日(9月14日) 晴。午后,诣道署,豫祝罗公寿,同人齐集官厅,少坐即散。旋至城南王母阁,偕同寅诸君子公宴伯衡、绍周,畅叙永日,傍晚乃散。

初九辛未日(9月15日) 晴。辰刻,诣道署拜寿。绥五至自东昌,亦在座。自道署散出,往贺裴筱麓摄篆之喜。访绥五,久谈,午初回寓。午后,筱麓过谈片刻。下午,复出门至局,专诚拜请伯韶做媒,未晡而还。

初十壬申日(9月16日) 晴。接子厚二兄书,知其有洋银百元见还,已交王赞斋带来,并有赐兆梓袍褂料一付,亦在赞斋行箧中,不日均可交到也。

十一癸酉日(9月17日) 晴。午前,绥五过谈,述及其本生母夫人患病,心殊悬悬,少坐即去。午后,接筱侣叔长郎育甫自汴来书告急,余实无以应也。

十二甲戌日(9月18日) 晴。内子出门半日,余在寓料量节事,以十六金赠翰仙,酬其医功也。傍晚,声庭来晤,少坐即去。连日摒挡喜事用物,甚觉栗碌。

十三乙亥日(9月19日) 晴。午前,凌少周过访兼辞行,晤谈片刻,据云明日首途。因于午后往送,未晡。裴筱麓申刻接篆,并往一贺,旋回寓。翰仙及高筱松均来晤,翰仙在此晚饭,二更后乃去。

十四丙子日(9月20日) 晴。早间,绥五辞十六午饭之约,询知渠已接得电报遭太夫人大故矣。午后,往慰唁之,遇汪益堂于座。旋访淡人,复遇声老,少坐各散,余亦遂还。道库发公费银二百五十金。

十五丁丑日(9月21日) 晴。辰刻,诣道署贺节,同人咸集,少坐即散。午刻,祀先。午后,稍觉闲暇,因复作一书致季卿叔岳,即交少周带都,便于取回信也。傍晚,新亲王赞斋司马舟抵济宁,当派仆役迎其进宅,其舍馆先为赁得道门口孙氏老屋,已豫为铺设停妥矣。

十六戊寅日(9月22日) 晴。午刻,设席延请冰人郭伯韶、王子泉、陪冰姚子钧、杨乐亭、鸿赞龚菊人、朱子泉、账房谢稚笙、顾翰仙、周少帆、高春霆诸君,宴于大厅。余于安座后嘱少帆代陪,得以小憩片刻。赞斋亲家旋来拜,与接晤片刻。下午客散,翰仙留此晚饭,因与商定喜事应备各事宜,嘱其逐条开载,以备遗忘,三更后乃获休息。

十七己卯日(9月23日) 晴。翰仙、稚笙、少帆俱来帮忙,余往答拜赞斋亲家,晤谈良久。复访量甫,晤谈片刻。午后还寓,复料量琐事半响。晚间,翰仙最后去,余入后堂,复与内子商酌各事,议说多刻乃寝。

十八庚辰日(9月24日) 晴。翰仙、子泉、稚笙、少帆、筱崧诸君先后来寓帮忙。郭伯韶来寓三次,传述两家过礼送奁各事俱已商议停妥,明日照办可耳。

十九辛巳日(9月25日) 阴。账房诸君未至,媒妁已先来,时方小雨,趁雨未甚即于巳刻行纳采礼。淡人、伯衡、声庭、量甫先后来贺。申刻,女家回盘至,并送妆奁来。媒妁偕返,齐至庭院看奁赠,颇极周备,赞斋亲家之嫁女亦可谓尽心矣。晚间,余陪媒妁宴于厅事,俟客散方更衣还寝。

二十壬午日(9月26日) 晴。终日料量琐屑,虽延请帮忙诸君,仍不能不亲自擘画也。余于百忙中尚抽暇往绥五处吊奠行礼,并就苫次慰唁数语乃出。遇淡人、量甫、篝青三君,皆约明日早来。余还寓后,二更乃寝。夜间雨忽大作,殊闷人也。

二十一癸未日(9月27日) 阴。寅正即起,雨方大作。卯初二刻,冰人郭伯韶、王子泉两君俱到。卯正二刻,雨稍止,乃命兆梓往女家亲迎。辰正,淡人、篝青诸君先后俱至。巳正初刻,兆梓迎娶新妇入门，冒雨成礼。贺客来者约数十人。午后，命新妇庙见，谒拜尊长。一切礼节毕后，余方午餐。适罗郁田观察益及裴筱麓、汪益棠来贺，余复各与周旋片刻，乃入室假寐时许。傍晚雨甚，草草宴客，计坐客才五席耳，余俱阻雨不复再至。二更后，席终客散，账房诸君亦俱言旋言归矣。

二十二甲申日（**9月28日**）　阴。命兆梓夫妇行双回门礼。余因世丈陈六舟阁学予告还扬，道出此间，抽暇往西关行馆谒之，得与晤，谈时许即还寓。阁学视浙学时，兆梓蒙取入泮，尚当命往执贽也。

二十三乙酉日（**9月29日**）　晴。清晨，即命兆梓往谒六舟先生，蒙温颜酬接，许列门下，贽仪八金亦收纳，并答以看馔一筵，老辈待人其真挚如此。午后，接味荃复书，承以喜烛、洋酒见贻。

二十四丙戌日（**9月30日**）　阴。终日淫雨不息。午刻，设席延请赞斋亲家及其夫人来寓行会亲礼，余与内子分别款接。申刻席散，接张西园贺函并喜幛、喜仪四金，当手泐谢函交来差带回。

二十五丁亥日（**10月1日**）　晴。赞斋亲家设席答礼，余与内子午刻前往，申刻散归。闻陈六舟先生已登舟，明日南下，乃以土仪为赠，并派炮船一艘送之。

二十六戊子日（**10月2日**）　阴。午刻，设席款谢襄事诸君，到者惟子钧、子泉、乐亭、翰仙四人耳。申刻客散，余亦倦而欲息矣。

二十七己丑日（**10月3日**）　阴。大雨竟日。赞斋假余车往曲阜瞻谒圣庙，未免艰于跋涉矣。晚间，公请刘伟臣，设席声庭寓斋，主客八人，余于亥正方还。

二十八庚寅日（**10月4日**）　阴。午后，冒雨往龚菊人处贺其儿女同日缔姻之喜，少坐即归。雨益大，冷甚。

二十九辛卯日（**10月5日**）　午前晴，午后忽阴。声庭过访，晤谈片刻。绥五遗缺上河闻已委许西斋权篆，不日当来接任也。

三十壬辰日（**10月6日**）　晴。午后，出门谢客，俱未降舆，惟至道署入官厅略坐。申刻还寓，偕妻孥食蟹，把盏持螯，颇极醉饱。赞斋亲家往曲阜今已四日,尚未回车,殆为雨水所阻,致滞行程耳。傍晚又雨。

九　月

九月初一癸巳日(10月7日)　晴。晨起,诣道辕贺朔。旋出城谢客,惟晤伯韶,少坐即散。伯韶分贻洋酒、洋点心各少许,颇佳。午后,子泉招往晚酌,以赞斋为特客,候至酉刻赞斋甫自曲阜还,遂入座。饮至二更而罢,时复大雨,匆匆登车还寓。

初二甲午日(10月8日)　晴。日间,豫备致送赞斋礼物,并作书复谢徐爵三都戎。徐名献廷,北洋驻浦水师营管带也,昨曾以宁绸喜幛见贻,由炮船带来,今炮船将随赞斋南下,故以尺书答之。晚间,伯韶、子钧、乐亭公钱赞斋,邀余作陪,席设子钧署斋,二更散归。余又作书复谢子厚二兄,亦将交赞斋顺带。赞老今夕已登舟,大约后日即返棹归浦矣。

初三乙未日(10月9日)　晴。午前,往赞斋舟次送行,晤谈片刻。旋往祭奠王筱田千戎之母。午后还寓,邀赞斋来小叙半日,并邀淡人、眉生、伯韶、乐亭、子钧相陪,二鼓方散。赞斋定明日解缆,余馈金五十为赆,渠坚辞不受。

初四丙申日(10月10日)　晴。早间,往局中候送赞斋,渠舟自南门外开至柳巷口,去转运局不过数武。赞斋舟抵是处,来局话别,余与伯韶留其一饭,午后乃行,余送诸舟次而还。入城后,往拜姚子钧太翁寿,少坐即归。傍晚,翰仙过访,晤谈片刻。

初五丁酉日(10月11日)　晴。午前,检点衣裙活计,备送声庭嫁女之需。又将声庭借用诸物检齐,候其来取。午后,修发。晚间,雨又作。

初六戊戌日(10月12日)　晴。午后,往拜裴筱麓太夫人八旬寿,晤谈片刻。旋访籛青,久谈,遇刘伟臣、周舫仙、龚澹人诸君。傍晚还寓,接沈经彝覆书并公典细帐,知今年可得壹分子金,共得制钱一千五百千余。前由津署划汇湘平银千两尚有尾零见找，昨味荃书中亦言有找头，俟稚夔交到，下次饷便寄来，大约尚有数十金可得也。

初七己亥日（10月13日）　晴。早间，闻宁苏漕船一律挽出临口，从此可克期出东境矣。午后，万委员旋，带到味荃复书，息款找头仍未寄来，并知味荃八月廿五日往永定河于役，不过旬余句留，将旋津也。晚间，作书致吴俊民，托其将余秋季俸廉向县中催取带来，免致专差跋涉耳。

初八庚子日（10月14日）　晴。将武城县申解春夏二季俸廉批回印发下县，并行催秋季应解之项，交郭文长回县赍投，俊民之函亦交令带呈焉。午间，祀享祖先，叩拜如礼。午后，栉发一过。

初九辛丑日（10月15日）　晴。午后，访刘伟臣农部及周仙舫别驾，俱晤谈，即在池楼书院中登土阜一望，便算登高矣。旋访陈履中，一谈而还。接孙晓秋书。

初十壬寅日（10月16日）　晴。早间，郭伯韶来一晤。午后，往答拜何君晋秩。旋至声庭处观其甥馆，澹人、量甫俱在座，遂留晚饭，二更后乃散归。

十一癸卯日（10月17日）　阴。声庭择得今日为其女赘姻，余于卯初即起，将往贺兼为陪宾。甫出门，即大雨如注，冒雨而往，在彼永日，视其婿女交拜成礼。午后雨始止，天亦放晴。晚席宴罢乃还，归途月明如画，片云俱无矣。

十二甲辰日（10月18日）　晴。接德州汛禀报，江北重运头船于初一日午时挽出东境，后帮六起跟梢前进，其第七起以后因出临口迟滞未能跟帮，大约又需时日矣。

十三乙巳日（10月19日）　晴。默计浦局转饷不日将到此，次派吴家椿运解，因摊笺作书致味荃，托其转向稚夔索取息款找头，未知解员差旋时能带来否。又为文量甫转托味荃嘱北洋折弁入都便带绣补貂帽，该价彼此划算，因味荃本托余代购土药尚未寄价来，正可划抵，惟余处须索诸量甫耳。此书封就即送局，嘱伯韶转付吴委员携带,大约不日亦将成行矣。

十四丙午日(10月20日) 晴。念及漕船过境,将次出东,而德州尚无电信来,乃访杨乐亭,托其代询德州电局,期得确信。旋访子泉闲谈,遂留晚饭。初更归来,接马州同覆电,苏漕已过五起,后三起不日即可全出东境矣,闻之甚慰。

十五丁未日(10月21日) 晴。早间,偕同人谒见罗道台,告以南漕日内可全出东境,以释其念。闻丁锡五由皖修墓假旋,因往访,未晤,遂还。午后,锡五来拜,晤谈良久而去。晚间,儿妇辈治具为内子祝寿,因团坐小宴于寝室,叙家庭之乐,颇极醉饱。

十六戊申日(10月22日) 晴。是日为内子初度,置面两筵,适无女客,早晚俱有家宴。午后,河院新委文巡捕孙君芙初来谒见,固一老幕客也,以闸官需次河上,虽越十年未奉差委,向借笔耕糊口,今骤得此差,喜可知已。

十七己酉日(10月23日) 晴。卯正,诣大王庙陪祭。是日本系神诞,又遇霜清节,故同人咸集云。午后,答拜郭寿农大令,晤谈良久。郭名树榕,济宁邑绅,以孝廉令粤东,屡膺首要,今宦成归里,不仅腰缠万贯也。闻许西斋已至自开封,因往访之,未晤而还。黄昏时,西斋来拜,得与晤面,渠定明日接上河厅篆务。亥刻,接德州马州同来电,全漕已于十六日巳刻一律出境矣。

十八庚戌日(10月24日) 晴。接紫绶弟信,当泐复数行交浦局回空饷船转寄扬局。浦局饷银昨日到此,即日派吴宷椿转解赴津,味荃信并紫绶致慕韩一书均交带去。余又手泐一书致赞斋,则仍交浦船带回,盖赞斋已抵浦数日矣。午后,往道署致贺漕船出境,未见。贺西斋任喜,亦未晤。还寓,得陈六舟阁部谢信,交炮船周弁带来,并给周弁联扇银两。书中亲笔加另笺,言俟到扬后尚有书籍见寄,老辈情意周挚如此。灯下,拟复六舟丈禀稿,将寄克斋亲家转交,因复拟一稿致克斋,两信皆将倩高春霆誊缮也。

十九辛亥日(10月25日) 晴。早间,将两信稿录送春霆誊正。

旋往拜汪葆田夫人寿,晤其子益棠。午后,手书寄唁崔绥五,并致送杭线绉祭幛一轴送伊寓转寄汴省。闻邸抄,南皮张相准开缺致仕,宗室福相国作古。福即箴亭年丈也,年甫六十有三,予告一载,遽尔骑箕,殊所不料,身后奉谕入祀贤良祠,予谥,恩眷仍如昨云。

二十壬子日（10月26日） 晴。早间,检理字画,铺垫扫除新修小斋,移座其中,料量半日甫毕。晚间,伯韶、子钧、子泉招陪杨乐亭晚酌,因乐亭将之历下,故有是集,即设席乐亭寓斋,二更后乃散归。

二十一癸丑日（10月27日） 晴。辰刻,赴道署随班酬神谢漕。旋往贺声庭生孙之喜,与谈片刻即还。午后,夏津主簿张泰年还济来见。阅电报,合肥周历外洋各国还朝,仅派在总理衙门行走并管部而无,然则此老固不能再膺重任也。

二十二甲寅日（10月28日） 晴。午后,杨图勋守戎来晤,意欲荐一西席,余漫应之,未与订定也。旋有郭寿农大令来答拜,筱青亦过访,俱晤谈。

二十三乙卯日（10月29日） 晴。早间,往谒见罗公,谈次以余报苏漕出境印禀至今未到,无凭转院,嘱再备一禀。回寓后,即缮就投递。晚间,眉生招饮,座有西斋、刘伟臣、郭寿农诸君,二更后散归。

二十四丙辰日（10月30日） 晴。日间,阅海丰吴氏《世德录》,乃庚生侍御所赠。壬辰、癸巳间,庚生主讲任城时,谈及其先世轶事,出是书相贻,余曾披阅一过,今忽忽四载余,庚生亦下世三年,真所谓一俯仰间已成陈迹也。

二十五丁巳日（10月31日） 晴。日间,摊笺作书致味荃,渠所需金乡土药已嘱顾培德代为物色,此番饷便恐尚不及带去,须俟诸下次矣。午后,宋生峙鲁、高尉筱崧先后来见。宋至自张秋,销假回局,高则奉派解本批月饷,故皆来谒耳。

二十六戊午日（11月1日） 晴。接赞斋抵浦来书,由饷船带到。第八批先饷亦来,因即手书数行覆赞斋,并将致克斋书内附,上六舟阁部禀俱封固,付清江回空饷船带去。午后,声老过谈,因偕赴乐亭处晚酌。座有田萧臣总戎,盖特客也。二更后散归。

二十七己未日(11月2日) 晴。午后,往答拜李士太、王凤椿、鲍勋三守戎,俱未晤。访刘酉山,晤。又闻崔绥五至自开封,因往候之,与谈良久而还。

二十八庚申日(11月3日) 晴。终日在寓静坐观书。鲍把总至自四女寺来谒,未与接晤。湖北转运局薛观察名华培者来通书问余,尚不知其字号也。

二十九辛酉日(11月4日) 晴。午后,赴局阅视公牍,与伯韶晤商局务,句留半日。傍晚,访西斋,久谈,遇翰仙于座,因日暮不及多叙,遂还。

十 月

十月初一壬戌日(11月5日) 晴。晨起,诣道署贺朔,同人咸集,罗公一一接见。散衙后,往拜淡人寿,降舆入座,主人犹未返,候其还寓相见,众宾乃散,余亦归。午刻,行家祭礼。午后,小眠时许。灯下,披阅《湖海文传》,王兰泉司寇所辑也。

初二癸巳①日(11月6日) 晴。午前,鲍把总来谒见。午后,开缮款目工需清折备呈递河帅之用。灯下,呼顾培德至寓,嘱为味荃购金乡土药,以便下次饷便带与之也。

初三甲午日(11月7日) 晴。是日立冬,而天气殊暖,外间皆换穿黑袖头灰鼠袍褂,实则衣珠皮尚嫌热也。澹人处探得河帅任公已于初一日起节,初五日可抵济署。澹人承办供帐需用榠榢床榻,惟余有之,特来相假,余慨然借与之。

初四乙未日(11月8日) 晴。午前,澹人招往河院署阅视供帐,并设席偕同人午饭,尝试庖人技术。饭毕,乃请罗观察前来一看,

---

① 纪日干支"癸巳"应为"癸亥"之误,直至光绪二十三年正月二十九日(1897年3月2日)皆误。

适兖镇田总戎亦来少坐,申刻方各散。

初五丙申日(11月9日)　阴。午后,访西斋,偕其往谒兖州观察锡良公,晤谈片刻。锡字清弼,蒙古甲戌进士也。拜田总戎,未晤。复访声庭、量甫,各晤谈良久,乃还寓。灯下,作致味荃书,以便饷到即寄。

初六丁酉日(11月10日)　晴。寅正出城,往安居集迓河帅任公。午初,随其入城进署投手版,未见,遂还。午后,设席寓斋,偕澹人、篛青、子钧公宴田萧丞总戎。酉初入座,戌初散。

初七戊戌日(11月11日)　晴。卯正,偕同人谒河帅,匆匆接见,未遑深语,旋回寓。午后,新补甲马营巡检程坦来谒见,与接晤片刻。

初八己亥日(11月12日)　晴。辰刻,诣河院谢步,因其昨日来答拜故也。旋往拜澹人太夫人寿,同人咸集,吃早面后暂散。下午,复往晚饭,初更时始散归。

初九庚子日(11月13日)　晴。早间,局中禀知饷到,因将致味荃信件交委员宋君带津。又致马州佐一书,将其夫食、器具、桥夫等银并交宋君带往德州。午后,顾培德来一见,将味荃托购土价廿七竿由局挪款付之。

初十辛丑日(11月14日)　晴。寅初,恭诣城南龙亭,随同院道行朝贺礼,即在朝房吃面,卯正散归。辰正,复往河院衙参。旋访声庭,未晤,遂还。午后,小眠片刻。郭伯韶过访,未与晤面。

十一壬寅日(11月15日)　阴。终日微雨,遂未出门。披阅《香祖笔记》及《查初白诗集》,又阅唐宋八家古文各数篇。傍晚雨甚,稍觉寒冷。

十二癸卯日(11月16日)　晴。辰正,诣东教场,伺候河帅阅伍,西斋过余,相邀同去。时同人俱齐集,余俟河帅升座参谒后即拉西斋回寓午饭。午后饭毕,方欲再往教场,忽闻河帅已命驾还辕,遂不复往。接田总戎回署来函,殷殷致谢,盖前日饮酒颇尽欢也。

十三甲辰日(11 月 17 日)　晴。早间,祖寿侄至自淮安,仍申理前说,欲余集资为之报捐一官,据云已捐有职衔,再得百五十金便可就一试用,从未奈余曾自顾之未遑,安得有余力助人耶? 午后,往视声庭疾,见其已病起无恙。座有汪仲宽者,河院幕友也。傍晚散归。

十四乙巳日(11 月 18 日)　晴。河帅发下东抚李中丞来书,欲将明年河款裁减,商诸河帅转饬河员竭力节省。此间岁拨库款才数万金,本已竭蹶从公,若再裁减,势将通工绝粮,转不如裁汰全河矣。不知院道如何答覆耳。

十五丙午日(11 月 19 日)　晴。辰初,诣天后、龙神两庙,拈香行礼。诣院道两衙谒贺,午前回寓。午后,箨青过访,谈片刻去。

十六丁未日(11 月 20 日)　晴。林仰山乃郎号丽生者来拜,与晤谈片刻。林为怀远人,仰山以道员需次历下,今年七秩正寿,余曾偕伯韶祝以呢幛,故其子踵门拜谢耳。

十七戊申日(11 月 21 日)　阴。有新到候补县丞张元济者来谒,因与接晤片刻。晚间,致书黄绶卿表侄,拟将杭垣老宅出租事收回,交祖寿管理,缘绶卿数年来收取租洋并未寄余分文,近并音信不通,其不可恃如此,只得亟亟改图矣。

十八己酉日(11 月 22 日)　阴。辰刻,出南门至河沿大王庙坐候,送河帅登舟勘工,等候多刻,帅节方抵河干,送其登舟后同人各散。局员吴玉堂归自津沽,味荃未寓书于余,殆尚滞永定河未返津耳。

十九庚戌日(11 月 23 日)　阴。郭寿农大令过谈片刻,谈次亦欲荐一西席先生。据交名条一纸,孙其姓,参照其名,济宁庠生。余以缓商覆之,尚当徐访其人焉。

二十辛亥日(11 月 24 日)　阴。终日微雨不息。午后,赴局阅示公牍,询知局中将派炮船有事袁浦,拟即令祖寿侄附此舟南下。还寓后又作致用宾兄一书,亦交祖寿带杭者也。

二十一壬子日(11 月 25 日)　阴。料量祖寿登舟南旋,大约十余日便可抵里门,以常、镇、苏、浙一带俱有小火轮船可倃也。

二十二癸丑日(11月26日) 晴。日间,作书致味荃,俾饷到即可顺带。此次饷船行走半月余,尚未抵此,抑何濡滞乃尔也? 午后,往贺院文案徐实秋大令续娶之喜,少坐即还。

二十三甲寅日(11月27日) 晴。晚间,徐实秋招饮喜筵,因先访西斋,晤谈片刻,拉其偕往。席间,有女伶演剧侑觞,于是又需缠头四竿。二更宴罢即各散。接季卿叔岳覆书,知悼亡者乃其次郎雅初孝廉,并非三公子也,续胶之举因作伐人家太多,未能遽定。余为西斋女公子蹇修亦以缓商见覆,殆未必有成矣。

二十四乙卯日(11月28日) 晴。河帅自北路勘工还,巳刻,舟抵南关,因往河干迎迓,复至节署起居,然后返。午后,道台亦归,遂不克往迓矣。

二十五丙辰日(11月29日) 晴。午前,访道台于道署,同人咸集,俱得延见。旋至院署衙参,未见而还。午后,浦局饷船至,带到赞斋复书。

二十六丁巳日(11月30日) 晴。午前,访道幕汪益棠,嘱其转达道台,请发九月分公费。午后,访崔绥五、彭伯衡,俱晤谈良久,傍晚乃还。

二十七戊午日(12月1日) 晴。晨起,接到道库发出公费银百五十金,而河院署中需索陋规刻不容缓,得此始敷分布耳。午后,师主簿世存来谒,与晤谈片刻。渠曾署夏津主簿八年,前旧僚属也。晚间,淡人、量甫邀集同人,假徐实秋寓斋公宴,呼歌伎侑酒,畅饮多时,亥正乃散归。

二十八己未日(12月2日) 晴。辰刻,往拜澹人夫人寿,遇春霆、西斋、子钧于座。旋闻道台将赴南路勘工,遂往道署禀送。午刻返寓,高筱崧转饷还,带到味荃复书。知其于役桑干四旬,工竣,夒帅以远嫌,故未予随折保奖,恐仍未能开复原官,坐是殊抱向隅之感。味荃年逾六秩,仕途蹭蹬,殊可叹耳。晚间,筱崧复来见,略谈片刻而去。

二十九庚申日(12月3日) 晴。方励之自临清差竣还局来见,与晤谈片刻。晚间,有袁君大纶招饮,殆又系挟伎之局,余与袁不习,因辞焉。

三十辛酉日(12月4日) 晴。北风颇厉,寒冷殊甚。日间,阅天津带到《直报》,又阅《普法战记》一书。

十一月

十一月初一壬戌日(12月5日) 晴。黎明,诣火神、大王两庙,拈香行礼。旋往院署衙参,不意同人俱散。乃访量甫,畅谈。午后,局中有公事来请,因往与伯韶筹议久之。傍晚甫归,有袁掌卿者,诗农太守子也,折柬招饮,遂往赴之。西斋、量甫俱在座,二更后方散。

初二癸亥日(12月6日) 晴。午后,子泉来晤。袁掌卿亦来谒,与谈片刻。下午,访量甫,遂留晚饭,约二更余即散。迟西斋不至,闻凌绍周已捧檄接篆矣。

初三甲子日(12月7日) 晴。午前,绍周来拜,晤谈片刻。午后,复以搢绅、纨扇见贻。下午,伯韶、西斋、乐亭先后来访,俱晤谈。乐亭之省禀到,顷甫还也。

初四乙丑日(12月8日) 晴。闻道台至自工次,因往道署迎候。旋答拜杨乐亭、凌绍周,俱未晤,遂还寓。接冯育甫二次告急书,余仍愧无以应,其奈之何?

初五丙寅日(12月9日) 晴。晨起,诣院署衙参,候至午初不见而散。接王克斋亲家复书,内附绥弟来函。又接张璪卿复书,并寄示近作边将七律一首。

初六丁卯日(12月10日) 晴。午前,澹人过访,谈片刻。述及声庭犹子荫阶阁读奉出守广信之命,卅载薇郎始获典郡,未可云得意也。晚间,访西斋,兼晤翰仙。余以痰疾又复蠢动,因请翰仙诊拟一方,归寓当服药调治之。

初七戊辰日(12月11日) 晴。午后,访量甫、声庭,各晤谈良久,傍晚还寓。阅邸抄,高阳复拜协揆,一蹶十有三年始复其职,幸其寿高,犹及待耳。

初八己巳日(**12 月 12 日**)　晴。早间,发电报致德州州同,询取漕船回空入东日期,候至晚间尚未覆到。

初九庚子日(**12 月 13 日**)　晴。早间,接据马州同电覆,回空漕船自十月十三日起,截至十一月初八日,已挽入东境七百八十四只,因即据情转禀层台。午后,道署知会偕往河院豫祝,因即前往,同人咸集。下午还寓,西斋、量甫、犟青均过访,傍晚方散。

初十辛丑日(**12 月 14 日**)　晴。早间,往河院拜寿。旋往送刘伟臣行,未晤。至小闸水次,拜陈润甫编修同礼,旋回寓。午后,刘来拜辞,陈来拜访,俱晤谈。

十一壬寅日(**12 月 15 日**)　阴。早间,往谒见本道罗公,同人咸到。散衙后,出门即遇雨。旋往贺龚菊人嫁女之喜,过门投刺即还。宋峙鲁转饷归,带到味荃复书并典息尾找湘纹五十六两零。

十二癸卯日(**12 月 16 日**)　阴。初度,杜门谢客。伯韶来拜,坚欲相见,因与晤谈片刻。量甫托代购貂冠绒补亦为带到,余已先为垫付价银廿贰两有奇矣。

十三甲辰日(**12 月 17 日**)　阴。午后莅局,偕伯韶邀春霆、绍周、淡人、梅生、声庭、子钧、子泉诸君便酌,傍晚乃散。时阴云四起,大有酿雪之意。

十四乙巳日(**12 月 18 日**)　阴。终日雨雪缤纷,庭院四望皆白,真琼瑶世界也。天气渐有冷意,因取罗顺德尚书《咏史诗钞》阅看数首。

十五丙午日(**12 月 19 日**)　晴。晨起,雪霁,恭诣龙神庙,拈香行礼。旋至院道两处衙参,道见,院则否,旋还寓。

十六戊申日(**12 月 20 日**)　阴。日间又复雨雪永日,天气甚冷,似此隆冬严寒,只合深居简出,行道之人未免怨咨难堪矣。

十七己酉日(**12 月 21 日**)　晴。寅正,诣龙亭行朝贺长至节礼,退班后于朝房吃面,黎明方散。旋诣院道两衙谒贺,各于官厅小坐,投手版后即散归。

十八庚戌日(12月22日)　晴。接到道库发出公费银百两,计今年共领过公费壹千壹百八十七两,较往岁尚不及过半耳。噫!

十九辛亥日(12月23日)　晴。接子扬内弟来书,知其有悼亡之戚,渠本艰窘,何堪复遭事变耶?午后,出坐外斋修发,甚觉寒冷。

二十壬子日(12月24日)　晴。晨起,诣河院衙参,不过随班逐队,初不与之相见,殊无谓也。巳正,散衙还寓。万抑斋转饷还,述及味荃书已交到,因事冗未及见覆,只给回片一纸。

二十一癸丑日(12月25日)　晴。接江宁窦君丙炘书,以其子媳双亡书来求助麦舟,此君乃十年前在汴所延西席,向未通问,今忽欲通财,姑置之可耳。

二十二甲寅日(12月26日)　晴。午刻,家忌祀先。午后,又得冯育甫告贷书,亟欲假十数金应用,此系第四书矣,并有如无所应,即将来此相依。噫!何其不谅人耶!下午,延见张主簿,催令回空船过即报。

二十三乙卯日(12月27日)　晴。在寓拟本局禀覆东抚稿,煞费经营,半日脱稿,当携局示伯韶斟酌缮发也。晚间,有陆费廉卿之孙名福增者手书乞贷川资。何连日抽丰客之多耶?不知余固无丰可抽者也。绥五来谢孝,未晤。

二十四丙辰日(12月28日)　晴。早间,往吊于汪氏。午后,至局阅视公牍,晤伯韶,询悉南饷仍无起解消息,恐津营各军待饷孔殷矣。傍晚还寓。

二十五丁巳日(12月29日)　晴。早间,上院,仍不与见,惟同人聚晤于官厅而已。午后,出吊于孙氏,遇西斋,因偕其往视声庭疾。傍晚回寓,手书复育甫,以汴纹八金寄之,托量甫转寄。

二十六戊午日(12月30日)　晴。午后,西斋走柬邀往闲谈,量甫亦在座,遂留晚饭。西斋新迁霍家街于次鹤旧宅,次鹤所藏木器什物多且精,西斋俱假用焉,真所谓鹊巢鸠居矣。

二十七己未日(12月31日) 晴。午前,修发。午后,作书致武城令袁君索取漕规,又备文催解冬季俸廉。适吴俊民有便差前去,遂交其带往。澹人傍晚过谈。

二十八庚申日(1897年1月1日) 晴。午后,访绥五,畅谈良久方归。因面订其初三日来寓小叙,余饲有羊一只,拟于是日杀以祀先,兼饷客也。

二十九辛酉日(1月2日) 阴。微雪霏霏。午后,接夏津汛禀报,宁苏回空漕船已于冬月十七日一律出境,当即拨以转报层台,于是一年之公事毕矣。

十二月

十二月初一壬戌日(1月3日) 阴。晨起,诣道院两署谒朔,少顷即还。因折柬邀同人初三日小集,诸君俱各画诺。傍晚,西斋过谈片刻。

初二癸亥日(1月4日) 阴。午前,修发。终日雨雪交加,未能外出。杨乐亭交到代售本参三包,须尝试后方能酌定去留也。

初三甲子日(1月5日) 晴。午刻,设全羊祀先。午后,淡人首先过寓,诸客踵至,傍晚入座。各色肴馔俱臻精腆,极柔毛之大观,座客尽皆鼓腹。二更后方各散归其家,余亦醉而欲眠矣。

初四乙丑日(1月6日) 阴。吴俊民病起来谒见,与谈片刻。日间,读《集义轩咏史诗》,又作楷字百余,录写俗本百家姓,借资消遣。

初五丙寅日(1月7日) 阴。是日,恭遇毅庙忌辰,虽属河院堂期,料其决不接见,又无公事可白,余遂定见不往衙参。不谓同人中竟有穿天青褂往候起居者,世风卑靡,徒知谄媚长官,竟忘却尊亲大义,亦可慨已。

初六丁卯日(1月8日) 阴。午后,子泉折柬邀晚饮,余俟料理账目完毕后方赴其招,至则淡人、眉生、子钧、乐亭已先在,诸君作叶子戏,故早到耳。余到即入座,二更后散归。

初七戊辰日(1月9日)　阴。终日雨雪交作,而气候并不甚寒,殆冬行秋令耶? 晚间,随意披阅《松影漫录》小说数则。道库发出夏季后半季夫食银两,于是陶巡检借用之十金,至此方始扣清。

初八己巳日(1月10日)　阴。午刻,祀先。午后,看书,随意与儿女辈解说,以资消遣。接冯育甫四次告急书,不知余已托量甫拨汇八金济之,殆犹未到耳。

初九庚午日(1月11日)　阴。终日淫雨不息,不似隆冬气候。阅《松影漫录》中所载诗句,有极佳者,不觉为之朗诵击节焉。伯韶知会明日阖局在大王庙演戏酬神,请余届时前往拈香。

初十辛未日(1月12日)　阴。晨起,诣院署一坐。旋至大王庙拈香行礼,眉生、淡人、量甫、西斋均往行礼。午后,子钧、子泉、乐亭复接踵至。时复大雨,余于申初乃还。闻叶少仙于初八日作古,择明日入殓。

十一壬申日(1月13日)　阴。午后,往奠叶少仙之灵。旋答拜洪君大棨、叶君季泰、冯君坦,俱未晤。申刻,淡人招集寓斋便酌,坐有汪氏竹林及绥五、西斋、声庭诸君,二更后散归。

十二癸酉日(1月14日)　阴。局饷第九批找拨及第十批先拨各项,接据浦电,知已于初四日起解北来,大约日内即将抵此矣。

十三甲戌日(1月15日)　晴。阴雨多日,忽尔放晴,日光朗耀,令人爽神。闻河帅接奉颁赏福字,同人多往贺者,余独否,缘道署经久雨之后,大门至大堂泥泞载道,实不愿一再跋涉耳。

十四乙亥日(1月16日)　晴。手书致味荃数纸,即送交伯韶嘱令转交饷员带津,询知浦饷初四起解,至今未到,拟饬马队前往迎提。

十五丙子日(1月17日)　晴。辰起,赴院署投递手版,知任公请病假一月,概不见客。旋往淡人处贺其侄女缔姻之喜,其侄婿即吴少侯乃郎也。午初回寓。

十六丁丑日(1月18日) 晴。午刻,祀祖。午后,将各处楹联语句更撰一过,嘱高春霆写。阅邸抄,冯修盦阁学一岁三迁,自今正至冬仲由学士而少詹而詹事而阁学,并兼署副宪、宗丞二缺,可谓一时之盛,不意擢阁学逾半月遽捐馆舍,良可惜已。修盦名文蔚,吾浙乌程人,丙子探花,年才五十余。

十七戊寅日(1月19日) 阴。武署役至,赍到冬季俸廉并县送漕规约逾百金,因取出赠人各项,分别封兑,余以易钱,顷刻而毕,年关不敷尚巨耳。

十八己卯日(1月20日) 晴。午后,往拜孙驾航年丈寿,其子伟如抱恙,未能酬客,遂未降舆。旋访郭寿农,晤谈片刻。访西斋,亦晤,傍晚乃还。

十九庚辰日(1月21日) 晴。接绶卿表侄书,知祖寿侄已抵杭,绶卿恐有舛错,未肯遽将租洋交付,后移书来询,因即发电复之,未知年内能理涉清楚否。

二十辛巳日(1月22日) 晴。晨起,诣院署衙参。晤凌绍周,谈及中丞李鉴堂先生有请酌改中俄新约一书,洋洋数千言,不可不一读。回寓后,即向州署取来读之,不觉倾倒再四,真奏牍中有数文字,因命侍史另纸抄出,以备随时讽诵。午后,王松亭、郭寿农俱来晤,各荐西席一人,一曰王次斋,一曰王少棠也。

二十一壬午日(1月23日) 晴。巳刻,诣院道两署贺封印,旋回寓自行拜封关防,行三跪九叩礼。午后,箨青过谈片刻。

二十二癸未日(1月24日) 晴。连日均遇家忌,午间均祀祖。午后,出至外斋修发一度。量甫手字来告,汇拨汴垣冯育甫之八金已如数交付矣。初五日起解之饷,昨始到济,询知道涂雨雪阻滞所致,当派吴家椿转解,即于今晨北行。马州同应领夫食银亦交其顺带德州云。

二十三甲申日(1月25日) 晴。午后,西斋过访,晤谈片刻,将李中丞奏折借去转抄,真有洛阳纸贵光景矣。亥刻,率领儿辈祀灶,行二跪六叩礼。祭毕,即和衣而假寐,因诘朝更有祀事,遂不复就寝云。

二十四乙酉日(1月26日) 晴。寅初,设祭于厅事,祀神报赛,率领儿辈行三跪九叩礼。卯初,复和衣小眠时许。巳初,出门访声老,遇澹人,因偕往访汪益棠,途遇西斋,遂亦同去,少坐各散。余回寓午餐毕,复至局中判阅公牍。适十批找饷解到,因派傅训导继说转解,定明日北上,余即手泐数行致味荃,并令顺带面交。又接再彭侄清江来书,兼寄到代买火腿、茶叶等物。知其已由杭还浦,绥卿经手屋事已交接清楚,惟绥卿挪用我百元未能交还,各处先茔据祖寿云已俱往拜扫看视,无恙,余怀稍慰。

二十五丙戌日(1月27日) 晴。接紫绥弟来书,寄到湘乡蒋氏《求实斋丛书》一函,为书不过十册,而天文地理、经史百家无不毕具,子弟经书卒业后,即是编而熟玩之,已觉毕生受用不尽,初不必旁搜远绍也。午后,王松亭复来访,订定来年延请王次斋来寓课榕、梧两儿读,兼办书启,岁脩贤人之数,另送节礼月资,约计共需百金以外矣。

二十六丁亥日(1月28日) 晴。昨浦局饷员范君来,述及克斋亲家乃郎祥崖择于明正续娶,因嘱记室缮具函寄贺,并寄以摹本缎喜幛、荷包五件活计为仪,即交范君顺带焉。日间,料量节帐,持筹握算,顷刻间已用去京蚨四百千,尚未毕乃事也。

二十七戊子日(1月29日) 阴。午后,出门往南关拜晤王次斋,面致关聘。旋访量甫,晤谈片刻。访伯衡,亦晤,傍晚还寓。

二十八己丑日(1月30日) 阴。日间,王次斋过寓答拜,晤谈片刻。年事猬集,资斧既罄,犹未摆布妥贴,计惟蒂欠之而已。

二十九庚寅日(1月31日) 阴。午后,往北关迎迓崔季芬总戎,崔为绥五尊人,故同人多与。傍晚,季翁甫莅止。绥五亦往远迎,复前驱向同人言谢,余还寓已酉正矣。

三十辛卯日(2月1日) 晴。午后,往院道两衙门辞岁。崔总戎亦往谒河院,相遇于官厅。余自道署散出即往拜,值其未归,晤其子绥五焉,申刻回寓。晚间,设馔祀先,恭悬先容于中厅。礼毕,阖家聚饮屠苏酒。亥刻,恭接灶神,行礼二跪六叩。旋偕家人掷状元筹,无何起看自鸣钟已交次日寅正矣,乃亟小食少许,更易朝衣冠,将出至南关龙亭行朝贺礼焉。

光绪二十三年(1897)丁酉

正　月

光绪二十三年岁在丁酉春正月初一壬辰日(2月2日)　晴。寅正三刻,出诣南关龙亭行朝贺礼。河帅任公请假未出,余均齐集。自龙亭散出即诣天后、龙神两庙,行礼。旋诣河院谒贺,复周历城内诸知交处拜年,俱未获登其堂。巳刻返寓,接见徐实秋大令、王灵芝守戎及本属诸君子。午后,复出门拜年,晤崔季芬提戎,余俱未见而还。自昨夕北风陡起,天气寒甚,城外运河又复冻合,舟楫滞水中者颇多也。

初二癸巳日(2月3日)　晴。是日立春。早间,复诣河道谒贺,同人咸集,旋各散。余出东关至城外拜年,到局小憩。适箨青至,遂延其入座,茗话片刻。伯韶犹卧疾,余至其卧榻,与晤谈片刻即出。午刻回寓,设祭祀先。午后,小眠时许,适西斋来,未及接晤。灯下,复偕家人赌掷状元筹。

初三甲午日(2月4日)　晴。闻子钧、子泉两君将有事于德州,因往访之。先诣子泉,与晤谈良久,询知其初七日方首途。旋过子钧,则云诘朝即北上,因将马州同应领夫食银三封俱交其顺带转付之,傍晚乃还。

初四乙未日(2月5日)　晴。午后,往声老处偕淡人、西斋、量甫公宴崔季芬总戎,量甫以足疾未至,主宾仅五人耳。崔公到颇早,畅谈良久。渠以廿年实缺被劾开缺,今奉发两江差委,谈次不无怨尤,殆未能自安义命耳。席间酒肴都佳,二更后方散。

初五丙申日(2月6日) 晴。在寓终日。下午,西斋又过访,乃与晤谈良久。渠约余合伙宴客,嘱余承办,余亦乐从焉。

初六丁酉日(2月7日) 晴。姚眉生招集同人午宴,余于午正往赴,时座客已半集,所未到者仅西斋一人,无何亦至,遂入座。主客六人,凌绍周、裴筱麓、淡人诸君也。肴馔尚适口,眉生宴客所仅见。申刻饭毕,旋各散。

初七戊戌日(2月8日) 晴。午前,约伯衡面托一事,知其饭于任河帅署斋,乃俟其散访诸其家,晤谈良久,所托亦承其允为转达任公,但不知能如余所望否耳。复过西斋,晤谈片刻,傍晚乃返寓。因与西斋约定十二日在余处公宴诸同人。

初八己亥日(2月9日) 晴。午前,修发。适崔季翁来辞行,未克延见,询知其初十南下,明日往送之可耳。午后,缮柬邀请十二日之局,并裁答贺年各信札,料量半日方毕。

初九庚子日(2月10日) 晴。早间,往送崔总戎行,晤谈片刻。旋访籍青,略坐即出城赴局,视伯韶疾,兼陪宴美国教士良约翰等数人。申初席散,复赴凌绍周署斋晚宴,主客只五人耳,初更即散。

初十辛丑日(2月11日) 晴。午后,往贺王仁斋续娶之喜,遇郭春霆、龚淡人、许西斋、王颂亭、郭寿农诸君。傍晚,彩舆甫至,众宾咸视其交拜成礼,然后散。

十一壬寅日(2月12日) 晴。午前,栉发。午后,伯衡过谈,知所事已为转达当事,承其首肯,果尔则余行将请咨引卓异见矣。

十二癸卯日(2月13日) 晴。午后,赴铁塔禅寺偕同寅公宴院幕及同城诸文武,宾主到者十有八人,恰好三席。申正入座,戌初散归。

十三甲辰日(2月14日) 阴。晚间,在寓偕西斋公宴诸同人,到者伯衡、春霆、筱麓、眉生、淡人、绥五诸君。傍晚入席,二鼓即散。

十四乙巳日(2月15日) 阴。午后,谒见本道罗公,晤谈片刻。旋访量甫,久谈。答拜李君尚节,未晤而还。闻黄河各厅有来拜年者,曰二陈,一为石溪,一芙生也。又有候补文慧者亦至自豫省,偕李君同寓城南逆旅中。

十五丙午日(2 月 16 日)　晴。晨起,恭诣天后、大王、龙神各庙,拈香行礼。旋至院道两署贺上元令节。往拜陈石溪、陈芙生,均晤,两君俱主淡人,因约晚酌。余回寓小憩,下往①复往,二更后席散乃还。

十六丁未日(2 月 17 日)　晴。午后,往贺姚眉生为其冢孙娶妇之喜,视其华堂交拜即还,未与喜筵。晚间,吴委员差旋,带到味荃复书并《直报》,均阅悉,并悉稚夑夫人举第二男,乃元旦子时所诞也。

十七戊申日(2 月 18 日)　晴。阅邸抄,陆伯葵由宫詹署副宪复晋阁学,一岁四迁,隆隆日上,固余卅年前总角交也,今则云泥悬隔矣。少陵云"同学少年多不贱",三复斯言,辄自惭形秽耳。傍晚,西斋过谈,片刻旋去。

十八己酉日(2 月 19 日)　晴。午间,祀祖,祭毕即收卷容轴。忽忽未几新年已过两旬矣。年后傅委员亦旋,带到味荃复书,述及慕韩为言者所弹,殆以太红招忌,致启言论欤?

十九庚戌日(2 月 20 日)　晴。巳正,拜开关防,行三跪九叩礼。旋诣院道两署贺开印喜。复往澹人处偕量甫、西斋、眉生公宴石溪、芙生两君,饭后遂留闲谈,并在彼晚酌,二更后散归。

二十辛亥日(2 月 21 日)　晴。晨起,诣院署谒见任帅,首道台,次五厅,量甫因病未到。谈次声庭请与量甫互相调署,时声庭判捕河,量甫权泉河,声老以捕河饷绌工繁故情愿调简,河帅居然允之。余拟请咨入觐,欲求檄委上河兼篆,亦蒙面允。散衙回寓,延请西席次斋王君到馆。午后,石溪来访,谈片刻即去。晚间,设席宴塾师于厅事,招土颂亭、顾翰仙两君作陪,二更后客散。

二十一壬子日(2 月 22 日)　晴。闻捕、泉两缺互相调署,院辕

---

①　"往"应为"午"字之讹。

已悬牌宣示，而余请咨文件道署尚未转院，致未能同日揭晓。午前，修发一过。

二十二癸丑日（2月23日）　晴。答拜水惠轩，未遇。旋访量甫、籍青，均晤谈良久，在籍青处遇绥五。傍晚乃还，知伯韶来访两次，约明日往局商酌公务。

二十三甲寅日（2月24日）　晴。早间赴局，顺道答拜田镇军于东关，至则行矣。旋至局与伯韶晤商一切。午饭后，入城至郭春霆处晚宴，座皆熟人。肴馔精美，二更席散，醉饱而归。

二十四乙卯日（2月25日）　晴。早间，新补甲马营巡检程坦捧檄履任来谒，与接晤片刻。晚间，伯衡招饮，座有眉生、籍青、西斋及余，主客五人而已，二更后方各散。

二十五丙辰日（2月26日）　晴。晨起，诣院署衙参，未晤。旋往奠叶少仙，并赠以挽联，曰："有子早登龙，百里甘棠诒后起；故人今化鹤，十年旧雨渺前尘。"午前回寓，接周耀寰复书，并为兆梓改文四篇来。

二十六丁巳日（2月27日）　晴。午后，访子泉畅谈，渠昨甫至自德州也。在子泉座上遇杨乐亭。回寓后，翰仙过谈，因邀其诊脉开方，服药一剂，因连日觉浮火上升故也。

二十七戊午日（2月28日）　晴。河院悬牌委许西斋兼署下河篆务，兼檄行余处交卸领咨起程。惟查宪书，二月初间无吉日，大约西斋初十方接篆也。

二十八己未日（3月1日）　晴。早间，西斋来晤。渠即日上院谢委，余因尚未接奉咨批，未与偕往。午后，往谒罗道台，适与淡人同见。旋往访籍青，遇绥五，畅谈多时。往贺西斋，未晤而还。

二十九庚申日（3月2日）　晴。午间，祀先。午后，往局阅视公牍。昨罗公交一名条，请派一余丁于局中，因嘱马哨领于炮船中酌予一役以塞其责。傍晚回寓，阅电报邸抄，夔帅以京察开复降留处分。昨解头批饷北行，曾致稚夔、味荃各一书。

二　月

二月初一庚申日(3月3日)　晴。早间,往院道衙参,均未见,旋还寓。篛青过访,谈片刻。午后,捡拾衣箱,料理经手公事,即日接到道署转发河院咨移部科各一件。

初二辛酉日(3月4日)　晴。晨起,谒河帅,未见,嘱翌日再往。回寓后,吴俊民及新任甲马营巡检程坦俱来见。午后,乃检点行装半日。

初三壬戌日(3月5日)　晴。晨起,往谒筱帅,蒙延见,谈片刻,并有嘱面致夔帅要言,彼二公固儿女姻亲也。

初四癸亥日(3月6日)　晴。在寓检理公私文牍,伏案终朝方见就绪。局员高、谢两君来谒,未与接晤。晚间,接得道库发出本月公费壹百八十金,新章扣减平六分,于是又扣去十余金矣。

初五甲子日(3月7日)　晴。晨起,诣院道两署衙参,均未见,旋还寓。午后,淡人过访,谈片刻。晚间,淡人、篛青、量甫、绥五公饯余于淡人寓斋,筱麓、西斋作陪,二更散归。

初六乙丑日(3月8日)　晴。早间,叶笈香大令过谒,晤谈许久。笈香名芸,少仙司马长子,壬辰甲榜即用,人极安详,留心吏治,少仙可谓有子矣。午后,潘心泉来拜,托归途代携诰轴。

初七丙寅日(3月9日)　晴。日间,检得衣箱帽盒并备送土宜蒲包十一件送局,拟交饷便先为带津。适浦饷已到,明日即行,因手书另笺致银钱所李、孙两观察,托其暂为代存,俟余到彼往取。复致味荃数行,均交高委员带去。午后,篛青、峙鲁、翰仙先后来晤,初更方散。余因就翰仙诊脉,小有痰火,开方服药可耳。

初八丁卯日(3月10日)　晴。午间,姚子钧过访,知其才自德州归来。子钧知余将北上,约十二晚酌,设席相饯。日来友人赠贻馈食者颇多,因另册登记,以志寅谊焉。

初九戊辰日(3月11日)　晴。晨起,诣任城书院,随同河帅祭先贤任子不齐。按任子为圣门弟子,居七十二贤之列,济宁乃其故里,筱沅河帅于先贤为七十八代后裔,故特议修复任城书院,并亲谒致祭焉。祭毕,余往各知交处辞行,仅晤姚眉生,余俱未值。眉生以楷木如意见赠,余拟携往津沽献诸夔丈,借代土宜云。午刻回寓,家忌祀先。申初,复往局中辞别伯韶。入城访西斋,傍晚还寓。以卅四金购骡一头,十四金购马一匹,为北上驰驱之需。

初十己巳日(3月12日) 晴。晨起,诣河帅禀辞,蒙任帅延见,并出寄夔帅书嘱带。据云内有伊幼郎小照,托为妥藏,缘其幼子固夔帅婿也。谒帅后,至幕府访汪仲宽,旋回寓。午后,移送下河厅篆交许西斋兼署,余即日交卸。旋偕西斋谒罗道台,未见。复辞别篸青、子泉,俱晤谈片刻,傍晚回寓。

十一庚午日(3月13日) 晴。早间,修发。午后,检集行箧半晌。绥五来送行,晤谈片刻。晚间,凌绍周设席钱别,座有姚子钧、杨图勋、王灵芝三守戎及牛、王诸尉。绍周云有托带信函银两,明日午前送来。子钧席间陡患齿痛,未终宴而罢。余散归时才二更耳。

十二辛未日(3月14日) 晴。凌少洲、龚淡人、许西斋及本属吴、张、鲍三君均来送行,晤面。晚间,子钧招集卫廨小酌,二更后乃还。余终日忙碌异常,三更后乃寝。

十三壬申日(3月15日) 晴。卯初,出南关送任帅起节。复回寓,西斋复来送行。余饱食毕,于巳正自济寓首途北上。出城后,吴、张、鲍三君俱郊送。一路风日清朗,行六十里抵高陆桥,时申初二刻,遂止宿。

十四癸酉日(3月16日) 晴。寅正起。从仆白寓中派役追送板鸭十只来店,缘余拟携备赠人者,登程时行李仓皇,遂尔忘却,内子忆及,故星夜专足送到耳。余初闻湖路间有阻水处,是以取道山路,洎到此间,御者及店家皆谓湖路水涸,平坦易行,遂仍折归湖路。卯正,自高陆桥发车,行七十里,尖于汶上县北之草桥。未正,复遄行六十里,抵东平州城宿焉,时已酉正一刻,夕阳西下矣。

十五甲戌日(3月17日) 晴。寅正起,小食毕即登车,时已卯正。自东平北行,沿途果皆平坦,绝无泥淖。行六十里,抵东阿旧县,时未初一刻矣。约计饭后时晷局促,恐未能宿铜城驿,中间无旅店,只得止宿旧县。此处产阿胶,因添购六斤,携备赠人。今日卸装既早,人马皆借获休息半日,各有悠然自得之乐。

十六乙亥日(3月18日) 阴。丑初即起,为雨所阻,卯正始冒雨自旧县遄发。辰初,过东阿县城。又八里,至渔山渡口过黄河,复绕大堤行五十里始抵铜城驿午馔。未正,匆匆即行,直至戌正甫宿茌平县。沿途遇局勇送饷还,禀称德州以北新遇大雪,陆路难行,高委员昨批之饷已由德州易舟前进等语,然则余到彼亦恐难陆行矣。

十七丙子日(3月19日) 晴。西北风颇厉。卯初,发茌平。巳初,尖于新店。午初,复驾车前进。酉初,宿腰站,平原县属也。是日行一百十里,风大甚冷,余尚无苦。

十八丁丑日(3月20日) 晴。卯正,发腰站,行六十里,尖于恩县之甜水铺。按是处土名苦水铺,乾隆年间奉特谕改为甜水铺,今往来行旅居民仍沿旧称,所亟宜纠正者也。未初,复行四十里抵德州,住马市街逆旅中,湫隘嚣尘,不可以居。卸装后走笔告州同马君,并假阅《京报》,马州同旋派役来伺应。余拟易舟北行,借资人马休息,因令来役饬船行备一座船,庶明日仍可遄行云。

十九戊寅日(3月21日) 晴。辰刻,命仆偕汛役往河干觅定一舟,与之议定价钱京蚨廿六竿,送至津沽,其舟乃三舱小如意船也。巳刻,马州佐来谒见,与谈片刻。午后,部署行囊,自店迁舟,大有出幽入乔之概,水陆之劳逸固不可同年而语矣。余登舟后命车马放至天津等候,以便到彼登陆,济局马队则令还济销差,因手挥家书数行,交其顺带焉。晚间在船晚餐,舟子制饭极佳,由于米好而火候又恰到故也。

二十己卯日(3月22日) 晴。寅正开船,适遇南风,顺水扬帆,舟行颇速。辰初起视,已行六七十里。午初,过柘园镇。午后渐转东风,舟行稍缓。西正,抵东光县属之廉镇泊舟,计今日水程百八十余里,自乙酉至今已五经此道矣。

二十一庚辰日(3月23日) 晴。卯初开船,行驶甚缓,缘东北风过厉也。辰正起,询诸舟子,尚未过东光县城。无何风愈逆,舟人竭力牵挽,亥初始抵箔头镇,是日才行路七十里耳。夜间风愈狂,天气转阴,似有雪意。

二十二辛巳日(3月24日) 阴。自宵达旦,雪飞如掌,岸上积厚数寸。辰刻起,推窗赏雪,别有幽趣,惟未能解维遄行为闷闷耳。午前,摊笺作书致吴季丈,托其为余豫觅舍馆,此信抵津即发递,庶入都后不至伥伥无所之也。午未间雪,后继之以雨,终日不住,竟未能开行,仍泊箔头。夜间,东北风更大,雨声通宵与水声相激射,殊闷人耳。

二十三壬午日(3月25日) 阴。卯正雨止,风尚如昨,促舟子勉强开行,牵挽终日,行五十余里。时已黄昏,去沧州尚卅余里之遥,北风益猛,计未能到,遂泊一小村落。询诸舟人,据云地名传河①,不知是否此两字也。夜间风狂雨骤,自宵达旦不息,篷窗偃卧,每醒辄闻风雨声,令人愁绝。

二十四癸未日(3月26日) 阴。风雨更甚,又复自朝历暮,舟泊是处未能开行,守候永日,毫无晴象。一叶偏舟,四方风动,寒冷无异隆冬,此等情况,可谓极行路之难矣。因忆昔人咏《行路难》云"风萧萧兮雪漫漫,天荆地棘行路难",归愚尚书登诸上选,随园痛诋之以为拾人吐余,然正合余今日所历情境,固行路者所最惮也。

二十五甲申日(3月27日) 阴。雨雪渐止,北风依然。卯正开船,至午正不过行十余里。自德州舟至天津,此为第四次。乙酉初秋第一次,仅行三日;辛卯季春第二番,则以风逆稍滞,然亦六日而到;乙未长夏第三次,行亦只四日;此行已第六日,尚未过沧州,历程不及

---

① 旁有小字:又曰撞河。

过半,舟行之不能克期如此,悔不一径陆行之为愈耳。午后,仍复朔风怒吼,舟子不欲前进,强而后可。申酉间风渐平,行廿余里。酉初,抵沧州,遂泊。

二十六乙酉日(3月28日)　阴。卯初,自沧州解维,风微水平,顺流下驶。午初,过青县之兴济镇,小泊买菜,旋开行。申初三刻,过青县。按兴济镇土人讹呼兴集,故余前两次过是处俱书兴集,嗣阅搢绅所载乃知其误。戌正二刻,泊马厂,是日行日①百廿余里矣。

二十七丙戌日(3月29日)　晴。卯正开船,小有南风,舟行颇利。午正,过静海县。未正二刻,过独流。计到天津不远,因将赠人物件取出,篋笥有损坏者分别换装裱糊,又将致吴季丈书封固,以便到津即寄。是日,晴光大放,日朗风和,神为之爽,盖五六日未睹此景矣。酉正,过杨柳青,因风利不得泊,遂复前进。亥正二刻,抵天津。

二十八丁亥日(3月30日)　晴。辰刻,移舟泊北洋节署辕门,进谒夔丈,并晤稚夔及葛味荃。承夔丈邀入署中小住,即与味荃联床,得以畅谈。味荃情意殷殷,为余照料一切,早晚均与之共饭,酒肴亦极佳。午后,往拜李赞臣、晏诚卿、任粤华、孙慕韩、方勉甫,俱未晤。旋回督署,晤王成叔,渠司会计事,因托以觅车、汇款二事。灯下,有姚君崧甫见访。崧甫乃子祥丈第三子,已十余年不通音耗,渠固早依夔帅幕下云。

二十九戊子日(3月31日)　晴。早间,慕韩、赞臣先后来答拜,均晤谈。吴献廷太守亦来拜,畅谈。献廷固俊民犹子也,见余执礼甚恭,并订明日午饭。下午,偕味荃访王成叔于账房。晚间,绳伯世讲偕文案谭君广生招饮于署东之洋花厅,味荃、成叔皆与会,余皆幕中人,惟不甚熟习耳。晚饭后,至稚夔斋中少坐即还寝。

三十己丑日(4月1日)　晴。午间,偕味荃赴献廷之招。席设义成饭庄,主人劝酬极殷,畅聚良久方还署。下午,复见夔丈,谈片

①　此"日"字当为衍文。

刻。晚间，夔丈设席相款，嘱味荃代陪。席散后，夔丈乔梓均出话别，稚夔亲笔作汇信一函俾余至都取款，约以七百为度，将来由杭息划还也。三更后，别味荃，登舟，以便明日黎明即可由舟登陆云。

三　月

　　三月初一庚寅日（4月2日）　晴。辰初，登陆发天津。午正，尖于蒲口。申正，过杨□□。戌初，方抵蔡村住宿。此皆辛卯入都旧路，今因雪后颇难驰驱云。

　　初二辛卯日（4月3日）　阴。卯初，发蔡村。巳正，尖于河西务。道路泥泞难行。申初，过马头庄，即大雨如注，遂宿淀庄。晚间，大雪纷落，约厚寸余，固三月间所仅见也。

　　初三壬辰日（4月4日）　晴。卯正，雪止日出，遂发淀庄。巳正，尖于张家湾。道途泥水皆遍，车中振撼难堪，苦不可言。申正，方抵于家围，计才行四十余里，然已人困马乏矣，恐不及入都城，因即止宿。且喜客舍洁净，借以休息半日，计亦良得耳。

　　初四癸巳日（4月5日）　晴。晓发于家围。辰初，行十余里又复遇雨，未几即霁。巳初，抵京师。入自东便门，沿城根而西，历崇文、正阳、宣武各门然后至烂面胡同。访季卿丈并其子虎臣，均晤谈。询知仁钱会馆可住，遂驱车往西珠市口，税驾馆中之北花厅，固乙酉年入都旧居处也。今此屋复经重修，焕然改观，宏敞雅洁，堂额曰"瑞芝轩"，徐花农编修所题。花农携眷住此经年，今年甫他徙，适余抵京，得住此室，较住店远胜矣。申初，出访陈凤生于板章胡同，晤谈许久，遂留晚饭，二更后乃还馆。

　　初五甲午日（4月6日）　晴。早间，季丈过谈片刻。余将送友人土宜各件检出，分别致送。巳刻，往访部吏袁、张两君。袁锡斋得晤，张镜湖则未值，晤其侄孙号干臣者，因将咨批各件交其投纳，俾得定期验到。所需部费嘱锡斋转商镜湖，据云须"毛诗"上下，余欲再减，未知能遵教否。午后，将友人交带信件分别饬送，有嘱购物者亦为各开一单,料量半日方毕。

初六乙未日(**4月7日**)　晴。午间,袁书办来见,据云余已将届俸满,可并案带引,于是与之议定卓异引费二百四十金,俸满引费百金,约翌午赴部验到。午后,往谒耆静生观察,晤谈良久。至恒和金店投信取款,内联升定购靴子,马聚兴定购冠领。复拜大宗伯孙燮臣年丈、许子元水部,俱未值。傍晚甫回寓,忽雷雨交作,多时乃止,庭院水漫阶墀矣。

初七丙申日(**4月8日**)　晴。午后,赴吏部验到,堂上官到者为署右侍郎张公英麟。既谒部堂,复谒选君,惟功司印君未到,书办谓迟日须更往,余额之。旋往宣武门外一带拜客,俱未晤。独至义胜居小酌,饱餐而还。灯下,作家书,即刻封发。

初八丁酉日(**4月9日**)　晴。耆静生以肴蒸相饷。余石孙年丈来答拜,晤谈片刻。午后,复往西南一带拜客,至季丈寓,晤虎臣、雅初昆仲,傍晚回寓。

初九戊戌日(**4月10日**)　晴。午前,在馆观看荷包、玉器等件。午后,重赴考功司候验,乃其掌印仍不进署,只得复还。归途易便衣至琉璃厂一游。晚饭后,访凤生,久谈,三更后方返寓舍。

初十己亥日(**4月11日**)　晴。早间,各项贾客挟所有求售者纷至沓来,几于应接不暇,余绌于资斧,未能多购,而目之所接殊觉垂涎。甚矣!财之不可不多也。午后,同乡吴子修、陈杏村两编修俱来答拜,晤谈。晚间,戴青来编修招饮同丰堂,座有杏村及吴绸斋编修,余俱不识。绸斋名士鉴,子修长郎也。二更后席散还馆。

十一庚子日(**4月12日**)　晴。午后,三赴吏部验到,始获见功司掌印延君誉、戴君锡均,于是验到之事既毕,静候带引。据吏云,月之十三日有引班而赶办不及,须俟下旬带领矣。申刻回馆,复访凤生,拉往大同居酒肆小酌。傍晚,雷雨交作。亥正散归,与凤生同车,过会馆门,余先降车,然后送凤笙回寓云。

十二辛丑日(**4月13日**)　晴。终日未出门。午后,孙燮臣尚书年伯来答拜,晤谈片刻。余周历会馆前后各院,深喜此屋之多而适用,惜余里居宦游所住宅舍皆不能视此耳。

　　十三壬寅日(4月14日)　晴。午前,往正阳门内东交民巷吃泰西番菜馆。旋往洋行一游,略买洋货少许,申刻还寓。晚饭后,访凤生久谈,三更乃还。旋舍岑寂,颇动冶游之兴,惜无与之偕者,遂不果出。

　　十四癸卯日(4月15日)　晴。午前,许子元水部过谈片刻。午后,余出门拜客,晤吴子章、子修昆仲、姚菊仙侍讲、夏厚盦比部、刘葆真编修,余俱未晤。回寓已初更矣。

　　十五甲辰日(4月16日)　晴。早间,吴绡斋、刘葆真两编修来晤。两君为壬辰同榜,一榜眼,一会元也。午后,往谒孙驾航年丈,未见。旋至恒和金店取银,至聚兴帽店阅看定制貂冠各件。旋出正阳门还馆。灯下,阅《铁花仙史》数册以破寂寥。

　　十六乙巳日(4月17日)　晴。早间,汪伯堂中翰过访,晤谈片刻。汪亦同里世交,即养云年丈犹子也。昨功司经书张旭即张镜湖函称欲先付以贰百金俾得布置一切费用等语,因将恒和取来之京平纹银二数付之。据云公事都已办齐,下次准可带领引觐云。午后,访季丈乔梓,俱晤谈。申刻,濮紫泉招饮广和居,座皆同乡,然匆匆一面,其姓字皆不甚记忆。紫泉时以兵部郎直枢曹,今年察典膺上考记名,指日可盼外擢,乃同乡中之最得意者。顾公事倥偬之际,犹复抽暇邀饮,可谓恋恋故人矣。饮毕散归,时甫初更。

　　十七丙午日(4月18日)　晴。日间,在会馆旅舍。午后,姚菊仙侍讲、叶伯膏编修俱来晤。余旋往铺陈市购买小靴,计靴四双,费银不过四两,较内城价贱倍徙,惟缎质单薄,不经久耳。晚间无俚,复访凤笙久谈,三更后乃还。

　　十八丁未日(4月19日)　晴。早间,姚崧甫过访,始知其至自天津,寓郡馆,将办分发知县赴闽省需次也。午后,往谒鄂抚谭敬甫年丈,并答拜崧甫,访青来、厚盦,均未晤,惟晤陈润甫编修。晚间,子修招饮同丰堂,座皆同乡,肴馔亦佳,三更后乃散归。

十九戊申日(4月20日)　晴。大风扬沙,尘土眯目。午后,访崧甫于杭州馆,久谈,下午即还。旅店岑寂,竟无游处,只得手一编,仍如在济寓时光景。阅邸抄,穆远峰放开归道,可谓否极泰来。远峰曩与先兄同以道员分发豫省,需次将及廿年,迄无所遇,今及得邀简擢,殊出意料之外矣。

二十己酉日(4月21日)　晴。终日大风,遂未出门。晚饭后,风生走柬邀往闲话,遂往久坐畅谈,约三更后方还馆舍。复阅看《东华录》半册乃寝。

二十一庚戌日(4月22日)　晴。吴子章过访,谈片刻即去。午后,进东城,至东安门外访许子元,至北池子谒驾航年丈,俱未晤。比回馆,已傍晚。有罗卓甫者,淡人妻弟也,闻余来京,因来过访,谈片刻去。渠亦分发知县来京引见者,然余初与之不甚熟识耳。客去,余方饭,忽大雨如注,夜分乃止。

二十二辛亥日(4月23日)　阴。终日霖雨不住。许子元招饮同丰,未刻,冒雨前往。同席只叶伯膏、夏坚仲,又绍兴谢苞庭及子元、乃郎、汲盦数人而已。夏坚仲者,松孙农部冢嗣,厚庵比部犹子也。酉初散席,仍冒雨而还。

二十三壬子日(4月24日)　晴。早间,吏部长班送信定廿七日带引,先二日赴部演礼,计其时已换戴凉帽矣。午后,季文招集聚宝堂宴饮,同席有崇济川、贵韵笙、李兰舟、徐博泉、濮紫泉诸君。崇乃新授宁夏太守。贵、李两君一系出使美国还华,一则将出使俄国者也。博泉名宗浦,乙酉选拔,官刑部十年,已充秋审坐办,与余固同案入泮者,一别忽忽廿年余矣。傍晚席散还馆。

二十四癸丑日(4月25日)　晴。早间,往拜己未年世谊诸君,俱未晤。午间,拜傅韵珊农部,晤谈片刻。韵珊寓宣武坊南,即外舅仲余先生旧居,与余故宅仅隔一墙,曩余完姻时内子即在是屋出阁,今已廿有五年矣。旧游重到,鸿爪依然,惜余所居屋今为陈桂生司农邸第，与之素不相识，不能入室重游，仅于门外徘徊瞻望而已，旋回馆吃饭。午后，往东城谒静宪，适伊步行外出，未获与晤。旋至恒和取银，至马聚兴取回定制冠领，傍晚方还馆。日间，又谒孙燮臣尚书年伯，晤谈颇久。

二十五甲寅日（4 月 26 日） 晴。午前，赴吏部演礼，遇颜筱夏太守，亦同以卓异荐入觐者。筱夏为连平望族，其尊人夏廷先生与先公同官馆台，在粤又久相熟识，两家固世交也。自吏部散出，至大同居酒肆午餐，旋回馆小憩。傍晚，陈润甫招集豫和园聚饮。同席有张子虞、汪范卿，余俱不识，二更后散归。

二十六乙卯日（4 月 27 日） 晴。午初，赴江苏会馆己未团拜。余与谭敬甫中丞年伯及赵世丈、成世兄俱居客席，孙、余两年伯及朱艾卿、恽薇孙、胡幼卿、周少湖、谢缵臣、万小湖诸世兄皆列主位，共设三席，冠裳跄济，可云盛会。申正散席，余即入内城，至东华门下车，步入景运门外之上驷院衙门借住，以便明日午夜趋朝。傍晚，忽来一候补道员袁君鸿祐号樵孙者，亦系引对之员，遂假余屋联床而居。余用晚餐，渠以已饭毕为辞，未肯相扰。灯下，与之闲话，知其乃泗州人，以俊秀从军关陇卌余年，荐保道员，迄未分省需次。此番经董提军福祥保荐送部引见，盖初次入都云。余与之对床夜谈，竟未能熟寐，无何闻柝声已四更，遂起而更易盛服，以待排班带引。有袁君之友宋姓来送引见，携有茶食两盘，余亦相与共啖焉。

二十七丙辰日（4 月 28 日） 晴。寅正二刻，自上驷院行半里余，至景运门，自此前进，仆从不得随入。内有苏拉引至九卿朝房憩息，并以茶进，不过需给钱少许耳。是日，吏部引见四十员，外官只四员。卯初三刻，上御乾清宫，部员带领臣等入乾清门跪宫门丹墀下，口奏履历三句毕，即退出。臣于是再觐天颜矣！惜目光短视，未能瞻仰于万一，真所谓"天威不违颜咫尺"也。退朝后，缓步出东华门登车还馆，时甫辰初二刻。午刻，报房抄奉谕旨："卓异俸满东昌府下河通判楼汝同着回任，准其卓异加一级，仍注册候升，钦此。"绿头签亦奉发下。签背所书,清汉合璧,谕旨并同。叨荷纶音,良深荣幸。午后,静息半日。晚间,赴天寿堂袁吏之约。设席楼轩,彩觞相款,惜人多烦热,竟难久坐,余饭毕即散归。

二十八丁巳日(4月29日) 晴。终日未着冠带,仅于午后便衣出门买物,至东交民巷洋行棋盘街桂林轩各购买货物少许,旋回官。傍晚,有东河秦宝琛者新发候补县丞也来谒,与谈数语而去。其人于仪节诸多疏忽,固不足与较耳。

二十九戊午日(4月30日) 晴。午初,诣鸿胪寺谢恩。旋至恒和取银。谒静宪,未晤。因往仁钱试馆答拜汪伯棠中翰,亦未遇。出正阳门,过一羊肉馆,遂入啖羊汤饭,饱餐而归。晚间,风笙邀吃大同居,畅谈至夜分方散。

三十己未日(5月1日) 晴。早间,耆静宪过访,畅谈多刻。午后,吴虎臣、姚崧甫均来晤。是日,结算各帐,不敷开销,尚须假诸友人方有出京川资。晚间,风笙复来久谈,三更后乃去。阅邸抄,劳厚庵为东抚李公奏保开缺,以道员调东差遣,李公之赏识为不谬矣。

四 月

四月初一庚申日(5月2日) 晴。午刻,孙燮臣尚书招陪谭敬甫中丞,宴集安徽会馆。同席有石孙年丈及李宫庶昭炜、谭芝云编修启瑞。未正散席,复至孝顺胡同永丰堂,恒和店主汪兑山、童东华招饮,座有姚崧甫,余俱不识。申正回馆,季丈过谈片刻。沈子封编修亦来晤。晚间,徐博泉招饮广和居,畅饮尽欢而散。回馆接到部给回工执照。

初二辛酉日(5月3日) 晴。巳刻,出门谒静翁,兼晤其子镇卿部郎。因向静翁假用双柏,承其慨允,约初四日送来。余拟初七日出京,似不至再改期矣。旋至崇文门外喜鹊胡同发电至济宁,告以行期,并电子泉告知伊开缺事。申初回馆,刘葆真以余辞其招饮复贻食物数种,情意颇殷,又需赠以别敬一分矣。

初三壬戌日(5月4日)　晴。早间,在馆检拾行李。午后,缄封别敬十余分。凡友人请饭者均留别敬以报之,计百金可敷分布。晚间,宿州周镜渔驾部招集观音寺四和居小酌。镜渔之内弟陈晓湖名其佐,据称前曾随宦甘肃,余弟子舟尝以幼妹许字之,至今尚未迎娶。余久不得弟书,实不知其详。席间,与镜渔略谈梗概,始稍知一二耳。二更后散归。

初四癸亥日(5月5日)　晴。早间,饬仆分送各处别敬。午后,石孙年伯偕艾卿侍读招集江苏会馆公宴。同席有李筱川少京兆、恽薇孙宫允、熊编修亦奇、俞编修寿庆,余以外官踞首座,颇自愧已。傍晚散,复访虎臣,询明郑少篁、砺斋昆仲住址,即刻往访,未晡而还。灯下,复督仆检理行装,良久方毕。比就枕,已子初三刻矣。

初五甲子日(5月6日)　晴。黎明起,往燮臣年伯处辞别,未见,遂还馆。午后,徐博泉来送行,晤谈片刻。余旋往琉璃厂添购写日记册本,向用含英阁本遍访不遇,始知其已歇业,于是仍购得松竹斋本十册。复访季丈乔梓,晤谈良久。傍晚还馆,凤生原约今晚往酒肆小酌,因感疾不果来。

初六乙丑日(5月7日)　晴。寅正二刻即起。命金福押送行李什物先往通州觅定船只,余明日方出都,仍取道津门,冀乞得干时策也。午后,往辞孙燮丈,未值,而其阍人述主言,知所恳承其首肯。复谒孙驾丈,则值其病足,始终未获相见。归途行至东长安街,忽阵雨一次,坐车中颇冷,因回馆添衣。百忙中尚为崧甫挥一札致乃秋太守,恳其照拂,崧甫适来访,遂面交。余以明日即将出都,因往紫泉、博泉、子修及石孙年丈处告别,均不值,惟与虎臣内弟久谈。旋过凤生践晚酌之约,稍坐,余先暂还更衣。虎臣、雅初同来送别。凤生旋来,拉往酒肆话别,畅聚半夜。同席有李竹汀,亦江宁人也。自酒肆出,与凤生同车,过馆门余下车,凤生亦去。

初七丙寅日(5月8日)　晴。凤生为设小食,邀往聚谈以当别饯,因复畅叙。辰正初刻,自京师首途。余畏石路颠簸之苦,乘肩舆以行,取道通州登舟,自较安适。午初,过双桥,小憩旅店即行。未正,抵通州,入自西门,出东门,至水次登舟。申初即解维,顺流而下,风日晴和,舟行迅利。戌初,抵马头湾停泊,盖已行百数里矣。时苏浙海运漕粮已由津起剥北上,沿途所遇皆海运剥船也。

初八丁卯日(5月9日)　晴。寅初三刻开船。余辰初二刻起,推窗眺望,见来船皆扬帆,而我舟行驶较缓,知又遇逆风矣。小食后,傍榻假寐,醒来见舟已泊岸,询知抵河西务,因风大舟子停舟吃面。时交午刻,余亦呼饭饱餐。有售鱼者,买得鲤鱼一尾,为晚餐之需。午后,仍多东南风,舟行不及昨日之速。酉刻,过蔡村,命庖人烹鱼。小饮,自制鱼生片佐之,蓬窗独酌,颇得陶然盎然之趣。亥正二刻,泊舟杨村。

初九戊辰日(5月10日)　晴。寅正二刻开船。余辰正起,询知已过蒲口,时东南风渐微,舟行顺流而下,颇觉爽利。午正,抵天津,仍泊舟北洋节辕门外。午后,入署谒见夔帅年伯,畅谈多刻。旋晤穉夔,稍坐。仍访味荃于西幕府,在彼晚饭,二更后还舟。因将致送夔帅乔梓及葛味荃、李赞臣、吴献斋诸君礼物分别饬送。

初十己巳日(5月11日)　晴。早间,登岸拜客,晤沈筱梦师、孙慕韩、方勉甫两观察,余均未见。午刻,搬寓督署,仍与味荃联床。晚饭后,偕味荃至穉夔斋中一谈,并与穉夔商定再假白金二百,连京中所用共平足纹壹千壹百两,言明由余本年杭州当息下划还。又与商定余拟提借四弟名下历年积存息洋贰千元,渠禀诸夔丈,蒙允,函致经薰照办,嘱余先书一收条。余即照书,交穉夔,由稚夔寄经薰,其款注明俟夏间兆梓回杭乡试时取用。此款余虽暂时提用,终将还诸四弟,初不忍久假不归,累吾小弱弟也。

十一庚午日(5月12日)　晴。晨起,与味荃闲谈。午初,往拜李赞臣、吴缄斋,均晤谈。访任粤华、李文石,均未遇。旋至第一楼,味荃招饮洋馔,坐皆幕府中人。申初,散归督署。晚间,夔丈设席相享,命其孙绳伯代作主人,穉夔竟不出陪,亦可怪已。席间,食鲥鱼,此品自游宦豫齐后已十四年不尝其味,今得饱啖,足夸口福。席散后,至稺夒室晤谈片刻。稺夒出示夒丈致任河帅书,中有为余揄扬语,公之待余,真可谓感恩知已已。三更后,别稺夒回舟,拟明日登陆首途也。

十二辛未日(5月13日) 晴。寅正起,将行李装车陆行。适万益斋解饷差竣旋济来见,询余有无信件交带,余遂挥数行谕兆梓,以箱笼七件交抑斋先为带回。巳初,入署辞别夒帅,蒙殷殷话别,手取顶好贡余普洱茶四瓶见赐,并佐以金腿四肘、云南雪耳两匣、茶菊、龙井茶各二瓶。余既别公,复往味荃斋中小食,味荃亦以鳆鱼、荔支、肉松、磨菇见贻,友谊之笃,真非恒泛。别味荃后,即登车发天津,时已午初。行七十里,抵煤厂,时已酉初三刻,只得止宿,惟店屋湫隘不堪耳。

十三壬申日(5月14日) 晴。晓发煤厂。巳初,尖于唐官屯,计程五十里。是处店屋高洁朗爽,且有大玻璃窗,为从来所罕见。午初饭毕,复行,陡遇风雨,赶紧遄行,至酉初抵兴济镇止宿。

十四癸酉日(5月15日) 晴。卯初,发兴济。巳初,行六十里,尖于掘店。午初,复前进又行六十里,抵南皮县。由城外绕至南关逆旅住宿,不由城内经行,未知其风物市廛如何。时方酉初,因呼修发匠栉沐一度,然后晚餐。味荃所贻肉松甚佳,余连日食而甘之。

十五甲戌日(5月16日) 晴。寅正,发南皮。行六十里,尖于廉镇,时巳正二刻。饭事既毕,适际午正,因复遄行五十里。申正二刻,抵柘园镇住宿。余去春迎大府曾泊舟是处三日,若陆行抵此则今乃第一番也。连日店屋都不见佳,殊回忆唐官屯不置云。

十六乙亥日(5月17日) 晴。寅正,发柘园镇。辰初三刻,过德州,尖于马市街逆旅。州同马君竟不出迎,余饭毕即命驾前进。未正即抵甜水铺,因天时较早,复前行三十里,宿恩县南关。是日行百二十里,投辖时亦才酉初耳。

十七丙子日(5月18日) 晴。寅初,发恩县。卯正,过腰站小憩。巳正,尖于新店。饭后,复遄行。酉初,抵茌平县住宿。是日行一百四十里。晚间,有歌伎来奏技者,留其歌数曲,费钱千余文矣。

十八丁丑日(5月19日)　晴。寅正,发茌平。行六十里,巳正,抵东昌府城。探知西斋来上河署小驻,仍返济寓。余饭后即行。酉初,抵沙镇住宿,又四十有五里矣。是日共行一百十里云。自此至汴路程曾于乙酉四月由汴赴京均出此道,今忽忽十有三年,披阅昔年日记,颇足资考证也。

十九戊寅日(5月20日)　晴。寅初,发沙镇。卯初二刻,过莘县。午初,尖于朝城县,计已行八十里。未初,复前进。酉正,抵观城县住宿。朝城至此五十里,今日计行一百三十里。两邑皆曹州府属,民俗犷悍,伏莽时出为患,近今各要隘大府多派勇营驻防,较昔尚称安静云。连日所值旅店皆极坏,殊苦之。

二十己卯日(5月21日)　晴。寅正,发观城县。至巳正,行六十里,馆于清丰县属之关爷庙。午正饭毕,复行四十五里,抵开州住宿。时方申正,爰告知开州协戎张西园,向其借舆入城相访。西园闻余至,喜甚,不待余往,即呼驺来店晤谈。旋以舆来迓,坚邀入署小住,余感其情意殷肫,遂自北关旅店移入协署,西园命声炮相迎,可谓情文备至。时牧开州者为保山吴子明刺史焘,固少侯太守介弟也,余与少侯素相契好,因往拜晤子明。相见之下,子明亦坚挽小住,且命人邀至州署下榻,与西园争作主人。余固与西园相交十年,子明则甫识面,只得辞吴就张。晚间,西园设馔相款,并邀子明共酌,畅谈尽欢。子明去后,复与西园闲话良久,三鼓方寝。

二十一庚辰日(5月22日)　晴。感张、吴二君之意,勾留一日。午饭宴于州署,晚饭宴于协署,畅叙永日。相陪有杨云峰协戎,幕宾陈君早晚俱同席。宴毕,子明复久坐,剪烛清谈,久之乃去。余复与西园晤对多时,约为异姓昆弟,情谊之笃可谓白首如新矣。夜分,子明复手柬送别,托带银信各一缄,系到济投送之件。

二十二辛巳日(5月23日)　晴。寅正起。卯初,别西园,自开州遣发。西园赠赆钱十千余,坚却不获,受之,颇觉歉然,行五十里,馈于良门。西园派马队二人相送,即令前行引路,故行走甚捷,打尖时方巳正也。午正,复行六十里,抵滑县之丁栾集住宿,计亦行一百一十五里云。

二十三壬午日(5月24日) 晴。寅正二刻,发丁栾集。卯正,过长垣县。巳初三刻,尖于柳光集,午后复行。申正,抵司庄住宿。去黄河柳园渡口五里,恐不及渡河,遂止宿云。是日行一百里。

二十四癸未日(5月25日) 晴。寅正三刻,发司庄。辰巳间渡黄河。巳初三刻,达南岸登陆。午正,抵开封入城,寓土街忠升店,即辛卯二月所住屋。午后,修发。小食毕,即投谒河帅禀到,嘱明晨往见。当即投文缴照,爕帅书函亦投入。自河院还店。灯下,作致西园、子明书各一缄,并录出赠子明刺史七律二首,车中所成稿也。诗云:"季公不减仲公贤,云路扬鞭最占先。到处治平称第一,移官道里动盈千。鹤琴相伴真无忝,鸡黍留宾信有缘。更喜将军怜旧雨,南衙夜宴互传笺。""征衫才脱便重穿,未免临歧意黯然。乍见又成千里别,何年更醉百花天。荆枝竞爽遭逢盛,李郭同舟久约坚。寄语明湖贤太守,金昆玉友总缠绵。"

二十五甲申日(5月26日) 阴。辰初,诣河院行台,谒见河帅任公,蒙延见于厅事,谈片刻退出。回旅舍,撝挡送河帅礼物,开箱倾箧,半晌方毕。自巳至未大雨不止,申初雨息,乃将礼物送去。晚间,天渐转晴,闻河院已牌示饬回本任。

二十六乙酉日(5月27日) 晴。早间,往河院投手版。旋访周鼎臣,畅谈,午间回店。午后,汪仲宽、冯育甫均来访。晚间,鼎臣邀吃第一轩,坐有叶作舟。饮毕,复往作舟处畅谈,三鼓乃还。奉到饬回本任院檄。

二十七丙戌日(5月28日) 晴。辰刻,诣河院禀谢,单见,畅谈,遂禀辞。午间,作舟招饮寓斋,畅聚久之。申刻,自忠升店束装起程,以应良辰吉时。因未能远行,遂税驾鼎臣寓斋。晚间,定甫招饮,同席有石溪、芙生及李晓苹、吴田生诸君。田生乃庚生侍御堂弟,仲饴观察次子也。谈次提及庚生,相与感叹久之。席散后,暂返鼎臣寓中,与鼎老久谈,三更乃寝。

二十八丁亥日(5月29日)　晴。晨起,自鼎老处长行。鼎老率其次子仲以出谈,送于门外而别。已正,抵招讨营午膳,饭毕复行。酉正,抵红庙止宿,店屋尚好。是日行壹百贰拾里。

二十九戊子日(5月30日)　晴。寅正,发红庙,行七十里。已正,尖于旧考城,西园所派两弁前途先往看店,故所止逆旅尚洁净。午后,复行五十里。酉初二刻,宿曹县。

五　月

五月初一己丑日(5月31日)　晴。卯初,发曹县,行五十里。已初三刻,尖于冉故集。午后,行七十里。酉初,宿张逢集。日间南风甚大,尘沙扑面,抵旅舍后热甚。晚间,稍卧即挥汗不已,遂呼仆从起,将复命驾夜行云。

初二庚寅日(6月1日)　晴。丑正,发张逢。卯初三刻,过独山,小憩旅店,片刻即行。辰正二刻,尖于纸坊。已正,复遄行。午正一刻,过河长口。申初,抵济安台。属僚吴俊民、张伯平均迎于郊外,舆夫人役亦来迓,遂易肩舆。入城拜许西斋,未晤。抵公寓,与家人相见,旋梆发一过。酉初,西斋移送关防前来,即时拜受,回任见属吏,祀神祭先,戌刻方毕事。西斋来答拜,晤谈片刻。日间热甚,初更后大雨滂沱,通宵不息,幸余中途速行,今已卸装,否则拖泥带水,其苦不堪设想矣。

初三辛卯日(6月2日)　晴。晨起,雨止日出,庭院已积水数尺,饬役疏导之,半晌方涸。午前,淡人、量甫、伯韶均来访。午后,王子泉亦来晤。申初,往谒本道罗公,适遭其丧偶,因先素服一奠,然后易服相见,约谈时许即出。至官厅遇凌少洲,相话片刻。余遂还寓,将友人交带信物一一检出分致,料量多时。开州马弁将返,又挥数行致西园,并犒赏该弁银物以答其劳云。

初四壬辰日(**6月3日**) 晴。晨起,将致送友人礼物分别检出配送,料量竟日,尚未毕事。籜青过访,未晤。午后,修发一过。傍晚大雨,夜阑方息。

初五癸巳日(**6月4日**) 晴。辰刻,诣道署贺节,诸同寅咸集官厅,投手版少坐,旋散。街道积潦甚深,遂不复往拜客,回寓假寐时许。午间,祀先。午后,复致送各处礼物,共有廿余家之多。

初六甲午日(**6月5日**) 晴。道台出勘北路挑工。晨起,诣署候送。旋往拜客,晤西斋。午后,复出门遍拜同城诸公,晤绍周、眉生、筱簏、子泉,余俱未见,傍晚还寓。

初七乙未日(**6月6日**) 晴。早间,料理送礼,又复致送数处,于是乃遍及无遗。午间,子泉招饮,午后散归。晚间,绍周招饮,二更后乃散。

初八丙申日(**6月7日**) 晴。午后,出门拜客。晤孙伟如、查籜青,余俱未见。傍晚回寓,检阅在都所购松竹斋各项楷本,竟少《殿试朝考卷》各一册,殆该铺忘却包入,此二册计价银壹两,为值无多,似非有意影射也。

初九丁酉日(**6月8日**) 晴。午后,茈转运局阅示公牍,并晤伯韶及各局员。数月积牍一一补判,半晌方毕。回寓,知汪益棠、鲍凯丞俱来拜,未值而去。

初十戊戌日(**6月9日**) 阴。早间雨。巳刻,往道署候迎罗公。同人咸集,淡人亦至自工次,惟量甫未到。道台午正方还署,余散衙回寓已未初一刻。是日家忌,祀先。饭后,料量衣物箱笼,一一安置妥贴,目前为之一爽。晚间甚冷,衣两夹衣尚嫌单寒。

十一己亥日(**6月10日**) 晴。早间,潘心泉过访,谈片刻。午后,出门访西斋、淡人、绥五,俱晤谈。在西斋处坐最久,并晤翰仙,因面延其来寓为内子诊脉。翰仙二更后方至,开方毕,正在叙谈,适阵雨大作,翰仙遂辞去,因命驾车送其还寓。

十二庚子日(**6 月 11 日**)　晴。终日在寓料量信稿,分别改定,嘱高春霆誊缮。午后,郭春霆过谈。下午,小眠片刻。傍晚,翰仙来寓为内子复诊,余亦周旋一番,送诸门外乃已。

十三辛丑日(**6 月 12 日**)　晴。卯初即起。辰初,诣道署陪吊,同人咸集,申初方散。接江南粮道吴仲饴观察来书,告知粮船重运已开兑起程,因手自拟稿复之。又拟禀河帅稿一通。西席王次斋虽兼办书札,无如所拟稿皆剿袭雷同,毫不贴切,仍须自家删润耳。

十四壬寅日(**6 月 13 日**)　晴。晨起,修发。巳正,诣道署,送罗公夫人发引至铁塔寺,然后散。西斋、筜青均来余寓小憩,畅谈半晌乃去。

十五癸卯日(**6 月 14 日**)　晴。晨起,诣火神庙,拈香行礼,旋还寓。晚间,马丽生游戎以丁内艰延请陪吊,设席相请,只得前往酬应一番。郭春霆、查筜青均在座,二更后散归。

十六甲辰日(**6 月 15 日**)　晴。巳刻,赴局。伯韶招饮,兼偕伯韶宴客,共设两席。未初入座,申初客散,余复稍憩。酉初还寓,孙伟如过谈。晚间,邀翰仙为内子诊脉,与晤谈多时乃去。

十七乙巳日(**6 月 16 日**)　晴。封发上河帅禀及谢何定甫请饭函,又手自作书致谢周鼎臣、叶作舟两君,均分别驿递。

十八丙午日(**6 月 17 日**)　晴。早间,往奠马丽生之太夫人,兼为陪宾半日,遇淡人、声庭诸君。午初回寓,郭寿农大令过访,谈片刻去。

十九丁未日(**6 月 18 日**)　晴。午后,往马宅送殡,同人咸集,送至南关河湾舟次,拜奠一过乃散。余复往看所雇南湾子大船,高深宏敞,精洁无尘。余拟命兆梓归应省闱兼挈其妇归宁袁浦,得此巨舰乘之,真可谓极行旅之乐矣。

二十戊申日(**6 月 19 日**)　晴。日间,在寓作书寄子先、子扬昆仲、沈经彝、许清如、黄绶卿、家欧获诸君共六函。午后,王伯平县佐承钧来谒见。晚间,姚子钧招饮署斋,座皆熟人。傍晚入座,二更散归。

二十一己酉日（6月20日） 晴。早间，复作致子绥弟、再彭侄、赞斋亲家、筱侣表叔书各一械，均交兆梓带往。午后，浦局饷项解到，共来炮船五只。赞斋书来，命一徐姓哨官所带炮船来迓其女归宁。余本已派令周哨官带领炮船送往，今彼已有炮船来迎，此间可无须派往矣。晚间，发电致赞斋，告以此间已放棹南下。

二十二庚戌日（6月21日） 晴。早间，作上夔帅禀，作书致味荃、赞臣、慕韩、献斋诸君，俱交吴委员家椿顺带。午后，命兆梓夫妇南下。船泊在城闸下，稍开行数里即止，明日方长行也。晚间，龚、查、文三君招饮，设席声老处，二更后散归。

二十三辛亥日（6月22日） 晴。终日在寓休息，未出门。天气渐热，惟静坐稍涤烦溽耳。阅邸抄，南皮张相国作古，以大魁而陟宰辅，寿八十七，可谓极儒臣五福之全矣。

二十四壬子日（6月23日） 晴。督仆晒晾皮衣两箱。日间，在寓阅《东华录》数册，又将致张西园、吴子明两君信各加一另单，并将谱帖寄去，所谓与之换帖是也。子明时已由开州调署邢台，今当履新矣。

二十五癸丑日（6月24日） 晴。午后，修发。因自拟禀谢夔臣尚书稿，未毕。灯下，阅《东华录》及《七家试帖》。

二十六甲寅日（6月25日） 晴。午后，邹君鸿诰来见，并以泰西德律风见贻，谓可传递语言者，试之颇验。余久闻有是物，特未尝亲见，今观其制，即古人空谷传声之遗，初无甚新奇也。

二十七乙卯日（6月26日） 晴。午后，莅局阅视公牍，晤伯韶，与畅谈。归途访王子泉，晤谈多时。子泉任卫守备，俸满开缺，以都司归标候补，尚须赴引方能到标，刻下尚无行期耳。

二十八丙辰日（6月27日） 晴。午后，挈榕、梧两儿至城南杜公祠、王母阁各处游览，流连多刻，酉初乃归。时池荷未放，无甚可观，惟此间究以是处为名胜之区耳。

二十九丁巳日（6月28日） 晴。日间，将上孙尚书禀稿拟就，

送交高春霆誊缮,又自拟致耆静宪信稿,未毕。灯下,又阅《东华录》
二册。

三十戊午日(6 月 29 日)　晴。午后,澹人过谈片刻。晚间,接
四弟自兰州来电,惊悉庶母范淑人逝世,四弟丁所生忧,须开缺回籍
矣。伤哉!电报并未叙明殁于何日,其意盖因故园老屋为余租出,渠
现欲回籍,促余专人为之料理房屋,始有此电耳。当晚即复一电信,
告以即令租客速迁,不致有误,以安其心。

六　月

六月初一己未日(6 月 30 日)　晴。余因期服照例请假,未出谒
庙。日间,作谕兆梓书,令其抵里后即将老屋促令租客迁让,以备四
弟回籍居住。余定初三日在铁塔寺为范太淑人设位讽经,行家祭礼。
因撰成灵前长联,云:"少小赖提携,十三年远隔慈颜,每念恩勤虚报
答;关山遍间阻,五千里遥怜子季,何堪襄经返乡间。"

初二庚申日(7 月 1 日)　晴。江北漕船前五起齐抵济宁。午
前,粮道吴仲饴观察来拜,晤谈片刻。仲饴为庚生侍御仲父,固子通
先兄壬戌同年友也。午后,西斋约偕谒粮道,余遂往访西斋,偕其同
谒吴公于南关舟次,晤谈多时。入城后,复偕至量甫寓斋。是日为量
甫生母太夫人寿辰,同人咸集,余少坐即还寓。

初三辛酉日(7 月 2 日)　晴。黎明,诣铁塔寺,为庶母范淑人设
位祭奠,率妇孺齐往哭拜,延僧众讽经永日,循俗尚也。同寅自道台
以次咸来致奠,并送明器,到者约三十余人。傍晚,祭毕,送神,然后
还寓。是日,本属吴、张、马三君在彼为余陪宾永日,亦可谓至诚已。

初四壬戌日(7 月 3 日)　晴。早间,置备送吴观察礼物八色,伊
仅收阿胶、梅苏丸两色。渠昨送余之礼,余收得绍酒两坛、洋灯一盏
云。下午,访陈履中。适南门桥因过船卸去,又无渡船,渠店适在南
岸,遂不克往。归途访孙伟如,畅谈。傍晚回寓,知襄办河运方仲侯
来拜,未获接晤,殊觉歉然。

初五癸亥日(7月4日)　晴。河运第七起委员孔琳轩、十起委员叶子甄俱来拜,晤谈片刻。午后,往答拜仲侯、琳轩、子甄,均未晤。旋往各处谢客,晤声庭久谈,傍晚回寓。阅邸抄,朱艾卿侍讲、陈润甫编修同典湖南乡试,二君皆今春在京所熟识者也。

初六甲子日(7月5日)　晴。浦局第四批找饷已到,即日转解北上。此次派傅训导管解,因作书致味荃,附去秦产土药百廿两,兼为西园询密保事。下午,鲍协备来谒,晤谈良久乃去。灯下,阅《东华录》。

初七乙丑日(7月6日)　晴。午前,陈主簿来见。午后,摊笺致周耀垣书,未毕。马把总复来谒,亦与接晤。道库发下本月公费银,以之兑钱,每两才易制钱千二百文,何银价日贱至是耶?

初八丙寅日(7月7日)　晴。封发致耀垣书,又将致京师诸友谢函拟就底稿誊于稿簿,送春霆誊缮。午后,查篛青过谈,良久乃去。杨乐亭送阅浦局公电,述及兆梓初六日抵清江浦,未知十三日能否由浦返棹南下也。

初九丁卯日(7月8日)　晴。闻地方有司因久岸设坛祈雨,并禁屠宰,凌少洲固关心民瘼,非风尘俗吏比也。午后,天气渐阴,似有雨意。灯下,阅《东华录》。

初十戊辰日(7月9日)　阴。早间,将上耆静生观察封固,送交玉堂酱园陈履中转寄,并访履中,晤谈时许,午初回寓。未刻,风雨交作,立沛甘霖,申初雨止,夜间又复大雨时许,少洲之祈祷何其灵应如是耶? 吾知其喜可知已。

十一己巳日(7月10日)　晴。午后,西斋过访,谈良久。适骤雨一阵,俟雨过乃去。傍晚,延翰仙来寓为内子视疾,与晤谈时许。闻漕艘头起甫抵安山,尚未齐抵十里铺也。

十二庚午日(7月11日)　阴。终日阵雨数次。吴俊民饬人前往武城,因手书谕单交其带付田成,令往县中催提夏季俸廉银两,未知半月后能解到否耳。

十三辛未日(7月12日)　晴。日间,雨止日出。闻西斋不日将往东昌,翰仙亦偕往,余因内子疾仍未愈,走柬邀翰仙来诊,乃翰仙覆函以即将登舟辞,只得中止矣。

十四壬申日(7月13日)　晴。午后,往局阅视公牍。适伯韶外出,谢、宋、刘、方四委员皆出见。下午,入城往拜池楼书院掌教林康甫中翰,晤谈良久乃还。

十五癸酉日(7月14日)　晴。张伯平主簿将往汛来禀辞,因与接晤,并将禀报入境禀牍交其带往代填代发。日间,作陈凤笙书,又致季卿叔岳书、京中各友谢函亦都缮齐,拟寄交季丈处分别饬送。

十六甲戌日(7月15日)　晴。日间热甚。闻漕艘已出十里铺运口,前四起都已入黄,后帮亦可跟踪前进,本届船行可谓迅利矣。晚间,内子甚觉不适,缘翰仙既未能来复诊,徒谓旧方仍可照服,今日曾服原方一剂,病转加甚,殆药剂不投之故。

十七乙亥日(7月16日)　晴。内子疾仍如昨,气逆腹痛,不能饮食,呻吟不已。此间医者如郑延卿、李子英辈均为他处延去,皆不在城,姑俟来朝再看可耳。

十八丙子日(7月17日)　晴。寅初刻,内子疾陡加剧,肚腹奇痛难支,遍身汗出不止,四肢寒冷,不能转侧。余曾记姚子钧云有吴鹿芩者精医术,因急询诸子钧,据云吴君现自患病,久不出门,近日所延桐城张君诗岩,乃州署记室,亦谙歧黄,遂延张君来诊。据云寒暑夹杂,为凉药所伏,亟重用温散之剂。服药后,疾稍间,然仍昕宵呻吟不已,水米不进,此次真生平未有之剧疾,殆无异余己丑夏五之大病矣。下午,本道自十里铺回署,余百忙中尚抽身往迎,与同人相晤官厅,少顷即归。初更,复延张君为内子复诊,换方服药,通宵扰攘,鸡鸣余方就寝。

十九丁丑日(7月18日)　晴。早间,延诗岩为内子复诊,仍用温剂服之。腹痛略减,气疼作呕如昨。午后,淡人来问疾,与晤谈片刻。晚间,病者又复呻吟难已,复延诗岩来诊,据云上焦有暑邪内伏,改用温中托表解暑之剂,服药后仍未减轻,殊深焦灼。

二十戊寅日(7月19日)　晴。内子疾稍间,勉进粥汤面片少许,惟有仍觉腹中气滞作疼。午前,张诗岩诊脉,换系照昨方加减。午后,绥五、篆青来视疾,晤谈良久去。夜间,内子仍未能宁适,惟稍能进汤水,而食入辄梗胸际,未能直达下焦,殊患苦之。

二十一己卯日(7月20日)　晴。内子疾仍如昨,诗岩于午前复诊一次,换用祛湿化痰之剂。闻漕艘前四起已进陶城埠北运口,余乃寓书德州马州同,嘱令俟漕船出桑园镇境为余代发电禀,代填印禀时日,就近发递,寄以济纹六两备电报之需,派役专送德州,似不致误。

二十二庚辰日(7月21日)　晴。午前,仍延张诗岩来诊。方剂无甚更易。余甫送张君出门,榕儿忽又发肝厥凤恙,昏晕不省人事,时许方醒,于是重复速诗岩再来为之诊视,开立一方煎服,居然平复。而内子总觉疾未脱体,时复卧床呻吟,真令我愁闷难释矣。

二十三辛巳日(7月22日)　晴。午前,复请诗岩来诊,病者殊未觉痊,张诗岩之术不过尔尔。午前,以家忌设馔祀先。午后,访淡人、绥五、篆青,俱晤。傍晚回寓,内子呻吟床蓐不已。初更时,又延诗岩来,据云暑邪内伏未净,复用柴胡桂枝汤表散,余疑其说不确,未敢煎服。夜半,祷求吕祖仙水服之,甚觉舒畅,殆默邀神佑欤?

二十四壬午日(7月23日)　晴。内子疾稍间。闻张君梅庵精医术,因延其来诊,据云前服张诗岩所开柴胡、细辛大误,是以疾转加增,不如暂为停药数日,俟前药性过再为徐徐调治,遂依其说,拟停药三数日再看情形可耳。

二十五癸未日(7月24日)　晴。嘱杨乐亭函询清江电局转询兆梓何日自浦南下,得其复电知于月之廿日始自浦首途。午后,接张伯平临清电报,知漕船头起已抵临清口。又接味荃复书,并寄来药书、药物。日间,将京信汇齐封固,寄求季丈分别饬送,共十六函。

二十六甲申日(7月25日)　晴。丑正,恭诣龙亭朝贺万寿,自道台以次咸集。寅正,礼成,道台先散,同人复流连赏荷,坐亭中茗话,觉清风徐来,甚觉凉爽。卯正,方各散归。余因内子疾久未瘳,复命延请张梅庵来诊,值其赴乡未至,闻须三两日后入城,只得徐以待之。午后,余迁居外斋,以卧榻让诸内子养病。傍晚,微雨一阵。

二十七乙酉日(7月26日)　阴。时或微雨数阵,天气极凉,颇似深秋光景。内子病似渐除,而胃纳仍微现,已停药数日矣。灯下,阅《曾文正家书》。

二十八丙戌日(7月27日)　阴。终日雨未止。余兀坐萧斋,阅《曾文正家书》及《本草纲目》,以消永昼而已。

二十九丁亥日(7月28日)　阴。雨渐止。早间,遣车至北乡延请张梅庵为内子诊脉。午后,姚子钧过访,谈片刻。傍晚,张梅庵至,诊得内子病已平复,惟元气亏弱,只须徐徐调理便可霍然也。夜间甚冷,可衣薄棉,亦三伏天所罕遘耳。

七　月

七月初一戊子日(7月29日)　晴。卯初起,恭诣天后、龙神两庙,拈香行礼。旋至道署贺朔,同人咸集,少坐即散。因答拜郭春霆、张诗岩,然后归。午后,郭伯韶过访,谈片刻。量甫偿还客冬代购冠补价银十四金,武城县解到夏季俸廉银四十余金,余正需用孔亟,此两款来邰济燃眉。下午,接赞斋亲家复书,并附兆梓安禀,知余月朔驿递一书,初八即已递到,梓儿住甥馆旬余,已于六月廿日买棹南下矣。阅邸抄,彭伯衡开缺过道员班,经中丞奏准,济宁一席少洲可望升补云。

初二己丑日(7月30日)　晴。午前,延张梅庵为内子诊脉换方。高春霆来告将赴济南省试,因赠以元卷二金。是日天气较热,不似前数日之凉冷矣。晚间,淡人假座声老花园招同人宴饮,肴馔颇佳,而酒殊不旨。饭毕,复聚谈时许乃散归。

初三庚寅日(7月31日)　晴。张诗岩来告辞,云将还江南乡试,意在索谢,因以十金赠之。接兆梓来电,知其初二抵里,仍寓弼教坊老屋。

初四辛卯日(**8月1日**)　阴。早间，延张梅庵为内子诊视换方。午后，接夔帅复余与伯韶公函，因收到寄呈阿胶，殷殷言谢。另有覆余一函，提及稚夔以郎中入都验看，签分户部云南司农曹，为夔丈起家之地且亦系云南司，今稚夔又复得此，继起有兆矣。夜间雷雨大作，通宵未止。

初五壬辰日(**8月2日**)　阴。庭院荷花一缸，开花十朵，可云茂盛，晨起徘徊观看，香气袭人，颇有幽致。午后，为内子代作致赞斋夫人书，余亦致赞斋一函。灯下，阅汪焕曾刺史《病榻梦痕录》。

初六癸巳日(**8月3日**)　阴。午前，延张梅庵为内子按脉换方。午后，检出衣裙料各一事。内子以冢媳过门后值第一次生晨，特赐以簪环衣裙各一，寄其母家付之，因于赞斋夫人信中复为添一另笺叙述及之。下午微雨。

初七甲午日(**8月4日**)　晴。早间，作致四弟书数千言。午后，代内子作书致其弟子先、子扬昆仲。余复作谕兆梓书约三札，将近万言，竭永日之力而毕。晚间，封固，交信局递杭州。日间，有邵君龙光者来拜。淡人亦过访，述及高阳相国作古，得谥文正，洵异数也。

初八乙未日(**8月5日**)　晴，热甚。伯韶送到禀大府稿，嘱余阅定，因改削数语，交付局中缮发。午后，至姚子钧处闲谈，适同人俱在彼小叙，遂留晚饭。杨乐亭出邸抄见示，知夔臣年伯调掌吏部，廖仲山仓帅升总宪，廖氏昆仲何如是之显赫耶？

初九丙申日(**8月6日**)　晴。午间，家忌祀先。午后，作致味荃书数纸，以便浦饷一到便可交运员带津也。

初十丁酉日(**8月7日**)　晴。早间，延张梅庵来寓为内子诊脉换方，并开一常服丸方，余将其方另录一纸，拟先配合半料试服也。是日申刻立秋。

十一戊戌日(**8月8日**)　晴。天气热甚。日间，督仆制配正元丹药膏，照方煎制，约四个时辰制成，共药料五两余，成膏不及过半也。阅邸抄，陆伯葵阁学放山东正考官，余与伯葵幼时曾同嬉戏，今已卅余年不相见矣。

十二己亥日(8月9日)　晴。日间,仍复热甚。傍晚,接德州电禀,本日辰刻漕船一律出东,余电禀院道之件已由德州代发,闻之如释重负矣。

十三庚子(8月10日)　晴。晨起,诣道署禀贺,以漕船全数出境故也。内子病渐愈,仍迁居西夹室,余则择于十六日迁入内宅东夹室。午后,于氏侄婿之省应试道出济宁过访,谈片刻去。

十四辛丑日(8月11日)　晴,热甚。接劳厚盦来书,知其遵调东来,将取道济宁安置家眷,已租道门口一宅,即余上年为赞斋亲家所赁屋也。厚庵嘱为借备家具,余拟为各处凑集以应之。相别十余年,闻其将至,固甚喜也。

十五壬寅日(8月12日)　晴。晨起,诣天后、龙神两庙,拈香行礼。旋至道署贺望。散衙后,声老过谈片刻。午间,祀祖。午后,覆厚庵书数纸。

十六癸卯日(8月13日)　晴。午后,访淡人,晤谈片刻。即偕其往奠裴筱籭太夫人,在彼久坐,候至西初送其发引至西关慈灯寺。复偕道台及同人往任城书院看新修土木各工,书院年久失修,坍圮过半,今集款葺而新之,焕然改观矣。傍晚回寓。

十七甲辰日(8月14日)　晴。午后,复延张梅庵为内子诊脉换方。接周耀垣书,以田地多被水淹,入项全无指望,意欲托余为之设法。甚矣! 宦途之日窘也。

十八乙巳日(8月15日)　晴。晨起,诣大王庙随班祀谢,已初回寓。日间热甚,竟不克再出门。闻伯衡已开缺过班,济宁直牧以凌绍周升补矣。绍周复奉调充文闱内帘监试,代理州篆者为周君,逸其名与字云。

十九丙午日(8月16日)　晴。作书复耀垣,驿递安山,并为查明知县捐离任银数告之。晚间,内子疾又作,计旬余以来已渐就平复,初不料重复举发,真令人烦闷耳。

二十丁未日(8 月 17 日)　晴。内子又复卧床呻吟,气滞肢冷,胃纳大减,与月前病状相似。闻张梅庵已还乡,明日当往探询之。

二十一戊申日(8 月 18 日)　晴。午后,延张梅庵来诊,开方与前相仿。据云明日将回北乡,须数日后方入城,因另开一方备用。内子服其药,疾未少减,夜间两臂作寒,瘟后胸闷,甚觉不适。闻许西斋已还城,翰仙亦偕返,宵分往延,不果来。

二十二戊申①日(8 月 19 日)　晴。早间,作简致翰仙,请其来诊。翰仙得札,巳刻即至,诊脉开方毕,已午正矣。内子服药后,疾仍如昨。夜间复未能安眠。

二十三己酉日(8 月 20 日)　晴。内子因服药未能奏效,遂决计停药数日,祷求吕祖仙药服食。午后,林康甫过谈片刻。傍晚,翰仙复来诊,开方,未服其药。而夜间病者颇安,仙灵之庇佑也。

二十四庚戌日(8 月 21 日)　晴。连日秋热殊甚。早间,淡人过谈。午后,接张西园书,当覆数行,由驿递寄去。昨顾委员自津旋,带到味荃复书并洋药、鲜荔支等物,皆余所托购也。肉松天津无之,云系苏沪所制,遂未获购来。傍晚,访西斋,谈良久乃还。

二十五辛亥日(8 月 22 日)　晴。酷热如昨。内子疾稍减,余怀少释,但愿其渐臻霍然耳。刘酉山、鲍凯臣来拜,余以畏热辞不与见。

二十六壬子日(8 月 23 日)　晴。早间,因道署酬神,同人咸往随班行礼。旋往答拜刘、鲍两君,辰正即还寓。连日奇热,今日节交处暑,犹炎威逼人也。

二十七癸丑日(8 月 24 日)　晴。早间,伯韶过谈片刻。凌少洲来辞行,新任州牧周小舫来拜,俱未晤。少洲明日将首途,余惮于出门,亦未往送。

二十八甲寅日(8 月 25 日)　阴。西风陡起,天气转凉,觉神清

---

① 纪日干支"戊申"应为"己酉"之误,直至本年七月三十(1897 年 8 月 27 日)皆误。

气爽矣。早间,答拜周小舫,未晤。访绥五、量甫、声庭,俱久谈,午正回寓。傍晚,子泉、西斋俱来晤。

二十九乙卯日(8月26日)　阴。闻张梅盦已入城,因复延其来寓为内子诊脉开方,仍用真武汤加减服之,颇觉对证也。

三十丙辰日(8月27日)　晴。早间,绥五过谈良久。傍晚,西斋来晤。余托其代借于宅家具,竟不可得。据云玉露庵有桌椅可借,因命仆往询,亦复辞却,将无以报厚庵矣,奈何!

八　月

八月初一戊午日(8月28日)　晴。寅正即起。卯正,诣大王庙,陪祭。复诣城隍庙,拈香。旋至道署贺朔,遇代理州牧周君筱舫。复往拜西斋寿,未晤而还。午后,复延张梅庵为内子换方。

初二己未日(8月29日)　晴。出至书斋,晤王次斋,告以木器难借,嘱其转为设法,因厚庵并托伊照料一切也。午后,局员宋君来见,告知浦饷月杪起解。

初三庚申日(8月30日)　阴。午后微雨。阅邸抄,同里姚菊仙侍读视学山东,吴子修编修视学四川,叶伯膏编修视学陕西,皆熟人中最得意者。午后,延张梅盦为内子换方。

初四辛酉日(8月31日)　晴。午后,访淡人,未遇。因访绥五,至则淡人、声庭、量甫咸集绥五寓斋晚酌。余为不速之客,亦遂入座畅饮,二鼓乃散归。

初五壬戌日(9月1日)　晴。早间,往拜绥五夫人寿,未降舆。乃访声庭,遇淡人、量甫于座,谈片刻即归。午后,量甫以令侄小鲁所撰《龚太夫人七十寿序》嘱为阅定,因略微更易数语送还之。

初六癸亥日(9月2日)　晴。复将祝龚太夫人寿屏衔名排匀字数,誊写于红格纸上,计共四幅,每幅六行,每行廿五字。下午,姚子钧过谈片刻。

初七甲子日(9月3日)　晴。午后,赴澹人之招,同席有周小舫、崔绥五、姚子钧、王子泉、西斋、量甫诸君,二更后乃散归。小舫述及曹县电局来信,劳厚盦今日过曹县,即遄行,大约明后日可抵此也。

初八乙丑日(**9 月 4 日**) 晴。午后,往豫祝本道罗公寿。复往铁塔寺晤复初和尚,寺中住一照相者,因与订定迟日来照。傍晚,张梅盦来寓,仍为内子诊脉换方,初更方去。

初九丙寅日(**9 月 5 日**) 晴。午后,茌局阅示公牍,兼答拜邵君。下午,入城至劳厚盦公寓看视,晤其戚王君,闻其明日方能抵此,遂还寓。接兆梓自里门来电,因患疟未能入场,闻之殊悬系之,此行之空耗川资犹其次焉者也。

初十丁卯日(**9 月 6 日**) 晴。午间,闻厚盦已到,遂往访之,晤谈良久,见其二子。申刻乃还,因以蒸肴四簋馈之,用表地主之谊焉。

十一戊辰日(**9 月 7 日**) 晴。午后,劳厚盦过谈良久。下午,淡人复来晤,少坐即去。旋邀张梅盦为内子换方。又发一电谕兆梓,嘱其慎医药,病愈即北来,行期令先电闻,以慰余夫妇舐犊之怀。

十二己巳日(**9 月 8 日**) 晴。午后,籍青、绥五、量甫诸君均过谈。余旋往访厚盦,谈良久。晚间,子钧招饮,座皆熟人,惟周小舫稍生耳,二鼓散归。

十三庚午日(**9 月 9 日**) 晴。邀厚庵、小舫、子泉晚酌。未集之先,余往奠汪益棠夫人,又拜声庭寿,申刻方命速客。酉正入座,陪客则有淡人、量甫、子钧、西斋诸君,二鼓后方散。

十四己未①日(**9 月 10 日**) 晴。早间,封送各友节敬,张梅庵亦送八金,酬其医力也。晚间,量甫招饮,座皆熟人,二更散归。

十五庚申日(**9 月 11 日**) 晴。晨起,诣火神庙,拈香。往道署贺节,巳刻返寓。午后,邀厚庵挈其长郎卿文、次郎赤文,余亦挈榕、梧两儿往游南池王母阁。流连多时,酉初方各入城还寓。

---

① 纪日干支"己未"应为"辛未"之误,直至本年九月二十日(1897 年 10 月 15 日)皆误。

十六辛酉日(**9 月 12 日**)　晴。午后,谒罗道台,谈良久。访杨乐亭,嘱其代询德州马州同回空漕船已否入境,约明日可得复电。晚间,声庭招饮,三更方散归。

十七壬戌日(**9 月 13 日**)　阴。余定于明日起程游梁并索逋于考城县,遂忙碌终日。百忙中抽身诣道署告行。访子泉、厚庵、绥五。厚庵亦同日赴历下,傍晚,复来话别。余灯下犹为子泉致书凤笙驾部,直至三鼓方寝。

十八癸亥日(**9 月 14 日**)　晴。寅正起。小食毕,即自济寓起程赴汴。属僚吴、张、马三君均来谒送,与接晤片刻,遂登车,三君均于车前揖送。时因中途尚有积潦,御者绕道安居等处多行二十余里,计辰正三刻出城,直至未初方抵虎头山,尖于逆旅。遇量甫,相约偕行。申初,发虎头山。酉正二刻,宿独山,与量甫同住一店,颇不岑寂。

十九甲子日(**9 月 15 日**)　晴。丑正二刻,呼量甫起,相与小食少许,即装车首途。寅正,发独山。巳初,尖于张逄。午初,复遄行。酉初,宿冉故集,仍与量甫偕住。灯下,坐谈片刻各就寝。

二十乙丑日(**9 月 16 日**)　晴。寅正,发冉故集。巳初二刻,抵曹县打尖,憩息良久。午初三刻,复遄行。申正三刻,宿考城旧县。时子绂周君权宰考城,其新城距此七十余里,拟迂道访之,因与量甫议定翌晨分道扬镳,俟到汴再聚云。

二十一丙寅日(**9 月 17 日**)　晴。寅刻,发旧考城,与量甫分途遄行。辰初,尖于张庄。巳初,复前进。未初,始抵考城县城。沿途尘沙扑面,因先至逆旅洗面更衣,然后入城至县署访子绂。数年阔别,得相晤谈,即下榻署西客舍。晚间,复话多刻乃各就寝。

二十二丁卯日(**9 月 18 日**)　晴。辰初刻起,仍住考城县,与子绂盘桓永日。丁绂盛筵相款,情意颇殷。余此行川资竭蹶,子绂欠余巨款,久未偿还,余向其索用百金,渠因缺苦累重婉辞相商,约以异日补缺首先归赵,今仅畀余五十金,聊佐川费。据云实无余资,未能多筹等语,余向来面软心慈,遂不忍过事逼迫云。

二十三戊辰日（9 月 19 日）　阴。巳初起，子绂即出晤，终日畅谈。午后，偕其周历县署各院落，至刑友陈君屋少坐。子绂命其幼子童孙出见，其长、次两郎俱往应京兆试矣。晚间，捡拾行装，子绂出话别，夜分方各就寝。

二十四己巳日（9 月 20 日）　晴。卯初起。小食毕，辞别子绂。辰初，发考城县，行五十里。午初，尖于三义寨。未初，复前进，行卅五里。申正，抵招讨营宿。途中遇李静臣自汴返济，各于车沿相揖，未及深谈。

二十五庚午日（9 月 21 日）　晴。寅正，发招讨营。辰正，抵开封省城。至鱼池沿访周鼎臣，询知其于役河朔，其二子敬孙、仲以出见款留，即在其寓中下榻。午初，家润生过访，略谈即去。午后，诣河院禀到。闻罗道台已到，寓忠升店，因往谒之，并晤汪益棠。旋访陈石溪，久谈，澹人、量甫俱在座。复遇吴阒生，傍晚还旅次。灯下，润生复来谈。

二十六辛未日（9 月 22 日）　晴。辰刻，访量甫，适淡人亦在座，遂偕谒河帅任公，蒙延见，谈片刻。旋往拜叶作舟、吴阒生，均未晤，巳正还寓。午后，拜客，晤彭涵六、陈石溪。下午，作致稚夔书，为任筱帅代询所亲俞姓图差一事。

二十七壬申日（9 月 23 日）　晴。早间，姚少适、吴阒生、王吉人俱来晤。午后，量甫邀往戏园观戏，淡人、益棠均在座。晚间，何定甫邀便酌，遇徐桐村、许绍远诸君，二更还寓。

二十八癸酉日（9 月 24 日）　晴。日间，拜客永日，晤王遵周、陈峻梧、陈蔼如、昂鹤如。晚间，石溪、阒生招饮，席设石溪寓斋，二更散归，饮酒颇多。

二十九甲戌日（9 月 25 日）　阴。早间，访澹人于忠升店，偕其谒豫抚刘景韩中丞树堂、豫藩玉如方伯额勒精额、开归道远峰观察穆奇先。午后，拜客，晤李珊园。晚间，谒见本道罗公，知其初二日即返辔。旋偕淡人赴少适处便酌，二更散归。

九　月

九月初一乙亥日(9月26日)　晴。晨起，谒河院起居。旋拜客数家即返。午前，家润生来晤。午后，陈峻梧来答拜，亦晤。连日饮食征逐，颇觉疲乏。晚间，冯叔惠、王遵周两观察招饮，座有澹人、定甫、石溪、阒生诸君。余因腹中隐隐作痛，竟不能多食，旋散归。

初二丙子日(9月27日)　晴。晨起，至忠升店候送罗公，至则行矣，仅与淡人一谈，旋回寓。午间，叶作舟过谈，伊摄篆祥符，终朝栗碌，殊鲜暇晷也。午后，兀坐斗室，憩息半日，惟稍嫌岑寂耳。

初三丁丑日(9月28日)　阴。日间微雨不息。枯坐无俚，因摊笺作书寄劳厚庵。午后，访量甫、石溪，俱晤谈，在量甫座上遇少适，傍晚乃还。

初四戊寅日(9月29日)　晴。早间，谒河帅，未见。午前，陈砚香来晤，因偕其往吃羊肉馆，未刻即返。昂鹤如过谈。查箬青之侄名循绥者以县丞需次东河来谒，与谈片刻。少年驯谨，可造才也。傍晚，居停主人周鼎臣归，出晤时许。晚间，大雷雨一阵。

初五己卯日(9月30日)　晴。早间，鼎老出晤，少适亦过访。王吉人自外归，告余河院牌示，以余调署上河，委任俊生权下河篆。午间，鼎老邀吃蟹。午后，赵子晋、吴阒生俱过谈。吉人邀晚酌，淡人、石溪、阒生均同席。二更席散，任俊生复来晤。

初六庚辰日(10月1日)　晴。嘱家润生兑银，发济寓电报。又函托作舟饬侍史为余代书履历手版，为诣院谢委之用。午后，李小苹、文量甫、彭涵六、陈竹书俱来晤。酉刻，奉到院檄。

初七辛巳日(10月2日)　晴。晨起，诣院谢委，蒙接见，谈片刻。旋访澹人，未遇，晤石溪，少坐即还寓。淡人适来访，相约初十首途东还。晚间，作舟招饮署斋。

初八壬午日(10月3日)　晴。晨起，淡人过访，相与偕往河院禀辞，复蒙任公延见。散出后，遇作舟于官厅，余以旅费告匮假作舟八十金始敷分播。晚间,李小坪招饮寓斋,饮酒颇多。散后访林康甫,久谈,然后归。开发河院各费七十余金,陋习使然也。

初九癸未日(10月4日) 晴。日间,检理归装。冯育甫来告急,勉措六金付之。申刻,任浚生招饮寓斋,座皆熟人,肴馔极为丰腴,二鼓散归。鼎臣、润生俱出话别,鼎老适有丧女之戚,殊难乎为怀耳。

初十甲申日(10月5日) 晴。辰初,别鼎、润两君,发开封。午初,尖于招讨营,与澹人同餐,相约偕行。申正三刻,宿兰仪县逆旅。澹老同寓,客中颇不寂寞。

十一乙酉日(10月6日) 晴。丑初即起。寅初,发兰仪。辰初一刻,尖于贺村。巳初三刻,复驱车前进。未初一刻,抵考城旧县止宿。时日正早,与澹人清话,甚乐。灯下,小食薄粥两盂,相约早眠,甫亥初即各寝。

十二丙戌日(10月7日) 晴。丑初即起。丑正,发考城旧县,夜行廿余里。西北风大作,冷甚。辰初二刻,尖于曹县,巳初复行。未正,抵冉故集止宿,仍与澹人结伴。

十三丁亥日(10月8日) 晴。丑正,发冉故集。风止,而冷如昨,盖已交寒露节也。巳初,尖于张逄,午初复行。未正二刻,抵独山止宿,偕澹老憩息茗话,颇觉适意。戌正,即各就寝。

十四戊子日(10月9日) 晴。丑正,发独山。辰正,尖于河长口。午正,抵济州,与淡人各宁其家。余抵寓,与内子儿女相见。出各处信函呈阅,得夔帅复电,吴子明刺史复书并谱帖及赠诗二首。又梓儿里门起程来电,知其廿八北行,日内当可抵浦矣。筱脩表兄来函,并以豫参、普茶见贻,足征相念之意。内子谈次述及徐姬于廿八酉刻举一男。

九月十五己丑日(10月10日) 晴。晨起,偕澹人谒见本道罗公。旋访厚庵长郎卿文世讲,并晤厚盦犹子伯陶及其西席孙庚生,询知厚盦奉委总办下游下段河工,已往滨州工次矣。复拜客数家,晤郭春霆、周小舫、汪益棠、杨绳武诸君。午前,回寓吃饭。午后,访王子泉、孙伟如、姚子钧、许西斋,均晤谈。在西斋处谈最久,略询上河公私情形。西斋所延幕友顾翰仙、胡聘之两君余仍照旧延请,因顺道一拜,聘之出晤,翰仙因抱恙未获面订。傍晚回寓,接梓儿来禀,知其病愈,已将各事摒挡就绪,于八月杪自杭买舟北上,计日来当可抵清江浦矣。

十六庚寅日(10 月 11 日)　晴。是日内子初度,杜门谢客。午刻,偕妻孥家宴。午后,澹人来晤。傍晚,约翰仙来寓晤商上河公事,因嘱其缮函寄令各汛估办来年工程,余拟择十月朔接受上河关防。

十七辛卯日(10 月 12 日)　晴。晨起,诣大王庙,随班行礼。旋偕澹人往晤伯韶,巳刻回寓。周筱舫过谈片刻。午后,印发武城解秋季俸廉批回。致书马州同,嘱将回空船只数目先行电禀,以便余未交卸之前可以报出也。下午,姚子钧过谈。晚间,为筱舫寓书劳厚盦说项,厚庵现充黄河下游总办,冀得随同当差耳。

十八壬辰日(10 月 13 日)　晴。杨图勋、顾翰仙先后过谈。翰仙拟就致汪步蟾主簿嘱其估工稿,又谕上河书役一札,均饬禀启家人誊就,专差递去。午后,作书致吴绍侯太守。傍晚,偕妇子食蟹,把盏持螯,致足乐也。灯下,将数月邸报检拾成束,存之架上,以备不时检查。

十九癸巳日(10 月 14 日)　晴。午前,将龚太夫人寿序排匀字数,煞费经营,方臻完善。午后,出门拜客,晤汪益棠、陈仲鹤、刘酉山。傍晚还寓,许西斋、孙伟如先后过谈。接清江电局回电,知兆梓十七日抵浦。

二十甲午日(10 月 15 日)　晴。午后,彭伯衡过谈片刻,旋偕其往拜姚子钧太翁寿,遂在彼晚饭听戏,二更还寓。内子又复患胸胃疼痛,盖因食蟹之后继复啖柿以致触发旧恙,赶延张梅庵诊治服药。四更后,痛更难支,复延梅庵再诊,仍用温剂。

二十一丁未日(10 月 16 日)　晴。午后,陈仲鹤表姐夫答拜,晤谈良久。未刻,复延梅庵为内子诊脉,缘昨夕至今腹疼气痛曾不少减,殊深焦灼。晚间,再延梅庵换方服药,夜半余方获少休。

二十二戊申日(10月17日)　晴。早间延梅庵,下午延翰仙,两人迭次为内子诊治,痛仍未减。凌绍周至自历下,过谈片刻。晚间,复招饮州廨,座有伯衡、小舫。二更散归,接季卿叔岳复书,并托送各信回片。

二十三己酉日(10月18日)　晴。内子疾稍稍轻减。午前,梅庵来诊换方。淡人过谈片刻。接豫电,任浚生已启程,明日可抵此,未知果否。午后,谒见本道。至本局判阅公牍,因暂挪局款百金应用。傍晚,访西斋一谈,旋回寓。

二十四庚戌日(10月19日)　晴。早间,延梅庵为内子诊脉换方。旋访澹人一谈。午后,迟浚生不至。余因交卸下河篆务在即,因将近年所置书籍钤盖下河关防,以志鸿爪,盖仿定远方子岩观察故事也。

二十五辛亥日(10月20日)　晴。午前,澹人过访,谈片刻。午刻,许西斋司马移送奉颁乾字壹万肆千玖百贰拾肆号上河通判铜质关防一颗前来,余当即恭设香案,望阙叩头祗领。到任讫,下河关防仍由余兼管。吴县丞、张主簿、马把总俱来贺,与接晤片刻。伯韶来贺,亦晤谈。余客均敬谢,未与见。傍晚,翰仙过谈,闻任浚生已抵济城,未知其择何日受事也。

二十六壬子日(10月21日)　晴。日间,作书致周鼎臣、叶作舟、家润生三君,均未封发。午后,访许西斋、任浚生、查篝青,俱晤谈。傍晚回寓,延张梅庵为内子诊脉换方。

二十七癸丑日(10月22日)　晴。终日缮写信函八械,致鼎臣、定甫、石溪、阗生、筱修、润生、西园、作舟诸君,分别驿递。河帅任公文孙承弼举京第廿一名,因嘱书记缮作贺禀焉。

二十八甲寅日(10月23日)　晴。终日在寓料检下河案卷,以备移送浚任①。午后,上河书役俱来伺候到任,命将应办公事次第办理。

二十九乙卯日(**10 月 24 日**)　晴。日间,拟上夔帅禀稿,嘱春霆缮写。午后,偕女儿辈食蟹小饮,惜内子抱恙在床,未能共饮,颇少兴耳。是日,妾生幼子弥月,命名汇川,小名西官。傍晚,翰仙过谈。

三十丙辰日(**10 月 25 日**)　晴。午后,任浚生过谈片刻,因约定明晨偕往道署禀知接印。余复出访量甫、淡人,俱晤谈。访子泉,未遇,遂归。傍晚,张梅庵复来为内子诊脉换方。

十 月

十月初一丁巳日(**10 月 26 日**)　晴。晨起,诣大王、禹王两庙,拈香行礼。旋谒本道,禀知接印,同人咸集官厅。散衙后,往拜淡人寿,余复拜客数家。巳刻还寓,伯韶过谈片刻。午后,判阅公牍稿贰件,改定致洪兰楫太守书,付高友誊缮。申刻,移交下河关防于任浚生。傍晚,西斋过谈,少顷即去。

初二戊午日(**10 月 27 日**)　晴。发洪兰楫太守书,又作书致味荃、子绂,均立时封发。午后,梅庵来诊内子疾,仍用温补之剂。晚间,手札嘱电局代发电报至浦局,催令兆梓速回,恐再迟则水浅风厉,上水船更不易行也。

初三己未日(**10 月 28 日**)　晴。内子病十余日,今甫起床,复元尚未也。午后,封发上夔丈禀函,由驿寄递。傍晚,筝青过访,谈片刻去。接夏津主簿报单,回空船于九月廿二日一律出下河境,仍由余任内填日禀报可耳。

初四庚申日(**10 月 29 日**)　晴。午后,往拜任浚生、姚子钧,俱晤谈。访劳、崔两家公子,俱未见。傍晚,判阅公牍稿件,发到任上河帅谢禀。

---

① “浚任”疑是“浚生”之误。

初五辛酉日(10月30日)　阴。早间,凌绍周邀往看视为新中丞张公眷属所备馆舍,因往城西新修任城书院一游,盖绍周假书院为行馆,供帐陈设穷极侈靡,有司之献媚大府,大抵如斯,真堪浩叹也。午后,邀翰仙来寓晤商公事,即留其晚饭。

初六壬戌日(10月31日)　阴。早间微雨。午初,往奠杨乐亭太夫人,旋往拜凌绍周寿。午后,延请库储友人顾翰仙、誊清友人胡聘之到馆。晚间,设席享之,兼邀西席王次斋同座,二更后乃各散。

初七癸亥日(11月1日)　阴。早间仍雨甚,巳刻方止。午后,姚子钧过谈。复延张梅庵为内子诊脉换方。接劳厚盦复书,知其虽奉奏派督办下游河工,而公事颇多棘手,鉴帅又将离东莅粤,殊觉进退维谷,余为之踌躇无策也。傍晚,电报局杨绳武知会接浦电,兆梓随七批先饷今日由浦起身北上,约计月之下浣方可抵济。

初八甲子日(11月2日)　阴。早间,清平主簿汪君钟桂来见,并将代估阖属堤埽各工开折呈阅。此君稳练老成,熟于工程,堪资臂助也。午前雨作,冒雨往拜龚太夫人寿。午后复雨,遂回寓。灯下,与翰仙、聘之两君闲话时许。

初九乙丑日(11月3日)　阴。接周耀垣来书。午后,至翰仙斋中一谈,因浼其诊脉,开拟常服丸方。终日霖雨不止,遂未出门。

初十丙寅日(11月4日)　晴。寅正,恭诣龙亭朝贺万寿,行三跪九叩礼,即在朝房吃面,卯正二刻散归。天忽转阴,终日霖雨不止。

十一丁卯日(11月5日)　阴。午后,澹人设彩觞酬客,招集同城诸君子。余申初前往,亥正散归。因作复耀垣书,并以北闸题名录寄与阅看。

十二戊辰日(11月6日)　晴。辰刻,往南关舟次谒见本道,即送其往北路勘工。余因将拟运临清旧存石料至梁乡闸备用缘由禀明,即由余垫款先办。本道唯唯,余即辞出登岸。旋至局阅示公牍,即在彼午餐。未刻,入城访籊青、量甫,晤谈片刻。傍晚回寓,与翰仙晤商公事,出坐时许。

十三己巳日(11月7日)　晴。早间,叶作舟大令乃郎揆初孝廉自夏津返豫,道出此间来谒,与谈片刻。揆初名景葵,弱冠即登贤书,今年才廿三,秀外慧中,佳子弟也。午前,往访汪益棠,兼答拜揆初于傅家街袁宅,俱晤谈。午后,修发。晚间,邀汪步蟾主簿来寓便酌,兼与细谈所估各段堤埽诸工程,因与访询做法,知此君固老于工作者也。

十四庚午日(11月8日)　晴。余既以肴蒸馈揆初,因托其顺带信件于汴。早间,作致周鼎臣书,赠以阿胶二斤,并将觅得木犁式样寄与之。午后,作致作舟书,俱倩揆初顺带。傍晚,伟如过访。接筱修来书,附有陈仲鹤家信,即送其寓所。

十五辛未日(11月9日)　晴。因本道公出,遂无谒庙之役。午后,汪步蟾来禀辞,与谈片刻,并由余筹垫运石料水脚银五十两,交其前往临清搬运至梁乡备用。蟾老由水程行走,须道出安山,因作书致耀垣,并以绣补、普茶贻之,亦交步蟾带往。

十六壬申日(11月10日)　晴。午间,闻本道公旋,往迓不及,到署挂号而已。旋访量甫、淡人,俱晤谈。傍晚回寓,西斋复过访,即在翰仙屋内聚谈,少坐即去。灯下,阅《国朝先正事略》数则。

十七癸酉日(11月11日)　晴。早间,摒挡案牍。午后,赴姚眉生之约,赏菊小叙,惜肴馔不堪下箸,竟难一饱。初更散归,接东昌署中递来包封公文各件,即于灯下判阅。旋出晤翰仙,商度壹是,三更乃寝。

十八甲戌日(11月12日)　晴。早间,核定估办来年上河堤工估册,然后发誊。午后,郭春霆招饮寓斋,肴馔甚精,畅饮尽欢而散。傍晚,兆梓挈其妇抵寓,出各处信函呈阅。知吴孟坝获隽,其弟仲箎上科捷南闱,今其兄又举乙科,真可谓棠华竞爽矣。

十九乙亥日(11月13日)　晴。早间,以第七批饷已到,即日由傅训导运解赴津,因挥数行致味荃,交其带津投交。午后,籥青过谈片刻。兆梓此行,余令其在杭提用四弟历年积存典息二千元,除旅费

川资外尚余银九百两,携带来此,余可以稍偿逋欠,当分别缓急付
还也。

二十丙子日(11月14日)　阴。早间,往奠拜汪叔平夫人,遇澹
人、量甫、篁青诸君。旋诣大王庙,随同本道恭进藏香,行二跪六叩,
礼毕即回寓。午后雨作,终日未止。灯下,作书复赞斋,交浦局炮船
带回。

二十一丁丑日(11月15日)　阴。余左目微痛,睫上生一小疖,
出晤翰仙,请其诊脉,开用清火之剂,服之觉痊。日间,将前借耆静翁
款贰百金送还至玉堂酱园代收,子泉之双柏亦送还之。

二十二戊寅日(11月16日)　晴。早间,作柬,偕淡人、量甫订
廿五午刻公请春霆、浚生诸君,由余承办,席设余寓。日间,仍服凉药
一剂,觉目疾全愈矣。

二十三己卯日(11月17日)　晴。早间,阅翰仙拟就禀本道呈
送估工清折稿,阅之甚不惬意,因手自改削润色之,然后付聘之誊缮。
午后,往视翰仙疾,见其益复委顿,并不似前数日之起坐自如矣。询
所苦,则云腿足浮肿脾泄不止,服张梅庵方剂仍未稍轻,其奈之何!
下午,子泉过谈,良久乃去。

二十四庚辰日(11月18日)　阴。午前,作书复吴子明,并将前
赠伊诗再录一纸寄之。午后,浚生便衣过访,并偕其幕友秦、曹两君
偕来。因谈及翰仙患恙,遂同至其卧室视之,少坐即各散去。余为翰
仙命驾往北乡延请张梅庵复诊,冀挽沉疴,梅庵辞以疾,不果来,为之
拟开一方,当嘱其煎药服之,未知能有济否耳。

二十五辛巳日(11月19日)　晴。早间,闻本道自南路勘工回,
因往迎谒,同人咸集道署。午前散归,偕淡人、量甫宴客于余斋。座
客为郭伯韶、春霆、姚眉生、子钧、任浚生、王子泉五人。申初入席,初
更席散。往视翰仙疾,似有起色,据云拟明日宁归其家。

二十六壬午日(11月20日)　晴。终日在寓拟信稿十余起,分
送高、胡两君誊写。晚饭后,至翰仙斋中视之,则云服药颇效,不愿移

徙,明日方返。余亦觉其神致明爽,当无大碍也。

二十七癸未日(11月21日)　晴。早间,封发汴信数函,复挥数行寄作舟,托其分别饬送。午后,拜客,晤汪益棠、裴小麓、孙伟如诸君。傍晚还寓,知翰仙力疾回家,余深以未及面送为怅,固甚盼其病愈再来也。

二十八甲申日(11月22日)　晴。丑刻,翰仙殁于其家,闻之曷胜伤悼,乃坐以待旦。辰巳间,先命两儿往视。余为选阅棺木,亲往铁塔寺阅定,所有附身附棺各物皆为置备,渠固家徒壁立也。午后,偕西斋往翰仙寓为之照料一番。余以署中包封公事适到,遂还寓判阅,半响方毕。所属周李闸闸官程宝荪病故,余檄委通济桥闸官顾淦兼理。

二十九乙酉日(11月23日)　晴。午后,往顾宅,照料翰仙敛毕乃还。因为出单求助于人,余首先倡助伍拾千文,此外不知能集得若干也。晚间,发还东昌包封,复检阅各件公文,分别应存应发,然后封固。又饬役至武城催取下河本任冬季廉俸。

十一月

十一月初一丙戌日(11月24日)　晴。卯正起,诣天后、龙神,行香。旋至道署禀谒,同人咸集,惟箨青未到,盖复患恙也。日间,自拟上姚菊仙学使禀稿,付聘之誊缮。

初二丁亥日(11月25日)　晴。席泰假旋,适有文册书吏缮错,即命其重缮一分,免致发回东昌也。日间,又自拟上新抚张翰仙中丞禀稿及致王遵周、冯叔惠两观察书,俱赴高友誊写。

初三戊子日(11月26日)　晴。午前,延张梅庵为内子诊脉,开方服药。兆梓亦就诊,盖皆病后服调理剂也。午后,至翰仙卧室检理公牍各项稿件,分别存留,备查其行李什物,则命其仆携归其家。噫!物在人亡,丧吾臂助,不禁悼惜者久之。傍晚,西斋过谈。灯下,将翰仙近数旬所录日记随意翻阅,悉其贫病交迫情状,为之恻然。

初四己丑日(11 月 27 日)　晴。午后,道署索取八、九、十三个月公费印领,其殆有解到巨款,可以全发此积欠欤? 连日饬役走单为翰仙敛赙,居然已得百数十千矣。

初五庚寅日(11 月 28 日)　晴。日间,拟致刘伯和信稿,嘱高春霆誊缮。阅翰仙手录杂稿,知其兼擅诗词,此平日所未尝谈及者,又复善昆曲,如此多材多艺之人,何造物遽夺之速耶? 殊令我益增惋惜矣。

初六辛卯日(11 月 29 日)　晴。午前,修发。午后,伯韶设席局中,招集同人午宴,余亦居宾列,不令作主人。未正前往入座,酉初席散,余复阅判公牍数件乃返。晚间,浚生过谈片刻。

初七壬辰日(11 月 30 日)　晴。日间,拟致吴仲饴、洪兰楣两信稿,均交高友誊缮。又拟致东属各州县通稿,则倩胡友誊缮可耳。下午,浚生偕秦友同来,以良药见贻,殊可感也。局员宋君来面禀公事,旋去。

初八癸巳日(12 月 1 日)　晴。午后,访声庭、量甫,俱晤谈,在量甫处遇子钧,傍晚还寓。道发八、九月两月公费,才三百七十余金耳。晚间,西斋过谈片刻。余将秋节欠发各处赏项及到上河任各项一一给发,已去二百余金矣。

初九甲午日(12 月 2 日)　晴。午前,撰得挽顾翰仙联曰:"造物忌多才,不信文人都薄命;招贤偿宿诺,何堪匝月丧良朋。"午后,访浚生、伟如,各晤谈时许而还。

初十乙未日(12 月 3 日)　晴。午后,淡人过谈片刻。子泉因将携眷南旋,以书橱台对留赠,复以新添木器十余件寄存余处,盖即豫置奁赠中物也。晚饭后,往访子泉,谈良久乃还。

十一丙申日(12 月 4 日)　晴。早间,聊城汛专丁送到各属公送寿礼,余本不作生日,概不收礼,念其远道而来,乃收缎幛、挂面二色,酒烛系店券,因还之。阖署书役以呢幛献,亦纳焉。署中又有包封公事,系聊汛便差带来者,内有详报周李闸官程宝荪因病出缺暂委通永闸官顾淦兼理之件。又接收上河许任交代各册,均封固呈道矣。

十二丁酉日(12月5日)　晴。是日为余诞辰,杜门谢客,惟伯韶来拜寿,与晤谈片刻。接奉院檄,本届运河保案为余保请,俟同知得缺后以应升之缺升用,大约必能邀准也。

十三戊戌日(12月6日)　晴。闻季士周方伯今日可抵此,饬局勇往探,终日无耗。晚间,量甫招集寓斋小饮,主宾九人。肴馔颇精,有锅烧肉尤美。二更后各散。

十四己亥日(12月7日)　晴。迟季方伯不至,大约径往清江浦登舟矣。炮船自清江买米还,接赞斋亲家复函。灯下,判阅稿件,作书致周筱舫催索寿屏公分,盖子钧颇哑哑于此事也。

十五庚子日(12月8日)　晴。晨起,诣天后、龙神两庙,拈香。至道署谒贺。旋往拜张余亭茂才,盖明年将延以授榕、梧两儿读者也,巳刻回寓。未正,往子泉处送行,晤谈片刻。访伟如,贺其移居,亦晤。傍晚返寓,子泉复来辞别,少坐即去。

十六辛丑日(12月9日)　阴。朔风凛烈,殊有冬景。午后,往东南关河下送王子泉亲家登舟南下,晤谈良久,遇子钧、灵芝、绳武诸君,旋各散。余访量甫,谈片刻。闻闽藩季士周方伯道出此间,刻已抵西关,因往迎候,得与晤谈时许。方伯为伯兄辛未同年,其兄佑申司马又与余旧识也。傍晚返寓。

十七壬寅日(12月10日)　晴。清晨,士周方伯来拜,延入客座久谈,渠午后即登舟也。饭后,往奠张仙洲守戎之灵,仙洲乃西园协戎兄也。傍晚,复往草桥河下送士周登舟,余命水师哨弁邹德宣管驾炮船一艘送其南下。初更回寓,作书致赞斋亲家,托其俟季公抵浦,派一炮船接护,俾余处之船早日返济也。

十八癸卯日(12月11日)　晴。早间,道委代理周李闸官韩君拱极来谒见,询其家世,固钱塘人也。谈次知其为詹蘛廷太守之婿,蘛廷与罗观察甲戌同年,此次之摄篆殆詹为说项耳。接到武城县批解冬季本任半廉全俸银卅八两有奇。午后,封发致临清、茌平、博平、馆陶各州县信。

十九甲辰日（12月12日）　晴。午后，作致劳厚盦书，并其家信封固，由驿站递去。局员方、谢两君来见，求保举也。傍晚，浚生偕其友秦君同过谈，少刻辞去。阅邸抄，李鉴堂制军被旨开缺，殆执以说于德人耳。川督补裕寿山，其兄裕寿泉由川藩仍调回直藩云。

二十乙巳日（12月13日）　晴。早间，接夑帅复书，知前电诪字"阻坿尉面"乃"限于局面"也。书中附有味荃、经彝两信，结算本年典息，长支银六两有奇，归明年接算可也。午后，接筱侣叔书，索寄辣椒油、金波酒二味，兼述其近况，一贫如洗，将有冻馁之虞，亦可怜已。灯下，作复夑帅书，又致稚夑一函、味荃一函，因浦饷已到，明日即起运，各信均可便带也。摒挡至夜分乃寝。

二十一丙午日（12月14日）　晴。早间，淡人过谈。送去后，即作复筱侣丈书，念其艰窘，除购买油酒外，复赠以白金六两，聊表存心而已。味荃索阿胶二斤，亦寄与之。午后，亲往局中交方委员带津，上夑帅书亦令顺呈。在局阅公牍数起。回寓后，复判阅本署文件。书吏自署来领发夏季夫食银两，故带有包封公牍也。

二十二丁未日（12月15日）　晴。午后，往拜汪葆田寿，晤其子益棠，少坐及还。日间，开发本署书役案费饭食等项，又将阖属夫工银发交书吏带回东昌，饬各汛闸具领。晚间，因澹人、量甫诸君均集益棠处，余亦往，饭毕即散归。

二十三戊申日（12月16日）　晴。接吴绍侯复书。午后，任浚生邀同人小集寓斋。晚饭后散归，接周筱舫亲笔复书，知姚子钧处所垫屏分已送与之矣。

二十四己酉日（12月17日）　晴。傅委员至自天津，带到味荃复书及《直报》《国闻报》多件，阅之颇足以广见闻。中有邸抄，知劳厚庵复蒙夑帅明保送部引见，得旨俞允，考语有"操履清廉，志趣远大，为道府中不可多得之员"等云，闻之殊为忭慰，因往厚盦寓中告诸其子侄辈知之。

　　二十五庚戌日(12月18日)　晴。午前,吃饭。午后,往翰仙寓中为之照料殡事。郭春霆、许西斋、徐云樵、牛寿山诸君继至,遂偕至旅归园为顾翰仙点定穴地葬其枢,于是处立碑以志。一切皆余为料量,余之于死友也尽心焉耳矣。傍晚还寓,接汪步蟾主簿信,临清石料已运至梁乡备用,共用水脚一百廿八金有奇,除领过道库百金外尚不敷廿八两三钱七分云。

　　廿六辛亥日(12月19日)　晴。早间,谒见罗观察,禀明运取石料用款,观察嘱余先将尾零垫付汪君,随后照数找领可也。晚间,姚子钧招饮蔺斋,座皆熟人,二鼓后散归。因将翰仙后事用帐结算清楚,所收帮分二百六十三千,除一切开销外余钱百千,拟为存放生息,为孤寡度日之资。复为敛集月帮,余首倡每月助钱二千,许西斋、郭春霆、龚淡人诸君各月助壹千文,均由余处按月收齐汇交云。

　　二十七壬子日(12月20日)　晴。复汪步蟾信并银廿八两七钱三分,均交牛寿山便带东昌。接叶作舟覆书。又接吴仲簏信并朱卷,渠本科中式浙闱第六十一名,常华竞爽,亦云盛矣。

　　二十八癸丑日(12月21日)　晴。丑初即起。寅初,恭诣龙亭朝贺长至节令。卯正散归,时天色犹未曙也。申初,赴量甫寓庐小集,为消寒第一会。与者为孙皞民、伟如、汪益棠、姚子钧,及同寅五厅而已。亥正散归。

　　二十九甲寅日(12月22日)　晴。接沈经彝、冯筱侣信。筱侣乃郎育甫亦有书来,嘱为荐祥符县支宾、账房等席,惜已迟矣。晚间,访西斋,谈良久乃还。

　　三十乙卯日(12月23日)　晴。济宁新科举人刘君启昌送朱卷来,囚以四金为贺。又备关聘,订宁张余亭茂才来岁授榕、梧两儿读。接家子祥、少香两信,皆以捐职为名索助于余,余实力有未逮焉。

十二月

　　十二月初一丙辰日(12月24日)　晴。晨起,诣禹王、大王两庙,拈香,赴道署谒朔。闻伯衡还济,因往拜,未晤,遂归。浦局解第八批先饷到,派高筱崧解津。

初二丁巳日(12月25日) 晴。午后,淡人过访,谈片刻。作书致味荃,交高委员顺带。阅麟见亭《鸿雪因缘图记》,借资消遣。

初三戊午日(12月26日) 晴。早间,往拜崔季芬总戎,晤谈片刻。午后,总戎来答拜,亦晤。闻州牧凌少洲于昨宵作古,殊为扼腕。少洲年甫四旬,明干有为,仕官得意,初不料其一病竟不起也。

初四己未日(12月27日) 晴。作致绥五书,恳其尊人季芬先生带付。午后,撰得少洲挽联,其词曰:"拾级正三迁,那料长沙遭鹏集;论交曾几日,不堪伐木怆莺鸣。"灯下,拟禀报运取临清汛石料至闸工备用稿,付聘之誊缮。

初五庚申日(12月28日) 晴。午初,往奠少洲之灵于州署,为之陪宾半日,兼为斟酌赴状底稿。有陈君起霞者在座,与谈颇洽。陈太仓人,与夒帅处亦有渊源,现以丁忧知州充安居盐局差,前曾来拜,未晤,今始识面云。

初六辛酉日(12月29日) 晴。贾立成自署来,赍到包封公文,茌平县亦将冬季半廉解来,因将各稿件判阅一过。局禀请奖之件亦奉夒帅批示准酌保二三员,伯韶走柬相商,拟即开拟四员请保云。

初七壬戌日(12月30日) 晴。午后,莅局阅看公牍,兼与伯韶晤商列保人员,定以周宗文、方策昭、宋东震、谢德钧四人上陈。旋赴姚子钧处晚酌,是为消寒二集。席间饮酒颇多,缘孙皞民酒兴甚豪也。

初八癸亥日(12月31日) 晴。接姚菊仙学使、张翰仙中丞、张笏臣方伯各复函。又接赞斋亲家复书,知士周方伯抵浦后不欲另易炮船,仍令济局炮船径送江阴矣。日间,伯衡过访,畅谈。渠本届运河保案请奖加二品衔,不日将丹其顶云。

初九甲子日(1898年1月1日) 晴。连日因遇家忌,祀先如礼。午后,料量各处贺禀贺信稿本,王次斋所拟各稿太坏,都不能用,较之胡友尤觉远逊,所谓北人固鲜通者也。灯下,自拟信稿数件。

初十乙丑日(1月2日)　晴。往吊朱景庵同寅之丧,遇淡人于座。午刻回寓,伯韶犹子丹廷来谒见,谈片刻。下午,仍料量贺年禀信,分别发誊。灯下乃稍暇。

十一丙寅日(1月3日)　晴。日间,分致济宁诸新贵贺金,人各四两,共四人,李继璋、李传钊、傅钧、刘启昌是也。道署又有催办公事,因派快役曾传洙持包封回署,饬承速办云。

十二丁卯日(1月4日)　阴。闻箨青久病未愈,因往视之,晤于寝室,与谈良久,见其精神尚好,似无大碍也。旋访量甫一谈,然后归。

十三戊辰日(1月5日)　阴。院署檄委署周李闸官杨君士镇来谒见,年六十余,无锡人也。晚间,方励之至自天津来销差,并带到味荃复书及各种新闻报。灯下,披阅一过乃寝。又所购饴糖、鳆鱼亦俱带来。味老书中提及彦升复耕丈书,谓余事俟有机会必为位置,果尔,当不致以调署塞责,惟盼速出同知缺耳。

十四己巳日(1月6日)　晴。是日为黄大王诞辰,诣庙,随班致祭。旋答拜代理州篆陶君,未晤。并答拜杨闸官、汪州同两君。辰刻回寓。午后,倦眠片刻。

十五庚午日(1月7日)　晴。黎明,诣天后、龙神两庙,拈香。至道署谒望,遇陶刺史于官厅,湖南人,年六十余,老吏也。辰正还寓,将贺年各禀信分别封发驿递。午后,顾培德至自苏州来见,与谈时许。

十六辛未日(1月8日)　晴。午后,同人集眉生寓庐,是日消寒三集。二鼓散归,接季士周方伯扬州途次来函,并致各处谢函,均为分别送递。

十七壬申日(1月9日)　晴。终日未出门,因将春联分别更换字句,付高春霆誊缮。灯下,阅《花月痕》小说,以资消遣。

十八癸酉日(1月10日)　晴。早间,闻王克斋亲家作古之耗,因作书慰唁其弟赞斋,并送祭幛一悬。午后,作致味荃书,交第八批找饷委员带津。下午,裴筱麓来拜,晤谈片刻。余因痰嗽又作,延张梅盦来诊。晚间,服药一剂。

十九甲戌日(1月11日) 晴。日间,复延梅庵为内子诊视夙恙。午后,赴淡人寓斋公宴伯衡、筱麓,二更后散归。是集同作主人者尚有两姚也。

二十乙亥日(1月12日) 阴。辰初,诣道署封篆。辰正,归来拜封关防,行三跪九叩礼。午刻,梅庵复来为内子诊脉换方,余则不服药矣。快役曾传洙至自东昌,带到包封公牍各件。

二十一丙子日(1月13日) 阴。午后,仍延梅盦来诊。下午,崔绥五来自历下过访,久谈。渠已捐过知府班,到省需次矣。

二十二丁丑日(1月14日) 晴。有铜山张普元司马来拜,曩时需次汴垣曾与相识,今已别十余载矣。傍晚,绥五以搢绅、荷包见贻,并欲假用差役至省送信,因命贾立成前往。

二十三戊寅日(1月15日) 阴。似有雪意,仍未能下。高筱崧至自天津,带到味荃复书并《直报》《国闻报》等件。祀灶礼毕,即就灯下披阅各报,良久乃寝。

二十四己卯日(1月16日) 晴。午后,答拜绥五,晤谈许久,遇伯衡、子钧于座。余与子钧先行,因往拜量甫寿,未晤而还。

二十五庚辰日(1月17日) 晴。午后,往访杨乐亭,晤谈片刻。旋赴孙皞民消寒四集,假座汪益堂寓斋。皞民精饮馔,真所谓旨酒嘉肴,阖座殆无不醉饱云。

二十六辛巳日(1月18日) 晴。辰刻,偕伯韶率阖局员弁恭诣大王庙祀谢,演戏一日,同城诸公到者强半。余周旋永日,傍晚乃还。

二十七壬午日(1月19日) 晴。午前,周李闻杨君来见。午后,料量年事,顷刻之间京蚨六百千飞去矣。下午,道库发夫食银半季,乃本年秋半季也。

二十八癸未日(1月20日) 晴。午前,修发。午后,料理觞客事,子钧姚君亦偕作主人,座客则崔绥五、汪益棠、孙伟如、龚淡人、文量甫也。酉初入席,戌正饮毕,旋散。阅邸抄,崔季芬总戎经张翰仙中丞奏调,得发往山东差委云。

二十九甲申日(1月21日) 晴。接家润生来书,为侄女兆樨作伐,据称有番禺姚氏子寄居开封,堪备相攸之选,余则尚须确加探访也。午后,往道署辞岁。归来,恭悬先像,敬神祀祖。礼毕,与妻孥欢宴分岁。子初,小眠时许即起,而盛服以俟。

光绪二十四年(1898)戊戌

正 月

光绪二十四年岁在戊戌正月初一乙酉日(1月22日) 阴。寅正,恭诣龙亭,行朝贺礼。卯正,诣天后宫,拈香行礼。旋至道署拜年,罗公已还,得见而出。遂至各处拜年,晤眉生,余俱未晤。回寓,敬神祀先,叩拜如礼。受家人及仆役叩贺,至此而乃毕年事云。午后,淡人来晤。申刻,日有食之,偕同人至道署随班救护。西刻复圆,乃散归。

初二丙戌日(1月23日) 晴。终日未出门,亦无客至,惟与家人掷骰子消遣而已。接张西园信,知其又调督中协副将,已莅任保定,可谓官运亨通矣。

初三丁亥日(1月24日) 晴。午后,赴澹人寓斋小酌,顺道拜年数家。申刻入座,绥五仍登首席,又有张益君大令,余皆熟人也。二更散归。

初四戊子日(1月25日) 晴。午前,高春霆来谒,执弟子礼,甚恭,余遂直受不辞云。午后,出城拜年,晤伯韶,在局略阅公牍,遂散出。归途答拜美国教士良约翰,不与相晤也。傍晚回寓,闻查篑青于今日巳刻病殁邸舍,迟明当往视之。

初五己丑日(1月26日) 晴。午后,往视查篑青,晤其子侄数人,询知其临危吩咐后事,井井不乱,亦可怜已。相交十余年,一朝永诀,良用凄然。晚间,为消寒五集,同人聚饮澹老寓斋。饮次感篑青甫亡,咸为之不欢云。

初六庚寅日(1月27日) 晴。早间,出吊于查氏,同人咸集,适本道罗公赴省,余不及往送。午刻,往贺淡人兼篆泉河之喜,遂留午饭,畅谈许久。申初,孙皡民偕汪益棠招饮寓斋,且有梨园演戏,肴馔甚丰腆,同人各费戏赏四千文,亥正散归。

初七辛卯日(1月28日) 晴。署州牧长沙陶濂泉大令赠七律一章,并以《除夕感怀》五古一章见示,因各依原韵赋答七律,因意有未尽,复成一首,共书赠二律焉。稿另录存,兹不具载。申刻,绥五招饮,陶君亦在座,二更乃各散。

初八壬辰日(1月29日) 晴。撰成挽查声庭长联,其词曰:"频年我忝同僚,叹故旧凋零,屋月梁颜空有梦;此去君应无憾,付儿孙弓冶,文章政事各专科。"晚间,浚生招饮寓斋,呼歌伎侑酒,于是又费却缠头四千文,二更回寓。

初九癸巳日(1月30日) 晴。午间,新任开河闸程君端业来见,十年前旧属也。午后,往送绥五行,因偕其往奠声庭,旋回寓。晚间,益棠寓斋复有彩觞,约同人摊分往叙,余又费京蚨六竿。酉刻往,亥末还。

初十甲午日(1月31日) 晴。日间,呼照相人为儿女辈拍照小影,余独未照。晚间,聘之来余斋茗话,因属其代缮各处贺年复信,并拟贺张西园调任信稿。

十一乙未日(2月1日) 晴。午前,修发。午刻,家忌祀祖。午后,出吊于江宁陈氏,盖陈衍九之丧也,旋回寓。灯下,将聘之拟稿分别改削,付令誊缮。

十二丙申日(2月2日) 阴。傅委员至自天津,带到味荃复书并《国闻》等报,披阅半响方毕。灯下,阅日本国人所著《万国史记》等册。

十三丁酉日(2月3日) 阴。午前大雪,至申乃止,约得雪二寸有余。适明日丑刻立春,今犹是冬雪也。晚间,循例祀祖。

十四戊戌日(2月4日) 晴。雪后清朗,自是新春气象。午刻,祀祖。午后,陶濂泉过访,晤谈。阅邸抄,巨野教案除知县革职外,巡抚、镇道、知府均下部议处,寻议得巡抚降二级调用,镇道府俱革职留任云。

十五己亥日(2月5日) 晴。本道公出,遂无谒庙之役。午后,又检得顾翰仙日记遗册披阅数四,益用惋惜,计翰仙之亡已逾两月矣。噫!

十六庚子日(2月6日) 晴。午后,本道旋署,余因事不及往迎。淡人旋来晤,谈及保案已奉准部覆。正在谈论,适奉河院檄行,余蒙保俟同知得缺后以应升之缺升用,经部核覆照准,于上年十二月十三日奉旨依议矣。晚间,集孙伟如寓斋为消寒六集,惟子钧赴德州未还不获与。席间饮酒极多,颇各酣畅,散时已亥正三刻,诚快饮也。

十七辛丑日(2月7日) 晴。午前,诣道署谢保奖,未见。答拜陶濂泉,亦未晤。答谢淡人,晤谈时许而还。午后至局,晤伯韶,商办公事,傍晚回寓。

十八壬寅日(2月8日) 晴。倩聘之拟上任帅谢禀稿。下午,河房吏自署至寓,因领发各属夫工银两而来,且明日又逢开篆故也。接劳厚盦信,知因堵口未合,急切不获交替,未知月内能否还济耳。

十九癸卯日(2月9日) 晴。午初刻,设香案拜开关防,行三跪九叩礼。午正,诣道署谒贺开篆。未初,回寓吃饭。未正,延请西席张余亭茂才到馆课榕、梧两儿读。晚间,设席享之,胡聘之、高春庭均入座相陪,亥初即散。

二十甲辰日(2月10日) 晴。顾培德来见,欲求饷差,因商诸伯韶,许以下批令往。伯韶复过谈片刻,述及今年头批先饷十六日已由浦起解,廿三四即可到此也。

二十一乙巳日(2月11日) 晴。河房吏领夫工回东昌散发,因将上次印领呈请补批备案,即时判毕发出。程功九闸官来讣,送祭幛一轴,并交该吏顺带。接叶作舟覆函。顾翰仙之弟自安阳县来书,知其兄病殁赖余照料,特致函道谢。

二十二丙午日(**2月12日**) 晴。杨咏航闸官为其子纳妇,因往贺之。复访任浚生,久谈,闻浚生有饬赴泉河新任之信,其所署下河则委姚少适接署,未知确否耳。傍晚回寓。

二十三丁未日(**2月13日**) 晴。是日为消寒七集,澹人先于午后过谈,旋即偕往益棠处聚集。席间,藏花赌酒,饮酒甚多。亥正散归,作书致味荃,并以土药百两寄之。

二十四戊申日(**2月14日**) 晴。日间,因右足痛溃出水,步履稍艰,遂未出门。浦饷头批解到,派万都司解往,明日首途,味荃信件均可带往矣。

二十五己酉日(**2月15日**) 阴。足疾仍未瘳,终日兀坐,颇觉清闲。晚间,邀聘之来斋一谈。

二十六庚戌日(**2月16日**) 阴。午后,访量甫一谈。晚间,刘寿人招饮,因偕量甫同往。寿人寓中有后圃,极幽雅,座客往游,均诧为得未曾有。亥初席散。余失去紫缎羊皮半臂一袭,遍觅不获。

二十七辛亥日(**2月17日**) 阴。是日为大伭女生辰,内子命呼傀儡戏用消永昼。午后,刘寿人过谈。晚间微雨,戏场将唱《雨淋铃》旧曲,乃收场停演。

二十八壬子日(**2月18日**) 晴。是日复演木人戏一日,晚间至三鼓乃罢。连日春寒弥甚,重复炽炭围炉。甚矣!天时之不齐也。

二十九癸丑日(**2月19日**) 阴。权州牧汪幼卿大令已到,遣人投刺禀到。渠本任武城令,故于各厅仍循属官礼也。余素与熟识,已四五年不见矣。

三十甲寅日(**2月20日**) 阴。早间,幼卿来拜,未与晤面。午后,答拜之,亦未晤。因访陈仲鹤,晤谈时许。晚间,凌宅因将发表请知客,席设州廨,余亦往赴座,遇汪幼卿、陶濂泉。比入席,则仅郭春霆、任浚生、裴筱麓与余四人耳。亥初三刻散归。

二　月

二月初一乙卯日(2月21日)　阴。晨起,视窗外屋瓦皆白,雪花正纷纷四坠,遂未出门。复拥衾小眠时许,已正乃起,雪犹未住也。昨郭春霆约公饯陶濂泉,由余承办,因书柬帖往订,陶辞谢乃中止。

初二丙辰日(2月22日)　晴。是日消寒八集,轮余处宴集。午后,同人陆续到齐,适汪幼卿来拜,只得延晤,谈片时即去。晚间,酉正入席,亥正散。淡人谈次因兼理泉河篆,苦无印箱,置其印于茶叶瓶中,余闻之遂以余之副印箱假与暂用。

初三丁巳日(2月23日)　晴。午初,往州廨吊凌绍周丧,兼为陪宾,在彼午饭,澹人、幼卿俱在座。申刻,陪罗观察,为之题主事毕,乃各散。闻杨乐亭丧偶,旋往一唁,傍晚还寓。

初四戊午日(2月24日)　晴。寅正三刻起。卯初二刻,诣大王庙,随班行春祭礼。旋偕同人谒见罗公,酌定各厅办工实银若干两,令各就款施工,不得再行请添。上河准银三千两,堤埽、闸板、修补、闸座一应在内,姑俟到工履勘后择要举办可耳。午后,往送凌少洲发引,同人咸集,送其灵榇登舟,然后各散。比回寓,已黄昏矣。灯下,作书致院幕汪仲宽,交益棠附寄。

初五己未日(2月25日)　晴。早间甚冷,午后较和暖。查氏昆仲因乃翁亡后骡马无所用之,因以一马分赠于余,遂受之。午后,叶东屏、谢稚笙先后来谒,余适检理案头故纸,均命兆梓出晤。

初六庚申日(2月26日)　晴。以卅金从凌绍周家属处购得白马一匹、旧轿一乘、圆桌面一张,当将价银付之,其眷枢翌日解维南下矣。午后,淡人过谈片刻,述及豫东交界处均得透雪,河帅因天寒路泞,须本月下浣方择期东来云。

初七辛酉日(2月27日)　晴。日间,作书致味荃,拟交头批找饷之便带往,此次差饷派顾培德前去。午后,顾适来见,与晤谈片刻。是日,闻沈絜斋调授兖沂曹济道之信。

初八壬戌日(**2月28日**)　晴。午刻赴局，偕伯韶设席宴客，到者郭春霆、姚梅生、杨图勋、王灵芝、鲍凯丞、陈履中数人而已。未正入座，申正罢宴。余复阅看公牍时许乃返，时细雨蒙蒙，比入城回寓，雨渐大。

初九癸亥日(**3月1日**)　晴。午刻，聊城主簿杨君凌汉、堂博主簿李君锦树、清平主簿汪君钟桂各自汛来谒，并因俸满禀请验看，因与接晤片刻。午后，临清卫张君金翎来拜，亦晤。下午，署中包封公事至，披阅判行，片刻即罄，兼填注汪、李、杨三人考语，亦例行公牍也。

初十甲子日(**3月2日**)　阴。寒甚，重复衣叠裘围炉，乃不战栗。淮饷首批找拨昨日到，今已起解，顾培德实往，前批之万委员大约不日亦可差旋也。

十一乙丑日(**3月3日**)　阴。大雪永日。午后，赴浚生寓斋作消寒九集。窗外雪花纷纷，至夜愈甚。亥刻饮罢，冒雪而还。

十二丙寅日(**3月4日**)　阴。复雨雪如昨。接台檄，奉旨招集昭信股票，令中外大小臣工领票，酌量缴借实银于部库，以作日本赔款。噫！时艰如此，凡在臣民忍不竭力输将，稍效涓滴之助乎？

十三丁卯日(**3月5日**)　晴。早间，姚少适饬送带到家润生信并东漳豆豉两瓶，知少适捧檄来权下河篆务昨即抵此，沿途虽遇雪，并不耽延时日，到后下榻量甫处。余即于午后往访之，晤谈良久，适淡人亦至，遂共留晚饭，谈至亥正乃散归。

十四戊辰日(**3月6日**)　晴。寒冷如昨。午后，少适来答拜，匆匆少坐即去。询知其十五日午刻方拜受关防视事也。

十五己巳日(**3月7日**)　阴。晨起，诣火神庙，拈香行礼。时细雨蒙蒙，遂归。接绥五来书，并移文欲借用河房书吏二人，余覆文允之。

十六庚午日(**3月8日**)　晴。澹人走柬约同人明日公宴少适于量甫处，因是日适逢少适五旬诞辰故也，余亦画诺。傍晚，孙伟如过访,久谈乃去。

十七辛未日(3月9日) 晴。午刻,即往量甫寓斋,淡人、梅生已先在焉,相与为叶子戏。畅聚永日,早晚两餐均极精,皆量甫承办,同人不过摊派分资而已。二鼓后乃散归。

十八壬申日(3月10日) 晴。午后,少适来谢步,晤谈片刻,面邀今晚往聚。余于申刻前往,则澹人已先在。又有叶东平挟两妓而来,貌颇寝,而同人颇多昵之者,殊可诧也。散时各给以京蚨两竿,余亦不得免焉。

十九癸酉日(3月11日) 阴。午后,出晤聘之,谈时许。万抑斋还,带到味荃复书并《直报》各件及代购公白二膏,述及局用未必准增,却尚未批示也。晚间,集伟如寓斋为壶蝶之会,聚饮甚畅,二更后方散。

二十甲戌日(3月12日) 晴。炮船哨官邹都司差旋,带到季士周方伯谢函。季由浦直抵杭州,方另炮船折回,故往返近十旬云。午后,局员宋峙鲁来见,谈少顷即去。

二十一乙亥日(3月13日) 晴。发本署包封,命曾传洙持回,兼往武城催解春季俸廉。午后,西斋过谈良久,遂将存署仪仗折价银廿两索去,据云将之京师借以作川资也。

二十二丙子日(3月14日) 晴。少适字来询到任应发文移,爰开单告之。日间颇暖,不似前数日之凛冽矣。

二十三丁丑日(3月15日) 晴。淡人过谈片刻。晚间,姚子钧假座孙皥民寓斋小集。初更散归,作书致绥五,交其便差带往陶城埠。

二十四戊寅日(3月16日) 阴。大风永日。具印领领得正二两月公费银两,又另案工程银叁千则仅发二千。当延汪步蟾至,嘱令先行回署承办修闸座,余拟出月再择期亲往云。

二十五己卯日(3月17日) 晴。早间,苣局宴客。未刻还寓,少适邀往茗话,遂偕量甫晚饭,畅谈良久乃散。归闻河帅苣济,尚无起节准信。

二十六庚辰日(3月18日)　阴。汪、李两主簿均来见,亦以河帅来济时拟先回汛,俟帅节临莅再来听候验看,余因允其所请。晚间,聘之来余斋一谈。

二十七辛巳日(3月19日)　阴。午后,往厚盦寓斋,晤其犹子伯陶,询知厚庵来书,漫口已堵合,刻下接办者尚未奉派有人,大约急切尚未能交替也。查声庭长郎庆绥已至自长沙,因往唁之,兼为筹度一切。渠以讣启稿呈余改削,回寓后,灯下为之润色数行。

二十八壬午日(3月20日)　晴。午后,谒见本道,访澹人,拜伯衡,俱晤。伯衡新换二品头衔,红顶煌煌,殊堪艳羡。下午回寓,汪主簿复来见,因先付以百金,俾往定石灰云。

二十九癸未日(3月21日)　晴。终日在寓,阅上海冶游小说以资消遣,倦即倚榻小眠,颇觉闲适。自维宦游十有四年,依然浮沉冷秩,真所谓"四十五十而无闻焉"者,思之辄自呼负负云。

三　月

三月初一甲申日(3月22日)　阴。晨起,诣火神庙,拈香行礼,旋回寓。辰巳间雪花纷坠,愈下愈大,直至傍晚乃止,天气冷甚。

初二乙酉日(3月23日)　晴。汪、李两主簿偕来禀辞,先行还署,因与接晤片刻。日间,撰成挽朱景安楹联,文曰:"昔岁忝同官,一殿灵光今亦渺;宣防多历地,八厅遗爱旧曾留。"又挽杨乐亭继室诸葛宜人一联,曰:"淑德悦慈姑,入地以从,奉盥承颜终勿改;悲怀贻我友,胡天不吊,萱摧荆谢迭相乘。"均嘱高友代书分致。

初三丙戌日(3月24日)　晴。午后,呼宋峙鲁至,告以将邀令偕往署中司会计,峙鲁欣然愿往。忽许西斋来晤,云将赴京师,特来告辞,畅谈良久乃去。接豫电,河帅定初五日起程来济。

初四丁亥日(3月25日)　晴。午前,往朱、杨两家吊奠。午后,访少适、量甫两君,畅谈,遂留晚饭。量甫有人邀吃花酒,傍晚外出,惟余与少适同酌。少适手制鱼生粥相饷,广州风味,久不尝矣。少适粤人,故嗜之。适西斋不速而至,遂共啖。二更后,量甫还,客乃各散。

初五戊子日(3 月 26 日) 晴。顾培德差旋,带到味荃复书,并以治喉症见示,量甫托购獭皮冠亦带来,即送与之。灯下,披阅《国闻报》《时务报》,半晌乃毕。

初六己丑日(3 月 27 日) 晴。天气渐暖。午后,淡人、少适、浚生、子钧偕来,邀同往铁剳寺一游,即各散。余回寓,拆阅本署包封,分别披阅签判。武城县应解春季全俸半廉亦解到,余认缴昭信票三股,亦饬书吏备具文批,以备呈解道库候拨云。

初七庚寅日(3 月 28 日) 晴。午前,修发。午后,接钱筱脩来书,当泐数行覆之,即交其来差带回。午后,访陈仲鹤,晤谈片刻。晚间,少适招饮,集量甫寓斋,肴馔甚佳,且有歌伎侑酒,二更后乃散。

初八辛卯日(3 月 29 日) 晴。午后,往河院署阅视,同人咸集,在彼盘桓永日,晚饭后乃散归。

初九壬辰日(3 月 30 日) 晴。清晨,邀同量甫、少适出城迎河帅于安居集。午正二刻,旌节方至,同人均于郊外揖迎。旋入城,至院署谒见,并拜其幕友汪仲宽,傍晚甫归。

初十癸巳日(3 月 31 日) 阴。早间微雨。午后,出门访仲宽于河院,晤谈片刻。旋至量甫处公宴院幕诸君,二更后席散乃还寓。

十一甲午日(4 月 1 日) 阴。晨起,上院禀谒,同人均投手版起居,并不请见,惟两观察禀见耳。已刻散归,途遇绥五,知其昨日至。午后,余复独谒河帅任公,蒙延见畅谈。出访绥五,不遇,遂还。傍晚,绥五过访,适汪仲宽亦来答拜,俱晤谈良久乃去。

十二乙未日(4 月 2 日) 阴。辰初,往东教场伺候河帅阅操,俟其升座,上堂三揖,河帅咸避席答揖。于其行也,鹄立舆前以送之,于是事毕回寓,时方午初二刻也。午后,访绥五,畅谈,遇项蔚如于座。旋因查箨青、陈少亭两公均定于月之十八日出殡,其子先期享客,余乃先之查而后之陈,两处俱入座片刻,二更后乃返寓。

十三丙申日(4月3日) 晴。天气颇冷。午后,徐石秋来拜,晤谈片刻。本署河房吏将领夫食银返东昌散发,余拟嘱宋峙鲁携银偕往专司会计事,因呼峙鲁来告之,令其赶即束装,日内即可首途也。下午,判阅公牍,将认缴昭信股分银足库平叁百两备具文批,呈解运河道衙门兑收转解云。

十四丁酉日(4月4日) 晴。午后,戴湾闸官屠振绪来谒见,并带到陈竹书信,屠与陈固姻娅也。下午,检理铺垫字画,装盛一棕箱,又一毯包,拟交峙鲁带往本署陈设者。傍晚,张诗岩过谈片刻。晚间,峙鲁来,嘱令明晨首途,先带四百金前去,均交书吏附入夫食银箱内,自较稳妥耳。

十五戊戌日(4月5日) 晴。晨起,视峙鲁登程,即恭诣禹王庙,拈香行礼。旋上河院谒见任公,复至道署谒候,未见,遂还。是日为清明节。午刻,设祭祀先。午后,倦甚,假寐时许。

十六己亥日(4月6日) 晴。晨起,诣院署禀送。余最先至,候至已正同人方齐集,复偕往幕府送汪仲宽行。旋至查宅陪罗观察为籛青太守题主。事毕,访绥五,略谈。晚间,汪幼卿招饮州廨,绥五亦在坐,二更后散归。

十七庚子日(4月7日) 阴。寅正即起,出南门至济安台候送河帅任公。卯正,帅节起马出城,同人均揖送于郭外,乃各散。午后,聊城杨主簿禀辞还署,与接晤片刻。

十八辛丑日(4月8日) 阴。午前,往奠查籛青,在彼吃饭。午后,莅局阅看公牍,晤伯韶,久谈。入城后,往奠陈少亭姻丈,即仲鹤太翁也。申刻回寓,作书致王子泉、葛味荃,均缮完封固。

十九壬寅日(4月9日) 晴。浦局第二批先饷解到,派方励之转解,定明日起运,因将味荃信交其带往。日间,将应用什物雇二把手车一辆装赴东昌,亦附饷便同行。

二十癸卯日(4月10日) 晴。方委员转饷北上,因命家丁席泰、范升携银五百附搭饷车至东昌,接济工次之需。晚间,量甫招集寓斋吃花酒,同人咸与,亥刻乃散。

二十一甲辰日(4月11日) 晴。午前,伯韶过谈片刻。下午,差车自东昌署旋济,带到稚鲁来书,知其抵东,已为余布置一切矣。接家用宾信,述及子舟弟客腊抵里,今春举办殡葬云。

二十二乙巳日(4月12日) 晴。午后,王县丞承均过谒,与接晤片刻。至书塾与西席张余亭一谈。晚间,姚子钧招饮卫署,看馔颇佳,闻乃借用绥五之庖人所制也。亥刻散归。

二十三丙午日(4月13日) 晴。暖甚,遂换棉袍褂。午刻,莅局宴客,到者汪幼卿、刘酉山、姚眉生、姚子钧、杨乐亭、叶东屏诸君。幼卿欲啖吾乡醋鱼带柄,余特携庖丁前往制此味,幼卿食而甘之,以为的真乡味,已数年不尝矣。酉初散归。道库找发另案工需七百金,尚有三百各不遽发,殊堪诧怪。

二十四丁未日(4月14日) 晴。午后,往视澹人疾,晤谈片刻。旋访少适、量甫,久谈。少适将借差还汴,即与送行。晚间,益棠招集寓斋吃花酒,专为少适钱别而设,畅叙畅饮,亥刻散归。

二十五戊申日(4月15日) 晴。连日热甚,重棉尚觉难耐。午后,周李闸杨君来谒见,因余将赴驻署,伊未能随往,特来禀明请俟四月下旬前往,余允之。闻沈絜斋观察已卸河陕汝篆抵豫,日内起程来东,将道出此间,余尚可与一晤也。

二十六己酉日(4月16日) 晴。日间,料量行装,将棉夹纱各衣装成一箱以备带往。晚间,阅闲书消遣。

二十七庚戌日(4月17日) 阴。早间雨,午后旋止。因往道署禀辞,未见。遂往各友人处辞行,晤淡人、量甫、子钧,余俱未晤。傍晚散归,家忌祀祖。

二十八辛亥日(4月18日) 阴。早间,访汪益棠,即与辞别。午后,道库发另案找项一百七十二两,连前共发实银二千七百两,因即携回东昌办工,未知能否敷用耳。日间,检点公牍信札,收储于拜闸中,摒挡半日方毕。午后至日夕大雨数阵,夜雨更甚。

二十九壬子日(4月19日) 阴。早间犹雨,巳午间似有晴意。午后,出门辞行,晤伯韶、伟如,余俱未见。旋回寓料量行箧,栗碌半晌。灯下,核算用帐,发给各项饭食,句稽时许方毕。

三十癸丑日(4月20日) 晴。早间,出门谒见本道禀辞。午前回寓,迟絜斋不至,因留书道意,余遂定准明晨首途。午后,伯韶、淡人先后来送行,俱晤。晚间,濯足,料量行囊,亥刻方毕,乃就寝。

闰三月

闰三月初一甲寅日(4月21日) 晴。晨起,小食毕,自济宁登程,杨闸官士镇来送。辰刻,出北门,经常清观道院,循湖路而北,幕友胡聘之同往。午初,尖于康庄驿。申正,宿汶上县之草桥驿。

初二乙卯日(4月22日) 晴。寅正起,发草桥,行六十里。巳正,尖于东平州,沿途风日晴和,洵称顺适。午正二刻,饭毕,复行六十里,宿旧县。时酉正初刻,夕阳犹在山也。

初三丙辰日(4月23日) 晴。寅正,发东阿旧县,行二十里,过东阿新城,至渔山口渡黄河,不二刻即达彼岸。行四十五里,尖于王姑庙,时午初一刻。饭毕,复遄行四十里。酉初,抵东昌府东关。属僚聊汛杨仙槎、首闸顾钟泉及戴湾屠、梁土张、砖板韩各闸官均出迎,遂鸣钲入署。拜祭门神及宅、灶各神,礼毕,延见属僚两排。署中客厅及上房均极宏敞,自头门至宅门略加修饰,焕然改观。自维十年实任下河,无官署可住,今始莅此,稍有官样文章矣。峙鲁自工次来见,交呈修署置物各帐。晚间,首汛闸送下马宴,缘与聘之、峙鲁共饭。灯下,作书谕兆梓,命舆夫便带济宁。同城太守以次均于今日换戴凉帽,余乃命悬牌,定明日换季云。夜间风甚大。

初四丁巳日(4月24日) 晴。辰刻起,刘伯和司马即来拜,晤谈良久。伯和久任是邦,余与之别六七年矣。午后,聊城典史易君象其名端临其字来谒见,与接晤片刻。峙鲁回工次管理银钱,又携四百金前去，连前共支过八百金矣。申刻，署聊城令杨静轩耀林来谒，与晤谈片刻。杨以候补知州权县篆，直隶清苑人，年四十余，能吏也。日间，印发聊城解春季役食批回一纸。

初五戊午日(4月25日)　晴。卯正，诣本署衙神各处拈香，凡五处。旋出至文庙、龙神、大王各庙，拈香行礼。首汛闸杨、顾两君俱往跕班。旋拜客十余家，俱未晤。辰正回署，本属汛闸俱谒见。巳刻，候补县令张梅友庆堂来谒，晤谈片刻。午后，复出门拜客，仅晤东昌参将敦鸣冈，余俱未遇。未正回署，洪兰楣太守时方府试关防，余往拜而未晤，太守旋以肴蒸见馈。申刻，敦参戎即来答拜，晤谈良久。敦君名凤举，癸亥武探花，其乡举固壬戌恩科也，因与叙及年谊焉。敦君去后，复有府学孙广文学闵来见，年七十余，体肥气喘，衣冠步行而来，可谓至诚已。

初六己未日(4月26日)　晴。南风甚竞。午后，府经历刘君廷栋、候补州吏目翁君心恒先后来谒见。刘顺天人，翁则常熟人也。下午，府刑席王怡如便衣来谈，固旧雨也，别四年余矣。灯下，作致绥五书，专足至陶城埠投递。又函催茌平解春季养廉，亦专役前往。适有便人还济，因作家书数行，交令带去。晚饭后，阅方子岩诗集数篇，然后寝。

初七庚申日(4月27日)　晴。风声如吼，窗棂振振作响。各属公送鱼翅酒筵，乃分作早晚两餐，偕聘之共啖焉。午后，县学教谕张君玉荣、沈君梦爵偕来谒见，与晤谈片刻。张章丘人，沈宁阳人也。王怡如以四菜两点来饷，云是家制，何今日口福之盛耶？傍晚，吴玉堂管解局饷道出此间，带到梓儿来禀，述及絜斋观察过济，来寓看视葆珍侄女，次日即赴省垣，其眷属已先回里，秋间方至兖署也。又接筱修来书，知已为余划还作舟八十金，并为代购乌参百两，寄交济寓矣。

初八辛酉日(4月28日)　晴。大风扬沙。黎明，自署起程勘工，行四十里至梁乡闸，阅视西雁翅坍塌之工。张仲臣、汪步蟾均在彼伺候,此工亦拟兴修,刻下尚未动工。旋至邢家庄公所小憩。时堂博汛二道减闸拆底重修工已过半,李主簿锦树、外委刘炳勋均先期派令监工,宋峙鲁经管银钱,而以汪步蟾总其成。午后,余偕诸君往该闸看视,见南闸墙及雁翅闸耳均已告成,金门地平石已铺就,正在钉镶铁扣,挖凿板槽,工程均尚坚实。惟经费浩大,此工毕后,几无余资顾及堤埽各工,真觉左支右绌耳。沿途阅视聊汛西岸各段官堤,尚属完整,间有浪窝水沟,亦须拨款补苴也。申初,自工次返旆,迎风而行,戌初二刻方抵署。得绥五复书,月半前后方来昌郡。又茌平去役亦还,县解春季半廉银如数兑收,即夕印发批回给解役携去。

初九壬戌日(4月29日)　晴。风仍未息,终日静坐衙斋,万虑俱寂,时或焚香,时或观书,箧中携有方子严《退一步斋诗文集》,披读再四,足资消遣矣。

初十癸亥日(4月30日)　晴。辰刻即起,小食后,巳午间复假寐时许。午后,阅稿,判发公牍各数件。道库领到闸具银百余两亦发房,传知各该闸具领。傍晚,接稚鲁自工次来函,知梁乡闸亦开工兴修,又戴湾闸金门被碰损坏亦拟一并修补云。

十一甲子日(5月1日)　晴。午后,周历署东偏空院,见亭台坍塌,瓦砾成堆,殊堪浩叹,历任是官者皆喜侨寓济宁,视官署如传舍,任其荒芜,莫肯顾而问焉。今余以署任官,将衙署辕门、照墙、头门内外一律葺而新之,亦行吾心之所安而已。晚间,自作禀稿开工修闸并酌定实办各工禀道备案各稿,聘之不过供钞胥云尔。

十二乙丑日(5月2日)　晴。仍复狂风永日,自撰禀稿二通,复句稽闸坝堤埽各工,缮具估折呈道,料量半日方毕。胡聘之竟不能赞一词也。下午,复作书致淡人、伯韶,并上书罗观察,均附家信中交领饷委弁便带济宁,因挥数行谕兆梓。余所自书各件俱毕,而聘之代誊禀折尚未卒业,只得令该弁多候一日矣。傍晚,判阅稿件,印发日行文牍。灯下稍暇,阅方子严文集数篇。

十三丙寅日(5月3日)　晴。日间,作书致劳厚盦,又挥数行致致汪幼卿直刺,并托其转寄厚盦书,均交领饷外委带赴济宁。傍晚,接孙伟如济宁专足信,嘱为其侄培豫致书絜斋观察说项,因复书辞之。

十四丁卯日(5月4日) 晴。午后,闻绥五至自陶城埠,将抵城,因扫除花厅,邀其下榻,一面饬役往迓。绥五旋遣人来辞,因人多,已税驾旅店中矣。酉初,街市迎得河神化身来署,敬设香案,供奉暖阁中。余公服行礼毕,瞻仰神身,粗似笔管,长尺余,通体作青黄花色,未知其为某大王也。旋恭送至本庙安奉,明日正可拜谒云。

十五戊辰日(5月5日) 晴。卯初,诣大王庙,拈香叩拜,汛闸均随班行礼。旋访绥五于逆旅,访刘伯和于公廨,均晤谈良久。因约二君来署午饭,余先归拱候。午正,两君俱到,畅叙至申末乃散。酉刻,张益君大令来谒晤。旋又由绥五旅次送得大王来署,似即昨到之神,而庙祝旋报神驾行矣,盖顷刻之间又见于绥五处矣。余敬谨供奉于厅事,即票传梨园明日演戏庙中,届时当亲奉诣庙,庶昭虔敬云。

十六己巳日(5月6日) 晴。卯初起。卯正,恭捧神驾,鸣钲呵殿,诣庙安奉,率汛闸各员叩拜如礼,献爵献戏。神盘旋中座看戏,余始退出。因答拜张益君于河沿江苏会馆,未晤,遂还署,时方辰正初刻。追巳初间,庙祝报神驾已行。伏念汝同薄德,何足以对越神明,而神驾之去来,不先不后,适当祭毕演戏一出之后,一若鉴此微衷而示以歆格者,何其幸欤?午后,偕伯和出吊邑绅顾大令仲安家,少刻即返。张益君于下午便衣来谈,良久乃去。是日热甚,盖昨日已交夏令矣。

十七庚午日(5月7日) 晴。日阅《昭明选诗》以资消遣。顾君以余昨往吊奠,今送来海参席一筵,遂受之。天气骤热,衣单袷衣尚觉微汗。午后,接兆梓禀,云及道库发出夫工、器具各银,须命书吏往领矣。

十八辛未日(5月8日) 晴。时因久旱,同城各官设坛祈雨,余亦偕往。辰初,诣龙神庙拈香。洪兰楫太守亦到,因得相晤。申初,伯和过访,遂偕至署前徐家店齐集。同人执香步祷,至庙行礼毕,乃还署。县丞施君慎旃、运工局委员韩君爱亭俱来见。晚间,阴云四布,阵雨一次,惜不久耳。

十九壬申日(5月9日)　晴。早晚步祷两次,至龙神庙行礼。早间,方励之自津差旋,道出此间,特来署谒余,出味荃复书,并《时务》各报见示。灯下,披阅一过乃寝。

二十癸酉日(5月10日)　晴。早间,步祷于庙。甫回署,即得绥五将至之信,遂命于花厅夹室扫除以俟。巳正,绥五抵署下榻。午刻,刘伯和来访绥五,畅谈多刻。至申正,乃偕往祷雨一次,旋各散归。晚间,余方与绥五共饭,适兆梓至自济寓。饭后,洪兰楫太守来拜,兼访绥老,坐谈许久乃去。淮饷运员傅星岩转饷赴津,亦于二更后来见。

二十一甲戌日(5月11日)　晴。兆梓出冯育甫函,见其满纸告急之语,欲假贷廿金,余实不能再应其请矣。午间,偕绥五出拜兰楫太守,晤谈时许。未刻,伯稣招饮署斋,绥五、益君、爱亭均在座,酉刻散归。灯下,复与绥五谈多刻。

二十二乙亥日(5月12日)　晴。辰刻,馆陶主簿郑君官懋来见,年三十余,乃郑滇生大令第三子也。辰正,绥五登程还局,送诸大堂檐前而别。终日风狂如吼,晚间阵雨一次,仍未普洒甘霖,奈何!

二十三丙子日(5月13日)　晴。早间,李主簿、刘分防至自工次来见,禀知减闸工程告竣,其梁乡闸月内亦可完工也。午后,往答拜朱垣夫及郑、李两君,访李仲明,晤谈片刻。晚间,太守招饮郡廨,座有敦鸣冈、刘伯稣、杨静轩、刘雨臣诸君,二更后散归。

二十四丁丑日(5月14日)　晴。兆梓沿途感受风寒,抵此即觉不适,今日尤为委顿,因呼席泰为之诊脉,开用发散之剂,服之觉少轻减。灯卜,拟上河帅另单禀稿。夜间微雨数阵。

二十五戊寅日(5月15日)　晴。发上河帅任公禀,贺其公子粤华观察署天津道之喜,并附另单数纸焉。日间,兆梓又服药一剂,疾稍愈矣。

二十六己卯日(5月16日) 晴。日间,接峙鲁自工次来函,知三处闸工均渐次告竣,惟款已告罄,须再付百金。因即手复数行如所请款付之,并告以余拟初一日前往收工云。

二十七庚辰日(5月17日) 晴。午后微雨数阵。日间,签阅公牍,并将行箧所携《朱子全集》取出披读。傍晚,周历署东废圃,拟将东南隅草亭重加修葺,命召匠,估计需钱十余千,遂定见捐廉修治云。

二十八辛巳日(5月18日) 阴。早间,张益君过谈,云其局总命赴省请饷,故来告辞。午后,河房吏领得夫工银两回,带到济寓交来家润生、张西园、王子泉各书。马队护银来者即日言归,因作谕兆榕书,交其带回。晚间,阅公牍,前上本道核减工段一禀已得其批示,又接汪幼卿覆书一函。

二十九壬午日(5月19日) 晴。接峙鲁工次信,并将用剩席片竹竿送回,当泐数行复之。夜间,风雨交作。余拟明日赴梁乡一带验工,颇盼天晴也。

四　月

四月初一癸未日(5月20日) 晴。晨起,诣本衙各神庙八处及大王庙拈香。旋出北门,至梁乡验视新修闸工。汪、张两君均出迎,峙鲁亦出见,即在工次午饭。午后,往二道减闸一看,汪步蟾陪往。酉刻,抵戴湾闸阅新工,屠闸官随同验视,即宿清平主簿公廨。汪君为供帐一切,二更即寝。

初二甲申日(5月21日) 晴。寅正,发戴家湾。巳初,即抵梁乡闸。饭毕午正,发梁乡。申正,即抵署,判发公牍数件。灯下,阅《谐铎》数则。

初三乙酉日(5月22日) 阴。早间,往拜伯和,畅谈。午后,往贺李仲明守戎纳妇之喜,即饮喜筵。鸣冈、伯和、静轩俱在座。仲明名丰元,官东昌卫守备,其子年才十六,新妇长郎官一岁耳。下午,稚鲁至自工次,各闸工俱已完竣矣。

初四丙戌日(5月23日) 晴。早间,茌平邑绅崔亦清过访,与晤谈片刻。崔名式杰,清如观察仲子也。午间,汪步蟾、张仰臣及前堂博主簿童颖甫均来谒见。童年六十余,山阴人,乡音犹未改也。接绥五信,当渤数行覆之。饷员高筱崧过此,因挥数行致味荃,交其顺带去。

初五丁亥日(5月24日) 晴。午前,朱坦夫世兄过谈。朱籍隶聊城,以新科选拔,将赴廷试,固实甫年丈仲子也。谈及恭邸作古之耗,余昨得淡人复书,亦有是说,余方疑之,今殆信矣。

初六戊子日(5月25日) 晴。拟上年丈孙燮臣冢宰禀稿,交友誊缮。又作书致谢缵臣农部,拟交坦夫带呈。坦夫赴京,余赠赆八金。阅邸抄,至前月杪恭邸并无凶耗,殆传闻之讹欤?

初七己丑日(5月26日) 晴。嘱峙鲁兑银贰百,将添给各闸板块价银分别给发,又将应找监工委员薪水一律找清。署东有草亭一座,命葺而新之,亦于今日毕工。晚间,作致絜斋观察书。

初八庚寅日(5月27日) 晴。午后,出门拜客,晤马仁卿太守及刘伯和。答拜崔亦清、朱坦夫、顾仲安,俱未晤,申初回署。酉正,杨静轩大令来见,与晤谈片刻。

初九辛卯日(5月28日) 晴。接淡人函,知上南吕安卿捐离任过知府班,因思同知得出一缺。余又不无奢望,遂将上燮丈书向坦夫索回,复加另笺一纸,恳于通书彦升时为余说项,未知济事否也。傍晚,马仁卿来答拜,晤谈时许而去。

初十壬辰日(5月29日) 晴。早间,将上燮丈书封固,仍送交坦夫顺带。坦夫旋便衣过谈,据云十五后方首途也。因余谈及郡城无好笺纸,遂以佳纸数种见贻。午后,伯和来久谈。晚间,静轩招饮州廨,一更后散归。

十一癸巳日(5月30日) 晴。晨起,挈兆梓自署起程至陶城埠,顺道履勘南路堤岸。经过李海务、周家店,均有外委兵夫出迎。午初,尖于七级闸。申初二刻,抵陶城埠,访绥五于运工局,即下榻焉。余拟即令兆梓由是处渡黄回济寓。绥五以安山戴庙一带崔苻不靖，力劝仍走东阿，遂从其说。晚间，与绥五久谈乃寝。夜间大风雨。

十二甲午日(5月31日)　晴。余在运工局盘桓永日。早间，韩爱亭、黼臣昆仲、雷润生均来晤。午饭后，命兆梓至于山口渡黄回济。余正与绥五晤谈，适得淡人调署上南之信，不知其能否调补此缺也。晚间，绥五设嘉肴相款，并邀韩爱亭、罗少甫、雷润生相陪。饭毕，少坐，余即归寝室。

十三乙未日(6月1日)　晴。寅正三刻起。辰初，别绥五首途。巳正，尖于七级。午正，复行。未初，过周家店。未正，过李海防务，时正骤热，乃入旅舍小憩，申初乃行。酉正，抵郡城，即还署。

十四丙申日(6月2日)　晴。作书致家润生、汪仲宽两君，询问上南缺事，专役谭富贵赴汴投送，冀得复书，便知底蕴也。酉刻，往拜兰楫太守，晤谈时许。晚间，李仲明招饮寓斋，伯龢、鸣冈均在座，二更后散席回署。

十五丁酉日(6月3日)　晴。晨起，诣大王庙拈香。旋回署，杨大令及本属各汛闸均来见。午后倦甚，小眠时许醒来。适杨永康自济宁专足函致聘之，询闸板事。余遂作致淡人、益棠书，又谕兆梓一札，均交来差便带。灯下，复致书篛脩、绥五，则由驿递分寄云。

十六戊戌日(6月4日)　晴。午前，署高唐州牧杜君秉寅来见。杜号宾谷，淮安人。午后，自书楹帖二联，拟刊以悬诸厅署者。大堂联云："上考荷君恩，揭来移判此邦，敢忘官守；河防关国计，要在行吾素位，用答升平。"三堂联云："苏长公佐郡治湖，故里流传，莫谓闲曹无远略；叔孙子莅官葺屋，高山仰止，须知异世有同心。"

十七己亥日(6月5日)　晴。午后，因学使姚菊仙侍读按临临清，道出郡城，偕同人出迓于东关，旋至行馆谒见之。姚公名丙然，杭州同乡，且有姻谊，去岁在京曾与相识，今视学此邦，气象迥不侔矣。下午回署，接淡人来函。

十八庚子日(6月6日)　晴。寅正即起。卯初，出北门，道旁有古庙,县令设茶座其中,同人咸集,候送学使姚公登程乃各散,辰初还署。午后,朱坦夫来话别,言及明晨准行,因托其顺带黑枣、酱茄与陈凤笙。坦夫去后,余遂摊笺作书,一面命购枣茄,连信函并送坦夫处,缘客夏在京,凤笙曾索及此二物,久未相寄,今乃得践言也。晚间,贾秀元至自济宁,赍到梓、榕两儿禀,知兆梓十四午后抵寓。又附来絜斋观察复书及四叔母来索百金书,均阅悉壹是。傅星岩过此,带到味荃来书。

十九辛丑日(6月7日) 晴。连日热甚,竟须衣绤纷,昨日为芒种节,时令固宜潮热也。晚间,作书禀覆叔母,因复摊笺作致子绥弟书,久不与子绥书,尽长笺四纸乃毕其词,均封固驿递扬州。

二十壬寅日(6月8日) 阴。自晨至夕大雨,终日不息,署屋除燕寝宾馆外,余多渗漏,大堂漏尤甚。荒院败垣,络绎坍塌,余此次抵署已稍加修葺,尚复如是。甚矣! 屋之不可离人也。早间,作致子绥书,又复姚子钧函。午后,倦而假寐,为风雨声惊醒。晚饭后,兀坐无聊,取方子严《蕉轩随录》阅看数则。

二十一癸卯日(6月9日) 晴。早间雨止,风仍未息,天气转凉。午后,判稿数件。聊城令杨静轩于试院设中丞行馆供张完备,请余往视,因于下午至试院一看,比回署已黄昏矣。

二十二甲辰日(6月10日) 晴。早间,闻洪太守鸣驺出署,询知系赴莘县迓抚帅也。午后,致书张益君大令,将防险段落彼此分派认定,以便届时照办也。日间,封发各处贺节禀信,于叶作舟、钱筱脩函中各加亲笔另笺两纸。

二十三乙巳日(6月11日) 晴。早间,绥五至自陶坝过谈刻许。午后,致吴绍侯、子明昆仲、孙晓秋、陈石溪各另纸信两张,附入贺节函中寄去。阅邸抄,恭邸竟于四月初十薨逝,谕旨轸悼,辍朝五日,谥曰"忠",于王无憾矣,奈无人当国何,固海内士夫所齐声太息者也。

二十四丙午日(6月12日) 晴。巳刻,即吃饭。午正,往答拜绥五,晤谈良久而归。申刻,县署报马禀知抚台将至城,因出赴南关候迎,同城各官咸集。约申正,旌节苍止,各官揖于舆前,抚军张翰仙中丞降舆答礼。旋随至试院行辕谒见,问答数语即出。张公名汝梅,河南密县人,年六十余,起家监生,由道员不十年即跻巡抚,升迁可谓速矣。余酉正还署,天气热甚,已湿透纱袍云。

二十五丁未日(**6 月 13 日**)　晴。寅正,中丞诣南教场阅伍,我等皆往伺候参堂,已初散场。随至行辕,投手版起居,然后还署。午后,马仁卿太守见饷菜点数色,乃与聘之、峙鲁小酌数杯,早餐早寝。

二十六戊申日(**6 月 14 日**)　晴。抚台寅初起马,余先于丑正赴行辕官厅候送,伯和续到,茌平县令王毓才大令亦至,中丞登舆时我等三人于舆前揖送之,其佐杂各员则鹄立堂檐下以俟云。余寅正回署,复登榻酣眠,已正乃兴。午后,谭富贵至自汴,得润生、仲宽复书,知澹老调补上南,所遗运河以余升补,帅意已决,似无改移。惟上南缺须五月内具题,所遗运河则须八月分方能截缺,余之好音当在重九左右云。下午至夜分,微雨数阵,天气转凉。

二十七己酉日(**6 月 15 日**)　阴。午后放晴。余料量各处贺节禀信,均一一过目,手自封发。下午,王怡如过谈时许。闻江安粮道吴仲饴押运北来,月之三十日才抵清江,各船尚未过闸,然则抵此正无期也。

二十八庚戌日(**6 月 16 日**)　晴。寅卯间阵雨一次,继复日光皎皎。下午又暴雨一阵,酉刻仍放晴矣。峙鲁又复抱恙,早晚均未共饭。夜间明星满天,风雨顿息。

二十九辛亥日(**6 月 17 日**)　晴。天朗气清,令人心目顿爽。未初,接阿城电报分局送到电报,济局杨乐亭来报,翁常熟开缺回籍,夔丈奉召速即入觐,直督以荣仲华协揆暂署等语。翁公之去,殊出意外,仁和此行,殆必继常熟之位云。傍晚,闻洪太守、崔绥五均至自临清,迟明当往访之。

三十壬子日(**6 月 18 日**)　晴。午前,绥五过谈,伯和邀其至署便饭,约余作陪,遂偕绥五同往。饭后,绥五即登程返陶城埠,余亦散。因往拜洪兰翁、马仁卿,俱晤谈良久,下午还署。

五　月

五月初一癸丑日(6月19日)　晴。晨起,诣本署各庙,拈香行礼。旋出东关,诣大王庙拈香。时适党将军化身到临,供奉盘中,余瞻视之,神袍红黑相间,光辉远耀。太守洪君亦率属往拜,识为党将军云。辰刻还署,接见本属汛闸七人,运工局委员张大令、刘大使亦均来见。晚间阴雨。

初二甲寅日(6月20日)　晴。日间,作书致伯韶、淡人、乐亭及劳厚盦、周耀垣,又作家书谕兆梓,专役郑锡礼明日赴济宁投送,耀垣之信则由马号驿递。灯下,方分拨清楚,复将节赏各项开单付账房给发。

初三乙卯日(6月21日)　晴。午后,杨用康闸官至自济宁,带到淡人覆书及兆梓来禀,并余所索方靴、烟罐亦俱携来矣。

初四丙辰日(6月22日)　晴。早间,署周李闸杨用康来谒见,与接晤片刻。午后,牛寿山主簿来谒,亦与接晤。得河帅任公覆函,以余前禀办工情形备承奖勉有加,以是观之,运河一席似可见界无疑。傍晚,洪太守来答拜,晤谈片刻而去。

初五丁巳日(6月23日)　晴。晨起,汛闸各员齐集官厅呈投手版,余谢之。本署书役则俱叩于堂下,余受焉。午间,设席过端阳令节。峙鲁抱恙未入座,惟与胡聘之对酌,殊无谓也。

初六戊午日(6月24日)　晴。恩县县丞侯君于鲁来谒,与接晤片刻。侯君山西介休人也。午后,接郭伯韶来函。日间热甚,因烊汤就浴一度,较觉清爽。

初七己未日(6月25日)　晴。阅邸抄,翁常熟被严旨罢斥,真所不料,殆咎由自取欤?接兆梓廿六日自济来禀,知内子又复小恙,未知日来如何。附来葛味荃、沈经彝、高春霆各信。灯下,作谕兆梓书。

初八庚申日（6 月 26 日）　晴。早间，作覆高春霆书。午后，往迓姚菊仙学使于东关，旋至试院谒之，晤谈片刻。未正回署，复作致子先昆仲及经彝书各一缄，均寄济寓，交兆梓分别加封发递。明日河房吏将赴济宁领夫工，此信即令携带也。

初九辛酉日（6 月 27 日）　晴。河房吏因车未雇妥未行。午后，济寓初六发来专足，赍到家书，知内子恙痊，甚慰。因复挥示兆梓一札，统交书吏明日带往。

初十壬戌日（6 月 28 日）　晴。午刻，快役郑锡礼至自济寓，带到兆梓来禀，并劳、郭、杨三处复书。得悉夔丈抵京即拜大司农，仍直枢廷，兼译署。惟协揆尚未有后命，其直隶总督兼北洋则荣相补授云。午后，往拜敦鸣冈、洪兰楣、王怡如，俱晤谈，傍晚回署。是日热甚，即在庭院晚餐，峙鲁又以疾未与。

十一癸亥日（6 月 29 日）　晴。午后，伯和过访，谈时许。言及渠接省信，藩司牌示以洪太守请咨引见，委渠代理府篆，渠因适有冠县教案棘手，不欲受篆，尚拟赴省面辞也。

十二甲子日（6 月 30 日）　晴，热甚。终日兀坐衙斋，颇形寂寞。因作书致淡人，为族侄孙臻启荐馆，并复家润生一书。又致周鼎臣一札，将润信附入其中，托鼎臣转交，因鼎老时以候选道办理河南义赈蚕桑各局务，驿递探投较易也。

十三乙丑日（7 月 1 日）　晴。晨起，诣本署关帝庙，祀祭如礼，首汛杨君来陪祀。礼毕，方卯正初刻也。午前，县令分胙肉来，牛羊豕各一肩。余因久未尝牛肉味，命庖丁烹之，甘美绝伦，两餐俱饱啖，并制成牛脯以备早晚下粥，此番口福诚不浅哉。

十四丙寅日（7 月 2 日）　阴。自卯至巳大雨如注，至午初乃止。仆役来告本署辕门以内时有应试武童往来溜马，任意作践，时或拴马于头门石狮项上，肆无顾忌，乃出示严禁之。午后，澡身一度，接吴绍侯复书。晚间，又大雨直泻。胡友不愿任誊写，手札相商欲专任库储书记，只司撰拟。其实渠所拟稿件无一句通者，半年以来皆余自办抄写,亦恶劣不过,既厕诸幕中,不得不责以一事耳,今乃并抄写而不欲为,然则只可香花供养之矣。因手复数百言切责之,不知其有羞恶之心否也。

十五丁卯日(7月3日) 阴。寅卯间大雨如注,庭院皆水,未能外出,遂未谒各庙。阅邸抄,夔丈初四日抵京入觐,连朝召对,初五日即拜大农枢廷总署之命。孙燮丈竟得协揆,状元宰相,不愧同榜中之第一人矣。又奉特旨罢去时艺八股,自下科为始,凡乡会岁科各试概用策论取士,其如何分场命题以及详细章程下礼部妥议颁行。数百年之旧例,一旦决然舍去,诚所谓维新之政矣。

十六戊辰日(7月4日) 晴。是日逢月食,寅初二刻初亏,余于本署大堂设香案集僧道率属行礼救护。卯初刻食甚,复素服行礼一次。卯初三刻复圆,吉服行礼一次,于是礼毕。午后,拟批梁土闸禀牍,洋洋千言,付胡友誊于来禀之左,渠固仅堪司抄胥也。

十七己巳日(7月5日) 晴。将梁土闸批禀印发。午后,假寐时许。日长如年,兀坐衙斋,无一素心人与谈心曲,殊寡欢耳。

十八庚午日(7月6日) 晴。午后,洪、刘两公均过谈。刘兼府篆,本欲诣省辞不受篆,二人商明已定廿七日交替,不复辞矣。下午,河房吏自济宁领得夫工银两回署,带到梓儿来禀,述及内子又复举发旧恙,闻之殊难放怀。此次护银马队明晨即返,灯下作家书,尽长笺三纸,封固交令带去。又接子绂覆书。

十九辛未日(7月7日) 晴。午前,敦鸣冈来答拜,晤谈片刻。梁土闸官张君进谒,亦与接晤。午后,判发催领夫工溜单,定月之廿四日给领。下午阵雨一次。

二十壬申日(7月8日) 晴。署中三堂垂花门西偏围墙为风雨摧坍,连日召匠修葺,真个愧叔孙昭子矣。晚间,阅邸抄,凡各省岁科试立即改试策论,自奉到部文起即照新章办理,无庸俟至下科云。

二十一癸酉日(7月9日) 晴。午后,汪步蟾便衣来谒,因与筹商分段防险各事。正谈论间,张益君亦来晤,遂订定聊堂清三汛官堤险工十七处，分拨八处归局代防，其余九处由厅责成文武汛防守。闻漕船头起于十七日未刻已抵济宁矣。

二十二甲戌日（7月10日）　晴。午前，传见聊汛杨、堂博汛李、武汛刘三君，谕令豫储土料派拨兵夫，部署一切防汛事宜。午后，吊阅吏房乾嘉时旧卷，其时任上河有种经者，滕县人也，以本省人而不回避，殆彼时尚未有定例欤？

二十三乙亥日（7月11日）　晴。收到茌平县解到夏季半廉银二十一两有奇。午后，作书致部吏陈德卿，豫嘱关照缺事，以免临时迁延时日也。

二十四丙子日（7月12日）　晴。接文量甫手书，因即摅笺泐复，封交沿闸递投。闻前数起漕船已抵安山一带，然则渡黄在指顾间矣。连日大南风，船行当更迅利耳。

二十五丁丑日（7月13日）　阴。微雨数阵，旋即开霁。旧仆王顺仍求珠还，适寓中仆人何升病殁，即命王顺承其乏，令于日内往济寓供役。因拟就禀本道请给防险经费稿，付胡友誊缮，以便交该仆带呈。

二十六戊寅日（7月14日）　晴。作致汪益棠及谕兆梓书各一函，封固交王顺带往。张益君遣价来告，漕船已于昨日齐抵十里堡，渡黄当不远矣。

二十七己卯日（7月15日）　晴。伯和今日接受府篆，余尚未往贺，承其来署拜访，晤谈时许而去。连日颇热，幸无大雨，河水不至大涨耳。

二十八庚辰日（7月16日）　晴。节交庚伏，敬诣大王庙，拈香行礼。首闸及武汛均随班，首汛杨君请感冒假五日，故未到。自庙散出，即往拜贺伯和，晤谈时许，遇崔亦清于座。辰正回署，武城县解到本任下河全俸半廉银卅五两有奇，即印发批回，交来役赍回。晚间，洪太守赠牡丹团扇一柄。

二十九辛巳日（7月17日）　晴。热甚，啖西瓜汁两盂以解烦渴。聘之以所拟报湖南剥船禀稿呈阅,改削大半方能誊用,尤可笑者湖南承造剥船则讹为陈漕剥船,真出人意表矣。刘伯和以绥五交来淮徐赈捐簿劝书,余书捐洋钱十元。

三十壬午日(7月18日)　晴。终日热甚。余前撰大堂、三堂楹联顷甫制成,乃分别悬挂,用志雪泥鸿爪。闻鲍凯臣已由济宁抵此,住署外徐家店。

六　月

六月初一癸未日(7月19日)　晴。卯初,诣大王庙,拈香行礼。入城贺崔亦清乃郎入泮之喜。访鲍凯臣,晤谈片刻。还署后,急欲脱衣,各属禀见者俱谢之。有催漕委员邵主簿者,只得见之。适崔亦清来答谢,亦与接晤。比客去,余已汗透纱袍矣。午后,就浴一度。

初二甲申日(7月20日)　晴。兰楣太守卸篆赴省请咨,今晨起程,同城诸君设祖饯于东关,余亦于卯正往送,各在临歧邮亭入座小饮,送其登舆乃散。入城后,吊赵守备太翁之丧。天热殊甚,遂回署。鲍凯臣过谈良久。

初三乙酉日(7月21日)　晴。晨起,觉两腿酸软乏力,胃纳亦减,殆连日炎热,宵来失眠之故。张益君遣人来告昨日十里堡启坝,粮船已陆续出运入黄,陶埠北运口大坝俟黄水续涨亦可启放矣。鲍凯臣托为代觅二把手车,明日即赶往临清云。

初四丙戌日(7月22日)　晴。晨起,清风徐来,较昨陡觉凉爽,余体亦较适。首汛杨仙槎馈西瓜八枚,此间颇产瓜也。

初五丁亥日(7月23日)　晴。午前,学使姚菊仙侍讲来拜,与晤谈良久。姚公钱塘人,季卿叔岳之亲家也。午后,至江苏会馆,偕伯和、静轩公宴姚公。余先至张益君院屋小憩,比客到,方出外堂。申初,姚至,并邀敦鸣冈作陪。申正入座,畅叙至酉正二刻乃散。余因复往试院送姚公之行,兼以纨扇乞其书画,然后鸣钲还署,时已戌初二刻矣。初更后,菊翁书就纨扇交来,何其速藻如此耶?

初六戊子日(7月24日)　晴。辰初，出东关候送学使姚公，揖别于道左。菊翁谦谦以昨书扇潦草为歉，余谢之。已初回署，张益君来见，言漕船前六起已渡黄，尚余二起浅搁于南运口内，因而陶坝未能即启，且湖南剥船犹在济宁一带，未能跟梢前进，尤费踌躇。余闻之颇深焦灼，乃作书商之绥五，禀请大府赶紧飞令提催该剥船遄行，不准落后，未知绥五以为然否也。

初七己丑日(7月25日)　晴。益君来告漕船尚未到齐，启坝尚须稍待。梁土闸官张仰臣闻其父病剧，急欲归省，余令其具禀暂请病假，由厅委员兼理，伊便可卸篆遄归也。

初八庚寅日(7月26日)　晴。张闸官已具禀到厅，即饬承办就文橔，饬委堂博主簿李锦树暂行兼理梁土闸篆务，并将原禀批示印发。是日天气甚凉，颇有秋意，阳光亦时敛时放，不甚闪烁也，午后微雨频作。专马旋署，得绥五复书，知漕船昨日申刻全数渡黄，不日即启北坝，湖南剥船尚在泇河境内，相隔正远。绥五曾电禀中丞咨漕帅飞催，仍置若罔闻。中丞令俟漕船过毕即堵合坝口，无须等候剥船云云。傍晚凉甚，呼酒独酌数杯。阅邸抄，裕寿山制军由川督入觐，留直枢廷署理京旗都统，川督尚未见简放何人。初更时，张益君遣价告知陶坝定明日黎明启放，乃传知文武各汛员加意照料防险，并谕聊汛，一俟运河见有黄水即飞速具禀来厅，以凭转报。

初九辛卯日(7月27日)　阴。早间，微雨数阵，凉甚，须穿两夹衣，亦伏天罕遇者。午后，张益君复来告，顷接陶坝信，因黄水陡落尺余，今日未能启坝放船，俟一两日黄水续涨方得启放也。未申间小雨时许，旋有晴意。

初十壬辰日(7月28日)　晴。午后，益君复来言黄河上游生险，以致陶坝口门处水落，必须候水势渐涨方能启坝。噫！又须多延时日矣。日间，天气仍凉，颇似深秋。李主簿来禀谢委兼理梁土闸篆务，与接晤片刻。

十一癸巳日(7月29日)　晴。天气渐热，乃剖西瓜捣汁饮之。

阅邸抄,季卿叔岳由吏部郎中外擢安徽徽宁池太广道,为之喜而不
寐。季丈京宦廿有四年,得保关道亦四五年,固早祝其外擢也。

十二甲午日(7月30日)　晴。辰初,运工分局来告本日丑刻陶
城埠启坝放船。午后,接聊城汛周李闸单报长河已见黄源,水头深一
尺八寸,遂据以转报院道。张益君来见,言三孔桥已见黄水,防检正
在紧要之际。余派分防外委刘弁往来西岸李海务一带防守,特延其
来面谕之。堂博李主簿、砖板韩闸官俱各赴汛来禀辞,亦一一接见。
下午接紫绶三弟覆书,备悉壹是。酉刻,武汛报称聊汛东岸李家口官
堤抢险,是处虽拨归运工局代防,究属厅中责任,闻之殊深廑系,立饬
汛员前往坐探,随时将情形禀闻。方申正初刻,通永闸报水深三尺,
是水势并不甚大,何以堤岸即至生险,真出意计之外。亥刻,据报李
家口堤岸冲决丈余,时水涨已至八尺矣。当延汪步蟾来署筹商,嘱令
偕峙鲁明晨往勘。张益君亦来晤,余告以决口,如果漕行有碍,必当
急筹堵合。惟上年是处漫决十余丈,因艰于取土,急切未能遽堵,并
未贻误漕行,曾缓至秋后由本道派员堵筑,当时委员草率了事,致今
年仍复漫决,此时相机酌办可也。诸客去后,时已四更,乃寝。

十三乙未日(7月31日)　阴。巳刻,接聊汛报称第一起漕船于
本日卯时入境。午后,通永闸报首起船已抵通济桥闸,乃俟至傍晚未
闻第二起漕船经过,殆别有阻滞欤?酉刻,峙鲁归,言漫口无碍行船,
可以缓堵,且较上年口门窄狭,现刷至六丈,亦不至再宽矣。探得上
游阳谷汛民埝决口甚巨,故聊汛以下水势稍杀云。夜间雨作。

十四丙申日(8月1日)　阴。终日雨未住点。午前,延汪步蟾
商度一切。第二起漕船仍不见到,闻坝口有淤浅处,故进船艰难也。

十五丁酉日(8月2日)　阴。早间,雨仍未止,遂委首汛谒庙。
辰刻,张益君来见,谓李家口迤北民埝又复漫口,请余嘱县令催集民
夫速即堵合。因于午后往访杨静轩,未晤。访伯稣,晤谈良久,嘱其
转致杨君焉。回署,有聊城绅民递禀求于葫芦头官堤加镶埽工以御
盛涨,余即批令派员履勘,如果情形危险必当速为抢修也。

十六戊戌日(8月3日)　阴。嘱步蟾、峙鲁往葫芦头履勘，并查看李口日内如何情形。闻黄水又涨，殊悬悬也。得各汛报单，漕船过至第四起，河水无长落。午后，静轩来见，允为速集民夫多备土料堵筑缺口。峙鲁归，言各段防工都无碍，李口须觅人夫带溜以防漕船闯入。葫芦头堤岸颇险要，须为加筑后戗填垫狼窝，庶资抵御，明日即集夫兴办也。夜间雨。

十七己亥日(8月4日)　阴。汛闸报水长三寸，漕船约今日可齐入北运口，粮道已由新闸开船北来，闻之稍纾廑系。早间，仍嘱步蟾、峙鲁往工次照料一切。初更，峙鲁归来，知葫芦头戗工已为筑就，该处绅民颇为感激。本日漕船过府闸者已至第五起矣。

十八庚子日(8月5日)　晴。卯初，自署出至东关河干迎候江安粮道吴仲饴观察。辰正，吴公舟泊码头，登舟谒晤。因向其借得太平船乘坐往临清，吴公嘱早登舟，即可开行。余赶即回署，匆匆检理行装。仲翁旋追踪来署答拜，少坐即行，谆嘱速即登舟以便早开。余饭毕即出署至船，署中托聘之、峙鲁两君居守。甫登舟，即解维而北。另有前毡火食船各一只，则皆无篷敞船也。申初，过永通闸。酉初，忽阵雨一次，舟遂小泊，余因呼点心于火食船焉。不片刻仍复晴霁，依旧前进。戌初，过梁家浅，堂博主簿兼理梁土闸官李云台来迎谒，与接晤片刻。据称因水势过大，昨日戌刻已启放二道减闸泄水，并以梁乡闸新工蛰陷，赶即修好，请余诣验。时天色已暮，适抵闸下泊舟，余遂亲往一看，允其所请，赏闸夫京蚨四竿。旋用晚餐，亥刻即就寝。是日水程行四十五里。

十九辛丑日(8月6日)　晴。寅初，发梁乡闸。卯初，过土桥闸，余适睡觉，遂起，小食毕。辰正，抵魏家湾小泊，从役购买糇粮，庖人亦略购蔬菜。少顷，仍复开行。午正，过戴家湾。屠闸官迎于河干，未泊舟，遂不及接见。申正三刻，抵临清红庙坝口下碇，时已逾酉初，拟明日移寓。刘西山持帅令催船，亦泊舟是处，因往访之，晤谈片刻。吴观察亦相距不远，因将送伊礼物送去，承其收受阿胶、酱茄两色。坝头庙中演戏,晚间犹锣鼓喧阗也。

二十壬寅日(8月7日) 阴。午前,大雨如注。午后,接张益君专足书,李口一带淤浅,立即作覆。并致汪、宋,嘱令赶紧借款堵口,限日合龙,俾七八两起漕船速过。打发来人去后,余即移寓漳王庙,州判三君、闸官韩君俱来谒见。晚间,吴观察接方勷办信,言七八两起船行甚难,陶坝已堵,水无来源,可虑之至。余因复吴公一书,言刻已令人赶办矣。灯下,复致仲侯一书,亦言起剥筑口之事。

二十一癸卯日(8月8日) 阴。终日大雨,未能出门。工次羽檄纷驰,吴仲翁亦屡手书相商办法,余手挥口答,心中图维,真有所谓吃饭不知口处光景。屡次得信皆言水耗船浅,真令人急煞。傍晚,接济寓兆梓来禀,幸阖家都安,公事棘手,私事尚顺适云。

二十二甲辰日(8月9日) 晴。诣漳神、大王两庙拈香。旋至红庙坝舟次谒见仲翁,互相焦灼。彼得有李口来信,言堵口料不应手,嘱工次赶采新料,限即日合龙。余回行馆,吴公复令二帮委员叶子贞来商一切事宜。晚间,吴公送阅绥五、仲侯致伊之信,廿一日亥刻尚无合龙之势,盖汪、宋两人仍不脱敷衍习气,非余亲往督率不可。定准明日折回东昌,因手书答覆仲翁,并传见汛闸,嘱令小心照料临清各事。余复料检一切,夜分略卧,未能成寐。

二十三乙巳日(8月10日) 晴。寅正起。卯正,自漳庙行馆乘舟,由塘河至大坝。途次遇来舟,乃吴仲翁。彼此立谈数语,彼言明日如何情形必须定局,或并载先出,或启挂剑台水放水。下游筑坝于府闸迤北,俾来水将后起漕船浮送过浅,然后启坝放行。须俟余到彼,与崔、方两君商定,并看汪、宋两君堵口工程已有几分,然后相机定局。余到红庙坝,觅得刘西山来时所乘之船扬帆返旆,开船时方已初也。临行发电禀本道,言漕河现办情形。午正,过戴湾闸。屠闸官来见,询以闸座情形,作书与吴公交闸递去。未正,过魏家湾。申初,过土桥闸,接峙鲁昨午信,仍言料不应手,水日见耗。酉初,过梁乡闸。亥正,过永通闸。连夜遄行未泊。

二十四丙午日(8月11日)　晴。丑初,抵府城泊舟,至通济闸下。闸已下板蓄水,即命役入署呼舆马至城南李家口,见新工已抢筑合龙。复访方仲侯于闸下舟次,仲侯云绥五允放旧运河积水接济,盖李口河心突起巨滩,只余水一尺三寸,约长三里。七起船乃余处雇夫拉过,八起船专候水至畅行,遂不复起剥拖挽。余此次赶办堵口已垫款六百数十金,皆假诸钱肆,不知道库能否给领,然公事为重,何敢推诿坐误耶?未初还署。

二十五丁未日(8月12日)　余处于新工仍复帮筑后戗。绥五走柬谓放来水势甚大,非加筑不足以抵御。余于是又多费百金筑土戗。乃候至初更并无水至,浅滩水势又消一寸,船愈浅搁,真令人急煞。亥初,访仲侯,乃知夫己氏所谓放水者殊不可信。噫!如此给人坐观成败,真可恨矣。

二十六戊申日(8月13日)　晴。丑正,恭诣万寿宫朝贺,同城文武咸集,寅初回署。午后,闻绥五、仲侯均欲前往临清,因往访之,绥五犹以水头将到相支吾,实则不愿花钱深挑河沟,故放来之水无多,船仍胶浅于李口一带。余与仲侯急甚,令各船起剥拖拉空船。仲侯以此事托余缅维,大局攸关,敢不力任,其难于是。崔方均行,搁浅之船遂为余责矣,乃命多集夫役数百名,或挖滩,或拉船,竭永夜之力才拖过船五只耳。余日夕如坐针毡,亦苦矣哉。

二十七己酉日(8月14日)　晴。第八起管运委员丁文轩清晨来见,并携揽头陈长发来言,事机急迫,水日消,求余速为挽救,则举闸前筑坝之说以冀抬高水势,但得稍增数寸,船即拉过浅处矣。余乃传集顾闸官、刘分防及兵弁人等谕令速即开办。午后,复亲往通济闸相度形势,督令开工。申刻回署,飞函致吴仲翁,告以现办情形,请其缓启临坝,俾八起漕船跟艄。余之补救可谓不遗余力矣。接兆梓禀,阖家均安。淡人书来,告余密事,心甚感之,然此时真不遑顾及也。

二十八庚戌日(8月15日)　晴。晨起,往闸前督修坝工,包与顾闸官承办,钱粮以二百为限,工程限即日完毕。一面仍多集人夫,挖浅拉船。至下午,坝工毕,水果抬起二寸,船已拉过廿余只。大局粗定,乃禀本道,复函告吴粮道,作济寓家书,分别书写,手不停挥,亥刻方料量清楚。此十日来,极生平未历之苦境,心力、财物交尽其瘁矣。

二十九辛亥日(8月16日)　阴。寅正得信,丑正八起漕船一律过浅,即刻装就原载畅行,闻之甚慰,如释千钧重负。乃再飞函告吴仲饴,并检理行装,将再往临清面晤仲饴。余此次垫款千金,备尝险阻,幸得未误漕行,此中苦情,将赖仲饴为我白诸大府也。午后,出署诣大王庙拈香。至伯和处公饯洪兰楫太守,余入座后,小饮三爵即告辞登舟。亥初开行,天明未息。

七　月

七月初一壬子日(8月17日)　阴。寅正三刻,过梁家浅。卯辰间,过梁土两闸。风逆雨甚,舟行殊缓。午正,过魏家湾。申正,过戴湾。复飞书致吴仲翁,告以船已开来,惟尚未跟艄,如急欲开坝,尚须派人速往迎提,草就即命闸夫先行送去。亥正二刻,抵临清,泊舟红庙坝前,与粮道座船相并。即便衣过船谒仲翁,承其殷殷道谢,畅谈良久。余告以一切艰阻,撒手赶办,如何垫款赔累情形,仲饴允为致书任、罗两公。三更后乃过船就寝。

初二癸丑日(8月18日)　晴。命人发电致罗公,告以船俱抵临。余晨起手书信函上夔丈及吴季丈,致味荃、稚夔,均拟托兰楫带京。午初,绥五过余舟一谈,渠旋往祭坝毕即去。午后,仲翁便衣过谈良久。去后余往方仲侯舟中,晤谈少顷,即偕其往坝头阅看破土。吴仲翁亦至,相与坐河干时许,余仍回船,时末起漕船已渐集,定准明晨出船。晚间,仲翁馈肴二簋。灯下,余方兀坐,船后疯妇人殷殷下顾,余谢之讵。夜间,余睡起饮茶,此妇忽又推门而入,仆呵斥之乃去,亦奇矣哉!方妇之入也,问所欲,不答,旋遭仆人呵速去,余遂不复与言云。

初三甲寅日(8月19日) 晴。寅初,闻鸣钲声,知粮道催船出汶。辰刻起,往坝头阅看,时首起已过坝。访仲侯,未晤,乃至仲饴观察船久谈,余遂辞别。先解维,至塘河,泊舟漳王庙门首,仍移寓庙中。午后,访绥五于前厅,适仲饴亦至,偕往闸前看视。出船时,汶、卫水势相平,两闸启板放船,为十年来未有之顺适。自申至戌,已出船两起,明日即可全出矣,所谓将速补迟是也。

初四乙卯日(8月20日) 晴。晨起,诣漳王庙拈香。旋接见州判三君、闸官韩君,嘱令代发禀报漕船全出临口电报。未刻,八起漕船一律挽出。仲饴来辞行,绥五留其观戏并晚酌,余亦在座,惟宾主三人,二鼓乃散。仲侯以土物四色见贻。

初五丙辰日(8月21日) 晴。早间,往拜州牧王紫眉,晤谈良久。午后,紫眉复来庙答拜,亦晤,因将托兰楫带京各信交紫眉转交。余即于戌刻登舟,亥刻解维,遄返东昌。

初六丁巳日(8月22日) 晴。黎明,甫过戴湾。巳刻,过魏家湾,购木箱一只。戌刻,抵东昌通济闸下,遂鸣钲还署。晤峙鲁,知此次堵口、筑坝、捞浅、拉船以及先期防险所用已逾千金,皆致和成所假贷,亟须清偿,只得速往济宁商诸本道,乞款清理。灯下,谕兆梓一书,命汪万有持归,即令放船至安山来迎,余拟十一日起程云。

初七戊午日(8月23日) 晴。辰刻,新任聊城令张君朝玮来谒,与接晤片刻。张年七十余,河南人。午后,李云台、张益君先后来见。王怡如便衣过谈,良久乃去。余判阅公牍,检理书箱,复栗碌半晌。

初八己未日(8月24日) 阴。午前,汪步蟾、屠秋田俱来见。午后,出门拜客,晤张大令、崔绥五。回署后,伯和来晤,久谈。下午,判阅公牍多件。

初九庚申日(8月25日) 阴。终日微雨。日间,检理行装半晌。伯和招十一日午酌,因作柬辞之,复向其乞得洋药五两,以备中途不时之需。王怡如赠茶点。杨静轩傍晚来谒,晤谈良久。静轩安详明练,不愧循良,人亦恂恂和蔼可敬也。

初十辛酉日(**8月26日**) 阴。早间,检拾拜匣。午后,接临清汛报单,漕船八起于初六日未刻一律挽出孙家庄上河北界,遂将呈文禀牍一一填发,于是催漕事毕,明日可放心赴济矣。午后,韩爱亭来谒,与晤谈片刻。傍晚,绥五、怡如各来晤,怡如以银信交带。晚间,峙鲁呈阅致和成经折,共欠银八百数十金,加以顾钟泉筑坝之二百,则千一百金矣,急须筹措归还也。

十一壬戌日(**8月27日**) 晴。辰起,携带关防自署起程。李、汪两主簿、屠闸官均于大堂揖送,胡友偕行,宋友仍留署中。至东关,则县令张君及杨主簿、顾闸官、刘分防均揖送道左,余降舆,略与寒暄数语而别。巳刻,过李海务,外委兵夫跪迎者纷纷,两外委扶舆而趋,请余至大王庙小憩。午正,尖于周家店。未正遄行。酉初,抵阿城,因店屋湫隘,借宿惠吉杂货店之后室,屋颇修洁。胡友则仍宿逆旅中。晚间,月色皎洁,数日来无此晴朗也。

十二癸亥日(**8月28日**) 晴。卯初,发阿城。辰初,抵陶城埠。至运工局,晤崔绥五、雷润生、韩辅辰,在绥五处小食,即登舟渡黄。所乘乃小盐划子,局促如辕下驹,幸遇顺风,巳刻解维,午刻即渡入姜家沟坡河,酉正即抵安山镇。访周耀垣于州判公廨,即移入小住。余与耀寰别逾三载,承其殷殷款接,具见故人情重。晚饭后,畅谈多刻乃寝。

十三甲子日(**8月29日**) 晴。余辰初即起。耀垣巳刻出晤,谈及今年水患为历年所未有,坡河越运堤而过,水势汹涌,安山一带民田庐舍多被淹没。汛署地势较高,幸免氾滥,四处难民多集衙署,左右现有放赈委员来矣。午后,兆梓、兆榕、兆梧乘舟至安山迎余,兼谒其师,遂入署相见。耀垣喜甚,晚间盛筵相款。聘之亦入座,同席复有厘卡委员郑君、安山闸官王君。二更散席,余仍下榻汛署,儿辈仍回宿舟中。

十四乙丑日(**8月30日**) 晴。午前,与耀垣聚谈。午后,挈儿辈登舟,耀垣再四款留,余因适起北风,遂即解缆扬帆。耀垣送余至舟,复以路菜见饷,情谊殷肫可胜感渤。未正二刻,发安山。酉正,过靳口闸。戌正,抵袁口闸泊舟。是日自未至戌,行五十里。

十五丙寅日(8月31日) 晴。寅正,发袁口。卯正,过开河闸。辰初,过十里闸。辰正,过南旺分水口。巳正,过寺前闸,顺风下水,舟行颇速。午正,过通济闸,遇署济宁牧汪幼卿、署运河厅张锡三往验蜀山湖决口。时运堤、湖堤俱各冲决,水势浩瀚,济宁四乡俱遭其患,可胜浩叹。申正,舟抵济宁南关,即命舆入城回寓。内子久病甫愈,尚未复元,相见黯然。三女亦微恙,余俱平善。

十六丁卯日(9月1日) 晴。在寓休息一日。午刻,设祭祀祖。午后,郭伯韶过谈,知奉北洋大臣檄饬裁撤后路各局,济局亦在裁中。又有裁京外各官之信,河督之缺亦裁,恐山东运河各官亦将裁并,惟尚未奉明文耳。

十七戊辰日(9月2日) 晴。出晤聘之、余亭两君,略谈片刻。接味荃书及《直报》各件,灯下披阅一过。是日值忌辰,遂未出门。

十八己巳日(9月3日) 晴。早间,谒罗观察,呈递工程垫款清折,据云库款告罄,无可给发。复汪益棠,托其设法,未知何如。访量甫,久谈,旋回寓。午后拜客,晤汪幼青、张锡三、姚子钧,余俱未值,傍晚还寓。

十九庚午日(9月4日) 晴。午前,张益君、吴俊民、姚子钧俱来晤。闻淮饷四批找拨已到,即日委方励之起解。因作书致峙鲁,先以四百金归还致和成钱店,交方君带往东昌,送余署中交峙鲁,其余五百并顾闸官筑坝之二百只可稍缓矣。午后,莅局阅公牍补判行,半晌方毕。入城,访任浚生,遇张锡三于座,略谈数语即归。

二十辛未日(9月5日) 晴。日间,作书致沈絜斋,又致汪仲宽书,并上书河帅任公,专人赴汴投递。晚间,接署中包封公牍,梁土闸张景燕据报闻讣丁忧,仍饬李主簿暂行兼理。得峙鲁及汪、顾两君函,估计李口善后工尚需百金左右,拟请道库发款办理,余实无能再垫矣。

二十一壬申日(9月6日)　晴。午后,谒见本道,允给百金办理善后。旋访陈仲鹤,未晤。因入见小君钱氏表姊。复访许西斋,畅谈。傍晚回寓,得河帅电催赶办报销,大约急欲交卸河务缴销关防也。

二十二癸酉日(9月7日)　晴。日间,作书复汪步蟾、顾钟泉、宋峙鲁,令得李家口善后各工赶即续办。又将包封公事分别签判,并谕河房吏赶办本年另案估册,拟明日令专差回署也。傍晚,汪又青过谈良久,述及絜斋观察现仍住工堵口。灯下,复挥数行致絜斋,交又青转寄。

二十三甲戌日(9月8日)　晴。午前,谒见本道,同人咸集,商办赶造案册也。午后,饬专差持包封并信件星驰回署。闻剥船抵黄河有启放陶坝之说,则我处李口善后各工更须速办,因复加函谆嘱汪、顾、宋三君即便开办,银款当觅妥便续与之。傍晚,伯韶过谈片刻。

二十四乙亥日(9月9日)　晴。电局送阅二十三日所奉谕旨,山东运河归东抚就近管理,以专责成等因,钦此。午后,道札饬取另咨各案文册,因复专差往署谕该承速办,限初一专差送济。

二十五丙子日(9月10日)　阴。道库发下银六十五两八钱,嘱办李家口善后工者。昨曾函嘱汪、宋两君仅一百四十千之数办理,庶不致再赔钱云。

二十六丁丑日(9月11日)　阴。终日小雨不息,天气陡凉。午后,小眠片刻。德州京报局久无《京报》递来,忽来索给报资,余正苦无报阅,那有闲钱掷此虚牝耶?遂停止不给。

二十七戊寅日(9月12日)　阴。仍微雨终日。闻本道往长沟阅视堵口,未知办有头绪否耳。自署回寓,忽忽浃旬,垫款千金,既未奉发分厘,而六七两月公费亦复蒂欠不给,窘况真为十余年所未有也。

二十八己卯日(9月13日)　晴。午后,访杨乐亭,未晤。访文量甫,久谈。遇张益君于座,相与话东昌送漕情事,益叹余之多破耗也。

二十九庚辰日(9月14日) 阴。午前,访汪益棠,遇刘西山于座,少坐即返。午后,许西斋过访,畅谈。高春霆来见,亦与接晤。

三十辛巳日(9月15日) 阴。午后,郭伯韶过访,谈片刻。闻絜斋观察自工次回兖州,将于日内道出此间,假馆玉堂酱园,届时可图一晤矣。

八 月

八月初一壬午日(9月16日) 阴。辰刻,诣大王、禹王两庙,拈香行礼。旋至道署一转而还。周李闸杨君谒见,与接晤片刻。

初二癸未日(9月17日) 晴。日间,作书致刘伯龢、周耀垣,均交驿递。阅电抄,奉旨广开言路,外官、藩臬、道府条陈事件俱令专折具奏,州县陈请督抚代奏,士民并可就近呈请道府代奏云。

初三甲申日(9月18日) 晴。日间,阅看公牍。接吴子明覆书及田萧臣信。专差贾秀元至自汴省,带到任筱帅复书,言已卸事,各件均不及办,运河一缺原拟以余升补,今已无及,此后只得听诸东抚矣。

初四乙酉日(9月19日) 晴。午后,絜斋观察自贾庄工次回兖署,道出此间,因往访之。晤于玉堂花园,叙谈时许,渠明日即起岸赴兖也。

初五丙戌日(9月20日) 晴。辰刻,絜斋过寓答拜,晤谈刻许,因命蕙馨侄女出见其舅氏焉。时絜斋已调补广东惠潮嘉道,不日即将卸篆南行,继任兖沂曹济道者则彭伯衡也。

初六丁亥日(9月21日) 晴。迟署中专差不至,道中催另咨各案详册不已,殊闷人也。晚间,郭伯韶来晤,以电禀北洋底稿相商,爰为点定付之而去。

初七戊子日(9月22日) 阴。将贺节禀件分别阅定封发。晚间,署中专差潘志学至,赍到包封文件,立将详道之件详出,以免敦促。汪、宋两君来信,善后工已开办,剥船不日即将过境云。

初八己丑日(9月23日)　晴。将包封公文稿件分别拆阅签判讫。又复峙鲁一书,拟命贾立成明日持去也。午后,往道署贺寿,同人咸集,少坐即还。

初九庚寅日(9月24日)　晴。午后,量甫过谈,劝余将前拟上抚军禀稿即速缮发,因从其说。下午,许西斋、任浚生俱来晤,傍晚乃各散。接叶作舟复书,知前由筱修付还之八十金已收到矣。

初十辛卯日(9月25日)　晴。午后,伯韶过谈片刻。傍晚,致函杨乐亭,发杭电催汇典息以济燃眉。缘数月窘迫异常,道库款罄,欠发公项数千金,因而余遂债负累累,时有追呼之厄,固有生以来未有之窘境也。

十一壬辰日(9月26日)　晴。终日兀坐无聊。借阅电局邸抄,有皇太后重复垂帘训政之旨,殆以数月来皇上为群小所惑,纷更变置,将有不可收拾之势,故假此以为补救耳。

十二癸巳日(9月27日)　阴。微雨终日不息。日坐窘乡,一筹莫展。峙鲁又有书来,催还志和成欠项,而道台以库空如洗辞,一文不给,其奈之何。

十三甲午日(9月28日)　晴。阅电抄,御史杨深秀、军机章京杨锐、谭嗣同、林旭,听从主事康有为创乱事发伏诛,又主事刘光第亦立斩,而康有为竟先脱逃,仅将其弟康广仁弃市。噫!此固非常之变也。

十四乙未日(9月29日)　晴。本道罗公陡患中风,来乞丸药,适无其品,因以戈制半夏少许与之,未知能奏效否也。

十五丙申日(9月30日)　晴。道台患病,遂未往道署贺节。午刻,祀祖。晚间,郭伯韶来晤。

十六丁酉日(10月1日)　晴。阅电报,侍郎张荫桓、署侍郎徐致靖均以附和逆党褫革,张则发新疆管押,徐则交刑部永远监禁,其子编修湖南学政徐仁铸亦革职永不叙用云。

十七戊戌日(10月2日)　晴。接沈絜斋观察手书,当即挥渤数纸复之。吴俊民之兄叔平大令就养天津病殁,因赠以挽联。词曰:"难弟我同官,十载论交,每述埙篪钦硕德;佳儿君有后,一朝解脱,长留弓冶蔚家声。"其子家修以知府官直隶故云。

八月十八己酉①日(10月3日)　晴。午前,谒罗道台,以疾未愈辞。遂访量甫,晤谈,遇雷润生于座。旋往吊吴叔平之丧,叶东屏、杨乐亭相陪,各与叙谈数语,遂回寓。闻剥船已抵临清,而所寓各汛报单犹未至,殊闷人也。

十九庚戌日(10月4日)　晴。午前,雷润生来谒,与接晤片刻。午后,接沈经彝复电,息款早由瑞林祥汇出,未知何日可以汇到。余本拟如省,却好往取此款也。

二十辛亥日(10月5日)　晴。午前,张益君便衣过谈,云将赴运工局当差,余因嘱其至郡时转致宋崎鲁所欠款项已筹得,一俟汇到即可归还矣。午后,局员周郁斋、谢穉生来见,因郭伯韶处事不公,员弁将至鼓噪,请余往调停之,允以明日午后赴局商议。

二十一壬子日(10月6日)　晴。午后莅局,将裁撤各事为之斟酌允协,各员均无异言,傍晚乃散归。闻陈右铭中丞亦缘康有为一案牵涉革职,永不叙用,盖杨锐、刘光第二犯皆陈所保荐,宜其获严谴也。

二十二癸丑日(10月7日)　晴。局员刘汉章又来见,呈阅收支各账簿,知郭伯韶平昔滥用处颇多,无怪众人之不服也。接黄绶卿表侄讣,知其今年六月病殁里门,为之扼腕不已。

二十三甲寅日(10月8日)　晴。得剥船初十入聊城境之信,即将禀牍填发。又发包封至本署,派差催提茌平、武城两县应解俸廉银

----

① 纪日干支"己酉"应为"己亥"之误,直至该月二十四日(1898年10月9日)皆误。

两。又致峙鲁一书,料量半日乃毕。

二十四乙卯日(10月9日)　阴。午后莅局,料量裁撤各事,定于本月底撤局,各款皆截清册报,惟解员方励之尚未差旋,末批运费未能遽截数耳。傍晚回寓,发首府刘厚庵、首县朱养田两信,均在信后加亲笔另笺一纸。

二十五丙午日(10月10日)　晴。午后,访益棠,晤谈良久。询知道台定准月朔起程进省谒中丞,余亦欲一行,不知能有所遇否。下午,复莅局将发给各员司薪水当面给领讫。旋有局勇自临清还,言峙鲁已由东昌起程来济,行至东平州境之靳口地方被贼抢劫,行装衣履悉行抢去,余之铺垫字画装盛一箱亦遭是劫,因即备具公牒饬行该州勒限严缉贼犯,另致一函向其借银数十金俾与峙鲁作旋济川资,料量半夜方毕。接朱坦夫世兄书,知其廷试报罢回籍,又复丧子,时运抑何乖舛乃尔。自京为余写刻名戳印片纸二百,寄以相贻,复佐以镜袋、对联及《康熙格物考》一册,迟明当泐函复之。

二十六丁未日(10月11日)　晴。午前,郭伯韶、周郁斋先后来晤。午后,谒罗公,未见。晤汪益棠,少谈。访汪幼卿,亦不遇,乃访量甫,谈良久乃还。

二十七戊申日(10月12日)　晴。在寓捡拾行装,栗碌终朝,拟月朔首途作历下之行。下午,幼卿答拜,晤谈良久,略询省中情形,所谓入国问俗也。

二十八己酉日(10月13日)　晴。午前,伯韶过谈,以撤局事诸未就绪,须余主持分派一切。于是午后余复出门,先谒罗公,仍未见,晤益棠,谈悉一切。旋复莅局邀集各员司,计议半晌始将诸事分播妥贴,晚饭后方入城还寓。夜间闻峙鲁已还,只可明日与晤矣。

二十九庚戌日(10月14日)　晴。晨起,出晤峙鲁,询悉遇盗及署中工次各情,曷胜愤闷。公文稿件悉行失去,尤费周折,州牧送川资廿金,即令峙鲁、席泰持而分之,稍偿其衣物之资。午后,开发夫役行粮,仍假诸永源钱肆,所谓暂顾目前也。傍晚,接子先昆仲复书,知其已向沈经彝处取得三百元,约今冬明春必当来游,其余息款经彝已为余汇出矣。晚间,行装均已检齐。

九　月

九月初一辛亥日(10 月 15 日)　晴。卯初,自济宁登程之省。巳刻,抵盐村店打尖。酉正,宿宁阳县,有主簿蔡君文光来迎。是日,罗郁翁、张锡三均往省垣,沈絜斋自省垣旋兖,亦道出宁阳。晚饭后,往访之,谈片刻而别。

初二壬子日(10 月 16 日)　晴。寅正起。卯初,发宁阳。巳正,尖于陈家店。饭后,渡汶河。酉初,宿泰安县境之下章。自此入山路矣,余坐肩舆遄行,尚不甚振撼耳。

初三癸丑日(10 月 17 日)　晴。卯正,发下章,行六十里。午正,尖于长清县属之垫台。未初三刻,复前进。山路崎岖,舆夫行步亦艰。戌正,始抵张夏住宿,亦长清地也。有雏妓来店奏歌,自云十五余,惜容颜不甚可耳,与五百钱而去。

初四甲寅日(10 月 18 日)　晴。晓发张夏,行五十里。午初,尖于黄村店。申初,抵济南省城,共行八十里,住鞭子巷连升店。修发吃饭毕,即命人至瑞林祥绸缎庄询杭州汇款,据云已汇济宁,因令仍划回省城兑用。闻郁翁抵此即谒见中丞,余只得明日往谒矣。初次抵济南,见其城垣宏壮,街衢繁庶朗洁,仿佛扬州、天津光景也。

初五乙卯日(10 月 19 日)　晴。卯正,诣抚院,谒见中丞密县张公汝梅,谈数语退出。复谒署方伯满洲丰伸泰公,亦见。旋往晤罗观察于旅馆,午刻回店。午后,抚院送阅崔绥五电禀,仍因聊汛李口工程未筑后戗,恳诸中丞,可恶已极,殊不知余业已赔垫千金也。乃请于罗公给发百金,电汇东昌,令顾闸官速筑后戗,以塞小人之口云。

初六丙辰日(10 月 20 日)　晴。辰初,诣院署,罗公亦到,嘱余先行禀辞。因投手版,复蒙张公延见,嘱即回署料理回空,余唯唯而出。至官厅,遇署首府姚君钊、候补知府王君绍廉、李君馨、孙君嘉荣、首县朱养田诸人,因即顺道往拜,均未晤。旋谒署臬使吉剑华观察,得见。午刻,回店吃饭,汪益棠来晤。午后,裴筱麓招饮酒肆,申初散归。

初七丁巳日(10 月 21 日) 晴。午前,在店未出门。午后,往各处辞行,惟晤姚太守钊。旋谒罗郁翁,谈刻许,询知其明日首途回济,余则尚有琐事须初十方能成行也。晚间,查九世兄过谈,声庭乃郎也,故人之子,相见惘然。

初八戊午日(10 月 22 日) 晴。晨起,往游大明湖,自店登舆,不数里即至湖沿,乘舟而往。至北极阁、历下亭、张公祠三处少坐,即回舟。就中历下亭为最胜,北极阁不过可以远眺而已。张公祠乃朗斋中丞专祠,崇宏壮丽,据湖山胜处,此公身后之福尚复不浅,所遭可为厚幸矣。午初回店,因抚幕卞博文约来店相晤,遂静坐以待。申初,卞君甫至,与晤谈片刻,其趾高气扬之状迥异曩时,殊可笑也。傍晚,出步街衢,购茶青湖绉夹衫料一件。复至瑞林祥号,将汇款算清,存柒佰柒拾金于该店,以备寄还东昌欠项。初更后,忽尔吐泻交作,似是霍乱之证,服痧药、午时茶,通宵不宁。

初九己未日(10 月 23 日) 阴。自卯至巳,腹胀而痛,不思食饮。午后,稍平复,食粥碗许,检拾行装,尚不觉劳。傍晚,贾立成赍到峄鲁手书,知已将瑞林祥汇款兑与致和成七百金,乃将峄鲁所书对条付瑞林祥收存,俟见对条付银,余款七十两,则取来作川资矣。此行又耗费百数十金,殊无谓也。

初十庚申日(10 月 24 日) 晴。晓起,自济南省城登程。巳初,行卅里,尖于黄村店。饭后,行五十里。申初,抵张夏宿。戌初,余方饭毕,闻右邻逆旅遭盗劫夺,乃闭户灭烛,防其窜入余店也。未几,闻盗已远去,乃解严云。

十一辛酉日(10 月 25 日) 阴。卯初,发张夏,舆夫舁行颇疾。巳正,即行六十里,尖于垫台。午正,复前进。未正大风,继以细雨,天气陡凉,赶即遄行。又六十里,宿下章,时酉初二刻,尚未昏黑也。

十二壬戌日(10月26日) 晴。卯正,发下章,行五十里渡汶河,又八里尖于陈家店,时已午初二刻。未初,复遄行,又四十里。酉初,宿宁阳县北关,即沈絜斋前所住店而居之,尚修洁。连日舆夫劳瘁,犒以京蚨两千文,所以恤之也。

十三癸亥日(10月27日) 晴。寅正,发宁阳县,行六十里。巳正二刻,尖于盐村店。午正,复遄行,又三十里。申初三刻,抵济宁公寓。接本署包封,得刘伯龢、顾钟泉信,知伯龢已拨款付顾、汪两君赶筑李口戗堤矣。闻姚少适至自汴省,明日仍复遄返,晚间来晤谈,少顷即去。

十四甲子日(10月28日) 晴。午前,郭伯韶至,以撤局各公牍来商,判阅半晌,分别发递,伯韶乃去。午后,作伯龢、钟泉复书,并判阅包封稿件。下午,局员万、方、顾、谢、高诸君俱来见。灯下,复作谕本署吏河两房书吏札一纸。

十五乙丑日(10月29日) 晴。午后,各局员俱来分领川资,共四百数十金,一一面给领去。晚间,伯韶复来晤,峙鲁亦来寓相见。

十六丙寅日(10月30日) 晴。是日为内子诞辰,杜门谢客。午后,陈仲鹤来拜寿,命儿辈款之。下午,作复朱坦夫书并公文信件包封,命贾秀元递回东昌本署分别办理。灯下,阅《制义丛话》数则。

十七丁卯日(10月31日) 晴。休息永日,阅《制义丛话》以消遣。郭伯韶将之天津缴销关防并余款,特来辞别。渠将公所撤退,移寓姚子钧衙署,不日即首途矣。

十八戊辰日(11月1日) 晴。午后,出门谒见本道罗公,并拜汪又卿、陈仲鹤、杨乐亭、许西斋,均晤谈,傍晚乃还。乐亭以电抄见示,灯下批阅焉。

十九己巳日(11月2日) 晴。早间,电局送阅十八日所奉谕旨,河督及所裁三省巡抚皆照旧复设,仍令任筱帅回河道总督之任,余闻之而后喜可知也。午后,自拟上河帅禀,贺其复任,并另上夹单数纸。

二十庚午日(11月3日)　晴。日间,作书致汪仲宽竹林,又致淡人、量甫书各一械,并上河帅禀,均封固,专差贾立成前往投递汴省,冀得取有回音也。

二十一辛未日(11月4日)　晴。阅《制义丛话》数则。省垣寄到院署辕门抄,见彭伯衡已抵省,将抵充沂曹济道新任,殊堪艳羡。闻其廿五日可到济宁接取眷属赴任,州牧已为豫设供帐矣。

二十二壬申日(11月5日)　晴。午前,阅《制义丛话》数则,颇有意味。现奉谕旨,科场试士仍率由旧章,则制义依然不能废弃也。

二十三癸酉日(11月6日)　晴。接伯稣来书,并附张子端为方仲侯所批庚造均悉,迟明当转寄仲侯也。午后,又卿过谈片刻。

二十四甲戌日(11月7日)　晴。接絜斋来书,言及十三日当可卸篆,即日来济登舟南下。并附陈瑞伯来信,仍言沈处姻事须候朱少桐处回信再议,絜斋嘱余随后径与瑞伯通书商办。阅抚院辕抄,新补捕河许君已禀到禀见,今河帅复任,许之履新仍须河帅主之,许君当又遄返汴垣矣。洪兰楫亦自京回省,未知其能回任否也。

二十五乙亥日(11月8日)　晴。午后,往北关迓伯衡观察,同城咸集,罗郁翁亦与焉。申刻,伯衡入城,复各至其公寓谒见之,傍晚乃还。伯衡卸州篆才两年,即真除监司,可谓官员亨通矣。

二十六丙子日(11月9日)　晴。早间,伯衡答拜,晤谈片刻。午后,作致朱养田书,询其屋宅此后能否全行出租,即伯衡所住之屋,余数年前即欲居之,今此屋又将腾空,故往询原主耳。又作札谕汪升,令其代购洋药,专差潘志学往取,缘余在省所购洋药甚佳,今将用罄故也。

二十七丁丑日(11月10日)　晴。闻罗观察将游梁园,不日就道,因往谒之,向其索款,仍不我与,遂还。复往送陈仲鹤行,亦未晤。阅电抄,夔丈蒙恩赐西苑门内乘坐二人肩舆,可为异数已。沈絜斋长郎沂伯来谒,与晤谈片刻而去。

二十八戊寅日(11月11日)　晴。午前,西斋来辞别,将送其女于归京师也。午后，答拜沈沂伯于南关舟次，晤谈时许。旋赴至玉堂花园公宴伯衡观察，并请罗郁田观察作陪。酉初入席，戌正宴毕而散。

二十九己卯日（11月12日） 晴。早间，往道署送罗郁宪赴汴，同人咸集。闻龚淡人又由上南调署下南，乃任帅接篆回任后檄委，未知余所欲者能否如愿耳。

三十庚辰日（11月13日） 晴。查九世兄来见，与晤谈片刻。述及昨至自省垣，见新补捕河许君希文已禀辞回东河，大约仍须赴汴听候河帅檄饬方能赴任也。崔绥五因其尊人官曹州总兵，应行回避，不复能需次山东，从此少一小人矣。

十 月

十月初一辛巳日（11月14日） 晴。辰刻，往东关送彭伯衡观察之兖州任。巳刻还寓，接本署包封公牍并伯稣、绥五来书及顾钟泉禀，均悉。余因右足抓伤，不良于行，遂终日偃息寝室。

初二壬午日（11月15日） 晴。足伤未瘳，仍未出外斋。劳世兄及宋峙鲁来，俱未与晤。午后，判阅稿件，亲注各属计典考语，并批恩县禀。

初三癸未日（11月16日） 晴。絜斋观察卸兖篆南下，道出济宁，因手柬迓之，并邀其明午过寓便酌。傍晚，专差贾立成至自汴省，带到淡人、量甫及仲宽昆仲复书各一械。所事一时尚无端倪，殊闷闷耳。

初四甲申日（11月17日） 晴。午前，絜斋过寓，因命侄女出见其舅氏，相与话别。午正，汪又青至，欲同作主人公宴絜斋，遂宾主三人入座，畅谈畅饮。申刻席散，复茗话时许乃去。侄女蕙馨赋词两阕送其舅。余亦得七律一首赠别絜斋，词曰："记从少小识龙门，久别重亲笑语温。同以棣棠怜弱女，便谈天宝也销魂。量移豫兆三迁喜，超拜行看八座尊。公是飞鸿吾燕雀，分翔何处认巢痕。"

初五乙酉日(11月18日)　晴。午前,往南关舟次送絜斋行,遂留午饭。因述及丙申夏间侄女为余病刲臂事,并出余前纪此事七绝四首呈絜翁,相与感叹久之。絜斋偕其弟退盦为留食资四百金,存于玉堂酱园,一分行息。余送絜斋开船后,遂至玉堂取得息金两月,付兆樨零用。回寓后,复作书致退庵,交絜翁带苏。傍晚,适又接退翁来书,稍迟再裁答可也。晚间,郭春霆招饮,二鼓方散。

初六丙戌日(11月19日)　晴。余因足伤尚未平复,仍于内室憩坐。午后,作书复绥五、伯龢、钟泉,并批临汛三州判禀。傍晚,潘志学至自济南,带到所购洋药及朱养田大令复书。

初七丁亥日(11月20日)　阴。午前微雨,天气陡冷。午后,汪又青自南阳湖送沈观察归,带到絜斋和余韵留别诗,复和前纪侄女刲臂事原韵七绝四首示兆樨,絜老待其甥情意殷拳,殊可感佩也。晚间,发本署包封公文,信件均带去,仍命贾秀元往。

初八戊子日(11月21日)　晴。午后,往拜龚太夫人寿,淡人宦豫未旋,其堂兄吉人出陪宾,询悉姚眉生诸君公送彩觞,余亦附列。傍晚,复往听戏,二更散归。

初九己丑日(11月22日)　晴。拟翌日赴兖州访伯衡、鼎臣诸公,并以兖守王尊庭与洪兰楫互调署,余亦有与相商事件,故作此行。午后,稍检行囊,计程半日,无须多带衣物也。

初十庚寅日(11月23日)　晴。巳初刻,自济宁起程,出东门,行六十里。未正,抵兖州府城。谒伯衡观察于道署,承其款留下榻署斋。旋往拜王尊庭太守,晤谈时许,时已黄昏,遂回道署。伯衡招便酌,座有陈心荃别驾,海宁人,官兖州通判,充道署文案委员者也。

十一辛卯日(11月24日)　阴。巳刻,往拜田萧臣总戎于镇署,承其盛筵相款,肴馔异常精美,主客对酌,畅叙半日。复偕至道署,叙谈片刻。萧臣明日赴西关教场阅操,嘱明晨回济时过彼处小憩。滋阳县令吴君锡洛饷席一筵,余因伯衡尚邀晚酌,遂以此筵转馈彭亮臣、均臣昆仲焉。晚间,伯衡招汪幼卿便酌,陈心荃仍同席。二更席散,复与伯衡叙谈片刻,即先与辞别,以便明日清晨即行。

十二壬辰日(11 月 25 日) 晴。辰刻,自兖州道署登程,行数里至西关练军营,践萧臣提军昨日之约,畅谈多刻,饱餐羊肉面,然后与辞。行六十里,未正三刻返济宁寓次。接淡人函,知河帅定十五日由豫起节来东,本道罗公则已于昨日还署矣。

十三癸巳日(11 月 26 日) 晴。早间,往谒罗观察,晤谈,欲向索办工垫款,仍以无款辞,遂还寓。作书致田萧臣、彭伯衡两公,谢其款留殷勤,书未缮毕。

十四甲午日(11 月 27 日) 晴。发兖州田、彭两公函,由驿递去。午前,周李闸杨君士镇来见,禀知交卸。午后,新补周李闸黄君景祺来谒见,禀知接篆。黄,河南人也。闻河帅又改期十七日起节矣。

十五乙未日(11 月 28 日) 晴。晨起,诣天后、龙神两处,拈香。答拜黄闸官,吊邑绅李尔溪之丧。午初回寓,作书致絜斋、退庵两公,均由驿递苏州。絜斋住碧凤坊,退盦则住大石头巷,皆在苏州城内也。

十六丙申日(11 月 29 日) 晴。拟稿致谢滋阳令吴芳墀馈席筵,付聘之誊缮。接阅沈经彝七月间汇款原信,乃由瑞林祥转辗递来者,经彝书中自述患病甚剧,殆将不起,不知近日如何情形也。

十七丁酉日(11 月 30 日) 晴。接龚淡人电言,河帅已于今晨起节来济矣。日来窘迫异常,计今年所领公费千五百金,认缴昭信股去其三百,堵筑李家口垫用一千二百金,只算除廉俸外,别无入项,可谓一清如水,而每月公私用项,总需贰百,真有力尽筋疲之苦。甚矣!薄宦之乏味也。

十八戊戌日(12 月 1 日) 晴。接道札,奉河院饬取所属各员密考,因自拟禀覆稿,并将所属各州判、主簿、闸官各按其居官名实出具切实考语,付聘之誊缮清折呈送。接田萧臣总戎覆书,知其不来济而进省矣。

十九己亥日(12月2日)　晴。道台约同人往院署阅示供帐,因于午后前往,遇郭春霆甫自汴归,亦在座。晚间,即在院署宴集,汪幼卿首座,余次之,罗公已去,郭亦归,故皆不与。二更后乃还。

二十庚子日(12月3日)　晴。兖道彭公至,止寓玉堂花园,余拟明日往谒之。河帅明日可到,先命中军传谕僚属概勿远迎。本道罗公尚欲迎于安居,余力劝乃已,遂相约明日齐赴南关济安台候迎云。

二十一辛丑日(12月4日)　晴。午后,往谒伯衡于玉堂园,遇罗郁翁于座。旋各至南关外迎河帅。申刻,任公至止。郊迎礼毕,即至院辕谒见之,傍晚乃还。河帅因亟欲赴济南会同钦使李爵相察看黄河,传令明晨仍首途前进,不复羁留云。

二十二壬寅日(12月5日)　晴。清晨,赴河院衙门送河帅起节。辰正,帅节即登程,同人亦多散,不复出城远送矣。午后,出至书房,与余亭、聘之晤谈半晌。

二十三癸卯日(12月6日)　晴。周李闸官黄君因贫不聊生来告急于余,余亦同病相怜,竟无以饮助之,徒然相对太息而已。噫嘻!何世上苦人如是之多耶?

二十四甲辰日(12月7日)　晴。午后,谒见本道向其索款,仍不即发,奈何!旋访郭春霆,晤谈良久而还。接冯筱侣丈函,知其丧偶丧妾复丧女,旬月之间连遭三丧,真难乎其为情矣。

二十五乙巳日(12月8日)　晴。早间,张西园之冢嗣秉恩至自保定来谒见,与晤谈片刻。午后,孙巡捕禀知委查六厅堤工,特来谒见,因与接晤。晚间,接伯龢复书。

二十六丙午日(12月9日)　晴。郭春霆于午后过访,谈良久去。有贾人以玉器来售,阅之无甚佳者,即有之,余亦无钱买也。道库发浅闸夫工食银一角,为数无多,稍迟方能转发耳。

二十七丁未日(12月10日)　晴。鲍协备送来印领,欲领夫工银两,令其迟日来领。闻回空船于十七日已出聊城汛境,而本署所收报单尚未递来,殊觉迟玩耳。阅邸抄,自明年起各官养廉免扣军需三成,计此项已坐扣四年,余任下河通判及调署上河通判各任内共扣过实银五百金矣。

二十八戊申日(12月11日)　晴。贾秀元自署来,带到包封并顾钟泉信。早间,遂判阅公牍。大计文册仍未办来,只得再令快役往取。午后,往贺汪益棠胶续之喜,在彼观女伶演戏,尚佳。晚饭后散归,复挥一札覆钟泉,命贾立成赍往。

二十九己酉日(12月12日)　晴。午后,作书致淡人及兰楣两公,均由驿递。兰楣调署兖州府事,已于日前接篆。王萼庭卸兖篆赴东昌调任矣。

十一月

十一月初一庚戌日(12月13日)　晴。午后,往拜张锡三太夫人寿,又祝郭春霆寿,俱未见。旋赴汪益棠彩觞之宴,二更后乃散归。

初二辛亥日(12月14日)　晴。自拟估办来年另案项下实办堤埽各工册折底稿,钩稽半日,估得堤工廿六段,埽工十段,约需银七千两有奇。明知太多,姑宽其数,以备院道两处核减也。

初三壬子日(12月15日)　晴。自拟禀上来年另案估折文稿,付聘之誊缮。晚间,出晤聘之,谈良久。阅邸抄,翁叔平尚书再被严旨,斥其历年授读参政无状,前令开缺回籍不足蔽辜,复命革职永不叙用,交地方官严加管押。吴清卿中丞亦革职永不叙用云。

初四癸丑日(12月16日)　晴。道库发给六月分公费二百五十余两,尚不敷还钱店欠项,所垫工需仍然无着,其奈之何!午后,访郭春霆,畅谈。承其以鼻烟半瓶见贻,并媵以旧磁小烟碟一枚,乃携之而还。晚间,同人集益棠寓斋观女伶演戏。女伶中有名三喜者,色艺并佳,是以人多昵之,余亦颇垂青眼焉。

初五甲寅日(12月17日)　晴。终日在寓检点玉器拜匣,分别包裹标识,婆娑半晌方毕。阅吴县冯氏所撰《校邠庐抗议》两册,始知前数月所行新政颇多采其论说,如变科举、裁职官、停漕运等事,皆冯氏所已言者也。

初六乙卯日(12 月 18 日)　晴。终日在寓,阅《唐宋丛书》数种。作书致陈瑞伯大令及王萼庭太守,询问相攸事。闻文量甫不日将至自汴省,同人拟公送酒筵一席,余亦附列焉。

初七丙辰日(12 月 19 日)　晴。连日天气极为和暖,不似隆冬景象。余本值窘迫,无资购炭,却好不须炉火,可称天相矣。

初八丁巳日(12 月 20 日)　晴。作字致汪益棠,托其转请本道再发欠款数百,未知能如愿否耳。

初九戊午日(12 月 21 日)　晴。贾立成赍到包封文件,分别判发。又接顾钟泉信,均悉。午后,检点衣箱什物,半晌方毕。接洪兰楫复书,并见示感怀诗数律。兰楫今岁事多拂逆,所遭正与余同,读其诗不胜同病相怜之感云。

初十己未日(12 月 22 日)　晴。午后,往贺文量甫胶续之喜,即在彼晚饭。姚少适亦至,相与畅谈,二更后乃归。

十一庚申日(12 月 23 日)　晴。午后,同人集量甫寓斋小饮,呼歌伎三喜侑酒,所谓吃花酒是也。畅聚至二更后乃散归。

十二辛酉日(12 月 24 日)　晴。是日为余初度之辰,杜门谢客。少适、量甫坚欲相见,遂出晤之。忽有临清卫守备程君亦下车直入,余并未衣冠,生客忽来,殊觉窘迫耳。

十三壬戌日(12 月 25 日)　晴。傍晚,宋崎鲁便衣来晤,与叙谈片刻而去。领得道库发下七月分公费贰百八十余金,即全数付诸永源钱肆,稍清积欠。此外欠债尚多,仍未能一一清厘耳。

十四癸亥日(12 月 26 日)　晴。作书致周子绂,寄永城,时子绂调权永城令,缺分颇优,余颇盼其还偿旧逋也。

十五甲子日(12 月 27 日)　晴。晨起,谒庙。拜客,晤量甫、幼青、少适诸君,各畅谈多刻乃还。午后,郭伯韶至自津门来晤,询知其得有催矿务欠饷短差,聊以糊口而已。

十六乙丑日(12 月 28 日) 晴。午后,田萧臣总戎自兖过济来访,晤谈片刻。下午,旋往答拜之,未晤。因访郭伯韶于姚子钧处,子钧、伯韶均出晤,复遇汪幼青于座,傍晚乃还。

十七丙寅日(12 月 29 日) 晴。孙驾航年丈之侄松亭来拜,言其伯父灵柩将次入城,延请为之照料殡事,余叨在年家,固谊不容辞也。

十八丁卯日(12 月 30 日) 晴。午后,往访劳卿文。询知其尊人厚庵现在天津已得差,适有便车将去,余拟附一书致之。复访少适、量甫,久谈,傍晚归。灯下,作厚庵书,即夕送其寓中附寄。

十九戊辰日(12 月 31 日) 晴。午后,署梁王闸官钧玉来谒见,尚未接篆,因令其即赴闸次到任。傍晚,峙鲁复来见,与谈数语而去。

二十己巳日(1899 年 1 月 1 日) 晴。午后,往北关迎奠年丈孙驾航京兆之枢,复至其寓中祭奠,傍晚乃还。是日,倾城官绅咸集,可谓冠盖纷纭、车马络绎矣。

二十一庚午日(1 月 2 日) 晴。日间,作书致刘伯和、朱坦夫、顾钟泉三君,因发本署包封文件,将信亦附入,命贾秀元持往。钧闸官赴任无资,乞贷于余,给以京蚨五竿而去,亦可怜矣。

二十二辛未日(1 月 3 日) 晴。午前,少适来晤。午后,往拜汪葆田之寿,其子益棠款留晚饭,听女伶度曲。汪幼卿亦在座,二更后乃散归。

二十三壬申日(1 月 4 日) 晴。接淡人来电,言其准调上南部文已到,运河同知可以截缺矣。道库发下八月分公费,仍不敷还债之用,但望此后源源而来,则幸甚矣。

二十四癸酉日(1 月 5 日) 晴。池楼书院轮应余处月课,监院刘君请命题,因出课题三。时艺"行己有耻,使于四方,不辱君命,可谓士矣",古文"劝学篇书后",试帖"赋得季考月书得书字"五言八韵。傍晚,罗观察长公子燮南来拜,晤谈片刻。燮南向在四川本籍,昨甫至此省亲,同寅公送酒筵,故彼来拜谢耳。

二十五甲戌日(1月6日) 晴。午后,访益棠,晤谈片刻。旋答拜罗燮南,未晤。遂赴子钧寓斋公宴其尊人某守戎,同人到者颇多,二更后乃散归。

二十六乙亥日(1月7日) 晴。姚子钧设席宴客,仍开场演戏。申刻前往入席,同人咸与。汪幼卿擅相人术,席间与谈论良久。

二十七丙子日(1月8日) 晴。闻罗郁翁示疾,幼卿约同往问候,申刻前往,傍晚即还。池楼书院交来课卷四百本,灯下略加批阅,绝少佳卷。

二十八丁丑日(1月9日) 晴。孙伟如为其尊人开吊,午后往奠,兼为陪宾,晚饭后乃还。接子绥弟及淡人来信各一缄。

二十九戊寅日(1月10日) 晴。阅书院课卷,佳文少,而劣作甚多。书院肄业者皆举贡生监,乃竟有并童生而不若者,亦可怪已。

三十己卯日(1月11日) 阴。自八月至今,亢旱已久,日间似有欲雪之意,而天气极暖,不似隆冬气候。至日夕,微雨数点,雪仍未降,所谓冬行春令,非好气象也。灯下,随意披阅课卷数本。

十二月

十二月初一庚辰日(1月12日) 晴。早间,未出谒庙。午后,访文量甫、姚少适两君,久谈。闻彭伯衡将茌止,拟往谒之。嗣复探知不果来,乃还寓。接淡人来信。

初二辛巳日(1月13日) 晴。午后,作书致伯和,又谕汪升一函。向幼青假得百伍十金寄还伯和及汪升垫款,即托幼青代寄省城,所谓挪东补西也。道库发九、十两月公费,仍扣李口善后工款百七十两,又扣本省赈捐四十金,已去一月公费矣。下午,接淡人来电,知余奉委署理运河同知,饬量甫赴上河通判本任,卜河一缺另委赵子晋署理,少适亦将卸篆矣。晚间,谒伯衡于玉堂酱园,承其款留晚饭,畅谈二鼓乃归。

初三壬午日(1月14日) 晴。昨伯衡云及将往吊孙伟如,余与约先往为伟如陪宾。午后，余即往，与伟如谈良久，伯衡甫至，俟其去，余乃还。晚间，作书致顾钟泉，命刘慎往东昌驻署运取物件。余既署运河，即不复回东昌，故概令搬回也。

初四癸未日（1月15日）　阴。午后，访益棠、伯韶，各晤谈片刻。任浚生招集同人宴饮，旋往赴之，幼青亦在座。席散后亥正二刻，时方微雪，复偕幼青冒雪往玉堂园谒伯衡，畅谈良久方还。

初五甲申日（1月16日）　阴。午后，王灵芝便衣来晤。灯下，作书致王赞斋亲家，驿递清江。接王蕚庭太守复书，刘伯龢之子无甚可取处，余本不惬意，姑置之可也。

初六乙酉日（1月17日）　晴。汪幼卿劝集棉衣捐，余捐放三十件，费京蚨三千文。日间，作书致淡人，又复蕚庭太守一书。灯下，复阅书院课卷，取定超等前列廿名。

初七丙戌日（1月18日）　晴。日间，仍校阅课卷，将前五十名俱经核定。晚间，作书致赞斋亲家，并代内子作一书寄其夫人，驿递清江。

初八丁亥日（1月19日）　晴。日间，作书复子绶三弟，驿递扬州，并发王蕚庭信。阅邸抄，徐乃秋调福州府，为之快慰。

初九戊子日（1月20日）　晴。午间，接奉河院牌檄，委署运河同知篆务。午后，赴道署禀知。复拜客，晤益棠、少适、幼卿、春霆，遇张锡三于益棠处，余均未晤。回寓，接淡人信，荐工友郑姓。

初十己丑日（1月21日）　晴。早间，济宁州判朱君兆仑、在城闸官李君庆纶均来谒见。午后，张益君、罗绍甫俱来晤。日间，拟上任河帅谢禀稿，又致书吴仲饴观察，慰其丧偶。

十一庚寅日（1月22日）　阴。日间，发河帅谢禀，递济南行辕。付粥厂捐项卅千，送吴俊民代收。午后，杨乐庭过谈，述及于次棠年丈开府楚北。次丈久历藩臬，清望素著，早宜膺节钺矣，闻之甚快。灯下，作书致洪兰楫太守。

十二辛卯日（1月23日）　晴。日间，将书院课卷评定等第发榜。午后,张益君过谈片刻。晚间,刘慎至自东郡,带来存署什物各件。并顾钟泉复书,开来办工用帐,除先付外,尚须找以七十余金云。

十三壬辰日(1月24日)　晴。颇觉和暖,昨午飘雪数点,今复晴朗矣。午后,阅判上河公牍,以备交卸。下午,开河闸程君、枣林闸傅君俱来见。姚子钧来贺,晤谈片刻。

十四癸巳日(1月25日)　晴。午后,作书致仲宽、淡人两君,交河辕来弁带汴。院署索下委各项犒赏,共需银六十两,亦交该弁带回。由金福经手付出,据云不致有误也。

十五甲午日(1月26日)　晴。晨起,诣大王、禹王两庙,拈香。访少适,谈片刻。午后,访张锡三,告以十八日接篆。复访乐亭,晤谈。至道署禀告,择定接运河篆日期。遇新任捕河许承斋希文于官厅。回寓后,本属武汛鲍、靳、杨、韩、武五人及候补闸官杨永康均来谒见。

十六乙未日(1月27日)　晴。早间,七级闸雷润生来见。午许承斋来拜,晤谈片刻。接淡人及西园信。晚赴浚生处便酌,座皆熟人,二更后散归。判阅到运河新任呈移札谕各稿,遂标判接印红谕,张贴门首。

十七丙申日(1月28日)　晴。午前,出晤聘之,谈片刻。午后,修发。天气甚为和暖。晡后,得悉道委张锡三代理上河篆务,余即翌日与之互相交替可也。

十八丁酉日(1月29日)　晴。辰刻,交卸上河通判关防。午刻,接署运河同知,望阙叩头,拜受关防。接见属僚数十人,汪益棠、许承斋来贺,均晤。午后,谒本道。拜同城诸公,晤又青、子钧、灵芝、承斋,余俱未值,傍晚还寓。

十九戊戌日(1月30日)　晴。晨起,谒大土、禹王、大后各庙及本署福德祠。旋答拜各僚属,均未晤,巳刻回寓。午后,道幕友人韦冶泰、张吉甫来贺,均晤谈。延见五武汛,令其各呈估工清折。傍晚,伟如便衣过谈。

二十己亥日（1月31日） 晴。晨起，谒文庙、武庙、文昌及城隍各庙。旋访少适，知量甫已归，相与晤谈片刻。午初，至道署贺封印。午正，归来拜封关防。午后，马丽生游戎、郭寿农大令俱过谈。旋出门答拜丽生，遇田鼐臣、汪又青于座，各谈片刻而散。傍晚，复拜晤郭春霆。灯下，承斋便衣来晤。

二十一庚子日（2月1日） 晴。午后，承斋约谒本道，未见。晤益棠，谈片刻。旋访少适、量甫，久谈。晚间，又青招饮州廨，马丽生为特客，少适、承斋、浚生均在座。又青出佳酿款客，畅饮尽欢，二更后乃散。

二十二辛丑日（2月2日） 晴。午后，阅看公牍，发到任文件。晚间宴客，到者六人，马丽生、郭春霆、伯韶、杨乐亭、姚子钧、程筱浦，余俟另日再邀。客散后，余复作致淡人书。二更后，许承斋复便衣来谈。

二十三壬寅日（2月3日） 晴。午后，汪益棠便衣过谈，云及道奉帅谕，仍令余兼署上河篆务，日内便将下札也。旋出门拜量甫、少适，遇张益君、许承斋。傍晚回寓，祀灶。灯下，复访量甫久谈，二鼓乃归。

二十四癸卯日（2月4日） 晴。节交新春，因往道署贺春，复往贺承斋接印之喜。巳刻归，益君便衣过谈。午后，接道札转奉河帅谕将上河篆务交余暂行兼管，遂于申刻接受关防。晚间宴客，到者汪幼卿、姚眉生、汪益棠、许承斋、文量甫、姚少适、任浚生、王灵芝、鲍凯臣也。承斋明日赴省，因将河帅禀件及各处信函托其顺带焉。

二十五甲辰日（2月5日） 晴。在寓料量公私各事，栗碌终朝。晚间，少适备小酌，邀往聚谈。量甫、益君、益棠均在座，二更后乃散归。

二十六乙巳日（2月6日） 晴。午前，分派穷员津贴即夫工平余银两于候补各员。午后，汶上县丞张君士铎来谒见。张君字觉民，云南大挑举人也。下午，往拜孙伟如，晤谈片刻。闻许西斋已至自都门,往访,未晡而还。

二十七丙午日(**2月7日**)　晴。午后,谒见本道,晤谈片刻。旋答拜张觉民,贺郭寿农纳妇之喜。傍晚回寓,西斋、又青均来晤,久谈。灯下,料理年节各项开销,需款六百余金方能分布云。

二十八丁未日(**2月8日**)　晴。日间,致送各处年礼,封发各处信函,并致淡人信。接劳厚盦复书,知其已改省江苏,明年方来此接取眷属也。亥刻,祀神,作福设祭于西花厅,拜献如礼。

二十九戊申日(**2月9日**)　晴。购得唐花牡丹四盆,以两盆馈罗观察,以两盆陈设案头。午后,赴道辞岁。答拜管押江北回空委员陆君树椠,晤谈片刻。查悉空船入运河境已有二百数十只,因偕幼青电禀河抚两院。

光绪二十五年（1899）己亥

正　月

光绪二十五年己亥正月初一己酉日（2月10日）　阴。寅初起，见雪花纷披屋上，已厚寸余。冒雪恭诣龙亭，行朝贺礼。黎明，诣大王、禹王两庙拈香。旋赴道署贺岁并送行，盖罗公即日进省也。时雪愈大，遂回寓。本署福德祠不及亲诣拈香矣。午后，雪渐止。张益君来拜年，晤谈良久。

初二庚戌日（2月11日）　晴。午后，出门拜年，晤郭春霆、汪益棠，余俱未见，傍晚还寓。灯下，与儿女辈掷升官图半晌方就寝。

初三辛亥日（2月12日）　晴。工友郑继芬来答拜，相与晤谈，遂约其暂相赞助。午后，延见吴俊民，嘱令转致首汛闸公事要言，事有不便面商者，故情令作介绍也。

初四壬子日（2月13日）　晴。汶上县丞张觉民、院文巡捕孙芙初俱来见。午后，往城外拜年，晤美国教士良约翰等。遇郭春霆，言及鲁桥地方回空阻浅，因令靳分防春铭前往酌办，并垫付京蚨七十千备用。二更后，部署停妥，令其星夜前去。

初五癸丑日（2月14日）　晴。接淡人信，当复一缄交差带往。午后，内子呼女伶歌曲以点缀新年，二鼓后方令散去。余判发溜单，定初七日赴济汛以南阅视堤埝。

初六甲寅日（2月15日）　晴。早赴眉生寓，晚赴量甫寓，均春宴。潘闸官彦杰、吴主簿钰清俱先后来谒见。灯下，检拾行箧，三鼓乃寝。

初七乙卯日(2月16日)　阴。出南门登舟,卯正开行。偕继芬、峙鲁,并携兆梓,沿途阅看东西两岸残缺堤埝,按汛员所估覆勘一过。午后,过新店闸。该处闸官陈君思悌来见,济汛外委杨达纶随行。傍晚,泊仲家浅。岸上有仲子祠,天晚未及拜谒。

初八丙辰日(2月17日)　晴。辰初,自仲浅开船而南,勘得西岸缺口一处,长十六丈五尺,亦系应办之工。午初,过枣林闸。傅闸官来见。过鲁桥时,靳春铭正在彼处捞浅,亦来谒告。申刻,抵南阳闸,入鱼台汛境。韩分防请登岸阅缺口一处,长二丈五尺。又该闸迤南尚有三口共长十三丈,似亦宜堵筑者。时渐日暮,遂泊舟闸北西岸。庖人购得鲜鱼数尾,恰好佐酒饱餐也。

初九丁巳日(2月18日)　晴。卯初,舟发南阳。巳初,过泗河口,鲁桥地方河水深仅尺余,舟行较滞。午初,过仲家浅,泊舟仲子祠畔。登岸展谒,有先贤后裔五经博士仲延年来陪祭。酉正,抵在城闸南。回空漕船拥塞河心,余舟未能上驶,遂登岸。还寓,阅判公牍。出晤聘之,嘱其访益棠,告以靳分防捞浅情形。

初十戊午日(2月19日)　晴。晨起,修发。午后,登舟,起程赴济宁迤北勘工,首汛闸俱来送。未正,开船。沿途自济安台、五里营、十里铺以达安居,西岸则埽工居多,东岸则木工为要,皆非历年例款所能包括,其奈之何! 晚泊安居,卫北汛千总鲍微澜随行,此其驻札汛地也。

十一己未日(2月20日)　晴。晓发安居。午刻,过大长沟,入巨嘉汛境泊舟吃饭。午后,登岸阅勘蜀山湖冯家大坝石工。巨嘉主簿吴钰清、蜀山湖分防外委李毓梅俱随行。此处石坝上年冲坍口门十丈,曾经道台派员暂筑月坝拦护,纯用草坝,乃一时权宜之计,其石工口门仍须补筑完固方足抵御湖涨也。申初,经过利运闸。岸有湖神庙,因往拈香行礼,文武汛俱随班行礼。过寺前闸,该处闸官张本让来谒见。张君尊人子龄司马曾官上河通判有年,殁于任所甫越十载,余昨岁任上河尚闻吏役道及之。傍晚,过柳林闸。亥初,泊舟南旺。汛闸来谒者,以天晚未与接见。

十二庚申日(2月21日)　晴。卯初起,诣分水口各庙,拈香行礼。汶汛县丞张觉民随行。旋至汶坝阅勘。复阅视汶河永泰闸引渠,查得坝旁单堤有缺口八丈,须堵筑,永泰、永定两引渠亦须疏,均嘱郑继芬核估办法。辰初回舟,张县丞复来谒见。巳初,舟发南旺而北。过开河闸,吃饭。晚泊袁口闸。

十三辛酉日(2月22日)　晴。自袁口而北,历石头口、王老口、马老人湾三处,阅视缺口。至靳口南捕河交界,遂返棹。午初,复泊袁口吃饭。申初,过刘老口,泊舟登岸。乘轿循东南行十二里至汶河上游,阅视何家滚水石坝。坝长二十丈,东南首坍坝六丈余,无款兴修,历年均于上游筑拦河草坝以资蓄泄,因偕继芬择定坝基,亲督委兵缮量高宽长丈。沿汶堤行里许,时已黄昏,继芬、峙鲁、兆梓往马外委家小憩。余先登舆,乘月色遄行十八里抵开河。有闸官程君端业郊迎,降舆揖之。时座船已放至闸下,乃还舟,已亥初一刻矣。兆梓偕二友由何坝泛小舟而回,亥正二刻始至。

十四壬戌日(2月23日)　晴。晓发开河闸。辰正,过南旺分水口,小泊即行。沿途汛闸迎迓者皆未接见,不欲泊舟稽延时刻也。午正,过寺前闸,泊舟吃饭。午后,南风甚大,舟行迟缓,过通济闸时已日之夕矣。戌正,过安居晚膳,小泊复行。亥正三刻,始抵济宁南门桥上。

十五癸亥日(2月24日)　晴。子正,登陆还寓,丑正乃眠。辰正起,阅判公牍信札。午后,许承斋过谈。袁口闸官阎虎臣来谒见。旋命驾出门谒本道,未晤。访量甫、少适,畅谈良久。访益棠,答拜承斋,俱未晤,遂还。量甫奉帅电履新,余摒挡上河任内公牍,拟明日移送关防,余即可交卸上河兼篆矣。

十六甲子日(2月25日)　晴。子刻,交卸兼署上河关防,偕内子及两女掷状元筹。一夕之顷,四人掷得七全色,殆为今年豫兆佳朕也。丑刻就寝,辰正起。罗绍甫便衣过谈,交到淡人来函,述及院幕无须另送年敬,量甫之言不足据矣。午后,谒见本道,拜郭春霆,未晤,遇诸涂。访益棠,亦未遇。访任浚生,晤谈片刻。其室人病剧,医者络绎于门。姚少适亦在座,余少坐遂还。

十七乙丑日(2月26日) 晴。自拟核议各厅属领放夫食银两章程禀稿,半日方毕。午后阴雨,至夜乃止。兆梧患疹,延张梅盦诊视,未至。

十八丙寅日(2月27日) 晴。日间,作致絜斋、退庵两公书,驿递苏州。午后,出门拜客,晤西斋,遇又青于座。晚间,许承斋招饮寓斋。二更后散归,知张梅庵已来寓为兆梧诊脉开方矣。

十九丁卯日(2月28日) 晴。早间,继芬交来估工册底,与晤商时许。午初,出堂拜开关防,行三跪九叩礼。午正,赴道署贺开印。未初回寓,得淡人来书。饭后,倦而假寐,日晡乃兴。

二十戊辰日(3月1日) 晴。日间,阅看公牍稿件。午后,韩主簿拱极来谒见。下午,出门答牛、雷、韩三君。旋访又青,久谈,又遇西斋,亦云巧矣。晚间,少适、量甫两君招饮寓斋,肴馔甚佳,二鼓后散归。

二十一己巳日(3月2日) 晴。日间,阅视稿件,判发文札,作书致淡人、伯稣、绥五、步蟾、钟泉诸君。午后,陈绮霞刺史便衣过谈,因请其为兆梧诊脉,开方服药。下午,牛、马二人均来谒见。

二十二庚午日(3月3日) 晴。午前,延请张余亭到馆。郑继芬亦来晤。晚间,设席宴本署各幕宾,峙鲁亦到,惟高春霆不来。

二十三辛未日(3月4日) 晴。午后,周耀垣至自安山,下榻寓斋,与晤谈片刻。旋出门拜王仁斋,晤谈,并看其寓宅。余因屋窄人多,衙署既坍废不可居,旧宅又局促难容,意欲觅屋移徙,闻仁斋第宅出租,故往一看。其宅前后屋宇八九十间,较余屋稍多,姑与徐徐议价可耳。晚间,复与耀垣久谈。

二十四壬申日(3月5日) 晴。王灵芝便衣来,久谈。晚间,汪又卿招饮州廨,座皆熟人,二更后散归。

二十五癸酉日(**3月6日**) 晴。耀垣将赴兖州谒彭伯衡,因手泐数行交其便带。午后,王灵芝复衣冠来晤。

二十六甲戌日(**3月7日**) 晴。午后,谒见本道,兼晤益棠。拜刘酉山,亦晤谈。回寓后,杨乐亭来晤。

二十七乙亥日(**3月8日**) 晴。午后,耀垣归,仍留寓斋中。晚间,量甫、少适公宴余与又卿、西斋、眉生,宾主四人,肴馔甚精洁。又卿饮醉先去,余三鼓乃还。

二十八丙子日(**3月9日**) 阴,微雨。侄女及两女均患疹,因延陈绮霞过寓诊视,开方服药。晚间,接赞斋亲家复书及阆生吴世兄谢函,附来仲饴观察悼亡挽词廿四联,仿佛事略,悉以联语述之,亦创格也。少适窘甚,向余假去京蚨四十千文。

二十九丁丑日(**3月10日**) 阴。绮霞邀明日晚酌,耀垣与焉,辞之不获。耀垣欲今夕返棹,殆不果矣。午后,仍邀起霞过寓为兆樨姊妹辈诊视换方。

三十戊寅日(**3月11日**) 晴。早间,绮霞复来晤。午后,偕耀垣赴起霞寓斋便酌,酒肴都不见佳,而主人情意殷殷,不得不畅饮。初更散归,即送耀垣登车。

二 月

二月初一己卯日(**3月12日**) 晴。晨起,诣大王、禹王两庙,拈香行礼,旋赴道署贺朔。回寓后,许承斋、姚子钧俱来晤。午后,判阅日行公牍,封发估工禀折。

初二庚辰日(**3月13日**) 晴。早间,祭本署福德祠,亲诣行礼。旋答拜许承斋、姚子钧、石凌云,均晤谈。午后,接淡人来信,发专差至济南,投上河帅禀牍。

初三辛巳日(**3月14日**) 晴。寅刻,诣文昌祠,陪祭,卯刻回寓。日间,向永源钱肆假得京蚨叁千串,每月分半行息,以备垫办桩料之用。傍晚,分道试用通判吴君用霖来拜,与晤谈片刻而去。

初四壬午日(**3 月 15 日**)　晴。马州同照銮至自德州来谒见,与接晤片刻。午后,谒罗公,访益棠,商借库款办工,仍以无款辞。访伟如,商借木器,允为检出相假,傍晚回寓。灯下,与郑继芬商酌办工各事。

初五癸未日(**3 月 16 日**)　晴。家少香专足来信,带到果点,求为荐芜湖关道馆事,因作书覆之。晚间,姚子钧招饮卫廨,二更后散归。

初六甲申日(**3 月 17 日**)　晴。姚少适又借京蚨六十千,连前共百千矣。午后,判发公牍,阅视签印,半晌方毕。

初七乙酉日(**3 月 18 日**)　晴。午后,益棠过访,谈片刻去。闻河帅有十一日启程来济之信,而省中并无电信来,未知其说确否也。

初八丙戌日(**3 月 19 日**)　晴。午后,访量甫、少适,遇郭春霆于座。出示邸抄,见有陈梅村学士劾奏张翰仙中丞一折,崔季芬乔梓亦与焉,可见公道之在人也。傍晚,至院署周历一过,将豫为埽除铺设云。

初九丁亥日(**3 月 20 日**)　晴。寅刻,诣文庙,行春祭礼,余分献东配、东哲。卯刻,礼成,散归。日间,作书致季卿叔岳并子先弟,驿递芜湖道署。

初十戊子日(**3 月 21 日**)　晴。卯初,诣大王、天后庙,行春祭礼,同寅均集,辰初散归。道署发下院差银壹百捌拾两。晚间,王灵芝过谈片刻。

十一己丑日(**3 月 22 日**)　晴。早间,往奠郑继芬之祖母及其母。访陈起霞,谈片刻。午后,答拜王麟之、许承斋并汪益棠,均晤。省城专差回,得徐实秋复书,云河帅准于十三日起程回济。

十二庚寅日(**3 月 23 日**)　晴。王怡如、孙巡捕均便衣过谈。午后,首汛闸三人来谒见,与接晤片刻。下午,检点字画箱,竟无佳轴供院差之用。只得假诸他处矣。灯下,作淡人书,交便差带汴。

十三辛卯日(**3 月 24 日**)　晴。寅正,诣文昌祠,行春祭礼。卯正回寓,检取寓中木器陈设各物运送院署应用。收到道发院差银三百,除减平外,净得二百八十二两。晚间,河帅起马传牌已到。

十四壬辰日(3月25日)　晴。午后,至院署一看,旋谒本道,访益棠,均晤谈。访又青,未晤,遂还。日间,杨永康、孙宝常、席素绚三人因奉道委赴省领工需银两,特来谒见。

十五癸巳日(3月26日)　晴。晨起,诣大王、禹王两庙,拈①行礼。至道署谒望。旋拉少适、量甫至院署阅视铺陈,在彼午饭。午后,邀诸同人齐集,道台未至。又卿为余调度一切,假以字画陈设各件,意甚殷勤。晚间,设席院西花厅,与诸君公宴以试庖人之优绌,二更后散归。

十六甲午日(3月27日)　晴。寅初,诣武庙行春祭礼。卯正,至院署一看。旋出城,至东北乡平度店迓河帅。未正,帅节莅止,即随其入城,至辕谒见,谈片刻退出。彭伯衡至自兖州,遇于官厅,因往谒,未晤,仍回至院署照料一番。河帅电东抚催拨款项,交余处转发。晚间,又卿来商定划拨地丁银两,至二更后余乃还寓。

十七乙未日(3月28日)　晴。黎明,往拜崔季芬总戎于西关旅店。旋复谒见本道,偕其诣河院谒见任公,商定派拨工需,每厅各若干两。伯衡旋至院谒见河帅,留其晚饭。饭罢,来余斋小憩,然后行,余亦遂还。时日尚未夕,在寓摒挡会计半晌。

十八丙申日(3月29日)　晴。早间,谒见任公,谈及杨庄堵口复决,捕河专案工恐将停办,新漕须改道坡河行走。余于是处河势向未亲历,未敢臆断也。午后,复便衣谒见河帅一次。旋自院署往访又青,久谈。申酉间风雨交作,继之以雪,余即宿院署。

十九丁酉日(3月30日)　晴。卯初,入谒任公送行,晤谈片刻。辰初,送其登舆,即发电告淡人,俾计日迎迓也。辰刻回寓,小憩片刻。午后,谒见本道,拜徐实秋。旋赴院署西花厅宴同城诸君,主宾

---

①　"拈"字后疑少书一"香"字。

十人,畅饮尽欢而散。

二十戊戌日(3月31日)　晴。日间,作书致淡人、仲宽两公。傍晚,幼青招饮州廨,同人咸集,惟少适、量甫不至,二更后散归。

二十一己亥日(4月1日)　晴。刘润臣中翰来拜晤。朱州判、牛主簿俱各来谒见。有新科进士孟镜芙主政,济宁人,送朱卷来谒,因赠以四金焉。

二十二庚子日(4月2日)　晴。文量甫招同人并汛闸诸君敛钱观女乐,余颇腹诽之,因谢不往。午后,姚眉生过谈,渠固将赴斯会也。周耀寰经幼卿招阅州试童卷,适至自安山,因与晤谈,仍留其下榻寓斋,迟明日方往试院云。

二十三辛丑日(4月3日)　晴。午后,谒见本道,谈片刻。旋答拜刘润臣。复至孙家街看淡人住屋,其眷属将之豫,有言其宅舍颇广者,余周历一过,亦不甚惬意也。州廨喧传降调前东抚李鉴堂复拜督河使者之命,询诸电报局则并未见邸抄,殆街谈巷语云。

二十四壬寅日(4月4日)　晴。接张西园来书,又接退盦复书,知絜斋于二月朔日已抵惠潮道任矣。

二十五癸卯日(4月5日)　晴。郑继芬至自汶汛,知其已将北路工程为余布置大概,苇草桩石各付定值购办,均尚妥贴。是日节交清和。午刻,设馔祀先。午后,小眠。姚子钧兼理临清卫篆来拜,未晤。

二十六甲辰日(4月6日)　晴。午后,至道署访益棠,晤谈。旋访少适、量甫、实秋,因偕其至郭春霆寓斋晚酌。量甫席间大肆咆哮于余,多见其浮躁褊浅耳,余固不与之较也。二更后散归。

二十七乙卯日[①](4月7日)　晴。早间,州判朱君来谒见。午后,与继商酌办工,因于晚间益棠,晤商一切,拟即请本道函拨州署地

---

① 纪日干支"乙卯"应为"乙巳"之误,直至本年三月初十(1899年4月19日)皆误。

丁抵解工需,以便刻日开工也。

二十八丙辰日(4月8日) 晴。午前,伯衡观察至自杨庄,道出济宁,过谈片刻。午后,许承斋亦来晤。送承斋去后,即出门答拜伯衡。访又青于试院,晤谈良久。复访孙伟如一谈,傍晚乃还。

二十九丁巳日(4月9日) 晴。道台代河帅甄别池楼书院,余有提调之责,因往照料,兼代点名。卯正去,巳正散归,即嘱工友运送桩料至蜀山湖冯家坝兴工。午后,接淡人电,河院牌示以余升补运河同知之缺,复接淡人来函,备悉壹是。晚间,徐实秋招饮,假座量甫寓斋,兼有歌伎,二更后散归。

三　月

三月初一戊午日(4月10日) 晴。晨起,诣文庙、文昌两庙拈香,又至本署福德祠行礼。旋至道署一转,复诣龙亭宣讲圣谕广训,巳刻回寓。午后,陈起霞过谈片刻。灯下,作书复淡人,交徐实秋便带,即往送实秋行,晤谈片刻。又至少适处一谈,三鼓乃还。拟禀报蜀山湖冯坝并汶坝兴工日期稿各一件,付聘之誊缮。

初二己未日(4月11日) 晴。早间,首汛闸三人来谒见。午后,往访州署帐友钱彝生,与说定假又青库纹壹竿布置工需。复访西斋久谈,傍晚还。灯下,拟覆估济汛东堤工程禀稿。

初三庚申日(4月12日) 阴。早间,接子扬内弟自芜湖来信,知季丈去冬抵任,子扬现在道署司会计事,其兄子先夏间可来此云。又得淡人书,述及许西斋奉委署理下河通判,姚少适行将卸事矣。午后,钱彝生亲自交到京蚨壹千串,银百伍拾金,共合银五百两,当以百五银款送淡人作闸板桩具价值。下午,风雨交作。晚间,与继芬晤谈,嘱其翌日赴长沟办工。

初四辛酉日(4月13日) 晴。辰刻,至东关祭先农坛,行耕耤礼,巳刻还寓。午后,梁寿山来答拜,晤谈片刻,因约往工次帮忙。傍晚,西斋来晤。

初五壬戌日(4月14日)　晴。午后,作书致陈德卿,告以升缺事。姚子钧旋过谈片刻,余所拟禀覆勘估济汛东堤禀件,经聘之誊缮已毕,因即钤印封发。

初六癸亥日(4月15日)　晴。延见首汛朱、首闸李两君。灯下,自告示底稿缮贴长沟工次,偕幼卿刺史联衔出示,借重地方有司以期得力耳。

初七甲子日(4月16日)　晴。领另案银委员回济,闻仅领得一万两,未知如何批发。午后,因访益棠,商酌半晌。旋拜幼卿,晤谈,将告示与之会印。又向钱彝生取回京蚨一竿,拟嘱梁寿山带往工次也。

初八乙丑日(4月17日)　晴。梁寿山来,因交以京蚨八百千并桩料等物,嘱其翌日遄往。午后,至学门口看屋,往送龚太夫人行,并往奠周献之大令尊慈之灵。傍晚回寓,杨、孙、席三委员均来谒见。峙鲁至自工次,与晤商一切。灯下,接筱脩书,即刻摊笺复之。

初九丙寅日(4月18日)　晴。午后,往谒见本道,并访益棠,晤谈,旋回寓。道库发正月分公费银五百两,又发工程银一竿,当兑现钱,交峙鲁带工次用。灯下,作书致淡人,交其家人带汴。

初十丁卯日(4月19日)　晴。许承斋、吴立桥均来晤。辰刻,往送本道行,时赴捕河勘办专案工程。巳刻,至新居相度布置。午后,检拾书籍字画半晌。道署有代拆代行公牍数件,代为判阅签发讫。申刻,至文量甫宅中,偕其公宴少适,并邀西斋、春霆、浚生作陪,二更后散归。少适已卸下河篆,将前挪百千即日还余,可谓信人矣。

十一戊午日(4月20日)　晴。午前,检拾衣箱玩物等件,为移寓张本。午后,胡县丞振声经汪幼卿荐令来谒,与接晤片刻。杨分防达纶自南路勘水势回亦来见。晚间,任浚生招饮。酉刻往赴,亥刻散归。

十二己未日(4月21日)　晴。日间,判阅公牍,并代阅道署日行公事,代印代行。午后,接京都怀德堂来信,因发电告以租件已牌晓。旋访杨乐亭,晤谈。晚间,西斋招饮,肴馔甚佳,二更后散归。

十三庚申日(**4 月 22 日**)　晴。往访汪幼卿,未晤。午后,宋峙鲁至自工次,将运桩料至南路,又须带钱前往,只得仍假诸幼卿矣。晚间,益棠招饮寓斋,又有女伎奏歌,肴馔俱美。二更后散归,知耀垣过寓两次,皆值余出门致未与晤。

十四辛酉日(**4 月 23 日**)　晴。早间,往奠张仙洲夫人之灵。旋回寓,耀垣复过访,相与晤谈片刻。幼卿以京蚨五百千相假,午后复来晤。傍晚,本道至自捕河,因往道署迎候,时已初更矣。灯下,承斋便衣来谈,二更后乃去。

十五壬戌日(**4 月 24 日**)　晴。辰初,诣本署福德祠并大王、禹王两庙,拈香行礼。旋谒见本道罗公。复至新宅一看,午初回寓。午后,益棠过谈片刻。傍晚,风雨交作,少顷即止。

十六癸亥日(**4 月 25 日**)　晴。午前,督视搬移物件,并亲拟致汶上县令公事信稿。午后,姚眉生招饮寓斋看牡丹花,申刻散归。

十七甲子日(**4 月 26 日**)　晴。道署演戏酬神。辰刻,偕同寓诸君前诣,随班行礼。巳刻回寓,悬牌定明日换戴凉帽。复检拾冠服箱箧等件,陆续移往新宅。傍晚,自往阅视花厅,布置一番而还。

十八乙丑日(**4 月 27 日**)　晴。晨起,往新宅检理什物,巳刻还。午后,新补巨嘉主簿郑君思赓来谒,与接晤片刻。又韩庄分防杨秩清亦来谒见。傍晚,复往新宅相度一番乃还。

十九丙寅日(**4 月 28 日**)　晴。晨起,将各物悉数搬移。午刻,命眷属先迁。未刻,余携带关防移入学门口新居。先拜仪门,次拜宅神、灶神,然后更衣料量一切。是屋颇轩敞,仪门内为大堂,设公案,敕印于其中;再进为二堂,余日间治事居之;再进为三堂,则燕寝也;后为四堂,命儿媳侄女辈居住;东院则宾馆及幕友所居。统计大小屋宇约八九十间,具有衙署规模,入此室处亦可谓苟完苟美矣。同寅属僚来贺者颇多,栗碌终日方获憩息。

二十丁卯日(**4 月 29 日**)　晴。午前,布置字画,陈设一切。午后,谒见本道,拜贺益棠,因其酬神演戏也。复拜晤姚玉衡醝尹。旋回寓,西斋、幼卿、子钧先后来贺,均晤谈。继芬至自工次,以款项告罄,又付以六百金而去。

二十一戊辰日(4月30日) 晴。新委池楼书院监院于保珊大令至自开封来见,并出示淡人信函。午后,出门访西斋、乐亭、幼卿,均晤谈,傍晚回寓。

二十二己巳日(5月1日) 晴。早间,作书复淡人。午后,谒见本道,催款开办东堤,道台以款未领到未能多发为辞。因复访幼卿,与商挪地丁款项,先济急需,幼卿慨然允诺。适峥鲁亦归,遂定准廿五日兴工修办东堤,盖至此时日已迫,万难再迟矣。

二十三庚午日(5月2日) 晴。卯初,诣天后宫致祭,本道主祭,余处承办祭品陪祀,到者惟西斋、灵芝,余俱未与。辰刻还寓,倦极思眠,乃偃卧时许。午后,汪益棠便衣过谈片刻。收到道库发下工需银六百两。

二十四辛未日(5月3日) 晴。将银易钱,嘱峥鲁运赴石佛一带开办东堤工程。午后,于葆珊便衣过谈良久。晚间,接奉河院文檄,以余升补运河同知,已恭疏具题矣。

二十五壬申日(5月4日) 阴。午前微雨。时又卿以久旱设坛祈祷,惜仍未大沛甘霖。午后,访益棠于道署,知罗公风症又作,殊可虑也。旋拜任浚生太夫人寿,与浚生晤谈片刻而还。

二十六癸酉日(5月5日) 阴。日间,拟致池楼书院山长王燕泉太史信稿,拟上河帅谢禀稿,并判阅文移公牍。出晤胡聘之,谈片刻。

二十七甲戌日(5月6日) 晴。节交立夏。午刻,设馔祀祖。午后,封发河帅禀函,并致书淡人、少适,专差赴汴投送。又赴武城县催解下河本任廉俸,亦专差往投,文件均分别派定令去。连日迟郑继芬不至,东堤尚未布置停妥,殊难放怀。

二十八乙亥日(5月7日) 晴。专差至自南旺,请继芬回济,俾往东堤料理也。傍晚,陈起霞过谈片刻。初更雨大至,继以东风,少顷旋止。

二十九丙子日(**5月8日**) 晴。午前,周筱舫过谈,渠自省奉委办平籴来济,现寓州廨。午后,即往答拜,未晤。访陈绮霞,谈良久乃还。

三十丁丑日(**5月9日**) 阴。堂侄祖培至自扬州,持子绶弟书,命其来依。祖培年已廿三,余曾见其垂髫上学时,小名小团,今忽忽十五载矣。午后,继芬至,因与商办东堤工程。旋访幼卿,又挪得款项千金接济工需。适幼卿宴客,遂留晚饭。酉刻又雨,二更席散归来,雨已止矣。

四 月

四月初一戊寅日(5月10日) 晴。晨起,诣文庙、文昌宫及福德祠,拈香行礼。赴道署小集,官厅晤玉松谷甫自省领得工需至,盖捕工专案款也。巳刻回寓,命祖培随同继芬往工次照料。午前,天井闸姜闸官来见。午后,族侄少香亦自归德来。昔年渠曾馆余处司会计事,今亦近十载矣。

初二己卯日(5月11日) 晴。接陈德卿电,催汇款,拟托汪幼卿转为汇寄。午后,谒本道,未见。访益棠,谈片刻回寓。阅公牍,作致陈德卿书,又拟上夔石尚书禀稿,付高春霆缮。

初三庚辰日(5月12日) 晴。午后,答拜于宝珊,晤谈。又访陈履中,亦晤。时州牧汪幼卿因天旱迎得邯郸铁牌至城隍庙,邀集同城前往行礼,余亦往与,自明日起设坛祈雨。

初四辛巳日(5月13日) 晴。电覆陈德卿,告以款已汇出。辰刻,偕同城集渔山书院,执香步祷,于城隍庙诣神座行礼。午后,天即转阴,风雨陡止①。申刻,复冒雨步祷一次。自酉至亥子间,得雨二寸有余。

初五壬午日(5月14日) 晴。丑刻,雨止。辰刻,仍步诣城隍

---

① "止"疑为"至"字之误。

庙祈祷。午后,阅公牍。前日道发工程银二竿余,又发上年秋半季夫食银,因命书吏开单转发。酉刻,复往祷雨一次。许成甫家属因龚菊人代领仲浅任内廉俸未交,屡恳于夫工项下代为坐扣,因延见菊人与商,菊人不肯,余固不便为之强扣也。

初六癸未日(5月15日)　晴。辰酉两次步诣城隍庙祈雨,均与又卿晤谈。晚间,郑继芬至自工次,南北各工皆需钱接济,于是又拨付京钱一千八百千文,总计已用钱一万四千余串矣。

初七甲申日(5月16日)　晴。终日未出门,接徐实秋来书,并抄录河院题缺疏稿见示,实秋固信人也。午后,作书致徐乃秋,驿递福州,乃秋时已调福州守矣。晚间,许西斋过谈片刻。

初八乙酉日(5月17日)　晴。晨起,赴济汛南路勘工。先至石佛,自石佛至新店乘舟行走,沿途阅视新筑堤工。在九里碑舟次吃饭,晤峙鲁、继芬并胡、杨两君。祖培佺亦在彼监视碶工。午后,自新店放舟折石佛,仍起旱回城。领到道发工程银,即分换制钱以备陆续运往工次。东堤已由赵村修至新店,计工过半矣。

初九丙戌日(5月18日)　晴。辰申两次集渔山书院,偶同城诸君步诣城隍庙祷雨。晚间,祖培佺至自新店工次,述悉办工情形,明日又须带钱接济也。

初十丁亥日(5月19日)　晴。辰申两次诣庙祈雨。午后,邓琴伯县佐金钊来谒见。晚间,彭伯衡观察道出此间,因偕同人往谒见之。汴差旋,接淡人复书。

十一戊子日(5月20日)　晴。午后,委解部饭委员谢闸官云章来谒见,告知奉委拟望后起程入都,余尚有信件交其顺带也。申刻,出门谒见本道。拜郭春庭,未晤,遂还寓。发放上年秋半季夫食银两给各汛闸领去。

十二己丑日(5月21日)　阴。午后,往贺临清卫程守戎接篆之喜,未晤。旋访西斋,久谈。晚间,吕亦东大令为其尊人安卿太守举殡请知,因往与筵席,二鼓后散归。

十三庚寅日（**5 月 22 日**） 阴。自寅至巳雨泽大沛，午间放晴。汪幼卿送阅省垣瑞生祥覆书，知京款已于初九日汇出，计望后便可接到也。傍晚，姚玉衡馇差来拜，晤谈片刻。

十四辛卯日（**5 月 23 日**） 晴。辰刻，偕同城诸君诣城隍庙，拈香谢降，演戏酬神。幼卿备有看馔共三席，午刻方散归。午后，谒本道，未见。访钱彝生，谈片刻回寓。作书致陈凤笙、陈德卿，均拟交谢汉卿带京也。傍晚，孙伟如便衣过谈。

十五壬辰日（**5 月 24 日**） 阴。卯正，诣大王、禹王、天后、龙神、衙神各庙，拈香行礼。现方估修大王庙，由余承办，已于昨日开工，因往各处相度一过，适风雨骤至，遂还寓。午后，封发上夔石尚书及燕泉编修并凤笙、德卿各信，均交谢汉卿便带。凤笙处赠以朱提六金、酱小菜四篓，德卿处亦有银四两与之，盖以作往来电报费也。

十六癸巳日（**5 月 25 日**） 晴。晨起，谒见本道，谈片刻。午后，新店闸官陈君思悌来谒见。继芬自工次来函催款，灯下为之筹布付去。

十七甲午日（**5 月 26 日**） 晴。辰刻，诣城隍庙恭送铁牌。巳刻，访汪益棠，略谈，旋回寓。午后，发令定明晨赴济南迤北查验工程。

十八乙未日（**5 月 27 日**） 晴。寅正，出济宁西关，至大长沟地方验收新做冯家坝石工并李家楼碎石工两处，均帮有后戗土工，修筑尚如式。巨嘉主簿郑君思赓驻长沟，出郊迎送，并来谒见。午刻，抵分水口。汶上县丞张君士铎亦出谒，因偕其阅视汶坝新工并新挑永泰、永定两引渠。旋复北行，沿途阅看老鹳巷扫工及豆腐营茶棚两处堤工。申刻，抵袁家口，南旺分防靳春铭承办是工，迓于道左，因偕至旅馆相见。继芬亦在焉，与晤谈所办各工情形，计袁口北尚有堤工数段，不日亦将告成矣。晚间，即宿袁口。

十九丙申日（**5 月 28 日**） 晴。寅正三刻，自袁口南返，阅视刘老口迎水埽工。复至豆腐营相度，拟于新工处所加厢埽段四十丈，已下排桩廿余料。继芬及靳分防均随往阅看,到此即嘱二人仍回袁口,余复南行。午初,抵分水口,诣龙王庙,拈香,小憩。张县丞出郊迎送,并来谒见。午后,复前进。申初,抵长沟,郑主簿出迎,余复憩逆旅小食。申正,发长沟。酉正三刻,抵州城回署。阅电抄,谕旨河帅任公请告给假一个月,以豫抚裕长公兼署河督,盖任公归志甚决,固有此请也。

二十丁酉日(5月29日)　晴。午前,往奠吕安卿之殡。午后,访幼青、益棠,商挪工需,均无端倪,盖日来南北各工叠来告急,司款未到,道库复罄,只得仍复假诸市肆,以应眉急,耗费子金所不遑恤矣。

二十一戊戌日(5月30日)　晴。午前,孙巡捕、陈闸官俱来见。午后,小眠时许。邓琴伯将所绘窗帘送来,继复来谒见,告知已奉到分运河道当差院檄。午间,家祭,享祀如礼。

二十二己亥日(5月31日)　晴。南北各路工次俱来告急,库款未能找拨,只得向钱肆息借千余金应付之。日间,拟上河帅询问起居禀稿,付春霆誊缮。

二十三庚子日(6月1日)　晴。午后,于葆珊便衣过谈片刻。欲借书阅看,因检集书箱置各书籍于架上,检出《曾文正文集》及王逸梧祭酒《续古文辞类纂》两册借与之。

二十四辛丑日(6月2日)　晴。余承修济宁大王庙,拟添塑栗大王神像供奉,因命匠人赴汴省庙中摹塑,遂致淡人、少适各一书,交其顺带。日间,将贺节各禀信分别阅定封发。

二十五壬寅日(6月3日)　晴。辰刻,诣僧忠亲王祠致祭。旋谒本道,晤谈片刻,述及明晨将往捕河验工,往还须三五日也。午后,接四妹来书,知其去冬于归湖州陈氏,妹婿晓湖名其佐,现住湖州府城天宁巷,阅之甚慰。余弟子舟久不通书于余,若非妹此次来信,将终无所闻矣。

二十六癸卯日(6月4日)　晴。辰刻,诣道署送行。巳刻,至大王庙阅视工作。访于保三，晤谈片刻，旋回寓。在官厅晤又青，与谈及再拨工需千金，令将历次挪借之九百数十金扣除归款，俾彼此两清，以免镠辖，缘又青因上忙征收减色，待用亦亟，只得先行相偿耳。

二十七甲辰日(6月5日)　晴。午后，又青来访，晤谈时许。余旋出门，两访益棠，未晤。访孙伟如，久谈。晚间，益棠便衣过寓，因将公事应商者俱与谈及，盖日来库款告罄，工程未毕，道厅俱有在陈之厄云。

二十八乙巳日(6月6日)　晴。继芬至自袁口，知汶汛工将次告竣。晚间，又青找付银廿八两九钱余，给以千金印收一纸，彼此两讫矣。日间，复四妹书，并致晓湖妹倩一函，交由信局寄湖州。

二十九丙午日(6月7日)　晴。午后，任浚生过谈片刻。旋闻本道自工次还署，因偕同人至道署迎候，傍晚乃还。浚生知余工次待款甚亟，特嘱其会计友曹文洲送来济纹三百假余应用，良可感也。

五　月

五月初一丁未日(6月8日)　晴。晨起，诣大王、禹王、天后、龙神并本署福德祠，拈香行礼。旋至道署贺朔，与幼卿畅谈时许乃散归。接淡人书，述及裕兼帅廿八日受篆，五月八日为其六旬寿辰，因嘱记室缮具禀函祝贺。

初二戊申日(6月9日)　晴。午前，孙巡捕来见。午后，孙伟如来访，因有讼事嘱为缓颊于州牧，余谢之。晚间，西斋便衣来谈，良久乃去。

初三己酉日(6月10日)　晴。领工需委员杨、孙两君来销差，已领到另案银两。因往访益棠，转请发款。旋拜晤又青，畅谈良久而归。

初四庚戌日(6月11日)　晴。收到道发公费三个月，至四月为止，又池楼书院各款、大令催漕差费，均分别转给。午后，出门拜姚眉生寿。答拜任浚生，晤谈片刻而还。

初五辛亥日(6月12日)　晴。辰刻,诣道署贺节,与同聚集官厅,少坐即散归。午间,祀祖。午后,收到道发工程实银贰千,仍扣六分减平,非足数也。许西斋携孙伟如来余处避匿,因州牧汪又青亲往孙寓拘拿伟如到案,孙匿于夹室,仅拘其子两人以去。伟如遂来避,申刻乃去。傍晚,又青来拜,晤谈片刻。

初六壬子日(6月13日)　晴。午后,城守营守备王锡九来拜晤,汶上县丞张觉民亦来见,各谈少顷而去。闻又青昨往孙宅,直入内室,毁门坏窗,搜捉家属,并纵役抢掠什物,孙不甘受,已具呈上控矣。

初七癸丑日(6月14日)　晴。接任筱帅来书,荐其族侄伯衡司记室事,此君现正在济,因往拜之,辞以疾未获接晤。因访许承斋、文量甫、许西斋,均久谈。接淡人复书,知有毕怀五奉委查催运河另案工,因病不果来,嘱余为之代办禀牍销差云。

初八甲寅日(6月15日)　晴。午前,量甫过谈。午后,批阅公牍,判发绳板闸具银两。下午,邓琴伯、任浚生、汪益棠先后来晤。济汛工次告急,复以六百千与之。

初九乙卯日(6月16日)　晴。郑季芬来晤,商办鱼汛纤道,余拟明日再往济汛验收东西堤工程,然后定夺。午后,出门访益棠及许承斋,均晤谈。

初十丙辰日(6月17日)　晴。寅正起。卯初,自署出南关,至新店登舟,开往仲浅。沿途阅视新修堤埽各工,均尚坚整。在舟中偕宋、胡两君暨祖培侄共饭。申刻,复返棹新店登陆,乘轿遄回,酉正还署。

十一丁巳日(6月18日)　晴。拟禀复河帅任公稿,并备具关聘延请仼伯衡办理笔墨事件,岁脩八十金,月费两竿,推任公屋乌之爱也。晚间,季芬来谈,商定令往分布鱼汛各工。

十二戊午日(6月19日)　晴。早间,往谒见罗观察,求其致书归德太守余善庭为少香说项,承其慨允。午后阴雨。晚间,宴客于东花厅,到者益棠、子钧、眉生、量甫、西斋、浚生诸君。二更后客散,雨犹未歇,时方久旱,得雨虽小,聊胜于无也。

十三己未日(6月20日)　晴。寅初,诣武庙致祭。寅正,祭毕而还。日间,封发复河帅禀,又复淡人、实秋各一信,均专足递汴。日间热甚,宛然炎夏气候矣。

十四庚申日(6月21日)　晴。午前,作书促继芬还署核缮实办另案工折,因道署催索此件,亟待汇转故也。午后,邓琴伯过谈片刻。

十五辛酉日(6月22日)　晴。晨起,诣大王、禹王、天后、龙神四处,拈香行礼。旋偕浚生、西斋、子钧谒见本道,议设坛求雨。午后,自撰《重修济宁大王庙记》一篇。下午雨作,至夕乃止。

十六壬戌日(6月23日)　晴。申初,诣城隍庙,设坛,公服前往拈香。戌正,诣道署,随班救护月食,行礼三次。自初亏至复圆,历两时许,迨子正始毕事而归。

十七癸亥日(6月24日)　晴。卯酉两次诣渔山书院,齐集步行至城隍庙祈雨。日间,陈起霞过谈良久。孙芙初便衣来见,亦久谈乃去。

十八甲子日(6月25日)　晴。早晚诣城隍庙祷雨两次。午后,南旺潘闸官来谒见。得淡人信,院委查催捕河专案工程,姚厚庵亦因病不来,将委札寄示,嘱将差费为之寄去。傍晚,访益棠于道署,谈片刻,与商挑放汶坝事。

十九乙丑日(6月26日)　晴。早晚两次祷雨于城隍庙。下午遂沛甘霖,夜半方息,得雨二寸有余。接王燕泉山长复书,并寄到三五两月斋课题,当为之发卷补课也。汪幼青至自省门,带到伯衡观察致书,在省所发也。

二十丙寅日(6月27日)　阴。日间微雨,午后放晴,晚间大雨两阵,可称沾足。拟明日诣城隍庙谢降,因知会州署豫备演戏,禀知本道,定于辰刻诣庙拈香。

二十一丁卯日(6月28日)　晴。辰刻,诣城隍庙,拈香行礼谢降。幼青亦到,匆匆一晤,渠即赴嘉祥县公干矣。余复往奠程曼云之灵,巳刻方还。于保山来晤,亲领斋课诗文题而去。

二十二戊辰日(6月29日) 晴。接王燕泉二次复书,并陈凤笙复书十数纸。午后,延请任伯衡到馆,始与相晤。任君年才三十,俨然一宜兴土人也。晚间,开筵宴阖署幕友,设圆桌两席,子侄辈亦与焉。是日,郑继芬亦来宿馆,下榻于东院东厢。

二十三己巳日(6月30日) 晴。汶汛报何家坝拦河土坝被盛涨冲塌,知汶水陡发,赶即飞札汶上县丞速启汶河大坝放水入运,未知能赶及否也。傍晚,许承斋至自工次过谈片刻。接台庄闸呈报,江北漕船首起于廿一日酉刻挽入东境。

二十四庚午日(7月1日) 晴。余所承办阖属堤埽渠坝各工均于初十以前一律告竣,昨于十九日分别禀报矣。午后,出门访益棠、西斋,均晤谈。答拜许承斋,未晤而还。

二十五辛未日(7月2日) 晴。济汛分防杨外委来见,汶水已入长河,东堤新工出险,须往抢护,因即令杨往,并命植之侄与之偕携钱数十千而去。午后,大雨一阵,旋复放晴。

二十六壬申日(7月3日) 晴。早间,继芬至,嘱其亦往济汛照料。旋接植之来禀,言工已抢住,尚无大碍。午后,往奠张吉甫县佐之母,本道罗公亦到,适余在座,为之一陪。天气热甚,少坐即散归。下午,邓琴白、汪益棠先后过谈。

二十七癸酉日(7月4日) 阴。接汶汛呈报,汶坝不待启而冲开旁堤,水已入运,正坝可毋庸挑放矣。晚间,风雨交作,念济汛新工,心甚悬悬。

二十八甲戌日(7月5日) 阴。早间大雨。辰刻,有通济闸官贺祖荃者冒雨来诉,被本道所派河标练军殴伤肩臂及右股多处,余允为饬营究办乃去。余旋谒本道,访益棠,商令转嘱郭春霆严惩滋事各练军,以谢贺闸官。午后,朱州判、鲍千总、靳分防俱各来见。余复出至任、胡两友斋中坐谈时许。傍晚,植之侄至自仲浅,面述各工情形,知均抢护平稳,仍须随时防守,明日须再携钱前往也。汪又青所修泗河之滚水石坝已被泗水冲塌,又青当气沮矣。

二十九乙亥日(7月6日)　晴。郭春霆过谈片刻,据云查明练军滋事乃城守营之兵,已嘱该营责革惩办等语。接江安粮道吴仲怡观察复书,犹提及上年东昌、临清共事,甚感余情云云,余特滋愧矣。

三十丙子日(7月7日)　阴。终日阵雨多次。傍晚,贺闸官复来投递禀牍,诉被殴之由,并封缴印记辞官,余姑纳其禀,收其印,迟明禀谒本道商办可耳。

六　月

六月初一丁丑日(7月8日)　晴。晨起,诣大王、禹王两庙,拈香行礼。旋谒本道,商办贺闸官事,本道不赞一词,乃据情移会中协查究。午后,访益棠,谈片刻。彭观察自充署来济,因往谒见之。旋至孙伟如寓中,其夫人出见,盖仍为其子被羁事也。

初二戊寅日(7月9日)　晴。早间,彭伯衡观察来答拜,晤谈片刻。旋出门,拜量甫太夫人寿,在彼吃午面。复往铁塔寺送伯衡行,然后归。午后,大风雨一阵。

初三己卯日(7月10日)　阴。卯刻,长孙生,冢男兆梓出。媳妇王氏娶两年余,一索得男,亦可喜已。取小名曰双印,因余今年曾以运河复兼绾上河篆故也。自黎明至午前,大雨数阵。

初四庚辰日(7月11日)　阴。天气陡凉。午后,继芬来谈,植之亦回,均言济汛险工抢护平稳,水势亦渐杀,闻之稍为慰怀。下午,访又青于州廨,畅谈良久。接陈德卿复书,知五经汇到,所事当为妥办也。

初五辛巳日(7月12日)　晴。辰刻,诣僧忠亲王祠行礼,同人咸集,并吃面听戏。是日为僧王诞辰也。午前,访益棠,谈片刻归。午后,量甫、浚生、西斋均来贺,各晤谈片刻去。道库又找发工程银三百两。

初六壬午日(7月13日) 晴。汪又青、汪益棠先后来晤。午后,发上河帅报汶、泗水势禀,又致少适、淡人各一信,将毕、姚两君销差禀件带去,均专差往投。晚间,延首汛朱君至,嘱转致贺闸官,仍照常回闸办事,拟俟营中将滋事弁兵责革后即将所缴印记发还该员也。

初七癸未日(7月14日) 晴。傍晚,接石佛闸呈报,江安粮道吴公座船已过闸北上,将次抵济,乃于亥刻往南关迎谒。适吴公舟泊马头,登舟晤谈,计与之别一年矣。言及下游水浅套塘,行船前四起将到,后四起尚未过十字河也。

初八甲申日(7月15日) 晴。早间,吴仲饴观察来答拜,晤谈片刻,知首起船已泊天井闸。巳刻,谒见本道,旋答拜客数家而归。午后,子先内弟至自里门来省其姊,十余年久别,相见甚欢。晚间,檄委巨嘉主簿郑思赓兼理通济闸篆务,吴阆生侍其尊人押运北上亦来拜晤。

初九乙酉日(7月16日) 晴。早间,往答拜吴阆生,未晤。午后,天井闸张培庆来谒,禀知受事。申刻,大王庙来报迎得朱大王供奉庙中,因复往行礼,天气过热,匆匆即还。

初十丙戌日(7月17日) 晴。鲍凯臣来晤。日间,与子先畅谈,出许清如交带信函见示。傍晚,袁口闸阎虎臣来谒见,告知闸已启板,水势平稳,无须闭板也。晚间,与继芬晤商公事,久谈。

十一丁亥日(7月18日) 晴。辰刻,谒见本道。旋赴大王庙落成,演戏祀神,并公宴仲饴观察,余与本道暨幼卿均作主人,各同寅皆陪客也。申刻散归。

十二戊子日(7月19日) 晴。第三、四起漕船均到济宁。接淡人书,知河帅任公今日销假接篆,又得少适书,均登时作覆,交其专差赍回。傍晚,于保珊过谈片刻。领得五月分斋课题,于明日补课。晚间,第五起漕船亦泊天井闸上。

十三己丑日(7月20日) 晴。卯刻,诣大王庙行礼,因粮道演戏酬神,故有此行。同寅到者数人,本道亦至,循俗例也。午后,发五月分公费贰百两,尚不及过半耳。傍晚,方仲侯至自江北来拜晤。伊仍襄办本届河运,带到赞斋亲家来书,并给二儿妇催生衣物多件。又得德卿书,并准升运河同知白契,大约红契不日亦将渡出云。

十四庚寅日(7 月 21 日) 晴。晨起,拜仲侯,未晤。诣道禀辞,拜汪幼卿,亦俱未见。漕船八起齐抵济宁,因电禀河帅,一面发传牌,余定十五日起北路送漕。仲侯以米酒见饷,余答以潍漆朝珠盒、翎盒、伊阳山菜、普洱茶等物。午后,检行箧。晚间,出晤胡、任两友,略谈时许。

十五辛卯日(7 月 22 日) 晴。寅正即起。首汛闸及候补孙君宝常均来谒见。卯初,自署起程。先诣衙神及大王庙两处,拈香行礼,旋登舟。前途漕船壅塞,驶出济安台方始疏通。逆风上水,舟行殊缓。过安居,见第八起头船泊焉,距七起又脱远矣。卫北鲍千总来迎,与接晤片刻。晚间,乘月色遄行。亥末,泊寺前闸。

十六壬辰日(7 月 23 日) 晴。辰正,抵分水口,泊舟龙王庙前,具衣冠诣庙行礼。除龙王外,关帝、大王、禹王、宋尚书、白老人共六处,均拈香叩拜,即在庙小憩。文汛张觉民、武汛靳春铭均来谒见,宋尚书后裔守祠八品官亦来见。文量甫偕其友叶东屏赴东昌,道出此间,亦来庙相访,各谈数语而去。季芬先期来此相候,余仅携培侄随行至此,季芬过舟。因漕船后船脱帮,手书致仲侯,请其赶紧督催前进。申初,舟发南旺。亥初,抵袁口,遂泊舟。自此北行十八里至靳家口即出运境矣。

十七癸巳日(7 月 24 日) 晴。舟泊袁口永日,见六、七各起漕船陆续北上,迨申酉间第八起船亦渐经过,计出日内当可全出汶上汛境。余乃命返棹,行至刘老口遇仲侯座船,询知患恙,未获相晤。至茶棚,遇汪益棠,两舟暂住,倚窗数语而别。旋见本道座船继至,命史持刺问讯,彼此未停舟。戌刻,过开河闸。亥正三刻,抵南旺,泊舟分水口龙王庙前。季芬在余舟永日,晚饭后乃去。

十八甲午日(7 月 25 日) 晴。舟泊原处。辰刻,张县丞、潘闸官、靳外委均来谒见。约计第八起漕船此时当已出汶上汛境,余遂自分水口解维南下。未初,过柳林闸。申初,过长沟。西正,过通济闸,在舟吃饭毕,即命仆检拾行囊。亥初,抵济宁,泊舟南门桥,即登舆还署。日间,西北风甚大,颇觉凉爽。

十九乙未日(7月26日)　晴。午后,判阅数日积牍。奉任筱帅复书。又得乃秋太守自福州来书,知其调守福州,今春履任矣。下午,接汶汛报单,漕船全起于十八巳时出境,乃填注禀报各宪,即刻发递。本届重运漕船入运河厅境后历十二日而出境,较定限十日只多两日,近年固无此迅速也。

二十丙申日(7月27日)　晴。作致王燕泉书,将三五两月斋课卷专差送京,请其阅看。因致书王稚夔,索夔丈事略册为作寿序张本。致陈德卿书,催索红契。又致书凤笙,均交该差顺带。阅邸抄,张绍原署蜀臬,陈巽卿署鄂臬矣。

二十一丁酉日(7月28日)　晴。东抚毓贤公往视黄河道出此间,州牧汪君办供帐,忙甚,余独不往迎谒。初更时,闻炮声,知抚军入城,假河院署为行台,皆汪君为之预备也。

二十二戊戌日(7月29日)　晴,热甚。闻毓公在济城句留一日,同行者尚有粮道尚公其亨,乃奏派督办全省黄河之员也。汶差还,得淡人、少适复书,知任帅销假接篆后,即于十五日赴郑中驻工矣。

二十三己亥日(7月30日)　阴。闻炮声,知中丞起节。午后微雨。接淮寓四叔母来书,因前寄百金未到,特来函催问耳。晚间雨甚,通宵未止,天气转凉,时方望雨,得此有裨农事良多也。

二十四庚子日(7月31日)　晴。午后,有亓姓人来拜,言云乃兵部主事,意在抽丰,其为真伪不可得而知也。午后,因往一答拜,旋拜晤汪幼青、陈起霞两君。访于保三,未晤。归来,保三即来晤,领取六月分官课题而去。是月轮应余处考课,题为"诗云'王赫斯怒,爰整其旅'两节""张江陵相业论""赋得滴荷花露写唐诗得诗字五言八韵"。

二十五辛丑日(8月1日) 晴。少香昨往蒙阴，到彼后即有书来，据云不欲在彼久羁，尚拟再至此也。午后，饬仆商诸又青，定于明日寅正恭诣龙亭行朝贺礼。灯下，作书复四姊母，告以百金已寄去矣。

二十六壬寅日(8月2日) 晴。寅正，诣龙亭朝贺万寿，本道公出，文员乃余领班。退班后，作杜公祠之游。时方卯正，本拟饱看荷花，比至其处，但见叶多而花则寥寥无几，采得鲜藕、鲜莲子少许，食之甚芳甘。因邀子先乔梓兼命子侄辈皆往游。小酌小食，流连半晌，午正乃归。灯下，作子厚二兄书。阅邸抄，孙燮丈因疾请假，殆将致仕矣。

二十七癸卯日(8月3日) 晴。早间，往贺鲍千总娶媳。旋访浚生，未晤。午前，姚子钧来晤。午后，南旺潘闸官来见，知捕属王仲口迤北又复漫口，漕船头四起俱胶搁于戴庙一带，须候黄河水长方能启坝北渡也。郭春霆奉帅电谕，派马队赴南运口护船，因无行粮，商借百金，事关要公，只得向恒泰钱肆假得百金付之。

二十八甲辰日(8月4日) 晴。池楼书院课卷缴齐，共二百五十五本，因嘱子先内弟代为评阅。午后，判阅公牍多件。胡凤举来见。晚间，胡聘之来谈片刻。

二十九己巳日(8月5日) 晴。午后，出门拜郭春霆、许西斋，均晤谈。访姚子钧、杨乐亭，未晤而还。汶上汛张县丞来见，与接晤片刻。闻罗观察在捕河行次又发中风旧恙，噫！亦险矣哉。

七 月

七月初一丙午日(8月6日) 阴。晨起，诣卫神、大王两庙，拈香行礼。归途即风雨交作，自辰至酉大雨如注，永昼不息。晚间，复大雨一阵，至亥刻甫晴。余恐湖河水势涨发，即饬各该汛闸相度水势，斟酌启闭，俾免疏虞。

初二丁未日(8月7日) 晴。天气转凉。明日为双孙弥月之期,各寅友送礼者纷纷,颇称热闹。查宪书,戊申日与亥命不甚相宜,拟改于初四日剃头云。

初三戊申日(8月8日) 阴。本属诸汛闸均来贺,设面席款之。午后,杨分防来禀,知泗河姜家林地方堤埝于初二日戌刻漫口五丈余,乃州牧汪幼青所修,自诩万无一失者,今仍溃决,势将殃及运堤新工。余闻之心甚愤懑,当作书致幼卿切责之,令将泗口克日堵合,庶运堤犹可补救也。

初四己酉日(8月9日) 阴。早间,亦有贺客。午刻,为双孙剃头,拟命名曰秉煜。内子宴女客于内。午后微雨,诸客乃纷纷散。余派杨分防往查泗河漫口及运堤被刷情形。晚间,来告查得泗口已刷至十五丈,其水直灌东坡,已逼及运堤后身,若日久淘刷,恐难免溃决,因命催促幼卿速筹堵合泗口,未知能否从命也。

初五庚戌日(8月10日) 晴。发电禀与河帅,恳其电饬州牧速堵泗口,以保运堤。又自拟禀河帅稿,嘱胡、任两君分誊。晚间,邀陈起霞、于保三、杨图勋、孙芙初、查星阶、寿阶两昆仲宴于东厅。起霞谈及漕船前五起已出南运口,大约不日可全数入黄矣。

初六辛亥日(8月11日) 晴。发河院禀,专差递汴,告之泗河漫溢殃及运堤情形。午后,往谢客,至幼青处,适其家宴演戏,止余于庭院观剧。谈及泗河,据云已派人星夜前往兴工堵筑,未知能速成功否耳。二更后散归。

初七壬子日(8月12日) 晴。拟就禀本道报泗河情形一稿,付胡友誊缮。午后,复出门谢客十余家,均未降舆。申刻归,电报局来告漕船于初六日全出南运口,现泊陶城埠,候启坝即北去矣。

初八癸丑日(8月13日) 晴。封发本道禀牍,接劳厚盦信,附伊家书,即为饬送。午后,幼青过访,谈及河帅昨已有电报令伊速堵泗口,伊未得工次来信,未谂现办情形,故尚未电复河帅。揆其情势,恐未能克日成功。噫!难矣。

初九甲寅日(8月14日) 阴。本道看视漕船入黄,遂旋署,辰刻莅止。遂往道署候迎，州、卫、泇、泉四君子与焉，余未到。罗公降舆时，同人揖迎，见其面貌如昨，尚无病容，殆风疾已愈矣。

初十乙卯日(8月15日)　晴。接怀德堂电，租件已出渡，约月杪可奉橄行矣。晚间，幼青见示泗工来信，据云泗堰决口已于今日堵合，闻之甚慰，谅运堤可无他虞矣。

十一丙辰日(8月16日)　晴。晨起，延见峙鲁及杨分防，嘱令彼二人往济汛一带阅视堤工，兼往查勘泗堰。已刻，往谒见罗公，晤谈之，顷觉其精神愈益恍忽，与谈公事皆不甚明晰。噫！此公亦难矣哉！

十二丁巳日(8月17日)　晴。接淡人来信，交来汴平银十三两，嘱为存储。午后，王灵芝、汪益棠均来晤。晚间，宋、杨二君至自仲浅，言及泗口已合，运堤平稳，乃将此情电禀河帅任公。余之于公事，固不敢稍涉模棱也。

十三戊午日(8月18日)　晴。子先内弟将书院课卷为余阅毕加批，因将取列超等前十卷覆加披阅，标定名次，余者即不复自阅矣。

十四己未日(8月19日)　晴。接赞斋亲家来书，述及王子泉处不愿送女来此于归，欲令榕儿往清江就婚，余商诸内子，必欲其仍践送亲之约，容复书赞斋，转致子泉可耳。

十五庚申日(8月20日)　晴。晨起，诣衙神、大王、禹王三处，拈香行礼。天井闸张君请至西关育婴堂阅视，屋宇颓坏过甚，欲议重修。张君旋复来谒见，述悉一切。接徐乃秋复函。

十六辛酉日(8月21日)　晴。午后，出门访又青、益棠、郭春庭，均晤谈。访姚子钧，未遇而还。接子绥弟复书，知前寄妐母百金已收到矣。子绥现就江阴盐务馆，不过聊胜赋闲，无甚生色也。

十七壬戌日(8月22日)　晴。日间，作书复赞斋、淡人。傍晚，南旺潘闸官来谒见，与接晤片刻。连日甚热，无异炎夏，终日挥汗不已。

十八癸亥日(8月23日)　晴。午后，道委代理南阳闸官金秉炜来谒见,因将该前闸官缴存条记一颗付之而去。收到道库发出五月分公费贰百卅五两。

十九甲子日(8月24日) 晴。日间热甚,颇觉头闷、喉痛。傍晚,忽起大风,继以骤雨,片刻间庭院水深尺余矣。初更雨止,天气稍凉。灯下,阅《唐代丛书》一册。

二十乙丑日(8月25日) 阴。早间,修发。午饭后,忽又大雨一阵,少顷即止。傍晚,天气甚凉。夜间,雨时作时止。念及黄河中粮船尚未入北运口,未知昨夕风暴不致损坏否。

二十一丙寅日(8月26日) 阴。晨起,凉甚,可衣棉夹。午前,作书致文量甫,邮递东昌。终日淫雨不息,幸不甚大,希冀河水不致遽涨也。

二十二丁卯日(8月27日) 晴。雨霁而阳光大放。惟此番之雨,泰安一带为多,果然汶水异涨,运河中三日之中长水三尺五寸。济汛东堤本被泗水侵刷,于后泗口虽堵,坡水未涸,忽堤前汶水又涨,堤工到处生险,因命培侄偕杨分防星夜往勘,冀保无虞也。

二十三戊辰日(8月28日) 晴。培侄去后,终日无信来,殆堤工无碍也。傍晚,京都去役旋济,带到凤笙、燕泉、德卿、汉卿回信各一件,并托汉卿购带挽袖、顶带、笺纸、墨盒、护书、靴页各物。德卿书中述及余升补运河同知,系于七月初三日吏部核准题覆奉旨,初六日即咨行,河督按照定限应以七月二十三日作为奉文准补日期,大约河院行知亦当发递在途矣。

二十四己巳日(8月29日) 晴。劳厚盦眷属仍寓济城,昨其家来报得举一孙,乃其次郎赤文出。今日内子往贺其如夫人喜,复至孙伟如夫人处打牌,直至三更三点乃还。日间,余作书致絜斋、退庵两观察,均递苏州,絜公书即交退公转寄潮州也。

二十五庚午日(8月30日) 晴。闻罗观察又复抱恙,何此公若是之善病耶?培侄至自济汛,言水势渐杀,堤岸不致有失,此行用钱十余千耳。

二十六辛未日（8月31日） 阴。午后，出门访任浚生、姚子钧、汪益棠、汪又青、许承斋，各晤谈时许而还。探悉漕船前四起才入北运口，后四起尚在黄河。文量甫抵东昌才匝月，值漕船将次过境，忽私自来济，盖其眷属仍侨寓此间，故私尔忘公也。

二十七壬申日（9月1日） 阴。午后，往程闸官端业寓次贺其娶妇之喜。往访量甫，未晤。访于保三于大王庙，畅谈，将王燕泉所出斋课题付之。杭州来电，询问息如何汇，末未具名，殆因沈经彝已故，此其接手之人所发也。当复一电，令将其款汇汴省日升昌收存。

二十八日癸酉日（9月2日） 阴。午前、午后大雨二次，晚饭后雨止。便衣往访文量甫、郑继芬，各畅谈时许，二更四点乃还。

二十九甲戌日（9月3日） 晴。早间，子先乔梓偕张余亭及培侄、兆梓、兆榕、兆梧往曲阜谒孔林，观丁祭大礼，约三四日往还。午后，少香至自蒙阴，在彼两月，不遂所愿，仍欲余为谋一枝栖，故复来耳。

三十乙亥日（9月4日） 晴。自拟禀河帅稿，报明泗口堵合运堤一律平稳情形，又拟禀报本道重修大王庙工竣稿。接孙晓秋书，知其奉委调署祥符首县，可谓得意矣。

八 月

八月初一丙子日（9月5日） 晴。晨起，诣城隍庙，悬立匾额，偕同城文武拈香行礼。旋诣衙神、大王、禹王两处，拈香，然后归。午后，作致龚淡人、郑裕斋及日升昌各信，河帅禀牍亦缮封，均交差递汴。许足三来一谈。

初二丁丑日（9月6日） 寅正，诣文庙，举行秋祭，余分献东配东哲，正献则本道也。卯初，礼毕，散归。午后，封发节信于叶作舟、吴子明、钱小修，信中各加亲笔另笺一纸，所以叙阔忱也。

初三戊寅日（9月7日） 晴。卯初，诣大王庙，行秋祭礼，本道未到，由余主祭。午后，陈起霞、杨乐亭各来，晤谈。余复出门，访许承斋、文量甫,俱未晤。

初四己卯日(9月8日) 晴。午后,发各处贺节禀信,于刘伯稣、孙晓秋函中各加亲笔另笺数纸。又阅判公牍稿件,作札致益棠,催道库发款。是日节交白露,汶、泗当无大涨,余所辖堤工一律平稳。初任运河同知,于运道民生两无贻误,不致有愧俸钱,良用欣幸耳。

初五庚辰日(9月9日) 晴。作书致陈凤笙,赠以酱花生仁二斤。又致书王燕泉,寄送七月分斋课卷一百四十本。午后,查星阶过谈片刻。

初六辛巳日(9月10日) 晴。日间,又作书复劳厚盦、陈德卿,连昨信及课卷一并封固,派快役庞永全赍送京师。午后,汪益棠片刻。许西斋嘱代拟孙莱山大司马联句挽言,因为撰句,曰:"兴恭慎兄,同赞枢机,期公再起江湖,继世韦平襄盛治;传文恪伯,毕生衣钵,顾我重联姻娅,关情冰玉对遗孤。"盖孙公乃西斋世父滇生尚书丙辰春闱所得士,许以丙子举人、丙辰榜眼官尚书,谥文恪,师生科名、官阶、谥法无不相同,故云传毕生衣钵也。傍晚,接淡人信,嘱将存伊兑款百廿四金划付朱子丹。并为双孙批阅庚造,谓命甚贵显,少年、中年行运都佳也。晚间,西斋过谈时许,为其电局查线委员徐姓索一南下溜单而去。

初七壬午日(9月11日) 晴。早间,将淡人款拨付子丹手收,即作书覆淡人,并将道呈河院领池楼书院经费文件封入交朱子丹转付淡人来差带回。本道罗公明日诞辰,贻以缎幛、红烛,承其收受,闻尚欲设宴待客也。午后,出门拜郭春庭,晤谈片刻,至道署豫祝,与诸同人官厅聚谈一番而归。

初八癸未日(9月12日) 晴。接河院札,行奉部覆,准升运河同知。按照例限,坐七月二十一日作为接准部文之日,应即以是日到准署任,当即分别呈报移行。寅刻,恭诣武庙,行秋祭礼。卯刻,祭毕。巳刻,诣道署,拜祝罗观察六旬晋九寿,同人咸集,吃早面而散。申刻,复邀晚宴,遂又前往,二更后乃散归。

初九甲申日(9月13日)　晴。西斋借芝纱袍，又借用白金五十两，俱借与之。午后，阅视公牍稿件。又手书致彭伯衡观察，请开示送吴抱仙寿屏衔名称谓，因淡人书来索及也。

初十乙酉日(9月14日)　晴。午后，旧部马哨官昭万至自湘省，特来谒见，与接晤片刻。探得孙大司马灵柩明日入城，因撰得挽联，词曰："时局犹艰，公胡遽弃尘寰，应是鞠躬尝尽瘁；年家忝托，我正宦游珂里，恰逢归榇便临丧。"

十一丙戌日(9月15日)　晴。日间，作书寄季卿叔岳，时任芜湖关道。劳厚盦之侄名洪章者官泾太县丞，托余转求季丈提拔，特为切实函托，未知能有济否。

十二丁亥日(9月16日)　晴。午后，往北关长清观吊奠孙莱山尚书之柩。下午，复至其宅内行奠，在彼吃饭，傍晚乃还。

十三戊子日(9月17日)　晴。道库发池楼书院各款，惟山长脩未发，此外仅将余代垫练军防汛行粮百金找还，其余垫款以及公费工需概未给发，节关殊觉拮据也。

十四己丑日(9月18日)　晴。徐实秋寓中待用孔亟，例送节敬尚未出库，余又不能不为垫送，乃假诸恒泰钱肆，得卅七两六钱，送往徐宅。晚间，汪益棠来晤，因邓琴伯亦欲用钱来商，余以徐款甫垫，不能再垫邓款辞之。

十五庚寅日(9月19日)　晴。晨起，诣文庙、文昌两庙，拈香。复至本署，拜福德祠。往道署贺节，与同人遇于官厅，少坐即散归。祀祖，受家人辈拜贺，然后入座家宴。子先乔梓在座，颇觉欢悦。明日为子先四十初度，儿辈制馔寿其舅，故晚饭亦备酒肴也。

十六辛卯日(9月20日)　晴。午饭余设席享子先，阖家团坐，甚觉和畅。下午，闻彭观察至自兖郡，乃往谒见于铁塔寺，初更乃还。彭伯衡交来送吴抱仙寿幛，嘱为转寄汴垣者也。

十七壬辰日(9月21日)　晴。午前，伯衡观察来答拜，晤谈片刻。午后，访益棠、又青，复至铁塔寺送彭伯衡行，均晤谈。傍晚乃还,接淡人覆书,又日升昌票庄回信,其管事人乃霍祥林也。

十八癸巳日(9月22日)　阴。传见卫北汛鲍千总,与谈马场湖淤地事。午后,撰拟王夑丈事略,为作寿序张本,因今年值其七旬寿,余拟制锦屏为祝也。

十九甲午日(9月23日)　晴。午前郭春霆、午后于保三俱过谈。下午,判阅公牍专差至武城县催取截日廉俸银两,西斋文件亦为带去。

二十乙未日(9月24日)　晴。恭值栗大王神诞,河院专札委余代祭。寅正三刻起,卯正前诣行礼,陪祭者州判朱君、天井闸官张君也。祭毕受胙,归以羊肉付庖人,制红白各二方,自留其半,以其半享又青、起霞二君。午后,答拜许承斋,晤谈良久。

二十一丙申日(9月25日)　晴。阅王益吾《续古文类纂》数篇。接王赞斋书,言其姨甥方农部燕年,庚寅进士,年才廿八,现议胶续,赞斋欲为余侄女作伐,余亦合意,因命兆梓作书托其塞修云。

二十二丁酉日(9月26日)　晴。任、胡两友好作狭邪游,而绌于资,致令娼妓索逋于门,禁之不可,乃下逐客之令焉。两人皆河帅任公所荐,意欲索送乾俸,且所望甚奢,殊可恶也。

二十三戊戌日(9月27日)　晴。访许诚斋、汪益棠、汪又青,均晤。道委会同州牧审拟贺闸官被殴一案,故与又青晤商办法,现先札提闸署书吏、闸夫备质,滋事之营兵则请道署咨提,总须两造齐集方能质讯也。

二十四己亥日(9月28日)　晴。是日换戴暖帽,天气亦陡凉,竟可衣棉。午后,许诚斋过谈,调停任、胡两友事,欲余将今年脩膳月费全行找清,将明年乾俸全行豫支,伊等方肯南归,余亟欲摆脱之,遂允所请云。

二十五庚子日(9月29日)　晴。早间,往答拜承斋兼送行,因渠将于明日赴汴也。复访量甫,畅谈。午后,大风扬沙。陈起霞复过谈,渠奉调赴省,不日即将交卸安居盐局也。下午,承斋、保三偕来,订定任、胡两友初二日登舟南返,先将今年脩膳找清,俟其临行方各赠以百金,均由保三居间,从此永断葛藤云。

二十六辛丑日(9月30日) 晴。午后,出门访益棠,复访郭协戎,未晤。旋赴孙宅豆觞,则郭春霆、汪又青均在焉,因与商会审练军案。郭云即日将练军人等移送到案,听凭审讯,不知果能言行相符否也。

二十七壬寅日(10月1日) 晴。又青嘱会查马场湖涸出地亩试办清丈征租事,请余主稿,乃检阅卷宗,将原稿删改妥帖,付令誊缮。下午,邀邓琴伯来谈,嘱为代书对联直幅等件,付之而去。

二十八癸卯日(10月2日) 晴。午后,通济闸解到书吏总甲人等,乃带赴州署会审。余偕又青升坐公堂,先讯闸书、总甲,次则贺闸官,遣抱投递亲供及命带审营兵乃仍抗不到案,候至初更,只得退堂。营官庇护营兵,跋扈至此,殊堪发指,因与又青商明日白诸本道,看其如何说法,再作计较。余归自州署已二更矣。

二十九甲辰日(10月3日) 晴。早间,郑继芬病痊到馆,与晤谈良久。午后,访于保三,畅谈。旋偕又青谒见罗观察,面禀昨日会审情形,罗云姑禀覆前来伊再向四营咨提练军,伊自行督审云云。晚间,又青遣伻来言郭春霆情愿交出营兵,请明日复往会审,姑诺焉。接退庵信,云其次子又亡,心绪恶劣,何其频年所遭之不幸耶?

三十乙巳日(10月4日) 晴。午后,复往州署会审,先讯在事练军十二人,继讯哨官王健之,供词狡展,于闹署殴官全不承认,仍未能定案。又青明日将赴省,乃匆匆退堂而还。

九　月

九月初一丙午日(10月5日) 晴。晨起,诣文庙、文昌、衙神三处,拈香行礼。旋答拜周显之大令,未晤。乃吊于孙氏,在彼吃饭,午后还。于保三便衣过谈,以任、胡两友明日准行,各再畀百金,交保三转付之,从此永断葛藤矣。

初二丁未日(10月6日)　晴。任、胡两人于侵晨散去,访闻仍将赴汴,非南旋也。因手拟函稿,告诸任河帅,并函致仲宽、实秋两君,嘱为代达下情焉。午后,答拜衍圣公孔燕庭,未晤。访于保三,谈片刻而还。

初三戊申日(10月7日)　晴。晨起,赴院门口孙宅候送孙文恪发引,复送至北关外,然后还。午后,彭亮臣来拜,与谈片刻。送客后,至继芬东厢叙谈半晌。接叶作舟、杨静轩两明府书。

初四己酉日(10月8日)　晴。午后,往拜姚太翁寿。访益棠、西斋,各晤谈良久,归来天色已傍晚矣。榕儿感时疾数日,延张医诊视,服其药二次,尚未见减轻也。

初五庚戌日(10月9日)　晴。午后,出门送衍圣公行。复访量甫,晤谈良久。遇益棠于座,述及漕船虽全出临口,而卫河水弱,仍不敷浮送,至今犹未出上河厅境也。灯下,拟稿将审过练军滋事一案录供禀覆本道核办。

初六辛亥日(10月10日)　晴。手书复杨静轩大令。接刘伯稣复书。午后,偕子先食蟹,小饮。晚间,封发本道禀件并供折,即刻投递。

初七壬子日(10月11日)　晴。早间,蔡乂臣太守长郎慕陶孝廉至自里门来谒见,与之别廿年矣。乂臣今夏殁于南康府任,其子已扶枢归葬毕,乃出游,盖将投效东省河工也。午后,判阅公牍。前捐昭信股票银三百,奉文催请奖叙,因为兆榕请叙巡检,不论双单月选用。

初八癸丑日(10月12日)　晴。午后,答拜蔡慕陶及江闸官大年,拜孙梦岩,均未晤而还。收到武城县申解下河任内截日俸廉银六十余两,即时印发批回,付解役带回。

初九甲寅日(10月13日)　晴。风甚大,未出登高。午后,孙梦岩来拜辞,晤谈时许。渠明晨即北上,因将制送寿屏事托其到京代办代送,渠慨然见允,遂以夔丈事略一册付之。傍晚,蔡慕陶来谈,即留其晚饭,畅谈而去。

初十乙卯日(10月14日)　晴。得孙晓秋复书,知其已履祥符任。电局送信,江北重运漕船已于今午出山东境,较之最迟之丙申届尚早六日也。

十一丙辰日(10月15日)　晴。郭伯韶至自招远差次来访,晤谈时许。谈及复至天津一次,七十老翁犹复奔驰于名利场中,殊无谓也。

十二丁巳日(10月16日)　晴。闻任浚生有奉讳之耗,吴用霖名立乔者分道试用通判也,极思代理其缺,于是来恳,余允于本道前力为说项,所不可知者其运气如何耳。

十三戊午日(10月17日)　晴。午后,于保三来谈。余往答拜郭伯韶,拜许西斋,各晤谈良久,比归,已暮矣。得汴信,河辕悬牌以郑德润补下河通判云。

十四己未日(10月18日)　晴。日间,与继芬商酌来年应办各工,拟及早禀明河帅。继芬拟一节略,余自行删润之。适宋峄鲁亦来,遂令其腾清一稿。傍晚,姚眉生邀往子钧处豫祝太翁寿,遂预其彩觞,费戏赏四千文而归。

十五庚申日(10月19日)　晴。晨起,诣文武两庙、文昌、德福两祠,拈香行礼。吊南阳闸官陈博文之丧。午后,往姚子钧处拜寿,吃面听戏,并预晚宴,三更后乃散归。

十六辛酉日(10月20日)　晴。是日为内子诞辰,杜门谢客。午后,汪幼卿约诣城隍庙,设坛行礼,以久旱,拟明日起坛祈雨也。拜庙礼毕,复至道署谢步,然后回署。

十七壬戌日(10月21日)　晴。卯刻起,居然小雨片刻,旋复放晴。辰初,诣大王庙,主祭。巳初,至渔山书院齐集,偕同城文武执香步行,祷雨于城隍庙,早晚两次。下午,新委署寺前闸官何子鸿乃益来谒见,与接晤片刻。何君灵石人,兰士太守之裔也。傍晚,邓琴白来见,出代拟王尚书寿序散体一篇,前已撰过骈文一首,其用心良苦,惜皆不惬余意,竟不能用,奈何!

十八癸亥日(10月22日)　晴。辰刻,至书院,偕同人步行祈雨,至城隍庙行礼一次。旋往谢客十余家。申刻,复往祈雨一次。傍晚,京差回署,带到王燕泉、劳厚庵、陈凤笙回信各壹椷,三五两月斋课卷亦带来。去役到京时,适燕泉丧其爱子,故回信稽迟耳。

十九甲子日(10月23日)　晴。辰刻,复往祷雨一次。旋拉幼青来寓小憩更衣,偕往拜汪葆田夫人寿,其子益棠款客吃面,午后散归。申刻,往城隍庙祈雨。酉刻,仍至益棠处晚宴、观戏,三鼓方散。

二十乙丑日(10月24日)　晴。节交霜降。辰刻,诣大王庙,拈香行礼,并演戏一日。午后,代汪幼青作书致王信余大令为余作王尚书寿言,专差赴省投递。任浚生闻讣丁母忧,闻即日呈报,大约吴立桥可望代理矣。

二十一丙寅日(10月25日)　阴。午后,出门拜刘西山、石凌云寿,贺刘润臣之喜。旋赴汪益棠彩觞之招,本道罗公及田象乾总戎均在座。罗最嗜观戏,自申至亥危坐无倦色,至夜子刻乃散。接汴垣日升昌票庄来电,知杭款已汇到,余汴行可以定期矣。阅时宪书,月内吉日无多,择得廿六日尚平妥,遂定是日首途云。

二十二丁卯日(10月26日)　晴。发电告知淡人廿六起程,因淡老书来约往下榻,故先期告之,俾有准备也。日间,料量禀稿,送高春霆誊缮。

二十三戊辰日(10月27日)　阴。午后,出门拜程筱浦太夫人寿。访文量甫,久谈。旋往唁任浚生,询知其廿七日即赴汴奔丧。正谈论间,其疯妻笑语而出,伊急掩帏出门止阻,其妻犹侃侃大言,久之乃不闻声息云。晚间,子先出子扬来书见示,知余寄书都到,季丈因公冗未及作答,特令致意耳。

二十四己巳日(10月28日)　晴。安居盐局新委员杨君、旧账房何君便衣来晤。一因盐船过闸被殴来告,一则为陈起霞家眷船索溜单也。午后,于保三亦来,晤谈。灯下,延潘闸官彦杰来晤,嘱令严束闸夫,不准再滋事端矣。

二十五庚午日(10月29日)　晴。午前,吴立桥来拜,知其接受泉河篆务,午后,即往贺之。并至道署禀辞,访继芬一谈。归来检拾行囊。许西斋、鲍凯臣、孙芙初俱来晤。傍晚,杨又甫招饮,同人均在座。肴酒并美,畅饮至亥末乃散归。

九月二十六辛未日(10月30日)　阴。卯初起。小食毕,子先亦起相送。卯正,自济署登舆如汴。仲浅闸龚君、新店闸陈君、济宁武汛杨达纶、韩庄武汛杨秩清均来谒送。出南门济安台,大雾突起,少顷乃开朗,日光微露,似晴非晴。午初,抵虎头山打尖。午后,复遄行。风甚大,却不觉冷。申初三刻,抵独山寨住宿。闻任浚生赴汴奔丧,亦追踪而至,所宿旅店与余只隔一墙,因其携有疯妻,未便往访,遂未与晤。晚间饭毕,戌正二刻即就寝。

二十七壬申日(10月31日)　晴。丑正二刻起。寅初,发独山。卯正,过汤家集。辰初二刻,过张峰。辰正二刻,尖于苏家集,计行五十里。巳初二刻,复遄行。午正一刻,过文昌集,入旅店小憩。未初,复行。申初三刻,抵冉故集住宿。自苏家集至此六十里,今日共行一百一十里,此道十余年来已经行九度矣。晚饭后,仍于戌正就寝,以便明日早发也。

二十八癸酉日(11月1日)　晴。丑正一刻起。忆及署中有两事,临行忘却留谕,乃挥数行谕兆梓。又作书致又卿,将家书附入其中,拟到曹县托其加封驿递济宁也。寅初一刻,发冉故集,行五十里。巳初,尖于曹县。询知宰是县者为曹君榕,河南人,因将济宁信送请加封转递。巳正二刻,复遄行卅五里,过刘家屯,小憩旅店片刻。未正,复行,历二十里抵考城旧县住宿。时方申正,计日行一百一十里,宿店仍甚早,由于早起身之故。此行舆夫异行殊捷,尤可嘉耳。

二十九甲戌日(11月2日)　阴。丑正一刻起,寅初就道。甫出旧考城寨门,狂风陡作,愈起愈大。冒风而行,舆夫苦极矣。黎明,至石楼。辰正二刻,尖于郝村。巳初二刻,复冒风前进。午正二刻,过红庙,停舆避风片刻,未初复行。申初一刻,抵兰仪县住宿,旅店颇修洁。辛卯、丁酉曾三宿是店,今第四次矣。县令嘉兴盛君元均,十年前曾相识面,兼以乡谊,送来差饭相饷,遂受之。菜颇坏,不堪下箸也,惟米饭可食,乃饱餐。仍于戌正就枕而寐。

十　月

十月初一乙亥日(11月3日)　晴。寅初,发兰仪县。辰正二刻,尖于招讨营。途次极冷,过曲新集时雨雹一阵。巳初三刻,自招讨营复行。未正一刻,抵开封省城,寓挑经教胡同龚淡人宅中。适淡人五十初度之日,又系是日到开封上南调任,余到恰好祝贺也。晤谈之下,知内宅正在演戏,余途中疲倦,惟乐清谈,不欲入座看戏,遂在客厅晚饭。亥刻就寝。

初二丙子日(11月4日)　晴。晨起,诣河院行台谒见任帅,同见者上南、下北、祥河、卫粮五厅。余领班入座,循向例也。复至徐实秋书房一座,适孙晓秋大令亦来,相与畅谈乃散。闻何定甫为其子完姻,因往晤贺。巳刻归,至龚宅,即送淡人至门而别。渠赴工次,三四日即还也。午后,水惠轩、徐实秋俱来拜,晤谈片刻。晚间,赴何定甫嘉筵,且演戏于浙江会馆,在座遇晓秋、少适、仲宽、徐善伯、徐桐村、黄坦原诸君,二鼓后散归。

初三丁丑日(11月5日)　晴。晨起,诣河辕,循例投手版,未之请见。遇何定甫、于次鹤于官厅,又遇马慎斋。巳刻,诣抚院,谒见豫抚裕寿泉中丞,遇姚少适、黄小宋于官厅。旋访周鼎臣、家润生,俱晤谈。午正,回寓吃饭。电询杨乐亭,罗郁翁已否起程,得复电昨日已自济首途矣。午后,夏鲁园、谢迪甫均来晤。申刻,复出门拜客,晤于次鹤、姚少适、水惠轩、徐善伯,余俱未晤而还,在寓晚饭。

初四戊寅日(11月6日)　晴。辰刻,谒见河帅,谈良久。拜客多处,晤王遵周、周子绂。午后,拜客,晤汪仲宽、徐秋实、彭涵六,余俱未见,傍晚乃还。灯下,作王燕泉书,汇去秋冬两季脩金贰百两,另拾两,半以还燕泉垫给专差费,半以寄陈凤笙买物。因并致凤笙一书,又致孙孟延一书,均拟交燕泉转致,由日升昌汇寄也。忙栗永日,三鼓乃寝。

初五己卯日(11月7日) 晴。早起,因河帅诣大王庙进藏香,往随班行礼。旋拜客数家,晤张藻卿,畅谈,余俱未见而还。午后,崔心孚、周鼎臣均来,晤谈。傍晚,淡人归自工次,出晤良久。

初六庚辰日(11月8日) 晴。午前,未出门,稍获憩息。淡人午刻谒帅归,出晤,相与共饭。午后,出门往晤文在方。旋至北忠升店候谒本道罗公,淡人、少适均在座。申刻,罗公抵店,晤谈数语而散。晚间,同人公宴余与汪仲宽于何定甫寓斋,二鼓散归。接汪益棠信,因事未偕来,将公事嘱余关照达院,并云本道小住两日即行还济云。

初七辛巳日(11月9日) 阴。卯正,往谒见本道于忠升店,偕其谒见河帅。谈次帅意以其承办捕工专案糜费,大加驳诘,余为之缓颊,任公尚未允也。午刻,周鼎臣招饮,子绂、家润生、陈石溪作陪。午后,回寓小憩。顾桢岩、许绍远、汪仲宽、陈石溪均来晤。晚间,张藻卿招饮,姚少适、沙静斋作陪,畅叙良久,亥初乃散归。自未至酉,微雨数阵,时正苦旱,尚嫌得雨不透耳。

初八壬午日(11月10日) 阴。是日为淡人太夫人寿辰。余辰初二刻起,已闻贺客踵至,余亦衣冠登堂拜寿。少顷,河帅任公来祝,亦登堂,余等皆出陪。自辰至未,来客甚多,且皆来余屋憩坐,凡余所熟稔往拜未晤者,皆得相遇,不暇一一记载矣。下午,往视罗郁翁疾,颇极狼狈,盖风疾又作也。晚间,晓秋招饮县廨,肴碟甚精,畅饮尽欢而散。同席有桑铁珊、姚少适、薛仲华,余均不识。初更后,雨甚大,可期深透,未知东境曾否得雨耳。

初九癸未日(11月11日) 晴。辰刻,偕淡人谒河帅,未见。既未能为本道缓颊,亦未克禀辞,只得多住二三日矣。已刻,往视罗郁翁,觉今日较好,不致大碍,因嘱其静养而出。午后,命少香往日升昌清结汇款,因手书复谢金伯,予以收条,俾可覆杭号也。晚间,至淡人后院入座,听戏四出,颇有可观,费赏钱二千文。孙晓秋以精制路菜四簏见饷,途中可佐饔飧,具见良朋雅意。日间,刘西山来晤。传河帅命准借运河库银百金,即代本道允之,渠感甚而去。盖西山将入都引对,苦无川资,故有此请云。

初十甲申日(11月12日)　晴。巳初,复偕淡老诣河院禀谒,未见。旋至家润生处畅谈,渠将娶媳,赠以喜敬十金。未初回寓,淡人处复有同寅诸公送戏一日,因入座听戏,与善化许秋槎观察晤谈。下午,客至愈多,孙晓秋、桑铁珊、徐桐村、赵维卿诸君作叶子戏于余屋,二更甫散。日间,汪仲宽曾来一晤,仍为罗观察捕工报销,嘱往河帅前缓颊,拟明日再往一谒,余亦行将禀辞回署矣。

十一乙酉日(11月13日)　晴。晨起,又谒见河帅。谈及捕工专案,仍将批驳明年例款,只准四万,当告诸本道,实觉掣肘。渠嘱余再小住两日,只得勉徇其意。复访仲宽,谈片刻,遇陈石溪。午后,至家润生处贺其娶媳之喜,遂留晚饭。遇子绂、鼎臣,相与同席。饭毕,与鼎臣畅谈乃散。归来,与淡人复茗话一番,然后各寝。

十二丙戌日(11月14日)　晴。晨起,谒罗观察于忠升店,谈及明日方销假上院,余今日亦遂不复禀谒河帅。因往访徐实秋、汪仲宽,晤谈良久。午后,发济宁电报,告知十四日自汴起程。下午,仲宽、实秋均来晤。淡人留共晚饭,食螃蟹数枚。晚间,孙芙生来见,渠昨甫至自济宁,不日亦将遄返也。

十三丁亥日(11月15日)　晴。辰刻,偕顾桢言同谒见河帅,遂禀辞。午后,往各处辞行,晤张藻卿、陈石溪,余俱未见。嗣复往谒罗郁翁,告以余明日首途旋署,闻渠亦明日起程也。日间姚少适、家润生、张聘卿,晚间何定甫、郑裕斋均来送行,藻卿、裕斋、桢岩均送食物,家润生亦贻有食品数种,林康甫则只送豆豉一罐,而托带他人信件独多云。

十四戊子日(11月16日)　晴。卯初起,令仆辈装车。淡人亦出晤，相与小食毕，余即登舆行，淡人送于门。辰初，发开封，行四十五里。巳正三刻，尖于招讨营。罗观察同日起程，亦于是处打尖。余先到，偬居一店，尚洁净；彼继至，只得就一小店而居。午正，复行，历四十五里。申正，抵兰仪县城住宿。余就歹店卸装，让好店与罗公居之，相去百余武。晚间，遣价互相问讯。时罗病未痊，盖力疾就道也。

十五己丑日（11月17日）　晴。寅正，发兰仪县。巳初，尖于郝村，计程五十五里。巳正二刻，复遄行。申初三刻，抵考城旧县住宿，计程四十五里。傍晚，至罗观察店中，晤谈片刻。日间，尖宿处所皆罗居好店，余居歹店，盖渠有州县办差，先尽好店为之铺设，余与同行，未免相形见绌。甚矣！作官之须作道员也。自罗处回店，稍坐即就寝，时方戌初也。

十六庚寅日（11月18日）　晴。夜半月色大佳。余丑正即起登程，行四十里，天色方晓。又十五里，抵曹县打尖，时甫辰正一刻。巳正，复遄行。未初，抵固伦集小憩。申初三刻，抵冉故集住宿，共行一百十里。罗公登程较迟，故其打尖、住宿均后余时许耳。连日夜行，每当夜阑将晓之际，寒冷殊甚，至午后则又极暖，日须易衣两次也。

十七辛卯日（11月19日）　晴。丑正二刻，发冉故集，行卅里，过文昌集。天甫侵晓，又行四十里。巳正，尖于张逢集。午正，复前进，行四十五，抵独山住宿，时申正一刻。今日共行一百廿里，为此行最大之程。罗公在张逢憩息少顷即行，故先余宿店时许。

十八壬辰日（11月20日）　晴。寅初，发独山。巳初，尖于河长口。午初，复行。未初二刻，抵济安台。入南门，见草桥停泊数舟，悬挂署理福州将军旗帜，知为善星源先生道出此间，乃于回署后急更衣往谒，得见于玉堂花园。别已十年，邂逅相遇，可谓有缘，贻以土物八色，承其全收而去。

十九癸巳日（11月21日）　晴。辰初，诣大王庙，随同本道进藏香，少顷即散归。鲍千总来谒见，禀述丈量湖地事。午后，蔡慕陶来谈。旋往谒彭观察，适彭来访，彼此相阻，而渠即回兖州矣。访汪又青、汪益棠,均晤谈。傍晚,刘酉山来辞,将赴京引对,不日首途也。赠以路菜、点心,坚却不受。

二十甲午日(11月22日)　晴。辰刻,偕同城诸君诣城隍庙谢降,并听戏入宴。未刻乃归,接省垣王信予大令覆幼卿书,承其为余代撰夔丈寿序一篇,简练名贵,甚惬余怀,拟即寄交孙孟延代为书屏幅致送,即嘱高春霆先录副本,嘱宋峙鲁誊一草稿存阅,其原稿寄孟延可耳。下午,枣林、南阳两闸官来谒见,于保三亦来,晤谈片刻。

二十一乙未日(11月23日)　晴。天井闸官张象山来谒见,汪益棠来晤。午后,阅判公牍。作书致张藻卿、汪仲宽,汇兑银贰百九十金。傍晚,叶作舟乃郎揆初自太康至泰安,道出此间来谒,谈片刻而去。灯下,自拟上夔丈贺函稿,将专差赴京递送也。

二十二丙申日(11月24日)　晴。午前,作书致孟延。午后,作燕泉、凤笙两君书,以马牙枣十斤贻凤笙,附夔丈书及寿序稿于孟延书中,专差曹振荣赴京投递。摒挡永日,将各信封固交出,乃获少休。

二十三丁酉日(11月25日)　晴。午后,许承斋勘金线河工程回,过谈良久。接吴绍侯谢函,知其祖慈太夫人九旬寿,同寅公送寿屏,余亦列名其中,殆幼卿为余附列也。下午,收到道发六月分公费四百七十两。

二十四戊戌日(11月26日)　晴。早间,祖寿侄至自盱眙,伊回南三载,忽又北来,仍然一事无成,不过复来相依耳。午后,出门谒见本道,拜许承斋、王灵芝、汪又青,均晤谈良久。傍晚乃还,顾箴言已至自开封,余先饬仆为之豫备舍馆,渠甚感谢云。

二十五己亥日(11月27日)　晴。午前,顾箴言来拜,晤谈片刻。午后,往答其拜,亦晤。旋访西斋、量甫,均晤谈,傍晚还。灯下,作书致王信余,复代幼卿作一覆书,均交本道便带省垣。

二十六庚子日(11月28日)　晴。寅正,本道即起程赴省,闻人均往送,余亦前诣道署,一行皆于堂檐下送其登舆乃返,时方卯初也。午后,阅看公牍,并代判道署公事。傍晚,王灵芝来答,少坐即去。

二十七辛丑日(11 月 29 日)　晴。首汛闸朱、张两君便衣来谒见，告知石佛闸官原炳光已至，盖余因其私自回籍，两年不返，方札委首汛朱君往查其下落，今既前来，姑不深究耳。下午，幼卿来晤。原闸官旋亦来禀见。晚间，为泉河交替事访益棠，少谈。旋作书致吴笠樵，为之说合，俾可如期交印也。

二十八壬寅日(11 月 30 日)　晴。午后，鲍凯臣来晤。午后，吴笠樵至自安居，便衣来谈。据云明日准当交印，惟公费须再请顾君多让数日。噫！亦可谓无厌矣。姚子钧为粥厂事来晤，苦劝从丰捐资，姑颔之。

二十九癸卯日(12 月 1 日)　晴。午前，顾箴言接泉河篆后即来拜晤。杨乐亭卸电报局事，亦来见。午后，往贺顾箴言，未晤。访于保三，谈良久，与订定来年延其课读。晚间，作书致淡人，即时发递。

三十甲辰日(12 月 2 日)　晴。午后，郑主簿思赓来谒见，宋峙鲁亦来晤。余判阅道厅两署公牍，半晌方毕。灯下，阅《南巡盛典》。

十一月

十一月初一日乙巳(12 月 3 日)　晴。辰初，诣大王及衙神两[①]处，拈香行礼。旋拜郭春霆寿，未晤，遂还。杨泳康来谒见，求明年领另案银两差。午后，张吉甫来见，与谈良久。其人彬彬儒雅，书法甚佳，现司道署文案也。

初二丙午日(12 月 4 日)　晴。午后，与继芬晤商估办来年各工，令其代估缮折通禀请款。晚间，赴席于子钧处，座有春霆、眉生、西斋、量甫、玉衡、筱浦诸君，二更后散归。

初三丁未日(12 月 5 日)　晴。晚间，开筵宴客。到者谢佩之、顾箴言、姚玉衡、杨乐亭、汪又卿、姚子钧、程筱浦七人。酉正入席，亥初方各散。

---

①　此处原文衍一"两"字。

初四戊申日（12月6日） 晴。阅上河帅贺寿禀，封固发递。晚间，杨乐亭招饮寓斋，同席者为姚玉衡、文量甫、许西斋、姚子钧，宾主才六人耳。汪益棠略坐即去，因尚有田象乾总戎招饮，遂不及入席，因而客少菜多，极醉饱而归。

初五己酉日（12月7日） 晴。午后，天井张闸官来见。晚间，招郭春霆、汪益棠、韦治泉、罗燮南、张吉甫、叶东屏、王灵枝、鲍凯臣诸君宴集。谈及漕船回船已全抵临清，惟拖坝甚艰，渡黄河尚需时也。

初六庚戌日（12月8日） 晴。判阅道署批禀数件。闻本道明日可回署也。午后，作书寄孙晓秋，与继芬晤商估工事宜。

初七辛亥日（12月9日） 晴。午后，本道至自省垣，同人均诣署，迓于堂檐，余往领班。在官厅，诸君谈及东抚毓公奉召入都，以袁慰廷少司空权东抚事，昨已见电抄矣。晚间，接王信余大令覆书。

初八壬子日（12月10日） 晴。终日未出门。午后，判阅公牍。接淡人书，知其尚在工次，并未回省，余之去信尚未寄到也。解饷委员谢君旋带到燕泉复书。

初九癸丑日（12月11日） 晴。午后，顾桢岩来晤。晚间，谢培芝招饮寓斋，同席者有幼卿、益棠、桢岩、乐亭、子钧、筱浦、东屏、慕陶诸君，二更后乃散。

初十甲寅日（12月12日） 晴。辰刻，偕同人诣道署，随班拈香谢神。旋访量甫，谈片刻而还。谢汉卿自京带来新搢绅录，批阅数番，益见宦海升沉之无定也。

十一乙卯日（12月13日） 晴。日间，阅公牍，手批济绅公禀请修马驿桥之件，并据情移州筹办。傍晚，往答拜桢岩，偕赴州廨晚酌。座皆熟人，幼卿又殷殷劝客畅饮，饱唊而归。

十二丙辰日（12月14日） 晴。皇览揆余于初度兮，爱杜门而谢客。午后，因本道辱临，命驾往谢其步。旋访益棠，畅谈时许而还。阅电抄，廖仲山宗伯被旨罢直枢廷，以赵展如司寇代之。赵公遭际，抑何若斯之隆盛耶?

十三丁巳日(**12 月 15 日**) 晴。拟估来年应办堤埽渠坝各工禀、陈详细情形请河帅奏拨工需通禀院道稿各一件,斟酌再四方脱稿,未知任公能照准否也。

十四戊午日(**12 月 16 日**) 晴。往吊右营守备张君母丧,旋往各处谢客,傍晚方还。灯下,阅邸抄十余本,阅至十月下浣矣。收到道发七、八两月分公费银两。

十五己未日(**12 月 17 日**) 阴。早间微雨,冒雨往谒文庙、文昌祠,他处不及往矣。午后,邓琴白来告辞,云将往德州迎谒新抚袁公也。

十六庚申日(**12 月 18 日**) 晴。午后,往拜许西斋夫人寿。访许承斋、汪益棠,俱未晤而还。灯下,复拟禀覆何家坝石工仍请缓修稿。

十七辛酉日(**12 月 19 日**) 晴。顾桢岩便衣过访,谈良久,假去朝服、朝冠以备长至拜牌之用。晚间,阅定拟估明年济、汶两汛挑工估折,其禀稿亦自行属草,未及脱稿,已交三鼓,遂寝。

十八壬戌日(**12 月 20 日**) 晴。州判朱君、在城闸李君俱来谒见,将道发夫工部费银八百两面交二人领去。晚间,复将所拟禀稿修饰一番。

十九癸亥日(**12 月 21 日**) 晴。午后,阅判公牍。闸官谢云章、千总鲍微澜、外委孙洪祝均来谒见。下午,往贺程筱浦迁居卫署之喜,晤谈片刻而归。灯下,将各禀稿另录,分别送往高春霆处誊缮,并令植之分誊,以期迅捷。

二十甲子日(**12 月 22 日**) 晴。卯初,诣龙亭朝贺长至令节。旋至道署贺节,巳初方散归。午后,接淡人来书,云及年终院幕节敬亦欲划兑,余固甚乐从也。

二十一乙丑日(**12 月 23 日**) 晴。日间,封发估办挑修各工禀件。下午,又青招集州廨为消寒初集,与会者十三人,畅饮尽欢而散。

接仲宽复书,知藻卿兑款已交付矣。

二十二丙寅日(**12 月 24 日**) 晴。午后,往益棠处拜其尊人葆田太守寿。晚间,复往晚饭,同人咸集。初更乃还,阅电抄,合肥相国又奉权督两广之命。噫!异矣。

二十三丁卯日(**12 月 25 日**) 阴。自辰至申,雨雪寸余,天气转冷。日间,作书复淡人,并再致仲宽一书,将上河帅禀三件一并封固,均交淡人处来差便带。灯下,披阅海丰吴氏《世德录》,以资消遣。

二十四戊辰日(**12 月 26 日**) 晴。因兆榕久病未瘳,乃延张象三来为诊视,一面迎张梅盫于汶上,未知能至否。下午,周献之来拜,为其母夫人将发引恳往执绋。周君,济宁人,官直隶知县,其尊人昔曾官河标中军副将者也。收到道发九月分公费银两。

二十五己巳日(**12 月 27 日**) 晴。许承斋、许西斋先后来晤,均久谈乃去。下午,出门拜谢佩滋寿。旋赴周献之晚饭,济宁风俗所谓请知是也。归来知张梅盫已来为兆榕诊脉开方矣。

二十六庚午日(**12 月 28 日**) 阴。自辰至酉,瑞雪缤纷,可补一秋之旱。阅电抄,燮臣年丈以协揆冢宰致仕,赏食全俸。夔石年丈以大司农协赞纶扉,公适七秩,前三日为览揆之辰。随园贺尹文端入阁诗云:"久迟枚卜识君恩,留与先生庆七旬",二语可移赠夔丈矣。吾杭自嘉庆末年吴崧圃先生以冢宰拜揆协后,已八十余年无人相者。夔丈前自滇黔移督畿辅,余上贺启即以指顾宣麻为祝,今又越五年而余言始验,不觉为之欣忭云。午后,又延张梅盫为兆榕诊脉换方。双孙前数日小有不适,旋出天花,延一刘姓老妪看视,刘妪拉一汪姓医者开方服药,今日花已渐渐出透矣。省垣来信署抚袁慰廷少司空于廿四日抵省接篆。

二十七辛未日(**12 月 29 日**) 阴。雪止而阳光未放。下午,程筱浦招赴消寒二集,席设临清衙署。杨又甫、汪佑青未到,仅十一人入座,尚觉松散,不似初集之拥挤矣。席上肴颇佳,而酒则甚坏,故未多饮。

二十八壬申日（12月30日）　阴。日间，拟就上夔石相国贺禀，付高春霆誊缮。晚间，设席宴客，到者杨幼甫、刘寿人、蔡慕陶、姚眉生、许承斋、文量甫、许西斋、顾桢岩等共八人。夜雪甚大，席散后诸君冒雪而去。

二十九癸酉日（12月31日）　晴。午前，往奠周献之大令太夫人。旋回寓，陪张梅庵为兆榕诊脉换方，并邀慕陶来就诊，与谈良久乃散去。

十二月

十二月初一甲戌日（1900年1月1日）　晴。晨起，诣文庙、文昌祠两处，拈香行礼。复至本署福德祠行礼，至道署贺朔，官厅少坐即散。归来有天井闸张君暨候补主簿师世存禀见。师君前于戊子年曾署夏津主簿，今忽忽十余年，昔时年少，今成翁矣。午后，往北关送周太夫人发引，傍晚乃还。

初二乙亥日（1月2日）　晴。连日甚冷。午后，顾培德、王颂亭先后来晤。王君闻汪益棠有辞馆之说，伊欲余为之推毂，其实汪之辞馆尚无影响也。

初三丙子日（1月3日）　晴。日间，作书致林康甫、龚淡人，均交杨幼甫带汴。因杨明日将首途也。晚间，设馔祀祖。连日甚冷，室中非炽炭不可。

初四丁丑日（1月4日）　晴。早间，作书致燕泉，附入上夔丈书，托其转投。下午，赴许承斋寓斋作消寒三集，主客十二人，惟幼甫以往汴未与斯会。肴馔甚佳，尽欢尽醉而散。

初五戊寅日（1月5日）　晴。榕儿疾总未瘳，今日兆梧复感冒风寒，内子亦发夙恙。午后，张梅盦来诊，各开方服药。

初六己卯日（1月6日）　晴。梧儿疾少间，内子与兆榕均未瘳，仍延张梅盦来诊换方。午后，将贺年禀信检令高春霆誊缮。

初七庚辰日（1月7日）　晴。值朱大王神诞，例有祀事，奉河帅檄委代祭。辰初,诣庙主祭,州判朱君、在城闸李君均陪祀。巳初,礼毕,遂往西关答拜王颂亭而归。傍晚,顾桢岩过谈片刻。

初八辛巳日(1月8日) 晴。兆梧疾渐瘳。午后,仍延张梅盒为内子及兆榕复诊。是日为双孙天花十二日,有送礼者,有来贺者。阅电抄,余石荪年丈奉出守苏州遗缺之命。先生年已七旬,通籍四十年,浮沉郎署,垂老始得一郡守,与汤伯温年丈大致相似云。

初九壬午日(1月9日) 晴。榕儿气逆痰塞如昨,张梅盒诊治旬余未见轻减,乃延郑君辉亭、刘君恩庭公同诊视拟方。郑、刘俱主温通,用姜附之剂服之,颇投,惟病势已深,奏效甚缓,奈何!

初十癸未日(1月10日) 晴。仍延郑、刘、张三君来诊,病者气逆呻吟日二三阵,夜复如之,殊堪焦灼。晚间,为同人消寒四集,会于顾桢岩处,余勉强终席而归,心绪终不自宁。入询病者,则云服药后吐出坚硬浓痰一丸,医者谓大有转机云。

十一甲申日(1月11日) 晴。接龚淡人复书,知院禀已投,惟余所询包星五事漏未见复,且看其下次来信提及否。日间,仍延张、郑、刘为榕儿诊视,病情仍无起色,夜尤不宁,余夫妇通宵往视,竟未入寐。

十二乙酉日(1月12日) 晴。晨起,复延郑、刘、张来诊,终日斟酌方剂,先顾目前,以涤痰降气为主,服药两剂。医者云脉息无碍,而病总未减,其奈之何。内子本已触发旧恙,目睹榕儿病状,益复焦愁憔悴。子先内弟代为料量医药,日夕内外奔驰询问,亦复不能安宁矣。晚间,张、刘两君先去,留辉庭下榻斋中,以便随时复诊。

十三丙戌日(1月13日) 晴。日间,刘、郑、张三君均叠次为病者诊脉,复延郭春霆来视,奈药不下咽,且药剂太杂,无所适从,真令人焦灼万状。余夜间往视数次,见其气急呻吟之状,心如刀绞。时辉庭在此下榻,四更时延入诊脉,据云肺胃已见败象,证颇危剧。兆梓闻之,泣而告余,余尚冀其易医而治,拟明日延李子英一诊。

十四丁亥日(1月14日) 晴。值黄大王神诞,余诣庙主祀,州判朱云峰、在城闸李子英均往陪祭。因邀子英来为兆榕诊视,据云尚无大碍,开用柴胡青皮汤,奈病者喉中已不能下咽,无术可施。夜间,余夫妇轮流守之,竟夕未就寝。

十五戊子日(1月15日) 晴。晨起,诣大王、禹王两庙,拈香行礼。复至本署福德祠一拜,默祝佑我榕儿俾瘳。至道署官厅,与同人诸公相见,述及兆榕病状,同人俱代为眉皱。幼卿藏有辽参,举以相馈,归来即令煎服,仍格于喉际,不能下咽,气逆喘息,刻不停声,汗出不止,对之真令人酸心。病者亦自知不起,促制敛服。晚间,遍呼父母兄弟姊妹诀别,词意惨不忍闻,并谓我何尝欲去,药误我至此。余闻其语,悔恨无地,为之父者,未能豫为慎医,致杀吾儿,不觉捶胸顿足,泪涌如泉。内子及大侄女、二、四两儿、二、三两女、亲丁七八人环顾而哭,病者亦大哭。噫!真所谓极人世难堪之境矣。日间,汪又卿念我,特来看视,并入视兆榕,贻以气垫,俾坐盖。兆榕病至此,尚令人扶坐椅上也。夜间,病者屡促为之穿衣、穿讫,周身相度,复令脱下更制,神思较平日倍清。余不忍看视,只得避出外斋,独坐一榻,凄然欲绝。

十六己丑日(1月16日) 晴。黎明,往视兆榕,见其仍易便服,倚宋祥而坐,呼之应声,而呼我惟喘息呻吟愈甚。至午后,尚呼汤呼粥,各啜数匙。余痴心冀其有救,祈请坛方,用紫河车煎汤饮之,居然下咽,盖非转机也,回光返照也。申酉间气渐弱微,自欲易衣,于是被以九品敛服,移之至外室,见其手作拱揖状。少顷,索所爱时表佩诸腰际,询问何时,有告以戌初者,则曰犹待。至亥正一刻乃逝。呜呼!伤哉!何夺我儿如此之速哉?且此子承嗣先兄有年,兹已届弱冠,既为缔姻巢县王氏,复为请奖候选巡检,乃仍不能成立,真乃昊天不吊矣。

十七庚寅日(1月17日) 阴。天气亦甚愁惨。汪幼青来慰,晤谈时许。亥刻,为兆榕大殓,棺木用银八十金,停柩东箱,阖家齐哭,惨不忍闻。宋峙鲁、张余亭、郑继芬均来送殓。比殓毕,而内子以劳伤悲痛卧病在床矣。余四鼓后方小眠片刻,幸尚能支持排解,此时惟冀内子速痊耳。

十八辛卯日(1月18日) 晴。午前,姚眉生、许承斋、文量甫、顾桢岩、刘寿人均来慰视。午后,姚子钧、程筱浦、王灵枝、鲍凯臣、汪益棠亦陆续来,均晤谈。内子病,莫能兴,延刘恩亭诊视,开方服药矣。一面专函邀张梅庵于汶上,盖内子素投其药也。

十九壬辰日(1月19日) 晴。内子疾仍未瘳,梅庵复书须廿四日方能进城,只得仍延恩亭来诊。午后,京差回署,赍到孙孟延复书,知夔相寿屏、如意承其代办、代送,取有谢帖,共用银五十九两,尚不算多。燕泉、凤笙俱有复书,燕泉将七、九两月课卷阅定带来,凤笙寄到信笺数匣并信远斋酸梅糖、冰糖子等物。傍晚,许西斋来晤。余连日悲伤忧煎,夜间内子时或呻吟,余亦未能安眠,一夕数起,烦闷极矣。

二十癸巳日(1月20日) 晴。午刻封印,余以期服乞假未出拜印,亦未升堂,惟用红纸将关防封识而已。内子疾仍未减,两请刘恩亭诊视,并约许西斋主方,二君均谓脉象平和,不过心气过虚,决无他虞。余则昕夕忧愁,不知计之安出也。接淡人信,抄示办销费底账。接林康甫信,贻我以豆豉、兔腿。接徐实秋信,欲拨借仲宽年敬五十金应用,余拟自赠以五十金,不须拨仲宽款也。灯下,复淡人一书。

二十一甲午日(1月21日) 阴。内子委顿如昨,眠食几废,心焉忧之,仍延恩亭诊视换方。下午,西斋亦来诊,且言脉象较昨更平,余心少释。因撰得榕儿挽联,云:"生小最沉潜,隐怀弗诉,疾苦弗言,迨病据膏肓,百种凄凉赍地下;去来殊了澈,诀别喃喃,殓含楚楚,只心难割舍,全家骨肉在人间。"

二十二乙未日(1月22日) 阴。终日微雨。晨起,复延恩亭为内子诊视,详酌药品,务臻稳妥,不知服后能稍奏效否。午后,判阅公牍,邀邓琴伯、高春霆来代缮榕儿挽联,盖子先内弟暨兆梓兄弟均有联句也。侄女兆樨亦有挽其弟长联,逐一披读,不觉泪涔涔下矣。

二十三丙申日（1月23日） 阴。内子病仍未减，服刘恩亭之药未见功效，今日特停药一日。余既忧虑病者，复强振精神为亡儿料量成主移枢事。悲劳终日，都无好怀。晚饭后，祀灶。夜间，时复起视老妻，见其呻吟不宁，愈益烦闷矣。

二十四丁酉日（1月24日） 晴。午刻，移亡儿兆榕枢于铁塔寺，用仪仗幡伞导往。兆梓兄弟及全家均往送，惟内子抱恙，未使闻知。余先往寺中照料，及枢到时，同寅及僚属、知交来奠者五十余人，均送冥资纸扎等件。余傍晚乃还，作书再迓张梅庵为内子视疾，期以明日必到，未知果来否也。接味荃书，知其现在都门，因祝夔相寿小住月余矣。

二十五戊戌日（1月25日） 阴。内子昨夕甚不宁，余伴之至晓，直觉楚困相对。子先亦极忧劳，恐梅庵未必果来，乃延郑延卿一诊，即服其药，亦甚平平。傍晚，梅盦来，当令诊视，据云可期奏效，方用薏米附子汤合温肝汤服之，胁痛稍减。

二十六己亥日（1月26日） 晴。早间，复延梅盦为内子诊视，方用附子建中汤，服之痰壅稍松，惟仍觉气促咳呛。据梅盦云，证当逐见减轻无碍也。午后，阅看日行公牍。出门谢客，晤汪益棠、幼青，余俱未见。傍晚还，许西斋过谈良久，留共晚饭。

二十七庚子日（1月27日） 阴。终日大雪。余见内子疾少间，心怀稍释。午后，分派文武穷员度岁资，按极贫、次贫哀益之。日间，仍延梅盦来诊一次。

二十八辛丑日（1月28日） 晴。往谒罗道，未见。晤益棠，商酌发款事，据云库罄，道病，各款俱难清结，汛闸各员坐索夫食尤亟等语，然则何以不豫为计耶？

二十九壬寅日（1月29日） 阴。顾桢岩便衣过谈片刻。午后，道台嘱往商幼卿借用一二千金，幼卿以征存俱已报解无款可挪为辞，旋往回复道署。晤益棠，知有汛闸暂俾浮借夫食各若干两之举，余颇非之，然已不及阻止矣。我等公费工款俱未找发，未知明日何如也。

内子疾较轻减,仍延梅庵复诊留方,渠明日将还其乡寓度岁云。

　　三十癸卯日(1月30日)　晴。午后忽阴,雪花飘堕。因往道署辞岁,在官厅代道库向汪幼卿假得名世,始将各厅公费稍稍补苴,余之工款及例领销案费均未清算,无可奈何矣。本署开支各项毕,余仅得百金,留以镇箧。晚间,祀祖、祀灶。余心绪不畅,内子又卧病,遂未举家宴,草草饮数杯即饭,饭毕即寝,亦不守岁。夜间,内子眠尚稳,余心稍释。阅电抄,二十六日召见廷臣,宣谕以端郡王载漪之子溥儁承继穆宗为子,立为皇嗣,以为将来大统之归等因,只奉之下,薄海人心咸定矣。

光绪二十六年（1900）庚子

正　月

光绪二十六年正月初一甲辰日（1 月 31 日）　阴。寅正三刻起，恭诣龙亭行朝贺礼，道台未到，余领班而拜。诣大王、禹王两庙行礼。同人偕至道署拜年，未见，遂归。时复小雪纷堕，仅于家堂各处行礼。午后，未出门。郑继芬来拜年，晤谈片刻。内子午睡未熟，又觉痰饮上逆，因为检旧方煎药服之，至夜稍宁。

初二乙巳日（2 月 1 日）　阴。早间，为内子料量药剂。午后，出门拜年，仅晤姚子钧、杨乐亭，余俱未见。宋峙鲁来拜年，晤谈片刻。杨乐亭云将于初八日起程进京赴部过班，余约以交带各信件，当陆续书之，俾如期交付也。

初三丙午日（2 月 2 日）　阴。未出门。晚间，设馔祀先，循乡例也。内子疾少间，胃纳稍健，每念及榕儿，辄悲恸不已，对之弥觉凄然。阅电抄，以本年恭遇三旬万寿，以庚子、辛丑乡会试作为恩科，以辛丑、壬寅补行，正科乡会试，其他典礼概令停止云。

初四丁未日（2 月 3 日）　晴。阅电抄，夔相奉恩命加二级，颁给御书匾额一面，与礼邸、荣相并同，盖因庆典颁恩也。午后，往南关拜年数家，旋至姚眉生处为消寒六集，到者十人，二更散归。

初五戊申日（2 月 4 日）　晴。是日立春。巳初，往道署贺春。午刻，设馔祀先。作书致张梅庵延其入城为内子视疾，复作书复孙孟延，并将前寄怀诗再录一纸示之。谢佩滋、于保三、张觉民均来拜年，晤。

初六己酉日（2 月 5 日） 晴。午后，作书致子舟弟、葛味荃，均交杨乐亭带京。味荃处寄以大衍，并赠乐亭廿金，另交付银八两六钱，则托乐亭买物也。晚间，幼卿招饮州廨，出陈酿款客，同人均极醉饱而散。时准补济牧李吉珊已奉饬履任，幼卿行将卸篆云。

初七庚戌日（2 月 6 日） 晴。张梅盦来城两次，为内子诊视，据云缓缓调理可渐平复。接淡人书两械。午后，作书致凤笙，亦交乐亭带京。

初八辛亥日（2 月 7 日） 阴。作书复朱坦夫，并致刘伯和一书，将坦夫信函附入，驿递东昌。晚间，阅《文选》数篇，借资消遣。内子疾总未脱体，梅盦日诊一次，王道无近功也。

初九壬子日（2 月 8 日） 阴。劳卿文来见，询知其尊人厚庵仍在荣相幕府，急切未能摆脱也。日间，甚觉疲倦，屡次假寐，却未能熟眠。

初十癸丑日（2 月 9 日） 晴。午后，拜汪益棠、于保三、文量甫、谢佩滋均未晤。晚集杨幼甫寓斋，为消寒八集，到者只七人。肴馔甚佳，惜人少耳。

十一甲寅日（2 月 10 日） 晴。月余以来，夜眠未能熟寐，日间甚疲乏，兼以内子病中思念亡儿，时复悲泣，病总未痊，余心绪烦闷，起居不时，体中亦觉不适。日间假寐片刻。

十二乙卯日（2 月 11 日） 晴。连日每次延梅庵为内子诊视换方，余必与晤谈片刻。据云病已渐退，惟在善养，稍涉悲感恼怒，病即复作，故养为要，药次之。奈不能依其说何！

十三丙辰日（2 月 12 日） 晴。接方仲侯信，知吴仲饴署苏藩，以柯巽庵署江安粮道，仍檄委仲侯襄办河运，未知漕船开兑时，吴公能回任督运否也。

十四丁巳日（2 月 13 日） 晴。闻汪幼卿被台谏参核，乃孙伟如所嘱托以报怨者，已经中丞委员来查，所劾多款恐不能洗刷净尽也。

十五戊午日（2 月 14 日） 晴。晨起，诣衙神及大王、禹王各处，拈香行礼。至道署贺上元节，罗公因病嘱为代延梅盦诊视。午后，梅庵来，遂请其诣道署一诊云。晚间，祀祖。

十六己未日(2 月 15 日) 晴。刘酉山至自京师，已由汴捧檄回任。午刻，来拜，晤谈片刻。下午，往答拜，未晤。晚间，招集玉堂花园为消寒十集，到者才六人，合之主人才七人耳。二更散归。

十七庚申日(2 月 16 日) 晴。接淡人来书两械。日间，延梅盦为内子诊脉。侄女兆樨亦抱恙，就就诊焉。晚间，祀祖。明日灯节过完，祖容悬奉至此即卷藏矣。

十八辛酉日(2 月 17 日) 晴。午后，拜叶东屏母夫人寿，未降舆。晚间，汪益棠招饮，兼呼女伶演戏侑觞，将交三鼓方各散。

十九壬戌日(2 月 18 日) 晴。巳初一刻，恭设香案，望阙行礼，拜开关防，升坐堂皇。受贺礼毕，即赴道署贺开印，同人咸集。午初散归，延请于保三大令到馆，授兆梧读。晚间，宴阖署宾友于花厅。

二十癸亥日(2 月 19 日) 晴。日间，作书致淡人、藻卿、实秋、晓秋、康甫诸君，均寄汴垣，分别递送。是日，为兆榕讽经于铁塔寺，阖家均往，惟余与内子在署。午后，陪张梅盦为内子诊脉换方。

二十一甲子日(2 月 20 日) 晴。阅《稗海》数种，以资消遣。汪又卿将卸州篆，不欲回城武县本任，赁定余石门口旧宅将暂作寓公云。

二十二乙丑日(2 月 21 日) 晴。顾桢岩过谈片刻。兖沂道拨到夫食银万金有余，平银贰百余两，例给候补汛闸各员，因为按名分派焉。

二十三丙寅日(2 月 22 日) 晴。道发上年夏秋季夫食银五角，六厅所属共需万贰千金，因而道厅公费又无著矣。张梅庵已回乡，连日内子仍服原方，稍稍能起坐，复元犹未也。

二十四丁卯日(2 月 23 日) 晴。午后，往拜汪益棠、顾桢岩，均久谈。晚间，集谢佩滋寓斋为消寒十集，幼卿以交卸在迩忙冗未到，座间十人。余猜子多输，饮酒数十觥矣。二鼓后散归。

二十五戊辰日(2月24日)　晴。午后,往拜汪又卿、陈履中、孙伟如,均晤谈。同人欲设彩觞公宴又卿,假座玉堂花园,嘱余承办,因与陈履中说定,即具柬订廿七日未刻入座,宾主凡十二人,恰好两席也。

二十六己巳日(2月25日)　晴。姚眉生处送到王子泉复书,并换还原书帖,从此可无他虑矣。午后,儿曹奉内子命为兆榕设祭于铁塔寺柩前,余亦往临视一番,憩坐时许,凄然而还。接吴子明手书,知其宰献县年余,遭其母弟子蔚太守之丧。子蔚需次粤东,只身前往,抵省未半载而殁,何其命苦若斯耶?傍晚,又卿来辞别,晤谈片刻。

二十七庚午日(2月26日)　晴。是日为葆珍侄女初度,适伊抱恙,未能出房,余往视之,慰藉一番而出。午后,至玉堂花园公饯幼卿,设席两桌,二鼓后乃散。

二十八辛未日(2月27日)　晴。早间,往拜汪又卿寿。午后,张鹤亭来拜,晤谈片刻。幼卿复来谢,亦晤谈。新任州牧李吉珊恩祥,河南河内人,闻明日抵此。

二十九壬申日(2月28日)　阴。终日雨雪。午后,李吉珊遣价来投刺,言已莅止,明日入城接篆云。灯下,阅《稗海丛书》各种。

二　月

二月初一癸酉日(3月1日)　晴。卯正,诣文庙、文昌祠及本署福德祠,拈香行礼。诣道署贺朔,幼卿亦往报明交卸。

初二甲戌日(3月2日)　晴。辰刻,诣本署祭福德祠。旋拜李吉珊,晤谈片刻。午间,吉珊来答拜,亦晤。余感受风寒,连日痰嗽大作。晚间,勉赴谢佩兹彩觞。

初三乙亥日(3月3日)　晴。卯初,偕吉珊祭文昌祠。黎明,祭毕而还。午后,赴量甫消寒十一集。程筱浦适归,幼卿尚未行,俱得与宴。余嗽疾未止,席间颇觉不支。阅电抄,任筱帅入觐,以裕寿泉中丞兼署河篆,初二日谕旨也。

初四丙子日(3月4日) 晴。东北风甚厉。已刻,幼卿起行,同城均往东关送之,余亦力疾前去。归来痰嗽如昨,遂未他出。作书致仲宽、淡人,专差往投。

初五丁丑日(3月5日) 晴。是日,丁祭,余未往与,本道亦未出,李吉珊往主其事云。余自客冬至今,心绪恶劣,一夕数起,今内子迄未就痊,而余亦渐觉不支矣。噫!灯下,复致淡人一书,交孙巡捕顺带去。

初六戊寅日(3月6日) 晴。卯刻,力疾前诣天后、大王两庙,拈香主祭。礼毕,复往答拜张鹤亭,贺李吉珊入署,均未晤而还。接家用宾来书。

初七己卯日(3月7日) 晴。痰嗽仍未止,时兆樨侄女亦未痊,乃延郑延卿为之诊视,余亦就诊,服其药,平平无奇,遂不服次煎云。灯下,与保三一谈。

初八庚辰日(3月8日) 晴。许承斋、郑继芬、蔡慕陶均来,晤谈。灯下,收到道发正月分半月公费银,裁二百十六两耳,缘今年又将匀闰故也。

初九辛巳日(3月9日) 晴。痰嗽仍未全愈,右鼻出涕如血,惟尚无所苦,遂听之。午后,阅判公牍稿件。晚间,设馔祀祖。

初十壬午日(3月10日) 晴。连日风甚大。日间,延张、郑二医为内子及葆侄女诊视,余不欲服药,遂未就诊。阅邸抄,掌院学士甄别词臣五人,均革职递籍监禁,殆皆康逆余党也。

十一癸未日(3月11日) 晴。孙伟如过谈时许。余日间阅《稗海》数种,以资消遣。盖余自榕儿物故后,内子复久病未能脱体,数月来都无好怀,体中亦时觉不适云。

十二甲申日(3月12日) 晴。风甚大。午后,姚子钧至自德州,过遇片刻。郑继芬亦来晤。昨得淡人电,河帅由卫河北上,因告知量甫,大约伊尚须往迎也。

　　十三乙酉日(3 月 13 日)　晴。午后,出门答拜姚子钧,未晤。阅邸抄,以万寿庆典,凡一品大臣年逾七旬者均特加恩赐,于是夔石相国得加宫保,又派充经筵讲官,可谓喜事重重矣。傍晚,彭亮臣自兖州南下过此来拜,晤谈片刻。接劳厚盦来信。

　　十四丙戌日(3 月 14 日)　晴。午后,答拜彭亮臣,未晤。访程筱浦、文量甫,俱晤谈。归来,接淡人专丁白禄赍到复书,并代购各物均趁便车带来,往返才十日,可谓迅速矣。余存淡人兑款二百八十三两有奇,亦即交付白禄手收。又接味荃都门复书,知乐亭带去大衍已交到,余致子舟书味荃亲自交去。子舟寓仁钱馆,据云三月间必来省,余暂且不写回信,嘱味荃书中转致及之等语,究不知其果来否也。

　　十五丁亥日(3 月 15 日)　晴。卯初,诣文昌祠,主祭,吉珊亦往陪祀。祭毕,即诣文庙及福德祠,拈香行礼。旋至道署一转而还。午后,为复初和尚书寿联,词曰:"八十更人生所稀矣,和尚其出家之雄乎?"汴差还,赍到仲宽、实秋复书各一械。

　　十六戊子日(3 月 16 日)　晴。午后,往拜复初老和尚寿,少坐即还。复访西斋,久谈。阅邸抄,毓佐臣调抚山西,即以袁慰庭补东抚,递遗工右则华竹轩升补云。日间,出门归来,有拦舆禀控两首闸勒索过往船只钱文者,即命吏叙稿通饬严禁。

　　十七己丑日(3 月 17 日)　晴。接道札,委代勘上河厅砖闸应否估修并板闸启闭能否得力,禀候核转,又札饬转奉抚院檄令估修何家坝各等因,均当次第办理矣。阅邸抄,李鉴堂制军续奉恩赏头品顶戴,以降调人员仍得与一品大臣之列,此老之被殊眷如此。

　　十八庚寅日(3 月 18 日)　晴。午前,往张练臣游戎家吊其夫人之丧,其子即现任右营守备张鹤亭也。旋访益棠,久谈而还。午后,向道库支领公费银贰百两,连前领尚不足正月一个月也。

　　十九辛卯日(3 月 19 日)　晴。午后,谒观察,未见。访姚子钧、谢佩滋、鲍凯臣,俱未遇。惟至渔山书院,与蔡慕陶久谈。傍晚乃还,接絜斋手书,述及退庵邀毓佐帅保荐送部引见,或可望开复也。

二十壬辰日(3月20日) 阴。鲍凯臣便衣来晤,久谈乃去。午后,作致淡人复书,交其家丁白禄带回,并给以白金二两而去。

二十一癸巳日(3月21日) 晴。午前,赴铁塔寺吊李吉珊婶母之丧。午后,作书寄舟弟,拟派汪万有赴京迓之,以期其必来也。

二十二甲午日(3月22日) 晴。郑季芬来晤,即嘱其往南旺汛勘估何家坝石工,因本道转奉抚院札饬估办故也。午后,姚子钧来,晤谈。因与商借数百金济用,承其慨允,嘱迟日往取。

二十三乙未日(3月23日) 阴。日间,作书致凤笙、稚夔、孟延、燕泉诸君,以冬菜、核桃仁贻凤笙,以阿胶二斤寄燕泉,并四弟信件均交汪万有,派令明日北上。晚间,向道署请得池楼书院甄别课题,以备赴书院代河帅扃试也。

二十四丙申日(3月24日) 晴。卯正起,即赴渔山书院代行池楼书院甄别点名给卷扃门考试。辰正,点名毕,当堂出题文。题"致中和天地位焉","五经无双赋以五经无双许叔重为韵","赋得'一日看遍长安花'得花字"。于保三为监院,亦往监场,在彼帮同盖戳。亥正后,交卷者已有数十人,遂放头牌。余于放三牌后回署,交保三在彼照料。直至夜色向晨,方始净场,计散给千一百数十卷,才缴得四百数十本耳。

二十五丁酉日(3月25日) 晴。午后,邹君鸿诰至自京师,带到夔石相国复书并亲笔另纸,嘱随时照拂此君,因与接晤片刻。旋出门访益棠、子钧,俱未晤。灯下,致书燕泉,附入致淡人函中,托淡人将山长脩金二百由汴汇寄燕泉,以省一番转折。

二十六戊戌日(3月26日) 晴。日间,孙芙初至自汴省来见,与晤谈片刻。于保三明日将之汴,因向道署取到领书院经费文领,并致淡人信,俱交其顺带。灯下,与保三晤谈,渠明日即将首途也。

二十七己亥日(3月27日) 晴。天井闸官张君培庆至自汴垣来销假谒见,与晤谈片刻。日来资斧渐罄,公费未发,向姚子钧假得四百金,期以一月归还。

二十八庚子日(3月28日) 晴。张益君自北运工局回来谒,与晤谈良久。晚间,余作消寒补集。姚子钧欲听戏,怂恿汪益棠处开场演戏,余移席往就,只得勉徇其请。晚饮毕后,余即还,不愿多看戏也。回空漕船今日已陆续过天井闸矣。

二十九辛丑日(3月29日) 晴。晚间宴客,李吉珊刺史、张鹤庭、吴笠桥两别驾、张益君大令、吴俊民贰尹、朱云峰州别驾、郑鹤皋主簿共七人。席间肴馔颇佳,盖庖人将索重价也。

三十壬寅日(3月30日) 阴。午前小雨,午后复晴。邀张益君来谈,并与商酌公事,益君识量颇超,将资其赞助也。灯下,自拟报回空船入境禀稿,付高春霆誊缮,迟日封发。

三 月

三月初一癸卯日(3月31日) 晴。晨起,诣文庙、文昌及衙神祠各处,拈香行礼。旋至道署一转。复往贺程筱浦生子之喜,旋回署判阅公牍。张吉甫来谒见,嘱为代呼将伯。

初二甲辰日(4月1日) 晴。午后,出门拜漕帮押空委员李君。访孙伟如,晤谈片刻。晚间,张鹤庭招饮,席间皆同城诸公,余忝首座。遇周筱舫,乃新委金乡土药局差至自省垣者,固数年前熟人也。二更后乃散归。因快役曹振荣误差,出坐堂皇,命皂隶答以四十用示惩儆云。

初三乙巳日(4月2日) 晴。午后,出门访益棠,晤谈片刻。旋至吴俊民处祝其六秩整庆,同人公送寿筵彩觞,极为热闹,二更后方散归。

初四丙午日(4月3日) 晴。午后,往拜俊民寿,少坐即归。晚间,俊民复再三邀往入席,只得前去。席间热甚,几于挥汗,戏亦无甚可观,饭毕即散。作书致伯衡观察,为邹锡臣先容,伊即日将往谒彭也。

初五丁未日(**4月4日**)　晴。晚间，俊民设席谢客，辞之再四不获，乃于申刻往赴其席，仍属彩觞。天气愈热，竟不能着棉衣，只得于饭罢即散。张益君便衣过谈片刻，言初七日即赴兖郡，伊现经王太守禀请派分兖郡差遣，欲余再为致彭观察说项一书。益君才识颇优，固余所愿揄扬者也。

初六戊申日(**4月5日**)　晴。值清明节，设馔祀先。开河闸官程君来禀见，欲请添给闸板，允以四块而去。接子厚兄来书。

初七己酉日(**4月6日**)　晴。西北风甚大，天气转凉矣。晚间，姚子钧招饮衙廨，同席有何清士大令者，心乔观察介弟，而受萱廉访仲兄也。年近七旬，尚复需次，亦可怜矣。日间，姚玉衡过谈片刻。

初八庚戌日(**4月7日**)　晴。午后，往铁塔寺奠张吉甫太夫人之灵。复答拜姚玉衡，未晡而还。傍晚，孙伟如便衣过谈片刻。

初九辛亥日(**4月8日**)　晴。辰刻，诣东关先农坛，主祭，行耕耤礼，扶犁九推，复望阙行礼，然后礼毕。午后，接伯衡观察复书，为邹鸿诰特予洋务分局差，委月薪拾金，并委札一并寄来。迟明呼之来晡，面交与之可耳。

初十壬子日(**4月9日**)　晴。午后，邹君来晡，告以兖道予派差使，并委札付之，嘱令前往禀谢。伊云稍迟即去，余尚须复伯衡一书，交其带呈也。灯下，将禀报回空漕船出境稿拟就。

十一癸丑日(**4月10日**)　阴。午后，为邹锡臣作覆谢伯衡观察书一械。接王信余大令书，嘱为代索项幼坪山水画条，固不能不为代索也。戴、周、纪三委员领工需回，知本年司款四万四千已全发讫矣。

十二甲寅日(**4月11日**)　晴。午后，往贺汪仲任乃郎娶妇之喜，遇谢佩滋、项蔚如，并晡益棠。旋访文量甫、许承斋，均晡谈。承斋席上遇郭春霆、姚眉生，傍晚乃还。子先感冒风寒，头疼发烧，延本地儒医李钦甫为之诊视，据云风邪在表，无大碍也。

十三乙卯日(**4月12日**)　晴。解另案工需委员戴、周两君均来谒见。周君通医，罗观察向延其视疾，询悉罗病至今未愈，尚未能出

房,故寮友一概不能延见耳。日见①作书复王信余,并致陈起霞,均
驿递。

十四丙辰日(4月13日)　阴。接赞斋亲家书,当即泐复数行,
用马封驿递。午后,许承斋过谈片刻。阅邸抄,戴青来编修外擢陕西
陕安道,可谓久困而亨矣。今日子先疾渐减轻,仍延李君复诊,内子
及保珍侄女亦就其一诊,因其医术颇精也。

十五丁巳日(4月14日)　晴。晨起,诣文庙、文昌祠暨本署福
德祠,拈香行礼。旋至道署一转,坐官厅片刻。同寅咸集,惟不见李
吉珊,询知已于黎明时来过矣。傍晚,接彭伯衡复书,并邹鸿诰薪水
十金寄余转付之,惟邹君昨复如兖谢委,未知其已还否也。

十六戊午日(4月15日)　晴。祖寿侄复携其妇自盱眙贸然而
至,并未先期函告,突如其来,殊可怪已。午后,刘恩亭适来,因请其
为子先诊脉开方。余阅判公牍,填发禀报空船出境文件。旋至道署,
晤益棠、吉甫。至承斋处晚酌,是集为五厅公宴李吉珊刺史,延余作
陪。此外,则姚、程两卫亦为陪客也。三更后散归。

十七己未日(4月16日)　晴。早间,封发估修何家坝及复勘砖
板闸情形两禀。午后,判阅日行公牍。子先感冒数日,服刘恩亭药,
日渐平复矣。

十八庚申日(4月17日)　晴。命祖寿夫妇移寓后上房之东厢,
与约每日用心习字,冀得一技之长,不准再事游荡,未知其能从教否。
晚间,继芬勘工回,与晤商一切。本道札知拨定工需银六千五百两,
修挑各工一应在内,令即领款兴工,然而费煞把注矣。

十九辛酉日(4月18日)　晴。电局知照探得河帅任公定于二十
日出都,因手札致各同寅知之。午后,解部饭委员金主簿秉炜来禀辞,
拟上夔相一书,交其带呈。灯下,草就数行,将嘱张古甫誊缮也。罗观
察因久病未瘳,嘱致书张梅庵于汶上,邀其来诊,亦即手挥数行付之。

---

①　"见"疑为"问"字之误。

二十壬戌日(4 月 19 日) 晴。闻任帅仍由水程旋汴,上下两厅将往所辖汛境迎候,余草就禀稿,拟上一贺禀交量甫带往迎投。午后,玉松谷、汪益棠均来晤。益棠嘱致书淡人在汴兑用银五十两,适淡人书来未覆,即挥一笺付之。下午,出门答拜姚玉衡,晤谈片刻。晚间,吉珊招饮州廨,六厅两衙咸与焉。二更后散归,与继芬晤谈,嘱往汶汛兴工,并命祖培偕往司会计事,定于翌晨前往。

二十一癸亥日(4 月 20 日) 晴。夔相、筱帅两禀经吉黼、春霆分缮毕,余覆阅,手自封固,分别寄去。西斋将之临清来辞别,晤谈片刻。晚间,收到道发工需实银三千零四十五两,当将子钧名世一款归楚。

二十二甲子日(4 月 21 日) 晴。子钧处将余银照市价兑回钱百六十八千有奇收账备用。午后,延张梅盦为内子诊脉换方。据云已收往视罗观察疾,颇有败象,伊不敢独诊,仍偕李子英商拟方剂云。

二十三乙丑日(4 月 22 日) 阴。日间,作书复沈絜斋观察。接阅道札,据粮贩船户禀控闸夫需索规费一案行厅,饬闸仍照旧章办理。因手拟檄稿,并查照道檄将各闸公禀并船户二次禀逐予批示,以清积牍,但不知若辈能遵行否耳。

二十四丙寅日(4 月 23 日) 晴。午前,往吊项蔚如夫人之丧,拜刘寿人夫人寿,均少坐即散。道署悬牌本日换戴凉帽,余亦遵照悬牌,惟天气仍觉寒凉,尚须衣重棉也。晚间,郭伯韶便衣过谈。

二十五丁卯日(4 月 24 日) 晴。早间,张益君至自兖郡来晤,言及不日仍将返兖也。午后,州署帮审委员候补知州张君凤诚来谒,晤谈片刻。张君字云坡,洛阳人,年才三十余耳。下午,发絜斋信,交邮局递潮州。灯下,复自拟文檄稿两件,发房缮发。

二十六戊辰日(4 月 25 日) 晴。是日为亡儿兆榕百日,内子率儿女为之延僧于枢前讽经,惟余未往临。午后,复伯衡乔梓书,交益君带往。晚间,程筱浦招饮卫署,盖为伯韶接风也。杨乐亭至自京师,带到味荃、凤笙、孟延复书各一函。凤笙贻食品二种,味荃以所作夔相七旬寿序文稿见示。

二十七己巳日(**4 月 26 日**) 晴。午前,乐亭来谒,询悉渠已得电报泰安分局差,在京与子舟相见,亦云即将来济,而至今尚无起身电信,何也? 午后,判发公牍,开发账目,伏案半晌方毕。

二十八庚午日(**4 月 27 日**) 晴。汪幼卿至自历下过谈,据云被劾议处,殆将降调,拟即南归,命其子纳粟出山,其情亦可悯矣。

二十九辛未日(**4 月 28 日**) 晴。午前,往吊高需之之丧。答拜杨乐亭,晤谈片刻。乐亭复以搢绅、口磨、果脯见饷。午后,内子往城北戴庄看牡丹,伟如夫人所招也。晚间,谢佩滋、杨幼甫招余宴集幼甫寓斋,吉珊在座。二更后散席,极醉饱而还。

四 月

四月初一壬申日(4 月 29 日) 晴。卯正,诣文庙、文昌祠两处及本衙福德祠,拈香。至道署官厅,与同寅诸君聚集片刻。偕承斋、桢岩至眉生寓园看牡丹,红紫粉白皆有,独少黄色,主人辜负姓姚已。巳刻归。午后,谢佩兹过谈。

初二癸酉日(4 月 30 日) 晴。午后,出门答拜佩兹,访益棠,俱未晤。访汪幼青,畅谈。晚间,郭春霆招饮,座有吉珊、慕陶及诸同寅,二更后散归。继芬至自汶汛,与商定王家河草坝基址仍于原处建筑,因汶上令锡君来禀不欲改移坝基,不得不徇其请耳。

初三甲戌日(5 月 1 日) 晴。刘伯和书来,荐一瞽者张子端,工子平术。忆昔年任上河时,曾令入署为余推算,颇有小验,因留其小住,并于外间为之吹嘘,俾有所获,未知能生色否也。

初四乙亥日(5 月 2 日) 晴。早间,与张子端谈命,据云余今年必权道篆数月,未知然否。午后,益棠讨谈片刻。傍晚,杨幼甫亦来晤,恳乞缓合汶坝数日,余原定初十,乃允展至十五日合龙云。

初五丙子日(5 月 3 日) 晴。李吉珊、谢佩兹、许承斋先后过谈。吉珊邀往阅视运堤,因与订定初九日偕往。闻量甫归自临清,往访,未晤。答拜杨幼甫,晤谈片刻而还。灯下,作书促继芬归,以便同往济汛兼赴泗河一看也。

初六丁丑日（5月4日） 晴。午后，王仁斋至自河南本籍来拜，晤谈片刻。南旺闸潘君请假如汴来谒，与接晤。文量甫亦来拜，晤谈时许而去。

初七戊寅日（5月5日） 晴。作书致淡人、仲宽，均交潘闸官顺带。傍晚阴雨。灯下，阅朱文正公《知足斋年谱》《文集》。窗外雨声大作，刻许乃止。

初八己卯日（5月6日） 阴。是日立夏，设馔祀先。自辰至申，雨忽作忽止。继芬复书拦河坝正在布置，刻难分身，须十一日方能回署，乃改期十二日赴济汛阅堤，与李吉珊偕往，手札订定，不能再改矣。灯下，张益君、许承斋俱来，晤谈良久。接淡人专足信，池楼书院经费已分别兑与许承斋、张象三两家，其山长薪脩亦代为兑京矣。

初九庚辰日（5月7日） 晴。发信约季芬十一日定准返济以便偕往济汛。午后，延张象三来晤，向索所兑款百八十金，据称稍迟即便交来。阅邸抄，武城县缺已另选人，汪幼卿因将调开缺矣。

初十辛巳日（5月8日） 晴。午后，判阅公牍，作书复淡人。下午，程筱浦来就张子端推算庚造，坐谈良久乃去。马口差旋，云继芬准于明日乘舟回济，不误偕行也。

十一壬午日（5月9日） 晴。午后，有新到候补州判沈君乃钊来谒，与接晤片刻。旋出访益棠，晤谈。答拜王仁斋、杨幼甫、文量甫，俱未晤。访李吉珊，约明午偕赴济汛阅堤。

十二癸未日（5月10日） 晴。早间，继芬至，与晤谈片刻。询知北路汶、巨两汛渠坝各工均将次完竣，此行即可估南路工矣。未刻饭毕，出至南门桥水次登舟。朱州判、鲍千总、傅、郑两闸官均来署候送。余登舟后，开至天井闸，候吉珊至船即启板开行。风逆，舟行甚缓。吉珊来余舟聚谈，共饭。沿途汛弁俱迓于两岸，余略阅堤埽各工，并未登岸。亥刻，抵鲁桥泊舟。天气甚热，吉珊、继芬各回己船，余乃寝。

十三甲申日(5 月 11 日) 晴。晨起,吉珊以舟行口占绝句见示,余答以两绝曰:"暂出城闉放棹行,关心水利问邮程。多君雅得寅恭意,剖晰和同似晏婴。""诗人循吏两兼之,示我佳篇不假思。瞥见垂垂好禾稼,南风四月麦黄时。"辰刻,携吉珊自鲁桥登岸,至张家桥阅视新建滚水石坝,探量两河水势。余带有外委,携绳竿细加探量,知该处建坝遏流,俾盛涨分注东河于西埝,不无裨益,而吉珊意见总不谓然。该处承修董事孙松求其催集民捐,被其呵斥而去,渠与汪又卿有嫌,故始终不欲过问此事耳。午刻,在张家桥孙氏小憩。吉珊携带火食担,出肴馔相与共啖。饭毕,至仲家浅谒仲子庙,时豫命座船放空至此,遂各登舟解维返棹。申初,阵雨一次。申正,过新闸。酉初,过新店,舟行较昨殊速。于篷窗窥见吉珊高卧己舟,盖已入黑甜乡矣。接张益君手书,因兖道有数案委令办理,不克分身为余襄理工程,只得作为罢论。戌初,过石佛。余方晚饭,吉珊已饭罢,过舟相与畅谈。亥正,舟抵天井闸,方各登岸回署。吉珊和余原韵作二绝句相赠,此老可谓豪于吟咏矣。

十四乙酉日(5 月 12 日) 晴。早间,与继芬商酌赶办各工。午后,闻罗郁田观察病剧,方遣范升前往探视。旋据听事吏报称罗公已于申初病故,余即刻往临,晤益棠。少顷,文、许两君继至,吉珊亦来,余与吉珊在彼照料。俟其家属递具报呈,缴出关防,然后至道库点验实存银两,标题封识,将所缴运河道铜关防一颗亦封固寄库,并于库门加封加锁,其库钥余即持归,收储内署。一面电禀河帅任公,听候委员接署可也。

十五丙戌日(5 月 13 日) 晴。卯正,出诣福德祠及大王、禹王两处,拈香行礼。闻劳厚庵已归,即往访之,晤谈良久。两年不见,容颜更觉老苍矣。午后,拟就具报运河道罗锦文因病出缺日期禀稿,发誊。下午,往道署照料一番。晤益棠,知罗公大殓择定十八日辰刻,同人俱于彼时往吊可耳。傍晚,接淡人、仲宽先后来电,告知河院牌示委余护理运河道篆。西斋闻之,便衣来访,谈片刻去。灯下,将上河帅呈禀封固，专差投递，复另致淡人、仲宽各一信，去役限四日到汴。

十六丁亥日(5月14日) 晴。午前，谢佩兹、文量甫俱来贺，晤谈片刻。余出门，旋即答拜两君并许承斋，访汪又卿，俱未遇。拜郭春霆，得见，遇复初和尚于座，依然一老衲也。傍晚回署，吉珊两叠前韵赋七绝四首见赠，因亦叠韵答之。曰："作吏何妨说一行，幅员辽阔两三程。凭君大展龚黄绩，爱育群黎似育婴。""李郭同舟语有之，和衷寅协最堪思。不期刺史专城日，恰值监司摄篆时。"

十七戊子日(5月15日) 晴。午后，劳厚庵以冬菜、笋浦见饷，旋即来答拜，晤谈时许，留其小食，坚辞而去。余作书致燕泉，将三月斋课卷封固，专差赍呈，顺致凤笙、子舟各一书。

十八己丑日(5月16日) 晴。吉珊将赠余七绝四首用宣纸书一横卷见贻，词翰双美，良堪什袭。巳刻，赴道署奠罗观察之灵，吊其公子燮南，遇厚盦于座，无何同人皆至。余备有公祭筵席，厅州七人同诣致祭，在彼永日，晚饭毕乃散。谢佩兹电询汴局，得其复电，余奉委护道文檄已于十六日发驿，约计廿外可到。厅篆委王蕴和司马承陛署理，未知此君何日莅止也。

十九庚寅日(5月17日) 晴。早间，叠前韵再赋七绝四首赠吉珊。词曰："漫说班生快此行，且从唐举问前程。与君各有含饴乐，那借新罗写戏婴。""书法羲之与献之，豪吟真个涌泉思。教侬眉色都飞舞，满纸琳琅拜赐时。""休论狂狷与中行，庭训亲教定课程。玉树三株齐竞爽，孙枝更茁几孩婴。""不酌贪泉似隐之，政行胥吏再三思。春明有梦应难忘，犹是簪毫粉署时。"

二十辛卯日(5月18日) 晴。午后，忽风雨交作。杨闸官士镇禀奉委署杨庄闸，昨日接篆来禀谒，与接晤片刻。下午，邀厚庵、又青便衣来署闲谈，留其便酌，二更后乃去。内子忽又举发旧恙，气疼作呕殊甚，急检旧方，令撮药煎服，夜半稍愈。医者张梅庵如曲阜，即作书命车往迓之，以冀速治速痊也。

二十一壬辰日(**5 月 19 日**) 晴。家忌设祭,享祀如礼。午后,清理厅署公事,分别签判印发,以备指日交替。下午,运河营守备王灵芝来见,恳照例委派催查各厅另案差,姑允之。接吉珊手柬,复三叠四叠前韵,赠余七绝四首,此老可谓豪于吟咏矣。

二十二癸巳日(**5 月 20 日**) 晴。午前,继芬归,谈悉北路挑工已开办,旬日可毕。南路济汛即日往办,因令再彭侄前往司银钱事。午后,张余亭来拜,已与订定仍延其来署办理笔墨账房各事。余旋往拜汪益棠,订定仍延办道署库储。旋往拜余亭,访孙伟如,晤谈时许而还。京师专足至,得四弟复书,已于十六日出京来济,取道天津,舟行至德州登岸南来,大约月杪、月初可茁止也。

二十三甲午日(**5 月 21 日**) 晴。午前,接抚、河两帅先后来电,因回空漕船阻滞江境,漕帅请由东境放湖水济送,饬转行迦河厅速办。余遂亲诣道署,将库存关防取到,作为今日接篆视事。即刻印发札迦河文件,并电复河、抚两院。仍择吉廿五日未时望阙谢恩,拜受道篆,厅篆则拟暂委泉河顾君兼理。傍晚,吉珊来谈,即留其便饭,二更后乃去。灯下,阅日行公牍数十件,皆罗公故后所积也。

二十四乙未日(**5 月 22 日**) 晴。奉到河院委牌。专差至自汴,带到仲宽复书,述及王蕴和尚未起身,余即札委泉河顾君兼理运河厅篆,将关防移交接收视事。先时延顾君来晤,告以缘由,渠唯唯而退。下午,李君恩祐来谒见。李君字默卿,即吉珊堂弟,山东候补县丞,求充道署文案,余允为札委,故来谒耳。

二十五丙申日(**5 月 23 日**) 晴。辰刻,往谒僧王祠。未初刻,恭设香案,望阙叩头拜受运河兵备道关防,升堂受贺,接见厅州汛闸各僚属。如礼设馔祀祖,受家人贺。旋赴道署祭门、祭库、祭福德祠,礼毕,已薄暮矣。晚间,宴本署幕委诸君,益棠因事未到,共设两席,亥正乃散。

二十六丁酉日(**5 月 24 日**) 晴。晨起,谒城内各庙四处。旋答拜各寅僚,惟晤量甫,余俱未见。午后,劳厚庵、孙伟如俱来贺,晤谈片刻。阅日行公牍时许。出晤益棠，商酌公事，拟明日赴兖州拜伯衡观察，与面商夫工、湖地各事，以期两相接洽也。

二十七戊戌日(5月25日)　晴。晨起，往谒城外各庙毕，即起马，厅州汛闸诸君来送者十余人。已刻，出城。申初，抵兖郡。首县备仪仗迎于关外，旅店则张灯结彩、鼓吹鸣炮。余抵寓少憩，县令徐君赓熙即来谒见，张益君派分兖郡当差，亦来见。余旋往拜田镇军、王太守、徐大令，均未晤。最后至道署拜彭伯衡观察，亦鼓吹鸣炮相迎。晤谈之下，遂留晚饭，乃郎治臣亦出见。灯下，出留音戏盒听戏至十余出，亦洋物也。二更雨甚，乃别伯衡而出，仍至旅店住宿。

二十八己亥日(5月26日)　阴。自夜至晓，阵雨时作时止。辰初，发兖州，镇道府县俱差送，一路冒雨遄行。未正，回抵济署，诸寅僚又俱迎于堂下，余谢之。下午，阅两日公牍。出晤益棠、吉甫，略谈。旋命开库收发各款，工程款均将次发清，惟略留尾零，公费则均发至四月杪云。

二十九庚子日(5月27日)　晴。午前，捕河许承斋、上河文量甫俱来见，面商工程事宜。午后，往答拜诸君，惟晤许承斋，渠明日即往工次督理挑修各工也。灯下，阅视公牍。与子先内弟话别，作致季卿叔岳书，交子先带上。子先以七律二首留别，余即口占答之，兼以赠行。词曰："抵掌频教到夜阑，得君远莅最新欢。一年草草流光速，十载遥遥会面难。此去好占鸿遇顺，何时再许月同看。归途赖有佳儿伴，臭味真如入室兰。""徒倚斜阳步绕廊，悲欢人事怕评量。多君雁序情何笃，使我鸿光意自强。惜别最难忘手足，摄官聊复慰衷肠。留行辗转真无计，且趁余闲话一堂。"

五　月

五月初一辛丑日(5月28日)　晴。卯正，诣文庙、文昌祠及道署衙神前，拈香行礼。辰初，子先挈其子明斋登车南返，余命李成玉伺送，至芜湖方令遄回。子先小食毕，即与辞，余送于门，命兆梓、兆

梧远于郊外相送。辰正,各寅僚循例衙参,余一一接晤。日间,终朝
伏案判阅公牍信札。傍晚,招厚庵便酌,畅谈至二更乃散。

初二壬寅日(5月29日)　晴。闻署运河厅王蕴和司马将至,因
令辖下材官持束迓之,旋据其遣吏持手版禀到,知其未刻入城,今日
尚不来谒也。午后,顾桢岩来见,面禀泉河公事,并请出补行四月分
池楼书院课题。余终朝伏案阅视公牍数十件,可谓繁矣。泇河禀覆
启放湖水浮送南河空船,仍未敢擅专,余乃札令酌放漫板水三昼夜,
以免漕帅借口,一面电达河帅立案云。

初三癸卯日(5月30日)　晴。开库发款,批发五厅春季夫食四
之一,各厅公费均借发百金,批判领状。阅视公牍,历碌终朝方毕。
汛闸各员十一人来谒,欲求多发夫食,余答以库款不充允俟各州县河
银解齐再为发给,各员均唯唯而去。兼理首厅顾君欲借公费,仅予以
大衍,因署任者已到,未便多支也。下午,刘寿人、王灵芝均来谒见。

初四甲辰日(5月31日)　晴。早间,池楼书院监院李珊园、署
运河厅王蕴和俱来谒见。午后,顾桢岩来,亦与接晤。余旋往答拜
李、王两君,俱未晤而还。阅牍件,得署江安粮道松来咨,云江北漕运
前五起已于四月廿一日开行北上,然则泇、捕各工均得催令速完矣。
灯下,为仆人派分节帐,开发各项节赏,半晌方毕。王蕴和求借公费,
因以二百金借之。迟四弟不至,殊闷于怀。

初五乙巳日(6月1日)　晴。巳初,各僚属均来贺节,旋出门一
一往答其拜。午间,祀祖。午后,王仁斋来拜,晤谈时许而去。

初六丙午日(6月2日)　晴。早间,兼理运河同知顾君禀知交
卸,署运河同知王君禀知接篆,均来谒见。午后,往贺王君接篆之喜,
答拜王仁斋,均未晤。拜田象乾总戎、郭春霆副戎、李吉珊直刺,俱晤
谈。傍晚回署,判阅公牍,封发信件,半晌方毕。

初七丁未日(6月3日)　晴。巳刻,汪万有回言四老爷已抵二
十里铺,因命舆往迓之,梓、梧两儿亦乘车往迎乃叔。余迟至午正尚
无消息,乃先吃饭。午后,田象乾总戎来答拜,晤谈片刻。未正,四弟

至署相见。别十五年,彼此面各加丰,惟不无老苍耳。相与话别后情事,知其官陇十载,治术、军功均能出人头地,不禁刮目相看,喜慰无极。

初八戊申日(6月4日)　晴。日间,除阅看公牍外,惟与四弟情话。午后,县丞戴松龄来谒,与接晤片刻。下午,与益棠晤商公事,拟派委王、鲍两君分往泇、捕两厅查催挑修各工,俾令早日报竣,以便核转云。

初九己酉日(6月5日)　晴。阅日行公牍,协备鲍君来谒见,与接晤片刻。余暇惟与四弟畅谈,夜分乃寝。

初十庚戌日(6月6日)　晴。再彭、植之先后旋署,述及工程均各报竣,继芬往卫北汛阅工,迟方还也。晚间,作书覆淡人。复判阅公牍,半晌方毕。

十一辛亥日(6月7日)　晴。判发日行公牍,委王、鲍两守备分往泇、捕两厅查工。午后,鲍来禀见,首厅王君亦来谒,均与接晤。晚间,偕四弟中庭纳凉,久谈。

十二壬子日(6月8日)　晴。午后,出至益棠、绩甫斋中,晤商公事。判阅文移稿件。傍晚忽大雨如注,夜分乃止,恐雨后将有山水涨发矣。

十三癸丑日(6月9日)　晴。寅正,恭诣武庙致祭。厅州两君均陪祀,州判竟不到,殊可恶也。祭毕,复至本署关帝庙一祭,旋偕四弟率子侄辈游王母阁,在彼久坐畅饮,未初方散。归途访劳厚庵,谈片刻乃还。王守备禀辞赴泇河,因与接见。余倦甚,王君去后假寐时许。

十四甲寅日(6月10日)　晴。日间,判阅公牍,接见玉松谷、吴立樵两君。改拟禀河帅为罗前道乞恩免缴库亏稿,因益棠原稿冗长支蔓,故另拟一通,斟酌半晌方脱稿,即令植之誊缮毕即发递。

十五乙卯日(6月11日)　晴。卯初,诣大王、禹王并三处衙神前拈香行礼。回署后,接见厅汛闸诸君。午后,小眠片刻。接芜湖电,子先乔梓于十二日抵芜关矣。

十六丙辰日(6月12日)　晴。日间,阅视公牍,印发禀报查勘各厅工程情形红白禀。闻畿辅一带拳匪与教民相持,势极披猖,殊切杞人之忧。

十七丁巳日(6月13日)　阴。午后,出拜运上下泉四厅,均未晤,惟与汪又卿畅谈。归来细雨蒙蒙,天气颇凉,因与四弟酌酒清谈,极联床话雨之乐。

十八戊午日(6月14日)　晴。午后,往奠罗观察之灵,厅州诸君均到,得与晤谈。回署后,劳厚庵便衣过谈,无何雨至,乃命车送归。

十九己未日(6月15日)　晴。四弟出门拜客。余将致各省友人信阅讫封固,或加一亲笔另笺,或否,均用官封分别驿递。阅公牍,抚院行知准部咨运河夫食准照案借拨充道库款,乃备文派首汛闸前往兖州支领。

二十庚申日(6月16日)　晴。闻畿辅一带拳匪与教民相持,互有杀伤,京师人心惶惶,铁轨电竿均被焚毁,日来消息不通矣。噫!何天心之不厌乱耶?

二十一辛酉日(6月17日)　晴。首汛闸至自兖州,领得夫食银两六千两,即来谒,与接晤片刻。旋至益棠斋中晤商公事,判阅文移稿件,半晌乃毕。

二十二壬戌日(6月18日)　晴。接絜斋来书。又接子明兄弟哀启,四叔母考终准寓,年七十有一,可谓高寿矣。孙伟如来答拜四弟,余亦与晤谈片刻。

二十三癸亥日(6月19日)　阴。接赞斋亲家书,提及方鹤人农曹已缔姻寿州孙氏,所说只可作罢论矣。王灵芝自捕河查工回来谒销差,与接晤片刻。日间,判阅日行公牍。专差至省投递咨藩司交代册籍,因谕汪升一函,饬令买烟,交原差带回。

二十四甲子日(6月20日)　晴。午后,谢佩兹来谒,言及北氛甚恶,天津不守,京师戒严,电报不通等语,闻之曷胜愤懑。因延州牧李吉珊至,与商筹办本城守御之策。吉珊唯唯否否,意在镇静。夫外示镇静而暗自筹备,犹之可也,托镇静之名而茫无设措,则非吾所敢知矣。吉珊去后,接见提塘曹其巽、千总胡继朗。晚间,电禀中丞袁公,请饬州兴办团防,以期防患未萌,未知帅意如何。

二十五乙丑日(6 月 21 日)　晴。郭春霆、汪幼青、王仁斋先后过谈。午后,中丞复电至,但言德州尚安静,屯有重兵,余无他语,意盖不欲张皇也。闻泰西各国均与中朝失和,志在瓜分,大局殆不可问。余与四弟熟商,拟即各自为计,有官守者当勤官,无官守者图保家可耳。

二十六丙寅日(6 月 22 日)　晴。早间,首厅王蕴和来谒,言候补汛闸各员因派分夫食平余银两不遵厅派,哓哓争竞。及阅所派银数均极平允,乃严谕各员加以申饬,令其各遵道厅派收领,不准抗争。余手书朱单,送厅张贴晓谕也。

二十七丁卯日(6 月 23 日)　晴。午后,往拜晤郭春霆、李吉珊,均各久谈。因与商及筹防各事,拟次第施行。在吉珊座上与姚子钧、方鹤盟相遇,亦各言及北方拳民与泰西各国业经开仗,洋人虽暂败,窃恐兵连祸结,难方未艾也。

二十八戊辰日(6 月 24 日)　阴。电报局传述董提戎一军将驻京,洋官洋兵一律烧杀净尽,闻之大快人心。并闻拳会头目已赏给职衔,令其率队剿杀洋寇矣。惟既与若辈交绥,则各国教士不容再留内地,如此间之福若瑟等皆当勒令出境。因手书致伯衡观察,请其饬州遵办,未知渠意云何。

二十九己巳日(6 月 25 日)　阴。午后,得伯衡复书,据云已饬州筹办防堵,并令其敦促洋人出境矣。因走柬延吉珊来署,拟与面商办法,乃吉珊辞以疾不果来,只可翌日再议矣。日间,蔡慕陶来谈良久。

三十庚午日(6 月 26 日)　晴。江北河运催漕委员安泉者忽来电信,询问直东地方情形,盖漕行颇有戒心也。余即复一电信致署江安粮道松观察,告以近日北路军情,嘱令请示大府以定漕船行止。午后,厚庵来畅谈,晚饭后乃去。州牧李吉珊于二更后来见,因令速催洋人出境。去后,复与四弟聚谈,万目时艰,惟有叹我生不辰而已。

六 月

六月初一辛未日(6月27日) 阴。卯正,诣武庙及三处衙神,拈香行礼。归来接见僚属厅州营卫及候补诸君共十人,谈及天津有被夷寇侵踞之说,云得诸过路西电所述。余决其必无是事,他人尚疑信参半也。晚间,电局得信,夷寇与义和团民及董军战于津沽,寇兵败绩,毁夷船二,毙寇四千,大沽口及津城登时克复,闻之大快人心。

初二壬申日(6月28日) 晴。巳刻,往拜量甫太夫人寿,同人咸集,均在彼吃面,四弟亦往与。同寅中惟蕴和、吉珊、桢岩未到,余俱在座云。席散后,往拜郭春霆,晤谈良久而归。李成玉自芜湖带到吴季丈复书及子先、子扬手书各一件,知子先乔梓一路平安,越十一日即抵芜湖,在芜小作句留即回里云。

初三癸酉日(6月29日) 晴。判发日行公牍,复委材官分赴各州县催提河银,以期迅速解清济用。是日为双孙周晬聚集,阖家吃面。午后,捕河厅许承斋、署甲马营巡检吴兆丰、署靳口闸官汪树修均来谒,各与接见。傍晚,蔡慕陶来晤,言及此间丑类仍欲逗留,未肯决然而去,于是吉珊专禀彭观察请其加催。余亦手泐数行寄彭公,均由州专马递充,未知其回书作何计较也。

初四甲戌口(6月30日) 晴。午后,鲍凯臣自泇河催工毕回济销差,与接晤片刻。言及南路水势甚小,非得透雨,河流不能渐涨。余拟初六日即设坛祈雨,已传知州牧像备矣。晚间,李吉珊复来晤,言及洋人异常狡诈,仍无准行之意,且俟明日再往催促之。

初五乙亥日(7月1日) 晴。巳刻,往谒僧忠亲王祠,即在彼吃面。厅营俱到,吉珊请假一日不果至。午初各散。午后,闸官杨光新来谒,与接晤片刻。接江北河运襄办恩直刺书,云前五起漕船俱挽过清江闸,后五起尚未齐抵袁浦云。

初六丙子日(7月2日)　晴。未刻,委文武员弁诣城东清化洞取水,设坛城隍庙,率同人诣庙行礼。吉珊启知教堂洋人已走十余人,余者限令初八日走尽,闻之甚慰。下午,邀郭春霆来,与商挑选河标练军五十名分驻四城门,稽察奸宄,并以十名作亲军卫队,皆余捐廉给发口粮,春霆欣然乐从,约定明日挑齐送来。晚接署江安粮道松晴川观察来书,云漕船前五起现方过清江闸,拟在宿迁等候后五起齐集,然后长行云。

初七丁丑日(7月3日)　晴。早晚诣城隍庙两次祈雨。傍晚,李珊园至自历下来见,言明日即返沪,因将渠六月分薪水付之。姚眉生自夏镇办工完竣来谒见,与接晤片刻。灯下,作书复林康甫,又致淡人一书,均交珊园带沪。

初八戊寅日(7月4日)　阴。城门练军来报洋人已悉数出城。辰刻,诣庙祈雨。旋至教堂临视,见尚有教民数十人在彼,据称不日亦将四散矣。午间大雨一阵。申刻,复往祈雨。酉刻,天大雷电以风,继以大雨时许,可称甘霖普润,人心藉以稍安矣。

初九己卯日(7月5日)　晴。巳刻,诣城隍庙敬谨祀谢。午后,闻前任淮扬道谢子受观察过此,寓僧王祠,因往拜之,晤谈片刻。少顷,渠复来拜,亦晤面。滕县县丞王承均来谒,与接晤。王君即蕴和堂弟也。

初十庚辰日(7月6日)　晴。午前,接见王蕴和。午后,鱼台县令史君恩培、郑辉廷、劳厚庵先后来拜,均晤谈。子受观察以书籍陈墨见贻,余受而藏之。郑辉廷亦馈茶叶、桂花、木耳两种。晚间,四弟得棬侄来禀,懒于作覆,余因挥数行示之以报平安,交邮局寄递。

十一辛巳日(7月7日)　晴。早间,作书复季卿丈并子先、子扬,分递芜湖、杭州两处。午后,阅判日行公牍。接中丞札行奉廷旨,中外开衅,海道梗阻,饬认真整理运河,以维运道等因,余固责无旁贷矣。

十二壬午日(7月8日)　晴。早间,接河帅任公电示,亦以运河须筹备转运兵粮饬令实力挑浚等因,当即电覆遵即妥筹云云。午后,答拜鱼台县令史君,未晤。拜谢子受、姚子钧,均晤谈良久而还。子受观察以前明旧墨见贻,云的是万历甲申年物,殊可宝贵也。晚间,接迦河厅禀,言山水涨发,微湖水亦见长,请电催漕船速来等情,阅之甚慰。

十三癸未日(7月9日)　晴。午前,电致松晴川观察,催促漕船速来。午后,判阅堂单,开库收发银两。劳厚庵走柬来询河路已否通畅,答以迦河厅未启西湾坝,舟至彼须盘坝易船前进。盖厅官恐十字河挂淤,有碍漕行,余固未便强令启坝也。日间热甚,向晚渐觉清凉。四弟待船未发,因动游泰山之兴,将依杨乐廷为东道主人云。

十四甲申日(7月10日)　晴。接中丞四百里排递专札,奉廷旨,以海道梗阻,令将苏、浙海运未竣之漕米三十万石改由河运兼程北上等因,东省运河更须妥为筹备,当与各厅筹商办法,以免贻误要工。午后,接松晴川复电,江北漕船未过天妃闸者只四十艘,即上催令速进,大约抵东境不远矣。谢子受以无舟仍未行。

十五乙酉日(7月11日)　晴。晨起,诣大王庙暨衙神三处,拈香行礼。回署接见六厅,皆云添运漕米河道实无把握等语,乃作书致洪兰楫太守,询问伊北运河作何筹备,如何登复,俟得伊回信再酌。午后,有同乡王泉孙仁治者自京避乱而出,道经此间,固四弟在都旧识也,乃留其下榻署中。有同行应主政国梁携有眷口,因饬仆役为之赁觅客栈以宁之。

十六丙戌日(7月12日)　晴。早间,应君云卿来拜,与晤谈,述及旅费告罄,四弟嘱以制钱百贯假之,约到杭州归还。午后,往答拜应君,未晤。下午,又接中丞札,仍为添运南漕,饬将黄河穿运之南北运口详勘速筹修改之法以利漕行,因即飞饬捕河厅诣勘详议禀覆,以便核转。晚间，大雨通宵未息，田野可期沾足，河流亦得通畅矣。

十七丁亥日(7月13日) 阴。判阅日行公牍。出晤益棠，与筹商添运事。又与王泉孙晤谈。封发致吴仲饴信，接祖培侄抵淮寓后来禀，知其初肆日已安抵淮城矣。下午，将赠李吉珊叠韵诗八首汇书一横额，贻之以作琼报。

十八戊子日(7月14日) 晴。接沈退庵苏州来信。午后，开库收济宁州解到河银，发各厅六月分公费及池楼书院两次官课奖赏杂支各项，余亦自提道任公费一个月，计实银六百四十一两有奇。下午，阍者忽持钱新甫太史名刺入，急延见之，始知奉其尊人子密尚书挈眷避京乱南旋道出此间，沿途备历艰险，亦可怜矣。余旋往答拜新甫，兼谒密丈于西关客店，傍晚乃返署。灯下，作书复退庵。

十九己丑日(7月15日) 晴。早间，接见捕河厅许承斋并朱州判、鲍千总。午后，以肴蒸馈馈子密先生。旋接新甫手柬，谓老翁仍拟陆行南下，须借肩舆一用，即答书允之。晚间，四弟挈儿辈邀同应、王两君饮于酒肆，余在上房吃饭。

二十庚寅日(7月16日) 晴。早间，何颂圻枢曹葆麟来拜，晤谈片刻。何君南陵人，官京师，亦避难过此者。午后，判阅公牍，旋答拜何颂圻，未晡。至郭寿农处吊其弟丧，稍坐即还。晚间，应云卿来，王泉孙等均共酌。

二十一辛卯日(7月17日) 晴。嘱王泉孙蹇修于应云卿，拟求其三女为余长孙妇，云卿欣然允许，即择于明日换柬。午后，阅判日行公牍。接抚院札，已派委候补道姚君钊来会勘运河事宜，俟其至与之商榷可也。夜间雨，至晓未息。

二十二壬辰日(7月18日) 阴。午前，钱新甫来访，言明日奉其尊人登程，仍由陆路南下，借轿一乘，乞派马队十名护送前往，均为照办。午后，与应云卿结姻，嘱王泉孙为媒，互送柬帖。有浙江海运委员郭诵茗太守避乱南还过此来访，求借马队护送，亦派两马与之。日间阵雨数次。晚间，罗燮南请支宾酒，因往赴之。郭春霆及各厅均到,日晡即已席散矣。

二十三癸巳日(7月19日)　晴。往祭罗郁田观察,厅州营衙咸集。祭毕,入席饮福,未初散归。午后,阅判公牍。傍晚,接刘酉山自电庄来电,据称漕船本日酉刻挽入东境,未知确否,须俟得厅禀方敢转院耳。接洪兰楫复书并见示禀稿,亦以北运河不能任苏浙漕船为言,未知大府作何批示也。

二十四甲午日(7月20日)　晴。罗宅开吊,余巳刻往奠,文武同城咸集,午饭后乃还。午后热甚,座客无不湿汗淋漓,只得各散。闻天津竟被夷寇攻陷,直隶提督聂功亭阵亡,裕制军退驻献县矣。

二十五乙未日(7月21日)　晴。发电询问洪太守是否姚观察先至彼处,何时来此会勘。晚间,接江北河运襄办恩直牧电,称大泛口淤死候迁无坝求速办等语。乃飞饬泇河厅赶办,并派外委武赞勋往查,兼探漕船行抵何处,以便转报大府也。

二十六丙申日(7月22日)　晴。寅正,恭诣龙亭,率领文武各官行朝贺礼。归来,接泇河厅呈报漕船入境文牍,即转电河抚两院。午后,有同乡张少秋、姚冀堂两农曹避乱至此,皆四弟旧友也,因留其下榻署斋,可谓高朋满座矣。

二十七丁酉日(7月23日)　晴,热甚。应云卿来聚,以无舟未能速走,殊怏怏也。覆冯叔惠书。接洪兰楫回电,姚松云已先至东昌,现抱恙,即有书来也。

二十八戊戌日(7月24日)　晴。早间,有候补闸官蔡长清者来谒,与接晤片刻。午后,汪又卿荐一相士刘姓,谓其精相术,姑令来见,乃并不知相,敷衍数语而去。晚间,接孙晓秋覆书。

二十九己亥日(7月25日)　晴。午前,刘伟臣农曹如辉来访,亦月前避乱出京者,固数年前旧识也。午后,作书覆絜斋,邮局停止寄书,仍由驿递潮州。日间热,判阅公牍挥汗如雨。

七　月

七月初一庚子日（7 月 26 日）　晴。晨诣文庙、文昌祠并衙神各处，拈香行礼。回署，接见城守营都司杨君，谈时许。终日热甚，阅看公牍外，惟兀坐，挥扇不已。应云卿来，傍晚乃去。

初二辛丑日（7 月 27 日）　晴。午前，孙巡捕禀知河帅公子任越华观察自津避乱过此，因未携衣冠不便来拜，余即往访，晤谈良久。述及行抵张夏，遇王绳伯偕同全眷陆行南下，嘱转致余，以夔丈在京资用将罄，嘱设法接济。时道途梗阻，汇号歇业，千里赍银恐莫能致，殊大费踌躇也。晚间大雨。

初三壬寅日（7 月 28 日）　阴。日间，作书上夔丈并致稚夔，以双柏寄之。因念及徐花农、吴炯斋、连聪叔、陈凤笙诸君亦必匮乏，遂各致一书，各以廿金为赠。适本署当差外委张本堂、高福立二人愿往赍送，姑且一试，并厚给二人川资，但愿其能达到也。晚间，接中丞电示，据江安粮道禀请饬赶挑十字河淤沙，当飞饬泇河厅赶办，一面电复中丞，部署半晌方毕。

初四癸卯日（7 月 29 日）　晴。文案委员张绩甫辞差赴汴，因令李默卿承其乏。午后，阅判公牍，接中丞续电，仍催速挑十字河，并饬滕县堵筑曹家水口民埝，当即插翼飞行厅县。去后晚间，蔡辛伯来一晤。四弟因同乡诸君催促偕行，已雇定船只，余拟明日设席王母阁饯行，诸君咸与焉。

初五甲辰日（7 月 30 日）　晴。早间，四弟挈儿辈往王母阁陪诸君饮宴游玩，余因二次飞饬厅县文檄未发，须在署料理，遂未往。午刻，将前檄签即发递。傍晚，王、张、姚三君先散归。四弟继至，仍共晚饭，相与畅谈话别。时应云卿已奉母携眷登舟，约四弟偕诸君明日同行，共觅得小船四只，殊逼窄也。

初六乙巳日（7 月 31 日）　晴。余辰初即起。四弟犹酣眠，至巳正乃起，即出门辞行。余方作致子明兄弟书，适应云卿、张少秋、姚翼堂三君来谈,遂相与共话。迟四弟共饭,至未初方还。午后,四弟检拾行囊,余为检取川资数百金,因云卿资匮,尚须随时接济之,故宁多备耳。复以百金寄子明兄弟,为姆母殡葬费。又作致吴仲饴、王赞斋各一书,均交四弟携往。傍晚,应、王、张、姚四君均辞余登舟。四弟晚饭后略谈,亦即告辞而行。余作七律二首送之,诗曰:"骊唱偏教歌不已,渔阳鼙鼓况遥闻。时艰会有擎天柱,世乱催回出岫云。老马只今仍恋栈,征鸿无那又离群。十三年别三旬聚,余憾还留一二分。""且喜归途足慰情,春明旧雨半同行。酒杯好共倾三雅,棋局时还对一枰。梦绕池塘余眷恋,诗成灯畔少经营。重逢此后知非远,莫漫临歧百感萦。"先是,弟来时余有口占志喜一律,亦补录于后:"十四年才重会面,摄官刚值陟层台①。君恩深处惭余拙,家运隆时喜弟来。揩眼各惊青鬓换,回头早把白眉推。从今行乐须排日,莫听骊歌信口催。"

初七丙午日(8月1日) 晴。卯初,至天井闸下舟次送四弟行,将诗录致之。应、王、张、姚四君均会于一舟,晤谈时许,兼与诸君揖别,然后还,时方辰初二刻也。两儿视叔开船乃归,据云顺风下水,顷刻已行数里矣。午后,判阅日行公牍,独坐萧斋,乃有别离之感矣。

初八丁未日(8月2日) 晴。日间,接淡人来书,言兑款事。午后,小眠片刻。阅公牍,据汛闸报,漕船于初五日全帮入境,厅报尚未来。傍晚,孙伟如来晤,为伊被控事,欲余缓颊也。

初九戊申日(8月3日) 阴。早间小雨两次。午后,江南管解军火委员王小亭刺史来谒,与晤谈时许。王名茂中,广西马平人,少鹤通政之侄也。谈次知至此将易舟而北,因为拨派练军十名送至浔口,并致书捕河厅许承斋嘱其为照料。下午,劳厚庵、刘伟臣先后过谈,为争舟事,余乃曲为调停,俾劳让于刘,劳勉强应允而去。

初十己酉日(8月4日) 晴。余以肴蒸馈王小亭,王报以肉桂、

---

① 后有小字:时余权任运河监司。

火腿、芽茶诸佳品,余受之颇滋愧也。日间、晚间两次披阅公牍,发禀报漕船全帮挽入东境文牍。闻新任崔君永安已抵济南,余将让位矣。

十一庚戌日(8月5日) 晴。早间,王小亭来告辞,余未与晤,约午后往送别。余旋往舟次晤之。复访劳厚庵,久谈乃还寓。判阅公牍至夜分,方欲就寝,州署送阅差信,崔君已于今日自东省至豫省缴凭谒帅,将道出此间,约计十四当过此矣。

十二辛亥日(8月6日) 晴。早间,王蕴和、文量甫均来见。蕴和以备办新道供帐为言,余允勉筹二百金令其捆节支用。接河帅手函,谆谆以慎重漕运、整饬城防为嘱,并令垫送刘伟臣百金,遵即连信送去,刘坚辞不受乃已。复奉帅檄,令往泇河勘督十字河挑工,并催提漕船,余定于明日带印公出。终朝料量公事,手不停挥,直至夜半方寝。

十三壬子日(8月7日) 晴。自巳至申复栗碌半晌,方将公牍分别印发。伟臣来晤谈,交寄复任帅书,当为附递。酉刻,携带关防令箭登舟,益棠、季芬偕往,兆梧亦待行。戌初开船,行至赵村,泊闸下。

十四癸丑日(8月8日) 晴。晓发赵村。午过枣林,停舟吃饭。申初,过南阳,遇刘酉山、王灵芝,均来见,知漕船均过十字河,并无淤浅,余乃释然于怀。戌初,抵利建闸,阴雨忽至,遂泊。夜间,蚊子甚多,扑面皆是,为之废寝食,殊可恨也。夜间雨颇久,四鼓方止。

十五甲寅日(8月9日) 晴。晓发利建闸,自此蚊渐少矣。午过王家水口,遇署江安粮道松晴川观察船,余过船拜晤,谈片刻而别。头二起漕船亦陆续北上,沿途皆见之,余既到此,姑往夏镇一看可耳。未初,过珠梅闸,泊舟吃饭。益棠、继芬俱共复谈时许方各散归己舟。傍晚,抵夏镇,该处守备巡检均来谒见。

十六乙卯日(8月10日) 晴。探知漕船均过十字河,并无浅阻,遂不复往勘。寅刻,开船北还。终日顺风,舟行甚速。酉正,泊南阳闸。见漕船前数起均停该处,松粮道座船亦泊焉。因差弁持帖往促其明日务令各船前进,勿再逗留为幸。

十七丙辰日(8月11日) 晴。寅初,发南阳闸。天气奇热,幸遇大顺风,舟行甚速。未正,即抵济城,登岸还署。谂悉新任崔磐石观察永安昨日抵此,尚未谒帅缴凭也。晚发电禀两院,报知漕船俱过十字河,头起已抵济矣。

十八丁巳日(8月12日) 晴。晨起,拜崔公,未晤。访厚庵、玉初昆仲,久谈。归来,适崔来答拜,晤谈片刻,伊须休憩数日方赴汴也。午后,判阅公牍,天气热甚,挥汗不已。

十九戊午日(8月13日) 晴。汪幼卿、田乾象、劳玉初先后来晤,王蕴和亦来谒见。接四弟电,知安抵清江。接河帅电,命代为雇船三艘,将送眷南旋也。

二十己未日(8月14日) 晴。天气益热。王蕴和复来谒辞,未与晤。下午,与益棠晤商公事。漕船前两起已开行,后五起亦陆续抵济。连日双孙患脾泄颇剧,幼科更乏良手,惟延刘恩亭迭诊,服药不甚奏效。

二十一庚申日(8月15日) 晴。日间,判阅公牍数十件。田萧臣军门至自兖州过访,晤谈时许。傍晚,襄办河运恩楚香直牧至济来谒,亦与接晤。前后十起漕船俱陆续抵济矣。

二十二辛酉日(8月16日) 晴。早间,松晴川观察来拜,晤谈时许。余旋答拜恩楚香,未晤。往劳厚庵舟中送行,畅谈,复晤玉初,午正方还。双孙泻泄不已,恐将成漫惊风,孩子太小,医药本难,真无可如何也。噫!

二十三壬戌日(8月17日) 晴。早间,往拜崔观察、郭协戎,均未晤,惟晤刘酉山。午后,阅看公牍。蔡辛伯来一谈。双孙惊风已见,诸医束手,竟于亥末殇去,阖家悲悼。余尤惧内子之因是发病也,苦劝之,奈情不自禁何!夜半风雨交作,天气转凉矣。

二十四癸亥日(8月18日) 晴。早间,文量甫来见,出示电局过电,惊悉杨村、蔡村相继被洋寇攻破,裕督帅阵亡,洋兵克日犯阙。

十七日慈舆挈大阿哥西幸,上留守都城等语。闻之不觉疾首痛心,愤恨交集。发上任帅禀函,交马队专递。灯下,孙孟延来,晤谈片刻。

　　二十五甲子日(8月19日)　晴。午前,往晤松晴川,久谈。渠以京师戒严,不欲将漕船冒险前进,已电禀江督请示,或存济宁,或运济南候遵行。午后,恩楚香来见,晤谈良久。闻洋兵于二十一日攻陷京师矣,以后如何情形尚无所闻。

　　二十六乙丑日(8月20日)　晴。内子因哭孙触发旧恙,卧病两日,国事、家事忧愤填胸。午后,王蕴和来谒,晤谈片刻。下午,阅公牍毕,小眠时许。晚间,听事吏称崔观察夫人于今日亥刻殁于寓所,崔已上书河帅请假一月矣。

　　二十七丙寅日(8月21日)　晴。早间,往慰喑磬翁,未晤。拜松晴川、恩楚香,均未值而还。午后,阅看日行公牍。晚间,晴翁书来,奉江督东抚覆电,仍令督粮船前进,伊令十起今日亥刻一律过天井闸,渠明午亦即解缆矣。

　　二十八丁卯日(8月22日)　晴。早间,松晴川来辞行,晤谈时许。忽僚婿褚逊之来访,盖以末秩需次直隶,挈眷避乱而来。前至历下,川资告罄,电来假贷,余曾助以卅金,今由济南下旅费仍不充,因复以廿金赠之,共五十金矣。午后,往崔宅送殓,得与主人略谈。归来,吴献斋太守家修奉委办济宁转运来谒,与晤谈时许。献斋为俊民犹子,固旧识也。晚间,张、高两材官至自京师,余闻之喜甚,亟呼令入见呈。出稚夔复书,洋洋数千言,感余不置,正当奇绌,得余双柏,大有裨益。并代夔丈致谢,老人公忙,不另作覆。此外,花农、炯斋、凤笙诸君亦都有函相答。时在七月既望,越日慈舆即西幸,该两弁略迟不走,即陷于寇矣。然廿一寇入都城之后,诸公不知作何计较也。

　　二十九戊辰日(8月23日)　晴。河帅专弁来函,托代雇船二只,并询北路军情,当即禀复数行,并将报漕船挽过天井闸禀件均交来弁带呈。午后,料量公事,至申酉间方毕。即于酉正二刻携带关防令箭登舟往北路送漕,厅汛各员皆来署堂送。日行公事札委泉河厅代拆代行云。舟中灯下作书复汪仲宽。

三十己巳日(8月24日)　晴。卯正二刻开船,行未数里即见后五起漕船,或行或泊,行走甚缓。余舟行亦不速,过安居数里即泊舟永通单闸吃饭。因益棠舟尚宽,故每饭皆就彼舟入座。午后,过通济闸,已见第六起头船,前五起居然已前行矣。傍晚,抵大长沟即泊。灯下,作书致恩楚香,嘱其催令漕船速行前进,限令初一齐抵南旺,未知能遵教否也。

八　月

八月初一庚午日(8月25日)　晴。寅正三刻,发长沟。辰初,过寺前闸。得楚香手覆,赶即禀请粮道令箭提催,或者漕船可速行也。午正,过柳林闸,泊舟分水口。登岸,至龙王庙拈香,厅营均随班。旋各来舟谒见。午后,复遄行。晚泊袁口闸。汶上县令锡君元号会一来舟谒,与晤谈良久。

初二辛未日(8月26日)　晴。晓发袁口。辰初,抵靳口。捕河许承斋、东平州同汪厚棠均来谒见。承斋言及黄水陡落,运口外淤涸五十余丈,须大加挑挖方能出船。延迟数日,遂致大费周章,松晴川自误也。余遂暂泊靳口,候松君船到,当与晤商此事。傍晚,接其自袁口来信,须明日方来,余只得泊靳口待之矣。

初三壬申日(8月27日)　晴。早接本署来信并电局抄呈过电一纸,盖二圣均已西幸,出居庸关,由宣大行走,不知何者随行,何者居守也。松观察舟巳刻抵靳口。余泊闸北,而彼泊闸南,乃往就晤之,与商定赶紧催船齐帮,余则督厅赶为挑淤堵口,以便早出运口也。余申初复开舟前进,过李家窑缺口处,亲往履勘,见两边裹头盘筑尚坚,中留丈二口门,不难克日堵。州判周耀垣自安山迎于王仲口,与晤谈片刻。晚泊安山闸。

初四癸酉日(8月28日)　阴。雨终日未止。巳刻,接署中第一次包封,乃专差亲兵张振元递来。内有河帅覆书,嘱借炮船护送眷属南行。又有公牍十余件,均一一阅判。午后,耀垣冒雨来舟一谈,刘酉山继至,耀垣乃去。是日仍泊安山。

初五甲戌日(8月29日) 阴。午前,仍小雨不息。作书致田萧丈,为河帅借炮船,并奉覆河帅。复谕兆梓一书,均交亲兵张振元赍回。午后,接见王灵芝,令往十里堡帮同许承斋赶挑坝外淤沙,并命外委武赞勋随同照料,以期速竣厥事。连日漕船尚未齐抵靳口,行走迂缓,殊可恨也。

初六乙亥日(8月30日) 晴。舟泊安山。自辰至戌,终日奇热。巳刻,接到署中送来衣物等件并兆梓禀附。有吴仲饴观察电报,询漕船行抵何处,当命至阿城局发电覆之。复因许承斋无覆信,命外委高福立往十里堡催询。未刻,松观察来函,云袁口至靳口一带堤工危险,乃命外委马邦楫持令箭往启柳林板十块,以杀水势。下午,许承斋复前来面禀挑挖黄河淤沙须初九方能竣工等语,只可待之。灯下,作家书命来勇赍回。夜间大雨,天气稍凉。

初七丙子日(8月31日) 阴。黎明,自安山解缆北行。卯正,复大雨,乃泊舟片时。巳初,过戴庙闸。沿途探量水势,前数日浅至数寸者,今亦长至四尺余。乃作书致晴川,请其趁此水势速押各船驶抵南运口,不须待李家窑合龙,便可畅行,未知能照办否。午正,余舟抵十里埠。王灵枝来谒,言坝外淤沙明日即可挑毕,甚合余意。午后,登岸谒大王庙,即移居庙后行馆。未正,至坝头阅示所挑工段,旋即回行馆。傍晚,刘酉山来晤。晚间又雨,馆中屋宇无多,余挈兆梧居之。益棠、继芬仍住舟中,书办家人亦未令登岸居住。夜间又大雨。

初八丁丑日(9月1日) 晴。晨起,诣大王庙,设祭拈香行礼,演帮子戏一日。辰刻,接松晴川复书,已于昨晨饬令全帮漕船一律开行,未刻已过安山。惟代抢李家窑裹头险工用钱廿千须令捕河厅偿还等语,为数无多,当嘱许承斋如数还之。午后,许承斋偕王灵枝来,言李家窑坝头被水冲塌四丈余,前二起漕船已过口门,均搁浅,后起各船不能前进。闻之甚为愤恨,当嘱许、王两人星夜前往堵筑,限三日合龙,迟则参处。一面将此情函告松晴川知之。

初九戊寅日(9月2日) 晴。终日在行馆,闷甚。午后,马外委至自南旺缴令。据云许倅堵口料少夫稀,并不肯撒手赶办,乃作书切责之,嘱令万不可惜费,不知其肯遵教否也。又接恩楚香自靳口来书,即时泐数行覆之。兆梧携有《三国衍义》,随手翻阅,聊资排遣。

初十乙卯日(9月3日) 晴。十里堡地方有督办上游河工道员驻其地,询知现系同乡许尺衡太守代理是差,正欲往拜,适尺衡先来拜访,投用手版,谦抑殊甚,与晤谈良久。已刻,往谒将军庙,亦设祭演戏一日。旋往答拜尺衡,亦晤谈时许而还。午后,因不得许承斋堵口消息,乃复严檄催促之。晚间,许承斋来行辕,面称十二日午刻李口准可合龙,决不敢再迟,姑待之可耳。

十一庚辰日(9月4日) 晴。接本署包封公事并家书、过电及筱帅、淡人来函,披阅半晌方毕。松晴川、恩楚香各有书来,即刻手泐覆之。晚间,与益棠、继芬久谈。派高外委往启柳林闸板,派武外委往汶、巨各汛挑启单闸涵洞以杀水势。因连日汶水大涨,各处堤埝纷纷报险故也。

十二辛巳日(9月5日) 晴。探悉李家窑仍未堵合,而许倅忽于清晨又折回工次,不知何故,乃复严檄督促之。下午,居民迎得党将军入庙,乃衣冠诣庙,拈香行礼。灯下,作书谕兆梓,拟明日令来勇回署,并将一切公牍办出,包封带回,分别发递。

十三壬午日(9月6日) 晴。接许倅禀覆并王守备专弁禀,知明日午前一准合龙,似不至再有迟误矣。午后,将兆梓谕函封固,并公牍包封一并发交来勇董振江赍回。下午,又接兆梓来禀,亦言汶流南趋,南路各处堤埝纷纷报险,大约武外委往启汶、巨两汛单闸后便可分泄水势矣。

十四癸未日(9月7日) 晴。日间,屡盼李口合龙佳音,候至申刻乃据厅营来报李口午刻合龙。此间河水亦见长,大约明日漕船当来到也。又接松晴川信,云一俟水涨即开船前来云。

十五甲申日(9月8日) 晴。辰刻,诣大王将军庙,拈香行礼。午后,前数起各船均抵十里堡。下午,松晴川舟至登岸,先至坝头一看,旋即来拜。云捕河许倅挑河敷衍,已与面斥,互相诟诘一番,责成许倅赶办,如不遵,务请详揭等语。言毕,悻悻而去。余乃招许至,责令将各工赶紧照办,许唯唯然。其人悭吝惜费,终虑其阳奉阴违也。

十六乙酉日(9月9日) 阴。早间,松晴川又过谈时许,怨气已销,且云许倅既肯赶办,我等何必更为已甚,只要及早出船,并可为之缓颊于大府也。襄办恩楚香、漕院令委安仙洲均来谒见。余旋往河干答拜诸君,均未晤。复至运口看视,坝外挑工已由厅交粮船委员代办,想必妥协也。午后,恩楚香复便衣来谈,告知王守备在李窑工次与第九起船户口角滋事,将船户某姓打伤甚重,众船户纠集数百人报复,王守备惧而远飏等语。闻之不胜诧异,当委员往查情形,方能核办。酉刻,许倅复来,面称李口又复冲决,当责其不肯加筑后戗致有此失,勒令速往堵合而去。傍晚,往松晴川舟中,与晤商今李口复决,又将耽延时日。许倅如此玩误,只得电禀大府,不能再为宽恕。商定电稿会印由余处明日送河城电局传发。余复电调吴立樽、鲍凯臣两人来此听候差委。料量既毕,三更乃寝。

十七丙戌日(9月10日) 晴。夜间至清晨大雨,巳刻阳光始放。饬差至阿城发河抚两院电,又札催捕河厅速堵决口,并札调玉松谷前来听候差遣。晚间,正作谕兆梓函,适张外委赉到兆梓来禀,并带来百两,述及四弟来电,于十三日安抵里门。又外委刘普成奉崔公命送阅伊缴凭后所奉赴任文檄,意欲余速回济宁交卸也。余值此公事吃紧之际,万不能弃之而去,当令刘外委反命于崔,请其来此受篆可耳。

十八丁亥日(9月11日) 晴。午前,备文咨粮道,将代筑侯迁坝工用款贰百两送还之。午后,松晴川来,晤谈良久。傍晚,接抚台回电,令将许倅详揭以凭严参,因往访晴川与商,且稍停搁再议,但能速合李口,漕船出运入黄即可,不为已甚也。

十九戊子日(9月12日)　晴。早间,又札催李口工程以期勿再迟误。阅邸抄,七月十八日兵部尚书徐用仪、内阁学士联元已革,户部尚书立山均予正法。前于七月初六日杀吏部左侍郎许景澄、太常寺卿袁昶,今又杀此三人,吁! 可畏哉! 午后,松晴川走柬来言,汶汛刘家林民埝漫口,恐汶水旁泄,不敷送船入黄。当命外委张本堂往看,并访晴川,亲与说明此处在刘老口以南,无碍北流,不须过问也。

二十己丑日(9月13日)　晴。坝头接得虎头将军,因偕粮道诣庙,拈香行礼。适洪兰楣太守自陶城埠来此,探看漕行情形,即留其吃饭畅谈。晴川观察亦来同座。下午,送兰楣北渡,晴川亦回船。捕河厅禀知李口准于明日合龙,此间黄水亦报长,大幸大幸! 夜间,讹传有盗数百人来劫军火船,于是炮声通宵不绝。

二十一庚寅日(9月14日)　晴。午刻,偕粮道祭坝,以备明日即可起坝出船。运河守备王灵枝禀被粮船水手殴辱,折毁道辕令箭,将断箭呈缴,姑批饬东平州查验核办可也。午后,接兆梓禀,知兖道拨到银六千两,当作书谕令廿三堂期发夏季夫食半季,并再取银百两来用。傍晚,捕河厅禀报李口堵合,于是又派弁往启靳口闸板,以便汶水北注便可启坝出船也。

二十二辛卯日(9月15日)　晴。因汶水来源不畅,屡次催迫粮帮不愿启坝,谓须稍待,姑徇其意以待来朝。午后,寿张县令刘君文煃来谒,与接晤片刻。旋往对岸河防局答拜之。傍晚,接到本署包封,积牍多至数十件,披阅至二更乃毕。

二十三壬辰日(9月16日)　晴。黄水报长五寸,汶水亦甚旺,乃于清晨商诸粮道催促启坝,粮帮犹借口水弱不愿启,余怒甚。饭后,往访粮道,拉与同往坝头,督厅立即将拦黄坝并黄河中新筑小坝立即启尽,催令昼夜出船。自申至戌出船五只,夜间出船十余只。

二十四癸巳日(9月17日)　晴。自辰至午,第一起船过竣。早间,发包封回署,谕兆梓一函。午后,朱大王神来,晴川谒庙拈香,约同往坝上。余拈香后,亦即至坝监视出船,至暮而返。船过至第二起之第廿六号,仍令连夜速挽,奈船户惮于起剥何!

二十五甲午日(9 月 18 日) 晴。所调吴、鲍、玉三委员均先后至止,乃派令轮流赴坝催船。午前,松晴川、刘酉山均来晤。午后,余先至坝,见口门渐淤,重船不肯起,空停滞难出,怒甚,乃请粮道、勘办两君至坝,嘱其惩责揽头。晴川袒护太甚,余与争执一番,于是始令船户尽起私货,船乃得出。至日暮,过至第三起之第四十号,余即返行馆。张本堂赍到兆梓禀并银百两。

二十六乙未日(9 月 19 日) 晴。河帅电询漕行情形,即交阿城电局来差带回覆电寄汴。早间,晴川来晤,嘱札东平州防护运堤,即照办。下午,赴坝看视,已出船至第五起第八号矣。

二十七丙申日(9 月 20 日) 晴。因金龙四大王至,偕粮道公祭,并演戏一日。巳刻,往行礼。闻李窑新口门又复遇水,急令许倅折回抢镶,但愿勿决为幸。

二十八丁酉日(9 月 21 日) 晴。寅刻,闻李口又报决,乃亲往察看,令吴、鲍二君随往,水陆并进。申刻,抵其处,见前功全弃,面斥许倅,添委吴、鲍会同速堵,限三日合龙,并在安借得京钱六百五十千接济之。余急甚,通宵未寐。

二十九戊戌日(9 月 22 日) 晴。自李口折回十里堡行馆,幸汶、黄相平,昨于戴庙迤南筑舠后坝遏水,漕船仍能出运入黄。酉刻,已挽至八起有奇矣。

三十己亥日(9 月 23 日) 晴。与松晴川观察换帖订交,彼此往还两次,畅谈。襄办恩君、十起运员李子厚均来谒见告辞。午后,往运口看视,漕船已出九起余。未刻,发包封回署。亥刻,全漕俱出运口。幸哉!

闰八月

闰八月初一庚子日(9 月 24 日) 晴。晨起,往松观察舟中与商酌禀大府如何措词弗涉两歧。昨晚已与商诸益棠,将稿拟就,携示晴川,渠颇谓然,渠稿允俟过陶城埠后抄出寄示。余即回馆易衣冠,诣大王庙拈香。时虎头将军犹在,乃复演戏祀谢。已刻,晴川复衣冠来辞行,旋即开船。余往运口河干送之,俟其船出渡至黄河中泓乃还行馆。午后,命人至阿城发河抚两院电禀。接到本署包封公牍等件,分别判阅核办。灯下,与益棠商定禀漕抚两院稿。

初二辛丑日(9月25日)　晴。发河帅禀,并呈南旺汛分防外委靳春铭擅离职守请由道注册记过详院立案。发传牌传知自十里堡起程回济日期。午后,曹州镇龙觐臣总戎巡哨至堡来行馆拜晤,畅谈,留其晚饭,初更乃去。复邀益棠来谈,嘱其代写致晴川书,交觐臣渡河之便带至陶城埠。二更后,北风大作,漕船泊黄河,将受惊恐矣。

初三壬寅日(9月26日)　晴。发回第五号包封,又接署中递到包封,即时拆阅判行。并发递抚院报漕船入黄禀牍,又将行馆房屋器具等件开单札交寿东汛主簿派役看管。分别布置毕,定于明日登舟返署。晚间,接晴川自陶埠来书,并寄示禀稿。

初四癸卯日(9月27日)　晴。晨起,诣大王庙,拈香。并往粮行答拜龙总戎,未晤,遂登舟开行。过戴庙闸迤北,挑起拦河坝,越两时许乃透水。先令火食船进,渡河内外,高下悬殊,其舟几覆。又越时许,水势渐平,余舟乃行。过坝后,换易大船,始觉轩敞舒畅。申刻,抵安山。周耀垣来见,遂泊舟。晚间,又发一包封回署。

初五甲辰日(9月28日)　晴。寅正开船。卯正三刻,过李家窑看视,缺口处所木桩已下,尚未进土。许倅之意,又存观望,不欲遽行堵合,余未之允,仍留吴、鲍两君会办。许来谒两次,吴、鲍亦一再来谒,余泊舟两时许乃解维前发。午过靳口。晚泊分水口龙王庙,因盐船拥挤,未能泊舟庙门,乃乘轿诣庙,拈香行礼。是日换戴暖帽。

初六乙巳日(9月29日)　阴。丑正,发南旺,晓过长沟。月余以来,因心绪烦躁,两目红肿昏眊,右目尤甚,白睛起红翳厚钱许,殊苦之。午过安居。未刻雨甚。申初,抵济城,舟泊南门桥北。冒雨登岸,诣大王庙,拈香行礼。旋鸣驺带印回署,厅营率文武汛均在署堂接。王司马、王守戎并谒晤片刻。寻命材官持柬告知崔磐石观察,询知定初八日巳刻接篆,余赶将经手事件逐一清厘,以便交替。晚间,嘱李默卿代写田萧臣、松晴川两信。

初七丙午日(9 月 30 日) 阴。午间,往拜崔公,晤谈时许,将交代公事略与述及。旋拜王蕴和一谈,即回署。蕴和复来谒,亦与接晤。谢佩孜亦来晤。灯下,复判阅公牍多件,因目倦乃已。

初八丁未日(10 月 1 日) 晴。卯正即起,将签印公牍一律判毕,乃檄委运河营守备、济宁州判将运河道关防并敕书、令箭、库钥、文卷等件赍送新道崔公接收讫。余即于是日交卸道篆,自拟禀稿禀报河帅,爰请假三日,略作憩息,不亟亟同知任也。自维权任监司,凡一百有三旬有五日,正值公事吃紧之际,僚属不能得力,几令余因人受过,竭力筹维,差免贻误。今获卸仔肩,内省尚无歉疚云。发晴川信并寄谱帖与之。

初九戊申日(10 月 2 日) 晴。延刘恩亭诊视目疾,开方服药。午后,益棠来拜,晤谈片刻,渠已联就道署储席。李默卿亦来见,渠之内委差亦蝉联矣。接阅任毓华过济留致之函,又接龚淡人、崔绥五、汪又卿、林康甫、王晓亭、徐花农诸君手书。花农避京乱,徒步至固安县城,亦可怜矣。

初十己酉日(10 月 3 日) 晴。将道任历次发款印领补批,并将收支各簿籍补判日期,盖用图章,判贴回任红谕,半晌方毕。是日仍服药,目疾渐减矣。

十一庚戌日(10 月 4 日) 阴,微雨。巳刻,拜受运河同知关防回任,追忆四月间接任道篆时,相形见绌矣。午刻,往谒见本道崔公,谈时许而出。在昔南面握牙璋,于今东厢听鼓角,为之黯然不乐。时复阴雨,遂不复他往而归。

十二辛亥日(10 月 5 日) 晴。晨起,谒福德祠、大王庙。顺道拜客,晤姚眉生、姚子钧。午后,复拜客,晤郭伯韶,余均未见。姚子钧兼理临清卫篆,今日甫接任。程筱浦则调署德州卫云。

十三壬子日(10月6日)　晴。午后拜客,晤孙孟延、郭伯韶,俱畅谈。顾桢岩来拜,晤谈片刻。宋峙鲁于今日移来下榻。接张吉甫自信阳来函。

十四癸丑日(10月7日)　阴。郭伯韶、孙伟如俱来晤。伯韶将南归,以十金赆之。晚间,蔡慕陶来见,云将随直臬周公浩往天津云。闻车架又自晋起跸,西幸长安,京师仍为各国盘踞,和议毫无端倪,徒增浩叹而已。

十五甲寅日(10月8日)　阴。自丑至辰大雨,未能出门谒庙。午后,将扣存捕河厅领款核算清楚,分别留存找还,尚须关照益棠,恐别有代担钱款也。吴笠樵来销差,行旧属礼弥恭,不似王蕴和之前恭后倨,可为知礼者矣。

十六乙卯日(10月9日)　晴。终日兀坐,兴致索然,拟赴汴谒见河帅,约计又需费数百金。商之益棠,亦谓似不可惮此一行,余意尚未能决。自卸道篆忽忽浃旬,勉回厅任,有重为冯妇之感,惮于动作。各处友人书札皆久未裁报,回忆夏间四弟及诸同乡过此下榻,客舍每日宾主高会,真一时之盛也。

十七丙辰日(10月10日)　晴。前接淡人书,述知院幕秋节敬已承其垫送,嘱将此壹百数十金兑付朱子丹,乃如数付之。此款尚未出库,又将在崔任索领也。

十八丁巳日(10月11日)　晴。松晴川六十整寿,其生日在九月初七日,计其行程,此时不过才抵东昌,拟一寿幛寄之。午后,往谒见崔公,拜李吉珊,晤谈颇久,傍晚乃还。

十九戊午日(10月12日)　晴。崔公以奉河漕两院札电,清江现存赈米十万石,仍将由河路运往德州,因欲往十字河查看受淤工段,计议如何疏挖,嘱余暂迟汴行。余本拟廿一日如汴,期于霜清前赶到,乃崔坚留不已,不得不稍迁就之。傍晚,汶上张县丞来谒见。

二十己未日(10月13日)　晴。闻捕河许承斋、河营守备王灵枝均奉檄撤任,以文量甫调署捕河,彭涵六署上河,鲍微澜升署河营守备。想见河帅政尚严肃,余之甘为怨府,固非得已也。

二十一庚申日(10月14日) 晴。早间,往送崔行。午后,郭春霆、孙孟延、劳玉初先后来晤。玉初即日开船南下,略赠以路菜数品。孟延谈最久,傍晚乃去。灯下,作书致松晴川,因其菊秋七日为六十初度,寄以此红缎寿幛,计其行程,不过才过东昌也。

二十二辛酉日(10月15日) 晴。鲍微澜接署守备来见,仍循属吏礼,余则不能不稍礼貌之。午后,作书复淡人,拟上河帅禀稿,因孙巡捕来谒,云日内欲赴汴,故豫作禀信,以便交其顺带也。

二十三壬戌日(10月16日) 晴。署卫北千总韩登峰、署下河把总李毓梅俱来谒见,刘西山来长谈。电局述称东抚致江安粮道电,令将漕米卸交临清,因北路戒严,不敢前进,然则和议固仍无把握也。

二十四癸亥日(10月17日) 晴。询悉孙巡捕因雇车未就,尚无赴汴日期,乃将上河帅禀誊就,并淡人书专差往投。闻河帅接余在道任详请,将南旺汛分防外委靳春铭记过一案特加重,将该弁斥革,固咎由自取,然亦余意所不料也。

二十五甲子日(10月18日) 晴。接淡人书,询及兑付朱子丹银款一百四十余金,余固已付之矣。又接徐花农庶子书,知其由固安复折回京师,并述京中近日情状,虽未扰乱,然直如各国地界,已分段盘踞矣。接松晴川复书,漕船俱抵临清,即在临清交仓云。

二十六乙丑日(10月19日) 晴。鲍署守备、朱州判俱来谒见。傍晚,新补泉河张别驾葆珍来拜,晤谈片刻。询知其初二日方接篆也。

二十七丙寅日(10月20日) 晴。午后,西北风大作。出门答拜张君,未晤。访顾桢岩、孙孟延,均久谈。孟延以诗见贻,因叠韵成二律答之。词曰:"百年遗爱溯名贤,梓里长赓蔽芾篇。从此韦平绵

世泽①,相逢孔李识诗仙。非关肥遁姑迁地,为祝中兴定祷天。料得
澄清应有志,祥琴早晚鼓泠然。""愧把鲰生比昔贤,殷勤重与赋佳篇。
无才暂摄监司事,有幸常亲粉署仙。薄宦频年三易地,此生何日再朝
天。循声输与青莲客,老我江州意洒然。"

二十八丁卯日(10月21日) 晴。午后,卢子春守戎卸德州卫
事回籍,道出济宁过访,相与晤谈。旋往答拜,未晤。至谢佩孜处,畅
谈而还。

二十九戊辰日(10月22日) 晴。汪万有、李成玉至自杭州,带
到四弟手书并各食物。四弟于秋节前二日甫抵里门,述家乡情形,亦
复惊皇不定,市面大坏,银钱短缺甚于东省。噫! 天下滔滔,何处为
乐土耶? 又接用宾及沈质仲两信。

九 月

九月初一己巳日(10月23日) 晴。晨起,诣大王庙,拈香行
礼。回署,接见武汛刘景勋、周承熙二人。午后,赴玉堂花园小集。
孟延为东道主,座有吉珊、子钧、辛伯、寿农诸人,并各检家藏手卷书
画互观。初更乃散归。

初二庚午日(10月24日) 阴。辰刻,因霜降诣大王庙设祭。
闻崔观察归,偕同人往谒之,辞不获见。崔甫莅外任,便学得上司不
见客陋习,余亦曾作道台数月,却不似若辈之骄倨也。余因有话与
谈,午后复往,必欲见之,乃得晤。告以将赴汴谒大府,盖任河帅批余
报交卸道篆禀有办事实心之褒,理应一往见耳。傍晚还,王灵枝来
见,求余为之缓颊于帅座,以冀早日回任。余允为相机进言,且看渠
运气如何。

初三辛未日(10月25日) 晴。终日出门拜客、会客,晤文量

---

① 下有小字:君高祖适斋先生当乾隆时宰钱塘,有惠政,遂大启门闾,簪
缨累叶。

甫、汪益棠、孙伟如、王韵和。复检拾行箧,料量文件,忙碌永日,定明朝登程,三更乃获寝息。

初四壬申日(10 月 26 日)　晴。辰刻,自署首途。汛闸各员来送者十二人,行至济安台五里营均有该处汛弁迎送。午正,尖于虎头山。酉初,抵独山住宿。天气甚暖,坐舆中着重棉,颇嫌烦热。

初五癸酉日(10 月 27 日)　晴。寅正,发独山。辰正,过张峰。因时尚早,未打尖,复前行十二里。巳初二刻,尖于苏家集。遇汴差还,赍到淡人复书,已为觅定汴城忠升店旅寓,大约伊宅中不便寄寓也。午初二刻,复遄行。天忽阴雨不息。酉初,抵冉故集住宿。雨仍未止,店中泥淖湫隘,殊不可耐,陆行之乏味如此。

初六甲戌日(10 月 28 日)　阴。寅正起。因雨少迟行程,卯正雨止乃发冉故集,行五十五里。午正,尖于曹县城内。叶东屏办该处电报局,特来谒晤。未正复行。申初雨又来,冒雨遄进,舆夫苦极,直至戌初方抵旧考城投店住宿。又逾时,行礼车甫至。比厨子治晚餐,已亥正初刻。饭后,闻雨声复作,恐翌日亦不获早发矣。

初七乙亥日(10 月 29 日)　阴。寅正起,候雨止。卯正,始自旧考城起马。沿途凉风袭人,烟雾弥漫,阳光终日未放。午初,尖于郝村。未初,复遄行。酉正,抵兰仪县,住城内旅店。此道十余年来往返已十度矣。

初八丙子日(10 月 30 日)　阴。卯初,发兰仪,行四十五里。午初,尖于招讨营,行李车迟至午正甫至。未初,复前行。未至开城十八里雨又大作,冒雨前进。酉正,方抵开封。入城后,道路泥淖甚深,直至戌初始至南土街忠升店内税驾。坐省仆人路昆备办店屋,略事铺陈,并治晚餐以待,即吃饭少憩,明日再作他图可耳。二更后雨息,继以大风。

初九丁丑日(10 月 31 日)　晴。晨起,修发。淡人适来访余。旋往谒河帅任公,蒙延见,畅谈,甚称余办事实心,护理道篆无误。旋拜仲宽、芙生、康甫,均晤谈。午后,访淡人,晤谈,即在彼晚饭,遇少适、次鹤、筱坪。初更回店,发专差回济,谕兆梓令将王燕泉山长秋冬两季脩金先行垫送,并致燕泉一函,因燕泉昨自汴赴兖将道出济宁也。

初十戊辰①日(11月1日)　晴。辰刻,往谒河帅,仍蒙独见。旋访少适于公所,将池楼书院冬季经费领出,即拨出六十金付李珊园作冬季三个月薪水。午后,珊园即来见。余旋出拜客,晤崔心孚、周鼎臣、家润生诸君,傍晚乃还。

十一己巳日(11月2日)　晴。早间,林康甫、张璪青均来晤。午后,同人公请余与韩平甫总戎,席设淡人处。未刻入席,申刻散席。旋往谒见河帅,复蒙延见于东签押房,室甚修洁精雅,畅谈良久而别。傍晚回店,夏厚庵之子履平来谒,知其携家避乱于汴,旅居困极,为之恻然。

十二庚午日(11月3日)　晴。早间,陈石溪、汪仲宽均来晤。午后,访夏履平,赠以卅金。旋赴河院告辞,至仲宽书斋一谈。旋回店检拾行箧。晚间,淡人、桢岩均来送行,晤谈片刻而去。灯下结账,此行用银四百六七十金矣。

十三辛未日(11月4日)　晴。晓发开封。沿途风日晴和,与来时气象迥殊。余舆中携有明季稗史数种,随意披阅,正与今日情形暗合,为之废书而叹。午初,尖于招讨营。酉初二刻,抵兰仪县城住宿。有是邑典史程君尔炽来谒,晤谈片刻,盖杭州同乡也。此君因汴省谣言四起,辄谓洋兵将入豫境,闻余自汴来,特来探询。余告以省谣不可信而去。

十四壬申日(11月5日)　晴。丑正即起。寅正,发兰仪。卯正二刻,过红庙。舆行堤上,遥见一轮红日自东而升,天青无片云,境殊朗爽。巳初一刻,尖于郝村。巳正三刻饭毕,即遄行。午未间热甚,

---

①　纪日干支"戊辰"应为"戊寅"之误,直至该月二十六(1900年11月7日)皆误。

余衣薄羊裘,汗涔涔湿,幸行李车赶到,即取衣包易棉袍,并脱去小棉袄,方始清凉。申初一刻,抵考城旧县住宿,即来时所住之店,夹室铺有地板,殊敞洁。

十五日癸酉日(11月6日) 晴。寅初,发旧考城。西北风大作,比晓乃已,坐舆中甚冷,衣重裘以御之。自寅至辰,不觉矇眬睡去,迨醒,已行卅余里矣。辰正二刻,尖于曹县东关旅店。叶东屏又来晤,言及今日亦欲起身回济宁,约结伴偕行。已正二刻,复前进。午后又热,易裘而棉。申正二刻,抵冉故集。仰视寨门,题额乃"太和寨"三字,俗称为冉伯牛故里,遂名其地为冉故,似不如呼为太和寨之为得也。

十六甲戌日(11月7日) 晴。寅初,乘月色登程。晓过文昌集,已行卅里。日出后大雾弥漫,日色无光,气象愁惨。念及时局,为之怅触不乐。午初二刻,尖于张峰,计程七十里。午后,复遄行。申正二刻,抵独山寨住宿。东屏来店,晤谈片刻。傍晚,专差至自济迎,投家信,知去差迟到两日,王燕泉已过济如兖,其脩金仍未获交付云。

十七乙亥日(11月8日) 晴。寅初,发独山。大雾较昨日尤甚。已初二刻,尖于河长口。直至午初,阳光始大放,雾亦渐散,惟东北风又作。未初,抵十里铺。有卫北汛韩千总来迎。未正二刻,回抵济署。接劳厚庵、松晴川、田萧臣信各一函。晚间,王灵枝来晤。

十八丙子日(11月9日) 晴。午前,文量甫来晤。午后,出门谒崔观察,拜李吉珊,均晤谈。傍晚还,检阅旬日内公牍标判讫,发房分别转行。

十九丁丑日(11月10日) 晴。午后,出门往拜益棠母夫人寿,与益棠晤谈。拜彭涵六,谈良久。天忽阴雨,北风陡起,遂还。郭春霆过谈片刻。电报局送阅保定报,据称德法两国洋兵入保定,将直藩觉罗廷雍杀害,直臬沈子惇亦被拘囚,猖獗极矣。

二十戊寅日(11月11日) 晴。午后,因兖道彭伯衡莅此,特往谒晤,州牧为备行馆于道门口,即崔观察初到所居之宅也。傍晚还,州判朱君来谒见。

二十一己卯日(11月12日) 晴。任浚生、鲍凯臣均来拜,与晤谈。午后,出门送孙孟延行,拜许西斋,均晤。孟延将携家徙居上海,明日即登舟矣。晚间,判阅公牍,片刻而毕,较在道任闲逸奚啻倍蓰,然而非我所愿也。

二十二庚辰日(11月13日) 晴。午后,彭伯衡来答拜,晤谈片刻。傍晚,王蕴和、王灵芝均来晤,皆有所干求也。晚间,李吉珊招饮州廨。归来,接到刘伯和专足递到禀函,盖八月间所发,以余尚权道篆,故待以上官礼,并以扬州漆盒、沙砚、葵扇、铜香盒见贻,伯和可为讲应酬者矣。

二十三辛巳日(11月14日) 晴。午后,手书复刘伯和,并给来差使力银壹两。傍晚,彭涵六、叶东屏均来晤。东屏求为出印结一纸,余允其请。

二十四壬午日(11月15日) 晴。午后,南阳闸官娄绶书来谒见,因其兄病剧,欲暂乞假赴汴省视,余允所请。旋出门往拜姚子钧太翁寿,辞不获见而还。灯下,披阅公牍数件。

二十五癸未日(11月16日) 晴。朱坦夫至自东昌,便衣过访,与晤谈,良久乃去。午后,任浚生、鲍凯臣均来晤。任自客冬赴汴,已越年余,今忽来此,盖因道库尚有找领工款耳。

二十六甲申日(11月17日) 晴。终朝兀坐,殊无聊赖。接阅电局抄送过电,有二十二日明降谕旨,将肇祸诸臣均予严谴,彼族或肯降心就和未可知也。

二十七乙未日(11月18日) 晴。接河帅专递信函,内有致徐实秋书,以汴省喧传洋兵将至,欲携眷来此避乱,又恐招议,决之于实秋,未知实秋如何登覆也。晚间,王灵芝又来求为乞请回任,姑颔之。

二十八丙申日(11月19日) 晴。徐实秋来晤。出示覆河帅书,劝令暂缓移动。余亦拟一禀稿,付书记誊缮,并致仲宽、淡人各一书,明日发专差递汴。傍晚,孙巡捕来见。

二十九丁酉日(**11 月 20 日**)　晴。午后出门，晤益棠、量甫，各谈良久。访秋实，未晤。晚间，姚子钧招饮卫署，座有彭涵六、陈华南、孙伟如、杨幼甫、任浚生、文量甫。二更四点方散归。

三十戊戌日(**11 月 21 日**)　晴。午前，吴笠樵来晤。言及初二日将南旋，并交一衔条，求为开叙保奖，余允为开列。电局送阅过电，洋人索款十条，大约可开议矣。濮子淦由苏守擢荆宜施道，可称官运亨通。

十 月

十月初一己亥日(**11 月 22 日**)　晴。晨起，诣衙，神前拈香行礼。旋往彭涵六处久谈。文量甫亦在座，至巳正方还。午后，陶濂泉大令卸菏泽县事来济过访，谈良久乃去。

初二庚子日(**11 月 23 日**)　晴。终朝兀坐萧间无事，殊觉无聊，乃取《儿女英雄传》随意披阅，以资消遣。回忆五六月间权道篆时，适四弟来省余，无何同乡诸君避乱过此者络绎而至，虽公事旁午，犹抽暇相与酬酢无虚日，极兄弟友朋之乐，迄今思之，此景正不易得也。

初三辛丑日(**11 月 24 日**)　晴。朱坦夫自曲阜寓书，询所嘱代图渔山书院事，即走笔作覆数行，告以所谋不成而已。文量甫欲卖衣服，以反穿褂三袭见示，此项裘褂余皆有之，不欲添置，只好原物归赵矣。

初四壬寅日(**11 月 25 日**)　晴。王蕴和来辞行，云即欲返汴，因川资不敷，再四纠缠，只得赠以京蚨百千而去。傍晚，益棠来，晤谈。知道署昨开库，已将余应支七月分公费提出，无何即据家丁呈上此款，计在道任尚有三十七天公费未支也。

初五癸卯日(**11 月 26 日**)　晴。午前，往玉露庵祭奠崔磐石夫人，是日乃其百日，故有此举。见崔所撰挽联，情文凄恍超卓，书法亦佳，诚不愧词林著作，固不意此公有此等笔墨也。

初六甲辰日(11月27日)　晴。午后,刘酉山来,晤谈片刻。旋出门拜郭春霆,亦晤。又拜李吉珊,未晤,遂还。

初七乙巳日(11月28日)　晴。午后,朱州判、师主簿、周巡检均来见。朱以父病乞假归省,只得允之。

初八丙午日(11月29日)　晴。早间,往见崔公,并访量甫,久谈。午后,李吉珊来,晤谈。以河帅有来济之说,商量办差事,余则料其未必果来也。

初九丁未日(11月30日)　晴。阅电抄,徐乃秋升授兴泉永道,为之快慰。又闻于次棠中丞未到任以前以任帅兼署豫抚,盖裕寿泉抚军已作古矣。

初十戊申日(12月1日)　晴。寅初,恭诣龙亭,朝贺万寿。卯初回署,复就寝,辰正乃起。午后,专差至自汴,赍到河帅复书,亦言暂时不来济。又得淡人复函,却未述及河帅兼署抚篆,盖尔时尚未见电抄耳。

十一己酉日(12月2日)　晴。午后,徐实秋过谈。申刻,崔观察设彩觞于道署,邀集同城文武宴饮。馔品用全羊,共有四五十品之多,味极甘美。将近三鼓乃各散归。

十二庚戌日(12月3日)　晴。日间,拟稿为王灵枝乞恩求回任,只言其深知愧悔,愿图晚盖,故为之禀请,未知能动听否也。

十三辛亥日(12月4日)　阴。微雨永日。傍晚,益棠过谈片刻。灯下,继芬亦来谈,据述张益君在兖州病甚,拟日内一往探望之。余嘱其顺道一探王燕泉夫人病势重轻如何,盖别有深意存焉耳。

十四壬子日(12月5日)　阴。傍晚,蔡慕陶过谈,述及渔山讲席州牧已有意另请高明,渠只得别图枝栖,拟作历下之游,以希遇合。甚矣!依人之难也。

十五癸丑日(12月6日)　晴。晨起,诣大王、禹王,至两庙拈香行礼,旋返署。王灵枝专诚来谒谢,与晤谈片刻而去。

十六甲寅日(12月7日)　晴。西北风陡作,天气甚冷。郑继芬往兖州视张益君疾，今日还，述及王燕泉夫人疾已渐瘳，余于是又大失所望矣。

十七乙卯日（12月8日）　晴。终日兀坐，取陈钧堂所著《郎潜纪闻》阅看，所载皆国朝掌故事实，就中颇有讹误处。甚矣！著书之不易也。

十八丙辰日（12月9日）　晴。阅邸电，董提督福祥亦略被微谴，饬令交卸武卫军统领回任供职，殆亦以开罪西人故也，有此补笔。凡尚用拳匪诸人无幸免者，或可望和局开议乎？

十九丁巳日（12月10日）　晴。午后，姚子钧、文量甫均来晤。子钧以陕西赈捐启单来劝募，只得书捐廿金。量甫昨有弄璋之喜，据其面称始知之，明日当一走贺也。

二十戊午日（12月11日）　晴。午后，候补闸官孙绍策来谒见。旋往吊李静臣丧母，贺文量甫得子，傍晚归。阅电抄，夔丈补授大学士，管户部。夔丈以礼部尚书起用，却未补还协揆，而以徐颂阁冢宰为协揆，鹿滋轩尚书长户部云。

二十一己未日（12月12日）　晴。终日阅看《郎潜纪闻》，以资消遣。天寒晷短，懒于动作，应答友朋笺札积压颇多，并寄弟书亦惮于握管，皆意兴不佳所致也。

二十二庚申日（12月13日）　晴。丑刻，二儿媳得举一孙，大小平安，因取乳名曰重庆。忆初秋时丧去长孙，今得再举，差强人意。内子昕夕照料产妇，不免劳乏矣。日间，作书致淡人，并将院幕节酬数目开单，请其届时查照垫送。

二十三辛酉日（12月14日）　晴。接淡人来书，述及河帅请假一个月，拜折后奉电旨兼署豫抚，遂未接印，新任豫抚于次棠中丞即于十六日抵汴矣。接子先内弟来函，乃六月杪所发，由信局越五个月方递到，殆因军务梗阻耳。

二十四壬戌日（12月15日）　晴。午后，文量甫、汪益棠、张聘卿来贺，均晤谈。周耀垣命其子铭献回定远本籍，道出此间，嘱其明日来晤。耀垣手书索及八月间在安山代挪"毛诗"一款,当即筹付其子可耳。

二十五癸亥日(12月16日)　晴。是晚,本拟公宴崔观察,临期崔以疾辞,乃已。午后,姚子钧过谈,为言伊已调署临清卫缺,盖以来年东漕改征本色,济卫入项转不逮临,因而求得此量移耳。

二十六甲子日(12月17日)　晴。周君铭献来见,与晤谈片刻。渠将舍舟登陆还皖,即付以三百金而去。晚间,招吴献斋、李吉珊、文量甫、彭含六、姚子钧、张聘卿、王灵枝诸君小集。初更入座,二更四点散席。

二十七乙丑日(12月18日)　阴。晚间,郭春霆招饮,同席有吴献斋、徐石秋、汪益棠、文量甫、彭含六、张鹤亭、陈履中诸人。初更入席,二更散归。出门遇雨,比夜深雨益甚,直至天晓方住。

二十八丙寅日(12月19日)　阴。日间,仍有蒙蒙小雨,欲出门未果。午后,崔公始将余在道任公费找清送来,可谓迟滞矣。灯下,批阅《庸闲斋笔记》数则。窗外雨声渐渐,闻之顿触予怀。

二十九日丁卯(12月20日)　晴。阳光大放,且不甚冷,颇觉豁人心目。午后,许西斋过谈片刻。渠司电局,询以有无电报新闻,亦复无所知也。

三十戊辰日(12月21日)　阴。午后,宜兴潘冠曹孝廉自汴来,乃任筱帅延主任城书院讲席者,晤谈片刻。因书院无木器,未能居住,余见其人颇慷爽,即约其下榻署斋,迟日往迓可耳。

十一月

十一月初一己巳日(12月22日)　晴。寅正,诣龙亭,朝贺长至令节,礼成后,入席公宴。旋诣大王、禹王两庙,拈香,复至本署福德祠行礼,辰正乃还。午后,出门答拜潘冠曹于任城书院,谈良久。拜郭春霆寿,未晤,傍晚归。

初二庚午日(12月23日)　晴。午后,七级闸官王君、候补巡检周泽溥均来谒见。杨图勋都戎昨以微疾亡,今日大殓,因往临视,遇张道平大令,本城绅士也。

初三辛未日(12月24日) 晴。午后,延请潘冠曹孝廉移入署斋,下榻东花厅之东厢,与晤谈片刻,拟令梧儿从游问业也。

初四壬申日(12月25日) 晴。崔观察交下中丞来函并捐册,嘱劝捐陕西赈济,崔倡捐百金,予书捐大衍,复传致各厅,均以次递减书捐,尚凑不足"毛诗"之数。缘陕捐已是第二次劝募,前由姚子钧来劝,同人均已捐过,余亦曾捐二十金矣。

初五癸酉日(12月26日) 阴。早间,谒崔公,晤谈片刻。复往晤姚子钧,亦劝令重捐陕赈卅金。午后大雨,天气并不甚冷,盖冬行春令云。济宁管河州判朱兆仑闻讣丁外艰,遣丁前来呈报,并呈交关防钤记,当为转报请拣员署篆也。

初六甲戌日(12月27日) 阴。终日雨不休。午刻,令兆梧拜从潘先生受读,余亦送之入塾。晚间,设到馆宴请先生,余出陪。二更后席散,雨后继之以雪,夜半已厚三寸余矣。

初七乙亥日(12月28日) 晴。托潘君代拟贺河帅寿禀稿,并自拟加单,告知延请潘君授读缘由,均付高春霆誊缮。闻江漕均已卸存临清仓,因河流冰冻,回空未能开行。

初八丙子日(12月29日) 晴。闻道库近日所收河银甚为踊跃,已积存万余金,不似余权任时之支绌,乃得将公费银领至十月分,汛闸夫食亦得找发夏半季。午后,接松晴川信,言交清漕米,即先行登陆回宁,取道山路南下,不再过济宁矣。傍晚,与冠曹晤谈片刻。

初九丁丑日(12月30日) 晴。午后,出门拜李吉珊、谢佩兹,均未遇。惟访量甫,得畅谈。首汛闸自充道领夫工回,将余平银呈缴,因循例分给候补各员领去。

初十戊寅日(12月31日) 晴。内子出门往孙、朱两处,傍晚乃还。是日,闻量甫、益棠均集姚子钧处为消寒会,与者十一人。余以薰莸杂处,不欲与会,故彼等亦不来邀也。

十一己卯日(1901年1月1日)　阴。阅省信转抄过电,和议似有就绪,所索条款十二概允其请,大约明春将次回銮,目前似可暂保平安云。

十二庚辰日(1月2日)　阴。是日又值初度之辰,循例杜门谢客,有送礼者亦均谢却。午后,出门答拜,惟晤彭含六。傍晚还,接王燕泉手书。灯下,作覆函,交其来足携回。

十三辛巳日(1月3日)　阴。自昨宵至今午雨,通宵不息,至日夕始稍住。隆冬不雪而雨,庭院水深数寸,天气阴暗,室黑如漆,殊令人寡欢耳。

十四壬午日(1月4日)　晴。雨止,而天气仍不甚冷。接周耀垣来信。午后,出晤潘冠曹,谈片刻。代理州判周维翰禀知奉委,乃将关防钤记发给,令其接收视事去。

十五癸未日(1月5日)　晴。晨起,诣大王庙并福德祠,拈香行礼。道路泥泞,不及他往。闻新任漕督张安圃人骏将道出此间,又须往迎谒矣。

十六甲申日(1月6日)　阴。晨起,谒张漕帅于南关舟次,晤谈时许。张公复来答拜,探知即日开船南下,旋往舟次送之,傍晚乃还。

十七乙酉日(1月7日)　阴。接劳厚盦自苏州来书,知其尚未得差,玉初已携眷抵苏矣。傍晚,与继芬一谈,商定明年估办各工底册稿。

十八丙戌日(1月8日)　晴。晚间,与潘冠曹茗话良久,并出示余所作诗文示之。自汴游归来,忽忽两越月,公事简少,友朋寥落,回忆夏秋间之兴会淋漓,簿书旁午,不可同年语矣。

十九丁亥日(1月9日)　阴。午后,蔡慕陶、许西斋先后过谈。慕陶辞却渔山讲席,谋得漕帅幕僚,岁入约近千金,可称得意矣。

二十戊子日(1月10日)　晴。是日为孙伟如夫人诞辰,内子携儿女辈往贺,并命两儿亦往祝,即在彼听夜戏,三更后方散归。

二十一己丑日(1月11日)　晴。午后往拜,晤孙伟如、王灵枝,各畅谈许久。灵枝经余为之上书乞请,河院已牌示回任,不日即可奉到檄饬也。

二十二庚寅日(1月12日) 晴。是日为孙儿重庆弥月之期,余抱以剃头,拟命名曰有豸,字之曰绣饬。午后,往拜汪葆田寿,其子演戏待客,即在彼晚饭,三更后乃散归。

二十三辛卯日(1月13日) 阴。王灵枝捧檄回守备任,鲍微澜、韩登峰以次均各回千把本任。傍晚,王来谒,与接晤片刻。鲍、韩辈辞未接见。晚间,与冠曹晤谈,闻河帅患恙,冠曹发电询问起居云。

二十四壬辰日(1月14日) 阴。终日微雨。午后,摊笺作书复松晴川观察。接省垣浙籍同乡官公函,派捐救济京员会,于余名下派得伍拾两,嘱送交藩署汇收。十余日来谢佩孜晋省未回,电信久不送阅,时事如何定议,杳无所闻,殊闷人也。

二十五癸巳日(1月15日) 阴。鲍千总微澜、韩把总登峰均来谒见,新任济宁卫守备陶君来拜,未与接晤。晚间大雪,通宵未息,而仍不甚冷,由于无北风故也。

二十六甲午日(1月16日) 阴。又复微雪永日。接龚淡人书,知任帅果系抱恙,拟俟假满决计奏请开缺调理,已将次缮折矣。月余以来,余性极疏懒,惮于握管,各处应覆书札愈积愈多,奈何!

二十七乙未日(1月17日) 晴。阳光大放,颇觉爽人心目。午后,孙伟如夫人来谢寿。晚间,张梅盦来为内子诊脉,因日前两次延请未到,今特不速自来耳。灯下,与冠曹晤谈片刻。

二十八丙申日(1月18日) 晴。午后,往答拜济宁卫守备陶君金胜,得晤。询知乃钱塘人,字紫炎,以行伍随张勤果从征甘陇有年,荐保是职,隶漕属候补,今奉檄来署是缺耳。

二十九丁酉日(1月19日) 晴。日间,将覆松晴川书缮就封递,兼披阅日行公牍,拟定批判数行,半晌方毕。灯下无俚,仍阅《儿女英雄传》,以资遣闷。此书颇有足取,故不厌频阅也。

十二月

十二月初一戊戌日(1月20日)　阴。晨起,诣大王、禹王两庙及福德祠,拈香行礼。时雨雪甚大,遂不及他往而还。终日大雪纷纷,至晚犹未息也。

初二己亥日(1月21日)　晴。雪霁日出,天气较冷。作书致王燕泉,将补九月分斋课卷寄与之。晚间,张聘卿邀饮寓斋,座皆熟人,二鼓后散归。

初三庚子日(1月22日)　阴。午前,谢佩孜过谈。渠至自历下,述及和议已画草约,其详细节目亦将逐渐开议,至回銮总须明年矣。午后,陶紫炎过谈片刻。接王燕泉覆书。

初四辛丑日(1月23日)　阴。终日阅看《郎潜纪闻》,颇资排闷。闻筱帅因复患小恙,乃决计引疾请告,已于月之二十日拜折具奏,未知能邀准否也。

初五壬寅日(1月24日)　阴。午前,许尺衡太守过谈片刻。渠仍充当黄河中游提调,秋间移家寓居济宁,令将为其子毕姻于此,故抽暇回家耳。

初六癸卯日(1月25日)　晴。缮发估办明年挑修各工禀牍并清折,闻他处都尚未上,抑何迟滞乃尔? 设余仍在道任,必早催齐汇转矣。

初七甲辰日(1月26日)　阴。朱大王诞辰,例有祭祀。辰刻,往庙致祭。礼毕,往答拜许尺衡,晤谈良久乃还。数日来阴霾蔽日,迄未大放晴光,真困人天气也。

初八乙巳日(1月27日)　阴。午后出门,正欲访量甫,适量甫已至,相与晤谈片刻,嘱其往孙伟如处转达一事。旋访姚子钧,晤谈,傍晚乃还。

初九丙午日(1月28日)　晴。早间,往见崔公,谈片刻。渠将饬弁赴司库请领养廉,余应得道任廉银亦即备具文领,交该弁张本堂顺带并领。拟于此项廉银内以百金汇西安为夔丈炭敬,以四十金赠稚夔,以廿金赠夏厚庵,均手书信函寄往。又复徐花农阁学一书,亦赠以四十金,均托稚夔分别转寄,时稚夔亦随侍乃翁于行在也。灯下,作书唁吴绍侯,并谕汪升于省城令备一宁绸幛送之。汇银至陕,亦令汪升办理,谅不致误也。

初十丁未日(1月29日) 阴。接筱帅复书,不欲令冠曹兼作西宾,仍执山长必须住院之说,冠曹大非所愿矣。晚间,与冠曹晤谈片刻。

十一戊申日(1月30日) 晴。午后,王燕泉太史来晤。渠至兖郡侨寓数月,顷方来自兖州,小住即返,须明年方西上也。

十二己酉日(1月31日) 晴。午后,将池楼书院秋冬两季束脩送与燕泉太史查收,旋往答拜之,未晤而还。因访量甫,久谈,嘱再往孙伟如处一询所事。

十三庚戌日(2月1日) 晴。晚间,王灵枝招饮,假座济宁卫廨。时姚子钧已调署临清卫,尚未移衙,故王灵枝托其代为治具。初更入座,二鼓后散归。

十四辛亥日(2月2日) 晴。晨起,诣庙祭黄大王神诞。天气甚冷,几于滴水成冰。辰正散归。午后,作书致顾桢岩、龚淡人两君,为兑款事专足递汴。戌时,设馔品敬祀年神,因十六日即届立春,故于春前举行是典耳。

十五壬子日(2月3日) 晴。辰刻,恭诣文庙、文昌、武庙及福德祠各处,拈香行礼,巳刻回署。枣林闸官傅君来谒见,禀知有赍文闸夫失足落水身死,遗失本署发递鱼台汛文件,请为查案补发,当允所请而去。

十六癸丑日(2月4日) 晴。是日为先祖妣忌辰,又为亡男兆榕周年,全家俱往铁塔寺为讽经忏,惟余在家设馔祀先。戌正三刻,节交立春,是为辛丑年节令矣。

十七甲寅日(2月5日) 晴。潘冠曹因河帅覆书不欲其兼作西宾,遂于今日移往其同乡任乃觐寓中住居,不复下榻余处矣。接淡人专足信,嘱将院幕委年酬各敬分别兑付汪益棠、朱子丹两君,当即如数交清,并手书复淡人,交来差携回。

十八乙卯日(2月6日) 晴。南风颇大,而天气恰极和暖,甫交春令即有春意矣。许尺衡明日为其子完姻,以红呢喜幛一悬赠之。

十九丙辰日(2月7日) 晴。下午,往贺谢佩孜署阳谷县之喜,未晤。旋往许尺衡处贺喜,遇王仁斋、孙伟如、吴献斋,即在彼饫其喜筵,二更后散归。

二十丁巳日(2月8日) 晴。内子出门至许、孙两处,傍晚乃还。据称已与孙伟如夫人面订聘其次女为梧儿妇,彼此面约为定,俟来年再为择吉行聘云。

二十一戊午日(2月9日) 晴。午刻,出堂封印,朝服望阙行礼,又拜印,亦行三跪九叩礼,然后升座受贺。礼成,退堂。旋往道署一贺而还。

二十二己未日(2月10日) 晴。午后,往晤益棠,复谒磐公,均晤谈。旋访郭春霆,未晤。比余甫归,春霆旋即来晤,少坐即去。接王赞斋书,即刻裁笺复之。

二十三庚申日(2月11日) 晴。午后,出门访谢佩孜、彭涵六,均晤谈良久。访孙伟如,未晤,遂还。晚饭后,祀灶。夜半,东院墙外市廛不戒于火,越时乃息。

二十四辛酉日(2月12日) 晴。午后,阅判公牍。傍晚,张本堂至自省垣,呈阅信件,知道任半廉实领得叁百玖拾柒两有奇,除兑陕及送人买物外,余银柒拾伍两余,均存坐省家人汪升处。

二十五壬戌口(2月13日) 晴。午后,往拜量甫寿,未晤。访郭春霆,晤谈良久而还。阅《申报》中邸抄,吴炯斋放江西学政,连聪叔放赣州知府,两君均于八九月间偕赴行在,又先后放江西,然而云泥判然矣。

二十六癸亥日(2月14日) 晴。岁月如流,又届迎年。家人辈制年食，备送年礼，自是岁阑景象。汴差还，带到淡人覆书，知拨兑桢岩汴纹贰百金，并接得桢岩收银回信，淡人之款嘱兑付朱子丹，明日当连原信送与之。

二十七甲子日（2 月 15 日）　晴。午后，邀益棠来晤，与商捕工专案销费事。益棠先划用千金兑存省垣票庄备用，因即付以库纹拾封而去。

二十八乙丑日（2 月 16 日）　晴。道库发出本月公费及上年秋季夫食下半、本年秋季上半各银两，同人欲借支正月公费，不获命而止。

二十九丙寅日（2 月 17 日）　晴。接松晴川覆书，知其安抵江宁，其长郎衍善亦自京避乱，至临清随侍回宁矣。晚间，结算用帐，较上年又复倍蓰，幸尚无亏欠耳。复于灯下分定仆妪应得节赏各若干两。

三十丁卯日（2 月 18 日）　晴。午后，出门辞岁。官厅中遇谢佩孜，谈及开年即进省谢委，行将赴阳谷任矣。傍晚归来，祀神祭祖，受家人拜，然后家宴云。

晚清珍稀稿本日记

主编——

徐雁平

马忠文

楼汝同日记

（下）

〔清〕楼汝同 著

付佳 都轶伦 整理

凤凰出版社

光绪二十七年(1901)辛丑

正 月

光绪二十七年辛丑正月初一戊辰日(2月19日) 晴。寅正,诣龙亭朝贺元旦令节,礼毕,在东朝房文武同寅团拜。旋诣各庙及福德祠,拈香行礼,至道署贺岁。辰刻归来,祀神敬祖,受家人仆役拜贺,现任、候补各僚属来拜年,均逐一接见。午后,小眠时许,以昨宵未寐,不无倦态也。

初二己巳日(2月20日) 晴。午后,出门拜年,无一晤面者。城内四隅计都遍历,惟未出城耳。汪益棠处有公局,设彩觞,为谢佩孜饯行,余以地窄人多未与。

初三庚午日(2月21日) 晴。午后,出城拜年,一律拜完矣。旋至谢佩孜、郭春霆、李吉珊处,均晤谈良久。吉珊处有《胶州新闻报》,携回阅看,见有附刻抄报夔丈授体仁阁大学士。

初四辛未日(2月22日) 晴。崔观察如汴谒帅,早间前往一送,因复与益棠晤谈片刻。接沈退庵来信,附示大侄女一纸,即给与阅看。

初五壬申日(2月23日) 晴。终朝闲暇无俚,因偕子女辈掷状元筹为戏,余先赢后输,所谓胜固欣然败亦可喜也。

初六癸酉日(2月24日) 晴。东北风甚大,殊觉春寒料峭,盖已节逾雨水,河流解冻,虽复时觉寒冷,固与隆冬迥别矣。

初七甲戌日(2月25日) 晴。兆梓妇疾逾两月,服药近六十剂,迄未见瘳。现改延郑延卿诊视,未知能投证否。内子因媳病焦灼,亦复时有不适。开年以来,绝少佳兴,余每欲握管寄书四弟,辄败兴而止。日夕惟随意披阅闲书以资消遣而已。

初八乙亥日(2月26日) 晴。午后,出门拜客,借以遣闷,惟晤文量甫、郭春霆,均各畅谈。在量甫座上遇彭涵六、汪益棠两君,益棠不日将进省省其尊人也。

初九丙子日(2月27日) 晴。日间,披阅《渔洋诗话》多则,颇足破闷。灯下,偕儿女辈掷状元筹以为乐,三更后方罢,无甚输赢。

初十丁丑日(2月28日) 晴。女客贺岁,来者得三人,许、朱、顾三姓也。顾、许均留饭,余乃独酌独膳。晚间,挥一札寄示汪升,拨银卅金付朱老大打首饰。

十一戊寅日(3月1日) 晴。午后,出门拜郭春霆,晤谈片刻。旋出南关拜陈履中,未晤而还。新年又过旬日,万目时艰,自叹生不逢辰,一官沉滞,殊无聊赖,惟披阅简编以破闷耳。

十二己卯日(3月2日) 晴。内子出门拜年,傍晚乃还。日间,石佛、袁口两闸官俱来拜年,与接晤片刻。灯下,阅《雪中人传奇》数册。

十三庚辰日(3月3日) 晴。午后,文量甫过谈片刻。灯下,呼演龙灯者入内宅游演半晌,儿女辈欢呼观看,聊以点缀年景而已。

十四辛巳日(3月4日) 晴。天气渐暖,自是春象。阅看闲书之外,别无他事,殊嫌闷损,拟稍迟即发愤写信。盖四弟及各亲友处书来都迟迟未答,固无日不惓惓五中,所谓一日怀人十二时也。

十五壬午日(3月5日) 晴。晨起,诣福德祠、大王庙两处,拈香行礼,旋即回署。午后,有委署济宁州判何君镜澜来谒,与接晤片刻。何君字海门,光山县人,以大挑举人发东河者,陈石溪有书为之说项云。晚间,祀祖,发放花炮烟火,阖家环看以为笑乐。

十六癸未日(3月6日) 晴。午后,出门拜刘酉山,晤谈时许。又答拜何州判,未晤而还。甫入门,有孙伟如夫人坐车踵至,迨余至斋已见其行抵窗外矣。

十七甲申日(3月7日)　晴。闻崔公将至自汴,终日命驾以俟往迎,嗣闻无信乃已。傍晚,彭含六过谈片刻。灯下,阅《藏园曲》数则,接吴绍侯覆书。

十八乙酉日(3月8日)　晴。午后,往迓崔公于道署,未刻还,亦未接见。日间,又取《先正事略》披阅,此书乃余十八岁时购诸高州书肆者,迄今越廿五年矣。

十九丙戌日(3月9日)　晴。巳初刻,恭设香案,望阙行礼,又拜开关防,行三跪九叩礼。升堂受贺,标判封条,然后礼毕退堂。旋至道署谒贺。午后大风,继之以雨雪。孙伟如过谈片刻,夜雪甚大。

二十丁亥日(3月10日)　晴。接龚淡人书。午后,署州判何君来谒见。旋出门拜客,晤崔公及郭春霆,访谢佩孜,未晤而还。

二十一戊子日(3月11日)　晴。午后,任浚生便衣来晤。晚间,孙伟如招饮寓斋,盖为谢佩孜饯行而设。座皆熟人,三鼓方散。

二十二己丑日(3月12日)　晴。崔公起程赴省,拟往送而崔已出,遂赴北门外送之。署州判何君昨已接篆,今来禀谒,与接晤片刻。

二十三庚寅日(3月13日)　晴。午后,出门往送谢佩孜,晤谈片刻,遇文量甫。旋往答拜张聘卿,少坐即还。傍晚,郭春霆来晤。

二十四辛卯日(3月14日)　晴。继芬来言乃翁辉庭明日将如汴,可代寄书,因摊笺作书覆龚淡人、陈石溪,并致汪仲宽,共成三函,并交辉庭带往。

二十五壬辰日(3月15日)　晴。午后,彭含六过谈良久。李吉珊至自历下,亦来拜晤,据云在省闻和局已有端倪,在京洋兵可陆续退出矣。

二十六癸巳日(3月16日)　晴。清平主簿汪步蟾至自东昌来谒,与晤谈时许。汪为昔年上河旧属,别四年矣。午后,出门答拜吉珊、春霆,均晤谈,傍晚还。

二十七甲午日(3月17日)　晴。阅《东华录》顺康年间各册,想见开国宏谟,恨不生逢其时,为太平百姓也。晚间,作书致周子绂,闻其署安阳县令,固优缺也,不知能偿我夙逋否。

二十八乙未日(3月18日) 晴。午后,出门贺姚子钧迁居临清卫署之喜,晤谈片刻,遇乡绅郭寿农。旋往拜孙伟如、彭含六,均晤。访量甫,未遇而还。

二十九丙申日(3月19日) 晴。日间,阅《东华录》康熙年事迹,恍然见中天景运盛世,今而后恐不复再睹新盛矣。午间,文量甫过谈,良久乃去。闻漕船回空,不日可抵陶城埠,大约渡黄不远也。

二 月

二月初一丁酉日(3月20日) 阴。晨起,诣禹王庙、福德祠两处,拈香行礼。午后,署嘉祥县杨静轩来谒见。杨君名耀林,直隶清苑人,昔权聊城令,余曾与熟识,今与别四年矣。

初二戊戌日(3月21日) 阴。卯初刻,诣大王庙、天后宫行春祭礼。归途复答拜杨静轩,未晤而还。接沈絜斋信,由樊城舟次发,盖奉差西安归途过樊也。

初三己亥日(3月22日) 晴。卯初,诣文昌祠主祭,委州同祭后殿。卯正礼毕,即还。钱筱脩书来,以絜斋函嘱为夏氏子执柯来商进止,絜斋昨书亦复提及,因即函覆筱脩,嘱将夏郎年造开来,以便核夺。夏即子松少宰孙也。

初四庚子日(3月23日) 晴。接陈凤笙都门寄书,备述遭难苦况,现在身外别无长物,困守京城,朝不谋夕,亟欲赶办验放出山,特来告急,欲以双柏相助。然值此之时,余尚自顾不暇,颇难应其所求也。

初五辛丑日(3月24日) 晴。新授山东粮道达斌公由江苏试用道补授斯缺,顷自清江舟行抵济,因往舟次谒之,与晤谈片刻。述及松晴川已将交卸江安粮篆,新任者亦旗人也。

初六壬寅日(3月25日) 晴。早间,达观察曾来答拜,伊即日登陆进省矣。午后,闻崔公将还豫,为往迎计,迟至傍晚不果来,因往访郭春霆,畅谈时许而还。

初七癸卯日(3月26日)　晴。午后,丁忧前济宁州判朱君兆仑自籍来谒,与接晤片刻,盖来迎取眷口也。崔公归途绕道游泰安,今日仍不果至,大约须迟一两日方归耳。

初八甲辰日(3月27日)　晴。节逾春分,连日热甚,竟不能被裘矣。午后,天井闸官张君来谒。甫入座,阍者禀白本道将抵城,乃送张出,即至道署迎候。归途遇汪益棠于大街,盖偕崔公同归也。

初九乙巳日(3月28日)　晴。卯初刻,恭诣武庙行春祭礼,崔公亦至,相与略谈即散归。辰巳间,天气忽阴,陡起狂风,遂又转寒。傍晚,郭春霆忽便衣过谈,留其晚饭,二更后乃散去。

初十丙午日(3月29日)　晴。接应云卿自海宁来书,盖自去秋别去,忽忽逾半载矣。渠欲赴行在需次,嘱为寓书夔相说项,稍迟当有以应之。

十一丁未日(3月30日)　晴。午后,汪益棠过谈片刻。接周耀垣赴状,知其悼亡,当寄书慰唁之,并须致送祭幛将意也。

十二戊申日(3月31日)　晴。午前,往奠杨图勋都戎,访郭春霆,未遇。午后,春霆来,晤谈片刻。傍晚,复往访之,皆为倭事也。

十三己酉日(4月1日)　阴。作书覆周耀垣,并致慰唁,寄以祭幛一悬,奠分八金。又作书致王燕泉,询取书院斋课卷,专送兖州,候取回信。

十四庚戌日(4月2日)　阴。大风扬沙,白昼晦暝者数次。午后,往访郭春霆,偕其至倭地方与倭人相见,于是倭事乃毕。甚矣!其惫也。

十五辛亥日(4月3日)　阴。晨起,诣风、火神两庙及本署福德祠,拈香行礼。接王燕泉覆书,并谋卷已阅定,即发房张榜,俾得按名领奖也。

十六壬子日(4月4日)　晴。午后,往谒崔公,晤谈片刻。领另案工需委员孙宝常、江大年二人来谒见禀辞,枣林闸傅君亦偕来谒,盖为请修闸耳故尔。

十七癸丑日（**4 月 5 日**）　阴。寅正，诣文昌祠行春祭礼。是日节交清明，午刻设馔祀先。午后，儿辈复往铁塔寺为亡儿兆榕焚烧纸钱，内子亦往视，至暮方还。

十八甲寅日（**4 月 6 日**）　晴。午后，往答拜管押回空委员李君，并答拜益棠，遇李君于座，并遇文量甫。归来，王仁斋便衣来，晤谈良久乃去。

十九乙卯日（**4 月 7 日**）　晴。午后，往拜吴献斋寿，访量甫，久谈。下午，彭涵六、张鹤庭均来晤。晚间，拟上河帅禀稿，有密陈事件，即夕缮发投递，用急足前往。

二十丙辰日（**4 月 8 日**）　晴。道库发出公费银两，又减去二成，不知是何命意，似此仰人鼻息，随人播弄，余实不耐，然生成苦命，不能及时腾达，亦无可奈何也。噫！

二十一丁巳日（**4 月 9 日**）　晴。回空漕船已陆续过济南下，较上届尚早旬余也。午后，张鹤亭别驾复来辞行北上，且索沿闸溜单，只得填给之。

二十二戊午日（**4 月 10 日**）　晴。午后，文量甫过谈，良久乃去。晚间，作书唁崔绥五丁外艰，并致赙十金，托汪步蟾带往东昌云。

二十三己未日（**4 月 11 日**）　晴。午后，往豫祝崔磐石太夫人寿，同人咸集，相约明日巳刻再往拜寿。接周耀垣复书。晚间，阅《曾文正公文集》数篇。

二十四庚申日（**4 月 12 日**）　晴。巳刻，往拜崔母寿，即留吃面。其母夫人固尚在本旗，并未随任就养也。午后散归，作书复王燕泉，并寄邸报与阅。

二十五辛酉日（**4 月 13 日**）　晴。崔于午后来谢步，其所用名片戳乃新换者，书法较前大逊，殆彼自书也。闻各国联军驻京师仍未撤退，以致回銮未有准期，吁可慨也。

二十六壬戌日（**4 月 14 日**）　晴。午后，复访郭春霆，未晤。访量甫,久谈,嘱其函询伊侄赵次珊方伯一事,未知渠有有意否。

二十七癸亥日(4月15日) 晴。辰刻,诣东关致祭先农坛,遂偕同城各官扶犁行耕耤礼,巳刻散归。闻道署奉文江漕已改海运,本届挑培各工均停办,司款不发矣。

二十八甲子日(4月16日) 晴。午后,往渔山书院一看,因明日甄别池楼书院课生,将假坐渔山书院扃试,故往相度耳。旋谒崔公,谈时许,与订定明日卯刻莅书院点名。

二十九乙丑日(4月17日) 晴。卯正,至渔山书院,见课生已陆绎而来。辰初,崔公至,点名散卷毕,伊将课题交余宣示,伊即先散,然后封门牌示课题。余命子侄辈前往照料场事,以代余劳。有教官某君欲在彼监场,余谢之,令去。申刻,将课卷盖戳,散给点心,半晌方毕。初更放牌,天忽阴雨,余俟放二牌后亦散归,方甫交三鼓也。

三十丙寅日(4月18日) 晴。接任筱帅手书,嘱转借炮船驰赴清江迎其文孙承弼,因往访郭春霆,知其已函商田镇军派拨炮船前往矣。复接筱帅复书,以崔观察改章之举业经批准,嘱与和衷商办,不可各存意见云云。河帅盖作和事人也。

三 月

三月初一丁卯日(4月19日) 阴。卯正,诣文、武两庙、文昌祠,拈香行礼。赴道署谒朔,在官厅晤量甫,言及泰安专足旋,赵次珊已往莱州,所询尚未得其覆书也。

初二戊辰日(4月20日) 晴。天气渐热,可衣袷衣。晚间,姚子钧招饮卫署,同席有孙伟如、吴献斋、汪益棠诸君,二更后乃散归。

初三己巳日(4月21日) 阴。崔公以河帅檄饬将本届各厅奉准挑培工程再加剔减择要办理等因,爰延请同人往商,嘱余主稿联衔具禀,由道转院,请拨工需,余唯唯而出。因忆戊子年亦曾停运,是年初亦停办另案,继而续请准拨银二万两,乃吊阅案卷,拟即援此措词也。

初四庚午日(4 月 22 日)　阴。午前，拟就会禀稿，邀量甫来，面与商酌一番，遂定稿缮誊。其余诸君处送稿与阅，勿须面商也。

初五辛未日(4 月 23 日)　阴。早间，钤印封发前禀。午后，判阅公牍。接鱼台汛报单，回空漕船于二月三十日出境，乃据以转报焉。傍晚，郭春霆便衣过谈。灯下，拟覆河帅禀稿。夜间微雨，接淡人覆书。

初六壬申日(4 月 24 日)　阴。崔磐老是日诞辰。巳刻，前往拜寿，旋即散归。傍晚，郭春霆交来杨木头船户控告天井闸勒索闸费呈禀一件，即予接收，允为查禁。灯下，封发覆河帅禀。

初七癸酉日(4 月 25 日)　晴。午后，邀天井闸官张君来见，告以船户具控，嘱令严禁丁夫格外勒索，以恤商贩而泯事端，伊唯唯而退。察其神情，恐尚不免阳奉阴违耳。

初八甲戌日(4 月 26 日)　晴。于次鹤之长郎培基来谒见，固翩翩少年也，但不无膏粱习气耳。据云已捐纳知县，指分江苏矣。

初九乙亥日(4 月 27 日)　晴。批发杨木头船户韩如海等呈禀，悬牌晓示。河帅派家丁往迓其公孙，持帖来请填给沿闸溜单，即填一单付之。日间，披阅方子箴廉访《二知轩诗钞》数册。

初十丙子日(4 月 28 日)　晴。批示杨木头船户呈禀后即发房叙稿，札饬天井闸官知照。接燕泉来书，以资馨欲借支束脩，须商诸夫己氏，非如曩日之权自我操也。

十一丁丑日(4 月 29 日)　晴。闻潘冠曹已至自宜兴，携其眷口税驾书院矣。午后，摊笺作书寄四弟，尽长笺两幅犹未罄，明日当续成之。

十二戊寅日(4 月 30 日)　晴。午后，出门访汪益棠、文量甫，均晤谈良久。答拜潘冠曹于任城书院，未晡而还。灯下，将致四弟书续成封固，拟明日邮寄。

十三己卯日(5 月 1 日)　晴。发四弟书。午后，小眠片刻。文量甫来晤，告知孙伟如处姻事已说成，约定廿四日换束。盖内子与伟如夫人相善,欲得其次女为梧儿妇,客冬已有成说,今始择期行聘耳。

十四庚辰日(5月2日) 晴。天气甚热,牌示明日换戴凉帽。阅邸抄,各省道员缺甚疏通,天津道、盐茶道两席均另易他人,然则方勉甫、张绍原二君其别有事故。绍原六载盐茶,极称遂意,勉甫去岁遭乱,恐身外无长物矣。

十五辛巳日(5月3日) 阴。自丑刻即闻雨声,卯正雨更大,冒雨诣天后、龙神两庙,拈香。往返皆与崔遇诸途,闻出谒庙者惟余与彼二人,他皆阻雨不出。时正盼雨,适得甘霖,故余必欲诣龙神庙一谒谢耳。

十六壬午日(5月4日) 晴。午后,出门拜郭寿农、刘寿人、彭含六、文量甫四君,盖将延作冰人也。阅邸抄,朝廷特设督办政务处,以庆邸、李荣昆、王四相国及鹿尚书为政务大臣,总理新政,以期振作自强,大抵仍以变法为纲领耳。

十七癸未日(5月5日) 阴。接筱俯覆书,亦谓夏氏昆玉已赴西安,无从索其人八字,与淡人所言相同,只可姑缓再议矣。晚间,吴献斋招饮寓斋。肴佳而酒不旨,饱而不醉可也。

十八甲申日(5月6日) 阴。辰刻,诣城隍庙祀谢,又复大雨,可称得雨深透矣。是日节交立夏,午刻祀祖。午后,因早起,倦而小眠,傍晚乃兴。晚间又大雨一阵。

十九乙酉日(5月7日) 阴。终日雨不息。有定远方鹤人农部者自省垣迎其胞兄巽仲太守眷柩南归,道此登舟,冒雨而来。方固为二儿妇中表兄,先期寓书托为买舟,因命兆梓往为照料一切云。

二十丙戌日(5月8日) 阴。午后,方鹤人冒雨来拜,与晤谈片刻。方君名燕年,乃子严观察从孙,年十八即捷礼闱,今甫三旬已通籍十三载矣,人亦精明稳练,后生可畏,前程未可限量也。

二十一丁亥日(5月9日) 阴。自辰至申雨甚大,比酉初方息。命兆梓招方鹤人便酌,方君之嫂亦来视其表妹云。

二十二戊子日(5月10日) 晴。雨止,而气候转凉。余方拟答拜鹤人于河下，闻其已解维而去，乃已。下午，郭寿农来答拜，晤谈片刻。忽狂风一阵，天气昏黑，逾时始风定日出，恐亦非佳兆也。

二十三己丑日（5月11日） 晴。卯初，诣天后宫致祭，是日乃神诞加祭也。崔公谈及续请工需，河帅只批准一万四千金，实不敷分布。已电禀请益六千，未知能邀允否耳。

二十四庚寅日（5月12日） 晴。为兆梧缔姻济宁孙氏，冰人为彭含六、刘寿人、郭寿农、文量甫四君。礼成，设席享之。许西斋、汪益棠来贺，遂留其陪宾。是日天气清朗。席间肴酒都嘉，差强人意。

二十五辛卯日（5月13日） 晴。接陈凤笙自京师来书，知其已具呈离署，请以知府分省，因费无所出，来呼将伯。适余境值奇绌，竟无以应，只得空函答之。

二十六壬辰日（5月14日） 晴。午前，偕同人谒本道，商酌本届另案工程如何措办，余答以先公后私，就款计工为正办，就中稍稍通融则可，惟须不即不离耳。同人均无异说，乃各散。余复往各处谢步，午正乃还。

二十七癸巳日（5月15日） 晴。池楼书院山长王燕泉编修至自兖郡来拜，未与接晤。渠早将三月分课题交来以甄，别案未发，未能开课，遂尔迟迟耳。

二十八甲午日（5月16日） 晴。巳刻，出门谒崔公，与商办汶上汛堵口事。因时日已迫，必须赶办，言之再四姑允先为筹款三百，窃恐尚不敷用也。答拜燕泉，晤谈时许而还。

二十九乙未日（5月17日） 晴。接淡人专足来书，附顾桢岩书，嘱将代存公费项下拨付谢幼笙家中汴纹四十金，当即照行。傍晚，邀郑继芬来晤，嘱令拼挡壹是，以便往汶汛兴工。

四　月

四月初一丙申日（5月18日） 晴。晨起，诣风火神两庙拈香，并致福德祠行礼。侵晓，天气颇凉，余未着棉衣，颇觉凛凛也。归来接见南旺汛弁孙洪祝,询问豆腐营缺口情形。

初二丁酉日(5月19日)　晴。午后,邀继芬至,交以库纹二百八十二两,令往采购桩料,即日偕植之侄赴汶汛兴工。继芬请发告示,晓谕商民船只,勿得频拉浮桥抢过,乃自撰六言歌示一通,命书吏缮写带往随时张贴。二更后天忽阴雨,通宵未息。

初三戊戌日(5月20日)　阴。终日大雨。午后,作书复凤笙,交吴献斋转寄。又复淡人、桢岩、珊园书各一札,言拨兑池楼书院公款事。前书缮完,迟汴差不至,遂未封寄。

初四己亥日(5月21日)　晴。雨过天青,阳光大放。燕泉走简商借束脩大衍,答书允之。傍晚,汴差来取回信,遂将复淡人书封固,并印领文件交令带去。灯下,作书致劳厚庵。

初五庚子日(5月22日)　晴。将致厚庵书缮完封固,驿递上海。又作书致周子绂索逋,驿递安阳。时子绂宰是邑,固著名优缺也。燕泉束脩亦为措得五十金,于午后送与之。

初六辛丑日(5月23日)　阴。丑初雨至,辰初乃晴,日间天气颇凉,仍可衣棉。阅姚姬传古文数篇,曾文正毕生服膺惜抱,而曾文绝不类姚,所谓神似非貌似,乃真善学者也。

初七壬寅日(5月24日)　晴。终日伏案观书,颇觉清闲。所苦者今年已过三月有余,只得公费三百六十金,而账房已用去千金以外,皆假诸钱肆者,真有支持不下之势。每一念及,殊觉踌躇无策耳。

初八癸卯日(5月25日)　晴。午后,出门拜客,晤汪益棠、文量甫、彭含六、郭春霆,各畅谈良久,傍晚乃还。晤含六时,告以寄汴银信已为附去矣。

初九甲辰日(5月26日)　晴。阅电抄,任筱帅调任浙抚,锡清弼中丞补授河督。筱帅年高而健,久思量移,今固如愿以偿,喜可知也。锡公任晋抚,被西人指摘,嗣改鄂抚,西人仍不免阻挠,已一再开缺,今复擢河督,盖以清望素著,故不惜委曲任用耳。

初十乙巳日(5月27日)　阴。大风扬沙,日光未放。接朱垣夫书,当即作覆。又接蔡慕陶自省来信,未复。午后,量甫过谈良久。晚接汴信,任筱帅拟先送春来济,令为扫除衙署。嚱! 又有一番烦扰矣。

十一丙午日(5月28日)　晴。午后出门,晤崔磐老及李吉珊、孙伟如。访量甫,未值。傍晚乃还,接李珊园来信,索领春夏两季薪水,余已托淡人兑付矣。

十二丁未日(5月29日)　晴。午前,孙巡捕来谒见。午后,量甫来,晤谈良久。傍晚,顾培德来见,恳为荐转运局事,余谢之。接善星源将军讣音,知其年才五十有五,遽以劳瘁而殁,殊为扼腕。

十三戊申日(5月30日)　晴。午后,出门谒崔磐石,访郭春霆、汪益棠、文量甫、吴献斋,均晤谈,傍晚乃还。道库给院差银贰百八十贰两,余款仍未发,磐老之固执真牢不可破也。

十四己酉日(5月31日)　晴。吴立樵来,晤谈。傍晚,汪益棠来晤。余拟翌日赴汴一谒任筱帅,趁其尚未卸篆,将求其予一片奏明保,未知能否有成。适有日者过门,呼入令卜,据云甚吉,定可如愿,遂决计一行。

十五庚戌日(6月1日)　晴。寅正起。卯初首途,轻骑减从而行,出城至济安台即舍轿而车。巳初,尖于虎头山。午初复进。申初,抵独山住宿。车行颇觉振撼不适,将以求吾大欲,只得稍稍习劳耳。

十六辛亥日(6月2日)　晴。寅初,发独山,黎明时甚凉。辰初,过张峰集,小憩。巳初,尖于苏家集。巳正,复行。未初,热甚,过文昌集,又入逆旅小憩饮茶。未正,乃复前进。酉初,抵冉故集住宿。风沙顿撼,炎凉数易,陆行之劳迥异舟行之逸,此余所以欲改官江苏也。

十七壬子日(6月3日)　晴。丑刻起。寅初一刻,发冉故集。辰初,遇阵雨一次。巳初二刻,尖于曹县。午初,复行。前途颇多泥淖,入河南境尤甚,询悉前两日大雨故也。酉初,抵考城旧县住宿,向所住店已先有人,遂投一茅店居焉。晚间又雨,殊闷人耳。

十八癸丑日(**6 月 4 日**)　阴。寅初,发旧考城。行未十里,忽阵雨一次,停车避雨时许,雨止复行。巳初,尖于郝村。午初,复驱车前进。未正,过红庙,入旅店小憩。店屋颇整洁,惜非尖宿站耳。自红庙前行,沿途凉风袭人,颇觉清爽。酉初,宿兰仪县城内,即向所住之旅店,屋尚曲折。卸车后,修发一度。带来路菜俱吃完,殊苦之。

十九甲寅日(**6 月 5 日**)　晴。寅初,发兰仪县。卯正,过曲心集,入旅店小憩。巳初,尖于招讨营。午初,复行。申正,抵开封,寓城内忠升店。龚淡人、顾桢岩闻余至,皆先来过访。晚间大雨,汴垣街道又将泥泞,明日出门车行更难矣。

二十乙卯日(**6 月 6 日**)　阴。巳刻,诣河院行台谒任筱帅,蒙便衣延见,畅谈。乘间恳其明保送部引见,居然允行。余拟即捐升道员在任候选,将来引对时即可由道员邀恩也。旋访汪仲宽、龚淡人,均晤谈。午正,回店吃饭。午后,李珊园来,晤谈。下午,赴淡人寓斋小集,初更后方散归逆旅。

二十一丙辰日(**6 月 7 日**)　晴。晨起,见旭日满窗,颇觉朗爽,惟连日车马劳顿,肩臂颇觉酸楚,遂在店憩息。午前未出门,薛仲华、龚淡人均来晤。余遂托淡人至豫省顺直善后赈捐局报捐候选道,并捐免离同知本任,即日填给部照收执,共捐库平实银壹千七百金,输之于赈济,固心安理得也。下午,谒任筱帅,谈次忽变易昨说,竟不愿保奏,余遂不复强求。仕宦升沉,自有定命,居易以俟之可耳。晚间,往访淡人,订定即日由济兑银来汴以归捐款,作家书谕兆梓照办。二更后,顾桢岩复来,晤谈。

二十二丁巳日(**6 月 8 日**)　晴。早间,水惠轩来,晤谈。余旋往拜客,晤薛仲华、蒋子和、陈石溪、水惠轩诸君。午刻,回店吃饭。午后,淡人来晤,闻锡公不日将至,拟住郑州迎迓。余则即欲遄回,不能在此候谒也。下午,步行街市,买食物数种而归。

二十三戊午日(**6 月 9 日**)　晴。早间,往院署与辞,未见而还。

姚少适、蒋子和均来晤。午间，顾桢岩邀吃馆子，申刻散归。晚间，薛仲华偕李筱坪、水惠轩、姚少适、龚淡人、陈石溪招饮，席设仲华寓斋。酒肴极多，畅叙时许乃散。淡人、石溪因赴工未入座，余回店后略事摒挡即就寝，明日准言旋矣。

　　二十四己未日(6月10日)　晴。寅初起。卯初，发开封东还。巳正，尖于招讨营，迟到一步，好店已被人所踞，只得就恶店憩息矣。午初，复遄行。未初，过曲心集茶尖。申正二刻，抵兰仪县住宿。奔驰道路，殊乏意味，悔不应多此一行也。

　　二十五庚申日(6月11日)　晴。丑正，发兰仪县。卯正，过红庙，入旅店小憩。辰正三刻，尖于郝村。巳正二刻，复行。申正一刻，抵考城旧县住宿。行李车行走笨滞，迟至酉正一刻方到，殊可恨也。夜行时天气过凉，可衣重棉，至午未间，则衣两单衫尚嫌烦热，行路之滋味，真愈熟愈厌耳。

　　二十六辛酉日(6月12日)　晴。丑正，发旧考城。辰正二刻，尖于曹县。午初，复行。沿途火伞高悬，热甚。路途窎远，直至酉正方抵冉故集住宿，人困马乏极矣。

　　二十七壬戌日(6月13日)　晴。丑正，发冉故集。卯初，过文昌集茶尖。巳正三刻，尖于张峰。未初，复行。陡起狂风，御风遄征，苦极。酉正，抵独山住宿。仆人徐文已先在焉，将运阿堵物送还淡人，乃挥笺致一函并银千三百金令送汴，面呈淡老手收，即此次捐道员之项也。

　　二十八癸亥日(6月14日)　晴。丑正，发独山，夜行万山中，甚冷。辰正，尖于河长口。巳正，复行。未初，抵济安台。舆从已来迎，遂鸣驺还署。继芬来，晤谈。

　　二十九甲子日(6月15日)　晴。午后，谒见崔公，访益棠，未晤。访量甫、涵六，均晤谈。至河院署，晤任岱云，谈片刻。筱帅之孙伯显孝廉未晤，傍晚还。

五　月

五月初一乙丑日(6月16日)　阴。晨起,诣天后、龙神两庙,拈香行礼。谒新任藩司胡公廷幹,未见,遂还。傍晚,往晤郭春霆。晚间,量甫招饮寓斋,畅饮尽兴,二更后方散。

初二丙寅日(6月17日)　晴。午后,美国教士良约翰、医士来嘉理二人来谒,与接晤片刻。良固旧识,来则初晤也。晏诚卿观察来办济宁转运局,特来过访,昔年旧雨,别已十年。相见畅谈,留其小食,逾时乃别去。

初三丁卯日(6月18日)　晴。午后,往答拜诚卿,晤谈良久。复访吴献斋,亦久谈。诚卿即接献斋之差者。在座有李吉珊,谈及胡方伯有护理抚篆之信,未知确否。傍晚,彭含六来辞别,盖交卸上河将之汴河需次也。灯下,封发上锡河帅贺禀及致汴友各谢函。

初四戊辰日(6月19日)　晴。午后,接劳厚盦信,以百金见还,云兑至谢佩孜处转交,有致佩孜一书,可凭以取银也。晚间,吴献斋招陪晏诚卿,宴于玉堂花园。同席复有李吉珊、汪益棠、周献之诸君,肴馔甚佳。二更后乃散归。

初五己巳日(6月20日)　晴。巳刻,诣道署贺节,投刺,小坐即散归。午后,作书致佩孜,将厚盦原信寄去,专差往投,借取回件也。阅邸抄,劳玉初经张香帅保荐送部引见,大约不能不出山矣。

初六庚午日(6月21日)　晴。午后,顾培德来谒辞,未与晤。作书致王燕泉太史、彭伯衡观察,专差递兖州,告以任帅初八日即起节来济,以便两君来谒也。

初七辛未日(6月22日)　晴。午后,出门访益棠、伟如,均未晤。下午,晏诚卿便衣过谈良久,傍晚乃去。阅邸抄,瞿子玖尚书入值枢廷,并充政务处大臣,何其官运崇隆乃尔。以意揣之,殆夔相之援引耳。

初八壬申日(6月23日)　晴。午后,谒崔公,访李吉珊,均晤谈。偕吉珊至河院署一看。晚间,晏诚卿招饮王母阁,即前日吴献斋招饮同席诸君,惟多一孙伟如耳。二更后乃散归。

初九癸酉日(6月24日)　晴。接淡人来电,任筱沅中丞已于昨日自汴起程,计十二三日可抵济,锡清弼河帅则于初二日接篆云。接燕泉复书,日内即拟来此,伯衡覆函云暂缓来,盖将进省唁袁中丞也。

初十甲戌日(6月25日)　晴。阅邸抄,东抚袁慰廷中丞丁降服忧,得旨给假百日穿孝,仍夺情,署理暂派藩司胡公廷幹护理抚篆云。晚间,偕李吉珊公宴晏诚卿、吴献斋于玉堂花园,同席仍前两集之人,盖旬日内已三次宴集矣。三鼓后乃散归。

十一乙亥日(6月26日)　晴。接谢佩孜覆书,并代劳厚庵兑还百金,当即泐函覆之。午后,往院署一看。傍晚,徐文至自汴,带到淡人收银覆信,并缴回余银卅余金。淡老书中述及新帅锡公清廉自矢,一切陋习概行革除,闻之令人起敬。

十二丙子日(6月27日)　晴。筱沅中丞卸河督篆,来济小住,仍假馆河院。酉初,闻其将至,偕同人往迓于济安台郭外。筱帅面辞诸君且勿往谒,明日再见,盖以途次劳顿,欲稍憩息,故谢客也。傍晚,接四弟来信,备悉一切。

十三丁丑日(6月28日)　晴。辰初,致祭武庙。巳初,往谒见任中丞,谈时许而出。午后,王燕泉太史至自兖州过访,谈片刻去。是日初觉烦热,换穿亮纱矣。

十四戊寅日(6月29日)　晴。作书复劳厚庵,并托其在苏州定绣獬豸四副,以备补服换用。汴垣曾物色之,竟不可得,可见物希之为贵也。

十五己卯日(6月30日)　晴。晨起,诣风、火神两庙并福德祠,拈香行礼。旋谒河院署,少坐遂散归。午后,小眠时许。是日热甚。

十六庚辰日(7月1日)　晴。州署接到差信,锡清帅官眷自济南赴开封,将道出济宁,只令豫为看店屋一所,其余概勿供帐等语。有谓须为备行馆于城内者,余弗顾,仍听州署为之可耳。

十七辛巳日(7月2日)　晴。作书致周子绂索旧债,拟令再彭俣前往坐索,未知能稍稍偿还否也。接钱筱脩来书,并附夏厚盦复函,具悉壹是。厚庵次子循堂年廿五,尚未缔姻,嘱筱脩为媒,来书所言太略,当再详询其人品功名何如,方能酌夺耳。

十八壬午日(7月3日)　晴。午间,忽阴雨一次,未刻旋止。申刻,有新任河帅锡公眷属道出此间,寓西关升官店,因偕同人往照料一番而回。归途顺道至任城书院访潘冠曹,晤谈片刻。

十九癸未日(7月4日)　晴。下午,往谒任中丞,未见。适早间王仁斋来访,未与接晤,因往答拜之,亦未遇。遂访晏诚卿,畅谈,傍晚乃还。

二十甲申日(7月5日)　晴。辰刻,谒筱帅,晤谈良久。述及余所求保荐事,已谆托新帅,必可如愿,余唯唯事之,成否听之可也。筱帅以廷旨敦促赴任,亟欲由水程南下,惟近日河水正值浅涸,亟切尚难放棹,姑为闭闸灌塘,且看水势能抬蓄否。

二十一乙酉日(7月6日)　晴。午后,访益棠、春霆,均晤谈良久。兼往答拜德国教士布恩普。傍晚归来,则王仁斋先已坐待,与接晤片刻。孙巡捕奉任帅命来嘱将水程如何套塘启放、何处通畅、何处浅阻为开一单呈阅,遂立刻草就一纸付之而去。

二十二丙戌日(7月7日)　晴。早间,谒见任中丞。旋往吊王灵枝丁内艰。午后,接见署新店闸官姜振铎,并传见南旺分防外委孙洪祝、济宁分防外委杨达纶,分往南北调剂水势,以备任帅南行也。

二十三丁亥日(7月8日)　晴。午前,晏诚卿过谈片刻。午后,传见汶上汛张县丞,嘱令严闭关家闸,防水旁溢。接松晴川书,谆谆以重修十里堡河神庙为言,凡首先倡捐百金,嘱由陈履中处兑交,可谓久要不忘矣。

二十四戊子日(7月9日)　晴。午后,往谒崔磐老,未晤。旋至玉堂花园访陈履中,畅谈良久。因在河沿令人打量河水,已有二尺余,来源尚旺,有以覆任筱帅命矣。

二十五己丑日(7月10日)　晴。辰刻，谒见筱帅，告以河水已长至三尺，足敷行舟，惟迦属十字河淤浅处所恐难畅行，坐是仍难定行期耳。午后，田萧臣总戎自兖来谒筱帅过访，适余小眠，未获接晤。

二十六庚寅日(7月11日)　晴。昨宵大雨，今晨始霁。午后，出门至东关答拜田萧臣，至则行矣。旋答拜姚玉衡，亦未晤。傍晚，任中丞知会明日申刻登舟南下，余拟乘舟送出交界，以尽情谊。

二十七辛卯日(7月12日)　晴。辰刻，往谒见任中丞，晤谈时许。中丞准于申刻登舟，惟谈及头晕未愈，余为之求药于美国医士良约翰。良复书细询病源，中丞喜甚，手书致余详述病情，余以示良。良答书尤极殷勤，并以上品和平妙药为赠，余持复，中丞嘱为致谢，遂受其药。申正，乃起节登舟，余亦拿舟送其南下。沿途河深四五尺，舟行顺利。酉正，开船。戌正，抵石佛闸泊舟吃饭。灯下，作书致淡人，送回城内，托刘寿人带汴，因寿人奉锡清帅札调差委，定下月朔首途故也。

二十八壬辰日(7月13日)　晴。寅正，自石佛开船。巳正，即过枣林闸，遇郭春霆，邀其来船吃饭，畅谈。比饭毕，已抵南阳镇。过闸后，春霆回己船，余亦小眠刻许。申初，过利建闸。阵雨大作。见筱帅舟已泊岸，遂往谒之，借与话别。少顷雨止，舟行。中丞命余易便衣久坐，出挂粉汤圆相饷，其粉甚细腻。申正三刻，过邢庄闸。又行数里，至马家水口。余乃分手回至己舟，返棹北还。戌正，泊利建闸。是处蚊子最多，去年权道篆时往迦河督工提船，曾于七月十四日泊舟此地，备受啮肤之厄，今忽忽逾岁矣。去岁梧儿曾侍行，今则独行耳。

二十九癸巳日(7月14日)　阴。天明后，蚊始渐稀，乃敢出帐起坐。寅正，自利建闸北上。辰初，过南阳镇，泊舟时许。过闸时，闸官娄绥书来舟谒见，与接晤片刻。午初，过枣林，遇大顺风，舟行颇疾。戌初，抵济宁，泊舟天井闸上，拟往北路看挑引渠工，遂不入城。晚间，梓、梧两儿来舟，携有《申报》数张。灯下，随意披阅，见有述及吴季丈以皖南道得保晋加头品顶戴,何其阔耶!

三十甲午日(7月15日) 晴。卯初,自天井闸开船北行。卯正,过五里营。辰初,过十里铺,皆赴豫陆行所必经之地也。午初,过长沟。申初,抵寺前铺。继芬泊舟是处,即过余舟晤谈。余偕其登岸阅视两单闸引渠,见上单闸颇通利,现仍透水,无甚淤垫,可以无烦重挑。下单闸已复受淤,宽深均须加挑,即拟就二百金挑办,明日即兴工矣。酉初,过寺前闸。戌初,过柳林闸。该闸官潘彦杰未驻闸,乃闸夫等竟敢私自闭板,为勒索过往船只计。余立拘该闸总甲至船头研讯,供认卖板不讳,于是笞以二百以示惩儆,并当俟该闸官至时严行申斥之。亥正,抵南旺分水口,泊舟龙王庙前。因诘朝系月朔,特诣此谒庙拈香也。

六 月

六月初一乙未日(7月16日) 晴。卯初,诣龙王、禹王、关帝并宋、白二公各祠,拈香行礼。县丞张君在济城未来,惟南旺分防外委孙洪祝侍行。余谒庙毕,至僧舍小憩,遂回船。卯正二刻,自分水口开行,见口门汶流甚微,盖自何家石坝塌卸后,全汶均趋刘老口入运,而分水口遂几断流矣。开船后,清风徐来,天气晾爽,篷窗凭眺,令人尘虑一清,舟行之趣不浅哉! 巳初,过寺前闸。至下单闸,见继芬正在督夫挑挖,余亦上岸,坐胡床监视片刻,旋登舟开行。午初,过长沟吃饭。天气凉爽,独酌绍酒十余杯,庖人供鳖,甚美,小饮不觉陶然。饭后,过通济闸。摊笺作书复松晴川,封寄江宁,时晴川已卸江安粮篆,仍需次江宁也。未正,过安居。申初,过十里铺。申正,抵南关草桥下,即登岸回署,有僚属文武四人迓于堂下。晚间,为陈化南兑银事复致淡人一书。

初二丙申日(7月17日) 阴。辰刻,出门谒磐石观察,未晤。拜文量甫太夫人寿,适量甫抱恙,亦未出见。时眉生、承斋均至,相与坐谈片刻而散。眉生云接电信,任中丞于昨午已过台庄,水势尚大,舟行顺利,大约初四日可抵清江浦矣。傍晚,孙伟如过谈时许。伯衡书来,欲往追送篍帅,然已无及。

初三丁酉日(7月18日)　晴。早间,新任杨庄闸官朱世纶来谒见,与接晤片刻。接朱养田来信,言余所赁伊住宅已售与现任胶州牧周君,此君暂不来,仍可租居也。养田昨岁尚官知县,今已捐升道员,而余昨岁权篆道员,今乃仍官同知,盖觉乏味耳。晚间,阅罗文恪《集义轩咏史诗》数首。

初四戊戌日(7月19日)　晴。因晏诚卿眷属新到,命庖人制肴馔馈之。天气渐热,终日挥汗,懒于行动,惟终日枯坐而已。是日,伟如夫人来与内子作叶子戏,直至四鼓乃去。

初五己亥日(7月20日)　晴。是日为僧忠亲王诞辰,崔磐石率属于卯刻诣祠行礼,余托故不往。午后,卫北汛鲍千总来谒见。傍晚,天气愈热,乃买西瓜取汁两碗饮之,又就浴室一浴,稍稍清凉矣。

初六庚子日(7月21日)　晴。许承斋将托兑汴款卅金送来,适僧王祠僧人索昨日香资甚急,乃取出八金付之。阅《申报》,邵筱村中丞已于前月殁于上海寄寓,计其年齿盖亦六十有一矣。

初七辛丑日(7月22日)　晴。终日枯坐,殊觉寡欢。天气又复极热,益懒于动作,惟挥汗不停而已。忆昨岁此时正在权持豸节,四弟亦在此小住,乐境为近数年所罕遇,一回忆之,辄令我低徊不置也。

初八壬寅日(7月23日)　阴。日间,阵雨两次。接周阅耀垣专函告急,恳为转求大力者援手,冀免因人受过,盖缘捕河安山闸南开挖支河办不如法,耀垣曾充监修之役,恐被牵议也。书中情词迫切,只得一为设法,明日姑往商诸樊老可耳。

初九癸卯日(7月24日)　晴。早间,诣樊公,晤谈,承其允为耀垣缓颊。归来,即作书覆之。午后,继芬至自寺前铺,报知引渠挑竣,均深通透水,双柏恰敷用也。

初十甲辰日(7月25日)　晴。午前,郭春霆过谈,言及送任中丞至黄林庄出山境入江境,昨甫返棹,计此时中丞当可抵苏州矣。午后,阅《京报》、公牍各件。

十一乙巳日(7月26日) 晴。崔槃石赴省吊丧。卯刻起程,因往谒送,同人咸集,惟吉珊未到。余方欲与晤谈,不意其竟不至也。午前,南旺潘闸官来谒见。

十二丙午日(7月27日) 阴。终日大雨数阵,河水陡见涨溢,泗堤已决,幸运堤尚无碍耳。阅《申报》,述及季卿叔岳以拿办票匪功得保,晋加头品顶戴,抑何如是之阔耶?

十三丁未日(7月28日) 晴。雨霁日出,又复炎热。周耀垣续有书至,言所事已冰释,似不至有意外虑矣,因手泐数行复之。接彭涵六自汴来书,乃通套四六语,并无一句实话,殊无谓也。

十四戊申日(7月29日) 晴。署新店闸官姜振铎因前升任陈闸官交代亏短扭禀前来请为公断,余乃判其曲直,谕令遵断而去。济汛分防外委杨达纶亦来见,面禀水势情形,缘日来汶泗均见盛涨,亟须设法疏销也。

十五己酉日(7月30日) 晴。卯正,诣大王庙及福德祠两处,拈香行礼,与张闸官在庙晤谈片刻。旋拜李吉珊,未晤而还。

十六庚戌日(7月31日) 晴。阅李恢垣吏部《宛湄书屋文集》,就中骈体多于散体,其文笔固不逮陈兰甫远矣。陈与李皆岭南耆宿,余昔年侍宦游粤固犹及见之也。

十七辛亥日(8月1日) 晴。午后,阅公牍。接天井闸禀覆文件,满纸乱道,乃自行批示严斥之。晚间,检阅字画,以堂画一联一假晏诚卿,皆办差货,非佳物也。诚卿前言欲借此挂用,故聊塞其责耳。

十八壬子日(8月2日) 晴。早间,鱼台主簿章炳礼来谒见,云欲乞假如汴省亲,余允其请,惟嘱令速去速来耳。午后,再彭侄自安阳带到周子绂覆书,先还银叁百两,除余买物及再彭往返川资共用去百廿余金,余银百八十两,乃自留八十,以百金给再彭作纳粟之用,俾渠得糊其口也。

十九癸丑日(8月3日) 晴。早间,张、陈、姜三闸官俱来见,禀知新店闸前后任交代经天井闸为之调停清楚,不再纠缠矣。下午,吴笠樵便衣过谈,许久乃去。晚间,风雨交作,天气转凉,雨通宵未止。

　　二十甲寅日(8月4日)　阴。自朝至暮,风雨不息,凉爽如仲秋气候,特恐河流增涨,堤工又将报险耳。入夜雨更大,东北风尤厉,住屋漏水者数处,亦近年罕遭之水患也。

　　二十一乙卯日(8月5日)　阴。又复淫雨竟日,至暮方霁。晚间,杨外委果来禀报济汛东西堤泗汶夹攻,几于无处不漫,然亦无如之何也。

　　二十二丙辰日(8月6日)　晴。鲍千总亦以卫北汛水涨堤险来告,拟嘱工友往勘,仍思稍尽人事,特苦于无米难为炊耳。午后,晏诚卿过谈,良久乃去。

　　二十三丁巳日(8月7日)　阴。日间又复小雨数阵,河水仍有长无消,济汛下游汪洋一片矣。巨嘉汛亦来报险,汶汛亦然,徒唤奈何而已。

　　二十四戊午日(8月8日)　晴。节交立秋,气候亦极似秋令。傍晚,李吉珊来谈。忽报夫己氏已归自省城,余不往迓,吉珊亦遂效尤,亦可见人心之向背矣。

　　二十五己未日(8月9日)　晴。早间,勉往夫己氏处一行,乃辞以疾,不见而还,余故不欲与见也。是日,天气又复渐热矣。

　　二十六庚申日(8月10日)　晴。寅正,诣龙亭朝贺万寿,夫己氏往焉。忆去岁此日,余领班,今则彼领班矣。触景生情,感慨系之,不知何日方能重做前梦耳。午后,李毓梅以湖水陡涨请启放利运闸。

　　二十七辛酉日(8月11日)　晴。天气热甚。探悉长河水已见消,惟蜀山湖内仍复盈科,湖堤有险工数处,恐将不支,然亦无能为力也。

　　二十八壬戌日(8月12日)　晴。接淡人手书,附有朱子丹信,嘱兑付银卅金。探悉子丹已于廿四日赴汴,遂将兑信暂缓送交。

　　二十九癸亥日(8月13日)　晴。巨嘉主簿郑思赓来见,禀知该管蜀山湖内傅家桥南碎石堤工冲塌丈余,当饬武汛督令兵夫赶即堵筑云。

七　月

七月初一甲子日(8月14日)　晴。晨起,诣大王、禹王两庙,拈香。旋往晤夫己氏,与谈片刻,所谓话不投机半句多也。接王燕泉信,言将入都销假,嘱为兑取存汴银款,当作覆函允之。

初二乙丑日(8月15日)　晴。因燕泉将有远行,乃以银圆八饼为赆,并借与银拾四两,交来价带去。书中托其到京后代为购觅獬豸补服数付。

初三丙寅日(8月16日)　阴。蜀山湖分防外委李毓梅禀知堤口已堵合,用京钱八十余千,尚称核实,当为转请道台如数给之。夜半倾盆大雨,历寅、卯两时,至次日卯正后方止。

初四丁卯日(8月17日)　晴。辰初,阳光大放,天气稍凉。有守备李邦彦者为其大父开吊,贻以讣状,余备祭幛致送,难于称谓,斟酌再四只好以太封君称之,自称愚晚而已。午后,潘冠曹来,晤谈。

初五戊辰日(8月18日)　晴。午后,出门至育婴堂查看新修工程,刘寿人之次郎在彼监工,与谈片刻。访冠曹,未晤,遂还。下午,汪益棠来谈,托其代向夫己氏索发欠款,未知能照数相偿否。

初六己巳日(8月19日)　晴。再彭侄将挈眷南还,植之侄亦与之偕,乃给再彭百金助其捐官之需,给植之廿金,不过用作川资耳。致紫绶弟书付植之带呈。午后,两人来辞别,遂登舟去。接陈凤笙书,知其签分云南已验放,拟领照后毅然前往。六旬老叟万里长途往作一悬而无簿之郡守,较余所处更苦矣,殊觉代为眉皱耳。

初七庚午日(8月20日)　晴。晚间,继芬来,晤谈,少顷即去。闻湖河各水日来渐消,惟堤工摧残不堪,直无修筑之款,奈何!

初八辛未日(8月21日)　晴。家中呼街头瞽者推算年命,谓余八月间必有佳遇,未知届时究竟如何,静以俟之可耳。

初九壬申日(8月22日)　晴。许承斋以百金交存余处,嘱为汇汴,因即泐致淡人一书,托其设法拨兑。接子扬信,云及芜湖大水,道署被淹,不复能住,季丈阖家均移居芜湖城内书院矣。

初十癸酉日(8月23日)　晴。梧儿感冒作热,延刘阁臣诊治,服药两剂,仍未轻减。接杭州青凝巷电询问典息如何汇寄,须作电覆告之。

十一甲戌日(8月24日)　晴。早间,仍延刘君为梧儿诊视换方。拟复延张梅盦来诊,适张不在济城,探悉已回北乡,须命车访诸其家矣。

十二乙亥日(8月25日)　晴。发电报覆杭州清吟巷,告以将款汇汴日升昌。早间,因梧儿疾仍未减,往延张君,张不果来。复延刘至,稍将前方更改数品,未知药力能祛病否。

十三丙子日(8月26日)　晴。接王宅复电,已将典息汇汴。晚间,延到张梅盦为梧儿诊脉开方,据云受寒所致,用表解兼温降之品服之,当能奏效也。余因右目红胀昏糊,亦就梅庵一诊,即服其药。

十四丁丑日(8月27日)　晴。兆梧疾少间,余亦稍轻减,梅庵不可谓非良医也。接彭伯衡信为张海帆别驾贫困于兖代呼将伯,并嘱向同僚集脤,余拟赠以六金,各厅每人贰金,共凑得十六金云。

十五戊寅日(8月28日)　晴。作书覆彭伯衡,将赠张海帆之十六金寄去。又致王燕泉一书,将斋课卷寄与之,均由专足递兖。兆梧今日外感渐清,已不作热,仍延梅庵一诊,余亦换方服药,因目赤尚未全退也。

十六己卯日(8月29日)　晴。午前,张海帆自兖州来过访,谈片刻。此老年已七十有八,依然老健,余已与别十年矣。接淡人来书,仍嘱将许承斋之卅金拨付朱子丹家中,遂即刻付之。

十七庚辰日(8月30日)　晴。作书覆淡人,并将燕泉存汴银款托其代取拨兑,原信附去,又致日升昌票号一信,关照杭州汇款如到嘱为暂存候拨,均寄由淡人处转送。晚间,接燕泉、伯衡复书。伯衡以海帆已行,仍将十六金带回,嘱就近送与之,明日当为送去也。

十八辛巳日(8 月 31 日) 晴。午后,益棠先过谈良久。未几,文量甫、张聘卿便衣偕来,晤谈片刻而去。余目疾尚未全瘳,右目犹稍有红翳也。

十九壬午日(9 月 1 日) 晴。傍晚,许西斋来,久谈,盖已与别两月矣。余因兴会毫无,已两旬未出门庭,固心境为之,亦缘所遭诸多拂逆。回首去年此日,真有天渊之判矣。

二十癸未日(9 月 2 日) 晴。午后,周耀垣至自安山,过谈良久。谈次余力劝其开去州判底缺,归直牧候补,伊亦谓然。留其下榻寓斋,伊不肯,盖其同乡陈化南先已为之适馆矣。

二十一甲申日(9 月 3 日) 晴。张海帆所需车已为觅得,明日即可行矣。兆梧疾已全愈,惟服调理药,亦张梅庵所开方也。庭院盆荷已开过花十余朵,近复续挺两苞,其为佳兆可知,顾之强自解嘲。

二十二乙酉日(9 月 4 日) 晴。久未出门,颇欲出访友人,借破岑寂。午后,又复迁延中止。灯下,阅《梦影录》闲书,颇足破闷。

二十三丙戌日(9 月 5 日) 晴。午后,出门拜晏诚卿、孙伟如,各晤谈良久。访汪益棠,答拜周耀垣,均未晤,傍晚乃还。诚卿谈及直隶土匪仍复不靖,关东为俄所垂涎,势将强占,各国将借口效尤,大局仍未能遽定也。

二十四丁亥日(9 月 6 日) 晴。欲出门,未果。闻晏诚卿之家郎再赋悼亡,将谋胶续,探悉其人才学均尚可取,年逾三旬,亦不甚大,余颇动相攸之意,未知诚卿有意否?拟托伟如探询之。

二十五戊子日(9 月 7 日) 晴。闻夫己氏将为其细君周忌讽经,众人都欲酬应,乃以纸扎、明器数事致之,殊无谓也。池楼书院轮余月课,出文、赋、诗题各一。文题曰"一游一豫,为诸侯度""重镇还须济世才赋以题为韵""赋得菊花时节待君回得回字"。

二十六己丑日(9 月 8 日) 晴。接赞斋亲家来电,欲令兆梓送妇归宁,余商之内子,亦颇谓然,拟俟转运局炮船到时买棹南下,便令回空炮船护行也。

二十七庚寅日(9月9日) 晴。午后,出门访郭春霆、李吉珊,均各畅谈良久,傍晚乃还。阅《申报》,知任筱帅已于六月廿三日自苏州南下,廿六日即履浙抚新任矣。

二十八辛卯日(9月10日) 晴。书院课卷交齐,共贰百余本,乃命兆梓代余校阅,限令三数日内阅毕,以便清江船到,伊即可抽身南行也。

二十九壬辰日(9月11日) 晴。忆去年此日在运河道任内督漕北上,于是日酉刻带印登舟,今忽忽又一年矣。曾假豸绣,何堪再作青衫,静言思之,殊觉味同鸡肋也。

三十癸巳日(9月12日) 晴。傍晚,欲访西斋,先往订之,乃辞以疾,遂不果往。渠移寓右间壁已两月余,余尚未一过其庐,闻明日乃其五十诞辰也。

八 月

八月初一甲午日(9月13日) 晴。卯刻,诣风、火神两庙并本署福德祠,拈香行礼。时余因福德祠年久失修,倾颓不堪,遂捐廉兴工重修,刻已将次竣工矣。归途顺道拜许西斋寿,未晤而还。

初二乙未日(9月14日) 晴。接阅电抄,谕旨永停捐纳实官,余踌躇再四,自维历官丞倅已十有七年,始膺卓荐,继摄监司,若必恋此同知一缺,势难于停捐后再办过班,且运河各缺难保不议裁并,及今不豫为地,一旦裁缺,将为另补同知,尤无味矣。乃决意捐过道班,指分江苏,取其近家便于祭扫,他非所敢知也。

初三丙申日(9月15日) 晴。寅刻,往文昌宫陪祭,复至西关吕祖堂开光落成,辰刻乃还。清江炮船到,赍到王赞斋手书,欲令来船护送兆梓夫妇往浦,余择令初六日登舟可也。午后,电致淡人,托其在汴省顺直捐局代为上兑报捐,计需银壹千伍百数十金,日池两款有盈无绌矣。

初四丁酉日(9月16日)　晴。卯初,诣大王、天后两庙行秋祭礼。旋至量甫处,畅谈良久乃还。午后,作书致淡人,并附日升昌信,令将汇款全数拨交淡人以抵捐项,专差明日赴汴投信。

初五戊戌日(9月17日)　晴。寅初,恭诣文庙致祭,黎明即还。午后,作书覆王赞斋,又致书季卿叔岳商借款项,拟令兆梓抵清江后前赴芜湖一行,面与商办也。灯下,作致子扬内弟一信,时子扬亦在芜湖道署,兆梓此行可与相见矣。

初六己亥日(9月18日)　晴。午后,往南关河下看视兆梓所雇南湾子船,在船小坐片刻。复往贺孙伟如得孙之喜,未晡而还。酉刻,将各信件交付兆梓,令其携妇登舟南下。

初七庚子日(9月19日)　晴。在济宁劝办秦晋赈捐分局为兆梓报捐,不论双单月选用教谕,并分发试用。又拟为兆梧报捐,分省补用盐运判,函托汪葆田太守在济南捐局上兑,缘葆田处有兑存银款千余金故也。

初八辛丑日(9月20日)　晴。午前,益棠始将上其尊人安报交来,乃命专差起行。傍晚,王仁斋过谈片刻,意欲为其子捐官,嘱余代为上兑,余辞以无款可垫,乃废然而去。朱子丹子汴来,带有淡人手书。

初九壬寅日(9月21日)　晴。午前,接淡人专函,云江苏已奏定专停道员分发,须另指他省,特来函商。余踌躇终日,历数各省,殊难自决,无已其指安徽乎?盖仍取其近家乡,可以随时归省先茔也。灯下,复淡人信,即封交来差,附有领书院经费文领。

初十癸卯日(9月22日)　晴。前见省抄,护抚胡公定于今日换戴暖帽,史其均闻之,遂不敢稍自立异,不问节令之迟早,亦欲今日换季,不得已只可从之,其实天气固甚暖也。且向来秋祭典礼未竣,办无戴暖帽从事者,史君可谓不谙典制矣。

十一甲辰日(9月23日)　晴。孙伟如年五十将届诞辰,闻其欲演戏自寿,乃备幛烛桃面贻之。伟如谢不敢当,于是同人相约馈以戏席,史其均亦与焉,伊乃拜受。

十二乙巳日(**9月24日**)　晴。朱子丹主簿笕仕东河分运河道署当差,特来谒见,与接晤片刻。傍晚,晏诚卿过谈片刻,时已黄昏乃去。

十三丙午日(**9月25日**)　晴。午后,往拜王仁斋寿,未晤。即访文量甫,畅谈良久。旋往答拜朱子丹,过孙伟如门,遂入晤。明日为其诞辰,已搭台演戏,锣鼓喧阗矣。余少坐即还。

十四丁未日(**9月26日**)　晴。辰初,诣龙神祠行秋祭礼。祠经大雨冲塌后墙及屋上盖神像露处,亟须修葺,爰嘱张闸官召匠勘估,以便筹修。午后,接淡人电示"十三上兑"四字,殆已接余复函,捐指安徽矣。未刻,往拜孙伟如寿,遂留晚饭、听戏,三更后乃还。

十五戊申日(**9月27日**)　晴。晨起,诣八蜡庙拈香。又落成本署福德祠,拈香行礼。旋至道署一转,遂还。午后,专差自汴,接得淡人复书,乃自东漳途次所发,亦云十三四旋省即为上兑等语。晚间,接兆梓抵清江浦来电。

十六己酉日(**9月28日**)　晴。午后,往拜电局委员王别驾,王辞以疾,仍未与晤。闻其欲与余相见,故余不惜光施,不意其适遭疾也。旋至伟如处为之彩觞补祝,与分之十人皆到,至三鼓后乃散。

十七庚戌日(**9月29日**)　晴。伟如设席酬客,具柬来邀,初拟辞谢,请之坚,只得往与,到者仅五人,才得过半耳。崔君不俟终席先行,余与子钧、西斋、寿农晏罢乃散。

十八辛亥日(**9月30日**)　晴。许承斋闻讣丁忧,临行交来汴纹贰百五十金,托为汇交淡人处转付。余颇稔知淡老近无余款,奈诚斋言之切,只得专致淡人一书,嘱为设法划兑,能否照办未可知也。

十九壬子日(**10月1日**)　晴。吴笠樵奉道委代理捕河篆来拜,未与接晤。午后,潘冠曹便衣来,晤谈片刻。意欲借支脩金,而史其钧明日将出勘河,恐未能如愿也。日间,寄谕兆梓一书,递清江浦,约计自芜旋浦时恰好接到此信矣。

二十日癸丑(10月2日)　晴。是日为栗大王神诞。卯刻,诣庙致祭。礼毕,复往送史君行,见其泊舟草桥南,即余向日往北路登舟处也。

二十一甲寅日(10月3日)　晴。迟济南专差未回,究不知托葆田所办捐事已否上兑。盖余欲为兆梓捐教谕业已在济宁秦晋捐局报捐,领有盛宗丞实收,复欲为兆梧捐两淮运判,特专函托汪葆田在济南代为上兑,乃迟至旬余专差未回,不得回音,殊悬念耳。傍晚,忽起大风,继以雷雨。

二十二乙卯日(10月4日)　晴。天气转凉,颇似深秋。省差仍未旋,未知所事如何也。灯下,检阅卅年前窗课。幼时情景,宛如昨事,益叹韶光之荏苒,不知老之将至云。

二十三丙辰日(10月5日)　晴。接许承斋寓次交到淡人来书,据云前此曾有两书见寄,此信专言承斋兑款事及运河例保似可补请,特相知照,余无他说。然所云前覆两函,余至今尚未收到也。灯下,封发估办济宁汛堵口工需禀折。

二十四丁巳日(10月6日)　晴。嘱电报局往询陕局本日车驾已否启跸,旋得其回电,云今日辰刻已启銮,晚间驻临潼县矣。闻河帅欲往洛阳迎驾,未知已起程否也。

二十五戊午日(10月7日)　晴。史君至自捕河,又须往迎,此种猥琐事不知还有几次也。旋往电局,嘱令发局报代询河帅何日西上,以便定汴行之迟早也。

二十六己未日(10月8日)　晴。电局覆字,云河帅尚未起程,须九月初间乃行。傍晚,晏诚卿过访,谈片刻去。因益棠四十生晨,颇欲纠约公局送以戏席,嗣探得益棠不欲举动乃已。

二十七庚申日(10月9日)　晴。往访电局委员,未晤。旋访汪益棠、李吉珊,各晤谈良久。接田萧臣军门书,云及沈退庵观察将复出山,已由苏州起程,舟行至济宁登陆,约月杪即可抵此矣。

二十八辛酉日(10月10日)　阴。晨起,晤夫己氏,谈片刻。访文量甫、晏诚卿，各晤谈良久而归。午后，似有雨意。汶上县丞张觉民来谒见，求保俟升五品后加四品衔，余允之。盖因上年保案未上，今拟恳求河帅援案补保耳。

二十九壬戌日（10 月 11 日）　晴。午后复阴，且微雨蒙蒙矣。未刻，往拜益棠寿，未晤。雨益大，遂归。傍晚，退庵先生至济，即便衣过访，留其晚饭，约明日移来小住，然后登陆云。

九　月

九月初一癸亥日（10 月 12 日）　晴。晨起，诣天后、龙神两庙，拈香行礼。旋至退老舟中畅谈，即邀其乔梓移来盘桓永日，为之备齐车辆，拟明日登陆。适絜斋乃郎沂伯自汴南旋过此，与乃叔相遇，亦来聚谈，傍晚乃去。晚酌惟退庵乔梓入座，适吴笠樵来谒，遂留其共饭云。接淡人初次覆书，知仍为余捐指江苏，惟该省现值停止分发路引对时，只可呈请另指他省，余意则在皖也。

初二甲子日（10 月 13 日）　晴。寅正即起，设席为退老祖饯。饭毕，送其登程，时方卯正也。吴笠樵复来送退庵行，留其叙谈，片刻而去。阅邸抄，夔相得黄马褂、紫缰之赐，恩荣稠叠，为之忻忻无已。

初三乙丑日（10 月 14 日）　晴。郑继芬至自省垣，述及汪葆田至今未代兆梧上兑，亦未将去差发回，实属因循疲玩，殊堪痛恨，乃复发电顿促之。日来兆梓亦无往芜之电，未知所事若何，尤为悬系，明日亦将电询赞斋也。

初四丙寅日（10 月 15 日）　晴。午后，出门拜姚子钧尊人寿。旋访伟如，久谈，傍晚乃还。伟如抱孙，今日弥月，故往晤而贺之。灯下，作书复淡人，发电询兆梓行踪于赞斋。自昨至今，葆田仍无覆电，抑何迂缓乃尔耶？

初五丁卯日（10 月 16 日）　晴。早间，史君如南，又往送之。午后，叶东屏、王受白先后来拜，均与接晤。两人皆电报委员，一曹局，一济局也。汴垣候补之东河同知姚君百龄，别十余年不通音问，忽来书索助,乃以空函覆之,缘昔年此君尚欠余白金廿两未偿,何可再受其绐耶?

初六戊辰日(**10 月 17 日**)　晴。早间,得赞斋复电,知季丈调安庐,故兆梓径往安庆,甫于月朔到彼,重九后方返棹也。午后,张闸官便衣来谒,仍为修育婴堂事。下午,发安庆电,命兆梓将所筹款汇沐千五以省携带之烦。晚间,接朱坦夫信,嘱转觅项蔚如画扇,附来润笔一金,未知能如其愿否。

初七己巳日(**10 月 18 日**)　晴。早间,作书覆朱坦夫,交东昌便差带回。午后,接龚淡人马递来信,述及河帅已于初二日出省迎銮,须月杪方旋省,余之迟迟赴沐,未始非计也。晚间,作书致洪兰楣观察。

初八庚午日(**10 月 19 日**)　阴。接周耀垣覆书,寄来履历衔条,请保过直隶州班后加知府衔。李吉珊亦将履历开来,请保归知府班后加盐运使衔,因将请保各员开列清单,汇同履历,以便呈院核办。余自请归道班后加二品衔。惟汶上县令锡君元迄未禀复,不知其欲得何项奖叙,若再迟迟,只可不予保奖矣。灯下,覆周耀垣一书。

初九辛未日(**10 月 20 日**)　晴。午后,舆马夫役至自省垣,带到沈退庵手书,述及沿途风日晴和,初五午刻即已抵省,可谓迅利。惟前往葆田处投信之役至今未返,询诸此次来差,据称在省曾见彼,谓须守候部照带回,果尔则捐事或可有成也。

初十壬申日(**10 月 21 日**)　晴。史琪捃昨宵自南路阅河归来时已夜深,都未往迓,今日余亦不愿往谒,遂未出门。午后,有王子泉之戚王姓持子泉手条,欲将前存木器廿余件索回,遂腾空另置一地,以待其来取。下午,美国教士良约翰、医士来嘉理二人来谒,与接晤片刻。傍晚,得龚淡人书,乃薛仲华所携来。薛补下河通判,今始来履任也。

十一癸酉日(**10 月 22 日**)　晴。早间,往晤史其军,将请保各员清单履历面交,嘱其转禀河院核办。旋往拜薛仲华、汪益棠,均晤谈。

午后，娄闸官来谒见，薛仲华复来拜，亦晤谈。灯下，作致王燕泉书，闻其尚在兖州，并未北也。

十二甲戌日（**10月23日**）　阴。微雨半日。盼皖电、汪信，仍各杳然，令人闷闷。接淡人信，嘱兑付朱子丹汴纹百金，当即如数送与之。日间，新署捕河通判高君来，未与接见，不知其何名号何处人也。

十三乙亥日（**10月24日**）　阴。是日节交霜降，诣大王庙，拈香行礼。遇委署捕河通判高君，知其新来接篆，遂往拜道贺。复往东关答拜美国教士良、来二君，未晤而还。午后，电询王赞斋兆梓赴皖筹款消息，旋得清江电局委员晏莲渠代兆梓发来公电，款先有千五，因即电覆，令仍尽数汇汴以应急需云。

十四丙子日（**10月25日**）　晴。午前，高君志青来晤，询知其为直隶建昌县人，以国子监学正截取通判到东河，故得委署捕河通判云。下午，接汶上县令锡君覆函，欲保以应升之缺升用，乃为补列送道汇转。傍晚，王、鲍两守备亦来求保，欲请给二品封典，系不合例，姑为转出，必致遭驳而后已也。

十五丁丑日（**10月26日**）　晴。晨起，诣城隍庙、福德祠两处，拈香行礼。午后，出门往答拜高志青，未晤。晚间，文量甫招饮，主客十人，二鼓后散归。日前，电询清江汇汴款系交何号票庄，至今无复电，殊觉闷闷耳。

十六戊寅日（**10月27日**）　晴。晨起，有来拜寿者，均谢之。午后，出门谢客，兼至李吉珊、姚子钧两处贺其儿女缔姻之喜。晚间，至道署救护月食，至三鼓方散归。接兆梓来电，因日升昌汇费过昂，欲令炮船将款带济，不知汴有急需，非汇汴不可也。因复发电令仍汇汴，未知不致错误否。

十七己卯日（**10月28日**）　晴。晨起，诣金龙四大王庙致祭。午后，往各处谢步。访益棠于道署，谈片刻，傍晚乃还。接退庵来信，并致笠樵、履中信，当即送去。

十八庚辰日（**10月29日**）　晴。接兆梓自安庆来信，知季丈允将公典股单留存,先付漕平足银千五百金,余俟照杭州市价核算,在杭找付清款等语。噫!银钱一道,竟须如此较量耶?

十九辛巳日(10月30日) 晴。早间,接兆梓电,将款已汇汴垣大德通票号,不知费却几何汇费矣。午后,往汪益棠处拜寿,孙翱民处道喜。复访孙伟如、晏诚卿,均晤谈,傍晚乃还。

二十壬午日(10月31日) 阴。午后,检拾物件行装,拟廿二日赴汴。晚间,接汪葆田覆书,迁延四旬有奇,仍以空函搪塞,捐事竟未办成,又不早覆,以致无可设法,真堪愤恨,人心之叵测如此,亦意想所不到也。接王燕泉专足信,当浏复一缄。

二十一癸未日(11月1日) 晴。午前,往拜客。午后,复检理行囊。郭春亭、晏诚卿、文量甫、薛仲华、汪益棠均来送行,各晤谈。灯下,检理文具、拜匣等件。复沈退庵一书,驿递省城。

二十二甲申日(11月2日) 晴。寅正三刻起,辰初登程。属吏来送者鲍微澜、李毓梅、傅文锦三人耳。午正,馈于虎头山。未正,复行。酉初,宿独山。十余年来往返经过此地已十五次矣。

二十三乙酉日(11月3日) 晴。丑正三刻,发独山。宵征甚冷,衣重裘、披斗篷,乃不怯寒。月色甚佳,天明已行廿五里,过唐家集矣。巳初,馈于苏家集。午初,复行。未正,过文昌集,小憩,因天热,更衣乃行。酉初,宿冉故集。昨日粮道达右文观察曾宿此,故店屋扫除一新。达君去年以江苏试用道,得放山东粮道,余倘亦有此际遇耶?

二十四丙戌日(11月4日) 阴。寅初,发冉古集。黎明,过高第圈。巳初,馈于曹县,旅店裱糊甚新。询知达粮储昨晚宿此未行,顷甫登程,余又追踪而至,大有趋步后尘之象。午初,发曹县。沿途道路平坦,车行稳而捷,意颇洒然。申正,抵旧考城。惜有自汴东来之车先到一步,已将好店占居,只得投一小店住宿。询得达君午后馈此即行,大约今夕宿郝村矣。余从容饭毕,方始日落,戌正即寝。

二十五丁亥日(11月5日) 晴。寅初,发旧考城,乘月色遄行。

辰初三刻,馈于郝村,取金波酒小酌,佐以糟蟹一枚,颇觉有趣。饭罢,方巳初二刻,复驱车前进。午正二刻,过红庙,入旅店小憩,其屋颇洁,故往来过此必入焉。申初二刻,抵兰仪县城,仍宿常所住之大店,惟十余年来日益颓坏,非复辛卯初次住此之修洁耳。税驾后,修发一度。晚复小饮数杯乃寝。

二十六戊子日(11月6日)　晴。寅初二刻起。寅正,发兰仪县。辰初,过曲兴集,入一小店稍憩片刻。巳初,馈于招讨营。巳正,复行。沿途迎日光西上,坐车箱中热甚,尘沙扑面,又不能不下帷,殊苦之。申初二刻,抵开封省城。先来之役迎于门,据称已经龚宅饬仆代觅得曹门大街泰和店,遂至店下车,见淡翁有家丁在彼伺候,已为铺设一切矣。少顷,淡人即亲来,晤谈。晚间,复送饭,情意殊殷殷也。谈及河帅已回省,余拟稍息再往禀到。

二十七己丑日(11月7日)　晴。辰初起,将捐升开缺禀稿拟就,并作谕兆梧书。午后,访淡人,托代办补交免保银两。访家润生,晤谈。见周鼎臣,门口询知夏厚庵寓其宅中,方欲往晤,而鼎、厚两君适登车他出,约明日相见,遂回旅店。晚间,家润生来晤。

二十八庚寅日(11月8日)　晴。早间,钱筱修来晤。余旋出门谒见河帅锡公。访汪仲宽、周鼎臣、夏厚庵,均畅谈。午后,许承斋、高志青、周鼎臣、夏厚庵均来晤,即偕两君至浙江会馆看视所备夔相行馆。是日闻合肥相国作古,夔相接授全权大臣。

二十九辛卯日(11月9日)　晴。天气愈热,几如秋仲。早间,筱脩来谈。午后,出门谒见冢宰孙燮臣年丈,复谒中丞于次棠年丈,未晤。旋访王遵周、钱筱修,均晤。下午回店,龚淡人、李珊园先后来晤。

三十壬辰日(11月10日)　晴。因不上院,遂未起早,至巳初方兴。天气仍热,乃作柬致王遵周借棉袍褂一付。午后,着以出门,晤许承斋、连涵季、李筱坪诸君,旋回店。龚淡人将代缮禀件并执照实收均送来,因即填日封递河院,禀知捐升道员请离工给咨赴部开缺引见,想不日当委员接署矣。

十 月

十月初一癸巳日(11月11日) 晴。天气稍凉。辰初,诣院署谒朔,未请见。遇淡人、少适、芙生于官廨,皆欲禀见者也。河帅锡公已奏请裁河督及运河道各缺,未知部议若何耳。午后,在店未出门。孙伟如之两郎自济至汴,特来谒,与晤谈良久而去。傍晚,彭涵六来晤。探得夔相有明日辰刻抵汴之说。

初二甲午日(11月12日) 晴。辰刻,往淡人处补拜寿,晤谈片刻。归途至浙江会馆,询知夔丈已莅止,乃入谒,因已憩息,未便惊动,仅与慕韩、稚夔相见。午后,至行宫头门内瞻视。申刻,圣驾临幸,诸臣皆鹄立瞻仰焉。傍晚,复至会馆,候至戌初夔丈方退朝,因得便衣谒见,畅谈时许,亥刻乃辞出。

初三乙未日(11月13日) 阴。北风陡作,天气较冷。午前,大德通掌柜梁姓人来言款已汇到,共千四百金,因于午后访淡人,将所垫各款一一清结。余银贰百廿余金,盖许承斋之款亦于此中拨交清楚矣。傍晚,至会馆晤夏厚庵、周鼎臣。未几,稚夔亦出晤,询知相国须过圣节后方起程北上也。

初四丙申日(11月14日) 晴。早间,往河院一转,未之见。午后,往拜客数家。晚间,钱筱脩设席王遵周处,偕江荛生、周鼎臣、连涵季公宴夏厚庵、王稚夔、孙慕韩,余亦与焉。座皆同乡,畅饮尽欢而散。

初五丁酉日(11月15日) 晴。早间,栉发一度。午后,钱筱脩、江荛生、连涵季、王仁斋、王稚夔、彭含六、姚厚庵均来晤。晚饭后,至会馆,与稚夔晤谈片刻。接河帅批牍,仅允委员接署,须俟卸篆后交代清楚方肯给咨,探得已委水恩绥惠轩接署运河矣。

初六戊戌日(11月16日) 晴。早间出门,午刻还。午后,孙氏兄弟均来晤。下午,继芬至自济宁,来店同寓,与晤谈。傍晚,至稚夔处聚谈，遇夏厚庵、周鼎臣。晚间，谒相国，遂留共饭，畅谈。至亥初方回店，复与继芬茗话刻许乃寝。

初七己亥日（11月17日）　晴。早间，水惠轩来拜，晤谈片刻。午后，汪伯棠农曹大夑来拜，晤谈片刻。下午，往会馆，偕同乡诸君子照相，与者汪伯棠、江菉生、王稚夑、孙慕韩、徐博泉、连涵季及余与钱君绍祖。照毕，复请老相国照一行看子貌，稚夑侍侧，拟同人各乞一张以志鸿爪，凡此皆涵季之调度也。晚间，涵季招饮寓斋，稚夑在座，慕韩未到，余皆同里诸公。亥刻乃散。

初八庚子日（11月18日）　晴。午前，夏鲁国及李筱坪之子均来晤。午后，往拜淡人太夫人寿。答拜夏鲁园、汪伯棠，均未晤。回店后，夏厚庵来，晤谈。晚间，往会馆，相国招饮，座皆同乡，稚夑出陪。晚饭后，复久坐，三更后乃还店。日间，张吉甫来谒，晤谈片刻。

初九辛丑日（11月19日）　午间，偕继芬聚谈，遂与共饭。午后，孙矩臣兄弟来晤。傍晚，谢缵臣世兄祖荫来拜，晤谈片刻。缵臣以农曹随扈来汴，今始知之。晚间，以肴馔五簋饷相国，因往陪膳，畅谈良久。饭毕，余复侍坐观夑相新得颁赏福寿字并自制联额留悬会馆者，三更后方回店。时稚夑有友人招饮，故未与聚谈。又日间徐博泉来晤。

初十壬寅日（11月20日）　晴。午后，钱筱修招至戏园听戏，座皆同乡，共十余人。天气甚热，余衣重裘，殊难耐。傍晚回店，易衣后至筱脩处晚酌，主客十余人，共设两席，可谓盛会。

十一癸卯日（11月21日）　晴。午前，往拜吴夔梅、蒋稚鹤两吏部，蒋晤谈，吴未遇。午后，冯表弟良煦招饮于羊肉馆。晚间，访水惠轩，谈交替各事。初更时，相国招往聚谈，云河帅处已为说项，所请二品头衔，似可照准入告矣。

十二甲辰日（11月22日）　晴。辰刻，谒见河帅锡公，复往晤崔观察，午刻回店。午后，作书致子绂索逋，拟偕继芬一行。复作谕兆梧一函，拟专差往取空白印件，并谕书吏备办报交卸文牍。盖水惠轩拟报十六日接印,余俟取有交代清楚结状,便可请咨离工也。晚间,往晤惠轩、仲宽,筹商一切。张吉甫来,晤谈。夜月甚朗,光满庭院。

十三乙巳日(11月23日)　晴。早间,水惠轩来晤。将结状书押交来,余即将家书封固,附入结状,专递回署签印。余所带役只二人,不能分遣,乃向筱脩借拨勇队一名,令其持信前往,限八日往还,未知能如期否。午后,江蒙生招饮,假座王遵周寓斋。共设两席,稚夔、厚庵、鼎臣、涵季、慕韩、筱脩皆与焉。晚间,叶揆初招饮,亦设席王宅。徐博泉、汪伯棠、王寿曾皆同席。博泉见示浙省印结章程,道员分发共需结费六百金有奇,果能由行在办理,尚须设法措款也。亥刻回店,因已夜分,遂未往会馆。

十四丙午日(11月24日)　晴。早间,邹鸿诰来晤。午后,往筱脩处观戏。闻夔丈得杭州电音,新添第二曾孙。少顷,遇稚夔,询之而确,乃于晚间席散往会馆向夔丈道贺,谈时许而还。在筱脩处假得新搢绅,知四弟已铨得湖北兴山县,闻系瘠区,未知已出京否也。

十五丁未日(11月25日)　晴。夔丈处昨夕尚未拜别,因其定于今日巳刻起节,以为凌晨犹可往送也,乃卯正往探,则已先于卯初遄发矣,追送不及,殊为怅然。午后,封固致子绂书,交继芬,嘱其明日往安阳索迪。晚间,有济宁便差来汴,明日返,因挥数行谕兆梧,交其顺便带呈。是日,在店憩息永日,未出门。有水惠轩来晤。

十六戊申日(11月26日)　晴。凌晨,倩继芬持子绂借券并信函往安阳。午前,将上河帅请咨禀稿拟就。访涵季,嘱其饬侍史誊缮。适涵季正在觞客,余少坐即还。午后,拟上筱沅中丞禀稿,共夹单五纸。于晚饭后访筱脩,倩其书记代缮。筱脩处适有牌局,徐博泉、王遵周乔梓、叶揆初均晤谈。筱脩出汤圆相饷,谈至亥正乃回旅舍。

十七己酉日(11月27日)　晴。终日枯坐旅舍,殊无聊赖。午后,摊笺作书致四弟,未毕。回忆客夏四弟至济视余,正值余摄篆监司,真乃一时之盛,未知何日再逢此嘉会也。晚间,天气稍凉,沽酒小酌。饭毕,水惠轩来晤。知其因措资未就日内尚未能成行,来商于余,于是又增余一件心事。余又未能为之转贷,以速其行,其奈之何!闻崔君急切亦未能回署,各事均将迁延时日,尤令我增闷耳。

十八庚戌日(11 月 28 日) 晴。午后,出门拜孙晓秋、冯良煦、谢缵臣、张吉甫,均未晤。访周鼎臣、夏厚庵,适鼎臣出门,厚庵在寓,得晤面,畅谈良久。无何叶揆初至,述及闻有廿八日启跸之信,然尚未确也。晚间,水惠轩复至,谈及借项无成,仍难克期成行,余只得略为设措矣。

十九辛亥日(11 月 29 日) 晴。巳正甫起。孙慕韩来拜,晤谈时许。去后,蔡汉三之子济清复来谒,亦久谈。午后,往答拜蔡君,未晤。访姚少适于八厅公所,得晤,遇汪仲宽于座。晚饭后,访水惠轩,促其速行,只得腾出白金大衍假之,言明到济领出公费首先归还。闻史其均尚无归志,不得不发款稽迟,即保案亦未能克期到院,此君之误人真不浅哉!

二十壬子日(11 月 30 日) 晴。闻隶生、筱悇均于今日引见,乃往贺之,未晤而还。申刻,专足至自济宁,带到兆梓禀,知其于望日还济,用印各件均已取来。往返八日,竟未逾限,可嘉之至,乃赏以制钱两竿。晚间,将请咨禀件填日封固,翌晨投递,又作书谕兆梓,并致诚卿一书。

二十一癸丑日(12 月 1 日) 晴。北风陡起,颇觉寒冷。巳正方起,即将上河帅请给咨禀件饬投。午前,正在修发,筱悇来晤,告以分发引见,颇有可办之机,嘱往拜铨部诸公。乃于午后往谒陈少宰邦瑞、吴羹梅斯盛、丁衡甫宝铨两吏曹、徐博泉枢曹、朱曼伯观察,均未晤。访厚庵、鼎臣两君,畅谈良久。筱悇后至,稍坐即去。余偕厚、鼎晚饭,二更后乃回店。封发家书,并寄晏诚卿书,送交水惠轩便带,惠轩明日准行也。接叶东屏电,言兆梧今午道出曹县来汴,闻之殊深诧异,且兆梓昨禀并未及之,何以忽有此来。乃挥数行谕兆梧,交惠轩明日于兰仪途次迎交,恐其或有关涉惠轩交替事,俾相接洽也。摒挡诸事毕已三更后,乃就寝。

二十二甲寅日(12月2日)　晴。昨夕眠迟,今朝起亦晏,视桌上时表已巳正二刻。适海宁蒋稚鹤铨曹来答拜,得与晤谈。据云启跸之期已定准初四日,殆不改矣。月官分验,自不能办,然则余仍须入都引觐也。日间,天气较冷,惮于出门,且亦无处可去,静坐逆旅,颇闲适。因将上任筱帅禀函封固,拟交周揆一大令带杭,未果,仍交县署驿递。

二十三乙卯日(12月3日)　晴。午后,许承斋来晤。未正,有马队来店送信,乃兆梧前途所遣,令座车往迎。申正二刻,兆梧抵汴,出兆梓禀,备悉一切。此来实因汪葆田耽误捐事,思仍在汴设法报捐。晚饭后,余往询鼎臣所办赈捐,则亦不准请奖实官,鼎臣方踌躇无计也。灯下,作谕兆梓函,令马队持归投呈。

二十四丙辰日(12月4日)　晴。早间,访慕韩于浙江会馆,询知宝兴隆银号捐尚可设法,当即往访号伙冯石卿,则称只今日一天还可上兑,乃为借款报捐分省试用盐课大使,惟将来补缴免保及分发取结尚需千余金方能到省耳。傍晚,丁衡甫吏部来答拜,晤谈,知其为仲山年丈犹子。晚间,夏厚庵来谈,留其共饭,二更方散去。接到河院批禀,并发给吏部吏科咨文,准其离工赴部。若能在开封行在引对,则尤幸矣。

二十五丁巳日(12月5日)　晴。早间,往河院谢给咨,复往宝隆兴将捐照取回。午后,因孙崧甫兄弟明日回济,将衣包、帽盒各一件托其带回,并令汪万有随行,谕兆梓一函,亦令带去。晚饭后,访厚庵、筱悄,均久谈。筱悄知余无资,以双柏相贻,可感也。

二十六戊午日(12月6日)　晴。午前,携兆梧闲步街衢观看红顶及各项补服、顶珠,竟无好者,补服尚合用,以议价未洽未买。未刻,饭于山景楼酒馆,申初回店。兆梧至宝兴隆取得捐照而还。

二十七己未日(12月7日)　晴。巳初起,闻继芬已至自安阳,亟请其入晤。出示子绂覆书并银四百两,书中云因办差赔垫,未能悉数清还,下欠"毛诗"约来岁春间归偿等语。余得此款,目前用度颇觉充裕,若分验引对,不敷犹巨。于是且顾目前,遂以百五十金为兆梧捐戴蓝翎,令其自往宝兴隆顺直捐局上兑,约部照明日填就送来。午刻,偕继芬及兆梧往酒肆吃饭。傍晚,继芬来少坐。灯下,得龚淡人书,云月初方能旋省,因即手挥两纸覆之。

二十八庚申日(12月8日) 晴。早间,钱勖斋表弟便衣过访。午后,作书覆周子绂,交来勇带回。下午,兆梧往取翎照,因令其顺道谒夏、周两君。晚间,继芬来谈,言明日往上南工次访淡人,余以昨甫寓书,遂不复寄信矣。

二十九辛酉日(12月9日) 晴。将河院给咨例费开发清楚,共用银四十金。午后,兆梧往购顶帽、翎枝等件,又用银十金。阅邸抄,以大局渐定,回京有期,特降恩旨赏夔相双眼花翎。计今日方抵京,即闻是命,喜可知也。

三十辛酉①日(12月10日) 晴。筱俦邀兆梧晚饭,命于申刻前往,因将寄四弟书交邮局递杭。傍晚,夏厚庵过谈,据云初四日启跸之期已无改移,伊定于初三日北上,已购得车一辆,欲余假以一骡便可成行,余慨然允之。厚庵云慕韩已于今日遣眷先行矣。

十一月

十一月初一壬戌日(12月11日) 晴。午后,兆梧往照相馆拍照小像。归来,余复出门,遇夏厚盦于途,即邀其来店少坐。伊去后,余仍出访江菉生、连涵季、叶揆初、孙慕韩,均未晤乃还。灯下,阅施公案小说以消长夜。

初二癸亥日(12月12日) 晴。早间,往河院禀辞,旋拜崔磐石,均未晤。访筱俦,遇吴羹梅于座,遂留午饭。午后,访汪仲宽于河

---

① 纪日干支"辛酉"应为"壬戌"之误,直至本年十一月初六日(1901年12月16日)皆误。

署,少坐即还店。傍晚,以骡一头赠夏厚庵,得其复字,言明日尚迟登程也。孙慕韩则准于明日行,特来辞别,得与晤谈。

初三甲子日(12月13日)　阴。终日密云四布,似有雪意。继芬自淡人署中还汴,仍来旅店居住。接淡人手书,当即作覆,并向其借骡子,未知能拨借否。午后,兆梧拉继芬往观戏,傍晚乃还。晚间微雨。

初四乙丑日(12月14日)　晴。晨起,风日晴和。探得乘舆辰刻起跸,经过店门,乃出瞻视,辰正二刻乃过毕。午后,往访瞽者赵雨亭谈命,据云余命可官至藩司,明年必得道员实缺,非予十二金不肯细为推算,于是令算三命,给以银十二两,但不知所说灵验否。晚间,向连涵季索得同乡二次照片一纸,尚有夔相一张,云俟迟日送来。

初五丙寅日(12月15日)　晴。午前,将李珊园池楼监院秋季脩金六十两先为垫送。又致顾桢岩奠敬四金,盖桢岩已于月前作古矣。午后,筱脩来辞别,与话别片刻。旋作致稚夔书。傍晚,往送厚盦行,未晤,因将稚夔信交其顺带。复往送筱脩行,得晤谈。比回店,兆梧买物犹未归,少顷方返。初更时,涵季衣冠来访,并送到夔相小照及杭人游梁后图跋语,余抄录一纸,以备续誊。是日,整理归装,雇车未议妥,迟汪万有不至,恐初七日尚未能首途。夜间,闻风声甚厉,天气必将转寒,亦客心所怯者也。

初六丁卯日(12月16日)　晴。午后,携兆梧往羊肉馆啖烧鸭。旋店,见汪万有已至,携到兆梓禀函并昭信股票印。收当,即访冯石卿,交其寄京核奖,在石卿处遇张劭予副宪。晚间,鼎臣来店,畅谈。

初七己巳日(12月17日)　晴。午前,将车定妥,惟每辆需制钱十千,殊太昂耳。午后,接淡人复书,骡子未能分拨,只得另雇一头,于是又费钱六千。傍晚,张吉甫来送行,晤谈时许。晚间,鼎臣邀吃饭,兆梧侍往,因川资不敷,向鼎臣借银卅金。亥刻回店,检拾行装,定准明日首途。汪仲宽来送行,未晤,留交银信带回济宁与益棠。时箱箧已扎好,只好交仆辈收储矣。

初八庚午日(12 月 18 日) 晴。寅正起,即催仆人整装套车。卯正二刻,挈兆梧登程,自开封回济宁。沿途风日晴和,并不甚冷。午初,馈于招讨营。午正,复行。酉初,抵兰仪县城,宿一新开旅店,屋尚修洁,惟地不甚平。晚间,月明如昼,凉气袭人。

初九辛未日(12 月 19 日) 晴。丑正起。寅初,发兰仪县,深夜遄征,车中甚冷。辰正初刻,馈于郝村。巳正,复行。午间天较和暖,未申间稍起北风。申初,抵旧考城宿。所住旅店亦属好店,宏敞洁净,套间铺有地板,曩年周子绂宰考城时所置也。

初十壬申日(12 月 20 日) 晴。丑初二刻起。丑正三刻,发考城。途中夜寒较昨更甚。黎明,过高第圈。辰正二刻,馈于曹县,仍在向住之大店憩息。午初,复前进,沿途略有北风。申正,抵太和寨住宿。地为先贤冉伯牛故里,俗称冉故者也。余经过此处十六次矣。今而后将移官江左,殆不复仆仆风尘矣。晚间早寝,夜半又将早起云。

十一癸酉日(12 月 21 日) 晴。丑初起。丑正二刻,发太和寨。因是处凤多伏莽,乃呼防营拨队四名护行。黎明,过文昌集。辰正三刻,过苏家集。巳正,馈于张峰寨。见壁上有题七言律诗者,署名淑钗女史戊戌年所作,其时年才二十,则今年不过廿三岁,不知为谁氏女。午正,复遄行,天气和暖。申正,抵独山。宿一坏店,盖是处无好店也。

十二甲戌日(12 月 22 日) 阴。丑正二刻,发独山。辰初,过虎头山。辰正二刻,馈于河长口。旅店犹恶劣。巳初三刻,复行。午正二刻,抵济宁寓舍。兆梓偕植之侄迎于门。今日为余初度,又长至节,入室受家人拜贺。询知水惠轩已迁居他处矣。午后,修发。检拾行囊,稍稍摒挡,即就枕憩息。天气阴冷,似有酿雪之象。

十三乙亥日(12 月 23 日) 阴。终日微雨,却不甚冷,深幸昨日税驾,不致阴雨载途。此次游梁四十余日,仍未能就近引见,尚须跋涉京师,劳民伤财,真乃苦事,拟过残冬后即促装北上也。植之呈出紫绶弟手书,阅悉一切。

十四丙子日(12月24日)　阴。午后,植之来请给银数十两为赎当还账之需,伊即日仍将南返,余允以廿金,并为代还欠项少许,俾其脱身而去。未刻,许西斋来辞行,将赴汴,因与晤谈片刻。又于伯英便衣来谒。

十五丁丑日(12月25日)　晴。午前,孙芙初、杨永康来谒,与接晤片刻。植之将往从四弟于鄂,因为作一书俾持以去,又复紫绶弟书,交令带呈。晚间,水惠轩送还前假大衍,居然不失大信,殊难得也。植之侄于晚间上船,明日行矣。

十六戊寅日(12月26日)　晴。天气甚冷。午前,往玉露庵奠汪兰初。拜晏诚卿,晤谈良久。午后拜客,仅晤郭春霆、孙伟如,余俱未遇。傍晚归,知晏诚卿、水惠轩俱来过矣。

十七己卯日(12月27日)　晴。将道库欠发厅任垫支公项银两开出清单,以便往访崔君促其照数找发也。午后,往各院落周历一过,见空屋甚多,殊形岑寂,不似上年之热闹也。

十八庚辰日(12月28日)　晴。将欠发厅书饭食纸张银卅余两照数发清。傍晚,水惠轩来拜,晤谈片刻而去。天寒晷短,转眼又一昼夜矣。

十九辛巳日(12月29日)　晴。天冷殊甚。闻植之因河流冰冻,舟滞赵村,未能前进,拟改陆行南下矣。傍晚,张聘卿来,晤谈。

二十壬午日(12月30日)　晴。午前,拜崔磐石,晤谈,请其找发欠款,未知何日方肯发清也。拜孙伟如夫人寿,未晤。复访姚子钧,亦未遇,遂回寓。午后,内子往孙宅拜寿,晚饭后乃还。

二十一癸未日(12月31日)　晴。午前,接淡人书,并兆梧照片两张。书中云松中丞随扈入都,锡河帅兼署豫抚,与崔磐石所说相同。午后,义量甫过谈,良久乃去。据云明年亦将请咨引实授见也。

二十二甲申日(1902年1月1日)　晴。天气较暖。午后,郭寿农、孙伟如先后过谈。汪葆田今日生辰,命兆梓往拜寿,余未亲往。日间,为秦书办致书李筱坪,求为下南汛分防外委宫德仁说项。晚间,作书致松晴川,探问江、皖两省局面,由邮局寄江宁。

二十三乙酉日(1月2日) 晴。早间,薛仲华来辞别,云将赴汴度岁,盖以下河无事,不妨远行也。午后,发柬订廿五日为晏诚卿饯别,并邀诸同人小叙。晚间,诚卿邀饮寓斋,畅叙两时许,三更后乃散归。

二十四丙戌日(1月3日) 晴。天气甚为暖和。午后,致书美国教士良约翰,为席泰索药。晚间,量甫、益棠招饮,席设益棠寓斋。座有诚卿、磐石、吉珊、惠轩、仲华,共主宾八人。肴馔颇佳,畅饮尽欢而散。

二十五丁亥日(1月4日) 晴。午前,督仆扫除东花厅夹室,以备宴客憩息之所。未正后,速客,姚子钧先至,量甫、寿农、仲华、惠轩亦相继而来,诚卿最后到。申初二刻入座,酉初散席。因崔磐石处尚有晚局,诸君半与,故早坐早散,皆未肯多饮。又郭春霆、李吉珊、孙伟如有事见却,颇觉看多人少耳。

二十六戊子日(1月5日) 晴。闻郭寿农云有推查命造者李姓,沂州人,推查甚准,因往招致,迟至日夕不至,盖招之者颇多,以致应接不暇也。阅行在钞报,车驾已抵正定矣。

二十七己丑日(1月6日) 晴。为岳庆作荐书于四弟,交其赴杭州面投。接顾桢岩讣状,年已七十一岁,向闻其言仅六十三岁,盖缩小其年也。晚饭后,访晏诚卿送行,晤谈片刻而还。

二十八庚寅日(1月7日) 晴。早间,吴笠樵来,晤谈。午后,作书致王燕泉,并送阅补七月分课卷,仍寄兖州,未知其已否北上也。

二十九辛卯日(1月8日) 晴。午后,访郭春霆、文量甫,均畅谈。复饬往邀算命李姓,订定明日前来,亦见其忙碌难请矣。由此观之,一技之长皆足以动人想望也。

三十壬辰日(1月9日) 晴。招算命李姓来寓推查命造,竟日只查得余与兆梓两命,所载已往之事悉符合,未来之事不知能悉验否。接退庵书,知其安抵苏州矣。

十二月

十二月初一癸巳日(1月10日)　晴。午后,水惠轩便衣过谈。有胶州刺史张君承燮者馈土物数品,书来乞《运河备览全书》,因与存一部,乃乞诸文量甫而予之。

初二甲午日(1月11日)　晴。闻电抄,敬稔两宫于廿八日未刻回京,从此复睹升平矣。连日天气和暖,不似隆冬光景,殆黍谷回春之兆欤?接兖州王乃潼收到课卷覆书,此人盖燕泉之子也。

初三乙未日(1月12日)　晴。午后,算命人又至,复令推查三造,晚间乃去。日间,新选广西平南令陈君思悌自京验放回济,旧日新店闸官也,特来谒见,与接晤片刻而去。询知出京至此,道途平靖,不须取道铁路矣。

初四丙申日(1月13日)　晴。接松晴川讣音,知其于十一月初二日作古,颇为扼腕。其子衍善、吉善、鄂善共三人,皆随侍江宁寓所。晴川与余订交年余,书问往还,可称莫逆,月前尚覆一书寄宁,不知其已不及披阅矣。容当致唁其子,并寄幛联将意焉。午后,作字致益棠,托其代催夫己氏欠款。

初五丁酉日(1月14日)　晴。天气甚和暖。阅电抄,两宫于抵京后复加恩,袁、岑两中丞均赏朝马、黄马褂。二公年甫四旬余,已如是显赫,固近今所罕觏也。得汴信,河运保案已入告,余得加二品顶戴,崔磬石亦得二品衔,彼固因人成事者,何亦侥幸附列耶?

初六戊戌日(1月15日)　晴。汪仲宽秋节敬久存余处,张聘卿欲划兑此款,询诸益棠而信,遂付与之。余自汴反济,忽忽两旬余矣,耽于疏懒,一事未成,殊自呼负负也。

初七己亥日(1月16日)　阴。终日细雨蒙蒙,颇似初春光景,所谓冬行春令者非耶?入冬以来,尚未大冷,有雨无雪,不知明春不致作寒否?余拟正初北上,惟愿风日晴和,行旅之福也。

初八庚子日(1月17日)　晴。撰成挽松晴川联,文曰:"寅协托知心,君转漕我巡河,犹记同忧共患;庚邮劳引领,书方来讣忽至,曷禁抚臆吞声。"幛文曰:"暮云望断。"因作唁函致其子衍善,拟托退庵由苏就近办寄。

初九辛丑日(1月18日) 晴。因夫己氏欠款未发,命兆梓访益棠转催,未知何日方能找清,此君欺我太甚,殊可愤恨。晚间,接到河帅锡公行知,已将余开缺过班附片具奏矣。灯下,作书致沈退盦。

初十壬寅日(1月19日) 晴。午后,文量甫来畅谈。晚间,作致沈洁斋书,连寄退老信一并封固,用官封驿递苏州,唁衍世兄信亦附托退老代致矣。

十一癸卯日(1月20日) 晴。午后,便衣访量甫,未晤,据其阍者云已往汪宅斗牌矣。因复访孙伟如,畅谈良久,初更时乃还。

十二甲辰日(1月21日) 晴。午后,再访量甫,嘱其代向夫己氏索款。晚间,邀益棠来谈,亦为索欠款事,盖夫己氏欠余银款越六七月,有意拖宕留难,实堪发指也。

十三乙巳日(1月22日) 晴。辰巳间转阴,微雪终日。午刻,往贺郭春霆嫁女、田象乾娶孙妇,即在田宅预喜筵,未正散归。夫己氏处仍无消息,令人恨煞。

十四丙午日(1月23日) 晴。午后,高志青至自汴垣来晤,谈及汴藩委令监造大学堂工程,将卸捕河篆,河帅另委玉松谷署捕河矣。志青不日回汴,因作致龚淡人、姚少适、彭含六各信,将交其便带也。

十五丁未日(1月24日) 晴。午后,往答拜高志青,将龚信并银、姚信并蓝顶及彭含六空信均交其带汴。复访水惠轩,谈良久乃还。量甫来,云崔磐石必欲无理取闹,劝余稍徇其请,余固与人无竞者,只要不致大累,亦不妨一再迁就也。因仍嘱其中调停,但期速了,实不屑与争闲气耳。

十六戊申日(1月25日) 晴。家忌祀祖。作书致王乃潼,将补九月分课卷寄去。王乃潼者,燕泉太史之子也,现住兖州,燕泉已入都,故寄交其家耳。晚间,复令兆梓访益棠,转向崔子索款。

十七己酉日(1月26日)　晴。益棠传崔子语,欲先见存物单,然后还款,似有意刁难,实在可恶,因将存物底簿检出,以备明日掷与之。

十八庚戌日(1月27日)　晴。早间,将余存各物照单点齐,先将底簿付汪益棠,令其转交崔子,并催其交银,然后再来照单取物,未知日内能理涉清楚否。

十九辛亥日(1月28日)　晴。是日封篆。余自戊子以来历任丞倅,摄监司,计十有四载,封篆者十三次,惟今岁无印可封,颇觉潇洒自如。午后,访量甫、伟如,各晤谈时许而还。

二十壬子日(1月29日)　晴。玉松谷署捕河篆,余因住宅空阔,邀其来住,以东偏各院让之,稍稍取其租钱而已。晚间,郭寿农、陈履中、刘寿甫三人邀饮,席设玉堂花园,肴馔甚佳。二更后散归,松谷已移来,闻其明日接印也。

二十一癸丑日(1月30日)　阴。早间,出贺玉松谷接篆之喜,晤谈片刻。自巳至酉,雨雪永日,虽未深透,亦得二寸有余,天气渐寒矣。

二十二甲寅日(1月31日)　晴。午后,复邀益棠来,嘱向崔子索款,崔所索旧存物件姑允所请,复开一单示之,惟须银物互交耳。下午,扫除大厅东厢为会客所,因大花厅已赁与玉松谷故也。

二十三乙卯日(2月1日)　晴。有前德州州同马照銮之子马煊来谒辞,不与见。闻其欲求补发旧欠夫食银两,余固不愿预闻也。晚饭后,祀灶,即设供祀神。因廿七日即届立春,故须于春前举行,是日适宜祭祀,恰好虔修斯典耳。

二十四丙辰日(2月2日)　晴。晨起,扫舍宇,纷扰竟日方安置妥帖。阅邸抄,丁衡甫放惠潮嘉道,殆即沈絜斋告病之缺。连聪叔因祖信拳匪,革职永不叙用,另放林开章为赣州府矣。

二十五丁巳日(2月3日)　晴。是日为赵量甫生辰,因值国忌遂未往拜。

二十六戊午日(2月4日) 晴。崔磐石必欲讹诈物件,只得将历年供帐余存各物悉数付之,冀其激发天良付还欠款也。晚间,至松谷斋中谈良久。

二十七己未日(2月5日) 晴。命人往崔子处守候永日,至初更仍空手而归,云未给银,殊不解其是何肺腑。甚矣!小人之难与共事也。

二十八庚申日(2月6日) 晴。阅邸抄,徐花农阁学以声名平常,不孚舆论,被旨革职,殊为惋惜,何不令夫己氏代之耶?自辰至夕仍未见崔子偿款。

二十九辛酉日(2月7日) 晴。各债云集,而夫己氏应偿各款杳不见还,迟至傍晚仅还四百,余欠六百誓不复偿,余遂大受厥累,只得悉索敝赋垫还各户,真大劫财也。酉正,祀神祭先,与家人饮分岁酒。迫于窘况,颇无兴会,但愿来岁入觐,从此一帆风顺,早畀真除,隆隆日上,所谓昨非而今是耳。灯下,遥念四弟,不知今夕在家乎,已抵鄂乎,末由悬揣矣。

光绪二十八年（1902）壬寅

正 月

光绪二十八年壬寅正月初一壬戌日（2月8日） 晴。巳初甫起，盖不须拜牌谒庙，颇觉悠闲自在也。午初，诣神堂家庙行礼，受家人拜贺。旋出至玉松谷室中拜年，与晤谈片刻。外客来拜年者一概谢却，遂未会客，亦未出门，固廿余年来不多觏者。随园诗云："前印喜已离，后印犹未至。分明宰官身，而无宰官事。"此情此景，正复似之。

初二癸亥日（2月9日） 晴。午前，郑继芬来拜年，晤谈片刻。午后，出门自西而南、而东、而北，周城均投刺拜年，惟晤孙伟如，叙谈良久，吃点心乃散。傍晚回寓，张余亭来贺岁，亦与接晤。灯下，与妇孺掷状元筹为戏。

初三甲子日（2月10日） 晴。披阅黄历，择定初六日起程北上，乃趁暇检点行装，不带衣箱，衣服以软包盛贮，取其简便也。

初四乙丑日（2月11日） 晴。午前，量甫来贺岁，晤谈时许。申刻，水惠轩招饮，座有李吉珊及各厅。酉正入席，亥初散归。

初五丙寅日（2月12日） 晴。东北风大作，深虑途中倘亦遇此，则苦极矣。日间，作书寄季丈，并致谢金伯、王茂育两君，言划售乐记典股事。晚间，李吉珊、崔磐石两处招饮，乃先集吉珊处，酒三巡后散出，即赴崔处入座。崔以新得远年佳酿邀能饮者畅叙，同席为孙伟如、王仁斋、文量甫、姚子钧，惟汪益棠不饮耳。酒酣，檠老极意修好，自悔相知已晚，必欲换帖订交，余固与人无竞者，亦遂笑而颔之，相约捐弃前嫌、言归于好矣。三更后散归，复检理文具、拜匣，半晌乃寝。是夕在磐石处同人饮尽一大坛，诸君无不大醉，惟余谈笑自如，槃老叹为盛德，真量不自知，其倾心拜服也。

初六丁卯日（2 月 13 日）　晴。风息日暖，行旅之幸也。辰初，自济寓携兆梧起程北上。午初，馌于康庄驿。未初，复前进。申正，过汶上县。酉初，宿草桥。计十余年来此道已十度经过矣。姚子钧此次亦同行入店，复来晤谈片刻。

初七戊辰日（2 月 14 日）　晴。寅正，发草桥。行五十里，尖于东平州，时方巳初，与子钧同住一店。午初，复行。甫数里渡盐河。又行六十里，宿东阿旧县，时已酉初矣。旧县山路颇振撼，入山沟内转觉平坦，盖冬令久晴，故无积水也。是日，天气晴暖无风。

初八己巳日（2 月 15 日）　晴。寅初，发东阿旧县。行十二里，过东阿县。又十二里，至大泛河口渡黄河，时晨星半天，风平浪静，不片刻即抵北岸。余生平渡黄河不下卅余次，从无似此次之稳且速者，殊可喜也。自北岸驱车复行，时甫黎明。历四十里，馌于铜城驿。巳正二刻饭毕，遄行。未初二刻，过茌平南卅里铺，其地颇繁庶。又卅里，抵茌平县南关，住高升店，时申正二刻也。店中院落三重，屋三四十间，惟破坏失修，不甚洁净耳。店家引歌妓三人突然入室，余屏绝再三，乃各给京钞百文而去。姚子钧另宿一店，竟日未与之遇。是日天气暖甚，衣重裘汗流浃背矣。

初九庚午日（2 月 16 日）　晴。寅初二刻，发茌平县，行五十里。辰正二刻，尖于南新店，饮烧酒三杯，吃面一碗。巳正一刻，复行。午正，过高唐州城外，计程二十里。又行四十里，申初一刻，抵平原县属之腰站宿焉。自巳至申，颇起东北风，比抵店，风亦息，天气仍不冷。所住店甚轩敞宽大。酉刻，访姚子钧于别店。饭后，子钧复来晤，言及到德州小有句留，因挥数行谕兆梓，托子钧携至德州代寄。

初十辛未日（2 月 17 日）　晴。寅初，发腰站。行三十里，过恩县，时甫黎明，复行三十里。巳初，尖于甜水铺，店小而洁，颇堪憩息。

巳正二刻,复行。未正三刻,过德州,渡运河,其地为余昔年判下河时旧辖官渡口,桥夫尚能识余,盖离此任已六年余矣。自德州北行十八里,抵刘智庙宿。是日行百卅里,此去入直隶景州界,朔风渐多,尘沙蔽空,颇觉难耐。甚矣! 陆行之乏趣也。

十一壬申日(2 月 18 日)　晴。丑初二刻起。丑正二刻,发刘智庙。卯正,过景州城。辰正二刻,尖于漫河,计程七十里。店中遇毕淄川尚书之第三孙,年廿余,人颇好,与攀谈一番而别。巳初三刻,复前进。午正,过阜城县。有一刘姓人同行,并从以戈什,据称乃吴献斋之戚,将访献斋于保定者也。申初,抵交河县属之富庄驿宿。计饭后行六十里,共一百卅里矣。是处好店均已被捷足先占,同行之戈什策马先往看店,并代余觅得旅舍,尚不甚坏,颇堪栖息。戌正即寝。

十二癸酉日(2 月 19 日)　晴。丑正三刻,发富庄驿,行四十里。辰初初刻,过献县,纪文达故里也。抵南门,前有笨车塞途,遂循城西而行,未入城。又行八里,过一大桥,即名献县八里桥。再行廿二里,馕于商林镇,其地有两长街,颇繁庶,亦献县境也。庖人买鱼肉佐餐,颇适口。午初饭毕,遄行卅里。未初二刻,过河间府城,入南门,出北门,至北二十里铺住宿。旅店甚破坏。是日共行一百廿里。店有歌妓多人,仍屏之门外,俾去。

十三甲戌日(2 月 20 日)　阴。丑正二刻,发河间二十里铺。行卅里,过一小地方,询之土人知其地为石门桥,任邱县境也。时大雾蔽空,又行廿里,辰初二刻,馕于任邱县南关。巳初饭毕,复行。午正二刻,过鄚州。其地本唐宋大郡,明以来废弗治,城亦圮矣,惟扁鹊庙香火最盛。又北行一卅里长堤,历赵林村、十二连桥、赵北口、雄县十里铺,直至雄县南关堤始尽,即宿是处。店屋极坏。是日行百二十里。天气阴冷,投店时却尚早,才交申初二刻耳。自此至京剩有二百四十里之程矣。

十四乙亥日(2 月 21 日)　晴。丑初起。丑正二刻,发雄县。时月明如水,行卅余里,天甫向晨。辰正,尖于新城县之宫家营,计程六十里。忆辛卯四月，由京回任，曾由此道而还，宿于是处，其店甚坏，今所投店却修洁，今昔之不同也。巳正，复行廿五里，过曲家沟，亦尖宿处所，有大店两三座。又四十里，抵固安县，宿北关旅店，屋较雄县为胜。呼修发匠修发一度。数日来行经直隶各州县，见其气象如昔，居然承平世界，为之喜慰无眈云。

　　十五丙子日（2月22日）　晴。寅正三刻，发固安北关。行数里即渡永定河，有浮桥可行车，无烦舟楫。卯正二刻，过鱼垈。辰正二刻，抵庞各庄打尖。午正，过火车栈，见有往来火车各一，行铁路如飞，深悔未取道保定乘此车也。未初，抵黄村宿。询诸店家，知此间仍可搭坐火车入都，惟车马恐难携带，遂作罢论，且俟将来出京再乘轮车径如保定可耳。今日计行七十里，到店甚早，人马均获休息半日，颇称适意。此间店主人美秀而文，与之语绝无市井气，可嘉也。申酉间往街衢闲步，由前门出，后门入。还店吃饭，早寝。

　　十六丁丑日（2月23日）　晴。丑正二刻，发黄村，趁月色遄行。卯正，抵京师，进右安门，至珠市口仁钱会馆。入看昔年所居瑞芝轩，已鞠为茂草，窗外院落骡马数头，粪秽淋漓，不堪驻足。此外前后各院皆有人住满，只得往虎坊桥杭州会馆，住第五进上房。前进夏厚庵住，应云卿住对门屋，均与晤谈。午后，姚翼堂、姚绳武两君来访，皆住仁钱馆者。晚饭邀云卿同餐。饭毕，至厚庵屋一谈，亥末乃寝。

　　十七戊寅日（2月24日）　晴。午前，嘱云卿往访捐纳房友人办核准事，候至未正方归，因访而未晤，仍未说妥。余遂自往宝兴隆金店托其办理，当将咨文执照实收均交一柳姓号荫堂者收去，约明日午后听信。自彼处出，即至崇文门内喜雀胡同谒燮丈，知新晋文渊阁大学士，适公出未见。晤稚燮，谈良久，渠亦保以四五品京堂补用矣。余前商假款事，承其慨允，明日先送壹竿来，可感之至。回馆已戌初矣。阅邸抄，政务处议覆河督及运河道两缺，均即裁撤。山东运河事宜归巡抚兼辖，厅营以下如何裁并亦下东抚详议覆奏，此固不出余所夙料也。

十八己卯日(2月25日)　晴。早间,检出土物数种备送夔丈及稚夔,复作一字致稚老,询问银款。午前,往前厅晤厚庵,谈数语,遇方勉甫观察于座。勉翁年已七十有五,健胜如昔,须尚未全白也。午后,命兆梧偕云卿往游白云观,余在馆候宝兴隆、王稚夔两处回音。申初,稚夔令其四弟庆甲来访,交到京平足银千两,开票五纸,当书收条付之。四公子年才十四,聪明精炼,且系只身乘马而来,俊迈之气,真可喜爱,宜为老相国掌上珠也。

十九庚辰日(2月26日)　晴。早间,往访宝兴隆店友,晤柳姓号松涛者,与商定吏、户两部各费及印结局各项共需八百数十金,当即交以京平足银七百两,嘱其速办,俾无误本月验看也。午后,因天阴未出门。王燕泉闻余至,先来过访,畅谈时许。傍晚,至厚庵屋一谈。晚饭后,大沛雪泽。至夜半,已厚二寸余,惟天气不冷,旋即融化耳。

二十辛巳日(2月27日)　阴。雪止,院中尚有未化者。午前,复至宝兴隆,晤其店伙庞琴甫,言及款尚不敷,适余携有百金票一纸,遂付之,连昨已付过八百金矣。自金店出,即至仁钱馆访徐博泉、张少秋、姚翼堂、姚慎吾、吴伯堂、程德符,均晤谈。午后,至云卿闲谈。夏厚庵、蒋稚鹤均遇于其屋。傍晚,宝兴隆掌柜袁保三来拜,晤谈片刻。袁去后,厚庵复来谈。

二十一壬午日(2月28日)　晴。午前,云卿邀往琉璃厂玉春楼吃洋餐,遂携兆梧同往,在座并有宗室灵子晖孝廉,每人用银元一枚,云卿为东道主。其地屋宇皆洋式,颇宏敞洁净,菜馔亦好,饱餐而散。复至黄慎之学士所设工艺局一游,见所制器惟惟仿景泰蓝,铜器多而且精,所织绒毯亦不过尔尔,据云已招集工作人数百,将来制器可期获利。旋至松华斋、信远斋买物少许,遂归。傍晚,许子元侍御来晤。

二十二癸未日(3月1日)　晴。风和日暖。午后,进内城谒夔丈,适将出门,遂延见于上房,坐谈片刻。看其衣冠毕,一同外出。余复至稚夔斋中久坐,晤老四及喜官,遇陆孟甫、孙熙壤、金云孙、谭广生诸君。稚夔以挂面、枣糕饷客，余食毕，见天色已暮，赶即辞别出城。比回馆，已戌初矣。欲拜孙慕韩于椿树胡同，以日暮不果去。灯下，云卿、厚庵来久谈。

二十三甲申日(3月2日)　阴。午前，荷包铺送补子来阅看。又出晤厚庵，向其假用木器十件，于是将住屋稍事布置，居然改观。午后，出门访姚子钧于咸长会馆，未晤。复往拜许子元，亦未遇。惟答拜王燕泉，得晤谈，遇一日照人丁姓者于座，时已交申末，遂辞出回馆。知吏部长班送信，请翌日至署验到，盖诸事都已办就矣。晚间雨雪。

二十四乙酉日(3月3日)　晴。雪霁而风大作。巳初，赴吏部验到。是日有月选人员过堂，御史华辉者截取拟选知府亦与焉，分发道府以下各官则余居首，约有廿余人。堂官到者为张振清少宰、英麟选司掌印、弼良、雷祖迪两君均到署。乃循故事，上堂三揖，至司一揖，旋散归。时已申初，盖张少宰到署尚早，雷郎中略迟，弼郎中最后至，故累人久候耳。余回馆，兆梧已偕云卿往看戏，傍晚方还。张少秋来，晤谈。夜间风仍未息。

二十五丙戌日(3月4日)　晴。午前，卖物者纷来搅乱，半晌始各去。午后，出门拜汪伯唐、孙慕韩、高仲瀛、耆云叔、铁镇卿，均未晤。过陈瑶圃侍郎门，亦投一刺，酉初回馆。晚间，自拟谢恩折稿一通。

二十六丁亥日(3月5日)　晴。午前，又有卖物者数家，各以其货求售，稍稍阅视，麾令出。未几，汪伯唐、夏厚庵均来，晤谈。午后，兆梧偕云卿又往看戏。余复出门拜客，首谒孙燮丈、次则徐花农、褚伯约、方勉甫乔梓、吴子章、蒋稚鹤、吴羹梅、钱干臣、徐博泉、楼默庵，均未晤。访姚子钧，亦未晤，遂归，时方申正也。晋瑞升荷包铺送红顶来看，两珊瑚、一象牙，姑留以备选用。

二十七戊子日(3月6日)　晴。早间，程德符、姚子钧均来晤。午后，孙慕韩招饮余园饭庄，偕夏厚庵同往。座有方勉甫、许子元、褚伯约、汪建斋、丁校甫诸君,皆杭人也。余园为瑞文庄相国寓园,其子怀绍先尚书故后又遭兵燹,仅存此园。其地亭台座落颇多,作为宴客之所固甚相宜。申初席散,复至慕韩寓中少坐,然后归。灯下,厚庵复来谈。

二十八乙丑日(3月7日)　晴。辰正,入内城,至东长安门下车。进端门,至阙左门,听候验看。午正,验看大臣方到,于是各官排班,立背履历三句而退。同验看者自道员至典史共二百数十人。忆余自乙酉以通判分发东河,曾在阙左门验看一次,嗣复两次引见,均系实缺人员,无须验看。今晋道员,复以分发人员与是役,今而复殆可免矣。在朝房遇孙慕韩、吴羹梅。又有江苏知府李和钧号声甫者,通参李公祉之子也,与有辛亥年谊,叙谈及之,相约彼此往拜,然余已忘其住址矣。未正,回馆吃饭。下午,作字致徐博泉,将履历并自拟谢恩折稿送与之,托其代办谢折。

二十九庚寅日(3月8日)　晴。丑正初刻睡醒,见房门半开,枕上所放猞猁斗篷已失去,知系窃贼所为,急呼仆起视,则东墙下有木凳在焉,显系贼人由此越墙而出,然已去如黄鹤。检查别物,幸尚无失,天明后报明练局,有弁兵数人来验,云即四出查缉,不知能追获否。午后,方勉甫、蒋稚鹤先后来晤。因托稚鹤向铨署查催运河保案,俾速核准,庶可早换红顶也。晚间,云卿、厚庵俱来谈。

三十辛卯日(3月9日)　晴。自昨至今风甚大,街衢尘沙扑面,遂不拜客。午后,云卿邀往平介会馆戏园听戏。酉初戏散,遂归。是日颇觉萧闲无事也。

二　月

二月初一壬辰日(3月10日)　晴。早间,褚伯约给谏来答拜,晤谈片刻。午刻,方勉甫观察招饮广和居。其子啸霞比部代陪,同席为方子壮、徐又岩、朱质甫、汪建斋、夏厚庵诸君,肴馔甚佳。申初散归。灯下,厚庵来久谈。

初二癸巳日(**3月11日**)　晴。巳初，偕厚庵、云卿往沙土园访相者彭镜轩，兆梧及夏肯斋均随往，一一令其相视。遇三六桥司马、俞阶青太史。相者谓余一帆风顺，后运正佳，可官至藩司，加衔极品，究不知验否。未初回馆，欲再出门未果。

初三甲午日(**3月12日**)　晴。巳初，赴吏部默写履历，交司务厅收存。午正，自吏部散出，至东单牌楼南大院一酒肆小酌，吃肉包子十枚以当午膳。未正，至夒相处进谒，晤谈时许。有一直隶道员绍兴朱姓同见。余复至稚夒斋久坐，遇慕韩，谈至傍晚方出城。比回馆，已上灯矣。

初四乙未日(**3月13日**)　晴。午后，往贺蒋稚鹤补缺，未晤。复往拜三六桥、汪建斋，均未遇。乃访姚子均，晤谈良久。遇王仁斋，知其昨日甫到京也。子钧邀吃便宜坊，余辞归未往，约异日再叙。

初五丙申日(**3月14日**)　晴。早间，厚庵来一谈。午后，进宣武门，至灵清宫许子元寓斋招饮。同席有赵次珊方伯、高仲瀛观察及黄太守桂鋆并夏厚庵，尚有满御史两君则余忘其姓氏矣。赵次珊为文量甫堂侄，余久闻其名，今得相遇，殊慰渴慕。席间肴馔甚丰腆，烹酒亦佳。申正二刻，饭罢散归。

初六丁酉日(**3月15日**)　晴。寅初，忽闻前院大呼有贼，唤仆出问，知乃夏厚庵屋外被贼挖一墙洞，幸未穿透，适其仆人出溺，将贼惊去。天明后又来一弁，带二兵卒诣验，云即严缉，其实仍虚应故事耳。于是商诸厚庵，由馆中同人公用更夫一名，俾令守夜防贼，未知能有济否。午后，访王仁斋于保安寺，晤谈良久，即偕其赴便宜坊姚子钧招饮。座有宝硕彭昆仲，其三郎号西园者，人极静穆，余甚爱之。傍晚散归。

初七戊戌日(**3月16日**)　晴。午前，便衣访稚鹤、夒梅，均未遇。午后，复往拜徐花农，亦未晤。访陈润甫，则云尚未来京。又访何颂圻，得畅谈。仍访蒋稚鹤，始得晤。因托其催核保案，渠慨然允为从速核准，殆为期不远矣。傍晚回馆，吏部长班送信初九日演礼，十一日引见。是日拟即自馆动身,不租小寓于内城矣。

初八己亥日(3月17日) 晴。午前,赵次珊方伯来拜,晤谈时许而去。午后,蒋稚鹤招饮便宜坊。座有周、蒋两大令,孙子钧铨部、徐邦友农部及夏肯斋。席间啖烧鸭,甚美。稚鹤酒量颇宏,劝客殊殷,同人亦均畅饮。申刻散归。

初九庚子日(3月18日) 晴。午前,周献之大令来拜,晤谈片刻。午后,赴吏部大堂演礼。候至申初,选司两掌印至,方排班。演毕即散。旋往东四牌楼栚棒胡同答拜赵次珊,未晤。谒胡云楣侍郎,亦未遇。归途访博泉于仁钱馆,仍不获面而还。傍晚,徐花农阁学过谈良久,言及罢官后窘况,殊堪浩叹。然观其气度雍容,终当复起,当不至久废也。

初十辛丑日(3月19日) 阴。昨日热甚,穿重棉犹烦躁,今晨风雨交作,天气转凉,仍可衣重裘矣。余因明日引对,适逢阴雨,遂在馆静息,一日不复出门。下午,吏部长班忽来送信,引见改期十二日带领,因十一日系属忌辰,故改迟耳。晚间,厚庵来谈,倦极乃去。

十一壬寅日(3月20日) 阴。早间,帽铺、荷包铺各携物件来看。祥源荷包铺王姓携一珊瑚帽顶颇佳,与定价四十四金,拟即留用。申初,宝兴隆袁保三招饮聚宝堂。座有袁樵孙、雷幼村两君,韩子实约而未到。酉正散归,亥刻早眠。

十二癸卯日(3月21日) 阴。寅刻,自会馆起身,入内城。中途大雨雪,比至东华门,雪愈大。冒雪步行数里,始至景运门外,有小屋,可憩坐。卯正,复进景运门,在九间房坐待。辰正二刻,至乾清门排班,立雪地多时。比及巳初,方得入乾清门引见于丹墀。匆匆戴雪而出,遂回馆,不克他往矣。申刻,何颂圻招饮福兴居,仍冒雪而往。到客甚稀,惟两苏州人,一汪君官编修、一沈君官知县,皆颂圻之戚也。亥初散归,雪渐霁。

十三甲辰日(3月22日) 阴。午后,访徐博泉,晤谈片刻。知已为代办谢恩折及膳牌,明日可进内投递。未刻,赴鸿胪寺领得谢恩执照一纸。旋即搬寓东华门内理藩院值班房,以便翌晨递折。同寓者有春晴帆煦,直隶道员也,余与相约同住,两人共饭畅谈。晴川①官直隶县令,有吏才,据其所述固俗吏中之矫矫者耳。

十四乙巳日(3月23日) 晴。卯正,衣冠至景运门外待漏,谒枢臣王、瞿、鹿三公一面。由苏拉将谢折、膳牌交奏事处递进。巳初,折牌发下,不复召见,遂回馆。街道泥泞难走,实难拜客,因得憩息半日。夏厚庵衣冠来贺,云卿昨日即来贺矣。下午,博泉之仆来叩喜,予银元二饼而去。

十五丙午日(3月24日) 晴。探悉上年保案业经核准,遂换用起花珊瑚帽顶衣冠,诣馆中神龛前拈香行礼。至云卿屋谢步。厚庵适外出,不克往候。巳刻,孙慕韩之弟名宝瑄者来拜,晤谈片刻。午后,张少秋来晤,述及已考取军机章京,姚翼堂亦取列,均尚未引见。余因连日奔驰内城,人困马乏,今日略作休息,不出门。作家书示兆梓,交邮政局寄递。

十六丁未日(3月25日) 晴。巳初甫起。午后,持票往草厂十条胡同日升昌取银。旋进崇文门谒夔丈,晤谈片刻。述及资馨,慨然以千金见假。复晤稚夔及四郎,遇孙慕韩、陆孟甫、汪建斋诸君于座。傍晚,出正阳门回馆,接兆梓正月廿八日来禀。厚庵灯下来谈,未及数语辄朦胧睡去,半响方醒。厚庵每来必如是也。

十七戊申日(3月26日) 晴。因道路泥淖难行,仍未出拜客。午后,往宝兴隆换银票。访姚子钧,未晤,遂还。托博泉办谢折及递折谢恩用项,共需银六十二两,亦开票送交,博泉取有收条。晚间,王仁斋走柬约来晤谈,余谢之,盖此公固语言无味者也。余复至厚庵屋少坐。

十八己酉日(3月27日) 晴。午前,有余杭褚君德明便衣来晤。午后,往外城西北一带拜客廿余家,均未晤。惟访姚子钧,久谈。

---

① 此处"晴川"疑即"晴帆"之误。

伊捐事仍未核定,盖因无所决择,以致日即因循。余劝其改就知县,伊亦未能遽定也。傍晚回馆,壬戌团拜送请帖来。日间,接济宁寓来电,即电覆十一字,费银元二饼。

十九庚戌日(3 月 28 日) 阴。辰初即起。因馆中阖郡同乡团拜,遂于午前衣冠以俟,到者卅余人,共设席四筵。如方勉甫乔梓、王稚夔昆季、许子元、褚伯约、汪伯唐、张少秋、姚翼堂、汪建斋、孙慕韩、丁棪甫皆向所熟稔,均来余屋憩息茗话,申正方各散去。相国公因散直稍迟,不克到。傍晚微雨一阵。

二十辛亥日(3 月 29 日) 晴。午后,出门拜客十余处,皆宣武坊南各胡同者。惟晤朱芷青之子幼青待诏桐,余俱不见。回馆,易便衣,至琉璃厂松华斋阅看纸张格本。旋至玉楼春吃洋餐,云卿及兆梧同往。傍晚散归,颇极醉饱。

二十一壬子日(3 月 30 日) 晴。辰刻,往吏部领照。午刻,至东安门外福寿堂饭馆小食。旋至东城拜客十余处,惟晤汉军英续村年丈。别逾卅载,公已须发皆白,两耳失聪,惟精神步履尚健。傍晚,出城回馆。张少秋、姚翼堂邀赴广和居便酌。同席有徐博泉、沈子封、吴伯棠。亥刻方散。

二十二癸丑日(3 月 31 日) 晴。早间,姚子钧来晤。复有福建知县吴懋昭、山东知县宋鸣凤来见。铁镇卿农部来答拜,畅谈良久,情谊殷肫。铁君为耆静生观察喆嗣,固昔年熟人也。午后,王绳伯来拜,晤谈刻许。见其红顶色太红,因以余所物色之淡红顶一枚移赠之。伊复携去一真珊瑚顶,余已议定价廿五金,适伊欲购,遂让与之。申初,稚夔招集同丰堂。座有林廉孙太守、沈叔均司马、彭友琴刺史、江范卿之子、夏厚庵之子,共主客七人。慕韩复来少坐。席间肴颇佳,酒尤旨,因极醉饱而散。回馆后,张少秋来一谈。朱艾卿学士招饮谢公祠,送束订于廿六日。是日忌辰,余亦将首途,遂辞之。

二十三甲寅日(4 月 1 日) 晴。午前,往宝兴隆结账,伊处官事用项共需一千一百金矣。复访稚鹤,托将保案奉旨日期随后电闻。

又往日者彭镜轩处询以此番到省机遇究竟有无把握,伊决为四月间必得差使,但愿所言不爽耳。午后,至夒丈处辞行,因出门,未见,晤稚夒,久谈。稚夒以京绣二品补褂料见贻,余凤思购此服,今承良友持赠,可谓有欲必从,喜可知已。傍晚回馆,与厚庵谈良久乃寝。

二十四乙卯日(4月2日) 晴。大风陡起,天气颇凉。午前,赵次珊来送行,晤谈片刻,以信件托带。午刻,赴松筠庵壬戌团拜公局。沈侍郎家本、王侍御振声、朱助教寯瀛、承侍御平为值年,均到,余皆不甚熟习。申刻散归,复往拜承泰阶侍御于象来街,因西北风过大,乃出城回馆。晚间,厚庵招饮广和居。方啸霞、应云卿作陪,别无生客。亥刻方散。

二十五丙辰日(4月3日) 晴。卯刻起。巳初,自杭州馆别厚庵、云卿,登车。至正阳门东月墙火车栈坐火车出京。云卿来送别。午初,开车。沿途每过一车跕,必停轮片刻。至申正,抵天津。搬寓泰安楼客栈,拟即买舟至德州,稍节奔驰之劳,然川资又须多费。时天津尚为各国所据,一切用项格外昂贵,因派捐太重故也。

二十六丁巳日(4月4日) 晴。卯刻起。巳刻吃饭。午初,自栈房登舟。行李、脚力及船价皆栈房包揽,把持居奇,无可如何。其地尚属西国,出其途者,惟有自认吃亏而已。舟子谓须乞外国护照,过关方免搜查,如其说以洋钱三元交栈伙往洋署乞取,候至傍晚,护照未来,遂不获开行。所雇船乃一小卫艕子,甚觉局促,不过免受奔驰之瘁耳。酉刻吃饭,亥末即寝。

二十七戊午日(4月5日) 晴。巳刻,栈伙送到西国护照,乃克开船讵行。未数里,即有洋人来舟查验行李。午后,过水关,因往来船只壅塞,洋人令专放下水船,遂又停泊半日,傍晚始获放关。复行数里,即泊。此行贪水程之逸,既糜川资,又耽时日,殊悔失计耳。

二十八己未日(4月6日) 晴。辰刻,过西门税局,候西人验明乃放行,自此出洋界矣。巳刻,挂帆遄行。未正,过杨柳青,泊船,换钱买菜,耽延时许。申正,复行。稍遇北风,挂帆上驶。亥初,抵独流泊焉。此道自丁酉二月曾经鼓棹，迄今又复五年。庚子乱后，沿途都遭兵燹，无复当年气象，可慨也。夜间风甚大，却不觉冷。泊舟亦尚牢稳，遂放怀熟寐。

二十九庚申日(4月7日)　晴。卯初，开船。辰正初二刻，过静海县。舟子因吃饭暂泊。庖丁徐三者，蠢材也，趁此登岸买菜，竟一去不返，几番令人遍觅，杳无踪迹。迟至巳正，只好开船，所谓徐三者，遂不知下落。仆从询诸岸上过客，谓曾见有提篮前行者，疑即其人，然一往直前，殆不知所之矣。午后，风色稍逆，舟行迟钝。戌正，方抵唐官屯。计行水程七十里，自天津至此，盖第二程云。

三　月

三月初一辛酉日(4月8日)　阴。东北风颇利。卯正，开船，发唐官屯，挂帆上驶。辰正，过马敞。巳正，过青县。昨日失去之厨子，居然徘徊岸上，于是泊舟呼令下船。询之则称昨在静海误认座船在前，贸然前行，已冻饿一昼夜矣。未初，过兴济镇。酉正，抵沧州即泊。呼剃匠栉发。其地产冬菜，颇佳，买得两篓，携归以遗家人。连日舟中无事，携有朱芷青太守《金粟山房诗钞》二册，随时披吟，颇觉有味。芷青工吟咏，年未六十，积功至太守，仍恋恋成均一官，闭户著书，可谓澹于荣利者矣。

初二壬戌日(4月9日)　晴。卯正解缆，发沧州。西北风大作，挂帆上驶，长河湾曲过多，风色或顺或逆。舟中携有《儒林外史》，篷窗多暇，随意披阅。午后，过一河湾，转为逆风，舟行最为吃力，约有十余里始得转逆为顺。酉正二刻，抵箔头镇，遂泊。是日行水程九十里。

初三癸亥日(4月10日)　晴。寅正二刻解维，发箔头。风色颇顺，行五十里。巳正二刻，过东光县，又泊舟买菜。少顷，仍开行，幸未走失厨子。申初，过廉镇。风渐微弱，上水舟行颇缓。至亥正，始抵安连泊船。计行水程一百十里。

初四甲子日（4月11日） 晴。寅正，发安连。辰正，过柘园镇。其地为直、东交界处，曩予判下河时所辖河道以此为界，自丙申春迎河帅任公泊舟于此，已六年不至此地矣。在此泊时许，庖人买菜。巳正，复开行。至戌正，始抵德州，泊桥口，即搬入旅店，备翌日陆行。

初五乙丑日（4月12日） 晴。寅正，发德州。沿途风和日暖，道路平坦。辰正，馌于甜水铺。巳正，复行。午正二刻，过恩县，入旅店小憩更衣。未初，前进。申初三刻，抵腰站住宿，仍投来时所住之店，颇轩敞也。是日行一百十里。

初六丙寅日（4月13日） 晴。寅正，发腰站。辰初，过高唐州。巳初，馌于南新店。午初，复遄行。申初一刻，抵茌平县，宿南关小双店。屋尚洁，壁上有濮州刺史号东麟者题诗，甚佳，书法亦美，亟抄录之，以待访觅，其人时宰茌平者，汉军豫咸也。是日午前颇凉，午后则热甚，南风迎面，尘沙尤多，殊苦之。

初七丁卯日（4月14日） 晴。寅正，发茌平县。卯正三刻，过南卅里铺，小憩旅舍片刻。巳初，尖于铜城驿。午初，复行。未正，抵大泛口渡黄河。申初，达南岸。酉初，抵东阿旧县住宿。孙崧甫、矩臣昆仲北上过此，来店晤谈片刻。

初八戊辰日（4月15日） 晴。寅正，发东阿旧县。山路崎岖，行六十里，将抵东平渡盐河，然后至州城午馌，时已巳正一刻。午正饭毕，复行。申初，过沙河站，入旅舍吃茶，小憩刻许。酉初二刻，宿汶上之草桥，即向所住之坏店，盖十余年来余已十度过此，皆宿此店，缘此地乃极小村落，居民不过十余户，旅店不过两三家耳。

初九己巳日（4月16日） 晴。丑正，发草桥。辰初，尖于康庄驿。巳初，复行。午正，抵济宁北关。张余亭及兆梓均来迎，道厅两署旧部、武弁、书吏亦俱迓于郊，即乘轿回寓。玉松谷及武汛诸君在舆前迎晤。旋入内稍憩，与家人聚谈。检拾行装，阅示各处来函。灯下，余亭来少坐。

初十庚午日（4月17日） 阴。日光未放，天气颇热。午前，检理帽盒。午后,郑继芬来晤。晚间,检阅各处来信,有四弟及冯筱侣丈两函。四弟述及探闻兴山缺瘠事剧,殊不易为,家中病人络绎,未能成行,至今尚羁滞里门,须三月望后方可起程。筱侣则老年贫困,近以嫁女无资来呼将伯,情颇可悯。余虽居窘乡,固不忍膜视,当为勉措廿金寄与之。

十一辛未日(4月18日) 晴。早间,往东厅晤玉松谷,谈片刻。午后,邹锡臣、于伯英先后来晤。接杭州王茂育信,吴款已划清,共合银叁千伍百数十两,除用过外,只剩千金有奇,已汇济南大德恒票庄交付,月朔汇出,廿外当可汇到矣。

十二壬申日(4月19日) 晴。午前,玉松谷、汪厚棠均来见。午后,出门拜客,晤水惠轩、郭春霆、张聘卿、孙伟如及德国布教士。复拜李吉珊、文量甫、薛仲华,均未晤,傍晚回寓。

十三癸酉日(4月20日) 晴。午前,李默卿来见。此君为余权运河道时记室,自余卸道篆后即绝迹不复来,今闻余仍宦山东,故复来修谒耳。午后,鲍凯臣来见,深以裁缺为苦累,然无可如何矣。傍晚,天井闸官张象三来见。许尺衡奉委勘运河来济过访,谈片刻。渠以知府需次山东有年,今保升道员,亦本省同班也。

十四甲戌日(4月21日) 晴。午前,手拟到省缴照禀稿。午后,张聘卿、水惠轩、文量甫、薛仲华先后来晤,各畅谈良久。晚间,拟致省垣友人信稿,将交余亭誊缮。又手谕汪升一函,拟日内专差往省也。

十五乙亥日(4月22日) 阴。自朝至夕,终日细雨不息。兀坐一室,无所事事,盼蒋电不至,究不知所事如何,殊闷人也。闻崔槃石已至自历下,裁缺之后即授杭嘉湖道,真好运气,各有因缘莫羡人,其今日之谓矣。

十六丙子日(4月23日) 阴。自午至戌,终日小雨,遂终朝兀坐,天气颇凉,不似前数日之闷热。忆出京以来又越兼旬,孤陋寡闻,殊觉闷损,稍迟便检点行装,作到省计矣。

十七丁丑日(**4 月 24 日**)　阴。雨止而阳光未放。午后,济宁土药局委员候补知县华君维骐来见,与晤谈片刻。下午,发汪升信,由邮政局寄省,令其豫为觅屋也。傍晚,李吉珊刺史来晤,畅谈。晚间又雨。

十八戊寅日(**4 月 25 日**)　阴。午后,出门拜客,晤崔槃石、姚梅生,余俱未见。傍晚,又有雨意,遂归。连日候蒋电不至,乃复寄书稚鹤催询之,究不知所事若何耳。

十九己卯日(**4 月 26 日**)　阴。午后,崔槃石来拜,晤谈片刻去。余检点棉夹单纱各衣,以备到省带用。明日换戴凉帽,可暂置暖帽于济寓,裘衣亦可不带也。

二十庚辰日(**4 月 27 日**)　晴。午前,拘拟上东抚张安圃中丞禀稿,嘱张余亭誊缮。午后,作书致方鹤人、崔绥五,均交高外委带省投送。下午,姚梅生、汪益棠、孙伟如先后过谈。余复检拾行装,缘择定廿五日首途,不能不逐渐捯挡也。

二十一辛巳日(**4 月 28 日**)　晴。午后,临清卫叶君庆扬来谒,与晤谈片刻。下午,检点案头书札文牍,料量半晌乃毕。

二十二壬午日(**4 月 29 日**)　晴。午前,吴笠樵查湖地归来晤。午后,复检拾书箱拜闸等件,逐渐清厘就绪,庶临行从容不迫也。下午,于伯英来谈,云将入都办指分以知县筮仕矣。

二十三癸未日(**4 月 30 日**)　晴。午后,出门往各处辞行,惟晤孙伟如、郭春霆,余均未见,傍晚还。天气忽阴,凉风习习,但愿无雨,方于行路相宜耳。晚间,郭春霆走笺索余重资,不容稍缓,乃作函向李吉珊商借,幸承慨假双柏,然犹不足以偿郭,复益以七十金乃满所欲。甚矣! 人情之险狠也。

二十四甲申日(**5 月 1 日**)　阴。早间,修发。午刻,祀祖。午后,李默卿、文量甫、薛仲华、周献之先后来送行,均晤谈。下午,检拾纸笔物件。作书覆筱侣丈,赠以洋钱卅元,交兆梓携至清江转寄扬州。兆梓往浦迎伴二媳回寓,亦令其翌日登程也。晚间,宋峙鲁来送行,与晤谈,述及苦况,余实不遑顾耳。

二十五乙酉日(5月2日)　晴。寅刻起,小食毕即别家人登程。卯正一刻,出济宁北门。风和日暖,坐肩舆中颇适意也。午正,馈于高陆桥,计程六十里。未初一刻,复行。酉初,抵宁阳县,入自南门,出北门,宿北关旅店。计程四十里,是日共行百里。此道自戊戌九月经过后忽忽四年矣,岁月如流,风尘仆仆,所谓半生道长者非耶?

二十六丙戌日(5月3日)　阴。寅正,发宁阳。卯辰间,日光若现若隐,微风习习,颇觉凉爽。辰正,尖于陈家店,计程四十五里。巳初,复前行。巳正,渡汶河。时值汶流微弱,不用渡船,舆夫径涉而过,其水甚清冽可爱。午正,过东向。庚寅初秋曾经此宿,忽忽十二年矣。未正,抵下章宿。计饭后行五十五里,共行百里。所宿旅店颇敞洁。忆甲午冬杪过此,曾宿此店,固下章之官店也。投店甚早,饭毕才交申正,颇觉从容适意。

二十七丁亥日(5月4日)　晴。寅初,发下章。卯正,过新庄岭。辰正,尖于垫台。天气甚热。巳正,复前进。午初,过湾德。申初,抵张夏镇,宿庙子店。屋尚敞,惟套间地不平,顶棚破损,有水迹,殆遇雨即渗漏耳。连日税驾均极早,颇足憩息也。

二十八戊子日(5月5日)　晴。西南风甚大。寅正三刻,发张夏。巳初二刻,尖于黄山店。午初,复行。未初一刻,抵济南省城。外委高福立先至,迎于泺源门外,知汪升为看得府学门前高升店,遂至店卸装,即差人诣抚院,持手版先行禀到。一面换钱开销轿夫回济,谕梓儿一函,令其带呈。又发一电回寓,以报平安。晚间,大德恒号掌柜苏耀山来谒,云谢、王汇款已到,惟信函已寄济宁,乃于梧儿信中加谕一纸,令其将原函由邮政局寄来,谅可速到也。摒挡半晌方获憩息。

二十九己丑日(5月6日)　晴。午前,往谒张安浦中丞人骏,蒙接见,并投递缴照禀帖。旋往拜胡鼎臣方伯廷干、尚会臣廉访其亨、荷廷都转丰绅泰、吉剑华观察灿升,均未晤。拜同班诸君,晤郭介臣年丈鉴襄、潘仲年延祖、丁佩瑜道津、方鹤人燕年,余多未晤。傍晚,访崔绥五,畅谈,承其款留晚饭,亥刻乃散归旅店。阅邸抄,许子元放扬州府矣。

三十庚寅日(5月7日) 晴。午前,往抚院禀第二日衙参。旋往拜胡方伯,晤谈良久。拜同班同乡朱养田、钟琪,亦晤谈,午刻回店。中丞张公旋来答拜,循例挡驾。午后,郭介丈、潘仲年、朱养田、方鹤人均来拜,各晤谈片刻。下午,倦寐片时,醒来已交酉初,遂未出门。灯下,备文咨藩司,报到省日期。

四 月

四月初一辛卯日(5月8日) 晴。辰初起。崔绥五持手版来谒,与晤谈片刻。余旋出诣抚院衙参于官厅中,晤尚会臣廉访、丰荷庭廉访、吉剑华观察,皆昨日往拜未晤者。同班到者九人,郭、林、沈、潘、二朱、丁、方暨予,皆上手版起居而不见。旋偕同寅诸君出城往西关接宦亭候接新任运使英凤冈瑞。至午正,英方至,同人与周旋一番,稍坐即散。下午,出门拜客,晤曾志庵启埙、陆祀梅安清,皆候补太守也。傍晚还店。

初二壬辰日(5月9日) 晴。早间,抚院文案陆砚香观察嘉谷过谈,奉中丞命垂询运河情形,与谈时许而去。韩爱亭大令寿椿、姚玉衡醝尹近元、曾志庵、方甘士两太守,均于午后先后来晤。下午,出门拜客,惟晤林仰山,余俱不值。晚间,枯坐旅舍,殊觉无俚。

初三癸巳日(5月10日) 晴。早间,往拜陆砚香,未晤。诣抚院,遇潘仲年于官厅,彼有面禀公事,余遂未请见,以免惹厌也。巳刻,回店。午后,徐实秋太守来见。晚间,方鹤人招饮寓斋。同席有绅士毛稚云、候补知府张景山云都、曾志庵、徐实秋、徐仲谟鼎襄诸君。二更后散归。

初四甲午日(5月11日) 晴。早间,曹君茂杞来见,言将奉差金乡道出济宁,如有信件可携带,意极殷勤。午后,同寅林仰山、丁佩瑜均来答拜,晤谈。候补知县姚君近曦、候补典史雷君启英均来见。晚间,作家书交曹君便带,并缝人所买衣料五件附焉。缝人、轿夫亦均饬令回去,以节经费。

初五乙未日(5月12日) 晴。辰正,诣抚院衙参,遇各同寅于官厅。英凤冈、周缉之学熙、许子久涵敬,皆初次晤面者。自院署散出,复拜客数家。看得历山顶小湾子地方屋一所,小而洁,颇合用,询知已有赁主,殊可惜也。回店,接济寓来信,将王茂育汇银信递来,可向大德恒取银矣。午后,同班徐绍武抚辰来拜,晤谈片刻。徐湖北人,现充抚署文案。下午,绥五便衣过谈良久,傍晚乃去。

初六丙申日(5月13日) 晴。午前,有博山县令绍兴胡君炜来见,与晤谈片刻。午后,作书覆王茂育,将交大德恒转寄也。长昼枯坐旅店,盼蒋电不至,觅屋未得,望差无信,皆目前心事,又不能执途人而语之,惟有转侧于五内而已。下午,有候补知县张君朝煦来见,亦绍兴人也。连日风甚大,天气却不甚热。傍晚,早吃饭,以便早寝。盖兀坐斗室,心绪不宁,只好趁入睡乡中觅少佳趣耳。

初七丁酉日(5月14日) 晴。辰刻,谒中丞,与何玉林观察同见。何君名昭然,四川人,以山东候补道新放广西太平思顺道交卸上游河工差使,将请咨赴粤者也。中丞略询余运河情形,先让茶送出,仍留何少坐。余出至官厅,遇陆研芗,复往拜客数家。顺道看得南城根住宅一所,屋十余间,尚可将就租住。与议价月租京钱廿五千文,明知过昂,而舍此更难合式,遂定计租住。午后,查君鼎绥来见,声庭幼子,以县丞需次山东者。下午,接家信,乃大侄女所书,兆梧尚不能秉笔,奈何!申刻,往访绥五,未晤。访大德恒票号,掌柜苏姓将汇款凭信收清,仍立折存该号,以备随时支取。旋回店。东南风甚大,树有声如吼,遂未他往。

初八戊戌日(5月15日) 晴。午前,何玉林、陆研香、许尺衡先后来晤。研香奉调直隶,将离省,特来辞行。尺衡奉委查运河归,特来晤谈一切。午后,检拾物件,令仆从先行移莅。申刻,自高升店移寓南城根路北一宅,李筱芗中丞偏院也。屋少价昂,惟尚修洁耳。晚间,陆似梅太守招饮寓斋。同席为何玉林、陆研香、朱子贞、徐绍武、方鹤人、朱养田,皆同班道员也。余饮酒独多,亥初散归新居。

初九己亥日(5月16日)　晴。午前,摒挡什物,有试用县丞钱君汝济来谒见,询知为仁和人,筱脩族人也。午后,曾志庵招饮寓园,亭台花木座落,甚幽雅。同席为何玉林、潘仲年、方鹤人、朱子贞、杨筱川。申刻散归。晚间,养田招饮寓斋。玉林、筱川、鹤人均在座。另有辜、雷、刘三君皆生客。余两席均多饮,却不及醉。亥正二刻,席散回寓。

初十庚子日(5月17日)　晴。是日,中丞率同司道覆核秋审人犯,现任者往莅其事,候补道员皆不上院,余遂未出门。午前,绥五来,晤谈。午后,小眠时许。傍晚,剃发一度。晚饭时日未落也。独处寝室,颇有羁旅之感矣。灯下,阅各种新报,以资消遣。

十一辛丑日(5月18日)　晴。午后,方鹤人来辞别,晤谈片刻。渠奉委稽察中游河工,不日将赴工次也。日间热甚,余枯坐寓斋,百感交集。岁月如流,五旬将至,向平之愿方奢,衣食之源渐竭,思之殊可怕耳。阅院抄,许尺衡太守奉委办理运河工程,盖余深知其难,故中丞屡询,不敢肩任,情愿让与他人也。

十二壬寅日(5月19日)　晴。早间,作家书寄榑侄女及梧儿两人,由邮局发递。午后,得稚鹤覆书,知所事尚未办就,抑何濡滞乃尔耶?朱仰田来,晤谈。申刻,余出门拜英凤冈都转、丁培轩观察,均未晤。送方鹤人行,晤谈时许。晚间,仲年、佩瑜招饮,席设仲年寓斋,余最先至。仲年充洋务局总办,其局与所居宅对门,邀客至局内,茗话刻许,然后至寓入座。同席为何玉林、沈楚卿、陆似梅、许尺衡、李稚农,主客共八人。天气热甚,亥刻散归。灯下,作书覆稚鹤,仍切托其速为玉成,或不至过于耽搁也。

十三癸卯日(5月20日)　晴。早起,封讫蒋信,即至大德恒号访苏耀山,托其代寄,以期妥速。访何玉林于吴司马鸿慈家,畅谈许久。玉林老成稳慎,诚笃君子也。午后,在寓小眠,不觉热甚。下午,访绥五闲谈,遇两陈君于座,一县尹、一艖尹也。

十四甲辰日(5月21日) 晴。终朝热甚,颇似炎夏。午后,胡方伯来辞行,盖将往泰山循例致祭也。日间无事,行箧携有方子严《退一步斋诗文集》,余所夙嗜者,随意披阅,犹仿佛三十年前与严公晤对时也。酉刻即晚餐,以便早寝。夜间,蒸热,殊难熟寐。

十五乙巳日(5月22日) 晴。辰初,出西关,至接官亭送方伯出省,中丞张公以下咸集在座,挥汗不已。巳初散归,何玉林复过访,谈片刻去。余小眠时许,检集纱葛衣衫取置手头,并将棉夹衣物收起,摒挡时许而毕。下午,天气较凉。灯下,赋成七律三首送何玉林观察之太平思顺道任。词曰:"记从特简仰名贤,异地钦迟廿载前①。抗手只嫌相见晚,服膺早在笑谈先。不矜智略浑儒术,再擢原官总凤缘②。圣主知公才望著,斯行奚止为筹边。""砥柱频年控上游,全凭忠信奠狂流③。忘家独奏双堤绩④,报国拼驰万里邮⑤。叱驭王尊真益壮,思莼张翰漫吟秋。从今稳展封疆略,俚句聊当左券留。""未免临歧意绪萦,交虽十日若平生。自怜碌碌因人辈,空有依依送别情。宦海退飞嘻六鹢,酒樽借献愧侯鲭⑥。树云他日应相忆,记取双鱼两地烹。"

十六丙午日(5月23日) 晴。天气稍凉,不似昨日之烦溽矣。午前,将诗录出送与何玉林。午后,小眠片刻。下午,往答拜张鹤亭芝祥、茅幼农乃厚。旋赴朱梓桢、周缉之两君之招。席设朱宅,玉林

---

① 下有小字:辛巳冬,君以直牧特旨简守南宁,余阅邸报即想望丰采。

② 下有小字:君先已迁斯篆,缘事开缺,今复蒙特简,异数也。

③ 下有小字:君自己亥奉命莅东大府,即以上游河工畀之,频年迭庆安澜。

④ 下有小字:瀛眷自粤还蜀,君之治河盖四年于外矣。

⑤ 下有小字:自济南至龙州地近万里。

⑥ 下有小字:旬日间同席欢宴五次,而余尚缺于祖饯,歉甚。

仍同席，又有沈楚卿、崔绥五，及黄、赵两君，则忘其名号矣。席间，余饮又独多。亥初二刻即散归。

十七丁未日（5月24日）　晴。天气甚和畅，冷暖适中，自是清和月节候。明窗净几，颇觉豁人心目，愁城为之顿开。阅古文数首，又阅方子严诗。午后，小眠片刻，醒来已交酉初，即吃饭。灯下，拈牙牌数以卜机遇，所占得句似尚平吉，或不致久赋闲也。

十八戊申日（5月25日）　晴。自十六日起，府县设坛祈雨，仍不见应，民间颇忧亢旱也。何玉林观察相交虽仅旬余，彼此颇极相得，且几于无日不见，因托其于辞别中丞时略为说项，玉林慨然见诺。曾言今日上院禀辞，晚饭后玉林果然来访，云已与中丞提及，意思颇好，想不久当有以位置，嘱稍迟再往一谒。玉林真诚信君子哉。

十九己酉日（5月26日）　晴。午后，有候补知县许君廷瑞来见，与接晤片刻。许君号玉斋，澧州人。下午，出门拜客，均未晤，惟见介臣丈，谈时许。送玉林观察行，值其他出，亦未获面，遂还。晚间，作家书交耿厨子带回。厨子思归，已准其暂回济宁矣。

二十庚戌日（5月27日）　晴。早间，潘仲年过谈片刻。旋偕其出西关至接官亭送丰荷廷廉访进京，中丞以下咸集。遇朱次帆观察泽长，乃河南候补道，亦同乡也。又与首府徐友梅太守世光相晤。午正后方散归。午饭毕，有洪运同来谒，兰楣观察长子也，与接晤片刻而去。下午，复往西关迎胡方伯，因中丞未出，同寅到者极少，自现任司道外，候补道中惟林仰山暨余二人耳。傍晚散归。天气微阴，小雨数点，未能沛然而下。厨子明日方回济，又有首饰数事令其带归。

二十一辛亥日（5月28日）　阴。是日为先公忌辰，客中未能与祭，心殊不乐。午后，赵小鲁直刺尔苹来谒，与接晤片刻。小鲁盖次珊方伯之胞弟，而量甫别驾之堂侄也。闻许尺衡往济宁办运河堤工，仅领得司库银六千两，已于今日成行矣。

二十二壬子日（5月29日）　晴。昨晚甫接到抚院批禀，已据禀将执照咨部查销，并行司注册矣等因，乃四月初三日批，而外封则填写廿一日封发,殊可怪也。辰初,院吏来报,接电音,中丞张公人骏调豫抚,继抚山东者为直藩周公馥,于是司道以次咸诣院署谒贺,余亦往,坐官廨投手版。安帅饬丁挡驾,遂各散。于官厅中遇卢立甫观察昌诒,立甫旋来拜,余犹未还,不获晤谈。午后,作书致稚夒,由邮政局寄京。新抚周公字玉山,安徽建德县人,起家直隶道员,乃李合肥所保荐,今其子学熙方以道员需次山东,行将回避矣。

二十三癸丑日(5月30日)　晴。午前,候补盐大使陈君允受来见,即前在绥五斋中所遇者,广西人也。午后,周缉之来拜,晤谈片刻。言及乃翁擢抚山东,伊拟改省直隶云。下午,薛仲华来晤。渠抵省已旬余,不日将仍返济宁,如有信件可顺带也。日间,共会客三次。灯下,阅《蕉轩随录》数册,以资排闷,未知何日方得差委,殊深焦盼耳。

二十四甲寅日(5月31日)　晴。午前,有候补知县陈君嘉楷来见。午后,往拜胡鼎臣方伯、尚惠臣廉访,均晤谈。在惠臣署斋遇郭春庭,因复久话,并吃点心。惠臣性夙风雅,客座宏敞修洁,且房屋渊深曲折,冬夏皆宜,真宦途佳境也。傍晚回寓。

二十五乙卯日(6月1日)　晴。中丞止衙,遂未出门。午前,吉剑华观察来拜,晤谈良久。剑翁年近七旬,人极圆到,寅谊殷殷,犹是老辈风度。午后,瞽者张子端来谒,与接晤半日。渠于庚子夏初至济宁,适余权道篆,曾留其下榻署斋,并为其各处吹嘘,因而稍有所获。临行决余壬寅年必放道缺,今已壬寅矣,所谓道者乃悬而无薄之道员,而并非放缺也。今闻其至,亟坐而询之,则仍许必得实缺。伊断定甲辰年必权篆,乙巳年必即真,己酉年可升桌,此后一帆风顺,有美运十五年,至五十八岁后便宜退隐,不可恋栈矣。目下余所盼者急于得一局差,因询以何日可得,则谓须夏至节后,然则还要等待廿余日耶? 甚矣! 需次之苦也。

二十六丙辰日(6月2日)　晴。早间,刘伯稣司马自东昌至省,持手版来谒,故昔年同城寅友也。别四年余,相见甚欢。伯稣佐郡东昌垂二十年,齿逾六秩,颇露老态矣。午后,出门拜郭介丈寿,并答拜刘伯酥,均未晤。申刻,绥五招饮。座有潘仲年、周缉之,余居第三座,尚有陆似梅、黄锦江、徐实秋、文健庵四太守,共宾主八人,盖三道五府云。座客皆不饮,惟余与绥五对酌数十樽,因其酒乃远年陈酿,故不觉饮而甘之。惜天气太热,终席挥汗如雨,亥正散归。

二十七丁巳日(6月3日)　晴。自昨夕至今,南风甚大,躁热更甚。府县祈雨未应,旱象已成矣。午前,文太守乾、刘大令锡恩、宋大令鸣凤均来谒,共分三起接见。文君即昨夕同席者,汉军举人保举知府,年三十余,盖积子余观察之长子也。宋大令乃在京同引见,曾至杭州会馆来谒者,亦举人出身,河南人,年四十余,颇老成稳练,临出时屈膝求余栽培,余颔之。

二十八戊午日(6月4日)　晴。天气甚热,余尚拟移居,故未搭盖凉棚。隔壁黄姓家已见其遮有席片矣,且时闻其妇女笑语声,殆墙外即其内室也。午后,接吴绍侯覆书,知子明刺史已由开州擢升冀州直牧,捧檄履任矣。下午,阅报条,张鹤亭别驾芝祥丧偶,明日设奠,因赙以蓝呢祭幛,不及做字,手书上下款及"蘋藻风凄"四大字贻之。

二十九己未日(6月5日)　阴。日间,仍复极热,有司祈雨多日,盖自三月既望得雨后已四十五日不雨。酉刻,余晚餐方毕,忽见阴云密布,俄而雷电交作,大雨如注,顷刻间庭院积水数寸,可称喜雨,惜得之太迟耳。又自仲春至今未闻雷声,顷始得闻之,皆气候之不齐也。昨晚阅院抄,各同寅均分日谒见中丞,余拟今日亦往,嗣悉国忌而止,只得迟日再往矣。灯下,阅《墨花馆诗》。

五　月

五月初一庚申日(6月6日)　晴。辰刻,诣抚院衙参,自方伯以次咸集官厅,候补道到者九人。自余到省以来,每遇聚集适皆九人,亦巧矣哉!丁培轩观察达意自上游工次来,今日始相见于官厅。丁合肥人,昔年亦曾需次东河同知者也。自院署退出,复拜客数家,已正二刻乃归。午后,有候补知县同里项君景升来谒见,与接晤片刻。项君字幼轩,据称与项书巢为同族也。

初二辛酉日(6月7日) 晴。日间,结算日用帐,计到省甫逾匝月,已用银百六十金,此后极力节省,至少亦须八九十金,即使克日得差,月薪百金亦不过敷用已耳。赡家且不遑,何论婚嫁,真欲愁煞,只好居易俟命听造物之位置而已。午后,闷坐无聊,仍取案头《墨花吟馆诗钞》随意披诵。闻严缁丈已于癸巳年卒于皖抚沈仲帅署中,其犹子少和则已筮仕道员,需次湖北,固诗中所谓"弃儿当日啼薪底"者也。

初三壬戌日(6月8日) 阴。辰正即起,有候补知县刘大令鸿恩送花六盆。吴绍侯观察自下游工次回省,持柬来候,馈肴蒸四簋。午后,接谢佩孜、冯实斋两大令贺节禀,即手自作覆,封发驿递。时叶署阳谷、冯署新泰,皆旧识也。张余亭亦寄一贺节红柬来,一纸之外,别无他信,殊可怪耳。

初四癸亥日(6月9日) 阴。寅正小雨,至巳初乃止,亦甘霖也。午初,往谒见中丞张安帅,自渠得移抚河南信后尚未与晤,故着补服而往。谈次不及委差之说,余固未便干求,只得缓缓托人代探消息矣。旋访吴绍侯,久谈,遇抚中衡万参戎,海宁人,与叙及梓谊焉。又遇丁培轩于座。余先辞出,复拜客数家,未正乃归。姚缦云大令送节礼四种,却之不获,乃受之。姚亦乡人,故殷殷也。又同乡项幼轩大令亦送节礼四色,收其二色。傍晚,绍侯来答拜,晤谈刻许。灯下,核算午节用项,较平日又多费卅金。眷属尚滞留济宁,仅自家需次省门所需已如此,前路茫茫,真觉难乎为继,亦惟火烧眉毛而已。

初五甲子日(6月10日) 晴。早起甚凉,巳午间渐热。辰刻,赴抚署贺节,同寅除现任四君子外,候补道到者十二人。崔子万观察钟善余与之初次晤面,其人年六十余,因发秃遂不蓄须。谈次述及同治初初元在京与大兄偕应京兆试相识,彼寓四川营时,我家寓棉花头条胡同东口,相距不数武也。午初,自院署散出,同人团揖,相约各不登门投刺,不如约者议罚,于是遂各回寓。在官厅闻周缉之因回避辞差,所管学堂一席,中丞拟以方鹤人接办,未知能为余腾挪一差否,只好听其自然,饮啄有定,无从图谋也。

初六乙丑日(**6月11日**)　晴。巳初甫起。终日坐冷板凳,无所事事,颇觉乏味。所携书籍无多,仍取严芝僧诗集随意披吟,以消长昼。午后,小眠片刻,醒来正觉无俚。忽有候补知县刘君鸿恩便衣请见,即延入,与晤谈时许而去。晚间,阅邸抄,河南、江苏均请停止分发三年,然则各省均有人满之患矣,余之仍留山东,固无可奈何者耳。

初七丙寅日(**6月12日**)　阴。午前,候补知县茅君乃厚来谒见,与晤谈片刻。忆丁酉年余入都引对,曾与之同班带领,得以相识,今忽忽越五年矣。午后,接家书并寄来小夹袄一件。未刻,方鹤人来晤,述及伊已奉委调办省城大学堂,未知所遗底差改派何人接充也。

初八丁卯日(**6月13日**)　阴。终日兀坐寓斋,所盼之事都无消息。昨阅樨侄女书,云为余求得灶君签,甚吉。其词曰:"忠信孝悌人之本,所贵操持克副之。赖汝一生殊不愧,前程远大任君驰。"句颇贴切余生平,兢兢自懔于忠信孝悌四字,惟恐稍背,岂知神明竟许我耶?连日拈牙牌数亦多吉占,或者好音其不远乎?书至此,接奉院札委稽查中游河工事宜,即方鹤人前充差使,月薪百金,另给车马费四十金,至八月杪为止,系属短差,无甚意味,只好饥不择食矣。灯下,作家书谕兆樨、兆梧,拟明早交邮局。

初九戊辰日(**6月14日**)　晴。早间,往访绍侯、鹤人,均晤谈良久。午后,往院署禀知奉委差使,适中丞公出,遂不候见而归。接王怡如、朱坦夫两君手书及玉松谷、文量甫贺节禀。曹贰尹茂杞自济宁差旋来见,并以郑州白米见饷,求于运使处为之说项,姑领之。

初十己巳日(**6月15日**)　晴。辰刻,诣抚院衙参,现任司道四君先见,余与崔子万、丁培轩、吴绍侯、方鹤仁五人第二起进见。午正方散归。午后,方甘士太守来晤。下午,出门拜张景山、陆似梅两太守,均晤谈。张名云都,其尊人文伯观察与四弟子舟同官甘肃知县者也。傍晚回寓,热甚。

十一庚午日(**6 月 16 日**)　晴。午前,绍侯来晤,并交银廿八两、信一封嘱代寄济宁致秦鸿笙。午后,备文移咨河防局支领薪水银两,未准支给,大约迟日送来也。接稚鹤覆书,所事已有端倪,旬日间当可奉准,不过稍给笔墨费十数金耳。傍晚,稍稍假寐,醒来已交戌初,遂餐晚膳。灯下,张景山便衣过谈片刻。夜间风雨大作,至晓方止。

十二辛未日(**6 月 17 日**)　晴。早间,候补知州张云坡凤城来见,亦河南洛阳人,即张景山之堂兄,前岁曾代理嘉祥县,在济宁相见者也。接兆梓自清江来禀,知其节后方自浦返棹,日内当已在途矣。午后,作书覆文量甫、玉松谷、王怡如、朱坦夫,均由马封发递。灯下,挥一书致淡人,亦由驿递。

十三壬申日(**6 月 18 日**)　晴。欲出门不果,终朝在寓静坐。天气颇热,稍一动作,便挥汗不已。午后,忆劳厚庵,因摊笺作书致之,尽两纸未毕,因畏热搁笔。灯下,复续成,拟明日封寄。

十四癸酉日(**6 月 19 日**)　晴。午前,新到候补直隶州王君赓廷来谒见,与晤谈时许。王君号子飔,直隶举人,由会典馆议叙得直隶州,签掣山东,亦系二月间同引对者。午后,接蒋信两件,所事尚在摩荡,未能遽成。甚矣!中国办事之疲玩也。下午,发劳厚庵信,交邮政局。阅院抄,明日派谒都城隍庙,余自卸厅篆后已八越月不谒庙矣。

十五甲戌日(**6 月 20 日**)　晴。卯正,诣都城隍庙,拈香,行二跪六叩礼。候补佐杂来站班者得五人。旋往答拜府厅州县数家。辰初,至抚院贺望,方伯未到,其余同寅到者十一人。巳初散衙,出南关拜客数家,均未晤,巳正回寓。午后,河防局送到五月分截日薪水银柒拾六两六钱有奇,又五月分车马费银四拾两正,得此止济急需。下午,准补莒州杨静轩刺史来谒,固熟人也,与晤谈时许而去。

十六乙亥日(**6 月 21 日**)　晴。终日兀坐,闷甚,两次小眠,约时许而兴。傍晚,家丁岳祥来,带到兆樨、兆梧来禀,知家用已罄,而房屋器具迄未售出，须设法兑银接济日用，闻之又增烦愁矣。然不得不移缓以就急，而兑款济宁又苦无便，殊费踌躇耳。

十七丙子日（**6 月 22 日**） 晴。自丑刻大雨，至午前方晴。天气甚清凉，人极舒服。午后，出门答拜杨静轩，拜潘仲年夫人寿，问沈楚卿疾，均未晤。访朱梓桢，畅谈，吃点心。出所藏宋拓醴泉铭相示，甚佳，是宋拓无疑。又出宋人工笔七贤图手卷，亦甚名贵。又有玉器数事，则不过尔尔也。傍晚回寓。昨接梧儿禀，有兑与李姓人银六十金，其银已留济家用，乃取薪水银兑出前数送与李姓，取有收条随后寄回济宁可耳。灯下，又致稚鹤一书，寄卅金与之，以备给书吏之需，仍由大德恒兑交。

十八丁丑日（**6 月 23 日**） 晴。午前，陈君嘉楷来见，所书手版字甚秀整，询知乃其自书，渠充会典馆誊录系亲办功课者，平日固工于楷法也。午后，刘君鸿恩复便衣来晤，谈片刻去。

十九戊寅日（**6 月 24 日**） 晴。天气极凉爽，且济南无蚊，臭虫亦少，夏天颇觉舒服。惟余为贫所困，满腹牢愁，孑身客此，未免对景伤怀耳。午后，有候补主簿钱宝辰来见，询知亦仁和人，为范楣孙方伯内侄，与劳厚庵亦有戚谊也。

二十己卯日（**6 月 25 日**） 晴。稍觉烦热。午后，朱梓贞来晤，畅谈良久，亦请其吃点心而去。傍晚，旧部外委高福立自济宁为余带来洋纱帐子一顶，渠为崔槃石领截日养廉而来。言及崔放杭嘉湖道文凭迄未领到，致未能南下。忆余前谒中丞亲言已将崔槃石文凭札发，而渠竟未领到，殆不知遗失何处，此皆与乃公为难之报也。夜间，大雨数阵。

二十一庚辰日（**6 月 26 日**） 晴。又极凉爽。午后小雨，颇似新秋天气，衣两夹衣恰好。下午，摊笺作家书，并作书致李吉珊，托兑银贰百两以济家用，所谓暂顾目前耳。

二十二辛巳日（**6 月 27 日**） 晴。巳初，诣抚院谒见中丞禀辞赴工，拟廿四日前往也。拜藩臬道三君，俱未晤。惟晤方鹤人，谈良久。

适方伯胡鼎臣亦至,相遇于鹤人处,又遇统领军队王副戎世清。未刻乃还。下午,复出门拜客,晤潘仲年、张景山、崔绥五,归来已上灯矣。

二十三壬午日(6月28日)　晴。张景山、曾志庵、潘仲年先后来晤。又有中游提调朱仲洪直刺式泉来见,朱系直隶举人,其胞伯佩言太守衣德固昔年东河同寅也。灯下,封发济宁信件,并绍侯托带秦鸿生银信,均拟交高外委带回也。晚间,方鹤人便衣过谈。

二十四癸未日(6月29日)　晴。早间,曹茂杞、刘鸿恩均来送行,与接晤片刻。申初,自省寓坐车至泺口中游。总局丁培轩因病未见,提调朱君、收支陈、胡两君、河定中营管带参将孙君朗山均来谒见,呈递河图及事宜折。承防泺口堤工委员知县徐君湛恩、承修北岸济阳堤工委员张君熙春亦来见。收支所饷肴馔遂受而餐之。查勘水势,日来略长尺许,尚无汹涌大溜,拟明日再往查工。培轩以所乘座船让余居住,颇舒服,因局内无闲屋故也。

二十五甲申日(6月30日)　晴。卯初,自泺口往下段查阅,仍陆行堤上,历李家行、盖庄、傅庄、霍家溜各处,均有险工埽坝林立,均极稳固,在工文武员弁均迎谒,即在霍家溜哨棚吃饭。午初,复前进,历河套圈、陈孟圈、杨史道口、胡家岸,各处亦多迎溜险工,埽坝每处数十座。申正,宿胡家岸营房。营官郭希仲升堂,年七十余,老于军务,曾任实缺副参,今为河定左营管带,颇不得意。余遇之有加礼,以同寅待之,而彼持衔帖,不递河图弁兵册,以致河定左营工段埽坝不克按图而稽,余亦未便求全责备,只可听之而已。酉刻,吃饭,所备肴馔颇适口,远胜午膳。余邀主人同餐,以上坝督工辞。饭后,余亦至坝,则见郭方指挥拆毁杇扫,以新料加镶。见余来,手河图兵册呈递,始知此君固实心任事人也。晚间,复与坐庭院,谈片刻乃寝。

二十六乙酉日(7月1日)　晴。寅正,自胡家岸沿堤东行,历刘庄、胡庄,民埝至此而尽,接有格堤,约卅余里,去河极远,为无工处所。辰初,尖于吴家寨。有承防委员戴县令文烽、分防委员典史魏君、按司猷朱君、右哨都司李德奎等迎谒。午初,至大寨,戴君有年备有午饭,遂扰之。戴号耀山,丹徒人。午正二刻,复行。有后哨都司王忠迎谒,系济宁人,前引至河干,为唤渡船过河至北岸,有河安左营弁兵来迎。沿北堤行,有临河埽坝数十座,修筑尚坚整,尚有加压面土未竣工者。抵铁箭庄,该营管带李副将迎于营门,遂税驾其地,与接晤片刻。伊亦备有供帐,小食毕,少憩息。所住屋门临大河,有埽工数段,西南风甚大,水声如吼,而波浪不起,盖溜势甚小耳。

二十七丙戌日(7月2日) 晴。晓发铁匠庄,李副将长清送于门。是处为险工,有埽坝廿二座。沿堤而行,过李上台、直河子两处,亦均有护堤埽十余段。过葛家店,左哨哨弁千总于寿山来迎,即至哨棚茶尖。该处亦称旧险,有埽坝廿一座。辰正,抵济阳东南关。前哨哨弁参将卢传纶来迎,云此工最险,临城筑灰坝二百卅二丈以护城厢。余见坝工极坚固,盖逐年加修也。遂至哨棚吃饭。县令郝君崇照来谒见,言及民夫防汛窝棚均已搭齐,并多方集夫,即日到工防守,其于河务固极关心。午后,自济阳西行至三里庙,出安字左营界,入河定后营。该营后哨哨弁邱万清来迎,呈递工段清折最为明晰。过沟阳庄,至哨棚小憩。及抵范家铺,该营管带副将刘君振兴来迎,其人年六十余,工程最熟谙,能识水性,且勤奋从公,可嘉也。在史家邬与之茗话片刻。其右哨哨弁都司何东来,湖南人,壮年,魁梧汉仗,颇好。酉正,抵邢家渡,即宿营垣。是日行八九十里矣。傍晚,有承防委员知县张君来谒见,淮安人也。

二十八丁亥日(7月3日) 晴。晓发邢家渡,刘副将随行。阅工历左哨、前哨汛段,至西纸坊、桃园两处,埽坝极多,亦著名险工,曩曾决口堵合者。堤外积水多年不涸,故每逢盛涨,堤埝腹背受敌也。是处承防委员孙大令方隆,蘉臣年丈从曾孙也,情意殷肫,即在该局盘桓半日。向总办丁培老借得座船,戌刻登舟,拟明日舟行,以节风沙奔顿之劳。提调朱仲洪亦自添口乘舟来桃园,将随往看工,盖余此行真是逢迎,到处有人缘矣。

二十九戊子日(7月4日) 晴。卯初,自桃园开船,沿北岸上溯,历朱河圈、玉家窑诸险工,为河定右营汛地。营官记名总兵彭全福来舟谒见。又过邱家岸、赵庄、李家岸,均有埽坝多座,皆迎溜顶冲。余岸阅视一番,是处十年前曾建石闸一座,备泄异涨,旋因无用而废。余夙闻此举,今知即在是处,见其闸座尚坚整,惟已筑坝一道,将闸门拦塞矣。午初,在船吃饭。提调朱仲洪馈馔四簋,彭副将饷蒸饼两盘,尽足饱餐。午后热甚。上水行舟甚缓,南北两岸埽坝,舟中阅视,更觉分明。南岸之上段如杨庄、韩道口、张庄、北店子、玉符河等处皆著名险工,其埽坝皆历历在目。酉初,抵齐河东门外南坛泊舟。齐河城临黄流,为中游极险要处,据营官称所备防险秸料尚少,向总局请添矣。晚间,登岸至提调局吃饭,朱仲洪及承防委员张令文英陪食。饭毕,回舟。余此行历过定中、定左、安左、定右、定后五营汛地,尚有安右、定前两营,皆在北岸上段,无甚险工,因嘱提调令该营将图册送阅备查,遂不复上驶云。

六 月

六月初一己丑日(7月5日) 晴。卯正,自齐河开船下驶。风利水顺,舟行甚速。巳初,即抵泺口,泊舟河定中营,声炮以迎。营官孙朗山来舟谒见,与晤谈片刻。午初,培轩来舟拜晤,约晚餐。午后,天气甚热,舟中尤觉烦闷,小眠时许,亦未能熟寐。申刻,登岸至总局拜培轩,畅谈畅饮,仲洪作陪。饭毕,风雨交作,时许即止。戌正,别培轩回舟,明晨可登陆回省矣。雨后,稍觉清凉,车行亦颇相宜也。

初二庚寅日(7月6日) 晴。寅初二刻,自泺口舟次登陆,乘车回省。行数里,出泺口寨门,东方始明。又行数里,见一轮旭日红灿如火齐,渐升渐高,时清风徐来,晓山如送,夏日行路所以宁早毋晏也。卯初,抵济南西关,进泺源门,还南城根寓庐。出门八日,归来依然客居,不过究稍适意耳。行装卸罢,甫交卯正,呼修发匠栉沐一度。接阅家信,兆梓留滞清江,须五月杪首途,日来尚未回寓可知矣。午后，小眠时许。天气热极，稍有动作即挥汗不已，殊苦之。

初三辛卯日（7月7日）　晴。巳初方起，可谓酣寝，足补旬日之失眠矣。日间，在寓静息，拟迟数日方始禀到。晚间，张景庵来晤，言已禀辞，不日将复赴工也。

初四壬辰日（7月8日）　晴。天气极热。终朝伏案叙述出勘中游河工情形节略，以备面呈中丞，下午方脱稿。复另清一纸，挥汗搦管，不胜其惫。

初五癸巳日（7月9日）　晴。早间，修发。稍有凉风，不似昨朝之亢热。余在寓静息，阅省抄，桃园大王庙地方被盗抢掠，有一候补令代首县诣验。若然，则孙仲杰必不免，未知所失之多寡，不致被惊吓否也。

初六甲午日（7月10日）　晴。省城时疫流行，日有死亡。徐实秋太守及其母夫人五日之内相继而逝，殊可惨也。又有候补知县程君方德、许君之镜亦染疫遽殁，民间死者不知凡几，真一大灾。闻中丞诣城隍庙致祭祈禳疫，其渐弭乎？晚间，将呈递中丞节略觅人誊就，明日可上院矣。

初七乙未日（7月11日）　晴。辰刻，上院。巳刻，养田亦至，遂同谒见，谈时许。辞出，往拜客数家，午正回寓。署齐河令凌初屏、署鱼台令裴筱麓皆熟人，闻其在省，遂先往拜，亦未晤，俟其来，当可与谈也。午后，裴筱麓果来，与晤谈时许。见其面貌较前消瘦大半，颇有老态矣。下午，作札致尚惠臣廉访，以呈院节略底稿送请阅看，以示周旋，因渠为三游总理，自应有此道耳。

初八丙申日（7月12日）　晴。寅正起，忽发雅兴，往游大明湖。至鹊华桥登舟，晓风袭人，甚觉清爽。先到历下亭，往周游一度，在楼上小坐。再至小沧浪，其左即铁公祠，此地有荷池，红莲正放，清香扑鼻，流连刻许乃行。最后至张公祠，即朗斋中丞专祠也。享堂前有戏台，甚宏敞，故在台下稍憩。回船，兴尽而返，仍在鹊华桥登岸。访绥五、鹤人、仲年，均未晤。访朱梓桢，畅谈，遂留午饭。遇其戚梅别驾，谈及日来疫疠更甚,历城令崔君文焕今晨方欲出门衙参,忽暴病,顷已垂危,闻之可骇。申刻,自梓桢处归,则闻崔令亡矣。刘令鸿恩来见,与晤谈片刻。晚间,致鹤人札,询问孙仲杰近状。得其复字,衣物全被劫去,仲杰肩后、腰际受两伤,尚无大碍。噫! 亦可怜矣。

初九丁酉日(7月13日)　晴。午前,亢热殊甚。绥五来,久谈。候补令江阴曹远谟偶来谒见,仲年来谢步,不欲请见,殆为天热故。午后天气渐阴,酉戌间大雨如注,颇觉清凉。得此甘霖,疫气可期驱荡净尽,实与此邦官民同深庆幸,非一人一家之私愿已也。夜间,雷雨更甚。

初十戊戌日(7月14日)　阴。午前尚雨,午后渐止。中丞止衙,遂未上院。因天气凉爽,颇思小饮,乃市烧鸭一只,估绍酒一斤。傍晚犹酌,颇觉适意,惟不免羁旅之感耳。夜间甚凉,去筚衣两夹袄而寝。

十一己亥日(7月15日)　晴。雨止而阳光大放,天气又极清凉,颇似秋高气爽景象,舒服之至。午前,鹤人来晤,少坐即去。据云患腹疾犹未瘳,今日勉强销假也。午后,接吉珊覆书,不特此番托兑之款不能照付,并欲索还前挪双柏,若然则济寓家用又无着矣。余昨发家书亦未之提及,只得再另设法耳。

十二庚子日(7月16日)　阴。午后微雨,仍凉爽如新秋。因忆文量甫尚欠余五十金,乃作书向索是款以济家用。吉珊之款嘱付西大街仁寿堂药店,即向大德恒号取贰百金付之以清逋欠。又作书致彭伯衡,托其兑付济宁贰百金,未知能照办否。甚矣! 穷之为累也。傍晚雨甚,通宵未已,天气极凉。

十三辛丑日(7月17日)　阴。早间尚雨,巳午间渐止,终日风凉如深秋。余着夹裤、小夹袄、大夹衫,竟日未易,亦炎夏罕逢之境也。灯下,取朱芷青《金粟山房诗钞》披阅,深佩其人,颇悔在京时未与多晤,稍从容当与之一通书问,以道怀思倾倒之忱耳。

十四壬寅日(7月18日)　晴。巳刻方起,天气清凉如昨。午后,作家书,将致量甫信封入,均附致伯衡函中。又作覆吉珊书,封固,分别用移封驿递。阅邸抄,六月分引见分发道员江苏有卅七人之多,王绳伯与焉。余之舍江苏而就山东实为上策,益信食禄之有方也。晚间又复大雨,京师于初间曾祈雨,未知已沛甘霖否。

十五癸卯日(7 月 19 日) 阴。早间雨。辰初,冒雨诣抚院衙参,藩、臬、道三君均到,候补到者介臣、仰山、仲年、梓贞及余与鹤人耳。胡、吉、郭三人均禀见,尚会臣因家有病人先散,余等亦遂陆续散去。天雨路滑,虽有应答拜之客,亦不克往,只得回寓。偶忆味荃已两年未通音讯,闻其缉绍兴电报局,乃摊笺作书问讯之,尽三纸犹未毕,容再续成。午后,小眠片刻。天气仍凉爽,外间疾疫仍不少成,盖乍热乍冷,尤易受病也。

十六甲辰日(7 月 20 日) 晴。终朝静息寓斋。阅邸抄,王中堂因其孙分发道员谢恩,其他数十人中有二三人持特叙出某某谢恩者,盖另给报房四两头也。晚间,得家书,知兆梓夫妇初九日回济,此信即兆梓手书。阖家均安,惟资用不继,迭来告急,余昨托伯衡兑款,想总可照付矣。

十七乙巳日(7 月 21 日) 阴。明日为尚会臣廉访太夫人寿辰,闻同寅送礼有收者,乃备水礼六样送去,收酒、鞭二色,余璧回。午后,作书谕兆梓,因明日有便差回济宁可顺带也。午前、午后两次雨,傍晚又雨,为时较久于日间,天气仍凉似深秋,宵来雨更甚。西厢屋檐一再坍塌,满园皆灰土瓦砾矣。

十八丙午日(7 月 22 日) 阴。自朝至午仍大雨,午后乃止。巳刻,冒雨往臬署拜寿,未克登堂而还。闻自中丞以次往拜寿者均未降舆,因臬署暖阁后有积水,出入不便故也。济宁来差亦为雨所阻,明日方回,乃将家书封固付之。

十九丁未日(7 月 23 日) 晴。金福患病甚剧,只得令其移出,汪升为觅一庙宇,暂令居住养病,倘不能瘳,余又将大破财矣。午后,邀张子端来寓斋闲谈,令为余推算流年,据云此差满后必有别差,决不赋闲,明春必得优差,乙巳年定得实缺,以后十年为生平最美之运,必可开藩,果如所云,尚复何求。不过目前所处大觉穷窘,令人愁烦无术,惟自家妻孥知之,外人且不见信,真所谓时人不识余心苦也。

二十戊申日(7月24日)　晴。早间,剃头。韩爱亭来晤,与谈时许而去。终日无所消遣,惟随意阅《退一步斋诗集》而已。

二十一己酉日(7月25日)　晴。早间,出门答拜来客数家,惟晤曾志庵,午前回寓。午后至三更,腹泻卅余遍,尚力疾接晤张景山,谈片刻。又作致淡人书,拟上锡清帅禀稿,颇觉倦怠。夜眠如恒,幸无所苦。

二十二庚戌日(7月26日)　晴。晨起,又泻泄二遍,嗣后旋止,惟觉两腿酸软无力耳。午前,封发淡人书,锡禀亦附其中,嘱淡人酌改代缮代递,此信用双挂号交邮局寄汴,当可速到也。午后,姚玉衡嵯尹来见,延诸寝室,与坐谈时许。下午,小眠片刻,醒来已日夕矣。夜间小雨一阵。余腹泻又作,甚惫。

二十三辛亥日(7月27日)　晴。自昨夕至黎明泻泄又十余次,殆食积不化所致,取箧携神曲煎而饮之。早、午两餐仅食烂挂面及面页,不敢吃米饭,所谓节饮食也。至于慎起居,更不待言矣。日间,仅泄两边,较昨渐瘳。午后,项幼轩大令便衣来见,仍力疾接晤。幼轩嘱服山查末,拌红糖冲水而服,依其说试服之,颇好。夜间热甚,而泻泄居然止矣。

二十四壬子日(7月28日)　晴。早间,绥五来视疾,晤谈片刻。午后,邮局将寄劳厚庵信递回,云苏州无处投送,大约已移家上海矣。乃加笺加封,驿递上海,殆必能递到也。日间,热仍如昨,向晚略有微风。余仍食面,未敢过饱,亦未敢食肥腻,盖慎疾之道,不得不加之意耳。

二十五癸丑日(7月29日)　晴。天气热甚,在寓静摄,餐膳惟用清淡之品,颇觉适口。午后,岑寂无俚,小眠时许。回忆庚子夏日方权运河监司,四弟适来视余,终朝怡怡,又有良友劳厚庵时来小叙,真宦途之乐境,彼时即知嘉会不可多得,今一俯仰间已成陈迹,真不胜今昔之感云。晚间,濯足澡身以涤垢腻,又苦无侍姬旁执巾栉,客居苦况也。

二十六甲寅日(7月30日) 阴。早间,颇觉清凉。小食毕,乃伏案封发寄劳厚庵书。检出履历底册,交汪升觅人誊缮,以备迎新帅呈递。徐实秋太守母子将开丧来讣,因撰挽幛,字曰:"果证崇朝",以挽徐太夫人。又撰挽联,句曰:"报最正三迁,那料长沙怨赋鹏;痛亲拼一死,直教至孝迈皋鱼",以挽实秋,颇都贴切。

二十七乙卯日(7月31日) 晴。早间,修发。有候补府荆君震生来见。伯衡复书已将贰百金兑送济寓,嘱交有容堂归还。午后,接兆梓禀,并带到果脯、杏仁粉一匣,都中物也。闻尚廉访今日赴泺口查河,顺便迎新抚军,余日内亦将禀辞前往矣。

二十八丙辰日(8月1日) 阴。辰刻,诣抚署禀辞,中丞出门,久候未归,遂挂号而出。朱养田尚在官厅候见也。余归途即遇雨,午正回寓。下午雨止,复出门访仲年、楚卿、梓贞、绥五,俱未晤。惟访张景卿,得晤,傍晚还。灯下,作书谕兆梓,即时封发。

二十九丁巳日(8月2日) 晴。终朝兀坐,殊觉岑寂。午后,小眠片刻。回忆戊戌在东昌、庚子在十里堡虽同是客居,而彼时手握符章,方觉兴高彩烈,绝无羁旅之怀,今则一官需次,淑状毫无,又不获家庭团叙,其苦固不啻丁亥、戊子两年之在郑工也。日间天气颇凉,不似伏天,殆远处必有落雨之地。余拟初一日赴工,而车辆尚未觅得,因上次所雇车甚坏,颇不欲再用之,思另觅一好车,未知能如愿否耳。

三十戊午日(8月3日) 晴。日间,在寓摒挡行装。午后,栉发。候补知县姚君缦云来见,求为图河工差使,颇匪易易也。作书致培轩,告以明日将往齐河,即假寓局中。闻伯衡将至,乃作字致之,还以银贰百两,旋省再与相见可耳。汪升所觅车仍系买卖车,恐未必能佳,亦只得将就矣。

七　月

七月初一己未日(8月4日)　卯正三刻,自省寓登车遄发。所借车坏极,尚不及前次雇者,兼之道途崎岖,振撼终朝,甚不舒服。自省径赴北店子,不由添口,约行廿余里,即上堤径过玉符河,复折而东。午正,方抵北店子河定中营前哨驻札处。哨官王兆富来迎,至哨棚小憩,即登舟北渡,至齐河东关。河定右营来迓,即至南坛总局驻焉。收支胡令、承防张令均来见。傍晚,管带右营彭总戎亦来谒。在北店子有分防委员府经承荫来见,询其号梦孙,乃筱梦大令松年次子也。松曾由山东知县罢职,以丹青鸣一时,山水尤佳,今尚侨寓济南云。

初二庚申日(8月5日)　晴。午前,往齐河县署拜凌初屏大令,晤谈良久。初屏湖州人,精灵兰术,前在粤东与之相识,别逾廿年,旧雨重逢,故先往施礼焉。午后,初屏复来谒见,亦久谈。有分防委员朱年来见,如皋人也。张景山未携庖丁,余邀与共饭,力辞。总局供应惟昨晚扰其一饭,今日即余自起炊,不得不约景山附膳,景山亦欣然乐从。局门临河察看,水势颇涨,盖伏秋大汛之常也。

初三辛酉日(8月6日)　晴。午后,下段提调杨建弨司马嘉辰来谒见。建弨殆为礼南学士之孙,又系伟如亲家内侄,世谊戚谊兼而有之。朱仲洪亦继至,又有收支委员陈君本惺、承防委员宋君世男陆续来见,各与周旋一番而去。傍晚,培轩观察移舟北岸泊。总局东首便衣来访,谈良久,并饷晚餐一筵。景山、建弨、仲洪诸君相陪,在庭院设座,肴馔实在不佳,不过主人之意而已。是日热甚。

初四壬戌日(8月7日)　晴。早间,往答拜绅士刘君敬修于中哨哨棚,与晤谈片刻。复至培轩舟中晤谈,在彼午餐。饭毕,又剃头。申初,方登岸回局。今日天气颇清凉,河水消落尺余矣。晚饭凌初屏馈一品锅、两点心,邀张景山共膳。饭毕,朱仲洪、杨建弨均便衣来谈。

初五癸亥日(8月8日)　晴。齐河县禀知新中丞周玉帅昨抵晏城,今晨当过齐河,余约培仙同班往迎谒。乃于卯初即起,候至巳初探马方报自晏城起身。巳正,闻中丞已抵县城茶尖,赶即飞车入城,得谒见于书院。此公年近七旬,耳微聋,谈次自是讲究办事一路。我等送其登舆,即各散。培仙率同提调诸君移舟回南岸,余仍回南坛总局,张景山即于送差后回省矣。余在行馆憩息半日,颇觉安适。收支委员胡梦墀大令因余未行,仍回局照料,于是余亦不得不行矣。

初六甲子日(8月9日)　阴。寅正即起。借得炮船一艘,自总局门口登舟,放下水至南岸顺流而下。炮船有小舱,清风徐来,甚觉凉爽。巳初,抵小鲁庄。中营管带孙明山来迎谒,言及丁督办昨复乘舟至下段勘水势未回。余遂径行登岸进省,道经总局,不复句留。自小鲁庄三里至泺口街,出泺口寨门至省垣西关,只十二里,午初即到。入自泺源门,至南城根寄庐时,行李车已先到时许,衣物均卸入安置妥帖矣。余小食毕,阅视各处来信及京报、辕抄等件。闻炮声频作,盖新抚周中丞于未刻接篆也。余因中丞在齐河嘱勿来省禀贺,故拟暂不禀到,乐得在寓自暇自逸,好在河水见消,工次亦无事耳。

初七乙丑日(8月10日)　晴。阅辕抄,中丞昨日接篆后概未接客,今日接见实缺司道及首府县,候补道中延见五人,沈楚卿、潘仲年、朱养田、方鹤人、杨筱川,余殆排日传见矣。日间,取到本月薪水百四十金,当即换去十金开支日用。此次赴工往返五日,较之平居计多用银四金,尚不算多,处此窭乡,乌得不随处节缩耶?昨已立秋,天气凉爽,亦合新秋节候,流光荏苒,真所谓春秋佳日去如梭也。

初八丙寅日(8月11日)　晴。闻中丞今日又接见道员六人,为林仰山、郭介臣、朱梓桢、洪兰楣、卢立甫、徐绍武,尚有崔子万、丁佩瑜、许子久三人均请假,余与吴绍侯、丁培仙均在工,未诣院请谒,盖仍属十七人也。午后渐热,枯坐无俚,或拈牙牌,或阅诗文,满腹牢愁,直是无可告语耳。

初九丁卯日(8月12日)　晴。斗室西厢雨后坍塌已逾匝月,今日付给屋租,始有泥水匠来拆修,院中瓦砾灰土堆满,殊觉讨厌,然无法也。晚间,阅方子严《蕉轩随录》以资消遣。

初十戊辰日(8月13日) 晴。躁热殊甚,果然阵雨数作,傍晚仍阳光大放矣。闻新中丞每遇堂期,不令僚属往谒,俱听候传见,较之安帅时,又另是一番局面,所谓一官一令是也。阅辕门抄,张景山亦在传见之列,殆知其已自工次回省,余亦拟日内往院禀到云。

十一己巳日(8月14日) 阴。早间微雨。张景山来晤,知昨见中丞寥寥数语,并未催再赴工,盖亦知其无关紧要也。因思余既回省,遂持手版赴抚院禀到,请假二日,拟后日再出衙参可耳。

十二庚午日(8月15日) 阴。阵雨数次。午后,朱梓桢来,晤谈片刻,适雷雨将至,遂匆匆辞去。下午,枯坐无聊,成感怀一律。词曰:"廿年薄宦鬓将皤,赢得臣门雀可罗。不善舞缘君袖短,最难使是尔财多。嫁婚尽向平累,进退都无安乐窝。更为南客求未遇,摽梅兄子尚蹉跎。"语皆道实,非故为牢骚也。傍晚,彭伯衡过访,谈片刻去。

十三辛未日(8月16日) 阴。辰刻,诣抚署销假,中丞周玉帅以事冗辞以改日相见,遂散出。官厅遇田萧臣总戎,与谈数语。出至堂外,杨静轩刺史在彼鹄立,与周旋一番。自抚院出,往拜洪兰楷、彭伯衡、田萧臣,兖州府张太守嘉猷,均未晤而还。午后,萧臣来拜晤。日间小雨数次,天气甚凉。下接开封电报,乃兆梓到彼所发,知其赴汴应顺天秋试,寓和合店。

十四壬申日(8月17日) 晴。午前,往瑞蚨祥绸缎店买衣料三件、缎子二丈,共用银廿二两余,将寄回济寓以备喜事之用。午后,往拜客,晤伯衡,谈良久。在伯衡处遇洪兰楷,渠少坐即去。余傍晚乃行,比回寓,已掌灯矣。

十五癸酉日(8月18日) 晴。中丞止院,遂未衙参。午后,调署滕县史竹生大令来见,与晤谈时许。申初,出门谒张安帅,得晤谈。遇方鹤人于官厅,与叙谈片刻而散。回寓,接兆梓初六日自济寓来禀,知其即日起程赴汴应京兆试,邮局寄信此次独迟至十日始到,向来所无也。

十六甲戌日(8月19日) 晴。午前,朱仰田来拜,晤谈片刻即去。午后,姚子钧至省,便衣过访。谈悉现仍就武职,由守备捐升参将,发山东抚标候补,六月间甫引见出都也。子钧去后,日已渐暮,余即晚餐,于是一日又毕矣。奴子金福病日加剧,适其戚及其子来视,遂令其伴送回济,余给以京蚨廿千,此后无论其人之死活概可不复过问,盖此人虽旧仆,实劣奴,一无可取故也。

十七乙亥日(8月20日) 晴。午后,姚子钧又来,未与接晤。天气甚凉,时复阴雨,自是新秋光景。有曹君茂杞来禀,知将出差至济宁,可以顺带信件,乃摊笺作家书数纸,将前买纱缎裙袄料封一总包,以便交其顺带也。

十八丙子日(8月21日) 晴。午后,往答拜杨筱川、姚子钧,均未晤。拜彭伯衡、崔绥五,均晤谈。又至大学堂拜其监督潘季约直州佐,晤谈片刻。晚间,张景山招饮于中州会馆。座有徐友梅太守及方鹤人,余俱不识,约略皆河南人,景山之同乡也。初更时散归。

十九丁丑日(8月22日) 晴。独处无聊,惟有高卧,连日皆巳正乃起。午后,曹县佐茂杞便衣来谈,伊准于明日起程往济宁也。时余犹未饭,曹去后乃吃饭。阅院抄,同班有新到一刘君名先登者,今日已禀到矣。

二十戊寅日(8月23日) 晴。早起甚凉,乃换穿实地纱袍褂。辰正,至院署衙参。郭介丈、卢立甫、沈楚卿、潘仲年、丁佩瑜、朱梓桢、养田均到。少顷,登莱青道李幼云希杰、兖沂曹济道彭伯衡继至,胡、尚、英、吉四君子最后乃来,盖彼已先谒过安帅也。自院署散出,余亦偕诸同人往安帅处谒送,八人同见,叙谈片刻而散。比回寓,已午正矣。

二十一己卯日(8月24日) 晴。早间,李幼云观察来晤。余拟至匡山送安帅,巳刻即吃饭,方欲登车,适刘君先登来拜,晤谈片刻。

刘号道山,湖北天门人,初登仕版,人极土。刘去后,余即出泺源门,行十二里抵匡山入村落。首县设有官厅,余偕郭介丈入座。半晌,楚卿、梓桢、栗甫、兰楫方接踵而来,藩、臬、运、道四君亦续到。申初,安帅行抵是处,与同人话别,约三刻许方登舆行。我等亦各散归,余车行颇速,抵寓时夕阳犹在屋梁也。

二十二庚辰日(8月25日)　晴。辰正,往谒见周中丞,适将出谒庙,谈数语即让茶,惟嘱工次无事无须再往,余本不欲复去,闻之正中下怀。午后,高春霆来见,盖来应省试也。傍晚,候补知县董巨川大令杰来谒见。董嘉兴人,新署邹县卸篆回省者。晚间,接淡人覆书,知所事已接洽,允为临时料量,特未知能如愿否耳。

二十三辛巳日(8月26日)　阴。巳初乃起,因接连起早三次,今日无事,不妨晏起也。小食毕,即落雨,终日未息。午后,作书谕兆梓,未毕,明日当续成之。兀坐一室,清闲之至,惟太觉寂寞耳。工次既不须续去,中秋节后大可乞假旬日,归欤归欤,与妻孥一团聚也。

二十四壬午日(8月27日)　阴。圉人来告厩中骡马太多,未便久假,盖数月来均系假养田之厩以饲马,今既畜多难容,乃另行赁得对门屋五楹,月租京蚨五千,舆马圉人皆有地可容纳矣。晚饭后又阵雨数次,至三更犹未息。院署明日止衙,无须起早,颇觉萧散自如也。

二十五癸未日(8月28日)　晴。午前,接豫抚檄片,红布竟化子虚,颇觉怏怏。且同案十一人准其十,惟驳我之寿字红,谓保案到部在先,过班核准在后,所请奖叙应毋庸议,真乃意想不到之事,蒋稚鹤之误人不浅,亦先生之有意吹求也,然则只好仍换蒙黑布矣。午后,接家书,乃侄女兆樨所书,亦述及红布弄倭,嘱我设法挽回,于是电致淡翁,嘱其代恳锡清帅顶奏,不过略尽人事而已。晚间,将谕兆梓书续成,拟翌日封寄。

二十六甲申日(8月29日)　晴。日间,接淡人复电,锡清弼不肯再为顶奏,遂仍换蒙黑布,好在豸服余所夙喜,多着几时亦殊不恶。午后,项幼轩便衣来谈。灯下,作家书谕兆樨侄女,尽长笺卅二行乃毕,已交三更矣。

二十七乙酉日(8月30日)　晴。午前,发家书,一寄汴,一寄济。午后,姚子钧、朱坦夫先后便衣来访,各畅谈许久。比客散,已日晡矣。余终朝兀坐,愁肠百结,得良友来聚,颇觉舒畅。

二十八丙戌日(8月31日)　晴。张景山、云坡昆仲先后来谒,均未与晤。日间,自书公馆条一张以新易旧,复检出手版柬帖各纸,函嘱坦夫代为缮写。有济宁孝廉刘启昌者母丧开吊赴于余,赠以奠仪两竿。秋来日暮渐促,转盼间又是一日,光阴荏苒,半百之年将至,宦游廿载,日益贫困,所遭又多拂意,然后知人生在世苦多乐少也。

二十九丁亥日(9月1日)　晴。兴颓意懒,又无所事事,日上三竿,犹复倦卧,至巳正乃起。午刻,有候补县丞周公佑来谒,与接晤。谈次知其大父翼庭太守鹗为辛亥年伯,官山左有年,身后其子孙皆侨寓东昌,朱坦夫与有戚谊,公佑乃其内侄也。午后,瞽者张子端来晤。余正满腹牢愁,闻其至,正好询以休咎。子端仍谓余明春必得阔差,乙巳年必得缺,以后十年为一生美运,陈臬开藩,名利兼收。其所说与京都相者彭敬轩之言暗合,或者竟有此好运乎?命之理微,居易俟之可耳。复询以河上差满后有无别差,据云九十月间必有机会,惟不能甚优,赋闲则断断不致也。果如其说,尚复何求哉!

八　月

八月初一戊子日(9月2日)　晴。辰刻,诣抚署衙参,与郭介丈、尚惠臣、朱梓桢、方鹤人聚谈。胡鼎臣、吉剑华、英凤冈、沈楚卿、林仰山同坐官厅,未交言。同人均未禀见,巳刻即各散。余回寓,有姚玉衡、张元济来谒,均与接晤。午后,小眠时许,怪梦迷离。醒来,有新到直牧许学礼者禀见,具履历手版,蟒服屈膝,而自称晚生,其拜跪趋跄,亦俱生硬。询其为宁夏人,固初登仕版者也。

初二己丑日(9月3日)　晴。取到薪水银两百四十金,即以大衍兑还潘季约。午后,汪幼卿之子秉梧道出此间,特来谒见,与接晤片刻。适张元济馈菜点各二器,即以之转送汪秉梧焉。

初三庚寅日(9月4日)　晴。天气忽热。午后,有候补知县查君锡更来谒见,询知为安徽婺源人,盖中游采办石料委员也。秋闱伊迩,典试者已到省,正主试为支学士恒荣,副为陈编修伯陶,英凤冈都转充提调,吉剑华观察充监试,郭介丈不获与,颇怏怏。当事日来皆忙闱务,我辈闲人愈不便往扰矣。

初四辛卯日(9月5日)　晴。午前,王信余大令扬芳来谒见,与晤谈片刻。信余浏阳人,工古文,余凤附神交,今始得与晤,畅谈良久而别。坦夫复便衣来谈。午后,大德恒掌柜苏耀山来晤。又谢佩孜刺史卸阳谷事回省来谒,亦聚谈时许。接济寓电信,房屋已卖成,议价千七百金,闻之稍慰,梧儿完娶不致费无所出矣。下午,独酌数爵,食蟹三只,惜尚不肥,无多硬黄也。傍晚,得梓儿自汴来禀,知其考到录科,俱已补考过矣。

初五壬辰日(9月6日)　晴。辰刻,闲步街衢,至瑞蚨祥绸庄买洋阑干七卷,费银廿一两有奇。至书肆,买石印小书七种,费京钱五千五百文。巳刻回寓。午后,出门答拜来客多家,惟晤姚子钧参戎,谈时许。子钧自客栈移寓南关,相距颇不近也。进城后,拜尚会臣,亦未晤,遂归。汪秉梧以金腿、虎爪笋、银耳、龙井茶见贻,余受腿、笋,返耳、茶。晚间,又接藩司移咨,亦云红布扯破,其不能含浑可知,余是以仍换蒙老黑也。

初六癸巳日(9月7日)　晴。文闱执事诸公今日入闱,闻抚署鸣炮不已,殆监临主试均齐集抚署,由抚署以次入贡院也。日间,披阅曾惠敏诗文集及彭刚直奏议,皆昨晨所买,可以消遣数日矣。

初七甲午日(9月8日)　晴。巳正方起,尚未栉沐,梓桢衣冠来拜,直入余斋,告以伊本由监试吉剑华邀请帮同点名,坝忽奉中丞委往济宁查事,限令即日起程,伊已商诸方伯,请余代往贡院点名,尚有潘仲年、丁佩瑜、杨筱川也。余唯唯,梓桢即函告剑华。午后,剑华持柬邀订明日寅刻入闱。下午,作家书,并前买阑干包封亲自携交梓桢,托其带济。复访仲年一谈,傍晚乃还。

初八乙未日(**9月9日**)　晴。寅正,往贡院,在头门官厅久坐。卯初,筱川、仲年、佩瑜方到。卯正,胡、尚两公踵至。始放三炮,开门,偕同人入至仪门,设有点名公座。余偕筱川帮同会臣、剑华在西路,自朝至暮两人一班,轮流入座,共分点兖、沂、曹、济、登、莱、临及商籍六府两州属士子六千余名,日未晡即毕。藩、运两公及仲年、佩瑜点东路,仅济、东、泰、武、青五府属,人数少而点进转慢,于是又分东昌一府及安邱县归西路帮点,至初更乃迄事。八人皆觉疲惫,即各散,而提调、监试两人公事正多,封门后尤未能安息也。余回寓饭毕,已亥正一刻,倦极遂寝。

初九丙申日(**9月10日**)　晴。巳初起,可以静息一日。有候补令查君锡赓以肥城桃卅枚、烧酒十小瓶见贻,遂受之。其桃颇佳,他处不及也。下午,潘季约来谒,甫谈数语,崔绥五便衣过访,潘遂去。绥五傍晚去,余分贻桃十枚、酒十瓶与之,随即遣人送其寓中。伊眷属尚侨寓东昌,亦系孑身在省需次,境地与余略同。

初十丁酉日(**9月11日**)　晴。巳初起。有候补直牧王子飔赓廷来谒,与晤谈时许。午后,闻炮声,殆棘围已放头牌。无何监试饬役送头场试题一纸,乃论题五道,皆秦汉唐宋事,并无今日政治题长已,另纸录出,备查矣。

十一戊戌日(**9月12日**)　晴。寅正二刻,赴贡院。仲年、佩瑜、筱川已先在官厅,询知藩、臬两君未能早来。余到即放三炮开门,即偕同人入至仪门,升座点名。余代廉访点西路,首兖州、次沂州,无何胡、尚二公亦至,于是仍四人轮流入座。至午正,兖、沂、曹、东四府已毕,余与仲年、佩瑜、鹤人先吃饭。筱川有他事先行,邀鹤人代,故至吃饭时有鹤人而无筱川也。饭毕,余复入座,点莱州一府毕,退息于旁,会臣接点济、临二州属,申初三刻即毕。又将东路未点之登州府属分出文登、荣成、海阳三县归西路点进,至申正三刻一律完竣。闱中亦将封门,闱外诸人皆各散,余回寓甫及酉初也。韩蔼廷以香橼、佛手、苹果、肥桃见贻,情意颇殷,笑纳可耳。

　　十二己亥日(9月13日)　阴。巳刻起,闻尚廉访赴下游河工,而昨日在闸并未谈及工次报险,殆昨日出闸始闻报也。探系下游有漫口处,未知在何段落耳。项幼轩大令送节礼,收受月饼、火腿两色。傍晚小雨时许。

　　十三庚子日(9月14日)　晴。午后,接味荃自绍兴电局寄来覆书并怀人诗二首,为余兄弟而作者,录以见示。味老晚运太坏,其第三子今夏又亡,惟余孙五人矣。又接淡人覆书,则以所事锡清弼不肯再奏,只得作为罢论。甚矣!求人之难也。下午,闸中又送阅二场策题五道。

　　十四辛丑日(9月15日)　晴。寅正二刻,至贡院。仲年、佩瑜、筱川亦踵至,廉访赴工未还,方伯于黎明莅止,遂偕至仪门,升座点名。西路惟余与筱川及吉剑华三人轮流换班。余午前点毕兖、沂、曹、东四府,午后点莱州府属之潍县、胶州、高密三邑、临清属之夏津、武城、邱县,登州府属之文登、荣成、海阳三邑及运学、商籍各生。至申初,一律点毕,旋即散归。

　　十五壬寅日(9月16日)　晴。辰正,至抚院贺节,入官厅少坐,晤鼎臣方伯及仲年、楚卿、仰山、佩瑜、养田诸君。知下游惠民县堤工昨又漫口一处,较利津为重,中丞不日将亲往勘,恐堵筑又需巨款也。午前散归。午后,筱川、鹤人招陪龙觐宸总戎,宴于南关尹氏花园,在座尚有两陈君,一方姓,即鹤人之族兄,名琦,山东候补通判也。入座颇迟,初更始散席。夜间雨。

　　十六癸卯日(9月17日)　阴。自丑至亥,终日长雨不息。天气较凉,大似深秋。兀坐旅馆,百感交集,且所处之地行止未能自决,又无人可与商榷,殊觉闷闷。午后,闸中送三场经书义题来。今日三场完竣,想兆梓在汴亦当出场矣。

　　十七甲辰日(9月18日)　晴。阳光大放,气象开爽。终日枯坐,惟时拈牙牌数以卜休咎,盖自去秋至今每当无聊之极辄卜诸牙牌,其情亦可怜矣。晚饭后,姚子钧便衣过访,谈片刻。子钧亦不得意者,正好互诉牢愁也。

十八乙巳日(9月19日)　晴。张云坡刺史、姚玉衡嵯尹先后来,均晤谈。玉衡补涛雒场大使,奉饬赴任,特来辞别。午后,接文量甫书,言及孙伟如谓余处所择九月十三日喜期万不能用,云系夫主月,必须改十二月,拟明日唤瞽者张子端前来一商方能定夺。

十九丙午日(9月20日)　晴。午前,鹤人过谈良久。午后,张瞽至,与商选吉期,据云十二月原胜于九月,惟是月竟无全美之日。孙伟如托人所择之初四、十六两日则真所谓万不能者,盖初四之日于嫁娶周堂犯翁,十六日为阳将,甚不相宜,无已则十二月廿四尚可将就,然亦非全吉之日也。张瞽去后,余复自缮覆各营县贺节璧版信五件,用马封发递,傍晚乃毕。

二十丁未日(9月21日)　晴。午前,李默卿至自济宁,便衣过谈,并为带到家信、帽盒等件。家信附杭州王茂育信,言划清本年典息归还寿萱堂,尚不敷洋四百四十余元,随后划归可也。午后,出门答拜城内外诸客,惟晤姚子钧,余俱未晤而还。是日又止院,故未参衙。晚间,作书寄退庵,由驿递苏。

二十一戊申日(9月22日)　晴。早间,检拾衣物,并将东夹室腾空,借与姚子钧居住。午后,张景山来,久谈。又有新到通判王德镕、知县李联晖偕来谒见,与接晤片刻。知县宋凤鸣便衣来谒,亦晤谈。下午,子钧搬来,即下榻东室,仍极宽绰。晚间,伊有人邀饮,未与共饭。项幼轩夜来久谈。

廿二己酉日(9月23日)　晴。忽然陡凉,竟可衣棉。午饭子钧又出赴席。午后,购羊皮统,未成,看过数件皆不佳故也。晚间,与子钧共饭并闲谈。

二十三庚戌日(9月24日)　晴。抚帅公出往下游勘河工。辰刻,余出西关,至官厅候送学使。方伯而外,惟吾侪同班九人,余皆未到。辰正二刻,中丞周公出城,入官厅坐谈时许,然后长行,吾辈送其登舆乃各散。余回寓,检拾行装,拟翌日至济宁一行。车辆短缺,无从雇觅,只得自家乘轿。子钧假我以车,可装行李,勉强成行。晚间,子钧沽酒制馔为余饯别,畅饮多杯。

二十四辛亥日(9月25日)　晴。卯初起。饭毕,别子钧登程,留仆人田升在省寓居守,子钧仍借住。余出省城,已辰初二刻。天气颇凉。行卅里,抵黄山店,时方巳正,憩息时许。饭毕午正,复行五十里。申正二刻,抵长清县属之张夏镇,宿马店。屋甚洁,且有玻璃窗,殊难得也。忆十余年来已七度经行此处,昔年所宿旅舍有为墟者,雪泥鸿爪,都无迹可寻矣。是夕,有歌妓名玉喜者坚求奏技,视其貌尚不恶劣,命之歌一小调,给以制钱五百文而去。

二十五壬子日(9月26日)　晴。寅正,发张夏镇,行廿余里方日出。天气甚凉。巳初,尖于垫台。巳正二刻饭毕,复行卅里,过新庄岭,时交未正。又行卅五里,申正一刻,抵下漳住宿。即在往来常住之店税驾,其店屋亦颇修洁也。

二十六癸丑日(9月27日)　晴。寅正,发下漳。卯正,过东向,旭日方升。辰正,渡汶河。巳初,尖于陈家店。天气甚和暖,不似前两日之冷矣。饭毕午初,复遄行。申初,抵宁阳县北关旅店住宿。投店甚早,诸凡从容,殊觉暇逸适意也。

二十七甲寅日(9月28日)　晴。寅初,发宁阳县。巳初,尖于延村店。午初,复行。未正,抵济宁寓中,与家人相见。时兆梓已至自开封。与内子商定兆梧婚期仍定准九月十三日,当即函致文量甫转致孙伟如,当可照办。到济后,询知朱梓桢已先一日返省,未克相晤,亦未途遇,盖彼绕道兖州也。

二十八乙卯日(9月29日)　晴。巳初起。午后,查鼎绥便衣来见,与晤片刻。复出至玉松谷处,晤谈。作短札致姚子钧,托查世兄带,渠定于翌日进省也。

二十九丙辰日(9月30日)　晴。午后,文量甫、薛仲华偕来,与晤谈片刻。傍晚,函致姚子钧,将其车马送回省城。谕汪升一函,令买物件，交圉人带回。

三十丁巳日（10月1日）　晴。出门拜客，晤田萧臣、彭伯衡、郭寿农、刘寿人、文量甫、薛仲华、陈履中诸君，傍晚乃还。

九　月

九月初一戊午日（10月2日）　晴。刘寿人、水惠轩俱来晤。午后，东平州同汪厚棠因余保以四品升衔，特来谒谢，与晤谈片刻而去。

初二己未日（10月3日）　晴。午后，往答拜水惠轩，晤谈片刻。旋至文量甫、薛仲华处宴集。同席有田萧臣、象乾两总戎及郭寿农，共宾主六人。申初入席，酉正散归。席上肴馔甚精腆。

初三庚申日（10月4日）　晴。午后，田象乾总戎来，晤谈。云郭寿农邀其午饭，匆匆即去。伯衡复来答拜，晤谈良久。汪益棠亦来晤。

初四辛酉日（10月5日）　晴。接省信，朔日中丞牌示委余诣大王庙拈香，已转请仲年代办，仍由余持刺赴院挂号销差，并销稽查中游河工差，均见辕抄矣。探闻中丞不日即回省，廉访已先回省云。

初五壬戌日（10月6日）　晴。寓中料量喜事，扫除新房，皆兆梧自行摒挡，此子肆应之才颇胜乃兄也。余移于寝室之西厢作书斋，让出二厅为兆梧洞房，虽因陋就简，而油饰裱糊亦须一番经营。日来正在诸事旁午之际，喜期已近，殊觉忙迫耳。

初六癸亥日（10月7日）　晴。午刻，设席享宴冰人及执事诸君子，共十一人，郭寿农、刘寿人、文量甫、薛仲华、玉松谷、汪益棠昆仲、郑辉庭、刘恩亭、查九郎、牛帐友也。申刻各散归其家。余往拜伯衡寿，未晤。赴田象乾初晚宴。鼎臣、伯衡均在座，尚有郭寿农、陈履中，宾主共六人耳。二鼓散归。

初七甲子日（10月8日）　晴。圉人至自省，带到汪升禀，知尚会臣廉访有伯母之丧，已备送纸扎冥器，惟会臣延余陪宾，未克前往，只得辞以请假，将来回省再往祭奠可耳。中丞系于初四日自工次旋署，余即于初四日请假云。

初八乙丑日（**10 月 9 日**）　晴。水惠轩邀午饭，未刻往赴。座有汪益棠、姚眉生、玉松谷、文量甫、薛仲华、张聘卿诸君。傍晚席散，复往拜，晤伯衡，初更方还。

初九丙寅日（**10 月 10 日**）　晴。日间，料量明日纳币诸事。午后，薛仲华便衣来谈。接冯筱侣丈复书，所寄卅元顷甫收到也。灯下，作书致退庵。

初十丁卯日（**10 月 11 日**）　晴。为兆梧纳币于孙氏。文量甫、薛仲华为男媒，郭寿农、刘寿人为女妁。傍晚，媒妁由女家押送奁赠至。晚间，宴媒妁于厅事。夜间，忽风雨交作，庭院陈设各物又须移动一番矣。

十一戊辰日（**10 月 12 日**）　阴。终日微雨，傍晚放晴。喜事应备各事尚未齐楚，尽明日一天料量可也。

十二己巳日（**10 月 13 日**）　阴。内子率兆梧检点新房奁具，为之分别陈贮，余亦往相度一番。午后，方在铺设喜堂，天忽阴雨，向夕雨愈大，至三更方息。

十三庚午日（**10 月 14 日**）　晴。卯初即起。辰刻，延请四冰人，迟郭寿农不至，惟刘、文、薛三君，乃嘱益棠承其乏。巳正，命兆梧亲迎孙氏。午正三刻，偕新妇至寓，交拜成礼。宾朋来贺者数十人，余络绎答拜，足力为疲。下午，祀祖祭告，命新妇庙见，然后余夫妇登堂受拜，阖家依次见礼。晚间，宴客。余送酒安坐毕，即更易便服憩息。日间风日晴和，诸事顺适。新妇德容均尚可取，余夫妇心愿差慰，虽劳而不甚觉倦，所谓人逢喜事精神爽也。

十四辛未日（**10 月 15 日**）　晴。接筱侣丈自清江来信，悉其近况奇窘，依其旅人丁清江浦，寄儿女于杭州，每日三餐难给，闻之殊为恻然。

十五壬申日（**10 月 16 日**）　晴。兆梧偕其妇如孙氏反马，朝去暮还。下午，孔燕庭上公来拜晤。询知明日即行，乃命驾前往玉露庵答其拜，顺道谢客数家。

十六癸酉日(10月17日)　晴。内子生辰,贺客概行辞谢。午后,出门谢步,均未登堂,不过到门投刺而已。接省信,中丞有廿三日出省阅视上游河工之说,并闻欲至运河查勘,果尔,则余须极早回省矣。

十七甲戌日(10月18日)　晴。午刻,设席会亲。伟如夫人及其子三人先至,乃设上房一席,书房一席。申正后,伟如甫到,设席于厅事享之。邀刘恩亭、张余亭作陪,二更后席散。

十八乙亥日(10月19日)　晴。闻顺天秋闱已揭晓,济宁往试者中式三人:一张姓,磁州人;一杜姓,山阳人;一王姓,潍县人。皆非济宁籍者,而兆梓与同伴七人竟无一售矣。甚矣!一举之不易也。

十九丙子日(10月20日)　晴。在家永日。拟廿二日起程回省,于是摒挡行装,应用裘衣均须携带,料检永日装就高州大皮箱两只。

二十丁丑日(10月21日)　晴。午后,又复料检铺垫字画等件,亦拟携带少许至省寓陈设,半日方毕。晚间,玉松谷来谈,述及中丞有廿二日出省一径前来济宁之说。

二十一戊寅日(10月22日)　阴。自晨至暮均小雨。午后,往各处辞行,晤伯衡、吉珊、伟如。在吉珊处遇谢佩孜,渠因算交代来充,因而游济,并欲回苏州一行也。吉珊谈及已接电报,中丞廿二日起节来济,余恐与之途遇,遂改于廿六日首途云。

二十二己卯日(10月23日)　阴。薛仲华、文量甫均来送行,晤谈片刻。水惠轩来送,未与晤。晚间,作书复冯筱侣丈,未毕。

二十三庚辰日(10月24日)　晴。终日在寓静息,行装都已检齐,落得自暇自逸,专待首途,至旋省后之通塞利钝,无从预料,即无烦过虑,随遇而安可耳。

二十四辛巳日(10月25日)　晴。阅州署所接前途差信,中丞出省先阅戴村坝,由长清、平阴、东河、东平、汶上一带走,并不取道宁阳、下章,余之回省不致与遇,不拘何日皆可随意登程矣。

二十五壬午日(10月26日) 晴。午后,叶东屏便衣来见,渠仍司曹县电报局,现将赴都引见,以知县分发河南也。日间,余已检齐行装,拟明日行。至夜分,车犹未齐,又须改迟矣。

二十六癸未日(10月27日) 晴。终日在寓静守,专候车齐即行,需用三车,至晚始得其二,似乎明日总可成行矣。日来天气颇热,衣重棉即挥汗,不似暮秋天气,回忆八月下旬似尚冷于近日也。

二十七甲申日(10月28日) 晴。卯初起。小食毕,别妻孥自济寓起程。卯正三刻,出北关向东北遄发。辰正二刻,过平度店。舆中携有小说书数种,随意披阅,忘却程途之远。巳正二刻,馈于炎邨店。午正,复前进。酉初二刻,宿宁阳北关。天气渐短,时已日落,稍好之店都为捷足者所占,只得就一小店投宿,湫隘不堪言,状殊苦之。

二十八乙酉日(10月29日) 晴。寅初,发宁阳县。辰正,馈于陈家店。巳正,复前行。午初,渡汶河,有防营马队护送。据称沿途日来颇有伏莽,故于来往差使格外慎重。未初,过东向。申初三刻,抵下漳。将入门,见有洋人数名骑马自南而来,有武卫右军先锋队护送,殆系奉文游历者也。余所投逆旅即所称大公馆者,颇洁净,历次往来是处均住此店,殆不下七八次矣。途中风沙颇甚,仍极和暖,到店尚早,颇觉从容自如,几忘风尘之苦,遂早食早寝。

二十九丙戌日(10月30日) 晴。寅正,发下章。辰初,过新庄岭。巳正,馈于垫台。大店有人在,乃僦一小店憩焉。叶东屏由济之省,遇于是店。午正,复前行。未正,过大湾德,入旅店茶尖。酉初,抵张夏镇。住大公馆,裱糊焕然一新,闻系学使甫经过此也。饭后,有歌伎春兰奏技,其人顾而长,颇不恶劣。盘桓时许,给京蚨一千贰百文而去。

十 月

十月初一丁亥日(10月31日) 晴。卯初,发张夏。西南风甚大,未能速行。至巳正二刻,甫抵黄山店尖站。叶东屏同抵是处,出代拟贺张安帅公子二人同乡举禀稿见示,尚妥适,拟即用之。午正,自黄山店复行。申初,抵省城,回南城根旅寓。仆人田升呈阅各处信件、京报、辕抄,内有劳厚兄覆书,知其调充苏省厘局提调,其差况转不若上海货捐局,故未能偿余欠项,只得缓索以全交谊。晚间,行装卸罢,饬舆夫回济,买火腿二肘、皮烟丝两包交令带回,并手挥家书一缄附焉。

初二戊子日(11月1日) 晴。午前,检点衣服字画,分别安置悬挂,又将铺垫门帘稍稍更易,小斋居然改观矣。午后,从九严瀚来谒见,与晤谈片刻。询知其为桐城人,需次极贫,而于余极殷肫,意在豫为结纳,为异日求效差遣张本也。候补知县张益君在省,闻余到,立即来谒,固熟人也,别已年余,相与畅谈时许而别。渠分兖郡差委,今夏代理滕县数月,顷仍将回兖州。下午,由朱梓桢处交到退庵覆书,谆嘱速为兆樨相攸,余固每饭不忘,奈不遇南容其人者,又安得过于迁就耶?

初三己丑日(11月2日) 晴。早间,知县武君晰来谒见。询其为乙亥孝廉,字健堂,山西汾州人也。午后,赴抚院销假,拜各同寅,现任四君子俱未晤,同班中晤朱梓桢、徐绍武及新到之雷越岩培株,余亦未值。傍晚回寓,微雨。严从九瀚馈肴蒸四盂。

初四庚寅日(11月3日) 晴。早间,潘仲年、陆似梅均来晤。午后,出门拜客,晤郭介丈及总理高等学堂之陈幼庸观察恩焘。陈系闽人,官直隶,周玉山中丞调来差委者,固熟谙时务之选也。今日天气渐凉,可衣两棉不嫌热矣。酉初回寓。

初五辛卯日(11月4日) 晴。前贵州提督梅军门东益来拜,晤谈片刻。梅系合肥人,在北洋统领乐字水师营有年,曩余会办淮军济宁转运局曾与之公牍往还,今彼奉调来东统领防军,故特来拜。午后,郭介丈来,久谈。又接见张牧凤城、刘令鸿恩。晚间,拟就上张安帅贺禀稿,因叶东屏之稿诸多不妥,故另拟也。

初六壬辰日(11月5日) 晴。午后,往答拜梅军门,未晤。复拜客多家,无一晤者,遂回寓。下午,徐绍武来答拜,晤谈良久。以泡炒米糕一碗享之。谈及中丞今日甫抵济宁,计期望后方能回省也。

初七癸巳日(11月6日)　晴。终日在寓,阅乙酉、丙戌两年日记,觉旧事历历在目,然已相隔十七八年矣。午后,栉发。接见曹君茂杞于寝室外间。有两雷君来,均未与晤,一监司,一从九也。阅院抄,廉访尚公已禀辞赴河工,余迄未与晤,悔不昨日一再访之。又郭春霆来省过访,亦未与见。下午,以前在运河道任内空白印封发递张安帅贺禀。

初八甲午日(11月7日)　晴。午后,瞽者张子端来访。正在聚晤,适朱梓桢来拜,邀入内斋叙话,与张瞽者相遇,梓桢叩以子评,谈论半晌。临行以梅伯言郎中诗文集见贻,余正苦岑寂无俚,得是书足资披阅矣。梓桢去后,张瞽复少坐。余出茶食与啖,食毕乃去。灯下,披读梅伯言集,见卷尾有梓桢跋语,知梅公乃其外舅行也。梅名曾亮,上元人,道光壬午进士,官郎中,治古文,学桐城派,有声于时,固耆宿也。

初九乙未日(11月8日)　晴。早间,韩爱亭、查鼎绥均来谒,与接晤片刻。又有候补典史叶、林两君来见。下午,便衣出门访郭春霆于旅店,诉其裁缺苦况,乱谈乱道,听之可厌,遂别去。访崔绥五,未晤。晚间,徐绍武招饮寓斋,座有梅乐园提军及仲年、养田、刘道山、李葆珠诸君。肴馔均不佳,酒尤劣,而主人知余能饮,殷殷相劝,最为虐政,勉尽数杯而散。席间热甚,衣重棉挥汗不已,皆脱去马褂,临出乃复穿。回寓时已交三更,就寝颇迟。

初十丙申日(11月9日)　晴。早间,绥五来,未与晤。午后,首县饬人来取公送尚廉访太翁屏分,与以六竿而去。下午,项幼轩便衣过谈片刻。余此次来省,将历年所书日记册本携存行箧,闲暇无事时取出披览,仿佛昔年情景犹在目前也。

十一丁酉日(11月10日)　晴。终日枯坐斗室,或阅梅伯言诗文,或阅昔年日记,聊破岑寂。午后,命仆赴大德恒票庄取银四十金换钱,付房租两月、开发日用帐,顷刻用去六十余千。时银价每两易京钱两吊二百廿文,盖已三十金用毕矣。

十二戊戌日(11月11日) 晴。有试用典史雷启英者,乃已故闸官雷惠霖之侄,欲求余函致绍侯乞派河工差使,余辞焉。闻郭春霆已给其一书,窃恐亦无济也。连日天气甚暖,绝无冬意,计余别妻孥而出,忽又半月,尚未得家中安报,殊闷闷耳。

十三己亥日(11月12日) 晴。午后,张瞽来谈,正欲取课筒占问好音,适有新到同寅潘晟初观察来拜,与晤谈片刻。潘名乃光,广西平乐人,辛酉孝廉,年已六十余,以军功荐保道员,赴春闱十七次始就分发,人颇老成,可交也。下午,闻中丞将次旋省,乃至西关接官亭候迎。酉初,方苴止,入官厅少坐即散。同人亦各散归,时已上灯矣。

十四庚子日(11月13日) 阴。辰初起。巳初,往谒中丞,得见。同见者八人,自余而外,则有陈幼庸、林仰山、沈楚卿、朱养田、杨筱川、潘晟初、雷越岩也。午正,散衙回寓。方欲吃饭,而雷越岩来,只得忍饥,强与晤谈,俟其别去乃饭。雷名培株,陕西大荔人,生长于汴,作汴语,开封习气十足,殊无足取也。下午稍凉,雨雹片刻。

十五辛丑日(11月14日) 晴。天气甚凉,不似前数日之躁热。辰刻,至抚院,集官厅,坐时许。晤方伯、都转两君。为郭春霆转恳找发河标生息银两,都转允为查明酌办。巳刻散衙,复拜潘晟初、崔子万,均未晤,遂归。午后,不复出门,惟枯坐斗室而已。

十六壬寅日(11月15日) 晴。午前,作字柬刘道三,荐一家丁与之,居然收录。其人名唤辛泰,乃刘顺之戚也。历城令杨海峰以今日为其子授室,余既贻以喜幛,未收,遂未往贺,因与之迄未谋面故耳。

十七癸卯日(11月16日) 晴。终日甚冷,可御重裘。午后,张子端复来,余令其为卜一课。据云月杪当有佳音,未知验否。正在谈说间,潘晟初便衣过访,遂邀入寝室聚谈。晟初境况极窘,亟盼得差,固与余同病相怜也。

十八甲辰日(11 月 17 日) 晴。午后,潘晟初手札录示见赠七律一首,正拟握管和答,适刘道三、雷越岩便衣偕来,晤谈片刻遂去。灯下,将和晟初诗草成,尚有未妥处,须待修饰也。

十九乙巳日(11 月 18 日) 晴。早间,绥五过谈片刻。午后,前任临清卫守备叶庆飚来见。叶君怀宁人,曩在济宁曾与往还,渠因缺裁来省,拟改就文职需次也。傍晚,将答晟初诗录出送与之。词曰:"帕首靴刀事业存,书生杀贼似鲸吞。当年款译朝驰塞,此日闲居昼掩门。旧梦恨难离席帽,新愁只合付琴尊。与君同是羁栖客,境地泃堪一例论。"

二十丙午日(11 月 19 日) 晴。早间,诣院,循例衙参。同班到者仰山、楚卿、仲年、梓桢、养田、筱川、道三暨余,共八人。藩运两君谒见,我等皆未与见。散衙后,拜客数家,遂归。刘令鸿恩来谒,晤谈片刻。午后,复便衣访许尺衡、崔绥五,均未遇,惟晤雷越岩、潘晟初。在晟初处久谈,互述苦况,彼此踌躇无计。傍晚乃还。

二十一丁未日(11 月 20 日) 晴。终日独处旅舍,孤寂郁闷,默计资斧渐将用罄,差使杳无消息,濂溪专任私人,难望邀其委用,前路茫茫,真觉可怕,虽忝厕监司而不足糊口,宦途之窘窄至斯极矣。

二十二戊申日(11 月 21 日) 晴。许尺衡忽饬价来假肩舆,及暮返舆于余,而并不过访,乃命仆走柬传语催令迁屋,未知其能从命否。盖尺衡寄家于济宁,所赁石门口屋余已售于刘姓,渠久住不徙,故催之耳。午后,往绸肆买得洋缎衣料三件。

二十三己酉日(11 月 22 日) 晴。午后,接兆梓十六日禀,知阖家均安,此次来省得第一次家书也。附来筱侣丈第四子赟甫来函,知其长兄育甫没于开封,遗有寡妻弱弟而无子女,情极凄惨。筱侣丈老运之坏无复言状,良堪浩叹。余虽处窘乡,亦当寄助数金以尽吾心,惟不能多耳。又有吴家椿者,乃曩年转运局旧部,自庐州徒步来此,求为觅一枝栖,奈余方自顾不遑,安能他恤,只得却之。甚矣!苦人之多也。傍晚,濯足,呼修脚匠修脚一度,颇觉举步轻便矣。

二十四庚戌日（11月23日） 晴。午后，吴家春复来，坚欲求见。呼之入，与之坐而问所苦，则以无衣食对，不得已给以千钱令去。郭春霆来访，辞未与晤。余终朝坐冷板凳，为十余年来罕有之苦境，偏有此无谓之耗费，后有继者不礼焉可也。

二十五辛亥日（11月24日） 晴。辰刻，诣抚院衙参，适中丞有审勘长清县逆伦重案，藩臬均列坐随审。先经齐官厅，自三司外，同寅到者九人，余与胡、尚两君稍稍叙谈。于胡则略有所恳，于尚则以久未相晤，渠甫至自工次，故略与叙话。未及久谈，渠即先散，盖所审人犯系审实后即就地正法，臬司须往法场监斩也。会臣散后，同人复少坐。中丞传阅履历，乃交巡捕呈上，然后亦各散。午后，有复初和尚之徒孙来豫索例给香资，余付贰金，并作家书交其便带。缘曩在济宁，因兆榕停柩铁塔寺，每岁酬以香资四金，今其徒孙既来豫索，姑半其数与之，留其半仍俟届时由济寓付其老和尚可耳。

二十六壬子日（11月25日） 阴。天气较冷，似有酿雪之象。便衣出访郭春霆于青云店，晤谈片刻。渠已裁缺缴印，来省索欠款于运司，屡托代为吹嘘，余每晤凤冈都转必为恳托，刻已调卷核查，大约必有以塞其请也。

二十七癸丑日（11月26日） 晴。阅辕抄，尚会臣廉访请假四天，殆因感冒未愈欤？余等履历经中丞索去后又复数日，依然杳无佳耗，闻其又将起节赴烟台，须俟其归来再作计较矣。

二十八甲寅日（11月27日） 阴。天气稍冷。午后，张景山便衣来谒，晤谈良久，亦以赋闲无俚恳于方伯前为之说项，余诺焉。景山少年老成，人极好，可造材也。阅邸抄，汪伯唐部郎开缺，擢五品京堂，出为管理东洋游学总监督，遇事径达外务部，不归公使节制，盖次于出使大臣无多矣，何其阔耶！

二十九乙卯日（11月28日） 阴。卯正起。辰初，出至东关候送中丞周玉帅赴烟台，同袍咸集，会臣、剑华、栗甫因病未到。谈次英凤冈告余，郭春霆所恳中丞不允找给，无从设法，嘱转覆春霆，余唯

唯。辰正,中丞至,入谈片刻行,同人送其登舆乃各散。先是,中丞未
到时,同人啖汤饼点心,潘晟初之仆误将茶几掀倒,汤碗全倾于地,余
与之坐相近,油水溅于袍角,可谓池鱼之殃,一笑而已。归来解衣视
之,幸未污损,亦云幸矣。

三十丙辰日(11 月 29 日)　阴。早间,英凤冈复手书来,谓郭春
庭仍往纠缠,嘱为婉言拒绝,乃将来札送与春霆阅看,当不致再往缠
扰矣。连日阴云蔽日,客馆岑寂,益觉无趣,惟随手披阅小说书而已。

十一月

十一月初一丁巳日(11 月 30 日)　晴。早间,接陈起霞刺史自
范县来书,以余前于己亥春间托其次子买物交银七十两久未报命,特
寄还五十金。余正在窘乡,得此喜甚,当即手泐数行复之。又接朱坦
夫书,为侄女兆榠作伐,云有现任汶上县满洲锡会一大令之子续弦,
嘱为其寓书求亲。余与会一曾识面,亦颇有意,乃覆书坦夫,令将男
命庚造开出寄示,以便酌夺可耳。

初二戊午日(12 月 1 日)　晴。昨将坦夫覆函挥就,因其来书乃
由一周姓友人处交来,遂将覆书仍送周君转寄。周君名祖澜,号荫
泉,聊城诸生,就馆于汶上,为锡会一房荐门生。此次锡君即浼其作
代,伊乃转托诸朱坦夫耳。

初三己未日(12 月 2 日)　晴。接兆梓前月廿八日来禀,云朱坦
夫专足寄书济寓为锡宅求亲,并以原信寄阅,盖前途极欲联姻余处
也。午后,周荫泉复通书问讯,书中详述男家境地门阀,现求亲者乃
其次子同文,字质甫,年廿六岁,捐分省试用盐大使,尚未出仕等语。
其年庚八字亦由周君开来,当倩张子端一评阅之,然后定夺可耳。下
午,王祝萱大令来谒晤。王名敬勋,清苑人,晓林侍郎幼子,宰齐河有
年,今调署乐安,将之任矣。夜间,风甚大却不觉冷。余每至冬夜辄
一夕数起,往往和衣而寝,恰喜天时之和暖也。

初四庚申日(12 月 3 日)　晴。昨夕虽有风,今晨仍甚暖。午

后,潘晟初步行过访,出所作残菊诗见示,语多感慨,亦以赋闲无俚时觉牢骚,与余正复同疾。谚云"流泪眼观流泪眼,断肠人送断肠人",其此之谓矣。日间,饬价往呼张謷,未至,盖伊已赴东昌,须旬日方还省也。

初五辛酉日(**12月4日**)　午前晴,午后阴。朱梓桢过访,久谈。晚饭后,风雪交作,通宵未止,天气极冷,时久旱干燥,得此诚快雪也。

初六壬戌日(**12月5日**)　阴。早起寒甚,购炭炙火盆,并饮烧酒三杯,乃不战栗。午后,成七律一首,乃和潘晟初原韵者。词曰:"风雪宵来逼晓寒,看看盆菊渐摧残。霜威触处枝偏傲,露泽沾余叶未干。留得晚香原淡薄,生无捷足任蹒跚。冬青有树堪攀附,富贵奚须羡牡丹。"诗成遂录出送与之。自辰至申雪甫止。

初七癸亥日(**12月6日**)　晴。日光朗爽,惟稍冷耳。午前,张景山来谒,嘱为致书藩、臬两君代图保甲提调一差,余诺焉。送其出后,即为摊笺作两函,一致胡,一致尚,未知有成否。昨梓桢交来复书一械,乃退庵函也,述及所寄面已收到,吴季丈调署皖臬矣。午后,稍觉和暖,遂屏火盆弗用。日晡仍冷,复生火盆,炭价虽昂,勿恤也。接尚会臣手字,保甲提调差已委朱守猛,张守所谋弗成矣。

初八甲子日(**12月7日**)　晴。午后,雷典史启英来见。晚间,张景山复便衣过谈,以为谋未成恳随后再为相机说项,余诺焉。

初九乙丑日(**12月8日**)　晴。庖人见肆中有山鸡,市得一尾,早晚两餐均吃鸡片火锅汤,食而甘之。晚间,作书梓儿,并与内子商酌侄女姻事,其信封固,交一赴济宁便人顺带,当不致误也。

初十丙寅日(**12月9日**)　晴。晨起,出门拜客数家,惟晤鼎臣方伯,叙谈时许。适有济南太守徐友梅、泰安太守潘正声请谒,方伯亦命延入,谈数语两君即出,余复少坐乃行。又往拜尚会臣廉访,未晤,遂还。午后,复便衣访潘晟初、崔绥五、张景山,潘未遇,崔、张均久谈。张奉藩檄赴青州查水利,盖因余曾为说项,故有是役耳。傍晚回寓,觉天气较暖,非复前数日之凛冽矣。

十一丁卯日(12月10日) 阴。颇有贻寿物者,均谢却之。傍晚,仆从辈以烛炮鲜果为寿,姑受之可耳。两江总督刘岘帅遗缺,前悉以张香帅调署,张不拜,今闻滇督魏午庄制军调补矣。晚间,坐斗室,甚和暖,遂弗用火炉。

十二戊辰日(12月11日) 阴。客中过生日,惟仆辈燃烛祝寿而已,间有贺客亦都谢却。午后微雪,至夜不休,因气候不寒,随落随化,檐前水声滴沥如淫雨然。深宵不寐,枨触予怀,不觉动羁旅之愁焉。

十三己巳日(12月12日) 阴。终日雨雪,至夜半方止。日间,阅严缁生诗钞。忽朱梓桢走柬,以其前宰利津时免征民马应差勒碑垂久墨拓册本索题,暇当有以报之。晚间仍不甚冷。

十四庚午日(12月13日) 晴。日光爽朗,积雪融化渐尽矣。接张安国中丞覆书。午后,修发。购得松木炭四十斤,所谓金结炭是也,足敷半月围炉之用矣。灯下,作七言古风一章,题朱梓桢册页。

十五辛未日(12月14日) 晴。午后,出门谢客数家。最后访梓桢,久谈,遂留晚饭。主人出佳酿款客,相与畅谈畅饮。同座有黄司马均,号幼海,汉阳人,年三十余,人极明练,颇有吏才。梓桢有督放钦赈之役,即带同黄君随办一切也。饭毕,梓桢令其乃郎燮臣司马出见,人亦极好,捐有分省同知,尚未筮仕。余索处寡欢,在梓桢处畅谈忘返,泊三更方还。

十六壬申日(12月15日) 晴。连日浮火上升,牙根肿痛,以如意油搽之,稍觉轻减,迄未脱然。午后,尚惠臣廉访来拜,晤谈时许而去。

十七癸酉日(12月16日) 阴。昨在梓桢处见有明人邢侗所著《来禽馆集》两函,假来披阅。邢字了愿,临邑人,明官太仆寺少卿,所著诗古文词沿六朝体,余性所不近,颇不耐观,余固喜韩、柳、欧、苏者也。

十八甲戌日(12月17日) 阴。瞽者张子端至自东昌,知余曾往问讯,乃于今午来谒。余将锡氏子命造告令推算,据云八字甚好,惟主克妻。复出兆樨八字与推,则云女命亦强硬,可相抵制,毫无妨碍,此媒可许等语。余尚不无游移。傍晚,梓桢来访,谈及此事亦力劝勿再苛择,尽可允定,余意须与内子晤商一番方能定夺也。晚饭后,潘晟初便衣过访,谈时许乃去。

十九乙亥日(12月18日) 晴。日光爽朗,天气微凉。午后,有新到同寅余易斋观察思诒来拜,与晤谈片刻。询知乃常州人,与端伯大令为族兄弟。余曩与端伯交好,今端伯已下世数年矣。傍晚,仆人来告马疾医治无效,已毙于厩,乃命围人择地埋之。

二十丙子日(12月19日) 晴。早间,王伯平大令承均来谒,与晤谈片刻。伯平为祝轩大令长子,补汤阴县丞开缺,为河南候补知县,固昔年东河旧属也。

二十一丁丑日(12月20日) 阴。辰正,出东关迓中丞周公至自青岛。已刻,帅节莅止,入官厅,与同人坐谈片刻,即入城,面嘱同人今日无须上院,遂各散。归途余复答拜余易斋及青州府曹太守允源,然后乃还。傍晚,黄幼海郡丞来谒见,与晤谈,少顷而去。黄君将随梓桢观察往武定放赈,百忙中尚来一谒,可谓周到矣。

二十二戊寅日(12月21日) 阴。晨起,诣院廨,适遇昱辰为中丞诞日,遂投刺豫祝,未请见。旋往城东惠泉寺奠潘梅园观察,固仲年季父也,仲年为之设祭,故同寅大半往莅,并赙以冥器数事云。余于午正回寓,从梓桢处假得《渔洋山人文略》一函,闲中披诵,颇足破闷。

二十三己卯日(12月22日) 晴。闻中丞杜门谢客,遂遣人持手版挂号祝寿,未经亲诣,非疏懒也,节舆资也。午后,查禹阶鼎绶来见,因在省无差,将回济寓度岁,问余有家书交带否。余即挥就谕兆梓一函,交其顺带。按禹阶乃故人查篛青第五子,篛青殁已五年,其子侄现仍寄居济宁,询其家境尚小康,禹阶昆仲亦均捐有官职矣。

二十四庚辰日(12月23日) 晴。节交长至,现任司道均诣皇

亭朝贺，我辈候补者都不与。忆余自戊子至庚子凡与朝贺长至者十
三次，惟客岁辛丑及今壬寅两次不获与耳。黎明，赴抚廨贺冬。同寅
自藩、臬、运三司外，惟余与林仰山、余易斋三人。潘晟初最后至，叙
谈时许各散。晟初无貂褂，余以貂褂假之，乃得穿用。午后，接朱坦
夫专函，仍为锡大令处塞修事，迟明当手书答复之。

二十五辛巳日（12月24日）　晴。早间，诣抚廨衔参。林仰山
已先在焉，无何英凤冈继至。适中丞将出门，遂未请见而散。余复答
拜张观察士珩、罗观察增禄两君，皆中丞调来差委者也。午刻还寓。
午后，绥五来，晤谈良久。傍晚，抚院又传索履历，箧中无写成者，只
得赶紧亲写一分送去，不及倩人代誊。灯下，复朱坦夫书，明日邮寄
东昌可耳。

二十六壬午日（12月25日）　晴。终日在寓未出门。陈起霞卸
范县事回省，复送还廿金，于是买物价银均缴讫矣。适将发给成衣工
线钱十余千，得此洵堪济用，起霞真信人也。

二十七癸未日（12月26日）　晴。潘晟初昨以长至贺冬诗见
示，因用其韵答之，兼以述怀。诗曰："读君佳句意为消，郢曲何堪浪
续貂。过眼残花怜菊友①，关心犹子逼桃夭②。阳生冬至逢佳节，官
为闲居罢早朝③。荏苒流光真迅速，岁星又看转寅杓。"因录出送
与之。

二十八甲申日（12月27日）　晴。午前，兆梧自济寓来视余，询
悉阖家均安，惟二女腮颊患疮未愈。兆梓禀中复详述一切，家用日见
竭蹶，真觉踌躇无计。午前，陆似梅因新过道班来拜，晤谈片刻。午
后，徐绍武、潘晟初先后来晤。

----

①　下有小字：一昨曾共咏残菊。

②　下有小字：适为舍侄女平章姻事。

③　下有小字：自戊子至庚子凡朝贺长至者已十三次，今以闲官需次，转不
获与斯典也。

二十九乙酉日(**12 月 28 日**) 晴。午后,往拜会臣廉访,晤谈片刻。答拜绍武、似梅及田萧臣总戎,俱未晤而还。接到抚院札委稽察河防局事,不过挂名拿薪水六十金而已,并非真正差使。甚矣! 周玉山之可恶也。

三十丙戌日(**12 月 29 日**) 晴。早间,修发。午后,县丞韩奂镛来见。晚间,雷越岩便衣来,晤谈良久乃去。东省道员薪水向皆百金,今周玉山诸事从刻,凡与之有私交者,或百金,或贰百金,甚有至四五百者,非其私人则概从节减,遂有八十、六十者矣。

十二月

十二月初一丁亥日(**12 月 30 日**) 晴。早间,赴抚院官厅少坐,挂号而去,不屑与见也。归途答拜荣礼吉、项幼轩,均未晤而还。午后,刘道三来,晤谈。陈起霞亦来谒晤。又呼张瞽来寓卜课,遇山雷益卦,决余明年春间必有要差,断不至久于闲散,姑存其说以俟之可耳。

初二戊子日(**12 月 31 日**) 晴。有新到省同班何君志霄名承焘来拜,晤谈片刻。何君常州人,家巨富,年三十余,舆服极奢华,非如吾侪之寒乞相也。

初三己丑日(**1903 年 1 月 1 日**) 晴。午后,乘车出门拜客,颇觉笨滞。答拜何志霄、陈起霞,均未晤而还。傍晚,潘晟初来一谈,又出所作七律一章见示。

初四庚寅日(**1 月 2 日**) 晴。晨起,因当事出验河工,往西关外候送,坐官厅时许而散。回寓后,绥五来一谈。

初五辛卯日(**1 月 3 日**) 晴。高志青至自济宁,饬价来言有为余带来信件,尚未检出,迟日送来云云。志青现已捧檄履捕河通判任,赁居余济寓东院,今来省谒大府者也。午后,赴潘晟初处宴集。同席者有余易斋、刘道三、雷越岩、何志霄、文、荆两太守,主客八人。肴颇佳而酒甚劣。初更散归,甚冷。

初六壬辰日(1月4日) 晴。高志青处交到兆梓来禀,附有退庵复书并肉松、酥糖两味,皆苏产也。书中言及伊侄沂伯、长叔二人均有悼亡之事,余颇触动相攸之意,迟日当作书询之。午后,兆梧摒挡行囊,拟明日先回济寓。余亦拟封篆后回寓度岁也。阅邸抄,吴季叔被劾开缺,其子虎臣竟至镌职,宦海之险如此。

初七癸巳日(1月5日) 晴。卯初起,率梧儿薄饮数杯,命其小食毕于辰初登车回济,刘顺亦随往。余尚拟拥被再睡,乃甫就枕辄觉胸口疼痛,起坐稍好,遂仍着衣而起。巳刻,高志青盛服来谒,与晤谈时许而去。下午,作书覆退老,询沂伯胶续有意于我处否,盖余颇有相攸意也。其信即刻送邮局寄苏州,明正总可得其覆书矣。

初八甲午日(1月6日) 晴。连日甚冷,颇念梧儿跋涉道途,今晚计可宿下漳,山路两程过毕矣。下午,雷启英来谒,与晤谈片刻。自兆梧行后,余复独处斗室,羁旅之感时时怅触,益无聊赖,拟封篆后决计回家度岁,实难郁郁久居此也。

初九乙未日(1月7日) 晴。西南风甚大,而天气较暖,计兆梧今日可宿宁阳,不免迎风遄行,仍将冲寒冒冷,好在再越信宿便到家矣。午后,取朱梓桢德政碑册题识数语,以资消遣。又手制鸡汁一杯饮之,其法用鸡肉脔切放磁钵中干蒸,自然有汁溢出,其味极鲜美,且可资补益也。

初十丙寅日(1月8日) 晴。风息而天气极和暖。兆梧如无耽搁,今晚当可抵家。午后,题梓桢修利津城碑册,得七绝二首。词曰:"阳侯肆虐逼康庄,雉堞骈罗半就荒。不是桐乡贤令尹,关心谁与缮城隍。""举废兴颓百事繁,保民端仗此藩篱。天池石郭伊谁力,多少苍黎矢弗谖。"又成《述怀》一律,用晟初元韵,即柬晟初。词曰:"粗官无分侍銮坡,杠绾铜章廿载过。空剩清风盈两袖,敢忘向日祝三多。眼中人老谁知己,爨下桐焦意若何。难得安仁能爱客,消寒有酒合高歌。"下午,高志青处来云有便差回济宁,询余带家信否,因挥就数行谕梓、梧两儿,交令顺带。晚饭后,因天暖炉火正青,乃命燂汤濯足一度,颇觉舒畅。庭院月明如昼,偶出眺望,有感于中,复得句曰:"皎皎中天月,深宵只独看。有怀常不寐,作客惯经寒。何日团圆遂,谁甘寂寞拼。无田归未得,浪迹溷峨冠。"时已三更,夜深颇觉寒冷,益觉客中乏味矣。

十二月十一丁酉日(1月9日) 晴。较昨微冷。午前,潘晟初过谈时许。去后,余始午餐。庖人制羊头蹄入馔,颇佳,两餐均唉而甘之。阅邸抄,黔抚邓小赤年丈引疾解组,继者为谁尚未之见。

十二戊戌日(1月10日) 晴。又稍和暖。午后,高志青别驾便衣来谈,意欲不候谒帅即回济宁,商之于余,余亦未能为决也。自梧儿行,余益寂寞乏味,真有度日如年之苦。

十三己亥日(1月11日) 晴。仍暖,适无风。午前,购猫皮一袭,拟制裤以御寒,连洋缎面、洋绒腰及缝人工计需白金五两矣。午后,拜客多家,惟晤晟初。答拜高志青,亦未晤而还。

十四庚子日(1月12日) 晴。早间,呼缝人裁制皮裤。午后,自书喜幛款字备送徐绍武续娶之用。晚间无聊,披阅《渔洋文集》及《蕉轩诗钞》以资消遣。

十五辛丑日(1月13日) 晴。天气清朗,极和暖,惜尚羁滞旅舍,似此天气于行路最相宜也。午前,余易斋来答拜,晤谈片刻。荆太守震生亦来晤。午后,高志青来晤,述及中丞无还期,不候谒见,明日即首途回济宁矣。因作家书数行,托其便带。余亦归心如箭,不愿郁郁久居此耳。傍晚,候补直牧王君赓庭来见。述及藩署得济宁州电禀,彭伯衡观察于十三日因病出缺,充沂曹济一席将委庖代,逐鹿者多,未知其谁得焉。

十六壬寅日(1月14日) 晴。甚觉和暖。午后,出门拜客数家,均未晤。晚间,何志霄招饮寓斋。潘仲年、潘晟初、徐友梅、杨海峰、季大令桂芬及李俊臣大令之弟候选知州李尊如皆同席。季君乃士周方伯族侄,李即念兹观察次孙也。何志霄家素饶裕,客座陈设字画颇修洁,肴酒亦丰盛,觉我辈相形见绌矣。二更席散回旅舍。

十七癸卯日(1月15日) 晴。午刻,座车自济寓至,圉人交到兆梓来禀,知兆梧十一日到济,在途多行一日,殆为刘顺所拖宕欤?午后,从九严瀚来见。灯下,撰楹帖数联以备更新。

十八甲辰日(1月16日) 晴。辰刻起。小食后,自书春帖数联。饭后,检理箱箧,取红湖绉喜幛送徐绍武,盖翌日乃其胶续佳期也。日间甚和暖,傍晚稍冷。

十九乙巳日(1月17日) 晴。午前,西南方现乌云,大有雪意,无何飞雪一阵,旋仍阳光大放。是日封篆,中丞公出,遂未衙参。晚间颇冷。

二十丙午日(1月18日) 晴。午初,出门往贺徐绍武续娶之喜,与其喜筵。申刻,迎中丞于东关迎宾馆,同人咸集,傍晚方散归。

二十一丁未日(1月19日) 晴。辰刻起。巳初,至院署投刺,坐官厅刻许即散。遇藩、运两公及郭介丈、陆似梅,余均未到。回寓后,检收箱箧,整束行装,并开发银钱以备来朝走马。午后,闻院委林仰山署充沂曹济道,此老前已两权斯篆,今第三次矣。

二十二戊申日(1月20日) 晴。遣价赴院挂请假号,即于辰刻自省起程回济宁寄寓度岁,恰好天朗气清,极为和暖。午初,尖于黄山店。午正,复行。申正三刻,抵张夏镇宿,住庙子店。屋大而破坏,昔年固屡宿此店,殆不下四五次矣。此行为节省川资计,乘车未乘轿,虽山路振撼,尚无所苦。晚间,见店壁有鱼台士绅题词毁谤署县令裴筱麓居官贪劣者,未知其说可信否耳。

二十三己酉日(1月21日) 晴。寅初,发张夏。夜深颇凉,日出后渐和暖。行六十里,辰正二刻,尖于垫台。好店为先至者所踞,入一坏店小憩,饭毕即行。申初二刻,抵下漳。共行百廿里,皆崎岖山路,颠播较咋尤甚,过此则无山路矣。抵旅店后,迟庵人徐姓不至,殆又走失,此人即今春在静海舟次走失者,嗣于过沧州时始物色得之,不意此行又复失去,未知何日自还,殊可怪也。

二十四庚戌日(1月22日) 晴。寅初二刻,发下漳。明月皎然,宵征殊觉有趣,路亦平坦,不复振撼。辰正三刻,尖于陈家店。渡汶河时,车从草桥直驱而过,冬令水涸,不须渡船矣。抵旅店,见庖人已在其中,盖失而复得焉。打尖时许,午初乃行。未正三刻,即抵宁阳县北关,宿店甚早,颇有从容自如之乐。庖人因昨夕误差,今夕制馔加意求好,得以饱餐。天气较昨更暖,大有春象,皆行旅佳境也。

二十五辛亥日(1月23日)　晴。寅初三刻,发宁阳。黎明时大雾弥天,月色晦暗,至辰巳间阳光复出。辰正二刻,尖于炎郏店。午初,复行。天气极和煦。未正,抵济宁。回寓与妇稚相见,阖家均安,惟苦贫耳。余抽身暂归度岁,得免羁愁,聊胜于枯坐省寓,姑图一时安乐而已。

二十六壬子日(1月24日)　阴。午后,出晤志青、余亭,各谈片刻。阴云密布,似有雪意,幸余之已税驾也。晚间,风甚大。灯下,撰成挽伯衡观察联句,曰:"小别竟长违,最难忘,累世通家,卅年旧雨;三迁终六察,似犹憾,年不酬德,位莫偿劳。"

二十七癸丑日(1月25日)　阴。终日雨雪,天气转凉。午后,闻林仰山将莅止州厅,均往迎。直至傍晚,闻鸣炮声,林始冒雪而至。其行馆即在余东北邻也。

二十八甲寅日(1月26日)　阴。雪时作时止。闻林君明日方接篆。余午后往访伟如,谈时许。天色已暮,遂还。年关已届,境况窘约,不无今昔之感云。

二十九乙卯日(1月27日)　晴。卯初起,祀神于厅事。礼毕,复小眠时许。午后甚冷,闻林君今日移寓运河道署矣。

三十丙辰日(1月28日)　晴。流光如驶,忽忽又届除夕,余此次来济,杜门不出,亦无客至,惟与家人聚晤,颇觉闲适。计自戊子以来,在济宁度岁者已十五次,昨今两岁皆以寓公浪迹,无衣冠酬应之烦,地犹是地,情景之喧寂判然。傍晚,敬神祀先。礼毕,与老妻儿媳女孙辈团饮,守岁未寝。

光绪二十九年(1903)癸卯

正 月

光绪二十九年癸卯正月初一丁巳日(1月29日) 晴。侵晓祀神拜祖,受儿孙、仆妪辈贺。天气清朗,景象聿新,自是元日佳辰。余午后小眠时许,晚饮数爵,早寝。

初二戊午日(1月30日) 晴。天气稍冷,不似余在途之和暖。午后,兆梧往其岳家拜年,在彼永日,夜半方还。余与内子率兆梓等掷骰子以为娱,亦夜分始罢。

初三己未日(1月31日) 晴。终日与阖家掷骰子,互有输赢,皆不过数百文,聊以点缀新年。余遂日渐匮乏,姑作偷闲寻乐之举。间或拈牙牌数,以卜此后际遇,则每得吉语,殆不致久困也。

初四庚申日(2月1日) 晴。孙崧甫昆仲均来贺岁,与晤谈。其尊人伟如亲家因偶感冒,尚未出门。余自抵济寓,忽忽旬日,亦仅便衣往访伟如一次,迄未他适也。

初五辛酉日(2月2日) 晴。州同潘君因迎春需用仪仗来假铜锣一用,慨然与之,余已年余不用此矣,未知此后何日再用耳。

初六壬戌日(2月3日) 晴。兆梓向崧甫处假得行围竹筹一付,颇足娱玩,因复掷此筹以为乐。筹乃崧甫之祖驾航丈丁巳秋日手制,书字工整,四五十年宛然如新也。

初七癸亥日(2月4日) 晴。是日为四媳孙氏生辰,其兄弟姊嫂均来贺,阖家均吃面。夜分客散,余亦倦而欲眠矣。

初八甲子日(2月5日) 晴。是日辰刻立春。午刻,设馔祀祖。

终日与家人掷围筹以为娱,夜分乃寝。

初九乙丑日(2月6日)　晴。闻兖沂曹济道缺已放张毓藟观察莲芬。张乃现任直隶天津道,奉特旨调补者也。又闻晏诚卿署大顺广道,赵次珊擢湘抚。昔人云"好官阶级不关心",又云"各有因缘莫羡人",诵此二语,于我心有戚戚焉。

初十丙寅日(2月7日)　晴。东北风甚大,内子欲出门拜年未果。孙伟如夫人适来,遂留晚饮。余挈两儿饭于萧斋,客去后复至内堂掷围筹数盘乃寝。

十一丁卯日(2月8日)　晴。终日掷围筹以为戏。案头有李二曲集,偶一披阅。

十二戊辰日(2月9日)　晴。北风甚大,颇冷。内子出门拜年,至伟如夫人处晚饭,三更乃还。

十三己巳日(2月10日)　阴。午后,出门奠彭伯衡于道署,吊其子实臣、均臣昆仲。复往拜林仰山、姚子钧、孙伟如,均晤谈。伟如面订明日小叙。

十四庚午日(2月11日)　阴。午后,子钧来答拜,晤谈片刻。旋挈梓、梧两儿往伟如处小叙。伟如邀其长婿吕同甫并其子崧甫昆仲同作围猎之戏。晚饭饮酒拈筹为令,极为快乐,夜分乃散归。

十五辛未日(2月12日)　晴。林仰山来答拜极早,未克与晤。日间,检拾衣物,拟后日起程回省。晚间,以上元令节设馔祀先,复偕家人掷围筹数盘。

十六壬申日(2月13日)　晴。林仰山送交带致潘仲年信并银五十金,吕同甫亦有托带物件,当为分别带往。午后,往晤高志青,谈片刻。检拾行装,亦都就绪,明日可登程矣。昨致王燕泉、龚淡人各一信,皆为仆人事。

十七癸酉日(2月14日)　晴。卯初起。小食毕,辰初,别家人,自济寓回省,约抵省后觅屋为全眷移寓计,内子亦颇乐从也。午初,尖于炎邮店。沿途微风,然仍极暖。午后,复行。申初,小憩于歇马亭。酉初二刻,宿宁阳北关,旅店颇坏。

十八甲戌日(2月15日)　晴。寅初三刻甫起。卯初,发宁阳。天气不冷。巳初,尖于陈家店。午初,复前进,由浮桥渡汶河。未正,过东向村,入旅店小憩。申正,抵下漳、宿安吉店,固大店也,敞洁适意,行旅乐境莫此若矣。

十九乙亥日(2月16日)　晴。卯初,发下漳。辰正,过新庄,入旅店茶尖。巳正,尖于垫台,两处店屋均洁而敞。午正,复前行。终日山路振撼,殊苦之。申正三刻,抵张夏宿。适好店先为捷足者所占,只得投宿坏店矣。晚间,天气殊暖。又有歌妓来唱小调,拒之不获,遂费钱一贯,留之刻许遣去。店中有自省来之长随某者,仆辈识之,语及吉剑华引疾,院委潘仲年权济东道篆,已给札矣。

二十丙子日(2月17日)　晴。丑正三刻,发张夏,宵征颇冷。辰初,过炒米店茶尖。巳初,尖于黄山店。巳正,复行。未初,抵济南,回南城根寓庐。奴辈述及潘仲年今日接道篆矣。阅各处函牍,得劳厚庵讣音,骇悉厚庵老友已于客腊二日作古,为之不怡者久之。厚老品学经济余夙所服膺,乃竟蹭蹬一生,年未古稀终于需次知府,身后一贫如洗,良堪悼叹。日间,卸装,复整理衣物,顷刻清楚。又阅《京报》、院抄门簿,盖此行往返已近匝月,固依然故我也。

二十一丁丑日(2月18日)　晴。日间,修发。遣役赴院署挂号销假。午后,从九严瀚来见,坚欲拜门,却之不获,遂受之。此君字楷生,桐城人,年三十余,固寒吏也。晚饭后,张景山便衣来谈。灯下,作致伟如书并谕儿辈函,均令圉人带回。

二十二戊寅日(2月19日)　晴。午前,出门拜客,仅晤潘晟初一人。午后,复出门拜,晤吴绍侯、丁佩瑜、何志霄、雷越岩,余俱未遇而还。阅邸抄,濮紫泉又丌皖泉,官运亨通极矣。

二十三己卯日(2月20日)　晴。午前,朱梓桢来晤,畅谈时许而去。午后,潘晟初以貂褂见还,复欲假白风毛褂,余以无第二件却之。晟初以新正口占绝句见示,因叠韵成四绝句答之。词曰:"未妨新岁掩柴门，去住无心那有痕。自笑年来真浪迹，轮啼殆敝不须论。"
"胸无城府洞重门，语妙偏能不着痕。最是牙期同调处，诗成时复互
评论。""相看鸟雀渐罗门，襟上空存旧酒痕。等是无田归未得，集枯
菀复何论①。""当年立雪共程门，王后卢前旧有痕。今日相逢同白
首，匡衡翼奉信堪论。"晚间，梓桢处送来退庵复书，言姻事未能遽定，
未知何意。渠前此尚有一书递济，其中必已详言矣。

　　二十四庚辰日(2月21日)　晴。午后，崔子万、雷越岩均来晤。
余易斋、何志霄来答拜，系在清晓，阍者以余未起未入报，遽辞之而
去，致未与晤。

　　二十五辛巳日(2月22日)　晴。辰刻，诣院衙参，晤鼎臣方伯、
凤冈都转、仲年观察、介臣年丈及余易斋、崔子万、丁佩瑜、朱养田诸
公。同人都未禀见，余亦从众少坐即散归。午后，接家书，附有退老
复书，所事竟不谐，殊为扫兴。阅案头各处来札，得刘子方教授书，知
其重游泮水、重谐花烛，其孙亦新游庠、新迎娶，洵称佳话。子方有纪
事二诗寄示索和，余阅之，不禁快慰。曩余判下河时，子方官武城教
谕，曾与交好。其人固至诚君子，宜其福寿绵长，今年已八十矣，现官
武定府教授，安邱县人，名锡策。

　　二十六壬午日(2月23日)　晴。早间，潘晟初来晤。午后，崔
绥五来，久谈。余阅刘子方来书，即摊笺作覆，并和其元韵诗二首。
词曰："久教司铎育英才，八十诗翁矍铄哉。周甲芹香欣再撷，逢庚桂
宴定重陪。家风绳武刚传砚，旧雨披书快举杯。我亦弱龄游泮者，安
排他日效颦来。""重游頖璧刚游过，又届重偕花烛年。厚德自应邀厚
福，良辰遥与溯良缘。婆娑黻佩春难老，罗列儿孙望若仙。更喜诒谋
绵燕翼，感婚佳话后同前。"

　　二十七癸未日(2月24日)　晴。作书致朱坦夫，询问锡会一处
有无回音，盖沈处既不谐，只得舍彼就此矣。严楷生瀚以烧鸭、烧肉

---

　　①　原文如此，疑少书一字。

见贻,惜都欠火,乃自行更制之,足饱两餐之需。朱梓桢复馈肴蒸四篮,乃转贻潘晟初焉。

二十八甲申日(2月25日)　晴。暖甚,重裘嫌热矣。从九雷启英来见。午后,何志霄、刘道三先后来贺,均晤谈。志霄将赴日本国随同赛会,故来辞别。晚饭后,张景山来谈,求为说项于薇垣,姑诺之。

二十九乙酉日(2月26日)　晴。张西园之侄名秉公者来见,与晤谈片刻。午后,检拾衣冠,因天气渐暖,须更易小中毛服也。

二　月

二月初一丙戌日(2月27日)　阴。卯正起。辰正,诣院署衙参。晤新调兖道张毓薰观察莲芬,乃同郡余杭人,操皖北语,毫无乡音。又晤洪兰楫于官厅。许尺衡以知府新过道班,今日才入官厅,亦与相遇,旋各散。余复拜客数家,亦都未晤,巳正归。午后,张毓薰来拜晤。少顷,夏庚堂总戎来拜,亦与晤谈。早间,在官厅晤郭介丈,盼补缺甚殷,无如当事绝不属意及之。此翁年逾七旬,半生蹭蹬,亦可怜矣。

初二丁亥日(2月28日)　晴。闻院抄张毓薰已饬赴兖沂新任,林仰山权篆不过月余便将交卸矣。昨在院廨晤方伯,因人多未与深谈,张景山所托未为启齿,深恐今晚景山复来探询,乃迟之又久,不果来,殊自幸也。

初三戊子日(3月1日)　晴。辰刻,赴抚院贺寿,至辕门,即有材官出挡驾,果然杜门谢客也。旋往答拜夏庚堂、张毓薰、张景山、崔绥五,均未晤。看屋一区,亦不合用,遂归。午后,潘晟初、徐绍武、许尺衡先后来晤。张督亦来谈,倩其卜一课,仍决余三四月间定有好音,不过再苦月余耳。由前之说观之,似乎其言可信,姑待之可也。

初四己丑日(3月2日)　晴。天气极暖。早间,吴绍侯来,晤谈良久。接家书,寄来新小夹袄,并附筱侣丈来信、又朱坦夫信各一。

坦信云锡事又不谐矣。

初五庚寅日(3月3日) 阴。天气稍冷。院署排期未往谒,吾侪闲散无须频频溷迹也。拟移家来省,奈各处觅屋不得,殊觉闷闷。晚间,晟初招饮,二更散归。

初六辛卯日(3月4日) 晴。早间,梓桢招偕至张云心直刺处聚谈,由彼偕往八旗会馆赴司道公宴之局。田、夏、龙三镇、充道张毓藻为特客,余与介丈、楚卿、梓桢、子万、养田、佩瑜、绍武、尺衡为陪,现任四君子作主人。肴馔甚丰美,乃会臣承办,其庖人固阖城之良庖也。申初入席,戌初散归。

初七壬辰日(3月5日) 晴。昨闻仲年谈及工程局之屋空出,晨起即往看,其屋小而且少,万不敷用。闻卢栗甫欲移居,其现住屋尚宽大,因饬仆往询,则彼尚未觅得他屋,迁徙尚无期,奈何!

初八癸巳日(3月6日) 晴。早起,自制羊肉、羊肝,以备午餐,颇适口,闲散无俚,聊以消遣而已。午前,致函仲年,托为代订卢屋,则云已为商务局租定,只得罢论。下午,韩奂镛、张凤都先后便衣来晤。雷启英又来,辞未与见。傍晚,往芙蓉巷看屋一所,亦嫌窄小。因作家书谕兆梓,告以屋仍未觅妥,行期尚难遽定也。晚间,闻屋后哭声大作,询知屋主李君病殁,其人盖李筱香中丞之子,曾为安徽知县罢归者,故历城乡宦也。

初九甲午日(3月7日) 晴。午前,修发。午后,倦而假寐,醒来已交申初,乃小食少许。赴徐绍武处晚酌,同席为龙、夏两总戎,李葆珠、王世清两统带,皆武员也。二更后散归。阅邸抄,夔相署翰林院掌院学士,夔相典会试,将往河南借闱,故先期拜命耳。

初十乙未日(3月8日) 晴。早间,往拜晤郭介丈,谈良久。适潘晟初亦至,复少坐乃散。拜朱梓桢,未晤而还。午后,孔少霭编修来拜,晤谈片刻。少霭为璘轩之弟,伟如与有戚谊。下午,介丈复来答拜,亦久谈。

十一丙申日(3月9日) 晴。早间,接兆梓来禀,知兆梧偕孙氏乔梓往济宁城外土地庙赶会,借将车马出售,又河水现尚通畅,亟须早行,迟则水涸难以行舟,于是觅屋更不容缓。奈遍寻不获,殊费踌躇,益觉东省之乏味矣。

十二丁酉日(3月10日)　晴。午后,潘晟初来谈,述及当事以纷扰被劾,有星使来查之说,未知确否。韩县丞免铺亦来见,求为说项于杨筱川,姑诺之。傍晚,雷越岩来晤。又济宁孝廉刘启昌来见,亦晤谈。

十三戊戌日(3月11日)　晴。张云心刺史处复遣人来索济寓租价,不得已勉筹一月付之。连日饬价各处觅屋,迄无端倪,殊觉乏术可施,颇悔需次山东之计左也。

十四己亥日(3月12日)　晴。午后,往答拜孔少霈、玉松谷、刘启昌,均未晤。至按司街看屋一所,嫌其房间太窄小,万不得已只可暂租以居。又至娘娘庙街看屋一所乃新落成者,颇修洁,现尚有丁宅租以嫁女,须月杪可腾空。询其屋租月需京钱七十串,其实屋才卅余间,不过较为完美,遂已奇货可居,因而尚未说定。下午回寓,修发。傍晚,复至旧军门巷看屋一区,大小并计不及卅间,喜其寝室一院尚高大整齐,虽不敷住,只可将就赁定。屋主乃历城乡绅吴太守寿龄,因即命仆与其管屋人议定每月租价京钱四十千,以近今银价合银廿两,租价可谓奇昂,然无如何也。晚间,接兆梓禀,亦愿屋早觅妥,眷属可以买舟定期前来,然通盘筹算左支右绌,真煞费摆布耳。

十五庚子日(3月13日)　晴。午前,复往旧军门巷屋内一看。以济南风气,屋主须要铺保,乃亲往大德恒晤苏耀山,浼其作保,伊慨然见诺,遂即定立租折,付以一月之价。午后,检拾什物,拟翌日先自移往,一面电谕儿辈令其廿八日起程,想为期尚从容也。灯下,张景山便衣过谈,良久乃去。

十六辛丑日(3月14日)　阴。东北风甚大,天气稍冷。卯正即起,部署移居。巳刻,自南城根迁居旧军门巷,什物无多,午刻即安置妥贴。午后,至闽浙会馆拜钱武肃王诞辰,为浙省同乡团拜,出分资四千。晤朱次帆、万香洲。入座吃面,听戏二出,一翠屏山,一荣华记也。申刻散归,风声如吼,殆观音暴也。新居庭院宏敞,豁人心目,胜旧居多矣。

十七壬寅日(3月15日) 阴。午前,备送胡、丁两方伯儿女婚嫁贺仪,均未收,盖胡鼎臣与丁佩瑜之伯粤藩司丁公体常联姻也。午后,苏耀山、潘晟初、张景山均来贺移居,各晤谈。景山代冯星岩太守汝骙借灰鼠褂,即检付之。傍晚,雷启英复来见,言欲往汴措资。晚间,作家书,并致李吉珊一书,告以欠项百金未能即还,均封固,明日命刘顺持回济宁,以便先行运取粗重什物来省。

十八癸卯日(3月16日) 晴。风定日出,仍觉寒冷。清晓,刘顺行,复挥数行谕兆梓言搬家事。午后,忆及尚有未尽之言,又作一书由邮局寄济宁。晚间倦甚,遂早寝。

十九甲辰日(3月17日) 晴。辰初,出门往贺丁佩瑜嫁妹,遇潘仲年,少坐。即偕其至藩署贺胡鼎臣方伯娶媳,在彼吃面,并入看新房。俟其成礼,向主人道贺,乃各散。午正回寓,刘道三来晤。午后,复便衣出门访崔绥五、张景山,均未遇。遂至道三、晟初两处,各晤谈时许而还。

二十乙巳日(3月18日) 阴。日间微雨,天气稍凉。终日兀坐寓斋,虽屋舍开朗,而默计眷属来到仍觉壅挤难容,且物件亦无地安放,兼之妙手空空,转盼诸务猬集,尚无以应,不觉忧从中来。昔人云:"天能贫能,我即庸才。"三复斯言,弥自愧叹耳。夜间雨复大作。

二十一丙午日(3月19日) 阴。手书致张云心,请其派人至济宁接收房屋,深恐其迫索旧欠房租,幸送信后伊尚无他言。甚矣!贫之为患也。

二十二丁未日(3月20日) 晴。午后,崔绥五过谈时许。阅邸抄,褚伯约给谏外擢惠潮嘉道,余杭去一道又补一道矣。晚间,绥五借去李合肥游历各国日记二本。

二十三戊申日(3月21日) 晴。午后,丁佩瑜过谈时许。刘生启昌以两菜、两点见饷,晚饭啖之,惜不见佳。连日甚冷,所谓春寒料峭是也。

二十四己酉日(**3 月 22 日**)　阴。早间,潘晟初来,阍者以余未起辞之而去。午后大风,枯坐一室,殊无聊赖,未知何日稍获展眉也。

二十五庚戌日(**3 月 23 日**)　阴。早间微雨,午后旋止。接兆梓禀,知刘顺行三日即到,日内正在料量行装,船尚未雇妥也。傍晚,步行访晟初,久谈。见其案头有《熙朝新语》三本,并伊自著《榕荫草堂诗草》,携归阅看,以资消遣。

二十六辛亥日(**3 月 24 日**)　阴。早间,自制霉干菜煨肉,至未初方得午膳。饭毕,刘启昌孝廉来,以名条交呈求为荐充学堂教习,姑颔之,窃恐未必有成也。

二十七壬子日(**3 月 25 日**)　阴。终日微雨,欲下不下,晚忽微雪。天气甚凉,乃命酒独饮三爵,岑寂之况不堪言喻。年来贫困无聊,盖自卸道篆以来忽忽三载,所遇半多拂意,自叹自怜而已。

二十八癸丑日(**3 月 26 日**)　阴。终日时复小雨,乌云四布,真是困人天气,默计今日眷属恐未必能成行,殆将改期初一日登舟矣。

二十九甲寅日(**3 月 27 日**)　阴。午前,屋主遣匠来修理房门、橱门,令其添置北厢西室房门,彼不肯。及已毕工,见各尘土纷集,尚须大加扫除也。接邮局送到孙伟如覆书,函面有水湿痕,殆中途遇雨所致欤?灯下独坐,言念窘况,忧从中来,真觉计无复之也。

三十乙卯日(**3 月 28 日**)　晴。久阴,忽见阳光,颇觉豁人心目。午前,刘君鸿恩来见,与晤谈片刻,盖已数月不晤矣。询知其曾回冀州本籍一行,昨甫至耳。此君于余情意殷殷,愧无以饫其望也。

三　月

三月初一丙辰日(**3 月 29 日**)　阴。抚院止衙,遂未往。终日细雨蒙蒙,令人愁闷。晚间大雨通宵,未知翌日能开霁否。

初二丁巳日(**3 月 30 日**)　阴。雨虽息而阴云仍复未散。有送阅《上海新闻报》者，即曩昔之《申报》，易其名耳，因令逐日送阅，月费京钱九百文。傍晚，得陆似梅自临清关来书。

初三戊午日（3月31日）　晴。终日阳光大放，殆可从此开霁矣。闻汪葆田殁于天津，其子益棠、厚棠均先期闻疾往视，客腊在济即知益棠已去，固逆料其凶多吉少也。

初四己未日（4月1日）　晴。午前，潘晟初衣冠来，晤谈片刻去，因向其索换诗稿第三本。阅邸抄，许筠庵制军被劾，经张孝达制军查覆，以未能拒绝馈贻、家丁需索门包、用人太偏等情交部议处，大约闽督一席不能安其位矣。

初五庚申日（4月2日）　晴。因扫除舍宇，余自东上房移居北厢房。是宅庭院房室尘垢太多，唤夫二名粪除竟日，犹未净尽也。阅邸抄，朱少桐以安襄郧荆道擢闽臬，渠分巡安襄逾十年矣。

初六辛酉日（4月3日）　晴。午前，接济宁电报，知内子率全眷今日首途，于是仍令仆辈裱糊纸窗、张贴对联，并以两厢缺少房门添置竹门两扇。客座夹室用纸槅间出一间，聊作自家起坐之所，其屋极小，真所谓斗室也。晚间，仍下榻北厢。

初七壬戌日（4月4日）　晴。昨宵至今，风声如吼，惟系西南风，故甚和暖，默计行人在途恰遇顺风，舟行当可迅利也。新到省同班恩毓亭观察钟来拜，未晤。日间，看视扫屋、抹洗玻璃，仍栗碌竟日。

初八甲子①日（4月5日）　晴。风息日暖，裘衣难耐矣。午前，修发。午后，检理衣物，悉移置南厢东室中，摒挡半晌方毕。晚间，月色大佳，天无片云，旬日以来绝无仅有之境也。

初九乙丑日（4月6日）　晴。午前，摒挡床榻，仍移寓上房左室。午后，吴绍侯来，晤谈良久乃去。

---

①　纪日干支"甲子"应为"癸亥"之误，直至本月十五日（1903年4月12日）皆误。

初十丙寅日(4月7日) 晴。午后,冯实斋刺史德华来谒,晤谈良久,固昔年东河同官也,别十五六年矣。实斋以知州需次山东,权新泰令,甫卸事回省。

十一丁卯日(4月8日) 晴。辰刻,兆梓自齐河舟次专禀,知昨泊齐河,当命车轿前往泺口迎接。未刻,内子率眷属抵省寓。傍晚,兆梓、兆梧乃至。内子因劳致疾,复感风寒,咳嗽殊甚。三女患风疹,卧病舟中数日矣,力疾登岸。余人尚平顺。行李什物太多,日晡仅运到少半。

十二戊辰日(4月9日) 晴。终日由泺口运到行李多件,房屋太少,悉堆积庭院中,殊觉拥挤万状。午后,周君公佑至自东昌来见,带到坦夫来书,为大伜女作伐,云有高唐郝君祖修,现议胶续,特为求亲,余当访明酌夺可耳。

十三己巳日(4月10日) 晴。东北风甚大,天气转冷。内子及三女俱未愈,大伜女又患风疹,连日请戴姓医人诊视服药。日间,检集什物,栗碌终朝。潘晟初来贺,因客厅纷乱,未能接晤。

十四庚午日(4月11日) 晴。终日清厘物件,苦于无地可容,只得堆贮三面廊下矣。有孙典史宝常来谒,亦辞未与晤。

十五辛未日(4月12日) 晴。早间,出门拜客,晤李云臣提戎汉卿、恩毓亭观察钟,均久谈。复访佩瑜、晟初,各晤谈时许而还。午后,刘道三过谈片刻。

十六辛未日(4月13日) 阴。辰刻,李云臣来答拜,并以院委会阅抚标候补员弁月课打靶,因偕莅南关教场,登将坛升座阅视。武弁到者百余人,共取列九十七名,超等三枪者四十五名,特等二枪者二十二名,一等一枪者卅名。阅毕,即偕云臣赴院署销差,未刻乃还。终日小雨。

十七壬申日(4月14日) 晴。午前,梓桢自上游差旋过访,久谈。午后,呼张瞽评论郝君八字,谈良久乃去。

十八癸酉日(4月15日) 晴。复坦夫一书,言郝君求姻事姑令将左右两造细合,然后定夺。

十九甲戌日(4月16日) 晴。方鹤人母寿,命兆梓夫妇往祝,余未亲往。连日检点物件,屋少无处安放,仍堆积廊下,对之殊觉纷如,只好随时另觅他屋作移居计矣。

二十乙亥日(4月17日) 晴。午前,崔绥五来,晤谈良久。午后,往答拜梓桢,未晤。晚间,绍侯招饮寓斋,座有恩毓亭及丁凤根,戌刻散归。日来大侄女及桂珍女风疹渐愈,秀珍忽又感患瘟疹,兼以喉蛾疹颇不轻,明日当访医一诊。

二十一丙子日(4月18日) 晴。秀珍女喉肿且闭,叠延宋医及祝由科杨姓来诊,奈药水、符水均难下咽,吹以药末亦属杯水车薪。余昕夕抚摩之,见其呻吟痛苦之状,弥觉凄楚。

二十二丁丑日(4月19日) 晴。清晓,携秀珍女自北厢移居西上房,卧之于余榻右偏小藤床中。日间,请得中西两女医至,亦无术可施。夜间,余夫妇及梓、梧两儿、桂珍女均陪伴秀珍,通宵未眠。病者诀别喃喃,尤觉酸心,无何梧儿又呕吐发热矣。

二十三戊寅日(4月20日) 晴。访得罗姓医人,善治喉症,呼之至,犹谓秀珍病尚可回。其时四女佩珍亦病喉,乃悉就罗医诊治。下午,余在北厢小憩,与宝珍侄女、桂珍女聚谈。桂珍新愈,日来为其姊亦极劳伤。内子则昕夕伴秀珍左右。兆梧今日亦觉喉痛,数日来病者有增无减,余已数夕不寐矣。

二十四己卯日(4月21日) 晴。秀珍病日甚,且现肝风。罗医之药虽勉强送下,喉肿仍未能消,且已溃烂,内热益甚,火毒直烧心肺。罗医徒托大,言殊不足恃。梓儿因劳亦微感恙,梧儿疾亦未减,真欲急煞。晚间,仍在北厢憩息。桂珍女姑拈牙牌数以卜休咎,得句亦不见佳,秀珍之病恐难为矣。

二十五庚辰日(4月22日) 阴。早间,往视秀珍病,益危,语言蹇涩,不似前此之清朗。因思尚会臣廉访善歧黄,手柬请其来诊。下午,惠臣即至,遍诊病者,皆为订方,亦以秀珍病太沉笃恐难挽回,亟用重剂救治,特苦于药难下咽,则缓不济急矣。

二十六辛巳日(4月23日) 阴。终日微雨,晚间雨益大。儿女病均未减,幼孙亦染温疹。日间,萧苞九太守凤文来诊,共开药方六纸,病人之多至此,真觉心烦意乱。秀珍女愈益危殆,惠臣手柬拟代邀西医明日来,恐病者不能待,先以洋人药水令服,然已牙紧不能下矣。时交亥正,秀珍女遽殁。伤哉!惨哉!此女固余所偏爱,万不料其年甫十七,来此十日遽中危疾而亡也。噫!酷矣,余夫妇悲楚难胜,通宵未能成寐。

二十七壬午日(4月24日) 阴。午前,雨益甚。巳正,会臣邀同西医聂会东来诊各病,冒雨而至,情殊可感。时兆梧喉痛已第五日,聂君诊视谓尚可治,亟以白药丸三粒用开水送下,不片刻果觉痛止。余人均未给药,或令含糖,或令嗽药水,惟佩珍女病喉谓为难治。会臣乃为开方,配制雄黄解毒丸及硇砂破蛾散,内外兼治,以期挽救,并荐董君朵如来诊,酌筹时许乃去。会臣真热肠人也。午后,为秀珍女棺敛,殊觉凄然欲绝。内子率兆梓料量毕,众皆哭。余因兆梧病亦匪轻,在其屋伴守之,不及他顾矣。

二十八癸未日(4月25日) 晴。为秀珍女漆柩,其棺乃杉木段,北地谓之楠木,价值京钱八十千,拟日内移停庙中。午后,桂珍女又复发热面肿,延董朵如来诊,谓系疹后余热未清,服其药亦无大效。

二十九甲申日(4月26日) 晴。早起,亲为秀珍书灵牌、灵幡。余小食毕,即令移柩于南关兴隆庵,余夫妇及兆梓夫妇亲往送之。未刻,余与兆梓先归。询知会臣廉访复来诊视各疾,垂询殷殷,殊可感也。桂珍女面肿未消,复添胁痛,咯血症亦甚剧。申刻,聂会东、董朵如、萧苞九先后至。聂为兆梧复诊,谓所患已大减。萧、董为两女诊,桂珍服萧药,佩珍服董药。

四 月

四月初一乙酉日(4月27日) 晴。余因秀珍之亡赴抚院请假五日，仍终日为桂珍女诸人料量医药。梧儿病已渐愈，能进饭食，起坐如恒矣。今日董朵如未来，苞九下午至，桂女仍服其药，咯血未止，又添气喘腹泻，亦殊可虑，奈何！

初二丙戌日(4月28日) 晴。南风甚大。早间，桂女疾益剧，亟请苞九至，亦无术可施。方用参术姜附重剂回阳，然已不及，因用辽参煎汤灌之，及药煎热而病者已气脱而亡，时交未初一刻也。五日之间，丧吾爱女两人，惨酷至此，尚何言哉！梧儿与之同住北厢，亟移居外书房，余亦就客榻伴之。去外院甚近，实不忍闻上房昕夕号哭声也。

初三丙戌①日(4月29日) 晴。午刻，为桂真女棺敛衣衾，视其姊棺木物高而价廉，虽以七十千购来而较胜于八十千者。此女余夙所怜爱，近年从其伯姊问字，已能稍通书义，人极聪明婉顺，遽尔化去，实堪痛惜。两颗掌珠，一齐夺去，余夫妇何以为情哉！梓儿素性友爱，痛其两妹，尤哭之恸矣。

初四丁亥日(4月30日) 晴。终日与妻孥相对，伤心惨目，直非人境。午后，崔绥五来视，晤谈良久，力劝移居，然阖城厢内外业已遍觅竟无空屋。日间，仍请苞九为佩珍女诊治，然亦恐无济矣。

初五戊子日(5月1日) 晴。撰得挽两女长联，文曰："全家骨肉甫团圆，姊温厚，妹聪明，那堪五日沧桑，并教历劫；两颗掌珠生摘夺，父心伤，母断肠，忍住千般凄楚，重与招魂。"两旬以来，所遭实为生平奇厄，且金尽裘敝，两女医药棺敛半出称贷，半就亡者历年积缩衣食所储微资凑集而用，尤堪慨叹也。

初六己丑日(5月2日) 晴。辰刻起，复为桂真女书灵幡、灵座，遂移其枢于兴隆庵，与秀珍女停放一室。内子率葆真侄女、兆梓夫妇、兆梧夫妇五人往送，余未之去。佩珍病亦浸剧，苞九来诊，已不开方矣。

---

① 纪日干支"丙戌"应为"丁亥"之误，直至本月初七(1903年5月3日)皆误。

初七庚寅日(5月3日)　晴。终日在寓徘徊,恸两女之夭亡,时复感触,又成挽联各一。一挽秀珍,曰:"巽为长女夙偏怜,十七年保抱提携,不堪回首;无妄穷灾摧弱质,千百语弥留诀别,只益伤心。"一挽桂珍,曰:"姊病届垂危,汝疾新瘳,强作欢容犹我慰;妹疴愁莫挽,灵签亲卜,谁知奇厄复身罹。"

初八壬辰日(5月4日)　晴。佩珍女疾渐危笃,肝风已动,而神志清晰,促为其速治衣衾,遍呼亲丁诀别,与秀珍病中情状正同,只得为治后事。然观其神情脉象,尚有一线生机,不能听其待死,复延一张姓医人来诊,服药之后仍无起色。

初九癸巳日(5月5日)　晴。潘仲年之兄云孙观察自江苏来,同寅诸君止而享之,设彩觞于八旗会馆。方伯以次咸作主人,余亦列名画诺,期于明日入座。余正苦郁闷,拟往与会,借丝竹以涤哀感也。是日,为佩珍女购就棺木,价钱五十六千文。

初十甲午日(5月6日)　晴。早间,诣院署销假。遇鼎臣、会臣、凤冈、仲年、仰山、绍侯、毓亭、道三诸君,谈及近况,惟会臣、仰山、绍侯、毓亭殷殷慰藉,余则不遑暇顾矣。午后,赴公宴于八旗会馆,冠盖甚盛,主人之多可知。潘芸孙申刻始至,余与之晤谈数语。入座后余不俟终席即散,归时方酉正二刻。佩珍已垂危,即于亥刻气绝。噫!旬日之内,三丧厥女,事至奇,情至惨,真令人索解不得也。

十一乙未日(5月7日)　晴。未刻,为佩珍棺敛,拟亦寄停于兴隆庵。得挽联曰:"随两姊于九原,天道难知,转瞬娇娃无一个;顾双亲而频唤,人心不死,满腔遗恨郁重泉。"

十二丙申日(5月8日)　晴。余自去年三月廿八日到省需次,至今年三月廿八日,试看一年期满,例应呈请甄别,乃备文咨请藩司转详办理,借潘仲年济东道关防钤用,于今日封发。午后,方鹤人便衣来晤。刘溥华大令鸿恩亦来见,知余乏用,以京蚨五十千相假,意殊殷殷也。

十三丁酉日(5月9日)　晴。未刻,为佩珍女移柩于兴隆庵,内子及儿媳辈往送，余未前去。伤其姊妹三人连逝，又得联句，曰："女儿心性并双佳，万不料旬日之间都登鬼箓；姊妹肩随偕一死，为问汝三人何辜罹此奇殃。"

十四戊戌日（5月10日）　晴。自三女先后物故后，幼子阿酉、长孙重庆疾仍未愈。刘溥华荐一医人黄晋卿，日来请其连诊，数次服药，尚投，似不致再有他患矣。吴笠樵来晤，知其亦改归东省需次，与玉松谷先后禀到云。

十五己亥日（5月11日）　晴。自遭厄逆，急思移居，各处觅屋不获，乃邀一风鉴家刘姓来相宅，则云煞气太重，嘱于寝屋外设影壁一座以障之，姑如其说，以顾目前，一面随时物色他屋可耳。

十六庚子日（5月12日）　晴。早间，出门拜客数家，均未晤。旋至西关候送尚廉访至泰安封山，到者惟郭、林、恩三君，连余乃四人耳。候至午刻，探得廉访申酉间乃起马，遂各散归。

十七辛丑日（5月13日）　晴。午后，恩毓亭过访，谈良久。毓亭甫到省，即得总理执法营务差，闻其有要津说项，然亦关乎运命，各有因缘莫羡人可耳。

十八壬寅日（5月14日）　晴。郭介丈于午后过谈良久，亦以身居闲散满腹牢愁，与余正同病相怜也。日来天气极热，介翁已换实地纱袍袿矣。

十九癸卯日（5月15日）　阴。风雨交作，天气忽又转凉。余以度日艰难亟欲裁汰仆役以减食指，于是王顺、范升、宋祥、汪成、李成玉五人皆在被裁之列矣。

二十甲辰日（5月16日）　阴。陈冶民大令嘉楷来见，盖已别半年余矣。陈君工书，可浼其誊写一切也。刘溥化下午来一晤。

二十一乙巳日（5月17日）　阴。又复小雨。终日静坐无俚，辄思三女不置，而秀珍、桂珍尤所偏怜，曾几何时顿成隔世，老怀其何以堪耶？是日为先公忌辰，设馔祭享，益增凄怆。

二十二丙午日（5月18日）　晴。刘道三过谈片刻，闻吴绍侯借考察农商差赴沪就医,兼视其弟于镇洋县任所,日内即将首途矣。

二十三丁未日(5月19日)　晴。绍侯来辞别,与晤谈良久。云廿五日起程,陆行至济宁,取道水程南下,明日须往送之。午后,作书致赞斋亲家,将范升荐往供役,时赞斋已补扬军同知缺矣。

二十四戊申日(5月20日)　晴。午后,出门送绍侯,未晤。拜客多家,惟晤潘晟初、张楚宝、雷越岩,余俱未见。傍晚乃还。

二十五己酉日(5月21日)　晴。作书致吴子明,将王顺荐往,时子明方牧冀州,王顺固冀人也。宋祥则求刘溥化转荐与邹县宋君处,未知能收录否耳。

二十六庚戌日(5月22日)　晴。厨子耿姓亦求去,遂听之。是日两餐皆家人自制以食,明日须另觅庖丁矣。抚院牌示令于廿八日往候验看,须用履历,乃倩陈冶民代为书写一通。

二十七辛亥日(5月23日)　阴。崔子万便衣来,晤谈。傍晚,风雨交作,继之以雹,夜半乃止。是日,觅得本地庖人一名,技亦不佳,聊以代炊而已。

二十八壬子日(5月24日)　晴。辰刻,赴抚院投履历版,见周玉山中丞于珍珠泉书室,谈片刻即送出。遇田萧臣、窦子桂于官厅。复往贺英凤冈都转加二品衔之喜,已刻回寓。

二十九癸丑日(5月25日)　晴。午后,挈两儿往南关兴隆庵,将三亡女之枢移停于东院,屋只三楹,其临门一尼僧欲留待何姓租用,我处仅租用两间,月需赁资六缗矣。三枢并停一室,南面北上,复将所撰各联句一一书于帛,悬诸枢前,料量完毕已近黄昏,乃还。

三十甲寅日(5月26日)　晴。天气渐热,无屋可徙,仍寓旧屋,不得已始将纸窗更糊以纱,凉棚价昂,无力搭盖矣。月余以来,罗掘一空,此后则点金乏术,而每月非百数十金不能敷用,其奈之何?

五　月

五月初一乙卯日(5月27日)　阴。晨起,诣风伯、雨师、水官各庙,拈香行礼,抚院所派也。乃至院署销差,遇沈楚卿、袁厚甫、崔子万,于官厅稍坐即散归。午后,内子挈儿媳辈往兴隆庵为三亡女斋奠,傍晚各还。风雨旋作,少顷即止。崔子万馈肴蒸颇佳,晚膳得以饱餐。

初二丙辰日(5月28日) 阴。刘溥化、钱宝宸均送节礼,各收食物二种。日间微雨。值家忌,于晚间设馔祀先。领得薪水六十金,尚不敷午节用,奈何!

初三丁巳日(5月29日) 晴。午后,周书田来见,耀垣长郎也,昨自安山来此觅事,嘱为留意,余姑颔之。适正欲致耀垣书,询其明日有便人往,大可附寄也。

初四戊午日(5月30日) 阴。项幼轩送来节礼,亦收其两色。午后,将致耀垣书封固,交其乃郎转寄。午后,因过节无资,将小孩金锁一只卖去,计重一两,兑银卅七两贰钱,稍稍分布一切。

初五己未日(5月31日) 晴。辰刻,至抚院贺节,遇潘仲年、沈楚卿、林仰山、丁佩瑜、恩毓亭、方鹤人、陈幼庸于官厅,藩、臬两公均未到,我等遂投手版而散。

初六庚申日(6月1日) 晴。床头金尽,度日无资,因检出朝珠、带版等件拟变价以助薪水,命仆携往肆廛,迄无售主,仍携之而归,亦苦矣哉!

初七辛酉日(6月2日) 晴。刘溥化、潘晟初先后便衣来晤。又赵直牧黻清衣冠来见,赵住对门,汉军人。兖沂道张毓渠来拜,未与接晤。

初八壬戌日(6月3日) 晴。早间,洪君次和来拜,晤谈片刻。洪名怿孙,翰香观察之子,亦以道员来东,余固与若翁相识在先也。午后,出门拜尚会臣,答拜张毓蕖、洪次和,均未晤。晚间,雷越岩招饮寓斋。同席为孔少霈、张楚宝、陈燮卿、张景韩、方鹤人、张景山、恩毓亭、孙司马秉衡诸君。二更后散归。张景韩者,乃友山中丞之孙,因叙及世谊焉。

初九癸亥日(6月4日) 晴。午后,会臣廉访来答拜,晤谈时许。谈及荣仲华相国作古后，夔相拜武英殿为首辅矣。汉相居首自李文忠外，不数觏也。

初十甲子日（6月5日）　晴。张景韩来拜，晤谈片刻。张与方、孔两君将赴日本国游历，明日即首途，乃于午后往答其拜，并往方、孔两处送行，均未晤，惟晤魏精卿、崔绥五两君。魏精卿者，温云观察之子，衣德观察之侄，新捐道员分发到省者，余曩交其父叔，故闻其至而先施焉。

十一乙丑日（6月6日）　晴。午前，魏精卿来拜，晤谈片刻而去。午后，玉松谷来，未与晤。月余以来，感逝伤贫，心绪恶劣，觉十二时都无好怀也。

十二丙寅日（6月7日）　晴。有候补县丞张君锡华来见，与晤谈片刻。张君阳湖人，年五十余，未留须。

十三丁卯日（6月8日）　晴。早间，剃头。午后，闷坐无俚已极，殊觉意兴索然。日用无出，玉器、木器俱无沽者，待价而已。

十四戊辰日（6月9日）　阴。流光荏苒，日复一日淑状毫无，实为年来最苦之境，心绪不佳，惮于握笔，各处知交大半罕通音问矣。

十五己巳日（6月10日）　阴。午后，大风扬沙，白昼晦冥，越时方始开朗。银钱告匮，检箧中有藤钏厢金数钱，乃取出售得廿余金，以济急需。

十六庚午日（6月11日）　晴。兑钱发火食及杂用，又付屋租一月，所售之金顷刻净尽矣。如此贫困，固生平所未历也。

十七辛未日（6月12日）　晴。吴笠樵便衣来晤，言及有候补知县张君锡碬将求亲于余，询其年则四十有八矣，余却之。

十八壬申日（6月13日）　晴。闻日本国旅馆失火，余易斋、何志霄二人几被烧杀，仅以身免，衣物俱荡然无存，然则出洋游历究何益乎？

十九癸酉日（6月14日）　晴。陈起霞走柬询运河裁并情形刻下能否捐指东河，即走柬答之，盖起霞以知州被劾降补教职，思捐升通判,仍留山东故也。午后,刘溥华来一谈。

二十甲戌日(6月15日) 晴。午后,潘晟初来,晤谈,少顷即去。云其夫人至自广西,与其妾不能合并,乃另宅居之,然仍终日勃谿,其苦殊难言状云。

二十一乙亥日(6月16日) 晴。兆梓觉喉痛,命其就诊于陈起霞,缘曩在济宁曾知起霞精歧黄术也。连日天气渐热,终朝兀坐,愈益无聊。

二十二丙子日(6月17日) 晴。晚间,陈起霞来,晤谈,兼为兆梓复诊,良久乃去。据云拟集昭信股票核奖中书,递捐通判,已买就股票矣。

二十三丁丑日(6月18日) 晴。荆绍棠太守来,晤谈。荆山西人,名震生,去年曾来谒过,固熟人也。午后热甚,闭门枯坐,百感交集。

二十四戊寅日(6月19日) 晴。兆梓喉痛未愈,复作札致起霞,请其便中来视。傍晚,起霞来复诊,开方毕,天忽阴雨,遂别去。

二十五己卯日(6月20日) 晴。阅邸抄,稚夔于十五日补鸿胪寺卿,半月之内父子叠拜恩命,可称佳话,迟当作书贺之。

二十六庚辰日(6月21日) 阴。终日微雨。梓桢自河干差旋过访,谈片刻去。日间,天气颇凉爽。兀坐无聊,小眠时许。

二十七辛巳日(6月22日) 阴。天气仍清凉,人颇舒畅。度日无资,向钱肆假得京钱五十串,乃获开销一切,伤哉贫也。

二十八壬午日(6月23日) 阴。午后,崔绥五过谈。晚间,刘溥化过谈。连日阴云四布,天气奇凉,殆远地有大雨欤?京师因久旱,迭次祈雨,尚未渥沛云。

二十九癸未日(6月24日) 晴。数月以来,以心绪恶劣,遂致诸事废弛,然值此奇窘,不得不作书告急于杭州、京师两处矣。虽有无实惠不可知,亦乌能不稍尽人事耶?

闰五月

闰五月初一甲申日(6月25日)　阴。辰刻赴抚署,小坐官廨。适风雨交作,凉甚,遂散归。午后,雨稍止,复便衣出门访友,仅晤陈起霞,傍晚回寓。

初二乙酉日(6月26日)　阴。雨止,而天气仍凉,颇似深秋光景。午后,潘晟初来晤,询知其自校士馆散而至此,欲借差出省,措资而未能如愿,意甚怏怏也。

初三丙戌日(6月27日)　晴。天气凉甚,人颇清爽,惜心绪太坏,终朝意兴索然,惟杜门枯坐而已,每思亡女尤觉神伤。"人生等匏系,感逝伤何如",诵方子严诗益觉枨触余怀矣。

初四丁亥日(6月28日)　晴。午后,王子飏直刺赓廷来见,与晤谈片刻。王君直隶抚宁人,以己丑孝廉知县誊录议叙直隶州签分山东,人极安详明练,可造才也。

初五戊子日(6月29日)　晴。天气仍凉。欲出门未果。贫困无聊,卖物又苦无售主,处此境地,直觉一筹莫展也。屡次觅屋,亦复无有,并欲移居而不能,何事事都不顺耶?

初六己丑日(6月30日)　晴。内子受凉,患腹泻。午后,延陈起霞来诊,开用附子理中汤,服之颇效。绮霞步行来,命舆送之,坚辞而去。

初七庚寅日(7月1日)　晴。午前,修发。午后,出门拜客,惟晤徐绍武、朱梓桢,均畅谈。道经县东巷,见有空宅一区,入而观之,屋甚宽敞,惜已为他人租定,良用怅然。傍晚回寓。

初八辛卯日(7月2日)　晴。中丞至高等学堂课试各生,派道员数人监场,余与焉。辰刻前往,在彼午饭,未刻散归。是日天气甚热。下午,复延起霞来诊。

初九壬辰日(7月3日)　晴。潘晟初来,晤谈良久。询知其家庭勃谿无术调处,时复郁郁不乐,其人亦苦矣哉!余则命途多舛,亦复时坐愁城,所谓"愁人莫对愁人说"是也。

初十癸巳日(**7月4日**)　晴。闲居无俚,取架上彭刚直奏议披阅,想见名臣风度,为之钦佩不已。天气渐热,蜗居局促,殊苦之。

十一甲午日(**7月5日**)　晴。午后,徐绍武来谈,述及广西因匪乱,抚、藩、臬、道、提、镇均褫职,盖岑云阶权粤督,初至即电奏参劾故也。

十二乙未日(**7月6日**)　晴。午后,潘晟初来晤,复诉及家难,乃劝其从长计议,勿过决裂。伊言及体弱多病,因取箧存辽参,赠以五枝而去。

十三丙申日(**7月7日**)　晴。天气热极,终日挥汗不已。取方子严《蕉轩随录》随意披阅,以涤烦溽。迫于境况,并无余资游湖,惟有枯坐斗室而已。

十四丁酉日(**7月8日**)　晴。午后,晟初复便衣过访,谈及家事仍然勃豀,苦于乏钱,无从摆布,余亦爱莫能助,无从赞一词也。傍晚,修发一度。

十五戊戌日(**7月9日**)　晴。晨起,诣风伯、雨师各庙,拈香行礼。旋至抚署销差,遇梓桢于座,旋各散出。复拜客数家而还。

十六己亥日(**7月10日**)　晴。资斧告罄,不足五日之粮,乃先将仆妪饭食给发,余银贰金付诸庖人作两日火食,真所谓左支右绌也。

十七庚子日(**7月11日**)　晴。辰刻,往谒见中丞,谈数语,适有他客白事,遂将余等送出。同见者刘、雷、魏诸君也。自院散出,往拜潘仲年,久谈。午后,复出门访会臣廉访,叙谈时许。又至晟初处,少坐乃还。

十八辛丑日(**7月12日**)　晴。早间,仲年来答拜,未晤。午后,未出门。阅院抄,会臣今日未上院,余所托事未知能代达否也。

十九壬寅日(**7月13日**)　晴。接杭州王茂育来信,知吴季丈处找还当息已交到,计制钱贰百五十串,因南中价钱低微,合洋钱贰百卅余元,殊太吃亏,然无如何也。又附有子先书,其款即由子先交付者,迟日皆当分别裁答也。

二十癸卯日(7月14日)　晴。闻会老今日上院,未知所谋何如,候至傍晚无耗,殆不谐矣。晚间,陈起霞来谈,述及伊已由降补教职改捐河工通判,仍指山东需次,何其官兴之犹未澹耶?

二十一甲辰日(7月15日)　晴。午前,作字询会老,旋得其覆函,果然未谐,饮啄有定,非可得而强也。盖余自去夏至今,命运太坏,无怪所如辄阻云。

自二十二日以后,天气日热,余左足患恙疡,继而及右足指,前后背心头面均生疮疖,坐寝室匝月有余,诸事废弛,遂不克逐日手记,直至六月下浣始渐瘳。天气亦稍凉爽,乃于六月廿五日清晨携兆梓、兆梧两儿出游明湖,借破郁闷,此后即从是日续记可也。

六　月

六月二十五丁丑日(8月17日)　晴。卯初起。小食毕,至鹊华桥,先访崔绥五,适伊奉差青州,即刻登程,匆匆晤谈。余即挈两儿登舟往游李公祠、小沧浪、历下亭三处,各于其间流连多刻。已午间天气又热,遂还。久不出门,颇觉疲乏。

二十六戊寅日(8月18日)　晴。发电报寄杭州王茂育,嘱将息银汇此间大德恒。午后,内子率全眷往湖上游览,两儿随往。惟余一人居守,兀坐无俚,思吾亡女,辄用神伤,不觉感触者久之。

二十七己卯日(8月19日)　晴。又复热甚。余自闰五月廿七日请假至昨日始销假,适中丞出省防汛未还,遂无须上院矣。

二十八庚辰日(8月20日)　晴。自书公馆衔条更易。数月来觅屋不得,无可移居,而衔条黯淡褪色,不得不另觅新纸易换旦。

二十九辛巳日(8月21日)　阴。终日大雨,天气转凉,致足乐也。兆梓、兆梧愿往省城高等学堂附课,已与该监督潘季约说明,昨往试作论一篇,月朔即可开学矣。

三十壬午日(8月22日)　晴。天气凉爽。午后，便衣往访友，晤郭介丈、潘晟初、刘道三、雷越岩，余俱未遇。复往看天后宫侧蒋氏新造屋一区，亦嫌屋少不敷用。甚矣！觅屋之难也。

七　月

七月初一癸未日(8月23日)　晴。早间，朱梓桢来，晤谈片刻。兆梓、兆梧往学堂谒圣开学，少顷即还，因本日尚不上班故也。

初二甲申日(8月24日)　晴。午后，恩毓亭过谈时许。渠复奉派秋闱监试，固同寅之得意者，若余等则不及远矣。饮啄有定，固无所用其嫉妒焉。

初三乙酉日(8月25日)　阴。早间，两儿俱往高等学堂习中西文，辰往酉归，作为附学须自备学费缴堂。午后，刘道三过谈片刻。道三谙子评术，因以八字请其评阅焉。

初四丙戌日(8月26日)　阴。早间，阵雨两次。午后，道三走柬送来评过八字，亦谓余四十七岁交己巳运，至五十七岁，此十年中为一生最美之运，财官两旺，定主扶摇直上，所说与张子端暗合，或不爽也。傍晚，雷越岩来，晤谈。夜间，梦秀珍、桂珍两女，醒来良用凄然。

初五丁亥日(8月27日)　阴。早间又雨。午后，乘天气凉爽，出门拜张楚宝、崔子万、志少岩、孔少霑，均未晤，得见者惟丁佩瑜、陈幼庸二人。傍晚乃还。

初六戊子日(8月28日)　晴。有新到候补典史娄姓来见，河南人也。午后，荆绍棠太守来晤。托其代觅住屋，未知成否，缘伊所住东县巷屋颇宽敞，伊云现欲移寓他处，故托其代为留赁耳。

初七己丑日(8月29日)　晴。连日又复甚热，秋后所必有之气候也。梓、梧两儿日往学堂肄习中西学，较有恒业矣。

初八庚寅日(8月30日)　晴。是日热更甚，惟早晚恰凉爽，不似六月中浣之烦溽矣。傍晚，丁佩瑜来答拜，得晤谈时许而去。

初九辛卯日(8月31日)　阴。午后，闻郭春榆侍郎曾炘典山东试,与有辛亥年谊,因电致稚夒托其到此晓当事时说项及之,未知有济否。下午大雨。

初十壬辰日(9月1日)　阴。辰巳间大风雨,天气转凉,如深秋矣。两儿冒雨往学堂,余惟枯坐一室而已。午后雨渐霁。

七月十一癸巳日(9月2日)　阴。终朝闲处,无俚已极,每一自念,百感交萦,回忆去年夏秋间,似犹略胜一筹也。君子居易俟命,亦惟俟之已耳。

十二甲午日(9月3日)　阴。早间又雨。有候补知县娄君绍祥来见,询知乃河南祥符人。谈次意欲认余为同族,余以姓尚不同,乌得云族,姑谢之而去。

十三乙未日(9月4日)　晴。午后,魏精卿来,晤谈。见其手腕遍生癣疥,犹未愈也。其人年才及壮,弱不胜衣,却极驯谨安详,孺子固可教耳。

十四丙申日(9月5日)　晴。连日极凉,颇似深秋。傍晚,徐绍武过谈片刻,述及中丞望后将次回省,河工决口有下游某庄一处,其余俱获抢护平稳矣。

十五丁酉日(9月6日)　晴。午刻,设馔祀先。午后,内子往兴隆庵为亡女焚钱,感触余怀,曷云能已。接子先内弟书,其妹婿褚翼臣去冬物故,其妹年方卅余,竟赋柏舟,抑何命苦乃尔。

十六戊戌日(9月7日)　晴。辰刻,出门拜客,都未晤。午后,出西关至迎宾馆迓中丞,同人咸集,惟惠臣、子万、晟初、越岩未到。中丞未正莅止,少坐即入城,同人亦各散。余与楚卿、毓亭复偕往志少岩处,贺其娶媳之喜,始与少岩相见,前此固未谋面也。申刻回寓。晚间祀先。

十七己亥日(9月8日)　晴。同人中如沈处卿、崔子万、朱梓桢、刘道三、魏精卿诸君均往谒中丞,得见。仆辈劝余亦往,余不听。若曹无知,以为多见数面或有佳遇,其实不系于此也。

十八庚子日(9月9日)　晴。中丞出门答拜,诸客更可无须往谒矣。日来资用又罄,惟盼里门典息即日汇到,稍济眉急耳。

十九辛丑日(9月10日)　晴。起略晏。崔绥五来晤,余小食犹未必也。绥五于役青州,昨甫归。据云往返川资皆自备,已赔四十金,需次之苦如此难矣哉!

二十壬寅日(9月11日)　晴。午前,张景山来晤。渠已充武备学堂提调数月矣,薪资虽无多,究属要差,不禁谓之曰"子得所矣,我且弗如"。

二十一癸卯日(9月12日)　晴。早间,张余亭至自济宁来,晤谈。渠来应省试,尚须录遗也。谈次知余困顿无聊,亦代为踟蹰,回首当年同有今昔之感。

二十二甲辰日(9月13日)　阴。午后,瞽者张子端来谈,余颇咎其所言不验,盖伊谓余春夏间有佳遇,乃不但无所遇,而且速丧亲丁,人财尽失,可谓奇厄,伊并未豫以相告,可见其伎术之疏。伊亦无词以辨矣。下午雨。

二十三乙巳日(9月14日)　阴。终日雨点不歇,对之增人愁闷。入秋以来,雨水颇多,遂不复再热,而潮湿湫隘,屋少物多,壅塞亦殊难耐也。

二十四丙午日(9月15日)　阴。雨止而阳光尚未大放。午前,修发。午后,假寐时许。度日如年,迄无淑况,亦惟委心任运而已。

二十五丁未日(9月16日)　阴。午后,胡鼎臣方伯过谈,面订文闱三场帮同点名。余上年曾与是役,固驾轻就熟也。

二十六戊申日(9月17日)　晴。午后,出门答拜鼎臣方伯,未晤。访陆似梅、崔绥五,各晤谈时许。复答拜萧绍庭、萧苞九,俱未晤而还。

二十七己酉日(9月18日)　晴。闻丁佩瑜丧偶,明日须往唁之。接方鹤人自日本东京来信,盖谢公钱也。日来秋高气爽,天时颇佳,乃余困顿无聊,益乏兴会,回首当年感生今昔矣。

二十八庚戌日(9月19日)　晴。午后,候补主簿李锦树来见,昔年上河属吏也,今以裁缺改归东省需次矣。下午,往唁丁佩瑜,遇萧绍庭于座。复拜客数家,俱未晤,遂还。

二十九辛亥日(9 月 20 日)　晴。早间,张余亭偕刘启昌便衣来谈,少坐即去。午后,高春霆来谈,并代常渠西致意,二君皆济宁诸生来应省试者也。晚间,接王茂育信,汇到当息银,除清还王宅旧欠外,余银百八十余两,存大德恒票号中,随时取用。

八　月

八月初一壬子日(9 月 21 日)　晴。午前,朱梓桢过谈。午后,作书覆王茂育,交大德恒转寄。陆似梅以肥城鲜桃廿枚见饷。傍晚,张余亭过谈。

初二癸丑日(9 月 22 日)　晴。典试使者郭侍郎曾炘、吴编修怀清均于本日莅止,乃命驾持柬迓诸郊外,缘郭君略有辛亥年谊也。

初三甲寅日(9 月 23 日)　晴。李主簿所求书已为缮就,即于其来时付之。晚间,邹鸿诰至自济宁,不知又有何事干求,其人素无厌,辞不与见可也。

初四乙卯日(9 月 24 日)　晴。午后,吴笠樵便衣来见。厥后雷越岩、刘道三相继而来,均晤谈,傍晚方各散。灯下,陈起霞亦来晤。据云已改捐通判,拟先行禀到当差,未知能邀准否耳。

初五丙辰日(9 月 25 日)　晴。邹鸿诰又来求见,姑与一晤,果然又求寓书充道,余却之乃去。甚矣! 人之不足厌也。

初六丁巳日(9 月 26 日)　晴。天气热甚。是日为秋闱各官入闱之期,仍系学使尹编修代办监临。中丞不入场,潘仲年为提调,恩毓亭为监试。仲年以监生出身,得充是差,殊属破格。此端一开,吾侪皆可援例而求,安知下科不可为提调耶?

初七戊午日(9 月 27 日)　晴。终日兀坐无俚。午后,修发一度。出门往奠丁佩瑜夫人,遇沈楚卿、张少山于座,小坐即散。答拜朱坦夫,未晤而还。

初八己未日（9月28日） 晴。寅初，至贡院门外官厅坐待三炮开门，偕司道入至龙门口，入座点名。余偕方伯合点东路，朱梓桢帮同提调亦点东路，共设三座，四人轮替，至日暮方毕，不胜其惫，然较之上届已为早矣。

初九庚申日（9月29日） 晴。在寓静息一日。接王茂育自里门来书，并开列典息收支细账来，此信果然仍寄济寓，幸邮局知余在省，转至济南，犹得接到耳。

初十辛酉日（9月30日） 晴。午后，郭副将达森忽来拜，勉强与晤。询知其来自河南，已请得院咨，将往京都赴引，求为先容于夔相，余却之。

十一壬戌日（10月1日） 晴。寅初，复至贡院，余到最早，候至黎明，同人方齐集。方伯以疾未至，云已午间方能来，遂由廉访领班而进。卯正，入座点名，士子到者亦甚少。午初方伯至时，济南一府犹未竣事也。午后，渐觉来者踊跃。申初三刻，将次点竣，遂各散。

十二癸亥日（10月2日） 晴。中秋将届，百感丛生，所遭既多拂逆，境况又复奇穷，荏苒韶华，五十将至，殊觉前路之茫无畔岸也。

十三甲子日（10月3日） 阴。郭春庭欲来谈，适余患齿痛，辞不与晤，遂不果来。午后，闱中送题纸来，二场策题皆问外国政治，颇不易作。

十四乙丑日（10月4日） 晴。天气颇凉。寅正起。寅正三刻，至贡院。卯正，同人方齐集。方伯未到，殆亦须巳午间方至也。是日天气甚凉。午初，方伯至，我等已将济、武两府点竣，余青州、登州两府。申初即点毕，各散。

十五丙寅日（10月5日） 晴。辰刻，谒风伯、雨师、水官庙。旋至抚院贺节，同寅到者十余人，少坐即散。复往答拜郭春霆，未晤而还。午刻，祀先，行礼。环顾儿媳队中，不见吾三娇女，良用感触不置云。

十六丁卯日（10月6日） 阴。午后微雨，至夕未已。应试者均渐出场,受此苦者殆已无多矣。闱中今晨即送三场题纸来,彼时盖已放牌也。

十七戊辰日(10月7日) 阴。备送尚封翁寿礼,未收。闻连日均演戏,署中上年同人所送寿屏均已收纳,大约有寿筵款客也。

十八己巳日(10月8日) 晴。天朗气清,惟稍觉寒冷。辰刻,出门答拜严耕云道洪,未晤,亦新到同寅也。旋拜杨建甾嘉辰,晤谈时许。午初,往拜尚太翁寿,会丞出款客。少顷,中丞周君亦至,立夫封翁出见,复入座听戏片时,方各散。晚间,招邀未往。

十九庚午日(10月9日) 晴。秀珍女于是日生,往年此日家人欢笑永日,今则不胜感触矣。内子不适,终朝卧床未起。

二十辛未日(10月10日) 晴。午前潘晟初来,午后刘道三来,均晤谈。晟初私自入都,有所谋,据云亦未如愿。道三云已试用期满,奉传廿二日诣院验看云。

二十一壬申日(10月11日) 晴。吴笠樵、孙宝常便衣来见,皆以久困资馨,将暂回济宁措资来告,实则济宁亦无资可措也,不过借以回家而已。

二十二癸酉日(10月12日) 晴。郭达森来晤,亟欲北上,坚乞书函先容,姑颔之。午后,有毛姓人来看木器,因将大理石屏、紫榆木器均卖与之,得钱四百六十千,以时价合银二百廿余两云。

二十三甲戌日(10月13日) 晴。日间,自拟上夔相署底稿,未另誊缮,拟交郭达森带呈。信中兼为达森一提,以塞其责。

二十四乙亥日(10月14日) 晴。朱倅兆仑改归山东候补,领照到省来见,故昔年故吏也,与接晤时许。谈及伊此次系起复回省,照例以升阶候补,已引见分发矣。

二十五内子日(10月15日) 晴。午前,往西关官厅送中丞赴下游河工。旋答拜客数家,均未晤而还。午后,郭春庭送到所缮上夔相书,字迹恶劣不能用,只得觅人另誊矣。

二十六丁丑日(10月16日) 晴。午后,杜宾谷秉寅来拜,晤谈片刻。杜君山阳人，曩权高唐州牧，时余通判东昌曾与一晤，今以知县捐升道员矣。晚间，张景山便衣来谈。

二十七戊寅日（10月17日）　晴。午后，出门答拜杜宾谷，未晤。复至贡院访仲年、毓亭两君于提调监试公所，各晤谈时许。傍晚，至晟初处一谈，然后归。

二十八己卯日（10月18日）　晴。作书复冯筱侣丈，由邮局寄杭。又访郭春霆，将上夔丈书交其带京。午后，将各府厅州县贺节禀手自答覆，约廿余件。龚淡人、文量甫均加另笺数纸，以道近况。

二十九庚辰日（10月19日）　晴。午后，本科殿撰王次箴寿彭来拜，初用治愚弟帖，谈次知其祖父少唐先生为辛亥孝廉，乃改称世愚侄焉。送会试、殿试卷各一、楹联一。王君潍县人，年三十余，恂恂儒雅，不愧大魁之选也。

九　月

九月初一辛巳日（10月20日）　晴。辰刻，诣碧霞元君庙，拈香行礼，抚院示派也。有知县娄绍祥及佐杂数人往跕班。旋答拜王修撰，未晤，赠以白金八两。午后，余易斋来晤，甫至自日本也。

初二壬午日（10月21日）　晴。吴笠樵下午便衣来晤。渠以通判改归东省，半年无差，株守无资，将还济寓寄寓，另图他事矣。

初三癸未日（10月22日）　晴。邹鸿诰于下午来晤。余意其早返济宁，不谓尚未行也。县令方峻至自中游来谒，未与晤。去年查工时曾假其《续经世文编》数册，携阅至今尚未送与之。

初四甲申日（10月23日）　晴。雷越岩午前过访，晤谈时许而去。阅邸抄，孙燮丈转东阁位第三，于是夔丈以武英殿位首撰，次为文渊阁崇相礼新补之，敬相信授体仁阁，居第四矣。

初五乙酉日（10月24日）　晴。午前，修发。有新到候补县丞张本让来谒，亦未之见。午后，将案头略加清厘，苦于屋窄，仍觉局促无地。

初六丙戌日(10月25日) 阴。午后微雨。冒雨往东关接官亭候迎东抚,余到最迟,同人皆集。少顷,中丞即至,稍坐即散。归来雨益甚,天气转凉矣。

初七丁亥日(10月26日) 阴。风大而冷。闻同人有上院者,余未往。及阅辕抄,亦只雷越岩往逐队耳。晟初、道三、子万亦都未与也。

初八戊子日(10月27日) 晴。薄寒颇似初冬,时甫过霜降也。午前,崔绥五过谈,云将往宁工充正杂料差使,又可图过班保奖矣。

初九己丑日(10月28日) 晴。东省秋闱明日揭晓,今日聚奎堂写榜。晚间,闻济宁有王谢家、李继琨得售,孙培益、常铭恩均得副榜,四君皆余曩日课书院所取前列也。

初十庚寅日(10月29日) 晴。午后,出门拜客。至贡院拜正典试郭春榆侍郎曾炘、副典试吴莲溪编修怀清,均晤谈。春榆福建人,乃谷斋观察式昌之子,辛亥年丈合亭先生柏芗之侄孙,谈次叙及世谊焉。吴君为陕西山阳人,戴青来戊子典秦试所得士也。又拜崔子万、余易斋,均晤。拜洪兰楣,未晤。傍晚还寓,则赞斋亲家之子章甫郡丞朝冕在焉,谈少顷而去。盖伊与周抚军有旧,特来投效觅差者。余以宅隘未能作居停主人,任其暂住旅店而已。

十一辛卯日(10月30日) 晴。早间,闻玉山中丞少子学渊中式北闱,遣人持刺一贺,未亲往。午间,兰楣来答拜,晤谈片刻。王章甫来,与兆梓相见,出其尊人致余书,余未与晤。

十二壬辰日(10月31日) 晴。巳刻,往浙闽会馆祀金龙四大王并同乡秋团,兼公宴正典试郭春榆侍郎,余与楚卿、养田、幼庸陪坐,兖州太守张弼予嘉猷亦与焉。张亦闽人也。未刻入座,酉刻散归。

十三癸巳日(11月1日) 晴。午前,副典试吴莲溪编修来答拜,新科庶常范俊丞之杰亦来拜,均晤谈。午后,崔子万、王子飐、胡令尚志先后来,亦晤。

十四甲午日(11月2日)　阴。李吉珊由济宁牧升署莱州守,卸济篆进省来见,与晤谈片刻。渠尚有旬日勾留方起程赴任也。

十五乙未日(11月3日)　晴。雷越岩、潘晟初先后便衣过谈,良久方去,两人却未相遇也。接沈退老来信,渠之长女归梁氏者亦于今夏物故,与余同有丧女之戚云。

十六丙申日(11月4日)　晴。是日为内子生日,迫于境地,概未举动,惟王章甫来拜寿,留其吃面而已。午刻,祀祖,阖家吃面。环顾儿曹,辄念亡者,不尽感触者久之。午后,有方、杨两家女客来拜寿。

十七丁酉日(11月5日)　阴。午前,正典试郭春榆侍郎来答拜,晤谈片刻。午后阴雨弥甚,欲出门未果。闻两典试约廿外即行,均送联扇,须以朱提报之。

十八戊戌日(11月6日)　晴。出门拜客。答拜李吉珊、何志霄、范俊丞,均未晤,惟晤朱梓桢,久谈,食鸭汤面点心,傍晚乃还。

十九己亥日(11月7日)　晴。摒挡朱提,备送两典试及范庶常,郭十二金,吴八金,范四金,共廿四金,连前送王修撰则卅二金矣。阅邸抄,叶揆初景葵又得明保,后生可畏,此君其跨灶乎?

二十庚子日(11月8日)　晴。阅邸抄,夔相仍调管户部,殆以外部繁剧,特辞彼就此欤?探闻两典试不日北上,余本欲浼郭君说项于当事,嗣见其人甚滑,毫无关切意,遂不复嘱望焉。

二十一辛丑日(11月9日)　晴。刘君启昌来晤,言欲入都图事,据云陆凤石总宪、伯葵侍郎两公为其座主,拟往求其吹植云。

二十二壬寅日(11月10日)　晴。闲居无俚,百感交萦。谢太傅云中年之后伤于哀乐,余则自弱冠以来遭骨肉之戚者十余次矣。哀多于乐,喜少于忧,人非金石,其何以堪耶?

二十三癸卯日(11月11日)　晴。终朝伏处斗室,无所事事,所谓“饱食终日,无所用心”是也。屋舍难觅,至今欲迁居而不得,直无一顺境矣。

二十四甲辰日(11月12日)　晴。出西关至邮亭候送两典试,同人到者不多,中丞到颇早。午初,郭、吴两公至,少坐,茶毕与辞起马,同人揖送,即各散。归途拜客数家,均未晤而还。

二十五乙巳日(11月13日)　晴。午后,出门答拜吴竹楼太守筠孙、李吉珊太守恩祥,均未晤。复至贡院后傅太守霖寓宅看屋,因傅君欲移居他处,其屋可腾让。余周历一过,仍嫌屋少不适用,且临湖潮湿,遂置之。还寓后,雷越岩便衣来谈。

二十六丙午日(11月14日)　晴。自书幛款做金字,检箧中红缎幛送洪兰楣观察,祝其七秩整寿,居然收去。又浙闽同乡公宴郭春榆侍郎,派分资十千九百文,亦如数付给,本月酬应何如是之夥耶?

二十七丁未日(11月15日)　晴。孙伟如亲家之侄励堂得中副榜,将荣归济宁,来辞别,因摊笺作书寄伟如,交其顺带。伟如携家游浙,月前甫返棹也。

二十八戊申日(11月16日)　阴。午前,往答拜雷越岩,未晤。往皖江公所拜洪兰楣寿,在彼吃面,席散即溜出,未入戏筵而还。午后,郭介丈来,晤谈。

二十九己酉日(11月17日)　阴。自辰至午俱雨,却不甚凉。闲居无俚,案头又乏书可观,惟有枯坐而已,此景不知何日方能脱离也。

三十庚戌日(11月18日)　晴。早间,往南城根看屋,其屋甚坏,废然而返。午后,潘晟初便衣来谈,少顷即去。渠亦甚不得意也。

十　月

十月初一辛亥日(11月19日)　晴。午间,祀祖。午后,独坐斗室。内了往兴隆庵为亡女焚烧纸钱,余又感触者久之。

初二壬子日(11月20日)　晴。午后,往奠曾志庵太守于西关花园。志庵辟别墅于其间,饶有花木亭台之胜,年来啸傲于中,可称吏隐,今秋忽而化去,年犹未周甲也。复往拜新学使载克斋阁学昌,晤谈片刻。晚间，洪兰楣设彩觞酬客，仍假座皖江公所，因往赴之。宾朋甚盛，约有十余筵之多，二更时散归。

初三癸丑日（11月21日） 晴。潘晟初便衣过谈，时许而去。接王茂育杭州来函，因前寄之书仍递济宁，恐未能达，故复寄一函，将用帐重开一分来，可谓用意周匝矣。

初四甲寅日（11月22日） 晴。杨乐亭自泰安电局来省，因准补东河县丞，捧檄赴任，特来谒见，与晤谈时许，固昔年旧识也。谈次云有微物两种见贻，迟日送来，姑颔之。

初五乙卯日（11月23日） 阴。中丞未止院，姑往一谒，至则惟魏精卿、何志霄、余易斋在焉，亦都不求见，遂少坐各散。归途拜潘晟初、朱梓桢，亦均未晤而还。

初六丙辰日（11月24日） 阴。微雪，却不甚冷。杨乐亭遣人送来铜火碗四个、柏枝二盆，皆泰安物也，遂受之。乐亭素讲应酬，故有此举。

初七丁巳日（11月25日） 晴。终日无俚，取《渔洋山人文集》披阅数篇。此书乃客冬假诸朱梓桢者，今忽忽年余，尚未送还也。

初八戊午日（11月26日） 阴。天气颇冷，似有雪意。午后，雷越岩便衣来晤，云将于役登、莱一带，严寒跋涉，殊无谓也。

初九己未日（11月27日） 晴。是日为桂珍女生日，往年欢笑膝前，不知其乐，今已殁逾半载矣，思之怆然。午后，内子往兴隆庵哭奠亡女。余默坐斗室，取缪莲仙《文章游戏初编》，随意披阅，然亦无甚意味也。

初十庚申日（11月28日） 晴。卯正，恭诣皇亭，随班行朝贺礼。自中丞、学使、现任司道外，同班到者十五人。中丞点缀升平，张灯结彩，铺陈甚盛，并将东偏通入道署西花厅设台演戏。余偕佩瑜、梓桢周阅一遭，复遍游道署各院落，盖潘仲年已卸事，沈楚卿接篆尚未入署也。辰正，同人暂散。未刻，复往听戏。晚间，入座筵宴，概用西式，共设三筵。二为男席，每席华员八，西人九，共卅四人；其一为女席,则只四洋妇、两华人。饮次复奏西乐,其所以媚西人者,可谓至矣。同班到者惟余与仲年、子万、兰楫、绍武、筱川五人,余皆未与。余则以为如斯盛会,乐得躬逢,故毅然前往。二更后方散,尚有烟火花炮之戏,余已兴阑,不欲观看,因遂先归。

十一辛酉日(11月29日) 晴。闻今日万寿宫仍演戏一日,盖令绅民往听也。京师因俄事猖獗,东三省已尽驻兵,便欲强占,此次圣节概不举行,而东省益踵事增华,殆别有用意耶?

十二壬戌日(11月30日) 阴。午前微雪。有吴博泉太守学庄者,兆梓僚婿也,自湖北道出此间来拜,与晤谈片刻,冒雪而去。

十三癸亥日(12月1日) 晴。午后,朱倅兆仑便衣来见,云欲肄业课吏馆,借省旅费,明日当移入馆中,特来相告也。杨乐亭来禀辞,将赴东河任矣。

十四甲子日(12月2日) 晴。候补同知直隶州马君春祺来见,河南郑州人也。午后,接伟如亲家复书,云欲为其子谋电报局差使,托转探谢佩玫以问俗。

十五乙丑日(12月3日) 晴。北风甚大。傍晚,有新到同寅戴敬南观察绪造来拜,晤谈片刻。戴君寿州人,年三十余,亦干才也。晚间,王章甫来谈。

十六丙寅日(12月4日) 晴。午后,出门答拜杨乐亭、吴博泉、戴敬南,均未晤。惟访潘晟初,久谈而还。晟初亦不得意者,所谓同病相怜也。

十七丁卯日(12月5日) 晴。有闸官改典史娄庆霖者,困顿无聊,便衣来见,求为图事。余方自顾不遑,更何能为他人谋耶?婉言却之而已。

十八戊辰日(12月6日) 晴。风和日暖。午后,邀吴博泉、王章甫至宜宾馆吃西式大餐,两儿亦随往。其座落颇修洁,肴馔精美,聚饮极畅。傍晚散归。每分京蚨二千四百文,吃菜点、果品十一样,连酒共费十四千数百文。

十九己巳日（12月7日） 晴。终朝闲居，郁闷异常，俗云"郁极必发"，余之郁郁可谓极矣，前路茫茫，不知何日始一发扬耶？

二十庚午日（12月8日） 晴。抚院未止辕，余仍不往谒，以无说可进也。穷途潦倒，良堪浩叹，计卸铜符亦越两载，不如意事常八九，可与人言无二三，其我今日所处境矣。

二十一辛未日（12月9日） 晴。王章甫嘱函致张楚宝，托代谋事，姑走笔为挥数行致之，有济与否不暇计也。闻沈楚卿将辞却善后、粮饷两差，逐尘走俗者纷纷皆是，恐区区者仍不余畀也。

二十二壬申日（12月10日） 晴。当事出省查下游河工，定明日起节，先期戒勿往送，诚如我愿矣。严楷生求为寓书首道，谋放冬赈差使，亦予一函而去。

二十三癸酉日（12月11日） 晴。午初，闻炮声，知当事已出辕，闻同人都未往送，从此又省却一繁文矣。严楷生来谢，云已奉道委往齐东县放冬赈，良自幸也。

二十四甲戌日（12月12日） 晴。无聊之极，往葆珍侄女屋觅得《外洋包探案述》两册披阅。又阅《百美图》两册，其题志处乃戴青来观察笔也。

二十五乙亥日（12月13日） 阴。似有酿雪之象。又取《七国演义》阅，得孙庞乐田事迹，虽属小说不经，要亦从正史搬演出者，阅之殊堪破闷。

二十六丙子日（12月14日） 阴。终日蒙蒙细雨，似酿雪未成者，天气却不甚冷。晚间，闻杨筱川有奉使奥国之说，因思渠所绾局差六处皆将另派接办，不觉怦怦心动，姑尽人事图之，未知机缘如何耳。

二十七丁丑日（12月15日） 晴。午后，出门拜晤鼎臣方伯，托其相机说项。又往拜戴敬南，畅谈良久。敬南人极豪迈开敏，可交也。

二十八戊寅日（12月16日） 晴。午后，往拜仲年，托其代向所亲说定筱川住宅，以免为他人争赁。又拜楚卿，畅谈，时已迁入道署矣。拜梓桢、子万,均未晤。

二十九己卯日(12月17日)　晴。闻朱养田被言路弹劾,交直督查办,说者谓其筹款局一差必可卸脱,未知如何耳。

三十庚辰日(12月18日)　晴。闻宁海庄堵口工程不易合龙,已用去银款卅八万,尚需添款三四十万方能成工,因而停工待款,虽以尚会臣督工,亦觉有江郎才尽之叹。甚矣!办事之难也。

十一月

十一月初一辛巳日(12月19日)　晴。辰刻,诣风伯、雨师、水官各庙,拈香。访吴博泉,未晤。至王章甫处,久谈。归来,梓桢过谈,良久乃去。连日颇冷。

初二壬午日(12月20日)　晴。午后,吴博泉便衣来晤。下午,徐绍武来答拜,亦晤谈。今日天气仍甚冷,水池皆冰,须用火炉矣。

初三癸未日(12月21日)　晴。午后,潘晟初便衣来谈,以长至期近,仍欲假用貂裘,只得允之。晟初贫甚,"无衣无褐,何以卒岁",此诗正为彼咏矣。

初四甲申日(12月22日)　晴。刘征五孝廉启昌自京回,以搢绅、对联见贻。午后,复来见,与晤谈片刻。渠往求荐书于显者,云有陆凤石总宪寄书当路,或可为借一枝也。

初五乙酉日(12月23日)　晴。是日为长至令节,未赴公所拜牌。午后,往东关迎宾馆候接中丞,同人咸集,惟介臣丈及少岩、晟初未到。申正方散归。

初六丙戌日(12月24日)　晴。辰刻,至抚院上谒,同人到者九人,惟养田入见,余均否。已刻即散归,别无可拜之客,故未他往。

初七丁亥日(12月25日)　晴。终日甚冷。偶一握管,拟覆退庵书,辄以兴阑而止,殊无聊赖也。

初八戊子日(12月26日)　晴。阅邸抄,崔绥五之弟鸿鼎被豫抚奏劾,以道员降补通判。此人轻佻任性,闻有与同寅争狎优伶事,固是咎由自取。龚淡人、叶作舟均得荐举嘉奖,陈小石中丞之好恶具征公道,同保者尚有朱曼伯、陆蔚廷两君,亦皆夙有声称者也。

初九己丑日(12月27日)　晴。午后,闻舜皇庙街有空宅一所,乃亲自往看,屋内外均宽绰,惜正屋北向为美中不足,姑与屋主沈姓商议,则索租价月七十竿,嫌其值昂,未能遽定。

初十庚寅日(12月28日)　晴。午后,杨建诏来,晤谈。渠过道班后,现得帮办中游河工差,盖由本工提调擢升也。潘晟初假去貂褂,忽仍送还,殆不便久假耳。

十一辛卯日(12月29日)　晴。早间,又往大街福兰堂间壁小巷内看得一宅,屋小而洁,颇幽雅,惜乎太少,再四计划,总不敷住,只可割爱。晚间,复往宽厚所街看得路南一宅,即沈楚卿所居,楚卿补缺迁入衙署,屋尚闲空,颇宏深,共四十余间。月租亦须七十竿,未肯少减,屋主乃章丘李姓富绅也,有会计友彭姓在省为之经营,遂与订定,写立租折,明知租价太巨,然而不遑计矣。

十二壬辰日(12月30日)　晴。又逢初度,杜门谢客,惟王章甫、张仲嘉两人来,留其吃面,皆兆梓戚友也。东关泰西医士聂大夫送医院捐簿来劝,拟捐银十两以应之。

十三癸巳日(12月31日)　晴。宽厚所街赁宅需先付租价三个月,乃取大德恒所存摒挡付之,医院捐项亦即送去。午后,检拾架上书册,收贮木箱中,渐为移居地也。

十四甲辰①日(1904年1月1日)　晴。东北风甚大,颇冷。午后,大德恒票庄掌柜韩国珍便衣来晤。下午,出门谢客,惟晤恩毓亭,遇吴绍侯于座,叙谈片刻。复至新赁宅内一看而还。

十五乙未日(1月2日)　晴。午前,绍侯来拜,晤谈时许。渠新自京师引对回,并取道冀州,与乃弟子明直刺相见。在京有子清中翰、子和侍御,此行昆仲均得聚首,可谓极话雨联床之乐矣。

---

①　十一月十四日(1904年1月1日)干支应为"甲午"。

十六丙申日(1月3日)　晴。辰刻起,检理什物,先自移居。未刻,入宽厚所街路南新宅。兆梧随至,全眷定于廿一日进宅,因选择吉日,今日适与余相宜,故先行移徙到寓。摒挡半晌,方将寝室安定。晚间甚冷,饮酒数杯。

十七丁酉日(1月4日)　晴。辰初即起,内外周历,督仆裱糊扫除,悉出亲裁。屋中赁用木器坏而多,尽一日之长方始安置妥帖。晚间,兆梓来即去。

十八戊戌日(1月5日)　晴。早间,命旧宅起运什物,终日运来六次,余与兆梧内外彳亍,一一安置妥处,至二更方毕事,颇觉劳碌。晚饭兆梓来侍食,旋去。朱梓桢便衣来,畅谈。朱亦寓是街迤东不数步,同寅尚有潘仲年、余易斋、何志霄皆同居此街者也。

十九己亥日(1月6日)　晴。接筱侣丈覆书,其困益甚,殊觉爱莫能助,良用歉然。今晨又自旧宅运来箱物多起,陆续安放,有似山阴道上应接不暇。兆梧随处服劳,尚觉井井。仲年、建劭、毓亭均来贺,以客座未设谢之。傍晚,兆梓来,饭后偕兆梧往旧居。灯下,余独坐新居后堂,稍获憩息。

二十庚子日(1月7日)　晴。辰初起,又复内外摒挡永日。旧宅什物运来过半,草草安置,随后逐渐清厘可耳。日间,兆梓来午饭,下午即去。兆梧侍余晚饭。

二十一辛丑日(1月8日)　晴。辰初起,栗碌如昨。内子率全眷于申初迁来,各箱物亦均运齐,至暮方获少憩。王章甫午后来晤。

二十二壬寅日(1月9日)　晴。辰刻,往院署祝中丞寿。坐官厅,晤介丈、楚卿、绍侯、佩瑜诸君,余者未与叙谈。旋拜客数家,惟晤陆似梅,见其客座精雅,流连不忍去,叙谈多刻。遇万香洲参戎,亦同乡也。午刻回寓。午后,摒挡箱箧,栗碌两时许,日晡方休。

二十三癸卯日(1月10日)　晴。自朝至夕,检集什物,忙甚。傍晚,梓桢便衣过谈良久。先是,吴博泉来贺迁居,以客座未设,不克延见。

二十四甲辰日（1月11日） 晴。日间，扫除大厅西厢为燕居之地，检觅字画铺垫，相度悬挂，料量竟日，粗有规模，所谓自卜幽居自遣怀也。

二十五乙巳日（1月12日） 晴。午后忽阴，似有酿雪光景。终日检理什物，布置大厅陈设，又复栗碌不已。潘晟初来假貂褂，以无暇开箱谢之。

二十六丙午日（1月13日） 阴。日间，安置大厅字画、镜屏，渐有端倪，客至可请见矣。旬日以来，因移居多用银三四十金，于是又费挹注。晚间，取大德恒号存款十金开发火食杂用。

二十七丁未日（1月14日） 阴。日间，检集随身衣箱并案头都盛盘各物件，分别取出位置如式。瞥见书箱裂缝露出《仁在堂时艺》一套，因携置案头随意披阅，恍如卅年前书斋景况也。

二十八戊申日（1月15日） 阴。颇有雪意，稍觉寒冷，因休息一日，未检物件。午后，内子往拜方太夫人，即二媳从母也。渠夏间来过，今始往答之。下午，余与幼子、童孙啖炒栗子、花生以为乐，适四媳制水饺、卤味以进，因复饱啖焉。

二十九己酉日（1月16日） 晴。检集书箱两只，将廿四史全部安放两紫榆架上，又将各整部书分别位置整齐，其零星乱书则贮于楼内以掩之。又有锡碗箱匣十余只，俱于坑床之下藏焉。因其不患受潮也。栗碌永日，眼前渐觉清楚，非复先今之堆积如山矣。潘晟初又借貂褂，遂与之。

十二月

十二月初一庚戌日（1月17日） 晴。巳初，往院署衙参，同寅到者廿二人，因得聚谈。散后，复拜客数家，惟晤梓桢。归来，知介丈、晟初均来过，未获晤面而去。午后，恩毓亭来晤。

初二辛亥日（1月18日） 晴。午后，定静轩太守格来见，新到省知府也。其尊人马慎斋观察永修久官河南，余曩在郑工西坝曾与同差半载,颇相熟识,谈次因叙及焉。晚间,杨建弨邀兆梧便酌。

初三壬子日(1月19日) 晴。午刻,祀先。午后,又摒挡什物,至日晡方休。晟初便衣过谈片刻。连日兆梓因学堂将次大考,在堂温习凤课,宿堂未归。

初四癸丑日(1月20日) 晴。早间,有新选博山令盛君津颐来见。谈次知其己丑年充济宁电报委员,时曾与余遇于余端伯座上,今忽忽十有五年,端伯墓且有宿草矣。午后,刘征五孝廉来谈。

初五甲寅日(1月21日) 晴。午后,出门答拜来客,惟晤潘晟初、郭介丈、严耕云,余都未见。杨筱川奉使奥国,昨来辞行,因往拜送,亦未与晤。

初六乙卯日(1月22日) 晴。早间,修发。午后,检集衣箱,择无用敝衣十四袭,付质库质得京钱五十串,聊补日用之不足,惜为数太微耳。

初七丙辰日(1月23日) 阴,微雪。杨筱川今日行,同人郊送者颇多,予未往。午后,检书箱,取所藏书分贮架上,以便披阅。兆梓亦自学堂归。

初八丁巳日(1月24日) 晴。午前,朱君廷瑞来拜,与晤谈片刻。午后,检出敝靴破冠各数样将以质钱,而质店大都不纳,去仆废然而返。晚间,从架上得杨叔山先生《垂范集》一册,敬阅数过,令人肃然,即谓忠愍至今未死也可。

初九戊午日(1月25日) 晴。日间,刘征五复便衣来谈。晚间,访梓桢久谈,二更后始归。闻善后局委吴绍侯。噫!是区区者又不予畀矣,其奈之何!

初十丁巳①日(1月26日) 阴。午后雪,至暮方已,惜未深透。昨日新授东海关道何君彦升曾来拜访,闻其不日即启程赴任,明日须

---

① 纪日干支"丁巳"应为"己未"之误,直至光绪三十年二月初六日(1904年3月22日)皆误。

往答拜矣。

十一戊午日（1 月 27 日）　阴。出门拜客，晤朱少山、徐绍武。晚间，陆似梅招集寓斋便酌。同席为潘仲年、丁培轩、朱梓桢、丁佩瑜、吴绍侯、杨建诏及韩太守耀曾，宾主九人。二更后散归。

十二己未日（1 月 28 日）　阴。午后，王章甫来晤。闻恩毓亭太夫人昨夕病逝，年已八十余，其丁忧固意中事也。下午，作书致伟如亲家，寄以泰西鱼肝油两瓶，托交济宁州牧姚公子顺带。晚间，雪甚大，可期沾足矣。

十三庚申日（1 月 29 日）　阴。午后，雪乃止。以旧貂褂售诸潘晟初，得银百两，晟初亦无余钱，闻其曲质他物凑集此数，因先其所急耳。

十四辛酉日（1 月 30 日）　晴。午前，往奠恩毓亭太夫人之灵，旋至芙蓉巷锦屏春番菜馆吃洋餐，命儿孙辈侍往，并约章甫同叙。每人需钱一千四百，谓之常餐，味不甚佳，不及寅宾馆之丰美也。

十五壬戌日（1 月 31 日）　晴。自得雪后，天气转和暖，可以屏除炉火矣。闻马慎斋作古，其子定静轩甫以知府到省，便尔丁艰，亦厄运也。

十六癸亥日（2 月 1 日）　阴。阅辕门抄，方甘士请期假，探知乃兄啸霞作古，其尊人勉甫观察年近八旬尚健在也。啸霞年不过五十余，胡竟先逝耶？

十七甲子日（2 月 2 日）　晴。检取对纸，倩张仲嘉为写春帖十数联，惜所书潦草，不过将就用之而已。刘君启昌复来谈。

十八乙丑日（2 月 3 日）　晴。午后，往拜客，晤刘道三、雷越岩。旋至方甘士处拜奠啸霞之灵，遇丁佩瑜于座，傍晚乃还。

十九丙寅日（2 月 4 日）　阴。午后，博泉来，晤谈片刻。渠来投效，已得师范馆监督差使，可谓便宜之极。下午，龚吉人大令便衣来晤。

二十丁卯日（2 月 5 日）　晴。是日立春。辰刻，往院署贺春，同寅到者十七人。午后,往东关迎宾馆候迎尚廉访自工次合龙旋省,同寅到者十三人。申刻,会臣廉访莅止,与同人少谈即各散。晚间,梓桢便衣来,久谈,三更后乃去。

二十一戊辰日(2月6日)　晴。是日封篆,中丞先期传令挡驾,遂未往贺。午前,穿补褂照一小像,因兆梧新学得照相法,欲试其技,请余先照,故徇其请耳。

二十二己巳日(2月7日)　晴。卯刻起。设牲醴于厅事,以祀神,循岁终报赛故事也。午后,复在前院照一便服之象貌,兆梓、重庆于旁,亦兆梧所照也。连日天气甚和暖。

二十三庚午日(2月8日)　晴。午前,绍侯来,晤谈。渠已得会办善后局差,楚卿所遗也。午后,陈起霞来谈,知其奉差宁工甫还省,可望大案保奖矣。晚饭后,祀灶。韶光如驶,忽忽又将改岁,能无老大无闻之慨耶?

二十四辛未日(2月9日)　晴。因昨照补服之像不甚清楚,复另照一貂褂方靴者。午后,尚会臣、崔绥五先后来拜,均晤谈。会臣督堵宁工合龙,得加头品顶戴,颇觉高兴也。

二十五壬申日(2月10日)　晴。未刻,雷樾岩便衣来谈片刻。傍晚,看检棕箱取出帐幔披围等物备新年铺饰之用。

二十六癸酉日(2月11日)　晴。午前,查司马荫谷、玉别驾藻先后来见,亦皆至自宁工者也。午后,杨建弨来晤,少坐即去。朱回子廷瑞来谒,辞未与见。

二十七甲戌日(2月12日)　阴。岁聿云暮,资用颇绌,来年正月分薪水业经动用,加以今日典资所得之二百六七十千,约计都将罄尽,仅可敷衍年关。甚矣! 贫道之难为也。

二十八乙亥日(2月13日)　晴。午后,出门拜客,惟晤朱少山、潘晟初,余都未值。归来检出永州锡水碗十余件,拟求善价而沽,未知有售主否。

二十九丙子日(2月14日)　晴。午后,崔子万来晤。昨余往拜未遇，今彼来报，始与晤谈耳。傍晚，自书灶神位，犹循卅年前京寓之称，乃"东厨司命神位"六字，其对联则"上天传好事，下界保平安"也。

三十丁丑日（2月15日） 晴。午前，王章甫来辞岁，与晤谈片刻。午后，探闻司道于申刻诣院署辞岁，乃亦往焉。同寅到者廿人，加以投效之行装客则卅余人矣。方伯约五鼓诣皇亭拜牌，惟余与仲年、养田、兰楫四人画诺，余皆以无朝服辞，旋各散。回寓后，祀先祀神，礼毕，饮分岁屠苏酒，遂通宵守岁未寝。

光绪三十年(1904)甲辰

正 月

光绪三十年岁在甲辰正月初一戊寅日(2月16日) 晴。寅正，恭诣皇亭，随班行礼，中丞、学使而外，现任四司道及余等四人为一班。礼毕，退至朝房更衣、小食。旋至院署二堂团拜，同寅均到，惟志少岩一人不来，旋各散。回寓后，诣神案家堂，行礼，受家人拜贺。午后，小眠，未出门。王章甫来，未与晤。是日甚暖。

初二己卯日(2月17日) 晴。辰刻，出门拜年，周历城厢内外，均未降舆，惟至章甫处小憩，途遇胡方伯、朱养田、何志霄。未刻归，于是拜年毕事矣。

初三庚辰日(2月18日) 阴。东南风起，仍不甚冷。午后，栉发。晚间，家人辈斗牌，余倦而欲眠，遂早寝。

初四辛巳日(2月19日) 晴。日前拜年未晤一家，嗣复有续至者盖命人持刺往答，免得坐轿周游也。午后，中丞居然来拜年，虽仅过门投刺，亦属难得耳。

初五壬午日(2月20日) 晴。午前，龚镜人来拜年，晤谈。据云利津王庄又复漫口，伊现奉局委往放急赈，明晨即首途也。

初六癸未日(2月21日) 晴。终日未出门，亦无客至，寂寞已极。昨托龚镜人寓书退庵为其婿梁昧三司马续姻事，其书今已递去矣。

初七甲申日(2月22日) 晴。午前，修发。有女客两起，余遂移至外室起坐。午后，检集故纸拜匣，乃己亥、庚子间各处往还公牍信札也。披阅一过,不无今昔之感云。

初八乙酉日(2月23日) 阴。内子出门拜年,傍晚乃还。余日间作书致退盒,交邮局寄苏州。连日天气甚暖,大有春景矣。

初九丙戌日(2月24日) 晴。午前,吴博泉来拜年,晤谈片刻。午后,检覆各处贺岁禀函,均以五行大单答之,料量半晌方毕。夜间与家人斗麻将牌,宵分乃罢。

初十丁亥日(2月25日) 阴。午后,出门答拜达右文观察、李俊三太守及各外州县,均未晤。申刻,养田、佩瑜、志霄、少庭公宴同人于李公祠,余往与会。傍晚雨甚,初更时席散,冒雨而归。

十一戊子日(2月26日) 阴。东南风大作,天气转暖。午后,手书致龚淡人、文量甫两君,并覆谢贺年璧本。又有各州县续到贺禀,亦分别答之。晚间又斗牌。

十二己丑日(2月27日) 晴。洪兰楫、朱梓桢、杜宾谷、魏精卿公请春酒,送柬来定十三日设席闽浙会馆。潘晟初走简来商,欲辞以疾,余固欲赴之。

十三庚寅日(2月28日) 晴。午后,出门拜客数家,均未晤。旋至闽浙会馆赴席,同座者郭介丈、潘晟初、萧绍庭,此外尚有二席,四主人分陪焉。二更后散归。

十四辛卯日(2月29日) 晴。崔绥五、潘晟初、许尺衡先后来晤。许自客秋他去,今越半载忽来,可谓行踪无定者矣。晚间,迎龙灯于寓,集家人纵观之,因济南灯景最盛,勉徇儿童之请,实则又是浪费之一端也。

十五壬辰日(3月1日) 晴。未诣抚院贺节。晚间,又迎灯两起。吴博泉、王章甫均来看,因复留其斗牌四转,三鼓后方散去。

十六癸巳日(3月2日) 晴。巳刻,至浙闽会馆团拜,与朱次帆、万香洲、陈幼庸、朱养田同席,午后散归。申初,复出门拜客数家。晚间,方甘士招饮寓斋。余申正即到,主人犹外出未归。少顷,英子恭太守便衣至,无何方君乃还。傍晚入座,同席者许尺衡及朱太守猛、谢太守锦甲数人,肴味颇佳。二更后散归,寓中又迎看灯景两起。

十七甲午日(3月3日) 晴。北风陡起,天气转凉。午初刻,二媳举一孙男,大小平安。晚间,祀先,因今日为落灯节,循乡俗也。

十八乙未日(3月4日) 阴。午刻,祀先毕,卷藏祖容,于是新年之景又过矣。岁月如驶,催人渐老,回首少壮,不可复得,为之怃然。闻朱梓桢夫人明日生辰,有送礼者,余未之送。

十九丙申日(3月5日) 晴。东北风作,甚冷。是日开印,亦未诣院,身居冗散,故毫无兴会也。下午,梓桢处来邀听戏,乃往应其招,至则主人不出,惟其子燮臣款客。杜宾谷在焉。后堂庭院有女伶演戏,颇可观。晚饭后,梓桢出晤,坐院中看戏三出,赏钱二千而散。

二十丁酉日(3月6日) 晴。接伟如亲家书,托向张毓藻观察说项,张已于昨日行矣。济宁因勒办卫地缴价,遇事操切,屯户聚众抗官,于十六日哄堂毁署,张君闻报故速归也。

二十一戊戌日(3月7日) 晴。午后,往奠恩毓亭太夫人之灵,送蓝呢祭幛一轴,遇郭介丈、严耕云于座。申刻,吴博泉招集李公祠春宴。座有东文教习宅野、内崛两君,余则张楚宝、陈幼庸、陈雪青、唐秀峰也。傍晚散归,未继烛。

二十二己亥日(3月8日) 晴。阅朱文正《知足斋诗文集》,检拾衣箱,将裘衣安放妥帖。天气渐暖,无需大毛衣服也。

二十三庚子日(3月9日) 晴。午前,栉发。午后,复伟如书,寄济宁。伟如夫人有欲来省视其女之说,未知其何日首途也。

二十四辛丑日(3月10日) 晴。有候补知县陈君寿芬来见,即彭伯衡之婿,其祖昼卿观察曩官山东,曾寓宽厚所街,即余现住之宅也。

二十五壬寅日(3月11日) 晴。呼成衣匠改制紫毛裹元袍旧统旧面,所费者工线钱耳。改岁以来,又复窘迫万状,检出锡碗、端砚多件,思沽之以济日用,亦苦矣哉!

二十六癸卯日(3月12日) 晴。午后,出门拜客多家,都未晤。

晚间,刘道三招饮湖广会馆。座有南海李君道园,盖李山农观察之子也,丁佩瑜、徐绍武亦在座。二更后乃散归。

二十七甲辰日(3月13日)　晴。接沈退庵复书,附有复镜人书,所事未遽能定,迟之付之可耳。高等学堂已开学,兆梓仍往肄业。

二十八乙巳日(3月14日)　晴。严楷生来见,与晤谈片刻。终朝兀坐寂然寡欢,此等冷板凳已坐两年余矣,未知何日方有转机耳。

二十九丙午日(3月15日)　晴。接到郭春榆侍郎谢信,四六通套而已。中丞七秩双寿,同人公送屏联,须出分资六千文,只好列名,所谓吾从众也。

三十丁未日(3月16日)　晴。日间,看书消遣,觉饱食终日,无所用心,惟有把卷以消永昼耳,而岁月如流,五十之年忽忽将至,自叹亦自恨也。

二　月

二月初一戊申日(3月17日)　阴。无谒庙之役,遂未出门,以无须上院故也。下午甚冷,晚间颇觉恶寒,披两狐裘,坐而假寐,又嫌躁热,通宵未能熟寐。

初二己酉日(3月18日)　晴。昨宵雨雪,清晓日光始放。巳初,至抚院祝寿。坐官厅许久,藩、臬方到,汇同投递手版,巡捕官出挡驾,然后各散。旋往方鹤人处贺其归妹之喜,时鹤人出差外洋,其族祖、族兄两人代作主人,余饫其喜筵而散。

初三庚戌日(3月19日)　晴。兆梧昨感时邪发热,延黄晋卿诊视服药,稍减平复。汇川年已八岁,适省城有公立小学堂,拟令入堂附学,已为报名。因其不曾习字,连日把笔令习写自家姓名年籍十一字,以便入堂时默写,所谓急来抱佛脚也。

初四辛亥日(3月20日)　晴。兆梧复患喉痛,喉右见有白块,服黄医药无验。晚间,往访方绍侯,承其荐一陈姓医人,二更后来诊,开一寻常清润之方,据云证本轻,其易治也。

初五壬子日(3月21日)　晴。兆梧喉痛仍未愈,延万芎洲参戎来视,予以外敷药粉试之,亦未奏效。因复延西医聂会东诊治,予以药片令衔口中,未给丸药,未知能速效否。早间,以肉粽及家制酱羊肉饷尚达庵廉访,得其复字一纸。

初六癸丑日(3月22日)　晴。公立小学堂设在高都司巷,乃朱养田、丁佩瑜、何志霄、萧绍庭诸人捐资创设,于今日传令学生到堂演习礼仪,排定班次,乃命汇川往焉,盖定于初十日开学也。兆梧仍未愈,早晚延黄医来视两次。

初七丙辰日(3月23日)　晴。午前,挈兆梧往东关医院就诊于聂会东,予以药水、药丸两种,一种嗽喉,一吞服。余因颈后生赘疣数粒,左腋旁一粒尤大,均已数年,就其看视。聂乃以小刀割之,应手而落,颈上小者则以小剪剪之,共大小六七枚,片刻去净,旋以药水图之,虽稍觉痛,尚无大苦。兆梧服其药,喉痛亦减,足见西医之妙手矣。

初八丁巳日(3月24日)　晴。候补同知方君桂芬来见,晤谈片刻。方字子嘉,定远人,鹤人之族叔祖,日前为之代作主人者也。

初九戊午日(3月25日)　阴。伟如亲家之夫人自济宁来视其女,乃郎崧甫、矩臣亦随侍偕来,下车于鞭指巷连升店,因命兆梧先往照料。闻其欲住杨建弨处,盖伟如夫人乃建弨之姑也。

初十己未日(3月26日)　阴。辰刻,出门往答拜方子嘉、陈仲时于南关。旋至公立小学堂观开学礼,命汇川往入学。此学乃朱养田、丁佩瑜、何志霄、萧绍庭四人所倡设,魏精卿亦续列入,诸君皆学董也,均在彼为主人,并延请当道诸公临视,余少坐即散。午后,孙崧甫昆仲来寓,晤谈,留其晚饭。初更时,朱梓桢便衣来,畅谈。

十一庚申日(3月27日)　晴。午后,潘晟初来。晚间,雷樾岩来,均久谈。晟初依然贫困潦倒,樾岩得山陕劝捐差,又不欲去,皆牢愁满腹,特来相诉,不知余之抑塞无聊更有甚于两君也。

十二辛酉日(3月28日)　晴。方鹤人之妹倩蒋春海夫妇偕来拜谒,叙亲谊也。蒋君乃哲生太守第四子,汉军世族砺堂相国之裔。

十三壬戌日(3月29日)　晴。有方君义权者来谒,亦鹤人之族叔,与晤谈片刻而去。闻济宁一带屯民聚众事尚未完结,署州牧姚联奎办理不善,中丞祖之,不肯撤任,故百姓不服。

十四癸亥日(3月30日)　晴。连日窘迫,将永州锡器购去十五件,得价六十千,端砚及汉砖尚苦无售主。甚矣!定价之不易也。

十五甲子日(3月31日)　晴。无谒庙之役,遂不上院,省却无谓之征逐,乐得自暇自逸也。兆梓所举第二孙将届弥月,择得明日剃头,余拟自抱以剃,不欲请人,以省繁渎。

十六乙丑日(4月1日)　晴。辰刻,出门答拜李镇军安堂,未晤。答拜蒋春海,并拜其尊人哲生太守,晤谈时许。春海外出,未晤。哲生命其二、三两郎出见,皆春海之兄耶?巳刻,至浙闽会馆团拜,席罢即散归。午刻,抱第二孙剃头,乳名曰重喜。二媳乳不足,小孩颇不肥苗,然不得不令自乳也。

十七丙寅日(4月2日)　晴。贺客皆今日来,如王章甫、孙崧甫、矩臣均至,女客则方鹤人之嫂妹二人,内外均备面席,费钱数千矣。

十八丁卯日(4月3日)　阴。尚会臣廉访亦送弥月礼来,且持其太夫人柬帖,只得收受两色,一围领,一绣履。崔子万处送礼,未收。晚间,便衣访朱梓桢,谈良久乃归。

十九戊辰日(4月4日)　晴。明日为清明节,内子感念亡女,悲泣难遏,余亦凄然欲绝。岁月如流,爱而不见,此恨真不堪回首也。晚间,四媳似有将娩之象,其母适寓杨宅未归,内子命人速之来,并呼稳婆以俟,乃至晓寂然又无耗矣。

二十己巳日(4月5日)　晴。是日闻臬使往济宁查办事件,殆即为屯民抗缴田价事也,因命柬送之,并致一札道意焉。午间,祀先,命兆梓往城外尼庵为其妹焚烧纸粿,睹之怆然。

二十一庚午日(4月6日)　阴。午后,龚镜人来,晤谈。连日天气极热,大似暮春。申刻微雨,少顷即止。崧甫昆仲来,相与斗麻将牌四转,余赢钱四百三十文,每湖一文钱也。

二十二辛未日(4月7日) 阴。午前微雨,申酉戌亥四时雨甚,通宵未止,可期沾足。伟如亲家贻鼻烟一瓶,交其夫人带来,昨送到,嗅之颇佳,诚不多得也。夜间雨甚大。

二十三壬申(4月8日) 阴。卯刻,四媳分娩得男,大小平安,拟命乳名曰重富。两月连得两孙,添丁固属可喜,然费用因之而繁,真觉无可应付。甚矣!贫之为累也。傍晚,吴笠樵来晤。

二十四癸酉日(4月9日) 晴。早间,杨建弨来贺,与晤谈片刻。午后,绍侯、梓桢先后便衣来谈,傍晚乃去。连日阴雨,天气转凉,仍需重裘矣。

二十五甲戌日(4月10日) 阴。终日大雨。梓桢便衣冒雨来谈,所谓旧雨来今雨又来也,与晤谈甚久。傍晚雨未止,复冒雨而去,留之不可,听之而已。

二十六乙亥日(4月11日) 阴。午前,王章甫来贺,留其吃饭。午后,孙崧甫、矩臣来贺,留其晚饭,兼与斗牌消遣。吃饭略迟,饭后未打牌。

二十七丙子日(4月12日) 阴。拟出门,因雨而止。自午至亥,雨竟日未息。何志霄来辞行,又奉委至南洋公干,所谓多财善贾、长袖善舞是也。

二十八丁丑日(4月13日) 晴。午后,出门拜客,晤朱梓桢、崔子万、郭介臣、恩毓亭诸公,均畅谈。傍晚,至崔绥五处,复久坐乃还。

二十九戊寅日(4月14日) 阴。终日微雨不绝。闻济宁事尚未了结,廉访迄未回省,因而崧甫昆仲拟奉其母回济,不欲在此句留矣。

三十己卯日(4月15日) 阴。雨忽大忽小,迄未放晴。内子往方宅谢步,因遂至兴隆庵为亡女焚烧纸钱,傍晚方还。

三　月

三月初一庚辰日(4月16日)　阴。无谒庙之役,遂未出门。资财告罄,乃复向大德恒取银廿金,于是仅存百金矣,转盼即将取尽,其奈之何!

初二辛巳日(4月17日)　阴。午后,有吕君耀良来拜,与晤谈片刻。吕常州人,亦新过道班者也。连日屋主命圬者来修理内外墙垣,晨夕有匠人扰攘声,殊可厌也。

初三壬午日(4月18日)　阴。蒋哲生处具柬请今日会亲,闻皆辞却,乃亦辞焉。周升求去,乞予河南荐书,乃作书致淡人、筱脩两君,借希近状焉。

初四癸未日(4月19日)　阴。连日右目觉昏,今日始稍清朗。闻济宁事已平定,廉访不日即可折回矣。

初五甲申日(4月20日)　晴。午后,出门答拜吕君,未晤。复拜客数家,惟晤戴敬南、潘晟初两君。在敬南处遇一陈姓武将,合肥人,忘其名号矣。下午归来,与孙氏兄弟斗牌数转。

初六乙酉日(4月21日)　晴。有郭春霆之侄郭福祥者持春霆信来谒,并送土物求为谋事,姑受其赠,然恐无以报之也。午前,魏精卿来晤。

初七丙戌日(4月22日)　晴。张景韩来拜,晤谈片刻。郭氏子亦来见,因与接晤,固一湖北人也。

初八丁亥日(4月23日)　晴。午后,梓桢便衣过谈,良久乃去。作致钱筱脩书,驿递淅川,时筱脩已由新野令擢任淅川同知矣。

初九戊子日(4月24日)　晴。崧甫昆仲将旋济,嘱寓书兖道张毓藻谋峄县煤矿司事,因柬萧绍庭转为函荐,未知能有成否。

初十己丑日(4月25日)　晴。许尺衡、刘伯和先后来晤。下午,往东关火车栈送中丞出省。遇绍庭,知其将有事济宁,允俟晤张君时极力为孙郎说项,余有以覆孙矣。傍晚回寓,知崧甫奉其母明日准行,日暮不及往送,命兆梧往告之。

十一庚寅日(**4 月 26 日**)　晴。昨日未及作书致伟如,今日特挥数行交邮局寄去。连日天气甚热,可衣夹衣矣。下午,便衣往访梓桢,谈良久乃还。

十二辛卯日(**4 月 27 日**)　晴。接筱侣表丈来书,因贫病交迫,自云不久人世,特以此书告诀,其情亦可悯矣。午后,检集衣箱,将裘衣收起,取出单夹衣,并将凉帽装好以备换季所用。

十三壬辰日(**4 月 28 日**)　阴。南风甚大,天气仍热。呼骨董客改穿朝珠数挂,拟以好者自用,稍次者当求善价而沽之。英凤冈都转月内六旬生辰,同寅制锦屏为寿,又出分资六千文,皆无谓之应酬也。

十四癸巳日(**4 月 29 日**)　阴。晨起,家丁辈言失去烟筒、烟枪各二枝,乃暂搁门房桌上被恶人窃去。噫! 异矣,仆辈欲报县追查,余不允乃已。

十五甲午日(**4 月 30 日**)　晴。无谒庙之役,亦不须上院,遂未出门。闻中丞明日旋省,坐火车来,须酉刻莅止,亦可不往迓矣。

十六乙未日(**5 月 1 日**)　阴。午前,梓桢便衣来畅谈,云不日将往利津迁民,特来告别。是日换戴凉帽。晚间,忽风雷交作,继以暴雨,少顷即止。

十七丙申日(**5 月 2 日**)　晴。午后,丁佩瑜来拜,邀请执柯,渠将缔姻许氏,定于廿二日换柬,同作冰人者萧绍庭也。下午,有黄兆怀观察仁济来拜,晤谈片刻。黄君长沙人,以广西盐法道被革发遣,道出山东,已呈交台费免行矣。晚间,会臣招集臬署宴饮,黄君与焉。又有萧筱畲观察允文,即苍九太守之兄,忆廿年前在里门曾遇诸朱敏生年丈座上,筱畲亦尚记得。询知其近官湖南道员,亦被议而散,今来此访弟也。同席尚有胡方伯及绍侯、敬南、耕云诸君。酉刻入席,亥刻散归,风甚大,灯笼都吹灭矣。

十八丁酉日(**5 月 3 日**)　阴。梓桢今日行,往送,未晤。晚间,忽大风雷雨,继以冰雹,片刻即止,天气转凉矣。

十九戊戌日（5月4日） 晴。午后，出门往拜方鹤人母夫人寿，与王章甫晤谈片刻。旋访徐绍武、英子恭，均久谈。贺胡鼎老生孙，拜黄兆怀、萧筱畲，均未晤，傍晚乃还。

二十己亥日（5月5日） 晴。内子昨感寒，卧疾未起。回忆去年此日绍侯招余晚酌，散归后始知秀珍女患喉痛寖剧，自是扰攘两旬，连丧三女。今忽忽周岁矣，事过情迁，犹觉不堪回首也。

二十一庚子日（5月6日） 晴。是日节交立夏，循例祀先。午前，崔绥五过谈片刻，为王祝萱大令之次子说亲，余尚待访询也。

二十二辛丑日（5月7日） 晴。是日孙儿重富弥月，仍系自行抱以剃头。是儿肥壮，不似重喜之瘦弱，由于乳足故也。午初，往丁、许两家，偕萧绍庭作冰人。在许家早饮，丁家晚饮，吴绍侯亦在座，二更后乃散归。是日甚热，大有夏令气候。

二十三壬寅日（5月8日） 晴。中丞今日又出省赴下游阅河，余为节省轿钱起见，未往送。噫！一贫至此，亦可怜矣。午后，郭福华又来见，欲求荐事，因力却之乃去。

二十四癸卯日（5月9日） 晴。午前，萧筱畲便衣过谈片刻。其人颇有才华，年甫五十，身虽被放，其子已登进士，官中书矣。

二十五甲辰日（5月10日） 晴。闲居无俚，借博弈以消遣，真所谓无聊之极思。自申至亥斗牌十余转，输京钱千文耳。

二十六乙巳日（5月11日） 晴。午后复阴。秀真女亡于去岁此日，瞬忽经年矣。家人辈往为烧钱纸银锞，睹之凄然。

二十七丙午日（5月12日） 晴。娄典史庆霖来请见，厌其纠缠，托辞谢之。丁佩瑜来谢步，亦未与晤。年来命宫磨蝎，心绪恶劣万状，守安命之义以俟之可耳。

二十八丁未日（5月13日） 晴。常生之华至自济宁，求为致书农商局，欲入农务学堂习业，乃寓书萧绍庭荐之。晚间，常来谒，与晤谈片刻而去。

二十九戊申日（5月14日） 晴。中丞自下游返，到时已交初更,遂不往迓,大约同人往迎者必不多,况吾侪冷人乎?

四　月

四月初一己酉日(5月15日)　阴。抚院止衙,大可不往。傍晚大雨,夜间更甚,因与妇孺斗牌遣闷,夜阑方休,雨亦渐止矣。

初二庚戌日(5月16日)　晴。客岁桂真女殁于此日。未刻,思之可胜怆恻。内子率兆梧往兴隆庵为之烧纸,余虽未往,其感触又乌能已耶? 噫!

初三辛亥日(5月17日)　阴。早间,方鹤人来拜,晤谈片刻。渠方带领师范生至自日本,其妻子尚留日本游学也。午后,与家人打牌消遣。

初四壬子日(5月18日)　晴。前交兴隆庵尼僧代售各物,兹货去三镶带版一块,得银拾伍两,即刻兑钱开支各欠账,顷间即罄。日间,仍打牌,夜分方休。

初五癸丑日(5月19日)　晴。久未参衙,适不止院,姑往一行,至则同班到者十人,现任四君亦至。谈悉粮道达右文出缺,大府已回面言委洪兰楫往署,尚未檄行也。午初散衙,复拜客数家,惟晤崔绥五,少坐即归。

初六甲寅日(5月20日)　晴。午前,检拾箱箧,取出单纱门帘更易,又将旧藏好陈墨收贮一紫檀匣,仍放入杂物棕箱内。午后,濯足。晚间,又打牌。

初七乙卯日(5月21日)　晴。午后,子厚二兄至自徐州,突然而来,颇出望外,计自丙戌正月别于开封,盖已逾十九年。相见甚欢,且稔知余困顿,特来相视,情殊可感也。

初八丙辰日(5月22日)　晴。伟如亲家处命仆御二人来迎四媳归宁,而无车马偕来,嘱由此间雇车前往。兆梧亦拟偕行,已定十二日首途。晚间,偕厚兄斗麻将牌。

初九丁巳日(5月23日)　晴。吴笠樵、王章甫先后来谈。午前微雨,天气甚凉。厚兄观余度日艰窘,为设策将氾水田货去以救燃眉,亦无聊之极思也。

初十戊午日(5月24日)　晴。早间,修发。午后,内子率四媳往兴隆庵烧纸,因值佩珍女亡日故也。余在家检出宝应氾水田券两纸并旧契两包、买价细账一纸,均交梧儿手收,以便由济宁南下觅售。

十一己未日(5月25日)　晴。洪兰楣署粮道来辞。午后,出门送之,未晤。复拜吴绍侯、潘晟初、雷越岩,均未遇。晟初屡请假,殆已他往。越岩则甫归自天津也。傍晚大雨一阵。

十二庚申日(5月26日)　晴。四媳携幼孙往济宁归宁,梧儿送以偕往,辰刻首途。天气清朗晴和,于行路适相宜也。晚间,与厚兄聚谈。

十三辛酉日(5月27日)　晴。南风甚大,尘沙扑面,下午复阴云四起。吴绍侯过谈片刻。抚院牌示,委阅候补将备月课打靶,绍侯亦同与焉。

十四壬戌日(5月28日)　晴。午后,有候选县丞武吉照来见,询知乃武水部吉祥之弟,汉军广州驻防人,尚廉访与有旧,现充中游随工委员,与王章甫同差。晚间,雷越岩便衣来谈。

十五癸亥日(5月29日)　晴。李提督葆珍饬人来问,明日何时往阅打靶,告以辰初即往。晚间,绍侯持柬来告明日巳刻抚院传见,嘱届时弗候,余只得辰刻先往矣。

十六甲子日(5月30日)　晴。辰正,往武备学堂,李君已先在。晤总办袁厚甫,亦云绍侯知照勿候,乃三人偕莅演武厅升座阅看。余与厚甫秉笔标记,李君坐阅而已。午初阅毕,共取超等三枪四十五员,特等二枪四十五员,一等一枪卅二名。即进城赴抚院销差,遇绍侯于城门,乃偕往焉,午正散归。王章甫来谈,即留其午饭。

十七乙丑日(5月31日)　晴。天气渐热,既毕换纱窗,乃各更竹帘。傍晚,风雨陡作,微凉。

十八丙寅日(6月1日)　晴。德国因胶济铁路告成,于是日开贺,遍请华洋各官高会。自中丞、藩桌以次,若洋务、商务局皆与焉。中丞欲往泰山致祭,特为缓行一日。

十九丁卯日(6月2日)　晴,热甚。午后,往西关候送中丞,假座高等学堂大厅。中丞行后,复至东文教习宅野房中少坐,旋即散归。

二十戊辰日(6月3日)　晴。蒋哲生署兖州府,因遣柬道贺。今日天气更热,无异伏暑炎蒸。厚兄来已半月,因其仆人患病,尚未装归装也。

二十一己巳日(6月4日)　晴。恭遇先公忌辰,敬谨祭享,厚兄亦登堂行礼。先公弃觌孤已二十四载,松楸远隔,未能抽身归里一拜,静言思之,无限感怆,未知此愿何日克偿也。噫!

二十二庚午日(6月5日)　阴。风雨陡作,天气转凉。兆梓偕王章甫拉厚兄往游大明湖,余惮于行步,未与斯游,惟终日枯坐而已。

二十三辛未日(6月6日)　晴。下午,龚吉人便衣过谈,因其内子患腿疾,欲就西医聂爱山诊治,谂余与爱山习,嘱为先容,因挥一札与之。

二十四壬申日(6月7日)　晴。潘晟初衣冠来晤。渠往京师一游,冀有所图,谈次却深讳言,只说患病数旬,未能出门,实则已往返长安道二千里矣。

二十五癸酉日(6月8日)　晴。昨今两日又复奇热,终日挥汗如洗。购荷兰汽水两瓶饮之,稍涤烦溽。兆梧行已半月,未知济宁气候如何。

二十六甲戌日(6月9日)　晴。终日郁闷一室,无俚已极。厚兄因天热尚未言归,睹余贫状,亦无甚意趣也。阅邸抄,山东粮道放周开铭,湖南人,乙丑翰林。

二十七乙亥日(6月10日)　晴。天气仍热,资用罄尽,检出朝珠三挂,早欲出沽,苦无善价可求,尚有紫榆书案亦思变价,皆苦于售主之难觅,奈之何哉!

二十八丙子日(6月11日)　晴。傍晚,刘顺至自济宁,带到兆梧禀函,知十五日抵济,均甚安适。伟如亲家却无复书。晚饭后大风雨,夜雨尤大,天气稍凉。

　　二十九丁丑日(6月12日)　晴。午后,有陈劭吾观察惟彦来拜,得与晤谈。陈君石埭人,指分江苏道员,经周中丞调东委用者也。下午,检取纱衣并贮一小箱,置诸左右以便取携,其他箱篚均移放兆梧室中,俟其归再为腾挪可耳。

　　三十戊寅日(6月13日)　晴。仍复烦热,检出无用之敝纱衣数件,命人沽诸市肆,未知有问价者否。噫!潦倒至此,亦可怜矣。

五　月

　　五月初一己卯日(6月14日)　阴。微雨一阵,旋即开朗。作谕兆梧函,寄济宁孙宅。午后,打牌,至夜分乃已。

　　初二庚辰日(6月15日)　晴。午前,潘晟初来谈片刻。午后,又复打牌,仍至夜分始休。节关已届,售物未能得价,苦不可言。

　　初三辛巳日(6月16日)　阴。天气稍凉,收到薪水六十金,即刻用去过半,节边开支尚未全付出也。午后,仍以打牌遣闷。

　　初四壬午日(6月17日)　阴。午后大风雨,少顷即止,气候凉爽。旋即出门拜客,晤陈劭吾,畅谈,余均未遇。下午回寓。

　　初五癸未日(6月18日)　晴。中丞出省未归,无须贺节,遂不出门。午刻,祀先毕,即为厚兄钱别。王章甫来拜节,即留与共饭。

　　初六甲申日(6月19日)　晴。卯初起,送子厚兄登程。是日南风甚大,却不觉凉,行路相宜。厚兄直往济宁,僦舟南下,云将访陈修五总戎于宿迁也。

　　初七乙酉日(6月20日)　晴。资斧告匮,朝珠、锡碗均未售出,昨日即应支发各项,至今尚未筹出,只得再向大德恒取银十两过此一关。伤哉贫也。

　　初八丙戌日(6月21日)　晴。连日热甚,无计排闷,惟与内子及大侄女斗麻雀牌以遣永昼,互相胜负,每至夜分乃散。

初九丁亥日(6 月 22 日) 晴。午后,丁培轩来拜,晤谈片刻。培轩开复处分,又得明保,并案赴引得旨存记,且蒙召对,甫至自京师,固同班中得意者,吾侪与处瞠乎其后矣。

初十戊子日(6 月 23 日) 晴。午前,严楷生便衣来见,微末贫员,余实爱莫能助,而渠于余情意甚殷,殊愧对之也。自下午至夜半,率以斗牌为事。夜间,余赢得龙凤白门风浑一色对对湖,共六翻,一牌得三千三百十六湖,亦所罕遇也。

十一己丑日(6 月 24 日) 晴。午前,作书致稚夔大鸿胪,恳其转禀相国设法相援,未知其见答否也。午后,仍与内子、大侄女打麻将牌。梧儿往甥馆,梓儿在学堂,人手不足,只得三人入局。使秀、桂两女不夭,亦可陪侍,而今已矣,触处生悲,真觉思之无已时也。噫!

十二庚寅日(6 月 25 日) 晴。卯初,闻中丞将回省,即起小食,更盛服出西关迎宾馆候迎。辰刻至,少坐即进城,同人亦各散。因往拜客数家,并答拜丁培仙,均未晤。回寓后,方鹤人来拜,晤谈片刻。今日又复极热。午后,仍三人打牌,至夕即休。

十三辛卯日(6 月 26 日) 晴。同寅有要差者闻皆往谒中丞,吾侪闲人则否。日用将罄,不得已向朱养田假得百金,嘱书官银号借据付之,期至七月杪归完,不起息也。

十四壬辰日(6 月 27 日) 晴。仍复极热,伏处无聊,犹觉烦躁。买得土制荷兰汽水四瓶,顷刻饮尽,犹未解渴烦也。接各处贺节禀信,如淡人、量甫均有信来。

十五癸巳日(6 月 28 日) 晴。抚院并未止衙,余决计不往,嗣闻无一人往见者,深自幸其老谋深算也。今日仍极热。

十六甲午日(6 月 29 日) 晴。所售朝珠、扣带各物数月来迄未得值,幸有养田相假之项,今日发款得以如期应付,否则真一筹莫展矣。

十七乙未日(6 月 30 日) 晴。午前,项幼轩来见,晤谈时许,久不与晤,渠已补巨野县缺。家丁岳祥屡屡求荐,复求厚兄转说,今值其来,姑为面荐,未知能收录否也。

十八丙申日(7月1日)　阴。微雨稍凉。各学堂将放暑假,日内正在季考,将以分别等差也。余年来身居闲散,并此等监场之役,亦不复与矣。

十九丁酉日(7月2日)　晴。终日畏热,苦无清凉国可避,因于大厅席地而卧,倦则小眠,稍觉凉爽。一官潦倒,此等境界即乐趣也。

二十戊戌日(7月3日)　晴。午前,潘仲年过谈,自云同居一街迄未登堂,特来专访也。午刻,祀先。午后又复热甚,坐卧皆不得安矣。

二十一己亥日(7月4日)　晴。又复取银票两纸易钱,开发日用,所售各物仍未交价,奈何! 傍晚,风雨交作,取《通鉴辑览》数册阅看,以消长日。

二十二庚子日(7月5日)　阴。早间雨,颇觉清凉。午后,闻潘仲年有叔母之丧,设奠于李公祠,时已薄暮,不及往奠矣。

二十三辛丑日(7月6日)　阴。雨时作时止。午后,斗牌。晚间,阅邸抄,见方仲侯及松晴川之子衍善均以道员引见,方仍分江苏,衍分河南,盖晴川曩曾官豫有年,故其子亦分发豫省也。

二十四壬寅日(7月7日)　晴。午前,接兆梧禀,知厚兄到济宁小住数日,于十四日买舟南下矣。厚兄亦有函致兆梓之书。

二十五癸卯日(7月8日)　晴。作书寄王茂育里门,嘱将典息以制钱合银元汇来,不须买纹银,致多折耗,约以七月内汇到,俾应急需也。

二十六甲辰日(7月9日)　昨作谕兆梧书,未封发,今午封固寄济宁。午后,因天气凉爽,出门拜客,晤崔子万、丁佩瑜、潘仲年,各久谈,傍晚乃还。

二十七乙巳日(7月10日)　晴。日前,背上生一火疖,颇疼痛,数日来尚未平复,以梅花点舌丹敷之,并用好酒送服两粒,亦不见应验。

二十八丙午日(7月11日)　晴。夙稔万香洲参戎擅外科术,因与约前往就诊。午后,香洲来访,请其诊视。据云云无碍,贴以小薄膏药一张,另留两张每日一易,云过此即愈矣。

二十九丁未日(7月12日)　晴。疮疖仍疼,未见大效。午前,有闽县曾叔梧兆锟来拜,晤谈片刻。亦周中承以熟谙洋务由北洋咨调来东者,人却明干诚笃,无时下习气。下午,朱梓桢赠鱼虾干及墨拓楹帖一副,渠甫自下游迁民差旋也。

六 月

六月初一戊申日(7月13日)　晴。疮疼稍减,膏药之验也,惟红晕颇大,且硬而热,恐急切未能速瘳耳。日间,仍斗牌。晚间,雷越岩来访,未与晤。

初二己酉日(7月14日)　晴。背疮仍作痛,余无所苦,故不疑为痈疽剧证。明日英凤冈都转招饮历下亭,宾客甚盛,尚拟力疾赴之也。

初三庚戌日(7月15日)　阴。午后,访万香洲就其诊视,未遇。旋至历下亭宴集。自学使、方伯以次咸至,惟中丞不到耳。席间,疮疼益甚。傍晚散席,复就香洲诊视,则仍云无碍,依然敷以小药膏而已。

初四辛亥日(7月16日)　晴。昨晤何志霄,谈及所患背疮,据云有旧配桃花散可以敷治,今日即送此药散来,如法敷患处,仍外贴膏药,未知能见效否也。

初五壬子日(7月17日)　晴。背上红晕益大,红硬而疼,饭食顿减,卧起转侧维艰,殆非寻常疮疖可比拟,明日就西医聂会东一诊便知主名也。

初六癸丑日(7月18日)　晴。申刻,亲往东关西医院就美国医士聂会东诊视,据云证属背痈,切切轻视,急须施治,乃以手挤出稠脓少许,用加玻尼酸药水射入疮口,外用夏布棉花裹好,嘱翌日再诊。

自医院归来,寒热交作,益复痛楚不支矣。

初七甲寅日(7月19日) 晴。痛毒正炽,疼痛不宁,时复作热。午后,复就聂医诊视。聂适外出,其徒马姓、张姓二人为余施治,仍如昨法换药、换易棉布。回寓后,甚觉委顿。方鹤人将入都来辞,未能与晤,惟兆梓见之。夜间,益不能偃卧。

初八乙卯日(7月20日) 晴。申初,又往医院就诊,仍未晤聂,惟马、张二人为之施治,大都如昨。回寓,体益不支,眠食皆不如恒,时复作热,疮痕益大,殊苦之。

初九丙辰日(7月21日) 晴。力疾往医院,晤聂,得其诊治,以手挤脓,痛甚,出脓尚不多,据云殊未见轻,急切不能求速效也。归来委顿如昨,坐卧皆不宁矣。

初十丁巳日(7月22日) 晴。申刻,复往就诊,舆疾往返,惫甚,病且毫无减轻,据聂君云此证奏功最缓,但求其不复增剧,即为得手,未能性急也。

十一戊午日(7月23日) 晴。惫甚,惮于行动,乃延聂医来寓诊视,据云疾不见减,非移寓医院,朝夕施治,未能奏效,乃如其言,即于酉刻移往东关医院。兆梓侍往。彼处院落极轩敞,屋亦干净,惟夜间蚊太多,为至苦耳。

十二己未日(7月24日) 晴。聂医用刀割疮口,出脓颇多,据云非割破毒不能出也,然疼痛极矣。每日挤脓三次,其苦万状,眠食亦未能如常。

十三庚申日(7月25日) 晴。仍住医院,日诊三次,脓出渐多,佳象也,惟痛楚难禁耳。据聂云疾有起色,无他虞矣。自移医院,聂君力劝戒烟,遂于昨日屏烟弗吸,伊为配制小丸药,日啖四粒,亦无所苦。

十四辛酉日(7月26日) 晴。每日诊视四次,早晚两次张医代诊,已申两次聂医亲诊。今日巳刻又割一刀,冀其毒出渐多也。医院蚊太多,日甫晡即须避卧帐中,殊苦之。

十五壬戌日(**7月27日**) 晴。精神眠食均甚疲惫。午后,即遍体作热,服金鸡纳霜三丸,据云乃退热之药也。张医又以药水每日为余洗眼三次,以涤浮热。

十六癸亥日(**7月28日**) 晴。戒烟丸减服至每日三粒,疮毒出脓如昨,疼痛亦未减,据云总算日有起色,不能性急也。

十七甲子日(**7月29日**) 阴。大雨三次,天气稍凉,住医院习静,颇觉清爽。日来胃纳稍增,卧起尚未能自如,仍须人扶掖,然自揣病情,亦觉有减无增,可慰也。

十八乙丑日(**7月30日**) 晴。辰刻,力疾乘轿回寓,沐浴一次,以涤烦垢。寓屋雨后湿热尤甚,远逊医院爽洁。午初,仍返医院。饭后甚乏。晚间,又复作烧,殆过劳之故欤?

十九丙寅日(**7月31日**) 阴。寓中送到兆梧来禀,并售车得价五十千,封入信筒寄来,知余病痈欲遄回省视,余则恐大雨时行虑其中途阻滞也。下午,大雨如注,至夜未止。日间,兆梓回寓返院,幸未遇雨。

二十丁卯日(**8月1日**) 阴。早间又雨。旬日以来戒烟丸减至日服两粒,每日戌正、亥正即眠,卯初必起,觉病中精神渐振矣。

二十一戊辰日(**8月2日**) 晴。午间,聂会东来余屋,晤谈。言及英儒李提摩太现来此游历,明日将至,即住医院对门之教堂中,李固名下士,此间官场亦必与逢迎也。屈计余住医院已浃旬,所患虽日见减轻,不过十愈三四耳。

二十二己巳日(**8月3日**) 晴。仍每日诊视三次,脓出渐少,盖毒渐杀矣,发热亦少,饮食亦觉有味,自是佳象。傍晚,闻聂会东往火车栈迎李提摩太矣。

二十三庚午日(**8月4日**) 晴。病中精神尚好,借观书以消长昼。间或散步庭院,颇觉爽适,盖医院屋既高塽,院落尤极宽敞,于养病颇宜,惜晚间蚊子太多,为美中不足耳。

二十四辛未日(**8月5日**) 阴。早间,兆梓回去。午后,汇川来，知兆梧有电询余病情，已由兆梓电复矣。傍晚，兆梓来医院。是日又阵雨两次。

二十五壬申日(8月6日) 晴。余住医院对门迤东即美教堂。午初，闻鸣钲声，询知中丞拜李提摩太而来，越时许始闻其去去而。孔少霈至医院，聂会东出见之，在药房良久，盖为配制眼镜也。

二十六癸酉日(8月7日) 阴。午前后阵雨两次。余疾觉更轻减，连日均未发热，背左脓毒渐尽，惟偏右又长一红块，甚疼。今日三次诊视换药，于背左夹出腐肉四块，疼痛渐杀。

二十七甲戌日(8月8日) 阴。午前似有雨意，午后放晴，乃命舆返寓栉沐。见寓中各处皆潮湿，屋亦有渗漏处，盖因雨水太多也。酉正，仍回医院下榻，背右之硬块仍复作疼。

二十八乙亥日(8月9日) 晴。巳刻，聂医出疹，将余背上硬块又为一刀割破，将毒脓放出，据云从此可无流毒之患，然刀伤处又复极疼。申刻，复就聂君对准目光配制眼镜，嘱函致美国定购，言明用金边，须价京蚨十五千，即豫付之。

二十九丙子日(8月10日) 晴。刀割处疼较见轻，余处毒脓亦少，每日诊一次可矣。午后，兆梧至自济宁，闻余病不能释怀，故急来省也。

七 月

七月初一丁丑日(8月11日) 晴。早间，兆梓回寓。午后，兆梧自寓来。傍晚，兆梧仍回寓。连日天气又热，不似前数日之凉爽。余住医院，仍每日一诊。

初二戊寅日(8月12日) 晴。早间，剃发，盖自六月初十后至今甫剃发也。下午，兆梧来医院一转，见天气渐潮阴，大有雨意，乃去。

初三己卯日(8月13日) 阴。自昨宵至今晨，大雨如注。余晨起见聂会东赤足持伞行庭院中，盖因天雨，恐屋渗漏，故亲出看视也。

午后,雨渐止。日来每日一诊,仍用药水射洗,日渐有功矣。

初四庚辰日(8月14日)　阴。寓中来告,兆梧、重喜均有不适,于是兆梓邀马医往诊,午刻始还。因令张医为配药料送回寓中,分别服用。午后,聂君来谈。

初五辛巳日(8月15日)　晴。陆似梅手札代汪济臣邀为其妻点主,择期月之十六日,因覆书允诺,默计尔时当可力疾出门也。接筱侣丈覆书,知仍健在,甚慰余怀。

初六壬午日(8月16日)　晴。兆梧于午后来,晚饭后去。余拟十三日回寓。惟日来疮口刀伤均未收合,时仍作痛,未知数日后情形若何。晚间,作复冯筱侣丈书数纸。

初七癸未日(8月17日)　晴。早间,兆梓回寓。午后,兆梧来。连日行步稍健,每饭毕必步行二百武,惟背创仍作痛耳。戒烟丸已减至二日一丸,即不服殆亦无碍矣。

初八甲申日(8月18日)　晴。日来疮口渐就收合,惟有时仍觉作痛,拟十三日移回寓中,大约尔时似可告痊矣。灯下,将复筱侣叔信缮完。

初九乙酉日(8月19日)　晴。家忌祀先,令兆梓、兆梧回寓行礼,余仍在医院。下午,兆梧来,兆梓傍晚亦来。寓中自兆梧归,稍稍有人照料矣。

初十丙戌日(8月20日)　晴。往医院已匝月,剧疾危而复安,且能将烟癖屏绝,实为厚幸,今而复愈服西医矣。且儿孙辈偶尔抱恙,服西药亦都应手,而愈真神乎技也。

十一丁亥日(8月21日)　晴。日来皆每日巳刻一诊,不用药水冲洗,惟用扑粉敷擦。午刻,聂会东来视余,晤谈时许,余与约明日往伊住屋聚谈。自昨晨吃儿药一粒,复从此并戒烟丸不复冉吃,大是快事,然非聂会东之力不及此。

十二戊子日(8月22日)　晴。早间,兆梓往学堂开学,兆梧来医院为余摒挡一切,封出银廿四两为医院捐项,马、张两医各赠银贰两四钱,均各分致讫。午后,往聂君住屋茗话,道谢辞别。其妻出见,操华语甚娴熟,闻其颇通华文,其谈吐无异中国士大夫,令人钦迟不置。晚间,兆梓仍来医院,兆梧回寓宿。

十三己丑日(8月23日) 晴。卯正起,小食毕。辰初,自医院回寓。天气仍热。午后,修发,澡身,检收衣物,扫除客座,将书斋烟榻撤去,从今不复作云烟癖矣。

十四庚寅日(8月24日) 晴。早间,出门拜客,晤胡方伯、丁佩瑜、潘晟初、雷樾岩诸君,各畅谈近况。同人皆为幸慰,盖以余危证得安,真万幸也。午初回寓,觉疲,遂解衣小眠。午后未出门。

十五辛卯日(8月25日) 晴。家祭,试行拜跪,颇觉吃力,背创亦时复微痛,复元尚需时日也。汪济臣大令锡康来谒,面求为其夫人点主。汪嘉兴人,其尊人笙叔驾部与沈絜斋观察在京相识,絜老巡兖沂时曾辟济臣为从事,曩余不知其详,今晤济臣始谈及耳。

十六壬辰日(8月26日) 晴。辰刻,汪宅备仪仗车马来迎,乃升舆前往,至即升座,为之点主。礼成,入席饮宴,少坐即散归。在彼遇潘仲年、潘子木两君,各与谈数语。午初回寓,热甚,纱袍湿透矣。

十七癸巳日(8月27日) 阴。辰刻,复至东关医院访聂君,未晤。就马医诊视,据云创处渐平,可保无虞,仍日敷扑粉一次可也。访崔绥五,谈时许而还。

十八甲午日(8月28日) 晴。午前,便衣访绍侯,谈时许。绍侯邀午后打麻将牌,乃于未正复往。同席为杜宾谷、恩毓亭、傅子余,无何丁佩瑜亦至,共六人,四人入座,其两人轮流憩息。三更散场,赢京蚨八竿,比回寓,已四鼓矣。

十九乙未日(8月29日) 阴。大雨竟日。兆梧欲翌日如济宁,因雨未果,余拟令其月朔前往。连日背上仍觉不适,间日敷扑粉一次。

二十丙申日(8月30日) 阴。雨止而阳光未放。杜宾谷折柬约翌日续集彼处,余固欣然乐从也。晚间又雨,天气转凉。

二十一丁酉日(8月31日)　晴。午后,衣冠出门,答拜客数家,即至宾谷处易衣打牌。同座者绍侯、毓亭及蒋友山、傅子余也。三更后散归,负京蚨十竿。

二十二戊戌日(9月1日)　阴。大雨竟日,天气稍凉。病后无俚,惟以旧书消遣。本年雨水过多,房屋均异常潮湿,殊闷人也。

二十三己亥日(9月2日)　阴。又复阵雨数次。见家人辈食蟹,颇垂涎,妻孥均以余疮未复元劝且勿食,因取《本草》披阅,则蟹并无毒,固不妨食也。

二十四庚子日(9月3日)　阴。雨时作时止,道路泥泞可知。余拟就聂会东复诊,连日因阴雨不果。日来资用告匮,里中息款未知何日汇到也。

二十五辛丑日(9月4日)　阴。接王茂育复书,洋钱、龙元均不能汇,仍合纹银汇来,须八月中旬方能到此,闻之甚闷。

二十六壬寅日(9月5日)　阴。午后,便衣出门访聂会东于东关,袒而示之背,据云逐渐平复,决无他虞。访郭介丈、恩毓亭、杜宾谷,各谈良久。因约毓亭、宾谷翌日来寓续集。

二十七癸卯日(9月6日)　晴。午前,以肥桃、苹果、鸡鸭饷聂君,聂君受桃、鸭,余返璧。午后,绍侯、毓亭、宾谷均先后至,因复邀傅子余,仍系五人轮坐。三更后方散,余负两竿。

二十八甲辰日(9月7日)　晴。阳光大放,督仆抖晒袷衣两小箱,皆便服无袍褂,共卅一袭,袷便服止于此矣。午后,作书致絜斋昆仲,邮递苏州。

二十九乙巳日(9月8日)　晴。抖晒大皮箱二口,皆裘袍、裘褂,共卅二袭,傍晚收好。接王次箴修撰自京来书。朱梓桢来假朝冠,盖丁祭派分献也。

三十丙午日(9月9日)　晴。抖晒皮冠、皮领,分布于廊下两方桌。午后,崔绥五来,晤谈。接王茂育来信,汇到典息七百廿六两,仍由大德恒票号经手,因即暂存彼处,以便随时取用也。

八　月

八月初一丁未日(9月10日)　阴。兆梧因车不至,未能行。午后大雨,甚凉。余因多食感寒,夜间腹泻数次,比晓犹未已。

初二戊申日(9月11日)　阴。晨起,服铋丹养药粉四包,泻即渐止。兆梧雇得轿车一辆,需京钱十六千,即于辰初起身往济宁。是日,朱梓桢处亦有人如济宁,僦舟南下云。

初三己酉日(9月12日)　晴。杜宾谷因陆似梅至自临清,折柬订明日聚谈,闲散无俚之际,时以聚集为乐,所谓犹贤乎己也。

初四庚戌日(9月13日)　晴。午后,往宾谷处簪聚,似梅、绍侯、毓亭五人轮,一人憩息,与前集略同。夜半方散,余赢六竿。

初五辛亥日(9月14日)　晴。午前,蒋友山大令式玗来见,即前在宾谷处同集者,直隶玉田人。其尊人名庆篯,亦曾作宰山东,固巨富也。

初六壬子日(9月15日)　晴。阅邸抄,胡鼎臣方伯与江藩黄花农建筅对调,并令胡速赴调任,大约尚会臣觐旋必署藩司也。

初七癸丑日(9月16日)　晴。恩毓亭便衣访谈片刻,约日内续集伊处。朱养田至自京师,购到搢绅、爻级,均送来。

初八甲寅日(9月17日)　晴。午前拜客,晤丁培轩,余均未遇。午后,集毓亭寓打牌,绍侯、宾谷、似梅均在座。三更乃散,余输三千文,毓亭之婿崇君代毓亭捉刀半宵,颇有所赢。

初九乙卯日(9月18日)　阴。午后,陆似梅、王赓廷、玉松谷先后来晤。闻李吉珊至自莱州,余昨日往访,未晤。养田带到家欧获来信。欧获名思诰,今年捷南官,分户曹,顷正在京也。

初十丙辰日(9月19日)　晴。早间,作书答欧获,邮寄都门。午后,偕梓桢、似梅、宾谷往看铜元局,晤丁佩瑜,茗叙片时。佩瑜绾局事,公所新屋极轩洁,身居其中,殊堪艳羡。

十一丁巳日(9月20日)　晴。午前,何福棠观察来拜,晤谈片刻。何君名国褆,合肥人,服阙回省之候补道也。午后,集绍侯寓斋,宾谷未到,共五人,福棠、似梅、毓亭均与焉。三更散归,又负两竿。

十二戊午日(9月21日) 晴。李吉珊、刘道三先后来晤。吉珊已换戴三品帽顶,盖豫支也。午后,朱梓桢来晤,约明日偕往接差。王章甫至自工次,留其下榻。

十三己未日(9月22日) 晴。未初,往梓桢处,偕出西关候迎尚会臣廉访,同人咸集,学使亦到。申初,会臣莅止,入宾馆少坐,即各散。余入城,复至东城答拜何福棠,未晡而还。

十四庚申日(9月23日) 晴。周玉帅之妹洪母殁于抚署,同人均送祭幛往吊。辰刻,余往一奠,以线绉幛为赠,并纸扎二种,费钱七千文。午后,往八旗馆公宴胡、尚两公,一践行,一接风也。二更散归。

十五辛酉日(9月24日) 晴。秋节,祀先。未出门。王章甫入拜节,与一晤。探询梓桢亦未上院,此等无谓之周旋,固可不必也。接絜斋复书。

十六壬戌日(9月25日) 晴。会臣今日接署藩篆,因往一贺,亦未与晤。接退庵复书,与絜斋意相同,均以汪令为可取,惟闻其性情不甚平和,尚待踌躇也。

十七癸亥日(9月26日) 晴。王子飏、严楷生先后来晤。因托子飏转致汪君,询知其意见何如,然后定夺也。午后,往拜胡鼎臣方伯,未晤。

十八甲子日(9月27日) 晴。辰刻,往访绍侯,因偕拜尚会臣太翁寿,与会臣一晤,少坐即还。午后,中丞传见,至则现任司道及学务处、工程局各道员咸在座。中丞出示札稿,议设客籍学堂,派余及刘道三会筹一切,姑颔之。

十九乙丑日(9月28日) 晴。早间,前四川蓬溪令牟君育来见,接晤时许。牟君字赞臣,黄岩人,被劾降调,投效来东,昨中丞面委随办客籍学堂者也。傍晚,绍侯来谈。晚间,刘道三来晤。

二十丙寅日(9月29日) 晴。午后,接到院檄,令会筹客籍学堂事仍由学务处主政，吾侪无从参预也。傍晚，往约绍侯相晤，未遇。晚间，访子桢，久谈。

　　二十一丁卯日（9月30日）　晴。晨起，访张楚宝于学务处，晤商一切。访刘道三，谈片刻。至抚辕，遇鼎臣方伯于官厅，与谈数语。渠入见禀辞，余不欲久侯，即挂号而散。鼎臣旋来辞行，未晤。

　　二十二戊辰日（10月1日）　晴。早间，往拜鼎臣方伯送行，未晤。访崔绥五，谈片刻而还。午后，约陈起霞至寓诊脉，开一调理药方，随时常服。

　　二十三己巳日（10月2日）　晴。邀绍侯、毓亭、宾谷来寓打牌，并邀章甫入座，仍足五人之数。三更乃散，余赢六竿，毓亭赢四竿，皆章甫一人所输。

　　二十四庚午日（10月3日）　阴。午后，往西关送胡鼎臣行，同人咸集。申刻入城，风雨交作，宾谷邀往其家打牌。绍侯、似梅均同至。晚间，似梅嘴疼，先散。宾谷邀其表叔张鹤琴补其缺，仍得四人之聚。三更散归，余输两竿。夜间甚凉。

　　二十五辛未日（10月4日）　晴。王子飏交到汪济臣年庚一纸，据云渠甚愿求亲，惟陆似梅云此君为人颇不平正，嘱勿遽诺，因而又涉游移矣。

　　二十六壬申日（10月5日）　晴。早间，偕刘道三谒中丞，同见有朱养田、何福棠、萧绍庭。中丞面告已委曾叔梧充客籍学堂监督，吾侪不过帮同照料而已。午后，恩毓亭、王子飏先后来晤。

　　二十七癸酉日（10月6日）　晴。午后，吴笠樵、杜宾谷均来晤。最后，雷樾岩便衣来谈，因即偕其访梓桢于对门，叙谈至日晡乃还。

　　二十八甲戌日（10月7日）　晴。辰刻，往抚署送洪姑太太发引，同人咸集，有送出城者，余至城门即返。拜潘子牧太守志恂，晤谈片刻。知汪济臣与之最稔，子牧有一婢赠与为姜，甫于三日前送往，然则汪之求婚其非真意明矣。午前回寓，潘晟初来晤。午后，曾叔梧、潘子牧先后来晤。

二十九乙亥日(**10 月 8 日**) 晴。直隶候补知县王令育仁来见。王字煦斋,绍兴人,中丞咨调来此派充客籍学堂会计官,故来见。

九　月

九月初一丙子日(**10 月 9 日**) 阴。大风如吼,虽未止院,亦不往。及晚间,阅辕抄,则同班往见者甚多,未去者只三数人耳。

初二丁丑日(**10 月 10 日**) 阴。终朝蒙蒙细雨。午前,曾叔梧来晤。嘱访举浙省学董一人,因邀汪济臣来询,其愿充即以伊举焉。傍晚,魏梅孙太守家骅来晤。魏江宁人,以编修举经济特科,奉发山东知府,去冬到省,今已请补东昌府矣。

初三戊寅日(**10 月 11 日**) 阴。早间,答拜曾叔梧,晤谈片刻,将汪济臣衔条交与之。复至贡院看暂设学堂各屋舍,时正在扫除。王煦斋在彼处指挥工匠也。午后又雨。接兆梧来禀,即作书谕之,适有便人往济宁,恰好带交也。

初四己卯日(**10 月 12 日**) 晴。午前,孔少霈、刘道三先后来晤。午后,朱兆仑、娄庆霖、刘启昌均便衣来见。接筱侣丈来书,知其得就兰谿女埠厘卡司事一席。

初五庚辰日(**10 月 13 日**) 晴。陈起霞充江苏学董,特来谒见,与晤谈片刻而去。曾叔梧手简知会初七日邀集各省学董、学务处首府县至学堂,会议招募学生各事。

初六辛巳日(**10 月 14 日**) 晴。候补知县贺飞如大令来见,知其举充学董。贺名良翚,蒲圻人,云甫司空之犹子,而幼甫廉访之堂弟也,年已六十余,人极好,腿微跛耳。

初七壬午日(**10 月 15 日**) 晴。午后,往答拜孔少霈、魏梅孙、贺飞如,均未晤。旋至贡院会议学堂事,首府县、各省学董十人咸集,申刻乃散。与叔梧谈片刻,然后归。顺道访绍侯,晤谈时许,薄暮还寓。

初八癸未日(**10 月 16 日**) 晴。王章甫至自涂口,仍来下榻。

午后,直隶学董刘温如太守鼎玉、八旗学董宝善芝别驾卿均来见,宝即恩毓亭之子也。

初九甲申日(10月17日) 晴。重阳佳节苦无伴侣作登高之会,惟兀坐一室而已。傍晚,杜宾谷来拜,因其母夫人八十寿丐同寅衔名制锦称觞,特来面恳也。晚间大雨,通宵未息。

初十乙酉日(10月18日) 阴。自辰至午雨,午后雨止,天气甚凉,北风大作,所谓"满城风雨近重阳"也。连日在家打牌以资消遣。

十一丙戌日(10月19日) 阴。午前,似梅便衣过谈,约其即日打牌。午后,约绍侯、起霞、章甫同入座。饭后,起霞先散,我等至三更乃散,惟起霞负三竿,余无输赢。夜间甚凉。

十二丁亥日(10月20日) 晴。辰刻,中丞往客籍学堂临视,余亦往候,藩、臬、运三司均在座,少叙即散。午后,宾谷招打牌。三更乃散,绍侯赢十九竿,余负十九竿,宾谷赢九竿,张鹤琴负九竿。

十三戊子日(10月21日) 晴。午前,修发。午后,绍侯邀再叙,宾谷、起霞、鹤琴皆与焉。余战甚利,绍侯、鹤琴、宾谷、起霞皆负,独余一人赢得京蚨卅三千文。归来已交四鼓矣。

十四己丑日(10月22日) 晴。巳初,往西关迎宾馆送中丞赴下游河工,同人咸集。中丞午初乃行,余回寓已午正矣。饭后,倦眠片刻。晚间,兆梓自学堂归。

十五庚寅日(10月23日) 晴。辰刻,往诣风伯、雨师、水官庙,拈香,抚院示派也。旋拜崔子万、萧筱畲、崔绥五、丁慎五诸君,均未晤而还。

十六辛卯日(10月24日) 晴。内子生辰,兆梓请假未往学堂,兆梧夫妇至今未回,竟不来祝母寿,内子因而不快。午后,集家人打牌。晚饭后,兆梓复往学堂。三更后大雨,通宵未止。

十七壬辰日(10月25日) 晴。辰刻雨霁。午后,张鹤琴大令邀往其寓打牌。绍侯、宾谷均同集,另有黄用九、水子庄两君,水即惠轩司马犹子也。晚餐肴馔极佳,余与宾谷多饮数爵。牌局至四鼓乃散。回寓见兆梧夫妇及富孙均归,甚慰,询其十三日发济宁,因阻雨多行一日,致昨日未能赶到耳。

十八癸巳日(10月26日)　晴。巳刻乃起。兆梧检出伟如亲家所贻鼻炎一瓶,嗅之甚佳,较春间赠者犹胜。午前,水子庄来见,谈片刻。

十九甲午日(10月27日)　晴。午前,往会馆秋团,沈楚卿、曾叔梧、朱养田、万香洲均晤。余听戏一出,吃早面后即散归。

二十乙未日(10月28日)　阴。自午至酉小雨,晚间雨益甚,夜半乃止。闻杜宾谷得一孙,迟日须往贺之。宾谷之子年才十九,已于壬寅捷京兆试,而其太夫人年八十,生辰即在月内,可谓喜庆重重矣。

二十一丙申日(10月29日)　晴。午后,出门答拜客数家,均未晤。贺宾谷抱孙,亦未值。遂至贡院,晤曾叔梧,谈片刻而还。

二十二丁酉日(10月30日)　晴。巳刻,挈儿孙辈至宜宾馆吃洋餐。午后,复出城游山,至东南八里之开元寺一游。寺在山中,循磴曲折而上,境颇幽险,壁上有游人题诗数处。傍晚下山,比回寓,已日夕矣。

二十三戊戌日(10月31日)　晴。潘晟初便衣过谈片刻。傍晚,复访绍侯,谈时许。三更,院署送电抄,知周玉帅署江督。胡鼎臣方伯以江宁藩司署东抚,未到任前,以尚建庵廉访暂护,时达庵方权藩篆也。

二十四己亥日(11月1日)　晴。绍侯来访,偕往藩署贺达庵。行过抚院,闻司道均在官厅,遂入与相见,稍迟即散出。复至藩署,达庵未归,挂号禀贺而还。未刻,至浙闽会馆。宾谷为其太夫人作寿先期觞客请知宾,余与似梅同席。傍晚散归。

二十五庚子日(11月2日)　晴。午后,刘道三过谈片刻。下午,出门拜达庵方伯,晤谈时许。玉帅明日旋省,即料量交卸,大约达庵出月初旬接护抚篆云。傍晚回寓,以红缎寿幛、红烛寿杜宾谷太夫人。

二十六辛丑日(11月3日) 晴。巳刻,往闽浙会馆拜杜太夫人寿,同寅大半俱到,宾客甚盛。未刻,往东关候迎中丞。申末事毕,复至宾谷处晚宴。余与朱次舫、吴绍侯、朱养田、丁佩瑜、何志霄同席,各费戏赏四千文。初更宴毕即散归。

二十七壬寅日(11月4日) 晴。同人昨在宾谷处约今日衙参,余与绍侯彼时即定见不往,故今晨亦不探询他人之去否也。午后,倦而小眠,邮局送回复欧荻信,谓已出京回南,无从投送云。

二十八癸卯日(11月5日) 晴。托聂汇东订购眼镜已由美国带到,马医亲自送来。试之,镜光良合胜于华制多矣。午初,赴闽浙会馆,宾谷设彩觞酬客。绍侯、晟初与余俱在彼永日,余皆随到随散,府厅以下多竟日叙者,晚饭有六七席之多也。

二十九甲辰日(11月6日) 晴。王章甫至自工次,仍来下榻。早间,出与晤谈。下午,绍侯便衣过访,久谈。闻周中丞拟委英凤冈都转署藩篆,而以潘仲年署运使。仲年屡次署事,固由官运亨通,亦上游有意照拂也。

十 月

十月初一乙巳日(11月7日) 晴。昨与绍侯约如院辕上衙,即不往谒,果然来止,遂不去。早间,曾叔梧走简相告,抚帅定初四日亲往客籍学堂考试新招学生,现在报名者已有九十余名之多矣。

初二丙午日(11月8日) 晴。早间,严耕云道洪自海丰差旋,过谈片刻。严亦不得意者,闻周中丞须初十方交印与尚达盦也。

初三丁未日(11月9日) 晴。午后,往答拜客数家,惟晤潘晟初,谈片刻。旋至客籍学堂少坐,晤曾叔梧,周历各处,均已收拾整齐矣。傍晚乃还。

初四戊申日(11月10日) 晴。晨起,修发,旋即至贡院。是日开考客籍学生,中丞藩桌均到,点名后各散。计投考者八十一名,余与少霭、叔梧、幼庸、梅孙、道三在彼午饭,申刻方散。归来,宾谷便衣过访,约诘朝往彼聚谈。

初五己酉日(11月11日)　晴。抚院未止衙,余以昨日已与相见,遂未往。午后,至宾谷处打牌。同人为绍侯、鹤琴,共四人。子初即散,余输与绍侯京蚨八竿文。

初六庚戌日(11月12日)　晴。午前,龚镜人便衣过谈,因其妻病剧,嘱代求医。余折柬致起霞,劝其持以往延而去。午后,绍侯、宾谷、鹤琴均至,复邀章甫入座。三更后散局,余又输三千文,仍与绍侯赢去。

初七辛亥日(11月13日)　阴。午后大雨,因拉章甫及兆梓、兆梧打牌,以消雨夜。初更后,北风陡起,甚冷。局散,章甫输兆梧五竿,未付。

初八壬子日(11月14日)　晴。午后,镜人复来访,嘱为代邀聂会东为其妻视疾,余即亲往东关医院晤聂订定。酉初来诊,因晟初亦欲就诊,并邀晟初来寓。傍晚,聂甫至,遂偕往镜人处,见病者已垂危,聂辞以不治而去。

初九癸丑日(11月15日)　晴。早间,刘可峰游戎来拜晤。崔绥五亦来谈。午后,至水子庄处打牌,同人为绍侯、宾谷、鹤琴。因翌日将至皇亭朝贺,遂在彼待漏,作长夜之聚。夜间甚冷,主人笼火以暖客。五更方散,余赢京钱五竿。

初十甲寅日(11月16日)　晴。卯正,自水子庄处偕绍侯、宾谷至院署伺候尚护抚接印。辰刻,恭诣皇亭朝贺,入座吃面、听戏。张毓蕖、何福棠、吴绍侯暨余四人一席,余人皆先散,我等宴罢亦散。归来倦极,拥被而眠。午后,遂未出门。

十一乙卯日(11月17日)　晴。午后,绍侯衣冠来,拉往东关候送周玉帅起程赴署江督任。甫出东关,见曾叔梧率领客籍学生及委员人等在彼,余遂不复前赴车跕。少顷,中丞即至,相见一揖而别。余即入城拜客,晤刘可峰、崔绥五,各谈片刻遂还。

十二丙辰日(11月18日)　晴。绍侯邀往聚谈,并约章甫偕去,同人为宾谷、鹤琴、子庄。三更散局,余赢八竿,章甫赢廿七千之多。

十三丁巳日(11月19日) 晴。章甫假余斋,复邀诸君续集。绍侯、鹤琴均至,宾谷晚饭后方来。夜半散局,余输两竿,他人亦多输,惟章甫独赢十一千文。

十四戊午日(11月20日) 晴。午后,往学堂,晤收支王煦斋,将在堂各员衔名单开一纸来。旋答拜朱梓桢,畅谈时许而还。

十五己未日(11月21日) 晴。辰刻,往院衙谒护抚,同见者十一人,不过旅进旅退,无多叙谈也。旋至学堂,晤叔梧。因文案委员牟君请假南旋,欲为起霞说项,奈已为捷足者所先,只得罢论。午初即返。

十六庚申日(11月22日) 晴。辰刻,往学堂开学。午初,护抚到堂,同人偕同率领学生谒圣。礼毕,邀同学董入座吃饭。现任诸君均先散,惟陈幼庸、刘道三同席,此外则刘温如、陈起霞、贺犟如、宝善芝诸学董而已。申初散归。

十七辛酉日(11月23日) 晴。午后,便衣往访绍侯,晤谈片刻。少顷,起霞来寓,绍侯复来就起霞诊脉,傍方各散。连日天气颇冷。

十八壬戌日(11月24日) 晴。午后,往约楚卿在署相待。傍晚,便衣往访,与晤谈时许。托其往探会老,未知其意见何如也。

十九癸亥日(11月25日) 晴。西北风甚大,天气更冷。午后,吴博泉至自日本来拜,晤谈片刻。谈次谓不日即将南旋,玉帅既去,彼亦不欲久留东省矣。

二十甲子日(11月26日) 晴。早间,往答吴博泉于阎公祠,晤谈片刻。复至抚署衙参,待至未初方获散。晤楚卿,知会老意颇不属,何其油滑乃尔耶?

二十一乙丑日(11月27日) 晴。辰刻,往访宾谷,偕其往拜丁佩瑜太夫人寿,并合送女伶演戏于庭院。早面毕后,即偕绍侯、似梅、福棠、宾谷打牌。二更后散归,赢钱十七千,除公分七千,给丁管二千,净得八千文耳。

二十二丙寅日(11月28日)　晴。午后,绍侯邀往打牌。起霞、宾谷均在座,又有陈星臣司马,仍属五人晚宴,复有李俊三、宋文轩、龚镜人。席散后打牌,三更后散归,数钱廿千。

二十三丁卯日(11月29日)　阴。早间微雪,午后放晴,天气稍冷。邀吴博泉来寓打牌,绍侯、起霞、章甫同座。夜分散场,输钱两竿,博泉赢九千文。

二十四戊辰日(11月30日)　晴。午后,挈兆梧游跑突泉。有相士顾玉德设一地摊于彼,闻起霞云颇灵验,因就询焉,所说尚不甚谬,惟索相金甚巨,贻以京蚨一千,嫌少不收而罢。傍晚回寓。

二十五己巳日(12月1日)　晴。撰朱绂堂、陶廉泉两大令挽联各一,拟托起霞代书。午后,邀起霞来与谈,以挽布交其携回加墨。下午,陈耕寅大令光昭便衣过谈。陈君大兴人,紫蓬太守之侄,年七十余,其子亦甲榜庶常改部名恩荣者是也。

二十六庚午日(12月2日)　晴。陈起霞便衣过谈,因请其为重喜诊视。兆梓略有感冒,归自学堂亦就其诊脉开方。接周耀垣来书,云欲捐离任过班直牧,商取进止于余,余亦未能遽为决定也。

二十七辛未日(12月3日)　晴。终日无事,乃集妇孺打牌消遣。至夜分方休,余输数百文,所谓“胜固欣然败亦喜”也。

二十八壬申日(12月4日)　晴。徐友梅观察世光以济南守开缺过班道员,因久患痔漏,闻余就西医而效,邀往晤谈,咨询一切。余颇劝其先往医院就聂会东一诊,再行酌夺可也。

二十九癸酉日(12月5日)　晴。探马报称署抚胡鼎帅舟抵泺口,即晚登陆入城,乃于申刻出东关迎候。同寅到者十数人,惟丁培轩不至,培轩时权道篆,藩、臬、运三君皆已先到。嗣闻抚台今夕住泺,翌日方来,同人乃各散归,时已初更矣。彼不出者,真计之得也。

三十甲戌日(12月6日)　晴。辰刻,复出东关迎候。鼎老已正方到,迎入宾馆少坐,复随其入署上谒,午初散归。午后,至宾谷处打牌,绍侯、似梅、鹤琴同集。四鼓方散,余赢十二千文。

十一月

十一月初一乙亥日(12月7日) 晴。午后,往奠朱绂堂大令,遇吴绍侯、韩伯彭于座。复往访友梅,久谈。渠欲移寓医院就诊而未能遽决,总以西医霸道为疑,因而却顾多端也。

初二丙子日(12月8日) 晴。胡鼎臣中丞来答拜,循俗例挡驾而去。中丞定明日接篆,大约会臣仍属藩司也。连日天气甚和暖,不似隆冬气候。

初三丁丑日(12月9日) 晴。早间,往抚署伺候接印,同人咸集。鼎老亲至官厅周旋一番,同寅即随其至花厅谒贺,拜罢即出。人多不及待茶也,午初散归。

初四戊寅日(12月10日) 晴。因所乘肩舆与太敝,呼制舆人与商,以敝舆二乘贴换两新舆,尚须给值百五千,因而未能议定。

初五己卯日(12月11日) 阴。辰刻,往抚院参谒,因人众晷短,未及请见而散。午后,绍侯邀打牌,宾谷、似梅同集。三鼓即散,余输钱七千文。

初六庚辰日(12月12日) 晴。辰刻,往见署抚胡公。甫入座而西人来拜,遂各散。回寓后,荆少棠太守、章梅卿尊衔、赵飞翰凤洲两大令,均来见,各与晤谈刻许。午后,集似梅处,宾谷、鹤琴,友山同集。三更后散局,赢钱八千文。

初七辛巳日(12月13日) 阴。天气颇冷。傍晚,候补知州袁君保纯来见,晤谈片刻。袁系项城人,子九观察堂弟、慰庭制军堂兄也。晚间,与家人打牌。

初八壬午日(12月14日) 晴。蒋哲生卸兖州府篆到省来拜,晤谈片刻。午后,徐友梅便衣来晤。据云所患痔漏渐就平复,暂不就洋医矣。晚间,仍在家牌聚。

初九癸未日(12月15日) 晴。天气仍极冷,自是冬至节侯。

与轿铺谈妥,以两旧舆易两新舆,另给值一百十千文,当令将旧舆舁去矣。

初十甲申日(12月16日)　晴。午前,崔绥五过谈片刻。渠保升道员,不日将过班也。午后,濯足易裹衣,颇觉舒畅。岁聿云暮,故我依然,日者谓来年二月交巳字运便佳,未知所说验否也。

十一乙酉日(12月17日)　晴。早间,因鼎帅将临视客籍学堂,乃于巳初往候。午正后方至,偕往各讲堂临视一番,少坐即散。余在堂吃饭,饭罢,出拜客数家。申初回寓,吴博泉来晤。因偕章甫打牌小叙,夜三更各散。

十二丙戌日(12月18日)　晴。岁月如流,又逢初度。博泉、章甫均来拜。午后,复打牌。博泉先去,因明日将搭火车南旋,遂不再来,惟与章甫及兆梓、兆梧消遣,未及三更即散局。

十三丁亥日(12月19日)　阴。吴博泉登火车南旋。兆梓偕章甫往车栈送之,旧仆范升随章甫来此,今复随博泉南去,仍回赞斋亲家署中服役也。

十四戊子日(12月20日)　晴。本欲出门谢客,内子欲往视方亲母,余遂不复出。午后,修发,兀坐斗室,无所事事,殊觉无聊之极。

十五己丑日(12月21日)　晴。午后,出门谢客,惟晤刘丽生观察崇惠,谈良久。丽生大兴人,昨以道员引见到省,其大父为余辛亥年丈,叙及世谊,情颇殷殷也。申刻回寓。

十六庚寅日(12月22日)　晴。辰初起,往抚院贺长至节。同人咸集,与丽生叙谈。散筍后,余即归。丽生复来拜,晤谈时许而去。午刻,祀先。晚间,兆梧侍谈,拟即一如京师稍尽人事。

十七辛卯日(12月23日)　晴。兆梧搣挡北上,兆梓亦归自学堂,相与誊缮书函。余作太原乔梓书各一函,致应云卿复函一械,取大德恒存项百金为兆梧北上之需,于是仅存二百金矣。

十八壬辰日(12月24日)　晴。兆梧起程北行,田升从往,复检翠玉带钩、搬指、玉皮烟壶各一带往沽售,未知能得价否。午后,绍侯自青州差旋,过谈片刻。渠奉委密查噶副都统被劾一案,已尽得梗概禀复抚院矣。

十九癸巳日(12月25日)　晴。日来风日晴和,行路颇宜,兆梧此行似有顺机。午刻,高志青别驾来省请咨引实授见,特来谒见,别已两载,畅谈良久,并令兆梓邀其往酒肆小叙,以尽地主之情焉。

二十甲午日(12月26日)　晴。早间,崔绥五来拜晤。渠今日新过道班也。午后,便衣访朱梓桢,久谈。梓桢往利津放冬赈甫归,故往与一晤。

二十一乙未日(12月27日)　晴。午后,往英国怀教士寓中博物堂一游,见所陈不过鸟兽虫鱼数种,无多物也。郭介丈新移历山顶街居住,适过其门,入晤久谈,仍步行而还。今日更和暖,计程兆梧当已由德州搭轮北驶矣。

十一月二十二丙申日(12月28日)　晴。午后,往答拜客数处。仅晤绥五,谈片刻,因其将出门,遂不复久坐。兆梧行已五日,计当早过德州,未知河路能不封冻否。闻大河以北气候已寒,恐未必能行小轮舟耳。

二十三丁酉日(12月29日)　晴。午后,有候补知县李君沅自汴来,以猴头口蘑见贻,因受之。李君乃筱圃观察之次子,珊园司马之弟也。

二十四戊戌日(12月30日)　晴。午后,绍侯便衣过谈,以久不作牌聚,技痒欲试,而章甫、起霞均他出,未克齐集,于是绍侯乘兴而来废然而返。

二十五己亥日(12月31日)　晴。绍侯邀往叙谈,章甫、起霞及蒋友山均与焉。自未至亥,手气不佳,局散,输十一千文,适未携现资,暂欠,来日送与可耳。

二十六庚子日(1905年1月1日)　晴。新制肩舆落成,送来阅看,尚有未如式处,须令更易,已先给过半价矣。日来盼兆梧安报不至,未知其若何取道,何日抵都也。

二十七辛丑日(1 月 2 日) 晴。午后,出门拜客,多不遇者,惟晤陆似梅,久谈。似梅月初往临清,今已封关无事,回省度岁矣。

二十八壬寅日(1 月 3 日) 晴。午后,濯足易衣。忽绍侯持片邀往聚谈,遂匆匆着衣而往。至则似梅、友山、张鹤亭别驾四人已入座,余亦随庄而上。亥刻即散,又输钱六竿。

二十九癸卯日(1 月 4 日) 晴。天气极暖,冬行春令是也。接子先致其姊覆书,时内子正盼家书,得之甚慰。午后,在家打牌,赢大筹拾捌支,若在外得此数可赢七十二千之多,惜乎无此佳遇也。

三十甲辰日(1 月 5 日) 晴。检拾书篋,将昔年在京倩陈润甫太史所书名片取出,刻戳刷用,闻润甫已于客岁在籍作古矣。

十二月

十二月初一乙巳日(1 月 6 日) 晴。闻刘荔孙经周玉帅电调往江南差委,因于午后便衣往访,借以话别,未晤而还。张鹤亭邀打牌,绍侯、似梅、友山均同集,又有张子纯大令锡碬在座。亥刻散归,赢京钱十千。接兆梧京师来禀,前月廿五日抵京,寓杨梅竹斜街润和店。

初二丙午日(1 月 7 日) 晴。周耀垣以俸满验看来省,先遣价来告,并以腌鱼、桥尾二物见贻。桥尾者,定远炉桥镇所制腌猪尾也,昔方子箴廉访所谓肥美如金华火肉者,其实还远不逮耳。

初三丁未日(1 月 8 日) 晴。午后,周耀垣、汪益棠、方鹤人先后来晤。鹤人、益棠傍晚去,因留耀垣在此晚饭。饭毕,打牌两转。耀垣素未娴此,特相与一试练习,二更后即散。

初四戊申日(1 月 9 日) 晴。高等学堂新班学生年终季考,中丞委余监试,因于辰刻前往。陈幼庸主其事。是日出题考西学,为英、法、德、日四国义字、算术各科。曾叔梧为会办,亦往莅。总教习宋进之太史亦至,相与聚谈。宋为潍县人,品学行谊均极好。午后,学生卷交齐,我等始会食。饭毕即散,偕叔梧往贺何福棠续娶之喜,少坐即出。复往蒋哲生,晤谈时许而还。

初五己酉日（1月10日） 晴。张子纯邀打牌，乃于未刻前往。同人为吴绍侯、张鹤亭、吕煦斋、蒋友山诸君。晚间，绍侯先散，吾侪三更后方散，余又输十三千。

初六庚戌日（1月11日） 晴。早间，闻胡鼎帅升补江西巡抚，直藩杨莲府于伯士骧来署东抚，鼎公所遗宁藩仍以黄君建笎调补，递遗东藩则尚会臣即真云。今日适值国忌，遂各差贺不及亲往。傍晚，耀垣来少坐，适绍侯来邀打牌，耀垣即与辞，余仍往聚。张子纯、吕煦斋均在座。三更散局，赢钱九千文。

初七辛亥日（1月12日） 晴。梓桢清晨邀往院署谒贺，余以鼎帅连日考试各学堂未必见客，遂不往。阅电抄，此间臬司以荆宜施道余君肇康升补，此君亦素称干员者也。

初八壬子日（1月13日） 晴。是日高等学堂考试正备齐毕业生，兆梓归入备齐毕业。中丞亲临按试，逐日分考各科，闻排至十二方试竣。十三日抚院学院会考，然后乃定夺等第云。

初九癸丑日（1月14日） 晴。午后，往谒中丞，未见。遇绍侯于官厅，略谈数语即散。旋至客籍学堂一看，知明日考体操，叔梧约往会考云。申刻回寓，毕大令时骐来见。

初十甲寅日（1月15日） 晴。辰刻，往客籍学堂偕叔梧至龙门外升座，阅看体操三小时而毕，遂退堂吃饭。午后，叔梧邀集学堂同事及阖堂学生共拍一照，至申正照相者方来，各排立于庭院，照毕即散。比归，已日晡矣。

十一乙卯日（1月16日） 晴。辰刻，往客籍学堂监考洋文，考试博物、翻译、背书、默书、图画各门。刘道三亦到，偕叔梧共莅其事，至日暮方散归。在学各生习西文者颇有娴熟之人，开学才两月，殊难得也。

十二丙辰日（1月17日） 晴。辰刻，往学堂伺候，中丞亲临按试。是日考经学、历史、地舆各科，由堂拟题。中丞点用德国商务委员贝斯亦来观考。午刻，中丞及司道先散，学务处诸君亦旋去，惟留魏梅孙、刘温如、秉太守彝同饭。饭罢,余亦散归。

十三丁巳日(1月18日)　晴。是日,中丞、学使会考高等学堂正备齐毕业生,闻亦系学堂拟题,请两院选用,学使颇有不悦之意。

十四戊午日(1月19日)　晴。今日高等学堂仍有考试,闻学使、中丞亦均亲临,明日考体操亦然。连日兆梓皆预试也。

十五己未日(1月20日)　晴。辰刻,诣督城隍庙,拈香行礼。至院谒中丞,同见者八人,潘仲年、朱梓桢、何福棠、朱养田、洪兰楫、方鹤人、萧绍庭、韩伯彭也,午刻散归。旧庖耿姓去而复来,姑仍录用之。

十六庚申日(1月21日)　晴。午刻,祀先。午后,曾叔梧来,晤谈,面约其翌日来叙。章甫将归度岁,乃作书致赞斋亲家,交其顺带。章甫及夕登火车矣。

十七辛酉日(1月22日)　晴。邀曾叔梧、吴绍侯、张鹤亭、周耀寰、蒋友山、张子纯诸君手谈,共分两局。晚饭仍同席,耿庖复来,肴馔尚得味。散局,余赢钱十二千,足敷请客所用矣。

十八壬戌日(1月23日)　晴。午后阴,东北风作,天气稍冷。朱梓桢、何福棠便衣过谈,少顷即去。晚间,兆梧至自京师,乃由天津乘轮舟至烟台,复换轮船至青岛,然后附火车而还。询悉燮丈、稚燮相见,情意殷挚,许为随时留意说项,并赠大衍为兆梧川资,情殊可感也。

十九癸亥日(1月24日)　阴。东北风甚大。午刻,院署封篆,未往贺。兆梧出应云卿复书,知曾邀兆梧至其寓中小住旬日,濒行复寄余食品数种,其情亦极殷殷。夏厚庵已转补掌广东道,前阅秋季搢绅未见其名,乃厂肆漏刊耳。

二十甲子日(1月25日)　阴。大雪竟日,厚逾五寸,晚间雪愈大。入冬以来尚未得雪,连日府县祈祷居然如期得雪,可谓天从人愿矣。明日绍侯为其子露阶续娶,余赠以红缎喜幛、红烛四对。

二十一乙丑日(1月26日)　阴。天明雪止。闻屋后锣鼓声,知系吴宅彩舆到门，因即衣冠往贺，在彼永日。贺客极多，惟晚席大半不与，皆因雪后路滑早散，吃晚饭者为朱次舫、杜宾谷与余三人，绍侯亦入座相陪。初更即散归。

二十二丙寅日（1月27日） 晴。天气颇冷。午前，王子飏直刺来此，渠新奉委署济宁州篆，因将旧仆徐文、周升荐与之，承其收录，可谓念交情者也。晚间，拟上夔相书，命兆梓誊缮。

二十三丁卯日（1月28日） 晴。午前，新到省同班张西山凤岐来拜，晤谈片刻。张君洛阳人，景山太守从兄也。午后，作致稚夔书。

二十四戊辰日（1月29日） 晴。午前，又作致袁保三书，连王信均封固交邮局寄京。午后，出门拜客，惟晤陆似梅。傍晚回寓，耀寰来晤，云验看已毕，明日即行，因留其晚饭，借与话别，饭毕旋去。自得雪后，天气甚冷，大似隆冬气候矣。

二十五己巳日（1月30日） 阴。绍侯邀往小叙，宾谷、佩瑜、毓亭均在座。三更后散归。日间，致王茂育一书，嘱汇京足银百四十四金与保三为办正事之需。

二十六庚午日（1月31日） 阴。午前，龚镜人来晤。出示退庵信，有大衍寄与之，未汇到以前嘱向余与桢老暂一转挪，到即归款。余于午后即访梓桢相商，未晤。因往宾谷处小叙，同座为绍侯、毓亭及毕凤山。三更后散归，两日输九千文。

二十七辛未日（2月1日） 阴。午后，为镜人事约梓桢在寓往候，将复往商。梓桢辞以有事，晚间旋来访，云只能为挪京钱五十六千文，不能再多矣。

二十八壬申日（2月2日） 晴。辰初起，祀神于厅事，仿照麟见亭先生《祀神纪事》，见诸《鸿雪因缘图记》仪式。率儿孙排班将事，并行迎神、三献、送神诸礼，然后望燎。礼毕，邀镜人来谈，告以梓桢所允，令即暂济眉急，梓桢旋以五十千假之。午后，闻尚达庵母夫人病殁藩署，达庵丁内艰矣。绍侯便衣过谈，余决其必可握篆，豫为道贺。

二十九癸酉日(**2月3日**)　晴。巳刻,往院署辞岁,同人到者强半。果然英凤冈都转署藩篆、绍侯署运司,惜绍侯所绾善后局竟不余畀,老胡徇私令张凤岐承其乏,抑何可恶!午刻归。晚间,恭悬先像,享祀如礼,聚家人饮屠苏酒。夜分,迎祀灶神,于是甲辰之岁事毕矣。

光绪三十一年(1905)乙巳

正 月

光绪三十一年乙巳正月初一甲戌日(2月4日) 晴。辰初,具衣冠,祀神拜祖毕,即赴抚署谒帅,同人均至二堂团拜。复出至大堂,集府厅州县各班一律团拜,相约彼此不复互往拜年,以归简易。余复偕曾叔吾至客籍学堂,率领教委学生拜牌谒圣。礼毕,又复团拜一次,遂散归。天气甚冷。午后未出门。戌刻立春,祀先。晚间早寝。

初二乙亥日(2月5日) 晴。午后,在家打牌消遣,输却京钱两竿。既与诸君约定概不拜年,乃阅门簿,仍复来者纷纷。甚矣!习俗之骤难改也。

初三丙子日(2月6日) 晴。早间,往奠尚太夫人于藩署,少坐即散归。午后,复在家牌叙,赢回钱一千。新岁发春,他人皆兴高采烈,惟余潦倒频年,益觉意兴索然,牢愁满腹。噫!余究因何孽而令余如是之抑塞耶?

初四丁丑日(2月7日) 晴。闻英、吴两君各于今日接篆。绍侯未入运署,仍寓私宅,近在邻舍,闻其鸣钲鼓吹声,不能无动于中焉。

初五戊寅日(2月8日) 晴。绍侯邀打牌。午后,衣冠而往,所以贺之也,到即更衣便服。佩瑜、似梅,宾谷均在座。三更散归,输钱两竿。

初六己卯日(2月9日) 晴。早间,玉松谷至自张秋来拜年,令兆梓出见之。午后,又往绍侯处打牌。佩瑜、似梅均来叙,宾谷未到。亥刻即散,又输钱三千文。

初七庚辰日(2月10日)　晴。终日在家,无聊之极。闻总办河防局一差尚会臣丁忧后中丞有欲另委候补道接之议,英、吴两君为余说项,胡未之允,云已有意中人矣。

初八辛巳日(2月11日)　晴。闻院委徐友梅接办河防局,徐久病未痊,当事强起之,固无可奈何也。高等学堂揭晓,兆梓取第五,可作为廪贡矣。

初九壬午日(2月12日)　晴。午后,往皖江公所司道团拜,中丞、学使为客,同寅到者约四十人。戏不甚佳,肴馔却精美,承办者潘仲年、朱养田也。二更散归。

初十癸未日(2月13日)　晴。陈起霞至自太仓,以鲜蚶见贻。余廿年不尝此味矣,得之堪供朵颐,因先制熟荐诸寝庙,然后乃饱尝云。

十一甲申日(2月14日)　晴。午刻,因家忌祀祖。午后,打牌消遣,亦无聊之极思也。

十二乙酉日(2月15日)　晴。午后,往访梓桢、友梅,均未晤。晚间,张鹤亭招饮,并打牌。同集杨竹斋、方甘士、谢锦甲、朱济民诸太守,韩伯彭亦在座。三更散归,赢钱七竿。

十三丙戌日(2月16日)　晴。早间,绥五过谈片刻。午后,方甘士招饮,并打牌。杨、谢、朱诸君均同集。三更散归,赢者为谢君,余皆输,余输三竿。

十四丁亥日(2月17日)　晴。接絜斋书,仍为汪济臣事力持成议,奈本人决意不欲迁就,势难相强,只好据实函告之可耳。

十五戊子日(2月18日)　晴。上元灯节,晚间祀祖。有龙灯过门者,呼入一耍,给钱二千而去。梓桢便衣过谈片刻。晚间甚冷。

十六己丑日(2月19日)　晴。午前,至会馆团拜,晤朱次舫、沈楚卿、陆似梅、陈幼庸诸君。午后,余先散,往答拜客数家,均未晤而还。

十七庚寅日(2月20日)　晴。午前,宾谷来访,因偕至绍侯处拜寿,遂留打牌,邀似梅同集。晚饭后,打牌六转乃散,输钱十四千。

　　十八辛卯日(2月21日)　晴。午后,往客籍学堂,晤叔吾。见幼庸亦在座,且有牌局,余因尚有友人邀饮,遂少坐即去。晚间,刘可风协戎招饮,同席有陆似梅、蒋哲生、李孟侯、蒋友山诸君。孟侯为筱良年丈之弟,前官金乡县,今以知府候选,曩在济宁曾与相识。散席后,打牌一周乃归。

　　十九壬辰日(2月22日)　晴。是日开篆,未诣院谒贺。午后,绍侯邀打牌。同席为福棠、似梅、顾戟门诸君。二更后散局,输钱者主人,余赢钱四千。

　　二十癸巳日(2月23日)　晴。接退庵信,知其客冬大病,近已渐好矣。绍侯前约有登州太守吴竹楼进省借余寓斋下榻,余慨然许之。今日来言吴君准于廿一自登州首途。

　　廿一甲午日(2月24日)　晴。出至书斋,检拾物件,拟以厅屋之左厢为吴竹楼设榻,扫除终日,稍稍改观,可以留宾矣。

　　二十二乙未日(2月25日)　晴。阅电抄,英凤冈擢湘臬,递遗山东运使则张毓藻升补。噫!此君何竟隆隆日上耶?真所谓"各有因缘莫羡人"也。

　　二十三丙申日(2月26日)　晴。张毓藻所遗兖沂曹济道今日得电抄,已放户部郎中黎玉屏大钧。黎君湖北人,应云卿与同司也。

　　二十四丁酉日(2月27日)　晴。午后,出门往奠萧苞九太守,晤其兄筱畲,遇何福棠于座。旋往谒胡鼎帅,友梅亦在座。散出后,至藩署唁会臣方伯,与谈数语,然后归。

　　二十五戊戌日(2月28日)　晴。午后,至曾叔吾处打牌。绍侯、宾谷均同集,另有一座,则皆闽广人,不甚熟稔者。二更后散归,输钱至卅一千之多。

　　二十六己亥日(3月1日)　晴。午前,绍侯过谈。晚间,吴竹楼太守至自登州,下榻寓斋,余出与相见。杜宾谷与有旧,亦来访之,均晤谈。

二十七庚子日(3月2日)　晴。早间,竹楼复衣冠拜谒,与晤谈片刻。伊旋即出门。龚镜人、傅子余两大令均来见。午后,偕竹楼至绍侯处打牌。宾谷、叔吾均同集。三更散,又输钱卅三千。

二十八辛丑日(3月3日)　晴。作书覆絜斋,告以汪事不谐之故,交邮局寄苏州。吴竹楼终日出门,归来之时甚少,未与晤面。外间多有馈以肴馔者,伊以烧鸭、烧猪各一饷余,足佐晚饮。

二十九壬寅日(3月4日)　晴。午前,出晤竹楼,谈片刻,渠有客至乃入。午后,吴笠樵过谈,需次两年一无所遇,余亦爱莫能助也。

三十癸卯日(3月5日)　晴。午后,拜客多家,惟晤杨建玿。未正,至宾谷处打牌。余与何福棠、曾叔吾、宾谷同座。尚有一集,则吴绍侯、竹楼、丁培轩、何志霄、魏精卿五人。晚餐仍九人同席。局散,余赢钱四千。

二　月

二月初一甲辰日(3月6日)　晴。未往谒院。竹楼出门早归,午前出与一晤。午后,接用宾兄来书,廿余年来数接其书,迄未一覆,今渠年已八旬,自当多与通问,以补前歉也。

初二乙巳日(3月7日)　阴。午前,修发。午刻,偕竹楼共饭。午后大雪,设席宴客,邀集九人,吴竹楼、李吉珊、曾叔吾、吴少侯、陆似梅、杜宾谷、朱梓桢、陈起霞、张鹤亭也。先打牌,后入席。晚间雪止,客散,余又输钱四千。

初三丙午日(3月8日)　晴。德州来电,新抚杨莲府中丞今日已抵德州。杨名士骧,安徽泗州人,丙戌翰林,以编修捐道员,戊戌年甫发直隶试用,不数年遂拥节麾,闻系干才。甚矣! 才之不可以已也。

初四丁未日(3月9日)　晴。王章甫至,仍下榻大厅东庑。乃翁有覆余书,交其带来,并以吃蟹铜具见贻,共刀剪叉等八件,据云乃阜宁产也。

初五戊申日(3月10日)　晴。午前,方鹤人过谈。午后,复往送尚方伯太夫人发引至南关八旗乡祠安灵,同人均诣,一拜,然后散。

初六己酉日(3月11日)　晴。午后,往西关迎宾馆迎署抚杨中丞。申刻,杨至,同人均揖见叙坐。杨惟与胡前抚及孔少霭、英凤冈诸人相语而已。杨以皖江公所为行辕,同人复往谒,及暮方散归。

初七庚戌日(3月12日)　晴。因系国忌,未往谒杨。早间,出晤竹楼一谈。渠午后约在萧筱畬处,又有牌局。傍晚,访绍侯,久谈,在彼晚饭,戌正方归。

初八辛亥日(3月13日)　晴。辰刻,至抚署候新抚杨公接篆。午初,杨受篆礼毕,接见同僚,余与焉,略询数语,即各散,午正回寓。

初九壬子日(3月14日)　阴。早间,与竹楼一晤。午后,蒋哲生招饮,假座德景隆茶叶店刘可风处。所邀客大半不到,并刘可风亦不在店,同席惟兖镇张宗本、曹镇邢长春、惠民令王学曾,宾主五人而已。二更后散归。

初十癸丑日(3月15日)　阴。早间雨雪,遂未参衙。午后,欲访绍侯,闻其已往他处打牌,因而中止。新选德平县令卢君润书来见,其尊人子春曩官德州卫守备,曾叙及为辛未世侄也。

十一甲寅日(3月16日)　晴。早间,访绍侯一谈。午初,留竹楼共饭,并邀绍侯、章甫同座。饭毕,绍侯先散,竹楼亦出门。余往答拜来客,复访似梅,谈片刻而还。

十二乙卯日(3月17日)　晴。早间,偕竹楼、章甫往绍侯处牌聚,无何宾谷亦至,打牌四转吃饭。余赢钱十二千。饭毕,偕绍侯、宾谷至八旗会馆公宴新旧两帅,同人咸集。戌刻席散,闻竹楼、宾谷均集萧筱畬处打牌,余亦至筱畬处观阵。竹楼局散即出城,至车栈登程,余送其行乃还,时已三鼓矣。

十三丙辰日(3月18日)　晴。日者谓余今年二月十九日交己字运,当渐入佳境。顷闻张楚宝、陆似梅均奉直督电调前往,二君果行,遗席未知能余畀否?然只能静候,无从营谋也。

十四丁巳日(3月19日)　晴。高等学堂今日给发正备齐毕业生文凭,中丞、学使莅其事,同人均往与会,余亦往焉。晚宴仿西式,三席相联,列坐五十人,可称盛会,初更散归。兆梓取列备齐最优等第五,亦领得凭照两纸,一为巡抚学政会衔所给,一则学务处高等学堂会衔所给也。

十五戊午日(3月20日)　阴。辰刻,往皖江公所谒新抚,同人到者甚多,有求见者,有传见者,余既不欲见彼,彼亦不欲见余,遂少坐即散出,拜客数家而还。

十六己未日(3月21日)　晴。日来资用匮乏,转眼房租到期,大费经营,令人踟蹰无计,非鬻物无以度日。物有鬻尽之时,前路茫茫,真无从设想也。

十七庚申日(3月22日)　晴。连日觉左肩下微痒,摸之有微颗凸起,乃往就聂会东诊视。聂以小剪刮破其粒,谓即无碍,不致成疮也。

十八辛酉日(3月23日)　晴。兆梧访得南关有美国教士盖多恩设一学堂,教授英国语言文字,即于今日前往从学英文,月交学费二元,每日两次上班,不宿堂也。

十九壬戌日(3月24日)　晴。度用无资,搜刮箧存黄金七两易银二百四十两,聊资补苴。先将前欠屋租两月付讫,免受追呼也。

二十癸亥日(3月25日)　阴。午后,绍侯邀往牌聚,余偕张甫同往,座有魏精卿、陆似梅。傍晚雨甚,比散局已三更,输钱卅千,冒雨而归。

二十一甲子日(3月26日)　阴。春雨绵绵,终日不住。欲携章甫打牌,因其欲赴工遂止。似梅所充临关差使已畀吴晓棠太守接办,盖为差择人不拘官阶之崇卑也。

二十二乙丑日(3月27日)　晴。徐绍武至自直隶来访,晤谈片刻。渠既改直省,复奉调来东,闻仍充抚院洋务文案差使。胡鼎帅将赴江西抚任,特来辞行,投一刺而已,不欲相晤也。

二十三丙寅日(3月28日) 晴。胡中丞既来辞行,不得不往一送,乃于辰刻往谒,值其出门,午初乃回署,始得入见。同见者十人,并未深谈,即让茶送客,此老如此奚落人,殊觉可恶。午后归,觉右目欠明,酸胀而红,殆为老胡所气耶?

二十四丁卯日(3月29日) 阴。终日微雨。老胡今日长行,仆辈以为余必出郊候送也。晨起,即呼舆伺候,余即便衣登舆,不往送胡,而至东关就聂医诊目。仍用硼酸汽水点洗,洗毕,携其瓶水而归,谓每日洗四次即可渐愈也。

二十五戊辰日(3月30日) 阴。晨起,拟至院衙参谒,为雨所阻,不果往。闻屋后鸣钲声,询知绍侯往试商籍文童。维时雨正甚,终日未已,余目疾亦未痊。

二十六己巳日(3月31日) 晴。雨后天气转凉。曾叔吾书来,谓客籍学堂定廿八日开学,中丞往莅,约余亦往照料。余因目疾不欲与,乃请假三日焉。

二十七庚午日(4月1日) 晴。目疾尚如昨。闻绍侯之媳又复病逝,且因归宁而殁于母家,盖成婚未逾两月也。绍侯正当隆盛时,忽有此驳杂,亦美中不足耳,值其考试阅卷,未便往候。

二十八辛未日(4月2日) 晴。目仍未瘳,乃邀起霞来诊,开方服药一剂,仍外用硼酸水点洗。闻曾叔吾仍欲往南洋,其学堂一差杨公拟委一陈姓知府接充云。

二十九壬申日(4月3日) 晴。绍侯之媳是日移殡,乃命兆梧前往一奠。午后,访梓桢,偕至伊历山顶东巷新居一看。遇魏梅孙、梅晓岚,皆江宁人也。傍晚还。

三十癸酉日(4月4日) 晴。辰刻,往院署销假。杨公因其眷属将至,不暇见客,遂未请谒。在官厅遇何志霄、潘晟初、雷樾岩,旋各散。余往拜曾叔吾、崔绥五,各晤谈时许而归。

三 月

三月初一甲戌日(4月5日)　先晴后阴。早间,往谒中丞,得见,同见者九人。午后,绍侯来谈。申初,大风晦冥,继以雷雨,至夕方止。

初二乙亥日(4月6日)　晴。早间,将外书室扫除,日间在此起坐。午后,作书告急于稚夔,邮寄都门。晚间,访绍侯,适宾谷在座,谈少顷而还。

初三丙子日(4月7日)　晴。早间,有杨公调来之道员庄乐峰仁松来拜,晤谈片刻。庄君镇江人,亦熟谙洋务者也。午后,梓桢将自对门迁居历山顶,特来晤谈片刻。余亦于未刻出门拜客,送尚会臣、陆似梅行,各晤谈时许。复至梓桢新居一贺,亦晤谈。傍晚乃还,接耀垣书。

初四丁丑日(4月8日)　晴。接吴竹楼登州来书,并寄到谱帖。竹楼辛酉年生,少余三岁,已与之齿叙矣。午后,复耀垣书,又作书寄退安。下午,刘道三过谈片刻。天气渐热,裘衣不能披着,检箱易出春服,料量时许而毕。

初五戊寅日(4月9日)　晴。辰刻,至抚院排谒,同寅到者合现任、候补共二十人。粮道周桂五观察开铭亦在座,周与大兄为壬戌同年,谈次知戊辰、己巳间在京极相稔,曾由天津同乘轮船至上海,辛未以后遂不常见。周君益阳人,乙丑翰林也。自抚署散出,复拜客数处。午初回寓,作书复竹楼,未毕。谱帖已书就,日内即可寄复矣。

初六己卯日(4月10日)　晴。早间,接袁保三书,当复一缄,邮寄都门。午后,将竹楼书缮就,并谱帖同寄。下午,高志青、杨润东均来晤。高辞行回捕河任,杨则辞行回京也。晚间,至绍侯处一谈,遇彭吉庵。

初七庚辰日(4月11日)　晴。龚镜人夫人久病,昨晨逝世。镜人前出东昌差,昨已回省,否则更无人照料矣。章甫今日复往工次,闻有承办石坝一段之差。

初八辛巳日（4月12日）　阴。辰刻阵雨一次。冒雨往西关送尚立夫封翁起程回京，同寅到者合现任、候补共十七人。会臣方伯定于十二日扶其母枢起行，侍其封翁先行者会臣堂弟舜臣观察其垚也。午前回寓，雨已渐止。午后，往访叔吾、梓桢，各晤谈片刻而归。

初九壬午日（4月13日）　晴。午后，朱梓桢来，畅谈。下午，中丞杨公传见，云欲派往东平查勘坡河，并派知县徐君湛恩、方君桂芬两员随往。晚间，邀方君、徐君二人来一谈，告知其事，令其整装以俟。

初十癸未日（4月14日）　晴。早间，邀王大令经灿来谈，询知原估坡河办法，并所绘图说亦向其索来，盖去冬丁培轩即带同此君往估也。曾叔吾来，晤谈。典史张明伦，奉天人，来见，人尚诚朴明白，可储之夹袋者。午后，蒋哲生、杜宾谷均来晤。晚间，奉到中丞委札，遵照前抚胡公奏案委办东平水利工程，并令克日前往履勘，不必泥定原估，总须通筹妥策，确有把握先行回省详陈，再往设局兴办。其责成专在余，济东、兖沂二道不过会列衔名而已，另派知县徐君湛恩、吴君锡洛二人随往经理。徐已见过，吴则现往兖州，须电告之，令其前往东平相待可耳。

十一甲申日（4月15日）　晴。早间，往见中丞，面取进止。友梅同见。帅谓丁、张两道原估办法未尽妥善，恐无把握，时已暮春，亦虑赶办不及，令余详勘妥筹，只要确有良策，不妨从长计议，另拟办法。中丞宗旨如此，余唯唯而出，即告辞，日内便须起程矣。回寓后，徐子垣来谈，与商定行期，并令其电告吴芳墀俟于东平。陈起霞亦来一晤，云有会计友谢小泉兼工图画，余拟邀以偕行。

十二乙酉日（4月16日）　阴。晨起，谢君来晤，即与面订同往。张景山太守、林葆霞大令凯清均来见。林君闽人，叔吾所荐，谈次颇投机，可与共事，因识其人于心。午后雨作，申刻雨止。摒挡行装，半日而毕。兆梓昨夕回寓，恰好今日适逢休息日也。章甫昨日来，今日又去矣。

十三丙戌日(4月17日)　晴。辰刻,自省起行。谢友偕往,起霞、镜人均衣冠来送。比出西关,则有刘可风之两孙,一候补按司狱,一候补典史,均于郊外揖送。沿途迎风而行,颇觉凉冷。行卅五里,尖于长清县境之杨家台。子垣、小泉均叙于逆旅。未初,复行。申正,抵长清县城。叶汝谐大令设供帐于试院,屋宇轩厂,宾至如归。西刻,叶来谒,与晤谈时许。学道爱人之吏也。傍晚,子垣来晤。渠已先税驾于旅店中,劝其移来行馆同住,子垣辞。小泉寓东厢,与共晚饭,颇不寂寞。

十四丁亥日(4月18日)　晴。西南风甚大,天气仍暖。卯初起。卯正,发长清,县令叶君差送,临行给办差家丁银一两,厨茶人役银钱一千四百文。午初,行四十五里,尖于孝里铺。相传为孝子郭巨故里,地属肥城县境。肥城令王君宝瑜命一护勇看店屋伺候,其地距县城八十里,未设茶饭,余与小泉自带面食路菜。餐罢即前进,沿途山路崎岖。未正二刻,过南峦湾,入旅店小憩。申初,复行。酉初,抵平阴县城。知县郝子高崇照率城守把总吕长泰迎于东郊,入自东门,设行馆于盐公店屋,亦宏敞。庭院宽阔,饶有花木,左右海棠两树,正当花放,与子垣、小泉徘徊其间,颇有幽趣。傍晚,郝大令来谒,与晤谈。渠壬寅初夏署济阳事,余奉委巡河曾与一见,今忽忽三年矣。晚饭与子垣、小泉共餐,肴馔亦不恶,稍不及长清耳。惟门设更鼓,出入声炮,则长清所未备也。此间背山面河,居民频岁昏垫,农家亦只获一麦之收。县衙遭水坍塌,只存住屋三数间云。

十五戊子日(4月19日)　阴。卯正,发平阴。城守把总送于郊,县令因谒庙未亲送。沿途北风甚大,颇冷。所经皆山路崎岖,幸而乘肩舆也。经过一山,名小云门,穿门而过,如城门然。迎庙有三官庙一座,洞门口有石碑纪其缘起。自平阴至东河五十里。午初,抵县城。署令张公衡汝钧、县丞杨乐亭大沂率典史、把总均出迎。设行馆于书院,厅屋五楹,甚宏敞。余住东间,子垣、小泉住西间。小食毕,县令偕各官入见。张君年三十余,人颇明干,安徽祁门人,实任夏津调署东河。送客后,约乐亭便衣来谈,共餐午膳。乐亭情殷旧雨,饷嘉肴四簋,较县差例菜远胜,得饱餐两次。前途至旧县,无行馆,遂止宿是处。忆曩年行经东河不下十余次,自戊戌官运河同知遂罕由此道经过矣。晚间,乐亭复来谈。午间,张令曾言清河口与坡河贯穿处在东阿境,乐亭复详述情形,拟嘱子垣、小泉明日顺道先往一勘。

十六己丑日(4月20日) 晴。晓发东阿,张令复来一见,旋出郊相送。行十二里,至旧县,昔年经此所常住宿处也。至此嘱子垣、小泉沿河至东阿境中履勘一番。午初,抵王古店,乃东阿、东平交界处。东平州饬丁役设尖跕,于此小憩。午餐毕,即登舆行。申正,抵州城,署州牧奎竹泉光率吏目张济康及城守把总迎于郊,设仪仗声炮奏鼓吹焉。备行馆于盐公店,屋宇深邃,连日所住皆高堂大厦,心境为之豁然。奎牧来见,与深谈良久。渠莅任甫匝月,于此间水患情形已洞悉靡遗,并令生童条议,以此为观风课题云。前列各卷所论多有可备采择者,因嘱其调取卷宗课卷送阅。奎牧去后,见吏目、把总,谈数语,即送其出。酉刻,发信致耀垣,催询志清、芳池已否前来,守取回音。晚间,子垣、小泉均至行馆,晤谈、共饭。两君住东偏院。阅诸生课卷,所论多不以圈圩办法为然,且有极是至当之说,当不难博采周谘,折衷一是,所谓"三人占从二人之言"是也。

十七庚寅日(4月21日) 晴。晨起,小食毕,辞却州署供应,自备膳饮。辰刻,耀寰至自安山来见,询悉水利水患情形。拟就原估自八里湾至大金山添筑斜堤及原奏将安山街西挑引河一道未在估中之两事变通办法,作为筑挑并施,即所谓改坡河于安山闸西也。奎竹泉来见,耀寰亦在座,相与披图寻绎论说,并同即订明日先往安山履勘估计。耀垣午后先回安山相待矣。吴芳池仍无消息。

十八辛卯日(4月22日) 晴。辰刻,自州城至安山,沿途多有积水。乘舟由坡河口门入运河,抵州判署前登岸。耀垣迎于门,因入小坐。州牧备行馆于迤西之粮食店,遂税驾焉。午后,竹泉、耀垣均来见,同往八里湾一看。传集居民,探得至大金山节节阻水,尚有卅里之长,未能克日施工。且挑筑兼施亦实赶办不及,只好将原估修筑大小清河南北两堤之工先行兴办,可以护州城四境数十里之田庐,尚有把握。此间官绅士庶亦均谓然,两日筹议,宗旨乃定。

十九壬辰日(4月23日)　晴。巳刻,自安山起程。厘局委员冯令景荫来见。冯君祥符人,子立太守从孙也,即顺道答拜之。沿途察看小清河旧堤,自马家河口至南大桥,令徐子垣带同州署工书查丈高宽。余即入南门回州城。竹泉迎于郊,至行馆复来谒,与谈时许,定议先办清河堤工。申刻,耀垣亦自安山来谒,一谈。渠往张吏目处借居矣。

二十癸巳日(4月24日)　晴。早间,高志青亦来东平,竹泉、耀垣三人先后均来见,与晤商一切,拟即先办大小清河堤工四十里,余悉从缓。自拟底稿以便回省面覆中丞呈递手折。志青多所赞助,余极重之,私心欲以提调一切。午后,因绅民尚欲求办新挑引河,改坡河于安山闸下,余亦主此说,乃传集绅衿王庆云、巩象济等四人面加询问。据称赶得及,然非闭袁口闸掣干下游之水方能兴挑,且挑筑并施非数旬所能告成也。因谢之,留待冬春再办。下午,至东门口看王绅住宅,即王庆云旧居,云可假作总局者。屋尚宏洁,颇合用。放赈委员庞、张二令偕佐班小委员三人来见,稍与接晤即送出。晚间,奎署牧设席邀饮。耀垣、子垣均在座,州署钱谷友沈君,怀宁人,亦同席。谈次余议欲将原估归民修之堤工亦归官办,以示体恤,而令闾阎帮任硪工。奎牧尚有难色,轸念灾黎固难勒派,遂拟概归官办,不复强民所难。席散回馆已亥正三刻,复与志青、子垣、耀垣计议公事良久,闻鸡鸣乃寝。

二十一甲午日(4月25日)　晴。奉到院檄二,其一为工部咨取此次估办工段图册,一则州牧禀请派员迅速兴工,亦批发余处核明饬遵。内附兆梓禀,知吴令锡洛已回省,暂弗来此随勘。辰刻,自东平起程。州牧先来见,后率吏目、把总送于郊。余嘱高、周两君会同子垣在此估工,随后将图折专递省城核明呈院,余即别诸君行,物件半留东平。午正,尖于王古店。晚宿东阿,皆有供帐。东阿令张公衡、县丞杨乐亭均迎谒,复来见。晚间,乐亭又便衣来谈。

　　二十二乙未日(4月26日)　晴。辰刻,发东阿。张、杨两君复来送,与晤谈,止其出郊,余即登舆行。沿途热甚。午正,抵平阴。郝令子高仍为适馆于盐公店,子高旋来见。午后,手拟禀覆中丞稿件,半晌方毕。早晚两餐供帐都佳,庭院饶有花木,颇觉适意,觉忘却旬日之劳顿矣。

　　二十三丙申日(4月27日)　晴。辰初,发平阴。郝大令复至郊外躬送。行四十里,午初,抵孝里铺,肥城境也。肥城令不礼焉。出自带路菜,命庖人煮挂面、鸡子食之,亦颇果腹。午正,复遄行。顶风甚大,尘沙扑面,行十五里。申正三刻,宿长清。有司仍设行馆于试院,县令叶汝谐旋来谒见,谈片刻去。此间屋润而肴嘉,有宾至如归之乐。接河防局咨移,亦即抄发东平州禀催兴工之件,昨日自省发,今日适递至长清也。

　　二十四丁酉日(4月28日)　晴。丑正二刻,发长清县。卯正三刻,尖于杨家台旅店。巳正,抵省城,回寓小憩。邀候补典史穆麟祥来寓,嘱其誊缮手折。午后,邀起霞来寓一谈,拟以收支、文案两事属之。傍晚,吴芳池来见,言欲往泰安算交代,求为辞却东平工差。余旋往谒中丞,谈时许,颇以余拟办之法为然,嘱俟酌夺一番再行分布。散筒后,访绍侯,畅谈。

　　二十五戊戌日(4月29日)　晴。辰刻上院,巳刻入见。中丞谓仍照原估专办官修之工,其拟归民修者即官督民办,官工发款三万金,商之于余,如可行即往办。余只得承认能办。中丞谓即刊给关防,筹拨工需可也。院署散出,访友梅一谈,然后归。午后,潘仲年来,晤谈。下午,嘱起霞代缮致奎珠泉、徐子垣两君书,告以中丞之谕如此,嘱其遵照。

　　二十六己亥日(4月30日)　阴,微雨。邀起霞来谈,告以欲派令管理收支事。午后,访绍侯,久谈。至院署,将访友梅于文案处。

行过中丞窗外,适培轩、友梅均在,帅座杨公命弁邀余入谈,令速派出委员克日往办。藩库款缓,先令官银号拨银万两,带往以应急需。商定退出,只得赶紧部署,准于廿九日出省可也。

二十七庚子日(5月1日) 晴。终日布置,切见客多人,择得委员正班三人,曰赵修稣、曰陆裕仁、曰章天锡,佐班十余人,当于其中酌派也。潘仲年所荐之谢令鸿恩亦来见,均可备选。下午,方鹤人来谈。晚间,接到院札并准河防局移送木质关防一颗,文曰"会办东平圩堤工程关防"。

二十八辛丑日(5月2日) 晴。辰刻,谒见中丞禀辞。拜晤英方伯辞行,将公事接洽明晰。拜郭介丈、崔绥五、杨建弨、吴绍侯,均晤谈。午刻回寓,徐友梅、陈幼庸、崔绥五、陈耕吟均来晤。终日部署公私,颇觉忙迫。工需一万两令起霞往领,给以即收,即由起霞押送东平。傍晚,子垣至自东平,将各工均已估毕,缮草册呈阅。二更后,起霞复来一谈,定见翌晨就道矣。

二十九壬寅日(5月3日) 晴。寅正起。复与同往诸君晤商公事。子垣欲支工需五百金,备募夫之用,如数给之,以期迅速。辰刻,别家人自省寓起马,携带关防并公款万金,率同随带正佐各员偕行。郊外送者十余人。沿途逆风而行,尘沙扑面。午正,抵杨家台,尖于逆旅。未正,复遄行。申正三刻,抵长清县,仍以试院为行馆。叶令大可来见。起霞及各委员均住旅店。起霞来,一晤即去。晚膳肆筵设席,则仍举杯独酌也。

四 月

四月初一癸卯日(5月4日) 晴。卯正,发长清。南风甚大,迎风而①,虽不甚冷,而春风料峭,衣重绵方足以御之。午初,尖于孝里铺。肥城令不礼如昨,以其距县八十里,固无足怪也。起霞来旅舍一

---

① 原文如此,疑有脱文。

谈。申初，茶尖，入旅店小憩。微雨数点，旋止。酉初，抵平阴县。郝子高来见，供帐如昨，且加腆焉。随员均宿旅舍，余仍住盐公店。晚膳独酌，虽不食前方丈，亦方五尺矣。

初二甲辰日(5月5日)　阴。卯初即起，雨甚，小食毕，雨止，遂发平阴。郝令欲出送，坚却乃已。沿途渐霁，山路却无泥泞。行万山中，领略山景，颇豁心目。巳正三刻，行经小云门山，复小憩片刻。未初，抵东阿。令佐均迎于郊，仍设行馆于谷城书院。公衡、乐亭均来见，留乐亭午餐，畅谈。午后，起霞、小泉及朱问岩大令邦干均来谈，彼等亦皆宿逆旅也。朱令淮安人，中丞交派令总稽碶工者，其人颇明干，谙悉河工，可备顾问参谋之选。起霞因东阿银价较涨，拟在此酌量兑银若干，余诺之。诸君去后，晚饭仍独酌，酒肴皆适口，颇极醉饱。

初三乙巳日(5月6日)　晴。卯正，发东阿。张、杨两君均来送。巳正，尖于王古店。东平州派丁供帐，饭毕即行。申初，抵东平。入自东门，假绅士王赓云住宅为行馆。闻兖道张毓藻观察已至，住盐公店，因即访之，晤谈良久。毓藻因时日太迫，意主缓至秋后兴工，自是稳著，余犹欲赶紧布置，但有一分希冀，仍不肯遽尔中止也。

初四丙午日(5月7日)　阴。毓藻来访，邀集州牧绅耆来局与议集夫兴工事，官民皆未能从速举办。毓藻去后，监修委员徐令等至自省垣，询以所集夫则须初十后方能渐集。余意初十以前能兴工即赶办，再迟则汛期、麦忙两相迫近，实不敢谓必能完工保固，只好从毓藻议矣。下午，又以雇夫事商之各首事，令其帮助委员多多集夫，限日完工，各首事亦未敢承担。终日阴雨，忙碌烦闷，迄未定准大局，夜寐亦未能安枕。

初五丁未日(5月8日)　晴。午前，访毓藻，畅谈。出会禀稿见示，意主缓办，而州城官绅均求赶办。余集各绅商酌，如果各首事能代为雇夫，三日内集夫五千，初八日即兴工。各首事未能应命。下午，毓藻复来访，体察情形，即使勉强兴工，亦难克期告成。毓藻去后,仰思终夜,决计从毓蕖议,就枕不复成寐,坐以待旦焉。

初六戊申日(5月9日)　晴。巳初,拟就电禀稿,交毓蕖专送济宁电局译发,请中丞饬司将续解工需缓解,倘已起解,则又多周折也。午后,毓蕖复来辞别,以会禀稿交余酌改缮发,遂相偕由马家口至解家口河口察看地形。毓蕖即回安山,登舟回济宁。余复至陈家堤,该处庄屋坐堤顶河沿,求于筑堤时将其圈居堤外,将来相机酌行可耳。傍晚始回局。

初七己酉日(5月10日)　晴。改定会禀稿发缮,自作致绍侯、友梅书各一件,料量各项文牍,忙碌终日。午后,各委员均来禀辞,分别酌给薪水川资,令各回省,俟兴工时再来,惟留陈、徐二人在局办事。州牧奎珠泉来见。

初八庚戌日(5月11日)　晴。缮就会禀,专弁高福立驰递省垣,守候院批。复致绍侯一书,寄家书一件,均交高弁顺带。料理各项文牍,将工需万金以千五百金存本工收支处留备因工开支,以八千五百金发东平州寄库,俟秋后兴工时提用,取有州牧印收为据。

初九辛亥日(5月12日)　晴。接准藩司咨,工需已提出库,一面委解,一面咨取印领备案等因,此事只可回省请示中丞再办,约计电报去时款尚未解,当可截留也。补发接收启用关防日期文,申院并分咨司局。

初十壬子日(5月13日)　晴。午前,往间壁文案收支处晤谈,拟嘱子垣再往安山勘估改挑新河并两面筑堤能否议办,究竟须款若干。勘估大致,以便中丞询问登答。午后阴雨。发兖济两道函牍,抄送会稿咨会备案,又自拟禀稿报明各委员现已分别留差饬回,并令抄禀分移。日来稍闲,架上有《学政全书》随意取阅,以资消遣。

十一癸丑日(5月14日)　晴。徐了垣带同谢筱泉往安山一带勘上。子泉所临摹河图已成,即将张观察之图由驿寄还。复寄复英方伯一书,将如何备具印领之处告以须回省禀请帅示办理。下午,往客厅借得《司马温公全集》两套,静坐观看。傍晚,携胡床出坐庭院看花,清风徐来,颇饶逸趣。

　　十二甲寅日(5月15日)　晴。早间,起霞来一谈。午后无事,借得屋主人架上《子不语》一册阅之。起霞购得宣纸、纨扇各二事,为各书其一,俟临行时持赠屋主王汉章、王寿山两君,以酬其假屋之情也。

　　十三乙卯日(5月16日)　晴。早间,起霞、子垣、小泉均过谈。子垣等已估得八里湾至大金山斜堤工程,需土十四万方有奇,安山西改挑新河只能由三里铺挑至关王庙地方,再下则终年有水,未能施工,且西面能筑堤,东面未能筑堤,然则改坡河亦未易行也。午后,奎署牧来见,谈良久去。晚间,起霞来谈。

　　十四丙辰日(5月17日)　晴。作书致吴竹楼,寄泰安,闻其十二日出省,日内当可履泰安新任矣。午后,自拟回省面呈中丞手折底稿,起霞不能代也。

　　十五丁巳日(5月18日)　晴。午前,奎署牧、张吏目均来见,谈时许。午后,徐子垣、谢筱泉均来谈。下午,余复往就商改挑新河事,亦苦无善全之策。晚间微雨。省垣去弁至今未回,殊闷人也。

　　十六戊午日(5月19日)　阴。午前,将拟定底稿邀起霞来与商酌。起霞于公事笔墨不甚当行,不能有所赞助,仍是余自行主笔,脱稿后即令抄胥分别誊写,以便回省面递也。

　　十七己未日(5月20日)　晴。终日兀坐,迟高弁不至,殊觉闷闷。午后,邀起霞来谈良久。晚间,估酒独酌,惜无多肴,未免吃寡酒耳。

　　十八庚申日(5月21日)　晴。午后,邀陈、徐二君来谈许久。傍晚,高弁至自省城,带来院批,乃批余单衔禀之件,其会禀之件则批发充道处矣。余不能再候,只好买舟由水程至泺口旋省,免致陆行又须惊扰地方有司也。

　　十九辛酉日(5月22日)　晴。午前,奎珠泉来见。午后,耀寰至自安山来谈,许久乃去。傍晚,往州署辞行,谈许久。归来检拾行装,舟已买就,命其从安山放至马家庄,明晨便可登程矣。

二十壬戌日(5月23日)　晴。辰初,自东平登程。州牧、吏目均送于北郊,立谈数语而别。巳刻,至马家庄登舟,乃一极低之粮食船,幸而行驶尚速,由坡河入清,由清入黄,行二百里方泊,时甫薄暮也。

二十一癸亥日(5月24日)　晴。卯初,开船。辰正,抵齐河县,泊舟。命护勇入城雇轿夫,载之舟中,以便抵涿口即可陆行。巳正,东南风过大,将船吹搁桃园北岸,余遂登舆陆行十余里,方抵涿口。复渡河而南,又行十余里,抵省寓已申初矣。连日热甚,终日挥汗不已,风大如吼,行李船恐不及来矣。

二十二甲子日(5月25日)　晴。早间,访绍侯、宾谷,均晤谈。访友梅,未晤。午后,起霞、子垣均来谈。行李船亦至涿口,物件均运到矣。下午,绍侯来晤,少坐即去。闻潘晟初于十一日作古,亦可怜已。

二十三乙丑日(5月26日)　晴。辰刻,谒中丞。同见者吴赞臣方伯、绍侯、佩瑜、养田诸君。午后,拜客,晤潘仲年,遇绍侯于座,谈良久。傍晚归来,顺道往龚镜人处一吊其夫人之灵。晚间,起霞、子垣、藩伯、守之诸君均来见。中丞谕令秋后兴工,余既不须缴销关防,诸君亦均勿销差,惟停支薪水以节经费而已。

二十四丙寅日(5月27日)　晴。子垣、起霞均来见,云已谒过中丞,诸称顺适。午后,蒋哲生、杨建劭均来晤。奉到两次批禀,均分别照拟办理,因录批移会兖沂道知照。

二十五丁卯日(5月28日)　晴。抚院未止辕,余因昨甫谒见,遂未往。午后,起霞来,将因公开支各款核算清楚,开折呈明中丞。计动支薪津等项银十百九十余两,余银八千六百余两,存东平州库八千五百两,存余处百余两。又章、徐、陆三委员处借领雇夫银六百两,均俟秋后兴工时由余饬令接续清理。

二十六戊辰日(5月29日)　晴。连日热甚。午前,起霞来晤。

将收支清结,并余款呈缴前来。午后,谒见中丞,呈递支存清折,谈片刻而出。拜客多处,惟晤张西山、余易斋、吴绍侯,余未见,傍晚还。

二十七己巳日(5月30日)　晴。早间,检拾衣物,清厘案卷,将书识、弁勇分别遣撤。此行往返四十余日,至此稍可清闲矣。午后,作书复袁保三,将兆梧衔照寄与之,以便史馆书成议叙。又致王茂育一书,嘱令拨英洋卅元为用宾兄寿。用宾今年八十矣,前有书来,今此答之。又作致耀垣书,未寄。晚间,接竹楼复书。

二十八庚午日(5月31日)　阴。风大而热。早起,河防局知会中丞因迎得河神,将诣庙拈香,请往随班行礼。余正欲前往,旋因中丞不去而止。午后,绥五来谈片刻。赵令修龢来见。赵君号竹溪,直隶安州人,熟谙河工,人亦稳练,绍侯说项可备襄助之选者,心焉识之可也。

二十九辛未日(6月1日)　晴。早间,起霞来告辞赴京引见,将以同知分发来东,月朔即北上。午后复热甚,寒署表至九十二度,炎夏不过如此也。

三十壬申日(6月2日)　晴。自昨亥至今,已大雨如注,天气转凉。终日打牌,至二十余转之多。闻起霞初二日方行,因制肴蒸馈之。

五　月

五月初一癸酉日(6月3日)　晴。早间上院,未禀见。午后,至浙闽会馆公宴丁佩瑜,因其新婚而归,故以彩觞为贺。天气热甚,初更时即散。

初二甲戌日(6月4日)　晴。午后,至八旗会馆公饯英凤冈廉访,并宴吴赞臣方伯。天气甚热,亦系彩觞,幸早聚早散,日未晡即归。

初三乙亥日(6月5日)　晴。晨起,挈儿孙游大明湖。先至李公祠少坐,然后登舟至小沧浪、历下亭,各流连时许。天气渐热,遂返棹。卯刻去,巳正还,舟车之费近三贯矣。

初四丙子日(**6月6日**)　晴。终日在寓打牌消遣。天气极热,不能外出也。购得荷兰汽水廿余瓶,热则饮之,无异冰梅汤,惜每瓶不过两盏,日饮可竭十余瓶,为过费耳。

初五丁丑日(**6月7日**)　晴。早间,往院署贺节。午后,绍侯邀打牌。顾戟门、何仲杞、苏雨亭均在座,宾谷傍晚亦至。子刻散,余又输钱廿千,殊无谓也。

初六戊寅日(**6月8日**)　晴。终日在寓打牌,未出门。闻张毓藁都转已抵省,今日谒帅即捧檄,大约绍侯不日将交卸矣。晚间稍凉。

初七己卯日(**6月9日**)　晴。日间,将各处贺节禀信分别缮覆,璧还手版,封固驿递,共十余件。耀垣信亦寄去。午后至日晡仍打牌。

初八庚辰日(**6月10日**)　晴。早间,往拜张毓藁,遇诸涂。旋偕往西关迎宾馆候送英凤冈廉访北上,同寅到者十余人,不甚多也。午前归。午后又打牌。

初九辛巳日(**6月11日**)　晴。午前,谢子云太守锦甲来见,与谈片刻。谢河南人,现充赈抚局提调,寓贡院后者也。连日天气极热。

初十壬午日(**6月12日**)　晴。抚院堂期未往谒。午后,有署东平州杜家集巡检卞钟琦持尚达庵方伯手书来谒,因天气正热,未与见,约令明晨来。达庵行时此君送其到京,今甫自京师也。

十一癸未日(**6月13日**)　晴。早间,往贺张毓藁接运司印,答拜谢子云,俱未晤而还。午后,复打牌。傍晚,毓藁来答拜,晤谈片刻。谈及中丞明日将公出赴下游河工,并至沿海一带巡阅也。

十二甲申日(**6月14日**)　晴。卞巡检来见,询知为常州人,卞伯文之弟也。曩充藩司监印,今署东平巡检,求效力堤工,余许之。辰刻,往西关送中丞,同人咸集,几无坐处,午前散归。午后至日晡又打牌。

十三乙酉日（6月15日） 晴。午后，绍侯邀打牌。同席为张立山、张子纯。天气甚热，挥汗不已。散局，输钱廿千，殊不值也。

十四丙戌日（6月16日） 晴。午后，复至绍侯处打牌。同座六人，苏毓坪、张子纯、朱仲洪诸君。天气仍热。散局幸无输赢。

十五丁亥日（6月17日） 晴。午后，邀绍侯、宾谷、子纯、立山四君打牌。日间颇有所赢，晚间仍输，散局结算则又输钱十五千矣，何连日财运之大坏耶？

十六戊子日（6月18日） 晴。午后，绍侯处续集。宾谷、子纯、立山均在座。局散，又复输钱廿八千文，破耗资财，乏味已极，可恨可笑也。

十七己丑日（6月19日） 晴。午后，同人集张鹤琴处，绍侯、宾谷均在座，又有宝应祁君重喆少符同集。泊散局，又输钱五十三千。

十八庚寅日（6月20日） 晴。偕绍侯、友梅、宾谷同作主人，公宴张毓蕖都转于皖江公所，邀仲年、敬南、尺衡作陪。天气凉爽，早集早散，日未夕即归，颇觉舒畅。宾谷处承办酒肴亦佳。

十九辛卯日（6月21日） 晴。连日疲于征逐，今得休息一日。午前，杨拙斋、苏毓坪便衣来谈片刻。今日天气又复极热，午后小眠。

二十日壬辰日（6月22日） 晴。集祁少符处小叙，绍侯、宾谷、鹤琴均在座。酒馔甚佳。余竟转败为胜，局散居然赢钱四十八千。

二十一癸巳日（6月23日） 晴。午后，集宾谷处，绍侯、子纯、鹤琴、少符均同座。宾谷陪院幕诸君另集一局，且有歌伎，我等未之与。局散，无输赢。

二十二甲午日（6月24日） 晴。午后，集朱仲洪处，绍侯、宾谷、毓坪均在座。肴馔多且旨。亥正散局，赢钱十千。

二十三乙未日（6月25日） 阴。终朝雨，颇凉爽。张子纯假绍侯处聚谈，宾主八人，分集两局。余竟赢钱七十二千之多，颇觉高兴。

二十四丙申日（6月26日） 晴。雨后颇凉，午后复雨。闻吴赞臣方伯宴同寅于皖江公所。绍侯、宾谷均在座，余则明日方预也。

二十五丁酉日(6 月 27 日)　晴。午后,方伯招饮皖江公所。天气凉爽。申初,客即到齐入座,共设三席,每席六人。遇陈公穆太守于座。陈乃番禺陈兰浦先生之孙,以安徽知府调东当差,充客籍学堂监督,适竹楼函托由堂详送其子归应小试,遂与陈君商定照办,余有以复竹楼矣。戌初散席回寓,犹未上灯也。

二十六戊戌日(6 月 28 日)　晴。午后,集仲洪寓斋赏竹,绍侯同席。晚间散归,输廿六千。灯下,作书复竹楼,驿递泰安。

二十七己亥日(6 月 29 日)　晴。日来各学堂均举行暑假季考,中丞公出,委藩、臬代考。今日为客籍学堂第一日,藩、臬持柬邀往监考,余拟第二日前往,并知有崔子万观察同事也。午后,陆令裕仁来见,告知奉委上游防汛。

二十八庚子日(6 月 30 日)　晴。辰初,往客籍学堂监考,晤陈公穆。今日考西文、算学。子万已正方到,午后即各散。余不管学堂事,故不复稽考,不过虚应故事而已。

二十九辛丑日(7 月 1 日)　晴。天气又热。今日考体操。午后,先访子万,畅谈。申刻,乃偕往学堂阅操,约两小时而毕。戌初散归。

三十壬寅日(7 月 2 日)　晴。早间,徐子垣来见,告知赴中游防汛。又见客两起,一为毕凤山大令时骐,一则府经朱孙黄也。朱乃曼伯观察之侄,祁少符曾为说项。下午,集绍侯处赏竹。苏毓坪及绍侯之婿王郎同座。散局,赢钱十三千,亥正即归。苏、王两君未携钱,所输未见付也。

六　月

六月初一癸卯日(7 月 3 日)　晴。早间,方鹤人来访兆梓,余未与晤。午后,崔子万过谈片刻。酉刻,四媳孙氏复举一孙,大小平安,余现有四孙矣。

初二甲辰日(7 月 4 日)　阴。天气极凉爽。早间,出门拜客,晤濮青士观察文暹，谈片刻。青士曩与大兄同官有年，今因其子贤恪官县令来此就养，余闻其至先往访焉。又访蒋哲生，畅谈，午前归。

初三乙巳日（7月5日）　阴。苏玉屏邀赏竹，绍侯走柬约早去，余午正后即往，仲洪、绍侯、子纯未正甫到。宾谷来，未几即去。仍系五人晚餐，又复盛馔稠叠。局散，输钱三千文。

初四丙午日（7月6日）　微阴。小雨一阵。午后，约绍侯、毓平、仲洪、子纯诸君集寓斋，蒋哲生欲来观场，亦邀其来聚。天气极热，庖人制馔亦劣，未能适口。晚间，设座庭院，仍不见凉爽。局散，赢钱七千。

初五丁未日（7月7日）　晴。热更甚，终日挥汗不已。无可消遣，亦惟打牌而已。午后，阳光更炽，庭院逼窄，颇是苦境。

初六戊申日（7月8日）　晴。热更甚，仍在家打牌，固无聊之极思也。

初七己酉日（7月9日）　阴。终日大雨，天气转凉，甚觉舒服，夜间可衣薄棉。忆去年此时痛发于背，病莫能兴，较今苦乐悬殊矣。

初八庚戌日（7月10日）　阴。午前犹大雨，午后放晴，仍甚凉爽。蒋哲生招饮历下亭。申初前往，至学院门口登舟到彼。主人尚未至，久之哲生始偕濮青士同来。酉正入席，戌正散归。

初九辛亥日（7月11日）　晴。邀绍侯、仲洪、宾谷、子纯集寓斋，为修竹之娱。宾谷未正三刻始至，入座颇迟。晚间散局，余赢廿四千，仲洪输。

初十壬子日（7月12日）　晴。戴敬南招饮，设席军械局。同席为潘景陈观察，泾县人，谟卿都转之子，以候选道投效来东者，余则绍侯、友梅、宾谷诸君。午刻入座，申初即散。复至绍侯处小集，二更回寓，输钱千文耳。

十一壬子①日(7月13日) 晴。天气又热。项幼轩卸巨野县事回省,来谈片刻。午后,在家打牌。

十二癸丑日(7月14日) 晴。偕绍侯、子纯集仲洪处小叙。天气幸不大热。子纯每集必赢,仲洪必输。散局,余输四千文,绍侯输十二千,仲洪输卅四千,皆子纯赢得也。二更回寓。

十三甲寅日(7月15日) 晴。孙崧甫、矩臣至自济宁,留其下榻大厅。午后,蒋哲生便衣过谈片刻。天气又复甚热。王章甫昨来,今又去矣。

十四乙卯日(7月16日) 晴。张福庭观察恺康、潘景陈观察希祖先后来拜,均晤谈。张为安徽建德人,周玉帅所调派充上游督办者,到此已数年,今始与相晤耳。潘则泾县人,谟卿都转之子,仲年堂弟,奉委劝捐而来,皆行客也。

十五丙辰日(7月17日) 阴。终日大雨,至夜未息,天气又转凉。日间,与崧甫、矩臣打牌。

十六丁巳日(7月18日) 阴又雨。中丞公旋。傍晚,出东关迎候,至三更甫到。时正大雨,比散,皆冒雨而行,归来已夜子时矣。

十七戊午日(7月19日) 阴,仍雨。辰刻,冒雨上院谒中丞,候至午刻方得见,归来已交未初。天气却不甚热。

十八己未日(7月20日) 晴。午后,出与崧甫、矩臣斗牌,输却京钱一吊七百文。

十九庚申日(7月21日) 阴。午后,仍与崧甫昆仲斗牌,杨建韶来视其两表弟,余亦出与一晤。

二十辛酉日(7月22日) 阴。抚院未止衙,无事与谈,遂未前往。午后,出门答拜来客多家,无一见者,未几即回寓。

二十一壬戌日(7月23日) 晴。天热未出门,在家打牌消遣。

----

① 纪日干支"壬子"应为"癸丑"之误,直至本月二十九日(1905年7月31日)皆误。

自入伏以来，雨水较多，大约东平一带又成泽国，将来水涸恐不能早也。

二十二癸亥日(7 月 24 日) 晴。往拜客数家，多未晤。闻梓桢差旋往访，则辞以疾，遂归。

二十三甲子日(7 月 25 日) 晴。午后，往谒中丞，未见，因将宴外客，故不上手版。遇陈幼庸于官厅，谈数语各散。

二十四乙丑日(7 月 26 日) 晴。早间，谒中丞。遇梓桢于官厅，畅谈，遂同入见。散出至会馆祭天后，楚卿廉访、毓藁都转、朱次帆、许尺衡及余同班行礼，然后入座，午后各散。

二十五丙寅日(7 月 27 日) 晴。抚院止衙，未往谒。天气又热，在家打牌永日，借消长昼而已。

二十六丁卯日(7 月 28 日) 晴。午前，绍侯来一晤。午后，复来思欲打牌，乃偕崧甫、矩臣同入座。席散，赢钱十二千文。

二十七戊辰日(7 月 29 日) 晴。宾谷约往打牌，绍侯、仲洪均在座。余最先至，迟仲洪至未刻始来。三鼓散局，赢钱七千文。

二十八己巳日(7 月 30 日) 晴。热甚。午前，邀崧甫、矩臣并挈兆梓、兆梧至锦屏春食西餐。座落、肴品都不佳。未刻散归。

二十九庚午日(7 月 31 日) 晴。午后，绍侯邀打牌，并邀孙氏昆仲同往。朱仲洪、韩伯彭亦在座。晚间散。

以上记至六月杪，嗣复天气炎热，人意懒散，七月内未及逐日记载。越日既多，补记为难，只好接载八月矣。

八 月

八月初一辛丑日(8 月 30 日) 晴。早间，上院，未禀见。遇毓藁于官厅，谈及顶自曹济差旋，道出东平，见水已退等语。回寓后，即致书奎珠泉署牧，询问该境水势如何，令其详覆，以便请示中丞先期料理堤工也。午后，复集伯臣处。

初二壬寅日(8月31日)　晴。早间,代内子出名作书覆孙孟延处女仆孔妪,因孟延曾浼人作伐求兆樨侄女为继室,已有成说故也。午后,复集唐伯臣处。伯臣名式郁,静海人,官山东同知,乃辛亥年伯蓉石观察犹子也。

初三癸卯日(9月1日)　晴。孙孟延处又托刘献臣专函来作伐,并言十月内即须成礼,欲我处送亲至京,因作书答覆,告以先行聘礼,然后再议完娶。午后,又集伯臣处,夜半乃散。

初四甲辰日(9月2日)　晴。午后,便衣往答拜杨建弨,晤谈片刻。旋复至伯臣处小集。绍侯连日均在座,畅叙夜分散归。

初五乙巳日(9月3日)　晴。午后,又集伯臣处。绍侯来稍迟。晚饭后,同人偕往闻善茶园看演电灯戏,人物生动,极有可观,人巧夺天工,信然。

初六丙午日(9月4日)　晴。兆梓偕崧甫、矩臣均奉中丞派往日本留学政法速成科,今日往院署禀辞。午间,设便酌为孙氏昆仲饯别。午后,遂未出门。

初七丁未日(9月5日)　晴。午后,往访绍侯,久谈,兼问其子露阶之病。刘道三奉委带领学员赴日本,因往拜送,未晤。申初,复集伯臣处,夜半散归。

初八戊申日(9月6日)　阴。午前,陈幼庸来拜,晤谈片刻。下午,兆梧因其兄远行,姊亦将远嫁,请余率阖家共照一行乐图。晚间,兆梓出城,孙氏昆仲亦偕行,将于明日乘火车至青岛,附轮东上,故今晚先宿车站也。接夏厚庵信,孟延请其作冰上人,仍以早娶、送亲两事为请。

初九己酉日(9月7日)　晴。兆梧送其兄回寓,述及车位甚剂,几无坐处,然只可将就矣。早间,章令天锡、许司狱观均便衣来见。许乃长兴人,云与季仁、西斋皆同族也。午后,集绍侯处,同座为顾戟门、杜宾谷、傅子余、萧筱畲诸君。

初十庚戌日(9月8日)　晴。作书复夏厚庵侍御。午后,集仲洪处,座惟宾谷、绍侯,主宾四人而已。晚间散归,中途甚凉。

十一辛亥日(9月9日) 晴。午后,出门访蒋哲生,谈片刻。旋仍至伯臣处小集。座有苏毓平、孙钧甫两君,余皆常聚之人。连日战阵失利,破耗至八九十千之多矣。

十二壬子日(9月10日) 晴。早间,孙芝生至自济宁来拜,言孟延处有电信,择吉本月廿六日行聘,请吴绍侯、洪兰楣两观察为媒妁,余允照办。

十三癸丑日(9月11日) 晴。晒皮衣冠,抖晒币帛箱,料量终日,未出门。晚间热甚,无异炎夏。计今日兆梓可抵上海矣。

十四甲寅日(9月12日) 晴。午前,出门拜客,惟晤洪兰楣,余俱不遇而还。午后,作书致沈絜斋、退庵两公,告以大佚女许字孙孟延农部为继配,以纾其念。

十五乙卯日(9月13日) 晴。天气热甚。早间,至院贺节,旋即还。午后,出晤王章甫。孙宅复有信来,坚求送亲。孙芝生亦来述此事,晤谈片刻而去。

十六丙辰日(9月14日) 阴。午后,伯臣设盛筵招雅集,仍系同社诸君,有韩伯彭,伯臣之同乡也,故亦与。晚间雨,天气转凉矣。

十七丁巳日(9月15日) 阴。午后,作书复孙宅,并致夏厚庵,告以送亲至京一事,不得已勉允其请。惟喜期原定十月十六,拟改十五,以十六之期于我处稍有忌刻也。吴竹楼至自泰安,以水果四种见贻。

十八戊午日(9月16日) 晴。早间出门,晤孙芝生、朱梓桢、吴绍侯,在绍侯处遇竹楼,即在彼午饭。归来,约绍侯、伯臣、杏村诸君小集。竹楼来晤,旋去。夜半客亦各散。

十九己未日(9月17日) 晴。午后,集绍侯处。竹楼、宾谷到颇迟,未入局,在局仍余与伯臣、杏村诸君也。夜半散归。

二十庚申日(9月18日) 晴。午前,往南关正觉寺奠魏精卿太夫人,遇濮青士。午后,至皖江公所公宴吴赞臣方伯,为之豫祝。自中丞以次均到,傍晚散归。

二十一辛酉日(9月19日) 晴。午后,往奠江巡捕及朱仲洪之太翁。申刻,朱梓桢招饮寓斋。同席为绍侯、友梅、宾谷、福棠、建弨及姚星五诸君。亥刻散归。

二十二壬戌日(9月20日) 晴。午后,招穆典史麟祥令其代缮手折,将以面呈中丞请示。缘昨接东平州判禀,称本年州境水小,近城之区水已渐退,清河民埝已可兴筑,余因据以请中丞示也。

二十三癸亥日(9月21日) 阴。早间,谒中丞,同见有潘仲年、方鹤人。余请示东平堤工,莲帅云此工只可缓办,现在固无款可筹,且部文挑剔,亦多窒碍,此事殆将中止耳。午后,蒋哲生、孙芝生均来晤。

二十四甲子日(9月22日) 晴。早间,检出荷包、活计、补服、端砚、湖笔各物,以备回答孙氏聘礼之用。下午,崔绥五自曹州防次来晤,云仍将旋差也。旬日以来,内子为侄女嫁事日夕忙碌,一应衣衫裙裤,在在均须躬亲料理,余又手无孔方,直觉无术摆布,所谓穷是也。

二十五乙丑日(9月23日) 阴。早间,扫除客厅为明日觞客计。午后微雨。孙宅原择今日过聘,余以来朝秋分则今日为四离,特改用明日云。

二十六丙寅日(9月24日) 晴。邀梓桢、竹楼来陪冰人。午间,在寓喜酌,请竹楼书柬。未刻,冰人吴绍侯、洪兰楫至自孙氏,送到礼柬庚帖,我处答柬如礼。晚间宴客,用西餐,主宾六人,颇尽欢洽。

二十七丁卯日(9月25日) 晴。午前,出门谢客。归途至竹楼处,晤谈,适绍侯在彼,遂留午膳。登州太守段春岩友兰亦在座。午后阴雨,章甫假余斋小集。绍侯、仲模、祁少符同座。夜分方散。

二十八戊辰日(9月26日) 晴。午后,宾谷邀小集。绍侯、鹤琴均在座,四人入局,无上下轮替之琐。晚餐盛设,宾谷夫人初度之辰也。夜间散归,甚冷。

二十九己巳日(9 月 27 日)　阴。早间,得洁斋、退庵两君复书,均以葆珍侄女许昏孙孟延为快慰,可见人同此心。午后,朱仲洪来晤。

三十庚午日(9 月 28 日)　晴。孙朔甫大令多宸奉委代理东平州篆,特来谒见,与晤谈片刻。告以州库寄存工银八千五百两,嘱令到任后接收清楚。午后,济宁郭寿农大令至自济来晤。渠里居有年,中丞与有旧,招之来,畀以抚署文案差使。

九　月

九月初一辛未日(9 月 29 日)　晴。早间,至抚院,未请见。旋出拜客数家,均未晤。午后,署东平牧奎珠泉、孙朔甫偕来谒见,均晤谈。晚间,招起霞来晤,仍为存州款事令与两君接洽,庶可交收无误也。竹楼来告别,余亦往候,均晤谈。承其馈喜仪五十元,正济急需,可感之至。

初二壬申日(9 月 30 日)　晴。午前,朱云峰来见。午后,绍侯邀小集。座惟毓平、章甫。晚间散归,仍未取胜,输与章甫六竿。

初三癸酉日(10 月 1 日)　晴。林葆霞大令凯清来见。午后,郝子丹炳炎亦来谒,均晤谈。晚间,与家人打牌,大赢。设在外获此大胜,可得五十余千矣。

初四甲戌日(10 月 2 日)　晴。早间,张子纯锡碫来晤。午后,未出门,取架上书披览,有汤蛰仙所著《时事昌言》一编,阅之可想见其为人。

初五乙亥日(10 月 3 日)　晴。院署堂期未往谒,终朝兀坐,殊无聊赖。命之理微,未知何日否极泰来,前路茫茫,一听彼苍苍之位置而已。

初六丙子日(10 月 4 日)　晴。午后,伯臣邀小集。同集惟杏村、观岑,共四人。局散,又复输钱十一千文。

初七丁丑日(**10月5日**)　晴。午后,邀绍侯、伯臣、杏村、观岑诸君小集,因人数已满,不复邀章甫矣。夜半散局,又输十千文。

初八戊寅日(**10月6日**)　晴。接抚檄令,将东平堤工事件移交济东道办理,即缴销关防销差等语。余前领工需万金,实存银若干,均须移交清楚矣。

初九己卯日(**10月7日**)　阴。囊空如洗,葆珍侄女嫁事伊迩,友人皆不肯通财。仆人刘顺为余假诸长随张姓京钱七百串,月息一分五厘,今日张姓来见,当面交钱,即书一券付之。午后,谢子云太守招饮皖江公所。同席有吴绍侯、戴敬南、张西山、韩伯彭、陈南轩、武德卿诸君。下午微雨。傍晚散归。

初十庚辰日(**10月8日**)　晴。早间,上院,晤沈楚卿于官厅,与谈东平堤工交代事,俟清厘就绪,迟日送交与楚卿。谈毕,即先散,拜客数家而还。

十一辛巳日(**10月9日**)　晴。兆梓抵沪曾有书来云于廿一日附轮东渡,探得均于前月廿七日抵日本东京,约计日内即应有信,何尚杳然耶? 下午,绍侯来晤,约公祝宾谷、绍庭两君同作主人。

十二壬午日(**10月10日**)　晴。午后,接孙宅电,号码未译,乃命兆梧译出,乃"伻文行走青岛"六字也。晚间,携兆梧、汇川至西公界吕祖庙前看电灯戏,已觉夙见不鲜矣。

十三癸未日(**10月11日**)　晴。午后,蒋哲生、徐仲谟均来晤。仲谟转致绍侯,公局愿附分作东,因走笔致之。绍侯复函,已定于明日假座养福堂设席矣。

十四甲申日(**10月12日**)　阴。午后,往养福堂时,同人均未到。少顷,仲谟、仲洪、绍侯、佩瑜、伯彭、梓桢均到,宾谷、绍庭亦至,两君为客,余皆主人。并作牌局两局。傍晚,散局吃饭,余无输赢,二更散归。

十五乙酉日(**10月13日**)　阴。接孙电,又未译,仍命兆梧译出,乃"岛轮无期,改陆行,须廿边到,乞先置"十四字也。午后小雨。

作书致夏厚庵,仍为孙宅喜事嘱其转致一切也。

十六丙戌日(10 月 14 日)　晴。是日内子五十初度,照常谢客,惟方鹤人、王章甫来拜寿,登堂一晤,女客亦只方、杨两家来拜而已。午后,往拜丁佩瑜太夫人寿,少坐。复往拜客谢步数处,傍晚归。灯下,致孙伟如亲家一书。

十七丁亥日(10 月 15 日)　晴。兆梧送其妇携两孙往济宁归宁,辰刻首途,天气清明,四日可达也。午后,料量公牍文卷以备移交,尚未齐楚。

十八戊子日(10 月 16 日)　晴。将前在东平用去工需未经开报之壹佰金措齐,以备移交,于是此款自赔矣。午后,将文牍钤盖关防毕,即封固送河防局销毁,皆遵院札办理也。

十九己丑日(10 月 17 日)　晴。早间,将文卷、银两移交送济东道接收。检取箱箧,取出都盛盘、荸研等物交内子贮葆真侄女奁中,到京赠与之。午后,觉左足心酸痛,不良于行,解视起一水泡。夜间甚痛,不能成寐,殊苦之。日间,高志青来辞,晤谈时许。

二十庚寅日(10 月 18 日)　晴。将足上水泡挑破出水,酸痛稍松,仍未能履地。午后阴雨。傍晚,孙宅两仆王喜、孔升自京来迓,赍到川资叁佰金,并冰人夏厚盒函,勉强入见之。王喜似较胜孔升也。

二十一辛卯日(10 月 19 日)　晴。内子为葆真侄女检拾奁箧,日夕忙迫,行期择定廿六日,为日无多,愈益侘傺。余足仍未瘳,未能起坐,京中书函皆须亲裁,殊深焦急。午后,命孙宅来仆王喜先往德州买舟以俟。晚间,葆真侍坐话别,情甚依依,余亦为之黯然。

二十二壬辰日(10 月 20 日)　晴。邀起霞来诊脉,邀马医视足创,内外交治,以求速效。内子因过劳,虚火上升,目痛舌燥,亦就起霞诊脉,开方服药。连日友人因葆真出阁赠喜仪添箱者颇多,皆余伏几亲书谢帖。高志青赠八金,余皆针凿花粉而已。

二十三癸巳日(10 月 21 日)　晴。拟上夔相、致吴子和给谏各信稿,交穆典史代缮,余足仍难履地。马医来诊,将破皮剪去,伤处大如钱,颇痛楚,敷以养育膏,据云可渐生新肌。午间,接兆梓自日本东京来禀,一切平顺,为之忻慰。

二十四甲午日(10 月 22 日) 晴。孙孟延来电,谓水浅津轮未能驶至德州,拖船只可用常船,顺流而下,似亦不至迟缓。午后,作书致吴仲篪内弟,托其照料喜事。仲篪名和声,今在京师官内阁中书也。

二十五乙未日(10 月 23 日) 晴。辰刻,兆梧至自济宁,盖子正发张夏,故到省甚早也。午前,作书致稚夔、厚庵。午后,作致刘献臣。料量川资,一一交付兆梧。内子整理行装稍有头绪。晚间,设席饯葆真侄女,余力疾入座。饭毕,葆真复久坐话别。余处兹窘境,未能丰其奁赠,情殊缺然,勉以宜室宜家,然后福无量。内子复检随身衣件,至四鼓方寝。今日余足创稍瘳。

二十六丙申日(10 月 24 日) 晴。黎明起,所备轿三乘、车七辆均驾齐以俟。辰刻,内子携葆真、兆梧、重庆登程北上。葆真拜别,泣下沾襟,余亦黯然。男女仆役十人,行李约四十余件,至德州舟行当发电报告知。孙宅业已首途,俾计期前迎也。崔绥五来拜,在上房相见,晤谈片刻。今日足痛大减,特未能平步耳。

二十七丁酉日(10 月 25 日) 晴。天朗气清,和暖无风,行路大佳,今日行人当早住平原矣。午前,作谕兆梓书并致家欧获一纸,邮寄日本东京。今日足稍好,仍未能平步,殆需三数日后方得如常也。

二十八戊戌日(10 月 26 日) 晴。午前,作致沈洁斋书,未毕。午后,呼瞽者崔姓算命,所说已过之事颇不诬,据云明年即大佳,但不知亦验否。傍晚,东北风作,稍觉凉冷。晚间,起霞来,晤谈。

二十九己亥日(10 月 27 日) 阴。早间,接兆梧德州电,知抵德,今晨开舟北上。午间,章甫入谈共饭。午后,邀张景山、贺观岑及章甫来寓打牌。余足未大愈,强出以破岑寂。亥正即散,无输赢。

十　月

十月初一庚子日(10月28日)　晴。接兆梓九月望日自日本东京寄兆梧书，知又移居麹町区三番町九番地小金楼，取其距麹町区富士见町法政大学相近也。午后，作书致沈洁斋。

初二辛丑日(10月29日)　晴。早间，出至外斋修发，即在斋中起坐永日。作书致退庵，连洁斋书并寄苏州。午后，作寄内子、兆梧、葆珍书，总封邮寄京师。下午，轿夫舁轿至自德州，询知用船二艘，即日开行矣。今日足疾较昨更减，数日后可出门也。

初三壬寅日(10月30日)　晴。午后，邀绍侯、景山、观岑、章甫小集。绍侯因有人招饮，傍晚即去，仍剩四人。三鼓局散，输钱二竿。

初四癸卯日(10月31日)　晴。午后，修发。傍晚，绍侯因宾谷至，邀往叙谈，急切邀得杨拙斋同集。三更散归，赢钱五竿。连日天气甚暖。

初五甲辰日(11月1日)　晴。午前，谒见中丞。午后，至铜元局，偕绍侯、佩瑜、绍庭、仲年、宾谷、仲谟、仲洪诸君公宴韩伯彭，因昨日为彭伯生辰，故为补祝也。初更即散归。

初六乙巳日(11月2日)　晴。早间，玉松谷交卸兖倅篆来见，晤谈片刻。许尺衡邀饮，辞未赴。午后大风，天气转凉。晚间，接兆梧电，知安抵京都，惟天冷，恐归途不能舟行，大费踌躇耳。

初七丙午日(11月3日)　晴。风定，冷更甚。李吉珊太守交卸莱郡署篆，亦过道班到省，昨在官廨相遇，顷来拜，晤谈片刻。接刘道三自日本来信。

初八丁未日(11月4日)　晴。唐伯臣邀往打牌。同集为孙钧甫、谢子云、贺观岑诸君。天冷，打牌时便觉热闹。夜阑散局，输钱卅四千。

初九戊申日(11月5日)　晴。午后，邀子云、钧甫、伯臣、观岑、量甫诸君聚谈，以消岑寂。天气稍和暖。晚间局散，又输钱十三千。

初十己酉日(11月6日) 晴。余左足渐愈,而右腿因搔痒损破成疮,越两旬未瘳,行步辄觉肿痛,乃邀马医来诊,仍用养育膏敷,未知奏效否。闻绍侯之子露阶病逝,为之不怡者良久,因腿疼未往唁。

十一庚戌日(11月7日) 晴。午前,往唁绍侯,适其子已将移枢南关水潮庵,余因腿疼未往送。午刻即归。午后,集伯臣处。亥刻散归,输钱十四千。

十二辛亥日(11月8日) 晴。午后,出门拜客多家,均未晤。李吉珊亦未在家,惟晤张西山,谈良久而还。日来天气渐和暖。银价涨至两吊七百余矣。

十三壬子日(11月9日) 晴。汪厚棠福荫服阙,以通判引见,仍归东河补用,特来谒,与晤谈片刻。连日腿疮时复作痛,迄未大愈。

十四癸丑日(11月10日) 晴。天气甚暖。午后,集伯臣处,同局友苏毓平及登州司马鲍汇川忠瀚、孙钧甫司马秉衡。二更后即散,又复输钱廿三千。日间,作书寄兆梧京师。

十五甲寅日(11月11日) 晴。晨起,至抚廨少坐,与同寅聚晤,未谒帅,遂归。是日宝珍侄女在京师于归孙氏,未谂系何时刻成礼也。

十六乙卯日(11月12日) 阴。上午甚暖,下午小雨,天气转凉。伯臣于申刻折简相邀,余以天晚雨甚辞之,然兀坐一室,殊寂寞也。

十七丙辰日(11月13日) 晴。雨后又复寒冷,无异隆冬,深虑内子自京师舟行冻阻,未知天气尚能回暖否。午后,得退庵复书。

十八丁巳日(11月14日) 晴。无风而冷。阅电抄,京师已换洋灰鼠褂,其冷可知。未知内子何日返棹也。下午,何仲杞以过道班来拜,晤谈片刻。

十九戊午日(11月15日) 晴。早间,修发。出坐外斋,接兆梓九月廿九自日本东京来禀,寄到洋参一小匣并西装照片四张。兆梓在彼留学,改服西装,故照此相寄阅。服饰颇不恶劣,无怪人时竞言欲改西服也。午后,作书寄兆梓日本、兆梧京师,并致孙孟延倩婿一书,封毕,明日邮寄。

二十己未日(11 月 16 日) 晴。午前,玉松谷来,晤谈片刻。日来又复和暖,未知京都天气何如。二媳经其姨氏接往小住,于十七日携喜孙前往,须月杪方还。

二十一庚申日(11 月 17 日) 晴。午后,苏毓平便衣来,晤谈。云绍侯因丧子将迁居,已择定按察司街一宅,廿五日即移莅也。

二十二辛酉日(11 月 18 日) 晴。邀唐伯臣、孙钧甫、贺观岑来寓小集,章甫亦在座。天气甚暖。晚间散局,赢钱廿四千。日间,周耀垣至自安山来晤。

二十三壬戌日(11 月 19 日) 晴。日间,制菜点四色饷耀垣。下午,接兆梧十七日自京师来禀,已定十一月朔日自京陆行回东,殆因河冻不敢舟行也。

二十四癸亥日(11 月 20 日) 晴。早间,出至外斋,修发。午后,出门拜客,都未晤。往访绍侯于按察司街新居,晤谈时许而还。

二十五甲子日(11 月 21 日) 晴。午后,往集伯臣处聚谈。谢子云、孙钧甫、贺观岑均在座。天气甚暖。亥末散局,赢六竿。

二十六乙丑日(11 月 22 日) 晴。早间,周耀寰、孙朔甫均来见,晤谈时许。午后,复集伯臣处,仍系昨集诸君,子云到独迟。夜半散归,赢十二千文。

二十七丙寅日(11 月 23 日) 晴。午后,出门至西关外高等学堂拜送陈幼庸,未晤。潘季约出见,因将兆梓准给廪贡执照交来。复访恩毓亭于南,亦晤谈。入城至绍侯新居小集,宾谷、佩瑜、拙斋同叙。局散,赢钱七千文。

二十八丁卯日(11 月 24 日) 晴。昨夕佩瑜面订今日至伊处小集,因于未正前往,比至,他客尚无到者。申初,绍侯、福棠方到,宾谷则晚饭后始来,故聚未能畅。酒肴独精美异常。亥初即散,输四千文。

二十九戊辰日(**11 月 25 日**)　晴。早间,耀垣来晤。午后,扫除西厢,存贮衣箱、书箱各物,亲率仆役搬移布置,约两小时始毕。

三十己巳日(**11 月 26 日**)　晴。午后,绍侯邀小集。宾谷、玉屏俱在座。又有绍侯之婿王豫生者亦同集。局散,余输钱九千。

十一月

十一月初一庚午日(**11 月 27 日**)　晴。日间,将东北隅小屋中什物督仆清厘一过。先是杂物堆积如山,漫无归宿,稍加检理,较为清楚矣。晚间,接兆梧京津两电,知今日出京抵津。

初二辛未日(**11 月 28 日**)　晴。兆梧来电,有车托粮道字样,大约系由津舟行至德州登陆,因作书致周桂五观察,托其嘱令州署代为备车,并派王顺持函明日往德带领舆夫舁舆同往候迎。下午,徐仲模、杨建弨先后来晤。

初三壬申日(**11 月 29 日**)　晴。早间,接兆梓十月十九日自日本东京来禀。午后,邀绍侯、毓亭、仲洪、仲谟小集寓斋,章甫亦在座。局散,赢钱一竿。

初四癸酉日(**11 月 30 日**)　晴。在寓休息,无所事事,颇觉逍遥自如,因取《新齐谐》随意披阅。天气仍和暖,闲居亦殊不恶,何必营求当路耶?

初五甲戌日(**12 月 1 日**)　晴。午后,作书谕兆梓,邮寄日本东京。近数次寄书皆不过半月即达,尚为迅速也。

初六乙亥日(**12 月 2 日**)　晴。张子纯招集南城根寓斋。因先访徐仲谟,晤谈片刻,仲谟亦寓南城根也。未刻至子纯处,同集为绍侯及张鹤亭、吕旭斋诸君。局散,赢钱四竿。

初七丙子日(**12 月 3 口**)　晴。午后,邀绍侯、仲谟、鹤亭小集寓斋,章甫亦在座。天气和暖,颇觉适意。亥末,绍侯先散,同人复斗四转乃罢。余与绍侯、仲谟、章甫皆负,鹤亭独胜。

初八丁丑日(**12 月 4 日**)　晴。东风甚大,天气仍暖。德州无电报来,内子舟行殆犹未抵德也。傍晚,耀垣来晤。云大府相待甚好,捕河一缺似可望升,惟不知薇省意见何如耳。

初九戊寅日(12月5日) 晴。午后,将破箱、锡器并装一空箱堆存小北屋中。傍晚,接孟延倕婿、葆真倕女复书,述及于归之后诸事吉祥,宜其家室。前室儿肇照年七岁,颇知依恋继母,闻之甚慰。晚间,接德州电,内子率兆梧明晨登陆,计十二可到,适余初度之辰也。

初十己卯日(12月6日) 阴。自寅至辰微雨数阵,天气不冷,颇似春令。日间未雨,而天色浓阴,日光不露,未知行人在途能按站遄行否。

十一庚辰日(12月7日) 阴。早间大雾。午后,张鹤庭邀小集,绍侯、仲谟、煦斋、子纯均在座。鹤亭寓所以前厅为寝室,后厅为书斋,出入颇觉深邃。局散,输钱六千文。

十二辛巳日(12月8日) 晴。午刻,内子挈兆梧、重庆至自京师,一切平安。出孟延夫妇及其子肇照小影,题额为连环如意图,后题诗一首,可称闺房韵事。兆梧出夔相致宏农为余说项书,并述夔相情意肫挚,招饮赠物,可感之至。借款五百金,喜事均已用尽,临行孟延赠赆二百金,到此亦所余无几矣。

十三壬午日(12月9日) 晴。绍侯,仲谟、仲洪、宾谷、伯彭为余补祝,设席绍侯处,仍是牌局。午后往叙,三更散归,输钱十六千文。

十四癸未日(12月10日) 晴。内子述及雅初、仲箎两内弟均官京曹,眷属在京,喜事甚赖其襄助。濒行仲箎复送至火车,情谊均甚殷殷也。午后,耀垣来晤。

十五甲申日(12月11日) 晴。早间,谒见莲帅,口气甚好,云即有事见委,盖相国之书已接阅矣。午后,伯臣邀小集。谢子云、贺观岑均在座。局散,已过子炮,余赢钱十六千文。

十六乙酉日(12月12日) 晴。兆梧今晨往济宁视其妇孺。天气渐寒,未知四媳年前能回寓否。午后,作书寄孟延侄婿、慧馨侄女,即日邮递。其余各处亦须陆续发信也。

十七丙戌日(12月13日)　晴。师范学堂举行体育运动会,中丞以次均往临视。余辰刻前往,北风吹面,甚冷。同人不待中丞,大半先散,时方午初也。午后畏寒,未出门。今日为入冬第一日,大冷,寒暑表至二十度。

十八丁亥日(12月14日)　晴。午后,集伯臣处。子云、钧甫及俞辅卿均在座,贺观岑亦与焉。天气虽冷,人多团座,仍觉和暖。夜半散归,赢钱十二千。

十九戊子日(12月15日)　晴。日间,作书谕兆梓,邮寄日本东京。日来天气甚冷,计兆梧当已抵济宁矣。

二十己丑日(12月16日)　晴。早间,上院,未禀见。遇起霞于门,立谈数语。午后,集伯臣处。子云、钧甫均在座。局散,输钱八千。

二十一庚寅日(12月17日)　晴。午前,绍侯来,晤谈。午后,出门贺吴晓棠娶媳,访周耀垣,均晤。在耀垣处谈良久乃归。

二十二辛卯日(12月18日)　阴。午后,邀绍侯、仲洪、伯臣、章甫小集寓斋。孙钧甫亦至,因人多旋散去,仍是五人之集。局终,余赢十八千。

二十三壬辰日(12月19日)　晴。午后,集伯臣处。先是蒋哲生邀饮酒肆,因有牌局,故辞蒋就唐,仍系昨叙之五人同集。局散,余无输赢。

二十四癸巳日(12月20日)　晴。午后,又往伯处小集。绍侯、钧甫、章甫与焉。仲洪未到,绍侯先散,张景山承其乏。局终,赢钱五千。

二十五甲午日(12月21日)　晴。昨宵痰嗽,眠木稳。晨起,至抚院,力疾谒见,大府尚无佳耗。闻朱梓桢差旋,访之未晤。下午,宾谷邀小集。绍侯、仲洪、仲谟均与。三更散归,赢钱三千文。

二十六乙未日(12月22日)　晴。是日长至令节,未上院。午间,祀祖。午后甚冷,阅《仓山文集》以遣岑寂。

　　二十七丙申日(12月23日)　晴。午后,作书谕兆梧,封固。因日暮未发,拟明日送邮局。

　　二十八丁酉日(12月24日)　晴。午后,伯臣邀小集。钧甫、观岑均在座。又有王鹿泉者,名鸿陆,直隶临榆人,亦同集。局散,输钱廿四千。

　　二十九戊戌日(12月25日)　晴。午后,又集伯臣处,仍是昨集诸人。局散,赢钱卅二千,归来已夜分矣。

十二月

　　十二月初一己亥日(12月26日)　晴。早间,上院,未请见。官厅遇友梅,托为探询消息,未知何日才见分晓。午后,又集伯臣处,绍侯亦与焉。局散,输钱五十三千。

　　初二庚子日(12月27日)　阴。连日当事祈雪,天气阴冷,雪仍未降。晚间,孙紫珊处带到慧馨侄女京师来函并内子、兆梧在京所拍照像两纸一并带来。侄女书中云及孟延亦为余事寓书杨公,未知何日响应耳。

　　初三辛丑日(12月28日)　阴。似有雪意,而仍相持未下。午后,王鹿泉太守鸿陆来晤,云及其伯父辛亥孝廉,固是年家世交也。

　　初四壬寅日(12月29日)　晴。接用宾从兄书,云已缔姻李姓,八十老翁鳏居五十余年,忽欲娶妇,真是奇谈。据云李姓女年四十六,情愿嫁八十翁,故有此举,苦于无钱,欲余助以婚费,余实不遑顾及也。

　　初五癸卯日(12月30日)　晴。午后,伯臣邀小集。钧甫未至,鹿泉、观岑、黼卿在座,绍侯亦因事不来。局散,赢钱二千文。回寓,知孙崧甫昆仲自日本归来,因日本文部省定有苛待中国学生规条,干犯众怒,相率罢课,归国者数百人。兆梓书来,拟在彼稍观动静再定行止。

初六甲辰日(12月31日) 晴。接兆梓书,知决计缓行,在日本东京静待,却是正办。欧荻侄亦在彼,意见相同,尚不孤寂。接刘顺来禀,兆梧本定初四自济宁就道,因感冒改迟行期。午后,访崧甫、矩臣于同兴店,谈悉一切。下午,仍集伯臣处,绍侯、仲洪均在座。局散,赢钱四十五千。

初七乙巳日(1906年1月1日) 晴。午后,伯臣复折柬邀往叙谈,至则绍侯已先在焉。少顷,观岑、黼清亦至。晚间各散,输钱六千。

初八丙午日(1月2日) 晴。早间,接仲筅内弟书,情意殷殷。内子此番至京,承其夫妇代为照料一切,所谓亲戚相关,真无忝也。午后,孔仲光处送来兆梓十月杪一书,并小镜三面,将以贮前拍小影者。又为慧馨刻小牙章,连印色长不逾寸,阔才四分耳,殊可把玩。

初九丁未日(1月3日) 晴。闻曾叔梧又为大府电调来东,仍畀以客籍学堂一差,因出门往拜之,未获相晤。复答拜来客数家,亦未晤而还。

初十戊申日(1月4日) 晴。早间,谒见中丞杨公,谈及见兆梓与方鹤人书,不肯孟浪回国,深为嘉许。崧甫等往见则大不谓然矣。午后,作书谕梓、梧两儿,一寄日本,一寄济宁。

十一己酉日(1月5日) 晴。午后,周耀垣次子书城来见。下午,崧甫昆仲来晤,云十四首途回济。晚间,接院札,仍以稽查河工名目,日增津贴四十金,并不肯为改差,不过月得百金,无甚意味也。

十二庚戌日(1月6日) 晴。辰刻,兆梧至自济宁,四媳两孙未来。午后,作书与慧馨侄女,即寄京师。崧甫昆仲因兆梧归来寓叙谈。

十三辛亥日(1月7日) 晴。午后,访崧甫昆仲于同兴店,即与送行,因其明日即回济宁也。旋至伯臣处小集。局散,输钱十千。

十四壬子日(1月8日) 晴。早间,往大王庙随班行礼,中丞以次咸集。旋往访蒋哲生,谈片刻回寓。午后,复集伯臣处。局散,输钱卅六千。

十五癸丑日(1月9日)　阴。终日大雪。早间,因雪未上院。闻崔子万、朱少山均以加给薪水上院禀谢,余则不往,是区区者固不值一谢也。

十六甲寅日(1月10日)　晴。济南新辟通商口岸,今日为开埠之期。商埠局具柬邀请中西官商咸集,余巳刻前往,中丞以次均到。宴用西餐,设凹字长案,列座二百余人。酒半,宾主互进颂词。宴毕,共拍一照,然后散。

十七乙卯日(1月11日)　晴。雪后,天气甚冷。午后,唐伯臣邀小集。绍侯、子云均与。连日余均败北,今日局散,又输卅九千。

十八丙辰日(1月12日)　晴。闻徐友梅委署兖沂曹济道实任,黎玉屏奉调入都故也。午后,杨建弨来晤。今日伯臣处仍有牌局,余未往。

十九丁巳日(1月13日)　晴。午刻,封篆,上院一转,同人到者不多。散衙,往贺友梅,并答拜数客,均未晤而还。闻友梅所绾局差中丞不另易人,以绍侯、宾谷分代其事,于是吾又有向隅之感矣。

二十戊午日(1月14日)　晴。岁月如流,又届腊杪,频年需次,佳状毫无,令人意兴索然,不知何日始获否极泰来也。

二十一己未日(1月15日)　晴。岁阑人懒,百感交集。兆梓近无书来,闻日本学界风潮已定,文部省允为删订规则,中国学生未归者当可如前上课也。

二十二庚申日(1月16日)　晴。午后,出门贺谢子云娶媳,少坐即出。访李吉珊,未晤而还。

二十三辛酉日(1月17日)　晴。兖沂道已放胡星舫太守,竹楼调署首府,闻友梅不欲为五日京兆,不往接兖沂篆矣。晚间,接竹楼手书,即手复数行,交其来人带回。

二十四壬戌日(1月18日)　晴。伯臣处邀小集。绍侯在座,余皆常集诸人。局散,又复输钱十一千。河局送到明年正月薪津百金,尚不敷年关之需,奈何!

二十五癸亥日(1月19日)　阴。终日小雪。午后,又集伯臣处,绍侯亦到。局散,又输廿四千。噫!何连日破财之甚耶?归寓,雪犹未止。

二十六甲子日(1月20日)　晴。接孟延、慧馨来书,慰悉一切。年来诸事拂逆,只有慧馨遣嫁孙氏颇称得所,此事差强人意耳。新选莱芜令陈君恩荣到省,耕吟大令之子也,见饷京师方物,受其二种,喜得又尝长安风味焉。

二十七乙丑日(1月21日)　晴。午后,往贺陈耕吟乔梓,未晤。宾谷邀集寓斋,叔梧、绍侯、仲洪、仲谟均与会。席散,复打牌,至夜半方罢,只赢钱二千。

二十八丙寅日(1月22日)　晴。丑刻,循例祀神,于厅事西设神位、祭品,仿麟见亭河帅《鸿雪图》中式样也。日间,扫舍宇,将随身什物搬移一番,至暮方安设停妥。

二十九丁卯日(1月23日)　晴。岁聿云暮,资斧匮乏,正月分薪金早经送来,年前将分散一空,来岁正月颇难摆布。奈何!

三十戊辰日(1月24日)　晴。午后,往抚院辞岁,官厅有人满之患,早到者尚不至无地容身。傍晚散归,悬挂祖容,设祭如礼。祭毕,阖家饮分岁酒。适兆樨侄女远嫁京都,兆梓游学日本,四媳携两孙归宁任城,惟兆梧赶回度岁耳。余壬辰除夕得句,云:"屠苏酒熟唐花艳,可惜全家半别离。"今年情景又复似之。夜间甚冷,爆竹声通宵彻耳不绝,遂未成眠。起霞于二更时便衣来谈,逾时始去。

光绪三十二年(1906)丙午

正 月

光绪三十二年正月初一己巳日(1月25日) 晴。辰刻出门,至抚院贺年。同寅满集官厅,俟中丞谒庙归,入至二堂团拜,旋各散。遍历城内外各处投刺拜年,午正始回寓,遂未再出。

初二庚午日(1月26日) 晴。昨拜年未毕,续有来者,遣人报刺而已。晚间,集家人打牌,勉强成局。打牌四圈,聊以点缀年景云尔。

初三辛未日(1月27日) 晴。伯臣邀小集。有中和居孟姓擅占验,兆梧以余今日手谈胜负往占,据云始末皆利,中路稍有差局,散必赢。午后往叙,晚散,赢廿一千文,果如所占。

初四壬申日(1月28日) 晴。兆梧因四媳及两孙年前均有微恙,欲往看视,兼接其归,本拟今日行,因车未觅妥改明日首途。接兆梓日本来书,知已照常上课矣。

初五癸酉日(1月29日) 阴。辰刻,兆梧复登程赴济宁。午后,作书致孟延、慧馨,邮寄京师,余者未裁答。

初六甲戌日(1月30日) 晴。绍侯处邀小集,未刻前往。同人均到,余与刘荔孙、曾叔吾、徐仲谟为伍。晚间,荔孙去,何福棠承其乏。局散,余无输赢。

初七乙亥日(1月31日) 阴。大雪永日,天气甚冷。兆梧在途不免阻滞,幸而仍坐骡车,若骑驿马则更苦矣,盖渠初意为节费起见,欲骑驿马遄往也。

初八丙子日(2月1日)　晴。午后,往答拜周桂午观察。旋至八旗会馆公宴中丞,并同人团拜。余与洪兰楣、余易斋、吕笏亭、何志霄、何仲杞同席。傍晚即散。

初九丁丑日(2月2日)　晴。午后,修发。李吉珊便衣来谈,欲打牌,急切遣人不及,遂不果。

初十戊寅日(2月3日)　晴。午后,往唐伯臣处贺喜,未晤。旋访吉珊,久谈,偕赴友梅、宾谷之招。席设河防局,友梅承办,同寅大半皆与。肴佳而酒不旨,遂未多饮。席散,偕绍侯、吉珊至宾谷处打牌八圈。余赢钱五十五千,三更散归。

十一己卯日(2月4日)　晴。午后,呼照相人至寓拍一小影,将寄京师示孟延夫妇。下午,检箱箧,取出红缎披围各件,拟付长生库质钱度日也。

十二庚辰日(2月5日)　晴。早间,令汪万有持缎褐各件共七十有九赴典肆质钱,乃只得京钱卅千,遂未成交而还。

十三辛巳日(2月6日)　晴。刘可风邀饮,余辞焉。接兆梧济宁来禀,知初八日安抵孙府,灯节后即挈妇孺回车也。晚间,绍侯便衣过谈。

十四壬午日(2月7日)　晴。资斧告罄,张姓人又来索月息,于是检出貂颏、银鼠干尖、长褂各一、白风毛干尖、马褂各一,共裘衣五袭,质京钱百八十千,以急需故,无可奈何也。

十五癸未日(2月8日)　晴。绍侯邀小集,午后前往。同座为李吉珊、徐仲谟、张鹤琴、张子纯。余战甚利,赢钱卅五千,四鼓方散。

十六甲申日(2月9日)　晴。午刻,赴浙闽会馆同乡团拜。张毓藻、邵香听、曾叔梧、朱养田、何仲杞均同席。同人书义地捐,余勉捐廿金。木刻散归。

十七乙酉日(2月10日)　晴。周书城、严瀚、崔绥五先后来晤,共见客三起。月之廿七日为慧馨侄女三十生辰,因与内子捭挡衣料、食物共八种,拟命仆人田升赍送京师。

十八丙戌日(**2月11日**)　晴。接兆梓禀,业于客腊廿一日照常上课,闻之甚慰。午后,作书致夏厚庵,并挥数行致孟延夫妇,将各物检付。田升准于翌晨首途,川资及带去各物又费百余千矣。傍晚,查循绥来见,故人声庭太守之侄也,与晤谈时许。

十九丁亥日(**2月12日**)　阴。是日开篆,未上院。田升清晨首途,令其赶廿七以前到京也。绍侯早间来访,余尚未起,未与晤。

二十戊子日(**2月13日**)　阴。午前微雪。接兆梓日本来禀,正月初八所发也。据称已屡移居,日本东京饭食颇劣,凡赁屋皆连膳饮并计,此次所赁月需十六元,餐点稍胜耳。

二十一己丑日(**2月14日**)　阴。吴竹楼卸篆泰安,调守济南来省,早间过访,晤谈时许。渠择定廿六日接印也。午后,作书谕兆梓,仍寄日本东京法政大学。

二十二庚寅日(**2月15日**)　阴。早间,出门拜客,惟晤绍侯,遇绍庭于座。午后,至唐伯臣处打牌,餐点都不佳,又复输钱七十三千。终日微雨,夜半冒雨而归,殊乏味也。

二十三辛卯日(**2月16日**)　晴。阅《经世文三编》,皆近时讲求新政诸人所作。世变日甚,自海禁大开,五洲相望,创千古未有之奇局,非通晓时务不足有为,顾以五十翁再从事焉,难矣!不过不得不稍涉猎焉耳。

二十四壬辰日(**2月17日**)　晴。接刘顺自济宁与仆辈书,云兆梧夫妇定廿四日起程回省。兆梧却无信来,未知确否。

二十五癸巳日(**2月18日**)　阴。张子纯邀集寓斋。绍侯因病未到,同集吕旭斋、张鹤琴、韦古愚诸君。散局,复输钱四千。

二十六甲午日(**2月19日**)　阴。丁佩瑜、韩伯彭、刘荔孙共作主人,招饮八旗会馆,余辞不赴。闲居无俚,取旧书披读,如《船山诗集》《湖海诗存》等,随意披吟而已。

二十七乙未日(**2月20日**)　阴。午后,雪花纷飞。张鹤亭邀小集,冒雪而往,至则李吉珊、吕煦斋、张子纯均到,遂入座。晚间,同席又有徐绍武、范慕韩、朱蓉斋诸人。夜阑散局,赢钱廿六千。

二十八丙申日(2月21日) 晴。天气甚冷。连日迟兆梧不至,殆犹未首途耶?昨为孙氏侄女三十生辰,不知所寄物件田升能如期赍到否。

二十九丁酉日(2月22日) 阴。微雨而风,殊嫌寒冷。兆梧不知是否在途,若未登程犹可,否则妇孺冒寒,良可悬念耳。

二 月

二月初一戊戌日(2月23日) 阴。晨起,至院谒中丞。巳刻入见,略谈数语,意殊不属,午初散归。午后风大,遂未出门。阅邸抄,四弟为南皮尚书所劾,以不谙吏治尚欠学习开缺另补矣。

初二己亥日(2月24日) 阴。接兆梓正月十八自日本来禀,言欲改学法政长期,须六年毕业,同去之人已有请改者,如能邀准似可援例以请也。

初三庚子日(2月25日) 晴。作书谕兆梧,询其何日动身来省,附去兆梓致崧甫昆仲书。

初四辛丑日(2月26日) 阴。昨夕微雪,晓起,积雪满院,厚寸余。午后,吕戍斋邀小集。张鹤亭、鹤琴均同座。散局,输钱十一千文。

初五壬寅日(2月27日) 晴。午后,四儿夫妇挈两孙至自济宁。四媳感冒,扶病登程,到家即愈,莫能支,须召医诊视矣。

初六癸卯日(2月28日) 晴。兆梧请一陈姓中医,一马姓西医为其妇诊治,今日先服中药。余因汇川今年未入学堂,课其识字,乃旧识之字多半忘却,两年学堂,竟毫无裨益,亦难矣哉!

初七甲辰日(3月1日) 晴。闻龚淡人卒于上南河同知任所,二十年同寅旧友也。淡人年五十七,无子,有八旬老母在堂,亦云惨矣。午后,仍课汇川理字。

初八乙巳日(3月2日) 晴。午后,便衣访朱梓桢,久谈,托其代访教读先生。下午,朱仲洪邀饮,并打牌。丁培轩、杜宾谷、曾叔吾同集。局散,输钱十五元。

初九丙午日(3月3日) 晴。日间,课汇川识方块字。午后,阅《通鉴辑览》。下午,代内子复伟如夫人一函。

初十丁未日(3月4日) 晴。大风扬沙。下午,白昼晦冥,天气甚冷。内子受风寒,患咳嗽数日,起居饮食如常,惟咳呛日甚一日,须医治服药矣。

十一戊申日(3月5日) 晴。风大如昨。梓桢以利津咸鱼、卤虾、小菜见贻,伻来云欲过访,余以风大谢之。

十二己酉日(3月6日) 晴。午后,梓桢过访,云已代访得高密增生傅玉田名叙昆堪以授蒙童读,拟以月脩四金聘其课汇川、有豸二人。晚间,邀起霞为内子诊视,据云乃风寒内伏,用香苏饮服之,仍未见减。

十三庚戌日(3月7日) 晴。天气较暖。蒋哲生假座白幼芝太守曾焜寓斋设席邀饮。白通州人,寓居本街。申刻,步行前往。同席有陈耕吟、方甘士、书砚香、锡会一、白幼芝诸人。初更散归,复邀起霞来诊,因内子咳嗽愈甚也。

十四辛亥日(3月8日) 晴。候补按经陶君惟朴至自京师,带到仲篪内弟书并寄饷内子山核桃加香腿二物。午后,陶来谒见,汪益棠以知县分发山东禀到来见,均晤谈。

十五壬子日(3月9日) 阴。终日微雨。内子服陈起霞方剂,咳呛愈甚,与余癸巳夏间所患正同。晚间,复邀起霞来诊,用摄敛之剂以止咳,未知服下如何,姑试之。

十六癸丑日(3月10日) 晴。内子服药不验,照方再进一剂,咳仍未止。王章甫久不在此寄寓,余因欲请西席,遂令章甫将物件搬去,腾出所占大厅东箱以作书塾。晚间,章甫来寓一晤,遂移去。

十七甲寅日(3月11日) 晴。早间,复邀起霞为内子诊视,据云有袁达生者医理精深。晚间,邀袁来诊,则云仍是肺金风寒未净,用清轻祛邪伐痰之剂便可见效,不能用摄敛也。照方服之,似较轻减。慧馨侄女久无书来,因寄书问讯之。

十八乙卯日(3月12日)　晴。连日天气甚暖,自是春候。日间,送关聘订定傅先生明日到馆开学。午后,复邀袁君为内子致换药方。昨药尚投,久咳见功,不能迅速,盖嗽疾最淹缠也。四媳亦未愈,并就袁君一诊焉。下午,绍侯约明日偕往竹楼处聚谈。

十九丙辰日(3月13日)　晴。午前,请傅先生到馆,命汇川、有豸二人入塾。午后,偕绍侯往拜竹楼寿,即留手谈。宾谷、萧筱畬、祁少符、郑古樵、宝善均同集。局散,输钱四十千。

二十丁巳日(3月14日)　晴。内子咳呛愈甚。午后,复邀袁达生来诊,云风寒敛结化热,用麻杏石甘汤,麻黄、石膏、杏仁、甘草等味服之,毫不见效。向不能服凉药,因其言之有理,石膏一钱五分尚不为重,姑且尝试,既不奏效,遂不再服其药。

二十一戊午日(3月15日)　晴。天气甚暖。内子病仍如昨,每寅卯间睡醒咳逆尤甚。服药不能见功,转恐贻害,姑停药一日。午后,绍侯来问疾,兼约至伯臣处手谈,遂与偕往。鲍汇川、贺观岑均同集。局散,又输卅六千,真是打穷劫也。

二十二己未日(3月16日)　晴。内子嗽疾仍无稍减。早间,邀起霞来诊,云系肾虚水泛为痰,方用吴茱萸汤,未敢骤服。因访潘景陈观察于对门,约其过诊,景陈亦精歧黄术者。午后,来寓诊视,决为脾肾两虚,气逆水泛,主用苓桂术甘汤,此药从前张梅庵所常用,服之辄效,遂决意服此。申初,竹楼招饮郡斋。同席为仲年、易斋、叔吾、鹤人、荔孙、伯彭诸君。席上,竹楼谈及稚夔凶耗,为骇悼不怿,但愿其不确耳。席散回寓,询内子服药尚投。

二十三庚申日(3月17日)　晴。午后,复邀景陈来诊,仍用苓桂术甘,去附子,嘱服两剂再诊。晚间,哲生、起霞均来晤。起霞为内子诊脉,亦云病机有转,盖自服潘方嗽稍减,气亦较平也。

二十四辛酉日(3月18日)　晴。早间,接兆梓初八日来禀,仍欲兆梧亦往东洋游学,余意未能遽定也。请潘景陈,以有事辞不至。

二十五壬戌日(3月19日) 晴。天气甚暖。内子仍咳嗽未除,潘君以书寿屏未能来诊,嘱再服原方,减去肉桂。下午,张子纯邀小集。吉珊、宾谷、仲洪同叙。局散,赢钱四十二千。

二十六癸亥日(3月20日) 晴。天气又稍凉。阅电抄,鸿卿已补放杨枢,稚夔噩耗殆非讹传,相国高年,遭此情何以堪。挚好相关,为之不乐者久之。晚间,起霞来谈,内子就其一诊,因舌心干痛,食物不便,专用清心火之品数味,煎饮代茶。

二十七甲子日(3月21日) 晴。接兆梓寄到东洋图书、印色各二件。午后,出门拜客,晤刘道三、崔绥五诸君,余俱不遇而还。

二十八乙丑日(3月22日) 晴。内子痰嗽稍轻,而鼻塞舌肿,不知气味,依然如昨。连日改服西药,未知有无效验,所谓姑尝试之也。接大侄女来书,知因孟延小恙,故久未作函,今已渐愈矣。

二十九丙寅日(3月23日) 阴。日间,作书复仲箧,又复大侄女一书,均邮寄京师。下午,钱令汝济便衣来见,筱脩族弟也。晚间,邀起霞来诊,用养心安神镇肝化痰之剂,于是内子又改用中药,专治舌胀。此次嗽久,五脏皆已受伤,又未能滋补用药,煞费推敲,殊令人顾此失彼,奈何!

三十丁卯日(3月24日) 阴。早间,又接慧馨来信,甚念乃婶之病。孟延咳呛已大愈矣。晚间,作书谕兆梓,封固,明日发寄。

三 月

三月初一戊辰日(3月25日) 晴。晚间,又邀起霞来为内子诊病换方。日来咳嗽见轻,据起霞云缓缓调理可无碍矣。

初二己巳日(3月26日) 晴。竹楼之太夫人自泰安莅济南,竹楼昨往开山躬迎,探知今日入署,因偕绍侯于午后至府署候之,得晤竹楼,并登堂拜母。太夫人年八十四,甚康强也。自府署出,顺道拜客数处,皆未晤,遂归。

初三庚午日(3月27日)　晴。早间,又邀起霞为内子诊脉换方。午后,作书谕兆梓,告以兆梧亦请游学日本,余已允之,拟即前往。昨兆梓书来,本欲其弟东游,兆梧更久有此意,今内子病已渐愈,固未便阻其壮志耳。

初四辛未日(3月28日)　晴。制精馔、佳点各四簋饷竹楼太夫人。午后,至李公祠拜奠潘景陈之胞兄。遇恭敬甫太守,谈及昨来自京都,稔知稚夒噩耗非讹,约在二月初十前后事也。傍晚,孙崧甫、矩臣自济宁来,先至旅店卸装,一晤而去。

初五壬申日(3月29日)　阴。兆梓屡次书来,盼其弟东游,今余既允兆梧前去,兆梧乃典质衣裘,得洋五十元为整装费。其常年学费拟回里支取当息带往,余当作书致王茂育嘱其拨付可耳。下午,兆梧为余拍一小像,以备携与兆梓者。晚间,邀起霞为内子诊脉换方,据云病已渐除,徐徐调理,不难复元也。

初六癸酉日(3月30日)　晴。午后,崧甫、矩臣移来下榻,仍住大厅,余出与一晤。日间,拟成慰问夒丈禀稿并挽稚夒联,词曰:"富贵君原自有,偏于寿而靳焉,缺陷莫能弥,属纩自难忘老父;休戚我最相关,奈所闻非诬矣,讣书迟未达,越疆直欲吊斯人。"又挽一联曰:"回翔卿寺正三迁,方期接武韦平,亲承庭训;群纪通家逾卅载,从此怆怀生死,梦绕梁颜。"拟日内书写毕即邮寄京师。阅邸抄,孙慕韩使法还朝,派署常少,益凄然于稚夒矣。

初七甲戌日(3月31日)　晴。午前,作书致王茂育。午后,作书致用宾兄、子祥弟,均交兆梧带回里门。又作书谕兆梓,告以兆梧即日自济南就道,只身东游,令其计期至日本神户地方相迎。晚饭后,兆梧拜辞,余夫妇慰勉数语,情殊恋恋。内子疾初愈,梧儿不忍遽别,念其壮游求学,志实可嘉,不复作儿女子态,遂令乘晚出东关宿悦来公司,明晨搭坐火车。崧甫昆仲往送,余复命刘顺送至车栈,视火车开行。汇川亦送其兄至栈房,先回。

初八乙亥日(4月1日)　晴。辰刻,刘顺归,言兆梧坐二等车,六点钟已展轮矣。崧甫、矩臣亦归,因出与晤谈时许。午后,作书唁王箓孙,即稚夔之子也。下午,绍侯便衣过谈。

初九丙子日(4月2日) 晴。午前,将寄稚夔挽联亲书于帛,又作一书唁其子晋孙,均未封发。晚间,杨幼甫大令招饮县署。同席崔子万、绥五、孔少霖、方鹤人、李吉珊诸君。初更即散归。

初十丁丑日(4月3日) 晴。早间,将寄王宅幛联禀信均封送邮局。午后,又书寄龚淡人挽联。词曰:"挑灯话雨,并辔应官,交好廿年余,往事都成陈迹;伯道无儿,安仁有母,闻丧三叹息,吊君奚自越疆。"

十一戊寅日(4月4日) 晴。早间,张毓薰处交到子扬内弟自余杭来书,并寄内子阖家小像照片、金华腿、霉干菜各物。内子病中正在盼信,得此甚喜。午后,作书寄兆梓日本。崔子万便衣过谈。

十二己卯日(4月5日) 晴。早间,作书寄子先内弟,并为内子作一书致之。午刻,有临朐秀才钟锡恩来拜,愿为门生,乃马秉忠医士所说项。余先已允所请,钟遂执贽见见,与接晤片刻而去。钟生字鸿三,年二十八岁。午后,约章甫来寓,偕崧甫、矩臣打牌。晚间,兆梧自青岛折回,因轮船开行无期,须俟下旬方有船至,遂先回,拟随后再往。

十三庚辰日(4月6日) 晴。早间,钟君复馈土物四色,亦受之。午后,复偕章甫、崧甫、矩臣打牌二十圈,三更方散。是日为清明节。

十四辛巳日(4月7日) 阴。大风扬沙。午后,仍打牌消遣。连日孙氏昆仲得胜,截至今晚结算,余输钱八竿,章甫输六竿。

十五壬午日(4月8日) 阴。风雨冰雹交下,天气甚冷,遂未上院。午后倦眠,片时醒来,觉更凉冷,饮火酒三杯,然后晚餐。

十六癸未日(4月9日) 晴。午后,与兆梧谈及氾水田地,拟商诸吴竹楼,托其代售。因即往访竹楼,晤谈之,顷知竹楼本有氾水田产,于是处情形最熟,正可代售。回寓,将田契摘抄,计田两处在氾水坂下,共一百五十亩,开出清单,俟访竹楼托之。

　　十七甲申日(4 月 10 日)　晴。午后,钟生锡恩便衣来见,与谈片刻。下午,竹楼过访,晤谈,即将田契抄单交其致书扬州代觅售主,云两旬后可得回音。晚间,复邀起霞为内子诊脉换方。

　　十八乙酉日(4 月 11 日)　晴。早间,接兆梓二月晦日来禀,仍盼兆梧前往日本游学,于是兆梧拟俟上海船抵青岛即如岛乘以东游,盖前曾探得月之廿一有沪船开行也。

　　十九丙戌日(4 月 12 日)　晴。午前,出门拜方鹤人太夫人寿,少坐。复往莫蒋友山太夫人之灵,访绍侯、哲生,均未晤而还。午后,发子扬信寄余杭,发慧馨信寄京师。晚间,与内子商定仍令兆梧东游,翌晨乘火车就道。

　　二十丁亥日(4 月 13 日)　晴。兆梧卯刻至东关车站乘火车,复如青岛附轮船南下,约于将登舟时发安报来。今日风日晴和,于行路甚相宜也。内子日来稍感风寒,咳嗽又作。辰刻,邀起霞来诊,略用清解药品,冀将微感散去,仍须服调补方剂,徐图复元也。

　　二十一戊子日(4 月 14 日)　晴。午后,检理书箱、磁器各件,均贮于西厢房。方鹤人、蒋哲生先后来,均未与晤。晚间,阅《禅海丛书》,即日间所检出者也。

　　二十二己丑日(4 月 15 日)　晴。晨起,复邀起霞来为内子诊脉换方,因痰饮咳嗽又作,仍用苓桂术甘汤,加以养阴安神药品。午后,出与崧甫昆仲一谈。下午,恩毓亭来拜,晤谈,渠已服阕禀到回省矣。

　　二十三庚寅日(4 月 16 日)　晴。晨起,修发。至浙闽会馆团拜,与张毓蕖、徐友梅、万香舟、朱养田同席。同乡刻名号年齿录,余亦即席开写与之。未刻散归,接兆梧青岛来禀,廿一下午登塘沽轮船,计今日可到上海矣。傍晚,作谕兆梓书,寄日本东京。

　　二十四辛卯日(4 月 17 日)　晴。邀绍侯来叙,章甫、崧甫、矩臣均在座。下午,接兆梧抵沪安电。傍晚,绍侯因自作主人先散,仍系四人聚谈。亥刻散局,余无输赢。

二十五壬辰日(**4 月 18 日**) 晴。早间,邀起霞为内子诊脉换方,连日因咳嗽未止,又未能进服补剂矣。午后,答拜恩毓亭,未晤。至梓桢处小集,绍侯、培轩、佩瑜与余四人打牌四转,余无输赢。同席宴饮而不打牌者,尚有仲年、宾谷也。二更后即散归。

二十六癸巳日(**4 月 19 日**) 晴。早间,接慧馨侄女安报,并因乃婶患病寄银元卅枚以当馈问,忱恻可嘉。内子咳嗽再作,又越旬余,服药未见清减。甚矣!痰疾之淹缠也。

二十七甲午日(**4 月 20 日**) 晴。早间,又邀起霞来诊,仍用苓桂术甘汤,以附片易肉桂,未知对证否。午后,偕章甫、崧甫、矩臣打牌,余输钱廿八千。

二十八乙未日(**4 月 21 日**) 晴。午后,出门访郭介丈、吴绍侯,均未晤。访李吉珊,独畅谈良久。吉珊欲来余处小集,已与订定后日来聚。傍晚回寓。

二十九丙申日(**4 月 22 日**) 阴。午后,风雨交作。绍侯邀小集,同叙者吕戍斋、张鹤亭、王章甫也。下午,天大雷电以风,未几复又晴霁。三更后散局,余赢钱十一千。

三十丁酉日(**4 月 23 日**) 晴。早间,因内子嗽疾未止,忽又喉痛,邀起霞及张介眉先后来诊,均言仍是阴虚所致,非火证,喉痛仍用养阴清肺之剂。二人所见略同,当可取效。午后,绍侯、吉珊、戍斋、章甫来集。二更后散局,余赢钱十四千,吉珊独输。每有聚集,吉珊无不输者,亦一奇也。

四 月

四月初一戊戌日(**4 月 24 日**) 晴。东南风甚大。早间,谒见中丞,谈及余前年痈发于背,西医聂会东为余疗疾戒烟,伊知之颇详,殆友梅、宾谷告之。已刻回寓。崧甫、矩臣于午后移往贡院居住矣。接宝兴隆金店袁保三书,言兆梧议叙事将次办出,特取衔照呈验,迟明当寄与之。

初二己亥日(**4 月 25 日**)　晴。午后,张鹤亭邀集寓斋,绍侯、戌斋、章甫同局。鹤亭仍设盛馔相饷。三更局散,余赢钱十七千文。

初三庚子日(**4 月 26 日**)　晴。早起,邀起霞来为内子诊病,仍用苓桂术甘兼养阴分之剂。此等药服之不下数下[①]付矣。午后,往贺余易斋赘婿之喜,少坐即归。章甫假余处邀同人小集,仍系昨集五人。绍侯谈及吴艾衫精于医术,现寓府署,即竹楼之族叔,因请其来为内子一诊。主用参苏饮加减,并以参须煎汤代茶,频频饮之,以扶正气而开痰结,所论极为有理,因即照方煎服。晚间散局,余赢钱十千。

初四辛丑日(**4 月 27 日**)　晴。早间,复邀吴艾翁来为内子换方。昨服参,觉气稍振,惟咳吐痰沫未减,仍主前方加减。接兆梓安禀。接袁保三书后尚作覆[②],午后,作书覆之,并将执照寄去。

初五壬寅日(**4 月 28 日**)　晴。作谕慧馨、兆梓各一缄,分别邮寄。日来盼兆梧上海起身电不至,未知因何迟滞,殊闷于怀。

初六癸卯日(**4 月 29 日**)　晴。早间,接兆梧月杪自沪来禀,已由杭折回上海,惟未言何日展轮放洋,岂数日来犹滞沪上耶? 午后,复邀艾翁为内子一诊,方剂如昨。下午,朱倅兆仑来见。

初七甲辰日(**4 月 30 日**)　晴。早间,发电至上海大方栈,询兆梧因何未行,豫付回电十字报费,未知有复电否。午后,崧甫、矩臣来谈。

初八乙巳日(**5 月 1 日**)　晴。午前,往拜吴艾翁于府署,晤谈片刻。午后,约其来寓换方。内子自服参后,疾有起色,艾老之功也。下午,接兆梧电,知由沪至扬,殆不往日本矣。因寄谕兆梓告之,免其悬盼也。

初九丙午日(**5 月 2 日**)　晴。早间,接王茂育复函,付过兆梧银

---

①　"下"字原文如此,疑为衍文。

②　原文如此,疑"尚"字后少一"未"字。

元四百。午前,接兆梧电询售田事,须访竹楼一谈方能复电。午后,邀绍侯、戌斋、鹤亭、章甫小集。夜间局散,余输卅九千。

十初丁未日(5月3日) 晴。午前,龚镜人至自开封来晤。午后,邀艾翁来诊。下午,访竹楼晤谈,言已托艾翁之子瑞卿代为物色售主。竹楼致书瑞卿交余寄兆梧至宝应晤商。余回寓复兆梧电,令在扬候信。晚间,作书详谕兆梧,未封寄。

十一戊申日(5月4日) 晴。致书子厚兄,寄兆梧访投,并将田地白契封寄扬州杨仲和处。兆梧电称现住杨宅,殆即其舅岳杨仲和宅中也。

十二己酉日(5月5日) 晴。午后,作书覆应云卿,告以其婿已夭,婚约可作罢论,如愿续前盟,两家各以其次者指婚亦无不可,悉凭其意见覆可也。晚间,作谕兆梧书,并汜田印契五纸,亲访吴艾衫、竹楼,面交带至宝应交兆梧手收。因艾翁即日将往宝应,托其顺带,较邮寄为妥慎耳。

十三庚戌日(5月6日) 阴。午前,复邀艾翁来诊,为内子留开常服药方。此次内子之恙自服艾翁之药已十愈五六,仍当遵其方剂以便复元也。午后,集张鹤亭处,绍侯、戌斋、章甫同集。局散,输四十千。

十四辛亥日(5月7日) 晴。接筱侣表丈来函。接兆梓禀,因复谕兆梧数行,送吴艾翁顺带,闻艾老改于十六日方起行也。

十五壬子日(5月8日) 晴。午前,高志青因升补运河同知请咨赴引至省来晤。午后,绍侯邀寓斋小集。吕戌斋、余复新同集。局散,又输九千。

十六癸丑日(5月9日) 阴。微雨永日。备食物数种贻高志青,拟托其至京代购吉林参须,又拟托其带栀子花至都,未知能带否。

十七甲寅日(5月10日) 晴。接兆梓三月廿七日自日本来禀。午后,取渔洋山人《带经堂诗话》披阅。郭介丈八旬双寿,制金字款呢幛赠之。

十八乙卯日(5 月 11 日)　晴。午后,答拜高志青,未晤。郭介丈招饮浙闽会馆,同班到者惟余与洪兰楣二人。介丈之子玉生太守至自皖省,为乃翁称觞,出晤一谈。傍晚散归。夜间大雨。

十九丙辰日(5 月 12 日)　晴。早间,往浙闽会馆拜郭介丈寿,在彼听戏永日,兼为陪宾,晚席散后即归。同寅到者颇多,晚席则惟余与兰楣、绍侯、毓亭数人耳。是日天气甚热。

二十丁巳日(5 月 13 日)　晴。介臣丈设席酬客,仍在浙闽会馆演戏,余辞未赴。午后,集绍侯处小叙,有张子纯。夜半散局,赢钱九千。

二十一戊午日(5 月 14 日)　晴。内子疾渐愈,饮食起居如常。吴艾衫临去时为留常服膏方,因配制半料试服。午后,蒋哲生来晤。晚间,祀祖。

二十二己未日(5 月 15 日)　晴。刘福杭观察恩驻为其太翁甲三廉访治丧,廉访之弟奋臣广文与余同官武城有年,交称莫逆,因撰长联挽之。词曰:"维公为戡乱名臣,解组历多年,出处犹行古之道;难弟是同官执友,吹埙谈往事,离居悲失老成人。"

二十三庚申日(5 月 16 日)　晴。阅邸抄,各直省学政改为提学使,秩视按察使,隶督抚管辖。吾浙人授提学者黄仲弢绍箕、姚稷臣文倬、沈子培曾植、吴子修庆坻、叶伯膏尔恺,共有五人,较他省人为独多。连仲甫调此间提学,孔少霑提学河南。

二十四辛酉日(5 月 17 日)　晴。阅邸抄,吴子和给谏放惠潮嘉道,绍侯堂弟也,迟明当往绍侯处道贺矣。午后,接袁保三覆书,已收到执照,存候查验。

二十五壬戌日(5 月 18 日)　晴。夏鲁园敬曾以知府到省来谒,晤谈时许,盖已别七年矣。鲁园曩补运河同知,未到任,奉讳开缺,今服阕,以知府升阶,先行禀到,尚未引见也。

二十六癸亥日(5 月 19 日)　晴。早间,有前宁阳主簿蔡文光来见,曩年故吏也,与晤谈片刻。午后,往贺连、孔、吴三君,答拜哲生、鲁园,均未晤,可谓五不遇矣。回寓,绍侯来晤。适宾谷折柬邀小集,遂偕往叙谈,同集有祁少符。三更散归,输京蚨三竿。

二十七甲子日(5 月 20 日) 晴。早间,接子祥弟复书。又得兆梧扬州来禀,知其即赴宝应访吴瑞卿,至淮安访子厚,未知田事措置若何。午后,兆梧又自扬州来电,云"田厚典梧回",盖氾田已为子厚私典与人,急切未能赎售矣。子厚如此行为,未免荒谬,实意料所不及也。

二十八乙丑日(5 月 21 日) 晴。午前,出至书斋,与傅先生一晤。午后,阅同治《东华录》两本,石印小字,殊费目力。晚饭后大雨。

二十九丙寅日(5 月 22 日) 晴。午前,钟生锡恩来见。又有高密刘生鸿书经傅玉田说项亦来执贽门下,与晤谈时许,似较钟生犹为驯谨,亦佳士也。

闰四月

闰四月初一丁卯日(5 月 23 日) 晴。午后,王章甫来谈,因往邀吕戊斋、祁少符两君,借以叙谈,乃均不果至,遂不能成局而罢。

初二戊辰日(5 月 24 日) 晴。午刻,出门拜客,晤雷樾岩,谈片刻。旋至八旗会馆公宴载克臣学使、孔少霑提学,中丞、司道、首府咸集,共七席。傍晚散,复偕绍侯、叔吾至宾谷处聚谈。亥末方回寓,输廿六千。

初三己巳日(5 月 25 日) 晴。午前,接兆梓四月十六日来禀,时尚未接兆梧沪函,并寄去之四十元亦未收到,不知何故。午后,新过班李子元观察德顺来拜,晤谈片刻。李汉军人,通俄、德两国文字,时下有用才也。晚间,接兆梧胶州电,顷已抵胶矣。

初四庚午日(5 月 26 日) 晴。阅《唐宋丛书》数种,以资消遣。闻载克臣学使今日起程回京,余未往送。晚饭后,兆梧乘火车归,因沪轮无期,不能久待,遂不出洋。至扬州、淮安一带摒挡售田,则以子厚私典于人,一时未能清结。

初五辛未日(5月27日)　晴。午后,恩毓亭邀小集,绍侯、佩瑜同局。晚宴客甚多,朱梓桢、雷樾岩、庄耀甫均与焉。是集赢钱十三千。

初六壬申日(5月28日)　晴。午后,安邱绅士知县刘克昌来见,与晤谈时许。其尊人子方广文为昔年武城同寅,今已下世年余矣。

初七癸酉日(5月29日)　晴。连仲甫调授提学,沈楚卿署臬司,徐友梅署济东道,均于今日接篆矣。午后,接慧馨侄女安报。

初八甲戌日(5月30日)　晴。午前,往贺连、沈、徐三君,均未晤。访崔绥五,谈片刻而还。午后,作谕寄兆梓日本,复兆椿书寄京师。

初九乙亥日(5月31日)　晴。连日天气甚热,在寓兀坐,惟与妇子打牌消遣而已。午前,刘生鸿书来一见。

初十丙子日(6月1日)　晴。中丞出省巡河。辰刻,出西关躬送。茶座设高等学堂,巳刻散归。午后,往绍侯处小集,宾谷、毓平与焉。散局,输钱一千文。

十一丁丑日(6月2日)　晴。阅邸抄,夔相再次请告,温旨慰留,复给假一月,未知能如期销假否。夏鲁园甫以知府到省,即得运河提调差,昨往访已行矣。

十二戊寅日(6月3日)　晴。午后,竹楼来谈,出示瑞卿自宝应来书,云汜田已有售主,惟子厚私典得钱一千四百八十千,我处只得认赎,好在卖价尚能得二千七百余千,除赎价外犹得余九百金,较之原价耗损无多,固不幸中之幸耳。

十三己卯日(6月4日)　晴。早间,命兆梧致吴瑞卿一书,交竹楼转寄宝应。午后,吕戍斋邀小集,座有章甫及襄阳曾序周大令。局散,赢钱十一千。

十四庚辰日(6月5日)　晴。午后,复集吕戍斋处,仍系昨集诸君。局散,赢钱十千。

十五辛巳日（**6 月 6 日**） 晴。丁佩瑜招集铜元局西楼，地极宽敞，饶有花木，心目为之一爽。同集为绍侯、福棠、许守之诸君。局散，输钱廿千。

十六壬午日（**6 月 7 日**） 晴。午后，戊斋招往曾序周大令寓斋小集。曾名硕儒，襄阳人，寓南马道东首。尚有两人，忘其姓名矣。局散，输钱六千。

十七癸未日（**6 月 8 日**） 晴。刘生鸿书投考学监养成所，因报名已迟，爰为之先容于提学处，因得收考焉。午后阴雨。

十八甲申日（**6 月 9 日**） 晴。下午，绍侯便衣过谈，因留其手谈。适戊斋、章甫均未他出，邀之即至，遂得成局。三更后局散，输钱十二千。

十九乙酉日（**6 月 10 日**） 晴。天气甚热，终日兀坐，辄倦而欲寐。午后，严楷生便衣来见谈片刻。

二十丙戌日（**6 月 11 日**） 晴。午后，绍侯来晤，因偕至浙闽会馆公宴听戏。同人到者甚多，因得晤泰安太守宗室玉构，字肯堂，以兵部郎中出守，新到省，尚未履任也。晚饭后散归。

二十一丁亥日（**6 月 12 日**） 晴。绍侯在苏毓坪处，折柬邀往小集。同局有郝仲仪、王豫生，皆绍侯亲戚也。晚间散归，输钱贰千。

二十二戊子日（**6 月 13 日**） 晴。绍侯邀手谈，午后前往。同集有苏毓平、郝仲仪、吕戊斋诸君。天气甚热，晚间集庭院，又嫌蚊扰。夜半散局，输钱十贰千。

二十三己丑日（**6 月 14 日**） 晴。屋主修理东厢岩墙，院中尘土纷集，殊苦之。下午，苏毓坪、李吉珊先后来晤，因与约定明日来寓小集。

二十四庚戌①日（**6 月 15 日**） 阴。天气微凉，人觉清爽。午后，

---

① 纪日干支"庚戌"应为"庚寅"之误，直至本年五月初六日（1906 年 6 月 27 日）皆误。

邀吉珊、毓平、绍侯、戍斋诸君集寓斋手谈。晚间,凉风习习,颇有雨意。局散,输钱八千。

二十五辛亥日(6月16日) 晴。连日兆梧感冒,遍体发现斑块,今日重富又发热腿肿,于是中西医并进以治。西医马姓,中医黄姓也。

二十六日壬子(6月17日) 晴。重富服药,发热、痰闭渐好。腿肿乃是跌伤,敷药外治,尚未能履地。重喜、重熙亦小有不适,今日仍请马、黄两医来诊。兆梧不甚信中医,每有小恙,总主西法为治,辄亦奏效。

二十七癸丑日(6月18日) 晴。午前,绍侯来晤,约午后集郝仲仪处手谈。余饭后出门,顺道答拜玉太守构。旋至茶巷郝宅手谈,毓平、戍斋均在座。屋小而热,终朝挥汗。散局,又输钱十二千。

二十八甲寅日(6月19日) 阴。兆梧、重富均渐痊。兆梓月余无信,未知已否放假也。日间小雨数次,天气凉爽。闲居无俚,惟以斗牌解闷,迩来输多赢少,又苦于罗掘不遑矣。

二十九乙卯日(6月20日) 晴。内阁中书冯君汝桓,河南祥符人,子立太守之子,以道员分发山东来拜,未晤。晚间,起霞便衣来谈。

三十丙辰日(6月21日) 晴。午后,集戍斋处手谈。绍侯、仲仪、毓平均在座。天气甚热,挥汗不已。晚间局散,赢钱十一千。

五 月

五月初一丁巳日(6月22日) 晴。中丞自兖曹一带回省。巳刻,往迓于西关高等学堂,未初散归,因天气太热,遂未上院。

初二戊午日(6月23日) 晴。午后,朱仲洪邀集寓斋手谈。绍侯、伯臣同集,苏毓平不终局而散,因先与张鹤亭有约故也。晚间散归,输两竿。

初三己未日(6月24日) 晴。傅先生将放假回家度节,因出与晤,送其登程。午后阴雨。

初四庚申日(**6 月 25 日**)　阴。阵雨数次。开发节关用项,需银八十余两,月薪将次告罄矣。

初五辛酉日(**6 月 26 日**)　晴。早间,往院署贺节,答拜冯果卿汝桓。午后,绍侯邀手谈,仲洪、毓平、姚星五同集。晚间散归,赢钱九千。

初六壬戌日(**6 月 27 日**)　晴。天气渐热,终日挥汗。除打牌外,无所事事,殊闷人也。

右日记至五月初六,嗣后天热人懒,无事可记,遂致间断,日复一日,忽忽已七月杪矣。先是六月三日,兆梓至自日本,小住五旬,于七月廿二日仍往游学日本。兆梧亦偕往,学警察科,一官费一自费也。两儿至青岛有书来,计日当可发上海。日来秋高气爽,炎暑已退,念日记之作已廿有四年,不可从此遂废也,爰续书之。

八 月

八月初一乙丑日(**9 月 18 日**)　晴。盼沪电不至,询诸日者云初三四当有信来,姑俟之。晚间,阅张船山诗,乃辛巳道出南昌时许子立所赠,迄今已廿有六年矣。子立久未通问,不知其近状若何也。

初二丙寅日(**9 月 19 日**)　阴。早间,李默卿来谒,晤谈片刻。曩余官运河道时幕僚也,顷以知县分发到省矣。午后小雨。绍侯馈蟹廿枚,晚间啖之。夜雨尤甚。

初三丁卯日(**9 月 20 日**)　阴。购得稻香村所制火腿月饼,味颇佳,惜油重而腻,未能多食也。早间,由瑞林祥交到王茂育汇来当息三百五十两。午后,集仲仪处手谈,绍侯、戌斋同集。局散,赢钱十三千。

初四戊辰日(**9 月 21 日**)　阴。是日为仲仪生日,同人往集,余与绍侯、友山、子余同坐。午后至日夕皆雨。余战久无利机,今始获胜,局散赢京蚨百千。日间,接两儿沪电,明日放洋东渡。

初五己巳日(**9 月 22 日**)　晴。早间,接兆梓禀,前月廿六日抵沪,廿七开往之船赶搭不及,是以须候初五之船耳。午后,集戌斋处谈。天气颇热。散局,赢钱十一千。

初六庚午日(**9 月 23 日**)　阴。接朱坦夫来书,知其春初又遭母丧,现闻朱艾卿世兄放此间提学使,欲俟其至时来省谒见之,借谋位置,嘱余为之先容云。

初七辛未日(**9 月 24 日**)　阴。细雨蒙蒙,终日未止。前接孟延来书,云及夏厚庵侍御作古,卅年旧雨,为之太息。今得其子履平中翰讣告迟迟,即当有以赙之。

初八壬申日(**9 月 25 日**)　晴。雨后大凉,候似深秋。午后,将各处博欠分别札致偿还。绍侯又邀手谈,未刻去,酉刻还。因同座之人有他处晚酌之局,故早散。

初九癸酉日(**9 月 26 日**)　晴。早间,周君书城来见,因在利津得有愳务专段差使,故来谢,以由余说项而得也。晚餐酌酒食蟹,今年蟹肥而价廉,足以饱啖矣。

初十甲戌日(**9 月 27 日**)　阴。终朝微雨。接兆梧初三自沪来禀,初五午后一准登轮东渡,屈指今日可抵日京矣。晚间,与内子、两媳手谈。

十一乙亥日(**9 月 28 日**)　阴。绍侯欲来小集,往邀吕戌斋、祁少甫,俱他出,遂中止。余因家丁不敷伺应,亦未能做东道主,只可迟诸异日矣。

十二丙子日(**9 月 29 日**)　晴。朱仲洪邀小集。余未正一刻往,同人尚无到者,绍侯申初始至,乃获入座。至三更散局,仅打牌八巡,余无输赢。

十三丁丑日(**9 月 30 日**)　阴。以家制糟蟹饷绍侯十枚,昨与面订故也。门生刘鸿书以节敬十金见贻,却不受,改用水礼四色,乃受之。

十四戊寅日(**10 月 1 日**)　阴。终日细雨不住。祁少符假何仲杞处邀同人手谈,共成两局,宾谷、培轩、绍侯均在座。局散,赢京钱十千。

十五己卯日(10月2日) 阴。大雨如注,本不欲出门,因有谒风伯雨师庙之役,只得冒雨而出。先谒庙,后上院,已刻散归。雨止日出,晚间月光甚皎。

十六庚辰日(10月3日) 晴。竹楼作札告知汜水田已代售出,得偿价制钱二千九百千余,除代子厚归还典价壹千四百八十千,中用钱六十千外,净余制钱一千三百六十千,一俟汇到,再行送来,因先将契帖各件签字交竹楼寄宝应,其款想不日亦即汇到也。

十七辛巳日(10月4日) 晴。安徽铁路开卖彩票劝股,每张价洋七元,因买得两张。头彩可得三万元,不得彩者两张换易十两,股票并不落空。此法行,吾知买票者必多,不虑路股之不集矣。

十八壬午日(10月5日) 晴。午后,作书致大侄女,并将致孟延书续成,邮寄京师。又致袁保三书,询问兆梧史馆议叙事,并将誊录照、监生照寄去备验,因保三曾有书来索及也。

十九癸未日(10月6日) 晴。作书复朱坦夫,并补寄赙仪四元。坦夫春间遭母丧,尚未及致赙,故补致之。又作书唁夏履平,致赙四元。

二十甲申日(10月7日) 晴。接兆梧兄弟抵长崎寄来邮片,知轮船到彼停轮半日,计次日即可抵神户也。又欧荻佺致兆梓书,促其早返日京,盖荻佺已奉母携家先返日京矣。

二十一乙酉日(10月8日) 晴。绍侯字来,欲来余寓手谈,乃邀郝仲仪、曾序周、张景琦来小集。仲仪因吕戌斋处有约,下午去而之他,遂只四人拇战。局散,余赢京钱四串。

二十二丙戌日(10月9日) 晴。接子先弟苏州来书,知以县令筮仕江苏,六月至京引见,七月抵苏禀到矣。季卿叔岳解组寓苏,子先可依其叔以居也。

二十三丁亥日(10月10日) 晴。午前忽阴,终日雨,下午又晴。仲仪邀手谈,未刻冒雨往,绍侯来最迟。晚间散归,赢钱九吊。

　　二十四戊子日(10月11日)　晴。方甘士为其尊人勉甫观察八旬称庆,设彩觞于闽浙会馆。巳刻,往拜寿,吃面。午后,拉绍侯、子纯来寓手谈,甚畅。比散,赢钱八千文。

　　二十五己丑日(10月12日)　晴。同里黄令韩鼎来见,与谈片刻。黄以戊戌即用知县,顷已补城武县矣。接兆梓兄弟禀,已安抵日京。兆梓第一学期试验取列十六名,为东省官费二十人之冠。

　　二十六庚寅日(10月13日)　晴。接大侄女京都来函,并以汇川十岁生日寄银十枚为赠,情意殊殷殷也。晚间,集家人辈斗牌。

　　二十七辛卯日(10月14日)　晴。早间,刘燮臣观察来拜,晤谈时许。燮臣顺天人,荔孙观察尊人也。燮臣之父荔农先生为辛亥年伯,故与之为平交。午后,往贺张毓葇娶妇之喜,饫喜筵,与粮道周桂午观察同席。申初散归。

　　二十八壬辰日(10月15日)　晴。天气忽热。绍侯邀手谈,午后前往,戍斋、仲仪、子纯同集。下午,忽大雨数阵。晚间局散,赢钱五串,复订明日之约。

　　二十九癸巳日(10月16日)　晴。早间,集得鹰银三百元,附入吾浙铁路股内,交朱仰田汇寄。因张毓葇与仰田经理山东招股事,曾屡劝入股,故勉应之。午后,复集绍侯处,仍系前集诸人。晚间散归,输钱五千文。

　　三十甲午日(10月17日)　晴。天气转凉。日间,在寓观书。晚间,集家人斗牌,盼彩票好音不至,大约大彩已无望,小彩有无未可知也。

九　月

　　九月初一乙未日(10月18日)　晴。早间,谒见中丞。午初散衙,往南关答拜刘燮臣,晤谈时许。燮臣知余戒烟无苦,亦有同志,极愿就诊于聂会东,因与约定明日偕往。

初二丙申日（10 月 19 日） 晴。早间，作谕两儿书。午后，至刘爕臣处，晤谈。偕其至东关医院晤聂会东，余将年捐十金携以付之。爕臣浼其治耳，约期移往戒烟，遂各散。

初三丁酉日（10 月 20 日） 晴。早间，将谕兆梓兄弟书续成，封固寄日京。午后，接袁保三覆书，将兆梧衔照寄回，云年秒请保，其誊录照、监照仍暂存伊处。下午，东阿县丞杨乐亭至自东阿来见。

初四戊戌日（10 月 21 日） 晴。戌斋欲来寓小集，因邀绍侯、仲仪、子纯同聚。余先败后胜，晚间局散，仍得赢十四千文。安徽铁路劝股彩票已开彩，大彩无望矣。

初五己亥日（10 月 22 日） 晴。早间，上院，未禀见。午后，集戌斋处手谈，仲仪、子纯同集。绍侯因事未至，只有四人对垒。局散，余复赢钱拾四千。

初六庚子日（10 月 23 日） 晴。早间，竹楼来，晤谈。午后，项幼轩便衣来见，因罢职受屈求委说项，姑颔之。未刻，集绍侯处手谈，仲仪、戌斋、子纯、鹤琴同集。局散，赢钱两串。

初七辛丑日（10 月 24 日） 晴。霜清安澜，中丞诣河神庙拈香祀谢。辰刻前往，随班行礼。午后，王章甫自曹州差旋，晤谈时许。余复往大王庙听戏，中丞以次咸集，甚觉热闹。初更散归。

初八壬寅日（10 月 25 日） 晴。三游总办诸君仍在大王庙演戏筵客。午前即往，因中丞定于午正往赴故也。未初即入座，申正宴毕。余不愿听戏，遂不俟中丞散而先归。

初九癸卯日（10 月 26 日） 晴。重阳佳节，苦无伴侣登高，惟在寓偕内子、儿媳斗牌为嬉。自午至亥方罢，输钱千余文耳。

初十甲辰日（10 月 27 日） 晴。早间，上院谒见中丞。散衙后，复偕竹楼同访绍侯送行。绍侯奉檄往烟台查办事件，明日即行。在绍侯座上遇冯果卿汝桓，约明日往访之。

十一乙巳日（10 月 28 日） 晴。早间，出门拜冯果卿，未晤。往奠英子恭太守太夫人及陈少山刺史夫人，午前归。午后，张鹤琴便衣来见,约其明日来寓手谈。

十二丙午日(10月29日)　阴。早间,果卿便衣来访,晤谈时许。午后,约戌斋、鹤琴、章甫在寓小集。局散,输钱千文,章甫赢十二千。

十三丁未日(10月30日)　晴。早间,接兆梓兄弟安禀,知其舍馆已定,逐日照常上课,与欧荻俺亦相见矣。午后,仍邀昨集诸君来寓手谈。局散,赢钱七千文。

十四戊申日(10月31日)　晴。重富左项生一脓疮,十日以来大如鸡卵。就诊中医,内服方剂、外敷丸散均无效,乃携其至东关医院就聂会东施治。聂以小刀割破其疮,放出脓血盈盂,登时平复,惟伤口五分须旬日后方能收合,然已无所苦矣。傍晚,自东关归。

十五己酉日(11月1日)　晴。晨起,谒大王庙。拜访熙敬甫,未晤。上院,未禀见,遂归。敬甫旋来答拜,晤谈片刻而去。

十六庚戌日(11月2日)　晴。内子生辰概不举动,惟王章甫、孙氏昆仲来寓吃面而已。午后,往八旗会馆公饯连仲甫方伯,傍晚散归。

十七辛亥日(11月3日)　晴。张鹤琴邀小集,吕戌斋、王章甫均在座,又有龚君积柄同集。龚字伯衡,合肥人,官同知,充中游提调者也。局散,余输京钱廿三千。

十八壬子日(11月4日)　晴。午前,往道署拜楚卿廉访夫人寿,时中丞以次均已散,余入座吃面,少坐亦散出。遇连仲甫于门,盖彼至犹后于余也。闻萧绍庭亦系今日生辰,顺道投一刺而归。

十九癸丑日(11月5日)　晴。终日在寓兀坐,无事可记。陈起霞以同知委署诸城令,已于今日行矣。

二十甲寅日(11月6日)　晴。楚卿廉访设宴酬客,闻同寅大都辞却,余与梓桢约同往,乃于午后访梓桢,偕其同去。同班到者才六人,府厅以下到者数十人。傍晚散归。

二十一乙卯日(11月7日)　晴。孙崧甫便衣来晤,因兖州查学一差被撤,托为说项于提学另图位置,容晤竹楼试为一言可也。

二十二丙辰日(11月8日) 晴。闻中丞被言路弹劾,已有星使奉命来查。使者为都统清锐,刻尚未出京,到此须旬日后矣。朱坦夫至自东昌来,晤谈。

二十三丁巳日(11月9日) 晴。早间,至浙闽会馆团拜。张毓蕖、徐友梅、朱次帆、万香洲、朱仰田与余六人一席。午刻散归。午后,复至戌斋处手谈。局散,输钱二十五千文。

二十四戊午日(11月10日) 晴。阅邸抄,京官六部改为十一部,曰外务部、曰吏部、曰民政部、曰度支部、曰礼部、曰学部、曰陆军部、曰法部、曰农工商部、曰邮传部、曰理藩部。卿寺全裁,惟留大理改寺曰院,其余各衙门尚仍其旧云。午后,戌斋复邀手谈。局散,赢钱十二千文。

二十五己未日(11月11日) 晴。阅邸抄,新政各部定为一尚书、两侍郎,不分满汉,于是裁缺之尚书吕海寰、葛宝华、侍郎李殿林、张英麟均以汉员改授京旗都统、副都统矣。

二十六庚申日(11月12日) 晴。早间,作书寄袁保三,询问捐事。又作谕兆梓、兆梧、兆櫆各书,分别邮寄。午后,吴福茨方伯来拜,晤谈时许。福茨为竹楼胞兄,以新疆藩司权巡抚奏请开缺来东省亲者也。

二十七辛酉日(11月13日) 晴。早间,便衣访张锡珊,谈时许。复至鞭指巷访朱坦夫,至则行矣,遂归。吕戌斋欲来手谈,以有事辞之。

二十八壬戌日(11月14日) 晴。早间,答拜福茨方伯,晤谈,并晤竹楼,遇仲年于座。午后,往拜福茨太夫人寿。仲年、友梅、宾谷均在座,与彩觞。二更后散归。

二十九癸亥日(11月15日) 晴。王章甫来见,言即日归省,并接其妹归宁。余允令二媳挈喜孙偕往,定由添口登舟,由黄入运,径往高邮。时赞斋亲家官扬州运河同知,驻高邮州也。

十　月

十月初一甲子日(11月16日)　晴。接兆梧自日京来禀,以现在兼学纺织,欲以百元购机器,请为汇去,此款姑为筹措可也。晚间,章甫来一晤。

初二乙丑日(11月17日)　阴。北风怒吼,天气甚冷。午后,作书致王赞斋亲家,告以二媳现偕其兄归宁,并代内子致赞斋夫人一函。傍晚,吴绍侯来晤,甫自烟台公旋也。

初三丙寅日(11月18日)　阴。西北风甚厉,继以微雪。午后,绍侯邀手谈,冒雪而往。张子纯、王章甫、俞复新同座。夜半散归,输钱十八千,为章甫赢去。

初四丁卯日(11月19日)　晴。兆梧寄来西装照片一纸,因即作书谕之,并寄与日币百圆,又谕兆梓一纸。午后,章甫来告辞。二媳挈喜孙偕其兄归宁,即于下午至洺口登舟,溯黄入运南下。隆冬水涸,行程未必能迅利也。

初五戊辰日(11月20日)　晴。雪后大冷,寒暑针至三十六度,舟行黄河者其冷当更甚,未知能日行若干里也。致赞斋信已邮寄,当先至耳。

初六己巳日(11月21日)　晴。田款日久不至,作字致竹楼询之,因向其先索百金济用。下午,崧甫来一晤,求为图学务公所差使,遂于竹楼函中并为提及。

初七庚午日(11月22日)　晴。竹楼覆函送来百金,崧甫事允为相机留意,恐未必有济也。午后,检取皮马褂二袭令缝人更制。杭路股票三张由朱仰田处交到,官利周年七厘,余利照章均分。

初八辛未日(11月23日)　阴。午前微雪。午后,安徽彩号单至,余所买票得洋八元,除去九五扣,仅有七元六角,乃以七元复买十月票一张,不知更有所获否。

初九壬申日(11月24日)　晴。天气仍冷。午后,方鹤人便衣过谈。检出白风毛褂令成衣改制，因旧制袖过宽、腰过大也。

初十癸酉日（11月25日） 晴。午后，朱梓桢便衣过谈。傍晚，竹楼处送到扬州汇来田款，仅以四百卅余金找清，盖银价两地悬殊，又折耗百余金矣。

十一甲戌日（11月26日） 晴。吴福茨、竹楼昆仲为其太夫人设彩觞补寿，余辰刻即往，自中丞以次咸集。申刻散席，余复易便服，偕诸熟人在彼听戏，亥刻方回寓。夜间，内子感寒腹痛，通宵未寐。

十二乙亥日（11月27日） 晴。早间，延请吴艾衫来诊，方用宣通祛寒之剂。余昨夕失眠，午后憩息时许，醒来已黄昏矣。

十三丙子日（11月28日） 晴。内子腹痛未已，似有停滞宿食之象。早复邀请艾老来诊，谓系寒滞积食，方用木香槟榔丸下之，俾得大解即愈。是日，吴竹楼夫人为其太夫人称觞补祝，未能往赴寿筵矣。午后，余复听戏。仲侯、绍侯、宾谷诸君均到，二鼓即散归。

十四丁丑日（11月29日） 晴。早间，修发。内子未愈，仍服昨方，未请艾老诊视。

十五戊寅日（11月30日） 晴。中丞因丧去女公子止衙，遂无须上院，正合吾意，余本不欲往谒也。午后，请艾老复为内子诊脉换方。

十六己卯日（12月1日） 晴。接袁保三复书，将托查捐数查明，开来款数，均较平时减成，尚苦于拮据，欲为兆梓捐升，尚待踟蹰。

十七庚辰日（12月2日） 晴。内子今日已愈，遂未服药。闻来东查案之清都统尚未出京，因改授江宁将军，起节致迟，将来不过顺道来此一查而已。

十八辛巳日（12月3日） 晴。连日天气甚暖，自是小阳春景象。内子今日病起，食息如常矣。

十九壬午日（12月4日） 晴。闲居无俚，检理书簏，苦无可观之书，仍取残本《香祖笔记》及《小仓山诗》随意披寻，真所谓无聊之极思也。

二十癸未日(12月5日)　晴。午前,绍侯过谈。因闻福茨不日南旋,约定明日两人公饯,由绍侯承办。此外则请何秋辇志宵、朱仰田、庄乐峰、韩伯彭诸君作陪。席设绍侯处。

二十一甲申日(12月6日)　晴。午后,出门至梓桢、伯彭处,均未晤。旋至绍侯处宴客,所请诸君咸至。福茨定于廿三至车站起程,明日尚须走送也。二更散归。

二十二乙酉日(12月7日)　晴。午后,往福茨处送行,晤谈时许。即至绍侯处手谈,同集为王慕蓬、俞复新、王豫生。局散,赢钱三千。

二十三丙戌日(12月8日)　晴。接兆梓来禀。午后,往访潘华堂,询奉天实官捐事,未晤。有苏君出见,询得由教谕捐升科中书需实银三百卅二两九钱,即日停办,只得悉索敝赋为之上兑矣。

二十四丁亥日(12月9日)　晴。午后,复往访潘华堂,将所填奉天善后振捐实收取来。旋至绍侯处小集,张鹤亭、子纯、俞复新同集。局散,输钱四千。

二十五戊子日(12月10日)　晴。早间,平度州牧马君思斋来见,晤谈时许。马君云南姚州人,其尊人星五观察曩官吾浙时曾相还往,故知其人。午后,复集绍侯处,仍系昨集诸君。局散,赢钱廿千。

二十六己丑日(12月11日)　晴。午后,往贺潘仲年嫁女之喜。复至南关答拜张君恺康、袁君纯,均未晤。访恩毓亭,谈时许而还。又接兆梓安禀,因停捐期迫,求为速办,是举固不容已也。

二十七庚寅日(12月12日)　晴。午前,接兆梧收到银元复禀,云嘉平初旬可以返国,警察已及两学期也。午后,招绍侯、鹤亭、子纯、戍斋集寓斋。局散,输钱十二千文。

二十八辛卯日(12月13日)　晴。作书寄慧馨侄女,适有旧弁高福立入都,交其携带,并伴以肉松、酱肉、洋点心、糖莲子。酱肉乃粤制,余夫妇食而甘之,故购以饷侄女也。

二十九壬辰日(12月14日)　晴。来东查办事件之将军清锐今日始莅止,盖奉派已四十余日矣。其来也迟迟,大约不过巡查了事而已。

三十癸巳日(12月15日) 阴。午后,戌斋处邀小集。张鹤亭、鹤琴、李芝生均同局。余手极顺,竟日获胜,局散,赢廿二千文。

十一月

十一月初一甲午日(12月16日) 晴。午后,绍侯邀手谈。比至,而主人已他出,惟张子纯在彼,无何戴敬南、傅子余、方甘士、刘荔孙先后至,主人亦归。傍晚,又各散去。四人晚饭后,余亦散归,输钱四千。

初二乙未日(12月17日) 晴。作书致周耀垣、吴子先,又谕兆梓、兆梧各一函,均分别邮寄。连日天气甚暖。

初三丙申日(12月18日) 晴。绍侯作柬相商,欲来小集,乃邀戌斋、子纯、芝生来叙,绍侯最后至。晚间稍冷。局散,输钱壹串。

初四丁酉日(12月19日) 晴。昨夕感寒,晨起颇觉不适,乍冷乍热,头疼咳嗽。傍晚,接兆梓禀。

初五戊戌日(12月20日) 晴。咳嗽痰涕交作,喉间作燥,涕辄带血丝,惟眠食如常,遂不服药,常服之丸药亦暂停不吃。兀坐斗室,终日无所用心而已。

初六己亥日(12月21日) 晴。午后,绍侯来访,力疾出晤,因面订初十偕同人设席为余公祝,仍是手谈之局。

初七庚子日(12月22日) 晴。痰嗽渐轻,惟鼻涕仍带血丝,殆肺热未清之故,不须疗治,自可平复也。

初八辛丑日(12月23日) 晴。张子纯邀小集,绍侯、鹤亭、戌斋均在座。余痰嗽尚未尽除,借打牌以遣闷,故亦乐之不疲。局散,输钱五千。

初九壬寅日(12月24日) 晴。戌斋欲邀至序周处打牌,余辞焉,因病起须节劳故也。四媳患喉痛目肿,连请马医诊治,未见轻减。

初十癸卯日(12月25日)　晴。绍侯、佩瑜、叔吾、伯彭、敬南、宾谷诸君子为余公祝,仍集绍侯处,宾谷因病未到。局终,余赢钱二千。

十一甲辰日(12月26日)　晴。张鹤亭复邀今日续集,余以倦游辞,乃改订十三日复战。晚间,购山鸡一只佐酒,小饮微醺。

十二乙巳日(12月27日)　晴。生日,杜门谢客。刘征五及孙崧甫、矩臣来拜寿,径自登堂相见,留其薄酌而去。四媳喉痛目肿增剧,乃访得狄君子仪,精医理者。晚间,邀其来诊,云是冬温,方用辛凉之剂。

十三丙午日(12月28日)　晴。午后,往张鹤亭处小叙。顺道谢客数家,知绍侯又于役青州矣。鹤亭处同集者张鹤琴、吕戌斋、曾序周也。局散,输钱八千。

十四丁未日(12月29日)　晴。早间,往吊郭介丈丧偶,遇恩毓亭、万香洲、刘温如。午后,往西关谢客,远道奔驰,无处降舆,乃访杜宾谷,晤谈片刻而还。

十五戊申日(12月30日)　晴。四媳服药见效,而富孙又患咳嗽。午后,复请狄子仪来诊,各开一方服药。狄君每请一次需钱一千二百文。

十六己酉日(12月31日)　晴。接兆梧寄其妇书,云本月初十前后返棹,约月之下旬准可归来,惟苦于无钱,造面机器未能购来,随后设措亦颇不易耳。

十七庚戌日(1907年1月1日)　洪兰楫新葺精舍坐落西关东流水,于秋间移居,特约旧友小酌。午后前往,同席为萧筱畲、朱次帆、吴绍侯、姚星五、丁佩瑜、彭吉庵,酒馔均佳。主人出近作诗篇见示,词翰双美,此老兴致不减少壮,真善于行乐者。晚间,复偕绍侯、星五、吉庵手谈一局。余输钱四千而还。

十八辛亥日(1月2日)　晴。午后,邀狄子仪为四媳、富孙诊脉换方。下午,至绍侯处手谈。星五、戌斋、鹤亭同集。局散,又输十四千。本月博运又复大坏，可恨！

十九壬子日（1月3日） 晴。日前余过生日，竹楼以四簋见饷，今值其夫人生辰，乃备物品六色答之，渠却而不受。揆诸礼尚往来，余不无歉然，亦无可如何也。今日天气极为和暖。

二十癸丑日（1月4日） 晴。未出门。竹楼处遣人持刺拜寿。日间，阅《通鉴辑览》。

二十一甲寅日（1月5日） 晴。四媳仍未愈，又遣人持方请狄子仪更改数味，仍是清凉之品，药本不错，惟见功缓耳。

二十二乙卯日（1月6日） 晴。阅邸抄，何秋辇甫经服阕，尚未入都，即放岳常澧道，何其神通广大乃尔，真可谓巧宦矣。

二十三丙辰日（1月7日） 晴。午后，蒋哲生便衣过谈片刻。接兆梧上海禀，已于望日安抵上海，尚欲回里一行，须月底月初由沪航海北来。

二十四丁巳日（1月8日） 晴。孙矩臣来言，接家电，其尊人患恙，促其昆仲速归，拟即日星旋济宁，特来告知其妹。日来四媳病已渐愈。

二十五戊午日（1月9日） 晴。绍侯作字邀手谈。午后前往，姚星五、张鹤亭、吕戍斋同集。局散，赢钱十五千。接兆梓禀，警察毕业试验兆梧名列十二，兆梓廿二，均得有卒业证书矣。

二十六己未日（1月10日） 晴。午后，张鹤亭邀小集。因顺道答拜王子飓于连升店，未晤，即往鹤亭处聚谈。绍侯、星五、序周同集。局散，赢钱五千。

二十七庚申日（1月11日） 晴。竹楼为其次子完娶，今日过妆，邀诸至好往观奁。午后，至绍侯处，偕其同往。女家为何秋辇，奁赠丰富完美，大有可观。晚宴毕散归。接兆梧沪电，明日展轮北上，计出月初二可到。高弁京旋，接慧馨复书。孟延于九月间覆车伤面，越两月始渐平复，实不幸中之至幸。慧馨又带来参须四两，皮丝烟两包，并寄保赤散十九包为孙辈不时之需。

二十八辛酉日(1月12日) 晴。午后出门,先至何秋辇处贺其嫁女,适新郎已亲迎到门,阍者挡客,余遂未登堂。行至竹楼处道喜,饫其早面、晚席。酉时花烛,视其成礼,然后散归。日间在彼偕绍侯、仲起、星五、筱畲手谈。余赢廿四千,四人皆胜,筱畲独输五十五千,概未见付。

二十九壬戌日(1月13日) 晴。午前,作书谕兆梓,午后发寄。旋得赞斋亲家复书及二媳禀,知于十三日始抵高邮,喜孙亦好,甚慰。傍晚,陈耕吟便衣过谈。

十二月

十二月初一癸亥日(1月14日) 晴。早间,往抚院谒见中丞。官厅与吴方伯一谈。晤仲年、伯彭,以兆梧留学日本警察科毕业归,欲在此投效,托其关照。并访冯果卿、叶文樵两君,均以此相托。果卿晤谈,文樵未晤,托果卿转致之,以四君均绾巡警局也。午前回寓。午后,访耕吟一谈。旋至绍侯处小集。戍斋、子纯同座。晚间局散,输钱九缗。

初二甲子日(1月15日) 晴。耕吟以烟壶来索鼻烟,为装满一壶付之。晚间,令汇川带同刘顺往东关车站迎接兆梧。戍正二刻,兆梧回寓。述及还里小住数日,省视先陇无恙,四弟未归,仅与子祥、用宾相见,出两人寄书呈阅。

初三乙丑日(1月16日) 晴。早间,文樵、果卿来答拜,晤谈。令兆梧出见,持毕业文凭与观,托其关照,迟日当令往谒诸公也。接兆梓十一月廿日禀,渠自兆梧行后又移寓神田区今川小路村木馆矣。

初四丙寅日(1月17日) 晴。兆梧侍谈,在日本除业警察专门科外,又学得机器织布、造面两法。布机已购,尚未运到,面机以无款,仅付定资。此两业均可获利,当设法措就二百金,便可将面机购运来东矣。又呈出欧获侄寄书,欲借百元接济旋费。余虽极窘,而不能无以应之,只可缓为设法,以尽吾心可耳。

初五丁卯日（1月18日）　晴。早间，上院，未禀见。官厅遇文樵、伯彭，托其于中丞处为兆梧先容，以便往谒。午后，令兆梧先往谒潘、韩、叶、冯四公。阅邸抄，星使查覆奏，奉谕旨，杨士骧免议，朱钟琪以办理捐务不实不尽，丁锴以身任地方操纵失宜，均交部议处，余则曹属缉捕不力之镇统营官罢斥有差。

初六戊辰日（1月19日）　晴。令兆梧往谒见中丞杨公。谈次杨允以设法位置，未知机遇如何。孙崧甫有电致其妹，云乃翁病已见痊。

初七己巳日（1月20日）　晴。午后，作书复欧荻侄、谕兆梓，均封寄日本。又作问候伟如亲家书，并代内子致伟如夫人一函，均封寄济宁。

初八庚午日（1月21日）　晴。作书复王章甫，并谕二媳一函，邮寄高邮。傅先生将解馆回高密，因与豫订明年仍来寓课读。

初九辛未日（1月22日）　晴。作书致孟延，问其创痕已否平复，书成未封，尚欲挥数行与慧馨侄女也。连日天气甚暖，有司祈雪未降，望霡甚切。

初十壬申日（1月23日）　阴。早间，往谒见中丞，谈及兆梧，允为派差。新任廉访黄冰臣云到省来拜，自院散衙往答拜，未晤。午后，复出门拜客，惟晤朱梓桢一人，谈良久而还。

十一癸酉日（1月24日）　阴。午后，便衣往访恩毓亭、刘荔孙，各晤谈许久。荔孙现充兖州警务学堂监督，欲约兆梧往充学堂教员，嘱令明日往晤。晚间，作书与慧馨。

十二甲戌日（1月25日）　阴。早间，将寄孟延夫妇书封发。午后，接慧馨侄女书，孟延创已平，尚未出门。下午，兆梧往见刘荔孙，所事随后酌定。

十三乙亥日（1月26日）　晴。度支部设立山东分银行，派朱炳卿太守占科为总办，今日开张，在闽浙会馆演戏觞客，因往一贺，饫其早面。黄冰臣今日接臬司篆，沈楚卿回道任，并各往贺焉，午后归。

十四丙子日(1月27日) 阴。两月无雪,府县祈祷未应。闻中丞今日率属祈雪,连日阴雪四布,似有酿雪之象。午后,作书寄慧馨,伴以酱肉八斤,龙井芽茶叶两瓶,交邮局寄京,邮费二千三百文。

十五丁丑日(1月28日) 阴。小雪永日。午后,兆梧往见叶文樵,未之见。令阍者传言,已晤刘荔孙,由刘调兖州警务教员,均商定矣。

十六戊寅日(1月29日) 晴。午后,兆梧往见荔孙,据云其事已请于中丞,定准俟详奉批示,即札委明正,偕往兖州,月薪卅金,机遇尚算顺适也。

十七己卯日(1月30日) 晴。自移寓宽厚所街亦越四载,春联未尝更新,乃自撰联句,令兆梧托吴仲山司马书写。仲山合肥孝廉,书法甚佳也。

十八庚辰日(1月31日) 晴。兆梧在日本购得织布机器,由悦来公司运到,腾出西厢房贮之。机械皆系拆卸装运,开箱按笋斗合,皆兆梧手自经营,非曾学过不得其诀也。

十九辛巳日(2月1日) 晴。午刻,封印。巳刻,往抚院禀贺。同寅到者不过十余人,尚不拥挤,午后散归。在官厅托佩瑜代挪银元三百枚,以浙路股票作押,佩瑜唯诺云向钱店商借,三日后见覆。

二十壬午日(2月2日) 阴。吴仲山将书就对联送来,所书皆颜欧体,果然绝佳。因令兆梧邀其便酌以酬之,并耀垣之两郎与焉。

二十一癸未日(2月3日) 晴。午后,绍侯邀小集。仲洪、子纯同集,又有郑梦臣者,故人鼎庵之子,亦在座。二更散归,余无输赢。

二十二甲申日(2月4日) 晴。丑刻,祀神于厅事。祭毕方寝,辰刻仍兴,熟寐不过两时许耳。午后,走柬邀客,订廿四日小集寓斋。

二十三乙酉日(2月5日) 阴。日间,接子先来信,以知县簽仕江苏,尚未得差,宦海原茫茫也。晚饭后,祀灶余厨屋。

二十四丙戌日(2月6日) 阴。午后,客至,除丁佩瑜、何福堂、姚星五、杜宾谷因事不到,来者为洪兰楫、丁培轩、曾叔五、吴绍侯、朱仲洪、刘荔孙、萧绍庭、恩毓亭诸君,因成两局。洎散,余输钱十千。

二十五丁亥日(2月7日) 晴。兆梧在日京订购造面机器不能不寄钱往运,乃以浙路股票三张质诸丁佩瑜,得银贰百五十圆,以三十圆留用,余皆付兆梧,令寄付机价,将机械运华,亦谋利之一端也。

二十六戊子日(2月8日) 晴。早间,扫舍宇,检点物件,栗碌半晌。午后,刘荔孙邀小集。绍侯、叔吾、伯彭同席,其尊人燮臣亦出叙。局散,余输钱六千。

二十七己丑日(2月9日) 阴。接二媳自高邮来禀,知其第六妹新正出阁,须致送添妆,只可邮寄,或赶得及也。爰嘱内子向箧中检取针黹,便为封交邮局可耳。

二十八庚寅日(2月10日) 阴。终朝雨雪。接孟延夫妇书,知前寄酱肉、茶叶均收到,孟延面伤已全愈矣。午后,冒雪至曾叔吾处小集,同座为兰楣、培轩、福棠、宾谷、仲洪、荔孙诸君。余输钱四十五千而还。

二十九辛卯日(2月11日) 阴。早间,作书谕二媳,寄高邮,针黹六色亦包裹邮寄。接到刘文轩复书,寄来名条二纸,求为说项说项[①]云尔。

三十壬辰日(2月12日) 晴。天气殊冷。岁聿云暮,忽忽又到除日,时二儿夫妇、喜孙均远隔一方,四儿夫妇并三孙在家,尚不寂寞。行年五十,碌碌无闻,不能无光阴虚度之感耳。晚间,祀祖接灶毕,偕眷属团座,饮屠苏酒。大小三代七人,家庭天趣,亦足乐也。

---

① 此处原文"说项"二字重复,疑为衍文。

光绪三十三年(1907)丁未

正　月

光绪三十三年丁未正月初一癸巳日(2月13日)　晴。卯正,祀神祭祖,受家人贺礼毕,出门至抚院贺岁。在官与各同寅相见,入谒中丞杨公。出至大堂,同人团拜,然后各散。顺道至西北隅一带拜年,均未降舆。午前归寓,小憩。午后,复至东南隅及南关一带拜年,亦皆未见而归,于是拜年事毕。西关太远,饬仆投刺可也。

初二甲午日(2月14日)　晴。天气甚冷,未出门。午后,偕老妻率四儿、四媳作竹牌之戏,日间四巡,晚间四巡,亥末罢休。

初三乙未日(2月15日)　晴。吕戊斋欲来寓小集,以庖人制馔不及,改订翌日来叙。遂往订定张鹤琴、曾序周、张子纯三君。

初四丙申日(2月16日)　晴。戊斋、序周、子纯、鹤琴先后齐至,时方未初刻也,遂入座拇战。晚餐仍用便肴,未设盛馔。局散,输钱贰千。

初五丁酉日(2月17日)　晴。仍约昨集诸君续聚一日,鹤琴有事未至,改约李志轩承其乏,仍足五人之数。局散,赢钱五千。

初六戊戌日(2月18日)　晴。午后,出门答拜李总戎安堂。旋至绍侯处小集,同座为曾叔吾、傅子余、朱仲洪。局散,输钱卅二千。

初七己亥日(2月19日)　晴。接兆梓客腊十九日来禀,言春杪即毕业内渡,四月间可到家矣。午后,偕家人斗牌,至夜方息。

初八庚子日(2月20日)　晴。午前,至八旗会馆公宴中丞,申初即散。绍侯复拉往寓斋叙谈,仲洪、荔孙均偕往。谈甚畅,局散,余无输赢。

初九辛丑日（2月21日）　晴。接到孟延寄来蜜供条两瓶，京都风味，余所夙嗜也。朱坦夫自东昌专足来函，询朱艾卿莅任消息，即挥数行复之。

初十壬寅日（2月22日）　晴。汤立臣宗干、吴镜平士钊、黄用九亮臣、张鹤琴书城四大令公宴余于八旗会馆。未刻前往，亦有牌局，共成三席。余与绍侯、福堂、仲洪同座。局散，输钱六千。

十一癸卯日（2月23日）　晴。家忌祀祖。晚间，小饮，微醉。新正又越浃旬，兆梧捧檄后即将于役兖州，为择定十九日起行，办装又须经营再四也。

十二甲辰日（2月24日）　晴。天气和暖，渐有春意。吴竹楼夫人来拜年，与内子相见，自此始相往还。兆梧接到兆梓来书并两人西装照片，乃在日本临别时所照也。

十三乙巳日（2月25日）　晴。朱仲洪、方鹤人均招饮春酒，爰辞朱就方。午后，前往答拜崔绥五，未晤。即至鹤人处入席，同座惟陈公穆太守，余皆政法学堂中人也。初更散归，适寓中观灯，内子及儿媳辈均在厅事，余亦坐观良久乃还寝室。

十四丙午日（2月26日）　晴。傍晚，绍侯邀小集，座有魏精卿、张子纯、乐警愚诸君。四人皆负，余独胜，局散，赢四十四缗。

十五丁未日（2月27日）　晴。上元令节。晚间，祀祖毕，偕妻孥斗牌三巡，观灯两起。时北风凛冽，坐外厅良久，颇觉寒冷。

十六戊申日（2月28日）　晴。早间，至浙闽会馆团拜，与楚卿、毓蕖、香洲、次帆、叔吾同席。午后，仲洪邀小集。培轩、绍侯、仲起同座。局散，余输钱六十缗。

十七己酉日（3月1日）　晴。兆梧往见荔孙，云详院之件已奉批，准日内即可檄委。晚间，闻伟如亲家年前作古。兆梧得崧甫昆仲赴书而知之，暂不告知四媳，将来兆梧往兖州时，令其偕之济宁临丧可耳。伟如年五十五，困于烟霞，致促其寿，可叹！

十八庚戌日(3月2日)　晴。兆梧得兖州警务学堂委札,派充本堂教习,月薪卅金,饭食在内,所获甚微,不过借以历练,聊胜于无耳。午后,唐伯臣邀小集,绍侯、仲洪同席。肴馔甚佳。局散,又输钱廿一缗。甚矣！劫财之重也。

十九辛亥日(3月3日)　晴。早间,出门奠何秋辇之夫人。午刻,至院署贺封开印信。旋回寓,已未初一刻矣。接兆梓新正二日来禀。连日摒挡行装,出门应酬,极形忙碌。

二十壬子日(3月4日)　晴。早间,撰成挽伟如亲家联句,曰:"与君东粤共趋庭,交谊逮纪群,伤逝不禁今昔感;顾我南池常假节,姻亲联儿女,闻丧难遣死生情。"又代兆梧撰一联,曰:"甥馆荷偏怜,那堪海外归来,闻丧断肠;婿乡愁再到,忍见闺中涕泣,失祜心伤。"午后,赴皖江公所培轩招饮,亦系手谈之局。余与仲洪、复新及龚伯衡同座。局散,又输钱廿缗。

二十一癸丑日(3月5日)　晴。早间,崔绥五过谈片刻。午后,将昨撰两联书就,检出米色宁绸袍料一袭为送孙伟如祭幛,均交兆梧携带。作书致周耀垣、孙崧甫,亦交兆梧。今日洪兰楫、张子纯招饮,均辞却未赴,以兆梧明日登程,不无琐事分派也。

二十二甲寅日(3月6日)　晴。兆梧携四媳及富、熙两孙登车,谕以初次当差,以和平勤慎为主,冀无陨越。午后,以兆梧领得薪银寄兆梓,合日币四十圆,由德华银行汇寄。又作书谕兆梓、覆孟延,均分别邮寄。

二十三乙卯日(3月7日)　阴。傅先生至自高密,今日到馆,汇川、重庆照常入塾。寓中人都外出,不无寂静矣。连日天气和暖,颇有春意。午后,同乡韩县丞奂铺来见,别四五年矣。询知已捐升知县,尚无差使,人颇明干,有用才也。

二十四丙辰日(3月8日)　晴。午前,严楷生来见。午后,出门问竹楼疾,贺刘燮臣乔梓迁居,访朱梓桢,均未晤。访绥五、西山,各晤谈良久而还。

二十五丁巳日(3 月 9 日) 晴。以肴蒸四色馈燮臣乔梓,竟辞不受。午后,荔孙来,晤谈。龚镜人至自开封来见,云及淡人之太夫人亦于去冬物故矣。

二十六戊午日(3 月 10 日) 晴。午后,张西山来答拜,晤谈片刻。下午,作书复家子祥弟,寄里门。客腊兆梧迁道回里,时子祥情意殷殷,并假以银元八十枚,殊可感佩。今始作书答谢,已觉迟矣。

二十七己未日(3 月 11 日) 晴。萧绍庭设音樽于浙闽会馆,招集同人宴饮。兰楫、绍侯、佩瑜、福棠、友梅、敬甫、景沂诸君均到。又有历城汪君懋琨以上海县令捐升道员回籍者,乃己未年丈雪帆给谏犹子也,亦与同席,因叙及年谊焉。晚间,灯戏颇佳,二更后方散归。

二十八庚申日(3 月 12 日) 阴。天气昨甚热,今又转凉矣。兆梧到济宁计已三日,明日当由济之兖也。得朱坦夫复书。

二十九辛酉日(3 月 13 日) 阴。济宁寄到讣函,知孙之生亦于去腊物故。之生为孟延从侄,而伟如再从兄也,先伟如三日亡,年同伟如,亦五十五岁云。

二 月

二月初一壬戌日(3 月 14 日) 晴。午后,作书谕兆梧,寄兖州。又作书致袁保三,询兆梧议叙事,未知已办成否也。龚吉人求为说项于竹楼,余久未报,吉人作书来询,开首用通候四六套语两纸,其人抑何迂旧至此,素稔其不能动笔,殆倩人所作也。

初二癸亥日(3 月 15 日) 晴。午后,出门答拜徐仲模,未晤。拜汪耀庭懋琨于东关,晤谈良久。旋至绍侯处小集,筱虞、佩瑜、鹿泉同集。局散,又输钱卅二千。

初三甲子日(3 月 16 日) 晴。接兆梧济宁禀,云准于廿九至兖州,临行有帽盒漏未携带,乃为之托荔孙带去,荔孙初五后方出省也。崧甫昆仲有谢信来,亦作数行覆之。

初四乙丑日(3 月 17 日) 晴。接二媳高邮安禀。午后,耀垣长郎书田便衣来见。询悉耀垣已移至济宁居住,十年不调,困于末秩,殊可悯也。

初五丙寅日(3月18日） 晴。龚镜人又走简求为说项于当路,乃札致竹楼索一差事。竹楼无差可委,复函已为补贫员津贴一分,亦聊胜于无也。

初六丁卯日(3月19日） 晴。早间,许尺衡至自济宁来,晤谈。午后,镜人来见,告以得摊贫员津贴一分,月得八金,镜人喜极而去。

初七戊辰日(3月20日） 晴。午后,答拜尺衡,未晤。张鹤琴招小集,同席为张鹤亭、水子庄、鲁志刚诸君。亥刻散归,赢钱一千。兆梧自济宁来禀,附致荔孙书。

初八己巳日(3月21日） 晴。兆梧昨书,以充堂教习不易胜任,欲辞差而归,乃为访诸荔孙商酌。荔孙殷殷慰留,情愿改令充当检查,情不可却矣。午后,萧小虞招北园别墅雅集。培轩、绍侯、兰楣同座。局散,赢钱六千。

初九庚午日(3月22日） 晴。早间,寄谕兆梧函电并发,令其即往兖州到差。午后,复访荔孙告之,即以送别,盖荔孙准十一日出省,亦有书复兆梧,约到兖相见也。下午,赴水子庄处小集,志刚、鹤琴同集。局散,输钱廿三千。

初十辛未日(3月23日） 晴。午后,筱虞来访,晤谈时许。下午,徐仲模在绍侯处聚谈,因邀往小集。绍侯之婿王豫生亦在座。局散,输钱十八缗。

十一壬申日(3月24日） 晴。绍侯复邀续集,仍是昨聚诸人。未刻前往,亥刻散归,赢钱十八缗。

十二癸酉日(3月25日） 晴。刘顺至自济宁,带到崧甫书并讣状多件,托为分别饬送者。兆梧无信,计余之信电想均收阅,当重至兖矣。

十三甲戌日(3月26日） 晴。午后,访吴艾老于竹楼处,得晤谈。并晤竹楼,问其疾,已渐愈矣。艾劳则去冬回扬州,今甫至自扬也。又访蒋哲生,为萧小虞乃郎作蹇修,哲生答商诸其妻再当见覆。

十四乙亥日(3月27日)　晴。周书田复来见,晤谈时许,因托其代书拜帖十余具。午后,接袁保三复函,云史馆议叙事尚未入告,近政纷纭,凡涉旧例都从缓办,遂致久搁云。

十五丙子日(3月28日)　晴。午后,哲生来晤。云已商诸其妻,因其外家有一内侄曾有求婚之说,刻已寓书往询,如不成,再与萧处说合可也。下午,邀吴艾老来寓为内子诊脉,开方服药。

十六丁丑日(3月29日)　晴。邀吴艾衫、刘燮臣、陈耕吟、吕戌斋、徐仲模、吴绍侯、戴敬南诸君便酌,兼作手谈之局。艾衫、耕吟、敬南三君不与手谈,惟入座饮啖而已。亥刻散局,余无输赢。

十七戊寅日(3月30日)　晴。午后,至绍侯寓斋公宴佩瑜、竹楼,二君生日皆在是月,一补祝,一豫祝也。培轩、仲年、梓桢、绍庭、仲模、精卿皆列主人。申刻入座,戌初散席。复偕仲模、精卿手谈一局,亥正乃各散,余赢钱贰千。

十八己卯日(3月31日)　晴。接荔孙书,到兖州与兆梧相见,改派检查,兆梧仍复力辞,殆必有万难强就之故欤?余未接兆梧禀,不知其究竟也。

十九庚辰日(4月1日)　晴。接兆樨侄女函,一切平安,孟延已创愈销假出门矣。午后,出门拜竹楼寿,未晤。访梓桢,畅谈良久。晚间,竹楼邀饮。绍侯、精卿、筱虞均同座。亥刻散归。

二十辛巳日(4月2日)　晴。内子以富孙生日,为制衣裤三袭,邮寄济宁。因谕四儿夫妇各一纸,封入崧甫函中,另致崧甫,一并邮寄。晚间,接兆梧禀,决意辞兖差,顷仍返崧甫处,稍迟即回省也。

二十一壬午日(4月3日)　晴。接朱坦夫书。午后,崔子万过谈片刻。有候补布库大使刘树德来见,询知乃前任济南太守刘厚庵之孙也。

二十二癸未日(4月4日)　晴。午后,姚星五邀手谈,绍侯、鹤琴同座。战四巡,赢钱廿六缗。遂赴耕吟处晚酌,盖耕吟有约在先也。同席为许尺衡、许守之、郭星石、杨拙斋、方甘士诸君。二更即散。郭君善饮,相与对酌廿余觥,颇极酣畅。

二十三甲申日(4月5日)　晴。午后,蒋哲生来,晤谈。周书田亦来见,求为交名条于绍侯处,恳其推荐铜山南运司事一席,因挥数行致绍侯代求,未知有济否也。

二十四乙酉日(4月6日)　晴。久未得兆梓安禀,正在廑系。午前,得其二月十一日来禀,并寄来取运制面机械提单,慰悉一切。渠两学期已毕,现考试验场,约三月下旬可整装归来矣。

二十五丙戌日(4月7日)　晴。早间,作书谕兆梓寄日本,谕兆梧寄济宁。又复荔孙一书,为兆梧辞差。午后,接崧甫书,云有一伙友为孟延赉送银款至京道出此间,嘱为照料雇车,因作致慧馨书交此人顺带焉。

二十六丁亥日(4月8日)　晴。天气渐热,寒暑针至六十度,颇似初夏光景。午后,又接崧甫信,托探询补交免保银两逾限能否斡旋,当为询办捐友人可也。

二十七戊子日(4月9日)　晴。朱坦夫至自东昌,以茶食两匣见饷。询朱学使已否莅任,订明日午后来访,晤谈一切,时朱公尚未到东也。

二十八己丑日(4月10日)　晴。薛仲华奉差至此来见,阍者辞焉,未获与晤。下午,坦夫来,晤谈。嘱为极力说项,姑俟朱至相见后,相机进言可也。

二十九庚寅日(4月11日)　晴。屋主拆修上房院之东厢,迁移箱笼物件,倍极纷扰。午前,往答拜仲华,晤谈良久,因约其初一日便酌小叙。午后回寓。

三十辛卯日(4月12日)　阴。王鹿泉邀小集。午后,冒雨前往。绍侯、朱少石同座。下午雨甚,窗外淅沥有声。二鼓局散,赢钱六缗。

三 月

三月初一壬辰日(4 月 13 日) 晴。午后,至间壁浙闽会馆假座,邀薛仲华、朱坦夫、张鹤亭、吕戍斋小集。会馆庭院极幽雅,较寓斋为胜。晚间局散,赢钱十四缗。

初二癸巳日(4 月 14 日) 晴。吴福茨方伯至自扬州,午前来拜,晤谈时许,云将入都销假,初六日即北上也。午后,往答拜,亦晤,遇武德卿于座。闻朱艾卿提学已莅止,不及往迓,遂往拜于小沧街公寓,未晤而还。

初三甲午日(4 月 15 日) 晴。午后,兆梧至自济宁,已将兖差辞却,另图大难,只好从事于机器实业矣。带到崧甫书,仍托询实收换照事,拟当为寓书袁保三一询可耳。

初四乙未日(4 月 16 日) 晴。接兆梓二月廿日安禀,欲改科中书为常博理评,冀因裁缺而得同知,恐不能办到也。

初五丙申日(4 月 17 日) 晴。午前,上院谒见中丞。午后,张鹤亭邀小集。绍侯、戍斋、序周同座,张子纯、吴仲平则与宴而不看牌。晚间局散,余赢钱六千。

初六丁酉日(4 月 18 日) 晴。朱艾卿学使来答拜,晤谈时许。别已六年,渠貌加丰且留须矣。坦夫事略为托及,嘱令往谒,当走柬坦夫告之。

初七戊戌日(4 月 19 日) 晴。午后,坦夫来晤,云谒艾卿得见,同谒人多,未能深谈,仍欲余随时进言,姑颔之。下午,绍侯来一晤。

初八己亥日(4 月 20 日) 晴。早间,复崧甫一书。午后,集吕戍斋处为陈耕吟、杨拙斋公祝,两君皆昨日诞辰,绍侯、鹤亭、伯臣皆同座。局散,输钱廿七缗。

初九庚子日(4 月 21 日) 晴。作书复孙崧甫,告以须寓书京都查明如何换照,如何补交捐项,再行函告,因即挥数行致袁保三焉。

初十辛丑日(4 月 22 日) 晴。午前,绍侯来一晤,即偕其至曾序周处小集。鹤亭、戊斋同叙。晚酌饮酒颇多,微觉醺然。局散,输钱六千。

十一壬寅日(4月23日)　晴。佩瑜走柬来告明日偕仲年、绍侯、绍庭与余五人作东道主宴客,席设佩瑜处,已走单邀客矣,嘱于未刻前往。

十二癸卯日(4月24日)　晴。午后,往拜潘仲年、杜宾谷、庄耀甫、田伯庸,惟晤仲年,余俱未遇。旋至佩瑜处偕作主人,所觞客四,则朱艾卿、何秋辇并耀甫、宾谷也。申刻入席,饮罢,诸君半散。余与绍侯、宾谷、佩瑜复手谈一局,余赢钱十六千而还。

十三甲辰日(4月25日)　晴。兆梧所购日本真崎制面机器已到,自青岛运至此间又须运费四十元。设肆开张需用尚多,乃向外间假得二百金,以备不时之需。

十四乙巳日(4月26日)　晴。午前,仲年来答拜,晤谈片刻。午后,观兆梧配装机器。自日本携有图样,按图逐一镶整,历数时之久,方告厥成。

十五丙午日(4月27日)　晴。作书致家欧荻侄,以银币卅元贻之,寄日本东京。又将会馆年捐十金并去岁特捐廿金交付值年收讫,皆出诸假款二百金之中,所谓挪东补西也。

十六丁未日(4月28日)　晴。早间,往吊何秋辇夫人。访丁培轩,晤谈。将孙宅托售鼻烟向求善价而沽,培轩愿买,嘱即送阅,因留两大瓶,议价百金。午后,访聂会东,未晤。至魏精卿处闲谈,适培轩、小虞、佩瑜在彼手谈,余见猎心喜,亦入座与斗。晚饭毕即去,赢银元三枚。

十七戊申日(4月29日)　晴。午刻忽阴,大雨一阵。陈耕吟、杨拙斋设女乐答宴,申刻往集。晚饭后,复至戊斋处手谈。夜散,输钱五千。

十八己酉日(4月30日)　晴。接子祥弟覆书,知其丧偶,前岁兆梧向其借用之八十元须设措归偿,只好仍于典息中取之。

十九庚戌日(5月1日) 晴。内子往拜方鹤人母夫人寿,余持束往祝,未亲临,闻其亦设女乐,颇热闹也。寓中土木仍未毕工,湫隘嚣尘,庭院几无举足处。

二十辛亥日(5月2日) 晴。访陈耕吟,谈良久。耕吟之子戬园大令宰莱芜,因乃翁生日来省称觞,小住数日,明日遂行矣。

二十一壬子日(5月3日) 晴。接坦夫手示,知其图差无期,因病先行回里,他日再来。甚矣!求人之难也。晚间,独坐无俚,饮酒三爵,微醉。夜来大雷雨。

二十二癸丑日(5月4日) 阴。朝暮雷雨不息,天气却甚热,颇似夏令气候。客冬少雪,今春亦无雨,今乃第一次大雨也。

二十三甲寅日(5月5日) 晴。巳刻,至会馆春团,与张毓蕖、曾叔吾、朱次帆同班祀神。入座后,刘燮臣、万香洲、陈耕吟始至,亦叙谈数语。午后,至戌斋处手谈,友山、鹤亭、序周同集。局散,余输钱贰千。

二十四乙卯日(5月6日) 晴。午后,复集戌斋处,仍系昨集诸君。日长无俚,惟此足以解忧,故乐之不疲。局散,又输钱壹缗。

二十五丙辰日(5月7日) 晴。节交立夏,循乡俗祀先。礼毕,饮馂余酒,甚酣畅。午后,接袁保三复书,言崧甫捐案核准,只须交免保银两便可换照,并无逾限之嫌,迟当作书告之。

二十六丁巳日(5月8日) 晴。是日为长女亡日,内子往兴隆庵为焚纸钱,盖距其殁已四周岁矣。日月易迈,尚迟入土,为之凄然。余终朝独坐斗室,益觉闷损耳。

二十七戊午日(5月9日) 阴。中丞自青岛公旋,同人均往迓,余亦一行。午后,出城至东关车站。风沙甚大。至站房小坐,与艾卿、绍侯、竹楼、绥五及王燕泉各晤谈。申刻,中丞莅止,陪坐片刻即散归。

二十八己未日(5月10日) 晴。接坦夫东昌信,当泐复数行,嘱其得有耗音再来,勿遽来徒糜旅费也。有笔工以笔求售,留用十枝,给值二缗而去。

二十九庚申日(5月11日) 晴。孙崧甫处续寄鼻烟、貂裘等件托为出售,乃以貂褂、貂皮朝衣送艾卿阅看。鼻烟好者居多,因告以竹楼、筱虞,嘱其来看。下午,筱虞来晤,价未议妥而去。

四　月

四月初一辛酉日(5月12日) 晴。午后,竹楼来访,未晤。适余往绍侯处手谈,同座为傅子余、俞复新。手气大坏,输至九十三缗之多。

初二壬戌日(5月13日) 晴。复以旧存翠玉带钩、沉香朝珠送艾卿阅看。下午,祁景沂来访,阅看鼻烟,看得素罐金花六小瓶,给价百八十金,以太廉却之。

初三癸亥日(5月14日) 晴。午后,访竹楼,带鼻烟一瓶与看,乃就中最好之六两素罐为议定价银六十金,竹楼留用,云将以贻杨公。余自竹楼处复至绍侯处手谈,仍是昨集诸君。局散,赢钱十四缗。

初四甲子日(5月15日) 晴。早间,竹楼来晤,又携去素罐金花各二小瓶,议定价银百七十金。又就中最次之金花两瓶售与绥五,得价四十金。午后,复至绍侯处小集。局散,赢七十三缗。

初五乙丑日(5月16日) 晴。早间,往谒见中丞。在官廨遇艾卿,谈及孙处貂褂等件及余之沉香朝珠均不合用,惟带钩给价百廿金,余意亦可售也。午前回寓。午后,起霞自诸城来晤。

初六丙寅日(5月17日) 晴。午后,绍侯来晤。祁景沂又来谈,携去鼻烟三瓶,与议定价银百金,于是孙宅托售之烟佳者全行售去,余欲自留一瓶且不可得矣。

初七丁卯日(5月18日) 晴。竹楼处交到烟价百四十五金,景沂处交到七十金,余则尚未交来,均由兆梧为之易钱邮寄济宁。此款乃伟如夫人所得,其子不得过问也。

初八戊辰日(5月19日) 晴,热甚。寓中土木工竣,拟将中西两厅大加裱糊,与裱工说定工价卅千。午后,挈儿孙新开杏村馆尝新,所制西餐甚劣,远不如宜宾馆,殊无趣味。复携兆梧至广济公司购定桌椅、灯钟、茶杯、痰盂诸物,约需百数十千,拟取偿带钩也。

初九己巳日(5月20日) 晴,热尤甚。接袁保三书,将兆梧监照、誊录照寄回,云都验讫,议叙案须五月间入告云。兆梧因面机内少切刀一具,购诸上海未来,急切不能开办。趁此再如济宁一行,将富孙携回,缘四媳候送乃翁安葬,须八月间才回也。

初十丙午①日(5月21日) 阴。早间大雨数阵。兆梧首途不果。午后,接兆梓禀,毕业实验取列十三,本可即归,因已入补修科,欲俟十月间补修毕业再归,可免去速成名目,不过迟归半年耳。

十一丁未日(5月22日) 晴。辰刻,兆梧登车如济宁。午刻,接欧荻覆书,收到卅元,照片尚未收到。欧荻亦以兆梓入补修科为得也。午后,至绍侯处小集。

十二戊申日(5月23日) 晴。午后,往答拜韩伯彭、朱仰田,均未晤。下午,刘燮臣邀小集。绍侯在座,余俱辞,临时复邀一何姓、一黄姓来。局散,余输四缗,主人独胜,赢六十余缗之多。

十三己酉日(5月24日) 晴。作书复袁保三,又为内子复王亲家夫人,并谕二媳一函寄高邮。午后,因中厅裱糊已毕,督仆悬挂字画、安设几榻,居然改观矣。

十四庚戌日(5月25日) 晴。午后,复将西厅镜屏逐处悬挂,因所购西式木器尚未送来,未及陈设完备。

十五辛亥日(5月26日) 晴。早间,因方伯至泰山进香,出城候送,假座高等学堂,同寅到者居多。已初各散,余复往拜祁景沂,晤谈刻许。遇荆绍棠太守于座,午初回寓。

---

① 纪日干支"丙午"应为"庚午"之误,直至本年九月初二日(1907年10月8日)皆误。

十六壬子日(**5 月 27 日**) 晴。上海商务印书馆开设分馆于济南,今日开市,在闽浙会馆演戏宴客,具柬来邀。因其管事人姚渔棠为宁波人,与有乡谊,遂往一贺,乃熟人到者甚少,惟与陈公穆、项幼轩、郑梦臣同座,席散即还。

十七癸丑日(**5 月 28 日**) 晴。将西厅铺设齐备,拟明日邀客小集,昨已面约幼轩、梦臣,复添请燮臣、戌斋两君,均分别豫订矣。

十八甲寅日(**5 月 29 日**) 晴。戌斋、燮臣、幼轩、梦臣先后俱到,乃入集捣战。昨夕风雨交作,今日颇凉爽。夜半乃散,赢钱叁缗。

十九乙卯日(**5 月 30 日**) 晴。有即用知县周君安康自日本法政毕业归,来访兆梧。周字乐斋,与梓、梧皆同学也。兆梧外出,未与晤,迟日余当访之。

二十丙辰日(**5 月 31 日**) 晴。邀燮臣、绍侯、戌斋、梦臣、子余诸君来寓小集。天气颇热,穿两纱衫尚觉挥汗。晚饭设座庭院。夜半局散,余赢钱卅缗。

二十一丁巳日(**6 月 1 日**) 晴。是日为先公忌辰,敬谨享祀。接兆梓禀,决计在日京留习补修科,十月毕业再整归装。

二十二戊午日(**6 月 2 日**) 晴。绍侯邀小集,同席为傅子余、郑梦臣、张子纯诸君。局散,输钱三缗。

二十三己未日(**6 月 3 日**) 晴。午后,访方鹤人、郭介丈、陈耕吟诸公,均晤谈良久。访朱梓桢,未晤。傍晚归,作书谕兆梓,寄日京。

二十四庚申日(**6 月 4 日**) 晴。郝仲仪邀小集。李芝轩、蒋友山、吕戌斋同座。绍侯因事未到。晚间局散,输京蚨九缗。

二十五辛酉日(**6 月 5 日**) 晴。久不接兆樨侄女书,甚念之,因挥数行敄之,并将宫妪工资五个月寄去,亦爱屋及乌之意也。

二十六壬戌日(**6 月 6 日**) 晴。早间,拟作五十抒怀诗,甫成一首,绍侯折柬来招。午后往聚,叔吾、燮臣及沈芳衢诸君同集。局散,输钱贰缗。

二十七癸亥日(**6 月 7 日**) 晴。在寓作前诗,成七律九章,尚待推敲也。下午,作书谕兆梧,并复崧甫昆仲一书,均邮寄济宁。

二十八甲子日(6月8日) 晴。绍侯因友人馈石首鱼,复约往叙。座惟仲仪、子纯,四人之局。晚间局散,余赢钱十六缗。

二十九乙丑日(6月9日) 晴。接兆梓禀,颇思暑假归省,秋初再往,书来请命。余以徒劳跋涉止勿令来,迟当作书谕之。午后,仲仪邀小集,绍侯同座。局散,输钱十五缗。

三十丙寅日(6月10日) 晴。午后,绍侯便衣来谈。适余诗脱稿,得九首,因出示一观。旋偕至沈芳衢处小集,燮臣、叔吾亦在座。局散,赢钱四十缗。

五 月

五月初一丁卯日(6月11日) 晴。刘燮臣邀小集,绍侯、梦臣同集。燮臣之子荔孙亦至自兖州,因乃翁明日寿辰也。局散,输钱十五缗。

初二戊辰日(6月12日) 晴。早间,绥五来,晤谈时许。旋往张公祠拜燮臣寿,即在彼手谈永日。局散,输钱四十八缗,曾、沈两人赢去。

初三己巳日(6月13日) 晴。同人为燮臣公祝,梦臣承办,设席历下亭。午后前往,仍作手谈之局。晚间散归,输钱十缗。

初四庚午日(6月14日) 晴。绍侯邀手谈,梦臣、荔孙在座。燮老因事未至。有官药局管事沈君同集,绍侯呼为沈五哥,其名号则余忘之矣。局散,余赢钱十七千文。

初五辛未日(6月15日) 晴。早间,李吉珊过谈良久,因出诗稿与阅。渠为斟酌数字,较绍侯在行多矣。是日,因天热未上院,闻同人到者颇多。

初六壬申日(6月16日) 晴。早间,接兆榉侄女安报,知宫姬已不欢而散矣。午后,戍斋邀小集。绍侯、子纯、鹤亭同座。局散,又输十缗。

初七癸酉日(6月17日)　晴。接起霞来函,尚述及更换巡官事现暂搁起,随后机遇留意。午后,朱仲洪至自曹州,过谈时许。

初八甲戌日(6月18日)　晴。作书谕兆梓,仍寄日本法政大学。午后,将所作诗又另录一通,仍须推敲尽善方能付印也。

初九乙亥日(6月19日)　晴。午后,访仲洪、吉珊,均未晤。访绥五,谈时许。王鹿泉、何颂臣招小集。申初,方入座,绍侯、芳衢、燮臣同集。局散,赢四十六缗。

初十丙子日(6月20日)　晴。天气甚热。阅邸抄,瞿子玖揆协被恽薇孙奏劾,已派大臣查办,乃不待查覆即被开缺回籍之旨,仍令鹿滋轩尚书入枢廷矣。

十一丁丑日(6月21日)　晴。兆梧携重富至自济宁,午刻抵寓。下午,刘燮臣招小集。绍侯、颂臣、少峨均在座。天气甚热。局散,余赢钱五十千。

十二戊寅日(6月22日)　晴。兆梧携来孙宅寄售鼻烟十余瓶,大半不佳,不若前次之佳多于劣也。日来天气甚热,终日挥汗不已。

十三己卯日(6月23日)　晴。阅邸抄,夑相五次乞休,蒙予告,并给驰驿回籍,可谓恩礼始终,惜稚夑先亡,为美中不足耳。

十四庚辰日(6月24日)　晴。偕内子挈兆梧、汇川、有豸、有绯作明湖之游。辰刻,至施家马头登舟,先游历下亭,憩坐时许。午刻,饭于张公祠。天气甚热,憩息良久。申刻,复至李公祠、铁公祠,各少坐。夕阳西下,乃泛舟归,仍在施家马头登陆而归。

十五辛巳日(6月25日)　晴。午后,至绍侯处小集。仲洪、荔孙、子纯同叙,尚有芳衢、燮臣未至,故只五人。局散,余输钱六千。

十六壬午日(6月26日)　天气亢旱,炎热殊甚。府县已设坛求雨,连日风多无云,仍无雨意,余因畏热,懒散异常,诸事都废弛矣。

十七癸未日(6月27日)　晴。燮臣邀小集。未刻前往,时他客未至,先以诗稿质诸燮臣,燮老甚为推许。无何绍侯至,又有滋阳令叶继湘同集。傍晚,继湘去而梦臣来。晚间局散,余赢钱六十一缗。

十八甲申日(**6 月 28 日**)　晴。终日热甚，未出门。傍晚，李吉珊便衣步行来访，谈良久。吉珊述及需次无聊，拟即归田。渠家河内，有田有舍，及此倦还，时乎时乎！余深赞之而甚羡之。

十九乙酉日(**6 月 29 日**)　晴。闻隔壁余易斋昨日病殁。易斋游东洋、西洋十余次，晚始以道员需次山东，迄无所遇，年七十三，贫困以终，亦可悯矣。晚间雨，天气转凉。

二十丙戌日(**6 月 30 日**)　晴。午后，往奠余易斋。即至梦臣处小集，燮臣、绍侯、芳衢同座。席散，余输钱十缗。晨间，陈耕吟来晤，云新购得鼻烟价廉而味美，索烟壶，为装一壶以见饷。试之，诚极佳，据云八两之瓶以五缗钱得之，真廉极矣。

二十一丁亥日(**7 月 1 日**)　晴。午后，天气甚凉爽。因德国有教育用品陈列高等学堂，请人往观，遂于申刻前往，纵观一过。有德人娄某讲说，江云章以华语传译。大概图画为多，几如山阴道上应接不暇，更无从记忆也。归途至工艺、教养两局一观，傍晚乃还。

二十二戊子日(**7 月 2 日**)　晴。接子祥弟信，云及舟弟已于四月间自鄂携眷旋里，暂不出山矣。傅先生至自高密，照常开课。

二十三己丑日(**7 月 3 日**)　晴。闻洪兰楣于日昨作古，久闻其病，方欲往视，不谓其遂亡也。前两日凉爽，今日又稍热矣。

二十四庚寅日(**7 月 4 日**)　晴。天气仍热，欲出门未果，取《庸闲斋笔记》阅看，乃卅年前在里门所购阅者，已不啻百回读矣。

二十五辛卯日(**7 月 5 日**)　晴。天气亢旱，府县皆求雨不应，闻中丞将躬自祈祷矣。午后，作书寄兆樨侄女，邮递京师。

二十六壬辰日(**7 月 6 日**)　阴。微雨一阵，凉风陡起，溽暑顿消，惜雨太小耳。午后，作书复顾翰仙之妻，因其嫁女，赠以京蚨廿缗，邮寄济宁。

二十七癸巳日(**7 月 7 日**)　晴。天气清凉。下午，访刘燮臣桥梓，适绍侯、梦臣齐至，遂留小集。晚食西餐。局散，余输钱卅四缗。

二十八甲午日(**7 月 8 日**)　晴。偕内子携儿孙游铁公祠，在彼永日。适陈公穆在彼宴客,请余让用北厅,遂令妇孺先归。公穆邀余入宴,同席为艾卿、鹤人及宋进之、法小山、萧瀚香、马樾庵,皆乡绅也。初更散归。

二十九乙未日(7月9日)　晴。阅邸抄,皖抚恩新甫中丞为道员徐锡麟所戕杀,洵属奇闻。午后,邀燮臣、绍侯、戌斋、梦臣小集寓斋。局散,余输钱卅八缗。

六　月

六月初一丙申日(7月10日)　晴。天气又热。午后,复约同人来聚,仍系昨集诸君。晚饭后,燮臣因受热先归,令子荔孙代之。夜阑局散,余输钱十八缗。

初二丁酉日(7月11日)　晴。午后,萧绍庭来,晤谈。阅看鼻烟,携去四瓶。又有王祝轩之子来看,指定二瓶,未携去。阅邸抄,吴福茨放皖藩,因回避祖籍,与闽藩连仲甫对调云。

初三戊戌日(7月12日)　晴。早间,祁景沂来晤。携鼻烟四瓶去,云明日定局。午后,至竹楼处贺喜。至仲仪处小集,绍侯、戌斋、鹤亭同叙。天气太热,终日挥汗不已。局散,赢钱四缗。

初四己亥日(7月13日)　晴。早间,乐警愚、冯果卿先后来晤。午后,祁景沂将鼻烟四瓶送回,以味逊价昂作罢论矣。晚间得雨,惜仍未透,然天气颇凉爽云。

初五庚子日(7月14日)　晴。早间,竹楼过谈,余以诗稿示之,渠为酌改一二字。绍庭送回鼻烟二瓶,留用二瓶,照原价送来五十金,颇称得价。午后,作书复子祥。又致王茂育一书,嘱其拨付子祥英洋八十六元,八十乃还兆梧所借,六元则以子祥丧偶送其奠仪也。

初六辛丑日(7月15日)　晴。午后,答拜冯果卿,未晤。至丁佩瑜处公宴曾叔吾、朱仲洪两君,同作东者为吴绍侯、徐友梅、杜宾谷、韩伯彭、沈芳衢,成手谈两局。二更散归,余输钱一缗。

初七壬寅日(7月16日)　晴。中丞派员至劳山请得铁牌,于今日设坛祈雨。天气亢热,晚间微凉,似有雨意,而仍未沛然。

初八癸卯日(**7 月 17 日**) 晴。早间,龚镜人来辞别,云已分派兖郡当差,即日出省矣。午前,绍侯来晤。前闻兰楣凶耗不确,盖因其年老久病遂有此讹传耳。

初九甲辰日(**7 月 18 日**) 晴。绍侯邀小集。午前来约,午后往叙。座有沈芳衢、刘荔孙、傅子余。夜间散局,输钱六十缗。

初十乙巳日(**7 月 19 日**) 晴。曾叔吾招集皖江公所,绍侯、芳衢、燮臣同座。天气凉爽。夜半方散,余又输钱卅缗。日间,往石印报馆将诗稿交其写印,订成册本,约旬日后可印出矣。

十一丙午日(**7 月 20 日**) 晴。芳衢约小集。绍侯来寓,偕往。座有燮臣、叔吾诸君。局散,赢钱拾缗。

十二丁未日(**7 月 21 日**) 晴。有新到即用知县夏君之霖来见,询知乃嘉善人,同乡也,以癸卯进士、工部主事改归即用班者。

十三戊申日(**7 月 22 日**) 晴。刘燮臣招小集。同座为绍侯、叔吾、芳衢诸人。天热,设座庭院。夜半乃散,余输钱卅三千。

十四己酉日(**7 月 23 日**) 晴。当事设坛求雨未降,今日更求,闻循俗例闭南门启北门便可得雨,盖北门乃水门,启之则水通,特取此意耳。

十五庚戌日(**7 月 24 日**) 晴。阅邸抄,南皮张制军得协揆甫逾月即大拜,盖协揆乃瞿子玖遗席,继则首揆鹿公致仕,故张得真拜也。午后,绍侯邀小集。局散,输钱十五缗。

十六辛亥日(**7 月 25 日**) 晴。阅官报,鹿相已于日前回里,从此绿野平泉悠游,晚景可称完福,惜稚鹿先亡耳。午后,傅子余来谈。

十七壬子日(**7 月 26 日**) 晴。曾叔吾招集寓斋。午后,燮臣来访,拉与偕往。绍侯、芳衢均同聚。天气太热,终日挥汗不已。局散,输钱五十九缗。

十八癸丑日(**7 月 27 日**) 晴。阅邸抄,寿州继仁和为首揆,次三则世、那两满相,南皮居第四矣。又朱艾卿奉派充京师大学堂总监督,此间提学使又将另简他人云。

十九甲寅日(7月28日)　阴。傍晚,甘霖沛降,彻夜未息,得此真乃喜雨。官民交庆,人心胥定矣。丁佩瑜以小玉壶索鼻烟,为装满界之。

二十乙卯日(7月29日)　阴。日间,阵雨多次。绍侯邀小集。午后,冒雨前去。沈锡五、傅子余、刘荔孙同局。晚间散归,得赢四十九缗。

二十一丙辰日(7月30日)　晴。绍侯邀续集。夔臣乔梓、叔吾、芳衢均在座。下午,佩瑜亦来,颇嫌人多矣。晚间,曾、丁先去,我等仍于子刻方散。余赢钱十五缗。

二十二丁巳日(7月31日)　阴。午后,蒋哲生之子鸿志来见,嘱为说项于杜宾谷,姑诺之。下午,至夔臣处小叙。叔吾、芳衢在座,绍侯未到。局散,余又输卅七缗,良可恨也。

二十三戊午日(8月1日)　晴。早前,郑梦臣便衣来晤。午后,夔臣复邀续集。叔吾同叙,尚有丁、郭、曹三君,皆在籍绅士,其名号则余忘之矣。局散,余输六十缗,真不得了。

二十四己未日(8月2日)　晴。印书馆所印诗稿仍未写就送阅,因作字往促之,据云明日送来,姑再候一二日可也。

二十五庚申日(8月3日)　晴。闻张景山捧檄署兖州府篆,迟日当往贺之。景山年三十余,少年老成,有用才也。其尊人文伯观察与四弟交好,故于余执礼弥恭云。

二十六辛酉日(8月4日)　晴。久不得兆梓安禀,因作数行谕之,寄日本东京,并以余诗稿寄与阅看。渠所要笔则尚未购寄。

二十七壬戌日(8月5日)　晴。早间,蒋哲生来晤,嘱为其子鸿惠求婚于刘氏,即夔臣之幼女。曩与夔臣谈及,亦颇属意,今蒋既见托,当为之合二姓之好也。

二十八癸亥日(8月6日)　晴。早间,刘夔臣来晤,与谈及蒋郎求婚事,两家均愿结好。午后,余往晤哲生,将其儿子年造开送刘氏。

复往拜朱艾卿,晤谈时许。艾卿不日交卸,提学已委方鹤人代理矣。

二十九甲子日(8月7日) 晴。接兆梓来禀,以请留长期官费至今未奉批准,资用告罄,书来告急,一面自禀东抚催询。乃勉筹五十元,交德华银行汇与之。午后,往贺鹤人,得晤谈,询其初四方接印也。

三十乙丑日(8月8日) 晴。早间,鹤人来拜,亦晤。午后,哲生将其子迪夫小像照片亲自交来,乃为送交燮臣阅看。燮臣甚喜,相与闲谈良久,因偕至锦屏春吃西餐,饱啖而散。

七 月

七月初一丙寅日(8月9日) 晴。鹤人来答拜,晤谈。因以朝服假其应用,并嘱其俟卸任时再还可也。

初二丁卯日(8月10日) 晴。又接兆梓禀,并有致兆梧数纸,云笔枝用罄,乃为购数枝寄去。

初三戊辰日(8月11日) 晴。石印诗稿至今未成,屡往催索辄推宕时日,今约初六日送来,未知能不爽期否。日来天气仍复极热。

初四己巳日(8月12日) 晴。张余亭至自济宁来晤,别已数年,与畅谈良久。余亭因优级师范学堂招生由州送省应试,但愿其录取也。

初五庚午日(8月13日) 晴。有顾溱者,郭伯韶之婿也,投刺求见,因与晤谈片刻。谈次欲为说项图南运差,因以不敏谢之。

初六辛未日(8月14日) 晴。接子祥弟复书,云还款八十元已收到,舟弟处亦平安,惟仍懒于笔墨,竟无片纸相寄,奈何!

初七壬申日(8月15日) 晴。天气仍热,无聊之极。戌斋近在对门,乃作柬致之,思为竹林之叙。戌斋以谈友均在省外未归,无可邀集为辞,遂不果。

初八癸酉日(8月16日) 晴。绍侯邀小集。燮臣乔梓、子纯、仲仪均同集。久未竹叙,聊破寂寞。局散,赢钱贰千,归寓已闻子炮矣。

初九甲戌日(8月17日) 晴。接孟延夫妇初五日来书,云及沈絜斋起病赴补,已于五月间至京。相见数次,精神意兴甚佳,宜其年届欧苏重复出山也。

初十乙亥日(8月18日) 晴。早间,荔孙来晤,将乃妹年造交来。午后出门,即为送至蒋氏,晤哲生,亲自面交。下午,至历下亭,燮臣招饮。同席遇王季樵、宫詹锡,蕃黄县乡绅,谈次知乃劳玉初门人也。是集亦有手谈,余赢钱十五千文。

十一丙子日(8月19日) 晴。诗稿昨甫印就送来,印错三字,只可令其挖补。因开单饬人分送,凡相识者均送与一本焉。

十二丁丑日(8月20日) 晴。早间,往拜王季樵、方鹤人、蒋哲生,均未晤。拜濮青士,晤谈时许。旋至刘燮臣处,偕其桥梓并沈芳衢公饯朱艾卿于李家花园。陪客为徐友梅、丁佩瑜、吴绍侯、萧筱畬、吴竹楼、祁景沂、冯果卿诸君。初更时散归。

十三戊寅日(8月21日) 晴。早间,方鹤人来晤,云已面禀中丞,欲令兆梓回东办事,勿留长期。因即作书谕之,俾得预备整装,一俟电调,即可内渡也。

十四己卯日(8月22日) 晴。绍侯邀小集,适哲生来言与燮臣处联姻已择定月之廿七日缔盟,因即访燮臣告知,并偕其同往绍侯处聚谈,因彼亦是座中人也。晚间散归,输钱三缗。

十五庚辰日(8月23日) 晴。午刻,祀先。午后,内子至兴隆庵为三亡女烧纸。余兀坐无俚,乃摊笺作书致孟延侄倩、慧馨侄女,将诗稿寄去。又致絜斋、仲簏各一书,封一总封,托艾卿顺带京师。

十六辛巳日(8月24日) 晴。午后,出门拜王季樵,得晤谈,遇仲洪于座。复往送艾卿行,亦晤谈。鹤人在座,为兆梓事嘱其速发信电与日使,鹤人唯唯而别,余亦遂还。

十七壬午日(8月25日) 晴。偕仲洪、伯彭、伯臣四人为绍侯公祝,假座明湖汇泉寺,并看竹为乐,作竟日之叙。夜半散归,余又输卅五缗。

十八癸未日(**8 月 26 日**)　晴。午后,濮青士便衣过谈,欲与偕访陈耕吟,探知耕吟外出,遂不果。

十九甲申日(**8 月 27 日**)　晴。早间,至西关迎宾馆送艾卿学使入都,中丞司道外,凡与有交者咸至。候至午正,渠方登程,入茶座话别,少坐即行,吾辈亦遂各散。午后,沈芳衢过谈。

二十乙酉日(**8 月 28 日**)　晴。午后,往拜绍侯寿,答拜张弼予、沈芳衢,均未晤。访梓桢,亦不遇,遂归。

二十一丙戌日(**8 月 29 日**)　晴。午后,食蟹。闻奎珠泉捧檄署寿张县,因作七律一首贺之。词曰:"吏术诗才迥不同,循良到处颂文翁。已看旧治棠留荫,行见猷新草偃风。拯溺记曾期共济,论交何幸挹谦冲。凭君大展垂纶手,好策间阎富教功。"

二十二丁亥日(**8 月 30 日**)　晴。兆梧于清晨携重富复往济宁,因其外舅卜葬有期,故往襄事。接兆梓初八日来禀,已接阅余诗稿矣。午后,至张鹤琴处小集。张子纯、韦古渔、李仲明同叙。李名丰元,曩官东昌卫守备,余判东昌时曾与相识,今其子来作县令,就养来此。局散,余赢钱五缗。

二十三戊子日(**8 月 31 日**)　晴。午后,梓桢过谈时许。下午,燮臣来访,因刘府所请女妁刘温如处蒋府具柬错误,特来相告,乃约哲生来晤,嘱其速行更正。哲生唯诺而去。

二十四己丑日(**9 月 1 日**)　晴。午后,哲生又来一晤。下午,曾子仪大令重衡来见。曾乃志庵太守之侄,春间曾与兆梧共事兖州者也。

二十五庚寅日(**9 月 2 日**)　晴。傅子余假座绍侯寓斋招同人雅集,叔吾及燮臣桥梓、子纯均同集。夜半局散,余输钱百十有四缗。

二十六辛卯日(**9 月 3 日**)　晴。张弼予观察以充守升陕监,闽浙同乡设彩觞于会馆公钱之。午后前往,楚卿、毓蕖、次帆、叔吾、友梅、芳衢均到。筵席为毓蕖之庖人所办,甚丰美。司道派分资十缗,余当即照数交付。二更后方散归。

二十七壬辰日(**9月4日**)　晨阴午晴。辰刻,冒雨出门,至蒋、刘两家作冰人,刘温如为副。两家柬帖皆余代书。早宴于刘,午宴于蒋。晚间,复至刘处手谈,赢钱九缗而归。

二十八癸巳日(**9月5日**)　晴。昨闻吴竹楼升永定河道,曾往贺之,未晤面。今晨,竹楼来拜,晤谈片刻。刘荔孙、蒋哲生先后来谢,均晤。午后,李吉珊便衣过谈,云杨中丞署直督,吴赞臣方伯署东抚,顷得电旨,有往贺者,乃令人往挂一号焉。

二十九甲午日(**9月6日**)　晴。阅邸抄,张香涛相国、袁慰亭制军均召为军机大臣。张为物望所推,袁则非所敢知也。午前,刘温如过谈,携鼻烟一瓶以去,言定价银四十金,节后付价。

三十乙未日(**9月7日**)　晴。接兆梧禀,廿五日安抵济宁,须节后方回省也。有李淦者,以画扇一柄来求资助,乃以三千文赠之。

八　月

八月初一丙申日(**9月8日**)　晴。本欲往谒杨抚,适传止院乃已。下午,项幼轩来谈良久。

初二丁酉日(**9月9日**)　晴。阅院抄,同人今日又有十数辈往见杨者,闻已委定黄冰臣署藩,沈楚卿署臬藩,仲年署道篆。

初三戊戌日(**9月10日**)　晴。早间,往谒杨抚,候至午初方得见。闻渠所用要人随其北去者甚多,所遗差事则均分与所亲,外人不能得也。晚间,访竹楼一谈。

初四己亥日(**9月11日**)　晴。闻杨抚初六即行,连日各官彩觞公饯,吾辈排在翌日,只得一往酬酢,真乃无谓之周旋也。

初五庚子日(**9月12日**)　晴。午后,许尺衡来,晤谈。因偕其至题壁堂公饯杨抚,同人到者甚多。余与杨静轩、朱梓桢、汪瑶庭、吴绍侯同席。傍晚散归。

初六辛丑日(**9月13日**)　晴。清晨,出西关至邮亭候送杨抚,同班至此者自现任司道外惟余与严耕云、袁啸珊、庄耀甫四人,余皆远送，或至匡山，或至齐河，皆曾受其恩知者也。余俟其抵邮亭一见，送其登舆即散归。

初七壬寅日(9月14日)　晴。署抚吴赞臣方伯午刻接印，因至院署谒贺，并至黄、沈、潘三处各投一刺道贺。午后，绍侯来晤，偕至燮臣处手谈。散局，无输赢。

初八癸卯日(9月15日)　晴。昨吴署抚未见客，同人有言今日须再谒者，余不往，迟日再见抑何妨耶？

初九甲辰日(9月16日)　阴。许尺衡邀晚酌，吴绍侯邀手谈。午后，先赴吴约。傍晚，冒雨赴许约。饭毕，复至吴处续谈。局散，赢钱十一缗。

初十乙巳日(9月17日)　阴。辰刻，冒雨往谒吴署抚，候至午初方获见。午正归寓。午后，燮臣乔梓假座何颂臣寓斋，邀同人小集。自未刻往，叙至酉刻，余赢钱七十二缗。因袁啸珊复招集皖江公所，遂赴袁处晚饭。亥初散归，接兆梓禀，云拟本月初五乘博爱丸轮船内渡。

十一甲辰日(9月18日)　晴。袁啸珊见和余述怀诗九章，均依元韵，惜诗不甚佳耳。午后，绍侯招集寓斋，曾、刘、张同局。比散，余又输钱十缗。

十二乙巳日(9月19日)　晴。张祖辉太守毓琮招小集，仍借座颂臣寓斋。午后，至荔孙处，拉其偕往。燮臣、绍侯、叔吾皆同集。晚散，余赢钱六十八缗。刘顺至自济宁，带到兆梧禀，又崧甫书。

十三丙午日(9月20日)　晴。昨叙散局时，因荔孙将之兖州，将迭次账目清结，余应偿燮臣京蚨四缗，遂于今晨送与之，以清积欠。

十四丁未日(9月21日)　晴。接兆梓朔日来禀，云改期初七日返棹，计期当已抵沪，而尚无电报至，抑又改迟行期耶？

十五戊申日(9月22日)　晴。秋节，未上院，遣人挂号而已。谕兆梧一函，邮寄任城。接王章甫书，云拟十月间送妹来此。

十六己酉日(9月23日)　晴。兆梓抵沪电报不至，未知初七日曾否动身,殊以为念。吕戌斋八月廿二日六旬正寿,其子送柬帖来,当有以为祝也。

十七庚戌日(9月24日)　晴。新到省试用知县秦君其墉来见,与晤谈片刻。秦字仲鸿,盱眙人,乃从侄女归秦氏者之夫兄也。

十八辛亥日(9月25日)　晴。接孙崧甫书,云月之廿五日为乃翁安葬,寄来启期三分,嘱为分送崔子万、方鹤人,其一则致余者。

十九壬子日(9月26日)　晴。午前,往谒吴署抚,遇曾叔吾于官厅,值其将出门,未见。午后,至绍侯处手谈。张子纯、康聚五同集。局散,赢钱十缗。

二十癸丑日(9月27日)　晴。接王茂育汇到典息余款九十二两零,偏由大德恒汇来,致将前欠十金扣去余八十二金矣。

二十一甲寅日(9月28日)　晴。作书答崧甫,又谕兆梧一纸,均邮寄济宁。迟兆梓沪电不止,殆初七日犹未自日京首途耶?

二十二乙卯日(9月29日)　晴。午后,至浙闽会馆拜吕戌斋寿。座有梨园,吾侪不看戏而看竹,偕子纯、燮臣、戌斋四人手谈。局散,输钱十五缗。

二十三丙辰日(9月30日)　晴。闲座无俚,检书箧,取阅十余年前友人书札杂件披阅,颇觉旧事如昨。又见旧作赠友人诗稿数纸,皆雪泥鸿爪也。

二十四丁巳日(10月1日)　晴。架上残书无多,欲有所披寻,乃取梅郎中诗文集重加流览,聊破岑寂,盖是书亦阅过数次矣。

二十五戊午日(10月2日)　晴。午后,出门先访日者中和居士占六爻,课问兆梓行程,据云九月初七可到。又访梓桢,晤谈,告余上届河防保案莲帅已于初五日具奏为余请加二品衔矣。下午,何颂臣为竹楼饯行,邀往同集手谈。绍侯、燮臣、芳衢均在座。局散,输钱卅缗。

二十六己未日(10月3日)　晴。午前,高小崧星朗来见,曩日转运局旧委员也,别七八年,与晤良久而去。下午,邀手谈,绍侯、芳衢、颂臣均在座。局散，输十七缗。

二十七庚申日（10月4日） 晴。是日为兆梓三十初度，不知其行抵何处过生日也。下午，潘笃南来，晤谈。渠亦与余同案保二品衔者。近日保案部费已化私为公，明定数目，与商及此焉。

二十八辛酉日（10月5日） 晴。连日天气热甚。午前，作书致赞斋亲家及其子章甫，各寄以诗册一本。午后，蒋哲生来晤，嘱向其新亲刘府索衣服尺寸单。

二十九壬戌日（10月6日） 晴。天气陡凉。午后，有蒋君怡章来见，乃梓、梧两儿日本同学政法警察毕业者，四月即内渡回苏州本籍，耽延故至今才到。兆梓尚有托伊购带之西洋参，迟日当送来也。

九 月

九月初一癸亥日（10月7日） 晴。晨起，谒见中丞吴公，同见者现任司道而外凡十二人。已刻散出，访刘燮臣，未晤，遂归。在官厅遇伯彭，与商一事，渠允为相机力图。遇宾谷，询其母夫人病已渐愈矣。

初二甲子日（10月8日） 晴。午后，出门访燮臣，晤谈。因偕其赴绍庭、绍侯之招，两君公钱竹楼，余等作陪，仍是手谈之局。散归，计输钱卅九缗。

初三辛卯日（10月9日） 晴。新调首府番禺张汉三太守学华今日接篆，竹楼交卸。闻其初八日北上，乃约燮臣、叔吾、芳衢与余四公设席公钱，拟借座何颂臣寓斋，由芳衢承办。

初四壬辰日（10月10日） 晴。午后出门，先访绥五于按察司街，晤谈良久。渠新移居，屋甚佳。申初，至何颂臣寓斋宴客。竹楼而外，又邀绍侯、绍庭、志霄、精卿作陪，仍作竹聚。亥末散归，余输七十六缗。

初五癸巳日（10月11日） 晴。知县叶君志鸿来见，亦与两儿同学，归自日本者也。高小崧来告别，仍回张秋，索及余自寿诗，与以一册,并以一册令寄宋峙鲁,亦张秋人也。

初六甲午日(10月12日)　晴。接孟延、慧馨书,并寄寿礼多件,孟延尚拟作寿文续寄。午后,至曾序周处手谈。吕戍斋、高履卿同叙。局散,输钱八缗。

初七乙未日(10月13日)　晴。午后,出门送竹楼行,未晤。旋至皖江公所偕司道各同寅公钱竹楼,陪客为青州副都统文瑞君、绅乡王季樵、少詹、王次篯修撰。傍晚散归。

初八丙申日(10月14日)　晴。早间,往府署送竹楼登程,立谈数语而别。旋更便衣至后宰门访潍县张姓问卜,卜得兆梓须十月间才回。又问何日得信,断以本月望前见信。其法以两竿,双手平托,视两竿梢之开合为断,问甚应验,故试之。午前回寓。

初九丁酉日(10月15日)　晴。早间,至鹊华桥乘舟游李公祠,登楼眺览,以应登之景。旋至汇泉寺拜奠方鼎卿。方名臻峻,昨在扬州病故,鹤人之胞伯也。自汇泉寺舍舟登陆,回寓。午后,集序周处手谈。散归,输钱壹缗。

初十戊戌日(10月16日)　晴。陈梅荪邀集寓斋。未刻前往,燮臣、叔吾在座,得成手谈之局。晚食西餐。饭毕,仍续前稿。局散,赢钱卅九缗。

十一己亥日(10月17日)　晴。早间,得兆梓禀,竹课验矣。兆梓于八月初十已由日京登轮,乃得鹤人致使馆书,仍云令其补修科毕业回东,并无调归之语,屈计补修已近考验,只得仍折回日京。劳民伤财,又患病旬日,皆为鹤人所误,鹤人殊属荒谬可恨,幸此时病已大愈。其久无信来者,盖有如许周折也。午前,往贺刘温如娶媳,少坐即归。午后,作书谕兆梓,即日邮寄。

十二庚子日(10月18日)　晴。李太守豫同来见,即昨在梅荪处同席者。吴人而作汴语,询知乃昔年河南知县李矞霄之子。余曩在汴与矞霄固曾识面也。

十三辛丑日(10月19日)　阴。早间微雨。午前,潘笋南过谈片刻,云院署向索履历,殆因保案须造册送部者,余处已早经开送矣。

十四壬寅日(10月20日) 阴。微雨数次。闻首府县今日正设坛祷雨,得此抑何凑巧,可谓有求必应矣。

十五癸卯日(10月21日) 阴。早间,出门答拜李豫同、徐仲谟,均未晤。仲谟自归德来,明日即行矣。夜间又雨。

十六甲辰日(10月22日) 阴。午前尚雨,午后晴。内子生辰,儿媳均未归,颇嫌岑寂,因于未刻往游明湖。先至皖江公所,流连久之。复乘舟游汇泉寺、历下亭,至鹊华桥登陆而归。尚欲观西洋影戏于明湖居,因女座已先有人定去,遂不果往。湖中秋高气爽,斯游亦足一豁胸襟矣。

九月十七日乙巳日(10月23日) 晴。午后,出门谢客。自西北城至南关循绕一匝,无息足处。最后至沈芳衢、袁筱珊两处乃得晤面,各久谈,傍晚归。

十八丙午日(10月24日) 晴。节届霜清,河局庆贺安澜,中丞诣河神庙祀谢,余于辰刻亦随班行礼。午后,复往宴集听戏。中丞以次,到者居多,初更散归。

十九丁未日(10月25日) 晴。河防局仍演戏一日,中丞行答宴礼,余亦在宾列,未刻前往。上宾为衍圣公孔燕庭,到最迟,直至酉初方入座。孔公少坐即散,吴抚即随之而去,不复陪我等次宾矣。署藩黄冰臣颇善饮,同席皆不饮者,惟余与对酌十数觥。二鼓方散归。

二十戊申日(10月26日) 晴。午后,爕臣来晤,交到衣服尺寸单,嘱转送蒋府。下午,赵聪甫大令炯来谈良久。聪甫福州人,精姑布术,相余可至藩司,姑听之而已。赵复出其小像三友图嘱题。

二十一己酉日(10月27日) 晴。午后,出门拜孔燕庭上公、钱履樛太守绥檠,均未晤。孔乃孟筵之妹倩,钱乃甘卿之胞侄也。下午,绍侯招手谈,苏玉平在座。局散,输钱五缗。

二十二庚戌日(10月28日) 晴。巳刻,至会馆秋团。毓藻、友梅、叔吾、仲杞均同席,爕臣、芳衢后至。午后,诸公各散。爕臣欲作竹叙,因邀戍斋至,遂得成局,余又负廿五缗。晚间,在会馆吃饭。饭毕,戍斋邀至明湖居看影戏,甚佳。三更后方归。

　　二十三辛亥日(10 月 29 日)　晴。接絜斋复书,自武昌发。盖其此番之出乃赵次珊制军所招,赵移湖督,仍拉往相助也。接赞斋复书,知二媳病犹未愈,十月间北来未能遽定。午后,哲生来晤,因将刘小姐衣服尺寸单交与之。丁佩瑜处索逋甚急,乃将银匕箸全付售去,得百金,又另借张姓三百缗,凑成二百五十元,始获清偿,所谓挪东补西也。

　　二十四壬子日(10 月 30 日)　晴。孔燕庭邀小叙,设座华家井寓中。其屋舍甚宏敞新洁,其宅闻系朱养田别墅也。同集为燮臣、叔吾及余,与主人手谈。其他王燕泉、蒋哲生、文健臣则仅饮啖而已。局散,余赢七十六缗。

　　二十五癸丑日(10 月 31 日)　晴。午后,刘道三送来步余元韵诗九首,暇瑜不掩,诗无足观,意则可感,因往访之,得晤谈,并出其所著《东瀛杂俎》两册见示,所记皆奉差日本留学所阅历者,惟笔墨芜杂耳。

　　二十六甲寅日(11 月 1 日)　晴。午前,至西关东流水问洪兰楣、丁佩瑜二君疾,均未晤。旋往拜宾谷太夫人寿。吃面听戏毕,偕燮臣、绍侯、吉珊、毓平登楼手谈,余赢钱十四缗。晚间,复入座听戏,局散遂归。

　　二十七乙卯日(11 月 2 日)　晴。袁啸珊、陈起霞先后来晤。晚饭毕,挈妻妾儿孙往鹊华楼观西洋影戏,包厢一间为女座,余坐屋外。遇培轩、绍侯、宾谷、仲起诸君。三更散归。日间,复孟延夫妇书,邮寄京师。

　　二十八丙辰日(11 月 3 日)　晴。午后,往拜洪兰楣寿。同人公送音樽,每分钱八缗,余亦与焉。主人因病未出。晚宴毕,绍侯、古珊拉至燮臣寓斋手谈一局,余赢钱十二缗而归。

　　二十九丁巳日(11 月 4 日)　晴。午后,至题壁堂,偕叔吾、燮臣、绍侯、宾谷、乐峰六人公宴燕庭上公,仍是竹叙。燕庭善饮,席间饮酒独多,除绍侯外,皆能饮者也。局散,余输钱十二缗。

三十戊午日(11月5日) 晴。洪兰楫设音樽酬客。余午后出门,先访燮臣,晤谈,约其偕往,借图竹叙。至东流水访宾谷、乐峰,均未晤。乃至洪宅入座听戏,俟绍侯、宾谷、燮臣至乃相与手谈。二更散归,赢四缗。

十 月

十月初一己未日(11月6日) 晴。晨起,风甚大,窗纸振撼有声,遂未出门。午间,祀先。午后,庄乐峰来晤。阅电,安澜随折保奖,沈楚卿得升缺后加头品顶戴。吴竹楼得应升之缺仅先升用,冯果卿得候补班并加二品衔,何福棠得军机处存记。

初二庚申日(11月7日) 晴。午后,起霞在院署得信河工抢险保案已接电奉准,特走笔相告,殊不诬也。午后,兆梧挈妇孺至自济宁,崧甫昆仲三人亦奉母偕来。晚间来晤。

初三辛酉日(11月8日) 晴。崧甫昆仲在店中下榻,内子饬妪迎伟如夫人来寓居住,设榻东厢,即兆梓夫妇之寝室,恰好主人未归,得暂留宾焉。

初四壬戌日(11月9日) 晴。晚饭后,余挈儿孙辈邀孙氏昆仲,老妻约四媳母女齐至鹊华居看影戏。三更后散归,费钱十八缗。

初五癸亥日(11月10日) 晴。孔燕庭邀手谈。未刻往,遇方鹤人、朱次帆于座。迨燮臣、叔吾至,已交申末,始得成局。夜深乃散,比回寓,已四鼓矣。是局赢钱九缗。

初六甲子日(11月11日) 晴。午后,出门答拜锡会一及润太守昌,均未晤。至仲年处公宴伯彭、芳衢、乐峰三君,主人十三,共设两席,仍作竹叙。局散,输卅四缗。

初七乙丑日(11月12日) 晴。萧筱虞招集北园寓庐,余爱其屋舍轩敞、烹调精美,闻其邀饮,辄乐于往赴。未初前往,朱炳卿继至,绍侯、燮臣、芳衢、警愚先后来,仍作手谈。局散,输钱廿八缗。

初八丙寅日(11月13日)　晴。午后,出门答拜余立之。拜朱仲洪太夫人寿,少坐,遇郝聘卿、高履卿。彼等皆留听戏,余即散归。

初九丁卯日(11月14日)　晴。接兆梓九月廿三禀,初十前准可返棹回华。午后,杜宾谷来,晤谈,并看孙宅寄售手镯、搬指等物。

初十戊辰日(11月15日)　晴。闻崔绥五肩下生疮,因往视之,晤谈时许。其疮已渐好,尚未收口耳。下午,李吉珊招至中州会馆小集。爕臣、叔吾、芳衢与焉。局散,输钱拾玖缗。

十一己巳日(11月16日)　晴。闻陈耕吟昨日作古。其子戟园大令官莱芜前来省亲,见其疾渐愈,甫经回署,而乃翁忽逝,须三数日方能赶到也。

十二庚午日(11月17日)　晴。闻洪兰楫及宾谷太夫人昨亦先后化去。陈七十八岁,洪七十四岁,杜母八十三岁。老人风中烛,其信然哉! 午后,丁培轩过谈,亦因看寄售裘衣而来。有貂褂一袭,还价三百金。

十三辛未日(11月18日)　晴。午后,至绍侯处为筱虞补祝。爕臣、炳卿、芳衢均同作主人。局散,余又输廿七缗。培轩所看貂褂孙宅已愿售,丁忽变异,遂未成交。

十四壬申日(11月19日)　晴。午前,往陈、洪、杜三处吊奠。陈处客独少,洪、杜两家同寅到者极多。余在杜处吃饭,与梓桢畅谈。回寓后,绍侯复过谈。

十五癸酉日(11月20日)　晴。中丞出巡曹州。早起,至西关高等学堂候送,同人皆到,午初散归。午后,至何福堂处小集。绍侯、叔吾、梅荪同座。局散,余又输钱十三缗。

十六甲戌日(11月21日)　阴。午后,萧绍庭、毛稚云同来看衣物。毛携去鼻烟一瓶,萧携去貂褂一袭。价与说定,欲购与否一言可决也。

十七乙亥日(11月22日)　晴。下午,李吉珊过谈。竹兴勃兴,因邀吕戍斋、曾序周来叙,两君居然立至,遂得成局。天气颇冷,晚饮金波酒以解寒。比散,余又输钱十一缗。

十八丙子日(11月23日) 晴。昨散时订今日续集,因添邀绍侯。午后,吕、曾首到,吴次之,李殿焉。连次竹运大坏,局散,又复输十三缗,每战必败,只可从此免战矣。得兆梓电,今日自沪展轮北来。

十九丁丑日(11月24日) 晴。督仆扫除西厢北间为兆梓卧室。屋太芜秽,只得重新裱糊一过,费钱四缗,方始改观。午后,何福棠过谈。绍侯折柬邀手谈,余却之。

二十戊寅日(11月25日) 晴。撰挽联二。一曰:"碑留民口,薪付儿肩,五福备箕畴,撒手似公宁有憾;治郡同心,巡河协力,两番联官辙,回头往事怕重提。"挽洪兰楣也。一曰:"棠棣托齐年,最难知己比邻,白首如新曾几日;箕裘诒令子,那料方春介寿,黄垆重醉竟无期。"挽陈耕吟也。并亲书致之。晚间,遣仆迟兆梓于东关车站,未至。

二十一己卯日(11月26日) 晴。早间,出门贺郭介丈嫁女、恩毓亭娶媳,盖两家结朱陈也。闻方鹤人请假,往访,未晤。询其阍者,则称主人病齿,尚无碍。午前回寓。晚饭后,又命刘顺往东车站等候,兆梓仍未至。

二十二庚辰日(11月27日) 晴。午后,萧筱虞过谈,嘱向朱坦夫处说亲。坦夫有女,筱虞将为其子求婚也。接兆梓抵青岛电,明日可抵省。

二十三辛巳日(11月28日) 晴。作书寄坦夫东昌,为筱虞事也。晚间,兆梓归家叩见,顿纾年余倚闾之望。所学法政警察补修各科均得有毕业证书,此后遇合何如则不可知矣。

二十四壬午日(11月29日) 晴。崧甫昆仲午后来约,欲邀余全家至戏园看戏,言之谆谆,情不可却。晚饭后,全家均往闻善茶园。天气甚冷,戏亦不佳。三鼓后即散戏,遂归。

二十五癸未日(11月30日) 晴。午后,刘燮臣忽来辞行,云将入都,改捐郎中分部行走,盖伊之候选道原未核准,希图印结公费,故改就部曹耳。

二十六甲申日(12月1日)　晴。绍侯以多日未聚作札来邀手谈。沈锡五、郝季勤、曾序周同集。局散,余赢钱四缗,前有欠绍侯款,遂以作抵。

二十七乙酉日(12月2日)　晴。闻燮臣已行,欲往送不果。午后,吉珊手简邀往小叙,仍在中州会馆。绍侯、炳卿同集。局散,余输卅七缗。

二十八丙戌日(12月3日)　晴。梓儿行李由青岛运到,检出欧获全家小像,伊母妻子女八人,亦八口之家也。午后,绍侯作柬邀手谈,吉珊、季勤、鹿泉同集。局散,余赢四十三缗。

二十九丁亥日(12月4日)　晴。绍侯复邀续集。午前,出门访蒋哲生,畅谈,然后赴约。锡五、季勤在座。局散,赢京蚨六缗。回寓方二鼓,较往日稍早,以绍侯翌日有泺口之行也。

十一月

十一月初一戊子日(12月5日)　晴。接何颂臣徐州寄书,时在徐办南运盐务也。河局送薪水来,除去保案部费,只余大衍,本月度支益支绌矣。

初二己丑日(12月6日)　晴。接绍侯手字,未赴泺口,仍约手谈。午后,筱虞过谈,约偕至绍侯处。余因访吉珊,拉往同叙。局散,余赢钱一缗。

初三庚寅日(12月7日)　晴。午后,出门访梓桢,畅谈。旋往筱虞处践昨日之约。绍侯、吉珊归自泺口,偕至,遂得成局。亥初散归,输钱十八缗。

初四辛卯日(12月8日)　晴。作书覆坦夫,为乃嫒姻事。寄袁保三书,为兆栻议叙事。午后,赵聪甫过谈。

初五壬辰日(12月9日)　晴。午后,往贺朱仲洪娶媳,遂留听戏。绍侯、伯臣、履卿均在座,因复手谈一局。晚饭后散归,输钱十贰缗。

初六癸巳日(12月10日)　晴。接二媳高邮来禀,因病未愈未能北来祝寿。乃翁赞斋亲家亦有书来,寄缎幛为祝。晚间,仲洪复邀手谈,绍侯及郝子丹昆仲同座。局散,余赢钱卅一缗。

初七甲午日(12月11日)　晴。接筱侣丈讣音,为之叹息。丈罢职廿有六年,一贫如洗,子女皆亡,只余子一人,卒以抑塞而死,亦可怜矣。

初八乙未日(12月12日)　晴。午后,接坦夫信,并其女公子庚造,适萧小虞来晤,遂面交其带去。

初九丙申日(12月13日)　晴。早间,筱虞书来,交到男造,嘱转寄坦夫,其儿子照片云俟拍造成后再寄。

初十丁酉日(12月14日)　晴。绍侯集同人为余公祝。友梅、梓桢、叔吾、星五、仲洪、伯彭均列主人。巳刻往叙,早晚两餐,甚觉欢畅。局散,赢钱廿四缗。

十一戊戌日(12月15日)　晴。午间,设馔祀先。礼毕,升座受家人贺。因明日有友人邀至北园小叙,故今日豫行此礼。午餐偕妻孥小饮,聊备家宴。外间送寿礼者概行谢却,惟沈芳衢、沈定九、蒋哲生均送寿联,只得受之。

十二己亥日(12月16日)　晴。辰刻即起,至绍侯处邀同沈锡五偕至萧筱虞处小集,李吉珊到最迟。四人为余公祝,仍作竟日之谈,早晚两餐。谈次得成四喜,亦佳兆也。局散,赢钱廿三缗。

十三庚子日(12月17日)　晴。午后,出门谢客。访吉珊,谈片刻,偕其赴庄乐峰之招。到已太迟,诸客皆入座,余与吉珊独后至,恰好席用西餐,尚无痕迹。同座为罗顺循、丁培轩、徐友梅、萧绍庭、何志宵、魏精卿诸君。席散,巳日晡矣。

十四辛丑日(12月18日)　晴。闻署抚吴公今晚由火车回省,到时当在亥刻,余遂不往迓。晚饭后良久,在寓闻炮声,殆抚台归矣。

十五壬寅日(12月19日)　晴。辰刻起,往谒中丞,余列第二排,坐候良久乃得入见,腹已馁矣。散出,复往陈耕吟处行吊,然后归。

十六癸卯日(**12月20日**)　晴。筱虞来晤,谈及八字,因晏诚卿之子宗寿精子平术,特邀以来。余亦以八字交其阅看,约迟日批就送来,乃各散。

十七甲辰日(**12月21日**)　晴。午后,吕戌斋邀集郑梦臣、张子纯、曾序周诸君为余补祝,席设戌斋处,绍侯作陪,仍是竹叙。局散,输钱六缗。

十八乙巳日(**12月22日**)　晴。午后,于孟博侄婿来晤。渠为铭生兄之次婿,曩至济宁两次相见,今别十余年矣。询其仍侨居淮安,老母犹健,妻亡多年未续娶,遗一女廿一岁矣。

十九丙午日(**12月23日**)　晴。是日节交长至。午刻,设馔祀先。接袁保三复书,云兆梧史馆议叙仍未核,须明春方有端倪也。

二十丁未日(**12月24日**)　晴。崧甫奉其母回济宁度岁,今日首途。矩臣因有学务公所差,仍留省城,岁杪方归。闻丁佩瑜丁嗣母忧,大病获痊仍遭不造,其时命为之欤?

二十一戊申日(**12月25日**)　晴。午后,往佩瑜处作吊。过杜宾谷门,因往晤候之,与谈时许。渠将为其太夫人开吊发引,择得廿八九两日襄事。复访徐友梅一谈,闻其得宪政调查局差,欲有所托,渠已允诺。

二十二己酉日(**12月26日**)　晴。午前,携梓、梧两儿至后宰门江南春饭馆小酌,并邀孟博、矩臣一叙。肴馔皆淮扬风味,汤面、汤饺、肉丸、鳝鱼均甚佳。

二十三庚戌日(**12月27日**)　晴。命兆梓往谒当事,得见罗提学、张汉三太守。并谒绍侯,托其说项焉。中丞连日接待荫侍郎,无暇见客,未令往谒。

二十四辛亥日(**12月28日**)　晴。贫困日甚,内子货去珠花一枝,得七十金,陆续用去,日来又将告罄矣。不如意事常八九,所谋辄阻。甚矣! 薄宦之乏味也。

二十五壬子日(**12月29日**)　晴。需次六年,从未豫支薪水,日来资馨，只好札致河局收支房立之大令将腊月分薪金百两取来，所谓寅食卯粮也。

二十六癸丑日（12 月 30 日）　晴。绍侯邀集同人作消寒会，今日为首集。萧筱虞、李吉珊、陈梅荪、朱仲洪、袁筱山、戴敬南、王鹿泉均与焉。午后往叙，三更散归。手谈赢钱十三缗。

二十七甲寅日（12 月 31 日）　晴。陈梅荪便衣过谈，闻余欲售貂褂，因将中毛一袭取出与观，议定价银叁百两，先将裘去，约月朔送银来。噫！以衣易金，聊济急用，亦可怜矣。

二十八乙卯日（1908 年 1 月 1 日）　晴。早间，出吊于杜氏，同人咸集，在彼吃饭。闻粮道周桂五作古，署篆为徐友梅，所遗各席庄耀甫得营务处，绍侯得粮饷、河防两局。三君皆锦上添花，吾辈惟向隅而泣耳。

二十九丙辰日（1 月 2 日）　晴。早间，至东流水杜宅送殡，在彼吃饭，俟其启灵即散。复至庄乐峰处，晤谈时许。过友梅门，投刺一贺，遂归。

三十丁巳日（1 月 3 日）　晴。午后，萧筱虞便衣过谈，以坦夫处年造与伊处不合，嘱为致书辞婚。余料坦夫亦不甚合意，即作罢论可也。下午，作致孟延夫妇书，因于孟博欲入都，交其顺带焉。

十二月

十二月初一戊午日（1 月 4 日）　晴。早间，陈梅孙来晤面，交银叁百两，于是貂裘不复为余所有矣。午后，为消寒二集，至筱虞处竹叙。肴馔甚佳。散局，无胜负。

初二己未日（1 月 5 日）　晴。早间，接慧馨侄女书，孟延烟已戒净，逐日入署趋公，毫无所苦，闻之甚慰。作书致坦夫，为筱虞辞婚。午后，呼缝人改制旧貂，只此一褂，稍稍修饰之便不至蔽矣。

初三庚申日（1 月 6 日）　晴。早间，至东流水致奠洪兰楫，在彼会食，与朱次帆晤谈。午后，至戴敬南处作消寒三集。朱仲洪未到，添入何福棠,仍作竹叙。局散,输卅九缗。

初四辛酉日(1 月 7 日)　晴。午后,至小梁隅首面店一观。兆梧前在日本购面机器,已于前月廿九日开肆制卖。所出面甚佳,买者颇多,能再扩充,自可得利。下午,朱仲洪便衣过谈。

初五壬戌日(1 月 8 日)　晴。有济宁门生王君谢家以举人昨应会考得用礼部主事来谒,并送报单,因以银元四枚为贺。接朱坦夫复书,亦将萧宅男造寄还矣。

初六癸亥日(1 月 9 日)　晴。午前,邀傅先生至江南春便酌,并携兆梓、兆梧、汇川及重庆、重富偕往。用肴馔十一品,费钱八缗。饭后,至李吉珊处作消寒四集。福棠未到,绍侯先到先散,筱虞、吉珊、仲洪、鹿泉均同作竹叙。局散,余赢钱七十一缗。

初七甲子日(1 月 10 日)　晴。午后,朱仲洪便衣过谈,云保案不日即可核准,渠亦得加二品衔。一时购求珊瑚顶珠,苦无佳者,欲余让与一枚,乃检出与观。渠择得佳者,愿加价求索,不得已听其携去,约明日送六十金来。

初八乙丑日(1 月 11 日)　晴。午后,蒋哲生来晤。仲洪走札送回珊瑚顶珠,云新制貂冠甚大,顶珠嫌少不称,只好原物见还。余本不欲相让,碍于情面,今既不用,固所愿耳。

初九丙寅日(1 月 12 日)　晴。午前,至西关十王殿新开德国饭店吃饭,兆梧随往。饭毕,至东五里沟新开咏仙茶园听戏。兆梓、汇川均往,外客则有傅玉田、孙矩臣二人。傍晚散归,斯游用钱十六缗。

初十丁卯日(1 月 13 日)　晴。闻黄冰臣开缺,胡星舫擢臬使,兖沂道放满人名世增者,此间拟令黄卸署藩即以胡代,兖道委绍侯暂署矣。

十一戊辰日(1 月 14 日)　晴。午后,往贺绍侯,晤谈,遇宋文轩于座。旋至陈梅孙处作消寒五集,仲洪未到。局散,余赢钱十缗。

十二己巳日(1 月 15 日)　晴。福棠插班作消寒会,假座戴敬南处,因其座雅馔精为同人冠也。午后往叙。夜半局散,输钱六十缗。

十三庚午日(1月16日) 阴。午后,至梅荪处偕同会诸君为绍侯钱别,惟仲洪未到。绍侯饭毕先散,我等仍终谈局。是局又输廿一缗。

十四辛未日(1月17日) 阴,微雪。午后,至王鹿泉处作消寒六集。绍侯明日出省,百忙中仍来小坐,兼与同人作别,未入席先散。我等仍作竹叙,局终余输八十一缗。

十五壬申日(1月18日) 晴。绍侯临行作札,送京蚨百五十缗来,因余与有约,如果握篆,须假我二百金以济我急。今渠已如愿,不得不以戈戈将意,聊践前言耳。

十六癸酉日(1月19日) 阴。不雨雪而雨冰,凝结地上,厚且滑,天气亦甚冷。接坦夫复书,附有致萧筱虞书,当为转送可耳。

十七甲戌日(1月20日) 阴。呼缝人裁制裘衣以御残冬。缘日来甚寒,出门无大毛便服,不得已而改作,虽劳民伤财勿顾矣。

十八乙亥日(1月21日) 晴。消寒七集轮余作主,因假座浙闽会馆,呼江南春庖人制馔。因绍侯已行,邀曾叔吾补其阙,余人皆到,成竹叙两局。余得赢钱三十缗。

十九丙子日(1月22日) 晴。巳刻,往抚院贺封篆,坐官厅时许而散。同人到者不多,座次颇觉宽舒,不似往日拥挤矣。午后,哲生过谈。

二十丁丑日(1月23日) 阴。午后,至朱仲洪处作消寒八集,同人咸集,惟袁筱珊不到。仲洪烹饪甚佳,极尽醉饱。局散,余赢百七十缗。

二十一戊寅日(1月24日) 晴。接吴竹楼固安信,已抵永定河任,母夫人尚留天津,急盼量移也。迟尚作复书寄之。

二十二己卯日(1月25日) 晴。袁筱山假陈梅孙寓斋作消寒九集。未刻前往,同人皆到,添入叔吾、芳衢两君。局散,余赢钱百八十缗。

二十三庚辰日(1月26日) 阴。自昨宵至今晨得雪已透。晚间,祀灶。春联嘱蒋公讷书就,翌日可更新矣。

二十四辛巳日(1月27日) 阴。仍有雪意。午后,梅孙复邀续集。余出至途,遇梅孙,知其外出,乃访梓桢,谈少顷。然后至梅孙处,客到甚迟,且多不打牌者,勉强凑成一局。庄乐峰、陈筱蘧及梅孙共余四人耳。局散,赢钱十八缗。

二十五壬午日(1月28日) 晴。雪后晴朗,惟稍冷耳。午后,更换春联,尚少一联,乃自书之。复至书房取《朱石君文集》阅看。

二十六癸未日(1月29日) 晴。曾叔吾招集题壁堂。未刻前往,顺道往贺胡星舫署藩司。旋至叔吾处,仍是同社诸子竹叙。局散,输九十四缗。

二十七甲申日(1月30日) 晴。午前,钱履樛太守绥槃来见,晤谈时许,出其尊人伊臣太守行年七影图征题小引见示。伊臣与余虽未谋面,曩曾识其弟甘卿,其先德润甫中丞与先公亦交好,今履樛与兆梓又订交,固三世旧交也。

二十八乙酉日(1月31日) 晴。丑刻,循年例祀神于厅事东面西上,率儿孙将事,有《鸿雪因缘图》中五福祭神光景。礼毕乃憩息,昨宵固未寝也。晚间,内子因连日受寒,又发气冲腕痛旧恙。

二十九丙戌日(2月1日) 阴。内子卧疾未起。午后,至院署辞岁,同人到者不多,稍坐即散归。晚间,恭悬祖容于厅事,较觉宽展,可多设拜位,率儿孙随班叩拜。祭毕,饮屠苏酒。内子未能入座,二媳、喜孙南归未返,余皆团座畅饮。兆梓巳、午两年在日东席岁,今年却在家。饭毕,接灶。夜来稍卧,因四邻爆竹声喧,未能成寐。日间,周芝田送梅花、水仙、唐花各一盆,以作岁朝清供。又假余百金,不拘归还日期,可谓饮水思源者矣。

光绪三十四年(1908)戊申

正　月

光绪三十四年岁次戊申正月初一丁亥日(2月2日)　晴。卯正,出门贺中丞新禧,得见,并与诸同寅官厅叙谈。复出至抚院大堂同人团拜,然后散归。午后,命兆梓坐轿各处拜年,尚有未及者,命人走片可也。

初二戊子日(2月3日)　阴。终朝飞雪,天气甚冷。内子今日疾少间,尚未下床。

初三己丑日(2月4日)　阴。雪止,日未放,气候仍冷。内子力疾起床,尚觉乏力,乃煎参须汤服之,盖数月来久不服此矣。

初四庚寅日(2月5日)　晴。午间,萧筱虞来拜年,晤谈时许而去。渠远处北原,余尚未往拜,只好乘出城时再作答矣。

初五辛卯日(2月6日)　晴。昨逢立春,今日补行时享,于先容前设馔行礼。午后,刘迪吉邀春饮。申刻入席。饭毕,复作手谈,余输钱卅六缗,亥刻即散归。

初六壬辰日(2月7日)　晴。同寅公钱黄冰臣廉访,设音樽于八旗奉直馆,即为新年团拜之集。余午后往莅,自中丞以次咸至,因得晤胡星舫方伯,与周旋数语。傍晚即各散。

初七癸巳日(2月8日)　晴。走柬邀钱履樛诸君翌日小集寓斋,因年杪晤履樛,曾与有约故也。兆梓往谒胡方伯,得见,承其面订为法政教员。

初八甲午日(2月9日)　晴。午后,邀陈起霞、吕戍斋、钱履樛、沈定九、蒋墨缘、宋儒诚、周书田诸君酌酒赏竹,颇极酣畅。比散,赢钱十缗。

　　初九乙未日(2 月 10 日)　晴。接大侄女京师信,年杪廿七日发,孟延已补承政厅郎中矣。客腊交于孟博带去信件竟尚未到,不知于在何处逗留也。

　　初十丙申日(2 月 11 日)　晴。接吴竹楼、吴绍侯贺年信,皆书启通套信,无甚意味者也,稍迟只可以亲笔答之。

　　十一丁酉日(2 月 12 日)　晴。午后,访郭介丈,晤谈。旋至沈定九处小集,同席为钱履樛、何志霄、钮觐唐诸君。周慕侨后至,亦作手谈一局。夜半方散,余赢钱五缗。

　　十二戊戌日(2 月 13 日)　晴。午后,出门赴庄乐峰处宴集。同席为徐友梅、潘仲年、魏精卿、何志霄、文健臣、沈芳衢、黄丽斋诸君。席散后,余复至丽斋处一谈,然后归。

　　十三己亥日(2 月 14 日)　晴。昨夕受寒作咳,不欲出门,知沈芳衢太翁今日寿辰,未克往拜。晚间,收灯两起于外院演观之,点缀年景而已。

　　十四庚子日(2 月 15 日)　晴。有弄猴犬戏者,儿辈呼入一观。晚间,又收灯三起,俱有可观,就中北园一起及七巧图灯尤胜。

　　十五辛丑日(2 月 16 日)　阴。张鹤琴招饮并赏竹。未刻前往,朱炳卿、龚伯衡、韦古渔同集。局散,赢钱十八缗。晚间雪,归途冒雪而还。

　　十六壬寅日(2 月 17 日)　晴。巳刻,至会馆春团。楚卿、毓藻、友梅与余偕拈香祀神,与同乡诸君团拜。礼毕,入座听戏。迪吉、芳衢后至。早席毕即各散。

　　十七癸卯日(2 月 18 日)　晴。晚间仍有灯,因连次观看费钱廿余千,今日遂不复呼演,以节经费。灯下,小酌微酣,颇觉盎然。

　　十八甲辰日(2 月 19 日)　晴。午间,祀祖毕,收起祖容,于是新年景象已过,真觉流光如驶也。晚饭后,接兆榫侄女急电,孟延侄倩以伤寒痰喘今日未刻逝世，不禁骇恸，为兆樨痛苦久之。孟延京寓惟弱妻幼子，今事出仓猝，其何以堪，思之彻夜不能成寐。

十九乙巳日（2月20日） 晴。早起，复兆樨电，嘱其抚孤为重，勿萌烈志，电信令兆梓持往电局发递。辰刻，往院署贺开印。至丁佩瑜作吊，少坐即归。故吏师君世存来见，别十年矣，现尚官鱼台主簿也。黄丽斋来，晤谈。午后，作书寄大侄女京师。余与内子商酌非亲往看视实难放心，即须摒挡行装，苦于资无所出，未能速发，奈何！

二十丙午日（2月21日） 晴。午后，许尺衡来，晤谈。有益都赵君来晤，乃今年聘定西席先生也，与订定廿四日开学。

二十一丁未日（2月22日） 晴。兆梓经山东法政学堂聘充教员，今来订请到堂，须由堂详明抚院再定薪金也。午后，吉珊招饮，兼作竹叙。丁培轩、萧筱虞、魏精卿同集。局散，余赢钱八十五元。

二十二戊申日（2月23日） 阴。午前雪，午后晴。撰成孟延挽联，句云："为兄子十载相攸，幸得南容，方期象服齐眉，没齿永教绵福泽；传安报两旬才过，正劳北望，那料噩音到耳，伤心重与策孤孀。"因亲书于缣，以备亲带至京。

二十三己酉日（2月24日） 晴。午后，筱虞来晤，托带家信，其犹子新之中翰现官京师也。下午，访吉珊、荔孙，均晤。吉珊欲邀兆梓兼充豫省学堂教习，余诺焉。复访朱炳卿于银行，托其汇百金至京。访哲生、梓桢，未晤而还。

二十四庚戌日（2月25日） 晴。早间，作书慧馨，告以明日首途往视，以纾其盼。午前，荔孙来送，晤谈。其尊人燮臣在京，嘱为传报平安。午后，访梓桢，谈时许而还。吉珊送银五两，嘱为购笔。晚间，检拾行装，定准明日乘火车赴青岛。筱虞来送，晤谈，并告我所托事已向前途力说，似可望成，情殊可感。

二十五辛亥日（2月26日） 晴。寅正小食毕，别家人，挈兆梧出东关车站乘火车。卯正开车，坐二等位，每人车价七元二角。刘顺坐三等车，价八千五百文。终日坐车中，暖甚。午初，至青州吃饭。

申正,过高密,又小食点心。戌初,抵青岛,至天津街连升店住宿。栈房系洋式,楼屋尚厂洁。晚餐后,亥正即寝。

二十六壬子日(2月27日)　阴。早起,修发。栈房饭菜均坏。午后,携兆梧散步街市。未数武雨至,因至西餐馆小食,其火腿、鸡子甚佳。晚间,复至中餐饭小食,菜都不佳。两餐已费银饼四元矣。探得西江轮船明日北行,顷已抵埠。

二十七癸丑日(2月28日)　阴。早起,令栈房购船票,因西江无官仓,乃购二等舱位票两张,每张廿五元。午初饭毕,即登舟。仓位甚佳,枕衾用物一概俱备,最为舒服,每日两餐两点皆西式,且有电灯,行路之适意无逾此矣。亥正三刻展轮,通宵行船极稳,无异内河,更属难得。

二十八甲寅日(2月29日)　晴。终日波平如镜,风日晴和。午正,行至石岛地方,有开平煤矿公司轮船名成平者失事待救,西江即停轮,将成平搭客数十人救过,西江然后开行,计停轮三小时。申正,乃复开驶。夜半,有小风浪,舟行微颠。

二十九乙卯日(3月1日)　晴。丑正三刻,即抵烟台,停轮待晓,人客货物陆续装卸,至午正方始开行。平风静浪,如日前初展轮时。舱中甚暖,以有机关收取暖气故也。

三十丙辰日(3月2日)　晴。寅刻,舟抵秦王岛,停泊马头。登陆,乘小火车至汤河,搭京榆火车。二等客坐甚坏,且无饭车,终日饥渴。至戌初一刻,抵京师正阳门车跕。雇骡车至绳匠胡同孙宅与樨侄女相见,凄然欲绝。外孙阿照年甫十岁,乃孟延侧室周氏出,周亦先亡,吾侄女抚如己出,母子相依为命。小孩头角峥嵘,聪明静穆,必能成立,幸赖此耳。与樨侄女谈及孟延以微感风寒,误服石膏,致成喘逆气脱,病才数日遽致不起,相与叹恨久之。晚间,下榻二厅书室。

二　月

二月初一丁巳日(3月3日)　晴。早间,设筵馔,携兆梧祭奠于孟延之灵,抚棺一恸,凄怆不已。终日与榠侄女聚谈,孟延身后幸有其甥陈稚云夫妇相助为理,诸事尚都井井。现定期廿一开吊,廿二发引,柩停长春寺,明年再作归榇之计,因山向不利,今年不克卜葬也。

初二戊午日(3月4日)　晴。早间,作家书谕兆梓。午后,便衣至户部总银行取汇款百金。访樊介轩、程仲立、刘燮臣、吴雅初,俱未晤。惟晤吴仲篪,谈时许而还。傍晚,与孟延之甥陈稚云相晤。陈名淦孙,闽人,少孤,育于外家,今年逾弱冠,以主事官度支部,安详明练,可造才也。

初三己未日(3月5日)　晴。早间,携兆梧散步街衢,历绳匠胡同北半截胡同,仍由北头而还。午后,刘燮臣来,晤谈。阅邸抄,汴藩袁大化升署东抚,赞老须回藩任矣。又丁佩轩放兖沂曹济道,真所不料,何其神通广大耶？晚间,晤子云一谈。

初四庚申日(3月6日)　晴。早间,拜沈子惇侍郎、朱艾卿宗丞、朱桂卿学士、徐花农学士,各畅谈。拜吴仲饴侍郎、钱新甫侍讲,未晤。午后回寓,将筱虞家书饬人送与其侄新之中翰,亦午前拜访未晤者也。

初五辛酉日(3月7日)　晴。午前,出门拜客,晤陆春江京卿、吴绚斋侍讲,余俱未见。介轩与春江同寓于公祠,适外出,为留字案头而去。午后,张振卿都统来拜,得晤谈。下午,访相士周敦甫于西厂。所论往事颇有中者,谓余必官藩司,从今即一帆风顺、扶摇直上也。

初六壬戌日(3月8日)　晴。午前,沈宝书世兄来晤。沈名艾孙,洁斋第三子也,官外部郎中,曾随使欧美,通晓外交,佳子弟也。午后,便衣访雅初,晤谈。其夫人亦出见,遇仲篪于座,良久乃与辞。又访刘燮臣、方甘士,均晤。

初七癸亥日(3月9日)　晴。宝兴隆金店送来抄折,知杨莲帅奏保东省黄河抢险一案经吏部分别准驳议覆,余准加二品衔,于二月初一日具奏奉旨依议,余即于今日换戴红顶。适孟延是日成主,请吴绡斋书、吴佩聪陪。两君午后至，余为陪宾。晚间，孟延之弟妇挈其子肇煌至自浙。肇煌字符曾，为孟延之弟荔生嗣子，年二十七，以知府需次浙江，闻其世父丧，故来奔视。

初八甲子日(3月10日)　晴。午前，符曾出见，与晤谈，其母未请见。午饭仍系余与兆梧在椑侄女上房共餐，符曾、阿照与焉，荔生夫人另食。闻其弟刘君偕至，刘乃景韩中丞之子也。晚间，符曾、稚云均共谈良久。

初九乙丑日(3月11日)　晴。早起，复访樊介老于于公祠，晤谈时许，快抒廿余年积愫。介老以侍讲告归十三年，今正被召再出，以提学记名，年六十六，须发皓然，而精神面貌犹似三四十岁人。他乡遇故知，良可快慰。午刻还，适兆梧外出，余与侄女、外孙共饭。午后，稍憩，遂未出门。傍晚，作书谕兆梓，寄济南。

初十丙寅日(3月12日)　晴。午前，陆春江京卿来答拜，晤谈。午后，携兆梧至陈列所一观，至首善第一楼茗饮。访刘燮臣，晤谈，向索点心，久坐乃赴吴绡斋之招。席设杭州馆，樊介轩、褚伯约、吴经才、孙仲瑜、钟希洛笙叔诸君同座，询知皆同乡也。亥刻散。

十一丁卯日(3月13日)　晴。午后，携兆梧至琉璃厂一游，适普仁戒烟会陈杂戏敛钱，每头等座卖洋银五角，乃买票入观，无甚好看，少坐即出。至松华斋定写衔片戳，至参店买参须，至醉琼林饭店小食。此馆乃新开者，雅座颇多，菜尚好，两人费银元二枚。饭毕，雇车而还。

十二戊辰日(3月14日)　晴。早间，拜客，至孙相、陆伯葵总宪处，均未见。至吴仲饴侍郎、吴经才侍御、孙仲瑜部郎处，皆得晤，午前归。孟延之堂侄松亭至自济宁，相遇于庭院，与谈数语。午后，闻季卿叔岳母送其幼女来京遣嫁，乃往门楼胡同一见，与雅初晤。其弟少序、其侄穆如皆至，因外出未面。晚间，吴佩葱招饮聚宝堂。同席皆浙人，惟识沈立山太守维诚一人。亥初刻散归。

十三己巳日(3月15日)　晴。接济寓信，富、熙两孙不适，似有出痘之象,四媳喉痛证又发,兆梧拟先归看视。午后,钱新甫过谈。下午,携兆梧步琉璃厂,至致美斋小食。傍晚还,刘君曼来晤。刘乃景韩中丞之长子也。

十四庚午日(3月16日)　晴。午后,沈立山来,晤谈。余拟令兆梧先返济寓,携刘顺明日首途。下午,绍序内弟来晤,季卿丈之第三子也,名唤声时,以知府需次江苏,余与别廿四年矣。兆梧出探栈房,知十八日有由天津开往青岛轮船,乃改定十七出京。

十五辛未日(3月17日)　晴。少序为其妹纳采,邀往陪媒,并邀兆梧。午初前往,晤穆如内侄,虎臣内弟长子也。在彼久候,至未刻两冰人方到,一为蒋稚鹤,一为吴绹斋。入座后先散,因张振清都统邀饮聚丰堂,比余至,已饮过半。振老劝酒殷殷,余饮十余杯即吃饭。散席比归,尚未上灯。

十六壬申日(3月18日)　晴。王潜孙、吴经才先后过访,均晤谈。兆梧准翌日出京先还,余尚有旬余句留。晚间天气颇凉,都门春寒较外尤甚也。

十七癸酉日(3月19日)　晴。早起小食毕,兆梧别楔侄女至正阳门车跕坐火车出京,仍取道天津航海。闻有提督船十八开青岛,恰好趁此船也。兆梧以行李无多,不欲携仆,刘顺遂未从。午后,樊介轩、孙仲瑜先后过谈。下午,题孟延遗像百余字作书后体也。

十八甲戌日(3月20日)　晴。早间,内侄吴宗远来晤,即穆如也,年才二十,以主事官度支部,人极聪颖。王潜孙馈肴蒸五笾八碟,受之。未刻,钱新甫招饮聚宝堂。介轩、花农、立山均同席,又有朱次侯及傅彤臣,则系初会矣。傍晚散归。

十九乙亥日(3月21日)　晴。午后,雅初嫁其五妹,今日送妆,往贺兼为陪冰。雅初因病未出,少序、穆如酬客。早晚两席,余皆在座,晚饮微醉。亥刻归,闻十六日廊房头条胡同失慎,将陈列所第一楼焚毁殆尽,百数十万付之一炬,惜哉!

二十丙子日(3月22日)　晴。终日未出门。午后,接兆梧天津来禀,知提督船未到,须廿一二至津,刻尚在天津守候也。闻连日京城各处失火,湘省学堂、白云观、雍和宫概被焚去,亦奇灾矣!房山令鲍幼卿来,得晤谈。幼卿亦孟延之甥,因其舅发丧特来襄事。萧新之走单邀明晚宴饮,因值孟延开吊,遂辞焉。

二十一丁丑日(3月23日) 晴。早间,孟延点主,为陪点主官陈雨苍尚书、襄题官孙春浦、曾刚甫两参议。礼成,复为陪吊。吕镜宇、吴仲悌、恽薇孙、朱桂卿、徐花农、吴绹斋、徐邦侯、蒋稚鹤、郭春榆、恽孟乐、刘燮臣皆得晤,余客则不复记忆矣。酉正后,客至渐稀,乃更便服稍憩。洁斋乃郎保叔亦来陪客半日,下午方去。

二十二戊寅日(3月24日) 晴。辰刻起,送孟延出殡。吴佩荭来送,因与步行至街口外,乃各登舆。至长椿寺候其柩到,安灵毕乃散归。余复至琉璃厂、杨梅竹斜街购物数种,傍晚还。

二十三己卯日(3月25日) 晴。早间,接兆梧天津信,候轮不至,已于今日在津起程陆行,约月杪亦可抵济南,故不再候轮船也。午后,访汪建新于泰安楼,晤谈。汪乃孟延之舅氏,为吾同乡老友,别卅余年矣。访艾卿、新之,均未晤,傍晚归。

二十四庚辰日(3月26日) 晴。午后,汪建心来拜,晤谈时许。樨侄女及其娣姒均同见。汪乃其公亲,理宜为之安排家事,余俟其事定亦将出京东旋矣。

二十五辛巳日(3月27日) 阴。昨访吴子清阁读烱,未遇。午后,子清来答拜,晤谈,面订明日邀饮,假座泰升堂。子清为绍侯乃兄,知余与其昆季交好,故情意殷殷也。

二十六壬午日(3月28日) 晴。午后,出门至雅初、仲簏两处告别,均晤谈。遇沈立山于雅初座上,知其已选太平洲抚民同知矣。晚间,吴了清招饮太升堂。同席一孔姓、一陶姓,别无他客。戌正散,复访建新于泰安楼,一谈乃归。

二十七癸未日(3月29日) 晴。早间,穆如内侄来送行,晤谈片刻。午前,刘燮臣来晤,拉往福兴居便酌,座惟一赵姓,宾主三人。

未正散归。下午，徐绍武过谈，约明日偕出京。晚饭櫻侄女设馔话别，相与黯然。汪建新来送行，晤谈。松亭、符曾出送，余将寝，未与晤。陈稚芸最后至，晤谈良久，情谊殷殷，赠点心小菜，只得受之。

二十八甲申日（3月30日） 晴。卯初即起，櫻侄女挈外孙出送，略谈数语辞别，不觉惘惘。乘车至正阳门东跕上火车。绍武买头等座，余买二等座，虽同车而未相晤。辰正，开车。午初二刻，抵天津，住紫竹林名利栈。作字致陆似梅借棉袍、珠皮马褂，申刻方取到，乃乘马车往吊吴竹楼太夫人。福茨亦至，与竹楼均晤于苫次，谈少顷辞出。访徐仲模、徐绍武，均畅谈。晚间，似梅招饮德义楼。同席遇陈幼庸、曾叔吾、武德卿，其余十数人则不识矣。亥刻散归逆旅。

二十九乙酉日（3月31日） 晴。辰刻，谒杨莲府制军，候良久未见，遇曾叔吾、杨建弨于官厅。午后，乘电车访似梅，谈良久。至衣肆购棉袍一袭。下午，回旅舍，知仲模、建弨均来访，建弨留字订初一日晚酌。

三　月

三月初一丙戌日（4月1日） 阴。午前大雨，午后雨止。往三义楼小馆吃点心。至劝业场一观，地极宏厂，布置极佳，有茶阁一座，因登阁憩息，并饮好茶一壶。然后访曾叔吾，久谈。晚间，杨建弨请吃饭，席设李公祠内澳升饭庄。座有似梅、绍武及李家恺、施肇基，宾主六人。亥初散，往还均乘电车、人力车，不复坐马车，为节费起见也。探得开放青岛之船只有塘沽轮船，初二可来天津，初三开行，只可附搭此船矣。

初二丁亥日（4月2日） 晴。午前，兀坐逆旅，闷甚，惟于楼窗观往来人电各车驰逐而已。阅《津报》，有塘沽船明日开往青岛，询知今日已抵码头，乃亲往船次一看。其船无官舱，乃购统舱票，另包房舱一间，加银七元，即于午后登舟，布置妥帖仍登岸。至竹林春广东小馆吃水饺、肉生鱼片粥，甚佳，皆卅年前在粤所饱啖者，不觉食而甘之。询其有小白腐乳出卖,复买二百块携归,作小菜亦颇不恶。晚间,仲模邀饮德义楼。似梅、叔吾均同席,又有钱甘卿太守之子号献松者,履樛之堂弟,以盐大使入都候选,亦在座。散后,即返舟。

初三戊子日(4月3日)　晴。辰初,乘塘沽自天津展轮。傍晚微有风浪,夜平即半[①],惟海中冷甚,暮春犹有冬意,幸重裘在身,稍资抵御。舟中茶水饭食皆甚劣,远不如西江之舒服矣。

初四己丑日(4月4日)　晴。巳正,抵烟台,停轮五小时,上落客货,扰攘殊甚。幸余包房舱房外地板卧客已上至六十余人矣。曾序周同舟行,亦包房舱者,与余对门居,时与晤谈。申初,自烟台展轮,从此风平浪静,无异内河,亦可喜也。

初五庚寅日(4月5日)　晴。巳刻,船主收票。午正,抵青岛,泊码头,仍至连升栈投店。栈主以客房俱满,让出大客厅俾余居住,甚觉宽敞精雅,较来时所住楼屋更佳矣。申初,发电至省寓,谕令明日在车跕迎接,当不致误也。

初六辛卯日(4月6日)　晴。卯正,自连升栈至火车跕登车。辰初,车发青岛。余乘二等客座,有东西洋人来同坐者。车抵王庄,有陈君来车招呼,乃铁路巡警局书记生发饷过此,知余在车,故加意照料也。戌初二刻,抵济南东跕。兆梓、兆梧、汇川、有豸均来迎。蒋墨缘充车跕巡警官,亦迎于此,因偕至局内小憩,然后乘舆归寓。与内子相见,知富孙出水痘未愈,尚在发热,余均安。兆梧月前廿八日回寓也。

初七壬辰日(4月7日)　晴。早间,检理行囊物件,分别归束原处。兆梓呈出抚院行知保案奉准札文一件、绍侯、子先手书各一函,均阅悉。兆梓充法政学堂教员兼豫省学堂教习两处功课,午前、午后分班。法政薪金五十八,豫学则廿金耳。兆梧谒潘仲年,未见,所图警察一席允为位置,未知何日到手。制面因折本已暂停办矣。

---

①　原文如此,酌其意或为"夜半即平"。

初八癸巳日(**4 月 8 日**) 晴。早间,至抚院销假。藩、臬诸公概在官厅,同人则有伯彭、梓桢、鹤人、笏南,均未请见。散衙,拜石桂山太夫人寿。访郭介丈、钱履樛、李伯超,均晤谈。午后,复出门拜客,晤孔上公、黄丽斋、丁佩瑜,庄耀甫,各久谈。下午回寓。

初九甲午日(**4 月 9 日**) 阴。终日微雨。陈大令庆蕃、姚掌柜大才均来见。陈新补聊城令,此次自天津同舟车而来。姚乃商务印书馆管事人,皆浙人也。下午,作书复绍侯,邮寄济宁,并将乃兄子清交带家信附去。

初十乙未日(**4 月 10 日**) 阴。午前,出门贺王鹿泉权济宁牧、陈起霞权东昌丞、曾序周权长山令,均未晤。至汇泉寺吊方勉甫之灵,其子方甘士至自京师,仍在此设位受吊,故往一奠。遇沈芳衢,谈片刻,午刻回寓。午后,荔孙、哲生先后过谈。下午,作书致吴仲怿侍郎,嘱矩臣誊缮。

十一丙申日(**4 月 11 日**) 阴。午前,为哲生托件手挥数行寄绍侯,复作书与大侄女,寄京师。午后,至西关安徽乡祠送洪兰楫老友枢归西川,遇朱次帆、杨静轩、恩毓亭、许守之、文健臣诸君。下午回寓。

十二丁酉日(**4 月 12 日**) 晴。日间,黄丽斋索及旧用夯服,因检出四副遣人送与之。阅邸抄,东抚又简袁海观侍郎署理。袁名树勋,湖南人,起家州县,官沪道有年,擢苏臬、京尹,今正甫升民政部侍郎。此公亦素昧平生者,其先放之袁大化已丁外艰。

十三戊戌日(**4 月 13 日**) 晴。阅邸抄,煌煌谕旨重申戒烟之令,派王大臣督查京外大小臣工凡染烟癖者限日戒断,不准徇隐,未知当局若何办理也。闻吴署抚请开藩司本缺,得旨给假一月。

十四乙亥日(**4 月 14 日**) 晴。早间,谒署抚,遇绥五、伯彭、仲洪诸君,同上手版,概辞不见。复访雷樾岩,晤谈。答拜苏锡爵、陈恩畬,均未晤,午刻还。午后,萧筱虞来,晤谈良久。

十五庚子日(**4 月 15 日**) 晴。朱仲洪午后过谈片刻,欲再乞余红顶,余不肯割爱,却之。日间,检取衣帽,分别位置原所,取携乃便。

十六辛丑日(4月16日) 晴。午后,项幼轩便衣过谈。余连日未出门,欲作京信,复懒于握管,摊笺辄止者屡也。两月以来,无复竹林之叙,益无聊赖云。

十七壬寅日(4月17日) 晴。早间,修发。见庭院白丁香盛开,徘徊久之,聊以破闷。日来天气渐热,寒暑针已至六十度矣。

十八癸卯日(4月18日) 晴。前在京时以陆春江京卿七十生辰,同乡整办寿屏公祝,由钱新甫侍讲经手,曾托新甫为余附分,临行匆匆,忘付分资,顷闻方鹤人将入都,乃致新甫一书,寄银五元,交鹤人带与之。

十九甲辰日(4月19日) 晴。午后,往拜鹤人太夫人寿,遇方琴洛,询知鹤人明日即行。复拜胡星舫、潘仲年、徐绍武、沈芳衢,均晤谈。访吉珊、荔孙,未遇。傍晚回寓,将致新甫信件送鹤人处。

二十乙巳日(4月20日) 晴。接姚玉衡醝尹书,贺余得二品衔,情意颇殷殷也。京中今日换戴凉帽,此间署抚尚未示期。

二十一丙午日(4月21日) 晴。闻抚院示期廿二日换季,故迟两日,殊属无谓。时天气已热,穿两夹衣犹嫌过暖也。

二十二丁未日(4月22日) 阴。大风扬沙,天气昏黄,所谓热极生风也。午前,栉发。午后,刘荔孙过谈。

二十三戊申日(4月23日) 晴。午前,至浙闽会馆春团。沈、张两君皆未到,朱、万因亦不至,惟余与友梅,余则府厅州县诸君子,然到者亦不多。午后散,余复拜客,晤崔绥五、方琴麓,各久谈。下午回寓。

二十四己酉日(4月24日) 晴。昨日热甚,衣夹衫犹挥汗。今早北风陡作,忽又大凉,可衣重棉。下午,余方小眠,李吉珊过访,即起而出晤。盖归自京师尚未与见,故闻其足音喜可知也。

二十五庚戌日(4月25日) 晴。早间,绥五过访,久谈。午后,与家人赏竹消遣。日间八巡,晚四巡,余获大捷,若在外则所赢多矣。

二十六辛亥日(4月26日)　晴。午后,又在家赏竹,至夜分方休,无所输赢,不过消遣长日而已。离京将及匝月,樨侄女处尚无信来,不知其家事若何定局也。

二十七壬子日(4月27日)　晴。午刻,家祭。午后,欲访筱虞,作字豫约,筱虞辞以日内有事,改日来约往叙,只得中止。

二十八癸丑日(4月28日)　晴。荔孙下午过访,云接其尊人书,欲迎眷至京,嘱转致哲生两家姻事在京举办,迟日访哲生告之。

二十九甲寅日(4月29日)　晴。有陆军部侍郎凤山来阅第五镇军队至此,过门投刺,亦以一刺报之。闻明日公宴即在浙闽会馆,则余不欲附分矣。

四　月

四月初一乙卯日(4月30日)　晴。午后,携梧儿、富、熙两孙至鹊华桥乘舟游湖,至小沧浪皖江公所各流连时许。兆梧携照相器具将两处景物各拍照一片。至历下亭,适有人在内宴集,将门外临湖之景并所坐舟拍照一影。傍晚,返棹鹊华桥,呼百花村酒馆制点心来舟小食,亦颇适口。傍晚回寓。斯游也,费京钱四缗,颇觉适意云。

初二丙辰日(5月1日)　晴。接仲簾书,乃其仆齐升带来者。齐欲在此觅啖饭所,仲簾托其友人刘大令印昌并托余随时为之荐引,其仆乃南宫人也。

初三丁巳日(5月2日)　晴。午后,哲生过谈,以刘宅姻事欲在京成礼,伊处甚为不便,情愿改早吉期在此迎娶,约俟择定喜日再相告语。

初四戊午日(5月3日)　晴。午前,接子先杭州书,需次吴门年余无差,近因嫁女返里。午后,通判沈君兆祎来见。沈占籍南昌,其先世为塘栖人,昨在会馆曾与邂逅,故来一谒。

初五己未日(5月4日)　晴。午后,陈起霞便衣来谈。渠现署东昌同知,以闲官无事带印来省,其抚院文案已销差矣。阅电钞,吴赞臣调直藩,朱少桐擢东藩。朱乃萧山相国公子,与余家有世谊,昔年伯兄与之熟识,余素未与谋面,拟作书贺之。渠由闽臬升擢也。

初六庚申日(5月5日)　晴。午前,张鹤亭来晤,欲购鼻烟少许,为其侄疗疾,乃与以半瓶,约重三两。午后,拜客,晤绍庭、培轩,各久谈,傍晚回寓。天气热甚,至八十度矣。

初七辛酉日(5月6日)　晴。节交立夏,祀先,行时享礼。午后,鹤亭遣价送银五两来作鼻烟价,因受之。天热仍如昨日,居然夏令矣。

初八壬戌日(5月7日)　晴。阅邸抄,郭介丈以乡举重逢得加三品卿衔,午后往贺,得晤。又访朱梓桢、蒋哲生、汪瑶庭,均晤谈。最后访筱虞于北园,适外出,其子出见,茗话片刻而还。

初九癸亥日(5月8日)　晴。午后,作书复子先,因其嫁女寄银十元为贺,交邮局汇杭。连日甚热,大似炎夏,余最苦之。下午,绍庭来访,晤谈。

初十甲子日(5月9日)　晴。大风扬沙,天忽转凉。闻吴赞臣虽调直藩,仍以既摄巡抚不欲再为冯妇,已告病开缺,一俟卸篆即回籍矣。

十一乙丑日(5月10日)　晴。大风如昨,尘沙扑面,殊苦之。连日余患腹泻,家中人亦多腹泻者,殆饮水不洁之故也。

十二丙寅日(5月11日)　晴。新署抚袁海观侍郎树勋今日莅止。午后,往西郊迎宾馆逅之,候至酉初方到,同人相见于官厅。袁年六十余,湘潭人,白发伟貌,仪表颇佳。同人复随至皖江公所行馆,以日暮不复请见矣。

十三丁卯日(5月12日)　晴。早间,接大侄女信。巳刻,因新抚接篆往扎院谒贺,以人多先见现任诸君,候补者概未见。绍侯自兖济来,遇于官厅。散院后,复答拜许尺衡,少谈即归。

十四戊辰日(5月13日)　晴。风沙仍复不少。午前,绍侯来晤谈。新抚今日出门拜客,已来谢步。今早因欲出门,概未见客,余之不往暗合道妙。

十五己巳日(5月14日) 晴。早间,往皖江公所谒袁署抚,辞不见,云俟迁入衙署乃见客。午后,绍侯邀往小叙。杜宾谷、沈锡五、陈梅孙均在座。天热而余腹疾亦未瘥,力疾支持,输钱十缗而归。

十六庚午日(5月15日) 晴。聊城杨凤河观察保彝来拜,晤谈片刻。凤河乃玉堂河帅之孙,与伟如有戚谊,故来拜云。

十七辛未日(5月16日) 晴。吴赞老今日起程回籍,由火车至青岛,有往车跕送者,有直送青岛者,余与之素无交情,遂不往送,所谓"众人遇我众人报之"也。

十八壬申日(5月17日) 晴。午刻,刘荔孙便衣过谈,因蒋宅姻事定准九月内举办,其母妹暂不至京,嘱转致蒋即择定吉期为要。

十九癸酉日(5月18日) 晴。午后,蒋哲生过谈,即将刘语告之。闻袁抚今日入署,因天久不雨,明日将设坛祈祷,大约又不见客矣。

二十甲戌日(5月19日) 晴。闻方伯至泰安封山,今日还辕,因饬人持刺迎候。宾谷走柬约明日邀绍侯小集,余曾约偕作主人也。

二十一乙亥日(5月20日) 晴。午前,家祭。午后,便衣至宾谷处小叙。绍侯、佩瑜、吉珊、仲洪皆在座。天气甚热,晚饭后遂各散。

二十二丙子日(5月21日) 晴。午后,往答拜杨凤河,未晤。访哲生,晤谈。旋至陈梅孙处小叙。绍侯、福棠、笏南、吉珊、敬南、啸山、晓棠均同席,亦以天热早散。晚间风雷交作,继以大雨,可称喜雨,惜为时未久即止,约得雨可三寸耳。

二十三丁丑日(5月22日) 晴。雨后稍凉。午前,谒袁中丞,得见,未深谈。拜孔上公,晤谈片刻,遂归。

二十四戊寅日(5月23日) 晴。田象乾总戎来拜晤。田名在田,巨野武状元,年七十八,今届乡举重周,拟邀加秩,故来省谒中丞乞入告耳。

二十五己卯日(5月24日)　晴。午后,陈起霞便衣过谈。起霞现署东昌同知,不复兼充抚院文案矣。

二十六庚辰日(5月25日)　晴。下午,沈芳衢过访,晤谈良久。绍侯今日已首途回济宁,其瓜代尚无期也。

二十七辛巳日(5月26日)　晴。阅邸抄,陆伯葵告病,张振卿得总宪。黄让卿年伯亦以乡举重周加秩阁学,此次膺斯典者已得六人,可谓盛矣。

二十八壬午日(5月27日)　晴。午后风雨交作,雨雹时许。当事今日求雨不得雨,而得雹,难矣哉!

二十九癸未日(5月28日)　晴。天气陡凉。午后,荔孙来晤,仍以其母妹须北上,嘱转致蒋氏将来迎娶只好在京成礼矣。

三十甲申日(5月29日)　晴。将续认路股交付廿元,取有收据。午后,访哲生,未晤。访吉珊、荔孙、起霞,均晤谈。答拜田象乾,亦未遇,傍晚归。

五　月

五月初一乙酉日(5月30日)　晴。午后,蒋哲生来晤,因将刘宅所嘱告之,渠仍不欲携子赴京完娶,仅云回家商定再覆而去。

初二丙戌日(5月31日)　晴。是日为先祖荣禄公之诞辰,设祭如礼。天气渐热,祈雨未降,人心颇惶惶不定。闻孔上公太夫人于昨日病殁省寓。

初三丁亥日(6月1日)　晴。孔处略有戚谊,只得循俗套送以冥资四事,明日当往吊奠可也。

初四戊子日(6月2日)　晴。天气甚热。早间,往吊于孔氏,司道同寅到者十余人。中丞因病齿遣子代吊,于是同人各散。复顺道拜丁慎五方伯寿,答拜阁大令廷献,然后归。

初五己丑日(6月3日)　晴。早间,至抚院贺节,同寅相见于官厅,共到卅余人,巳刻即散。回寓,祀先,受贺,与家人饮蒲觞。午后,赏竹消遣，至晚方罢。

初六庚寅日（6月4日）　晴。闻今日又设坛祈雨，中丞率属步祷。午前，阎大令廷献来见。阎以进士中书改选新泰令来东。午后，哲生来晤，仍请转致刘宅约九月在东迎娶，于是复访荔孙告之。访项幼轩，久谈。幼轩昨以鲥鱼、枇杷见饷，江乡风味得尝为快。孙崧甫至自京师，昨来未晤，今往访亦未遇，遂归。晚间大雨一时许，差强人意。

初七辛卯日（6月5日）　晴。午后，崧甫来谈，略悉孟延处分家情形，知慧馨母子均好，荔生夫人及符曾尚未出京也。

初八壬辰日（6月6日）　晴。午后，作书寄樨侄女，并因兆樨前嘱代撰孟延讣启久未拟就，匆匆为拟一稿寄去。盖孟延故后，外省尚未讣告，专候此稿刊印发寄也。

初九癸巳日（6月7日）　晴。午后，至抚院处祝寿。同人集官厅，少坐即散出。至温如处，易便服。至按察司街牙医小岛周策处诊齿。小岛日本人，因令兆梓先往相待，以便传语。于是小岛先将余右边残牙抉去二枚，约明日申刻来语镶补。

初十甲午日（6月8日）　晴。昨在官厅遇杨静轩，索余旧用豸服，因检出亮纱豸补一付赠之。午刻，祀祖。下午，迟牙医不至。

十一乙未日（6月9日）　晴。酉刻，小岛周策方至，为余洗齿一次，将左牙脱缝处镶塞药裹一颗，嘱明日再往伊处就诊。

十二丙申日（6月10日）　晴。午刻，祀祖。午后，接二媳高邮来禀，言及病起尚未复元，喜孙甚好，夏间能否北上尚未定也。

十三丁酉日（6月11日）　因。辰刻，至牙医处镶牙。小岛将昨日塞药裹取出，以水和磁灰融热，塞于牙缝，疼且胀，甚觉难受。巳刻归。晚间阵雨一次。

十四戊戌日（6月12日）　晴。有河南已革典史程君端业来见。昔年运河故吏也，年已七十有五，贫苦无依来觅枝栖，余无援引之力，听之而已。

十五己亥日（6月13日）　晴。午后风雨交作，又大雨雹，历时未久,仍复晴霁,然禾稼已受伤矣。

十六庚子日(6月14日)　晴。闻首府县又复设坛祈雨矣。今年东府缺雨,屡祈未应,农收恐不能丰,殊可忧也。程典史来告辞,意欲伙助,余以资竭谢之。

十七辛丑日(6月15日)　晴。接子先复书,收到喜仪,殷殷言谢,知其旋里嫁女后仍回吴门需次,惟尚无差,亦殆苦耳。

十八壬寅日(6月16日)　晴。午后,有浙路总理汤蛰仙京卿派来劝股代表人徐励身骊良来拜,晤谈。徐年三十余,海宁人。

十九癸卯日(6月17日)　阴。终日大雨,可云既沾既足,人心大慰矣。同乡走单订明日未刻赴会馆集议路事,因代表徐、胡两君皆住会馆也。

二十甲辰日(6月18日)　晴。午后,至会馆答拜徐励身、胡叔田。胡乃鄞县人。时同乡到者沈楚卿、张毓渠、徐友梅、沈芳衢、袁啸山等共卅余人。徐、胡登坛演说劝股缘由及近日筑路情形,同人大都先经认过股分,只好再认,续为劝招可也。徐、胡明日即行,毓渠招饮运署,余与荔孙前往作陪。酉刻往集,亥初散归。

二十一乙巳日(6月19日)　晴。午后,陈梅孙来晤,谈少顷即去。闻朱少桐方伯已抵上海,将航海来济履新,盖请觐奉批免见矣。

二十二丙午日(6月20日)　晴。阅邸抄,田在田总戎以重遇鹰扬得加太子少保,可谓异数。田乃壬子科武状元也。

二十三丁未日(6月21日)　晴。午后,答拜陈梅孙,未晤。访杨静轩,晤谈良久。孔燕庭为其太夫人治丧,请陪宾,因往与食。遇王燕泉、刘道三、蒋哲生,余皆不识。傍晚散归。

二十四戊申日(6月22日)　晴。辰刻,往奠孔公太夫人,为之陪宾半日。天气太热,午后散归。阅邸抄,陆伯葵总宪告病开缺,越五日作古,身后赐恤尚优,可望予谥也。

二十五己酉日(6月23日)　晴。天气仍热甚。朱少桐方伯今日由胶济铁路莅止,因于酉刻至东车站迓之。郭介丈、何志霄、方鹤人、朱少山、文健臣均与焉。戌初,朱至相见,少坐即散。

二十六庚戌日(6 月 24 日) 阴。午前雨。小岛周策复来为余补齿,补镶三处,索银七元而去。孔公太夫人发引,因雨未往送。

二十七辛亥日(6 月 25 日) 晴。阅报纸,陆伯葵得谥文慎,亦可无憾。伯葵为憩云年丈之子,癸亥、甲子间在京邸夔相烂缦胡同宅中时相邂逅,记得伯葵长余七岁,其时余六七岁,彼十四五岁,迄今垂五十矣。

二十八壬子日(6 月 26 日) 晴。挈全眷游明湖。未刻,拿舟而去。历李公祠、铁公祠、张公祠,最后至历下亭。适中丞袁公眷属亦往游,相遇于历下亭焉。傍晚,泊舟鹊华桥,小食点心,然后归。

二十九癸丑日(6 月 27 日) 晴。候补直州周君拱藻来见,晤谈。周君瑞安人,黄漱兰年丈之妻侄也。朱少桐来拜,未请见。

三十甲寅日(6 月 28 日) 晴。天气热甚。阅报纸,徐乃秋老友竟殁于延建邵道任所。余向与交好,今已八九年不通音问矣。乃秋今年七十有四,昔年无子,未知晚岁得有子息否也。

六 月

六月初一乙卯日(6 月 29 日) 晴。早起,至抚院官廨,同人到者颇多,而皆不请见,余亦从众。散衙后,拜朱少桐方伯,亦未晤,遂归。

初二丙辰日(6 月 30 日) 晴。闻中丞以本省财政艰窘将裁并局差,以节糜费,大致已定,吾侪皆在被裁之列。余需次七年,求一会办而不可得,仅得一稽查河局,月薪百金,后来者大都兼充局差三四,若辈之被裁宜也,波及于我无乃恶作剧矣。

初三丁巳日(7 月 1 日) 晴。局薪不至,是否停支闻须候院檄遵行,只好先将兆梓所得薪金开支日用。渠所兼豫省学堂以无款停办,又少廿金,真所谓打穷劫也。

初四戊午日(7 月 2 日) 晴。作书约少桐方伯相见,渠以事冗约俟其迁署后再见。闻丁培轩捧檄履兖道任,已于昨日首途矣。

初五己未日(7月3日) 晴。绍侯将卸篆回,中丞以河局总办畀之。各局事繁者设会办一员,事简则不派会办,从此候差难如候缺矣。

初六庚申日(7月4日) 晴。钱履樛过谈良久。余闲居无俚,取《唐宋诗醇》阅看,聊遣长昼。

初七辛酉日(7月5日) 晴。天气甚热。日处穷乡,几于彷徨无计,薄宦廿四年,竟至一贫如洗,真始愿所不及,欲罢不能,进退维谷,难矣哉!

初八壬戌日(7月6日) 晴。徐绍武至自烟台,日前曾来拜,因往答之,未晤面,遇诸途。旋至丁佩瑜处久谈。又访朱梓桢一晤。遇茅大令乃厚于座,乃丁酉年同排引见者也。

初九癸亥日(7月7日) 晴。午后,往拜少桐方伯,以修发辞,未获晤谈。访宾谷,亦未晤,遂归。兆梓暑假无事,欲赴高邮接二媳归,以无钱办装未能成行。

初十甲子日(7月8日) 阴。晨起,携兆梓游明湖以破闷,乘舟至历下亭久坐。天气清朗,小雨微凉。至李公祠招履樛来茗话良久。至铁公祠、小沧浪、张公祠各流连时许。时已午牌,乃至施家马头舍舟登岸,至太平春小食点心,招崧甫、矩臣同食。未刻散归,知少桐方伯来拜,又未获晤,大为怅然。

十一乙丑日(7月9日) 晴。银钱告罄,日用不继,本月薪金中丞有令照支,而局员因总办未至迟迟不给,乃向钱肆挪借数十竿,暂救眉急。

十二丙寅日(7月10日) 晴。总办河防局者为吴绍侯,闻其卸署兖道,已由济宁首途,甚盼其早全,东风可早与便也。傍晚,刘道三过谈。

十三丁卯日(7月11日) 晴。闻绍侯效刘纲挈眷往游泰山,又须迟道三日,至十六方能莅止。云中丞以财政支绌将局所大加裁并,同人平日兼数差者大半赋闲，余从未兼差，仅区区者而亦余夺，可谓"不曾同乐竟同忧"矣。

十四戊辰日（7 月 12 日） 晴。下午，出门拜少桐方伯，得晤，畅谈。叙及当年旧谊，意颇殷殷。复答拜道三，亦晤。旋至兆梧所赁新宅，一阅而还。

十五己巳日（7 月 13 日） 晴。兆梧因求差不得，闲居无聊，乃重理机器制面之业，赁屋府门前，外设市廛，内住眷口，于今日移往。所需皆出借贷典质，但愿其利市三倍也。

十六庚午日（7 月 14 日） 晴。午后，至会馆，偕同乡诸君公宴少桐方伯。共设六筵，余与毓渠、楚卿、养田、友梅及青州太守黄石荪均在第一筵相陪。席间，毓渠谈及将奉差北上，须暂交卸，闻之怦怦有动于中，余需次有年，论资固应权篆也。席散后，闻绍侯至省，即往访之，晤谈一切。傍晚回寓。

十七辛未日（7 月 15 日） 晴。早间，函托绍、桐为余说项，将以求吾大欲，虽成否难必，人事不可不尽也。午后，绍侯过谈，嘱将局薪速发，渠唯唯而去。接赞斋亲家来书。

十八壬申日（7 月 16 日） 晴。早间，至县东巷东昇书屋访张寿林占课，问所图成否，则所占未见速象，据云秋后可有佳音，恐此时又属画饼矣。旋至兆梧寓舍一观，午前回寓。

十九癸酉日（7 月 17 日） 晴。作书致四弟，又复赞斋书，又致子先书，均拟交兆梓带去。兆梓将往高邮接取其妇回东，并迂道往苏州、杭州一行也。

二十甲戌日（7 月 18 日） 阴。大雨竟日，天气凉爽。日间，又作书三函，一上夔石相国，一上季卿叔岳，一致王茂育也，并以季丈七秩寿寄红缎寿幛一轴，皆由兆梓携往。晚间，兆梧因兆梓明日行，特来寓共饭。嗣阅日报，日内并无青岛开上海之船，明日不必即行，候有船行确信再往青岛可耳。

二十一乙亥日（7 月 19 日） 晴。本月薪金顷始送来，难如登天,不啻久旱甘雨矣。兆梓仍拟明日如青岛候轮南行。

二十二丙子日(7月20日)　晴。兆梓卯刻往东站搭火车遄行,兆梧来寓送于车站。巳刻,朱梓桢来访,畅谈良久乃去。

二十三丁丑日(7月21日)　晴。午刻,祀先。兆梧挈妇孺均来行礼,在此侍膳,饭毕而去。所设照像馆、面肆择得明日开张,故速归摒挡一切也。

二十四戊寅日(7月22日)　晴。天气热甚。巳刻,至兆梧处,视其开市。贺客来者十数人,早晚皆设席待客,有呼伎侑酒者。余在后室饭,未出与见,亥刻归。

二十五己卯日(7月23日)　晴,热尤甚。前闻张毓藻都转因控案交涉须解任,曾托方伯为余说项求摄运篆,旬日以来尚无消息,闻当事有序资委署之说,果尔余已居第二,似亦有望也。

二十六庚辰日(7月24日)　晴。接兆梓青岛来禀,拟廿三乘德生轮船如沪,计此时已将抵杭矣。晚间,兆梧来寓一转。

二十七辛巳日(7月25日)　晴。抚院檄委崔子万观察钟善署运司,余闻之喜而不寐,盖崔资最深,早应摄篆,今果循资派委,次则将及我矣。

二十八壬午日(7月26日)　晴。午后,萧筱虞便衣过谈,余久不与晤,闻其至喜甚,相与畅谈。适渠欲访萧绍庭,有事相商,屡探绍庭未归,遂久坐余斋,至日夕乃去。

六月廿九癸未日(7月27日)　晴。子万今日接篆,早间甚热,未往贺。午后,杨静轩来辞行,晤谈片刻,渠捐升道员,尚未引见,今将北上赴部带引也。

七　月

七月初一甲申日(7月28日)　晴。早间,出门贺崔子万,送杨静轩,访吴绍侯,均未晤。至兆梧处小憩即归。午后,东南风大作,其热尤甚。

初二乙酉日(**7 月 29 日**) 晴。转西北风,小雨一阵,天气稍凉,不似前数日之炎暑。午后,接大侄女安信,其弟妇尚在京寓,须八月间方南旋。

初三丙戌日(**7 月 30 日**) 晴。天气凉爽,颇有秋意,甚佳,佳甚!连日寅正即起,至外厅盥沐小食,领取凉风为多也。午刻,祀先,兆梧夫妇均来。

初四丁亥日(**7 月 31 日**) 晴。天气又热。闻沈楚卿悼亡,已见报条,明日须往一吊也。

初五戊子日(**8 月 1 日**) 晴。卯初起。辰初,至沈楚卿处吊唁,遇方琴洛、郝聘卿、潘笏南、庄乐峰、文健臣、崔绶五、韩伯彭于座。巳刻即归,热极。

初六己丑日(**8 月 2 日**) 晴。庖人坏极,制馔不能下咽,乃自制以餐,于是老妻率婢妪躬亲烹饪,忙碌殊甚。

初七庚寅日(**8 月 3 日**) 晴。天气奇热,夜不能寐,每日寅卯间即起,乘黎明清气,稍可纳凉,至巳午间热不可当矣。

初八辛卯日(**8 月 4 日**) 晴。每日自制两餐,颇多不便,良庖殊不易觅。且日用支绌,亦无巨价以雇佳庖也,惟诸事将就而已。

初九壬辰日(**8 月 5 日**) 晴。家忌,祀先。兆梧夫妇均来。午后,兆梧往谒崔子万,恳其说项于当事,未知能有济否也。

初十癸巳日(**8 月 6 日**) 晴。蒋哲生便衣来晤,嘱转致刘宅,喜事欲在京招赘,因札致荔孙请其禀商堂上能否允从,以便覆蒋。

十一甲午日(**8 月 7 日**) 晴。天气日热一日,寒暑表至百度矣。每日午前出至大厅憩坐,尚觉凉爽,至巳午间火伞高悬,坐卧皆觉不宁,真无可如何也。

十二乙未日(**8 月 8 日**) 晴。是日立秋,居然气候稍转。终朝坐前厅,阅《东华录》以消遣,觉当年圣明在上,迥不似今日之太阿下移也。

十三丙申日(**8 月 9 日**) 晴。早间颇清凉,午后仍复大热。兆梓无信,不知行抵何处。方鹤人过谈,询知法政开学在即,深盼其速回也。

十四丁酉日(**8月10日**)　晴。辰初,往北园访筱虞,城外颇甚清凉,在彼吃面,以作午餐,畅谈至未刻散。入城访绍侯,未晤。访哲生、绥五,各谈时许,申刻归。

十五戊戌日(**8月11日**)　晴。早间,携兆梧至张寿林处占课,卜兆梓之行踪,则云十七方抵高邮,廿一可有信至。午刻,祀祖。

十六己亥日(**8月12日**)　晴。早间,刘荔孙来晤。午后,接王茂育信,与兆梓已相见,典息于初八日汇出,票庄兑款恐难迅速,未知能否汇到也。

十七庚子日(**8月13日**)　晴。早间,绍侯来,晤谈。午后,筱虞邀饮北园,绍侯、炳卿、筱珊、佩瑜、荔孙、锡五均在座赏竹,余无输赢。席散方亥初刻也。

十八辛丑日(**8月14日**)　晴。巳刻,发电至王赞斋,嘱其促兆梓速回。高邮无电局,须由界首转送也。午前,绥五便衣过谈。

十九壬寅日(**8月15日**)　晴。早间,往答拜方鹤人、雷樾岩,均未晤。吊钮觐唐丧偶,少坐,遇方子嘉。至绍侯处拜寿,在彼永日,作赏竹之叙。小虞、锡五均在座。晚饭毕即散,以太热不能卜夜也。

二十癸卯日(**8月16日**)　晴。午后,往答拜萧子嘉,未晤。至荔孙处,偕佩瑜、吉珊、芳衢、啸山公祝绍侯,邀炳卿、小虞、锡五作陪,由荔孙承办。天气热甚,饭毕即散。回寓,得兆梓自镇江来信,须十五六方能抵高邮也。

二十一甲辰日(**8月17日**)　阴。早接兆梓回电,定廿二日行,约计月内总到。巳刻,萧子嘉来晤谈,辛亥世兄也。午后得雨两阵,晚间又雨,惜仍未透。天气转凉,颇有秋意矣。

二十二乙巳日(**8月18日**)　晴。午后,至皖江公所。朱炳卿招饮,绍侯、筱虞、梅孙、笏南均同席。炳卿淮安人,看馔皆淮扬风味,惜天热未能多啖耳。傍晚散归。

二十三丙午日(8 月 19 日) 阴。自寅正雨,至午正方止,得雨深且透矣。午后仍复阵雨数次,天气稍凉,不似前此之炎热。当事祷雨多次,今始得透雨耳。

二十四丁未日(8 月 20 日) 阴。终日忽雨忽止,约十余阵,雨极多矣。午后,接院檄准禁烟大臣颁发调查六项表式,饬即据实填注,送巡警道汇详并申报查考等因。此间禁烟局已裁撤,归巡警道办理,其表式尚未送来也。

二十五戊申日(8 月 21 日) 晴。天气凉爽。午后,至荔孙处公宴,仍是前集诸君子。清风徐来,人极舒畅。晚饭后散归,接准巡警道函送六项表式来。

二十六己酉日(8 月 22 日) 晴。早间,复巡警道函,将表式填注,实已断净,声明前曾吸烟,嗣于光绪三十年六月十二日戒断,系于奉旨禁烟以前早已戒断净尽。函复去后,晚间,杨静轩来谈,亦询此事,告以如此办理而去。

二十七庚戌日(8 月 23 日) 晴。午后,由新泰厚交来茂育信,并汇到典息六百金,亲往取回。旋访潘仲年,未晤。至绍侯处,晤谈。适值竹叙,遂留入座,小虞、梅孙、锡五均与焉。晚间散归,赢十三缗。

二十八辛亥日(8 月 24 日) 阴。午后,至南关乡祠奠蒋老太太,哲生之婶母也。遇方琴洛、刘迪吉于座。归途访绍侯,晤谈。

二十九壬子日(8 月 25 日) 晴。早间,潘仲年来答拜,晤谈。旋往祁少符处贺其赘婿之喜。婿即朱炳卿之侄孙,并往朱宅一贺。访梓桢,得晤,午前归。

三十癸丑日(8 月 26 日) 晴。接兆梓沪电,今日自沪启行,约初二三可到此矣。法政学堂初一即须开课,因代为请假三天。

八 月

八月初一甲寅日(8 月 27 日) 晴。久不谒帅,因于辰刻往谒,得与方伯诸公相遇官厅,候至巳正方获见。同见者刘荔孙、雷越岩、崔绥五、袁啸山、潘仲仁也。午初归。新试庖丁姚姓今日上工,尚能下箸。

初二乙卯日(8月28日) 晴。闻胶济铁路溜河店桥梁冲断,中有里许路须步行,乃命刘顺前往迎迓兆梓,照料一切,免致临时彷徨无计也。

初三丙辰日(8月29日) 晴。午后,小虞过谈片刻。戌刻,兆梓夫妇挈喜孙至自高邮,出赞斋亲家复书。兆梓此行先往杭州、余杭、苏州,与各亲族相见,并回里上冢。四弟无复书,惟口述近状,稍悉梗概。季卿叔岳有亲笔复函,并以徽扇两柄见贻。

初四丁巳日(8月30日) 晴。午后,绍侯邀手谈,蒋友山、张子纯、沈锡五、俞复新同叙。晚饭后,复对垒四巡,亥刻散归。

初五戊午日(8月31日) 晴。新过道班潘仲仁煜来晤,即日前遇诸官厅者,乃绍兴人,先以知府需次,曾充上游河工提调,从前闻名未谋面也。

初六己未日(9月1日) 晴。早间,梓桢过谈。午后,绍侯来晤。傍晚,沈芳衢来,余方倦卧,乃辞以沐。小虞为余书隶字折扇送来,言明日之约另改期矣。

初七庚申日(9月2日) 阴。准巡警道移会前填表式须取切结,乃自拟结底,明日函复。晚间,芳衢复来访,亦以此见询,因示以具结格式而去。夜间雨,通宵未止。

初八辛酉日(9月3日) 阴。拟就复巡警道函稿并结底,嘱矩臣代缮,即日送往,取有仲年名刺为据。午后,巡检方翰来见。其人字墨香,旌德人,廪生考用,此次与兆梓同舟来者。晤谈去后,复以茶叶见贻,因受茶叶,返荷包。午前复又小雨数阵。

初九壬戌日(9月4日) 晴。作书寄大佺女京师,久未致函,殊念之也。阅邸抄,吴仲饴侍郎外转汴抚,樊介轩侍讲擢江苏提学使矣。

初十癸亥日(9月5日) 晴。午后,拜崔子万,晤谈。访沈芳衢、刘迪吉,均晤。闻院抚于调查禁烟一事又设官场查验所,道员以上令各取具同乡互保切结,送院查考,因电致许尺衡,约与合具保结,时尺衡在上游河工差次也。

十一甲子日(9月6日) 晴。复作详函寄尺衡,交许守之转寄,告以如愿合具互结,即由余承办,倩守之代为署押。晚间,得尺衡复电,愿相互保,听余承办。刘迪吉便衣来晤。

十二乙丑日(9月7日) 晴。早间,将互结会禀底稿拟就,嘱崧甫、矩臣分缮。巳初,至沈楚卿处陪吊,在彼吃饭。中丞先到,去后方伯以次继至,余均为陪坐。天气忽又甚热,仍着亮纱袍,犹挥汗也。午后归,雨作,至夕方止。

十三丙寅日(9月8日) 阴。巳正,至楚卿处送其夫人发引,在彼候其启灵,步送至府前即止。携兆梧往杏花村吃西餐,申刻回寓。

十四丁卯日(9月9日) 晴。阅抚院复,饬取本员自具切结,连同互结并呈,乃自书二结,代尺衡书二结,送守之代押。矩臣书就红白禀已送来,明日便可封递矣。

十五戊辰日(9月10日) 晴。辰刻,谒院,同寅到者廿余人,聚谈时许即散,巳正回寓。午刻,祀祖,受贺礼毕,家宴。崧甫、矩臣在此,兆梓兄弟相陪。下午,食蟹。今蟹贵而瘦,远逊往岁也。

十六己巳日(9月11日) 晴。日来天气转凉,殆不致复热矣。院禀并结封填今日,于早间投送,限以十日,今才六日也。午后,张子纯便衣过谈。

十七庚午日(9月12日) 晴。早间,携兆梓、有锦步行至兆梧处,偕携有绯、有翼共往东县巷崧甫昆仲新居一看,坐谈刻许归。午后,购蟹数只,持螯小酌。

十八辛未日(9月13日) 晴。午后,项幼轩、萧小虞先后过谈。小虞坐良久,余方食蟹,俟其去乃获大嚼焉。小虞约廿七过伊斋小叙。

十九壬申日(9月14日) 晴。早间,拜少桐方伯,未晤。旋往八旗奉直乡祠吊胡孟持丧偶,遇吴绍侯、丁培轩、庄耀甫、袁啸山、潘子木。散后,访汪瑶庭于东关,谈时许而归。午后,食蟹,颇壮。

二十癸酉日(**9月15日**)　晴。绍侯作字以潘仲仁欲余为出戒烟互结,余因已经禀呈抚院,只得却之,实则因向不熟谂,未便孟浪也。

二十一甲戌日(**9月16日**)　晴。崧甫、矩臣昆仲来,晤谈。午后,项幼轩来晤。晚间,接到抚院批示前禀呈缴禁烟切结由。

二十二乙亥日(**9月17日**)　晴。张子纯邀小叙。绍侯、毓亭、郝季勤、王豫生俱在座。局散,余输钱五十三缗。自四月以后竹叙极少,且都输赢相抵,惟此为"大书特书"矣。

二十三丙子日(**9月18日**)　阴。自辰至午均雨。午后,将昨欠子纯处乐输钱项送与之。午后,持螯小饮。

二十四丁丑日(**9月19日**)　晴。家忌,祀祖。闻萧小虞已于昨日往扬州,殆仍为业盐事也。

二十五戊寅日(**9月20日**)　晴。日来蟹已大肥,每日持螯把盏,以消块磊,较诸信陵君醇酒妇人将毋同乎?

二十六己卯日(**9月21日**)　晴。今日换戴暖帽,因至兆梧处拍一衣冠小影,取其暖帽较凉帽为适观也。归来,又持螯小酌。

二十七庚辰日(**9月22日**)　晴。午后,有直隶通判叶君澂来拜,忆其为老友作舟直刺乃弟,出与相见。盖丁酉岁作舟令祥符时曾与一晤,今别十余年。叶字清如,由直押解官犯来此,事毕即返直也。

二十八辛巳日(**9月23日**)　晴。午后,出门答拜叶清如,视李吉珊疾,均未晤。访朱养田、项幼轩,均晤谈。孙崧甫迎其母及全眷至,寓县东巷,因往视之,少坐即回寓。

二十九壬午日(**9月24日**)　晴。午后,绍侯邀小叙,郝仲仪、张子纯同集。仲仪独胜,又累余输九缗。晚归,接刘迪吉兖州信片,询蒋宅喜期。

九 月

九月初一癸未日（9 月 25 日） 晴。辰刻，上院，因中丞明日将公出，故往一谒，渠辞不见，遂散出。访叶清如，亦未遇乃还。午后，朱养田、郭叔勉先后过谈。

初二甲申日（9 月 26 日） 晴。卯刻，往西关外高等学堂候送中丞，同人到者居多。散后，复往新街视朱仲洪、李吉珊疾，均未晤。在吉珊处小坐，留字而去。巳刻回寓。

初三乙酉日（9 月 27 日） 晴。连日天气又热，仅能衣单袷，颇似初秋，不似深秋。

初四丙戌日（9 月 28 日） 晴。早间，携兆梓散步曲水亭、芙蓉巷、芙蓉街。在文美斋购纸笔，至新兴楼新开酒肆点心，午初回寓。

初五丁亥日（9 月 29 日） 晴。有王君宝瑜来见，辞以沐。王君，邓州人，前官山东知县有年，今捐升道员，尚未指省也。

初六戊子日（9 月 30 日） 晴。答拜王君，未晤。拜朱方伯，谈时许，赴绍侯处小集。蒋友山、沈锡五、郝季勤同叙。亥刻散，无分胜负。

初七己丑日（10 月 1 日） 晴。兆梧为余所拍小像装成镜面，悬诸厅事。连日天气仍热，书斋纱窗均未除换，且顶棚破烂，亦无余资更新也。

初八庚寅日（10 月 2 日） 午间，家祭。兆梧夫妇均以感冒未至。午后，朱仲洪来晤，其疾已向愈矣。

初九辛卯日（10 月 3 日） 晴。携兆梓、汇川、有矛至千佛山登高。辰初往，山不甚高，上有庙宇数处，均有人定座，只好坐茶棚。游人男女甚夥，大都烧香祈福者为多。午初散归，至兆梧处视其疾，已渐见痊。下午回寓。

初十壬辰日（10 月 4 日） 晴。巳刻，出西关至迎宾馆迓津浦铁路大臣吕镜宇尚书。午刻，吕即至。同迓者朱少桐、崔子万、潘仲年、萧绍庭、方鹤人共余六人。相见后,复至吕公行馆谒晤,然后归。吕为莱山亲家门下士,与孟延佺婿通家世好,情意颇殷,余今春在京都曾与相见,故往谒也。

十一癸巳日(10月5日)　阴。偕绍侯访仲洪,遂留小叙。又邀郝子丹,仲洪之戚也。局散,余赢十三缗,只得五缗,郝输未与,故欠八缗。亥正归。

十二甲午日(10月6日)　阴。绍侯邀小集,福棠、仲洪、杨聋与。申叙亥散,余负十二缗,即如数付出而归。

十三乙未日(10月7日)　阴。早间,访汪瑶庭,未晤。至恩毓亭处贺其犹子完婆,入座与喜筵。梅孙、哲生同席。午刻回寓。

十四丙申日(10月8日)　晴。周耀垣自济宁来过访,晤谈。渠在东平州判任内丁母忧,将来服阕例归候补直隶州升阶补用,此来冀图一差,恐不易耳。

十五丁酉日(10月9日)　晴。中丞由黄河上游舟行回省,今已抵泺口,晚间可回署。余以天晚未往迓,比日晡,闻已茌止矣。

十六戊戌日(10月10日)　晴。内子生辰,杜门谢客。余早间上院,未见。访王玉堂、汪瑶庭,均晤谈,午刻归。王玉堂赠诗三首,因余示以述怀诗,故以为报。

十七己亥日(10月11日)　晴。浙闽会馆秋团,巳刻往与。少桐、仰田、芗洲、仲仁、芳衢均到。早面后即各散。内子在楼座搭桌宴女客,余复谢客数家,未刻回寓。

十八庚子日(10月12日)　晴。辰初,至萧绍庭处陪冰。绍庭为其子纳采,冰人为朱仰田、黄立斋,女家则赵小鲁也。因复至小鲁处一贺,仍至萧宅陪宴。午后礼毕,易便服,偕绍侯、芳衢竹叙,赢钱廿缗而散。

十九辛丑日(10月13日)　晴。午后阴,微雨。下午,周耀寰便衣过谈。晚间,杨静轩来晤,渠过班赴引,屡次欲行又止,今特来问途。余劝其由青岛航海,以免风沙之苦,不知渠意云何。

二十壬寅日（10 月 14 日） 晴。午前，萧小虞偕刘迪吉同至，小虞因两淮借运东盐事嘱为转托崔子万，即往一访，未能即如所请，废然而返。午后，萧子嘉招饮北极阁。王季樵、刘迪吉、叶笈香、张景山均同席。主人善饮，劝客甚殷，惜酒不见佳耳。

二十一癸卯日（10 月 15 日） 晴。卯正，至迎仙桥送中丞出巡。巳刻，至绍庭处陪冰，今日为其迎娶之期也。午刻，视其花烛成礼，陪方伯、陪冰人两饮喜筵。午后，仍易便服竹叙。亥刻方散归，输钱十二缗。

二十二甲辰日（10 月 16 日） 晴。有家丁孔升至自京师，带到大侄女安禀。久未得书，正在盼念，更有龙元卅枚寄来为阿婶寿，受之弥觉黯然。

二十三乙巳日（10 月 17 日） 晴。晨起，至迎仙桥送吕尚书北上。方伯、提学均未到，现任惟胡、崔、潘，候补则余与绍侯、迪吉耳。送差毕，即访迪吉久谈。答拜王季樵，未晤。访哲生、绥五，均晤。午刻回寓，得李筱坪讣音，廿年前故人也，今亦故矣。

二十四乙巳①日（10 月 18 日） 晴。因孙氏外孙阿照下月廿二日十岁生日，检出旧藏端砚一方、手卷松墨一匣，以备寄贻。闻迪吉云有友人张君入都，正可托带也。

二十五丙午日（10 月 19 日） 晴。作书致大侄女，复购衣料、笋干、芽茶，拟一并寄去也。午后，王玉堂来，晤谈片刻。盐经历钱葆勋便衣来见。

二十六丁未日（10 月 20 日） 晴。晨起，将寄京信件携往迪吉处，偕其同访张君桂樵，晤谈，面托带京。午后，小虞来晤，言及李吉珊病已垂危，殆戒烟厄之也。

二十七戊申日（10 月 21 日） 晴。阅报条，李吉珊于今日子刻

---

① 纪日干支"乙巳"应为"丙午"之误，直至本年十二月三十日（1909 年 1 月 21 日）皆误。

物故。吉珊人极豪迈,书法、诗文均佳,年甫六十,不料一病遂不起也。

二十八己酉日(10月22日)　晴。袁保三书来,言兆梧史馆议叙以盐课大使选用,经吏部于九月初九日核准,俟领照费到即将部照寄来也。

二十九庚戌日(10月23日)　阴。早间,冒雨往吊李吉珊之丧。遇小虞、绥五、笏南、炳卿、梅孙、耀甫、迪吉诸君,晤吉珊从弟默卿。吉珊有三子,仅幼者侍侧;次子赴京候选,闻病赶回;其长子官安徽,现正权泗州直牧云。

三十辛亥日(10月24日)　阴。大雨一昼夜未止。欧获族侄自京师书来,述及游学日本回国由主事晋员外郎,惟差使仅得额外科员,旅费为难耳。午后,冒雨往访河防局赴安澜宴。雨甚,到者不多,余与许尺衡、郝聘卿、许守之、首府张汉三、首县丁蓉之同席,亥刻散归。

十　月

十月初一壬子日(10月25日)　晴。早间,许尺衡来,晤谈。午后,绍侯邀手谈。沈锡五、郝仲仪、王豫生同集。局散,余输钱千文。

初二癸丑日(10月26日)　阴。作书复袁保三,寄与银十四两,为兆梧取结领照之需,由新泰厚汇寄。天气渐冷,恰似深秋光景,时甫节交霜降也。

初三甲寅日(10月27日)　晴。闻张毓菓将请开缺,果然则崔子万权篆更得多历时日。各有因缘莫羡人,是区区者其亦有畀余时否耶?

初四乙卯日(10月28日)　晴。午前,将哲生、张鹤亭同时来晤,少坐即齐散。岁月如流,又是秋尽冬初时候,终朝兀坐,能无百感交萦耶? 傍晚,小虞作字将孙宅托售鼻炎两大瓶取去,言明价银五十金,迟日送来。

初五丙辰日（10月29日）　晴。闻中丞今日还辕，自青岛至西车站入城，须酉末方到，计其时已昏暮，遂不往迎迓。嗣于戌初闻炮声，知其甫回署也。

初六丁巳日（10月30日）　晴。辰刻，至院署一谒，未之见。答拜客数处，亦未晤，午刻归。午后，有新到省道员润霖来拜，相见之下，知为前粮道达右文之子，年三十余，字雨苍，汉军人。

初七戊午日（10月31日）　晴。午后，周耀垣便衣来，畅谈。渠来省向胡星舫图事，胡迄未与见。事到干人无左券，其然岂其然？张桂樵过谈。张名偁身，河南人。

初八己未日（11月1日）　晴。撰得挽李吉珊联句，曰："当年曾忝同城，叹此际临丧，忍重忆南池簪组；循吏固宜有后，看诸郎竞爽，已克传北海箕裘。"

初九庚申日（11月2日）　晴。邀吕戊斋、周耀寰、吴绍侯、张鹤亭、陈起霞、刘迪吉诸君小叙。绍侯、起霞先散，余人夜子刻方散，余输钱六缗。

初十辛酉日（11月3日）　晴。复邀戊斋、耀寰、绍侯、鹤亭小叙，惟起霞、迪吉不与，人数已足也。连日庖丁制馔殊劣。亥正客散，余输五缗。

十一壬戌日（11月4日）　阴。终日细雨，天气仍不甚凉。午后，小眠片刻。检拾故纸堆，中得庚子年与人往还书札，阅之恍见当年情事，不啻雪泥鸿爪也。

十二癸亥日（11月5日）　阴。偕绍侯、佩瑜、迪吉、梅孙作主人，公宴筱虞、星五、伯彭、乐峰，以诸君皆值月内生日也。竹叙成一局，亥刻散，余输两缗。

十三甲子日（11月6日）　晴。午后，崔绥五便衣过谈。闻周耀垣干胡星舫未遇，又欲干何福棠，皆皖省同乡也，不知能有所遇否。

十四乙丑日（11月7日）　晴。天气稍凉，可衣灰鼠。今年节令较迟，明日方届立冬，宜其气候之暖也。

十五丙寅日(11月8日)　晴。早间,至院署排谒,未见。顺道答拜数客,均未晤而还。回寓,知哲生来访,因其子得运委例差为余说项,特来致谢耳。

十六丁卯日(11月9日)　晴。前托张桂樵带京函件,知张未行,已先饬仆先往,其件已为带去矣。阅省抄,上、中、下三游会办一律更调,皆新近少年得之。

十七戊辰日(11月10日)　晴。闻咨议局筹办处不日开办,三司为总理,袁啸山得充坐办,余皆绅士充之。此差惟法政毕业人员相宜,啸山非其所长也。

十八己巳日(11月11日)　晴。迪吉招集寓斋,嘱代约耀寰同往。此外有蒋溶生观察寿彤,长沙人,由江苏改来,前月才到省也。蒋为人和蔼安详,可与论交。晚酌主人以套杯藏花为令,饮酒颇多。局散,余赢钱廿缗。

十九庚午日(11月12日)　晴。迪吉复邀续集,绍侯亦来叙,溶生、耀寰仍同座。丁培轩、何福堂来少坐,旋偕绍侯先去。培轩云余得委帮办局差,月薪百元,系属何局则忘之矣,余则初无所闻也。晚间局散,赢十七缗。

二十辛未日(11月13日)　晴。午后,蒋溶生来答拜,晤谈。傍晚,接院檄派委帮办筹款税课总局,月薪百元。中丞所定新章,各局会办薪水百金,夫马六十金,今欲减薪,故不曰会办曰帮办。此局今夏将厘金土税并入,故事颇繁琐。总办为丁佩瑜,会办为陈梅孙,局员则四文案、一收支,司事二人司收发文件云。

二十一壬申日(11月14日)　晴。早间,诣院谒见。拜方伯朱少丈,亦晤。午后,莅局视事,文案、收支、收发各员司均出见,弁勇、吏役亦出叩谒。傍晚,访绍侯,遇刘温如十座,谈少顷而还。

二十二癸酉日(11月15日)　晴。润雨、苍玉、振卿先后来拜,均晤。一上游会办,一下游会办,皆年二十余,与当事有旧,故猎等得之。下午,本局文案左君登庆来谒。左字云衢,安徽桐城候选布经历。

二十三甲戌日(11 月 16 日)　晴。阅电传遗诏,惊悉大行皇帝于二十一日酉刻升遐,奉皇太后懿旨以醇亲王载沣之子溥仪承继穆宗皇帝为嗣,并兼承大行皇帝之祧,入承大统为嗣皇帝。授醇亲王为监国摄政王,总理军国大事,盖嗣皇帝年甫五岁也。又读二十一日谕旨,尊皇太后为太皇太后,兼祧母后为皇太后等因。钦奉之下,惊愕不已。午后,便衣出门,访绥五一谈。至局阅视文牍,少顷即还。

二十四乙亥日(11 月 17 日)　晴。早间,电传上谕,二十二日未刻大行太皇太后升遐。抚院传令今日未初在舜皇庙成服哭临。午后,遵易缟素,前往随班行礼举哀。申刻回寓,本局收支徐君嘉柎来见。徐字梓岩,天津人,官候补直牧,友梅之族也。

二十五丙子日(11 月 18 日)　晴。辰刻,恭诣舜皇庙哭临。礼毕回寓,绍侯过谈时许。申初,佩瑜过谈,因偕至哭临所行礼,傍晚还。内子昨发旧恙,晚间延狄君艾棠来诊。灯下,局中送拜匣公牍来,即时判阅。

二十六丁丑日(11 月 19 日)　晴。早晚两诣舜皇庙哭临行礼。午后,有东河斗捐委员张令以诚来见。傍晚,阅看本局公牍,灯下方毕。

二十七戊寅日(11 月 20 日)　晴。内子疾仍未愈。午后,仍邀狄君来诊。周耀寰将还济宁来辞别,晤谈片刻。灯下,判阅公牍。

二十八己卯日(11 月 21 日)　晴。午前,将客厅楹联红色者收起,易以浅碧及白色宣纸者。午后,蒋哲生来晤。又有知县朱兰来见,江西人,其尊人乃杨莲帅之房师也。灯下,判阅公牍,嗣后将以此为常课矣。

二十九庚辰日(11 月 22 日)　晴。早间,陈梅孙来晤,明日偕莅局。午后,局中送公牍拜匣二,即予判阅一小时而毕。

三十辛巳日(11 月 23 日)　晴。午后,出门访哲生,未晤。闻其将转饷入都,拟托带信件也。至登瀛照像馆少坐。申初,莅局,佩瑜、梅孙均在焉,相与判阅公牍毕。余最后散,傍晚还寓。

十一月

十一月初一壬午日(11 月 24 日)　晴。阅电钞,张毓藻请开缺专办峄县煤矿公司,奏奉谕旨,所遗山东运司放丁培轩,递遗兖沂道放吴永。吴乃服阕,前惠潮嘉道也。

初二癸未日(11 月 25 日)　晴。午前,崔绥五过谈。午后,作书复家欧荻侄,邮寄京师。傍晚,阅本局公牍,今日独少,片刻即毕。

初三甲申日(11 月 26 日)　晴。午前,局送公牍来,文件颇多,即时阅毕,交令带回。午后,闲坐无事。

初四乙酉日(11 月 27 日)　晴。接袁保三复书,兆梧领照费共十四今金已收到,照仍未领出,据言领出即寄来也。晚间,阅公牍一小时而毕。

初五丙戌日(11 月 28 日)　晴。久未得兆樨侄女信,颇念,因作书寄声邮递京师。午后,阅公牍两箧,将正杂各款实存总数手摘记之。

初六丁亥日(11 月 29 日)　晴。午前,新委武定府筹款分局朱令作梅来,未见。朱向分武定府当差,委以是席固宜。阅抄电,今上择本月初九日登极,以明年为宣统元年。宣统者,亦光绪之意也。

初七戊子日(11 月 30 日)　晴。午后,访绍侯、绥五、样桢,各晤谈片刻。下午至局,晤佩瑜,偕阅文牍、稿件。佩瑜先散,余后行,梅孙未到。

初八己丑日(12 月 1 日)　晴。傍晚,何福堂走柬邀往小集,绍侯及韦古渔均在焉。至三更方散,余输十四缗。回寓,有局送公牍一箧,至四更阅毕方就寝。

初九庚寅日(12 月 2 日)　晴。闻当事至皇亭朝贺登极,余已检出朝衣冠,本欲随班,询诸同人大都不往,因亦中止。午后,绍侯邀小集。夜阑散归,仍阅公牍一小时而寝。

初十辛卯日(12 月 3 日)　晴。午后,蒋哲生来谈,即时去。绍侯来晤，拉往福堂处小叙。局散，无甚胜负。亥刻归，子刻寝，又阅公牍一小时也。

十一壬辰日（12月4日）　晴。午后，绍侯拉往迪吉处叙谈。蒋溶生、沈芳衢同集。亥刻散，输钱三缗。晚归，仍有公牍判阅，子刻寝。

十二癸巳日（12月5日）　晴。生辰适在国制缟素期内，不敢受家人拜，亦未拜祖。巳刻，诸同人在杜宾谷处设早晚两餐为余小叙。绍侯、宾谷、福堂、梅孙、伯彭、佩瑜、迪吉、乐峰皆作主人。亥刻散归，惜又大败，计负卅缗之多。

十三甲午日（12月6日）　晴。下午起风，稍冷。内子自初九日起又抱恙卧床，仍请狄艾堂诊视，服药数剂，尚未霍然。余连日他出，亦嫌劳顿，遂休息一日，今日却无公牍送阅。

十四乙未日（12月7日）　晴。闻陈梅孙移寓高墙后，往候，未晤。午初，至濮青士处祝其七旬晋九寿，因国恤未能举动，惟二三知己雅集而已。青老精神兴致健爽如少壮，宜其享大年也。

十五丙申日（12月8日）　晴。午前，阅公牍两篚。午后无事。傍晚，又送一篚来，即于灯下阅毕。院檄修理省城街道，由巡警道委员承办，估工一万三千六百余两，筹款局派拨一千五百两。

十六丁酉日（12月9日）　晴。午前，本局收发委员朱从九保辰来见，询知乃昔年韩庄闸官朱镜清之侄也。午后，阅看公牍一匣。

十七戊戌日（12月10日）　晴。恭阅电传邸抄，恭上大行皇帝尊谥曰景皇帝，庙号德宗。晚间，又判阅本局公牍一篚。

十八己亥日（12月11日）　晴。兆梧来言，看得贡院墙根一宅，将赁以居，取其租值较廉于府门前之屋也。今日又无文牍送阅。

十九庚子日（12月12日）　晴。早间，接欧荻复书，云与陈稚芸同司，极熟，询悉大侄女近状平安，稍纾积念。今日无文牍送阅。

二十辛丑日（12月13日）　晴。自国制成服之日起至今日已满二十七日，探悉中丞以次均于明日释缟素易青长袍褂矣。

二十一壬寅日(12月14日) 晴。午后,至府门前兆梧旧屋一看,复至贡院前新赁之宅看视,因其明日即移居也。新宅屋多而价廉,尚属相宜。未正,至本局阅看公牍。梅孙亦至,少坐即各散。

二十二癸卯日(12月15日) 晴。午刻,家祭,即服青长袍褂将事。晚间,有公牍两篓送阅,即时判毕。灯下,阅调查局咨送《中国经济全书》,乃日本人所编辑者,于中国情形颇详晰。

二十三甲辰日(12月16日) 阴。府县今日祈雪。下午阴雨,天气不甚寒,故不成雪。午后至亥末,与家人看竹消遣,以破岑寂。

二十四乙巳日(12月17日) 晴。雪意全消。阅电抄,大行太皇后上尊谥为孝钦显皇后,皆摄政王所裁定也。

二十五丙午日(12月18日) 晴。午后,至兆梧新居一看。复至化劫堂买树皮丸、自来血、红补丸三种补药,费钱九千三百文。下午,何福棠邀看竹,绍侯、古渔在座。亥刻散归,输钱十缗。

二十六丁未日(12月19日) 午后,往吊张大令芝辅之母。张乃宁阳土药分卡委员,讣于我,故吊之。访王玉堂,谈片刻。访陈梅孙一谈,遇彭均臣于座。彭乃伯衡季子,别近十年矣,傍晚归。

二十七戊申日(12月20日) 晴。早间,土药缉私委员曾巡检宪云来见。曾号汉卿,湖北云梦人。午后,唐伯臣便衣过谈。晚间,阅公牍。

二十八己酉日(12月21日) 晴。明日为长至节,尚在国制百日期内,例不朝贺,想当事必不至如蓝印百日之误作二十七日也。

二十九庚戌日(12月22日) 晴。冬至家祭,照常行礼,惟素服将事耳。闻崔绥五将移寓本街西头路北一宅,屋小而价廉也。

十二月

十二月初一辛亥日(12月23日) 晴。早间,至抚署官厅,与同寅一见,午前归。午后,复出至新开雅观楼茶居一游,遇筱虞、迪吉、友梅、乐峰、丽斋诸君。至本局阅公牍,佩瑜、梅孙皆到。傍晚回寓。

初二壬子日(12月24日)　晴。阅《神州日报》登载杭州近事，仁和相国于十一月廿二日未刻薨于里邸。余生平感恩知己也，闻之黯然。公登朝垂六十年，官至极品，寿登八旬，乡举重逢，考终里第，可无遗憾，惜不及稍待数月，又届会榜周甲之盛耳。

初三癸丑日(12月25日)　晴。家忌祀先。礼毕，午饭。饭罢，杜宾谷来晤，谈时许去。晚间，阅看公牍。萧子嘉走柬邀明日寓斋小饮。

初四甲寅日(12月26日)　晴。午后，出门访崔绥五、蒋溶生，均未晤。至自嘉处小叙，座惟小虞及叶继湘大令，宾主四人。饮虽多，散时尚早。复至迪吉处叙谈理竹，亥末方归。

初五乙卯日(12月27日)　晴。午后，本局文案秦令鼎出差回省来见，晤谈片刻。接大佺女安信，知前托张君带去信物迄未收到。噫！异已。

初六丙辰日(12月28日)　晴。郑梦臣权牧东平被劾，镌职卸事回省，昨遇于迪吉处，今日梦臣邀小叙以释闷坏，只得前往。午后入座，绍侯、迪吉均同座。局散，输钱卅缗。绍侯尚邀明日续集，余却之。

初七丁巳日(12月29日)　晴。午前，绍侯来晤。石村厘卡委员徐令世纲来见，晤谈。徐令天津人，友梅之族弟也。送客去后，阅公牍两箧。午后，蒋溶生便衣来谈。下午，至雅观楼吃茶点。邀矩臣、贻叔昆仲至，兆梧亦来，四人饱餐，用京钱两缗。傍晚归。

初八戊午日(12月30日)　晴。风大而冷。闻今日孝钦显皇后、德宗景皇帝遗诰、遗诏始行颁到，时已逾大丧二十七日，缟素之服早释。迎宣诰诏，例应青长袍褂、冠摘缨顶将事，乃当事传令重服缟素，并欲重行哭临三日之礼。噫！此真骇人听闻矣。余宁违众，不敢从也。午后，至筱虞寓斋小叙。候至傍晚，绍侯、宾谷、佩瑜、迪吉诸人才至，则皆追随中丞服缟素行迎宣诰诏礼者，余决计不与。诸君到后，入座小叙，亥刻散。彼等尚欲明日往行哭临礼，殊可怪耳。

初九己未日(12 月 31 日)　晴。早间,何福棠遣价来邀竹叙,余谢不往。午后,判阅公牍两篚。嗣闻今晨诸同寅均诣舜皇庙缟素伺候哭临,至则已撤位停止,乃各散去。盖中丞亦自知此礼无复行之理,电请江督明示而止,彼等当服余之有定见也。

初十庚申日(1909 年 1 月 1 日)　晴。午刻,家忌祀先。午后,阅电传阁抄,夔相饰终恩谕晋赠太保,照大学士例赐,恤其四公子庆甲以道员用,长孙道钰孙交军机处存记。较之薨于相位者差逊,然亦可谓恩礼始终矣。

十一辛酉日(1 月 2 日)　阴。似有酿雪光景,却不甚寒,雪终难降。大学士恤典例得予谥,不知夔相得何谥号,年前当可见明文也。晚间,阅公牍一匣。

十二壬戌日(1 月 3 日)　晴。午后,叶季湘大令继恺来见,晤谈良久。叶君怀宁人,湘筠观察少子而冠卿中丞弱弟也。观察与先兄同官河南有年,故与叙及旧谊焉。

十三癸亥日(1 月 4 日)　晴。早间,泺口斗捐委员赵令本宽来见。赵君字友容,盂县人,与田炽庭年丈有戚谊,谈次因询及之,知炽丈亦下世久矣。午后至日晡,阅公牍两篚。

十四甲子日(1 月 5 日)　晴。阅电抄,袁慰庭尚书奉特旨罢斥。此公揽权跋扈,屡经言官论劾,固早知其有今日矣。午后,出门答拜来客数家。至本局阅判公牍,晤佩瑜。傍晚回家。

十五乙丑日(1 月 6 日)　晴。阅《神州日报》,载有夔相遗疏,查其情词,殆公生前撰就以须者,身后他人代拟无此简括恳挚也。灯前,阅公牍一篚。阅电抄,袁慰庭罢,那琴轩相国桐入枢廷。那公为浦沅帆太史子,浦于戊午科场案伏法,士林冤之,宜其后人腾达也。

十六丙寅日(1 月 7 日)　晴。东阿斗捐委员张令以诚、利津斗捐委员邓吏目国襄先后来见。邓君,湘阴人,年六十余,明白老练,心窃重之。午后,撰得挽王太保长联,句曰:"六十年王事贤劳,出历兼圻,入登首揆,初终邀异眷,更教乘传荣归,方欣秋榜重逢,弹指琼林还再晏；二千里江乡暌隔，骤闻星陨，陡觉风凄，朝野定同悲，况在感恩知己，犹忆春明拜别，伤心杖履竟长违。"祭幛四字曰："宸衷深悼。"拟书就邮寄，并须致唁奎章、绳伯、竹林。奎章即庆甲，绳伯即钰孙也。

十七丁卯日（1月8日）　晴。午后，出访吴仲山司马，未晤，拟托其代书联句也。至本局访文案左君，嘱其办移覆禁烟公所文。晤佩瑜，旋即散。复访崧甫昆仲送行，崧甫他出，晤矩臣。渠等将奉母挈眷回济宁度岁，已择定日内首途云。日间在局遇首府县祈雪，假座于此，因得与首县金升卿大令晤谈。金名猷大，秀水人。

十八戊辰日（1月9日）　晴。早间，将绫对幛款送与吴仲山，请其代书。午后，雷樾岩过谈良久。灯下，阅公牍两箧。夜间大雪。

十九己巳日（1月10日）　阴。雪至晓未止，天气却不冷，雪随落随融。今日各衙门封篆，适在国制百日期内，闻在署拜印，各官穿常服挂珠，外此则否，遂不至院署道贺。下午雪霁，颇冷。

二十庚午日（1月11日）　晴。午后，吴仲山来晤，与谈时许。吴名延寿，合肥举人，今以同知需次山东，更名焘，遂与子明提法姓名并同矣。候补知县张炯来见，因与久谈。张乃藻卿太守之子，桐城人。曩年在汴在京与藻卿论交，颇称投洽。藻卿工书翰，已下世六年，其子年亦四十余岁。晚间，阅公牍。

二十一辛未日（1月12日）　晴。先慈忌辰。午刻，设祭如礼。覆禁烟公所移文，送去后，闻中丞率司道至典史凡现任各官于昨日入所察验，候补各道则于明日赴所，方伯走柬约于巳初前往。

二十二日壬申日（1月13日）　阴。巳初，赴禁烟公所。凡填注第一条者入所一日，亥刻散；填第二条者入所二日，次日申刻散。同寅及投效凡官道员者皆与焉，遂至有五十五人之多。假座师范学堂厅屋，座落宏敞和暖。藩、臬朱、胡两公午刻来所监视，申刻先散。吾侪五十余人分坐两厅，相与闲谈，两餐两点亦都可口。下午，见窗外雪花纷纷，而室中仍极暖适。晚饭后散去卅六人，下余十九人，须在所住宿一宵。于是各取卧具,下榻于学堂斋舍,系新造西式房屋,两人一间,余与刘福杭观察恩驻同舍。福杭沂水人,甲三方伯之子,因奏充制造局总办,故列于候补中。福杭之从父奋臣广文,余十年前同官老友也,今又与其侄相遇,亦可谓有缘矣。十九人中,与同巷居者十二人。晚间,前后左右皆高谈阔论,余亥刻就枕,久之始成寐。

二十三癸酉日(1月14日)　晴。同居之十二人为徐友梅、杜宾谷、庄耀甫、崔绥五、黄丽斋、田伯雍、刘温如、黄仲耆、戴敬南、石桂山并刘福杭与余也。此外七人为恩毓亭、锡会一、沈芳衢、潘仲壬、何志霄、朱仲洪、吕笏亭则居于西巷斋舍,吾侪所居为东巷。辰初,听隔壁黄仲耆与对门戴敬南相语,于是同人陆续披衣起谈,聚于友梅、宾谷房中。小食后,仍出至厅事叙坐。今日潘、皋两公不来。同人午餐后相对词竭,有携带湖州施均甫诗集者,取阅甚佳,余不觉朗吟为之击节。施素有才子名,以孝廉参张勤果幕府,涉保道员,余乙酉年曾与相见京师,今施已下世十余年,不谓其诗竟如是之佳也。下午,公所提调朱济民太守来厅座,周旋一番,无何十九人陆续散去。察验事毕,申刻回寓。晚饭后,祀灶。因在国制百日以内不放鞭炮,阖城竟无爆竹声入耳。

二十四甲戌日(1月15日)　晴。今上登极,恩诏今日颁到济南,中丞以次均往城外恭迎。余亦于未刻恭诣皇亭,穿朝服,在门跪迎,在丹墀下随班跪听读诏,读毕,行三跪九叩首礼。同人到者颇多,惟皋使胡星舫请假未到,傍晚散归。灯下,仍阅文牍一篑。

二十五乙亥日(1月16日)　晴。吴仲山将代书王相挽联幛款送来,因封固包裹,拟即邮寄杭州,其唁函尚未挥就也。

二十六丙子(1月17日)　阴。午前,作唁王奎章、梅先昆仲及其侄绳伯书。午后,曹州分局委员吴通判鹗来见,与接晤片刻。吴字友石,苏州人。今日局中送公事三篑,自未至亥均为判毕发回。夜半大雪。

二十七丁丑日(1月18日)　阴。自辰至亥大雪未止,天气遂冷。早间,将王宅唁函并幛联交邮局寄递。午后,将节帐各款开发清楚。

二十八戊寅日(1月19日) 晴。雪霁日出,气候严寒。早间,吕戊斋来,晤谈。午后,至兆梧处少坐。访绍侯,谈片刻。至本局一转,遇梅孙,少谈。佩瑜未到,余等亦散,傍晚回寓。灯下,阅公牍。

二十九己卯日(1月20日) 晴。接大侄女廿三日来函,知托张桂樵带去物件已收到,未免迟滞耳。午后,阅公牍两箧。晚间,又阅一箧。本局送到仆役应得年规共银六两、钱六十八千,为之分派讫,乃就寝。夜间深冷,寒暑表至廿四度矣。

三十庚辰日(1月21日) 晴。早间,栉发,扫除大厅,以备今晚悬供祖容。午后,局中又送到公牍一箧,即为阅毕发回,于是乃停稿云。傍晚,本局收支徐梓岩来见,代总办致意,分润津贴钱百八十缗,盖出诸土药股内私土变价一项也。晚间,偕内子率儿媳诸孙祀祖。礼毕,受家人辞岁,饮屠苏酒。亥刻就寝,翌晨不贺年,故无须守岁。睡醒闻鸡声,已交丑刻,是为今皇帝龙飞宣统元年,岁在己酉,且喜雪泽已降,定卜年书大有云。

宣统元年(1909)己酉

正 月

宣统元年岁在己酉正月初一壬午日(1月22日) 晴。辰正初刻起,率儿孙拜祖。礼毕,食年糕、粽子。停午,食饺子,南北风俗兼而有之。午后,赏竹,天九、麻将迭和更唱,惟家人妇子为乐,不足为外人道也。晚间早寝。

初二癸未日(1月23日) 阴。东南风大作,昨甚冷,今稍杀矣。闻崔子万于除夕殁于司署任,廿四日接诏尚与相见,不意其遽亡也。渠年六十有七,一妻两妾,一子妇一孙女,无子无孙,亦可怜矣。

初三甲申日(1月24日) 晴。丁佩瑜、刘迪吉公请春酒,兼赏竹,余辞焉。闻当事以国制未逾百日,同人如常宴饮竹叙颇有议论,不得不各自检束也。

初四乙酉日(1月25日) 晴。午后,项幼轩便衣来晤,云及孙慕韩年前抵京,已得其奉天途次寄书,盖幼轩与慕韩为僚婿也。

初五丙戌日(1月26日) 晴。子万遗缺院委陈南轩炳文署理,盖新授运使丁培轩尚未交卸兖道,到任尚需时日也。辰刻起。巳初,上院,与同人相见官厅。巳正,往运署奠崔子万之灵,未刻回寓。

初六丁亥日(1月27日) 晴。午前,蒋哲生来晤,知其年杪已自京师差旋。午后,至本局与佩瑜暨各局员相见。梅孙已先散,渠请假一月有事回籍,明日即行。余复阅判公牍毕乃散。答拜哲生,久谈乃归。

初七戊子日(1月28日) 晴。哲生贻京货数品,余受搢绅一册、海棠果、温朴各一罐,余则返璧。午后至日夕,偕家人手谈。

初八己丑日(1月29日)　晴。午后,致书袁保三,催询部照。王玉堂以板鸭、风鸡各一尾见贻,并约日内游雅观楼,但不知开市否。

初九庚寅日(1月30日)　晴。出至外院东斋栉发,见架上乱书纵横,乃取《说铃》及《曾文正集》携回卧室披阅,皆三十年来所常阅者,闲居无俚,辄以之破闷也。下午,阅本局公牍两箧。

初十辛卯日(1月31日)　晴。午后,挈儿曹至雅观楼一游,货摊愈少,绝无可观,少坐吃茶点心。复至印书馆买小说两种,聊以消闷而已,傍晚回寓。灯下,阅公牍多件。

十一壬辰日(2月1日)　晴。午刻,因家忌祀先。午后,东昌分局委员黄调甫韩鼎、拣选盐大使董金波銮来见。两君皆同邑乡人,一进士,一举人也。董以寒士得冷秩,补缺无期,求为说项于当事,姑诺之。

十二癸巳日(2月2日)　晴。吴小棠丧母,因于午前往吊,遇绍侯、宾谷、耀甫于座,少顷即归。午后,馆陶厘卡委员孙令忠沦来见。孙字达泉,四川潼川优贡也。灯下,阅文牍一箧。

十三甲午日(2月3日)　晴。午前,钱履樛来晤,久不晤谈,留其吃饭,久坐乃去。晚间,因灯节祀先。灯下,偕妇稚手谈。

十四乙未日(2月4日)　晴。早间,阅公牍一箧。午刻,因立春祀先。午后,李调初刺史万基来见,与谈片刻。调初乃吉珊长子,权泗州牧,以父忧奔丧来此。

十五丙申日(2月5日)　晴。上元灯节,晚间,祀祖,礼毕,偕家人小饮。今年因国制,街市无灯,烟火花炮概不燃放矣。

十六丁酉日(2月6日)　晴。晚间,判阅公牍一箧。蒋哲生便衣来,晤谈少顷即去。灯下,阅《说铃》六册,年前所得旧书也。

十七戊戌日(2月7日)　晴。晚间,以落灯祀祖,循吾家旧俗也。晚饭毕,访吕戌斋,谈片刻而还。阅电抄,王相国得谥文勤,果不出余所料云。

十八己亥日(2月8日)　晴。午后,祀祖毕,卷藏容像,将大厅如旧陈设。至书房检理架书,成部移贮大厅东夹室,星碎不成部者仍置书房架上,检拾半晌方毕。灯下,阅公牍多件。

十九庚子日(2月9日)　晴。是日开印,概不言贺。午后,本局文案委员王子经治纶来一谈。王君皖人,向就钱幕,精于综核。晚间,阅判文牍。

二十辛丑日(2月10日)　晴。午后,出门拜朱少桐方伯、潘仲年观察,均晤谈良久。下午,至局,佩瑜在焉,潘笏南亦在座。笏南去后,偕佩瑜阅公牍,晤谈数刻旋各散归。

二十一壬寅日(2月11日)　晴。昨暖而今日又凉。阅邸抄,陈雨苍被参,查覆镌秩。徐菊人内转陞,尚锡清调东督,李仲仙起滇督。此改元第一番调动也,闻尚有复命云。

二十二癸卯日(2月12日)　晴。早间,杨静轩至自京师,晤谈良久。孙委员忠沦禀辞回馆陶厘卡来见,亦晤谈。午后,阅公牍两簏。

二十三甲辰日(2月13日)　晴。泰安筹款分局委员稽令有恒来见,与谈良久。稽无锡人,文恭相国曾孙也。午后,天气甚暖。

二十四乙巳日(2月14日)　晴。接宝兴隆复书,兆梧执照仍未寄来,仍云呈领尚未发下,不知何故。下午,出至书[1],检拾旧书,半晌方毕。今日天气仍暖。

二十五丙午日(2月15日)　晴。将大厅西夹至[2]裱糊扫除一新,聊备起坐。检出旧存惠州石拓东坡"思无邪斋""德有邻堂"并伊墨卿隶书跋字,分裱两横额,以补粉壁焉。

二十六丁未日(2月16日)　晴。午后,出门答拜杨静轩,晤谈片刻,遇恩毓亭于座。至新街拜朱仲洪、项幼轩,均晤谈。最后至李

---

[1]　疑少书一"房"字。

[2]　疑为"室"字之误。

调初处吃饭。调初将为其尊人吉珊观察治丧,豫期请陪宾者,故往赴之。到者才七人,自余而外,则有朱炳卿、徐友梅、庄耀甫、田伯雍、袁小珊、沈芳衢也。初更散归。

二十七戊申日(2月17日)　晴。午后至日晡,判阅本局文牍。出至新斋流连,稍豁心目。灯下,取梁芷邻中丞《浪迹丛谈》随手披阅,皆少年时所常阅之书也。

二十八己酉日(2月18日)　晴。天气甚和暖。午后,复至新斋久坐。傍晚,绍侯过谈,已半月余不晤矣。灯下,偕家人手谈。

二十九庚戌日(2月19日)　晴。家忌,午刻,祀祖。午前,阅公牍一箧。午后,静坐。傍晚,局中又送公牍一箧来,即时判阅完毕,真所谓案无留牍也。

二　月

二月初一辛亥日(2月20日)　晴。辰刻,恭诣碧霞元君庙孝钦显皇后几筵前、虞帝庙德宗皇帝几筵前行百日释服礼,中丞以次咸集。礼毕,脱去青长袍褂,换穿蓝袍元青褂。回寓,剃发。午后,黄丽斋便衣过谈。北风陡起,天气又转凉矣。

初二壬子日(2月21日)　晴。天气甚冷,寒暑针降至卅度。午后,请得塾师李君敦五到馆授儿孙读。李君名继伦,章邱人,今年学徒五人,汇川、有豸而外,有锦、有绯、有燕亦令入塾就傅矣。

初三癸丑日(2月22日)　晴。孙崧甫至自济宁来晤,与谈片刻。天气仍冷。午后,阅公牍两箧。灯下,阅俞荫甫所编《荟萃录》。

初四甲寅日(2月23日)　晴。崔绥五至自东昌来拜,未晤。绥五已迁至本街居住,余迄未至其寓也。午后至日晡均阅公牍。

初五乙卯日(2月24日)　晴。新授兖沂道吴渔川到省来拜,未晤。吴君名永,归安人,前广东惠潮嘉道服阕收缺者也。灯下,阅判公牍。

初六丙辰日(2月25日)　晴。午前,至新街李宅陪宾。调初为

其尊人吉珊点主,正宾为朱炳卿,襄题为徐友梅、庄耀甫,余与沈芳衢
则陪客也。午后散出,往拜郭介丈、蒋溶生,均晤谈。傍晚回寓,阅
公牍。

初七丁巳日(2月26日)　晴。早间,往李宅陪宾。同寅到者颇
多,惟中丞公则不礼焉,所谓在上位者愈骄也。午后,自李宅散出,偕
朱梓桢、庄乐峰至严耕云处赴席,尚有雷樾岩、高仰之耕云宴客,适感
冒不适,匆匆即散。进城答拜吴渔川,未晤。至孙矩臣处送行,渠偕
其弟将于将明日北上也。傍晚回寓。

初八戊午日(2月27日)　晴。午前,往送吉珊灵柩发引。先至
其寓,步送数武,偕黄丽斋至工艺陈列所少坐,旋至西郊迎仙桥设路
祭棚送之,俟其柩过,然后归。入城答拜狄艾堂绍梁,然后归。艾堂
得曹北筹款分局差,日前来谒,未见,故答拜之,兼约其明日来寓为内
子诊疾也。下午回寓,阅公牍。

初九己未日(2月28日)　晴。接袁保三书,寄到吏部给发兆梧
议叙盐大使选用执照一纸。午后,狄艾堂来晤,为内子诊脉开方而
去。下午,李默卿来,晤谈。灯下,阅本局公牍两箧。

初十庚申日(3月1日)　晴。早间,剃发。蒋哲生来一谈。午
后,郭介丈来晤。石村厘卡委员徐君世纲来见。下午,作书寄大侄
女,又复袁保三、致王茂育各一书,均分别邮寄。

十一辛酉日(3月2日)　晴。午后,狄艾堂来告辞,将赴差,与
晤谈时许,请其为内子酌拟一常服药方。二媳久病未起,亦就诊焉。
下午,阅公牍。艾堂将行,因以肴点馈之。

十二壬戌日(3月3日)　晴。午前,复见客三起,一龚镜人,一
查平阶①,一董金坡②,均各久谈。下午至日晡,阅公牍三箧。

十三癸亥日(3月4日)　晴。东南风甚大,尘沙扬面,天气殊

---

①　下有小字:老友查篔青之子。

②　下有小字:同乡举人拣选盐大使。

暖。午后,检阅梁晋竹《两般秋雨盦随笔》。下午,局送公牍来,即加披判,顷刻而毕。

十四甲子日(3月5日) 阴。午后,出门访崔绥五,晤谈片刻。访恩毓亭,亦晤。晚间,赴崔宅,豆觞于运司署。同人大都不到,陪余坐者沈和甫、姚品侯两太守、梅啸岚直牧、杨渔溪老幕而已。傍晚散归。

十五乙丑日(3月6日) 晴。早间,上院,未求见,复拜客数家。午前即归,将新裱"思无邪斋""德有邻堂"两横额分悬堂斋,颇觉不俗也。

十六丙寅日(3月7日) 晴。午前,出吊于崔氏,食未饱而归。午后,刘迪吉来,晤谈。申刻,同乡吴渔川观察新至,乡人享之于会馆,共坐两席。少桐方伯及朱次帆、仰田、徐友梅均到。渔川居客席,因中丞招其晚饮,不终席即散。晚间,阅判公牍一箧。

十七丁卯日(3月8日) 晴。昨晤吴渔川,知其工诗文,擅风雅,因以述怀诗一册就正焉。得其复笺,词翰并美。信乎! 名不虚传也。

十八戊辰日(3月9日) 晴。早间,拜吴渔川,又未晤。出吊于袁氏,少坐即散。午后,赴迪吉寓斋,陪渔川晚饭,友梅、绍侯、佩瑜均同席。亥初散归。

十九己巳日(3月10日) 晴。未出门。日间,阅《汪龙庄年谱》。灯下,阅公牍两箧。夜间,闻风声如吼,天气又转凉。

二十庚午日(3月11日) 阴。雨雪永日,天气大凉。午后,至杜宾谷寓斋为丁佩瑜补祝。吴绍侯、徐友梅、郝聘卿、朱炳卿、韩伯彭均与会,赏雪兼赏竹。局散,余赢十四缗,是集分资不须解囊矣。

二十一辛未日(3月12日) 晴,仍复极冷。午后,自书红蓝幛款各一通,红者送严君道洪,蓝者送程君丹桂也。灯下,阅公牍一箧。

二十二壬申日(3月13日) 阴。仍冷如昨。早间,出吊于吴氏,幕设南关江南乡祠,吴小棠为其母夫人治丧也。入城后,访余杭姚南泉大令光浚,晤谈时许而归。午后,杨静轩来晤。下午,阅公牍两箧。

二十三癸酉日(3 月 14 日)　晴。未出门。院牌示廿五日武职月课打靶,派余阅看。

二十四甲戌日(3 月 15 日)　阴。微雨而冷。傍晚,方鹤人因其太夫人需服辽参嘱向郭介丈物色,因作字代为询问焉。

二十五乙亥日(3 月 16 日)　晴。辰刻,往南郭阅武职月课打靶。朔风甚大。午正后事毕,至抚院销差。出至大门,右腿软弱无力,颇有类中之象,赶即回寓,遂卧疾矣,次日请假。

至闰二月十五日销假,右足仍未自如。二十五又委阅武职打靶,届日力疾从事,幸无陨越。写字吃力,拟过闰二月再行续记。闰二月廿八日识。

三　月

三月初一庚戌日(4 月 20 日)　晴。先是患病月余,局中公牍仍照常判阅。昨又赴局阅看公牍,与佩瑜、溶生各晤谈时许,然后归。今日辰初起,开发五日零用帐。天气和暖,时天久不雨,当事设坛祈祷已十余日矣。

初二辛亥日(4 月 21 日)　晴。寒暑表六十度,依然无雨。午前,判阅局牍,顷刻而毕。午后,小眠片刻,出至书斋小憩,检阅故纸。右腿足仍觉少力,未能复元。晚间,闻岑云阶制军微服游此,即寓本街吉升栈。

初三壬子日(4 月 22 日)　晴。寒暑针仍六十度,并无雨意。闻岑公往游泰山,今晨巳行矣。午后,杜宾谷来,晤谈。傍晚,杨砚农来诊,云病已渐愈,仍服丸剂即得。砚农,淮安人,宾谷之甥,精医道。余此次服其药卅余剂矣,现服丸药,据云此即善后调理,须缓缓复元也。

初四癸丑日(**4 月 23 日**) 阴。南风甚大,寒暑表七十度。早间,王子飚太守自曹州来省来晤,别久重逢,甚快!下午,风雹雨齐至,少顷即止。矩臣、贻叔至自京师,来晤谈,询知兆樨侄女母子均安,甚慰。

初五甲寅日(**4 月 24 日**) 晴。午前,阅公牍一篓。午后,往拜朱方伯、潘仲年,均未晤。拜宾谷、佩瑜,均畅谈。答拜王子飚、杨研农、崔绥五,亦未晤。至兆梧处小憩,晤矩臣、诒叔。申酉间归,小眠片刻。天气甚热,西南风甚大,寒暑针七十二度矣。

初六乙卯日(**4 月 25 日**) 晴。辰初起,热甚,仍是南风,竟可衣单衫也。闻蒋溶生与岑云帅有旧,偕其登岱矣。午后,起霞来,晤谈。下午,崧甫来晤,言四媳欲偕其兄弟归宁,因允之。傍晚热甚,竟如仲夏,穿重夹犹挥汗也。

初七庚辰①日(**4 月 26 日**) 晴。热如昨。早间微风,午后东北风甚大,尘沙扑面。未刻,出门答拜起霞、鹤人,均未晤,晤绍侯、梅孙、哲生,均久谈。至本局判阅日行公牍,晤佩瑜一谈,余后散。申正归,风号如吼,犹未息也。夜间稍凉。

初八辛巳日(**4 月 27 日**) 阴。崧甫昆季回济宁,四媳趁便归宁,携两孙偕行,今辰已首途矣。午前,龚吉人来晤,以贫困求为图转饷差于方伯,余以人微言轻谢之。午后稍凉。傍晚,判阅公牍一匣。

初九壬午日(**4 月 28 日**) 阴。闻今日请到铁牌,又设坛祈雨,未知能即沛时雨否。辰刻,修发。巳初,姚南泉过谈。因请其诊脉,据云湿痰太重,仍以涤痰为主,不必急于补气。开方一纸而去,并送家存白术数两来,因即服其剂,暂将丸剂停服。午后,判阅公牍一篓。

初十癸未日(**4 月 29 日**) 阴。寅卯间小雨两阵,惜旋作旋止,午后又放晴,惟天气甚凉,可衣重棉。下午,出至斋中一坐,阅《野获

---

① 纪日干支"庚辰"应为"丙辰"之误,直至本年三月二十日(1909 年 5 月 9 日)皆误。

编》数册,连日均以此书消遣,局中未送公牍来。夜中就寝未能熟寐。

十一甲申日(4月30日) 晴。日间小眠时许。下午,阅公牍一篋。闻中丞明日至筹款局率同司道自彼步行祷雨,吾侪须赴局迎候矣。

十二乙酉日(5月1日) 晴。辰初到局,甫至门,局役送信祈雨改明日矣,遂入小憩,更易便衣。答拜王玉堂、访绥五,均晤谈。至兆梧处久坐,小食,午初回寓。午后,小眠半时许。夜间又未能熟寐。

十三丙戌日(5月2日) 晴。卯刻至局,佩瑜亦到。中丞率司道辰正后齐集,自局步行祷雨。我等送客行后,阅公牍半刻,有张委员以诚来见。午初,偕佩瑜饭于局中。饭毕,复谈片刻,余先散归。午正二刻,小眠时许,尚不觉惫。晚间,亥初即眠,尚能熟寐。

十四丁亥日(5月3日) 晴。寅初起。仍至本局候中丞祷雨。司道诸公均相见,惟沈楚卿因病未到。中丞辰正至,易冠执香而行。余与佩瑜送客后,仍阅公牍。有姜家沟厘卡委员陈君衍昂来见。陈定远人。午初,偕佩瑜饭于局中。午后,余先散,往万湘洲参戎处作吊,遇郭介丈、庄乐峰、方琴洛、邓璞君、黄丽斋、刘迪吉诸君,少坐即归。午正三刻,小眠两小时。是日仍热,可衣单袷,寒暑针七十度。

十五戊子日(5月4日) 晴,午后阴。晨起,至局候迎中丞,司道诸公均陆续到局叙谈。候至辰正二刻,中丞甫来,少坐即送出。余偕佩瑜判牍毕,偕至马雪垞大令处一奠,绍侯、炳卿、筱虞、耀甫均在焉。饭后散归,小眠两小时。申刻,修发。酉初得雨,至戌初即止,戌正又雨一阵,惜未透耳。

十六己丑日(5月5日) 晴。东北风颇凉。辰初起,较前数日略晏。午后,小眠一小时。下午,阅公牍一篋。晚间,早寝。是日服姚南泉方剂一帖。

十七庚寅日(5月6日) 晴。是日立夏,祀先。午后,小眠一小时。天又潮热矣。下午,阅看公牍两篋,阅李恢恒《守约篇丛书》。

十八辛卯日(5月7日) 晴。天气又热。早间,栉发。午后,小眠。下午,阅判公牍。东风扬沙,欲出门不果。节逾立夏,觉日长如年矣。

十九壬辰日(5月8日)　晴,热甚。午后,拜方老太太寿,未登堂。拜张毓蕖,晤谈。旋至兆梧处,挈其泛舟明湖,至小沧浪、皖江公所、历下亭各流连时许。至兴盛楼小食,傍晚还。

二十癸巳日(5月9日)　阴。大风扬沙。午后,专谒朱方伯,未晤,遇诸途,不便深谈,所事仍未能相托也。下午返,天颇凉,风仍未停。

二十一庚午日(5月10日)　晴。午刻,至西关泺源公司造纸厂,贺其开厂。主人为佩瑜,与茶叙片刻,并至机器房一看,遇汪瑶庭。旋至小虞处,贺其娶媳,遇濮士青、徐友梅、刘迪吉于座,酉刻散归。

二十二辛未日(5月11日)　晴。中丞祷雨,仍至筹款局假座步祷。辰初,余至局候迎,司道咸集。巳初,中丞方至。余送客后,往访南泉,未晤。仍至局中吃饭,因祈雨者两次假座,下午亦须有一番周旋也。申刻,事毕散归。

二十三壬申日(5月12日)　晴。寅初起。卯正,赴局候求雨诸公至,与周旋一番而归。张毓蕖、刘迪吉均来晤。午后,假寐一小时。未正,复往,同人坐待良久。酉初,中丞方至,少坐即散。余复阅本日公牍毕,然后回寓。

二十四癸酉日(5月13日)　阴。卯初起。卯正,至局,求雨诸公陆续至。巳初,送出,回寓小憩。未正,复往。阅公牍毕,客方陆续来。酉正,方各持香而去,余即散归。忽大风,天色晦冥,至戌刻方开朗。

二十五甲戌日(5月14日)　阴。甚凉,可衣重棉。起稍晏,已卯正三刻矣。午后,小眠时许。下午,董金坡来谈,因浼其诊脉,据云可不须服药,缓缓便复常也。

二十六乙亥日(5月15日)　阴。午前,阅公牍一篓。午后,小眠片刻。天气稍凉,仍无雨意,闻府县又宿坛三日,旱象已成,其奈之何!

二十七丙子日(5月16日) 晴。是日为先姚钱夫人忌辰。午刻,享祀如礼。午后,姚南泉来晤,因浼其诊脉,据云回寓拟一常服丸方来。未刻,往奠许守之之嗣母于汇泉寺,遇罗顺循、潘仲年、丁培轩、朱炳卿、杜宾谷、魏精卿诸公,少坐即还寓。傍晚,阅公牍,闻佩瑜请假五日。

二十八丁丑日(5月17日) 晴。西南风颇大,天气仍热。卯正起。辰正,栉发。午后,接王奎章绳伯、竹林复函并文勤太保讣启,另寄讣启百卅本,自东抚以次托为填送,知文勤已于本月廿四日发引矣。

二十九戊寅日(5月18日) 晴。呼岳庆之子来寓,令其开单书笺,分别寄送。余复为检阅山东同官录,除现任府道皆讣,外择与文勤处有渊源者而讣之。下午,阅公牍。

四 月

四月初一己卯日(5月19日) 晴。早间,拜蒋溶生,未晤。拜郭介丈、刘迪吉,均晤。午前归。午后,起霞来谈。天气亢旱,热甚,可忧之至。

初二庚辰日(5月20日) 晴。午后,郭介丈过谈片刻。下午,将王宅讣状寄外府县者交邮局分别寄递,共为代分一百余本,余剩廿本以备随时补遗。是日热甚,寒暑表七十六度。

初三辛巳日(5月21日) 晴。天热如昨,惟风略微。午后,严瀚来见,别三年矣。渠署博山典史,甫交卸回省也。午后,蒋溶生过谈时许。下午,阅公牍。

初四壬午日(5月22日) 晴。铰昨稍凉,无风。午后,四媳自济宁携两孙还,矩臣亦偕至,崧甫则送其弟贻叔就姻扬州也。下午,姜沟厘卡委员陈君衍昂来见,与谈片刻。陈君定远人,方子严之戚也。

初五癸未日（5月23日）　晴。热甚，寒暑表至八十四度矣。袁中丞有挽幛送王文勤，嘱代为寄，容为寄去。午后，矩臣来，晤谈。阅局文多件，佩瑜闻尚未销假。晚间早寝。

初六甲申日（5月24日）　阴。东北风甚大，雨仍不下。午后，至局阅牍，访绍侯、静轩，均晤谈。傍晚归，甚凉，殆他处有雨欤？晚间，袁抚台处送来致绳伯、竹林唁函，嘱为并寄。

初七乙酉日（5月25日）　晴，仍凉甚。午前后，小眠两次。局内早晚两次送公牍来，均为判讫。

初八丙戌日（5月26日）　晴。仍凉，东北风。午后，将复王奎章昆仲函封寄，并袁幛唁函一并附去。

初九丁亥日（5月27日）　晴。早午两次阅公牍。闻蒋哲生于昨日悼亡，明日当往唁之。

初十戊子日（5月28日）　晴。早间，往唁蒋哲生，遇袁笑山。往视丁佩瑜疾，未晤。访杜宾谷，以未起辞，遂归。午后热甚。

十一己丑日（5月29日）　晴。早间，阅公牍。午后，风大而热。闻当事又向邯郸请到铁牌，今日又求雨第三日矣，奈绝无雨意何？

十二庚寅日（5月30日）　晴。风大而晴，亢热异常。午后，阅公牍一箧。夜间稍凉。

十三辛卯日（5月31日）　晴。西北风颇凉，似他处有落雨者。晚间，阅续同人集两册。

十四壬辰日（6月1日）　晴。早间，姚南泉过谈，请其诊脉。据云略感时邪，因开一方，嘱服药两三剂，至于痰多则本病也。

十五癸巳日（6月2日）　晴。朱少桐方伯至泰山致祭，今日起程，因往西关高等学堂候送，同寅实缺、候补到者共十九人。方伯巳初行，巳正散归。午后，接欧荻侄京师来函。

十六甲午日（6月3日）　阴。午后，访汪瑶庭，谈良久。归来又西至金菊巷访姚南泉，亦晤谈。西北风甚大，归来颇觉微凉。傍晚，阅公牍一箧。阅电抄，郭介丈因会榜周甲经礼部奏乞加恩得旨给头品顶戴,迟明当往贺之。

十七乙未日(6月4日) 阴。早间颇凉,微雨数点而已。昨午复欧获一书,今午致孙氏侄女一书,先后寄出。午后又放晴光,雨难至,此实所罕见。罗顺循提学处送来致王文勤祭幛,坚托代寄,只得允之。

十八丙申日(6月5日) 晴。天气仍凉。午后,阅公牍一箧。欲往贺郭介老不果,仅差贺而已。

十九丁酉日(6月6日) 阴。寅初雨,至卯初止,辰初又雨,至未初止,计得雨四寸余,为今年第一次透雨,虽得之太迟,究属差强人意。天气甚凉,夜间可衣重棉。

二十戊戌日(6月7日) 阴。午后,往兆梧处看视,坐一时许。又往局中阅判公牍,晤佩瑜,谈片刻,盖不晤已两旬余矣。申刻归,与妇稚手谈一局。

二十一己亥日(6月8日) 阴。先公忌辰,家祭如礼。午后,微雨一阵。闻陈南轩昨日作古,何与崔子万同命耶? 晚间,阅公牍。

二十二庚子日(6月9日) 阴。午后,抚院牌示本月武职月课打靶,又委余校阅,因将循例禀件缮就,以备明日事毕投递。

二十三辛丑日(6月10日) 晴。午后,往奠陈南轩,遇吕笏廷。晚间,南泉招饮寓斋。毓薲、仰田、璞君、和轩、升卿、敬南均同席。亥初散归。

二十四壬寅日(6月11日) 晴。早间,闻西小王府有空宅一区,因往一看。午后,阅公牍。

二十五癸卯日(6月12日) 晴。辰刻,往南关教场阅视打靶。抚标左营、城守营两中军守备均往伺候。巳正二刻,阅毕,共取超等六十八员,特等四十三员,一等几员,将单册送院。复至宾谷处为友梅补祝,培轩、炳卿、耀甫、绍侯、乐峰、仲起均与焉。作永日之叙,亥初刻散归。

二十六甲辰日(6月13日) 阴。午后,方伯自泰山归,因往迓之，会坐于高等学堂，少坐即散。访溶生，未晤，遂还。下午，小雨一阵，天气陡凉。

二十七乙巳日（6月14日）　晴。天气稍热。余因感凉，于昨微觉咳嗽。下午，张令芝辅来见。张以宁阳土药统税委员兼办烟叶捐，现在土药税裁撤，由局详请专办烟捐，尚未奉院批准也。

二十八丙午日（6月15日）　晴。午后，李先生来一谈。下午，阅公牍。接少香致兆梓书，言及其女已缔姻石氏，其婿为河北道石君庚之，从侄用余名主婚，男府则石君主婚也。

二十九丁未日（6月16日）　晴。午后，徐令世纲自汉口查铁路收厘章程归来见，与谈片刻。胡星舫以送王太保祭幛托代寄，只得允之。

三十戊申日（6月17日）　晴。徐君世纲以南中带来土物见贻，收茶叶两瓶、茶杯四枚，余谢却焉。下午，阅公牍两次。

五　月

五月初一己酉日（6月18日）　晴。闻中丞今日见客，同人往见者颇多，余未往。午后热甚。下午，阅公牍一篓。

初二庚戌日（6月19日）　午刻，因家忌祀先。午后，往奠石桂生，遇毓渠、培轩、友梅于座。访绥五，谈片刻，遇戴可风。至局内判阅公牍，佩瑜后至，晤谈数语，余先散。

初三辛亥日（6月20日）　晴。接欧获来函，知其得派科长，甚慰。伊住崇文门外贤王庙前街，其内子已与慧馨侄女往还也。

初四壬子日（6月21日）　晴。早间，崔绥五便衣过谈片刻。午后，局中送到家人节帐钱七十五千余，因为之开单分派讫。下午，阅公牍。

初五癸丑日（6月22日）　晴。因在国制期内，不贺节，遂未上院。午刻，祀先。午后，出晤孙崧甫、矩臣于外斋。下午，小雨两阵。

初六甲寅日（6月23日）　晴。内子往吊蒋哲生夫人，复往视四媳疾。四媳抱恙两旬未瘳,已四番往视矣。连日天气尚不觉甚热,寒暑针才八十八度耳。

初七乙卯日(6月24日)　晴。午前,哲生专诚来拜,面订初十日为其夫人题主,因诺焉。午后,阅公牍两箧。朱少桐方伯赠海棠、绣球各二盆,因陈诸客座。

初八丙辰日(6月25日)　晴。天气甚热。午后,阅公牍一箧。佩瑜走柬邀明日申刻便酌。

初九丁巳日(6月26日)　晴。辰刻,往抚署豫祝,坐官厅时许而散。下午,赴佩瑜之约。同席何君幹臣、沈锡五、郑梦臣、吴绍侯、蒋溶生、刘迪吉。先请梦臣拍一照像,然后入座,亥刻散归。

初十戊午日(6月27日)　晴。午刻,至哲生处点主,高履卿、方子嘉两太守襄题,吕耀庭、孙朔甫两大令襄赞。天气甚热,挥汗将事,饭毕即散。傍晚,北风陡起,天忽转凉。闻直督杨莲府猝患中风,十日而亡。

十一己未日(6月28日)　晴。天甚凉爽。午前,阅文牍稿件一箧。傍晚,阅电抄,端午桥制军调直督,张安帅移督两江,此间袁中丞升署粤督,而以孙慕韩京卿署山东巡抚。慕韩旧雨也,余盖识之于微时云。

十二庚申日(6月29日)　晴。早间,至抚署贺喜。归来,发一电贺慕老。午后,至南关送蒋哲生夫人发引。复至局阅牍,申刻归。晚间,项幼轩便衣来谈。

十三辛酉日(6月30日)　晴。天气清凉。午后,接慕老复电"承贺惭谢"四字,闻其致首府县之复电有月内出京之说,大约出月履新也。

十四壬戌日(7月1日)　阴。午前雨,午后晴。阅邸抄,杨莲帅恤典赠太子少保,照总督例赐恤。又田象乾会榜重逢,以总兵晋都统衔。傍晚,阅公牍一箧。

十五癸亥日(7月2日)　晴。海帅未止衙,同人往见者颇多,余起稍晏，遂未往。午后，张君兆韩来见，其尊人官聊城令时余适佐郡东昌，曾与同城，今始叙及也。晚阅文牍。

十六甲子日（7月3日）　晴。午后，钱履樛便衣来，久谈。今春渠曾回太仓省亲，三月间甫北旋也。连日天气颇凉爽，夜眠可衣夹袄。

十七乙丑日（7月4日）　晴。天气仍极凉爽。午后，崧甫来谈，意欲为图清理财政局科员一事，姑诺之。晚间，阅公牍。

十八丙寅日（7月5日）　晴。辰刻，出城访项幼轩于新街，晤谈片刻。复至商埠局访履樛，小憩四小时，午饭与其对酌数觥，清谈甚畅。入城后，至局阅牍，晤佩瑜久谈，酉初乃返。天气仍凉爽。

十九丁卯日（7月6日）　晴。闻新抚有廿七日出京之说，由天津航海而来，约计初五日可抵济南，其说当无讹也。

二十戊辰日（7月7日）　晴。昨夕眠未稳，晨兴颇倦。有新委馆陶厘卡张直牧同皋来谒，未与晤。家忌祭祀，亦改于下午举行。晚间，接王奎章、竹林复谢函。

二十一己巳日（7月8日）　晴。下午，高春霆至自济宁来晤，别六七年矣，相见甚喜。问其年，亦致四十矣，此次因送优拔而来。

二十二庚午日（7月9日）　晴。卯正，至贡院墙根看屋。旋至鹊华桥登舟游湖，兆梓从。天气极凉爽，在李公祠、历下亭两处小憩，至兴盛楼小酌，午初归。蒋溶生约明日往拜度支部派来山东监理财政官王、章两君。

二十三辛未日（7月10日）　阴。自寅卯间即大雨，终日未止。辰正，溶生即来，晤谈时许。雨益甚，遂冒雨往财政局拜两监理官，均晤。王君名宗基，字稷堂，海盐人；章君祖禧，字谷生，归安人；皆浙省同乡人也。余与溶生复至筹款局，阅牍毕，在局吃饭。溶生邀往寓中竹叙，至亥刻散归，雨犹未止也。

二十四壬申日（7月11日）　晴。闻沈楚卿因病乞假两月，院委徐友梅代理，已于今日接印矣。接大侄女京师来函。午后，阅公牍。

　　二十五癸酉日(7月12日)　阴。自昨夕至今辰雨甚大,巳刻渐止。往谒朱少桐丈,得晤,午刻归。下午,方鹤人来晤,谈时许而去。

　　二十六甲戌日(7月13日)　晴。早间,接幼轩手字,云慕公廿七出都,初三可抵青岛,定初五日莅省,初六日履新云。下午,阅公牍。

　　二十七乙亥日(7月14日)　晴。闻四媳病总未愈,内子往视,定准令其搬回,定于初二日移来。午后,为扫除西厢房,令即住此,不过稍逼窄耳。

　　二十八丙子日(7月15日)　晴。早间,出吊于郝氏。旋访幼轩,久谈,约偕迓慕公于青岛,初二前往可也。午后,往局阅公牍,佩瑜先后至,晤谈片刻。复访收支徐梓岩,询问本局出入不敷大概数目。梓岩开示一单,甚明晰。下午归。

　　二十九丁丑日(7月16日)　晴。午前,馆陶厘委员张君同皋来见。沈定九引见归来,亦来晤。午后,绍侯、迪吉均来晤。利津十六户斗捐委员邓君国襄来见。又崧甫来见,约后日偕往青岛迎节使,渠亦与有旧也。

六　月

　　六月初一戊寅日(7月17日)　晴。辰刻,谒见袁海帅,以示话别之意。同人谒者颇多,余头起即见,巳正散归。午后,检拾行装,拟翌晨赴青岛一行。兆梧明日搬回,已将什物陆续运毕矣。

　　初二己卯日(7月18日)　晴。寅正起。卯正,至东站。辰初二刻,登火车。见人颇拥挤,因买头等票,坐头等客座,只有一德国人同坐。崧甫、矩臣坐二等车。途次时复晤谈,遇钱履樛、朱仲洪亦在二等座。巳、申两食西餐。酉正二刻,扺青岛,住连升栈。崧甫昆仲同住,仲洪亦与之偕,颇不岑寂。

　　初三庚辰日(7月19日)　晴。卯刻起。姚南泉过谈,亦住是栈。午后,闻新帅昨甫自津展轮,明晨方能抵此也。傍晚,往吃宴春园,仲、崧、矩三人偕。肴极坏。饭毕,三人复往听戏,余独归客栈。

初四辛巳日(7月20日) 晴。卯初即起。闻大臣轮船午刻抵马头,慕帅已于未刻登岸,假寓税务司公署,其随员则谦顺银号宿焉,中丞见客亦在谦顺号内。余因先往号内候谒,晤其文案张君名森,即石甫世兄少原观察喆嗣也,一别十有八载矣。稚夔之子二人棻生晋孙、养之颐孙偕来,亦晤谈。帅弟仲瑜亦晤,皆在石甫房中茗话。无何慕帅至,即延见。同排八人,余与许尺衡皆属旧雨,话旧片刻,余则皆不识也。时已酉末,遂散归。至客栈,王子飏、钱履樛均来晤。

初五壬午日(7月21日) 晴。卯初起。卯正,至车栈,见搭客太多,遂仍买头等票,与王子飏、韩伯彭同一间。辰初三刻,开车,沿途小雨数次。酉正二刻,至济南东车站,则雨愈大,寓更无人来接,冒雨呼小车,坐归,其苦弥甚。

初六癸未日(7月22日) 晴,热甚。午刻,往东站迓中丞。同人坐车栈中,汗雨淋漓。申初散归,不复至行馆上谒,因不见客故也。申刻接印,亦不走贺矣。

初七甲申日(7月23日) 晴。早间,谒贺新中丞,至午初始获见,散犒已湿透纱袍矣。是日司道及候补道皆延见,故见客独多。

初八乙酉日(7月24日) 晴。午后,至局中阅视文牍,与佩瑜晤谈。旋至李公祠公宴两财政监理官及两镇、兖道、漕济两府州,主人则管理财政之六局也。主客十七人,傍晚方散。余受暑病,莫能与矣。

初九丙戌日(7月25日) 晴。天气奇热,余疲倦不支,遂未出门,阅寒暑表热度将近百矣。晚间,阅公牍一篋。

初十丁亥日(7月26日) 晴。仍觉疲倦,不思饮食,乃请姚南泉诊视开方。服药后,稍稍见效,据云三数剂后可勿药也。

十一戊子日(7月27日) 晴。早服昨方一剂。午刻,南泉复来诊,晤谈时许。觉今日稍胜,惟仍觉困乏无力耳。午后,大雨一阵,颇觉凉爽。

十二己丑日(**7 月 28 日**)　阴。天气异常凉冷。日间,大雨数次。仍服昨方一帖,食饮照常,疲倦如故耳。夜间雨止,甚凉。

十三庚寅日(**7 月 29 日**)　晴。卯初即起。天气凉爽。辰刻,往访仲愉、石甫及甡生昆仲,适均往院署看屋,余遂追踪而至,均在抚署二堂相遇,茗话时许乃散,余遂归。今日仍服药。下午,孙中丞来答拜,未拜会,习俗之移人,甚矣！夜间尚凉爽,可以熟寐。

十四辛卯日(**7 月 30 日**)　晴。起稍晏,时已卯正矣。天气仍清凉可人。午后,佩瑜便衣来谈良久。晚阅本局公牍,二鼓即寝。

十五壬辰日(**7 月 31 日**)　晴。依然凉爽,颇无烦溽气候,可喜也。午前,南泉便衣过谈,并为诊脉开方而去。未申间,大雨如注,历两时许方止。天气转凉,夜凉尤甚也。

十六癸巳日(**8 月 1 日**)　晴。自早至午颇凉爽。午后,朱方伯过谈时许。下午,矩臣来一谈。登莱道徐绍武来拜,晤谈片刻。陈起霞至自德州来谈良久,并以藤边扇子见赠。

十七甲午日(**8 月 2 日**)　晴。天凉如昨。兆梓经清理财政局委充编辑科科员,今日谒抚藩诸公,并到局供差,月薪大衍,其法政教习仍兼充也。

十八乙未日(**8 月 3 日**)　晴。晨起,出门答拜徐绍武、王子飐、蒋溶生,均未晤。至局阅公牍,憩息时许,午前归。午后,阅公牍。

十九丙申日(**8 月 4 日**)　晴。午前较凉,午后仍热。兀坐永日,闷甚,惟披寻故纸堆以消遣耳。晚间微凉。

二十丁酉日(**8 月 5 日**)　晴。午后,朱仲洪便衣过谈片刻。下午,往唁刘温如丧偶。赴西站送袁中丞赴两广署任,先至商埠局坐待,同寅十余人在焉。嗣闻方伯在车站旁坐候,乃复追踪而往,无何孙中丞亦至,茗话片刻。袁即至,入棚少坐,即辞别登车。同人揖送,然后散归,时已上灯矣。

二十一戊戌日(**8 月 6 日**)　晴。终日热甚。阅《仓山诗文集》以资消遣,亦无聊之极思云。姚南泉开一丸药方来,皆去湿健脾化痰之品,因付药店配制。

二十二己亥日(8月7日) 晴。热如昨。午后,阅公牍两篚。是日留下颌髭,行年五十有二,非复少壮时矣。闻抚署正在闲旷,前任已出,后任未入,可以往游也。

二十三庚子日(8月8日) 晴。辰刻,往抚署各处周游一过,房屋院落颇轩敞而多,就中以珠泉精舍为最胜,小憩时许而归。午前,阅公牍一篚。下午,又一篚。是日热甚。

二十四辛丑日(8月9日) 晴。是日,中丞迁入衙署,未往谒贺。天气仍热,午后阵雨一次,稍稍凉矣。下午,阅文牍一篚。

二十五壬寅日(8月10日) 阴。凉风习习,颇觉清爽。午刻,浙省同乡公宴孙中丞、王、章两部郎于会馆,到者颇多,未正席散。夜间甚凉。

二十六癸卯日(8月11日) 阴。凉爽如昨。午前,绥五便衣来一谈。自廿四日起,将寝室五间裱糊一过,今日才毕工。此室自楚卿居此,已十年未裱,余迁入又七年,破烂不堪,不得不一更新也。

二十七甲辰日(8月12日) 晴,凉甚。早间,兖州分局委员毕君时骐来见。午后,至局阅牍。适佩瑜在焉,云明日监理官来局盘库,因将存款细数开出,官银号、大清分银行各存折检出,以备盘查。下午,谒中丞,谈片刻。同见者有袁小山。傍晚返舍。

二十八乙巳日(8月13日) 晴。早间,蒋溶生、袁小山均来晤。溶生约同到局,遂于巳刻往,佩瑜亦至。少顷,财政局藩运道三公及两监理官均到,将各项存折、公牍稍稍过目毕,遂散。我等在局饭毕,约同河防、善后、粮饷三局偕谒中丞,将存项手折面递,略谈刻许,然后归。

二十九丙午日(8月14日) 晴。早间,访石甫,久谈,知菉生昆仲已至胶岛。后访幼轩,谈时许。幼轩为张勤果侄婿,与慕韩中丞为僚婿,现司会计于院署也。午前归,顺道过绥五一谈,遂还寓。

三十丁未日(8月15日) 晴。未出门。午后,陈起霞来晤,久谈。下午,阅公文数件。

七　月

七月初一戊申日(8 月 16 日)　晴。走柬约石甫、荩生、养之、幼轩初三日未刻便饭,四人均慨允必到。戌刻,奉道院檄,调充南运总局会办,月薪百金,津贴六十金,较有起色矣。

初二己酉日(8 月 17 日)　晴。早间,谒院禀知奉札调差,得见,晤谈片刻。朱梓桢充是局总办,遂往拜之,畅谈一切。午刻,到局,文案、收支各局员十余人均见,并呈阅各册籍,午正后归。饭后,复陆续见客数起。申刻,出门拜藩、臬、运三公,均谈,傍晚还。

初三庚戌日(8 月 18 日)　晴。午前,见客廿数人。午后,石甫、幼轩、荩生来寓便饭,畅谈一切,傍晚散去。天气极热,挥汗如雨。

初四辛亥日(8 月 19 日)　阴。早间,濮兰如大令来见,现充滕峄南运,与谈时许。其人熟悉盐务,名贤恪,即青士太守子也。旋复冒雨拜客,晤溶生、仲洪、迪吉、小山,午前还。申刻,复答拜十余客,与鹤人久谈,余未见,遂返寓。

初五壬子日(8 月 20 日)　晴。早间,萧子嘉、张鹤亭均来见。午间,绍侯来晤。下午,作书寄大侄女京师。傍晚,迪吉便衣过谈。是日热甚。

初六癸丑日(8 月 21 日)　阴。早间,新委客籍学堂监督闽县陈太守兆琛来见。陈以举人历保知府,今春引见到省。已午间大雨,至申刻始止,天气较凉。局送到文两件,即刻阅讫,较筹款局公牍少十倍矣。

初七甲寅日(8 月 22 日)　阴。终日大雨未止。午后,院传见藩、运、道、南运、筹款、恳务二局,余亦与焉。申刻往见,则因接度支部来电开办海军需经费一千八百万,令各省认筹。中丞意拟山东认筹卅万,令各司道局分认,南运局以无款辞,仍由藩运勉筹,三日后须议复也。散衙,复冒雨而还。

初八日乙卯日（8 月 23 日） 阴。午前放晴，午后复雨。致欧荻一札，寄京师。午后，王鹿泉来见。渠现充宿州南运差委署。栖霞瞿大令襄来见，杭州同乡也。未刻，冒雨拜客数家，晤佩瑜、甘士。酉刻还，雨止。

初九丙辰日（8 月 24 日） 阴。午前，有中游黄河南运巡船委员都司杨如云来见。午后，陈起霞、张景山均便衣来谈，刘温如又来晤。是日阵雨三次。局中送阅文牍二次。

初十丁巳日（8 月 25 日） 晴。早间，出门拜梓桢寿，未晤，其子夔臣出见，遇朱次帆于座，少坐即行。答拜客数家，晤刘道三。午前回寓，杨静轩来晤。午后，黄河巡盐委员州吏目王斯祜来见。下午，鹤人来谈。傍晚，黄台桥监称委员府经历王玉衡来见。

十一戊午日（8 月 26 日） 晴。早间，德州盐栈收发委员朱丞作桢来见。朱字菊彭，即次帆之子也。午后，王鹿泉来禀辞，朱仲洪来闲谈，均晤。下午，吊方琴六之丧。答拜客数家，晤杨静轩、崔绥五，晚间还。

十二己未日（8 月 27 日） 晴，热甚。巳刻，公宴中丞于造纸厂，同寅到者三十九人。席用西餐，午刻入座，未正散。申初归，朱次帆来晤，少顷即去。

十三庚申日（8 月 28 日） 晴。其热如昨。早间，阅公牍两件。午后，食西瓜汁三碗，以涤烦溽。是日无客至，终日挥汗不已。傍晚，阅公牍数件。绍侯来谈。

十四辛酉日（8 月 29 日） 晴。甚热，如三伏。巳刻，集宾谷处为绍侯豫祝。同人会者九人：培轩、友梅、仲洪、迪吉、炳卿、佩瑜暨余与绍侯、宾谷也。晚餐后方散，回寓阅公牍数件。

十五壬戌日（8 月 30 日） 阴。清晨大雨，巳初止。午后，祭先。午后，阅公牍十余件，小眠两次。天气迄未晴霁。

十六癸亥日（8 月 31 日） 晴。午刻，祀先。申刻，往梓桢处晤谈，并约偕谒中丞，得见，略谈局务。适将公出，即与辞。拜刘温如、潘笏南,均晤,傍晚还。

　　十七甲子日(9月1日)　晴。未出门。早间,阅公牍两次。午后,小眠片刻,阅《汉书·食货志》。

　　十八乙丑日(9月2日)　阴。是日为前东抚张勤果公忌辰,凡在同乡旧交均诣祠一拜,余亦往与。新中丞孙公为其子婿,偕司道咸集。适大雨如注,冒雨往返,已刻散归,雨亦渐止。

　　十九丙寅日(9月3日)　阴。早间,往拜绍侯寿,即在彼作永日之叙。晚饭日前公祝诸君均到,又萧小虞至自都门亦来会,颇形热闹。初更散归。

　　二十丁卯日(9月4日)　晴。早间,出吊于郝氏、刘氏,又答拜客数家,午前归。午后,阅公牍。永利春运委员春泽臣大令来见。

　　二十一戊辰日(9月5日)　晴。午后,往南关水潮庵、八旗奉直乡祠两处送郝、刘两家发引。申刻,至本局,少坐。至院幕张石甫、项幼轩斋中,晤谈。又燕见中丞一谈,有交派局中公事数件,遂访梓桢商行。比回寓,已初更矣。灯下,复判牍。

　　二十二己巳日(9月6日)　晴。午后,至局,晤文案吴云洲、收支卢楣孙,询问公事。至院署,晤项幼轩。至中丞斋中一谈,出坐官厅,请梓桢来复一同谒见,将公事说定,然后散归。

　　二十三庚午日(9月7日)　晴。早晚阅公牍两次。固始吴君维泽来见,谈片刻去。吴以七品警官改用同知来此投效者也。

　　二十四辛未日(9月8日)　晴。午后,至局中,与收支卢君一谈。往拜张毓蕖、沈楚卿,均未晤。至造纸厂,偕佩瑜、溶生公宴朱少桐方伯、胡星舫廉访、罗顺循提学、丁培轩都转、潘仲年、萧绍庭、徐友梅三观察,主客十人。傍晚散归。

　　二十五壬申日(9月9日)　晴。督仆晒晾皮衣。刘温如来谢客,晤谈片刻。钮观唐大令来见,渠由掖县卸篆回省也。傍晚,阅牍稿数件。

　　二十六癸酉日(9月10日)　晴。午后,梓桢来晤,邀同赴运署会议。南运总局各员均到，晤丁培轩都转。商议杜绝小清河船户偷挖盐斤情弊，申刻方散。接到四弟来信，乃祥弟代笔，汇到典息六百四十二两，由新泰厚票庄送来，当付收据而去。

二十七甲戌日（9月11日）　晴。早间，作书复四弟。午后，阅公牍。吴君维泽委归德分局帮办来见，吴以改用同知投效山东也。

二十八乙亥日（9月12日）　晴。日阅公牍两次。晚钮观唐招陪稷堂、谷生饮于浙闽会馆，始知章谷生乃沈炉丈之东床也。亥刻散归，朱梓桢来一谈。

二十九丙子日（9月13日）　晴。早间，姚南泉至自江宁来晤，渠送袁海观中丞至沪，往返却匝月也。午后，至梓桢处，晤谈。复偕至运署，与培轩会商公事，申刻散归。

八　月

八月初一丁丑日（9月14日）　晴。早间，本局统计委员狄君夒、雒口春运船局委员程君保藩均来见。午后，南泉为拟一常服药方送来，并告之王绳伯来此。傍晚，阅公牍。

初二戊寅日（9月15日）　阴。早间，绳伯过寓，晤谈，云下榻抚署，与中丞有所商，数日即行。午后，答拜绳伯，未晤，与石甫、幼轩一谈，遂还。

初三己卯日（9月16日）　阴。终日阵雨未住，遂未出门。下午，局送公牍数件，即时阅讫。

初四庚辰日（9月17日）　阴。早间，梓桢约至局商酌公事，遂冒雨而往，斟酌良久方改定底本。未刻，仍冒雨而归。自晨至夕，仍阵雨不止。

初五辛巳日（9月18日）　阴。小雨终日。作书复少香族侄，交吴慎行维泽顺带归德，吴君即日首途也。午前，徐善伯过访一谈，时由汴来此，充潍县电报委员，馆于养田寓中。午后，偕培轩、梓桢谒见中丞，并访纯伯兼以送别，傍晚方还。

初六辛巳^①日(9月19日) 晴。午后,出门拜善伯。晚间,赴养田之招。首座即善伯,尚有袁小山、许守之、李伯超也。二更归来,阅公牍数件。

初七壬午日(9月20日) 晴。早间,出吊于方氏琴麓之家。巳刻,至绍侯处陪媒,即在彼永日,二更方散归。绍侯为其第三女受聘潘氏,新郎即仲年之子也。

初八癸未日(9月21日) 晴。早间,运局会委试办。春运委员刘牧文翰来见。刘合肥人。尚有局委之王令允济,乃梓桢所派,至今未来见余,亦可怪矣。晚阅公牍数件。

初九甲申日(9月22日) 晴。早间,王冈借运委员叶之春来见。此君奉差南运有年,情形最称熟谙。王令允济亦来见,询其为奉天人,曾官利津巡检,为梓桢旧属,余则初次识荆也。

初十乙酉日(9月23日) 晴。闻王箓生已携眷来自里门,寓抚署,大约不日将迁居青岛也。午后,接善伯来函,已归潍县,即日将假旋开封取冬衣再来。傍晚,阅文牍数件。

十一丙戌日(9月24日) 晴。午刻,萧子嘉招饮江西会馆。未初往,客渐到齐,惟王季樵宫詹未至,筱虞、迪吉、景山皆至。候至申正,季樵方来。酉正席散,余复访温如,少谈乃还。晚间,季樵来拜,晤谈。

十二丁亥日(9月25日) 晴。早间,吴仲山来谈。午后,刘君鸿恩、张君芝辅均来见。刘旋直隶有年,今始销假回省,张则筹款局旧属吏耳。

十三戊子日(9月26日) 晴。早间,张景山来谈片刻。午后,阅公牍数件。

十四己丑日(9月27日) 晴。午刻,刘迪吉偕郑梦臣、张景山、

① 纪日干支"辛巳"应为"壬午"之误,直至宣统二年三月二十九日(1910年5月8日)皆误。

张子修招陪王季樵小饮,座有绍侯、小虞、子嘉。余申初先散,偕梓桢谒中丞,谈时许。商定派委总稽查及催运二差,一王子乾、一张芝辅也。又访隶生于院署,亦晤谈,傍晚还。灯下,张芝辅来一谈,旋去。

十五庚寅日(9月28日) 晴。早间,未上院,因尚在二十七月内也。午刻,祀先。午后,孙氏昆仲来拜节,亦未与晤。兆梓留其晚饭,并邀吴仲山、周乐斋、蒋墨缘诸君焉。

十六辛卯日(9月29日) 晴。早间,朱菊彭作桢来见。午后,访梓桢,久谈。谒中丞,未见。答拜朱次帆,晤谈时许,傍晚还。

十七壬辰日(9月30日) 晴。午前,运委掣验德州盐包委员武大使毓文来见,与谈片刻。此君于盐务最为熟谙。午后,绥五来晤。

十八癸巳日(10月1日) 晴。新委宿涡分局稽查李县丞国材来见。李泾县人,昔年寅友李赞臣之侄也。午后,便衣谒中丞,晤谈。往梓桢处,亦晤,申末归。晚间,阅公牍数件。

十九甲午日(10月2日) 晴。换戴暖帽,天气亦有秋意矣。午前,刘溥化便衣来见。午后,石村盐卡委员唐君业树来见。唐湘潭人,以举人考用盐课大使。早晚送阅公牍四次。

二十乙未日(10月3日) 晴。早间,杨静轩来拜,晤谈片刻。旋出门拜丁培轩寿,未降舆。至皖江公所一游,午前归。潘经如来拜,晤谈。潘名盛年,吴县人,以丁忧贵州思州守投效山东充财政局会办。午后至日夕,三阅公牍。

二十一丙申日(10月4日) 晴。午前,钱葆勋来见。午后,南泉来辞别,将赴任福山县,月杪首途也。下午,阅公牍一次。

二十二丁酉日(10月5日) 晴。早间,知县丰麟来见,中丞忠愍公恩铭之侄也。午刻,程冠卿保藩来一谈。傍晚,阅公牍数件。

二十三戊戌日(10月6日) 晴。新到同班宁波王君德钟来拜,晤谈片刻。午前,检点书籍,取《湖海文传》披阅。午后,接孙氏外孙阿照手书,盖童子方学书也。晚间,阅公牍数件。

二十四己亥日(10月7日) 晴。午刻,家忌祀先。午后,吴少侯、顾戟门均来,晤谈。

二十五庚子日(10月8日) 晴。早间,出吊于回回朱氏,遇方鹤人。又拜客数处,送姚南泉行,亦未晤,遂归。午后,曹君偶、杨君毓窠、程君保藩、卢君士菜均来见。晚阅公牍。

二十六辛丑日(10月9日) 晴。早间,出吊于陈南轩之灵,少坐即散,午前归。午后,矩臣来谈。傍晚,梓桢来久谈。晚间,朱坦夫来送土物,知其抵省。

二十七壬寅日(10月10日) 晴。早间,南运局因移居祀神,余前往行礼,复拜客数家而归。午后,又出门,所之皆未值而返。傍晚,阅公牍数件。

二十八癸卯日(10月11日) 晴。午前萧君子嘉、武君毓文,午后狄君绍梁、殷君志超均来见。朱坦夫、孔上公均来,晤谈。

二十九甲辰日(10月12日) 晴。午后,出门答拜孔上公,晤谈,遇王燕泉于座。访朱坦夫于逆旅,亦晤,少顷即返。傍晚,阅公牍。

三十乙巳日(10月13日) 晴。午后,唐伯臣便衣来,晤谈少顷即去。下午,阅公牍数件。闲暇无俚,取《湖海文传》披阅一过。

九 月

九月初一丙午日(10月14日) 晴。早间,咨议局开局,请中丞、司道及局所行政官往莅,其余中外参观者千余人。中丞及议长杨君毓泗均有颂答词,半响方毕,午刻散归。午后,杨君来拜,晤谈片刻,固昔年书院门生也。

初二丁未日(10月15日) 晴。午初,赴梓桢处,偕其至黄台桥抽掣春运盐包。试称十包,牵算都有四百七十斤之谱。培轩亦同往,下午散归。

初三戊辰日(10月16日) 晴。早间,铜山分局委员丁云樵太守、宿铜监称委员李君澜均来见。午后,西席海丰王缙甫到馆,兼请其襄理笔墨,因将致王鹿泉公函自拟底稿,交令誊缮焉。

初四己巳日(10月17日) 阴。早间,函致姚南泉,托其为兆梧图保举,并寄衔条履历与之。午后,阅公牍数件。自晨至暮皆雨,天气稍凉。

初五庚午日(10月18日) 阴。日间小雨。下午,出门答拜兖州府润太守。旋赴梓桢处陪客,绍侯在座。有登州太守文淇君,号竹坪,人极风雅,酒量亦豪,余与对饮颇多,可谓酒逢知己矣。戌刻散归。

初六辛未日(10月19日) 晴。天气颇凉。手简致文竹坪太守,呈以旧作《五旬述怀诗》一册,约明日往访。午后,项世兄钧来见,幼轩长子也。傍晚,阅公牍。

初七壬申日(10月20日) 晴。早间,往拜竹坪太守,未晤。访溶生、介丈,均晤谈。介丈之子毓笙自奉天来此省亲,亦晤。午初归,知竹坪亦来访,相左,未得一谈。午后,接龚吉人函,为房产事涉诉讼求助于余,只好姑妄听之。

初八癸酉日(10月21日) 晴。午前,竹坪来拜,得晤谈,甚快。梓桢来一谈,约同往谒中丞,遂于午后上院。申刻,复至局中一转,傍晚归。

初九甲戌日(10月22日) 晴。早间,狄艾堂来谈。午后,接王绳伯来函。蒋溶生过谈时许。傍晚,阅公牍。

初十乙亥日(10月23日) 晴。午后,便衣往见中丞,遇张毓蕖于座。中丞将出门,少坐即出。访梓桢,久谈,遇姚星五于座,傍晚还。

十一丙子日(10月24日) 晴。午后,项幼轩来谈,少顷即去。傍晚,阅公牍数件。

十二丁丑日(10月25日) 晴。辰巳间转阴,微雨。接少香自归德来函。下午雨更甚。

十三戊寅日(10月26日) 晴。早间,往奠蒋和埙封翁。旋往造纸厂假座,为宾谷公祝。早晚两餐均佳,佩瑜之庖也。晚饭后散归,文竹坪送近作数诗来。

十四己卯日(10月27日) 晴。天气颇凉。早间,通判何君琦来见。午后,出门答拜许尺衡、何琦,均未晤。访绥五,未晤。访梓桢,晤,遇田伯雍、程冠卿于座,傍晚归。

十五庚辰日(10月28日) 晴。早间,叶君之春、刘君鸿恩先后便衣过谈。傍晚,秦仲鸿其墉来豫祝,亦晤。

九月十六日辛巳日(10月29日) 晴。内子生日,杜门谢客,惟儿辈、友人十余人来祝,并送筵席、戏法,因止而觞之,命兆梓、兆梧待客。晚席并有招歌伎以侑觞者,二更后方散去。

十七壬午日(10月30日) 晴。早间,至张公祠一拜,是日为勤果尚书诞辰。复至浙闽会馆秋季团拜,两处中丞皆到,午前散归。午后,小眠刻许,复往谢客数家。下午返舍,阅公牍数件。

十八癸未日(10月31日) 晴。早间,接张鹤亭来函,言得兼道署洋务差,将接眷常驻济宁。又得王鹿泉自宿州来禀,云缉捕私枭事。晚间,阅公牍数件。

十九甲申日(11月1日) 晴。局中文案吴君、收支卢君、统计狄君、稽查赵君偕铜山分局丁君、泺口春运局程君官冈、借运局叶君公宴培轩、梓桢及余三人,假座皖江公所。余巳正前赴,培、桢两公亦继至。午初入座,未初散席。复偕梓桢往拜王、章两财政官,均未晤。遂往袁厚甫灵前一奠,乃与梓桢分道扬镳。余拜王毓丞德钟,晤谈片刻。出见王、章两君之舆停驻一门,询知稷堂新赁此宅,尚未迁入。适谷生亦在此,遂投刺入晤,遇许守之于座。余将所事谈过,复至抚署访幼轩,嘱代达慕老,然后归,时巳日晡矣。

二十乙酉日(11月2日) 阴。早间,柘宁分局委员汪君廷骙至省来见,以银价太昂赔累不支为言。银价近已涨至每两京钱四千乙百矣。午后,接姚南泉复函。下午微雨。

二十一丙戌日(11月3日) 阴。早接永夏分局熊倅仕进来禀。

熊号晋臣,筹款局旧属也。下午,筱虞过访,畅谈。晚间,阅公牍。

二十二丁亥日(11月4日)　晴。午前,梓桢来谈。午后,过梓桢处,偕其同访筱虞,不晤,及入坐小憩,并留一字致之。复往唁黄仲耆丧偶,遇温如、仲起、星五、道三诸君,下午还。

二十三戊子日(11月5日)　晴。午后,约梓桢偕谒中丞。余先至梓桢处晤商公事,遂偕之抚署谒见,晤谈时许。出与梓桢分手,余复拜客数处,晤王玉堂,略谈即归。晚间,阅公牍。

二十四己丑日(11月6日)　晴。早晚两阅公牍。闻徐友梅悼亡,徐绍武开缺送部引见,未知其缺简放何人,承其乏者又何人也。

二十五庚寅日(11月7日)　晴。午后,谒慕老,得见,别无他客,略述衷曲,未见分晓,未知所望能如愿否。申刻,至筱虞处吃饭。少桐方伯首席,余亦熟人居多。初更散归。

二十六辛卯日(11月8日)　晴。早间,至友梅处吊唁,同人皆到,即闻友梅得简东海关道之电,真所谓“吊者在室,贺者在门”也。午刻散归。下午,阅公牍,委王忠坦、蒋钟岳充铜山稽核及永利催运两差,其总局稽查王子乾一差即行裁去云。

二十七壬辰日(11月9日)　阴。早间,程冠卿来见。午刻,丁云樵来禀辞回铜山分局,晤谈刻许。午后阴雨。

二十八癸巳日(11月10日)　晴。午后,出门致奠吴魊丞侍郎之夫人,遇汪瑶庭一谈。贺余立之权东海关道,贺刘迪吉代办洋务局,均晤。归途至本局一转,访梓桢久谈,傍晚还。

二十九甲午日(11月11日)　晴。早间,张余亭来见,谈悉伊由鸿胪寺序班裁缺,改用签掣县丞,指分山东,来此需次,因新章佐杂免回避本省也。日晚两次判核文牍。

三十乙未日(11月12日)　晴。早间,迪吉过谈。午后,门人刘鸿书来见,渠新得选拔,可喜也。

十　月

十月初一丙申日(11月13日)　晴。午后,见客二人,一为杨昭朴,一为程保藩。连日晴暖,自是十月阳春气候。得王章甫之子善守哀启,章甫殁于高邮,当作函慰喑赞斋亲家焉。

初二丁酉日(11月14日)　晴。莅东数十年,从未纵览名胜,现当小春初旬,正龙洞看红叶之时,游兴颇动,终以游资不充尚待踌躇云。

初三戊戌日(11月15日)　晴。天晴朗而朔风甚大,遂未出游。午前,往贺张又坪嫁女,又拜客数家,遂归。傍晚,阅公牍数件。

初四己亥日(11月16日)　晴。午后,访梓桢,晤商公事,偕其谒抚军。见毕,又至局,培轩亦至,在局久坐乃散。回寓后,邀方甘士来寓一谈,将以柘宁分局一差畀之也。

初五庚子日(11月17日)　晴。午后,上院,坐官厅良久,遇张梓材泰梁,谈数语。候丁、朱至,偕见中丞,已商定汪廷骙调管安居收发局,所遗柘宁即畀甘士接办云。晚间,现任诸公招饮于八旗馆。共设四席,宾主卅二人,初更散归。

初六辛丑日(11月18日)　晴。早间,卢、吴、赵三委员来见。午刻,汪叔佐来见,即汪廷骙也。午后,梓桢来一谈。下午,阅公牍两次。傍晚,方甘士来晤,告知已回明中丞叙稿也。

初七壬寅日(11月19日)　晴。午后,出门答蒋溶生,晤谈。蒋哲生已至自开封,访之未晤。答拜张梓材,晤。顺道视恩毓亭疾,叙谈时许,其疾已渐瘳矣。最后至梓桢处久谈,回寓已日晡矣。

初八癸卯日(11月20日)　晴。早间,吴、赵两君来见,言卢君乞退事。午后,梓桢来一晤。傍晚,阅牍数件。天气日内又极和暖,不似小雪节候。

初九甲辰日(11月21日)　晴。早间,候补知县沈君廷恩来见,年三十余,人颇精明,苏州人,梓桢将辟以代卢楣孙者,故来见。午前，蒋哲生来晤。午后，小眠片刻，醒来阅公牍数册。知县吕君昱便衣来晤。

初十乙巳日（11月22日） 晴。天气甚暖。午后，偕梓桢上院禀见，面请以候补知县沈令廷恩充南运总局收支，中丞允诺，归来叙稿由局札派。接王鹿泉禀，因试自春自运事倩友来省请示部署一切。

十一丙午日（11月23日） 晴。天气忽冷，与昨迥殊。午后，梓桢来谈，不以宿涡改办自春为然，尚须再商。下午，宿局司事戴君绣章来见，告以从长计议再定而去。高密门人刘鸿书新得拔贡，将刊试卷，送试艺来阅，为点定加批付之。

十二丁未日（11月24日） 晴，仍冷甚。阅电抄，得慕韩中丞实授东抚之信。午刻，往院署一贺即还。午后，王令允济、刘丈文翰来见，将往德州查盐栈事也。下午，绍侯来谈。

十三戊申日（11月25日） 晴。午前，至梓桢处一谈。姚星五招午饭，未初入席，申初席散。复便衣谒见中丞，将公事回明，仍访梓桢告之，归来已日晡矣。

十四己酉日（11月26日） 晴。早间，四媳因其母将庆六秩，携富、熙两孙赴济宁归宁，兆梧亦偕往祝寿，今日巳初首途。南运总局收支委员改委沈令廷恩，午初来见，禀知奉札。

十五庚戌日（11月27日） 晴。午初，祝倅云翔禀见，前充筹款南运委员，去腊在宿涡偾事撤差者也。午后，阅公牍数件。

十六辛亥日（11月28日） 晴。午后，访梓桢，晤商公事，由局提拨赈济湖北灾民捐款千金。由梓桢处至抚院，候良久，中丞判牍毕，方获见，晤谈少顷，将赈款面交，取其亲笔收据以归。

十七壬子日（11月29日） 晴。早间，阅公牍。知府陶君镕奉委至皖有事来见，与谈片刻。陶字文泉，荃生观察之子，廿年前与荃生共事临清，其子才十余龄童子也。午前，溶生来晤。接徐善伯复函。午后，至本局少坐，告知狄志一速办一览表。访绍侯，久谈，遇梓桢于座。晚间，郑梦臣招饭，二鼓散归。汪令廷骅调办安居奉委来见,接晤片刻。

十八癸丑日(11月30日)　晴。黄台桥监称委员王府经玉衡委署沂水县丞来见。午后,访梓桢,商定黄台桥之差改委刘令鸿恩接充,遂偕谒中丞禀明。又宿涡来年自行运盐,由羊角沟领运,亦面禀中丞定夺矣。晚间,张梓材、傅雨农招饮皖江公所,初更散归。

十九甲寅日(12月1日)　晴。早间,邀刘溥化来晤,告以黄台桥监称之役。铜山查案之杨令毓窠至自铜山,销差来见。午后,阅公牍数件。

二十乙卯日(12月2日)　晴。早间,梅筱岚直牧寿藏来见。午后,梓桢来邀谒院,为归德分局请瓜代事请进止。余因中丞今午公出不欲往,强而后可,乃坐官厅候良久,至日晡甫旋署,辞不获见而归。

二十一丙辰日(12月3日)　晴。午后,梓桢伤人来请,只得偕其上院见中丞,商定派梅直牧往归德接替黄太守。自院散归,方甘士来见,渠往柘城接手,须至腊月矣。

二十二丁巳日(12月4日)　晴。早间,南运局新易司事黄典史长城来见。黄江宁人,梓桢之人也,午前来晤。午后,阅公牍数件。

二十三戊午日(12月5日)　晴。午前,王燕泉来访,适余濯足,未及晤谈。午后,潘笏南便衣来晤。傍晚,梓桢来晤,少坐即去。灯下,判阅稿件。阅邸抄,年丈寿州相国终于位,得谥文正,赠太傅,可谓毫发无遗憾已。

二十四己未日(12月6日)　晴。早间,崔绥五、刘温如、王玉堂均来晤。午后,阅公牍。晚间,绍侯、梓桢均来晤。梅筱岚来见,求更委他差,不欲接办归德,于是又费踌躇矣。

二十五庚申日(12月7日)　晴。早间,张西园总戎自重庆镇乞假回籍来访,晤谈时许,并留其午饭而去。西园年六十九,已留下颏髯,余与之别十三年矣。午后,刘溥化来见,水子庄卸峄县篆回省亦来见。下午,阅公牍数册。

二十六辛酉日(12月8日)　阴。微雪,甚冷。是日节交大雪故也。午后,答拜西园于西关旅店,晤谈片[1]。访梓桢,遇绍侯于座,傍晚归。

二十七壬戌日(12月9日)　阴。午后,访梓桢,遂偕其访培轩,晤谈片刻。商定明日午后上院,拟请以方甘士调办归德也。归来,邀甘士至寓告之。

二十八癸亥日(12月10日)　晴。早间,殷令志超来见,陈大使允受来见。午后,偕培轩、梓桢谒见中丞,禀定以方守澍宽调办归德,递遗柘宁委刘牧文翰接办云。下午回寓,阅公牍两次。

二十九甲子日(12月11日)　晴。早间,吴仲山、孙矩臣来谈。午后,萧筱虞、吴绍侯、阎廷献先后来晤。晚间,刘顺至自任城,带到兆梧安禀。

三十乙丑日(12月12日)　晴。早间叶巡检之春、午后蒋哲生先后来见。下午,阅公牍。晚间,魏精卿、陈振青、刘道三、王毓丞、袁肖山招饮,由袁承办。席间,遇濮青士。二更散归。

十一月

十一月初一丙寅日(12月13日)　晴。天气甚冷,自是隆冬光景。早间,作书谕兆梧济宁。午后,阅局中文牍数件。程冠卿来见。

初二丁卯日(12月14日)　晴。午后,吊奠丁慎五方伯,佩瑜之伯父也,遇诸同人于座。复访梓桢,久谈,商度局务,傍晚乃归。

初三戊辰日(12月15日)　晴。巳刻,赴周公、戴公两祠行礼。周公者,合肥两周军门刚敏、武壮两昆仲;戴公者,孝侯太常,殉节威海;均奏准建祠者也。申刻,赴抚署会议厅入座,中丞有演说一道,报告设会议厅之缘因,说毕而散。

初四己巳日(12月16日)　晴。早间,刘西园文翰至自德州来见。午后,筱虞过谈。下午,玉松谷来晤,久不相见矣。晚间,阅公牍。

---

① 疑少书一“刻”字。

初五庚午日(12月17日)　晴。早阅公牍,刘令鸿恩来见。下午,协成乾汇票庄管事李伯棠来见,意欲揽外局汇兑生意也。晚间,兆梓觞客。座有宁海曲立斋,主政卓新,与欧荻甲辰同年,特来请谒,与晤谈片刻。立斋亦时彦也。

初六辛未日(12月18日)　晴。早间,接徐善伯自开封来信,嘱将津贴为之汇去。午后,宿局戴友来辞,因手挥数行复王鹿泉,交其带去。

初七壬申日(12月19日)　晴。午后,濮南如至自滕峄来见,与谈片刻。下午,阅公牍两次。晚间,梓桢觞客,邀作陪,谢之。夜来天气稍暖。

初八癸酉日(12月20日)　晴。气候和暖,颇似小春节序。近年北地严寒每在开春,隆冬转不甚冷也。下午,梓桢过谈刻许。傍晚,阅公牍。

初九甲戌日(12月21日)　晴。午后,答拜客数家。访梓桢,久谈。申初,张石甫偕施鹤雏太史、金小峰大令招饮皖江公所,用西餐,宾主十有五人。余与小峰略有戚谊,曾相识于昔日,鹤雏则初次谋面也。傍晚散归。

初十乙亥日(12月22日)　晴。是日冬至。午刻,祀先。午后,绍侯来一谈。酉刻,慕韩中丞招饮院署。同席有孙麟伯观察,无锡人,需次直隶,充津浦铁路差使来此。此外则余与仰田、肖山、甘士、幼轩及中丞之内侄张某也。二更散归,阅局中公牍数件。

十一丙子日(12月23日)　晴。天气较昨稍冷。午后,阅公牍数件。晚间,秦仲鸿夫妇来预祝,即留其晚饭。接宿涡局电禀,初十日宿局被劫,衣物银钱都有失去。

十二丁丑日(12月24日)　晴。晨起,梓桢来,拉往谒见中丞,禀知宿局事。中丞允电知皖抚查办。旋出城,吊友梅夫人。饭罢,至绍侯处作生日会。今年为余公祝者只梓桢、宾谷、绍侯、迪吉四人也。二鼓散归。

十三戊寅日(**12 月 25 日**)　晴。午后,往谢客数十家。拜陈起霞,晤谈刻许。傍晚归,方甘士赴归德来禀辞,晤谈刻许,并为绍香族侄托及焉。

十四己卯日(**12 月 26 日**)　晴。早间,拜濮青士太守八秩寿,在彼吃面。午后,出城谢客数家。至迪吉处小叙,何福堂来集,亥刻散归。

十五庚辰日(**12 月 27 日**)　晴。刘西园赴柘宁来禀辞,陈起霞、狄志一来销假,均各晤谈。下午,谕兆梧、少香各一函,分寄济宁、归德。傍晚,阅公牍数册。

十六辛巳日(**12 月 28 日**)　晴。早间,濮南如来见,下午,邀杨砚农为内子诊脉,开方服药。内子痰饮为患,交冬令即触发。砚农前为余疗疾而效,故请其一诊。

十七壬午日(**12 月 29 日**)　晴。午后,闻少桐方伯之子伯平太守由建昌守擢川东道,因往一贺,未晤。往访梓桢,晤商公事。傍晚归,复阅公牍。

十八癸未日(**12 月 30 日**)　晴。午后,邀筱虞来寓为内子诊疾,据云阴亏火甚,痰饮已成,开方后嘱服一剂。下午,致大侄女家函,邮寄京师。

十九甲申日(**12 月 31 日**)　晴。早间,至文健臣、魏精卿两家,贺嫁娶之喜。访梓桢一谈,午刻归。晚间觞客,到者施鹤雏、邓朴君、潘经士、许守之、张石甫、钱履樛,主宾七人。鹤雏能饮,尽欢而散。

二十乙酉日(**1910 年 1 月 1 日**)　晴。午后,访梓桢久谈,偕谒中丞,面禀局务。旋至培轩处,晤谈。复至局,令沈君发电报至宿州,阅定底稿,酉正乃还。

二十一丙戌日(**1 月 2 日**)　晴。早间,叶梅生来见。午后,阅公牍两次。晚间宴客,主宾八人,到者朱炳卿、萧小虞、吴绍侯、杜宾谷、蒋溶生、陈梅孙、崔绥五。戌初席散,复手谈一局,亥末乃罢。

二十二丁亥日(**1 月 3 日**)　晴。午刻,家忌祀先。午后,阅局中文牍数件。傍晚,梓桢来寓晤谈。

　　二十三戊子日(1月4日)　晴。早间,因昨夕失眠,假寐片刻,接周书田自宿州来信。午后,集绍侯处,为刘道三补祝,皆日前同席诸君。亥刻散归,阅公牍。

　　二十四己亥日(1月5日)　晴。早起,中丞延见,晤谈局务,午前归。午后觞客,到者七人,张毓蔼、张梓材、陈振青、庄乐峰、刘道三、袁小山、朱梓桢也。晚饭后各散。日间,见客两起,陈起霞、王允济也。又丁培轩来晤谈。

　　二十五庚子日(1月6日)　晴。早间,永夏分局熊倅仕进来见。午后,至局查问公事,遂谒见中丞,启白壹是。复至芝兰室,晤施鹤雏、金筱峰、张石甫,各谈片刻而出。复至西关,拜客数家,均未晤。傍晚还,阅文牍数件。

　　二十六辛丑日(1月7日)　阴。早间,刘溥化来见。午后,王毓丞来谈。为蒋溶生赁屋事致函王鹿泉,又作家书寄大侄女京师。下午,阅公牍。天气阴暗,有酿雪之象。

　　二十七壬寅日(1月8日)　晴。早间,阅公牍。午后,起霞禀辞来见,晤谈。下午,往袁筱山处贺其犹子完婚。答拜熙敬甫,未晤,傍晚归。

　　二十八癸卯日(1月9日)　阴。天气稍冷。早、午两次判牍。傍晚微雪,至夜未止,计得雪一寸有余。

　　二十九甲辰日(1月10日)　晴。终日无事。午后,小眠片刻,下余数时颇觉逍遥自在也。晚间,阅公牍。

十二月

　　十二月初一乙巳日(1月11日)　阴。午后,偕梓桢率同局员至培轩处会议公事。下午散,程令保藩来见。傍晚,兆梧携重富至自济宁。崧甫、矩臣同至,亦来一晤。内子请狄志一诊视,服药颇投。

　　初二丙午日(1月12日)　阴。早间,春令惠、武大使毓文先后来见。午后，阅牍两次。晚间微雪。

初三丁未日(1月13日) 阴。午后，杨令毓松来见，至自邹平查案归也。下午，又邀狄君来换方。傍晚，阅文牍。

初四戊申日(1月14日) 阴。午后，出门答拜徐绍武于洋务局，未晤。拜余立之于新街，晤谈，遇徐友梅于座。晚间，丁培轩招饮运署。同席方总戎致祥、朱次帆、何福棠、张云心、姚星五、朱梓桢诸君。方君善饮，年七十余矣。亥刻散归。

初五己酉日(1月15日) 晴。接善伯信，前寄银信十二月朔尚未收到，因询诸衡丰汇庄，云不日即到，已接汴函矣。午后，谒中丞。复至局中查询公事，傍晚散归。

初六庚戌日(1月16日) 晴。午后，手书复徐善伯，邮寄开封。连日天气甚冷，时令颇正，时已近大寒节矣。晚阅公牍。

初七辛亥日(1月17日) 晴。早阅公牍。午前，张丞明扬往堂邑查案来见，叶巡检之春来见。连日极冷，寒暑针二十余度矣。晚年，复阅文件两次。

初八壬子日(1月18日) 晴。早间，龚镜人至自济宁来见。午刻，至对门吊吕戌斋，吊毕即返。午后，朱仲洪过谈良久。

初九癸丑日(1月19日) 晴。午后阴，微雪。文案吴云洲、收支沈蓉卿便衣来见，云濮青士太守今晨作古，其子南如大令现充滕峄分销差使，请为留差以资熟手等语，容俟上院时代请可也。下午，雪愈大。蒋溶生便衣过谈，亦为南如事而来，盖溶生乃濮青士之侄婿也。

初十甲寅日(1月20日) 阴。大雪永日。午后，绍侯来晤，亦为濮事，拟明日言之中丞以取进止。晚间，雪犹未已，却不甚冷。

十一乙卯日(1月21日) 晴。雪止日出。正拟上院，闻中丞因感冒休息三日，概不见客，只好稍迟往谒矣。晚间，阅《浪迹丛谈》。

十二丙辰日(1月22日) 晴。早晚阅公牍两次。午后，秦仲鸿来见。晚间，阅钟雨辰《学养自然斋诗集》。余十五岁时，雨翁视蜀学还京,以此本赠先公,彼时余即置之案头,今三十八年矣。

十三丁巳日(1月23日)　晴。午后,出门拜客,晤孔燕庭上公、绍侯、溶生。下午归,阅公牍数件。

十四戊午日(1月24日)　晴。早间,谒见中丞,将濮令滕峄分销差请留,先派其堂弟贤聪前往代办,中丞俯允。出即至濮宅行吊,并告知南如,在彼吃饭,未刻散归。

十五己未日(1月25日)　晴。早晚阅公牍三次。下午,扫除书斋,将西厅镜屏移挂南厅东间,另检字画数件悬挂西厅,半晌方毕。

十六庚申日(1月26日)　晴。午前,王令圻赴归德盐局差遣,黄守丽中卸归德盐局回省,均来见。午后,蒋哲生、朱仲洪、朱梓桢及其子燮丞先后来晤。下午,阅公牍两次。

十七辛酉日(1月27日)　阴。午前,德栈收支委员陈县丞解银来省见见。午后,沈收支来见。熊倅回永夏来禀辞,亦见。王毓丞来晤。

十八壬戌日(1月28日)　晴。午后,出门拜客,晤朱仲鸿、朱养田、朱梓桢三君。在梓桢处遇陶文泉,知其自皖差旋,事已办妥,甚慰。傍晚归,阅公牍。

十九癸亥日(1月29日)　晴。午刻,封印,未上院。午后,因事往谒中丞,得见。复至梓桢处,晤谈一切。傍晚归,复阅文牍数件。

二十甲子日(1月30日)　晴。午后,阅文牍。下午,张石甫偕金小峰同至,复偕至王毓丞处便酌。座有项幼轩、陆寿峰、潘经士诸君。作手谈之局,比散,余独胜,得银元卅枚,亥刻归。

二十一乙丑日(1月31日)　晴,甚冷。陶文泉、刘溥化、殷卓如均来见。午刻,祀祖。午后,两阅文牍。有馈唐花者,置之斋头,颇觉精雅。

二十二丙寅日(2月1日)　晴,仍冷甚。午前,沈容卿来见。午后,两阅文牍。岁聿云暮,流光真觉如驶,所谓"匆匆又是一年春"是也。

二十三丁卯日(2月2日)　晴,仍甚冷。午后,两阅公牍。晚饭毕,祀灶。外间爆竹之声颇盛,缘去年此日尚在国恤百日期内,爆声遏密,今逾期年,故如常举动也。

二十四戊辰日(2月3日)　晴。早间,叶巡检来见。午后,阅牍一次。晚饭后,设祭祀神,循俗例祈福也。

二十五己巳日(2月4日)　晴。早间,吴、沈两局员来见。午后,出门答拜客数家,均未晤。傍晚梓桢来,晤谈,约明日上院。

二十六庚午日(2月5日)　晴。午后,至梓桢处,晤谈,相与上院,未获见。复访丁培轩,亦未遇,遂归。灯下,阅公牍数件。

二十七辛未日(2月6日)　晴。午后,复上院,在官廨久候,梓桢方至。又久之始延见,将公事说明大概。复至项幼轩室中一谈,然后散归。

二十八壬申日(2月7日)　晴。沈楚卿乞假修墓开缺,院示以济南守张太守学华升补济东道缺,诸同班皆向隅矣。晚阅公牍两次。

二十九癸酉日(2月8日)　晴。暖甚,大有春意。午后,阅牍一次。灯下,阅《说铃》中《闽小纪》《岭南杂志》各种。连日寝俱晏,已交子丑间矣。

三十日(2月9日)　阴,甲戌。早间微雪,而风较昨为冷,午后放晴。申刻,至抚署辞岁,同人到者过半。自彼散出,答拜朱次帆,晤谈片刻而归。晚间,悬像祀祖,偕妇子孙辈饮屠苏酒,守岁未眠。天气颇冷。

宣统二年(1910)庚戌

正 月

宣统二年庚戌正月初一乙亥日(2月10日) 晴。黎明,拜家神祖先毕,即出门,与同人集于抚署,中丞未见。遂至南运局敬神,与梓桢接见各局员,稍坐。旋至各处拜年。午刻归,朱仲洪来拜年,晤。饭后,复出城拜年,周历一遭,均未晤而归。

初二丙子日(2月11日) 晴。中丞邀请茶会,巳刻往,午刻散归。蒋溶生早间来晤,同去。午后,又出门答拜多家,均未晤而归,于是拜年之事毕矣。

初三丁丑日(2月12日) 晴。在家打牌一日,未出门。午后,陈起霞来一见。

初四戊寅日(2月13日) 晴。亦未出门。午后,秦仲鸿来拜年,晤谈,仍在寓打牌。

初五己卯日(2月14日) 晴。天气颇暖,大有春意,亦未出门。午后,阅公牍一件。

初六庚辰日(2月15日) 晴。午后,出门往吴绍侯处赴席,知其假座隔壁祁少符处,乃往梓桢处一谈。然后至少符处,同座有蒋溶生、朱仲洪、姚星五、杜宾谷诸君,亥刻散归。

初七辛巳日(2月16日) 晴。午后,培轩约往南运局会议。未初前往,培轩已先在焉,无何梓桢亦到,申初散。余与梓桢复往访项幼轩一谈,然后归。

初八壬午日(2月17日) 晴。早间,赴绍侯处陪冰。冰人为萧绍庭、徐友梅。未刻,宴毕,送妆客亦各散。余至朱仲洪处晚酌,亥刻散归。

初九癸未日(2 月 18 日) 晴。早间,至本局祀神。各局员均到,余与梓桢少坐,小食,遂先散。

初十甲申日(2 月 19 日) 晴。早间,至潘仲年处贺其娶妇之喜,饮其喜筵,遇朱次帆、陈梅孙、蒋哲生、姚品侯诸君,旋即各散。余归途拜吴渔川于洋务局,未晡,然后归。

十一乙酉日(2 月 20 日) 晴。早间,因家忌祀祖。午后,阅公牍两次,阅《小仓山房诗集》。

十二丙戌日(2 月 21 日) 晴。唐伯臣之乃翁于年前廿八日作古,今日诵经,因往一吊。在彼吃饭,遇朱次帆、朱仲洪,下午归。

十三丁亥日(2 月 22 日) 晴。午刻,顺循提学因新建图书馆落成招同人宴享,其中席用西餐,到者四十余人。未正散归,阅公牍数件。

十四戊子日(2 月 23 日) 晴。早间,修发,觉有不适。下午,陈起霞来见,即请其诊脉,开一方服药,亦不见轻减,头痛腿酸,殆感触外邪所致欤?

十五己丑日(2 月 24 日) 晴。早间,往请狄子益诊视,午后至。据云内热甚炽,方用甘寒诸品,服之仍觉平平,每饭减少。

十六庚寅日(2 月 25 日) 晴。仍请狄志益来诊,据云热仍未清,用羚羊片以清热,服之稍觉见轻。夜眠仍觉燥热不宁。

十七辛卯日(2 月 26 日) 晴。外感迄未清楚,因请董金坡来诊。董谓热甚,须用石膏,余未敢服,因去石膏,只服竹叶、知母等味,仍觉未清楚。昨因闽浙团拜又司道公宴中丞,余均未能到,遂上院请感冒假三日。

十八壬辰日(2 月 27 日) 晴。请时医宋玉田来诊,方用祛热疏风之剂,谓系内热不清之故,服之未见有效。因宋曾嘱服两剂,明日姑再服之。连日天气甚暖。今日家忌祀祖毕,收起容像。

十九癸巳日(2月28日)　晴。服宋玉田药,觉头疼稍减,腿酸亦渐止,惟内热仍炽,湿痰为患不已。下午,梓桢来,晤谈时许。连日仍照常阅公牍。

二十甲午日(3月1日)　晴。午后,仍请宋玉田来诊。据云内热略退,仍未清,惟加淡豆豉三钱,余药如昨,于是连服二剂,以期药力之速到也。

二十一乙未日(3月2日)　晴。头痛渐止,腿酸亦止,惟痰如故,因出外斋起坐,仍请宋玉田来诊。又邀狄子益来一看,据云只须清理湿痰便可向愈。下午,濮倅贤聪禀辞来见。

二十二丙申日(3月3日)　晴。午后,张令芝辅来见,汪令廷骙至自安居亦来见。余服狄孟益方仍不过如是,看来痰已愈七八,即不服药亦可也。

二十三丁酉日(3月4日)　晴。早间,饬人持刺上院销假。午后,天气甚和暖。傍晚,阅公牍,又阅《两般秋雨盦随笔》数则。

二十四戊戌日(3月5日)　晴。早间,安居帮办唐倅承典来见。唐湖南人,袁老海之旧人也。午后,邀狄志益复诊。傍晚,杨砚农来诊,亦云热尚未清,以梨汁清之,当即愈也。

二十五己亥日(3月6日)　晴。早间,秦君恩遴来见。秦为受之大令之子,别近廿年,现亦以知县需次山东也。傍晚,阅公牍数件。

二十六庚子日(3月7日)　晴。午后,出门答拜朱次帆、朱梓桢,均晤谈。至南运局,晤各局员。又至东南马道看孙崧甫所赁新宅,然后归。下午,孙氏全家至,四媳挈熙孙亦偕返。

二十七辛丑日(3月8日)　晴。午后,梓桢邀上院,在官廨久候。迟丁培轩不至,遂入访幼轩,一谈即散。访仲洪、溶生、崧甫昆仲,各晤谈片刻而归。

二十八壬寅日(3月9日)　晴。午前,朱次帆来拜,晤谈。春泽臣回永利来见。午后,阅公牍数件。

二十九癸卯日(3月10日)　晴。早间,上院,候丁、朱二公至,偕谒中丞,议定借用官银号两万金为南运局领引之需。散衙后,即访官银号总办陈振青,与之商明,午后方归。晚阅公牍。

二 月

二月初一甲辰日(3月11日) 晴。早间,陈振青来答拜,晤谈。午后,王鹿泉至自宿州来见。下午,阅公牍。

初二乙巳日(3月12日) 晴。早间,梓桢来晤。午后,访项幼轩,未晤,遂归。晚阅公牍。

初三丙午日(3月13日) 晴。早间,又访幼轩,得晤。旋至局,晤沈蓉卿。复至梓桢处一晤,然后归。

初四丁未日(3月14日) 晴。早间,新委帮办文案杨君来见,与接晤片刻而去。下午,偕梓桢公请局员,鹿泉居首。酉正入座,戌正散。

初五戊申日(3月15日) 晴。早间,龚镜人来见。午后,王鹿泉来见。昨日天气甚暖,今日又稍凉矣。

初六己酉日(3月16日) 晴。午后,许守之便衣过访,谈片刻去。天气亢旱,又盼时雨矣。傍晚,阅公牍。

初七庚戌日(3月17日) 晴。午后,梓桢邀往财政局。先往梓桢处一晤,遇杨叔纯,少坐即去,余与梓桢即往财政局。王、章均于今日往游泰山,仅晤潘经士一谈。答拜许守之、崔绥五,均未晤而还。

初捌辛亥日(3月18日) 晴。早间,吴仲山来谈。午后,阅公牍数件。蒋哲生来访,辞未与晤。

初九壬子日(3月19日) 晴。午刻,家忌祀先。午后,阅看《两般秋雨盦随笔》,皆数十年前所常阅者也。

初十癸丑日(3月20日) 晴。早间,闻朱少桐方伯之子伯平观察请假省亲来此,因往拜之,未晤。旋往局中一转,往晤蒋哲生、王毓丞,一谈遂还。

十一甲寅日(3月21日) 晴。午后微雨,天气转凉。午后,阅公牍,日夕又雨。

十二乙卯日(3月22日)　阴。午后,狄志益来见,少顷即去,盖有所求故也。晚间,阅公牍。

十三丙辰日(3月23日)　晴。苏玉屏至自莱州来见,与晤谈片刻。伊寓绍侯处,迟日当走访之也。下午,叶梅生来见。

十四丁巳日(3月24日)　晴。同乡有公请朱伯平之局,伯平辞,闻明日即行也。下午,阅公牍。

十五戊午日(3月25日)　晴。午后,出门唁汪瑶庭悼亡,遇吴燮臣。答拜苏玉屏于绍侯处,并晤绍侯,谈片刻去。访梓桢,久谈。梓桢小有不适,见于寝室,吃点心乃去,傍晚归。

十六己未日(3月26日)　阴。午前,谢稚笙来晤,昔年旧识也,别十余载矣,此次王鹿泉邀其来帮忙故耳。下午,阅公牍。

十七庚申日(3月27日)　晴。午前,阅《阳明先生集》。阳明才寿五十有七,殁于南安途次,子才四岁也。午后,阅公[1]牍数件。

十八辛酉日(3月28日)　阴。午后,访梓桢,久谈,约明午上院,傍晚归。

十九壬戌日(3月29日)　阴。午后,上院,遇许守之于官厅。少顷,梓桢亦至,遂偕入谒中丞。出访培轩,未晤。复访两监理官,亦未遇,遂归。

二十癸亥日(3月30日)　晴。午后,往宾谷处为佩瑜补祝。友梅、绍侯、蓉生、敬甫皆列主人。申刻入座,亥刻散席。是日奇冷。

二十一甲子日(3月31日)　晴。午后,李君鸿涛来见。李字绍筠,金乡人,李君尚节之子也。李君以知县需次河南,现复回籍求差,欲为说项于中丞,姑妄听之可耳。

二十二乙丑日(4月1日)　晴。午后,往访梓桢,遂偕访培轩,未遇。访王稷堂、章谷生,晤谈时许而还。下午,阅公牍数件。

———————————

①　此处衍一"公"字,删去。

二十三丙寅日(4月2日)　晴。往答拜万君昭廙,新到省道员也。旋至本局,与局员有事相商。适陈起霞交卸德栈来省,亦在局中,得晤。下午归。

二十四丁卯日(4月3日)　晴。连日春寒弥甚,仍穿重裘。午后,偕梓桢谒见中丞。下午归,作书覆方甘士,并覆少香一函。

二十五戊辰日(4月4日)　晴。早间,张余亭至自济宁来见,欲求为图事,姑令少待,徐为留意可耳。午后,阅公牍数件。

二十六己巳日(4月5日)　晴。早间,至城外唁张鹤琴丁内艰。访蒋哲生,晤谈。午后,陈梅孙招饮寓斋。日未晡即入座,二更即散。

二十七庚午日(4月6日)　晴。早间,往奠唐侍农之灵,旋即归。傍晚,至梓桢处,公请王稷堂、章谷生,以潘经士、许尺衡、守之作陪。酉正入座,亥初散归。

二十八辛未日(4月7日)　阴。自辰巳间即小雨,至暮未已,天气稍凉。今年节令虽早,而春寒殊甚,今已清明,犹披重裘,何耶?

二十九壬申日(4月8日)　晴。辰刻起,阅《野获编》数册。午后,阅公牍。下午,偕家人赏竹为乐。

三十壬申日(4月9日)　晴。午后,偕梓桢谒中丞,谈时许,遂返。是日天气渐热,可穿灰鼠。在官厅遇宾谷、敬南两君。回寓后,邀李少筠至,告以中丞令余致函吴渔川为之说项,伊指顾间即可行矣。

三　月

三月初一癸酉日(4月10日)　晴。请得西席先生张慎言今日到馆,因即拟稿致渔川观察为李君说项,令慎言代誊讫,遂送与之。晚间,竹叙一局。

初二甲戌日(4月11日)　晴。午后,王鹿泉来谈,旋即去。下午,阅公牍数件。闻沈楚卿请开缺,已奉部文核准,侨对门吕戍斋之宅,迟日当往访之。

初三乙亥日(4 月 12 日)　晴。午前,钱履楙过谈。午后,出门访雷樾岩、杨静轩、沈楚卿、王鹿泉,吴小棠,均未遇。访刘温如、王玉堂,均晤谈。旋至南运局,仅吴云洲一人出见。王鹿泉适在彼,亦出谈。申刻归。

初四丙子日(4 月 13 日)　晴。午后,楚卿便衣过谈。病后调摄全愈,精神健爽,游行自在,从此无拘无束矣,殊可羡也。天气更热,裘衣可脱。

初五丁丑日(4 月 14 日)　晴。早间,阅公牍。午后,偕家人辈竹叙,晚饭后方休。

初六戊寅日(4 月 15 日)　晴。天气热甚,可衣单夹。午后,便衣访沈楚卿于对门,晤谈时许。回寓后,作书寄大侄女京师。

初七己卯日(4 月 16 日)　晴。午后,蒋溶生招饮,且赏竹。座有宾谷、绍侯及万金盒四人,余输钱廿千。尚有王玉堂、陈梅孙、刘道三,则不赏竹而吃饭者。亥刻散归。是日极热。

初八庚辰日(4 月 17 日)　晴。早间,阅公牍。午后,阅《先正事略》数则。此书乃李次青方伯所编,余年十七时随任高州所购,其时次青尚在,今卅七年矣。

初九辛巳日(4 月 18 日)　晴。午后,出吊于黄氏仲耆观察之母也。旋答拜客数家。至梓桢处,偕其上院,谒见中丞。遇杜宾谷、文健臣于官廨,王毓丞亦至,则同见者也。申刻归。

初十壬午日(4 月 19 日)　晴。午前,新过班道员陈君兆琛来晤。钮觐唐署邱县特来辞,晤谈。午后,潘经士招饮,座皆同寅。出所藏书画供座客赏鉴,颇多元明墨迹,殊为难得。酉刻入座,亥刻散归。

十一癸木口(4 月 20 日)　晴。早间,阅公牍。午后,以针黹送梓桢,贺其嫁女之喜。梓桢只收受一色,闻他处大都不收者居多也。

十二甲申日(4 月 21 日)　晴。早间,至朱梓桢处贺喜,遇绍侯、蓉生、尺衡于座。午刻,赴浙闽会馆王稷堂、章谷生招饮,座皆同班,共坐三席。未正散席。

十三乙酉日（4月22日） 晴。交通银行今日开张，具柬觞客，因往贺之。自中丞以次，均入席。未刻席散，遂归。下午，阅公牍。

十四丙戌日（4月23日） 阴。微雨永日。接钱筱脩函，知其被议后侨寓新野，现欲来此求慕老，为谋一事，不日即莅止矣，当扫榻以待之。

十五丁亥日（4月24日） 晴。午前，往濮南如处奠其太翁青士太守，兼为陪宾，午后回寓。阅院抄，徐友梅、张溪三各饬赴登莱、济东新任矣。

十六戊子日（4月25日） 晴。午后，送濮青老发引，先至其宅，午饭后，复送其按察司街路祭棚中。祭奠毕，然后返。至梓桢处晤谈，遇陈起霞于座，少坐即归。

十七己丑日（4月26日） 晴。早间，将箧中故纸检出阅看，凡数十年与人往来书札及手治公牍底稿均历历如昨日事，所与交好大半已作古人，益见流光之如驶矣。

十捌庚寅日（4月27日） 晴。终日仍翻阅故纸，颇足消遣，盖此箧之物皆辛丑以前之物，忽忽已十年矣。午后，阅公牍数件。

十九辛卯日（4月28日） 晴。早间，至方鹤人处拜其母夫人寿。复至刘迪吉处，未晡而还。下午，阅公牍。

二十壬辰日（4月29日） 晴。终日无事，仍阅旧藏书札以资消遣。内子时复不适，今又卧床四日矣。四媳患吐血证亦十余日，皆请狄志益诊视，服药尚投。

二十一癸巳日（4月30日） 阴。午后，拜徐友梅，未晡而还。接吴渔川复书，以无差辞，允缓为李少筠设法。少筠亦有书来，仍纠缠不休，只好听之矣。

二十二甲午日（5月1日） 晴。慕韩中丞今日诞辰，杜门谢客，遂未往祝。午后，朱菊彭来销假，不日将往德栈，与接晤片刻而去。

二十三乙未日（5月2日） 晴。是日会馆祭天后，同乡自慕韩以次皆到,余已正前往。午正,行礼毕,入席,余与两监理官同席。未初散,复至梓桢处,晤谈时许。梓桢丧其幼女,故往慰之,遂归。晚间亥初刻,忽闻火药声,振动窗棂甚厉,约刻许,继而满天火光。询知首道门前鞭炮店失慎所致,亦险矣哉! 三更后始眠。

二十四丙申日(5月3日) 晴。午后,谒见中丞。至本局交派公事。至鞭指巷客寓拜陶君埙,字镇吾,晤谈。陶湖北人,度支部学习主事盐政大臣派查山东盐务者也。傍晚归。

二十五丁酉日(5月4日) 晴。午后,陶镇吾来答拜,亦晤谈。刘温如来晤。下午,阅公牍一篑。

二十六戊戌日(5月5日) 晴。濮南如百日孝满将回滕峄差次,特来禀辞,与谈时许而去。午后,刘温如过谈刻许。傍晚,阅公牍。

二十七己亥日(5月6日) 晴。傍晚,梓桢便衣过谈,约初一日请陶镇吾、朱子和两君雅集。朱名钧声,肥城人,亦度支部主事盐政大臣派来调查者也。

二十八庚子日(5月7日) 晴。早间,往东城根拜陶、朱两君,均未晤。送徐友梅行,亦不值,留一字托关照救生船请奖事。午前归,朱子和来拜,晤谈。下午,叶梅生来见。

二十九辛丑日(5月8日) 晴。午后,出门谒中丞,得见。旋赴刘道三处陪陶镇吾、朱子和吃饭,傍晚散归,阅公牍数件。

四 月

四月初一甲戌日(5月9日) 晴。中丞起程,赴青岛。午初刻,至东车站躬送,未正归。申刻,至梓桢处公宴陶、朱两君,少候,道三、尺衡作陪。又请张汉三观察,小特客也。戌初入座,亥初散。

初二乙亥日(5月10日) 晴。早间,往吊丁慎五方伯。旋往拜赵孝愚、楼稷臣两部曹,亦调查盐务者也。午后,赵、楼两君来拜,晤谈。赵安邱县人,楼诸暨人,楼携有欧获来信并照片一纸。

初三丙子日（**5月11日**） 晴。下午，往答拜陶、赵、朱、楼四君，惟赵君不值，余俱晤谈。晚间，张汉三招饮。有宋文轩、丁蓉之，新到知府白君堉，询悉系辛亥世侄也。二更散归。

初四丁丑日（**5月12日**） 阴。下午，往答拜白太守，未晤。旋赴丁培轩处晚饭，陪陶、赵、朱、楼四君也。亥初散归，阅公牍。

初五戊寅（**5月13日**） 晴。午刻，王稷堂、章谷生招陪陶、赵、朱、楼四君。余最先到，梓桢最后到，稷堂抱恙力疾周旋。申初散归。

初六己卯日（**5月14日**） 晴。下午，赴梓桢处，偕其公宴陶、赵、楼、朱，陶、朱不到，以前此业已扰过也。戌初入座，亥初散归。陪客尚有刘温如、文健臣、丁培轩。

初七庚辰日（**5月15日**） 晴。早间，往奠吴燮臣侍郎之夫人。答拜德君林，新过班道员也，午前归。下午，陶、朱两公来辞行，将赴兖沂曹济一带考查，明日即首途，当命驾往送，时尚未归。至绥五处一谈，遇黄锦江于座，归来已傍晚矣。

初八辛巳日（**5月16日**） 晴。晚间，邓璞君招饮，假座南马道吴咏湘处，而咏湘却已游山去矣。座上肴馔甚佳，共十六人两席，亥刻散归。日间，阅公牍二次。

初九壬午日（**5月17日**） 晴。午后，阅公牍，片刻即毕。日长如年，小眠两次。

初十癸未日（**5月18日**） 晴。日间，枯坐无俚，手头数卷书均已不啻百回读矣，竟致无书可阅，亦苦矣哉！傍晚，阅公牍。

十一甲申日（**5月19日**） 晴。午前，刘温如来，晤谈片刻，面订明日晚饭。午后，小眠片刻。下午，接子厚来函，知其现寓扬州，今年三月十九日又赋悼亡矣。

十二乙酉日（**5月20日**） 晴。午后，阅公牍。赵、楼两君来辞行，往东三府。下午，出门访梓桢，久谈。旋往送楼、赵行，未晤。晚赴温如之招，同席有蒋性甫、徐君壒芝、白君堉书君年，亥刻散归。

十三丙戌日（**5月21日**） 晴。早间，复子厚书，并寄银元十枚将意。又复欧荻一书,寄都门。李少筠鸿涛函电交驰,求为图事,因亦复一函,寄济宁。午后,丁云樵至自铜山来见,起霞亦来晤。下午,云樵以补服、荷包见贻,皆时式小者,因嘉纳之。

十四丁亥日(5 月 22 日)　晴。早间,访郭介丈,晤谈片刻。答拜蒋哲生,亦晤谈。答拜蒋蓉生、丁云樵,未晤而归。傍晚,阅公牍。

十五戊子日(5 月 23 日)　晴。南风甚大,欲更换纱窗未果。接少香归德来信。午后,叶梅生来见。下午热甚。闻王稷堂之太夫人今日抵此。

十六己丑日(5 月 24 日)　晴。早间,往贺稷堂,未晤。访蒋蓉生一谈,遂归。酉刻,往东车站候接中丞。戌初,中丞至,与同人相见,车站茶罢,升舆入城。同人各散,归来已巳晡矣。

十七庚寅日(5 月 25 日)　晴,热甚。午后,梓桢邀赴徐鞠人协揆处迎候,未之见。徐以邮尚充津浦铁路大臣,故来此阅看铁路,寓其弟友梅宅中。自彼出后,复偕梓桢至严耕云处,小坐乃归。

十八辛卯日(5 月 26 日)　晴。终日阅公牍三次。小眠两次,不及两小时。晚间,饮酒二斤许。连日因购得陈酒一坛,每夕辄小饮耳。

十九壬辰日(5 月 27 日)　晴。早间,抖晒裘衣一箱。今日风日晴和,较前数日尤清朗也。午后,陈起霞来谈。连日徐菊人协揆来勘津浦铁路,故中丞忙甚,吾侪遂未上院。

二十癸巳日(5 月 28 日)　晴。早间,又抖晾裘衣一箱。共裘衣四箱,计四日可毕矣。日间,阅公牍。晚饮二壶,苦于无肴耳。

二十一甲午日(5 月 29 日)　晴。午后,上院,未见。仲瑜随徐公来,为留一刺,适游龙洞,未晤,遂归。傍晚,阅公牍。

二十二乙未日(5 月 30 日)　晴。早间,孙仲瑜过谈,询知后日即北上,欲留一饭,伊力辞,以命庖人制一品锅、两点心饷之。傍晚,大雨如注。

二十三丙申日(5 月 31 日)　晴。午后,往送仲瑜行,晤谈。又至张硕甫处一谈,然后归。下午又雨一阵,晚间晴霁。饮酒二斤余。

二十四丁酉日(**6月1日**) 晴。午前,曾大令序周来见,渠现署临朐县也。闻徐协揆今晨行,仲瑜亦随同北上矣。

二十五戊戌日(**6月2日**) 晴。午后,至东关汪瑶庭处吊其夫人之丧。旋至山东分银行拜朱炳卿,晤谈片刻,遂归。下午,阅公牍数件。

二十六己亥日(**6月3日**) 晴。闻中丞因劳碌日久,欲休息十日,自今日起概不见客,俟节后再见,于是我等亦可借此休息矣。

二十七庚子日(**6月4日**) 晴。西北风甚大,颇凉冷。傍晚,梓桢过谈,欲余便衣往谒中丞,有公事相商。余已动念拟明日游龙洞,遂迟至后日再议上院可也。

二十八辛丑日(**6月5日**) 晴。寅正即起。巳正,挈梓、梧两儿游龙洞。出东门,直指东路而南,行三十余里,即抵龙洞寺。四面皆峭壁,中有大寺,树木参天,极凉爽,地颇幽静,有宋元碑及康熙三年重修碑。在彼流连三小时,小食毕,即乘轿行五里余,路皆崎岖。上有庙宇曰佛峪,遂降舆入憩。地亦僻雅,惜屋宇失修耳。流连一时许,申正返旆,戌初回寓。天气颇凉爽,于游山适相宜也。

二十九壬寅日(**6月6日**) 晴。午前,张毓藁来晤。渠煤矿公司去冬借南运局之万金尚未归还,曾向索及,渠约以五月内归还,当不至误也。午后,上院,适中丞小恙不见客。至硕甫斋头一谈。访梓桢,久坐乃还。晚阅公牍。

五 月

五月初一癸卯日(**6月7日**) 晴。日间,阅公牍三次。午后,小眠片刻。晒晾冠帽于廊下,又晾狼皮坐褥于两廊,傍晚方收拾起。

初二甲辰日(**6月8日**) 晴。早间,答拜张毓藁,未晤。适郭叔勉寓其旁,遂访叔勉,久谈。又答拜高唐统带官杨君德钧,晤谈。杨君,直隶人,王文勤督直时即效力麾下也。午前归。

初三乙巳日(**6 月 9 日**)　晴。寅僚有送花者,栀子、朱兰、绣球之类,各收两盆,置诸厅事,颇觉芳香袭人。午后,小眠片刻。

初四丙午日(**6 月 10 日**)　晴。日间,将节帐开发清楚,又将仆从午节所入各项为之一一分讫。下午,阅公牍。

初五丁未日(**6 月 11 日**)　晴。午刻,祀先,礼毕,家宴。饮酒尚欢,惜庖人制馔不佳,余所用此庖已廿年矣,技本不高,不过将就用之耳。

初六戊申日(**6 月 12 日**)　晴。午后,梓桢邀同上院。坐候良久,仍以不见辞,闻有小恙,故惮于见客。下午返寓。晚阅公牍。

初七己酉日(**6 月 13 日**)　晴。周耀垣服阕,归直隶州班候补,至自济宁来晤,畅谈许久,即寓间壁旅店,留其小食而去。

初八庚戌日(**6 月 14 日**)　晴。午前,阅公牍。午后,小眠片刻起,偕家人赏竹消遣,日长如年,非此无以排闷也。

初九辛亥日(**6 月 15 日**)　晴。辰刻,上院。巳刻,入见中丞,同见者为张毓蓁、萧绍庭、朱梓桢。午刻,复往晤丁培轩,旋回寓。

初十壬子日(**6 月 16 日**)　晴。接徐善伯函,嘱将伊之津贴五个月交付朱仰田以还旧欠。渠每月廿金,今年改发湘平,只得九十六金作为百两,五个月只此数而已。

十一癸丑日(**6 月 17 日**)　阴。午后,往梓桢处久谈。下午忽大风雨,遂归。在梓桢处遇梅小岚,时已风雨凄其、天气晦冥矣。

十二甲寅日(**6 月 18 日**)　阴。午前大雨如注,午后雨止。遂出门访仰田,拜朱方伯寿,均未晤,遂归。

十三乙卯日(**6 月 19 日**)　晴。早间,秦仲洪来谈少顷。午后,阅公牍数件。

十四丙辰日(**6 月 20 日**)　晴,午后阴。耀垣便衣来晤,雨甚,遂留其晚饭,二更才去。

十五丁巳日(**6 月 21 日**)　阴。午前,往梓桢处一谈,遇陶文泉于座。午后,许尺衡守之招饮造纸厂,申初散归。

十六戊午日（6 月 22 日）　晴。午后，局送公事来，有督办盐政大臣专札行南运局，令以后应详报山东巡抚公事均径报督办盐政大臣，盖隐隐中有改隶督办盐政大臣之局矣。

十七己未日（6 月 23 日）　晴。早间，出门答拜客数家，均未晤，惟晤方鹤人，久谈，午前归。傍晚，又至梓桢处，晤商公事，日晡甫回。

十八庚申日（6 月 24 日）　晴。杨毓案、刘鸿恩两君先后来见，均晤谈公事。下午，阅公牍一篚。

十九辛酉日（6 月 25 日）　晴。谒中丞，未见，令将盐政大臣来札呈阅中丞批，嗣后即遵照来札切实办理等语，遂不见而还。

二十壬戌日（6 月 26 日）　阴。午刻，家忌祀祖。午后，刘溥化来见。下午，阅公牍数件。

二十一癸亥日（6 月 27 日）　晴。天气渐热。午后，阅公牍。傍晚，梓桢来谈，嘱余明日上院一行，姑诺之。

二十二甲子日（6 月 28 日）　晴。申初，上院，值项、张均他出，中丞在上房未出，无从投手本请见，遂出。至局中，询知盐政大臣饬令改订之件已送稿，遂至梓桢处公同阅看，商酌改定，然后归。

二十三乙丑日（6 月 29 日）　晴。午后，阅公牍两次。下午，张君芝辅便衣来见。天气甚热，今年所仅见也。

二十四丙寅日（6 月 30 日）　晴。早间，黄调甫韩鼎来见，以搢绅录及荷包五件见贻，询知其服阕入都，起复回省。又狄艾堂自曹北筹款局至亦来见，晤谈片刻去。傍晚，阅公牍。

二十五丁卯日（7 月 1 日）　晴，热甚。午后，阅公牍，半晌方毕。是日，丁培轩往查三游河工。

二十六戊辰日（7 月 2 日）　晴。午前，朱仲鸿自运工归来，晤谈。午后，刘溥化、叶梅生先后来见。下午，阅公牍。是日热甚。

二十七己巳日（7 月 3 日）　晴。早间，出门答拜客数家，惟晤朱仲洪，余俱未见。在仲洪处遇许尺衡。又访梓桢，将上盐政大臣详文更改数字封发，然后归。午后，阅公牍。

二十八庚午日(7月4日)　晴。是日为兆梧生日。早间,全家游大明湖,至皖江公所,在彼吃饭。下午,复乘船至张公祠一游,仍回皖江公所,中途遇雨一阵,傍晚回寓。日间虽热甚,幸清风徐来,然已湿透纱衫矣。

二十九辛未日(7月5日)　晴。午后,杨君毓案来见,将回石庙查盐包,与接谈片刻而去。下午,阅公牍。又接盐政大臣札局查询局中各情形。

三十壬申日(7月6日)　阴。午后,大雨一阵,天气仍热。傍晚,阅公牍多件。

六　月

六月初一癸酉日(7月7日)　晴。天气甚热,购荷兰水一打,随时饮之,以涤烦暑。一打者,十二瓶也。前托大清银行代取浙路股息,今已取到四十二元,并息单亦寄回矣。

初二甲戌日(7月8日)　晴。早间,张余亭来见,求为留意差使,余固无日不在意也。甚矣!其难也。只好徐待机会耳。午后热甚。

初三乙亥日(7月9日)　午前晴,午后阴。申刻,风雨一阵,天气颇清凉。披阅《浪迹丛谈》数则,以资消遣。

初四丙子日(7月10日)　晴。早间,崔绥五便衣过谈。巳刻,出门答拜余立之,未晤。访刘迪吉,久谈。遇郑梦臣、白君埳入城。复访梓桢一谈,然后归。午后热甚,阅公牍两匣。

初五丁丑日(7月11日)　晴。午后,刘迪吉过谈,少顷即去。是日热甚,闻莱阳、海阳民变,至今未靖。先派杨静轩,续派陈梅孙前去解散,未知所办如何。

初六戊寅日(7月12日)　晴。早间,黄锦江太守来见,以欠解盐价无力措解,欲以住屋作抵,余允与梓桢商办。午后,阅公牍数件。

初七己卯日(7月13日)　阴。午前,朱仲洪来谈。午后,周耀垣来谈。下午大雨,至暮方止,夜间又雨,甚大。

初八庚辰日(7月14日) 晴。早间,拜吴绍侯,畅谈。答拜黄锦江,亦晤谈,午前归。午后,朱仲洪之侄芝岩来见。年二十余,求荐与朱菊彭办笔墨,即为挥一函与之。又致四弟一书,寄里门。接张西园来书,知其去冬抵京即授皖南镇,刻下已抵任矣。傍晚,拟稿复西园,付西席誊缮。

初九辛巳日(7月15日) 晴。早间,往拜王稷堂寿,未晤。答拜朱仲洪、蒋蓉生,俱晤谈,午前归。张西园信交邮局寄去。

初十壬午日(7月16日) 晴。早间,答黄锦江拜,又访吴少侯,均晤谈,午前归。

十一癸未日(7月17日) 晴。下午,绍侯来答拜,晤谈片刻。是日热甚,阅公牍两次。

十二甲申日(7月18日) 晴。午后,至佩瑜处,偕绍侯、溶生、仲洪、宾谷、耀甫为王稷堂补祝。酉初方入座,戌正散席。复偕绍侯、仲洪、宾谷、佩瑜手谈一局,时已夜半方散。

十三乙酉日(7月19日) 晴,仍热甚。早间,谒见中丞。同见者四人,将要言略陈,即退出,午前回寓。午后,遂不复出门。

十四丙戌日(7月20日) 晴。午前,登州同知鲍汇川忠瀚来见,与谈片刻,面订迟日约小叙,盖数年前曾在唐伯臣处相聚也。

十五丁亥日(7月21日) 晴。终朝热极。午后,阅公牍两次,余无他事。

十六戊子日(7月22日) 晴。终日枯坐,热甚。晚饭后,偕内子挈兆梧夫妇、富、熙两孙泛大明湖,仍不觉凉,三更后方还。夜间,风雨大作,稍觉凉爽。

十七己丑日(7月23日) 晴。早间,拜中丞夫人寿,辕门外即挡驾。至梓桢处一谈,午刻归,已热不可耐矣。

十八庚寅日(7月24日) 阴。下午大雨一阵,旋又晴霁,仍复热甚。日间,阅公牍一次。

十九辛卯日(7月25日)　阴。午后,蒋蓉生来,谈及海阳霭帮办杨昭朴病故,求体恤,明日访梓桢商办。下午至日夕大雨,较凉。

二十壬辰日(7月26日)　阴。早间,大雨一阵。午后,鲍汇川招集小叙,同席朱仲洪、韩伯彭、蒋脩五诸君。下午,复大风雨一阵。晚饭后乃散。

二十一癸巳日(7月27日)　晴。早间,出门访梓桢处,晤谈,遇春令惠。复拜客数家,未晡而还。午后,蒋蓉生来访,谈少顷即去。

六月二十二日甲午日(7月28日)　晴。早间,出门答拜查盐务陶、赵、朱、楼四君,未晡。拜王稷堂、章谷生,晤谈,面询各件,嘱备文咨覆,以备查考。午后,偕梓桢公宴陶、赵、朱、楼四君,王、章作陪,在司家马头登舟。余未初即到,王、章申初亦到,在舟中候至酉初二刻,热极,三人者饮汽水,吃西瓜犹不足以解暑气。酉初三刻,陶、赵、朱三君始到,楼君因小恙不及赶来,即开船至张公祠,梓桢、培轩俱在焉。甫入席,大风雨一阵,约两刻许仍晴霁。酉正三刻散归,仍复热极。

二十三乙未日(7月29日)　晴。闻梓桢欲为故员杨昭朴具详请恤,闻之甚为诧异,乃作字斥其太涉冒滥,必欲上详,余不画诺。下午,梓桢又送来乃复财政官文,阅之语太支离,万不能用。余乃暂留,而答以明日晤面再商。

二十四丙申日(7月30日)　晴。早间,访蒋溶生,知为杨昭朴请恤之意乃出自梓桢独见,已将禀稿拟就送与阅看,并不先与余相商。乃访梓桢,晤谈,将杨昭朴请恤之事取销,又将复财政官文稿带回改削,午初归。午后,将稿拟就送与之。

二十五丁酉日(7月31日)　晴。早间,春惠、李国材均来见。午后热极,未能出门,阅公牍两次。

二十六戊戌日(8月1日)　晴。终日挥汗不已。阅公牍两次。吃西瓜汁三大碗。

二十七己亥日(8月2日)　晴。辰刻,谒中丞,谈一时许。出遇萧绍庭。访朱次帆,告以已将乃郎丁本生内艰仍留原差回明,中丞允准矣。巳刻归。

二十八庚子日(8月3日) 晴。早间,萧子嘉至自阳谷县来见,谈片刻。午后,又送土物来,余收阿胶四匣。闻其即欲回署,明日当往答之。

二十九辛丑日(8月4日) 晴。早间,往访家稷臣,晤谈。答拜姚南泉、萧子嘉,俱未晤而还。午后,阅公牍数件。

七　月

七月初一壬寅日(8月5日) 晴。早间,张余亭来见。午后,大雨一阵。作字致少桐方伯,辩明张余亭实系到省人员,于河工研究所招考,实系合例。今藩司书吏误以为未到省人员致令扣考,请方伯函送收考,俾免向隅,方伯允为即日函送,缘明日即欲考试也。

初二癸卯日(8月6日) 阴。早间,楼稷臣便衣来晤。午后,大雨一阵。傍晚,阅公牍。

初三甲辰日(8月7日) 晴。早间,至院署,见司道诸君皆集官厅,知系三八会议之期,吾侪无与议之事,遂止不入。访项幼轩一谈而归。

初四乙巳日(8月8日) 晴。午后,至运署,偕两财政监理官员、四调查员会议盐务改革事宜,聚集两时许,仍无端倪而散。

初五丙午日(8月9日) 晴。中丞今日宴客,有四调查员及培轩、梓桢与余。今晨忽以感冒来告暂止,闻四调查回京在迩,殆不复请矣。

初六丁未日(8月10日) 晴。日来稍凉,以新交立秋,颇有秋意也。日间,阅公牍两次。

初七戊申日(8月11日) 晴。局中送两节略稿来,一改筑小包,一请减拨款,因为改易数语,以便明日会议带去。

初八己酉日(8月12日) 晴。培轩作字知会改于明日午前会议。午后,阅公牍。

初九庚戌日(8月13日)　晴。午前,十点钟至运司署会议,仍系昨次在会诸君。午后议毕,各散。下午,陶镇吾来辞行,晤谈。赵、朱、楼三君仅投一刺而已。

初十辛亥日(8月14日)　晴。早间,往送陶、赵、朱、楼行,未晤。往拜姚南泉,晤谈。南泉住旧军门巷,即余昔年旧宅,余告以房甚不吉,嘱其速迁。

十一壬子日(8月15日)　晴。未出门。午后,阅公牍两次。晚间,梓桢邀翌晨上院。

十二癸丑日(8月16日)　晴。辰刻,谒中丞,谈时许。答拜杨静轩,亦晤谈。巳刻,宾谷邀往为少侯预祝,作竟日之叙。天气仍热甚。晚饭后乃散。

十三甲寅日(8月17日)　阴。午后,钱筱脩至自汴垣过访,久谈。渠与慕韩中丞有旧,中丞留其下榻节署,约数日后再搬来住。下午又雨一阵。

十四乙卯日(8月18日)　晴。早间,访筱脩久谈。午后,又阴雨半日,遂未出门。

十五丙辰日(8月19日)　阴。终日大雨,至夜犹未住。午后,阅公牍两次。

十六丁巳日(8月20日)　阴。午前雨。午后,筱修嘱为代备礼一分,旋来自看,为送孙中丞嫁女之用。旋冒雨而去,云将谒方伯,未知得见否也。晚间,阅公牍一匣。

十七戊午日(8月21日)　晴。午后,筱修来寓,因偕其游湖,周阅全湖。傍晚,复至兴盛楼小酌而还。是日久雨,而后天气畅晴,且复极凉爽,于游事极宜。

十八己未日(8月22日)　晴。是日为张勤果公忌辰,同乡自中丞以次均诣祠拜祭,余亦于辰刻前往,巳刻散归。下午,阅公牍。

十九庚申日(8月23日)　晴。早间,至西关贺魏精卿嫁女之喜。午后,至吴绍侯处贺其幼郎纳采,遂留小叙,至暮散归。

二十辛酉日(8月24日) 阴。午后,阴雨一阵。下午,姚南泉过谈,因请其诊脉,内子亦就其一诊。又陈起霞亦来一晤。

二十一壬戌日(8月25日) 晴。早间,至何志霄处贺其娶妇之喜,少坐即行。复至绍侯处贺其娶妇之喜,在彼永日,至晡方归。

二十二癸亥日(8月26日) 晴。午后,筱脩便衣过谈,时许方去。德州栈委员陈德楷、留学日本毕业生张华均来见。张乃宁波人,同乡也。

二十三甲子日(8月27日) 晴。午后,筱脩来谈。正欲明日请筱脩吃饭,适其明日将行,只得请其吃螃蟹点心而去。此行筱脩行囊不丰,余为之垫付送慕韩中丞物,价廿六金。

二十四乙丑日(8月28日) 晴。早间,至院署送筱脩行,晤谈片刻。旋谒见中丞,谈少顷而去。归来邀蓉生、起霞、耀垣、南泉诸君小叙,二鼓后乃散。

二十五丙寅日(8月29日) 阴。午后,李国材、刘浦化先后来见。下午,阅公牍。

二十六丁卯日(8月30日) 晴。中丞知会赴清理财政局会议,度支部预算驳款。午初刻,复至院谒见中丞,回寓已交未初矣。

二十七戊辰日(8月31日) 阴。自朝至午,始将预算册催令改正,送财政局。午后,梓桢来一谈。是日午前后皆微雨。

二十八己巳日(9月1日) 晴。早间,中丞传见,以预算册裁减太少,乃允为裁减万余金,即刻电复,缘部中日内即须定议也。午后,阅公牍。

二十九庚午日(9月2日) 晴。午后,项幼轩便衣来晤,言宿涡局更换无须电请盐政示,可于事后报明。中丞之谕如此,只可遵照矣。

三十辛未日(9月3日) 晴。午后,梓桢来谈。旋呼李君国材来,嘱其即返宿局。下午,作寄大侄女书,邮递京师,阅公牍两次。

八 月

八月初一壬申日(9月4日) 晴。下午,梓桢来谈,商酌公事,拟仍请盐政大臣示,免至故蹈愆尤也。傍晚,阅公牍数件。

初二癸酉日(9月5日) 晴。作四弟复书,仍由邮局寄杭州,并寄回银七十元,以五十元寄四妹,以廿元寄许氏甥女即小名端宝者也。

初三甲戌日(9月6日) 晴。早间,至梓桢处一谈。午后,至朱炳卿处晤谈,以八百番存济南分银行,月息四厘。又访绍侯,未晤。访绥五,久谈乃还。

初四乙亥日(9月7日) 晴。午后,至院署访张石甫一谈,旋即归来。作致筱修书,又致家润生之子复书,均交邮局寄递。

初五丙子日(9月8日) 晴。崧甫兄弟入都考法官,托带致大侄女信一件,云腿、笋干各物,余复以翎支交崧甫带京重扎。下午,崧甫、矩臣均来辞别。

初六丁丑日(9月9日) 晴。早间,新委永夏局员高裕霖来见,年三十余,尚安详,法政学堂毕业者也。午后,阅公牍。

初七戊寅日(9月10日) 晴。早间,朱仰田来拜晤,为其亡女请旌事,请列同乡衔名,因允之。下午,答拜客数家。晚间,廖益斋大令以仁招饮,座有邓璞君、陈兆琛,余皆不识者,盖其闽省同乡居多也。二更后方归。

初八己卯日(9月11日) 晴。早间,往吊王信余之丧,并赠以挽联,曰:"感逝独伤召杜渺,论交曾识马班才。"自王宅出,访蒋哲生,谈少顷。访郭介丈,晤谈于内室。时卧疾初起,颇露衰象,闻其乃郎已来此矣。

初九庚辰日(9月12日) 晴。早间甚冷,午后旋阴雨,竟可穿棉衣矣。成衣张姓将交做衣物尽付质库,复将余斋中玉件窃去三件而逃,于是遍处寻觅,始将张姓获住,送巡警公所惩办。

初十辛巳日(**9 月 13 日**)　阴。甚冷如昨，午后至日晡雨甚，颇似深秋。闻巡警公所研讯缝人张姓，供认窃物，商诸藩署，缝人余姓分卖于藩署家丁戈什人等，于是以洋一元赎出皮子、玉坠牌一枚，余物尚待追寻。

十一壬午日(**9 月 14 日**)　晴。下午，巡警公所委员委汪君纶章来见，所谈亦如此情形，似不难追寻也。晚间又阴，甚冷。

十二癸未日(**9 月 15 日**)　晴。午后，候补知县崔君镇冈来见，与谈片刻而去。汪升向藩署家丁将余失物取出，知系缝人所卖，于是全璧归赵矣。

十三甲申日(**9 月 16 日**)　晴。日来德界巡抚都沛禄来省答拜中丞，即在抚署下榻，闻中秋日回青岛也。下午，阅公牍。

十四乙酉日(**9 月 17 日**)　晴。为家丁等分派节帐，共一百八十余千，较之上两节为少矣。开发节赏又需百数十千文。

十五丙戌日(**9 月 18 日**)　阴。午后，至商埠新建公花园一游，地基颇开扩。时小雨微凉，清风习习，颇觉可人。申酉间，至百花村酒肆小饮，梓、梧两儿从，黄昏时始归。

十六丁亥日(**9 月 19 日**)　晴。晚间，招秦仲洪夫妇及其子女来寓晚饭。日间，王玉堂以肥城桃八枚见赠，食之味颇佳。

十七戊子日(**9 月 20 日**)　晴。日间，两阅公牍。孙贻叔自扬州归来，谈片刻去。晚间睡独早。

十八己丑日(**9 月 21 日**)　晴。午后，方鹤人便衣来谈。傍晚，项幼轩来晤，请九月十一日作伐，其乃郎完娶也，女家为李氏。

十九庚寅日(**9 月 22 日**)　晴。早间，刘迪吉招陪吴绍侯小叙，以示补祝之意，座有宾谷、蓉生。早晚两餐，亥刻方散，输却京蚨十竿。

二十辛卯日(**9 月 23 日**)　阴。早间，谒见中丞。拜刘温如、杨静轩，均晤谈，午前归。

二十一壬辰日(**9 月 24 日**)　阴。自寅刻雨，至酉刻未止。接督办盐政大臣详批,宿涡、永夏委员如详派委,于是乃无变更矣。

二十二癸巳日(9月25日)　晴。早间,将历年日记检出披阅,计自癸未九月至今已二十七年于兹矣。从前笔墨极勤,记载尚多,近年疏懒,不过仅记大概而已。

二十三甲午日(9月26日)　晴。早间,访姚南泉,晤谈良久,并请其诊脉,开一丸药方,仍以涤痰为主。又访梓桢,晤商公事。适督办盐政大臣有电报来,为宿涡王守事来询,乃据实电覆,即时偕梓桢拟就电文而归。

二十四乙未日(9月27日)　晴。早间,叶巡检来见。午后,汪叔佐来见。午后,中丞传见,又往贺王玉堂娶媳至喜,傍晚还。

二十五丙申日(9月28日)　晴。午后,曹茂恭来见,江宁人,候补知县也。傍晚,访梓桢,有公事相商,日夕乃归。二鼓,接中丞复信,阅过即送交梓桢核办。

二十六丁酉日(9月29日)　晴。早间,延见叶君之春、曹君懋恭。午后,田令德基奉差归德来见,与谈片刻。田君河南人。

二十七戊戌日(9月30日)　晴。日间,因兆梓生日,适叶梅生馈好酒六樽,遂打开一樽。余饮酒稍多,约近六斤,遂未吃饭。午后,小眠片刻,至日夕方吃午饭,于是少餐一饭,却无所苦也。

二十八己亥日(10月1日)　晴。午初刻,访培轩商酌公事,谈时许。至局中小坐,未初归。

二十九庚子日(10月2日)　晴。午后,往奠许守之之夫人,遇丁培轩、吴少侯、郭叔勉。复往项幼轩处,晤谈。并看新街之屋一所,大门阶石太高,颇不便,因置之。下午归。

九　月

九月初一辛丑日(10月3日)　晴。午前,吴绍侯来谈。中丞照会兆梓派充会议厅审查科,因其通晓法律也,此系准宪政编查馆咨定,故遵派,共六人。

初二壬寅日(10月4日)　晴。卯正,出西关送罗顺循提学引疾回里,今日起程,辰刻归。罗湘潭人,署事三年,尚未实授也。

初三癸卯日(10月5日)　晴。午前,柘宁委员刘牧文翰来见,以差况赔累求多发新盐数百包。今年原定新陈四六配销,借清陈积,恐未能多发新盐也。

初四甲辰日(10月6日)　晴。早间,至美医聂会东处一谈。渠现在专司眼科,余拟求诊腿疾,聂乃转请一西医①为余一诊,予药水一瓶,嘱日服三次,十日后再来诊,遂携之而归。

初五乙巳日(10月7日)　晴。两日各服药水三次,尚平和,据西医云须用缓功,知此病之不能求速效也。

初六丙午日(10月8日)　晴。早间,张石甫过谈,面约十一日作伐,即项幼轩之②。女家为石甫之姊丈李氏,盖新人即吾杭李芍舟之孙女也。午后,蒋蓉生过谈。

初七丁未日(10月9日)　晴。午后,李苇侯来拜,晤谈,即李芍舟之孙,谈次提及请作伐之事。下午,上院谒中丞,谈片刻。旋答拜客数家而还。

初八戊申日(10月10日)　晴。午后,答拜李苇侯,晤谈。复访项幼轩。至新街看屋三所,皆轩敞修洁,惟租价太巨,未能遽定。傍晚回寓。

初九己酉日(10月11日)　晴。午后,复至新街看屋,因与屋主议租值未妥。复至商埠公花园一游,流连半晌,吃点心而归,时已日之夕矣。

初十庚戌日(10月12日)　晴。早间,至项氏、李氏,为之过礼送妆,往返跋涉四次,事乃毕。已日之夕矣,尚抽暇至南关兴隆庵三亡女柩前一看,现已购地于是处,拟即葬于是也。

---

① 旁有小字:名魏德模,德人。

② 此处原文如此,意思不完整。

十一辛亥日(**10 月 13 日**) 晴。自早至午,为项、李两家做媒。午刻事毕,复至南关视三亡女入土,然后还寓。是日又跋涉永日,颇觉劳顿。

十二壬子日(**10 月 14 日**) 晴。午前,阅公牍。午后,小眠片刻。接家少香来信。又接四妹信,知前寄之大衍洋数已收到矣。

十三癸丑日(**10 月 15 日**) 晴。午后,项幼轩处请陪新亲。共设两席,一为李莆侯,余与许尺衡陪;一为张石甫,王稷堂、章谷生陪。日晡散归。

十四甲寅日(**10 月 16 日**) 晴。朱梓桢邀于申刻上院,余不往,后知梓桢亦以太迟未见。刘西园来禀辞回柘宁,余亦未接见也。

十五乙卯日(**10 月 17 日**) 晴。久患伤风未愈,今日又觉牙痛,耳际亦痛,殊苦之。晚间,因内子生日家宴,亦不能多吃。

十六丙辰日(**10 月 18 日**) 晴。小有不适,饮食亦减少。是日内子生日,内室稍有女客,余终日居于外斋,而客座亦有男宾,不能清净也。

十七丁巳日(**10 月 19 日**) 晴。晨起,因耳根疼痛,内子亦久咳未瘳,延南泉来诊,各开方服药,亦不过尔尔,未见大效。

十八戊午日(**10 月 20 日**) 耳疾仍未愈。南泉因病未能来,乃往就之换方,另用金线荷叶取汁滴入耳中,如法炮制,未见功效,夜眠犹未安。

十九己未日(**10 月 21 日**) 晴。早间,因往南关就西医卫大夫诊耳,因以洗耳药水并服药与之带归,洗之、服之,亦未见大效。

二十庚申日(**10 月 22 日**) 晴。延南泉未至,耳疾未愈,仍以西药洗服,稍觉有效。因月余以来大解不畅,服泻药,已泻过两次矣。

二十一辛酉日(**10 月 23 日**) 晴。早间,延请姚南泉,因张毓渠长子已亡,未能即来,因在彼帮忙故也。余之耳痛仍未大愈,未知何故。下午,南泉至,为内子诊脉换方。

二十二壬戌日(**10 月 24 日**) 晴。耳痛仍未愈,仍用西药洗之。

下午，刘浦化来见，因家中有事欲辞差暂归，余拟商之梓桢允之，因作字致梓桢焉。

　　二十三癸亥日（10 月 25 日）　晴。天气甚暖，余时觉燥热，因之耳痛久不愈，殊厌苦之。

　　二十四甲子日（10 月 26 日）　晴。午前，至萧小虞家，告以李宅姻事，催完娶。复至梓桢处一谈，然后归。

　　二十五乙丑日（10 月 27 日）　晴。未刻，梓桢邀同上院，未见，遂归。下午，阅公牍。

　　二十六丙寅日（10 月 28 日）　晴。未刻，又上院，辞以疾，未之见。遂往访黄丽斋，久谈。下午归。

　　二十七丁卯日（10 月 29 日）　晴。周耀垣便衣过谈，良久乃去。下午，阅公牍数件。阅邸抄，袁海观告病开缺矣。

　　二十八戊辰日（10 月 30 日）　晴。早间，张余亭来，告以为之安置局中监称司事，自十月起月支银十二金，余亭如愿以偿矣。

　　二十九己巳日（10 月 31 日）　晴。睢考分局委员何令联甲来见。何湖南人，丁酉拔贡，王文勤所取士也。

　　三十庚午日（11 月 1 日）　阴。田令德基自归德回销差来见，与谈片刻。午后，拜徐友梅，未晤。答拜田、何二令，亦均未晤而回。

十　月

　　十月初一辛未日（11 月 2 日）　晴。天气较冷，可衣重棉。午刻，家祭祀先。

　　初二壬申日（11 月 3 日）　晴。午后，延请西医魏德模来诊耳疾，乃兆梧邀以同来。用鱼肝油以点耳，颇觉有效。魏乃德国人。

　　初三癸酉日（11 月 4 日）　晴。有英国人梅殿华来拜，与谈良久。梅乃人寿保险公司经理人，寓华有年，能通华语者。

　　初四甲戌日（11 月 5 日）　晴。早间，谒中丞，同见者徐友梅、朱梓桢、庄耀甫乐峰也。午前归。

初五乙亥日(11 月 6 日)　晴。闻何福堂被劾镌职,何仲起得下游总办,朱仲洪得下游会办,递遗运工会办则润雨苍也。

初六丙子日(11 月 7 日)　晴。午后,往就诊于西医魏大夫,兆梧随往。见其屋宇甚华美,不胜羡慕之至。傍晚归,又答拜梅殿华,未晤。

初七丁丑日(11 月 8 日)　阴。早间,张余庭来见。午后,阅公牍。下午至通宵阴雨,天忽甚凉,可衣重裘。

初八戊寅日(11 月 9 日)　阴。午后,雨止。兆梧感冒,小有不适,倩张余庭诊视,开方服药,晚间稍愈。

初九己卯日(11 月 10 日)　晴。是日先大兄诞辰,家祭如礼。午后,张余亭复为兆梧来诊,已渐愈矣。余因连日火炽,夜眠不熟,亦请其一诊。余亭开麦冬、灯心、桂圆三味,代茶饮之。

初十庚辰日(11 月 11 日)　晴。早间,谒见慕韩中丞,因兆梧欲再赴日本肄习实业,求教于中丞。中丞竭力赞成,因恳其咨明日本公使汪伯唐侍郎先行立案,俟程度及格,求其咨送入学,并函致伯唐。中丞允之。复往拜新任陈提学荣昌,晤谈片刻。陈昆明人,癸未翰林。又往晤梓桢一谈,午刻归。

十一辛巳日(11 月 12 日)　晴。早间,因内子患腿肿,延南泉、志一二人来诊,复为余一诊。据二君云,余因连日失眠火炽,急需降火防痰,开方嘱速服药,乃服石膏凉剂。晚间,居然得寐。

十二壬午日(11 月 13 日)　晴。仍延狄志一来诊,据云火已降去,惟脉尚洪大,仍用石膏、梨汁,再服一剂便可霍然。因余向来每日出恭一次,今日未出恭,未免燥结,故仍用凉润之品。

十三癸未日(11 月 14 日)　阴。昨夕亦能熟寐,今晨又得大便。复延南泉、志一来诊,方去石膏,余仍旧服之品如常,无甚出入。午后微雨。

十四甲申日(11 月 15 日)　晴。昨夕失眠,今日仍觉不适。午后,仍延狄志一诊视,与前方加减,惟不用石膏耳。午后,阅公牍。

十五乙酉日(**11 月 16 日**)　晴。冷甚,寒暑针止三十度矣。昨夕眠颇安。午刻,狄志一来诊,仍用昨方加减。午后,阅公牍,颇觉失眠倦甚。

十六丙戌日(**11 月 17 日**)　晴。午后,狄志一来诊,仍用石膏,因昨夕眠不安,脉仍洪大,故复用之。晚间,服药后眠甚熟,有四时之多。

十七丁亥日(**11 月 18 日**)　晴。早间,南泉、志一均来诊,仍用昨方,谓服之既投,自以一气呵成去疾务尽为是。余因两君意见既同,遂依其言,不复多疑矣。

十八戊子日(**11 月 19 日**)　晴。昨夕彻夜未眠,乃请杨砚农来诊,方用澹胆汤加减。少侯来视疾,相与商酌,遂服杨方。夜间稍稍能睡。

十九己丑日(**11 月 20 日**)　晴。杨方嘱服二剂,惟嫌其太轻,乃请志一相与斟酌一方,大同小异。羚羊、犀角并用,可以降去内热矣。

二十庚寅日(**11 月 21 日**)　晴。昨夕眠稍多,计有七小时之久。今日辰正起,仍觉失眠,精神颇倦,缘十余日来屡次失眠,故甚觉倦耳。

二十一辛卯日(**11 月 22 日**)　阴。昨夕又复失眠,今日仍请杨砚农诊视,不再请狄志一矣。杨方主轻灵,不用重剂,或者尚对证也。

二十二壬辰日(**11 月 23 日**)　晴。昨夕眠颇稳,计有八小时之多,今日早起精神稍振。巳刻,修发一度,已十数日不修发矣。未刻,复邀砚农来诊,据云脉象见平,仍用昨方,加远志肉一味,嘱服两剂。

二十三癸巳日(**11 月 24 日**)　晴。昨眠未熟,晨起又复不适。内子请黄大夫诊视,余亦就诊,服开痰药一剂。晚间,居然得寐,不知药故耶,抑适逢其会耶?

二十四甲午日(**11 月 25 日**)　晴。辰刻起,较昨稍适。饭后,至外书室起坐。未刻,杨砚农来诊,云已病去六七,方与昨相仿佛,嘱服两剂而去。十余日来为病所缠,百事诸废,今始勉强振作,然犹未复元也。夜间早眠,通宵未能熟寐。

　　二十五乙未日(11月26日)　阴。辰刻起,仍至外斋憩息,饮食如常,惟人稍惫倦耳。闻姚南泉之次媳病亡,据南泉云病人于十余日前已六脉俱空,宜其遽不起也。午后,朱仲洪便衣来谈。下午,邀耀垣来闲谈,晚饭后去。余连日失眠,已困不能支矣。

　　二十六丙申日(11月27日)　阴。昨眠未熟,依然困倦,日间又未能假寐,殊苦之。午后,请杨砚农来诊,方用西洋参、白芥子等物,云可以熟寐,因即煎服。

　　二十七丁酉日(11月28日)　阴。昨夕大雨通宵,至晓方止。夜眠颇能成寐,今晨起来如常安适。下午,砚农来诊,依昨方以进。

　　二十八戊戌日(11月29日)　阴。昨眠未熟,今日仍请砚农开方,与前方不相上下。日间服头煎,至子刻后方成眠,不过睡二三时而已。

　　二十九己亥日(11月30日)　阴。连日天气不甚冷,均下雨。昨因假满即销假,因无甚大病也。日间,阅公牍两起,因昨眠不熟,仍觉短少精神。

　　三十庚子日(12月1日)　晴,甚冷。张余亭开一方,与杨砚农不相上下,遂服余亭之方。下午,砚农来嘱明日再服伊方,今日且服余亭之药,伊所用药亦甚妥耳。

十一月

　　十一月初一辛丑日(12月2日)　晴。昨夕眠尚安,计有捌小时之多,今日辰初起,尚适。午初,叶巡检之春来见,谈片刻去。午后,张余亭来诊脉,云与昨相仿,无甚大病也。昨今两日天气甚冷。

　　初二辛丑[①]日(12月3日)　晴。昨眠又复不熟,今冂早起仍觉

---

　　①　纪日干支"辛丑"应为"壬寅"之误,直至本年十二月二十七日(1911年1月27日)皆误。

不适,此次之疾究不知何故也。午后,阅公牍两次。今日天气仍极冷,寒暑针卅度云。晚间稍能成寐,梓、梧两儿陪侍。内子腿肿亦廿余日未消。

初三壬寅日(12月4日) 晴。辰初起,计睡六小时之久,较昨为胜。昨日下午,梓桢过谈,商酌公事,傍晚乃去。今日下午,请杨砚农来一诊,据云脉象无甚出入,仍照前方服药可也。

初四癸卯日(12月5日) 晴。昨眠尚安,亦有六七小时之久。辰正起,尚无甚不适。午后,出至外斋,率兆梧、汇川、有豸打牌两圈,觉倦乃已。晚间,眠不安稳。

初五甲辰日(12月6日) 阴。日间,仍觉不适,因昨晚失眠故也。内子请神巫推画,自初四日起,今甫二日,肿胀大消,可称灵验。余夜眠仍不熟,兆梧夫妇陪侍通宵。

初六乙巳日(12月7日) 阴。日间,微觉不适,屡次失眠,精神不能振作,殊苦之。午后,请狄志一复来一诊,方用黄连阿胶鸡子黄汤,服之尚适。亥刻就枕,颇能成寐,计睡六七小时。

初七丙午日(12月8日) 阴。辰刻起。巳刻下雪,东风甚大,只好在卧室中起坐。廿余日未出门,闷甚,俟风日晴和时拟一出门访友也。夜间未能熟寐,只好听其自然。

初八丁未日(12月9日) 晴。早间,请狄志一来诊,据云可暂停药,明日再诊。午后,偕兆梧、汇川、有豸打牌二圈。晚间,又通宵不寐。

初九戊申日(12月10日) 晴,甚冷。请狄志一诊视,服鸡子黄汤。晚间稍能成寐。

初十己酉日(12月11日) 晴。仍冷甚,寒暑针二十度耳。请狄志一来诊,仍与昨方仿佛。张余亭与狄志一商酌,属服牛黄清心丸,因于晚间服半丸。兆梧夫妇陪侍通宵,睡未能熟。

十一庚戌日(12月12日) 晴,冷甚。午后,姚南泉来视疾,为斟酌一方教服。晚间服下,居然能睡。

十二辛亥日(12月13日)　晴。生日一概谢客。天气亦冷。今日仍服南泉之方,腹中如馕如饥,久未痊愈,此次之病以未能熟寐及此为最矣。

十三壬子日(12月14日)　阴。昨夕眠尚安,晨起粗适,惟总觉不能如常为苦境耳。巳刻,出至外斋。南泉来诊,仍与昨方相仿佛,云可期渐愈。夜间未能稳睡。

十四癸丑日(12月15日)　晴,冷甚。请南泉来诊,方仍与昨相似。张余亭来开一方,试服之。夜间尚能睡。日间,阅公牍一次。

十五甲寅日(12月16日)　晴,仍甚冷。绍侯、佩瑜、迪吉、敬甫招集佩瑜处,为余补祝。余申刻一到,酉刻即回,尚不觉劳。是夕又不眠,殊苦之。

十六乙卯日(12月17日)　阴。请王慕蕖来诊,晚间方服药。是夕睡六小时之久。傍晚,阅公牍。

十七丙辰日(12月18日)　阴。傍晚,王慕蕖又来诊。服药后平平,是夕又不能寐。

十八丁巳日(12月19日)　阴。午后,请魏大夫来诊,遂服西药。晚间睡片时,未能熟寐。

十九戊午日(12月20日)　晴。午后,狄子一来诊。下午,阅公牍数件。晚间,睡不能熟。

二十己未日(12月21日)　晴。又不能睡,终日不适。董金坡来诊,服药稍温。

二十一庚申日(12月22日)　晴。服西洋药药①。晚间,稍稍能睡,至夜分方醒。

二十二辛酉日(12月23日)　晴。是日长至令节。晨起,又稍小睡。嗣后因病不及逐日记载,停载六日。

二十九丁卯日(12月30日)　晴。病稍稍好,仍请杨砚农诊视,

---

①　原文如此,疑衍一"药"字。

方用燥湿之品，谓可涤痰。

三十戊辰日(12月31日) 晴。仍请砚农诊，未至。

十二月

十二月初一己巳日(1911年1月1日) 晴。请临桂朱君诊脉，服滚痰丸三钱，稍稍能睡。

初二庚午日(1月2日) 晴。仍服朱君方，自此又未载。

十二月二十七乙酉日(1月27日) 昨雪今晴，天气尚好。余病稍有起色，于是又起载日记数行。

宣统三年(1911)辛亥

正 月

辛亥正月初六日(2月4日) 晴。天气晴和。病仍未退,乃强作日记数行。

正月十二日(2月10日) 发电至里门,招四弟来视余。十七日弟即至,相见悲怆,不知余病得好否。

十九至二十(2月17日至2月18日) 四弟均相聚。余神智昏昏,无话可谈,伤哉!

二十四日(2月22日) 阴。疾仍如故,病已近四阅月,仍复通宵不寐。四弟在此多方慰藉,余则终以未能痊愈为虑也。

二十五日(2月23日) 晴。病如故,仍复通宵未眠,计不寐者百余日矣。此疾可谓至剧矣。四弟在此相叙,亦无兴致。

二十九日(2月27日) 晴。暖甚而有风。病如昨,未见清减。日与四弟数晤,四弟为陪医。

三十日(2月28日) 阴,暖。昨夜又不能眠,殊不可解。此番之病百余日矣,竟不见愈,亦云怪矣。

二 月

二月初四日(3月4日) 阴。往谒中丞慕公,得见。然步履甚勉强,夜眠仍不稳。在院署又访石甫、幼轩,小坐。

初五日(3月5日) 阴。

初六日(3月6日) 阴。连日暖甚,大有春景。而余一病半载,尚未瘥耳。四弟到此两旬,亦颇愁闷。

初八日(3月8日)　阴。往访梓桢一谈。病仍未瘥,殊闷人也。四弟在此与余楚囚相对而已。连日均请董医,计已十余日之久,服药均用热剂,无甚大效。

十一日(3月11日)　晴。病如昨。梓桢来晤谈,并述殷殷之意,云中丞亦允许矣,可感也。四弟今日外出。早间,仍延董医来诊,仍服代赭旋覆汤。

十二日(3月12日)　往谒中丞,拟辞却所与。中丞未见,作字向梓桢辞却,梓桢仍复送回,只得暂留,然无名之惠,殊伤廉也。

十三日(3月13日)　阴雨一日。

十四日(3月14日)　仍阴。

十五日(3月15日)　风颇大。四弟入谈两次,余未出。余病阅四月,尚无起色。内子病亦然。

十六日(3月16日)　仍服董方。

十七日(3月17日)　出至四弟室内两次。不寐如故,已四阅月矣。

二十日(3月20日)　晴,暖。仍请董医。出至四弟屋三次,惜无精神闲谈、无心绪闲谈,殊苦之。

二十一日(3月21日)　晴。出至厅屋两次。下午,又出外久坐。张余亭在西厅借住,与闲话片刻。

二十二日(3月22日)　阴。仍不能寐。黎明即起,终朝兀坐。龚镜人来,没趣而去。

二十三日(3月23日)　晴。东风甚大。病未好,眠未稳,不知何日才愈也。至四弟室二次,亦无多话。四阅月之病,至今未愈,何其淹滞耶?

二十四日(3月24日)　晴。仍服董方,病未见好。春日渐长,兀坐无俚。日至四弟屋数次。天气仍冷。晚间,杨砚农来诊,嘱暂停药。

二十五日(**3 月 25 日**)　晴。出门至南运局,已四阅月不到此矣。局员出见者数人。又答拜客数家。申初刻归,四弟已外出。余病仍不能寐,奈何!

二十六日(**3 月 26 日**)　晴。四弟生日,制席宴之。余仅能陪坐而已,不能谈也。

二十七日(**3 月 27 日**)　晴。早间,潘仲年来答拜,晤谈。余腹痛,便血数次。

二十八日(**3 月 28 日**)　晴。腹痛永日,间或泻泄三数次。至四弟室三次。

二十九日(**3 月 29 日**)　阴。小雨永日。腹痛泻泄数次,仍请董医诊视,服药一剂。

三　月

三月初一日(**3 月 30 日**)　晴。申刻,偕四弟挈兆梧往商埠百花村酒肆吃点心。傍晚,余先返,孙矩臣在彼请客,四弟等皆与焉。

初二日(**3 月 31 日**)　晴。东风颇大。余病仍未愈,仍衣重裘,终日坐内室未出。

初三日(**4 月 1 日**)　阴,甚冷。请董医诊视。四弟在家,闲话一番。余病仍如昨。

初四日(**4 月 2 日**)　阴,甚冷。

初五日(**4 月 3 日**)　晴。偕四弟、兆梧至图书馆一游。复至皖江公所,又至雅园吃点心,然后归。

初六日(**4 月 4 日**)　阴。风大而冷。请董医诊视,疾仍未愈。

初七日(**4 月 5 日**)　阴,仍冷甚。

初八日(**4 月 6 日**)　阴,仍冷甚。是日清明,祀先。起跪为难,病之未愈也。张硕甫来晤谈。

初九日(**4 月 7 日**)　阴。微雨永日,仍未愈。四弟入谈一次,余出谈一次。

初十日(4月8日)　阴雨。

十一日(4月9日)　晴。出外厅闲坐数次。四弟在此相聚,余疾仍觉未瘳。

十二日(4月10日)　晴。南风颇暖。早至四弟屋一坐。午后,小眠未熟。病情如昨,奈何!

十三日(4月11日)　晴,甚暖。欲出门未果,与四弟相聚。

十四日(4月12日)　晴,暖更甚。欲出门未果,惟枯坐而已。

十五日(4月13日)　晴。赵次珊制军请假来山东省墓,道出此间,余因病未谒,闻其住朱仰田处也。

十六日(4月14日)　阴。未出门,与四弟相聚,天冷可衣裘。

十七日(4月15日)　晴。午后,出门谒中丞,拜朱方伯、沈楚卿,均晤谈。酉刻归,四弟往商埠酒肆小饮。夜间,天大雷雨以风,四弟冒雨而归。

十八日(4月16日)　晴。

十九日(4月17日)　晴。至医院贺其开堂之喜,与同人均晤谈。复答拜广智院郝、怀两牧师。午刻归。

二十日(4月18日)　晴。复请董芳山诊视,开方如旧,服之平平而已。

二十一(4月19日)　热甚。

二十二(4月20日)　热甚。

二十三日(4月21日)　晴。浙闽会馆春团,余辰刻即去,孙中丞亦在彼吃饭,午刻散。

二十四日(4月22日)　晴。四弟坐小车伤面。

二十五日(4月23日)　四弟往医院就诊,稍瘳。

二十六日(4月24日)　往梓桢处晤谈。今日换季。四弟渐愈。

二十七日(4月25日)　阴。颇热,然较前两日觉凉矣。

二十八日(4月26日)　晴。风大而稍凉。四弟携汇川出门永日。余早眠,稍稍能睡。

二十九日(**4月27日**) 晴。风仍大,稍热。余病仍未觉复元。

三十日(**4月28日**) 晴。

四 月

四月初一日(**4月29日**) 晴。白仲谦太守堉来晤,钮觐唐大令卸邱县事亦来见。

初二日(**4月30日**) 晴。偕四弟手谈。

初三日(**5月1日**) 晴,稍热。

初四日(**5月2日**) 阴。午后,偕四弟游湖,兆梧、汇川从。至雅园小酌,晚冒雨而归。早间,谒见中丞。

初五日(**5月3日**) 阴。早起稍凉。

初六日(**5月4日**) 晴。

初七日(**5月5日**) 晴。中丞出门至青岛,余未往送。下午,吴绍侯过谈。

初八日(**5月6日**) 晴。偕四弟手谈半日。

初九日(**5月7日**) 晴。是日立夏。午后,又偕四弟竹叙半日。

初十日(**5月8日**) 晴。甚热,颇有夏意。中丞自青岛回,余往接。

十一日(**5月9日**) 晴,颇热。

十二日(**5月10日**) 阴。午后雨。偕四弟竹叙半日。

十三日(**5月11日**) 晴。

十四日(**5月12日**) 晴。偕四弟竹叙半日。

十五日(**5月13日**) 晴。风大而冷。偕四弟竹叙半日。

十六日(**5月14日**) 晴。四弟携兆梓乘轮车至泰安登岱。余于午后携全家游公花园,流连半日始返。归途看舜皇庙街屋一所,即八年前曾看而未赁成者,何福棠住过甫腾出也。傍晚归。

十七日(**5月15日**) 晴。早起,至外斋憩息。稍稍扫除,盖已废弛半载矣。

十八日(**5月16日**) 晴。早起,至外斋起坐。午后,四弟至自泰安,游山极畅。

十九日(**5月17日**) 晴。日间,与四弟畅叙。晚间,设肴数簋,为四弟饯别,盖拟后日回里也。

二十日(**5月18日**) 晴,巳午间阴。与四弟闲话。午后,偕四弟竹叙半日。

二十一日(**5月19日**) 晴。寅正起。卯初,别四弟。余送诸大门之外,恋恋不已,儿辈送上火车。辰正,余稍稍扫除书室。计四弟明日可登轮船南返矣。

二十二日(**5月20日**) 晴。四弟既行,寂寞之至,计此时不知上轮船否也。午后,萧筱虞、子嘉先后过访,各谈片刻而去。

二十三日(**5月21日**) 晴。内子今日腿软未起,余疾未复元,愈形寂寞。早间,阅公牍一次。

二十四日(**5月22日**) 晴。早间,至德国医院诊痰核,据云无甚关系,午前归。计今日四弟可抵里门矣。午后,枯坐一室,甚为岑寂。晚间,请杨砚农为内子诊,余亦就诊,据云病渐复元,无甚要紧也。

二十五日(**5月23日**) 晴,稍凉。兀坐一室,无聊之极。天气渐热,日长如年,殊闷人也。午后,李国材、曹允恭先后来见。

二十六日(**5月24日**) 晴。青岛火车带得鲥鱼,购买一尾,重四斤余,需洋六元,幸尚新鲜,阖家得以共尝之。

二十七日(**5月25日**) 晴。早起如常,惟总觉小有不适耳。午后,服药一剂,不过二陈汤及贝母、茯苓耳。

二十八日(**5月26日**) 晴。午后,至会馆公请朱少桐方伯、朱养田司使、童次山观察。朱方伯未到,惟二客耳。戌初散归,天气热甚。

二十九日(**5月27日**) 晴。裱糊内外纱窗。午后,阅公牍数件。天气颇热。

五　月

五月初一日(5月28日)　晴。兆梧送其岳母回济宁,约数日归来,盖孙氏弟兄皆不克分身一行也,只可听之。今日又甚热。午后,答拜客数家。送朱少桐方伯行。拜志方伯,未晤。

初二日(5月29日)　晴。南风甚大。刘燮臣生日,送红绸幛一悬,未往祝。下午,朱仲洪来晤。

初三日(5月30日)　晴。风大如昨,仍系热风。兀坐甚闷。有曹禄致刘顺信,述及四弟于四月廿五日抵杭。

初四日(5月31日)　晴。热甚,南风甚大。午后,劝业道童次山来拜,晤谈时许。次山宁波同乡,薇研侍郎之侄,癸未翰林,年六十八,精神甚健。

初五日(6月1日)　晴。早起,答拜童次山,送朱养田,均未晤。至院署贺节,在官厅少坐,与同寅诸公一晤,午前归。午刻,祀先,勉强如礼。午后,赏竹两巡。

初六日(6月2日)　晴。初二日发电至济宁,促兆梧归,至今杳然,今日又命兆梓寄书促之。

初七日(6月3日)　晴。终日东南风甚大。下午,阅公牍。赏竹八巡,无聊之极。

初八日(6月4日)　晴。南风甚大。下午,赏竹四巡。晚间,阅《曾文正文集》。

初九日(6月5日)　晴。午前,安居收发局周直牧德宣来见,晤谈片刻。兆梧有初四自济宁来禀,据云初六七自彼来,若然则今日可到也。

初十日(6月6日)　晴。连门往火车栈饬接兆梧未到,不知何故,令人纳闷。午后,偕家人赏竹二巡。

十一日(6月7日)　晴,稍凉。午前,阅公牍。午后,赏竹二巡。戌刻,兆梧至自济宁,往返十日为期也。

十二日（6月8日） 晴。午刻，家忌祀祖。午后，孙君肇圻来见。钱履樛、吴仲山均来谈。申刻，阅公牍。

十三日（6月9日） 晴。终日闷甚。下午，偕家人赏竹八巡。傍晚，阅公牍。

十四日（6月10日） 晴。午后，阅公牍。天气渐热，日长如年，殊闷人也。

十五日（6月11日） 晴。午刻阵雨一次，午后又晴，傍晚阴，阵雨又作。晚间，阅《养自然斋诗》。

十六日（6月12日） 晴。颇凉，不似夏令。午后，阅公牍两起。傍晚，阅邸抄，大改官制，三百年之定章一旦扫除净矣。

十七日（6月13日） 晴。早起，阴雨一阵，旋即晴霁。午后又阴，阅公牍。下午，崧甫至自京师，来晤谈，询知大侄女近状安适，甚慰。

十八日（6月14日） 阴。午后，阅公牍。王稷堂太夫人生辰，余遣人持刺往祝，以疲倦未能亲到也。

十九日（6月15日） 阴。早间微雨，未刻渐晴。阅公牍数件。阅彭刚直奏议数篇。

二十日（6月16日） 阴。家忌祀祖。午后，偕家人赏竹四巡。两月以来，病体迄未复元，因之惮于出门，长日如年，殊闷人也。

二十一日（6月17日） 晴。旬日以来，却不甚热。午后，阅公牍数件，修发一度。余自前年患痰壅后，右手作字迄不甚便，右腿亦觉无力，殊苦之。

二十二日（6月18日） 晴。周乐斋之昆仲行精医理者，请其来一诊，用陈皮、半夏、胆星、竹沥等去痰之品，固向所常服也，姑试之。下午，偕家人赏竹四巡。

二十三日（6月19日） 阴。早间，方直牧家永交卸鹿邑盐局来见，谈片刻去。午后，蒋哲生来谈，嘱转致刘燮臣处，拟九月内办理喜事。

二十四日(**6月20日**)　阴。午后,访刘迪吉、蒋哲生、蒋蓉生,均晤谈,申初刻归。日间,阵雨三次。

二十五日(**6月21日**)　晴。早间,刘迪吉便衣过谈。沈蓉卿自官冈借运局来见。午后,阅公牍。

二十六日(**6月22日**)　晴。稍觉溽暑。午后,小眠片刻。阅朱芷青《金粟山房诗集》,乃壬寅春在京芷青所赠也。下午,阅公牍。

二十七日(**6月23日**)　晴,渐热。午后,阅公牍两次。

二十八日(**6月24日**)　阴。终日雨。是日为兆梧生日。午后,偕家人赏竹十二巡。至日夕雨始住。

二十九日(**6月25日**)　晴。早间,修发一度。午后,访许尺衡、朱梓桢,各谈时许,申初三刻归。

六 月

六月初一日(**6月26日**)　晴。早间,取癸未、甲申、乙酉三年日记披阅,以资消遣。午后,阅公牍。终日披阅昔年日记,颇觉有味。

初二日(**6月27日**)　晴。早间,仍阅丙戌年日记,阅至戊子年三月止,颇足消遣。下午,新委归德分局王直牧达、宿铜监称委员范家霖均来见。王皖人,范闽人。

初三日(**6月28日**)　晴。早间,新委滕县盐局李尉初县令来见,与接晤片刻。

初四日(**6月29日**)　晴。早间,阅历年日记,自己丑至丙申为止。午后,谒慕公,梓桢偕入见,谈时许乃归。

初五日(**6月30日**)　晴。南风甚大,天气颇热。阅丁酉、戊戌等年日记数本。

初六日(**7月1日**)　晴。仍阅己亥、庚子、辛丑等年日记数册。午前,许尺衡过谈片刻。午后,阅公牍数件。

初七日(**7月2日**)　晴。午后,赏竹八巡。下午,阴雨一阵。傍晚,阅公牍,又披阅壬寅、癸卯、甲辰、乙巳等年日记数册,觉此时手腕作字尚不及曩时也。

初八日(7月3日) 晴。午前,修发。午后,仍取丙午至庚戌年日记披阅。自罹病后,迄未复元,白昼从未能稍寐片时。内子至今亦病未脱体,服药无对证者,姑且听之可耳。

初九日(7月4日) 晴。早间,督仆晒晾皮便衣两箱。午前,抹身濯足一度。天气仍不甚热,衣布小衣并不觉躁闷也。午后,阅公牍。晚间,收裘衣,暂贮书斋,明日总归上房可耳。

初十日(7月5日) 晴。早间,抖晒裘衣两箱。傍晚,方收拾,连昨箱均归上房收贮。日间,阅公牍。天气清凉,不甚燥热也。酉初二刻雨。

十一日(7月6日) 晴。早起,开发五天日用帐。午后,阅公牍。下午,阅《野获编》。

十二日(7月7日) 晴。寅卯间大雨一阵,旋晴霁,午正后又倾盆大雨时许,未正又晴。下午,阅公牍。

十三日(7月8日) 晴。早间,阅《湖海文传》数本。午后,阅公牍两件。天气迄未大热。

十四日(7月9日) 晴。早起颇凉,午间则又热矣。日间,阅《湖海文传》数本。下午,兆梧游明湖赏月,余因天气稍凉未往。傍晚,阅公牍。

十五辛巳日(7月10日) 晴。天气仍凉爽。早间,抖晾皮垫及皮轿团等件。傍晚收起,阅公牍。

十六壬午日(7月11日) 晴。早间颇凉。午后,阅公牍。下午,往院廨预祝孙中丞夫人寿。同寅到者不及廿人,方伯未到,吴绍侯、朱梓桢均晤。申正归。

十七癸未日(7月12日) 晴,颇凉爽。终日兀坐,殊无聊赖。午后,阅公牍两次。院署拜寿,饬人持手版挂号。

十八甲申日(7月13日) 晴。东南风颇大,今夏迄未大热,较之往年迥不相同,殊可怪也。下午,周耀垣便衣来谈,困顿无聊,令人爱莫能助。傍晚,耀垣去,忽大雨一阵,旋即止。

十九乙酉日(7月14日)　晴。辰刻,雨一大阵,旋即霁,天气较昨为热。午后,德栈文案殷令志超来见。

二十丙戌日(7月15日)　晴。早间,梳辫。复阅癸未以后日记数本,又阅己卯回里乡试日记一小本,则逾卅年以外矣。今日略热,颇有入伏光景。

二十一丁亥日(7月16日)　晴。南风热甚。张余亭将回济宁,明日首途,今先告辞,与晤谈刻许。午后,阅公牍。

二十二戊子日(7月17日)　晴。早间,大雨一阵,午刻又晴。午后,阅公牍。连日热甚。余病后畏晾,近三日始觉烦热如往年矣。

二十三己丑日(7月18日)　阴。自寅至申,大雨永日。是日为先慈钱太夫人诞辰。午刻,设馔祀享如礼。午后,阅公牍。未刻,偕家人赏竹八巡。下午颇凉。

二十四庚寅日(7月19日)　阴。早间微雨,旋即止。巳刻,修发一度。下午放晴,阅公牍。安居收发局委员周令德宣来禀辞回安居。申刻,写四弟信,嘱将当息由大清分银行汇来,并致送四妹银元五十元以资补贴。信封固,拟明日交邮局寄杭州。

二十五辛卯日(7月20日)　晴。早间,发寄四弟信。午前甚热,自是伏天光景。下午,新安委电报局委员陆君宗游来拜,晤谈片刻,询知慈溪人,候选道员也。

二十六壬辰日(7月21日)　晴,仍热甚。下午大雨一阵,日夕渐止,天气亦甚热。

二十七癸巳日(7月22日)　晴。早间,阅公牍。午后,仍热甚。取阅壬辰至乙未年日记数册。

二十八甲午日(7月23日)　晴。兆梓今日乘火车如京师,寅正前往,兆梧、汇川挈有绯、有燕送于添口,然后归。午前,阅公牍。是日南风甚大,非常之热。

二十九乙未日(**7 月 24 日**)　晴。午后大雨一阵,旋即晴霁。下午,阅公牍,又阅《小仓文集》数册。

三十丙申日(**7 月 25 日**)　晴。午后,阅公牍,又阅己亥、庚子两年日记。下午,赏竹四巡。

闰六月

闰六月初一丁酉日(**7 月 26 日**)　晴。自廿九日起均凉爽,今已第三日矣。巳刻,程君保藩来见。

初二戊戌日(**7 月 27 日**)　晴。午后,阅公牍。日间,仍阅日记自甲辰至丙午三年中所记各事也。

初三己亥日(**7 月 28 日**)　阴。午前,阅《随园文集》数册。孙君肇圻来辞,未与见。午后,小雨数阵,天气微凉。下午,阅公牍。

初四庚子日(**7 月 29 日**)　晴。早间颇凉。出门答拜电报局陆君,未晤。访绍侯、梓桢,均晤谈,午前归。下午,天气又热,阅《仓山文集》。傍晚,叶梅生来见。

初五辛丑日(**7 月 30 日**)　晴。有知县周君伯陶分发来见,辞以疾。周君持欧荻信来,阅悉系同乡周少霞之孙、王同伯之外孙也。下午,吴仲山至自京师来见,因委署济南同知,其缺太苦,颇觉进退维谷也。据仲山归述兆梓约初十左右即可旋归。

初六壬寅日(**7 月 31 日**)　晴,热甚。午后,阅公牍。下午,新委归德盐局赵令尔升来见,与谈片刻。赵乃次珊制军之堂弟,文量甫之堂侄也。

初七癸卯日(**8 月 1 日**)　晴。午前,阅曾惠敏诗文集。午后,阅公牍。下午,阅昔年大兄与余书札多件,盖已近三十年于兹矣,阅之感深今昔。

初八甲辰日(**8 月 2 日**)　阴。黎明,大雨时许,旋霁。接许氏甥女端宝来信,知四弟带去信洋均收到矣。午后,孙君肇圻来见。阅公牍二件,阅严芝僧《墨花吟馆诗钞》数册,此集已披寻二十余年矣。

初九乙巳日(8月3日) 晴。早间颇凉爽,午后稍热。下午,阅公牍数件。傍晚,吴仲山来见。

初十丙午日(8月4日) 晴。阅邸抄,吴子清阁读放甘凉道。按阁读放道员者五十年来仅得三人,同治年则有方浚师,光绪年则有马恩培,今宣统年则吴炯也。午后,阅公牍。

十一丁未日(8月5日) 阴。早间,答拜客数家。往访绍侯一谈,贺其乃兄子清放道员之喜,遇田伯雍于座,午前归。午初至申正均雨,天气颇凉。

十二戊申日(8月6日) 晴。午前凉,午后热。下午,阅公牍。兀坐无俚,惟阅旧书以资消遣而已。兆梓入都后迄无信来,亦殊可怪。

十三己酉日(8月7日) 晴。午前热,午后热甚。下午,偕家人赏竹六巡。傍晚,阅公牍。萧绍庭调奉天劝业道,于今日首途赴任矣。

十四庚戌日(8月8日) 晴。天热甚。余精神委顿,仍觉未曾复元。兆梓一去半月余无音信,令人不解。今晚崧甫自济宁奉其母来济南矣。

十五辛亥日(8月9日) 晴。午后,阅《鸿雪因缘图记》,此书已十余年不阅矣,阅之颇足消遣。下午,阅公牍。

十六壬子日(8月10日) 晴,仍热甚。午后,孙崧甫来晤,并晤其弟贻叔,与各谈片刻。下午,阅《夜雨秋灯录》。

十七癸丑日(8月11日) 晴。热如昨。午后,阅公牍。下午,偕家人赏竹四巡。申刻大雨一阵,旋即开朗。

十八甲寅日(8月12日) 阴。早间大雨一阵。午前,作书寄慧馨侄女,询问梓儿踪迹,并催其速归。午后至下午又阵雨数次。门生刘鸿书以优贡用直州判,分发安徽,无所遇,欲乞余致书皖藩吴佩葱,姑令自拟一稿来阅看。夜半,兆梓至京师。通宵大雨未止。

十九乙卯日(8月13日) 阴。午前,雨忽住忽作。钱筱脩之长郎经根自京偕兆梓至此,将求孙中丞说项信函,下榻余寓,午饭与共饭。午后,阅公牍。

二十丙辰日(8月14日) 晴。早午均与钱经根共饭。午后,阅公牍。刘鸿书乞致吴佩荩为说项,令其自行拟稿誊与之。

二十一丁巳日(8月15日) 晴。午后,阅公牍。终日兀坐,幸天气凉爽,尚不烦溽。钱经根早晚均未在此吃饭。

二十二戊午日(8月16日) 晴。天气又稍热。午后,阅公牍。下午,与内子赏竹四巡。

二十三己未(8月17日) 晴。风大而热。早间,程君保藩来见。局委往查富国场产盐如何,可否借运,查明核夺,日内即前往也。下午,阅公牍。

二十四庚申(8月18日) 阴。早间颇凉,大有秋意。昨晚慕公邀经根便酌,兆梓作陪。今晨经根过我一谈。午后,旋外出矣。下午,阅公牍。傍晚,天颇凉。

二十五辛酉日(8月19日) 晴。天气仍凉,午后渐热。晚阅公牍稿。内子久蓄敬祀碧霞元君庙,定于明日趁火车往泰安。

二十六壬戌日(8月20日) 晴。寅刻,内子率兆梧、汇川往泰安,儿媳、孙辈均送诸车站,约二十八归来,余只好听之。午后,阅公牍。

二十七癸亥日(8月21日) 晴。昨日新任运使方君硕辅已到,梓桢将交卸矣。下午,阅公牍。昨余差人饬接方都转,今已来谢步矣。

二十八甲子日(8月22日) 晴。早接泰安电,嘱今日往接,殆黄昏时可到矣。午后,阅公牍。戌初,内子挈兆梧、汇川至自泰安,进香完毕,诸事平安。

二十九乙丑日(8月23日) 阴。午前雨,午后止。适内子已至自泰安,不至遇雨,可谓默邀神佑矣。今日经根辞别回京,余昨晚与话别,约八月间仍来此也。

七 月

七月初一丙寅日(8 月 24 日) 晴。午后,蒋蓉生过谈片刻,阅公牍数件。下午,偕家人赏竹四巡。

初二丁卯日(8 月 25 日) 晴。凉风习习,颇有秋意。午后,出门拜方苣南都转,贺接篆之喜,未晤。访梓桢,一谈即归。方君河南人。下午,偕家人赏竹四巡。

初三戊辰日(8 月 26 日) 晴。午刻,家忌祀祖,余因足疾未行礼。午后,阅公牍。下午,周耀垣来,晤谈。渠窘甚,余实莫能助,惟有相对浩叹而已。

初四己巳日(8 月 27 日) 晴。制肴八簋,阖家小饮甚欢。午后,阅公牍。傍晚,流览《石头记》,随意消遣而已。

初五庚午日(8 月 28 日) 晴。午后,阅公牍。傍晚,随意披阅《续聊斋》数册。

初六辛未日(8 月 29 日) 阴。自丑至亥,终日大雨未止。日间,偕家人赏竹六巡。傍晚,阅公牍。

初七壬申日(8 月 30 日) 阴。雨止,西南风甚大,甚凉。午后,阅公牍。下午,赏竹四巡。

初八癸酉日(8 月 31 日) 晴,颇热。午后,阅公牍。下午,阅《石头记》数册。

初九甲戌日(9 月 1 日) 晴。午后,阅公牍。下午,赏竹十巡。是日天气甚热。午间,祀先。

初拾乙亥日(9 月 2 日) 晴。早间甚热。午后,阅公牍,余暇惟枯坐而已。

十一丙子日(9 月 3 日) 晴。午后阴,大雨两阵,至酉止方止,天气较凉。傍晚,阅公牍。

十二丁丑日(9 月 4 日) 晴。甚凉,可衣夹衣。午后,阅公牍。下午,赏竹。

十三戊寅日（9 月 5 日） 晴。其凉如昨。午间,沈蓉卿来见。午后,阅公牍。下午,赏竹六巡。

十四己卯日（9 月 6 日） 晴。仍甚凉,颇似深秋。午后,阅公牍。下午,赏竹八巡。

十五庚辰日（9 月 7 日） 晴。稍和暖,不似昨日之凉。午刻,祀先。午后,阅公牍。下午,赏竹六巡。

七月十六日辛巳（9 月 8 日） 晴。辰刻,谒见慕韩中丞,谈片刻。旋至张石甫室中一谈,午初回寓,祀先。午后,赏竹十二巡。

十七壬午日（9 月 9 日） 阴。午前,阅公牍。午后,偕家人赏竹十一巡。

十八癸未日（9 月 10 日） 晴。午前,阅公牍。午后,偕家人赏竹八巡。是日张公祠未到。夜间大雨两阵。

十九甲申日（9 月 11 日） 晴。是日为吴绍侯生日。午后大雨,遂未往拜,闻绍侯亦不在家也。下午,阅公牍。日间,赏竹六巡。

二十乙酉日（9 月 12 日） 晴。是日无公牍可阅。日间,赏竹十巡。晚间,又四巡,已交亥正矣。

二十一丙戌日（9 月 13 日） 阴。午前即小雨一阵。已刻,程令保藩来见,新从富国场差旋,路途被水耽搁廿余日方回。公事尚无眉目,奈何! 下午,又阵雨两次,天气亦凉如深秋。

二十二丁亥日（9 月 14 日） 晴。午前,作书致四弟,寄里门。午后,阅公牍。日间赏竹十巡,晚四巡。

二十三戊子日（9 月 15 日） 晴。午后,阅公牍。午后至日晡,赏竹十二巡。

二十四己丑日（9 月 16 日） 阴。早间至午未均阵雨不止。下午,阅文牍数件。傍晚,赏竹八巡。

二十五庚寅日（9 月 17 日） 晴。天气清朗。发四弟信,寄杭州。午后,沈蓉卿来见。傍晚,赏竹四巡。

二十六辛卯日（9 月 18 日） 晴。午前,程冠卿来见。午后,阅文牍。下午,与家人赏竹四巡。

　　二十七壬辰日(9月19日)　晴。午、申两次阅文牍。下午,枯坐一室,无聊之极。

　　二十八癸巳日(9月20日)　晴。午阅公牍。下午,阅旧时台规,乃五十年前先公官御史时所得也。

　　二十九甲午日(9月21日)　晴。午阅公牍。下午,偕家人赏竹十二巡。

八　月

　　八月初一乙未日(9月22日)　晴。早间,至南运局,因新运司方君苞南奉委总理局务是日到局,特往会晤。午初刻才到,与谈数语即各散。午后,阅公牍。下午,又赏竹六巡。

　　初二丙申日(9月23日)　阴。丑寅间大雨一阵,辰刻又雨,天气却不甚凉。下午又雨,至夕未休。

　　初三丁酉日(9月24日)　阴。终日长雨不已,未至外斋。午间,与家人赏竹。下午,阅公牍。

　　初四戊戌日(9月25日)　阴。午后,阅公牍。申刻,蒋哲生过谈,仍为与刘宅姻事,嘱向刘氏寻觅坤造,缘所过庚帖一时不在手头故也。下午,与家人赏竹。

　　初五己亥日(9月26日)　晴。午刻,阅公牍。午后,偕家人赏竹。晚间早寝。

　　初六庚子日(9月27日)　晴。兆梧感冒咳嗽,未起来。晚阅公牍。下午,赏竹四巡。

　　初七辛丑日(9月28日)　晴。午前,阅公牍。午后,栉发一度。下午,阅旧书故纸以资消遣。

　　初八壬寅日(9月29日)　晴。早间,阅文牍。申初,至院署,晤张硕甫,久谈。访姚南泉,谈尤久,盖自客冬患病以来未尝如是之久谈也,酉初一刻归。

初九癸卯日(9月30日) 晴。午前，西北风甚凉，颇有秋意。午后稍热，傍晚又凉矣。今日兆梧疾愈，出门如常矣。

初十甲辰日(10月1日) 晴。西北风甚大，天气颇凉。午后，阅公牍。梓桢作字来劝助赈捐，余允捐卅元，手书复字致之。

十一乙巳日(10月2日) 阴。自黎明至未刻均雨，下午雨住。程冠卿享肴馔四簋，分二簋以赠姚南泉。

十二丙午日(10月3日) 晴。天气颇凉。午后，阅牍。下午，又赏竹四巡。

十三丁未日(10月4日) 晴。午后，接四弟来函，并汇到典息九百元。书中述及夏间右半身亦有麻木酸痛之苦，殆体丰之故，闻之殊以为念，未知迩来何如。下午，命兆梓将汇项取来。

十四戊申日(10月5日) 晴。将取来汇东六百金交存交通银行，月息贰厘。交通银行者，邮传部所设银行也。下午，阅公牍。晚为下人分账，甚觉烦琐。

十五己酉日(10月6日) 晴。早间，至院贺节，在官厅少坐即各散。回寓后，祀先。午后，赏竹四巡。晚间雨。

十六庚戌日(10月7日) 晴。午后，叶梅生、朱菊彭先后来见，各与谈少顷去。

十七辛亥日(10月8日) 晴。甚凉，可衣重棉，昨日换戴暖帽却相宜也。午后，阅公牍。

十八壬子日(10月9日) 晴。早间，督仆检拾夏衣收拾夹衣以下各件。岁月如流，瞬葛而裘矣。

十九癸丑日(10月10日) 晴。甚凉，似是小春光景。午后，阅公牍。下午，赏竹六巡。

二十甲寅日(10月11日) 晴。早间，范家霖来见。西北风甚大，殊觉凉气袭人。午后，赏竹四巡。

二十一乙卯日(10月12日) 晴。午后，往答拜电报局绍兴陶君誉光，晤谈片刻，遇蒋蓉生于座，少顷即还。

二十二丙辰日(10月13日) 晴。早间,阅公牍。晚阅报章,武昌省城被革党于十九日占据,湖督退至汉口兵轮。噫!乱事方殷,诸如此类,不一而足,可怕之至,未知能遽平定否。

二十三丁巳日(10月14日) 晴。午前,作四弟复书一纸,不能多写,即邮寄杭州。午后,阅牍。

二十四戊午日(10月15日) 晴。午前,蒋哲生来晤,言奉藩委赴潍县办烟捐,不日即首途也。

二十五己未日(10月16日) 晴。阅阁抄,湖北乱事正炽,汉阳又失守,楚督起用袁慰廷尚书,克日赴任,未知能有济否。

二十六庚申日(10月17日) 晴。早间,阅公牍。午后,赏竹四巡。天气稍热。

二十七辛酉日(10月18日) 晴。早间,往就姚南泉诊脉,据云脉甚沉滞,不流通,病颇多,容细为推敲,开方送来,巳刻归。午刻,家宴。是日为兆梓生日,兆梓自命庖人制馔,与家人小饮耳。

二十八壬戌日(10月19日) 晴。卯初,四媳挈富、熙两孙有事济宁,重庆孙亦有事济宁,均于今晨乘火车前往,约半月后归来。午后,阅公牍。

二十九癸亥日(10月20日) 晴。南泉开方送来,云用渐摩之法缓缓调治之,今日试服一剂。

三十甲子日(10月21日) 晴。又服药一剂。午后,阅公牍。下午,阅《续儿女英雄传》。

九 月

九月初一乙丑日(10月22日) 晴。早阅公牍。午后,与家人赏竹八巡。

初二丙寅日(10月23日) 晴。早间,阅公牍。午后,与家人赏竹八巡。是日热甚。

初三丁卯日(10月24日) 晴。午后,阅公牍。下午,赏竹八巡。晚间,梓桢来访,约明晨偕同上院。

初四戊辰日(10月25日) 晴。晨起,至梓桢处,坐候良久方出。乃偕至院谒见中丞,因言已电询新设盐政院,山东南运局应暂交运司兼管,然则俟奉道行知即将移交运司矣。已正回寓。午后,又赏竹八巡。晚间,梓桢送来致方都转信稿,告知南运局归并运司暂管,原稿语太支离,拟明日由余改就送与之。

初五己巳日(10月26日) 晴。闻昨日得电,长沙、九江两处又复失守,大局如此,可怕之至。晚阅公牍。

初六庚午日(10月27日) 晴。卯正,兆梧乘火车至济宁接取其妇孺回省,并携重庆以归,约准于初八旋归。余自兆梧行后,余即不复再眠。午后,又阅公牍,复修发一次。晚间,早寝。

初七辛未日(10月28日) 晴。闻方都转初八日接管南运局务。午后,送阅公牍一次,此后殆不复再送矣。傍晚,梓桢知会明日赴院禀知销南运局差,拟亦同往一行。

初八壬申日(10月29日) 晴。早间,偕梓桢同往院署投手版,均未接见,遂散。吴绍侯暂署藩司,今日接印,因往一贺,未晤,适与途遇,匆匆,遂还。

初九癸酉日(10月30日) 晴。下午,赏竹八巡。晚间,兆梧夫妇至自济宁,重庆亦同归,富、熙两人均还。

初十甲戌日(10月31日) 晴。颇有冬意,午后微阴。阅电抄,袁督总制两湖军务,一切界以全权,中央不为遥制,袁已起程前往矣。

十一乙亥日(11月1日) 晴。午后,谒慕公,深以余赋闲为念,现值裁并之际,竟至无从设法,只可随时留意再看。意思之间,尚能念旧,姑且待之可耳。午刻即归。

十二丙子日(11月2日) 晴。阅电抄,袁项城授内阁总理大臣,将军国大事一齐付之,未知能有所济否。噫!时局至此,可叹可怕!

十三丁丑日(**11 月 3 日**)　晴。接家丁王顺信,知孙氏侄女挈其子照于十七避居天津,其甥陈稚云夫妇同往。京师迁避者甚多,颠沛流离,何处是乐土耶?

十四戊寅日(**11 月 4 日**)　晴,颇凉。闻陕晋均有乱信,不知伊于胡底也。余终朝兀坐,无聊之至,病体迄未痊愈,生平苦境,殊无逾今日矣。

十五己卯日(**11 月 5 日**)　晴。明日为内子生日。晚间,偕阖家小酌,亦无甚意兴。

十六庚辰日(**11 月 6 日**)　晴。内子生日,杜门谢客,惟阖家吃面而已。终日兀坐,心无宁晷。

十七辛巳日(**11 月 7 日**)　晴。闻苏、浙两省城亦均有变,电报已不通,其详情不得而知也。

十八壬午日(**11 月 8 日**)　晴。闻江宁省城亦变,其详不得而知,刻下惟直、豫、鲁及闽、广尚无事,然亦岌岌可危。自中秋后不及一月,变故如此之速,其所由来者渐矣,非一朝一夕之故也。

十九癸未日(**11 月 9 日**)　晴。此间市面甚紧,银钱均甚短缺,人心亦颇恐慌,可惧之至。

二十甲申日(**11 月 10 日**)　晴。此间组织山东临时政府,用人、行政、理财、用兵均由抚院主持,不复请示中央政府,如巡警道、济东道、济南府均已另易人,如此维持,不知能保安宁否。

二十一乙酉日(**11 月 11 日**)　阴。寅卯间起即大雨,至巳午间止,午后放晴。闻杭州电报尚通,邮局尚可寄信,因令兆梓寄一信与四弟处,不知能寄到否。

二十二丙戌日(**11 月 12 日**)　晴。闻提法使胡星舫、劝业道童次山均辞职去,乃由抚院委丁佩瑜署劝业道,递遗垦务局坐小委余接充。时已亥刻,院署送委札来,明日再酌行可耳。

二十三丁亥日(**11 月 13 日**)　晴。早起,至院署,以事冗未见。至丁佩瑜处,晤谈。佩瑜见时局危迫,已辞劝业道徽委,余少坐遂归。

午后甚凉。

二十四戊子日(11月14日) 阴。佩瑜既徽委,闻改委何志霄署劝业道矣。

二十五己丑日(11月15日) 阴。何志霄便衣来晤,据云渠暂接任劝业道,不复辞矣。

二十六庚寅日(11月16日) 阴。山东先称临时政府,今日复宣告独立,改为民国军政府,举孙慕韩为都督,其余一切如旧。阅各省电报,旬日以来,各省纷纷独立,现惟直隶、河南仍隶版国耳。天下大局不知何所归宿,生逢不辰,竟见乱离之世,实此生所不料也。

二十七辛卯日(11月17日) 晴。垦务委员张、岑两君来见,余随意敷衍数语,旋即送出。

二十八壬辰日(11月18日) 晴。终日兀坐,愁肠百结,此间事机亦极可怕,天下滔滔,何处是乐土耶?

二十九癸巳日(11月19日) 晴。余与内子自去年冬日至今一病一年,迄未脱体。内子已成痼疾,日来尤甚,余亦衰病日增,无可如何也。

三十甲午日(11月20日) 晴。早间,往拜何志霄,因垦务并无专局,归劝业道管理,故往拜之,未晤而还。又至垦务公所答拜张、岑两委员,午间回寓。

十 月

十月初一乙未日(11月21日) 晴。程冠卿来,晤谈。沈容卿亦来晤,各谈片刻而去。

初二丙申日(11月22日) 阴。大雨自子,至午始止。余愁烦无俚已极,内子日来病又时发,时令寒冷故也。

初三丁酉日(11月23日) 晴。董芳山来晤,以贫困求为设法为言,姑诺之。

初四戊戌日(11月24日) 晴。甚冷,午后渐阴。闻南省均宣告独立,江宁独与北军苦战,苏抚程德全则被拥为民军都督,闽广亦独立矣。

　　初五己亥日(11月25日)　阴。终日大雪,积厚三四寸,东北风亦甚大。

　　初六庚子(11月26日)　晴。雪止日出,惟甚冷耳。下午,至外斋小坐。傍晚又微雪。

　　初七辛丑日(11月27日)　晴。呼缝人更制皮袍两袭,出至外斋裁量尺寸,校准,令其携去。

　　初八壬寅日(11月28日)　晴。雪融,庭院皆冰,滑甚。下午,邓璞君来晤。

　　初九癸卯日(11月29日)　晴。午后,王鹿泉往署沂州府来访,晤谈片刻而去。渠明日即行,不及往送矣。

　　初十甲辰日(11月30日)　晴。天气颇冷。此间既宣告独立,今又取销,闻革党既占武汉,顷又失去,不知大局何若也。

　　十一乙巳日(12月1日)　晴。午后,王毓丞来晤,少坐即去。天气渐冷。

　　十二丙午日(12月2日)　晴。嗣后数日未记。

　　二十甲寅(12月10日)　阴。董芳山来见,求为图差,不得已以十金赠之。

　　二十一乙卯日(12月11日)　阴。

　　二十二丙辰日(12月12日)　阴。午后,有沽化垦务局委员叶纪元来,晤谈片刻去。

　　二十八日(12月18日)　闻慕韩中丞因病力请开缺得请,因于申刻往谒,因客太多未之见。

　　二十九日(12月19日)　术止,又往谒中丞,候至申正得见,谈少顷,为之黯然。东抚为胡星舫建枢接任,不日到任矣。

十一月

十一月初二日(12月21日) 闻胡公今日到东抚任,慕公不日行矣。

初三日(12月22日) 早间,至抚署送慕公行。已刻,出至二堂,一揖而别,殊觉依依。闻慕公尚至医院暂息数日方行,只得先至津门,此外亦无地可去也。余即于午刻自抚署回寓。